外国文学名著选介

第四版　下册

傅希春　陈应祥　刘洪涛　主编

高等教育出版社·北京

内容提要

《外国文学名著选介》是本社出版的《外国文学》的配套教材，1989年出第一版，1994年第二版，2009年第三版。第四版沿用前三版的编写模式，把作品节选和原作故事梗概结合起来。具体做法是：以精练的文字缩写原作的故事线索，并以楷体字印出，再把精选自原作的章节或片段，以宋体字镶嵌进该作品故事线索中的相应部位，把二者重新组编成一篇比较接近原著、但篇幅大为减少的新读物。同时，在节选作品之前，简要介绍作者的生平、思想和创作成就。如此编写的目的，是为没有时间和精力阅读全本作品的读者，提供一种了解原作全貌的捷径，并能获得相关作品的背景材料。读者可以在较短的时间里读完这篇新的读物，既能从中了解到相关作品的主要故事情节，又能体味到原作的风格和韵味，进而较好地从整体上把握相关作品的思想和艺术特征，并且在一定程度上理解外国文学发展的进程。此外，本书还通过二维码链接了部分由文学名著改编的电影的片段。

图书在版编目（CIP）数据

外国文学名著选介. 下册／傅希春，陈应祥，刘洪涛主编. --4版. --北京：高等教育出版社，2018.9（2020.12重印）

ISBN 978-7-04-049786-1

Ⅰ.①外… Ⅱ.①傅… ②陈… ③刘… Ⅲ.①外国文学-文学欣赏-高等学校-教材 Ⅳ.①I106

中国版本图书馆CIP数据核字（2018）第107199号

外国文学名著选介（第四版）下册

Waiguo Wenxue Mingzhu Xuanjie

策划编辑 刘新英　责任编辑 刘新英　封面设计 张 楠　版式设计 于 婕
责任校对 高 歌　责任印制 田 甜

出版发行 高等教育出版社
社　　址 北京市西城区德外大街4号
邮政编码 100120
印　　刷 北京市密东印刷有限公司
开　　本 787mm×1092mm 1/16
印　　张 36.5
字　　数 900千字
购书热线 010-58581118
咨询电话 400-810-0598
网　　址 http://www.hep.edu.cn
　　　　 http://www.hep.com.cn
网上订购 http://www.hepmall.com.cn
　　　　 http://www.hepmall.com
　　　　 http://www.hepmall.cn
版　　次 1989年3月第1版
　　　　 2018年9月第4版
印　　次 2020年12月第3次印刷
定　　价 58.00元

物 料 号 49786-00

目　录

现当代文学…………………………（1）
伊则吉尔老婆子…………………………（1）
童年…………………………（10）
母亲…………………………（25）
毁灭…………………………（45）
青年近卫军…………………………（59）
静静的顿河…………………………（74）
约翰·克利斯朵夫…………………………（105）
美国的悲剧…………………………（127）
老人与海…………………………（142）
变形记…………………………（157）
尤利西斯…………………………（167）
荒原…………………………（188）
喧哗与骚动…………………………（195）
间隔…………………………（221）
等待戈多…………………………（233）
秃头歌女…………………………（248）
百年孤独…………………………（256）

亚非文学

上古文学…………………………（275）
旧约…………………………（275）
罗摩衍那…………………………（299）
沙恭达罗…………………………（327）
中古文学…………………………（344）
源氏物语…………………………（344）
一千零一夜…………………………（364）
蔷薇园…………………………（387）
近代文学…………………………（403）
我是猫…………………………（403）
两亩地…………………………（420）
被俘的英雄…………………………（423）
吉檀迦利…………………………（427）
新月集…………………………（431）
园丁集…………………………（433）
飞鸟集…………………………（435）
问…………………………（436）
《边沿集》第十八首…………………………（437）
《生辰集》第十首…………………………（438）
喀布尔人…………………………（441）
摩诃摩耶…………………………（446）
戈拉…………………………（450）
现当代文学…………………………（460）
雪国…………………………（460）
为党生活的人…………………………（476）
戈丹…………………………（489）
一日长于百年…………………………（506）
先知…………………………（517）
宫间街…………………………（532）
森林之舞…………………………（548）
我儿子的故事…………………………（562）

附录…………………………（576）
后记…………………………（577）

现当代文学

伊则吉尔老婆子

作者马克西姆·高尔基(1868—1936)是伟大的无产阶级作家,苏联无产阶级文学的主要奠基人。他原名阿列克塞·马克西莫维奇·彼什科夫,1868 年 3 月 16 日出生于下诺夫哥罗德城,父亲是木匠,母亲是小业主的女儿。高尔基幼年丧父,在充满小市民习气的外祖父家度过童年,11 岁开始到“人间”谋生,做过学徒、码头工人、烤面包工人等,在黑暗的社会底层,经受了磨炼。1884 年他来到喀山,贫民窟成了他的“社会大学”。在那里他参加了具有民粹派观点的知识分子的秘密自学小组,并开始接触马克思主义。80 年代末 90 年代初,高尔基两次漫游俄罗斯,积累了丰富的生活知识和创作素材。在第比利斯他参加了进步工人和革命者的秘密小组,同时在工人中开展宣传活动。1892 年高尔基发表了处女作《马卡尔·楚德拉》。1898 年两卷集《随笔与短篇小说》出版,轰动了俄国文坛,高尔基成为驰名欧洲的作家。

在高尔基的早期创作中,浪漫主义作品占重要地位。其中代表作《伊则吉尔老婆子》(1895)批判了自私自利的资产阶级个人主义者,塑造了以自己燃烧着的心为人民照亮前进道路的英雄丹柯的形象。《鹰之歌》(1895)抨击了苟且偷安的小市民习气,表现了革命者渴望战斗的激情。他的现实主义作品主要是以流浪汉生活为题材的短篇小说。这些作品反映了人民的苦难和他们的美好品德,表达了他们的愤怒和抗议情绪。其中最有代表性的是《切尔卡什》(1895)。1899 年高尔基完成了他第一部长篇小说《福马·高尔杰耶夫》。小说通过资产阶级两代人的形象展现了资本主义在俄国的发展进程,并预示了它衰落的前景。

19 世纪末 20 世纪初,俄国革命运动日趋高涨,高尔基逐渐确立了马克思主义世界观,积极参加社会民主工党领导的革命活动。1901 年 3 月在彼得堡他目睹了沙皇政府镇压人民群众的暴行,写下了著名的散文诗《海燕》,满怀激情地呼唤革命风暴的到来。与此同时,他还从事戏剧创作,代表作《小市民》(1901)批判了反对革命的小市民思想,塑造了具有清晰的阶级意识和坚定的革命信念的工人尼尔的形象。《底层》(1902)是作家 20 年观察流浪汉生活的总结,它揭露了资产阶级安慰主义的危害,号召人民为变革现实而斗争。

1905 年高尔基积极投身于俄国第一次革命,加入了布尔什维克党。同年 11 月第一次与列宁会面。在革命的准备过程中,他写了一系列政论文,抨击阻碍斗争深入发展的种种思想,其中《谈谈小市民习气》(1905)是优秀的政论之一。1906 年初高尔基受党委托,秘密离开俄国赴美国宣传俄国革命,为党筹措资金。在美国他写下了揭露资本主义的政论《我的访问记》和特写《在美国》,并完成了著名长篇小说《母亲》第一部和剧本《敌人》的创作。《敌人》通过对工人罢工斗争的描写,显示了工人群众觉悟的提高和战斗精神。同年秋天高尔基从美国到了意大利,定居于卡普里岛,年底完成了《母亲》的第二部。在意大利期间,高尔基密切关注俄国思想界和文学界出现的反动的、颓废的逆流,并予以猛烈的抨击。同时他还写了许多重要作品,如反映农民觉醒和革命的中篇小说《夏天》(1909)、表现意大利劳动人民生活与斗争的《意大利童话》(1911—1913)等。

1913年底高尔基回到俄国,开展文化组织工作。1914年第一次世界大战爆发,高尔基在政论中坚决谴责战争和沙文主义。此间,他还完成了三部曲自传体小说的前两部《童年》(1913—1916)和《人间》(1913—1916)。

十月革命胜利后,高尔基在担任苏维埃文化出版部门领导工作的同时,坚持文学创作。1923年完成了自传体三部曲的最后一部《我的大学》。三部曲是高尔基文学遗产中最优秀的部分之一。它描写了作家如何从生活的底层攀上文化高峰、走向革命道路,反映了俄国社会一代劳动者在黑暗中寻找真理、追求光明的曲折历程。此外,高尔基还写了大量的散文、特写、回忆录、文艺论文和政治论文。著名的回忆录《列宁》(1924—1931)成功地再现了革命导师列宁的光辉形象。1924至1925年高尔基创作了长篇小说《阿尔塔莫诺夫家的事业》。1925年高尔基着手创作具有史诗气魄的巨著《克里姆·萨姆金的一生》(1925—1936),这部巨著描写了十月革命前俄国社会40年的变迁,再现了历次重大事件,反映了马克思主义与形形色色的资产阶级反动思潮的激烈斗争,并通过克里姆·萨姆金这个反面典型,有力地批判了资产阶级个人主义,揭示了社会主义必然胜利的历史规律。

1934年,高尔基主持了第一次苏联作家代表大会,当选为作协主席。1936年6月18日高尔基逝世。

《伊则吉尔老婆子》是高尔基早期浪漫主义作品的代表作。它由两个民间故事和一个生活故事组成。第一个故事通过对腊拉孤傲、自私性格的揭露谴责了极端个人主义者。第二个故事是伊则吉尔老婆子对自身经历的叙述。她没有明确的生活目的,只知追求享乐,从而虚度了年华,晚景十分可悲。作者通过对伊则吉尔老婆子悲剧命运的描写,批判了个人主义的危害性。第三个故事是丹柯的英雄传说。通过丹柯在关键时刻掏出自己的心为群众照亮前进道路的动人事迹,歌颂了为集体献身的英雄主义精神。作品通过这两种生活态度的鲜明对比,赞美了舍己为人的高尚品格,表达了对自私、狭隘行为的憎恶和批判态度。

《伊则吉尔老婆子》,巴金译,载《高尔基文集》第一卷,人民文学出版社1981年版。

一

这些故事是我在比萨拉比亚海岸的一个地方听到的。

有一个晚上,跟我一起做工的摩尔达维亚人都去海边游乐了,我和伊则吉尔老婆子却留下来,躺在葡萄藤的浓荫里,默默地听着海边传来的欢笑和歌声,看着深蓝色天空中片片美丽而怪诞的云彩,和在草原上飘浮的云的影子。突然,伊则吉尔老婆子说:

"你瞧! 腊拉来了!"

我朝老婆子用她那指头弯曲的颤抖的手所指的方向望过去,我看见一些黑影在那儿浮动,影子很多,其中有一个比其他的影子更暗更浓,而且动得更快,也更低——这是从一片离地面较近,而且动得较快的云上面落下来的影子。

"我看不见一个人。"我说。

“你的眼睛比我这个老婆子的还差！你瞧！在那边！那个黑黑的东西，正在草原上跑着的！”

我再看那边，除了影子以外我还是什么也看不见。

“这是影子！你为什么叫它做腊拉？”

“因为这就是他。他现在已经只是一个影子了！是该成影子的时候了！他已经活了几千年了；太阳晒干了他的身子、他的血同他的骨头，风又把它们像尘土似的吹散了。你瞧：上帝为了一个人的高傲就会这样地对付他！”

“告诉我这是怎么一回事！”我向老婆子央求道，这时候我已经在期待着一个在草原上编成的出色的故事了。

她给我讲了下面的这个故事。

“这是好几千年前的事了。在海的那一边，很远的，很远的，太阳出来的地方，有一个大河的国家，在那个国家里太阳可热得厉害，那儿的每一张树叶、每一片草叶都投射出够给一个人遮蔽日光的影子。

“可见那个国家的土地是多么的富饶！

“在那儿有一族强悍的人，他们靠牧畜为生，并且把他们的气力同勇气消耗在打猎上面，打过猎以后，他们便设宴庆祝，大家唱歌，并且跟女孩子调情。

“有一回在他们的宴会当中，一只鹰从天空飞下来，把一个像夜一样柔和的黑头发的女孩子抓走了。男人们拔出箭来向鹰射去，那些可怜的箭都落回在地上。他们跑到各处去找那个女孩子，却始终找不到她。他们渐渐地忘了她，就跟人忘掉世界上的一切事情一样。”

老婆子叹一口气，她不响了。她那刺耳的声音好像是那一切给人忘记了的时代变成回忆的影子在她胸中复活起来，现在在这儿哀诉一样。海轻轻地给这个古老传说的开场白伴奏（这一类的传说也许就是在这个海岸上创造出来的）。

“可是过了二十年，她自己回来了，已经成了衰弱、憔悴的女人。她带来一个年轻人，强壮而漂亮，就像她在二十年以前的那个样子。他们问她这些年中间她在什么地方，她说鹰把她带到深山去，她跟他一块儿住在那儿做他的妻子。这个年轻人便是他的儿子；父亲已经死了。他看见自己一天一天地衰老了，便最后一次高高地飞到天空去，然后收起翅膀让自己从空中摔下来，重重地跌在峻峭的山岩上撞死了……

“众人惊奇地望着鹰的儿子，他们看出来他跟他们并没有什么差别，只除了他的眼睛是冷冷的、高傲的，跟那个百鸟之王的眼睛倒很相像。他们对他讲话，他高兴就回答，否则便一声不响；族里的长辈们过来对他讲话，他像对待平辈一样地回答他们。这使长辈们很不高兴，他们说他是一根箭头还没有削尖也没有装上羽毛的箭，他们告诉他，成千的像他这样年纪的人以及成千的年纪比他大一倍的人都尊敬他们，服从他们。可是他却大胆地望着他们，回答道，世界上并没有一个跟他相等的人，要是大家都尊敬他们，他也不愿意这样干。啊！……这时候他们真的生气了，他们气冲冲地说：

“‘我们中间没有他的地方！他高兴上哪儿去，就让他上哪儿去。’

“他大笑，便到他高兴去的地方去——到那个一直出神地望着他的美丽的少女那儿去；他走到她跟前，搂住她。她的父亲就是刚才训斥过他的那些长辈中间的一位。虽然他很漂亮，可是她把他推开了,因为她害怕她的父亲。她把他推开,自己走开了;可是他打她,等她倒在地上的时候,他又拿脚踏在她的胸口上,踏得那么厉害,从她的嘴里喷出鲜血来朝天空溅去。这个少女喘一口气,像蛇一样地扭动一下,就死了。

"所有在场看见这件事情的人都惊呆了,——一个女人让人这样地杀死在他们的面前,这还是第一次。他们默默地站了许久,他们一会儿望着那个少女,她躺在那儿,眼睛睁开,满口是血,他们一会儿望着她旁边那个年轻人,他一个人站在那儿,高傲地面对着大家——他不肯埋下头,好像他要他们来处罚他似的。后来他们清醒过来了,捉住他,把他绑起来,放在那儿;因为他们觉得,马上就杀死他,未免太简单了,这不会使他们满意的。"

夜色在增长,在加浓,夜充满了奇异的、轻柔的声音。草原上金花鼠凄凉地吱吱叫着,葡萄藤的绿叶丛中响起了蟋蟀的玻璃一样的颤声;树叶在叹息,在窃窃地私语;一轮血红色的满月现在变成苍白色了,它离地越高,就显得越苍白,而且越来越多地把大量的浅蓝色暗雾倾注在草原上……

"他们聚在一块儿,要想出一个足以抵偿他的大罪的刑罚……有人建议用几匹马把他分尸,然而他们觉得这个太温和了。有人主张每一个人射他一箭射死他,但是这也让人反对掉了。有人提议把他活活地烧死,可是烟雾会叫人看不见他的痛苦。意见已经提得很多,却始终找不到一个可以叫大家满意的来。他的母亲跪在他们的面前,一声不响,她找不到眼泪同语言来哀求他们宽恕她的儿子。他们谈了很久,最后一位贤人想了好一会儿,便说道:

"'让我们来问问他为什么要做这件事!'

"他们这样问了他。他说:

"'先给我松绑!你们绑住我,我是不说的!'

"他们给他松了绑以后,他反倒问他们:

"'你们要什么?'他对他们发问好像把他们当作他的奴隶一样……

"'已经对你讲过了,'贤人答道。

"'为什么我要向你们解释我的行为呢?'

"'为着我们可以了解你。你这个高傲的人,你听着!反正你要死了……你让我们了解你所做的事情吧。我们还要活下去,我们能够多知道一些我们现在还没有知道的事,对我们会有好处。……'

"'好吧,我说,虽然也许连我自己还不十分明白先前发生的那件事情。我杀死她,因为我觉得——她好像在推开我……我却要她。'

"'可是她不是你的人呀!'他们对他说。

"'那么你们使用的就都是你们自己的东西吗?我明明看见每一个人就只有言语和手、脚是他自己的……可是他们却有牛羊,女人,土地……还有许多别的东西。'

"对他这个问题,他们回答他说,一个人占用任何一件东西,都是用他自己作代价换来的:譬如用他的智慧,他的气力,有时候甚至用他的生命。可是他说,他要保持一个完整的自己,不愿意分一点给别人。

"他们跟他谈了很久,后来终于看出来他把自己看作世界上的第一个人,而且除了他自己以外,他什么都不放在眼里。他们明白他给他自己安排了怎样孤独的命运的时候,他们觉得可怕极了。他没有种族,没有母亲,没有牲畜,没有妻子,而且他也不要这些。

“他们看到了这一点,便又讨论究竟用什么样的方法处罚他。可是这一次他们谈得并不久,那个贤人听了他们的意见以后,便出来说:

“‘等着!刑罚已经有了。一个很可怕的刑罚。你们想一千年也想不出这个来!他的刑罚就在他自己身上!放他去吧,让他自由。这就是他的刑罚!’

“就在这个时候发生了一件神奇的事情。无云的天空中忽然响起一声霹雳。天上的神明同意了贤人的话。在场的人全躬身行礼,随后便散去了。然而这个年轻人(他现在得到了“腊拉”这个名字,这是“被抛弃”,“被放逐”的意思)却望着那些把他抛在这儿的人高声大笑,他笑着,他现在是单单的一个人了,他是自由的,跟他的父亲完全一样。不过他的父亲并不是人……他却是一个人。现在他开始过起鸟一样的自由生活来了。他时常跑到那一族人住的地方去,抢走他们的牲畜和女孩子——以及一切他要的东西。人们用箭射他,可是箭头射不进他的身体,因为有一层最高刑罚的无形的外皮保护着它。他动作敏捷,贪得无厌,又强壮,又残酷,可是他始终没有跟人面对面地遇到过。人们只有在远处看到他。他就这样孤独地在人群附近荡来荡去,一直荡了好久,好久,——已经好几十年了。可是有一回他走近了人们,等到他们向他冲上来的时候,他却站住不动,连一点儿自卫的动作也没有。有一个人猜到了他的心思,便大声嚷起来:

“‘不要挨他!他想死!’

“大家全站住不动了,他们都不愿意减轻这个对他们作过许多坏事的人的恶运,都不愿意杀死他。他们就站在旁边,笑他。他听到这些笑声,浑身抖起来,伸出两只手抓他自己的胸口,在胸口上找寻什么东西。他忽然拿起一块石头,向人们冲过去。他们避开他的攻击,却不还手打他;等到他疲乏了发出一声痛苦的哀号倒在地上的时候,人们退在一边,望着他。他站起来,拿起那把他们先前争斗的时候从一个人手里落下来的刀,朝他自己的胸口刺进去。可是刀折断了,好像它砍在一块坚硬的石头上一样。他又倒在地上,拿脑袋去撞地,撞了好久,可是地只是在退让,他的脑袋撞到哪里,哪里便留下一个洞。

“‘他不能够死!’人们高兴地嚷着。

“他们丢下他走开了。他朝天躺着,看见一些雄壮的鹰像黑点似的高高地在天空飞翔。他的眼睛里充满着痛苦,多到可以毒死全世界的人。从那个时候起他就在等待死——永远是孤独的,永远是自由的。他一直在飘来荡去,到处都去过了。……你瞧,他已经变成影子一样的了,而且他会永远是这样的。他不懂得人的话,也不懂得人的动作,他什么也不懂。他只是在找寻,飘来荡去……他不知道生,死也不欢迎他。人们中间没有他的地方了。……看,这就是一个人由于高傲而受到的惩罚!”

老婆子叹了一口气,不响了,她那个垂在胸前的头奇怪地摇了几下。

我望着她。我觉得这个老婆子给睡魔征服了。不知道为什么,我非常可怜起她来。她的故事的结尾的一段是用一种庄严的、警告的声音说出来的,可是这里面仍旧有畏怯的、奴隶性的调子。

……

二

从海边又传来摩尔达维亚人的歌声。伊则吉尔老婆子说,只有美的人、爱生活的人才能唱得这样好。她用她那刺耳的破声讲起了自己年轻时候的故事:我15岁的时候,和母亲一块儿住在伯尔德拉河的岸上,一个快活的高个子渔人迷上了我,四天以后我已经把我自己完全给了他了,常常在夜里跟他一块去划船,可是没多久我就不喜欢他了,他只会唱歌,接吻,就再没有别的!我又爱上了一个红头发的古楚尔人,他老带着忧愁的样子,有时很温柔,有时又像一匹野兽。他后来是被绞死的,上绞架的时候还从从容容地抽着烟斗,我为他伤心了整整一年。

海边的歌声停止了,只有海浪的喧响给老婆子的声音伴奏——那种忧郁的、骚动不息的喧响正是这个骚动不息的生活的故事最好的伴奏。

她说:我还爱过一个土耳其人,在他的内院里住了整整一个星期,过得还不坏,可他另外八个女人却让人受不了,我带着他16岁的儿子逃走了。后来那孩子死了,不知是因为想家,还是为了爱情,他很快憔悴了,枯萎了,也许就是我把他害死的。她叹了一口气,在胸前画了三次十字。

老婆子接着讲道:我在修道院里病了很久,一个波兰修士看护我,他的一个兄弟也是修士,常来看他,老是像蛇一样在我面前扭来扭去。等身体好了我就跟这个人去了波兰。这个小波兰人又可笑,又下贱。需要女人的时候,他就像雄猫那样来跟我亲热,可他不要我的时候,就用鞭子一样的话抽我。有一回他对我说了一句傲慢无礼的话,我生气了!把他举起来扔进河里就走开了,从此再没见过他。这倒是我的运气:我从来没有再碰到那些我爱过的人,那会跟碰见了死人一样。

老婆子停住嘴叹息起来。我想象着那几个因她而复活起来的人,他们都只是些模糊的影子,然而他们所吻过的这个女人还活着,可时间把她快消耗光了,她没有肉体,没有血,心里失掉了欲望,眼睛里也没有火——也差不多是个影子了。

她继续讲下去:我在波兰的生活艰难起来,一个犹太人把我买了去用身体做生意。有钱的老爷们常来我这儿,花很多钱,为我打架甚至倾家荡产。我那时候爱上了一个疤脸的很体面的老爷,他喜欢英雄豪杰的行径,后来大概是在暴动中给你们的人杀了。我还认识一个马扎尔人,离开我以后被人用子弹射穿了脑袋,你瞧,被爱情杀死的人并不比被瘟疫杀死的少。在波兰我玩的最后一次把戏,是爱上了一个波兰小贵族,他真漂亮,就跟魔鬼一样。我那时已有40岁了,在他身上很花了些工夫,但他把我弄到手以后,马上就扔掉了,还在别人那儿笑我,那时候我才明白我老了,这对我可真不是愉快的事情!到后来他跟你们俄罗斯人打仗,做了俘虏,我扮成讨饭女人去看他,夜里下着雨,我爬到关他的牢房外面,可哨兵不让我过去,我把他推倒在泥塘里闷死了。我救出了小波兰人和另外三个人,他们全向我道谢,我等着看他怎样对待我。他说为了感谢我搭救他的恩德,他要爱我了,还带笑地跪在我面前说:"我的女王!"就是这样虚伪的狗!我把他一脚踢开,跟这些波兰人分手了。那时候我就看出来我已经到了应当给自己造个窝的时候了,像布谷鸟那样的生活我过够了!我已经在这儿住了将近30年了,有一个摩尔达维亚人的丈夫,一年前死了。我还活着!跟这些摩尔达维亚人在一块儿,给他们讲许多各种各样的故事,他们很爱我,这样也很好。

她不响了,头一摇一摆地打起了瞌睡,同时小声地好像在做着祷告。

草原上浓云密布,变得又黑又可怕。草原深处闪亮着一粒一粒蓝色的小火花,它们忽这儿忽那儿,时明时灭,让人想到一种不可思议的东西。

我从前听见人讲过一点这些火星的来源,可是我却想听听伊则吉尔老婆子对这个怎样地讲法。

“这些火星是从丹柯的燃烧的心里发出来的。从前在世界上有一颗心,它有一天发出火来了……这些火星就是从那儿来的。我现在把这个讲给你听……这也是一个古老的故事……古老的,完全古老的!你瞧,古时候一共有多少东西?……可是现在,像那样的东西连一个也没有——像古时候那样的伟大的行为啦,人物啦,故事啦,全没有……为什么呢?……哼,你说吧!你说不出的……你知道些什么呢?你们这班年轻人知道些什么呢?唉!……要是你们好好地去看看古时候,——那么你们所有的谜都找到解答了……可是你们不去看,所以你们就不懂得怎样生活了……难道我没有见过生活吗?啊,我全见过的,虽然我的眼睛不好!我看见人们并不在生活,却只是在盘算来,盘算去,把一生的光阴全花在这上面。等到他们发觉一切有一点儿价值的东西全弄光了,他们白白地活了一辈子的时候,他们就悲叹起自己的命运来了。命运跟这个有什么相干?各人决定各人自己的命运!各种各样的人我现在都见过了,就只没有见到强的人!他们在哪儿呢?……美的人也是一天一天地少起来了。”

老婆子在沉思了,她在想:那些强的、美的人躲到哪儿去了呢?她一边想,一边凝望着黑暗的草原,好像在那儿找寻一个回答似的。

我在等待她的故事,我一声不响,我害怕,要是我问她一句话,她又会岔到一边去了。

后来她又讲起故事来。

三

“古时候地面上就只有一族人,他们周围三面都是走不完的浓密的树林,第四面便是草原。这是一些快乐的、强壮的、勇敢的人。可是有一回困难的时期到了:不知道从什么地方来了一些别的种族,把他们赶到林子的深处去了。那儿很阴暗而且多泥沼,因为林子太古老了,树枝密密层层地缠结在一块儿,遮盖了天空,太阳光也不容易穿过浓密的树叶,射到沼地上。然而要是太阳光落在泥沼的水面上,就会有一股恶臭升起来,人们就会因此接连地死去。这个时候妻子、小孩们伤心痛哭,父亲们静默沉思,他们让悲哀压倒了。他们明白,他们要想活命就得走出这个林子,这只有两条路可走:一条路是往后退,可是那边有又强又狠的敌人;另一条路是朝前走,可是那儿又有巨人一样的大树挡着路,它们那些有力的枝桠紧紧地抱在一块儿,它们那些虬曲的树根牢牢地生在沼地的黏泥里。这些石头一样的大树白天不响也不动地立在灰暗中,夜晚人们燃起篝火的时候,它们更紧地挤在人们的四周。不论是白天或夜晚,在那些人的周围总有一个坚固的黑暗的圈子,它好像就想压碎他们似的,然而他们原是不会得到什么结果的。‘为什么我们要把我们的气力浪费在思想上、悲伤上呢?起来,我们到林子里去,我们要穿过林子,林子是有尽头的,世界上的一切都是有尽头的!我们走!喂!嘿!……’

“他们望着他,看出来他是他们中间最好的一个,因为在他的眼睛里闪亮着很多的力量同烈火。

“‘你领导我们吧!’他们说。

“于是他就领导他们……”

老婆子闭了嘴,望着草原,在那边黑暗越来越浓了。从丹柯的燃烧的心里发出来的小火星时时在远远的什么地方闪亮,好像是一些开了一会儿就谢的虚无缥缈的蓝花。

“丹柯领着他们。大家和协地跟着他走——他们相信他。这条路很难走。四周是一片黑暗,他们每一步都碰见泥沼张开它那龌龊的、贪吃的大口,把人吞下去,树木像一面牢固的墙拦住他们的去路，树枝纠缠在一块儿；树根像蛇一样地朝四面八方伸出去。每一步路都要那些人花掉很多的汗和很多的血。他们走了很久……树林越来越密，气力越来越小。人们开始抱怨起丹柯来，说他年轻没有经验，不会把他们领到那儿去的。可是他还在他们的前面走着，他快乐而安详。

“可是有一回在林子的上空来了大雷雨，树木凶恶地、威胁地低声讲起话来。林子显得非常黑，好像自从它长出来以后世界上所有过的黑夜全集中在这儿了。这些渺小的人在那种吓人的雷电声里，在那些巨大的树木中间走着；他们向前走，那些摇摇晃晃的巨人一样的大树发出轧轧的响声，并且哼着愤怒的歌子，闪电在林子的顶上飞舞，用它那寒冷的青光把林子照亮了一下，可是马上又隐去了，来去是一样的快，好像它们出现来吓人似的。树木给闪电的寒光照亮了，它们好像活起来了，在那些正从黑暗的监禁中逃出来的人的四周，伸出它们的满是疙瘩的长手，结成一个密密的网，要把他们挡住一样。并且仿佛有一种可怕的、黑暗的、寒冷的东西正从树枝的黑暗中望着那些走路的人。这条路的确是很难走的，人们给弄得疲乏透顶，勇气全失了。可是他们不好意思承认自己的软弱，所以他们就把怨恨出在正在他们前面走着的丹柯的身上。他们开始抱怨他不能够好好地带领他们——瞧，就是这样！

“他们站住了，又倦又气，在树林的胜利的喧响下面，在颤抖着的黑暗中间，开始审问起丹柯来。

“他们说：‘你对我们只是个无足轻重的、有害的人！你领导我们，把我们弄得筋疲力尽了，因此你就该死！’

“‘你们说：领导我们！我才来领导的！’丹柯挺起胸膛对他们大声说。‘我有领导的勇气，所以我来领导你们！可是你们呢？你们做了什么对你们自己有益的事情呢？你们只是走，你们却不能保持你们的气力走更长的路！你们只是走，走，像一群绵羊一样！’

“可是这些话反倒使他们更生气了。

“‘你该死！你该死！’他们大声嚷着。

“树林一直不停地发出低沉的声音，来响应他们的叫嚷，电光把黑暗撕成了碎片。丹柯望着那些人，那些为着他们的缘故他受够了苦的人，他看见他们现在跟野兽完全一样。许多人把他围住，可是他们的脸上没有一点高贵的表情，他不能够期望从他们那儿得到宽恕。于是怒火在他的心中燃起来，不过又因为怜悯人们的缘故灭了。他爱那些人，而且他以为，他们没有他也许就会灭亡。所以他的心又发出了愿望的火：他愿意搭救他们，把他们领到一条容易走的路上去，于是在他的眼睛里亮起来那种强烈的火的光芒……可是他们看见这个，以为他发了脾气所以眼睛燃烧得这么亮，他们便警戒起来，就像一群狼似的，等着他来攻击他们；他们把他包围得更紧了，为着更容易捉住丹柯，弄死他。可是他已经明白了他们的心思，因此他的心燃烧得更厉害了，因为他们的这种心思使他产生了苦恼。

“然而树林一直在唱它那阴郁的歌，雷声仍在隆隆地响，大雨依旧在下着……

“‘我还能够为这些人做什么呢？’丹柯的叫声比雷声更大。

“忽然他用手抓开了自己的胸膛，从那儿拿出他自己的心来，把它高高地举在头上。

“他的心燃烧得跟太阳一样亮，而且比太阳更亮，整个树林完全静下去了，林子给这个伟大的人类爱的火炬照得透亮；黑暗躲开它的光芒逃跑了，逃到林子的深处去，就在那儿，黑暗颤抖着跌进沼地的龌龊的大口里去了。人们全吓呆了，好像变成了石头一样。

“‘我们走吧！’丹柯嚷着，高高地举起他那颗燃烧的心，给人们照亮道路，自己领头向前奔去。

“他们像着了魔似的跟着他冲去。这个时候树林又发出了响声,吃惊地摇动着树顶,可是它的喧响让那些奔跑的人的脚步声盖过了。众人勇敢地跑着,而且跑得很快。他们都让燃烧的心的奇异景象吸引住了。现在也有人死亡,不过死的时候没有抱怨,也没有眼泪。可是丹柯一直在前面走,他的心也一直在燃烧,燃烧!

“树林忽然在他们前面分开了,分开了,等到他们走过以后,它又合拢起来,还是又密又静的;丹柯和所有的人都浸在雨水洗干净了的新鲜空气和阳光的海洋里。在那边,在他们的后面,在村子的上空,还有雷雨,可是在这儿太阳发出了灿烂的光辉,草原一起一伏,好像在呼吸一样,草叶带着一颗一颗钻石一样的雨珠在闪亮,河面上泛着金光……黄昏来了,河上映着落日的霞光,显得鲜红,跟那股从丹柯的撕开的胸膛淌出来的热血是一样的颜色。

“骄傲的勇士丹柯望着横在自己面前的广大的草原,——他快乐地望着这自由的土地,骄傲地笑起来。随后他倒下来——死了。

“充满了希望的快乐的人们并没有注意到他的死,也没有看到丹柯的勇敢的心还在他的尸首旁边燃烧。只有一个仔细的人注意到这个,有点害怕,拿脚踏在那颗骄傲的心上……那颗心裂散开来,成了许多火星,熄了……

“在雷雨到来前,出现在草原上的蓝色火星就是这样来的!”

现在老婆子讲完了她的美丽的故事,草原上开始了一阵可怕的静寂,这草原好像也因为勇士丹柯所表现的力量而大大地吃惊了,那个为了人们烧掉自己的心死去、并不要一点酬报的丹柯。老婆子在打瞌睡。我一边瞧着她,一边在想:她的记忆里还剩得有多少的故事,多少的回忆啊?我想到丹柯的伟大的燃烧的心,又想到创造出这一类美丽而有力的传说的人类的幻想。

起了一阵风,把这个睡得很熟的伊则吉尔老婆子身上穿的破衣服刮起来,露出她的干瘪的胸膛。我把她的年老的身子又盖上了,自己躺在她旁边的地上。草原上黑暗而静寂。云仍旧缓慢地、寂寞地在天空飘移……海发出了低沉的、忧郁的喧响。

童　年

《童年》是高尔基自传体三部曲中最脍炙人口的一部。它不仅生动地记述了作者童年时期的种种苦难经历，而且真实地表现了小主人公阿廖沙的成长过程；特别是通过对外祖母感人形象的塑造，以及对外祖父家中小市民生活气氛的展示，作品更具有深邃的社会生活内涵和教育意义。

《童年》，刘辽逸译，载《高尔基文集》第15卷，人民文学出版社1985年版。

一

在幽暗的小屋里，我父亲躺在窗下地板上，他穿着白衣裳，身子伸得老长老长的；他的光脚板的脚趾头，奇怪地张开着，一双可亲的手安静地放在胸脯上，手指也是弯的；他那一对快乐的眼睛紧紧地闭住，像两枚圆圆的黑铜钱，他的和善的面孔发黑，难看地呲着牙吓唬我。

母亲跪在那里，上身没穿衣裳，下半身围着红裙子。她用那把我爱拿来锯西瓜皮的小黑梳子，把父亲又长又软的头发从前额梳到后脑勺；母亲老是自言自语，声音粗重而且沙哑，她的灰色眼睛肿得仿佛要融化似的，大滴大滴的泪水直往下滚。

外祖母拉着我的手。她长得圆圆的，头大眼睛也大，松软的鼻子挺可笑；她穿一身黑衣裳，整个人都是柔软的，好玩极了；她也哭，哭得挺别致，仿佛挺熟练地伴随着母亲哭，浑身发抖，拉着我往父亲身边推；我躲在她背后，死撑着不愿去；我又害怕又觉得怪别扭的。

我从未见过大人哭，也不明白外祖母再三地说的话是什么意思：

"跟爸爸告别吧，你再也看不见他了，亲爱的孩子，他不到年纪，不到时候就死了……"

我得过一场大病。才刚下地。我病着的时候记得很清楚：父亲高高兴兴地看护我，可是后来，他忽然不见了，却换了一个奇怪的人——外祖母来看护我。

"你从哪儿来的？"我问她。

她回答：

"从上边，从尼日尼来的，不是走来的，是坐船来的，在水上不能走，小鬼！"

这真可笑，使人摸不着头脑，因为在我们家楼上住着几个染了头发的大胡子波斯人，地下室住着一个黄脸的加尔梅克老头子，是贩卖羊皮的；沿着楼梯，可以骑着栏杆溜下去，要是摔倒了，就翻着筋头往下滚，——这我是知道得很清楚的。这和水有什么关系呢？一切都乱套了，都糊涂得令人好笑。

"为什么我是小鬼？"

"因为你多嘴，"[①]她也笑着说。

她讲起话来又亲切，又快乐，又流利。从见到她的第一天起，我就和她要好了，现在我希望她快点领我离开这间屋子。

母亲守在父亲身边，号啕大哭，这在我心里引起新奇和不安的感觉。突然，母亲痛苦地挣扎

---

① 本书在标点符号方面基本保持译作原貌。——编者注

起来，并且赶我出去，我跑到黑暗的角落里躲起来，看到母亲和外祖母忙成一团，听外祖母说，这是生孩子。后来，忽然在黑暗中有一个小孩哭了，外祖母念叨着："荣耀归于主！是个男孩！"

留在我记忆中的第二个印象，就是在一个雨天，在坟场荒凉的一角，父亲的棺材被埋进一个土坑里。

过了几天，我、外祖母和母亲搭上了轮船，刚生下来的小弟弟马克西姆死了，包着白布，躺在角落里的一张桌子上。

母亲倚着船壁僵直地站着，一动不动，两眼紧闭，面孔阴暗铁青，一声不响，人完全变样了。让我觉得十分陌生。

船到萨拉托夫，母亲和外祖母把小弟弟放在水手拿来的一个小匣子里出去了，我差点跟着别人下船，被那个水手抱回来关进船舱里，我出不去，生气摔碎了牛奶瓶，后来哭着哭着就睡着了。

我醒来时，轮船又颤动着噗噗地响了。船舱的窗户明晃晃的，像一个太阳。外祖母坐在我身旁梳头，皱着眉头，老是自言自语地咕哝着。她的头发多得出奇，密密地盖着两肩、胸脯、两膝，一直垂到地上，乌黑乌黑的，泛着蓝光。她用一只手从地上把头发兜起来提着，挺费劲地把稀疏的木梳齿儿梳进厚厚的发绺里；她的嘴唇歪扭着，黑眼珠儿闪耀着气忿的光芒，她的脸在大堆的头发里变得又小又可笑。

她今天样子很凶，但当我问起她的头发为什么这样长的时候，她还是用昨天那样温暖而柔和的腔调说：

"看来这是上帝给我的惩罚，上帝说：给你梳这些该死的头发去吧！年轻的时候，我夸耀过这一把马鬃，到老来，我可诅咒它了。你睡吧！还早着呢，——太阳睡了一夜刚起来……"

"我不想睡！"

"不想睡就不睡好了，"她马上表示同意，一面编辫子，一面往沙发那边瞧，母亲就在沙发上躺着，脸朝上，身子直得像一根弦。"你昨天怎么把牛奶瓶子打破了？你小点声说！"

外祖母说话好似在用心地唱歌，字字句句都像鲜花那样温柔，鲜艳和丰润，一下子就牢牢地打进我的记忆里。她微笑的时候，那黑得像黑樱桃的眼珠儿睁得圆圆的，闪出一种难以形容的愉快光芒，在笑容里，快活地露出坚固的雪白的牙齿，虽然黑黑的两颊有许多皱纹，但整个面孔仍然显得年轻，明朗。但这面孔却被松软的鼻子、胀大了的鼻孔和红鼻尖儿给弄坏了。她从一个镶银的黑色鼻烟壶里嗅烟草。她的衣服全是黑的，但通过她的眼睛，从她内心却射出一种永不熄灭的、快乐的、温暖的光芒。她腰弯得几乎成为驼背，肥肥胖胖，可是举动却像一只大猫似的轻快而敏捷，并且柔软得也像这个可爱的动物。

在她没来以前，我仿佛是躲在黑暗中睡觉，但她一出现，就把我叫醒了，把我领到光明的地方，用一根不断的线把我周围的一切联结起来，织成五光十色的花边，她马上成为我终身的朋友，成为我最知心的人，成为我最了解、最珍贵的人——是她那对世界无私的爱丰富了我，使我充满了坚强的力量以应付困苦的生活的。

40年前，轮船走得很慢；我们坐了好多天的船才到尼日尼，我清楚地记得最初的几天是多么美。

天气变好了，我和外祖母从早到晚都呆在甲板上，头上是明净的天空，伏尔加两岸被秋天镀上一层金，又缝上了绸缎。橘红色的轮船逆流而上，轮桨徐徐地、懒懒地拍打着瓦蓝色的水，发出隆隆的声音，船尾用一条长长的牵引索拖着一只驳船。驳船是灰色的，样子像一只土鳖。太阳在伏尔加河上空静悄悄地浮动着；周围的景致时时刻刻变换着，时时刻刻都是新的。翠绿的山好似大地的富丽衣服的华美褶儿。沿岸有城市和乡村，远远看去宛如一块块的甜点心，水面上漂着金黄色的秋叶。

"你瞧，多么好啊！"外祖母不断地这样说，一会儿跑到船这边，一会儿跑到船那边，她容光焕发，高兴得睁大了眼睛。

她常常对着河岸出神，把我也给忘了；她站在船边，两手交叉在胸前，微微笑着，一声不响，眼里含着泪水。我拉拉她的挑花的黑裙子。

"啊？"她抖擞了一下。"我仿佛在打瞌睡，做了一个梦似的。"

"你哭什么？"

"亲爱的，我哭是因为快乐，因为年老，"她微笑着说。"我已经老了，你知道吧，我的岁月过了六十整了。"

她闻了闻鼻烟，开始给我讲一些珍奇的故事：讲慈善的强盗，讲圣人，讲各种怪兽和妖魔。

她讲童话故事的时候，声音很低，很神秘，她俯下身子凑近我的脸，睁大了眼珠儿注意地看着我的眼睛，就仿佛往我心里灌输一种使我振奋的力量。她说话像唱歌似的，越说越流畅。听她说话使人有说不出的愉快。我每次听完以后，总是要求：

"再讲一个！"

"好，再讲一个：有一个老家神坐在灶炉底下，面条儿扎进了他的脚掌儿，他摇来晃去的，哼哼吱吱地叫：'哎哟，小老鼠，疼啊，哎哟，小老鼠，我受不了啊！'"

外祖母抬起一只脚，两手握着它，悬空摆来摆去，可笑地装出一副苦脸，仿佛她自己感觉疼痛似的。

水手们（一群长胡子的和蔼的男人）站成一圈儿，他们一面听，一面笑，夸奖外祖母，也要求说：

"老太太，再讲一个吧！"

然后他们都说：

"走，跟我们一块儿吃晚饭去！"

吃晚饭的时候，他们请外祖母喝伏特加酒，请我吃西瓜和香瓜。这都是偷偷地做的，因为船上有一个人禁止吃瓜果，他会把瓜果夺走扔到河里的。他穿得很像警察，制服上钉有铜扣子，整天价醉醺醺的，人们都躲开他。

母亲很少到甲板上来，总是躲开我们。她始终沉默着。她身躯高大、挺直，面孔发黑，铁似的冷静，粗大的浅色辫发像王冠似的盘在头上；她全身结实而有力。我现在回想起来，总觉得有一层雾或者透亮的云包围着她，她那对跟外祖母一样大的灰色的眼睛，从这云雾里远远地冷漠地眺望着。

有一次她严厉地说：

"人家笑您呢，妈妈！"

"管他们呢！"外祖母满不在乎地回答。"让他们笑去吧，让他们笑个痛快！"

我记得，外祖母一看见尼日尼，就高兴得像小孩子似的。她拉着我的手，推着我走到船舷旁边，大声地说：

“你瞧，你瞧，多么好看！那就是尼日尼，我的天啊！瞧它，简直像神仙住的地方！你再瞧那教堂，活像在空中飞翔似的！”

她几乎哭了出来，央求我母亲说：

“瓦留莎，你倒是看一看啊，嗯？大约你把这些地方都忘了吧？高兴高兴吧！”

母亲阴沉地笑了笑。

轮船停在美丽的城对面河心当中，河上挤满了船只，几百根尖尖的桅杆耸立着。一只满载着人的大船向轮船靠拢来，钩杆抓住放下来的梯子，人们一个个地从那只大船走上甲板。有一个干瘦的小老头在最前头飞快走着，他穿着一身黑色的长衣服，胡子是赤金色的，有着一个鸟嘴鼻子和一对绿莹莹的小眼睛。

“爸爸！”母亲深沉而响亮地喊叫了一声，就扑到他的怀里，他抱着她的头，急忙用那通红的小手抚摸着她的两腮，声音尖厉地喊道：

“怎么啦？傻孩子。噢哟！原来是这么着……嗨，你们这些人啊……”

外祖母像陀螺似的乱转，转眼工夫就把所有的人都拥抱过，亲吻过；她推着我走到人们面前，急忙地说着：

“快点快点！这是米哈伊洛舅舅，这是雅科夫舅舅……纳塔利娅舅妈，这是两个表哥，都叫萨沙，卡捷琳娜表姐，这都是我们一家子，你看有多少！”

外祖父问她：

“你身体好吗？老妈妈。”

他们对吻了三下。

外祖父把我从挤在一起的人堆里拉出来，按着我的头问道：

“你是什么人啊？”

“我是从阿斯特拉罕上来的，从船舱里跑出来的……”

“他说什么？”外祖父问我母亲，没等回答，就推开我说道：

“颧骨跟父亲的一样，……下船吧！”

下了船，我们一群人沿着斜坡往上走，坡上铺着大鹅卵石，两旁高高的陡坡长满了枯黄的践踏了的野草。

外祖父和我母亲走在大家的前头。他的个儿只到她的肩膀，他走起路来步子细而快，她却宛如在空中飘浮着，从上往下望着他。两个舅舅默默地在后面跟着：米哈伊尔[①]舅舅的黑头发梳得光光的，像外祖父一样干瘦；雅科夫舅舅的头发是浅色的，曲卷着；还有几个穿着鲜亮衣服的胖女人和六个孩子，这些孩子都比我大，都是安安静静的。我和外祖母、小个子舅母纳塔利娅一块儿走着。她面色苍白，蓝眼睛，挺大的肚子，常常停下来，气喘喘地低声说：

“噢唷，我走不动了！”

“他们干吗要惊动你？”外祖母气忿忿地说。“一家子蠢货！”

不论是大人还是小孩，我都不喜欢，我觉得自己在他们中间是陌生人，甚至连外祖母也有点失去原先的光彩，显得疏远了似的。

---

① 米哈伊尔即米哈伊洛。

特别使我不喜欢的是外祖父；我在他身上立刻闻到敌意，他引起我对他的特别注意和一种畏惧的好奇心。

我们上了坡。坡顶上靠右边斜坡开始有大街的地方，坐落一所低矮的平房，涂着脏污的粉红油漆，房盖低低地压下来，窗户是往外鼓的。从外面看，我觉得很大，可是里面，分成一间间的半明半暗的小房间，很拥挤；像在靠码头的轮船里似的，到处都是怒气冲冲的人忙来忙去，小孩子像一群偷食的麻雀乱窜乱跳，到处闻到一种刺鼻的从未闻过的气味。

我到了院子里。院子也令人不愉快：满院子挂的都是整幅的湿布，到处摆着桶，桶里盛着稠糊糊的五颜六色的水，里面泡着的也是布。在墙角一间低矮的快要倒塌的旁屋里，炉子里木柴烧得正旺，有什么东西煮沸了，嘟嘟地响，一个看不见的人高声说着奇怪的话：

“紫檀——品红——硫酸盐。”

二

一种浓厚的、色彩斑驳的、离奇得难以形容的生活，以惊人的速度开始奔流了。在我的记忆中，那段生活，仿佛是由一个善良而且极端诚实的天才美妙地讲出来的一个悲惨的童话。现在我把过去回想一下，有时连我自己也难以相信竟会发生那样的事，有很多事情我很想辩驳，否认，因为在那“一家子蠢货”的黑暗生活中，残酷的事情太多了。

但真理比怜悯更高，要知道，我不是在讲我自己，而是讲那令人窒息的、充满可怕景象的狭小天地。在这里，普通的俄国人曾生活过，而且直到现在还在生活着。

外祖父家里，弥漫着人与人之间的炽热的仇恨之雾；大人都中了仇恨的毒，连小孩也热烈地参加一份。后来从外祖母嘴里我才知道，母亲来到的时候，她的两个弟弟正在坚决地要求父亲分家。母亲突然回来，使他们的分家愿望更强烈，更尖锐了。他们害怕我的母亲讨回那份本来给她预备、但是因为她违背外祖父的意志“自己做主”结婚而被外祖父扣留了的嫁妆。舅舅们认为嫁妆应当分给他们。此外还为了谁在城里开设染坊、谁到奥卡河对岸库纳维诺村去，彼此早就无情地争吵不休了。

我们来了不久，在厨房里吃饭的时候，就爆发了一场争吵：两个舅舅忽地一声站起来，把身子探过桌子，冲着外祖父大叫大吼，像狗似的冤屈地呲着牙，哆嗦着。外祖父用羹匙敲着桌子，满脸通红，叫声像公鸡打鸣一样地响：

“叫你们全给我讨饭去！”

外祖母痛苦得面孔都变了样儿，说：

“全都分给他们吧，你也好落得耳根清净，分吧！”

“住嘴，都是你惯的！”外祖父叫喊着，两眼直放光。真怪，别看他个子小，叫起来却震耳朵。

母亲从桌子旁站起来，慢慢地走到窗口，背转身去不看大家。

米哈伊尔舅舅忽然扬起手对着他弟弟的脸就是一下；弟弟大吼一声，揪住了他，两个人在地板上滚开了，发出一片喘息、呻吟、辱骂的声音。

孩子们都哭了；怀孕的纳塔利娅舅母拼命地喊叫；我的母亲抱着她拖走了；快乐的麻脸保姆叶夫根尼娅把孩子们撵出了厨房；椅子都弄倒了；年轻的宽肩膀的学徒“小茨冈”①骑在米哈伊尔

---

① “小茨冈”是学徒伊凡的外号。

舅舅背上，格里戈里·伊凡诺维奇师傅，这个秃顶、大胡子、戴黑眼镜的人，却平心静气地用手巾捆着舅舅的手。

舅舅伸长了脖子，稀疏的黑胡子摩擦着地板，呼呼地喘得可怕；外祖父绕着桌子乱跑，悲哀地嚎叫：

“亲兄弟！亲骨肉！嗨，你们这些人啊……”

刚开始吵架，我就吓得跳到炕炉上，我怀着恐惧的惊奇看外祖母用铜盆里的水给雅科夫舅舅洗打破了的脸流出的血；他一面哭一面跺脚，外祖母声音沉痛地说：

“该死的，这帮野种，清醒清醒吧！”

外祖父把撕破的衬衫拉到肩膀上，对她喊叫：

“老妖婆，看你生的这群野兽！”

雅科夫舅舅走后，外祖母躲到角落里，颤颤抖抖地号啕着：

“圣母啊，求求你使我的孩子们通点人性吧！”

外祖父侧着身子站在她面前，望着桌子。上面的东西全给碰翻了，流了一桌子水。他低声说：

“老婆子，你看着他们一点儿，不然他们会欺负瓦尔瓦拉的，说不定……”

“算了吧，上帝保佑你！把衬衫脱下来，我给你缝缝……”

她用手掌抱着外祖父的头，亲了亲他的前额；他（他的个儿比她小）把脸贴到她的肩上。

“看样子得分家啦，老婆子……”

“得分家，老爷子，得分家！”

他们俩谈了很久。起先谈得倒融洽，后来外祖父就像准备斗架的公鸡，用脚搓地板，指着外祖母，吓唬她，大声地私语说：

“我就知道你，你比我疼他们！可是你的米什卡[①]是个笑面虎，雅什卡[②]是个共济会员[③]！他们将来会把我的家产全都喝光的，光知道挥霍……”

我在炕炉上翻翻身，因为翻得太笨，把熨斗碰掉了；它唏哩哗啦地顺着炉梯滚下去，噗通一声掉进脏水盆里。

外祖父一下子跳到炉梯上，把我拖了下来，细细地瞧我的脸，好像是初次看到我似的：

“谁把你放到炕炉上的？是妈妈吗？”

“是我自己上去的。”

“撒谎。”

“没有撒谎，是我自己上去的。我害怕来着。”

他轻轻地用手掌拍了一下我的额头，把我一推。

“活像他爸爸！滚出去……”

我高兴地从厨房里跑了出去。

---

① 米什卡是米哈伊尔的昵称。

② 雅什卡是雅科夫的卑称。

③ 共济会是18世纪在欧洲产生的带有神秘色彩的宗派团体。18世纪30年代传入俄国。一般人认为共济会员具有自由思想，不拘社会习俗和礼节，所以共济会员在老百姓口中变成骂人的话。

我很怕外祖父,我觉得他脾气很坏,他不论和谁讲话,总是嘲笑人,欺负人,摆出一副挑战的架势,极力惹对方生气。

来了没几天,外祖父就逼着我学祈祷,由文静而胆小的纳塔利娅舅妈教我念祷词,我不明白念的这些词的意思,就故意把它们念得走样,外祖父说,我该挨揍。还说为了顶针的事星期六要抽表哥萨什卡一顿。这时我还不明白"揍"和"抽"是怎么回事。我知道大家都怕我母亲,这使我很痛快。可是星期六发生的事让我了解了很多东西,也动摇了我对母亲的这种看法。

星期六之前我也犯了错。看大人们巧妙地使布料变色,我觉得好玩,很想亲自动手染一染,我就把这个念头告诉了雅科夫舅舅家的萨沙,他劝我把家里节日用的白桌布拿来试试。我照他说的干了,刚下手就被学徒"小茨冈"发现了,他夺走染蓝了的桌布还叫来了外祖母,外祖母嘱咐"小茨冈"和萨沙别把这事告诉外祖父。

星期六晚上,我被领到厨房里,外祖父从水桶里捞起长长的树条子,在空中飕飕地挥舞着,他不理会萨沙的告饶,让萨沙趴在长凳上,照着赤裸裸的身子抽打起来。萨沙尖声嚎叫,突然说出了桌布的事,外祖母抱起我想冲出门去,可是外祖父扑过来推倒了她,把我抢过去扔在长凳上……

外祖父把我打得失去了知觉,接着我病了一场,在一间小屋里躺了几天。那几天是我一生中重大的日子。在这些日子里,我大概长得很快,并且有了一种特别不同的感觉。从那时起,我怀着不安的心情观察人们,仿佛我心上的外皮给人撕掉了,于是变得对一切屈辱和痛苦都特别敏感。

我发现母亲并不是强有力的,她也跟大家一样怕外祖父,而且是我妨碍她离开这个让她活不下去的家庭。不久,家里就看不见母亲了。

外祖父来看我,带来了礼物,还给我讲他童年时吃过的苦头。讲着讲着,他在我眼前像一朵云彩似的迅速改变了,这个干瘦的小老头忽然变成一个具有童话般力量的人。我这才知道外祖父并不凶恶,也不可怕,可我一想起他曾这么残酷地毒打我,就难过地流泪,并且总也忘不了这件事。

这些日子里我印象最鲜明的是"小茨冈",他来看我时胳膊上满是红肿的伤痕,原来我挨打时他用胳膊挡着替我挨了许多下。我对他说我很爱他,他说他也同样爱我。然后他还悄悄教导我以后再挨打该怎么对付。我注视着他那快乐的脸,想起了外祖母讲的伊凡王子和伊凡傻子的故事。

三

恢复健康后,我才知道"小茨冈"在家里的特殊地位。外祖父背地里总是夸他有双金不换的手,舅舅们对他也比对别的工人和蔼、友好,但背地里又骂他是小偷、懒汉。外祖母说他们这是在耍手腕,因为他们都想等自己开染坊时把"小茨冈"拉过去。

外祖母告诉我,"小茨冈"是她收养的一个弃儿。我真爱他。他 19 岁,玩起来却跟小孩子一样,常常用很多灵巧的把戏使我目瞪口呆。我最难忘的是他跳舞的样子。每逢节日的晚上,当他伴着音乐跳起来时,像一团火在燃烧,像一只鹞鹰展翅翱翔,像一只金色的雨燕窜来窜去,跳得那么忘情和不知疲倦……

雅科夫舅舅喝醉了酒，又哭又喊还打骂自己，这使我吃惊，格里戈里师傅说这是因为舅舅打死了老婆，现在受良心责备，他还说卡希林家不爱好人，只有外祖母像个圣人。我觉得这里的一切都令人奇怪而且不安，别样的生活我还没经验过，但模糊地记得，父亲和母亲不是这样生活的：他们走路或坐着总是肩并肩地偎靠着，常常在一起笑很久，在家里大声唱歌。这里人们很少笑，即使笑，也令人摸不清在笑什么。人们常常互相大声嚷嚷，彼此威吓，或者躲在墙角里偷偷私语。孩子们没人理睬，连大气都不敢出。在这个家里，我觉得自己是个外人，整个生活就像无数针在刺我，弄得我疑心重重，使我紧张地注视每件事情。

我和"小茨冈"的友谊不断增长，几乎整天跟着他打转儿。每当外祖父打我，他仍然用自己的手去挡鞭子。不久，我知道他每次去赶集给家里买东西时，总是买的没有偷的多，外祖父和舅舅贪财，总是鼓励他，外祖母不喜欢这样。"小茨冈"说他知道这不好，这样做不过就是想解闷。他对我说，除了外祖母，卡希林一家子他都不喜欢。

没多久，"小茨冈"死了，是替雅科夫舅舅背十字架时给砸死的，他无声无息地被埋掉了。

四

我跟外祖母睡在一起，每天晚上听她的祈祷很有趣，她把家务事都从头到尾告诉上帝，往往哪天有了烦恼、吵架、斗殴，哪天祈祷的时间就长。我非常喜欢外祖母的上帝，他对外祖母是那样亲近，我常央求外祖母讲上帝的故事，她能讲很久，她一讲起上帝、天堂、天使，就变得又和蔼又年轻，眼睛里流露出特别温暖的光芒。我永远听不厌。

外祖母还常常看见鬼，有时是一大群，有时是一个，听她讲那些小鬼的故事，又可笑，又令人毛骨悚然。

外祖母念起诗来特别好听，她记得的童话、故事和诗歌多得数不清。

有一天，她正跪在那里虔诚地和上帝谈话，外祖父忽然打开房门，哑着嗓子报告说失火了。外祖母跳起身来，两人一起朝大厅奔去，外祖母严厉地、声音坚定地指挥着。雅科夫舅舅喊着说，是米哈伊尔舅舅放的火。整个染坊都在燃烧，明晃晃跳动的火苗令人目眩，人们的喊声和哔哔剥剥的爆炸声震耳欲聋。外祖母冲进着火的屋里抱出了会爆炸的硫酸盐，又奔向大门口，求跑进来的街坊邻居们帮助救火，她在院子里东奔西跑，哪儿有事就到哪儿，所有的人都听她的指挥，连吓惊了的马都见她就服帖了。

来了很多救火的人，火很快被压下去，浇灭了。

又恢复了静夜和黑暗，但仍然没睡成，我刚躺下就被一阵凄厉的嚎叫声掀了起来，我跑到厨房里，大人们忙成一团，说是纳塔利娅舅妈生孩子，难产。天亮的时候，纳塔利娅舅妈死了。

五

交春的时候，舅舅们分家了；雅科夫留在城里，米哈伊尔搬到河对岸，外祖父在街上买了一所大宅子。外祖父只留楼上一大间给自己住和接待客人，我和外祖母住在顶楼上，整所宅子里住满了房客。外祖父一早就到儿子们的染坊去帮助他们安排活计，他晚上回来的时候总是又累又生气。

外祖母在家做饭，缝衣裳，在菜园里和花园里刨刨地，她像一个大陀螺，被一条看不见的鞭子抽得整天乱转。她对每个房客都同样和蔼地微笑，都温柔地关怀他们。她告诉人治病的偏方，给人家接生，调解家庭纠纷，给孩子治病，能背《圣母梦》，给人们家务方面的忠告。我整天跟着她转来转去，在我这段生活中，除了这位忙个不停的，无限慈祥的老太婆，再不记得看见别的什么东西了。

有时母亲会出现一下，神气既骄傲又严厉，很快就消失了，没给我留下什么可回忆的。

外祖父开始教我认字，我学得并不吃力，外祖父渐渐对我关心起来，越来越少打我。很快我就能拼音念诗篇了，但我并不喜欢，我喜欢听故事，外祖父常常经不住我央求，讲起那些陈年往事，但他从来没有对我谈过我的父亲和母亲。

谈起不争气的儿女，外祖父会又哭又叫，这时外祖母总是小心地劝慰他，有时管用，有一次他却一拳打在外祖母脸上，这是他第一次当着我的面打外祖母，我不相信我所看见的，这令人感到难以忍受的厌恶。

六

两个舅舅常来闹事，弄得这所房子因此而声名大噪，小孩子们常常满街欢呼："卡希林家又打架了！"米哈伊尔舅舅通常总是在晚上邀几个不务正业的人来家里毁坏一气。有一次，他拿着一根大木锥打断了外祖母的胳膊……

七

我很早就明白：外祖父有一个上帝，外祖母另有一个上帝。

外祖母每天早晨一开始祈祷，整个人立刻变得朝气蓬勃了，她低声热烈地祈祷着：

最光荣的圣母，把你的恩惠施予未来的日子吧！

最圣洁的圣母，你是快乐的源泉，盛开的苹果树！……

几乎每天早上，她都找到新的赞美的词句，她的祈祷从来都是赞美歌，都是诚恳而率直的颂扬。

有时外祖父听见她的祷告，会轻蔑地扭歪两片发暗的嘴唇，唠叨她是"橡木脑袋"、"异教徒"。可外祖母自信地回答，上帝什么都懂。她的上帝整天和她在一起，她甚至对畜生也提起上帝。我明白，一切生物——人、狗、鸟、蜂、草，都很容易地、驯顺地服从她的上帝，上帝对人间的一切都是同样的仁慈，同样的亲切。我觉得外祖母的上帝很好理解，也不可怕，但在他面前不能撒谎——不好意思撒谎，他在我心里引起的只是不可克服的羞耻，而且我从来也不对外祖母说谎。隐瞒这个仁慈的上帝简直不可能，仿佛连隐瞒的念头都没有过。

有一天酒馆女主人骂了外祖母，甚至向她扔胡萝卜，外祖母并不动气，然而可把我气坏了，我决定对这个恶婆报复一次。我想到一个法子：瞅酒馆女主人下地窖的时候，关上地窖的顶盖，把她锁在里面了。我兴高采烈地跳了一通复仇者之舞，又一溜烟地跑去找外祖母。她弄明白我干的事后，狠狠打了我几巴掌，又去把酒馆女主人放了出来。她整天不理我，到晚上，她教训了我几句永志不忘的话：

亲爱的孩子，你要记住：不要管大人的事！大人都学坏了；上帝正考验他们呢，你还没受考验，你应当照着孩子的想法生活。等上帝来开你的心窍，指示你应当做什么，领你走那应走的道路……

外祖父也是这样教导我，说上帝是无所不在，无所不能，无所不见的，不管什么事他都给人们以善意的帮助,但他的祈祷却和外祖母的不一样。

他祈祷时浑身上下收拾得整整齐齐,声调庄严,神情恳切,祷词永远是老一套,我都记熟了。他对我讲上帝的力量无限时,总是首先强调这种力量的残酷。他说人们犯了罪,就得淹死,再犯罪,就得烧死,他们的城市得毁灭;他说,上帝用饥饿和瘟疫惩罚人们,他永远是用宝剑统治人间,用皮鞭对付罪人。我很难相信上帝是残忍的。我怀疑这一切是外祖父编出来的,为了让我怕他,而不是怕上帝。他虽然把上帝威严地、高高地放到人们的头上,但他也像外祖母一样,请上帝参与他的事,不仅请上帝,还请无数的圣徒。外祖母仿佛完全不知道这些圣徒,她只知道尼古拉、尤里、弗罗尔和拉夫尔,他们也非常仁慈,对人非常亲近;他们走遍村镇和城市,干预人们的生活,具有人们的一切属性。外祖父的圣徒几乎都是受难者,他们打倒偶像,跟罗马教皇争论,为了这,他们受刑,被烧死,被剥皮。

外祖父常带我去教堂。在教堂里,我也把人们对上帝的祈祷区别开来:神甫和助祭所念的一切,是对外祖父的上帝的祈祷,而唱诗班却永远是对外祖母的上帝歌颂。

当然,我只是粗略地说说两个上帝在孩子眼中的区别,我记得,这种区别曾不安地分裂着我的心。外祖父的上帝使我恐惧和敌视:他不爱任何人,用严厉的目光注视一切,他首先寻找和看见人的坏的、恶的、有罪的一面。显然,他是不相信人的,总是期待着人们的忏悔,喜欢惩罚人们。

在那些日子,对于上帝的思想和感情是我的主要的精神食粮,生活中最美的东西,其他一切印象都是残酷的、污秽的,只能惹我生气,引起反感和恶劣的心情。上帝是我周围一切东西中最美好最光辉的,外祖母的上帝是一切生物可爱的朋友。当然,有个问题令我不安:为什么外祖父看不见仁慈的上帝?

家里人不让我上街玩耍,因为大街上的景象太刺激我,我几乎每次出去都要闯祸或捣乱。邻居的孩子们仇视我,说我是瘦鬼卡希林的外孙子。我常常同他们斗殴,而且总是鼻青脸肿、衣衫稀烂地回家,让外祖母又吃惊又怜悯。打得头破血流倒并不可气,但街道上那些恶作剧,却令人不能不愤慨。那些我非常熟悉的残酷行为,有时达到疯狂的程度。看见孩子们挑唆狗或公鸡互相斗架,虐待猫,追赶犹太人的羊,凌辱喝醉的乞丐和外号叫"兜里装死鬼"的傻子伊戈沙,我就气得受不了。

街上还有一个更令人难过的印象,这就是老师傅格里戈里·伊凡诺维奇。他完全瞎了,到处要饭,由一个矮小难看的老太婆牵着,他从不出声。我不能走近他,在他面前我感到难堪。外祖母常常给他东西,有时还叫他来厨房里喝茶、吃点什么。我知道,外祖母也很难为情,她有一次预言说:上帝要为这个人狠狠地惩罚我们一顿的!十年后这话应验了:那时外祖母已长眠地下,外祖父自己也成了乞丐和疯疯癫癫的人,走街串巷地哀声乞讨。

家里究竟比街上好,有许多有趣和好玩的事,但是有时候,一种无法排遣的愁苦压抑着我,我全身仿佛被一种沉重的东西注满了,好像长久地住在黑暗的深坑里,失去了视觉、听觉和一切感觉,像一个瞎子,一个半死不活的人……

八

外祖父突然把房子卖了,在缆索街上另买了一所新的。新房子比从前那所漂亮、可爱,整所宅子里住满了我没有见过的人们:住在前院的是一个鞑靼军人和他的妻子,在地窖和马厩上的小屋里住着两个运货的车夫——彼得伯伯和他的侄子斯捷帕,还有一个细长个子的鞑靼人勤务兵瓦列伊。这都是些新的人物,他们身上有许多我不熟悉的东西。

但是,特别把我抓得紧和吸得牢的是一个名叫"好事情"的包伙食的房客。他清瘦、驼背、面色雪白,不被人注意,每次叫他吃饭或喝茶的时候,他总是回答:

"好事情。"

不管当面或背地里,外祖母都叫他"好事情"。

他的整个房间都被什么箱子和厚本子书籍塞满了,到处都是盛着各种颜色的液体的瓶子,一块块的铜铁,成条的铅。他浑身涂满了不知什么颜料,散发出一种刺鼻的味道,老是在熔化什么,焊点什么,趺趺撞撞地走来走去,有时又突然呆立不动,或者在破本子上写字。

我爬到板棚顶上,从窗户里观察他,这个人玩的魔术使我一连几个钟头呆在棚顶上,好奇心烧得我难过。

我想,要是他有钱,穿得好,我会怕他的,但是他很穷:皮短衣的领口露出皱皱巴巴的脏衬衣的领子,裤子上全是污点和补丁,脚穿着破鞋。穷人不可怕,也没有危险,外祖母对他们的怜悯和外祖父对他们的蔑视,不知不觉地使我相信了这一点。

全宅子里谁也不喜欢这位"好事情",大家都用嘲笑的口气讲起他。有一天我鼓足勇气去了他那里,他让我看他把铜末和一种白粉放在一起,又加点什么东西,便冒起烟来,呛人的气味直扑鼻子,还嗞嗞直响。他提出给我做一个灌铅的羊拐,但又让我以后别去他那儿了。这可把我气坏了。

晚上要是外祖父不在家,外祖母常常举行有趣的晚会,请房客们都过来喝茶。就在"好事情"让我别再找他以后不久,外祖母举行了一次这样的晚会。外祖母滔滔不绝地讲童话故事,一个比一个讲得好。外祖母开始讲的时候,我就看见"好事情"不知为什么心神不安:眼镜一会儿摘下,一会儿戴上,时而点点头,时而摸摸眼睛,要是别的人动弹、咳嗽,他就严厉地喊:"嗤——嗤!"外祖母讲完了,他忽地站起来,满地打转儿,舞动着两手嘟嘟哝哝地说:这太好了!应当写下来,一定要写下来!这真实极了,这是地道的俄罗斯的!……

我清楚地看到他哭了,满眼都是泪,整个眼睛都浸在泪水里。他可笑地在地上跑来跑去,又突然站住开始大声地讲起来,他讲得很久,很激昂,常常重复着同样一句话:"不能让别人牵着鼻子走!"后来,不知怎的声音忽然断了,他悄悄地、抱歉似的低头走开了。

事后他为自己的吵闹向外祖母道歉,说他孤独得可怕,但外祖母好像怕他,而且严厉地嘱咐我不要老在他身边转。

可我又被他吸引住了。当他说"孤独得可怕"时,他变得面无人色,这句话里有一种我所理解的、感动我心的东西,我找他去了。这次我们俩做了朋友,我可以随意地去他那里观察他做事情。"好事情"很少说话,但他说的总是些必要的话,本来没什么特别的事,但是经他用肘子推推我和说一两句话,所看见的一切就觉得特别有意义,一切都牢固地记在心里,哪怕是谈一只猫、一只大公鸡。很快我对"好事情"就产生了牢固的情感,不论是在苦痛的受辱日子,还是欢乐的时刻,他都成为我生活中不可缺少的人了。

家里的人却越来越不喜欢"好事情",连外祖母都说他"邪魔鬼道"的,外祖父说他是上帝的敌人,只要知道我去他那儿,就要揍我一顿。后来,他终于被撵走了,我和祖国无数优秀人物中的第一个人的友谊结束了。

九

小的时候，我想象自己是一个蜂窝，各式各样普通的粗人，全像蜜蜂似的把蜜——生活的知识和思想——送进蜂窝里，他们尽自己所能做到的慷慨大量地丰富我的心灵。这种蜂蜜常常是肮脏而味苦的，但只要是知识，就是蜜。

“好事情”走后，车夫彼得伯伯跟我挺要好。他像外祖父一样干瘦，只是更矮小。他满脸皱纹，两只眼睛骨碌碌乱转，满口的俏皮话，声音听来好像很亲切，但我总觉得他是在嘲笑所有的人。

彼得伯伯原先是一个伯爵小姐家的农奴，他常常讲起跟这位小姐有关的各种故事，每一个故事里都有折磨人、欺负人、压迫人的事情。有一次我因为恶作剧挨了外祖父的打，他来看我时幸灾乐祸的表情令人可厌又可怕，从此我再也提不起跟他谈话的兴致，总是躲开他。

隔壁是奥夫相尼科夫上校家的庭院，我从墙缝里看见那院子里每天都有三兄弟在玩，我喜欢他们的游戏，他们的衣服，喜欢他们彼此善意的关切。他们从来不互相欺骗，不骂架，三个人都很敏捷，有劲，不知疲倦。我很想跟他们一起玩，但又不好意思。有一次他们玩捉迷藏时，小弟弟掉进井里，我跑过去帮忙把他拉了上来，从此我们就一起玩了，可是两家的大人不许我们来往，外祖父为这件事又打了我一顿。我发现彼得伯伯撒谎，并当面说出了我的看法，从那天起，我们之间就发生了无言的、恶毒的战争：他想方设法给我使坏，每因一点细故就向外祖父添油加醋地告状，我也使尽了力量和智慧报复他。

我仍然继续和小少爷们来往，并且越来越感到愉快。他们讲自己苦闷的生活，我给他们讲外祖母讲过的童话，常常能谈很久。只是我们的谈话不时会被彼得伯伯搅了，我看他的忧郁痴呆症越犯越勤了。他不同人来往，走路也晃晃荡荡的。直到有一天，警察来到我们家，我才明白发生了一件可怕的事。后来人们在后院里找到了彼得的尸体。原来他很早就伙同一些人抢劫教堂。这次案发了。我躺在吊床上听人们议论这件事，觉得所有人都变得矮小、肥胖、可怕……

十

母亲回来了，穿着一件宽大鲜红的长衫。一见面，我紧紧地依偎着她，激动得说不出话来。可大人们一会儿就争执起来，外祖父说母亲丢了他的脸，说上帝惩罚他，他老了非得讨饭饿死不可。不过最后他们又谈得很好。跟母亲谈着话，我感觉到她在这个家住不长。

不久母亲开始积极地教我“世俗体”文字，我费了几天工夫学会了，她就马上让我学背诗，从此以后，我们俩彼此都烦恼起来。我有意念错，把音节类似的字荒谬地排成一行。可为了这个游戏我也挨了妈妈的教训。外祖母责备我不该这样调皮，说不这样母亲已经够难过的了。

我觉得日子不好过，体验到一种近乎失望的感情，然而不知为什么，我想掩饰它，我满不在乎，总是恶作剧。母亲教我的功课越来越多，越来越难懂。我很容易就学会了算术，可我非常不喜欢写，对文法也全然不懂。但主要使我难受的，是我看见而且感觉到母亲在外祖父家里生活是多么难。她越来越愁眉不展，用陌生人的眼光看一切。她给我上课也常走神，越来越爱生气，嚷嚷，这也使我感到委屈；母亲应当公正，像童话里所讲的，比任何人都公正。

我还看见，外祖父正在准备一件使外祖母和母亲害怕的事情。为此他当着我的面毒打了外祖母，屈辱在我心中火烧似的翻滚沸腾，我为给外祖母报仇，绞了外祖父非常珍贵的圣像图。

母亲刚来不久，就和前屋的房客做了朋友，外祖父不喜欢她这样。不久外祖父就让房客搬走，说他自己要请客。来的客人中有一个钟表匠，外祖父相中了他，可母亲不同意，于是又爆发了一场争吵。不过半个小时以后大家又高高兴兴地一起吃饭了，仿佛他们不是刚刚曾经互相吵骂、准备打架、涕泪横流、号啕大哭的那些人们，他们的所作所为不是认真的，他们是不轻易哭泣的。他们的眼泪、叫喊、互相折磨，经常爆发而又很快熄灭，所以它们已经使我习以为常，越来越不能刺激我，不能打动我的心了。

过后很久我才明白，由于生活的穷困，俄罗斯人大抵都像小孩子似的喜欢拿忧伤来逗乐，拿它来玩弄，不因做不幸的人而羞愧。在无穷无尽的工作日里，忧伤就是节日，闹火灾就是逗乐；在一无所有的脸上，连伤痕也是点缀……

十一

自从这事发生后，母亲立时坚强起来，腰杆挺直了，成为家中的主人，而外祖父却变得不为人注意，整天价想心事，不言不语的，和平时大不一样。

母亲现在住在前屋里，她那里常有客人出出进进。圣诞节期间更是热闹，几乎每晚她都打扮得漂漂亮亮，跟一大群花花绿绿的客人出门去。

过了圣诞节，母亲送我和表哥萨沙去上学。我一下子就讨厌学校了，表哥头几天很满意，后来便开始想方设法逃学，我很羡慕他，但我不能那样，因为我不愿惹母亲生气，而且那时我决定要做一个军官，为了这必须学习。

我出天花了，我躺在后面的顶楼上，不断做着离奇怪诞的噩梦，有一个梦差点送了我的命：我梦见外祖母被杀死在门外，我从床上跳下来，撞开窗户跳到了院子的雪堆里，两条腿当时失去了知觉，为此在床上躺了三个月，两腿完全不能动弹。外祖母常来，她身上越来越经常地散发出酒味。她自动给我讲起了我父亲的故事。她讲父亲跟母亲是怎么结婚的，外祖父当时怎么生气，后来又怎么和解，我出生时父亲是多么高兴，舅舅们怎么给父亲使坏，父亲和母亲为什么去了阿斯特拉罕……

母亲难得来看我，偶尔来一次也是急急忙忙的。她越来越漂亮，可在她身上我感觉到有一种不让我知道的新东西。外祖母的童话故事越来越引不起我的兴趣，甚至她讲我父亲的事也不能消除我心中模糊不清、然而却日益增长的忧虑。

十二

有一天我醒来时，觉得我的两腿也苏醒了。但当我站起来时又瘫倒了，我顺楼梯爬了下去。我记不清是怎样到了母亲的房间的。屋里有几个生人，其中有一个干瘦的绿色的老太婆，外祖父说这是我祖母，母亲把叶夫根尼·马克西莫夫推到我跟前说他是我父亲。外祖母把我抱回了顶楼，她浑身哆嗦哭了起来。

母亲订婚后，那个绿色的老太婆常来吃饭喝茶，活像旧篱笆中间一根发霉的木桩。对这个老太婆，连同她的儿子在内，我都刻骨钻心地憎恨，这个沉重的感情使我挨了不少的打。这段时间我非常想调皮，对谁都想恶言恶语地说话，这种愿望很难克服，可是后来不得不克服：我不愿意惹母亲难过。

结婚的第二天，母亲就和继父一起去了莫斯科。望着马车颠颠簸簸地驶去，我心中就像有样东西严严地合上，紧紧地关闭了。

我跟着外祖父从早到晚在花园里忙来忙去。我给自己搭了一个很不错的小屋。外祖父看了以后赞许地说：你学着尽量给自己安排好，这非常有益。他还教导我：要学着能够独立工作，不要听别人摆布！要老老实实，稳稳当当地生活，可是要倔强地生活！我非常珍重他的话。

整个夏天我都住在花园里，外祖母也常来和我一起在那里过夜，长久地给我讲点什么。落日时分的温暖气息，夜色的寂静，一切都令人神往，外祖母不紧不慢的讲述，使夜变得更有意味，更令人神往。

这是我一生最安静、感受最多的时光，正是这年夏天，在我内心形成了而且巩固了对自己力量的自信的感觉。我变野了，怕和人来往；邻居孩子的喊叫声不再吸引我，表兄弟来了也不能使我高兴，只是让我担心他们会毁了花园里的建筑物——我的第一项独立创作。

外祖父的话越来越枯燥啰唆，再也引不起我的兴趣。他开始常常和外祖母吵架，把她赶出家门。秋天他卖了房子，卖房子前不久他宣布要和外祖母分家。外祖母安详地同意了。

外祖父在山脚下的地下室租了两间又小又暗的屋子，我们搬了过去。此后不久，母亲回来了，她和后父两人一副筋疲力尽的样子。后父说是遭了大火，外祖父却说他听说是后父打牌输光了家产，大人们又吵起来。

不久我已经和外祖母、母亲、后父住在索莫夫镇的一所房子里。后父在工厂上班，外祖母做厨妇，从早忙到晚。母亲变丑了，挺着难看的大肚子，目光呆滞。

我狂热地与街上的孩子打架，母亲为此狠狠地惩罚我，但我下一次打得更凶。那种被称为“爱”的情感在我心中凋谢了。

后父对我很严厉，不理睬我母亲，他们常常吵架。后父因为克扣工人，后来被赶出了工厂，去车站当了售票员。

我上学了，入学的第一天，学校就使我反感，因为衣衫都是大人旧衣服改的，马上就受到了嘲笑。我和孩子们相处得挺好，可是教师和神甫不喜欢我，我就想出恶作剧来报复他们。虽然我的学习不算坏，可学校不久就通知我说，由于我的不体面行为要把我赶出学校。幸亏赫里桑夫主教突然来学校，他救了我。我也听从他的劝告，在学校里表现得很好。

但在家里我又闯了祸：我偷了母亲的一个卢布买书，不仅被母亲痛打了一顿，没收了书，事情还传到了学校，同学们叫我“小偷”，没人听我的解释。我告诉了母亲，并说我不再上学了。母亲哭了，然后去了学校，我重新在学校过得挺好。可是大人们又把我送回外祖父那里。

有一次我听见后父在打母亲，我从桌上抓起切面包的刀子就向他刺去，幸亏母亲把他及时推开了，只划破一点皮。过后母亲哭着问我怎么能动刀子，我说我准备杀死后父，也杀死自己。

回忆起野蛮的俄罗斯生活中这些铅样沉重的丑事，我时时问自己：值得讲这些吗？每一次我都重新怀着信心回答自己：值得，因为这是一种富有生命力的丑恶的真实，它直到今天还没有消灭。这是一种要想从人的记忆、从灵魂、从我们一切沉重的可耻的生活中连根儿拔掉，就必须从根儿了解的真实。

促使我描写这些丑事的，还有一个更积极的原因。虽然这些丑事令人作呕，虽然它们窒息我们，把无数美好的灵魂压扁，而俄罗斯人的灵魂仍然是那样健康，年轻，足以克服而且一定能克服它们。

我们的生活是令人惊奇的，这不仅因为在我们生活中这层充满种种畜生般的坏事的土壤是如此富饶和肥沃，而且还因为从这层土壤里仍然胜利地生长出鲜明、健康、富有创造性的东西，生长着善良——人所固有的善良，这些东西唤起我们一种难以摧毁的希望，希望光明的、人道的生活终将苏生。

十三

我又搬到外祖父那里。

外祖父先声明他不养我了，要让外祖母养我，因为他们完全各过各的了，如今他们样样都分开。

外祖母用嘲笑的口吻讲起外祖父分家时的情形：他把所有的破盆破碗、瓶瓶罐罐都分给外祖母，而把她所有值钱的东西都拿去了，卖了700卢布，然后借出去生利息。他简直害了吝啬病和丧失了羞耻心：他遍访一切老相识，向他们哭穷要钱，他利用人家对他的尊敬得了很多钱，又把这些钱借出去生利息。

家里面一切都是严格分开的：外祖母和外祖父每天轮流买菜做饭，轮到他买的那天，午饭照例要坏些。茶叶和糖各人保存各人的，但是在一个壶里煮茶，外祖父每次都要斤斤计较谁放多少茶叶、两人的茶的分量和浓度是不是一样。连敬圣像用的灯油也各买各的。在共同劳动了50年之后，竟干出这等事！

看见外祖父的这些鬼把戏，我又好笑又厌恶，而外祖母只觉得可笑，她说这是老糊涂了，她能挣来我们俩的面包。

我也开始挣钱：捡破烂，还到奥卡河岸边去捡劈柴和木板，卖了钱以后交给外祖母。

我结交了几个要好的同伴，都是同街的小孩。我们一起去拖木板，捡破烂，钱挣得很不容易，但我们过得很和睦，虽有小的争吵，但我记得我们没打过一次架。

每逢周六我们就举行一次快乐的游戏：与一群鞑靼搬运工打草鞋仗。而天气不好的日子，我们在雅兹家里，在他父亲的坟场看守小屋里聚会。我不觉得苦，我很喜欢这种独立自主的街头生活，也喜欢那些同伴，他们在我心中唤起一种伟大的感情，我总是不安地想为他们做一些好事情。

在学校我又遇到了困难：同学们嘲笑我是捡破烂的，不愿意和我坐在一起，这种嘲笑曾深深地污辱了我。后来我终于读完三年级，得到几本书的奖品和一张奖状。我摆脱了学校后，又到街头上找生活，现在更好了，能挣很多钱。但这种情况持续得不长，后父被解雇不知去向，母亲和小弟弟搬到了外祖父家，让我担负起保姆的职务。

母亲瘦得像棵枯树，整天沉默不语，半死不活。八月里一个星期天的中午，她死了。

埋过母亲几天以后，外祖父对我说：

"喂，阿列克谢，你不是一枚奖章，我脖子上不是挂你的地方，你到人间混饭吃去吧……"

于是我就到人间去了。

母　亲

高尔基是苏联社会主义现实主义创作方法的倡导者和奠基人。他的长篇小说《母亲》被称为社会主义现实主义文学的奠基作。小说以普通工人巴威尔在布尔什维克党的培育下、在实际斗争中锻炼成长为无产阶级革命家和他的母亲尼洛夫娜在儿子影响下走上革命道路为主线，再现了20世纪初俄国人民的觉醒，社会主义思想与俄国工人运动相结合的过程，显示了马克思主义教育人、改造人的巨大威力。小说中的巴威尔是作家着力塑造的无产阶级英雄典型，母亲尼洛夫娜是作品的主要人物。其他比较重要的人物还有：巴威尔的战友安德烈，农民革命家雷宾，知识分子革命家叶戈尔、尼古拉及他的姐姐索菲亚、柳德米拉，巴威尔的未婚妻莎馨卡，安德烈的女友娜塔莎等。

现根据中文译本（夏衍译，人民文学出版社1956年版）介绍或节选如下。

第　一　部

一

每天，在郊外工人区上空，工厂的汽笛在充满煤烟和油臭的空气里颤动地吼叫起来，那些在睡眠中还没有使筋肉消除疲劳的人们，便像受惊的蟑螂似的从陋小的灰色屋子里走出来。工厂睁着几十只油腻的四方眼睛，摆出一副冷淡自信的样子在那里等待着他们。傍晚，太阳落山，工厂又从它那石砖的胸膛里，好像抛弃无用的矿滓一样地，将这人们投掷出来。他们面孔被煤烟熏得漆黑，露着饥饿的牙齿沿着老路走回去。酗酒和打架像代代相传的灵魂的疾病，伴着他们度过一个个夜晚，直到走进坟墓。没有谁知道这生活的浊流流向何方，也没有谁想改变它。

二—三

钳工米哈依尔·符拉索夫也是这样地生活着。他那双细小尖锐的眼睛好像钢锥一般刺人，满含着一种无所畏惧的、准备毫不容情地打人的兽性的力量，大家都怕他。他是厂里技术最好的钳工，但由于对上司态度粗暴，得到的工钱很少。他把所有的钱都拿去喝酒，让十四岁的儿子巴威尔养活自己的母亲。两年后米哈依尔患了疝气病，痛苦地折腾了五天便死了。

父亲死后不到两个星期，一个休息日，巴威尔·符拉索夫喝得酩酊大醉回到家里，像父亲一样捏着拳头在桌子上敲着，呼喊他的母亲：拿饭！还有，我要吸烟，把老头子的烟斗拿给我！……这是他第一次喝酒。母亲悲哀地望着他，抚摸着他那汗湿的头发：这种事不是你应该做的……你也可怜可怜你妈妈。听着这悲哀而温和的话，巴威尔感到羞愧。他想起父亲在世时，母亲沉默寡言，一天到晚提心吊胆，不知什么时候就要挨打。她长得很高，稍稍有点驼背，被长时间的劳动和丈夫的殴打折磨坏了的身体，行动起来一点声响都没有，总是稍稍侧着身子走路，好像担心会撞着什么东西似的。刚刚四十岁，浓密的黑发中已闪耀着一绺绺白发，右眉上面还有一块很深的伤痕，整个人都显露着悲哀和柔顺。巴威尔痛苦地想着：可是，大家都喝酒……在以后的一些日子里，巴威尔也像所有的年轻人一样，出席晚会、跳舞，每逢假日总是喝了酒回来，可又总是说：闷得要死！

不知从什么时候起，母亲突然发现儿子不常参加晚会了，休息的日子就去城里，但并没喝酒。他开始带书籍回来，用功地读，还做摘录，然后把书和纸都藏起来。就这样不知不觉地过了两年，母亲为儿子离开了一般人走的旧路而高兴，但焦虑和担忧也在沉默中不断地增加着。

四—十

有一天晚饭后，母亲实在忍不住了，她走近正在看书的儿子，平静地问道：你老是在看什么书？巴威尔低声而严肃地说：我在看禁书。因为在这些书里把生活的真理告诉我们工人，所以禁止我们看……假使人家知道了我有这种禁书，那我就非坐牢不可。你懂了吗？母亲看到儿子眼睛放射出来的光辉，明白儿子已献身给一种秘密可怕的东西了。她替他害怕，悄悄地流下了眼泪。巴威尔开始运用自己理解了的真理给母亲讲工人受苦的原因，讲父亲的一生和母亲本人的生活。母亲还是第一次听别人谈起她，这些话抚慰着她创伤累累的心，激起了她早已熄灭的青春的感情和对生活茫然的不满，她感到温暖，为儿子自豪。她问儿子打算怎么办，巴威尔回答：我要学习，然后再教旁人。我们工人必须懂得，我们的生活为什么这样痛苦。

日子像念珠一般，一天天滑过去。不久，每逢星期六城里的一些同志——尼古拉·伊凡诺维奇、娜塔莎、莎馨卡等和厂里的几个工人便来巴威尔家聚会。他们读书、争论，也常常唱歌，其中一支新歌撼动着母亲的心灵。这一次次的集合就像一个坡度很平的长梯子上的一级级阶梯，不断引人向上。渐渐地这所工人区尽头的小屋引起了人们的注意。在工人区，工人们议论着社会主义者用蓝墨水写的传单，它号召工人们团结起来为自己的利益而斗争。年轻人把它当作真理读着，大多数人在观望。

差不多过了一个月光景，一天半夜，本区的两个警察领着宪兵闯进了符拉索夫家。他们到处乱翻乱敲。母亲的小腿在发抖，干燥的云雾遮住了眼睛，为了壮胆，她不满地低声唠叨着。宪兵什么也没搜到，最后根据档案带走了住在她家的安德烈（他曾多次受过政治审讯）。第二天才知道还有一些同志遭到了搜捕。

十一—十三

傍晚雷宾自动来找巴威尔。这人40岁，当过三年兵，到过高加索，见过圣灵否定派信徒。他看过所有的传单，相信巴威尔、安德烈是好人。巴威尔与他谈工厂、厂主、外国工人的斗争。但对上帝，雷宾只反对目前教堂中的那个虚伪、虐杀人的灵魂的上帝，主张造出一个与人类为友的上帝，而巴威尔坚信：只有理性能够解放人类。

渐渐地人们对符拉索夫的小屋生出了信赖的好奇。常常有人跑来找巴威尔请教，尤其是自从“沼地戈比”事件以后，巴威尔在人们的眼里提高了地位。

在工厂后面有一片沼地，到了夏天，毒气蒸腾，蚊虫滋生，疟疾流行。新厂主借口改善工人的生活条件，决定从工人工钱的每卢布里扣除一戈比作为费用。工人们激愤起来，因为四年前他们曾被骗捐钱盖浴室，上过当。巴威尔一面向老工人说明这种苛捐的不正当以及厂方得利的企图，一面请母亲当即去城里送信，准备在自己人的报纸上公开揭露厂主的阴谋。母亲顺利地完成了儿子托他办的第一件事，尽管很疲倦，心里却感到自豪。

星期一中饭时，全厂闹起来了。巴威尔带病赶到工厂，登上锻冶车间前的烂铁堆呼喊道：“同志们！”人们从四面八方聚拢而来。母亲也跟了去，她不自觉地推开群众，望着儿子一步步向前走着。巴威尔脸色苍白,嘴唇发抖,那种突然爆发的战斗的欢喜,好像塞住了他的喉咙;他的心里充满了要把燃烧着真理之火的心抛给人们的那种愿望。他讲道:是工人创造了一切,可是,有谁关心我们?有谁希望我们幸福?有谁把我们当人看?没有任何人!他号召工人团结起来,为争取自己的权利而斗争。最后他提议把厂主叫来。大家推举巴威尔、雷宾、西佐夫作代表,可正在这时,厂主自己来了。人群左右分开让出了一条路。厂主用一种老练的统治者的视线,锋利地在工人们脸上扫过。有些人脱了帽子,有些人向他行礼,还有人从铁堆上面伸手搀他。厂主毫不理会这一切,自己爬上了铁堆。巴威尔代表工人提出取消克扣一戈比的要求,并与厂主据理力争。厂主冷淡而决断地命令大家即刻去工作,否则全体罚款,说完扬长而去。人群里掀起不满的声浪,大家一致转向巴威尔。巴威尔提议停止工作,一直到厂主放弃扣除一戈比的时候为止。巴威尔的话音未落,轰的一声,人声嘈杂起来,赞成的是少数,多数人胆小,怕为个把戈比敲掉饭碗。巴威尔沉默着,他觉得自己方才说的话,好像有限的几滴雨水落在久旱的干土上面一样,在人们里面消失得无影无踪了。

巴威尔忧郁疲倦地向家里走去。他对雷宾说:空口说白话,人们是不信任的,——非吃点苦头不可,非得把话用血来洗洗不可。整整一天,他都阴沉沉的,非常焦躁。临末,他突然对母亲说:我还年轻,没有力量,——就是这么回事!他们不信任我,不跟着我的真理走,——这就是说,我还不会说明真理!……我觉得难过,——气我自己!母亲安慰他说:你要等一等!他们今天不懂——明天一定懂得……是的,连我都懂得你的真理了……

夜半,宪兵突然闯了进来,带走了巴威尔。母亲已不像第一次被搜查时那么恐慌了,对于宪兵的无比憎恶吞没了她的恐怖。临了,她独自恸哭着,流出了受伤的心灵的哀痛。

十四—十八

根据地下党的部署,为了解除官厅对巴威尔等人的怀疑,避免继续大批抓人,母亲主动承担了到厂里继续散发传单和小册子的任务。她很容易地征得了女商人玛丽亚的同情,利用进厂送饭的机会,一边吆喝着“菜汤——热面!”一边把小册子塞给工人弟兄们,心里像有一只小鸟在唱歌似的欢喜。

傍晚,出乎意料,安德烈被放了回来。他为母亲干的事而高兴。母亲的心好像也开放了。她想起自己的一生,过去挨打、干活,后来为儿子不安和恐怖,可现在她了解了儿子的真理,懂得了他们是为人民而受苦、坐牢、流放、赴死,这才是纯真的爱。如今巴威尔在牢里,她想的不仅仅是儿子,而是替大家担心,她的心也变了。

雷宾想不通城里的大人先生们作了书分给大家,却叫人民起来反抗大人先生自己,究竟是怎么回事。他不相信他们,于是决定自己到农村去,唤起人民。

十九—二十三

巴威尔终于回来了,他深情地握住母亲的手,低沉地说:谢谢,我的亲人……因为你帮助了我们伟大的事业。一个人能够称自己的母亲在精神上也是亲生的母亲——这是无比的幸福啊!母亲贪婪地吞下这些话,她真希望把有生以来初次经历到的这种伟大欢喜永远这样生动地藏在心里。

已经着手准备庆祝“五一”节,工人区到处飞满了解说“五一”节意义的传单。莎馨卡常来。

叶戈尔曾告诉过母亲,她是巴威尔的未婚妻,原是一个地主的女儿,牢里的生活把她折磨坏了,肺里已有毛病。有一次母亲偶然听到莎馨卡与巴威尔在门洞里的谈话。原来巴威尔已决定"五一"游行时自己举旗开路,这样又要去坐牢、充军、长时间到很远的地方去。莎馨卡希望他从工作需要出发,把旗让给别人,但巴威尔斩钉截铁地回答:这是我的权利。已经决定了!他还责怪莎馨卡不应当说这种话。莎馨卡差不多跑一般地走了,巴威尔跟了出去。

一种沉重的、压人的恐怖包围着母亲的心,她似乎已感到不幸的事在等待着她。巴威尔和安德烈一起回来了,母亲问起儿子"五一"节的打算,巴威尔同样明白而坚决地回答了她,并希望她能理解。当巴威尔看到母亲悲哀的样子时,责备地说:要到什么时候,母亲才能很欢喜地送自己的儿子去就义呢?……临末又尖锐地说了一句:妨碍人类生活的爱。母亲很想哭,她借故走进门洞,把头抵住墙角,无声地任屈辱的眼泪尽情地流淌着,似乎流出了心里的血液。房间里传来安德烈与巴威尔低低的争论……巴威尔终于负疚地走到母亲面前,请求妈妈原谅。

晚上,母亲和他们在一起谈了很久。那温暖的谈话消散了她内心的恐惧,尽管预料到未来的悲哀,却相信存在着不灭的希望。她感觉到一切都变了样子,悲哀也不同了,欢喜也不同了……

二十四—二十五

雷宾突然来了,他已完全是一副农民的打扮。他现在在一个很穷的村子里替富农熬柏油,这次是借搬柏油的机会来找巴威尔要书的。他讲起农民的饥饿、官府的残酷剥削,人们不是在活着,而是在难以忍受的贫穷里腐败着。他请求巴威尔叫他城里的朋友给乡下人也写些东西,使人们去赴汤蹈火。巴威尔说:把材料给我们,我们给你们印报纸。

二十六—二十七

这些天来母亲十分忙碌,煮饭、煮贴传单用的紫色胶水和糨糊。号召工人庆祝"五一"节的传单到处都贴满了,生活沸腾了!巴威尔和安德烈几乎每晚都到沼地或森林里去开会,汽笛要响时才回来。两个人都疲倦不堪,脸色苍白。

五月一日终于到了。一夜不曾安眠的母亲很早就起来了,她无声地祷告,拼命地画十字。当巴威尔和安德烈出门时,她穿上外衣说:我和你们一同去!

街上充满了骚动的、像是在等待着什么似的嗡嗡的人声。各种好奇的、恐惧的、咒骂的喊声从窗口或门口人堆里向他们飞来。巴威尔和安德烈好像什么都没有看见、听见,照样从容不迫地、平平稳稳地走着。母亲放快了脚步,努力想不落后一步地跟在儿子后面。正在这时,一个因为谨慎清白的生活受大众敬重的上了年纪的人米洛诺夫冲着母亲叫道:尼洛夫娜!连你也去参加暴动啊?母亲答道:哪怕在进棺材以前,能跟真理一起逛一逛也是好的!

太阳愈升愈高了,把它的温暖注入春天的令人振奋的新鲜空气里。在街角后面狭窄的巷子里,聚集了一百多人,有人在演说,安德烈也参加了进去。突然四个骑马的警察冲进巷子驱散了人群。母亲将安德烈拖到身边,她感到四肢无力,头晕目眩,悲哀和欢喜在心中奇怪地交替着。她只希望中饭的汽笛早些呼叫起来。

走进广场的教堂围墙,这里已挤满了五百多个愉快的青年。人们不耐烦地等待着,感到一种难以形容的紧张。

汽笛叫了，黑色的音响吞没了一切人声。人群战栗了一下，坐的站了起来，在一瞬间，大家屏住声息，竖起两耳提防着，许多人的脸都变白了。

“同志们！”巴威尔用响亮而坚强的声音喊道。干燥而赤热的云雾，遮住了母亲的眼睛，她突然用一种硬朗的动作，站在她儿子的后面。大家都向着巴威尔转过身去，好像铁粉被磁石吸住了似的聚拢在他周围。

母亲望着他的脸，她只看见他那双自豪的、勇敢的、燃烧着的眼睛……

“同志们！现在，我们要公开宣布，我们究竟是怎样的人！今天，我们要高高地举起我们的旗帜，举起理性的旗帜，真理的旗帜，自由的旗帜！”

很长的白色旗杆，在空中一闪，倾倒下来把人群切开，隐没在人丛中间。过了一会儿，在仰视着的人们的面孔上空，好像赤鸟似的招展着劳动人民的大旗。

巴威尔一只手往上举起——旗杆摇了摇，这时候，几十只手，抓住了白色的旗杆，母亲的手，也夹在里面。

“劳动人民万岁！”他喊。

几百个声音，轰然地跟着喊了起来。

“同志们，我们的党，我们精神的故乡，社会民主工党万岁！”

群众沸腾起来，了解旗子的意义的人，都挤到旗子下边。巴威尔旁边，站着马琴、萨莫依洛夫和古塞夫兄弟；尼古拉歪着头，排开了人们跑来，还有许多母亲所不认得的、眼睛里燃烧着光芒的年轻人，把她挤开……

“全世界劳动者万岁！”巴威尔叫着。几千人的响应变成了震撼人心的音响，愈来愈增加了力量和愉快。

母亲抓住了尼古拉的和另外一个人的手，眼泪塞住了胸口，但是她不曾哭泣，她的两脚发抖，用颤动的声音说道：

“亲人们……”

尼古拉的麻脸上面，堆着欢喜的微笑。他望着旗子，一只手向着旗子伸过去，嘴里低沉地叫着，过了一下，他忽然用那只手搂住了母亲的头颈，吻了吻她，笑了起来。

“同志们！”霍霍尔用自己温和的声音盖住了群众的喊声，唱歌一般地演说起来。“我们今天为着新的神，为着光明和真理的神，为着理性和善良的神，向十字架的道路前进！我们离目标还很远，我们离荆冠[①]却很近！谁不相信真理的力量，谁就没有胆量拼死地拥护真理，谁不相信自己，谁害怕受苦受难，就请他从我们身边走开吧！相信我们能够胜利的同伴，请跟我们来；看不见我们的目标的，就请他不要和我们一起走吧！等待着我们的只有痛苦。同志们！排起队来！自由人的节日万岁！五一节万岁！”

群众聚拢得更紧密了。巴威尔把旗子一挥，旗子在空中招展开来，在阳光照耀下，它鲜红地带着微笑，一步步地向前面飘动。

旧世界打得落花流水……

菲佳·马琴高声响亮地唱起来，几十个声音，变成了有力而柔和的波浪和他应和着。

粉碎那旧世界的锁链，奴隶们起来！……

---

① 耶稣被钉在十字架上时所戴的冠，这句话是说随时有牺牲的可能。——译者注。

母亲嘴角上含着热烈的微笑，跟在马琴后面。越过他的头，她望着儿子和旗子。在她周围，闪动着欢喜的脸和各种颜色的眼睛。在群众面前，是她的儿子和安德烈两个。她听见了他们两个的声音——安德烈的柔和而润泽的声音，和儿子的宽阔而低沉的声音，非常和谐地融在一起。

起来！饥寒交迫的奴隶！

起来！全世界的罪人！……

人们迎着红旗跑来，嘴里喊着，走进群众里面，转身跟着群众一起去，他们的喊声消失在歌声里面，——这首歌，平时在家里唱的时候，比唱任何一首歌声音都要低，可是在街上，它平稳而坚决地流散出来，带着一种可怕的力量。在歌词里，有一种铁样的英勇气概，号召人们走向未来的遥远的道路，而且诚实地说明了这个道路的险阻。在这首歌的伟大的、不能动摇的火焰里，熔化了痛苦的灰色残渣和习以为常的感情的沉重疙瘩，对于新事物的恐惧，完全化成了灰烬……

有一个又惊又喜的脸，在母亲的身边摇动，又有一个颤动的、呜咽的声音，喊道：

“米加！你到哪里去？”

母亲一面走，一面对她说：

“让他去吧！——不必担心的！起初我也是很害怕，现在我儿子在最前面。拿旗的那个，就是我的儿子！”。

“强盗！你们到哪里去？有军队扎在那里！”

忽然有个瘦长的女人用她的瘦手抓住了母亲的手，说：

“老太太，——您听他们唱的！米加也在唱……”

“您不必担心！”母亲喃喃地说。“这是神圣的事情……你想想——如果人们不为基督去赴死，根本就不会有基督的！”

她的头脑里突然产生了这个思想，那个思想所包含的明白而简单的真理使她吃惊。她望了望紧紧地捏住了她的手的女人，惊奇地微笑着，重说了一遍：

“如果人们不为基督去赴死，根本就不会有基督的！”

西佐夫走到了她的旁边，脱下了帽子，挥动着它，像是给歌儿打拍子，说道：

“公开出动了，老太太，嗯？大家想出了这首歌，这是什么歌呢？嗯？”

沙皇的军队需要兵士，

你们将儿子送给他吧……

“他们什么都不怕！”西佐夫说。“我的儿子已经在坟墓里了……”

母亲因为心脏跳得太厉害，所以渐渐地落后了。人们把她挤到一旁，挨近围墙旁边。密集的群众的潮水，浩浩荡荡地在她的身边流过——人数是非常的众多，这使母亲觉得高兴。

起来！全世界的罪人！……

好像，空中有个巨大的铜喇叭在吹奏，那种声响，唤醒了人们，在人们心里，或者唤起了战斗的准备，或者唤起了莫名的欢喜，或者唤起了对新事物的预感，或者唤起了燃烧一般的好奇；有些地方，激发起模糊的希望与战栗，有些地方，给多年来郁结着的一股恶毒的憎恨打开一条出路。所有的人，都是昂然地望着前面摇曳招展着的红旗。

“前进！”有人狂喜地喊道。“兄弟们，好极了！”

有些人，好像感到一种不是普通言语所能表达的伟大，所以狠狠地骂了起来。但是那种憎恶，那种奴隶的昏暗而盲目的憎恨，一旦阳光照临到它的身上，就像一条毒蛇似的，在恶毒的语言中盘绕着,发出咝咝的声音。

“邪教徒!”有人从窗子里伸出拳头来恐吓,用破喉咙喊道。

有一个人的钻耳的尖叫声,纠缠不休地爬进母亲的耳眼里:

“反抗皇帝陛下吗?反抗沙皇陛下吗?暴动吗?”

激动的面孔在母亲面前闪过去,男人们、妇女们连跳带窜地从她身边跑过去,被歌声吸住了的群众,像一股黑色的熔岩似的向前面流去。歌声用它声响的压力,冲破了前面的一切,扫清了路上的障碍。母亲远远地望着前面的红旗,她虽然不能望见,也好像看见了她儿子的容貌,他的青铜一般的前额,燃烧着信仰的火焰的眼睛。

但是,她终于落在群众的后面,——落在那些预先知道了这件事的结果,所以不慌不忙地走着,用一种冷淡的好奇心观望着前面的群众中间。他们一边走,一边低声而自信地说:

“在学校附近驻着一个连,还有一个连,扎在工厂旁边……”

“省长来了……”

“当真?”

“我亲眼看见的,——的确来了。”

有一个似乎很高兴地骂道:

“他们究竟是怕我们的弟兄们!不论是军队,是省长。”

“我的亲人啊!”母亲的心在跳。

但是在她周围的谈话,都是死气沉沉的,冷冰冰的。她加紧了脚步,想要离开这些人,——要追过他们那缓慢而懒散的脚步,在母亲还是很容易的。

突然,游行队伍的头好像碰住了什么似的,它的身体并不停止,踉跄地后退了一步,发出不安的骚动,唱歌的声音,也颤动了一下,接着,更急速更高声地响起来。但歌声的波浪,又慢慢地低下去,往后滚过来。声音一个个地从合唱里面退出来。但也有个别的呼声,想尽力把歌声提到原来的高度,推动它向前:

起来,饥寒交迫的奴隶!

起来,全世界的罪人!……

但是,这种呼声里面,已经含着不安,已经没有了普遍的、融合为一的自信。

前面究竟发生了些什么事,母亲一点看不见,也不知道。她挤开了群众,很快地向前走去,但是群众迎面向她退来。有些人歪着头颈、蹙着眉毛,有些人狼狈地微笑着,还有些人嘲笑地吹着口哨。她忧愁地望着他们的脸,她的眼睛默默地对他们询问,要求,呼唤……

“同志们!”传来了巴威尔的声音。“军队和我们都是一样的人,他们不会打我们的。为什么要打我们?为着我们掌握着为大家所需要的真理吗?这种真理,不是他们也需要吗?现在,他们虽然还不知道我们的真理,但是,他们和我们站在一起,不在杀人和掠夺的旗帜下,而是在自由的旗帜下前进的日子,已经近在眼前了!为着使他们早一点理解我们的真理,我们应当前进。前进吧,弟兄们!永远地前进吧!”

巴威尔的声音很坚决地响着,每一个字都确切而清楚地在空中震荡。但是游行的队伍,仍旧继续地崩溃下来,人们陆续地向左右人家躲避,靠着墙壁站着。现在队伍变成了楔子的形状,巴威尔站在楔子的尖端,在他头上,火红地飘展着劳动大众的旗帜。散开的队伍,又像一只黑鸟,宽宽地张开了两只翅膀警戒着,随时都准备飞起,巴威尔是那只黑鸟的嘴。

二十八

母亲看见，在街道的尽头，站着一排分不清面目的一模一样的人们，像一堵灰色的墙壁，阻住了到广场去的道路。他们肩上的刺刀，那条锐利的刃发出了寒冷而纤细的光芒。一阵冷气，从这堵默然不动的墙壁向工人们吹来。这股冷气吹进了母亲的胸，刺进了她的心。

她挤进了群众里面，挤到那些站在前面的旗帜下面她熟识的人们和她不熟识的人们混在一起的地方，挤到这里，她好像有了依靠。她一边身子紧紧地偎靠着一个身体很高而不留胡子的工人身上。那人是个独眼，所以猛地扭转头来向她看看。

“你怎么啦？你是谁？……”他问。

“巴威尔·符拉索夫的母亲！”她一边回答，一边觉得膝盖以下发抖，下唇不自觉地垂挂下来。

“哦！”独眼说。

“同志们！”巴威尔说，“永远向前进——我们没有第二条路！”

四周很静，可以听见细微的声响。旗子举了起来，摇晃一下，沉思地在人们的头上飘动，平稳地向着灰墙般站着的兵士们前进。母亲身体发抖，闭上了眼睛，惊叫了一声——巴威尔，安德烈，萨莫依洛夫，马琴，只有四个人离开了群众一直向前。

菲佳·马琴的嘹亮的声音，缓缓地在空中颤动。

你们已经做了牺牲……

——他唱。

这是最后的斗争……

——两个叹息一般的粗大的低声。跟着唱起来。人们用细碎的脚步踏着大地，慢慢地向前面行进。忽然，一个坚决的、下了决心的新的歌声，又流动起来。

你们为了它，已经尽可能地献出了一切……

——菲佳的歌声，像一条鲜亮的丝带，在空中婉转。

为了自由……

——同志们齐声唱着。

“嘿嘿！”有人在旁边幸灾乐祸地叫喊。“唱起追悼歌来了，狗崽子！”

“打这个家伙！”有人愤怒地喊了出来。

母亲用两手抓住了胸口，向周围望了望，看到刚才挤满了街道的群众，都踌躇地站着，迟疑不决地望着拿了旗子前进的人们。跟在他们后面的，只有几十个人，每走一步，总有几个向两边躲开，就好像街道中间的路是烧红了的，烫疼了他们的脚。

专制将要打倒……

——在菲佳的嘴里，歌儿发出了预言……

人民就要起来！……

——一股强大的合唱自信而威严地跟着他唱起来。

但是透过这整齐的歌声，可以听见轻微的话声：

“在发号令了……”

“预备！……”在他们面前，发出了一声尖厉的喊叫。

刺刀在空中弯曲地晃了一下，倒下来，狡猾地微笑着，迎着旗子直伸过来。

“开步走……”

“他们出动了！”独眼说，两手塞在衣袋里，大踏步地向路旁避开。

母亲眼也不眨地望着。兵士的灰色潮水波动起来，横着排满整个街道，他们向前托着银光闪闪的钢齿的梳子，脚步整齐地，冷酷地向前行进。她放大了脚步，走近她儿子的旁边，同时看见安德烈也是很快地走到巴威尔前面，用自己的身体遮住他。

“并排走，同志！”巴威尔厉声喊道。

安德烈唱着，两手反背着，头高高地仰起。巴威尔用肩推了他一下，又喊道：

“并排走，你没有这种权利！走在前面的应当是旗子！”

“解散！”一个短小的军官，挥舞着雪白的军刀，尖声地喊。他膝部不弯曲地抬高了脚，用靴底暴跳如雷地踩在地上。他那双擦得很亮的长靴投进母亲的眼里。

在他旁边稍后的地方，有一个身材高大、刚刮过脸、留着白色的唇髭的人，他穿着红里子的灰色大衣，下身穿着镶有黄色丝带的宽筒的军裤。他也像霍霍尔那样反背着手，高高地竖起很浓的白色眉毛，望着巴威尔。

母亲因为看见了太多的事情，在她的胸中，有一种高声的呼喊，随着每一呼吸都可能从喉咙里面迸发出来。这呼喊使她喘不过气来，但是她两手抓住了胸口，抑制住这个呼声。群众将她挤开，她跌跌撞撞，毫不思索，差不多是无意识地向前走去。她觉得她后面的群众渐渐地减少，从对面逼过来的寒冷的巨浪，使他们纷乱地散开。护着红旗的人们和灰色的行列，渐渐地接近，兵士的面孔，可以清楚地看见了——这些面孔难看地压成一条又脏又黄的窄带子，横着排满了整条街，——在这条窄带子上，高高低低地镶嵌着各种颜色的眼睛，在它前面，刺刀的尖端，冷酷地放着锐光。刺刀对准了人们胸口，还没有碰着他们，已经把他们一个个地剔出了队伍，使他们四分五裂地崩溃开来。

母亲听见背后逃跑的脚步声。压抑着的惊惶的声音，不断地叫喊。

“散开，兄弟们……”

“符拉索夫，快跑！……”

“回来，巴威尔！”

“把旗子丢开，巴威尔！”维索夫希诃夫阴郁地说。“交给我，我把它藏起来！”

他用一只手抓住了旗杆，旗子稍稍地望后面倾斜了一下。

“放手！”巴威尔喊了一声。

尼古拉好像受了火烫似的把手放开。歌声完全消散了。人们停止了脚步，紧紧地围着巴威尔。但是，他依然排开了众人，向前面冲去。突然，一阵沉默袭来，它像是看不见地从天上降下来似的，立刻把人们笼罩在透明的云雾里面。

旗子下面，至多不过二十个人，但他们却是坚定不移地站着，——由于替他们担忧和想要对他们说些话的模糊愿望，吸引着母亲向他们走去。

“把他们手里那个东西夺下来，中尉！”传来那个高个儿老头的平稳的声音。

他伸出一只手，指着旗子。

那个短小的军官跑到巴威尔跟前，用手抓住了旗杆，尖声地喊：

“放下！”

"把手拿开!"巴威尔高声地说。

旗子忽而倾向左,忽而倾向右,火红地在空中颤动着,一会子又笔直地竖了起来,——军官被推了出来,一下子坐在地上。尼古拉捏紧了拳头,伸直了胳膊,快得异乎寻常地从母亲面前溜过去。

"把那些东西抓起来!"老头往地上跺了一脚,大吼一声。

几个兵士跳向前去。其中有一个人挥了一下枪托——旗子抖了一下,就倾倒下来,隐没在灰色的兵士里面。

"啊呀!"有人忧愁地叫喊了一声。

母亲发出了野兽般嚎叫的声音。但是在兵士的队伍里面,她听见了巴威尔的清楚的声音。

"再见了!妈妈!再见了!亲爱的……"

"他活着呢!他记挂着我呢!"母亲的心震动了两下。

"再见了,我的妈妈!"安德烈喊道。

母亲踮起了脚,挥着双手,极力地想看见他们。在兵士们的头上,她望见了安德烈的圆脸——它微笑着,和母亲打招呼。

"亲爱的……安德留夏!……巴沙!"她叫道。

"再见了,同志们!"他们在兵士队伍里叫着。

回答他们的喊声的,是许多次断断续续的反响,这反响是从窗子里,从屋顶上,和从上面什么地方来的。

二十九

一个矮个儿军官在母亲胸口推了一下,嚷道:滚开,老女人!母亲从上到下地打量他,看见在他脚边横着折成两段的旗杆——在一段上面,还有一块完整的红布,她弯身把它拾了起来。军官将旗杆夺去一扔,跺着脚大声喊叫道:叫你滚开!这时兵士中间,忽然爆发出歌声:起来!全世界的罪人!……军官忙跑去镇压。母亲摇摇晃晃地走到被扔掉的断旗杆旁边,又把它拾起来,拄着旗杆向前走去。一队士兵挡住了广场的出口,广场那边,也有一排灰色的人影在慢慢地向群众进逼。母亲拐进一条窄巷,转过弯后看见密密地挤着一大堆人,议论着被捕的几个人。她的心里忽然有些言语像火花似的迸发着,拥挤着,点燃起执拗的、强烈地想说出它们、叫喊起来的愿望。她挤进人群喊道:亲爱的人们!请你们放大了胆看看吧——方才出了什么事呀!我们亲骨肉的儿子,在世界上到处去寻求真理!为了大家!他们给自己选定了到十字架去的道路……他们希望过真理和正义的生活,希望大家都有幸福。她看见大家都默默地听着,她感到大家都紧紧地围着她,在那里思索。她心里产生了一种很明白的愿望:想推动人们去跟着她的儿子、跟着安德烈、跟着一切被兵士带去、现在成为孤单的人们向前走。她用一种温和的力量继续说下去:我们的孩子们是为着大家,为着基督的真理,为着全世界、全体工人而去的!……别离开他们,别抛弃他们,别把自己的孩子舍弃在孤独的路上。相信儿子们的信仰吧!他们为着真理而死。请你们相信他们吧!

她的声音哑了,浑身无力,身体摇晃了一下。旁边一个人扶住了她的胳膊。人群里掀起一股响亮的、战栗的声浪:她在讲上帝的话!她是在鞭打我们这些傻瓜!……那个老太太说得不错,——我们为什么抛弃我们的孩子?他们对我们干过不好的事情吗?母亲静静地流着泪,用哭肿了的眼睛望着大家。她说道:你们都是我的亲人！生活是为了孩子们,整个土地也是孩子们的！……大家用忧郁和尊敬的眼光望着母亲,一种茫然的吸引力量,使他们一边低声交换着同情的谈话,一边不慌不忙地跟在她后面,送她回家。到了家门口,母亲转过身对大家鞠躬表示感谢。她重新想起了自己的思想——想起了似乎是在她自己心里生长出来的新思想,——她说:如果人们不是为了他的光荣而赴死,我主耶稣基督就不会存在了……她再向人们一鞠躬,然后走进门去。

第二部

一—八

这一天剩下的时间,母亲是在迷雾似的回忆中和身心的沉重疲劳中度过的。第二天中午,尼古拉·伊凡诺维奇来了,说按照事先的安排,接母亲去城里他家住。母亲迫不及待地要求尼古拉给她工作:孩子们已献出了他们的自由和生命,毫不顾怜地走向牺牲——我做母亲的,怎么能什么事都不做呢？尼古拉听了十分激动,他还是第一次听到这样的话。

尼古拉探望后的第四天,母亲搬往城里。她突然觉得永远也不会回到这里来了,在这里她度过了一生中最苦难最黑暗的时代。新生活开始了。

尼古拉决定让自己的姐姐——一位死去的革命者的妻子索菲亚和母亲一起把报纸送到离这儿 80 俄里的农村去。几天以后,她俩穿上贫苦市民的衣服,肩上背着口袋,手里拿着拐杖出发了。

第三天她们终于到达了目的地,在柏油工场找到了雷宾,和他在一起干活的还有三个青年。雷宾比以前更阴郁、更悲惨,眼睛里充满着愤怒的火焰。夜晚索菲亚给他们讲了许久,直到天快亮,雷宾和三个青年才恋恋不舍地送她们上路。

母亲的生活过得平静而紧张。每月她总有几次扮成修道女、卖花边的女商人或小市民、巡礼者,背上口袋或提起皮包在全省到处奔波,这成了她的工作。无论走到哪里,她都喜欢跟人攀谈。过去她看到金碧辉煌的教堂和乞丐的陋屋觉得很自然,现在却知道这是不合理的,是对穷人的侮辱。她不由想起雷宾的话:“借了上帝的名义来欺骗我们。”她祈祷的次数不知不觉减少起来。相反地却愈来愈有一种难以抑制的愿望,想用自己的话向人们揭示种种不合理的现象。

九—十四

一个名叫叶戈尔·伊凡诺维奇的革命者因病去世了。他是个坚强乐观的人。第二天几十个人为他送葬,队伍庄严、肃静,到了基地,有人发表演讲,与前来阻拦的警察发生了冲突。回来后大家深感单纯的宣传是不够了,现在需要的是更广泛的鼓动。

莎馨卡从一个越狱逃出来的工人那里得知越狱是很简单易行的。尼古拉决定先征求一下巴威尔的意见。转天中午,母亲在监狱事务所里总算找到机会将条子给了巴威尔。晚上她接受了再次带印刷品下乡的任务。

十五—二十一

由于形势不安宁,遵照尼古拉的安排,母亲先坐车绕路到了一个很大的村庄。从驿站的窗口望去，忽然她发现两个警察正押着被绑的雷宾向中央广场走来。母亲不由打了一个寒噤。只听雷宾大声地对围上来的乡亲们说，他是因为散发那些写着农民生活真理的书而受苦的。警察们扑上来拳打脚踢，将他打倒在地。雷宾被人扶起，揩了揩脸上的污泥和血迹，眼光终于与母亲相遇了。他转过头对旁边一个蓝眼睛农民说了几句什么，然后把头猛地一摇，用发抖的声音说：世界上不只我一个人，真理是捉不完的！人民被解放的那一天总会来的！警察局局长下令将雷宾押送到城里。

蓝眼睛青年来到母亲身边，不知为什么母亲凭着直觉竟请求去他家过夜，并且不假思索地将箱子里的报纸全部留给他和他的妻子。过了一会儿又来了一个农民。母亲对他们谈了许多，她讲得非常流畅，像一根有力的丝线穿起五彩的珠子一般，很快地把适当的言语贯穿起来。她的愿望终于实现了——能亲口向人们讲述真理。第二天母亲启程回城，一路上想着这些农民，想着雷宾，她感到，未开垦的土地正等着开垦，要播下理性和真理的种子。

尼古拉家里一片遭劫的景象，现在还有暗探守在门口。他赞扬母亲的工作，并根据当前形势，决定将雷宾的事立即写成传单发给农民。

二十二—二十三

星期天，母亲在监狱办公室和巴威尔分别时，好像被纸团烧痛手心似的颤抖了一下。从儿子的眼光中她明白了一切，不觉眼里涌满了泪水。那纸团上写道：我们决不逃走，同志们！……我们谁都不愿意，这样会失去对自己的尊敬。巴威尔请同志们救出雷宾，他每天与狱吏冲突，已在地穴里关了一天。最后巴威尔希望同志们安慰他的妈妈，相信母亲一切都能理解。尼古拉念完纸条后，母亲轻轻地颤抖地说：我懂得的！尼古拉也很难过，他告诉母亲，接到彼得堡同志的信，案子已判决——全体流放。他说：这些渺小的骗子把他们的审判变成最庸俗的喜剧。判决是在前，审判在后……然而母亲听不下去了，她要求马上考虑救雷宾的事，她需要永远地不停地工作。莎馨卡听后，脸色变得更加苍白，她立即主动承担了营救雷宾的工作。

三天过后，越狱成功了。母亲从监狱后面走到街上时，一驾马车挡住了她的路，她看见车上坐着一个生着淡色胡须、脸色苍白的年轻男子。他对母亲也看了一眼。大概由于侧身坐着的缘故，他的左肩比右肩要高些。

二十四—二十六

审判的日子终于到了。这些天来恐怖像使人透不过气来的霉菌在母亲的心里繁殖起来，她害怕儿子会受侮辱、被嘲弄，害怕他会被判得很重，以致母子永远不能见面……

法庭里的一切都使人感到难以忍受。首席法官——一个戴眼镜的小老头儿宣布开庭，巴威尔、安德烈、菲佳·马琴等十二个人被带了进来。他们生气勃勃的笑容和行动，使法庭好像变得明亮了些，母亲的心觉醒过来。起初母亲觉得首席法官和他的同僚们都不可能是凶恶残忍的敌人，但是他们那呆滞的表情，病态的疲劳，例行公事的枯燥腔调，甚至当被告们根本否认犯罪时他们也并不发怒的态度，使母亲惶惑起来，原来法官们很不乐意讯问，好像一切预先已经知道，所以一点也不感兴趣。而在铁栏里的被告，个个都充满了青春的活力，他们几乎不去理睬证人和法官的单调谈话以及律师与检察官的争辩，他们彼此交谈着，发出轻蔑的微笑。

休庭时，家属们在走道里低声谈着，都为自己亲人的态度而骄傲，同时人们普遍地意识到审判是不公平的。母亲发觉一个生着淡口须的年轻男子正望着她,右手放在衣袋里,因此右肩显得低一些。过一会儿,她听见那人与一个黑须青年的小声对话:"她?""对!"

审判重又开始了。先是检察官冰冷的、苍白的、枯燥的发言,接着是律师,他说这些人是失掉了理智。母亲被一种沉重的失望和越来越强的屈辱感压抑着。她开始明白,为什么她最初期待着公平的审判,以为可以听到儿子的真理和法官的真理之间的严峻的、正直的争辩。她以为,法官们会向巴威尔盘问很久,注意而详细地问到他的内心生活,用锐利的眼光研究他的全部思想行动和全部生活。当看到他是正确时,他们就会公正地、高声说道:这个人是对的!可是现在完全没有这回事,仿佛被告和法官隔得远不可及,而对于被告们,法官们是多余的。母亲感到疲乏,对审判失去了兴趣,生气地想道:这样也算是审判吗?

这时说话的换了另外一个律师,他用辛辣的、嘲笑的言论刺激着法官们的厚脸皮。法庭里顿时出现了活跃的气氛,闪动着战斗的兴奋。法官们好像挤得更紧了,他们鼓起了腮,预备击退这些尖锐的言语。

但是这时候巴威尔站起身来,周围突然沉静了下来。母亲将全身扑向前面。巴威尔镇静地开始说:

"我是一个党员,我只承认党的审判,我现在要讲的,并不是为自己辩护,而是依将我的也拒绝了辩护的同志们的愿望,试试对你们说明一些你们所不了解的事情。检察官将我们在社会民主党领导下的行动称做反抗政府的暴动,他始终将我们看作是反对沙皇的暴徒。我应该声明,在我们看来,专制政治不是束缚我们国家的唯一的锁链,它只是我们应该替人民除去的最初的一个锁链……"

在这种坚定的声音下,愈来愈寂静了。声音好像扩大了法庭的四壁,巴威尔好像渐渐地离开人们,退到一旁,就像浮雕一般愈来愈突出。

法官们笨重地不安地摇动起来。贵族代表在那个面孔懒洋洋的法官耳边说了一句话,那个法官点了点头,转过头去跟首席法官说话。就在这个时候,好像生病的法官又从另一面对他耳语。首席法官坐在椅子上左右摇摆着,又对巴威尔说了些什么,可是他的声音在巴威尔的流畅广阔的潮水似的言论里面淹没了。

"我们是社会主义者。这就是说,我们是私有财产制度的敌人,私有财产使人们互相倾轧,互相攻击,为着各自的利益造成不可调和的仇恨,为着隐蔽和掩饰这种仇恨而撒谎,用谎言、伪善、邪恶使人们堕落。我们认为:将人类只看作使自己发财致富的工具的社会,是违反人道的,这种社会和我们是敌对的,我们对于它的道德、虚伪和伪善,决不妥协。这种社会对待个人的残酷和无耻的态度,我们认为是可卑的;对于这种社会的一切奴役人类的肉体和精神的方式,对于一切为了贪欲而使大众受罪的方法,我们一定要和它斗争。我们工人,是用劳动创造一切——从巨大的机器以至儿童的玩具——的人。我们是被剥夺了为自己的人格做斗争的权利的人们。不论什么人,都可以并且努力要将我们变做工具,来达到他们自己的目的。现在,我们要求有自由,使我们将来能够获得全部的政权。我们的口号很简单:打倒私有财产制度,一切生产资料归于人民,全部政权归于人民,劳动是每个人的义务。你们可以看出来——我们绝不是暴徒!"

巴威尔冷笑了一声,用手慢慢地摸了摸头发,他的碧眼里的火星燃得更亮了。

"请不要离题太远!"首席法官明了响亮地说。他对巴威尔挺出胸部,眼睛看着他,母亲觉得,他的那只浑浊的左眼睛里好像燃烧着不怀善意的贪婪的火。所有的法官都那样看着她的儿子,好像他们的眼光都粘在他的脸上,吸进他的身体,渴望要吸他的血来滋养他们憔悴的身体。可是巴威尔坚定稳固地站在那里,高大、挺直,向他们伸出一只手,声音不高地、清晰地讲:

“我们是革命者,在一种人只管作威作福,另一种人只能辛苦劳动的情况下,我们永远要是革命家。我们反对你们奉命要保护它的利益的社会,我们是你们和你们的社会的不能调和的敌人。在我们不获得胜利以前,我们和你们中间决不可能和解。我们工人是一定会胜利的！你们的委托人完全不像他们所预想的那样有力。他们牺牲了几百万被他们奴役者的生命而积蓄的财产,以及政府给他们的压迫我们的权力,在他们之间引起了敌意的摩擦,使他们在肉体上和精神上走向毁灭。私有财产需要太多的努力来保护自己,所以实际上,你们,我们的统治者,是比我们更可怜的奴隶,——你们是在精神上受奴役,而我们只是在肉体上受奴役。你们不能摆脱在精神上杀害你们的偏见和习惯的压迫,但是我们内心的自由并没有受到一点的障碍。你们用来毒害我们的毒药,敌不过你们并不情愿地灌输在我们意识里的解毒药。这种意识不断地生长,不停地发展,愈来愈快地燃炽,甚至将你们中间的一切优秀的、一切精神上健康的人吸引过来。请看,在你们那里,能够在思想上为你们的政权斗争的人,已经没有了;能够为你们防卫历史的正义谴责的论据,已经被你们用完了;在思想领域上你们已经创造不出新的东西:你们在精神上破了产。我们的思想不断地成长,愈来愈鲜明地燃烧,把握群众,组织他们为自由而斗争。对于工人阶级伟大使命的这种意识,把全世界的工人融合成一条心。你们除了残酷和无耻之外,已经毫无方法来阻碍改造生活的这种过程。可是,无耻已经被人看破,残酷只能引起人们的反感。今天压迫我们的手,不久就会像同志一般握我们的手。你们的精力,——是增殖金钱的机械力,——把你们联合成互相吞食的团体。我们的精力,——是所有工人要愈来愈团结起来的这种意识的活的力量。你们所做的一切都是罪恶,因为都是为了奴役人类。我们的工作是要把世界从你们用虚伪、恶意、贪欲所制造出来的威胁人民的鬼怪和怪影下面解放出来。你们使人民和生活隔离了关系,使他们毁灭。可是社会主义却要将被你们破坏的世界结合成一个伟大的整体,而且这是一定会实现的!”

巴威尔顿了一顿,再用比较低的、可是更有力量的声音重复说:

“这是一定会实现的!”

法官们装着怪相,互相耳语。他们的眼睛仍旧贪婪地盯在巴威尔身上。母亲觉得,他们因为羡慕巴威尔的健康和青春活力,所以想用他们的目光来污损他的柔软结实的身体。被告们留意地听着同志的话,他们的脸色发白,眼睛里发出愉快的光辉。母亲贪婪地听着儿子的话,这些话都整然排列在她的记忆里。首席法官几次阻止巴威尔的话,对他解释了几句,有一次他的脸上甚至露了悲惨的笑容,——巴威尔默默地听完他的话,又严峻而镇静地继续讲下去,强使大家听他说话,使法官们的意志服从他的意志。可是首席法官终于喊叫起来,向巴威尔伸出了手;巴威尔好像答复他似的,带着几分嘲弄的口吻说:

“我就要讲完了。我并不想侮辱你们个人,相反的,我被逼在这种被你们叫做‘审判’的喜剧中出场,我几乎是对你们抱着怜悯。不论怎样,你们总是人。而我们看到人——即使是对我们的目的抱有敌意的人——这样低卑可耻地为暴力服务,对于自己人格的尊严的意识丧失到这种地步,我们总是觉得非常难受……”

他对法官们看也不看,就坐了下去,母亲屏住了呼吸凝视着法官们,等待着。

安德烈满脸笑容,紧紧地和巴威尔握手。萨莫依洛夫、马琴和所有的人都热烈地、崇拜似的看着他。巴威尔被同志们的激情弄得有些不好意思,他微笑着,眼睛望着母亲那边,对她点了点头,好像问道:

“是这样吗?”

她用喜悦的长叹答复他。全身充满了爱的热浪。

“好,……审判开始了!”西佐夫低声说。“怎样判呢? 啊?”

她默默地点点头,对于儿子的大胆的言论感到很满意,——也许格外使她满意的是他结束了。在她心里,一个疑问开始颤动起来。

“喂,你们现在打算怎样?”

巴威尔所说的话对母亲来说并不是新鲜的,但是在法庭上,她第一次感到了他的信念的不可思议的吸引力。巴威尔的镇静使她惊奇,他的话在她心里融成一团星光灿烂的东西,使她坚信他是正确的,他一定会获得胜利。

接着安德烈站了起来,他那诙谐的、带点狡猾的讽刺语言揭破了法官们因巴威尔的演说而克制着的愤怒,使他们变得滑稽和狼狈了。其他人有的驳斥污蔑革命者是文化的敌人的论调;有的发誓不论流放到哪里,一定要逃走,永远地、终生地搞革命……听众席的喧哗声愈来愈大,有人甚至哭泣起来。母亲原先那种痛苦与屈辱的感情随之变成了对法官和审判的轻蔑。对于恐怖事情的担心已经过去了,她心里诞生了一种伟大而光明的喜悦。

判决书宣布了——充军!

二十七—二十八

母亲走出法院,天色已晚,但法院附近挤满了一群群的人,人们将她围住,争着打听审判的结果。突然一个不响的声音喊道:诸位,这是巴威尔·符拉索夫的母亲!人们很快地安静下来,一只有力的手紧紧握住了母亲的手。另一个声音兴奋地说:你的儿子是我们大家勇敢的榜样……俄罗斯工人万岁!这呼声很快地扩大。人们从各处跑来,警笛声在空中跳动,但却盖不过这呼声。母亲觉得这一切像一个美丽的梦,她微笑着和人们握手,打招呼,幸福和喜悦噎住了喉咙,她的腿疲倦得发抖,可是充满了喜悦的心吞下了一切……

莎馨卡跑来把母亲带到街的对面。她不停地询问着巴威尔的情形,又肯定地说,他比谁都坚强,比谁都单纯,当然比谁都威严,还说自己决定去西伯利亚找他。她那充满了爱的言语,镇静了母亲的心。

晚上尼古拉回家来,说两个暗探毫不隐蔽地盯住了他,大概他要被捕了。他一面烧毁文件,一面吩咐莎馨卡和母亲带着巴威尔的讲演稿赶紧离开这里,由母亲去找柳德米拉排印。然后郑重地与她们告别。

几分钟后,母亲已坐在柳德米拉的小房间里。由于疲劳很快睡着了,她的心异常平静,一种强有力的感情使她坚强了。当她醒来时,已是第二天上午十点钟。尼古拉果然被捕了,一个矮小的医生来安排讲演稿的分发。形势非常紧张,经母亲一再恳求,医生才决定由她乘火车送到在工厂做教员的娜塔莎那里。母亲急切地希望赶快把儿子的演说稿散发出去,散发到全世界。

柳德米拉很羡慕母亲,说母亲和儿子站在一起,这真是了不起,这是很难得的。母亲想不仅仅是和儿子在一起，而是和所有追求真理的人在一起。她说：全世界的孩子们都起来了！从各个地方向着一个目标前进……她愈说愈兴奋。临走前，她又对柳德米拉说：您知道，我是多么愉快啊，我带着儿子的讲话，这不是跟自己的心一样吗！她的思想飞向了远方，飞向了人民大众被光明照耀的那一天，那是多么美好啊！她紧紧握住柳德米拉的手，说：我们大家都是同志、都是亲人，都是一个母亲——真理——的孩子……我一想起"同志"这个词，我的心就会听见前进的声音！柳德米拉感动得流下了眼泪。

二十九

走到街上，严寒干燥的空气结结实实地搂住她的身体，浸入了咽喉，使鼻子发痒，有一刻工夫使她不能呼吸。母亲站定了，四面看了一看：离她不远的街角上，站着一个戴皮帽的马车夫，远远的有一个男子弯着背，缩着头走着。一个兵士搓着耳朵在那人前面连蹦带跳地跑着。

"大概是派了兵到小铺子里来了！"母亲这样想着，又向前走去，满足地听着她脚下的雪发出的清脆的声音。她很早就到了车站，她要乘的那班火车还没有准备好，但是肮脏的、被煤烟熏黑了的三等候车室里面已经挤了许多人，——寒冷将铁路工人赶到这里，马车夫和穿得很单薄的无家可归的人们也来取暖。还有一些旅客，几个农民，一个穿着熊皮大衣的肥胖的商人，一个牧师带着女儿——一个麻脸的姑娘，四五个兵士，几个忙忙碌碌的市民。人们吸着烟，谈着话，喝着茶和窝特加。车站小吃店前面有人高声笑着，一阵阵的烟在头上飞过。候车室的门开闭的时候吱吱地响着，当它被砰的一声关上的时候，玻璃发出震动的声音。烟叶和咸鱼的臭味强烈地冲进鼻子。

母亲坐在门口容易被看见的地方等待着。每次开门的时候，就有一阵云雾似的冷空气吹在她脸上。这使她觉得很爽快，于是她深深地把冷空气吸进去。有几个人提了包裹进来，——他们穿得很厚，拙笨地堵在门口，嘴里骂着，把包裹丢在地上或凳子上，抖落大衣领上和衣袖上的干霜，又把胡须上的霜擦去，喉咙里发出咳咳的声音。

一个年轻人手里拿着一只黄色手提箱走进来，很快地朝周围看了一遍，一直走到母亲面前。

"到莫斯科去吗？"那人低声问。

"是的，到塔尼亚那里去。"

"对了！"

他把箱子放在母亲身边的凳子上，很快地掏出一支烟卷点着，稍微举了举帽子，默默地向另外一扇门走去。母亲用手摸了摸箱子的冰冷的皮，将臂肘靠在上面，很满意地望着大家。过了一会，她站起身来，向靠近通月台的门口的一条凳子走去。她手里毫不吃力地提着箱子——箱子并不大，——走过去，她抬起了头，打量着在她面前闪现的人们的脸。

一人穿着短大衣、把大衣领竖起的年轻人和她撞了一撞，他举起手来在头旁边挥动了一下，默默地跑开了。母亲觉得这人好像有些面熟，她回过头来一看，只见那人正用他一只浅色的眼睛从衣领后面对她望着。这种注意的眼光好像针一样刺着她。她的提着箱子的那只手抖动了一下，手里的东西突然沉重起来。

"我在什么地方看见过他！"母亲想了一想，她想用这个念头来抑制胸中的隐隐的不快的感觉，而不想用别的言语来说出这种慢慢地、但是有力地使她的心冷得紧缩起来的感觉。但是这种感觉增长起来，升到喉咙口，嘴里充满了干燥的苦味。母亲忍不住想要回头再看一次。她这样做了,那人站在原来地方,小心地两脚交替地踏着,好像他想做一件事而又没有决心去做。他的右手塞在大衣的纽扣中间,左手放在口袋里,因此,他的右肩好像比左肩高些。

母亲不慌不忙地走到凳子跟前,小心地、慢慢地坐下去,好像怕弄破自己里面的什么东西似的。强烈的灾祸的预感使她想起这个人曾在她面前出现过两次,——一次,是在城外的旷地里,是在雷宾脱狱以后,第二次,是在法院里。那人和在雷宾逃走后向母亲问路时被她骗过的那个乡警站在一起。他们认识她,她被他们钉住了,——这是很明白的。

"完蛋了吗?"母亲问自己道。但是接着就颤抖地回答:

"大约还不妨吧……"

可是,她立刻又鼓着勇气严厉地说:

"完蛋了!"

她向周围望了一遍,什么也看不见,各种想法在她的脑子里像火花似的一个个爆燃起来,然后又熄灭了。

"丢掉箱子逃吗?"

但是另外一个火花格外明亮地闪了一下。

"丢掉儿子的演说稿?让它落在这种家伙的手里……"

她把箱子拿到身边。

"那么带了箱子逃吗?……赶快跑……"

这些想法都不是她原来所有的,好像是有人从外面硬给她塞进去的。这些想法好像烧痛了她,疼痛地刺激她的头脑,好像一根根燃烧着的线似的抽打着她的心。这些想法使母亲痛苦,并且侮辱了她,逼着她离开自己,离开巴威尔,离开已经和她的心生在一起的那一切。母亲觉得,有一种敌对的力量执拗地紧抓住她,紧压着她的肩膀和胸部,玷辱她,使她陷在死一般的恐怖里。她太阳穴里的血管猛烈跳起来,发根觉得发热。

这时候,她心里鼓起一股好像震动了全身的猛劲,吹灭了这一切狡猾而微弱的小火星,像命令一般的对自己说:

"可耻啊!"

她立刻觉得振作起来,她把主意完全打定之后,又添了一句:

"不要替儿子丢脸!没有人害怕。"

她的眼光接触到一道没有精神的、胆怯的视线。后来脑子里闪过了雷宾的脸。几秒钟的摇动好像使她更坚定,心也跳得比较平稳起来。

"现在会怎么样呢?"她一边观察,一边这样想。

那暗探把路警叫来,眼睛望着母亲轻轻地对他说了几句。路警打量着他,一面退了出去。又来了一个路警,皱着眉头听他说着。这是一个身材高大、没有刮脸的白发老人。他对暗探点了点头,向母亲坐的凳子走过来,暗探就很快地消失了。

老头从容不迫地一步一步地走过来,用好像生气的眼光注意地望着母亲的脸。母亲在凳子上把身体朝后面挪了一下。

"只要能不挨打……"

老头站在她旁边,沉默了一会,然后声音不高地严厉地问:

"在看什么?"

“不看什么。”

“哼,女贼!上了年纪,还要干这种勾当!”

她觉得,他的话好像重重地在她脸上打了两下。这些恶毒的、声音嘶哑的话使母亲感到好像脸皮被撕破、眼睛被打坏一般地疼痛。

“我?你瞎说,我不是贼!”母亲用全身的气力喊道。她眼前的一切在她的激愤的旋风里面回转起来,心里感到受辱的苦味。她把箱子猛地一拉,把箱子打开。

“你看吧!大家来看吧!”母亲站起身来,抓了一把传单举到头顶上,这样喊着。透过耳边的喧哗声,母亲听见了聚集拢来的人们的喊声。同时看到人们很快地从四面八方跑来。

“什么事?”

“有暗探!”

“什么事?”

“说那女人偷了东西……”

“啊呀,看样子倒很体面!”

“我不是贼!”母亲看见人们从四面密密地拥上来,稍微安心了一些,放开嗓子说:

“昨天审判了一批政治犯,里面有一个叫符拉索夫的,是我的儿子!他在法庭上讲了话,这就是他演说的稿子!我要把它带给大家,让大家看看,想想真理……”

有人小心地从她手里抽了几张传单。她把手在空中一挥,把传单扔到人群里去。

“这样干是不好的!”有人害怕地说。

母亲看见人们拾了传单,将它藏在怀里和衣袋里——这种情形又使她振作起来。她全身紧张,感到觉醒的自豪感在心里成长,被压制的喜悦燃烧着,她说话更镇静更有力了。她不断从箱子里取出传单,忽左忽右地朝群众的渴望的、灵活的手里抛去。

“我的儿子和跟他一起的人为什么要被判罪,——你们知道吗?请你们相信母亲的心和她的白发,我可以告诉你们——因为他们要向你们诸位传达真理,所以昨天被判了罪!我到昨天方才知道,这种真理……没有人能够反抗,没有人能够反抗!”

群众静了下来。他们越来越挤,人数不断地增加,用肉体的圈子紧紧地围住了母亲。

“贫困、饥饿和疾病,这就是你们劳动的报酬。一切都是我们的敌人,——我们一辈子都是在劳动里面、在污泥里面、在欺骗里面,一天一天地葬送自己的生命!可是别人却是利用我们的血汗来享乐,坐享其成。我们好像被锁着的狗,一辈子被幽禁在无知和恐怖里面,——我们什么都不知道,我们对什么都害怕!我们的生活就是黑夜,就是墨墨的黑夜!”

“对啊!”有人低声说。

“勒住她的喉咙!”

在群众后面,母亲看见了暗探和两个宪兵。她想赶快分散最后几束传单,但是当她把手伸到箱子里去的时候,她的手碰到了另外一个人的手。

“拿吧,拿吧!”她俯着身子说。

“散开!”宪兵排开群众,喊着。人们不情愿地走开去,他们推撞着宪兵,妨碍着他们,也许并不是故意的。他们被这个容貌善良、生着一双正直的大眼睛的白发妇人有力地吸引住了。他们本来是被生活隔开,互相隔绝,现在被她的热烈的言语所鼓动,融成了一个整体。这些话也许在很久之前就为那些受不平等生活的凌辱的人们所追求和渴望着的。近旁的人们默默地站着,母亲看见了他们的饥渴一般注视着的眼睛,自己脸上也感到了温暖的呼吸。

“老太太,走吧!”

“你马上就要被捉去了!……”

“啊,真勇敢!”

“滚开!散开!”宪兵们的喊声越来越近,母亲前面的人们互相拉着,摇晃起来。

母亲觉得,大家都愿意了解她,相信她,她也急于要把她知道的一切,把使她感到力量的一切思想,完全告诉大家。这些思想很容易地从她心坎里浮出来,变成一支歌曲。可是她恼怒地感觉到,她的声音不够。嗓子已经嘶哑,声音发抖,常常要中断。

“我儿子的话是工人的纯洁的话,是不能收买的灵魂说出的话!你们可以看出,他的勇气是不能收买的!”

有些年轻的眼睛带着又是钦佩又是恐怖的表情望着她。

母亲胸口被人推了一下,她踉跄地在椅子上坐下。宪兵们的手在人们头上闪动,它们抓住人们的衣领和肩膀,把他们推到一旁,摘下人们的帽子,将它们丢得老远。母亲觉得眼前发黑,一切都摇晃起来,她克服了自己的疲劳,又用尽气力地喊道:

“诸位,团结起来!”

宪兵用一只红色的巨手抓住母亲的衣领,将她摇撼了一下。

“闭嘴!”

她的后脑撞在墙上,一瞬间她的心被有刺激性的恐怖的烟雾遮住,但是烟雾立刻消散,心又光亮地燃烧起来。

“走!”宪兵说。

“什么都不要怕!还有什么比你们一生所过的日子更苦的……”

“叫你闭嘴!”一个宪兵挽住母亲的一只手臂,把她一拉。另外一个宪兵抓住她的另外一只手。他们带着母亲,大踏步地走去。

“这种生活每天折磨你们的心,吸干你们的心灵!”

那暗探跑到前面,用拳头在母亲面前晃着,尖声喝道:

“闭嘴,畜生!”

母亲的眼睛睁得大大的,发着光,下巴颤动着。她两脚硬撑在地上一块很滑的石头上,高声喊道:

“复活了的心,是不会被杀死的!”

“狗!”

暗探挥着手很快地在她脸上打了一下。

“打这个老鬼!”一个幸灾乐祸的声音喊道。

一样又黑又红的东西一瞬间使母亲的眼睛发花。嘴里充满了血的咸味。

一阵密集而响亮的呼喊声使她振作起来。

“不准打!”

“诸位!”

“你这个混蛋!”

“揍他!”

“用血是冲洗不掉理性的!”

母亲的背脊和颈部被推着,肩上和头部被打。周围一切好像昏暗的旋风似的在那呼喊声里、怒号声里和警笛声里旋转起来。有一样使人眩晕的浓厚的东西钻进耳朵,塞住喉咙,使她不能呼吸。脚底下的地好像要塌下去,动摇着,两腿弯了下去,身体好像被火烧伤般的疼痛得发抖,沉重起来,摇晃着,没有力气。可是眼睛里的光并没有熄灭,她看见了其他许多的眼睛,在这些眼睛里燃烧着她所熟悉的勇敢而锐利的火——和她的心接近的火。

她被往门里推。

母亲挣脱一只手,抓住门框。

“真理是用血海也不能扑灭的!”

他们打她的手。

“你们这些疯狗,只会使人增加仇恨! 仇恨就要压到你们自己头上来了!”

宪兵扼住母亲的喉咙,使她不能呼吸。

她发出嘶哑的喊声。

“不幸的人们……”

回答她的是不知谁的恸哭的声音。

毁　灭

作者亚历山大·亚历山大洛维奇·法捷耶夫(1901—1956)是苏联著名的无产阶级作家、文艺评论家和苏联作家协会的领导人之一。他生于特威尔省基姆雷城。母亲和继父都是地下革命工作者。1908年全家迁居远东南乌苏里边区的苏昌溪谷。1910—1918年,他在海参崴商业学校学习,住在姨母西比采尔娃家,这是一个革命家庭,两个表兄都是当时著名的共产党员,对其成长有深刻影响。

1918年9月,法捷耶夫加入布尔什维克党,从事地下工作。1919—1921年参加远东游击队,同高尔察克匪帮和日本干涉者作战,担任过团政委和旅政委。1921年他被选为远东军区代表,出席党的第十次代表大会。大会期间参加了镇压喀朗施塔得武装叛乱的战斗,因受重伤复员。1921—1924年,进莫斯科矿业学院学习。从1924年起,先后在库班、罗斯托夫和莫斯科等地担任党的工作。

他于1921年开始创作,1923年发表中篇小说《泛滥》和《逆流》(后更名为《阿姆贡团的诞生》),反映远东地区的革命和内战,描写革命斗争中党的领导作用。虽属不成熟的作品,但为后来的创作打下了基础。

1927年,他发表的长篇小说《毁灭》,被认为是描写国内战争的优秀作品,小说的基本主题是描写革命对人的改造。

30年代,他写了长篇小说《最后一个乌兑格人》(1930—1940)。他计划要写成六部,逝世前只完成四部,反映的是远东地区的落后民族在社会主义革命和改造中成长的历史。

卫国战争时期,他以《真理报》记者身份亲赴前线,写了许多特写和政论。特写集《封锁期间的列宁格勒》(1944)描写了列宁格勒保卫战中苏联人民的英勇斗争。1945年,他发表了著名的长篇小说《青年近卫军》,1951年又出版了修改本,使小说更臻完善。

法捷耶夫在战后着手写作长篇小说《黑色冶金》,这部小说没有写完,部分章节曾登在报刊上。他一生写了不少论文,文学论文集《三十年间》(1957)在他逝世一年后出版。

法捷耶夫曾任苏共中央委员。1936—1956年,他是苏联作协领导人之一。1949年率苏联文化艺术科学工作者代表团来华参加开国大典。在京、津、沪访问,发表过演说,同文艺工作者交流了经验。他译过鲁迅的《阿Q正传》,写过论文《论鲁迅》。

1956年5月13日,法捷耶夫在精神抑郁中自杀身亡。

《毁灭》是苏联文学的优秀作品,鲁迅誉之为“纪念碑的小说”,并翻译了《毁灭》。毛泽东曾给以高度的评价,他说:法捷耶夫的《毁灭》,只写了一支很小的游击队,它并没有想去投合旧世界读者的口味,但是却产生了全世界的影响,至少在中国,像大家所知道的,产生了很大的影响。现根据中文译本(磊然译,人民文学出版社1984年版)介绍或节选如下。

一　莫罗兹卡

游击队长莱奋生命令传令兵莫罗兹卡把公文送到沙尔狄巴的部队。莫罗兹卡把头一扭,表示不愿意去。莱奋生口气平静地说:去把枪交给军需主任,交了枪,你爱上哪儿就上哪儿。我这儿不需要捣乱鬼。莫罗兹卡听到这话后,马上表示接受任务,队长笑了起来。爆破手冈恰连柯问莫罗兹卡去干什么,后者耍贫嘴地说:屁事,队长叫我去活动活动,不然会在这儿生出一群娃娃。

莫罗兹卡是第二代矿工,12岁时学会推土斗车,说骂人的粗话,喝烧酒。跟小伙子拉风琴,打架,偷西瓜。因信口开河,被关进过警察署。面对敌人威吓,他始终没有泄露出罢工领袖的名字。他当过骑兵,六次挂彩两次震伤,革命前就免了兵役。回家后跟一个善良而放荡的、不会生育的女工瓦丽亚结了婚。1918年带着老婆一起参加了革命,保卫苏维埃。他骑马来到克雷洛夫卡村时,战斗打响。莫罗兹卡救出了负了伤的密契克,把他带到莱奋生的部队。

二 密 契 克

密契克第二次苏醒时,野外医院医生斯塔欣斯基已叫护士瓦丽亚给他包扎完毕,并说一个月保管伤口长好。

三个星期前,密契克怀着天真美好幻想参加沙尔狄巴的游击队,遭日军袭击而负伤。他躺在森林边的野外医院,听着伤员皮卡老头给他讲当过赤卫军的儿子的情况。有一次皮卡对他说瓦丽亚是个骚货,她丈夫莫罗兹卡就在部队里,可她还乱搞。一天她在密契克床边多呆了一会儿,密契克把女友的照片给她看,觉得相片上的少女不如以前可爱了。这时莫罗兹卡来了,瓦丽亚向密契克作了介绍。于是两口子走进了森林。密契克把女友的照片撕碎。

三 第六种感觉

莫罗兹卡骑马回去的路上想起密契克,他想:到我们这儿来的尽是这路货?……我的傻瓜看上他哪一点呢?路过村主席李亚别茨的瓜田时,他偷了西瓜。

莱奋生正在李亚别茨的园子里边看地图,边向侦察员了解情况。他把各种情况作了比较,特别敏锐的嗅觉告诉他情况不妙:如果不事先做好准备,自己的部队不久便要被日军消灭。

在门口,莱奋生碰到李亚别茨和自己的副手巴克拉诺夫。副手说:莫罗兹卡偷了李亚别茨的瓜。李亚别茨强调替大伙办事,农田荒废了。莱奋生派人叫来莫罗兹卡,并下了他的手枪。莫罗兹卡满不在乎,认为偷几个瓜根本算不了一回事。莱奋生决定傍晚召开军民大会,讨论莫罗兹卡的行为。莫罗兹卡哀求说,在队里讨论就得啦,何必又要老乡们来呢?莱奋生不理他,把村主席拉到一旁,给他两天期限请他在村里收集粮食,做10普特的面包干,别让人知道面包干是给什么人做的。

四 孤 独

密契克感到孤独,无论什么人都对他冷嘲热讽,莫罗兹卡更看不起他。斯塔欣斯基医生走到密契克的床前,关怀地问他从哪里来,都认识些什么人,密契克说出的人名都是"极端派"[①],医生变得冷淡了。密契克近一个月的感受涌上心头,蒙着头伤心地哭了很久。皮卡老头一瘸一瘸地走来,亲切地关心他,他假装睡着了。瓦丽亚问他怎么啦,还弯下腰来吻了他一下。

① 又译"最高纲领派",1904年起为俄国社会革命党的一个派别,1906年成为独立的政党。纲领是土地和工厂社会化。策略是实行个人恐怖和剥夺。十月革命后参加反苏维埃叛乱。1919年瓦解,1920年部分成员加入俄共(布)。

五　庄稼人与矿工

莱奋生提前来到会场,想听听有什么传说。群众恭敬地和他打招呼,他谦虚地向每人问好。群众议论说很忙,开什么会,莱奋生作解释。于是农民七嘴八舌围绕割草和商品缺乏发起牢骚来。人群中有人说:日本人前天到了松杜加。是楚古耶夫卡那边人说的。他们到了那边,占了学校,马上就要找女人……莱奋生从乱哄哄的声音中看出了人们惊惶不安,心里想:明天就得写信给斯塔欣斯基,叫他设法疏散伤员;我们暂时要藏起来。他叫副手巴克拉诺夫加强警戒。

李亚别茨愁眉苦脸,认为今天的事是小题大做。莫罗兹卡精神阴沉,满脸怨气。莱奋生态度稳重,模仿乡亲们的语言说:你们决定咋办就咋办。一个瘦老头说:若是在尼古拉二世的时代,干了这种事是要在村子里游街示众的。一个独眼人反对说:你恨不得样样照尼古拉的办,但时代不同了。瘦老头不服气地说:这件事总不对,我们养着这一帮子就够呛,可我们养出一窝贼来总是不像话吧。独眼人说:要说养贼,说不定你自己在养;人家小伙子在打仗,难道弄个瓜吃吃都不行吗?又有人说:瓜并不是稀罕玩意儿,他要来找我,我就给他装上一口袋,给好人吃,我是决不小气的。有人提议:让他们自己去跟村主席解决吧!莱奋生站起来叫莫罗兹卡站到前边来,莫罗兹卡两手发抖,浑身出汗。矿工出身的排长杜鲍夫挤到桌前,气愤而又激动地说:莫罗兹卡不走正路,给咱们矿工丢险,我们要把他赶出去。冈恰连柯说话了,他说:我们干吗要把这个傻瓜赶走?这小子打起仗来挺勇敢,他是咱们自己人,不走漏消息,也不出卖任何人。这事放着不管固然不行,可是把他赶走也不是办法,我的意见是问他自己。

莫罗兹卡认为自己给全体弟兄丢了脸,保证再不惹是生非了。没完没了的会议结束了,群众高兴地都要走。莱奋生举起手来,说现在通过一项决议:在没有军事行动的空闲时间,不得满街乱晃,应当帮房东干活;至于李亚别茨,我们要特别给他干活来补偿。

六　莱　奋　生

大伙都以为莱奋生是不寻常,永远正确的人,特别是巴克拉诺夫,在各方面都极力模仿他,信赖和服从队长。每个人都认为指挥部队是他的才能和特长,人们都把他看作一个"特殊类型的人"。

八月初的一个午夜,他接到游击队参谋长老苏霍维-柯夫通派人送来一封专函。信中说游击队主力集中地阿努庆诺遭到日军袭击,在伊兹维茨卡附近进行了你死我活的激战,数百人身受重伤,他本人身中九弹,藏在一个小屋里,恐怕不久将离开人世。半小时后,牧人麦杰里察率领骑兵小队将令人不安的消息送到斯维雅基诺战斗区的各个部队。

莱奋生收集来自各个部队的一鳞半爪的消息,紧张地思索着。他派出的游击队员卡农尼柯夫探听消息回来说:城里完全垮台了……在弗拉基米罗—亚历山大罗夫斯克和奥尔加,都有日本陆战队……苏昌全都被打垮了。事情糟透了。卡农尼柯夫交给他两封信,他把妻子的信放进衣袋,拆开另一封,这封信证实了卡农尼柯夫的话。信中虽然满纸都是鼓舞士气,但透露了失败和无能为力的痛苦。信中指出:目前对游击队指挥部的一个最重要的要求,就是务必不惜任何代价来保存一些哪怕是人数不多,然而是坚强的、纪律性强的战斗单位,为了将来以它们为核心……"保存战斗单位"六个字深印在他的脑海里。

莱奋生先向巴克拉诺夫和军需主任布置了撤退任务,又召集各排排长开队委会。杜鲍夫同意莱奋生的撤退主张，二排排长库勃拉克留恋乡土不走，受到牧人麦杰里察的激烈的批驳。莱奋生把麦杰里察提出的撤退计划，暗中用自己简单慎重的计划加以代替，作为麦杰里察的建议来表决和通过。

莱奋生给斯塔欣斯基写了报警信。他深夜打开妻子的信，信中说：她仍旧找不到工作，能卖的东西都卖了，靠“工人红十字会”救济过活，孩子们生了坏血症和贫血症。信中对他表示无限的关怀。

莱奋生给妻子写完了温情的回信后，便出去检查岗哨。奥索庚的侦察兵来送信告诉他：日本人逼近了，明天他们要撤退到朝鲜人的村子去，一切情况都证实莱奋生作出撤退的决定是完全正确的。

七 对 头

伤员在疏散。瓦丽亚和密契克告别时，嘱咐他不要胆小，不要泄气，并向他表示爱意。他对瓦丽亚真诚的爱怀着感激之情。他想象同她乘火车回城，相互依偎着，情话绵绵。

莫罗兹卡来到瓦丽亚的面前，她第一次感到在丈夫面前的尴尬，他早就知道她和婚前一样跟别人乱搞，但他对此抱着毫不在乎的态度。他压根没有尝到过真正家庭生活的欢乐，从不觉得自己是个结婚的人。但是，想到密契克那样的人竟会做他妻子的情人，却使他感到莫大的耻辱。他对密契克大骂，说：你忘了我是怎样把你从炮火中拖出来的吗？莫罗兹卡暴跳如雷。斯塔欣斯基让他把信带回，他用力一鞭，只听到远去的疯狂的马蹄声。

八 第 一 步

莫罗兹卡认为对密契克这一类家伙的蔑视还不够厉害，他应提醒密契克受伤躺在麦地里怎样抓住他不放，为他那条小命感到恐惧，还可以嘲笑他对那个卷发小姐的爱情。他确信自己对瓦丽亚不会回心转意了，现在跟她分手是一段很长的生活的结束。他回忆过去的生活，感到毫无乐趣，但又觉得自己是一个被遗弃的人，感到孤单。

他来到渡口，看到人们受谣言的驱使，带着口袋、婴孩和摇篮，抢着上船逃走，场面极其混乱。他下马来安定人心，对逃兵和翘鼻子女人的胡说八道加以嘲笑，终于使大伙情绪平静下来，老乡们后悔从田里收工太早。

他忽然想到离开医院时忘拿了斯塔欣斯基的回信，为此他会受处分。他决心摆脱传令兵的职务，要求回排里去。

莱奋生批准他回到杜鲍夫排，不过，他生怕有人问他：你那口子好吗？夜晚值班时他听到了枪声，赶快叫醒杜鲍夫。杜鲍夫命令道：马上挨家挨户去通知他们。可是排里的人一多半喝酒玩乐没有回来过夜。杜鲍夫受到巴克诺夫的批评。他想到自己辜负了队长的信任，为自己没有成为别人的榜样而感到痛心。

清点人数时，发现缺了好些人。库勃拉克排开小差的特别多，他本人到亲戚家辞行时喝得醉醺醺。这次莱奋生为了检验部队战备情况，“胡乱向空中”开枪，对战士教育很大。他说：今天我们不能配得上游击队员的称号，我们不守纪律，日本人要真的来了，他们会像掐死小鸡一样把我们统统掐死。但他对谁都没有指名道姓地批评。他说：我们就要离开这里，到什么地方去，目前不必说，日本人的兵力可观，我们暂时隐蔽。于是下了开拔的命令。

九　密契克在部队里

密契克能下床走路了，病危的弗罗洛夫一直怀着求生的欲望。密契克与瓦丽亚始终维持着奇怪的关系。密契克胆怯地躲着她，莫罗兹卡愤怒的形象，使他有一种恐怖和欠情的心情。他与皮卡一同出院时，瓦丽亚从后边追上他，照矿山姑娘那样，给他个绣花烟袋，喊声“记住，要来啊”，就坐在草地上哭了起来。

莱奋生照巴克拉诺夫的意见，把密契克和皮卡派到库勃拉克排。排长告诉密契克如何饲养他的怀了孕的瘦马，密契克不愿骑这样的马。他的马在各个马房乱跑，吃别的马匹的草料，大家指责他不把马拴好。

队员们围着篝火在讲淫亵的故事，密契克来找队长时拼命装出不屑一听的姿态，骨子却很爱听这类东西。他没有对莱奋生提出不要这匹马的要求，但决心不去服侍老马，结果老马吃不上草，喝不上水，满身长疮。大家看不起他，把他看作是“二流子和自高自大的人”，排里只有“黄雀”和皮卡跟他接近，“黄雀”瞧不起队长和他的助手，觉得自己在军事方面比他们还内行，并且教给密契克如何巧妙地逃避值日和炊事工作。如火如荼的部队生活变得和密契克漠不相关了。

十　溃灭的开始

莱奋生从铁路方面获悉将有一列载运军火和被服的军用列车通过。他决定进行第一次出击，夺取弹药和寒衣。冈恰连柯装好地雷，杜鲍夫排穿过敌人防范地区，出现在铁路线上，炸毁了货车。夺来的军大衣、弹药、军刀、面包干等，都分给了战士。

日军派出侦察兵四下搜索，莱奋生派出的侦察兵不深入侦察，在离敌人 10 里就停止了前进，被娘儿们的胡诌吓坏了，瞎编了情况作汇报。莱奋生让巴克拉诺夫带着密契克再去侦察敌情。密契克认为这是表现他勇敢，改变人们对他看法的好机会。

他们破晓出发。密契克的坐骑满身都是疥癣，鞍子来回晃荡，鞍垫也卷着，巴克拉诺夫说他没有把坐骑照顾好，并且帮助他重新整理一遍。巴克拉诺夫在途中的谈话中知道密契克是由“极端派”介绍来游击队的，读过中学。

他们来到索洛缅纳雅村，一个胖妇人告诉他们：一大队日本兵已经到了学校，你们赶紧逃吧。这时从巷子里走出了四名荷枪的日本步兵，巴克拉诺夫拔出手枪，当场击毙两个，一个逃跑了，另一个被密契克最后几颗子弹打中。他们迅速逃回部队。一队日本侦察兵来了，库勃拉克命令全排放枪，敌人被吓跑了。皮卡几乎把脸埋在土里，向一棵树胡乱开枪，排长用皮靴踢了他几脚。密契克觉得如果再开枪回击，他会同皮卡一样狼狈。莫罗兹卡骑马飞驰在各排之间进行联络，部队在莱奋生的指挥下，向森林开去。

十一　苦　　难

莱奋生在检查马匹时，看到了密契克的马脊背磨破了，批评他和他的排长库勃拉克。密契克表示自己一定要好好地照顾它。

大部分村庄被敌人占领了，面包和燕麦不经过战斗一点都寻不到；战士的伤口来不及愈合，一次又一次地化脓；人们变得严峻、冷酷起来。

为了充饥要到冷水里去捞出炸死的鱼。大家总是叫那些最窝囊的人下去。当过猪倌的拉夫鲁计卡怕水怕得要命,旁边的小伙子对他连推带搡,这件事被莱奋生发觉了,队长命令小伙子下去。小伙子说:你自己下去试试,我不是给人逗乐的小丑。他说完转身就离开了河岸。冈恰连柯便动手解衣,队长阻止他,握着毛瑟枪,面色阴沉地对小伙子说:快些下去。小伙子慌了手脚,赶快脱衣。大家都怀着敬意和畏惧望着队长。莱奋生深信这种暴力是正当的。在长途跋涉中,为了部队不致饿死,部队完全靠葡萄糖和蒸得半生不熟的菌子充饥。部队走到老虎谷时,队长碰到了熟人、酒贩子斯狄尔克沙,向他提出给部队点吃的。酒贩子说:日本人和高尔察克都在村民集会上宣布过,捉到莱奋生有赏金。并告诉他这里只有一头生猪。莱奋生找到猪的主人,主人跪地请求别吃他的猪,莱奋生很可怜这个朝鲜人,但感到自己背后有150张饥饿的嘴巴,实在是万不得已。

看到这个情况的密契克跑到屋后,老泪纵横的老人的脸浮现在他的眼前,他觉得实在太残酷了。可是猪肉他还是和大伙一块吃了,因为肚子里饿。

清晨,通往山里的路被敌人截断。经过两小时的战斗,丧失近30人,才冲了出去。高尔察克的骑兵紧追不舍,部队扔掉全部驮马,走到医院所在地。莱奋生在精神极度紧张之后,做出医院撤离的决定,他拿出地图指着北方的原始森林给斯塔欣斯基看。斯塔欣斯基提出:对于生命垂危的伤病员弗罗洛夫怎么办?"看来只剩下一个方法……这我已经想过……"莱奋生说不下去了,狠狠地咬紧牙齿,不做声了。他道破了他们剩下的唯一办法,但是这句话难以出口,他们已经心照不宣,彼此知道只有如此才能结束部队的烦恼。躺在灌木丛下休息的密契克,一直谛听队长和医生的谈话,他脸色发白,心脏剧烈跳动。他跟在医生后慢慢地走来,看到医生背着弗罗洛夫,两手颤抖地把药水倒进量杯。密契克大喊:"等一下!……您在干什么?……我都听见了!……"医生走到密契克面前用瘖哑的低语凶狠地说:"滚!……我宰了你!"密契克魂不附体地跑了。

"这是溴剂,你喝了吧……"医生对弗罗洛夫说。病人知道"完了",但不惊讶、恐惧和伤心,甚至觉得死才能减少自己的痛苦,他心情平静地对医生说:将来你要去苏昌,告诉我的矿工儿子费嘉,叫他们别太难受。等一切都平定了,希望多少照顾他一些。医生歪曲着毫无血色的嘴唇,看着弗罗洛夫把药水一口喝完。

密契克惊讶地跌跌跄跄地奔跑,一下子撞到了瓦丽亚身上。瓦丽亚告诉他:你不用管这事。

十二　路　　途

像密契克之流的人物,总是用虚伪来掩饰自己的真实感情。在他与莫罗兹卡的冲突中,拼命显示他的让步是感激他救命之恩,而实际上他巴望莫罗兹卡处处倒霉。

黎明时分埋葬了弗罗洛夫,受不住艰苦考验的皮卡逃跑了。

部队在原始森林中行进。莫罗兹卡为瓦丽亚而烦恼。他感到自己命运不好,在以往的生活中是个上当受骗的人。他力求走上莱奋生、巴克拉诺夫、杜鲍夫等人所走的道路,但总有人阻碍他。午饭后,一个队员告诉他瓦丽亚是个滥货,她的眼睛总盯着密契克。莫罗兹夫生气地踢了他一脚,两人便厮打起来,大力士冈恰连柯把他们分开,并抓住莫罗兹卡的手走开了。

部队点起篝火休息了。瓦丽亚一心想着密契克,便去找他。他在弗罗洛夫死去、皮卡失踪后,一直心神不定,对所有的人都害怕。瓦丽亚说是专门来看他的,他耸了耸肩膀,不作声地独自走开了。那个叫"黄雀"的队员,紧缠着她不放。

十三　包　袱

一路上，莱奋生由于疲劳和贫血而引起的肋部疼痛在加剧，他尽力克制着，认为这是小毛病，根本算不了什么。根据麦杰里察的侦察，难以判定前面还有敌人，莱奋生决定在原始森林里过夜，大家饿着肚子很不满意。库勃拉克不听莱奋生的话，提出继续前进，对他的错误打算，莱奋生说：如果你一定要走，你就走你的吧，我们犯不上让整个部队去冒险。命令他派人到前面去巡逻，后边放上步哨。在深夜，莱奋生突然醒来，便去检查岗哨，故意弄出响声。密契克问：是谁？枪闩响了一下，可子弹卡住了。队长告诉他应该经常擦油。萦绕着密契克脑际的只有一个念头，就是千方百计地设法尽快离开部队。莱奋生提到，打算派出色的游击队员卡农尼柯夫悄悄钻到城里去汇报部队的全部情况，密契克感到可利用的机会来了。

"其实可以再派个人去，"密契克声调很不自然地说，一面又竭力装出他的话并没有特别含义的样子。"您不打算再派个人去吗？"

"怎么样？"莱奋生警惕起来。

"没什么。……如果您有这个意思，我可以给送一趟。……那边的情形我很熟悉……"

密契克觉得自己太沉不住气，这一来莱奋生一切都会明白了。

"不，我没有这个意思……"莱奋生沉吟着说。"您那边有什么人？有亲戚？"

"不，我以前在那里工作过……我那边是有亲戚，但我并不是为了……不，您可以信得过我：我在城里工作的时候，常常递送秘密文件。"

"您是跟哪些人一块工作的？"

"我跟'极端派'一块工作，不过当时我觉得反正都是一样……"

"怎么叫反正都是一样？"

"就是随便跟什么人一块工作都……"

"那么现在呢？"

"现在我好像被搞糊涂了，"密契克低声说，他摸不透究竟要他说什么。

"哦……"莱奋生拖长声音说，好像密契克的这句话正是他所需要的。"不，不，我没有这个打算……我并不打算派人去，"他又重复了一遍。

"不，您知道我为什么还要提这件事吗？"密契克把心一横，突然开口说，声音也发抖了。"您千万不要把我想得太坏，不要以为我有什么隐瞒，——我要非常坦率地跟您谈一谈……"

"现在我要把一切统统对他说出来，"他这样想，他感到现在真的要把一切都说出来，但又不知道这么做好不好。

"我提这件事，另外还有个原因，因为我觉得，我这个游击队员既没有用，又没有人需要，您不如打发我走，反倒好些。……不，您不要以为，我是害怕或是有什么事瞒着您。我这个人确确实实是什么都不会，什么都不懂。……在这儿，我无论跟什么人都合不来，也得不到任何人的支持，这难道怨我吗？我无论对什么人都是一片真诚，但我遇到的永远是粗暴、嘲笑、挖苦，虽然我和大伙一块参加过战斗，而且受过重伤——这您是知道的。……现在我是对任何人都不相信了。……我知道，如果我的力气大一些，人家都会听从我、怕我，因为这儿的人只服这个。每个人都只顾塞饱自己的肚子，为了达到这个目的，甚至可以去偷自己的同志。别的事，大家一概不管……我有时甚至觉得，如果他们明天跟了高尔察克，他们也会照样为高尔察克效劳，照样残酷镇压人们，可我就不行，这一点我是办不到的！……”

密契克觉得，他一边说，他心里的那层雾幕也随着裂开，他的话就特别流畅地从越来越大的窟窿里飞出来，他本人也因而感到舒畅起来。他想滔滔不绝地说下去，至于莱奋生会有什么看法，他已经毫不在乎了。

“哦，原来如此……糊涂蛋！”莱奋生想道，他的好奇心变得越来越强烈，要想听出密契克的话里所含的歇斯底里的冲动。

“等一下，”莱奋生碰了碰密契克的衣袖，终于开口说。这时密契克特别清楚地感到他那双深色的大眼睛是在盯着自己。“老弟，你说了一大套，也没有说出个名堂来！……我们暂且就谈到这里。我们先来谈谈最重要的。……你说，这儿的人，个个都是只顾塞饱自己的肚子……”

“不是这么讲！”密契克叫了起来。他认为，他所说的里面，最重要的不是这一点，最重要的是：他在这里的日子不好过，大家都不讲道理，欺负他，他这样干脆坦白地把这些话说出来是多么好。“我要说的是……”

“不，你只好等一下，现在该我说了，”莱奋生温和地打断了他。“你说，这儿的人，个个都是只顾塞饱自己的肚子，如果我们跟了高尔察克……”

“不，我说的不是您个人！……我……”

“这倒无所谓。……你是说，如果他们跟了高尔察克，他们也会迎合高尔察克的意思，照样去干那些丧失理性的残酷勾当吗？你说得完全不对！……”于是莱奋生就开始用他惯常的语言来解释，他为什么认为这样说是不对的。

但是他越说也就越明白，他是在徒然浪费唇舌。根据密契克插进的一言半语，他感到他应该讲一些别的更基本、更浅显的道理，——当初他弄通这些道理是相当吃力的，如今它们却融入他的血肉。但是目前不可能来讲这些，因为此刻每一分钟都要求人们作出已经是自觉的、断然的行动。

“唉，真不知道该拿你怎么办，”最后他含着严峻而善意的惋惜说，“你只好怨你自己吧。可是现在你没有地方可去。真糊涂。人家会把你杀掉完事。……你还是好好地想一想吧，特别是我说的那些话。……你不妨把这些好好地想一想……”

“我脑子里尽在想这个，”密契克低声说，原先促使他大胆说了一大套的那股歇斯底里的劲头，也马上消失了。

“主要的是，绝不要以为同志们不如自己。他们并不比你差，不……”莱奋生掏出烟叶包，慢慢地卷起烟卷来。

密契克委顿地、难受地注视着他。

“你还是把枪闩关上吧，”莱奋生突然说，可见在他们谈话的时候，他一直都惦记着那拉开的枪闩。“这类事情，也该养成习惯了——又不是在自己家里。”他划着了火柴，有一瞬间从黑暗中现出了他那睫毛长长的半闭的眼皮、纤细的鼻孔和冷静的红胡子。“哦，你那匹母马怎么样了？你骑的还是它吗？”

“还是它……”

莱奋生想了一想。

“这样吧：明天我把尼夫卡给你，你知道它吗？以前是皮卡骑的。……把‘老废物’交给军需主任。行吗?”

“行,”密契克难受地说。

“这是个头号糊涂蛋,”事后莱奋生这样想道。他在黑暗中软绵绵的草上小心地走着,连连吸着烟。这次谈话使他有些激动。他在想,密契克归根到底是个软弱而懒惰的窝囊废;国内还在生出许多这样精神贫乏的废料,确实是可悲的。“是的,只要在我们这里,在我们的土地上,”莱奋生想道,一面加快脚步,频频吸烟,“还有千千万万的人生活在肮脏和贫困之中,按照太阳的懒洋洋、慢吞吞的移动来安排生活,用原始的木犁耕地,信奉狠毒愚蠢的上帝——在大地上也只能生出这种懒虫、窝囊废和这种无用的不结果实的空花来……”

十四　麦杰里察的侦察

莱奋生派排长麦杰里察去侦察时,嘱咐他当夜赶回,但他前去的村子比队长估计的要远。他策马飞驰,五天后终于跑出原始森林,他登上土墩,看见前面燃着一堆篝火。他来到篝火旁,看见一个为主人看马的小男孩。男孩说自己一家三口人被哥萨克害死了,他们在村子里烧了十二家的房子,现在有二十来人驻扎着,可凶啦。牧童告诉他骑兵连长住的房子。麦杰里察把马交给小孩照看,说去一下就回来。他摸到连长的房间,在灯光中看见四个人在打牌,他们谈的尽是无聊的事,于是弯着腰后退,却撞到一个哥萨克的身上。于是有人大喊抓住他。麦杰里察向扑过来的人开了一枪,一条大汉把他压在身下,猛地一拳,把他打昏了。

值夜岗的人看排长还未回来,便去找巴克拉诺夫汇报情况。巴克拉诺夫有些不安,叫醒了莱奋生。莱奋生无法想象,麦杰里察已经不在人世。他喜欢麦杰里察身上那股迸发出来的粗犷的生命力和敏捷的身姿,为指挥这样的人而感到自豪。许多人一再要求莱奋生立即出发,前去迎他,莱奋生根据大家的要求,下了出发的命令。

十五　三　个　死

麦杰里察苏醒后,头一个想法就是想逃走。他摸遍了整个仓库,终于明白陷入了绝境。于是他立刻把生死问题置之度外,他将向那批要杀害他的人们显示,他对他们毫无畏惧,而且鄙视他们。

他被带到了昨夜他藐视的房间,那个披斗篷的连长对他进行审问,他一句话也不回答。连长看着他的麻脸奚落他何时出的天花,他愤怒地攥紧了拳头,甚至想向连长扑过去。连长软硬兼施,毫无办法。最后把他带到教堂广场,这里聚集了好些老百姓,四周被哥萨克骑兵团团围住。连长问:谁认识这个人?人群沉默。这时一个穿黑背心的领着一个小男孩走到前来,指着麦杰里察说:是这个人吗?小男孩摇了摇头。穿背心的家伙说孩子害怕,不敢说,昨天他骑着马闯到篝火旁,并让孩子照看他的马,天亮了孩子才把马赶了回来。连长瞪着眼睛审问,小男孩号叫起来。就在这一刹那,麦杰里察扑向连长,掐住他的喉咙,连长对麦杰里察连放几枪。

半小时后,哥萨克骑兵连集合了队伍,向游击队方向追来。

莱奋生马上布置战斗,把麦杰里察排交给巴克拉诺夫指挥,库勃拉克在右翼,杜鲍夫在左翼,自己带一个游击队员走在前边。

敌兵步步逼近,能看清脸时,莱奋生发出了射击的命令。骑兵连秩序大乱,人们张皇失措。身披斗篷的骑者,挥舞军刀在连队前跳跃起来,整个骑兵连逃跑了。莱奋生命令他的部队上马跟追，整个部队激昂兴奋地前进。

密契克也在排山倒海的奔流中奔驰，他跟别人一同绕过那个在地上抽搐的黑色庞然大物，向前驰去。密契克冲进小树林，走散了。他回到田野时碰到了莫罗兹卡和他的死马，他为方才的恐惧感到惭愧，他让莫罗兹卡骑他的马，莫罗兹卡头也不回，背着马鞍走了。

游击队冲进了敌人占领的村庄，满身汗水的莱奋生站在台阶上命令，把投敌分子带上来。

库勃拉克由一群农民陪同，从一条小巷里走出来，——他们带着两个被反绑着手的人。其中的一个穿着黑背心，头发花白，脑袋形状奇怪，好像被压扁了似的。那人哆嗦得厉害，一面在苦苦哀求。另一个是一个瘦弱的牧师，透过他的被撕得破烂不堪的法衣，可以看到他的揉皱的短裤和腰里挂的小钱包。密契克发觉，库勃拉克的腰带上挂着一根细银链——显然是十字架上的链子[①]。

“是这个家伙吗？”等他们走到台阶口，莱奋生脸色发白，指着穿背心的人，问道。

“是他……就是他！”农民们乱哄哄地说。

“居然有这样的败类，”莱奋生向坐在他旁边栏杆上的斯塔欣斯基说。“可是麦杰里察再也不能活过来了……”他突然连连霎眼，扭过脸去默默地朝远方眺望了一会，竭力要摆脱对麦杰里察的回忆。

“同志们！亲爱的！……”被捉来的人用狗一般的驯服的目光一会儿望着农民们，一会儿望着莱奋生，哭喊道。“我哪里是心甘情愿的呢？……我的上帝……同志们，亲爱的…”

没有人听他。农民们都转过脸去。

“不用说啦：在大会上，全村都看见你怎样逼着牧童来的，”一个人向他投来冷淡的一瞥，严峻地说。

“只能怨你自己……”另一个证实说，这人有些不好意思，缩起了脑袋。

“枪毙他，”莱奋生冷冷地说。“可是带远些。”

“牧师怎么处理？”库勃拉克问。“也不是个好东西。……招待那些军官住在他家里。”

“把他放了，去他妈的！”

库勃拉克拖着穿背心的汉子就走，人群和夹在里面的许多游击队员都一拥而上，跟在后面。那人赖在地上，两脚乱蹬，哭着，下巴直哆嗦。

“黄雀”戴着被什么脏东西弄得邋里邋遢的帽子，脸上却带着一副掩盖不住的得意洋洋的神气，走到密契克跟前。

“原来你在这里！”他的声音里充满了喜悦和骄傲。“瞧你这副样子可真够漂亮的！我们到什么地方去搞点吃的。……现在他们要干掉他……”他意义深长地拖长声音说，又打了个唿哨。

他们进去吃饭的那间小屋里，又脏又闷，满屋子都是面包和切碎的卷心菜的气味。灶旁的屋角里放着一大堆肮脏的卷心菜。“黄雀”一面狼吞虎咽地吃着面包和菜汤，一面大讲自己的勇敢行为，有时还要偷眼去看给他们端菜的姑娘。那姑娘身材苗条，打着两条长辫子，被他看得又羞又喜。密契克虽然用心在听“黄雀”讲话，但却时刻警惕着，听到一点声响就发抖。

“……忽然他猛地转过身来——直冲着我……”“黄雀”一面吧哒着嘴狼吞虎咽，一面吱吱喳

① 指牧师头颈上挂十字架的链子。——译者注。

喳说个没完。“这时我就给他一枪！……”

这时候远远传来一排齐射声，震得窗玻璃哗哗地响。密契克打了个哆嗦，失手把汤勺落下，面色刷地变白。

“这一切到底多咱才有个完哪！”他绝望地叫了起来，两手捂着脸，走出小屋。

“……他们把他，把那个穿背心的人杀了，”他躺在一个灌木丛里，把脸埋在外套领子里，想道，——他甚至记不得他是怎样钻到这儿来的。“他们迟早也会把我杀掉。……但是现在我活着也等于死了一样：我再也见不到我的亲人，见不到那个有淡色发卷的可爱的姑娘了，可我竟把人家的照片给撕得粉碎。……那个可怜的穿背心的家伙，他一定哭了。……天哪，我为什么要撕了她的照片？我当真就没有回到她那里去的一天了吗？我是多么不幸啊！……”

十六　沼　泽

瓦丽亚没有参加进攻。进村时，她看到大伙乱七八糟地占据了住房，这一排和那一排混在一起，谁也不知谁在哪里。路上她看见了莫罗兹卡的死马，不知道莫罗兹卡的死活，加剧了她万念俱灰的心情。

现在，唯有杜鲍夫排秩序井然地住在互相毗连的农舍里。他派人在村里放哨，帮莱奋生储备粮食，整个部队主要靠的是杜鲍夫排。

瓦丽亚独自睡在干草房，在朦胧的睡意中倾听着，会不会有“老相好”的来找她。她忽然在惊慌中醒来。她去找莫罗兹卡，莫罗兹卡喝得酩酊大醉，躺在篱笆边上。她动了怜惜之情，劝他不要胡思乱想，像哄孩子一样，把他搀起来。

她听到枪声，叫醒莫罗兹卡，这时各排都在集合了。弹炮齐鸣，在村子里爆炸。巴克拉诺夫带一排人去阻挡敌人，同莱奋生汇合时已经损失了十余人。他们全速奔跑，敌人在后面紧追，斯塔欣斯基忽然落了马。部队跑到森林时，巴克拉诺夫和杜鲍夫的一排人留下掩护撤退，其余的人冲进森林深处。部队没法前进了，沼泽地拦断了去路。

人们愤怒，认为造成他们不幸的罪魁祸首是莱奋生。突然间莱奋生高擎熊熊的火把走过来。

“是谁弄乱了行列？……回去！……只有女娃娃才会这样吓掉了魂。……不许说话！”他突然像狼那样把牙咬得咯咯作声，拔出毛瑟枪，尖声喊道。人们的抗议的呼声立刻在嘴边忍住了。“听我的命令！我们要在沼泽地里铺路——我们没有别的办法。……鲍里索夫（这是三排的新排长），留下拉马的人，其余的都去支援巴克拉诺夫！告诉他，叫他支持着，没有我的命令不得撤退。……库勃拉克！派三个人去和巴克拉诺夫联系。……全体听令！把马拴起来！派两个班去砍柳树丛！不必爱惜军刀。……其余的人都归库勃拉克指挥。要无条件地服从他。库勃拉克，跟我来！……”他背转身去，把冒烟的火把高举过头，弯着身子向沼泽地那边走去。

这一大群安静下来的、精神沮丧的、挤做一堆的人们，方才还在失望中举起胳膊，准备杀人和痛哭，这时却突然听话地、以超人的速度疾风骤雨似的行动起来。转眼间马都拴好了，斧声丁丁，赤杨在腰刀的砍伐下发出折断的声音。鲍里索夫的一排人跑进黑暗，皮靴吧哒吧哒地响着，兵器撞得铿锵作声，这时他们看见迎面已经有人抱着第一批满抱的湿柳条走过来。……听到有一棵大树轰的一声倒在什么软绵绵的、具有毁灭性的东西里，借着火把的熊熊火光可以看到，满覆浮萍的暗绿色水面像巨蟒的身体那样，富有弹性地起伏着。

在那边，人们牢牢抓住枝条，在水里、烂泥里和死亡里乱动，——冒烟的火焰有时从黑暗中照亮他们的歪扭的脸、弯曲的背部和蔚为壮观的堆积如山的树枝。他们脱掉大衣干活，从扯破的裤子和衬衫里，露出他们的紧张用力的、流汗的、因为擦伤而流血的身体。他们失掉了对时间、空间、自己的身体、羞耻、疼痛和劳累的任何感觉。他们拿起帽子就从这里的沼泽里舀起带着一股蛙卵气味的水，急急忙忙地、大口大口地喝下去，就像受伤的野兽那样……

可是枪声愈来愈近，愈来愈清楚和激烈。巴克拉诺夫接连派人来问：是不是快好了？……是不是快好了？……他丧失了将近一半的战士，丧失了遍体受伤、失血过多的杜鲍夫，只好慢慢地退却，一寸土、一寸土地退让。最后他退到大伙在砍树铺路的柳丛旁边，再退已经无处可退了。这时敌人的子弹在沼泽上频频唿哨。有几个砍树的人已经负伤，瓦丽亚给他们包扎了。马匹被枪声惊动，狂嘶着用后腿站起来，有几匹挣断缰绳，在森林里乱窜，结果跌进了沼泽，哀鸣求救。

过了一会，据守在柳丛里的游击队员们听说路已经铺好，马上拔脚就跑。双颊下陷、两眼通红、被硝烟熏黑的巴克拉诺夫就跟在后面追赶，用子弹放空的手枪威胁他们，愤怒得哭起来。

部队呐喊着，挥动着火把和枪械，拖着死不肯走的马匹，几乎是同时涌上树枝铺的路。受惊的马匹不听牵马人的指挥，癫痫似的挣扎着；后面的马发疯似的闯到前面的马身上；树枝铺成的路发出折裂的声音，要散开。快到对岸的时候，密契克的马掉进沼泽，大伙狂怒地破口大骂着，用绳子把马往上拉。密契克痉挛地攥紧溜滑的绳索，可是马儿在疯狂地挣扎，弄得绳索在他手里不住地抖动，他拼命拉了又拉，连自己的脚也被沼泽里的柳条绊住。最后马终于被拉上来了，可是马的前腿被绳结绕住，他解了半天也解不开，在极度兴奋中他竟用牙去咬它——咬这个苦透了的、浸透了沼泽的臭味和令人作呕的黏液的绳结。

最后通过的是莱奋生和冈恰连柯。

爆破手已经安放好地雷，几乎就在敌人抵达渡口的那一瞬，树枝铺成的路腾空飞起。

过了一会，人们定了定神，才知道已经是早晨了。他们面前是一片原始森林，覆着亮晶晶的粉红色晨霜。从树木中间透亮的地方，露出了小片小片晴朗的青天，——可以感到，太阳正在树林后面升起。人们扔掉不知为什么到目前还拿在手里的火把，看到自己的通红的、满是伤口的双手，看到浑身湿淋淋的、疲惫的马匹身上冒出迎风消散的热气，不禁为自己这一夜所做的事感到惊讶。

十七　十九人

他们走上了通过土陀—瓦卡的大道，前边的敌人设下埋伏，死守一夜在等待他们。对此他们毫无所知。

莱奋生的部队减少了三分之二。队员们面容疲惫，精神沮丧。莱奋生思绪纷乱，疲倦不堪。他叫巴克拉诺夫派出巡逻，由密契克和莫罗兹卡承担了这个任务，莱奋生感到派密契克不对头，但转眼又把这事忘了，他在马上一直想牺牲了的杜鲍夫。

密契克跑在前边，在马上昏昏欲睡。他猛然一抬头，几个哥萨克站在他的面前。他被叫下了马，但他飞快地滚下了斜坡，魂不附体地逃跑。莫罗兹卡认为前面在巡逻，就失去了警惕，身体疲倦，总想休息。突然前面出现了哥萨克，他把生死置之度外，想到的是后边的部队。他拔出手枪，预报险情，照事先约好的信号放了三枪。莱奋生猛地拔出军刀，目光炯炯，暗示巴克拉诺夫：部队要冲上去。巴克拉诺夫大喊了一声，人们跟在后面紧张狂热地疾驰。

密契克不顾敌人的追赶，没命地快跑。等到枪声停止，回顾没有追兵时，他倒在灌木丛中。

密契克忽然一骨碌坐起，抱着头大声呻吟起来。小金花鼠吓得吱地一叫，钻进了草丛。密契克的眼睛变得完全是疯狂的。他用手指发狂似的死命揪住头发，一边哀号着一边在地上打滚。……“我做出了什么事……啊——啊——啊……我做出了什么事啊，”他用臂肘和腹部着力，在地上打滚，这样重复着说。因为每过一瞬，他对于自己的逃跑的真正意义，对于最初的三下枪声以及后来的全部射击的真正意义便懂得愈清楚，愈是感到难受和悲伤。“我做出了什么事啊，我怎么能做出这种事来，凭我，这样一个诚实的、对任何人都不存坏心的好人，——啊——啊——啊……我怎能做出这种事来！”

他的行为愈是显得卑鄙丑恶，他就感觉到自己在没有做出这种行为之前愈是善良、纯洁和高尚。

其实，他所以苦恼，与其说是因为他的这种行为断送了几十个信任他的人的性命，倒不如说是因为感到这种行为所留下的洗不掉的肮脏丑恶的污点，是跟他认为自身所具备的一切善良纯洁的品质是不相容的。

他机械地拔出手枪，怀着踌躇和恐怖的心情对它望了好一会。但是他知道，他是决不会，也绝不可能自杀的，因为他在世界上最爱的毕竟还是他自己——自己的白皙而肮脏的、无力的手，自己的唉声叹气的声音，自己的苦恼和自己的行为——甚至是最最丑恶的行为。他带着一副鬼头鬼脑、做贼心虚的样子，刚闻到枪油的气味就吓得发软，但他极力装出什么都不知道的样子，赶快把手枪藏进衣袋。

他已经不再唉声叹气，也不哭了。他用两手捂住了脸，静静地趴着。从他离开城市以来这几个月的种种感受：现在被他引以为耻的那些天真的幻想，最初的战斗接触和负伤的痛楚，莫罗兹卡，医院，银发飘拂的老皮卡，死去的弗罗洛夫，有着一双无比美妙的、忧郁的大眼睛的瓦丽亚，还有这最后的、令人惊心动魄的、使其余的一切黯然失色的渡过沼泽的经历，——联成一串疲倦忧伤的行列，重新在他眼前经过。

“这份罪我可不愿意再受下去了，”密契克突然坦率而清醒地想道，他开始觉得自己非常可怜。“我不能再受这份罪，这样低级的、非人的、可怕的生活，我是再也过不下去了。”为了使自己显得格外可怜，他重又想道，并且要借这些自我怜悯的想法来掩盖自己卑鄙的真面目。

他继续在自我责备和后悔，但是当他想到现在他是完全自由了，他可以到一个没有这种可怕的生活，而且无人知道他的行径的地方去，他就再也无法抑制立刻在他心里唤起的个人的希望和喜悦了。“我现在可以到城里去，除了到那边去，我没有别的办法，”他想，竭力要给这种想法抹上一层悲伤的、无可奈何的色彩，同时费力地抑压住喜悦、惭愧和唯恐这种希望会落空的恐惧。

太阳移到了纤细弯曲的小白桦的另一面，现在整棵树都被阴影笼罩着。密契克掏出手枪，把它扔到老远的灌木丛里。后来他找到一泓泉水，就洗了脸，在泉边坐下。他还是不敢走到大路上去。“万一那边有白军呢？……”他烦恼地想。可以听到，草丛里有一条涓涓的溪水在轻轻地流动……

“其实，这岂不都是一样吗？”密契克忽然坦率而清醒地想道。这种坦率和清醒的想法是他此刻在一大堆善良的、自我怜悯的思想感情底下找出来的。

他深深叹了口气，扣上衬衫纽扣，慢吞吞地向着土陀—瓦卡大路的那个方向走去。

等到枪声沉寂，莱奋生勒住了马。冈恰连柯数了数，一共剩下十九个人，巴克拉诺夫也牺牲了。莱奋生低下头，眼泪顺着胡子滚下。冈恰连柯劝瓦丽亚不要再哭啦。

他们就这样走出了森林——所有的十九个人。莱奋生扫视了辽阔的天空和给人以面包与憩息的大地，扫视远处打麦场上的人们，他停止了哭泣。他必须活着，并且尽自己的责任。

青年近卫军

《青年近卫军》分上下两部，第一部描写德寇闯进克拉斯诺顿，居民撤退以及青年们酝酿建立地下组织的情景；第二部，描写地下党组织指导“青年近卫军”开展对敌斗争的情况。他们散发传单，揭露敌人的暴行和谎言，报导红军战捷，搜集武器，袭击战俘营、警察派出所，阻截德寇运送物资的汽车，追捕掉队的德国士兵，烧毁德寇职业介绍所，驱散敌人抢劫的大群牲畜，惩办可耻的叛徒，在十月革命节的前夕把红旗插在大楼顶上，等等。在短短五个月中立下了无数的丰功伟绩。最后由于变节分子的出卖，大部分队员被捕。他们在狱中遭到惨绝人寰的严刑拷打。但他们以监狱为战场，继续战斗。在生死考验面前，舍身忘我，高唱《国际歌》，从容就义。

小说成功地塑造了英雄的群像，人物性格栩栩如生。奥列格聪明果断，具有出色的组织才能和高度的组织观念。邬丽亚美丽纯洁，沉着稳重，对人对己要求严格。万尼亚才华横溢，被同学称为“教授”兼“诗人”。他幽默、谦虚，憨厚。邱列宁敏捷机警，勇敢无畏，总是承担并出色完成最危险最艰巨的任务。柳芭豪爽乐观，朝气蓬勃，富有革命激情，她善于利用和征服敌人，巧妙地进行革命活动。

小说还塑造了老一代布尔什维克地下州委书记普罗庆柯和区委书记刘季柯夫的动人形象。老一辈布尔什维克的活动和年青一代的斗争构成小说的两条线索。两条线索的相互交错，使小说的结构十分严谨。

小说还描写法西斯匪徒、祖国的叛徒等反面形象，揭露资本主义制度的丑恶和民族败类。表现社会主义与法西斯主义两种势力的斗争，作者运用对比手法，使之形成强烈的对照。法西斯匪徒和民族叛徒的丑恶灵魂，反衬出青年近卫军战士们美好的心灵和气壮山河的壮举。

小说中不少地方用抒情插话，揭示了英雄人物的精神面貌，赞颂了他们的崇高的品质，使作品增强了抒情性和感染力。

现根据中译本（水夫译，人民文学出版社 1975 年版）介绍或节选如下。

第　一　部

一—八章

1941 年秋，德国法西斯入侵顿巴斯，1942 年 6 月底，苏军主力撤离克拉斯诺顿市。政府机关、居民随之离开，全城笼罩在撤退和匆促疏散的紧张气氛中。疾驰的汽车、川流不息的人们、因撤退而炸掉井架的爆炸声，顷刻间像晴天霹雳似的袭击着刚从中学毕业的年轻人。城郊毕尔沃马伊卡矿村的邬丽亚·葛洛莫娃等共青团员接到团区委的撤退命令。这个长着深褐色大眼睛的美丽姑娘带着对急剧变化的现实的思索加入了撤退的人流。在烈日下的公路上、土路上或是草原上，到处都是带着辎重车、炮队和坦克撤退的红军部队，保育院和幼儿园的孩子们，畜群，卡车，以及逃难的人们，他们塞满了顿涅茨河的渡口。突然遇到空袭，没来得及跳车的邬丽亚被惊马带着向前冲去，奥列格·柯舍沃伊奋力拦住惊马。这个长着浅黄色头发的青年看上去非常年轻，还完全是一个孩子，但是他的晒黑的脸，高大矫捷的身躯，他的举止和略带口吃的言谈，都给人一种生气勃勃，心地纯洁的感觉，邬丽亚马上对他产生了信任。两个青年人相识了。

地下州委书记普罗庆柯离城前，向地下区委领导人刘季柯夫和舒尔迦布置任务。他们研究了今后的工作计划和秘密接头地点。舒尔迦去找上级给他的一个地址。

九—十五章

伊凡·捷姗奴霍夫（小名万尼亚）和若拉是一对爱书如命的好朋友。万尼亚在学校里被称为“教授”，当他穿着带有棕色条纹的灰色衣服，打着咖啡色领带，戴上黑边眼镜，口袋里装满报纸，手里拿着书从学校走廊走过的时候，他的态度总是那么镇静和沉默，蕴藏在他心里的火燃烧着，仿佛遥远的反光投到他的苍白的脸上，这时候，所有的同学特别是低年级的同学总会不由自主地怀着敬意给他让路。这些天里他和若拉一边忙着办理学校、俱乐部、保育院的疏散工作，一边谈论着文学艺术。离城时他们竭力想把刚动完阑尾手术的团员沃洛佳一起带走，终因他伤口化脓而未能如愿。在沿着铁路向南移动的逃难人群中，走了几天的万尼亚和若拉遇到熟识的人们，与他们打招呼。渡口前方在打仗，堵塞的人群、汽车开始混乱地向前挤。飞机轰炸，万尼亚从翻进河里的汽车中救出女友克拉娃一家。许多人被炸死，德国坦克正朝着他们开过来。

此刻在郊区实习的高尔基学校高年级的学生接到返城准备疏散的命令。回城路上，华丽雅遇到了偷偷爬上汽车的谢尔盖·邱列宁（小名谢辽萨）。谢辽萨深夜进了城，先将从战场上带回来的手榴弹、勃朗宁手枪埋在菜园里，再轻轻地敲开家门。这个头发鬈曲，薄嘴唇前翘，一脸男孩子气的勇敢、瘦小青年几天前被派往前方要冲挖工事，他要求留在前方打仗未得批准。敌人来了，他参加了战斗并打死了两名敌兵。几昼夜后许多人阵亡，负重伤的上校坚决要他离开，他才回到家里，姐姐娜佳听了他的叙述，说：你会送命的！但他回答道：情愿死，也比舔敌人的靴子苟且偷生强。娜佳说自己所在的陆军医院里还有百余名不能走动的伤员，由费多尔医生陪着留下来。谢辽萨建议将伤员转移到居民家里。次日一早好友维佳告诉他，同学中托里亚陪着沃尔佳留下来了；刘波芙·谢夫卓娃（谑称刘勃卡、刘巴）也没走；福明家住着个陌生人；过去弹药库的地窖里留下几十个燃烧瓶。谢辽萨借故闯入福明家，见到了那个陌生人，一看就知道他是个坚定刚强的好人。他叫舒尔迦。

十六—十九章

几个小时内谢辽萨和维佳他们就为七十多个伤员找到了住处，但仍剩下四十多个伤员无处安置。夜里他们将燃烧瓶埋好以备必要时使用。黎明时分，谢辽萨来到城外草原的山冈上，鸟瞰全区。从远处山丘里向大路爬出一条深色长龙，敌人在开进克拉斯诺顿。他抄近路回城，准备到高尔基学校屋顶去俯望全城，路过一家花园，见到了搭车时遇见的华丽雅，他们一起到学校去。透过校舍阁楼的窗户，他们看见对面相隔十尺的煤业联合大厦的二层楼房已被德军作了总部。所有的窗户都开着，谢辽萨把看到的每一个细节都记下来。

奥列格家里住进了德国军官，庭院的树被砍掉，全家心爱的小狗被打死了。沃洛佳家里也闯进了德国兵，肆意胡闹。谢辽萨回家后听说四十多个伤员和费尔多医生都被德国人枪杀了。他决心复仇。晚上他挖出三个燃烧瓶，夜色中他来到学校的阁楼上。两小时后城里的一切都寂静下来。准备睡觉的德国兵熄灯后打开窗户，谢辽萨将燃烧瓶分别扔进一楼二楼的窗户里，强烈的火光照亮了整个楼房，敌人在拼命地大喊大叫。他从这里脱身后，回头看见有一大片火光在天空中不断扩展,它紫红的反光投射到远离起火地点的砾石堆上和公园里的树冠上。他觉得自己心花怒放,飘飘欲仙。

二十一二十七章

奥列格同许多逃难的人一样还没来得及过顿涅茨河,敌人就过来了。他们被遣送回家。归途中他找到瓦尔柯,要求地下党分配工作。当他知道已撤退不了的时候,心里忽然想到:梦想可以实现了!他全部的梦想、希望、全部的青春的热情都无拘无束地迸射出来。站在瓦尔柯面前的这个人是年轻的、新的一代。喜欢幻想和渴望行动。富于想象和求实精神、酷爱善良和严峻无情、胸襟开阔和精明打算、热爱人间欢乐和自我克制——这些似乎难以结合起来的特点合在一起就创造了这一代人的独特的面貌。瓦尔柯非常熟悉这一代,因为他们在很大程度上跟他本人相似。他要奥列格注意联络可靠青年。万尼亚向奥列格表示了决心。

回家后外婆告诉奥列格,几天前在几个地方发现了党的传单;德军司令部命令职工去上班,机械工程师巴腊柯夫和刘季柯夫已经到煤业联合公司的中央工厂就官任职。在老朋友华丽雅家,奥列格遇见了谢辽萨,他们分析了留在城里的青年人的情况,并讨论了行动计划:寻找地下组织,帮助被捕的人,侦察敌人的军事、民政措施。

这时地下党正在积极活动,刘季柯夫派人找到奥列格,布置了任务,让他挖出埋在公园的印刷铅字,并告诉他以党为后盾成立地下青年组织。第二天早上,打扮得十分艳丽的刘勃卡同妮娜来找奥列格。这种艳丽的印象是来自她的绚烂夺目的衣服:天蓝色的绉纱上满是红的樱桃、绿的圆点,还有光闪闪的黄的和紫的亮片。这连衣裙非常合身地裹住她的腰肢,又轻盈飘逸地罩住她的穿着肉色长袜和优雅的奶油色高跟鞋的匀称丰满的双腿,使她给人一种自然、活泼、轻盈的印象。刘勃卡受过报务训练,遵照地下党的指示留在城里。妮娜相貌普通,两道剑眉和褐色大眼睛显露出正直、勇敢、热情和丰富的想象力。她与堂姐奥丽雅一直是州委联络员,对侦察工作很有经验。她们带来了瓦尔柯的消息,奥列格则向妮娜谈了自己知道的情况及地下组织寻找瓦尔柯的事情。这样一来,克拉斯诺顿地下工作的全部环节最后联结起来了。

二十八一三十五章

因草原地区缺乏森林,人烟稠密,普罗庆柯领导的游击队只能分成小组作战。在一次突围战中,负责联络的青年斯塔霍维奇躲藏起来,并逃回城里。不久曾担任红军指挥员的伊凡·杜尔根尼奇也回到城里来了。妮娜找到邬丽亚和波波夫,要他们马上跟奥列格建立联系,拟定一批可靠的愿意跟德国人斗争的男女青年名单。

在刘季柯夫、瓦尔柯、巴腊柯夫的领导下,城里怠工和破坏活动都在暗中顺利进行,这使得德国人想把顿巴斯的煤和金属材料运回国内的计划,化为泡影。为营救舒尔迦和其他狱中同志,他们准备组织一支战斗队去劫狱。杜尔根尼奇和奥列格受到委托也在挑选青年参加这次行动。不料德国人发动突然袭击,逮捕了留在城里的一批党员、干部,瓦尔柯也在其中。地下组织因而受到严重破坏。青年们商议劫狱,终因力量薄弱而放弃。

瓦尔柯和舒尔迦在狱中同敌人进行了英勇的斗争,后与狱中其他同志一道被敌人活埋了。当泥土落在他们身上时,舒尔迦率先唱起《国际歌》,瓦尔柯也唱起来,越来越多的声音汇合在一起,庄严的歌声像缓缓的浪涛从地下腾向黑暗的、乌云密布的天空。

第二部

三十六—四十一章

“青年近卫军”正式成立，并进行了庄严的宣誓：我发誓要毫不留情地为被焚毁、被破坏的城市和乡村，为我们人民所流的鲜血，为矿工英雄的死难复仇。如果为了复仇而需要我的生命，我一定毫不犹豫地献出它。……奥列格被选为政治委员，杜尔根尼奇是指挥员，邬丽亚、万尼亚、谢辽萨、刘波芙及斯塔霍维奇担任总部委员。

刘勃卡到伏罗希洛夫格勒执行任务。她打扮得漂漂亮亮，自称是实业家的女儿、演员，搭上德国军官的小车，畅通无阻地通过德国检查站进了城。通过联络员见到普罗庆柯，向他汇报了狱中同志死难的详情、“青年近卫军”的成立及总部委员的情况，普罗庆柯当即指出要对斯塔霍维奇提高警惕。她接受任务，随身带一台发报机，同时在敌人军官中发展新关系。

城里出现了以“青年近卫军”署名的第一批传单，号召人们起来斗争。一些曾到职业介绍所登记的年轻人被赶往德国，邬丽亚的女友瓦丽雅也在其中，这使得邬丽亚他们更加憎恨德国人。刘勃卡回来后总部研究了斯塔霍维奇的问题，免去他的总部委员职务。会上决定了下一步的行动计划，包括处死当了“警察”的叛徒福明。

四十二—四十五章

福明被处死，这使得害怕儿女们卷进危险活动的父母们暗暗不安，青年人努力说服为自己担忧的家长，与此同时，迅速扩大队伍：毕尔伏马伊卡、阿历山德拉和克拉斯诺顿各村相继成立了“青年近卫军”组织，分别由邬丽亚和阿纳托里、克拉娃、苏姆斯柯依领导。万尼亚受组织委托成为刘季柯夫和住在阿历山德拉村的普罗庆柯的妻子卡佳的联络员，矿区与游击队的联系便衔接上了。

现在德军最重要的交通线都通过伏罗希洛夫格勒州。为使远在千里以外的伟大的斯大林格勒战役获得胜利，“青年近卫军”必须发展成为有战斗力的队伍，加强大路上的破坏活动，以配合游击队消灭敌人。毕尔伏马伊卡村的青年们安装了一台收音机，用来收听苏联情报局战报，而后写成传单散发。他们到处收集武器武装自己，并受总部委派解救了一批在林场做工的战俘。

四十六—五十一章

爆炸事件近来经常发生，卡车、小汽车、汽油车动辄被地雷炸掉；南边公路上发生重大事故的传闻还未消散，北边整个汽油车队出事的消息又接踵而来；克烈片卡河上的钢筋水泥桥突然间被炸得飞上半空；卡缅斯克附近被德国兵重守的铁路大桥继而倒坍在河里。“青年近卫军”的三个战斗小组，在本地区各条大路上和离本州很远的地方活动着。第一组在克拉斯诺顿和卡缅斯克之间的大路上活动，主要任务是袭击德国军官乘坐的小汽车，领导者是维克多·彼得罗夫。第二组由从战俘中营救出来的红军少尉任尼亚·莫斯柯夫领导，活动在伏罗希洛夫格勒到李哈雅的各条大路上，任务是袭击汽油车，消灭德国司机和警卫队，把汽油倒在地里。第三组是谢辽萨小组，他们到处活动，拦截运载武器、粮食和军服的德国卡车，追捕掉队的德国士兵。

10月革命25周年纪念日即将到来，一项秘密计划促使青年人纷纷向家长打听床单枕套的染色方法。奥列格的活动得到了全家的支持,他已逐渐成长为一个成熟的领导者。他总是意气风发,精神愉快,同时又非常认真、谨慎、严格。遇到只和他个人有关的事情,他还显出有孩子气——他想亲自去贴传单,烧麦垛,偷武器,以及伏击德国人。但是他已经明白他对整个工作和大家所负的责任,所以总是克制着自己。他同妮娜产生了爱情。在生活最艰苦的岁月里他进入了自己最幸福的精神焕发的青春期。十月六日下午总部委员在奥列格家集会,决定用隆重接受腊箕克·尤尔金入团来表示对节日的庆祝。晚上他们偷偷地收听了斯大林同志的讲话。一项壮举正在漆黑的夜色包围中进行着。

夜是这样的漆黑,即使把脸紧紧地凑在一起彼此也看不见。潮湿的寒风满街刮着,到十字路口就变成旋风;它把屋顶刮得哗啦啦地响,它在烟囱里呻吟,在电线中间唿哨,碰到电线杆就发出呼呼的声音。非要像他们那样熟悉这个城市,才能踏着寸步难行的泥泞在一片漆黑中丝毫不差地走到门楼……

从伏罗希洛夫格勒公路到高尔基俱乐部的这一段大路上,夜里通常有一个值班的“警察”在巡逻。但显然是泥泞和寒冷把他赶到什么地方的屋檐底下去了。

门楼是砖砌的,——这不是门楼,而是一座塔,上面像城堡一样有着垛口,下面有一个小办公室和一条通往矿井区的过道。门楼左右两面是砖砌的高墙。

宽肩膀的谢尔格和身轻似燕、两腿有力的刘勃卡,他们俩好像是生就了搭配着来完成这个任务似的。谢尔格弓起一只膝盖,向刘勃卡伸出双手。她看不见他的手,但是她把小手一下子就搭在他的手上,轻轻地笑起来。她把一只穿着高统套靴的脚踩在他的膝盖上,在同一刹那已经到了他的肩膀上,接着就把手放在砖围墙上。他牢牢握住她的高统套靴上面的小腿,免得她跌下来。她的衣服像旗子似的在他头顶上飘拂。她用胳膊紧紧攀住墙的那边,肚皮贴在墙头上:要她用手把谢尔格拉上来,力气还不够,但是用这种姿势她就能支撑得住,于是他牢牢地抱住她的腰,两只脚抵着墙,靠两臂之力把自己拔上来,然后迅速有力地把两手先后挪上墙头。现在刘勃卡只要腾出个地方给他就行了,——他已经到了她的旁边。

厚厚的砖墙的面是倾斜的,又潮湿,非常容易滑下去。但是谢尔格把额头贴到塔的墙上,再把双臂伸开平贴在墙上,站得很稳。现在刘勃卡自己已经顺着他的脊梁爬到他的肩上,——他毕竟是非常有力的。塔的垛口跟她的胸部一般高,所以她很容易爬到了塔上。风非常猛烈地刮着她的衣服和短上衣,似乎眼看就要把她刮倒。但是现在最困难的已经过去了……

她从怀里掏出一卷东西,摸到了横头贴边里穿的细绳,不等它迎风展开就把它绑在旗杆上。她刚一松手,风就非常猛烈地把它吹开,使刘勃卡的心都激动得卜通卜通地跳起来。她再取出比较小的一卷,把它绑在旗杆脚上,让它挂在垛口里面。她还是照老办法顺着谢尔格的脊梁下到墙上,但是不敢往烂泥里跳,只好搭拉着腿坐下。谢尔格跳了下去,伸出了手,在下面轻轻唤了她一声。她看不见他,只从声音上感觉到他。她的心突然停止了跳动,——她向前伸出手去,眯起眼睛往下跳。她正好落在他的手上,搂住了他的脖子,他就这样把她抱了一会。但是她挣脱出来,跳到地上,呼吸的热气喷到他的脸上,她兴奋地低声说:

“谢辽萨!我们去拿吉他好吗?”

“行!我还要换件衣服,你的套鞋把我浑身都踩脏了。”他幸福地说。

“不用,不用!就是这副样子他们也会接待我们!”她高兴地笑起来。

派给华丽雅和谢辽萨的城中心,是最危险的一区:区执委会大厦和职业介绍所前面都有德国哨兵站岗,第十办事处旁边有“警察”值班,山下是宪兵站。但是黑暗和风对他们有利。谢辽萨选中了“疯老爷”的空屋,当华丽雅在房子对着区执委会的那一面望风的当儿,谢辽萨就爬上了大概还是“疯老爷”在世时安放的通往阁楼的、现在已经腐朽的梯子,——在15分钟之内一切都搞好了。

华丽雅感到冷得厉害,可是她很高兴一切这么快就完事了。但是谢辽萨弯下身子凑着她的脸,笑眯眯地轻声说:

“我身上还存着一面呢。让我们到办事处去!”

“那么‘警察’呢?”

“不是有消防梯吗?”

不错,消防梯是在对着大门的那一面。

“走吧。”她说。

在伸手不见五指的黑暗里,他们往下走到铁路支线上,在枕木上走了很久。华丽雅觉得,他们已经是向着上杜望纳雅那边走,但实际上并非如此:谢辽萨像猫一样,在黑暗里也看得清楚。

“就在这里,”他说,“不过你要跟着我走,不然左面就是一个斜坡,你会一直滑到‘警察’学校里去……”

风在公园里的树木中间怒号,刮得秃枝互相撞击,枝上的冷露水滴了华丽雅和谢辽萨一身。谢辽萨很有把握地、迅速地带她沿着林荫道走过去,华丽雅猜到他们已经快到学校了,因为屋顶哗哗地响得厉害。

现在已经听不见谢辽萨走上铁梯时铁梯的震动声。他老是不下来。……在黑暗里华丽雅一个人站在铁梯脚旁。秃枝发出碰击声的这个夜晚是多么凄凉可怕啊!她的妈妈、她华丽雅,还有小刘霞在这个可怕的黑暗世界里又是多么软弱无助。……还有父亲呢?他这个几乎双目失明的人,万一无处容身,此刻还在什么地方踯躅呢?……华丽雅想象着顿涅茨草原的整个无垠的空间,炸掉的矿井,驻扎着宪兵的、没有灯光的、潮湿的城镇和乡村。……突然她觉得谢辽萨永远不会从这个哗啦啦响着的屋顶上下来了,于是勇气就离开了她。但是就在这一刹那她感到梯子的震动,她的脸上便又露出了冷冷的、毫不在乎的神气。

“你在这儿吗?……”他在黑暗里微笑着。

她感到他向她伸出一只手,便把自己的手也伸过去。他的手冷得像冰一样。这个瘦削的青年,穿着那双在泥泞里已经走了好几个小时的百孔千疮的皮鞋(里面一定都是水),破旧的短袄敞着,——他什么事没有经历过啊?……她双手捧住他的面颊,面颊也冷得像冰一样。

“你完全冻僵了。”她并不把手从他脸上缩回,说道。

他立刻安静下来,他们就这样站了一会。只有秃枝在碰击着。后来他轻轻地说:

“我们不要再绕弯儿了。……我们往前走走,翻篱笆进去……”

她缩回了手。

他们从奥列格的邻居住的那边向奥列格家走过去。突然谢辽萨抓住华丽雅的手,他们俩都把身子贴着墙。华丽雅被弄得莫名其妙,就把耳朵凑到他的嘴边。

“对面有两个人走过来。他们听到我们也站住了……”他轻声说。

“这是你的想象!”

“不,他们站在那儿呐……”

“我们就从这儿走进院子吧!”

但是他们刚从邻居那边绕过房子,谢辽萨又让华丽雅站下:那两个人在房子对面也做了同样的动作。

“一定是你的想象……”

“不,他们站在那儿。”

奥列格家的门开了,有人走出来,正碰上了谢辽萨和华丽雅要避开的那两个人。

“是刘勃卡吗?你们怎么不进来?”是叶列娜·尼柯拉叶芙娜的低低的声音。

“嘘……”

“是自己人。”谢辽萨说了就抓住华丽雅的手,把她拖了进去。

在黑暗里只听到刘勃卡吃吃的笑声。她和拿着吉他的谢尔格跟谢辽萨和华丽雅都笑得透不过气来,互相抓住了手,跑进了奥列格家的厨房。他们一个个都像落汤鸡似的,浑身稀脏,可又是这样欢天喜地,所以维拉外婆一看见他们就举起罩着花衣袖的瘦长的胳膊,说道:

“哎哟,我的老天爷!”

像这样在德国人已经统治了三个多月的城市里,在没有生火的房间里,在油灯光下举行的这个晚会,他们有生以来还是头一次参加。

奇怪,一张沙发上怎么能坐得下他们十二个青年人。他们互相挤得紧紧的,低着头,轮流出声地读着报告,他们的脸上不自觉地反映出一部分人今天坐在收音机旁,以及另一部分人在这次踏着泥泞的夜征中所体验到的心情。他们的脸上反映出将他们中间某些人联系在一块、又像电流似的传给别人的爱,同时又反映出年轻的心灵在接触到人类的伟大思想、特别是在接触到能够表达他们目前生活中最重要事物的思想时所产生的那种共同的无比幸福之感。他们的脸上流露出友情、灿烂的青春以及前途光明那种幸福的表情。

红旗不仅在“疯老爷”的房子和伏罗希洛夫学校上空飘扬,还在第十办事处、消费合作社、各个矿井上飘扬。老百姓从四面八方汇集拢来看红旗,一些大厦旁被挤得水泄不通。宪兵和“警察”为驱散人群累得筋疲力尽,但他们谁也不敢把红旗取下来,因为每面旗子底下都系有写着“小心地雷”的白布。

十一月下旬,“青年近卫军”获悉德国人正把一大群牲口从罗斯托夫赶到后方去,现已到顿涅茨河右岸。这天夜里三个行动小组一齐出动,埋伏在右岸旁。押送牛群的德国警卫队一踏上桥便被打死了,在河边排着喝水的千余头牛长达十公里。为了不使牲口落入敌人手中,他们接受牧牛大爷的建议用枪扫射,牛群吼叫着奔向草原。

被赶到德国去的人们的来信,使青年们非常气愤。

邬丽亚站在奥列格和杜尔根尼奇面前,说:

“唉,要是你们能把那些信读一遍哪!真是可怕!……娜塔丽雅·阿列克赛叶芙娜说,在这段时间里,德国人已经从城里弄走了将近八百人。而且已经又拟定一张一千五百人的黑名单,有地址和其他种种材料。……不,应当采取恐怖手段,或是在他们要送走一批人的时候进行袭击,或是把这个施普利克打死！……”

“打死他是应该的，不过他们还会派一个新的来。”奥列格说。

“消灭这些名单。……我知道怎么办：应当放火烧掉职业介绍所！”她带着复仇的表情突然说道。

谢辽萨和刘勃卡由维佳协助来一同完成的这件工作，是“青年近卫军”所做的最难办的工作之一。

这几天已经有了冬意，到夜里霜冻得相当厉害，街上的泥块和汽车在烂泥里压出的沟槽也冻得挺硬，一直到晌午太阳晒得暖洋洋的时候，所有的霜冻才有些融化。

集合地点在维佳家的菜园里。他们沿着铁路支线走，然后在没有路的山冈上走。谢辽萨和维佳带着一桶汽油和几只燃烧瓶。他们都带着武器。可是刘勃卡的全部武器却只有一瓶蜜汁和一份《新生活报》。

夜是这样地静，连最轻微的声音都听得见。只要绊一下或是不小心把油桶弄得发出丁当的响声，就会把他们暴露。夜又是这样的黑，像他们那样熟悉地形的人，有时都不能确定他们是到了什么地方。他们跨一步，站下来听听，然后再跨一步，又站下来听听……

时间拖得无穷无尽的长，好像永无尽头。尽管这种情形非常奇怪，但是等他们听到职业介绍所旁边哨兵的脚步声，他们反倒不大害怕了。在黑夜里，哨兵的脚步声时而清晰可闻，时而完全消失，也许这时候他是站下来倾听，也许不过是在台阶旁边休息片刻。

职业介绍所的正面很宽，台阶面对着农业指挥部。他们还没有看到它，但是根据哨兵的脚步声，知道他们已经来到职业介绍所的侧面，所以他们就从左面绕过它，打算从长长的后墙那边进去。

为了减少响声，维佳就留在这儿离职业介绍所大约二十公尺的地方，谢辽萨和刘勃卡俩悄悄地走到窗前。

刘勃卡在下面一扇窗子的长方形玻璃上涂满了蜜，再贴上报纸。谢辽萨用力压玻璃，使它破裂而不碎落，然后把碎片取下。做这种工作需要有耐性。他们用同样的办法处理了第二扇玻璃窗。

搞完这个他们休息了一会。哨兵在台阶上踏步，显然他觉得很冷，因此他们只好耐心等他走开：他们怕他在台阶上会听见刘勃卡在屋子里走动的脚步声。哨兵一走，谢辽萨就把身子略微往下一蹲，把双手十指交叉，伸到刘勃卡面前。刘勃卡抓住窗框，一只脚踩在谢辽萨的手上，把另一只脚跨过窗台，又用一只手抓住里面的墙，骑上了窗台，这时她感到窗框下部的板条硌她的腿。但是她已经顾不得这些小事。她把那条腿慢慢地伸下去，让它碰到地板。现在刘勃卡已经进到里面了。

谢辽萨把汽油桶递给她。

她在里面待的时间相当久。谢辽萨非常担心，生怕她在黑暗里撞在桌椅上。

等刘勃卡又在窗口出现的时候，她身上已经散发出强烈的汽油味。她对谢辽萨笑笑，把一条腿跨过窗台，再把一只手和头伸出来。谢辽萨夹住她的胳肢窝，帮她爬出窗口。

谢辽萨一个人站在发出汽油气味的窗口，一直等到他估计刘勃卡和维佳已经走得相当远的时候。

那时他从怀里摸出一只燃烧瓶，使劲把它扔进窗洞里。爆燃的火光非常强烈，有一霎时竟照得他眼花缭乱。他没有再扔其余的几瓶，就沿着山冈朝铁路支线奔去。

哨兵喊叫着，在他后面开枪，有一颗子弹高高地在他头顶上嘘的一声飞了过去。周围的地形一会被一种死白色的光照亮，一会又隐入黑暗。突然一根火柱腾空而起，把四周照得如同白昼一般。

五十二—六十章

红军胜利的消息越多，“青年近卫军”的工作也就开展得越广泛越大胆，它已成为一个有百余名队员的大组织。随之而来的是秘密警察在他们周围撒下的“密网”收得也越紧。刘季柯夫提醒奥列格注意谨慎，建议他们利用高尔基俱乐部这个公开场所作为不引人注意的新联络点。一个由“青年近卫军”的成员和一般群众共同组织的名符其实的俱乐部经德国占领当局的批准成立了，十二月十九日举行了首次歌舞晚会。

十二月三十日晚上，谢辽萨、华丽雅偷到几麻袋德军的新年礼品藏在俱乐部里。俱乐部负责人斯塔霍维奇同意了万尼亚和莫什柯夫的建议，决定通过转手出卖香烟等商品以增加收入。德军发现后搜查俱乐部，逮捕了万尼亚、莫什柯夫、斯塔霍维奇。

奥列格得知后，一边通知总部委员及同总部有联系的队员把有关的东西藏好或毁掉，一边迅速通过联络员向刘季柯夫汇报。得到指示：全体总部委员及同总部和被捕的人有联系的青年立即离城，总部可留三个绝对可靠的人继续领导工作。经过讨论，阿纳托里、苏姆斯柯依和邬丽亚留下来。当夜奥列格、谢辽萨、华丽雅、妮娜、奥丽雅离城，准备越过战线投奔红军。

狱中的万尼亚和莫什柯夫在敌人的审讯下坚贞不屈，但斯塔霍维奇和偶然被传讯的亲德分子维丽柯娃、李亚德斯卡雅却供出了一大批队员和共青团员的名字，使“青年近卫军”大部分队员及他们的家属被捕，连去伏罗希洛夫格勒执行任务的刘勃卡也未能幸免。她被抓进去了。

一个“警察”打开牢房的门，用劲把她朝里面一推，说道：

“请接待伏罗希洛夫格勒的女演员！”

刘勃卡冻得两颊通红，眯缝着发亮的眼睛打量着牢房里都有些什么人，她看见了邬丽亚、带着孩子的玛丽娜、莎霞和她的全部女友。她的双手——一只手拿着包袱——垂了下来，脸上的红晕褪了，脸色变得像白纸一样。

刘勃卡被解到克拉斯诺顿监狱的时候，监狱里已经挤满了成年人、“青年近卫军”的队员们和他们的亲人，所以带孩子的人只好住在走廊里，而且这里还要容纳从克拉斯诺顿村抓来的一批人。

城里还是不断有一批一批的人被捕，这仍旧是由于斯塔霍维奇的胡乱招供。他已经被折磨得像奄奄一息的牲畜，只得靠出卖自己的同伴来给自己买得喘息的机会，但是每一次新的出卖却给他招来一次又一次新的灾难。他一会儿想起柯瓦辽夫和庞罗若克的全部故事，一会儿想起谢辽萨有个朋友，他连那人的姓名都不知道，但是记得他的特征，还记得他住在“上海”。

突然，斯塔霍维奇又想起沃洛佳有一个好朋友托里亚。不多几时，备受折磨的沃洛佳和英勇的“雷响”已经面对面地站在巴尔德副站长的办公室里。

“不，我是第一次看见他。”托里亚轻声说。

“不，我根本不认识他。”沃里佳说。

斯塔霍维奇又想起万尼亚有一个心爱的姑娘住在下阿列克山德罗夫卡。过了几天，勃柳克纳站长面前就站着已经变了形的万尼亚和有点斜视的克拉娃。她几乎轻不可辨地说：

“不。……我们以前同过学。可是从战争一开始我就没有看见过他。我住在乡下……”

万尼亚没有作声。

克拉斯诺顿村的那一批青年人都关在本村的监狱里。供出这批人的李亚德斯卡雅虽然不知道他们中间谁在组织里起什么作用，但是，比方说，李达·安德罗索娃跟她钟情的苏姆斯柯依的关系她是知道的。幸亏李达的母亲及时藏过了她的日记，那里面的每一篇都提到苏姆斯柯依，还有着那样犯法的记载：

12月24日夜里11点钟的时候，爸爸下班回来，叫我们到外面去听听炮声，我和妈妈在五分钟里听到两响。多么可喜，同时又是多么可怕……

12月23、24日。星期三、星期四。一车车的罗马尼亚人、意大利人、匈牙利人不断地开过。数都数不清。24日来了两个德国人，把我们家的圆面包统统抢光。到晚上都开走了。夜里我们的飞机来轰炸，还散发了传单……

李达，这个尖下巴、面孔像小狐狸似的漂亮姑娘，被他们用从步枪上解下的皮带抽得体无完肤：他们要她说出苏姆斯柯依在组织里的活动。李达大声数着抽打的次数，但是矢口不肯吐露一句话。

德国人把老一辈和年轻一辈分开来关，以免老一辈对年轻人发生影响，并且对他们严加防范，不让他们中间有任何联系。

但是，即使是刽子手，在他们所干的兽行中也有个力所能及的限度。非但是久经锻炼的布尔什维克，即使在被捕的“青年近卫军”队员里面，也没有一个人承认自己是属于组织或是供出同志。这上百个几乎还是孩子的男女青年的这种史无前例的刚毅不屈的精神，逐渐把他们跟无辜的被捕者以及亲人们区别出来。德国人为了减少本身的麻烦，开始把全部偶然抓来的以及捉来作为人质的家属们逐步释放出去。奥列格、谢辽萨、若拉以及其他一些人的家属就是这样被释放的。玛丽雅·安德烈叶芙娜·鲍尔茨也被释放。小刘霞比她早一天被放出来，所以玛丽雅·安德烈叶芙娜一直等回到家里才能噙着眼泪证实，她这个做母亲的耳朵并没有听错，小女儿是在监狱里蹲过。现在刽子手们的魔掌里只剩下一批以刘季柯夫为首的成年地下工作者和“青年近卫军”组织的成员。

被捕者的家属从早到夜聚集在监狱旁边，看到“警察”和德国兵士出进，就抓住他们的手，请他们捎个口信或是带点东西进去。他们不断地被驱散，可是又重新聚集拢来，再加上过路的或是纯粹看热闹的人，人就越来越多。受刑者的嚎叫声有时从板壁后面传出来，于是监狱里从清早起就开着留声机，来掩盖这种嚎叫声。全城像患热病似的发抖：这几天没有一个人没有到过监狱旁边。弄得勃柳克纳宪兵站长只好下令接受送给被监禁者的东西。这样一来，刘季柯夫和巴腊柯夫才能知道，他们建立的区委会存在着、活动着，并且在设法营救“大的”和“小的”。

年轻人在监狱里已经待了将近两星期。不管在德国占领者最残酷野蛮的监狱条件下的生活是多么违反自然，他们在里面还是逐渐形成了自己独特的牢狱生活方式，这里面虽然有着这种摧残青年身心的骇人暴行，但是也有着爱和友情的种种人类关系，甚至还有娱乐的习惯。

“姑娘们,想吃果酱吗?”刘勃卡坐在牢房当中的地上,一边解着她的小包袱,一边说,“这个笨蛋!把我的口琴踩了个稀巴烂!没有口琴叫我在这儿干什么呢?……”

“你等着吧,他们会在你的脊梁上弹琴,包管你就不想吹口琴啦!”舒拉愤愤地说。

“原来你就是这样了解刘勃卡的!你以为他们打我的时候,我会哭哭啼啼或是一声不吭吗?我要连喊带骂。就像这样:‘哎!啊!啊!……你们这批傻瓜!你们为什么要打刘勃卡?”她叽叽喳喳地说。

姑娘们都哄笑起来。

“这倒是实话,姑娘们,我们有什么好埋怨的?谁的心里又舒服些?我们的亲人心里比我们更难受,可怜他们一点都不知道我们的情况。而且他们难受的日子还在后头呢!……”李丽亚说。

圆脸浅发的李丽亚,她在集中营里大概对好多事都已经司空见惯。她一点不怨天尤人,她照顾大伙,像是整个牢房里的善良的化身。

晚上刘勃卡被唤到勃柳克纳宪兵站长那里去受审讯。这是一次不寻常的会审:宪兵站长和“警察队”的全体官长都在场。刘勃卡没有挨打,他们对她的态度甚至带着讨好的亲切。刘勃卡的态度非常沉着、冷静,但是他们究竟知道些什么,她却心中无数。她按照她平时跟德国人来往的经验,对他们撒娇装痴,嘻嘻哈哈,做出完全不懂得他们对她有什么要求的样子。他们暗示她,如果她交出发报机,同时交出密码,那对她是大大有利的。

这不过是他们那方面的一种猜测,他们并没有掌握直接的罪证,但是他们并不怀疑事实正是如此。只要知道刘勃卡是否属于组织,就足以猜出她往来于各个城市以及跟德国人接近的意图。德国反间谍机关掌握材料,知道州里有几架秘密发报机在发报。而在伏罗希洛夫格勒宪兵队里审讯刘勃卡时在场的那个小伙子,就是她在训练班的同学鲍尔卡·杜宾斯基那一伙里的,那个家伙也证实刘勃卡曾经在这个秘密训练班学习过。

他们叫刘勃卡考虑考虑,是不是承认为妙,就把她放回牢房。

母亲给她送来满满一袋食物。刘勃卡坐在地上,两条腿夹住袋子,一会儿摸出面包干,一会儿摸出鸡蛋,一面摇头晃脑地哼唱着:

> 刘巴、刘巴、小刘巴、好刘巴,
> 我没有力量养活你……

她对给她拿来这些东西的“警察”说:

“你告诉我妈,就说刘勃卡挺好,平安无事。请她多送些红菜汤来!”她又转过身来对着姑娘们喊道:“姑娘们,快来啊!……”

最后她还是落到了芬庞手里,他把她打得相当厉害。她果然说话算数:她骂他的话不但监狱里能听见,连整个空地上都能听见:

“笨蛋!……秃傻瓜!狗爪子!”在她赏给芬庞的称呼里,这些还算是最客气的。

六十一—六十五章

奥列格等五人虽离战线很近但不可能一起越过去,只好分手。妮娜姐妹到亲戚家,谢辽萨和华丽雅一同行动。奥列格独自努力几次都没成功,后因惦念伙伴偷偷回家。舅舅送他去乡下,途中因敌人搜出他的团证而被捕。

他被带进去的那间办公室里有许多德国宪兵军官。他们都带着公然的好奇和惊讶望着他,有几个望着他甚至像瞻仰一个大名鼎鼎的人物那样。奥列格对外界的理解在很多方面还很稚气,他无法想象"青年近卫军"的名气已经传得多么广;他也想象不出,由于斯塔霍维奇的口供和德国人这么久不能捉到他,他自己已经成为传奇式的人物。审讯他的是一个鳗鱼似的柔若无骨的德国人。那人眼睛下面的可怕的紫色半圆形,从近乎黑色的深色眼睑的两角开始,绕过颧骨,在瘦削的面颊上逐渐扩散成好像尸肉上的斑点,使他的脸三分像人,七分像鬼。这样的人只有在恶梦里才会看到。

他们要求奥列格公开"青年近卫军"的全面活动并且供出它的全体队员和同党,奥列格回答道:"是我一个人领导'青年近卫军',它的队员按照我的指示去做的一切也是由我一个人负责。……如果有公开的法庭来审问我,我也许还可以讲讲'青年近卫军'的活动。但是要把它的活动向一些连对无辜者都要加以杀害的人讲述,这对于我们的组织没有好处……"他沉默了一会,用泰然自若的目光扫视了那些军官,说道:"而且你们本身已经是死人了……"

不过这个的确像死人似的德国人还是又问了他几句话。

"我的这些话——是我最后的话。"奥列格说了就垂下睫毛。

在这以后,奥列格就被投进了秘密警察的刑讯室。他就开始了一个有心肝的人非但不能忍受、甚至无法描述的那种惨绝人寰的生活。

谢辽萨参加了红军攻打本州的战斗,希望能解救战友,但因受伤掉队,只好忍饥挨饿地回到家。密探的告发使他也被捕,受刑时他被打断了胳膊。狱中的青年人正在受着最后的和最可怕的考验。

万尼亚摇摇晃晃地站在勃柳克纳宪兵站长面前,他满脸流血,脑袋无力地搭拉着,但是万尼亚一直努力要抬起脑袋,后来终于抬了起来,他在这四个星期以来的沉默中第一次开口了。

"怎么样,你们办不到吧?……"他说,"你们是办不到!……你们占领了多少国家。……你们把荣誉和良心都抛弃了。可是你们办不到……你们没有这个本事……"

他说了就大笑起来。

这天迟暮时分,两个德国兵把邬丽亚抬进牢房,她的惨白的脸朝后仰着,辫子拖在地上。他们把她扔在墙边。

邬丽亚呻吟起来,转过身来趴着。

"亲爱的李丽亚……"她对李丽亚说,"把我的上衣往上拉些,痛得像火烧一样……"

李丽亚尽管自己行动也很勉强,但是到最后一分钟还是像保姆那样照顾自己的朋友,她小心地给邬丽亚把被血浸透的上衣卷到腋下,吓得不由往后一退,痛哭起来:邬丽亚的背上被刻了一个血淋淋的五角星。

除非等这几代人里的最后一代进了坟墓,否则克拉斯诺顿的居民永远不能忘记这个夜晚。一弯异常皎洁的残月斜挂在天空。草原上周围几十公里的地方都清晰可见。天气冷得令人难受。在北方的整个顿涅茨河上都闪着亮光,从那边传来的大大小小的战斗的隆隆声,时而沉静,时而增强。

亲人里这一夜谁也没有睡。非但是亲人睡不着,所有的人都知道,这天夜里要处死“青年近卫军”的队员。人们在自己的没有生火的屋子里和陋室里,守着油灯或是摸黑坐着;有的跑到院子里,在严寒中久久伫立,倾听着有没有人声、汽车声或是枪声传来。

牢房里,除了那些处于昏迷状态的人,也是谁都没有睡。最后一批被带去刑讯的“青年近卫军”队员,看见斯塔庆柯市长来到监狱里。大家都知道,市长总是在行刑之前,要他在判决书上签字的时候,才到监狱里来……

牢房里也听得到顿涅茨河上惊天动地的炮声。

邬丽亚头靠着板壁,侧着身子半躺着;她敲着板壁对隔壁的男孩子们说:

“伙伴们,听见了吗,听见了吗?……要挺住。……我们的军队来了。……不管怎么样,我们的军队还是来了……”

走廊里响起了兵士皮靴的踏步声,牢房的门关得砰砰地响。他们开始把被监禁的人带到走廊里,然后不是穿过院子,而是直接带出大门,走到街上。牢房里的穿着大衣或是厚衣服的姑娘们,互相帮着戴上帽子,扎起头巾。李丽亚给僵卧的安娜·索波娃穿上衣服,舒拉也给她心爱的朋友玛雅穿上衣服。有几个姑娘写了最后的字条藏在扔掉的衬衣里。

上次家里给邬丽亚送来一套干净衬衣,现在她动手把旧衬衣包在包袱里。突然一阵眼泪使她窒息,她无法克制,就抓起血衣把脸捂住,不让人听到她在哭泣,然后缩到角落里这样坐了一会儿。

他们被带到浴着月光的空地上,装进两辆卡车。第一个抬出来的是没有一丝力气而且失去理智的斯塔霍维奇,他们把他一甩就扔进了卡车。好些“青年近卫军”队员自己都不能行走。托里雅是被抬出来的,他的一只脚被砍掉了。维克多的眼睛被打了出来,由腊高静和谢毕辽夫搀扶着。沃洛佳被砍掉了右手,但是他自己走。万尼亚由托里亚和维佳抬出来。在他们后面,谢辽萨像草茎似的,摇摇晃晃地走着。

姑娘们和小伙子们被分开装在两辆卡车里。

兵士们把卡车两边的槽帮砰地关上,跨过车沿爬进塞满了人的卡车。芬庞军士坐在前面那辆卡车的司机旁边。卡车开动了。他们走的路线是穿过空地再经过儿童医院和伏罗希洛夫学校。前面一辆车上都是姑娘们。邬丽亚、莎霞和李丽亚唱了起来:

你受尽牢狱的折磨,
可是你死得光荣……

姑娘们都跟着唱起来。后面卡车里的小伙子们也唱了起来。他们的歌声在严寒的、凝止不动的空气里传送到很远的地方。

两辆卡车开过左面最后一所房子,上了通五号井的大路。

谢辽萨贴着卡车的后槽帮坐着,鼻孔贪婪地吸着寒冷的空气……

现在卡车已经开过折向新村的转弯处,马上就要穿过峡谷。不,谢辽萨知道,要他做这件事已经是力所不及。但是他前面跪着双手被反绑的柯瓦辽夫。柯瓦辽夫还很有劲,所以难怪要把他的手绑起来。谢辽萨用头顶了他一下。柯瓦辽夫转过脸来。

“托尔卡……马上要过峡谷了……”谢辽萨低语说，又用头朝旁边点点。

柯瓦辽夫斜过眼来看了看自己肩膀后面，动了动被绑着的双手。谢辽萨把牙齿贴在绑着柯瓦辽夫的双手的绳结上。他虚弱得一点气力也没有，累得几次靠在后槽帮上，额上直冒汗珠。但是他拼命地干，好像是为了争取自己的自由一般。绳结终于被弄开了。柯瓦辽夫仍旧把手放在背后，让两手活动活动。

……严峻的复仇者就要起来，
他比我们更强大有力……

姑娘们和小伙子们唱着。

卡车驶下峡谷，前面的一辆已经在爬山坡。第二辆卡车吼叫着，车轮打着滑，也要开上去了。柯瓦辽夫一只脚踏上后槽帮，纵身一跳，就沿着峡谷奔去，在雪上踩出了一条沟痕。

最初一刹那的惊慌过去了，可是这时卡车已经开出峡谷，柯瓦辽夫也影踪全无了。兵士们怕其他被捕的人也纷纷逃散，不敢跳下车去，只好在车上乱开枪。芬庞听到枪声，叫车子停下，自己跳了下去。两辆卡车都停下了。芬庞用他那村妇般的嗓子破口大骂。

“他跑了！……他跑了！……”谢辽萨怀着难以形容的强烈的狂喜，用尖细的声音喊叫着，接着就用他所知道的最恶毒的话咒骂着。但是现在这些骂人的话出于谢辽萨之口，听起来就像是神圣的誓词一样了。

现在已经看得见炸毁后的五号井的倾斜的井架。

小伙子们和姑娘们唱起了《国际歌》。

他们下车后都被赶到矿井附设的上冻的澡堂里，在里面关了一会，因为要等候勃柳克纳、巴尔德和斯塔庆柯到来。只要有人穿着好衣服和好鞋子，宪兵们就动手把这些东西剥下来。

“青年近卫军”的队员们得到互相告别的机会。克拉娃也能够坐到万尼亚身旁，把手放在他的额上，就不再和他分开。

他们一小批一小批地被带出去，然后一个一个地被扔进探井。凡是还能说话的人，都来得及说了几句他愿意留在人世间的话。

德国人怕几十个人同时被扔进探井不会全部都死掉，又把两辆煤车推下去。但是矿井里发出的呻吟还是一连几天都能听见。

他们，费里普·彼得罗维奇·刘季柯夫和奥列格·柯舍沃伊，手腕被绑着，站在野战司令官克列尔面前。他们被关在罗文基期间，一直不知道他们是被关在同一个监狱里。但是这天早上他们被提出来带到一起，绑在一起带去对质，克列尔希望逼他们供出不单是本区、而且是全州的地下组织的线索。

德国人为什么要把他们绑起来？要是不绑他们，德国人看见他们就害怕。敌人同时也想以此显示，他们知道这两个人在组织里所起的作用。

刘季柯夫头上的白发被干了的血粘在一块，被撕得破烂不堪的衣服粘连在他的巨大身躯的伤口上，每动一下都引起极度的疼痛，但是这一点他毫不显露出来。深重的苦难和饥饿耗干了刘季柯夫的身体，他脸上那些有力的线条显得格外分明了。这些线条在他年轻时曾使他的脸显得非常出色,并且显示出他的伟大的精神力量。他的眼神平静而严厉,像平时一样。

奥列格站在那里,他的被打断的右胳臂无力地搭拉着。他的脸几乎没有改变,只是两鬓已经完全灰白。他的暗金色睫毛下面的大眼睛带着泰然自若的、比任何时候更为泰然自若的神色。

他们——年老的和年轻的群众领导人——就这样站在德国野战司令官克列尔面前。

克列尔杀人成性,因为除此之外,他什么也干不了。这时他就使他们受到更多的可怕的拷打。但是,可以说,他们对这些已经毫无感觉:他们的精神翱翔在只有人类伟大的、富有创造力的精神才能达到的那种无限崇高的境界。

后来把他们分开了,刘季柯夫又被解回克拉斯诺顿的监狱。中央工厂的案件仍旧没有调查完毕。

可是地下工作的同志们依然无法援救被监禁的人,这不但因为监狱防卫森严,同时也因为现在满城都是撤退下来的敌军。

刘季柯夫、巴脂柯夫和他的同伴们也遭到了和“青年近卫军”队员同样的命运:他们也被扔进五号井的探井。

奥列格于一月三十一日白天在罗文基被枪决,他的尸体和其他在同一天被枪决的人们的尸体一起被埋在一个大坑里。

可是刘巴还被折磨到二月七日,他们一直不肯死心,企图从她那里弄到密电码和发报机。在被枪决之前,她设法给母亲寄了个字条:

永别了,妈妈,你的女儿刘巴要到地下去了。

刘巴被押出去枪决的时候,她唱起了她最喜欢的一支歌:

在莫斯科广阔的地方……

押她去枪决的党卫队分队长要她跪下来对着她的后脑开枪,但是刘巴不肯跪下,并且是正面接受了子弹。

1942年2月15日,苏军解放了这座城市。人们追悼殉难烈士,宣誓为他们报仇雪恨。参加葬礼的幸存队员有杜尔根尼奇、华丽雅、若拉、奥丽雅、妮娜、腊箕克。普罗庆柯和卡佳也来了。临时纪念碑上刻着斯大林在列宁墓前的誓言和为国捐躯的战士们的英名。

静静的顿河

作者米哈伊尔·亚历山大罗维奇·肖洛霍夫(1905—1984),苏联杰出的作家之一,出身于职员家庭。少年时期就参加了顿河地区的革命斗争。他1923年开始写作。次年加入俄罗斯无产阶级作家联合会(“拉普”),成为职业作家。

肖洛霍夫生前为苏联作家协会理事,苏联科学院院士,苏共中央委员,最高苏维埃代表,1965年获诺贝尔文学奖。

他的早期作品主要有《顿河故事》和《浅蓝色的原野》两个集子。这个时期的创作以顿河地区的国内战争和建立苏维埃政权的斗争为素材,用生动的笔触揭示了在当时的历史条件下哥萨克内部尖锐的阶级冲突,以及这种冲突的残酷性在家庭人伦关系中的折射。故事情节富于戏剧性,人物性格特征鲜明,但尚有粗糙之处。

1926年开始创作长篇小说《静静的顿河》,1940年完成。

1932年肖洛霍夫发表了反映苏联农业集体化的长篇小说《被开垦的处女地》(又译《新垦地》)第一部,第二部于1960年完成,该书获1960年度列宁文学奖。这部作品描写了在农村进行社会主义改造的过程中,各阶级、阶层之间错综复杂的矛盾斗争,出色地塑造了领导农民走集体化道路的共产党员达维多夫的形象,生动地再现了这场急风暴雨般的伟大历史变革。第一部与第二部完成相隔20多年。因时代气氛的变化,作品基调也有所不同。

卫国战争期间,肖洛霍夫在前线任军事记者,写有许多随笔和短篇小说,并发表了长篇小说《他们为祖国而战》的部分篇章。

1957年,短篇小说《一个人的遭遇》发表,成为肖洛霍夫创作中的又一座里程碑。小说从人道主义的立场出发,通过描述主人公索科洛夫在卫国战争中的经历,揭示了战争造成的悲剧和在人们心灵中留下的巨大创伤,以及苏联人民面对苦难所表现的坚毅性格。作品对战争、对人的命运的深刻哲理思考,对当时苏联的战争文学产生了很大的影响。

《静静的顿河》是肖洛霍夫创作的高峰,这部史诗性的巨著通过对主人公葛利高里走过的曲折道路及其悲剧性命运的描写,深刻地反映了第一次世界大战前后到十月革命期间顿河哥萨克的生活和这里发生的重大历史事件。作者以巨匠的手笔展示出战争和革命的广阔画面,同时在这些大场面中间,又交替出现对哥萨克日常生活和风俗的描写,细致生动、色彩绚丽。肖洛霍夫善于使景物描写与人的心理活动相互衬托,造成情景交融、动人心魄的艺术境界,善于通过戏剧化的冲突充分揭示人物丰富复杂的内心世界和不幸的命运。《静静的顿河》在苏联内外引起了多方面的争议,但它高度的艺术成就,它那独树一帜的“悲剧史诗”风格,为肖洛霍夫赢得了广泛的声誉。小说获1941年斯大林奖。作品主要人物包括:葛利高里·潘苔莱耶维奇·麦列霍夫(爱称葛利希加)——中农出身的哥萨克;潘苔莱·普罗珂菲耶维奇·麦列霍夫——葛利高里的父亲;彼得罗·潘苔莱耶维奇·麦列霍夫——葛利高里的哥哥;婀克西妮亚·阿司塔霍娃——麦列霍夫家的邻居司契潘的妻子,后与葛利高里同居;娜达丽娅·米伦诺夫娜·珂尔叔诺娃——葛利高里的妻子。

现根据中文译本(金人译,人民文学出版社1956年版)介绍或节选如下。

卷首诗

我们的光荣的土地不用犁铧耕耘……
我们的土地用马蹄来耕耘，
光荣的土地上播种的是哥萨克的头颅，
静静的顿河上装饰着守寡的青年妇人，
到处是孤儿，静静的顿河，我们的父亲，
父母的眼泪随着你的波浪翻滚。
……

一曲雄浑苍凉的哥萨克古歌，揭开了静静顿河边上一段不平静的历史的序幕。

卷一

麦列霍夫一家就住在顿河的南岸、鞑靼村的尽头。潘苕莱·普罗珂菲耶维奇·麦列霍夫的母亲因为是俄土战争之后跟随丈夫回来的土耳其人，竟在临产前惨遭毒打，生下他便死去了。潘苕莱·普罗珂菲耶维奇又娶了个哥萨克姑娘，从此，土耳其和哥萨克血液交流着，这个家族在顿河岸上的这个小村子里代代繁衍。现在，潘苕莱·普罗珂菲耶维奇已经在支撑着一个七口之家了。麦列霍夫家是个自给自足的家庭。自从老麦列霍夫死后，家中开拓了荒地，翻盖了新房，日子过得还算富裕。在残年晚景来到的时候，潘苕莱·普罗珂菲耶维奇胖起来了，背略微驼了些，但是总还能看出他是个体格匀称的老人，走起路来一瘸一拐(年轻的时候因为参加沙皇阅兵典礼中的赛马，把左腿跌断了)，他的胡须和头发依然是黑的，愤怒的时候一气就是个半死。他的肥胖的妻子却提前衰老了。

大儿子彼得罗已经娶了亲，他很像母亲。但是小儿子葛利高里却很像父亲，虽然比哥哥小6岁，身材却比彼得罗高半个脑袋，像父亲一样，生着下垂的鹰鼻子，稍稍有点斜的眼眶里，嵌着一对略微有些发蓝的扁桃形的热情的眼睛，高高的颧骨上紧紧地绷着一层棕红色的皮肤。葛利高里也像父亲一样有些驼背，甚至在笑的时候两个人的表情也是一样的粗野。

父亲的爱女杜妮亚希珈是一个长胳膊大眼睛的姑娘，加上彼得罗的妻子妲丽亚和一个孩子——这就是麦列霍夫家的全部成员。

年轻美丽的婀克西妮亚17岁就嫁给了司契潘，可她却过着没有爱情的生活。司契潘是个二流子，常常跑出去喝酒鬼混，回到家便欺侮婀克西妮亚。她受尽了折磨，可还要料理整个家。当葛利高里以疯狂的爱追求她的时候，她从内心中感到了愉快和温暖。

1912年5月，村里的许多成年男子都参军服役去了，司契潘和彼得罗也去了。一天傍晚，雷雨交加，潘苕莱·普罗珂菲耶维奇带着葛利高里、婀克西妮亚等人去顿河捕鱼。回家的路上，葛利高里再次向婀克西妮亚表白了心中的爱情。

第九章

村子里各家院子里所剩下的圣灵降临节的遗迹只有：乱撒在地上的干百里香，踏碎了的干树叶的末子，以及插在大门口和台阶旁边的橡树和白蜡树的枝子了，这些砍下来的树枝都已经发了皱,失去了鲜绿的色彩。

从圣灵降临节那一天起,开始割草了。从一大清早起,女人的过节穿的裙子,绣着鲜艳的花朵的围裙,各种颜色的花头巾,就像鲜花一样布满了草地。全村子的人都一同出来割草了。割草的男人和耙草的女人都穿得像过年一样。这是从古以来遗留下的习惯。从顿河直到远方的赤杨林里,被蹂躏的草地在镰刀下面摇晃着和喘息着。

麦列霍夫家的人起晚了。他们出发去割草的时候,差不多已经有半个村子的人都在草地上了。

"早觉睡得太久啦,潘苔莱·普罗珂菲耶维奇!"许多汗流满面的割草的人都吵嚷着。

"这不能怪我,都是老娘们儿的事!"老头子微笑着,拿用生丝缠成的鞭子赶着牛。

"你们好,乡亲,晚啦,老兄,晚啦……"一个高个子的戴草帽的哥萨克摇晃着脑袋,在道旁挥着镰刀。

"难道草会干掉吗?"

"你快走吧——还来得及,要不然的话就会干掉的。你的一段在什么地方?"

"在红土崖旁边。"

"赶你的牲口吧,不然你今天就走不到啦。"

婀克西妮亚坐在车后头,用头巾裹住整个的脸,挡住太阳。她给眼睛留下了一条窄缝,就从这个缝里冷淡地和严肃地望着坐在对面的葛利高里。妲丽亚也裹着脸、穿着新衣服,把两条腿垂在车沿外头,用那长长的、布满青筋的奶头喂着快要在手里睡去的孩子。杜妮亚希珈坐在车辕横木上,身子一颠一颠的,用幸福的眼睛打量着草地和在路上遇见的人。她那愉快的、遮着一层黑釉的、鼻梁附近长着一些雀斑的脸好像是在说:"因为今天这个蓝色的、万里无云的日子很高兴,很愉快,所以我也很高兴,很愉快;因为在我的心上也是充满了这样蓝色的安静和纯洁,所以我也很高兴,很愉快,我非常高兴,除此以外我什么都不想啦。"潘苔莱·普罗珂菲耶维奇把棉布上衣的袖子向手巴掌上拽着,擦了擦从帽檐下面流出的汗。他那弯曲的脊背上紧紧地绷着上衣,透出了许多汗湿的点子。太阳透过灰白色的云片,把扇面形的、烟雾朦胧的曲折光线投射在远方的顿河沿岸的银色山峰上,投射在草原上,投射在河边草地和村庄上。

白昼渐渐变得炎热起来了。被风吹散的云片懒洋洋地爬动着,连潘苔莱·普罗珂菲耶维奇那头在道路上拉着车的牛都追不过去。潘苔莱·普罗珂菲耶维奇费力地举起鞭子,摇动着,好像是下不了决心:是不是要向尖利的牛胯骨上打去。拉车的牛好像明白这种意思,所以不肯放大脚步,仍旧是慢腾腾地、战战兢兢地挪动着弯曲的腿,摇晃着尾巴。金灰色的、带着橙黄色条子的牛虻在牛身上盘旋着。

靠近村庄场院的、一片已经割完的草地上散布着一些苍绿色的点子;那些还没有把草运走的地方,微风吹得夹杂着耀眼的黑点子的、像绿色缎子一样的草沙沙响着。

"这就是咱们的一段草。"潘苔莱·普罗珂菲耶维奇用鞭子指了指。

"咱们从树林子那边动手吗?"葛利高里问道。

"也可以从这头起。我已经在这儿用铁锹铲了一个三角记号。"

葛利高里卸下疲劳不堪的牛。老头子闪动着耳环,去寻找记号,就是那个在地边上铲出来的三角记号。

"拿镰刀来!"他很快就挥着手喊叫起来。

葛利高里踏着草走过去了。在他身后的草上,从大车停着的地方起,留下了一条波动的痕迹。潘苔莱·普罗珂菲耶维奇对着远处一座钟楼的白色尖顶画了一个十字,拿起一把镰刀。他的鹰钩鼻子闪闪发光,好像是新油漆过的、干瘪下去的黑色腮帮子上凝结着汗珠。他微笑着,铁青色的大胡子里面一下子就露出了那数不清的、密密的白牙齿,他抄起镰刀,把布满皱纹的脖子向右面扭去。割下来的草变成了一个足有一纱绳长的半圆形,躺在他的脚下了。

葛利高里跟在他后面走着,半闭着眼睛,用镰刀割草。女人的围裙像散开的彩虹一样在前面闪动,但是他用眼睛找到了那一条绣着花边的白围裙;他向婀克西妮亚望了一眼,又把脚步和父亲走平,挥动着镰刀。

婀克西妮亚在他的脑海里简直不肯退却下去;他半闭着眼睛,心里想着在亲她,对她说着也不知道从什么地方跑到舌尖上来的热情的话,后来就抛开这个念头,数着数目向前走——一、二、三,往事的断片又在记忆里悄悄地浮现出来:"他们俩坐在潮湿的干草堆下面……蚯蚓在潮湿的地方叫……月亮照着草地……稀疏的水点也像现在这样,从灌木上落到水洼里——一、二、三,……好啊,哎呀,真好啊!……"

停放车辆的地方是一片哄笑的人声。葛利高里回头看了看:婀克西妮亚正俯下身去,也不知道对躺在车下头的妲丽亚说了些什么,妲丽亚用两手一挥,两个人又哈哈大笑起来。杜妮亚希珈坐在车辕上,细声细气地唱着歌。

"割到那个小灌木林子那儿,我得把镰刀砸一砸,"葛利高里一面想着,一面感觉到,镰刀好像砍着了一个黏脂脂的东西。他低下头看了看:一只小野鸭子从脚底下钻出来,吱吱地叫着,一瘸一拐地向草里钻去。在野鸭子窝的小坑旁边倒着另外一只小野鸭子,它已经被镰刀砍成两半了,其余的小鸭子都啾啾叫着,四面散开,钻进草去。葛利高里把砍成两半的小野鸭子放在手巴掌上。脱了壳才几天的棕色小野鸭子的柔毛里还保留着一些活气。在张开的小扁嘴上面留着粉红色的血泡,眼睛的玻璃球狡猾地眯缝着,还有热气的小爪子轻轻地哆嗦着。

葛利高里心里发生了一种突然袭来的非常怜惜的感情,看着放在他手巴掌上的那个小小的死肉团子。

"你捡到什么东西啦,葛利希加?……"

杜妮亚希珈顺着割倒的草的行列蹦蹦跳跳地跑过来。两条小辫子在她胸前晃来晃去。葛利高里皱着眉,扔掉小野鸭子,恨恨地挥动镰刀。

吃过午饭以后,女人们就开始把草耙成堆。割倒的草都干枯了,散发着一种有诱惑性的令人沉醉的香气。急急忙忙地吃过了午饭。猪油和哥萨克的宝贝——从家里用口袋装来的酸牛奶渣滓,——这就是全份午饭。

"不用回家去啦,"潘苔莱·普罗珂菲耶维奇在吃午饭的时候说道,"把牛放到树林子里去,等明天太阳一出来吸收露水的时候,咱们就能割完啦。"

等大家都停止割草的时候,天色已经黑下来了。婀克西妮亚耙完了最后剩下的几行,到停车的地方去煮饭。她整天都是恶狠狠地嘲笑葛利高里,用憎恶的眼睛望着他,好像是为了一件不能遗忘的重大的侮辱在进行报复。愁眉苦脸的、也不知道为什么无精打采的葛利高里把牛赶到顿河边去饮水。父亲总在监视着他和婀克西妮亚。他仇视地望着葛利高里说道:

"去吃晚饭,以后就去看守牛。小心,别把牛放到草地里去。你带着我的大衣。"

妲丽亚把孩子放在车底下,和杜妮亚希珈一同到树林子里去折树枝。

一弯新月在草地上的、那可望而不可即的黑色天空上移动着。蝴蝶像飞蛾一样在火光上空飞来飞去。大家都聚在火堆旁边的、铺开的粗布上吃晚饭了。稀粥已经在一只被烟熏黑的军用锅子里沸腾着。妲丽亚用衬裙的下摆擦了擦勺子，向葛利高里喊道：

“来吃晚饭吧！”

葛利高里把大衣披在肩上，从黑暗里钻出来，走到火堆旁边来了。

“你为什么脸色这样阴沉？”妲丽亚笑着问道。

“看来是要下雨啦，腰痛哩。”葛利高里打算开开玩笑。

“他不愿意看守牛，真的。”杜妮亚希珈含笑坐在哥哥身边，和他说起话来，但是不知怎的谈话总是找不到中心。

潘苔莱·普罗珂菲耶维奇热心地喝着稀粥，还没有煮熟的米粒子被牙齿咬得咯吧咯吧响着。婀克西妮亚吃着，连眼睛也不抬，对于妲丽亚的玩笑勉强笑了笑。她的两颊渐渐变成了灰白色，忽然一阵不安的红晕使她脸上热辣辣的。

葛利高里第一个站起身来，走到放牛的地方去了。

“小心点，别叫牛践踏别人的草！”父亲在他后面喊叫着，被稀粥呛了一下，响亮地咳嗽了半天。

杜妮亚希珈鼓着腮帮子，笑着。火堆烧完了。烧焦的树枝发出烧过的叶子的蜜一般的香气，笼罩住了坐着的人们。

半夜里，葛利高里偷偷地走到停车的地方来，离着有十来步就站下了。潘苔莱·普罗珂菲耶维奇躺在大车上连续不断地打着呼噜。从黄昏时候残留下来的、还没有熄灭的火星，像金色的孔雀眼睛一样，在灰烬下面向外张望着。

一个灰色的裹得紧紧的人影子离开了大车，躲躲闪闪地慢慢地向葛利高里走过来，离着还有两三步又停下来了。是婀克西妮亚。是她。葛利高里心里砰砰地和突突地跳个不住；他向前走了一步，撩起大衣的大襟，把驯顺的、散发着热气的婀克西妮亚搂在自己的怀里。

婀克西妮亚向外挣扎，被后悔的苦恼压迫着，差不多是用低沉的呻吟声哀告道：

“放开，现在还有什么……我自个儿走吧！……”

婀克西妮亚接受了葛利高里的爱情。就在这时，村子里关于他俩的各种各样的谣言也像汹涌浑浊的波浪一样滚动开了，一直传到身在军营的司契潘的耳朵里。他又吃惊又愤怒，赶回村狠狠地揍了妻子，还同葛利高里发生了一场殴斗。从此，两家的相互仇恨变成了一个难以解开的结子。潘苔莱·普罗珂菲耶维奇很生儿子的气，不久，他匆匆忙忙地给葛利高里说了一门亲事，新娘就是珂尔叔诺夫家的长女，温柔贤惠的娜达莉亚。

时隔不久，葛利高里和娜达莉亚的婚礼便在教堂里举行了。

卷　二

鞑靼村迁来了个新住户，铁匠施托克曼。不少哥萨克自从认识了他以后，天天晚上都到他家去打牌。实际上，施托克曼是布尔什维克党派到顿河草原上来的。他借打牌之机给大伙讲述哥萨克从远古到近代的贫困生活，嘲笑沙皇对哥萨克的统治，讽刺各种制度和统治方法。他组织了一个十人核心小组。哥萨克人的政治修养在慢慢提高着。

婚后的葛利高里仍然念念不忘婀克西妮亚。一天,他很伤感地告诉妻子说,他并不爱她。娜达莉亚伤心地要回娘家去。父亲得知后跟儿子大闹了一场。

葛利高里一气之下逃出了自己的家,带着婀克西妮亚来到亚果得诺耶,在地主李斯特尼茨基将军的庄园里当佣人。

娜达莉亚回到娘家后,仍在苦苦地盼望着丈夫有朝一日能回心转意,再来到自己的身边。一日,她托人给葛利高里送去一封信,想探听一下葛利高里是怎么想的。可她得到的却是丈夫几个潦草的大字:"你一个人过下去吧。"终于,她感到万念俱灰,绝望把她逼上了自杀的道路。

葛利高里和婀克西妮亚在亚果得诺耶过着安稳的日子,后来,婀克西妮亚生了一个女孩。冬天的时候,葛利高里接到了通知,要他在圣诞节的第二天到征兵站去报到。

卷　三

再说,娜达莉亚自杀未遂,躺了半年多。1914 年 3 月,她又回到了婆家,仍然苦苦地思恋着葛利高里,她颓丧的精神全寄托在这个希望上了。

葛利高里被分配在第 12 团第 4 连。生活沉闷而又单调。麦子成熟了,正等着哥萨克去收割,但是,有帝俄参加的第一次世界大战爆发了。葛利高里所在的连队出发上了前线。

战斗开始了。

他们迎战奥地利军队。马在疯狂地奔跑,连队狂呼乱喊,枪声噼啪作响,子弹飕飕地掠过,葛利高里把烫手的长矛柄夹在肋下,在慌乱和惊恐中向前冲杀。战斗中葛利高里先用长矛刺死了一个奥地利士兵,接着又在花园的铁栏杆旁挥刀劈死了另一个,从此,一种沉重的痛苦便折磨着他,那个被他砍死的奥地利士兵总在他梦中出现。

在一次攻城的战斗中,葛利高里头部负了伤,半夜里,他向着北斗星的方向,忍着剧痛往回走,路上救起了一位中校军官,为此,上司将他提升为上等兵,还授予他一枚四级乔治十字章。归队不久,他在一次敌机轰炸时又受了伤,住进了莫斯科的一家医院。同病房住着一位叫贾兰沙的伤兵,他给葛利高里解释为什么打仗,战争的真实内幕是什么,并狠狠地嘲笑了专制制度。这些话他从未听说过。葛利高里恐怖地意识到,贾兰沙逐渐破坏了他以前对沙皇、祖国和军人天职的全部信念。

不久,葛利高里伤愈出院,回到了亚果得诺耶,然而,家中发生的两件事却更加使他痛苦:小女儿病死,地主少爷叶甫盖尼·李斯特尼茨基中尉趁机占有了婀克西妮亚。他怒火中烧,痛打了中尉,又用鞭子抽了婀克西妮亚一顿,便愤然离开了庄园,回到了顿河南岸故乡的小村庄。村民们都对他恭敬地行礼,一家人悲喜交集,他和娜达莉亚和好了。

卷　四

葛利高里一直东征西战,有一次,他在战斗中救了司契潘的性命,但为了婀克西妮亚的事,他们没有和解便分手了,战争已经到了第三个年头,士兵们的厌战情绪越来越强。夜晚,葛利高里回首往事,想起了婀克西妮亚和娜达莉亚,想起了出院后的几个星期,想起了村民和家人对他的尊敬。他心里一面埋怨战争,一面又忠实地保持着哥萨克军人的光荣。他觉得战争初期笼罩在他头上的对人类的怜悯之情已经一去不复返了。他的心肠变硬了,他冷淡而又轻蔑地拿别人和自己的生命作儿戏,他获得了四枚乔治十字章和四枚奖章。

痛苦、寂寞的日子一天天地挨过去了,可鞑靼村也日益变得荒凉。男人出征远方,妇女、孩子和老人的生活更不像样了。这时,娜达莉亚却生了一对双胞胎,一男一女,潘苔莱·普罗珂菲耶维奇高兴得哭了起来。

1917年8月,临时政府西南战线总司令科尔尼洛夫将军命令部队去彼得格勒。第三骑兵队以强行军的速度离开战壕,开赴后方。兵车向普斯可夫方向开去。开始哥萨克们高兴得直唱,庆幸自己摆脱了战争,后来才知道,他们是开往彼得格勒去镇压刚开始的骚动。

一个身材细高的哥萨克说出了大多数人的心里话:刚出火坑,又入地狱!

第一次停车的时候,哥萨克们纷纷跳下车,牵出马匹,重返前线。有些已赶到彼得格勒的哥萨克连队也从冬宫退了出去。

卷　五

1917年深秋,一批哥萨克退伍回村,他们带回了一个消息:葛利高里投降了布尔什维克,留在卡敏斯克了。大伙都不愿再谈起他,因为他们知道,他已经和村上的人分道扬镳了,能否重新走上一条路还不敢说。

第　二　章

麦列霍夫·葛利高里在1917年的1月,因为立了战功,被提升为少尉,担任了第二后备团的一个排的排长。

9月里,他在得了一场肺炎以后,得到了休假的机会;在家里住了一个半月,恢复了一下病后的身体,经过区医务委员会检查以后,又把他派到团里去了。十月革命以后,被派担任了连长的职务。葛利高里情绪上的转变是很可以适应这个时代的,这种转变是由于周围所发生的许多事件所产生的,特别是因为和一个同团的军官——叶菲姆·伊兹瓦林——认识所受到的影响而发生的。

葛利高里是在休假回来后的第一天和伊兹瓦林认识起来的。后来在工作的时间,或者在休息的时间就经常遇到他了,而且不知不觉地受了他的影响。

叶菲姆·伊兹瓦林是宫陀洛夫斯克镇的一个富裕哥萨克的儿子,在诺沃柴尔喀司克士官学校受的教育,毕业以后就被派到前线上的顿河第十哥萨克团去,在那儿工作了一年光景,就像他自己所说的,得到了"几枚挂在胸前的军官十字章,并在全身的前前后后许多地方受了十四处手榴弹伤",后来为了要完成自己那才担任了不久的兵役职务又被派到第二后备团来了。

伊兹瓦林是一个很有才能的人,是一个毫无疑问具有极高天资的人,他受的教育远远超过了哥萨克军官通常所受到的教育标准,他是一个狂热的资产阶级自治分子。二月革命使他振奋起来,使他得到了大显身手的机会,他和那些信仰独立自主论的哥萨克们联络起来,巧妙地宣传着顿河军州完全自治的论调,宣传要在顿河沿岸建立那种早已经有过的统治制度,这种制度还是在沙皇伸手占领顿河沿岸以前就存在过的。他很懂得历史,他有着一颗热情的脑袋,他的头脑很清楚很明白;他动人而又美丽地描绘着将要在故乡的顿河沿岸出现的自由自在的生活,那时候将要出现一个哥萨克统治集团来掌握政权,那时候在州界以内连一个俄罗斯人都没有,而哥萨克在自己的国境上将要设立边防岗哨,跟乌克兰和大俄罗斯将要以平等的资格来谈判,再不用摘帽子行礼啦,还要和他们进行平等的通商贸易。伊兹瓦林把那些头脑简单的哥萨克和受教育不多的军官们的脑袋弄昏了。葛利高里也受了他的影响。起初他们发生了激烈的争论,但是半文盲的葛利高里和自己的论敌比较起来就等于没有武器一样,所以伊兹瓦林在理论的斗争上很容易就把他打垮了。他们通常是在军营的一个角落里争论,同时许多旁听的人总是同情伊兹瓦林。他用自己的意见感动了哥萨克,特别强调未来的独立生活的场面,——感动了大部分下游的富裕哥萨克的特别隐秘的、非常含蓄的感情。

“咱们没有俄罗斯怎么能生活呢?咱们除了小麦以外,什么都没有。”葛利高里问道。

伊兹瓦林很有耐心地说明:

“我不是想要使咱们的顿河军州变成一个独立的和隔绝的地方。是要建立在联邦的基础上,也就是建立在联合的基础上,咱们将要和库班人、铁列克人以及高加索的山民共同生活。高加索的矿产是很丰富的,什么东西咱们在那里都能得到。”

“可是煤呢?”

“顿涅茨盆地就在咱们的眼前。”

“不过要知道那是属于俄罗斯的呀!”

“这块地方应该属于谁,它是在谁的领土上——这还是值得争论的问题。不过即便顿涅茨河流域归俄罗斯的话——咱们的损失也很少。咱们的联邦并不是依靠工业生存的。从性质上来说,咱们是农业地区,既然这样,那么为了满足咱们那不很巨大的工业上用煤的问题,咱们可以向俄罗斯去买。而且也不仅是煤,还有许多别的东西咱们都得向俄罗斯去买,像木材、钢铁工业的产品,以及其他等等,咱们将要用上等的小麦和石油来和它交换。”

“可是脱离俄罗斯对咱们有什么好处呢?”

“好处是很明显的。首先可以摆脱政治上的监护,恢复咱们那种被俄罗斯沙皇给取消了的制度,把所有迁移进来的‘外来户’都给遣送出境。在十年之内,用从国外输入机器的方法,把咱们的经济生活大大提高,发展到十倍。这块土地是咱们的,咱们的祖先为它流过血,用他们的骨头当作了肥料,但是咱们这些俄罗斯的奴隶,把俄罗斯的利益保护了足有四百年,根本没有想到过自己的问题。咱们有几个海口。咱们将要有最强大的和能征善战的军队,不仅是乌克兰,就连俄罗斯也不敢侵犯咱们的独立!”

伊兹瓦林是个中等个子、身材匀称、肩膀宽阔的人,是一个典型的哥萨克:长着一头颜色像没有成熟的燕麦一样的弯弯曲曲的黄头发,微黑的脸,扁平的白皙的额角,只有两边脸蛋上晒出了一层黑印,这层黑印一直齐到白色的眉毛。他用一种平匀的谦虚的男高声说话,谈话时候有一种尖利地弯起左眉毛和不知道为什么总是很特别地抽动那小小的钩鼻子的习惯;由于这种习惯,他就很像总在闻着什么东西似的。坚定的步伐、举止上和褐色眼睛的坦率的目光里所表现的自负神情,使他和团里其余的军官们有了显著的差别。哥萨克都非常尊敬他,简直比对团长还要尊敬。

伊兹瓦林和葛利高里谈了很久,于是葛利高里觉得,不久以前才在他脚底下坚固起来的土地又变得松软了,他又感觉到了在莫斯科的司涅基列夫眼科医院里和贾兰沙谈话时候所感觉到的那种苦闷心情。

十月社会主义革命以后不久,他和伊兹瓦林作了下面的一次谈话。

被许多矛盾所激动的葛利高里小心翼翼地探询着关于布尔什维克的问题:

“请你说一说，叶菲姆·伊万内奇，照你看来，布尔什维克们的意见是对呢，还是不对呢?”

伊兹瓦林把一边的眉毛弯成了三角形，很滑稽地皱着鼻子，哇哇叫道：

“他们的意见吗？哇哇……我的亲爱的，你好像是个刚生出来的孩子……布尔什维克有自己的计划，有自己的目的和希望。布尔什维克从他们本身的观点来看是正确的，然而咱们却是要从咱们本身的立场来看问题。你知道布尔什维克的党叫什么名字吗？不知道吗？哼，你怎么会不知道？俄国社会民主工党。明白了吗？是工人的政党！现在他们向农民和哥萨克讨好，但是他们的主要成分是工人阶级。他们使工人阶级得到解放，也许农民得到的是一种新的更坏的奴役制度。生活上就不可能有使大家都平等的事情。布尔什维克占了上风——就使工人得到好处，其余的人就要过得不好。恢复君主政治——就会使地主和其他的人得到好处，其余的人就要过得不好。咱们既不要布尔什维克，也不要君主政治。咱们需要自己的政权，首先是要摆脱一切的监护人——不管是科尔尼洛夫，或是克伦斯基，或是列宁。不用他们咱们在自己的田地上也能搞好。上帝，咱们不要什么朋友，咱们自己来对付敌人。”

“但是大多数哥萨克都很拥护布尔什维克呢……你知道吗?”

“葛利沙，好朋友，你要明白这种基本的东西：目前哥萨克、农民和布尔什维克是同路的。你知道为什么吗?”

“为什么?”

“因为……”伊兹瓦林笑起来了，“因为布尔什维克拥护和平，拥护立刻就实现和平，因为哥萨克现在也讨厌打仗啦!”

他响亮地往自己的绷得紧紧的黑脖子上拍了一下，把那一道惊愕地竖起的眉毛放平，喊叫道：

“所以哥萨克就感染了布尔什维主义的气味，而且和布尔什维克齐步前进了。不过，只要战争一结束，布尔什维克把手往哥萨克的政权方面一伸，哥萨克和布尔什维克就要分道扬镳啦！这是已经注定的，在历史的发展上是不可避免的。在今天的哥萨克的生活方式和社会主义——布尔什维克革命的终极目的——之间有一道不可逾越的深沟……”

“我说……”葛利高里沙哑地嘟囔着，“我一点儿也不明白……我弄不清楚这个问题……我就像在草原上的大风雪里迷了路……”

“这个问题你是避免不了的！生活会逼着你去理解，而且不仅是逼着你去理解，还要用尽力量把你往某一方面推去。”

这场谈话是在十月下旬进行的。但是葛利高里在十一月里无意中遇到了另外一个哥萨克，这个哥萨克曾经在顿河地区的革命历史上发生过不小的作用，——葛利高里遇到了菲约陀尔·波得捷尔珂夫，于是经过短短的动摇以后，从前的真理又在他心里占了上风。

这一天，从晌午起就落开了夹杂着雪粒的雨。黄昏以前天晴了，葛利高里决定到同乡——第二十八团的准尉德洛兹陀夫住的地方去。过了一刻钟，他已经在垫子上擦着靴子，敲德洛兹陀夫的房门了。屋子里乱摆着几盆枯瘦的无花果和一些破烂的家具，屋里除了主人以外，还有一个身体强壮而又结实的哥萨克，脊背朝着窗户，坐在一张折叠式的军官用的行军床上，他戴着御林军炮兵的上士肩章。他略微驼着一点背，把两条穿着黑色呢裤子的腿大大地劈开，把两只长着一层红毛的大手放在同样宽大的圆膝盖上。军衬衣紧紧地裹着他的两肋，军衬衣在宽阔凸出的胸膛上几乎要崩裂开的样子。他随着门的响声扭了扭血色红润的短脖子，冷淡地看了看葛利高里，又把瞳孔的冷淡的光亮隐藏到略微肿胀的眼皮底下的狭窄眼眶里去了。

“你们认识认识吧。葛利沙,这差不多是咱们的邻居,霍派尔斯克河口镇的人,波得捷尔珂夫。”

葛利高里和波得捷尔珂夫一声不响地互相握了握手。葛利高里一面坐下去一面对主人笑着。

“我把地板都踩脏啦——你不骂吗?”

“不,别害怕。女房东会擦的……你要喝茶吗?”

主人是个身材矮小的、像泥鳅一样灵活的人,他用被烟叶熏黄的手指甲碰了碰火壶,遗憾地说道:

“只好喝凉的啦。”

“我不喝。别麻烦啦。”

葛利高里把纸烟递给波得捷尔珂夫。波得捷尔珂夫用粗大的手指头把密密地排列成白色行列的烟卷抓了半天,愤愤地说道:

“怎样也抓不住……你瞧,该死的东西!”

他终于把一支纸烟滚到烟盒盖上来,把含笑眯缝着的眼睛抬起来看着葛利高里,这样一来,眼睛显得更加细小了。葛利高里很喜欢他那种从容不迫的样子,问道:

“您是哪一个村子的?”

“我是克鲁托甫斯基村的人,”波得捷尔珂夫很高兴地说。“我是在那里长大的,最近这些年是住在克里诺甫斯克河口镇。您知道克鲁托甫斯基吗——您大概听说过吧?这个村子差不多和叶兰斯克搭界。你知道普列沙柯甫斯基村吗?好,这个村子过去就是马特悦耶甫村,紧挨着就是归我们镇管辖的裘珂夫诺甫斯克村,再过去就是我们的两个村子,我就是生在那儿的:上克鲁托甫斯基和下克鲁托甫斯基。”

整个谈话的过程中,他一会儿称呼葛利高里作“你”,一会儿又称呼他作“您”,话说得很畅快,有一次甚至于很自然地用沉重的手拍了拍葛利高里的肩膀。仔细卷起来的上唇的胡子在他那张略微有些麻子的、刮得光光的大脸上闪闪发光,潮湿的头发用梳子梳得很平整,在小耳朵的旁边蓬松起来,从左面起卷成了鬓角的样子。如果不是一个很大的翘起的鼻子和两只眼睛的话,他很可能给人一种愉快的印象。第一眼看上去,并看不出那两只眼睛有什么特别的地方,但是仔细看一看以后,葛利高里就感觉到了它们像铅一般沉重。两只像榴霰弹一样的小眼睛,在狭窄的眼缝里闪着光,就像是从炮口里面发射出来似的,把对面来的目光压倒下去,露着沉重的顽强神情在一个焦点上集中起来。

葛利高里好奇地仔细看了看他,发现了一个特征,就是在说话的时候,波得捷尔珂夫几乎一点也不眨动眼睛,——他把那种令人不快的目光盯在对谈人的身上,一面说,一面又把眼睛从这件东西移到另外的东西上去,这样就使他那被太阳晒焦的短睫毛总是下垂着,好像一动不动似的。他偶尔有时候垂下肿胀的眼皮,但是立刻就又很快地重新抬起来,眼睛里闪耀着榴霰弹一样的火光,用这种眼光扫射着周围的一切东西。

“这太好啦,老兄们!”葛利高里对着主人和波得捷尔珂夫说。“战争一结束——咱们就要照新的方式生活啦。建立‘拉达’①来统治乌克兰，咱们成立军人联合会。”

“是卡列金将军，”波得捷尔珂夫小声改正着他的说法。

“反正是一样。有什么分别呢！”

“的确是没有什么分别，”波得捷尔珂夫同意了。“咱们现在对于俄罗斯母亲是恭敬顺从的，”葛利高里继续转述着伊兹瓦林的话，想要探听探听德洛兹陀夫和这个御林军炮兵出身的人对这个问题是怎样看法。“咱们要有自己的政权，要建立自己的制度。咱们要把霍霍尔从哥萨克的土地上赶出去，咱们要把边境扩展出去——请他们别走近来！咱们要像古时候咱们的祖宗那样生活。我想，革命对咱们是很有利的。你以为怎样，德洛兹陀夫？”

主人微笑着，急急忙忙地活动着身体。

“当然，要好一点儿！庄稼佬把咱们的权力夺去啦，在他们的统治之下是没有生路的。而且那些官派的首脑都是德国人——什么封·陶贝，或者什么封·戈拉贝，以及各式各样的这一类的家伙也都滚他娘的蛋！他们把土地都分给这些德国军官……现在咱们可以松口气啦。”

“难道俄罗斯能和这种现象妥协吗？”波得捷尔珂夫并没有对着谁，轻轻地问道。

“大概会妥协的，”葛利高里很有把握地说。

“所以都是一样的玩意儿……依然是那样的菜汤，也许还要稀点儿哩。”

“怎么会是这种样子？”

“的确是这种样子，”波得捷尔珂夫迅速地转动着像炮弹火光一样的眼睛，用沉重的目光正对着盯住葛利高里。“仍然是些阿塔曼来压迫劳动的人民。你还是要在他们这些各式各样的老爷面前下跪，他们还是打你的耳刮子。也不会过……好日子……把石头往脖子上一拴——把你从山崖上推下去！”

葛利高里站起来了。在狭小的内室里来回走着，把波得捷尔珂夫的大劈开的膝盖碰了好几次；后来在他面前站住，问道：

“那么怎么办呢？”

“干到底。”

“什么干到底？”

“就是既然已经开头啦——那么就得耕完最后一垅地。既然打倒了沙皇和反革命，就应当竭力使政权转移到人民手里来。至于你说的这种话——是神话，是骗小孩子的胡说。古时候是沙皇压迫咱们，现在虽不是沙皇，却是另外一些人要来压迫咱们，咱们就会更加困难！……”

“波得捷尔珂夫，照你的意见是怎样呢？”

抬起来很困难的、像炮弹火光一样的眼睛又闪动起来，在狭小的屋子里寻觅着空旷的地方。

“要建立人民的政权……选举出来的政权。躲在将军们的手巴掌底下——还是要进行战争，咱们可用不着这个啦。要是在周围，在全世界，都能建立这样的政权就好啦。人民就再也受不到压迫啦，再也不会在战场上牺牲啦！还不是一样吗？！一条破裤子就算把它翻过来——反正窟窿还是那样多。”波得捷尔珂夫响亮地用手巴掌往膝盖上一拍，恶狠狠地笑了，露出了细碎的

---

① “拉达”——乌克兰（中央）拉达，成立于1917年3月2日（15日），是乌克兰民族主义的反革命资产阶级分子的执行机关。1918年1月底，“拉达”被起义的工人和农民驱逐掉；后来又依靠外国占领者的武装力量回到乌克兰，1918年4月29日，又被地主、富农和外国占领者撤销，因为那时候他们需要一个更强有力的政权。——作者原注。

数不清的坚固的牙齿。“咱们要远远地离开古代的生活,不然他们就把这种套给咱们套上,那比沙皇的套还要糟哩。”

“那么谁来管理咱们呢?”

“自己管理呀!”波得捷尔珂夫活泼起来了。“咱们要夺取自己的政权——这就是真理。只要把咱们的马肚带稍微松一松,咱们就能把卡列金的党徒推翻!”

葛利高里站在蒙着一层哈气的窗户前头,对着街上,对着一群正在玩一种很巧妙的游戏的孩子,对着对面房屋的潮湿屋顶,对着小花园里的光秃秃的黑杨树的苍灰色的枝子,看了半天,也没有听见德洛兹陀夫和波得捷尔珂夫为什么争论;他痛苦地竭力想把混乱的思想弄清楚,考虑着一个问题,下着决心。

他站了有十分钟,一声不响地在玻璃上画着姓名的头一个字母。窗户外头,一座矮小的屋子顶上是一轮没有生气的初冬的夕阳:好像是竖着放在生了锈的屋脊上,潮湿地放着紫光,它似乎立刻就要掉下来,往屋顶的那边或这边滚下来。被雨水打落的沙沙响的树叶子从公园里滚过来,从乌克兰和卢干斯克吹来的越来越料峭的寒风在市镇的上空发威。

诺沃契尔戈斯克是反革命将领和亡命徒的巢穴。邓尼金、鲁科姆斯基、马尔科夫、阿列克谢耶夫等主要白军将领于1917年11、12月先后到达此地,共商反革命大计。

1918年在卡敏斯克举行了前线哥萨克代表大会。葛利高里参加了这次大会。然而,卡列金将军却发出逮捕令,要逮捕全体大会代表。

哥萨克们知道了这个消息,一时间群情激奋,都主张反对诺沃契尔戈斯克政权。他们成立了顿河革命军事委员会。代表大会承认了苏维埃中央执行委员会。列宁宣告了这个重大事件。

卡列金企图玩弄花招,一面以顿河军政府的名义同顿河军委会的代表谈判,以争取时间,一面派出由柴尔涅曹夫上校指挥的军队进攻顿河军委会,结果遭到惨败。柴尔涅曹夫本人被俘后未经审判就被砍死了。

葛利高里不能容忍这桩杀俘虏的事件,后来,他腿部受伤,住了一个星期的医院便回家疗养去了。他很想逃避这个充满仇恨和难以理解的世界,他感到以前所发生的一切事情都是一片混乱,要探索出一条正确的道路是很困难的。

1918年年初,顿河的形势令人欣慰,卡列金的部队节节败退,只剩下147条枪保卫顿河屯州和诺沃契尔斯克,是没有希望了,老百姓不仅不支持他们,反而仇视他们。最后,卡列金在绝望中自杀了。

然而,到了1918年,顿河地区的革命形势却发生了逆转。这主要是因为个别红军部队纪律不好,引起顿河下游一些村镇居民的暴动。为此,顿河人民委员会苏维埃主席彼得捷尔科夫决定带一支远征队去北方,想在那里动员起一些上过前线的士兵,组成三四个团,然后去打德国人和平息暴动。

但是,哥萨克们不愿同自己人打仗,他们希望和平,彼得捷尔科夫手下的部队军心涣散,只有少部分人跟着他,他本人也清楚地感到,一旦交手,必定失败。于是,他接受了暴动的哥萨克代表的条件,交出了武器。但是,暴动的哥萨克却改变了态度,杀害了彼得捷尔科夫和全体战士。

鞑靼村暴动期间,彼得罗成了反赤卫军队伍的头目,葛利高里等人也参加了这支队伍。村里的珂晒沃依和丁钧儿从村中逃跑去寻找红军,然而,一个被俘,被判打十二鞭子,送上前线,另一个却被打死在路上了。

卷　六

1918 年 4 月顿河流域发生了大分化。顿河上游北方各区的哥萨克大部分跟随红军撤退，下游南方各区的哥萨克则拥护白卫军的政权。白卫军召开了“拯救顿河大会”，推选克拉斯诺夫将军担任军区司令官。为加快消灭布尔什维克的步伐，协约国也参与了战斗。

彼得罗和葛利高里兄弟俩一起向北进军，途中接到命令，他们要各自率领连队的一半人去不同的地方报到。彼得罗这时向弟弟说出了自己的担忧：他担心葛利高里动摇，会再跑到红军那边儿去。葛利高里未置可否，兄弟俩就分手了。然而，与红军打过几次仗之后，葛利高里渐渐憎恨起布尔什维克来了。他觉得正是布尔什维克使他抛弃了土地，他们是生活中的敌人，这种情绪也在其他哥萨克身上蔓延着，他们把这场战争归咎于布尔什维克。于是，哥萨克把仇恨发泄在虐待俘虏和抢劫上。葛利高里不知为什么却不习惯这样，他严令禁止自己的部下杀俘虏、抢东西。为此，上级撤销了他的连长的职务，把他降为排长，葛利高里非但不沮丧，反而为不用对一连人的生命负责而高兴。

当年年底，红军转入进攻，迫使哥萨克队伍后退。葛利高里冷漠地注视着战争的进程，相信仗不会打太久，因为哥萨克们对战争怨言纷纷，盼望和平。撤退的洪流一发而不可收拾，葛利高里和彼得罗也都先后离队回到了鞑靼村。

1919 年年初，红军去鞑靼村建立了苏维埃政权，伊万·阿列克赛耶维奇担任苏维埃主席，珂晒沃依担任了副主席。葛利高里觉得，无论将军还是布尔什维克，都不合他的心意，他站在两种原则的斗争中间，在他心里郁集着出路的问题。这时，革命的形势并不稳定，顿河沿岸的村庄里纷纷谣传：肃反委员会和革命军事法庭对当过白军的哥萨克做了不公正的审判。这引起人心惶惶，鞑靼村的哥萨克们每天夜里都聚集在街头巷尾打听消息。2 月，红军根据珂晒沃依开的名单，在村里逮捕了拒交军款的哥萨克。名单上包括葛利高里和他的卧床不起的父亲潘苔莱·普罗珂菲耶维奇。葛利高里躲出村子，逃过了这次逮捕。被捕的七个人押到月申斯克镇的军事法庭，简单审问之后，全部被枪毙了。这件事立刻在全村传开了，顿河上游因此而骚动起来，哥萨克们发动了叛乱。

第二十八章

用马粪坯砌成的小窝棚里散发着干粪的气味，霉烂的谷草和牲口吃剩的羊草气味。白天，有灰色的光亮透进用香蒲修盖的屋顶来。有时候太阳也像隔着筛子一样，照进用树枝条编成的板门。夜里眼睛刺疼。老鼠吱吱叫。寂静……

女主人每天晚上偷偷地送东西来给葛利高里吃一次。他身旁放着一只装满水的大罐子，半截埋在粪堆里面。一切事情都很如意，只是把烟抽完了。葛利高里头几天非常痛苦，因为没有烟抽，简直瘾得不得了。第二天早晨他在土地上爬着，收集了一把干马粪，放在手巴掌上捻碎，抽起来了。晚上主人和他老婆一同送来了两张从福音书上撕下来的破纸片、一盒洋火和一把混合烟草：干木樨和自种的、还没有成熟的“酒白克”[①]烟草根。葛利高里很高兴，就拼命抽得呕吐了起

① “酒白克”是一种上等的土耳其烟草。——译者注。

来，而且头一次躺在高高低低的粪堆上，把脑袋蒙在衣襟里，像鸟把脑袋藏在翅膀底下一样，沉酣地睡熟了。

早晨主人把葛利高里叫醒了。他跑进小窝棚，尖声喊叫道：

“你还睡哪？起来吧！顿河造反啦！……”他响亮地哈哈大笑着。

葛利高里从粪堆上跳下来了。有几普特重的马粪坯，像雪崩一样，跟着他的身子噼噼啪啪地掉了下来。

“出了什么事情啦？”

“叶兰斯克和月申斯克对岸的人都暴动起来啦。佛明和全部政权都从月申斯克逃到陶根去啦。好像嘉桑斯克、叔米林斯克和米古林斯克人也都发动起来啦。你明白是怎么一回事情了吗？”

葛利高里的额角上和脖子上的青筋都迸起来了，瞳仁里冒出了绿色的火焰。他掩饰不住自己的愉快：说话的声音哆嗦着，黑色的手指头毫无目的地在军大衣的钮子上滑来滑去。

“可是你们……村子里呢？什么？怎么样？”

“什么也没有听说。我刚才还看见主席啦——他笑着说：‘对我来说，反正是一样，只要是有一位神，我对什么神祷告都行。’你从你的窝里爬出来吧。”

他们往屋子里走去。葛利高里大踏步往前走着。主人紧跟在他的身旁，讲述着：

“第一个起事的是叶兰斯克的红土崖村。前天有二十个叶兰斯克的共产党员上柯里甫斯克和普列沙柯甫村去逮捕哥萨克，但是红土崖村的人听见了这个消息，他们就开了一个会，决定：‘咱们对这种压迫还要忍耐到什么时候啊？把咱们的父亲逮捕啦，立刻就要轮到咱们啦。备上马，咱们去把被捕的人抢回来。’于是聚集了有十五个人，都是些强悍的小伙子，由一个曾经打过仗的、姓阿特兰诺夫的哥萨克率领着他们。他们只有两支步枪，有的人拿着马刀，有的人拿着长枪，还有人拿着叉子。他们穿过顿河，往普列沙柯甫去啦。共产党们正在梅里尼珂夫家的院子里休息。红土崖村的人都骑着马列成阵势往院子里冲去，但是院子外头围着一道石头围墙。他们冲了一下子——就又退回去了。共产党员打死了他们一个哥萨克，愿他在天堂幸福。共产党员对着他的背后开了几枪，他就从马上掉下来，倒在篱笆上啦。普列沙珂夫的哥萨克把他抬到官马圈里去。可是这位好汉子的一只手却冻在篱笆上啦……好，只好把这只手拉下来。就在这个时候，苏维埃政权的末日来到啦……”

葛利高里在屋子里拼命把剩余的早饭都吃光了，和主人一同走到街上去。在胡同角落里，哥萨克们就像过节日一样，成群结队地站在那里。葛利高里和主人走到一堆人的前头去。哥萨克都把手举到帽子上回答敬礼，他们好奇地和若有所待地打量着葛利高里的陌生身形，很沉着地回答着问题。

“这是自己人，诸位哥萨克！你们别怕他。你们听说过鞑靼村的麦列霍夫家吗？这是潘苔莱的小儿子葛利高里。他是为了怕被人杀害躲到我家里来的，”主人很自豪地说。

刚一开口谈话，就有一个哥萨克讲起列舍托甫斯克村的人，杜布洛甫克村的人和柴尔诺夫村的人怎样把佛明从月申斯克赶出去的事情来了，——但是这时候，在紧靠着陡立的白灰色山坡的街头上出现了两个骑马的人。他们顺街道跑着，在每一堆哥萨克跟前都停一停，掉转马头，挥舞着双手，也不知道喊叫些什么。葛利高里很热心地等候他们走过来。

“这不是咱们的人，不是大鱼村的人……这不知道是从哪儿来的信差。”那个哥萨克仔细看了看，就停住讲述占领月申斯克的故事，说。

两个骑马的人穿过邻近的一条胡同，跑到跟前来了。前面的一个老头子披着一件棉衣，没有戴帽子，红涨的脸上流满了汗，灰白的鬈发披散到额角上，他英气勃勃地勒住马，拼命把身体往后一仰，右手往前伸出去。

“哥萨克们，你们为什么像老娘们儿一样站在胡同里呀?!”他用哭的声音喊叫道。急出来的眼泪使他的声调像裂帛一样，激动使他的紫色脸蛋子直哆嗦。

他身底下骑着一匹很年轻的、只有四岁口的骒马，这匹马是枣红色，白鼻梁，长着一条像麻一样的大尾巴和四条像用钢铁铸成的瘦腿，而且还没有生过马驹。这匹马哼哧着，直咬马嚼子，蹲下去，又直立起来，要求放松缰绳，好使它重新欢蹦乱跳地飞跑，好使风重新吹进它的耳朵，吹得马鬃飕飕响，好使被严寒冻结住的、轰隆轰隆响的大地重新在它的光滑的蹄壳底下喧闹起来。骒马的薄皮肤里面的每一根筋络都在跳动。脖子上的纵筋跳动着，闪闪发光的粉红色的鼻孔哆嗦着，但是像宝石一样鼓出来的眼睛，往外努着充血的白眼珠子，严厉地和恶狠狠地斜看着主人。

“静静的顿河的儿子们，你们为什么站着呀?”老头子把眼光从葛利高里身上移到其余的人们的身上，又喊叫道。“他们一心想要枪毙你们的父老，抢夺你们的财产，委员们嘲笑你们的信仰，可是你们还要嗑葵花子和往游戏场上去吗？你们是在等候他们用绳套勒住你们的脖子吗？你们要拉着女人的裙子拉到什么时候呀？整个的叶兰斯克镇区，不论老少都起来啦。把月申斯克的红党都赶跑啦……可是你们这些大鱼村的哥萨克呀！难道说你们的性命不值钱吗？难道说你们的血管里流的不是哥萨克的血，而是庄稼佬喝的克瓦斯吗？起来吧！拿起枪来！柯里甫斯克村派我们来动员所有的村庄。哥萨克们，上马吧，现在还不晚!”他把两只疯狂的眼睛盯住了一个老头子的熟识的脸，非常愤怒地喊叫道：“你为什么站在这儿，谢苗·贺里斯托佛洛维奇?红军在菲洛诺窝附近把你的儿子砍死啦，你倒想躲在炕头上吗?!”

葛利高里没有听完，就跑到院子里去。他飞跑着从小窝棚里牵出自己那匹藏在那里的马来；从粪堆里刨出马鞍子，把指甲都抠出血来了，像疯子一样，一溜烟似的从大门里飞跑出去。

“走啊！耶稣救主!”他对着走到大门跟前来的主人大喊了一声，趴在前面的鞍头上，全身都贴在马脖子上，沿街荡起了像旋风一样的白色雪雾，用鞭子抽马的两肋，使它放足速度跑起来。雪雾从后面包围住了他，马镫在脚底下直滑，麻木了的双腿摩擦着鞍翅。四只马蹄子在马镫底下迅速地捯动着。他感觉到一种非常强烈的愉快，感觉到无比强大的力量和决心，使他不由自主地从嗓子眼里发出吱吱叫的和咕噜咕噜响的哼哧声。他心里的被压制着的和隐藏着的感情解放出来了。从现在起，他的道路很清楚了，就像是月亮照耀着的一条大道。

他像野兽一样藏在马粪坯的小窝棚里面，像野兽一样留神听着从外面传来的每一个声响和每一句说话的声音，在这些痛苦的日子里，他把一切都考虑过和斟酌过了。好像他过去并未曾有过寻觅真理，动摇转变，以及进行严重的内心斗争的日子。

那些日子已经成了过眼的云烟，现在他觉得他从前的寻求简直是浪费和无聊。从前他想的是什么呢？为什么心灵上就像一只被围捕的受惊的狼一样，要往来奔窜，寻求出路，希望解决矛盾呢？生活本来是很可笑、很简单的。现在他觉得生活上根本没有这样一种可以使一切人都能在它的覆盖之下感到温暖的真理，他怒火冲天地想着：每一个人都有自己的一条真理，都有自己的道路。只要太阳还照耀着人类，人类的血管里还流着热血的时候，就要继续斗争下去。要和那些想夺去他的生命和生存权利的人进行搏斗。人类就总是为了一块面包，为了一块土地，为了生活的权利而进行斗争，而且还要继续斗争下去。应该和那些打算霸占生活和把持生活权利的人们进行斗争；要坚决地斗争，不能动摇，——就像是被夹住似的，——使仇恨心强烈起来，使斗争心坚定。只要不使感情受到压迫就好，要使感情像疯狂一样奔腾，——这就是一切。

哥萨克的道路和失去土地的庄稼佬的俄罗斯的道路，和工厂工人的道路是互相冲突的。要和他们斗争！把用哥萨克的血浇灌过的、顿河沿岸的肥沃土地拼命从他们脚底下夺回来。把他们像赶鞑靼人一样，赶出州界以外去！叫莫斯科吓得发抖吧，叫它缔结耻辱的和约！狭路相逢是不能让路的，——不管谁把谁打倒，——一定要打倒一个。已经试验过啦：把许多团的红军放进军州的土地上来过啦，试验的结果怎样呢？但是现在——拿起刀来吧！

葛利高里一面骑着马在顿河的白色的河面上奔跑，一面心里怀着一种盲目的仇恨这样想着。他的心里有一会儿工夫发生了矛盾："这是财主和穷人的斗争，并不是哥萨克和俄罗斯的斗争……米海伊尔·珂晒沃依和科特里亚洛夫也是哥萨克，而且全都是红军……"但是他又狠狠地赶走了这些念头。

鞑靼村已经可以看见了。葛利高里松了松缰绳，使满身冒汗沫的马变成小跑。在街口地方又把马夹了一下子，马用胸脯子往门板上一撞，跑进了院子。

鞑靼村召开村民大会，动员16岁到70岁的哥萨克都拿起枪来，并把参加作战的人编成两个连，彼得罗担任了骑兵连长。

月申斯克镇成了暴动的中心。叛军保留了苏维埃政权的形式和"同志"的称呼，提出"拥护苏维埃政权，但是反对共产党，反对枪毙和抢劫"等富有煽动性的口号，红军与叛军展开了激烈的战斗。

彼得罗指挥的鞑靼村的骑兵连在一次战斗中被红军包围，彼得罗和另外十名哥萨克投降后被处死。同村人珂晒沃依亲手枪毙了彼得罗。

彼得罗死后，叛军司令部任命葛利高里担任月申斯克团团长，普罗霍尔·泽珂夫当了他的传令兵，此后，其他村镇的叛军陆续加入葛利高里的队伍，他的人马逐渐增多到三千多人，每当看到自己的骑兵队浩浩荡荡行进的行列，他感到强烈的自豪和愉快，但又有一种战战兢兢的心情和酸涩痛苦的滋味，他担心自己的才能是否能统率几千人，而主要的是，他并不知道带领他们去反对什么人，不知道谁是对的。这种担心和痛苦往往超过了掌权升官的快感。他率领叛军与红军屡次交战，而且表现得十分骁勇。

叛军的队伍在不断扩大，已经有二万五千名骑兵和一万名步兵，编成了五个师和一个独立旅，葛利高里任师长，指挥第一师。葛利高里在司令部会议上发现，是一个白军中校在左右形势，他不由得在心中暗暗警惕这些人借哥萨克来达到自己的目的。葛利高里开始酗酒作乐，跟女人胡混，战争的残酷使他陷入苦闷和冷漠。当他回鞑靼村探家，妻子娜达莉亚指责他在外面生活放荡时，他说：生活实在是真正的罪犯，战争把我的一切都吸干啦，我自己都害怕自己啦……如果往我的心里看看，那是一片漆黑，好像在一口枯井里。这时候即使是与婀克西妮亚幽会，也不能唤起他内心的真正喜悦。

四月里，叛军和白军即将联合起来，苏维埃政权面临巨大的威胁，红军必须在叛军和白军联合之前，尽一切力量把暴动镇压下去。红军开始把优秀的兵团调往顿河战场，把叛军封锁在顿河上游地区的范围以内，大军压境，叛军所处的危险境地已十分清楚。斗争白热化了。这时，红军塞尔道布斯基团却投降了叛军。鞑靼村的苏维埃主席伊万·阿列克赛耶维奇和珂晒沃依都在这个团。珂晒沃依在团队投降之前离队向上级去报告,幸免于难,施托克曼在劝说战士们不要上叛徒的当时牺牲。伊万·阿列克赛耶维奇被俘后,在押送途中经过鞑靼村,被彼得罗的妻子妲丽亚开枪打死了。

1919年5月红军增援部队源源不断地开来,叛军节节撤退,直到同大批难民一起退到顿河左岸,葛利高里率领的第一师压阵,最后渡过顿河。

卷　七

顿河军组成强大的突击兵团,与红军清剿队展开激战。1919年6月,白军冲破红军的防线,和顿河叛军在月申斯克会师。叛军司令部为此举行了庆祝宴会。会上白军军官发表演说,教训哥萨克的军官们,让他们明白是白军帮助了他们,他们应该为一度投降红军而戴罪立功。这种盛气凌人的态度深深激怒了葛利高里,他离席拂袖而去。随后他和自己的传令兵回鞑靼村探亲去了。

黎明时候他们走进了鞑靼村。葛利高里在自家院子的大门口下了马,把马缰绳扔给普罗霍尔,急急忙忙地和心情激动地往屋子里走去。

不知道为什么,娜达莉亚半披着衣服走到门洞里来了。她一看见葛利高里,她的两只惺忪的眼睛里就闪烁着耀眼的愉快的火星,使葛利高里的心里哆嗦了一下,忽然两只眼睛不由自主地湿润了。但是娜达莉亚一声不响地抱住自己的唯一的亲人,全身紧靠在他身上,葛利高里从她的肩膀上的哆嗦样子了解到她正在哭。

他走进屋子,亲过两位老人家和睡在内室里的孩子,在厨房当中站住了。

"喂,你们怎么过的?什么都太太平平吗?"他激动得喘着气,问道。

"托老天爷的福,好儿子,我们有点儿害怕,怕他们欺负我们,幸亏没有这样,"伊莉妮奇娜急急忙忙地回答,斜眼看了看正在哭的娜达莉亚,严厉地向她喊叫道:"应该高兴呀,可是你号丧,混蛋!哼,为什么闲站在那儿不干活儿!拿劈柴去,生炉子……"

在她和娜达莉亚急急忙忙地做早饭的时候,潘苔莱·普罗珂菲耶维奇给儿子拿来一条手巾,建议说:

"你洗洗脸,我给你手上浇浇水。浇水可以使脑筋清醒……你身上一股酒味。大概昨天因为高兴喝酒了吧?"

"酒是喝啦。不过现在还不知道:究竟是因为高兴呢,还是为了苦恼……"

"这是怎么回事?"老头子感到说不出的惊愕,问。

"因为谢珂列乔夫太恨咱们啦。"

"唉,这没有什么倒霉。真是他和你一块儿喝酒了吗?"

"是啊。"

"请你说说!你真正走运气呀,葛利希加!你和一位真正的将军坐在一张桌子上喝酒!真是想不到!"于是潘苔莱·普罗珂菲耶维奇亲热地看着儿子,高高兴兴地咂了咂舌头。

葛利高里笑了。不过他怎样也不能有像老头子那样的天真的高兴心情。

葛利高里很认真地询问牲口和财产是不是都保存住了,粮食损失了多少,但是他发觉,又和从前一样,关于家务事的谈话一点也不使父亲发生兴趣。好像老头子的脑子里有一件非常重要的事情,使他心里很烦恼。

而且他很快就把心事说出来了:

“葛利希加,现在怎么办?真的还要去当差吗?”

“你这说的谁呀?”

“说的老头子们呀。譬如说,会把我动员出去。”

“现在还不敢说。”

“那么说,还是要出发吗?”

“你可以留在家里。”

“你说的真好!”潘苔莱·普罗珂菲耶维奇高高兴兴地喊叫着,激动地在厨房里瘸着走来走去。

“你坐下吧,瘸鬼!你别用脚弄得一屋子都是垃圾!你高兴啦,乱跑一阵,活像一条瘦狗,”伊莉妮奇娜严厉地对他吆喝。

但是老头子一点儿也不去理会她的吆喝。他从桌子旁边到炉子跟前来回瘸着走了好几趟,一面笑,一面擦手。这时候他提出了一个疑问:

“你能放我回家吗?”

“当然,我可以。”

“你能写一张证明书吗?”

“当然可以!”

老头子迟疑了一会儿,但是仍然问道:

“证明书这玩意儿……没有印可不行。莫非你身上带着印章吗?”

“没有印章也能行!”葛利高里笑着说。

“啊,那敢情没有什么话说啦!”老头子又高兴起来了。“上帝保佑你健康!你打算什么时候走啊?”

“明天。”

“你的队伍开到前面去了吗?上梅德月吉次克河口去吗?”

“是的。爸爸,你别担心你自个儿的事吧。反正不久就会把像你这样的老头子都放回家去的。你们已经服完了兵役。”

“上帝保佑吧!”潘苔莱·普罗珂菲耶维奇画了一个十字,看来是完全安下心去了。

两个孩子醒了。葛利高里把他们抱在手里,放在自己的膝盖上,轮流着亲他们,含着笑,听他们高高兴兴地唠叨了半天。

这两个孩子的头发发出的气味真香呀!散发着太阳、青草和温暖的枕头气味,还有一种无限亲近的气味。他们——这都是他的亲骨肉——就像是草原上的小鸟。父亲的两只抱住他们的、又黑又大的手,显得非常笨拙。这个才刚刚离开鞍马一昼夜的骑士,处在这种和平环境里,显得陌生极了,——他浑身还散发着刺鼻子的大兵气味和马汗气味,散发着苦涩的行军气味和皮带的臭味……

葛利高里的眼睛里笼罩上了一层云雾似的泪痕,胡子底下的嘴唇直哆嗦……他有三次没有回答父亲的问话,直到娜达莉亚走到桌子旁边去,拉了拉他的军衬衣的袖子的时候才明白过来。

不对，不对，葛利高里变得完全不像从前那个葛利高里了。要知道他向来就不是富于感情的人，就连在童年时代他也很少哭。但是这一回——却流出了这些眼泪，心脏隐约地和连续地跳动着，还有一种感觉，就像嗓子眼儿里有一只没有声音的小钟正在敲着……不过，这一切现象，可能都是因为在昨天夜里酒喝得太多了，而且整夜也没有睡觉的缘故……

妲丽亚把牛赶到牧场上去以后回来了。她把两片微微含笑的嘴唇凑在葛利高里的嘴上，当葛利高里用玩笑的姿势分开胡子，把脸凑给她的时候，她闭住了眼睛。葛利高里看见，她的睫毛好像被风刮得哆哆嗦嗦的，有一刹那闻到从她的丰润的脸蛋子上发出的胭脂香味。

现在的妲丽亚仍旧是从前那种样子。好像不论什么样的苦恼不仅不能压倒她，甚至于根本不能使她屈服。她活在世界上，就像一根红柳枝：又柔嫩、又美丽、又大方。

"你还是这样漂亮吗?"葛利高里问。

"就像道旁的闹羊花一样!"妲丽亚眯缝着闪闪发光的眼睛，脸上堆满了笑容，立刻走到镜子前头去，理了理从头巾里面披散出来的头发，更显得漂亮了。

妲丽亚就是这样的人。对于这个问题是没有办法的。彼得罗的死好像打击了她一下子，但是她所受的痛苦稍稍减轻一点以后，她变得更加贪恋生活了，更加修饰起外表来了……

把睡在仓房里的杜妮亚希珈唤醒了。全家人都祷告着，围着桌子坐下来。

"哎呀，你老啦，哥哥!"杜妮亚希珈很怜惜地说。"好像变成一只老灰狼啦。"

葛利高里隔着桌子沉默地和严肃地朝她看了看，后来说：

"我也觉得是这样。我老啦，你也到了该找个新郎的时候啦……不过我只有一句话对你说：从今天起你就忘掉米希卡·珂晒沃依吧。如果以后叫我听见，你还要提到他，我就踩住你的一只脚，抓住另外一只脚，就像撕癞虾蟆一样，这样一撕！明白了吗?"

杜妮亚希珈脸涨红了，红得像罂粟花一样，含着眼泪看了看葛利高里。

葛利高里的恶狠狠的眼光一直盯住了她，在他那整个的很残忍的脸上——胡子里面的呲出来的牙齿上，眯缝着的眼睛里——更加显明地露出了麦列霍夫家所固有的那种兽性表情。

然而杜妮亚希珈也是这种血统啊：她的窘急和委屈的心情稍微平复一点以后，她就轻轻地、但是毅然决然地说：

"哥哥，您知道吗？我是没法子对心下命令的呀!"

"要把这种不肯听你的命令的心丢掉。"葛利高里冷淡地劝说道。

"好儿子，你可不该说这种话……"伊莉妮奇娜心里想。但是这时候潘苔莱·普罗珂菲耶维奇插嘴到谈话里来了。他砰一声用拳头往桌子上一敲，大叫道：

"狗崽子，你给我住嘴！不然的话，我就叫你看看这个心是怎么回事，把你的头发都给你揪光！啊呀，你这个小浪妇！我立刻就去拿缰绳……"

"爸爸，咱们家连一根马缰绳都没有啦。都给抢走啦!"妲丽亚露着劝说的神情截住他的话。

潘苔莱·普罗珂菲耶维奇愤怒地用眼睛对她闪动着，声调仍旧不肯压低，继续说着心里的话：

"……我去拿马肚带——我要把你这种妖精……"

"马肚带也叫红党拿走啦!"妲丽亚已经是响亮地插嘴说，仍旧用天真的眼睛看着公公。

这简直叫潘苔莱·普罗珂菲耶维奇不能忍耐了。他对着大儿媳妇看了一会儿，被无声的愤怒憋得脸色通红，一声不响地大张着嘴(这时候他很像一条从水里拉出来的青鱼)，后来就沙哑地喊叫道：

“住口，可恶的东西，×你八辈祖宗！话都不叫人说！这算怎么回事？杜恩珈，你要明白：我不准发生这种事情！我是用父亲的口气对你说话！葛利高里说的也对：如果你还要想这个坏小子——就宰了你也不多！别害相思病啦！这个绞人的刽子手迷住她的心啦！这还能算是个人吗？难道我能要这种出卖耶稣的人作我的女婿吗？他现在要是落在我手里的话，我就亲手要他的命！不过我还要再说一遍：我要去拿树条子，把你狠狠地……”

“你就是白天里打着灯笼也别想在院子里能找到树条子啦，”伊莉妮奇娜叹了一口气说。“你就是在院子里转上一圈，想找一点生火的树枝子都办不到。这算过成什么样的日子啦！”

潘苔莱·普罗珂菲耶维奇对这种天真的解释，也认为是怀着恶意的。他用一眨也不眨的眼睛瞪着老太婆，像疯子一样跳起来，跑到院子里去了。

葛利高里扔掉勺子，用手巾捂住脸，一点声音也没有地大笑着，身子直摇晃。他的愤怒过去了，他好像很久没有这样笑过了。除了杜妮亚希珈以外，大家都笑了。桌子周围是一片愉快的活跃气象。但是等到潘苔莱·普罗珂菲耶维奇的脚步声刚一踩到台阶上的时候，大家的脸都一下子变得严肃起来了。老头子像一阵旋风似的冲了进来，背后拖着一根很长的赤杨树枝。

“这儿有！这儿有！足够你们这些可恶的长舌头老婆们受用的啦！你们这些长尾巴的妖精！……你们说没有树条子吗？！这是什么？老妖怪，我也给你拿来啦！你们都来给我试试看吧！……

厨房里容纳不下这根树枝子，老头子撞翻了一只铁锅，乒乒乓乓地把它扔在门洞里了，——他很困难地大喘着气，又坐在桌子旁边。

显然他的情绪已经被破坏了。他哼哼哧哧地、一声不响地吃着饭。其余的人也都不作声。妲丽亚一直把眼睛盯住桌子，不敢抬起来，很怕会笑出来。伊莉妮奇娜叹了一口气，只听见她轻轻地说：“噢，主啊.主啊，我们的罪过太重啦！”只有杜妮亚希珈一个人没有笑，还有娜达莉亚，除了在老头子不在的时候曾经露出一刹那痛苦的笑容以外，现在又变得心神很贯注而又很伤感的样子了。

“拿点盐来！拿面包来！”潘苔莱·普罗珂菲耶维奇偶尔用闪烁的眼睛瞟着家人们，恐吓地大声喊叫。

这场家庭的口角非常出人意料地结束了。在一片沉默当中，米沙特加又惹得老头子重新发作起来。米沙特加屡次听见奶奶在吵架的时候用各种村话来骂爷爷，当他看见爷爷准备要把大家都打一顿，而且对着全家吼叫的时候，他的小小的心灵上就深深地激动起来，——他的鼻孔哆嗦着，忽然响亮地说：

“你瞎吵什么，瘸鬼！顶好用棍子对着你的脑袋打下去，好叫你别再吓唬我们和奶奶！……”

“你这是说我……说爷爷……是吗？”

“是说你！”米沙特加英气勃勃地承认说。

“难道可以对爷爷……说这样的话吗？！……”

“那么你干么吵吵啊？”

“这小子居然这样凶吗？”潘苔莱·普罗珂菲耶维奇摸着长胡子，惊愕地瞟了大家一眼。“老鬼，这些话都是从你嘴里听来的！都是你教的！”

“谁教他啦？这个荒唐的小鬼完全像你和他的爸爸！”伊莉妮奇娜怒气冲冲地解释说。

娜达莉亚站起身来，打了米沙特加一下子，教训他道：

“不许学这种样子和爷爷说话！不许学！”

米沙特加把脸趴在葛利高里的膝盖上，大哭起来。但是潘苔莱·普罗珂菲耶维奇非常溺爱这个孙子，他从桌子旁边跳起来，流着眼泪，也不擦掉顺着长胡子流下来的泪珠，高高兴兴地喊叫道：

“葛利希加！好儿子！真有你妈妈的！老太婆说的话很对！是咱们家的！是麦列霍夫家的血统！……血统现在就表现出来啦！……这小子对谁都不输嘴！……小孙子！我的亲爱的！……好，你打我这个老混蛋吧，愿意用什么打都行！……揪住我的大胡子！……”于是老头子把米沙特加从葛利高里手里抢过来，高高地把他举到脑袋顶上去。

吃完早饭，大家都从桌子旁边站起来了。妇女们都洗起家伙来，潘苔莱·普罗珂菲耶维奇一面抽着烟，一面朝着葛利高里说：

“有件事要求你，好像有点儿不大方便，因为你是我们的客人，不过没有办法……请你帮忙把篱笆装好，把场院围起来，不然的话什么东西都弄得东倒西歪，如今去求别人也很困难。因为大家的产业也都同样破坏啦。”

葛利高里很高兴地答应了，于是他俩在院子里一直干活干到吃午饭，把围墙都装好了。

老头子一面在菜园子里埋着木桩子，一面问道：

“别人也不动手割草，我也不知道，要不要多买点儿草。对于家务事你是怎样看法？活儿还值得干吗？也许过一个月，红党又要来拜访，那时候不是又他妈的什么都白干了吗？”

“我不知道，爸爸，”葛利高里坦白地承认道。“我不知道事情会变成什么样子，也不知道谁会把谁打倒。日子就这样过下去吧，仓里用不着有多余的粮食，牲口棚里也用不着有多余的牲口。如今这个时候，这一切东西都没有什么用处。就拿我丈人来说吧，辛辛苦苦地干了一辈子，发了财，耗费了自己的血汗，也耗费了别人的血汗，到头来剩下了些什么呢？院子里只剩下了一片焦土！”

“小伙子，我也是这样想，”老头子压制着叹息，同意了他的意见。

关于家务事再没有多说什么。直到中午以后，老头子看见葛利高里正在特别仔细地安装场院上的小门，就露着恼恨和明显的伤心神情说：

“马马虎虎装装算啦。你干么这样费事呀？这扇门也不见得能安一辈子！”

看来，直到现在，老头子才明白自己为了使生活照老样子过起来所做的努力，完全是枉费心机……

太阳落山以前，葛利高里扔下工作，走到屋子里去了。只有娜达莉亚一个人在内室里。她正在像过节一样打扮得漂漂亮亮的。她身上穿着一条蓝色的呢子裙子和一件天蓝色的毛绸上衣，胸前绣着一朵花，两只袖口上镶着花边，这些衣服穿在她身上很匀称。她的脸上淡淡地笼罩上一层粉红色，因为她刚才用胰子洗过脸，所以显得闪闪发光。她正在箱子里找什么东西，但是一看见葛利高里，她就把箱盖放下，含笑站直了身子。

葛利高里坐在箱子上，说：

“你也来坐一会儿，不然明天我就要走，咱们就不能说话啦。”

她很驯服地坐在他的身边，用略微有些害怕的眼睛斜望着他。而且出乎她意料之外，他抓住她的一只手，亲热地说：

“你很丰满,好像没有生过病。”

“健康恢复啦……我们女人家都像猫一样,是很有生命力的,”她畏怯地笑着,低下头去说。

葛利高里看见了她的温柔地闪着粉红色光亮的、生着一层茸毛的耳朵壳和后脑勺子上头发缝当中的黄色皮肤,问道:

“脱头发吗?”

“差不多要脱光啦。我快脱成秃子啦。”

“我现在来给你剃剃头好吗?”葛利高里忽然提议。

“你这是为什么!”她害怕地喊叫道。“那样我会像个什么样子啦!”

“应该剃一剃,不然的话头发就再也长不出来啦。”

“妈妈已经答应用剪子给我剪剪啦,”娜达莉亚窘急地笑着说,迅速地把一块雪白的、上面印着深蓝色花纹的头巾披在脑袋上。

她坐在他的身旁,这是他的爱妻和米沙特加、波柳希珈的母亲。她为了他打扮得漂漂亮亮,脸洗得干干净净。她急急忙忙地披上头巾,为了遮掩住她在病后脑袋上的难看样子,她略微把脑袋往旁边歪着,坐在那里,显得十分可怜,外表很丑陋,然而内心却是十分美丽和纯洁。她向来穿的是高领衣服,为了不叫他看见她那从前破坏过的脖子上的伤痕。这一切都是为了他……一阵猛烈的温柔的巨浪袭击着葛利高里的心。他很想对她说几句温暖的、亲热的话,但是一时找不到字句,就一声不响地把她搂到自己怀里来,亲了亲她那白色的扁平的额角和忧郁的眼睛。

不,他对她从来没有这样亲热过。婀克西妮亚使娜达莉亚的整个生活都失去了光彩。娜达莉亚被丈夫所表现的这种感情弄得浑身直哆嗦,激动得整个内心像火烧似的,她抓住他的一只手,放到自己的嘴唇上。

他们一声不响地坐了一会儿,西沉的太阳把紫色的光亮照进了内室。孩子们在台阶上喧闹。他们听见,妲丽亚好像把烫手的铁壶从炉子里端出来,很不满意地对婆婆说:“大概您没有天天挤挤牛奶吧。不知道为什么那头老牛的奶出得少啦……”

牛群从牧场上回来了。许多头牛哞哞乱叫,孩子把用马尾编成的鞭子抽得啪啪响。村子里公用的公牛沙哑地和断续地吼叫着。它那像缎子一样的胸部垂肉和扁平的脊背都被牛虻咬得出了血。公牛恶狠狠地摇晃着脑袋;它一面走着,一面用它那两只宽宽地生在脑袋顶上的犄角触到阿司塔霍夫家的篱笆上,把篱笆撞倒,又往前走去。娜达莉亚往窗户外头看了看,说:

“公牛也撤退到顿河对岸去啦,妈妈说:村子里的枪声刚一响起来的时候,它就从河边牛棚那里泅水过河去啦,一直藏在河湾那儿啦。”

葛利高里若有所思地沉默了一会儿。为什么娜达莉亚的眼睛这样忧郁呢?而且这两只眼睛里面还有一种神秘的、不可捉摸的东西,忽而出现,忽而消灭。在愉快的时候她也这样忧郁,这似乎是不可理解的……也许她已经听说他在月申斯克和婀克西妮亚会见的事情了吧?最后,他开口问道:

“为什么今天你的脸色这样阴沉?你的心里觉得怎样,娜塔莎?你说说吧,行吗?”

他以为娜达莉亚会流眼泪,会责备他……但是娜达莉亚惊骇地回答:

“没有,没有,你是这样觉得,我什么也不……真的,我的身体还没有完全好呢。脑袋有点儿晕,如果低头或者举什么东西的时候——眼睛里就发黑。”

葛利高里疑惑地看了看她，又问：

“我不在家，你没有什么事情吗？……没有人惹你吗？”

“没有，瞧你说的！我一直躺在床上生病来着。”她一直对着葛利高里的眼睛看着，甚至微微露出了笑容。她沉默了一会儿，问道：“明天一早你就动身吗？”

“天一亮就动身。”

“多住一天不行吗？”娜达莉亚的声调里响着没有把握的、微弱的希望。

但是葛利高里否定地摇了摇头，于是娜达莉亚叹了一口气，说：

“现在你太……要戴肩章了吧？”

“要戴啦。”

“好，那么脱下衬衣来，趁现在还可以看见，我给你缝上。”

葛利高里哼哼着，把军衬衣脱下来。衬衣上的汗还没有干。军衬衣的背上和肩上还留着几条被武装带磨得有点儿发亮的地方，都还清清楚楚地可以看出潮湿的印子来。娜达莉亚从箱子里找出来一副被太阳晒得变了色的保护色肩章，问道：

“是这个吗？”

“是这个。你还收着哪？”

“我们把箱子埋起来啦，”娜达莉亚一面往针眼里穿线，一面模模糊糊地说，但是她又偷偷地把落满尘土的军衬衣放在脸上，使劲闻了闻这种咸津津的亲人的汗味……

“你这是干什么？”葛利高里奇怪地问道：

“这上头有你身上的味儿……”娜达莉亚眼睛闪耀着，低下头去，想要掩饰突然在脸蛋子上出现的红晕，开始迅速地用针缝起来。

葛利高里穿上军衬衣，皱着眉头，耸了耸肩膀。

“你戴着肩章好！”娜达莉亚露着说不出的愉快样子望着丈夫，说。

但是他斜眼看了看自己的左肩，叹了一口气：

“顶好是一辈子也不看到它们。你什么也不懂！”

他们又在内室里的箱子上坐了半天，互相拉着手，一声不响地各人想着各人的心事。后来，等到天色黑暗下来，渐渐地冷下去的土地上还能看到房子的紫色阴影的时候，他们到厨房里去吃晚饭了。

一夜无话，黎明以前星星在天空上照耀着，樱桃园里的夜莺一直唱到天光露出了鱼肚白色。葛利高里醒了，闭着眼睛躺了很久，倾听着夜莺的流利而又甜蜜的歌声，后来竭力不惊醒娜达莉亚，轻轻地起来，穿上衣服，走到院子里去了。

潘苔莱·普罗珂菲耶维奇喂过那匹战马，很殷勤地建议道：

“能等一等吗，在出发以前我给它洗洗澡好吗？”

“不用啦，”葛利高里说，被清晨的潮气一激，缩了缩脖子。

“睡得很好吗？”老头子问道。

“睡得好极啦！就是夜莺把我吵醒啦。倒霉，它们吵了一整夜！”

潘苔莱·普罗珂菲耶维奇把马料袋子从马身上摘下来，笑了笑。

“小伙子，这就是它们的工作，有时候你会羡慕这种神鸟的……它们不懂得什么是打仗，也不懂得什么是倾家荡产……”

普罗霍尔骑着马到了大门口。他的头脸都刮得光光的，仍旧像往常那样愉快和喜欢说话。他把马缰绳拴在一根柱子上，走到葛利高里跟前来。他的帆布衬衣烫得十分平正，肩膀上戴着新肩章。

“你也戴上肩章啦，葛利高里·潘苔莱耶维奇？”他走到葛利高里跟前以后，喊道，“该死的东西，它们都放旧啦！如今的肩章咱们是戴不完啦！直到死也足够戴的啦！我对我老婆说：‘混蛋，你别把它缝死。只要略微连上一点儿，别叫风刮掉就好啦！’不然的话，咱们的事情究竟会怎样呢？如果我一被俘虏，他们立刻就会从肩章上认出来，虽然我不是军官的阶级，然而总算是一个上士啊。他们会说：‘可恶的东西，你很会当差立功——也就痛快点儿把脑袋伸出来吧！’你看，我的肩章是怎么挂着呢？真滑稽！”

普罗霍尔的肩章的确没有缝死，只略微连着一点儿。

潘苔莱·普罗珂菲耶维奇哈哈大笑起来。他那年纪虽老、但是一个也没有掉的白牙齿在灰色的大胡子里闪烁着。

“这真是一个好样的战士呀！大概是只要一出点儿问题——立刻就把肩章扔掉吗？”

“那么，你认为——怎么样呢？”普罗霍尔冷笑着说。

葛利高里笑着对父亲说：

“爸爸，你看，我找的这个传令兵好不好？如果我跟他一块儿遇到什么倒霉的事——我决不会牺牲的！”

“不过要知道事情正像俗话所说的，葛利高里·潘苔莱耶维奇……你想今天就死，可是我要明天才死哩，”普罗霍尔解释说，轻轻地把肩章撕下来，小心翼翼地把它们塞进口袋去。“咱们走到前线上的时候，再缝上它们也不晚。”

葛利高里急急忙忙地吃过早饭，和亲人们道了别。

“圣母娘娘保佑你！”伊莉妮奇娜很激动地唠叨着，亲着儿子。“要知道我们只剩下你这一个儿子啦……”

“好啦，送得越远——流的眼泪就越多。再见吧！”葛利高里声调哆哆嗦嗦地说，走到马跟前去。

娜达莉亚把婆婆的一条黑色的头巾披到脑袋上，走到大门外头去。孩子们都拉着她的裙子边。波柳希珈不住气地哭着，抽抽搭搭地流着眼泪，央告母亲说：

“别放他走！别放他，好妈妈！打仗的时候会打死他的！好爸爸，你别上那儿去吧！”

米沙特加的嘴唇哆嗦着，但是他并没有哭。他很英勇地压制着自己，气哼哼地对妹妹说：

“别胡说啦，混蛋东西！那儿不会把所有的人都打死的！”

他牢牢地记住了祖父说的话，哥萨克从来是不哭的，如果哥萨克哭的话——那就是最大的耻辱。但是等到父亲骑在马上，把他抱到鞍子上，亲他的时候，——他惊讶地看到，父亲的眼睫毛潮湿了。这时候米沙特加也禁受不住考验了：他的眼泪像雹子一样滚了下来！他把脸藏在父亲的用皮带勒着的胸前，喊叫道：

“顶好叫爷爷去打仗！我们要他有什么用处呀！……我不愿意叫你去！……”

葛利高里小心翼翼地把儿子放在地上，用手背擦了擦眼睛，一声不响地赶动了马。

战马曾经有很多次，猛然转过身子去，用蹄子掘起自己家台阶旁边的土地，驮着他顺着大道，顺着没有道路的草原，往前线跑去，那里正有万恶的死神等候着哥萨克，那里正像哥萨克的歌曲所说的："每天，每刻都充满了恐怖和苦恼，"——但是葛利高里还从来没有像在这个可爱的早晨这样怀着如此沉重的心情离开过村庄。

他满怀着使他很烦恼的、模模糊糊的预感、焦急的担心和苦闷的心情往前走着，他把马缰绳扔在鞍头上，也不往回看，一直走到山冈地方，在一个十字路口上，一条尘土蔽天的道路往风车地方弯过去的地方，他回头看了看。只有娜达莉亚一个人还站在大门口，新鲜的清晨的微风直抢她手里那条像孝巾一样的黑色头巾。

* *

被风吹得翻滚的白云片在高高的蓝色天空上飘啊，飘啊。蜃气在波浪起伏的地平线上流动。马一步一步地往前走着。普罗霍尔骑在马上摇摇晃晃地打盹儿。葛利高里咬紧牙齿，不住地往后看。起初他还能看见绿色的柳树顶、银光闪闪的、奇奇怪怪地蜿蜒曲折的顿河水流和缓缓地扇动着的风车翅膀。后来大道往南方伸展出去。河边的草地、顿河、风车……都隐藏到被践踏过的庄稼后面去了。葛利高里嘴里吹着一个歌曲，牢牢地盯住出了一层小汗珠的金红色的马脖子，已经不再在马身上往回转身了……"战争去他妈的吧！在旗尔河沿岸打过仗，在顿河也打过，以后就要在霍派尔河沿岸、梅德月吉次克河沿岸和布祖卢克河沿岸轰隆啦。敌人的子弹在哪儿把他打倒在地上，归根到底还不是一样吗？"他心里想。

第二天夜里，葛利高里带着普罗霍尔回到了师指挥部。师参谋长考佩洛夫报告说，另一个师的指挥员菲茨哈拉乌洛夫将军传来口头命令，要他们明天去他的师部共同商量战斗任务。次日黎明，他们动身了，葛利高里在路上谈起自己在军官阶级中感到格格不入的苦恼，他说：他们只知道看重表面。譬如说，我在日耳曼战场上升到了军官的阶级。这是用流血换来的！可是我一走进军官的社会去——就像只穿着单裤从屋子里跑到严寒的院子里来似的。他深感到自己在这个圈子中被看成一只白乌鸦，不由得将红军的平等待人与白军军官对他的蔑视做着对比，以至于考佩洛夫说：一方面你是一个拥护旧时代的战士，另一方面——请你原谅我说话尖刻，又有点像个布尔什维克。照考佩洛夫的说法，葛利高里尽管是军官，但仍是个毫无礼貌教养的粗野的哥萨克。士官生出身的军官们看不起他也是很自然的，葛利高里听了却也不恼，嘿嘿一笑了事。

到了菲茨哈拉乌洛夫将军那儿，尽管他和葛利高里同样是指挥一个师，但对葛利高里说话时却用着命令的口吻，葛利高里强硬地声称不能服从他的指挥，便起身扬长而去。在这次谈话后，一种奇怪的冷漠心情控制了葛利高里，他决心不再冒着炮火率领哥萨克进攻了，他不愿意保护那些仇视他的各种各样的菲茨哈拉乌洛夫们，不愿为这些人卖命。

几天之后，哥萨克叛军被改编，为防止产生不满情绪，凡有战功的哥萨克都晋级加封，葛利高里也从少尉升为中尉，同时又被从师长降为连长。

这时，葛利高里的家中发生了一件不幸的事：他的妻子娜达莉亚从妲丽亚口中知道了葛利高里前次回家与婀克西妮亚幽会的事，感到万分痛苦和绝望，这时她已有两个多月的身孕，但她不能原谅丈夫，不愿再为他生孩子，便自己去找村里的产婆堕胎，产婆野蛮的堕胎方法造成娜达莉亚大出血，她因流血过多死去。

葛利高里在团部接到告知娜达莉亚死讯的电报，心里感到一种尖利的刺痛。他离开了前线，骑马飞奔了两昼夜，在娜达莉亚安葬后的第三天才到家，面对哀痛的父母和两个孩子，愧疚和刺心的痛苦再次强烈地袭上了心头，他觉得他要对妻子的死负责。当大家喝酒祭奠死者时，儿子怯生生地爬上葛利高里的膝头,告诉他说:妈妈嘱咐我,爸爸回来的时候,你替我亲亲他,叫他爱惜你们。全家默然,葛利高里几乎不能自制。

为了摆脱痛苦和思念,葛利高里提前归队,路上不断遇到开小差的哥萨克。会师后,叛军更加腐败,军官们酗酒作乐,哥萨克们烧杀抢掠,成群结队地逃跑,崩溃已经从内部开始。但白军还有很强的战斗力量,由于托洛茨基的错误计划,红军陷入了困难的局面。

十月初,斯大林到了南方前线,制定了一个粉碎南方反革命叛乱的战略计划。列宁和党中央批准通过了这个计划。等到这个计划一开始实现时,南方前线的情况就发生了强烈的变化。志愿军在奥勒尔——克洛姆方面的决战中的失败和布琼尼的骑兵在沃龙涅什地区的光辉战果,决定了斗争的结局:十一月里,志愿军往南退去,暴露出顿河军的左翼,顿河军也不得不撤退。

麦列霍夫家一年的工夫减少了一半人口。潘苔莱·普罗珂菲耶维奇有一次说阎王爷看中了他的家,这话说得很对。刚刚埋葬了娜达莉亚,过了没多久,妲丽亚又在顿河里淹死了。麦列霍夫家变得越发安静。大家都盼望着葛利高里的消息,潘苔莱·普罗珂菲耶维奇老头整日怒气冲冲。八月底,他又被动员到军队里去了,鞑靼村一切能拿起武器来的哥萨克也都上了前线。潘苔莱·普罗珂菲耶维奇两次开小差跑了回来。

十月份,普罗霍尔把患了伤寒、昏迷不醒的葛利高里送回家来,一个月以后他病愈了。他显得高大、瘦削,第一次起床,他对着窗外望了半天,好像还从来没有见到过这样可爱的冬天。他觉得一切东西都很不平凡,都充满了新奇和具有无限意义。他病后的视觉似乎敏锐起来了,于是,他就在他周围的环境里寻找新的事物和以前熟悉的东西所发生的变化。

葛利高里从未像现在这样对村子里和家庭里所发生的一切事物都感到好奇。他觉得生活上的一切现象都有了一种很神秘的新意义,一切都吸引着他的注意力。他用略微有点惊奇的眼睛望着他重新看到的世界。

大撤退开始了。村民大会决定,鞑靼村的哥萨克全都撤退,潘苔莱·普罗珂菲耶维奇与同村的另一位老头子约好一块走。

葛利高里决定带上婀克西妮亚走,婀克西妮亚仍然说:我跟你到天边上去也干。加上传令兵普罗霍尔,三人赶着爬犁上路了。走到库班地区,婀克西妮亚染上了伤寒,病势越来越重,葛利高里明白,再继续前进会加速她的死亡,出于不得已,他把婀克西妮亚寄养在当地一个人家里。

潘苔莱·普罗珂菲耶维奇也染上了伤寒,很快去世了,葛利高里在异乡埋葬了自己的父亲。

葛利高里和普罗霍尔撤退到诺沃罗西斯克。那里许多轮船正把俄罗斯的富商、地主、将军的家属和有名的政治活动家载运到土耳其去。码头上到处是军队,难民和货物,一片拥挤不堪的混乱景象。志愿军司令部为预防万一,先搬到开进港来的英国无畏舰“印度皇帝号”上。城里传说,轮船将专门运载志愿军。至于顿河人和库班人只能徒步开到格鲁吉亚去。葛利高里和其他一些哥萨克不能上船,又不愿去格鲁吉亚。他们留了下来。他们看到了红军。这是1920年的春天。

卷　八

婀克西妮亚在异乡养好了病,与人结伴回到了鞑靼村。伊莉妮奇娜来打听儿子的消息,从这一天起，麦列霍夫家和婀克西妮亚之间的关系大大地改善了。对于葛利高里生命的担心使他们亲近起来。

葛利高里和普罗霍尔在诺沃西斯克参加了布琼尼的队伍，葛利高里当了连长。自从参加了红军，他变得精神愉快，作战勇猛，说是要把过去的罪都赎过来才算完。在一次战斗以后，布琼尼还站在队伍前面，亲自和他握手，并且向连队和他本人致谢。

这年夏天，珂晒沃依从前线回来，与葛利高里的妹妹杜妮亚希珈结了婚。不久，伊莉妮奇娜一病不起，随后去世。婀克西妮亚征得杜妮亚希珈的同意，把葛利高里的两个孩子领回去抚养起来。

珂晒沃依当上了鞑靼村的革命军事委员会主席。他对参加过暴动的哥萨克很不放心，毫不掩饰对这些人（包括葛利高里）的仇视，他十分警惕地过着日子，注意地研究着村子里所发生的一切事件，经过战争的洗劫，鞑靼村的生活实在很不舒服，哥萨克们抱怨着日用品的缺乏，对苏维埃政权的不满情绪又在村子里暗暗地流动着，珂晒沃依和杜妮亚希珈也为这些事常发生口角。

这时，杜妮亚希珈收到葛利高里的来信，他信上说，在和弗兰格尔作战的前线受了伤，伤愈之后，很可能要复员回家了。

在复员回家的路上，葛利高里坐着牛车，想着自己的心事。打了七年仗，他已经厌烦透顶，一想到战争，他就感到一种内心的恶心和隐隐的愤怒。他打完仗啦，他打够啦，现在他回家去要干庄稼活儿，要跟孩子们和婀克西妮亚一起过日子，早在前线时，他就打定主意要把婀克西妮亚接到家里来，这件事办得越快越好。

葛利高里很舒服地幻想着：在家里脱掉军大衣和皮靴，穿上肥大的布靴子，照着哥萨克的习惯，把裤子套进白色的毛线袜筒子里去，把粗布斗篷披到棉袄上，然后到田里去。手扶着犁柄、踏着湿润的田垄跟在犁后头走那将舒服极了，他使劲呼吸着被翻起的泥土的潮湿的气味，吸着被犁铧耕断的草茎的苦味儿。在异乡，就是泥土和草的气味也是另一样的。

他的愿望没能实现。到家的当天晚上，已是他妹夫的珂晒沃依跟他进行了一场严肃的谈话。珂晒沃依要他明白：既然是部队不信任他，让他在这时候复员，那么这儿也不会相信他。照珂晒沃依的说法，就是不管把狼喂得多么好，它还是想往树林子里跑的。

葛利高里再三争辩，但很快他就明白了：无论什么样的保证都无法让珂晒沃依相信，他那种过庄稼人的太平日子的想法太简单了。

珂晒沃依命令葛利高里第二天就到月申斯克镇肃反委员会去登记。第二天黄昏，葛利高里从月申斯克登记回来，肃反委员会让他过一星期再作第二次登记。葛利高里很清楚，自己一定会被捕，或者干脆被枪毙。他决定在第二次登记前逃出村子。但是，离肃反委员会指定的日子还有三天的时候，妹妹杜妮亚希珈突然急急忙忙跑来，告诉说镇上来了四个骑马的人，珂晒沃依让他们把葛利高里押走。葛利高里当即离家逃跑了。他短短的和平生活就这样宣告结束了。

1920 年深秋，由于实行余粮征集制，哥萨克当中又发生了骚动，在顿河上游地区出现了一些小规模的武装匪帮，反对苏维埃政权，袭击征粮队，杀死共产党员和亲近苏维埃政权的哥萨克。

曾经是红军骑兵守卫连连长的亚克夫·佛明这时背叛了苏维埃政权，沦落为匪。第二年春天，走投无路的葛利高里遇到了佛明，这又是一个命运的十字路口，他必须选择一条道路：或者是继续流浪，过忍饥挨饿，无家可归的日子，在被告发之前悄悄死去；或者去自首；或者跟着佛明干下去。葛利高里觉得自己就像童话里的勇士一样，往左走，就会失掉马，往右走，就会被杀死……就是这样，三条大路，没有一条正路……他加入了佛明匪帮。

佛明每到一个村镇，就鼓动哥萨克加入他的队伍，宣传废除余粮征集制。但哥萨克们已厌倦打仗，他们对佛明的宣传报以谨慎冷漠的态度。

随着春耕季节的到来，土地在召唤人们返回家园，佛明匪帮迅速瓦解。在一次战斗中，匪帮被红军击溃，几个残兵败将——包括佛明和葛利高里逃往一个小岛苟延残喘。佛明为了扩大部队，把无论什么乌七八糟的人都收进来。葛利高里越来越感呆不下去了，思念亲人和家乡的痛苦又不断地折磨着他。一天夜里，他带着两匹马悄悄地离开了匪帮，在夜色的掩护下，回到了鞑靼村，摸进婀克西妮亚的家。他把孩子暂时托付给妹妹，便和婀克西妮亚匆忙上路，他们准备去南方，去库班，或者更远的地方。一路昼宿夜行。婀克西妮亚因为又跟葛利高里在一起，在微笑里呈现着愉快。她觉得，一种神秘的前途又在用光明的幸福招引着她。而真正迎接她的却是死神——一天夜里，他们赶路时遇到征粮队的哨兵，一颗流弹飞来，婀克西妮亚没来得及说一句话，就倒在了葛利高里的怀里。

抱着鲜血淋漓的婀克西妮亚，葛利高里顿时明白一切都完了，他一生中顶可怕的事情已经发生了……

黎明前，婀克西妮亚死去了。葛利高里在清晨的阳光照耀下，埋葬了他的婀克西妮亚。他跪在坟前用手拍着湿润的黄土，好像是从恶梦中醒了过来，抬起脑袋，看见自己头顶上是一片黑色的天空和一轮耀眼的黑色太阳。

第十八章

在雪已经融化和冬天里被压倒的草开始干枯的早春时候，草原上就开始发生了春天的野火。被风追逐着的火焰像流水似的，拼命地吞掉干枯的牧草，越过驴蓟的高茎，顺着褐色的艾蒿头顶上滑过，向下面卷去……野火熄灭以后，草原上就长时期散发着被野火烧焦的和干裂的土地的刺鼻的焦臭味。四周的嫩草都很愉快地发出了青色，无数的云雀在草地上空的蔚蓝色天空上上下飞舞，跟着季节飞来的雁群在青草地上跑来跑去，来过夏天的野雁筑上了窠巢。但是在那些野火烧过的地方，焦黑的死土地闪耀着不祥的黑光。鸟不能在这片地方搭窝，野兽也要躲着从旁边绕过去，只有迅速的、急骤的风从这片焦土的上面刮过，把灰色的灰烬和刺鼻子的黑尘屑吹到远方去。

葛利高里的生活变得像被野火烧过的草原一样黑了。他丧失了一切在他心上认为是最宝贵的东西。残酷的死神夺去了他的一切，破坏了一切。只剩下了两个孩子。但是他始终还是战战兢兢地抓住土地，好像他那实际上已经变得很不正常的生活，对于他和别人还有些什么价值似的……

葛利高里埋葬了婀克西妮亚以后，毫无目的地在草原上流浪了三天三夜，也不回家，也不到月申斯克去自首。在第四天上，他把马扔在霍派尔斯克镇的一个村庄里，渡过了顿河，徒步往司拉希柴夫斯克树林走去，四月里，佛明匪帮就是头一次在这里的树林边上被打垮的。还是在四月里，他就听说树林里面住着许多逃兵。葛利高里因为不愿意回到佛明匪帮里去，所以就去找这些逃兵。

他在大树林里流浪了几天。饥饿折磨着他,但是他又不敢到有人家的地方去。自从婀克西妮亚死了以后,他失去了理智,也失去了从前的勇气。树枝的折断声、密林里面的悉索声和夜里的鸟叫声——这一切都会引起他的恐怖和疑心。葛利高里吃着些还没有成熟的杨梅、小蘑菇、榛子叶——人瘦得不成样子了。在第五天的晚上,几个逃兵在树林子里遇到了他,他们把他领到他们住的土窑洞里去。

他们一共有七个人。他们都是周围村庄里的居民,从去年秋天,村子里开始征兵的时候起,他们就在树林里住下来。他们像在家里一样住在一个很宽大的土窑洞里,差不多什么东西都不缺乏。夜里他们常常去看望家属;回来的时候,就带些面包、面包干、小米、面粉和土豆子回来,至于做稀粥用的肉,也可以毫不困难地从别的村庄里弄来,有时候就偷一头牲口。

有一个逃兵,从前曾经在第十二哥萨克团当过兵,认识葛利高里,所以很容易地就把他收留下来了。

* *

葛利高里根本不知道过了多少烦恼而又冗长的日子。在十月以前,他马马虎虎地住在树林子里,等到一开始落起秋雨来,紧跟着又冷起来的时候——他的心里突然重新很有力量地想念起孩子和故乡来了……

为了勉强消遣时间,他整天地坐在土炕上,用木头削成勺子,制成小碗,用软石头很巧妙地做成各种各样的人形和兽形玩具。他竭力什么都不去想,也不叫那种有毒性的怀乡心袭上心头。白天是这样度过去了,但是漫长的冬夜里回忆的苦闷就折磨着他。他在土炕上翻来覆去,很久不能睡觉。白天的时候,在土窑洞里面住的人,谁也没听到他说过一句抱怨的话,但是一到夜里,他就时常醒过来,浑身哆嗦着,用手往脸上摸摸——他的腮帮子上和半年以来没有刮过的长胡子上都被眼泪浸湿了。

他时常梦见孩子、婀克西妮亚、母亲和其他的一切已经不在人世的亲人。葛利高里的全部生活都成为过去了,但是过去的一切却好像是一场短短的恶梦。"要是能再回家去一次,看一看孩子们就好啦,那时候就可以死而无怨啦,"他时常这样想。

早春的时候,有一天,褚玛珂夫忽然出现了。他身上一直浸湿到腰部,但是仍旧像从前那样兴奋和忙碌。他在炉子旁边烤干衣服,身体暖和过来,就坐到葛利高里的炕上来了。

"麦列霍夫,自从你离开我们的时候起,我们经过了很多地方!到过阿斯特拉罕,到过喀勒梅克的草原……见到了许多世面!也不知道使别人流了多少血。他们把亚克夫·叶菲梅奇的老婆抓去当作人质啦,把他的财产也都没收啦,这样他就大发起脾气来,下命令砍死一切给苏维埃政权当差的人。而且是接连不断地砍起人来啦:教员啦,各种医生啦,农艺师啦,都杀……什么人都给杀啦!可是现在——把我们打垮啦,完全垮啦,"他叹着气说,一直还冷得缩着脖子。"头一次是在岐山斯克附近把我们打垮的,一个星期以前——是在索伦内附近。夜里从三面包围住了我们,只剩下了一条通到山上去的道路,可是山上都是雪——直没到马肚子……黎明时候用机枪扫射起来,战斗开始啦……用机枪把所有的人都打死啦。只有我和佛明的小儿子两个人逃出了性命。从去年秋天,佛明就把达维德加带在身边啦。亚克夫·叶菲梅奇本人也牺牲啦……我亲眼看着他牺牲的。头一颗子弹打在他的腿上,打断了膝盖骨,第二颗子弹打在他的脑袋上,但是滑了过去。他从马上摔下来三次。我们停住马,把他扶起来,搀到马上去,可是跑了没有多远,他又摔下来啦。第三颗子弹又打中他,打进了腰部……这时候我们就把他扔掉啦。我跑开了有一百沙绳远,回头看了看,已经有两个骑马的人正在用马刀砍躺在地上的佛明……"

"那有什么,应该得到这样的报应,"葛利高里冷淡地说。

褚玛珂夫在土窑洞里住了一夜,清晨起来就和他们告别。

"你上哪去儿?"葛利高里问道。

褚玛珂夫笑着回答:

"我去找点没有本钱的活儿干干。你可以跟我一块儿去吗?"

"不,你一个人滚吧。"

"是的,咱们的日子过不到一块儿……麦列霍夫,你的工作——就是削几个勺子和碗——不合我的意思,"褚玛珂夫嘲笑地说,又摘掉帽子,鞠着躬说:"耶稣救主,诸位和平的大王们,谢谢你们的款待,谢谢你们的庇护。叫上帝赏赐你们愉快的日子吧,不然的话,你们这儿可是太寂寞啦。你们住在树林子里,对着破车轮子祷告,难道这是生活吗?"

葛利高里在褚玛珂夫走了以后,又在树林子里住了一个星期,后来就预备动身了。

"你要回家去吗?"一个逃兵问他。

葛利高里这是自从来到树林子里以后,头一次笑着说:

"回家去。"

"等到春天再走吧。听说五月一号要大赦啦,那时候咱们再散伙吧。"

"不,我不能等啦,"葛利高里说过,和他们告别了。

第二天早上,他到了鞑靼村对面的顿河岸边,对着自己家的院子看了半天,由于愉快的冲动心情脸色都变白了。后来就摘下步枪和军用袋来,从军用袋里面掏出来一团针线、一团乱麻、一个装枪油的小瓶子,不知道为什么把子弹数了数。一共是十二排,还有二十六颗零的。

在一个陡立的土崖旁边,河里的冰已经化得离开了岸。晶莹的绿水动荡着,冲刷着岸边上的小冰块。葛利高里把步枪和手枪都扔到水里去,后来又把子弹撒出去,仔细地把手在军大衣襟上擦擦干净。

在村庄下游一点儿地方,他顺着被春融侵蚀过的三月的蓝色河冰,穿过了顿河,大踏步往自己家里走去。还离得很远,他就看见米沙特加正在码头上边的阶磴上,他为了不要朝着米沙特加跑过去,稍微沉了沉气。

米沙特加正在把挂在石头上的冰琉璃敲下来,往河下面扔,注意地看着浅蓝色的小冰块往岸坡底下滚去。

葛利高里走到了阶磴跟前,——他气喘吁吁地、沙哑地叫唤着儿子:

"米申加!……好儿子!……"

米沙特加惊骇地看了他一眼,又垂下了眼睛。他从这个连鬓胡子和外表很可怕的人身上认出了是他的父亲……

葛利高里在树林子里每天夜里想到自己的孩子的时候,嘟嘟囔囔地说出来的一切亲热的和温柔的话句,现在都从他的脑子里飞走了。他跪了下去,亲着儿子的冰凉的粉红色的小手,用压制着的声调只能说出这样一句话:

"好儿子……好儿子……"

后来葛利高里拉住儿子的手。他用干枯的、像燃烧着一样的眼睛使劲看着儿子的脸，问道：

“你们这儿怎么样啊？……姑姑，波柳希珈——都很壮实吗？”

米沙特加仍旧没有看父亲，轻轻地回答：

“杜妮亚姑姑很好，波柳希珈去年秋天里死啦……得白喉病死的……米海伊尔叔叔去当兵啦……”

好吧，葛利高里在许多失眠的夜里所幻想的那一点点希望总算是实现了。他站在自己家的大门口，手里抱着儿子……

这就是在他的生活上所残留的全部东西，这就是使他暂时还能和大地，和整个这个巨大的、在冷冷的太阳下面闪闪发光的世界相联系着的东西。

约翰·克利斯朵夫

作者罗曼·罗兰(1866—1944)是法国著名的现实主义作家。他生于法国中部的小镇克拉姆西的一个律师家庭,从小爱好音乐,15岁时随家迁居巴黎。1886年,他考入巴黎高等师范学校史学系,次年开始与托尔斯泰通信,接受其为民众的艺术观点和"勿以暴力抗恶"的思想。高师毕业后又入设在罗马的法国考古学校当研究生,1891年回国。1892年,他与法兰西学院教授勃莱亚的女儿结婚,并完成《现代歌剧的起源》的博士论文,先后在高等师范和巴黎大学讲授艺术史。1898年他创作的剧本第一次被搬上舞台。1899年因志趣不合与夫人离婚,从此深居简出,埋头创作。第一次世界大战期间,他坚持人道主义立场,反对战争。1915年获诺贝尔文学奖。俄国十月革命胜利后,他对苏联表示支持并寄予希望。20年代,他经历了剧烈的精神危机,接受了印度甘地放弃暴力的不抵抗思想。30年代初,法西斯主义的猖獗,使他转向革命,发表了进行自我批判的著名论文《向过去告别》。此后他一边从事写作,一边作为国际反法西斯委员会的主席,领导和参加了一系列国际上争取和平反对战争的活动,由一个资产阶级民主主义知识分子转变为倾向无产阶级革命的杰出作家。1938年,他回到故乡,在法西斯的监视下闭门著书,1944年12月30日与世长辞。

罗曼·罗兰的文学著述十分丰富,其中有小说、戏剧、人物传记、时事评论、艺术研究著作和政论等。重要文学作品有:以1789年法国大革命为背景而创作的一组"革命戏剧"——《群狼》(1898)、《理智的胜利》(1899)、《丹东》(1900)和《七月十四日》(1901)等,三部"英雄传记"——《贝多芬传》(1903)、《米开朗琪罗传》(1906)和《托尔斯泰传》(1911),他的成名作长篇小说《约翰·克利斯朵夫》(1903—1912),中篇小说《哥拉·布勒尼翁》(1914),后期小说代表作《母与子》(1922—1933)。这些作品都突出地表现了资产阶级人道主义思想和法国文学中传统的擅长心理分析的艺术特点。

《约翰·克利斯朵夫》是罗曼·罗兰的第一部长篇小说和早期最重要的作品。这部小说共有十卷,描写平民出身的德国天才音乐家约翰·克利斯朵夫奋斗成名的一生。克利斯朵夫一生追求真善美,反抗腐朽没落的艺术,不断与庸俗的社会环境发生冲突。作者通过他的个人奋斗,歌颂了资产阶级人道主义、理想主义和英雄主义,展现了19世纪后期和20世纪初期德国、法国和意大利等西欧国家的社会画卷,控诉了资产阶级社会对艺术天才的摧残。在艺术特色上,莱茵河的自然之流与充满音响的音乐之流、主人公的生命之流和心理之流汇合成一条滚滚向前的大河,推动着情节的发展。在这条大河的流程中,陆续加进一系列人物:克利斯朵夫的舅舅高脱弗烈特、挚友奥里维和葛拉齐亚、奥里维的姐姐安多纳德、老教授苏兹、工人爱麦虞限、女仆西杜妮,等等。现根据中文译本(傅雷译,人民出版社1980年版)介绍或节选如下。

献　给

各国的受苦、奋斗、而必战胜的自由灵魂。

——罗曼·罗兰

卷一·黎明

江声浩荡，自屋后上升。雨水整天打在窗上。一层水雾沿着玻璃的裂痕蜿蜒流下。昏黄的天色黑下来了，室内有股闷热之气。初生的婴儿在摇篮里扭动。他是宫廷乐师曼希沃·克拉夫脱和厨娘鲁意莎的头生子约翰·克利斯朵夫。人生的大河中，有了儿童生命的节奏，显示出岁月的莫测高深和无穷无极。江声、钟声、车轮声、马蹄声、铃铛声、蟋蟀声、划船声、教堂管风琴声和妈妈半夜哼唱的民谣歌声，都是和谐的音乐，在克利斯朵夫心头缭绕；祖父讲述的故事中的英雄形象，在快乐的夜里飘浮。将来要像他们那样做个英雄！他在无限的宇宙中游泳，拿出他所有的热情去追求幸福！可是人生很快就会叫他屈服的。

小克利斯朵夫开始懂得周围的事，正是家境最艰难的时候。父亲酗酒不管家，母亲成天在外帮佣，6岁的克利斯朵夫得照管两个捣蛋的弟弟。那天他穿着别人布施的旧衣衫去接母亲，受到女主人家的小少爷的侮辱。他又羞又恼，一拳把小少爷打倒在花坛中间，在他幼小的心灵里，第一次发现了压迫与被压迫，他的整个身心都反抗起来。他感到孤独，觉得有股怒潮汹涌的力量在心中骚动。他有一种如醉如狂的欲望，要生存，为的是剪除暴力，主持正义，惩罚恶人，干一番伟大的事业。在人生沉闷的黑暗中，在一刻浓似一刻的令人窒息的夜里，像一颗明星在阴暗的空间划过，闪出那照耀他一生的光明：音乐，神妙的音乐！

音乐像海洋，翻涌欢乐的巨流，使他陶醉，他的思想随着波浪起伏。祖父发现了他的音乐天赋，偷偷将他即兴哼唱的自编曲子记下来，编为《童年遣兴》。父亲为他安排了最严格的弹钢琴训练计划，为他举办音乐会。舅舅高脱弗烈特是乡村小贩，教育他重视民间曲调的真情实感和生动活泼的节奏。半夜里，贝多芬的音乐在他耳边轰响，他感到那颗崇高的灵魂融入了他的内心，使他的肢体和灵魂尽情地膨胀。要能坚强可多好！坚强而能受苦又多好！

他笑了。静寂的夜里只听见他的笑声。

卷二·清晨

11岁的克利斯朵夫在宫廷乐队当小提琴手，他开始挣钱养家。为贵人演奏，他感到窒息，他不甘心做循规蹈矩的小市民。唯一的安慰是舅舅的到来，夜里两人去河上荡舟，他喜欢听汩汩的水声，半空中云雀的歌声和舅舅轻轻唱民歌的声音。清晨，他悄悄回到家里，身上带着田野里清新的香味。

祖父去世后，父亲因肆无忌惮地酗酒被解雇，14岁的克利斯朵夫成了一家之主，忙于为生活奔波。在紧张的工作中，他渴望胜利，渴望真实地表现自己，把生命的扁舟在时间的洪流中直放出去，梦想有一天做个欢乐的中心，做个生命的太阳。

他在莱茵河的渡船上结识了新朋友奥多。他们互相感染，水乳交融。可是这种纯洁的友谊却遭到小市民的非议。在小人的猜疑玷污之下，两个少年把最无邪的行动也自疑为不当。他们停止了往来，他们一生中几个月的友谊就此隐没了。这次跟奥多的友谊，其实只是未来的爱情的先导罢了。

他去寡居的参议官太太家，教克里赫太太的女儿弥娜弹钢琴。他们一起聊天，一起读小说，一向渴望感情的克利斯朵夫感到有股力的巨潮，痛苦与爱情的巨潮在内心翻滚。他和弥娜在雨后的花园里倾吐爱情，这骄傲的男孩子和那冷淡而风骚的小姑娘，全有股强烈的欲望，需要倾心相许,想要为对方受苦,愿意牺牲自己。克利斯朵夫感到太幸福了,为此他流了泪。他对人生、对幸福、对自己,都抱着无穷的信心与希望,没有一点阴影,没有一点疑心,没有一点对前途的恐惧。唯有春天才有这种清明恬静的境界。

克里赫太太不久就发现了他们的秘密,毫不留情地拆散了他们。她口气坚决地对克利斯朵夫说:这是不可能的。不单是金钱一项,还有多少问题!譬如门第……这些话像针一样直刺到克利斯朵夫的心里,他的眼睛终于睁开了,看到了平民和豪门贵族之间有一道不可逾越的鸿沟。他写信谴责克里赫太太的虚伪:即使我没有你的门第,我可是和你一样高贵。唯有心才能使人高贵……所有那些自命高贵而没有高贵的心灵的人,我都看作污泥。

他在绝望中想自杀,想杀人,这是童年最危险的难关。这时父亲酗酒而死,把他从失恋的苦痛中解脱出来。他看到人生是一场无休无止,残酷无情的战斗,凡是要做个够得上称为人的人,都得时时刻刻向无形的敌人作战。他看到自己差点儿堕入深渊,也看到幸福与爱情只是一时的欺罔,为的是叫你精神解体,自暴自弃。于是,这个15岁的清教徒听见了他的上帝的声音:望前啊,望前啊,永远不能停下来。痛苦罢!死罢!可是别忘了你的使命是做个人。——你就得做个人。

卷三·少年

克利斯朵夫和妈妈搬进了条件更差的新居,房东于莱一家是典型的庸俗市民,抱着悲观主义的人生态度。克利斯朵夫讨厌于莱一家的俗气,便成天生活在自己的音响世界里。他正在脱胎换骨,正在换一颗灵魂,在那些苦闷的日子里,一个生命死了,另外一个已经诞生了。自然界的倾盆大雨下得克利斯朵夫神魂颠倒,在黑暗的最深处,他看到了上帝,看到自己就是上帝。他醉了……深不可测的上帝!那是生命的火把,生命的飓风,求生的疯狂,——没有目的,没有节制,没有理由,只为了轰轰烈烈的生活!他来到原野,躺在草地上,倾听着自然音乐的合奏,万物汇合成同一生命的巨川,他不胜喜悦地在其中游泳,让巨流把他带走。

他和于莱老人的女房客萨皮纳太太心灵相通,两人默默地相爱了。他们的交往受到于莱一家的严密监视和恶毒诽谤,克利斯朵夫还没能向萨皮纳说出自己的爱,萨皮纳就死于流行性感冒。他悲伤,他悔恨,在心灵深处最隐秘的地方,牢牢保存着萨皮纳的影子,那是生命的狂流冲不掉的。痛苦,绝望,无可补救的损失的创伤,对于强者无异是猛烈的鞭挞。死的现实把克利斯朵夫求生的力量刺激得更活跃了。

在莱茵河畔,他和帽子店的女店员阿达相爱,坠入情网。庸俗轻佻的阿达竟又和他的兄弟相好,想以乱伦的淫猥来拖他下水。真诚的克利斯朵夫因厌恶而浑身抽搐,心中卷起一股轻蔑的怒潮,熄灭了对阿达的爱。

苦闷的克利斯朵夫为了抗议环境的庸俗,开始放纵自己,像父亲那样喝上酒了,正在这沉沦关头,舅舅来了。

两人关上了咿哑作响的铁门,顺着墙根走去,寒瑟的田野正在醒过来,小路高头是伸在墓园墙外的柏树枝条,积雪在上面一滴滴地往下掉。克利斯朵夫哭了。

"啊!舅舅,"他说,"我多痛苦!"

他不敢把他爱情的磨难说出来,怕使舅舅发窘;他只提到他的惭愧,他的无用,他的怯懦,他的违背自己的许愿。

“舅舅,怎么办呢?我有志愿,我奋斗;可是过了一年,仍旧跟以前一样。不!连守住原位也办不到!我退步了。我没有出息,没有出息!我把自己的生命蹉跎了,许的愿都没做到!……”

他们正在爬上一个俯瞰全城的山冈。高脱弗烈特非常慈悲地说:

“孩子,这还不是最后一次呢。人是不能要怎么就怎么的。志愿和生活根本是两件事。别难过了。最要紧是不要灰心,继续抱住志愿,继续活下去。其余的就不由我们做主了。”

克利斯朵夫无可奈何地再三说着:“我许的愿都没做到!”

“听见没有?”高脱弗烈特说……

(鸡在田野里啼。)

“它们也在为了别个许了愿而做不到的人啼。它们每天早上为了我们每个人而啼。”

“早晚有一天,”克利斯朵夫苦闷地说,“它们会不再为我啼的……那就是没有明天的一天。那时我还能把我的生命怎么办呢?”

“明天是永远有的,”高脱弗烈特说。

“可是有了志愿也没用,又怎么办呢?”

“你得警惕,你得祈祷。”

“我已经没有信仰了。”

高脱弗烈特微微笑着:

“你要没有信仰,你就活不了。每个人都有信仰的。你祈祷罢。”

“祈祷什么呢?”

高脱弗烈特指着在绚烂而寒冷的天边显现出来的朝阳,说道:

“你得对着这新来的日子抱着虔敬的心。别想什么一年十年以后的事。你得想到今天。把你的理论统统丢开。所有的理论,哪怕是关于道德的,都是不好的,愚蠢的,对人有害的。别用暴力去挤逼人生。先过了今天再说。对每一天都得抱着虔诚的态度。得爱它,尊敬它,尤其不能污辱它,妨害它的发荣滋长。便是像今天这样灰暗愁闷的日子,你也得爱。你不用焦心。你先看着。现在是冬天,一切都睡着。将来大地会醒过来的。你只要跟大地一样,像它那样的有耐性就是了。你得虔诚,你得等待。如果你是好的,一切都会顺当的。如果你不行,如果你是弱者,如果你不成功,你还是应当快乐。因为那表示你不能再进一步。干吗你要抱更多的希望呢?干吗为了你做不到的事悲伤呢?一个人应当做他能做的事。……Als ich Kann(竭尽所能)。”

“噢!那太少了,”克利斯朵夫皱着眉头说。

高脱弗烈特很亲热地笑了:

“你说太少,可是大家就没做到这一点。你骄傲,你要做英雄,所以你只会做出些傻事……英雄!我可不大弄得清什么叫做英雄;可是照我想,英雄就是做他能做的事,而平常人就做不到这一点。”

“啊,”克利斯朵夫叹了口气,“那末生活还有什么意思呢?简直是多余的了。可是有些人说‘愿即是能!’……”

高脱弗烈特又温和地笑了起来:“真的吗?那末,孩子,他们一定是些说谎大家。要不然他们根本没有多大志愿……”

他们走到了冈上,很亲热地互相拥抱了一下。小贩拖着疲乏的步子走了。克利斯朵夫若有

所思地看着舅舅走远,反复念着他的那句话:

"Als ich Kann。"

他笑着想:"对,……竭尽所能……能够做到这一步也不错了。"

他向着城中回头走。冰冻的雪在脚下格格地响。冬天尖利的寒风,在山冈上把赤裸的枯枝吹得发抖。他的脸也被吹得通红,皮肤热辣辣的,血流得很快。山冈底下,红色的屋顶迎着寒冷而明亮的阳光微笑。空气凛冽。冰冻的土地精神抖擞的,好似非常快乐。克利斯朵夫的心也和它一样。他想:

"我也会醒过来的。"

他眼中还含着泪。他用手背抹掉了,望着沉在水雾中间的旭日,笑了出来。大有雪意的云被狂风吹着,在城上飘过。他对乌云耸了耸鼻子表示满不在乎。冰冷的风在那里吹啸……

"吹罢,吹罢!随你把我怎么办罢!把我带走罢!……我知道我要到哪儿去。"

当你见到克利斯朵夫的面容之日,
是你将死而不死于恶死之日。

(古教堂门前圣者克利斯朵夫像下之拉丁文铭文)

卷四·反抗

摆脱了!摆脱了别人,摆脱了自己!摆脱了往事的纠缠,摆脱了所爱所憎的面目的骚扰!多快乐:生活而不为生活俘虏,做着自己的主人!他撕毁了过去充满谎话的作品,发誓除非创作的欲望像打雷似的威逼他,他是永远放弃音乐的了。他这么说着,因为他明明知道暴风雨快来了。

瞧,它不是来了吗?……生命的各个隐蔽的部分,都有乌云升起。一堆堆蓝得发黑的东西,不时给狂暴的闪电撕破一下;——它们飞驰的迅速使人眼花缭乱,从四面八方来包围心灵,尔后,它们把光明熄灭了,突然之间从窒息的天空直扑下来,那真是如醉若狂的时间;……奋激达于极点的元素,平时被自然界的规律——维持精神的平衡而使万物得以生存的规律——幽禁在牢笼里的,这时可突围而出,在你意识消灭的时候统治一切,显得巨大无比,莫可名状。你痛苦之极。你不再向往于生命,只等着死亡来解放了……

而突然之间是电光闪耀!

克利斯朵夫快乐得狂叫了。

欢乐,如醉如狂的欢乐,好比一颗太阳照耀着一切现在的与未来的成就,创造的欢乐,神明的欢乐!唯有创造才是欢乐。唯有创造的生灵才是生灵。其余的尽是与生命无关而在地下飘浮的影子。人生所有的欢乐是创造的欢乐:爱情,天才,行动,——全靠创造这一团烈火迸射出来的。便是那些在巨大的火焰旁边没有地位的:——野心家,自私的人,一事无成的浪子,——也想借一点黯淡的光辉取暖。

创造,不论是肉体方面的或精神方面的,总是脱离躯壳的樊笼,卷入生命的旋风,与神明同寿。创造是消灭死。

可怜的是不能生产的人,在世界上孤零零的,流离失所,眼看着枯萎憔悴的肉体与内心的黑暗，从来没有冒出一朵生命的火焰！可怜的是自知不能生产的灵魂，不像开满了春花的树一般满载着生命与爱情的！社会尽管给他光荣与幸福，也只是点缀一具行尸走肉罢了。

自从克利斯朵夫意识到自己有了新的精力，他对于周围的一切，对人家过去教他崇拜的一切，对他不假思索而一味尊敬的一切，敢于正视了。一切民族，一切艺术，都有它的虚伪。人类的食粮大半是谎言，真理只有极少的一点。某次音乐会上，他注意到乐队虚张声势的骚动，合唱班萎靡不振的风格，作品既浮夸又平庸，听众又正经又俗气。幕撕破了：他看到了德国人的虚伪，德国艺术的谎言。从此，他批判一切，反抗一切，在作品中毫无保留地表露自己的真诚，试图改革德国艺术。他公开向他一家三代的"恩主"——公爵挑战：我不是您的奴隶，我要说我愿意说的话，要写我想写的东西。他的行动不被人理解，批评界攻击他，小市民对他邀请陌生的法国女教师安多纳德看戏一事进行造谣中伤，公爵解雇了他，他的音乐被篡改，演奏被搞得一塌糊涂，印好的歌集卖不出去。他与乡村教师莱哈脱夫妇的最后一点友情也被剥夺。这温情不论怎么淡薄，少了它，一个人的心就不能活。

他完全孤独了，所有的朋友都不见了。在艰难的时候帮助过他的亲爱的舅舅这时也死在浪游的途中。他离开家乡，想去求得他童年崇拜的音乐家哈斯莱的理解，可是哈斯莱已变成一个与环境同流合污的庸人，他不愿意帮助克利斯朵夫。克利斯朵夫非常失望，中途又去找欣赏他的歌集的音乐教授苏兹老人。仁慈宽厚的苏兹老人好比一座古老的森林，在心中千啼百啭的全是禽鸟的歌声。他对庸俗的东西过于宽容，但他的本能使他决不错过最优秀的作品，他没有勇气指斥舆论所捧的虚伪的艺术家，可永远有勇气替那些公众不了解的杰出而刚毅的人辩护。他和克利斯朵夫一见如故，老人觉得自己在这个陌生朋友的年轻的心中再生了，克利斯朵夫则因老人的温情而心安神定，恢复了自信。可是他刚刚得到的友谊又因老人病故而失去。

克利斯朵夫没法在令人窒息的德国小城活下去，他想去法国，那是他久已向往的充满自由与文明的国度。在一次乡村舞会上，他打死了调戏妇女的大兵，逃往法国。他在心里喊道：噢，巴黎！巴黎！救救我吧！救救我吧！救救我的思想！

卷五·节场

卷五初版序

作者与克利斯朵夫的对话

作者：你是不是跟人家赌了东道才这么胡搅，克利斯朵夫？你简直教我跟所有的人都闹翻了。

克利斯朵夫：你不必假惺惺。一开场你就知道我要把你带到哪儿去的。

作者：你批评的事太多了。你惹恼了你的敌人，打搅了你的朋友。一个体面人家出了点不大光鲜的事，不去提它不是更雅吗？

克利斯朵夫：有什么办法？我根本不懂什么雅不雅。

作者：我知道，你是个蛮子。你太傻了！他们要人相信你是大众的敌人。你在德国已经得了反德国的名气。你到法国来又要得个反法国的——或者更严重些——反犹太的名气。你小心点儿。别提到犹太人……你得到他们的好处太多了，不能再说他们坏话。

克利斯朵夫：我认为是他们的好处跟坏处，干吗不能全部说出来呢？

作者:你特别是说他们的坏处。

克利斯朵夫:好处在后面呢。对他们难道应当比对基督徒更敷衍吗?我给他们的分量重一些,因为他们有这个资格。在我们这个光明正在熄灭的西方,他们既然占了重要的地位,我就得给他们一个重要的地位。他们之中一部分人大有把我们的文明断送的可能。可是我并非不知道,也有一些人对于我们的行动与思想是股很大的力量。我知道他们的民族还有哪些伟大的地方。我知道他们之中有成千累万的人竭忠尽智,孤高淡泊,充满着爱,力求上进,凭着孜孜不倦的毅力,默默无声地在那里苦干。我知道他们心中有个上帝。因为这样,我才恨那些否认上帝的人,恨那些为了求名求福而自甘堕落,而玷辱他们民族的使命的人。打击这等人便是爱护他们的种族,正如我打击腐化的法国人是为了爱护法国。

作者:孩子,这是你多管闲事。别忘了那个挨揍的史迦那兰的女人。别管旁人的家务……犹太人的事跟我们不相干。至于法国,它就像玛蒂纳,愿意挨打而不愿意人家说出她挨打。[①]

克利斯朵夫:可是非跟它说老实话不可,并且我越是喜欢它,越是非说不可。倘若我不说,谁会跟它说?——你当然不说的。你们大家都给社会关系、面子关系、多多少少的顾虑,束缚住了。我没有束缚,我不是你们圈子里的人。我从来没参加任何社团,任何论战。我用不着附和你们,也无须跟着你们心照不宣地不出一声。

作者:你是外国人。

克利斯朵夫:对啦,人家会说一个德国音乐家没有权利来批判你们,也不会了解你们的,是不是?——好罢,我可能是错的。可是至少我能告诉你们,某些外国的大人物——你跟我一样认识的,——在过去的和活着的朋友中最伟大的人,对你们是怎么想的。——如果他们看错了,他们的见解也值得知道,对你们也不无帮助。而这一点也总比你们相信大家都在佩服你们强得多,比你们一忽儿佩服自己,一忽儿毁谤自己强得多。照你们的风气,你们在某一个时期内大叫大嚷地自称为世界上最伟大的民族,——在另一个时期内又说拉丁民族的颓废是无可救药的了,——过了一晌你们又说所有伟大的思想都是从法国来的,——然后又说你们除了给欧洲提供一些娱乐以外再没别的价值:试问这样的叫嚷有什么用?主要是不能对腐蚀你们的疾病闭上眼睛,也不能灰心,应当振作精神,为了你们民族的生存跟荣誉而奋斗。凡是感觉到这个不甘灭亡的民族还能抗拒疾病的人,就能够,而且应该,把民族的恶习和可笑的地方大胆地暴露出来,把它们铲除,——尤其要铲除那些利用这些缺点而靠它们过活的败类。

作者:即使为了爱护法国,你也不要去碰法国。你会教安分守己的人着慌的。

克利斯朵夫:对啦,安分守己的人,看到人家认为一切都不大行,看到人家挖出这么些惨事丑事来,是要痛苦的!他们受着剥削,可不愿意承认。他们发现人家吃的苦已经受不住了,所以宁愿无知无觉地做牺牲品。他们要别人至少每天对他们说一次,在世界上最完满的国家内,一切都尽善尽美,而"……法兰西,始终在世界上占着第一位……"然后,那些老实人心定神安,回头去睡觉了,让别人去为所欲为……这种老实人真是太好了!我使他们痛苦,将来我还要使他们更痛苦。我请他们原谅……可是即使他们不愿意有人帮助他们反抗压迫的人,

---

① 莫里哀喜剧《非做不可的医生》中主角史迦那兰殴辱妻子玛蒂纳,邻人闻声过户问讯,不料玛蒂纳以被殴为人所知,恼羞成怒,与其夫同殴邻人。

至少也得知道别人跟他们一样受着压迫而不像他们那么逆来顺受,没有他们那种自欺欺人的本领,——还得知道另外有些人,就是被这种逆来顺受和自欺欺人的心理断送了,给压迫者随意摆布。而这批人是多么痛苦!你记住罢!我们受过多少罪!眼看气压一天天地加重,四周都是腐败的艺术,不道德的无耻的政治,萎靡不振而甘心乐意趋于虚无的思想:唉,跟我们一同受罪的人有多少!……我们目击心伤,彼此紧紧地挤在一起……啊!我们一块儿过了多么艰苦的岁月。我们的前辈,万万想不到我们的青春在他们的影子底下苦苦挣扎的惨痛!……我们是抵抗过了。我们是得救了……难道我们不能救别人吗?让他们受着同样的折磨,不伸出手去援助他们吗?不,他们的命运跟我们是分不开的。我们在法国有成千累万的人,心里所想的跟我明明白白说出来的完全一样。我意识到我是代他们说话。不久,我也要提到他们。我急于要给人看到真正的法兰西,被压迫的法兰西,深深地埋在底下的法兰西:——犹太人,基督徒,还有不论抱着什么信仰不论属于什么血统的自由灵魂。——可是要接触到这个法兰西,先得从封锁大门的守卫中间打出一条路来。但愿美丽的囚犯从麻痹中振作起来,推倒她牢狱的墙壁!她还没知道自己的力量和敌人的无用呢。

作者:你说得不错,我的灵魂。可是不管你做些什么,千万不能恨。

克利斯朵夫:我心中绝对没有恨。便是想起最凶恶的人的时候,我也知道他们是人,跟我们一样受着痛苦而有一天会死的。可是我非打倒他们不可。

作者:斗争,哪怕是为了行善的斗争,总是伤害人的。你自以为能使那些美丽的偶像——艺术,人类——得到的好处,是不是抵得上一个活人所受的痛苦呢?

克利斯朵夫:要是你这样想,那末你把艺术放弃罢,把我也放弃罢。

作者:不,你不能离开我!没有了你,我怎么办呢?——可是什么时候才会有和平呢?

克利斯朵夫:等到你争取到和平的时候。不久……不久……你瞧,春天的燕子不是已经在咱们头上飞了吗?

作者:美丽的飞燕,报告美丽的季节已经临到,我也已经看到。

克利斯朵夫:别幻想了,你抓着我的手,跟我来罢。

作者:我的影子,我的确非跟着你走不可。

克利斯朵夫:咱们两个究竟谁是谁的影子?

作者:啊,你长得多么大了!我认不得你了。

克利斯朵夫:那是太阳望下落了。

作者:我更喜欢你孩子的时候。

克利斯朵夫:来罢!白天快完了,咱们只剩几个钟点了。

罗曼·罗兰 一九〇八年三月

克利斯朵夫只身来到巴黎。龌龊、喧闹的巴黎人欲横流,充满腐败的气氛,他反感得在大街上哭起来,关于自由文明的法国梦幻破灭了。为了生计,他到处寻找教课的差事,受尽讥笑、白眼。在他所珍爱的艺术领域里,法国艺术界像街头集市一样光怪陆离。文艺沙龙大谈金钱和作家的私生活,音乐批评家胡言乱语,不懂音乐,学术团体只表现浮泛和生硬的理论,文坛充斥的是乱伦的描写,剧坛弥漫着精神卖淫,文人造作,政客只想到财产,无聊的人把艺术看作一种特许的淫乐。克利斯朵夫感到,有着光荣历史的法国如今只有一些侏儒熙熙攘攘。

克利斯朵夫虽然自己不求名,却也在高恩和古耶带他去的巴黎交际场中有了点小名气。他的奇特的相貌,——老是跟他两位朋友之中的一个在新戏初演的晚上和音乐会中出现,——极有个性的那种丑陋,人品与服装的可笑,举止的粗鲁、笨拙,无意中流露出来的怪论,琢磨得不够的,可是方面很广很结实的聪明,再加高恩把他和警察冲突而亡命法国的经过到处宣传,说得像小说一样,使他在这个国际旅馆的大客厅中,在这一堆巴黎名流中,成为那般无事忙的人注目的对象。只要他沉默寡言,冷眼旁观,听着人家,在没有弄清楚以前不表示意见,只要他的作品和他真正的思想不给人知道,他是可以得到人家相当的好感的。他没法待在德国是法国人挺高兴的事。特别是克利斯朵夫对于德国音乐的过激的批评,使法国音乐家大为感动,仿佛那是对他们法国音乐家表示敬意。——(其实他的批判是几年以前的,多半的意见现在已经改变了:那是他从前在一份德国杂志上发表的几篇文章,被高恩把其中的怪论加意渲染而逢人便说的。)——大家觉得克利斯朵夫很有意思,并不妨碍别人,又不抢谁的位置。只要他愿意,他马上可以成为文艺小圈子里的大人物。他只要不写作品,或是尽量少写,尤其不要让人听到他的作品,而只吸收一些古耶和古耶一流的人的思想。他们都信守着一句有名的箴言,当然是略微修正了一下:

“我的杯子并不大;……可是我……在别人的杯子里喝。”

一个坚强的性格,它的光芒特别能吸引青年,因为青年是只斤斤于感觉而不喜欢行动的。克利斯朵夫周围就不少这等人:普通都是些有闲的青年,没有意志,没有目的,没有生存的意义,怕工作,怕孤独,永远埋在安乐椅里,出了咖啡馆,就得上戏院,想尽方法不要回家,免得面对面看到自己。他们跑来,坐定了,几个钟点的瞎扯,尽说些无聊的话,结果把自己搅得胃胀,恶心,又像饱闷,又像饥饿,对那些谈话觉得讨厌极了,同时又需要继续下去。他们包围着克利斯朵夫,有如歌德身边的哈巴狗,也有如“等待机会的幼虫”,想抓住一颗灵魂,使自己不至于跟生命完全脱节。

换了一个爱虚荣的糊涂蛋,受到这些寄生虫式的小喽啰捧场也许会很喜欢。可是克利斯朵夫不愿意做人家的偶像。并且这些崇拜他的人自作聪明,把他的行为看作含有古怪的用意,什么勒南派,尼采派,神秘派,两性派,等等,使克利斯朵夫听了大为气愤。他把他们一齐撵走了。他的性格不是做被动的角色的。他一切都以行动为目标:为了了解而观察,为了行动而了解。他摆脱了成见,什么都想知道,在音乐方面研究别的国家别的时代的一切思想的形式和表情的方法。只要他认为是真实的,他都拿下来。他所研究的法国艺术家都是心思灵巧的发明新形式的人,殚精竭虑,继续不断地做着发明工作,却把自己的发明丢在半路上。克利斯朵夫的作风可大不相同:他的努力并不在于创造新的音乐语言,而在于把音乐语言说得更有力量。他不求新奇,只求自己坚强。这种富于热情的刚毅的精神,和法国人细腻而讲中庸之道的天才恰好相反。他瞧不起为风格而求风格。法国最优秀的艺术家,在他眼里不过是高等的巧匠。在巴黎最完美的诗人中间,有一个曾经立过一张当代法国诗坛的工作表,详列各人的货物,出品或薪饷,上面写的有“水晶烛台,东方绸帛,金质纪念章,古铜纪念章,有钱的寡妇用的花边,上色的塑像,印花的珐琅……”,同时指出哪一件是哪一个同业的出品。他替自己的写照是“蹲在广大的文艺工场的一隅,缀补着古代的地毯,或擦着久无用处的古枪”。——把艺术家看作只求技术完满的良工巧匠的观念,不能说不美,但不能使克利斯朵夫满足。他一方面承认他职业的尊严,但对于这种尊严所掩饰的贫弱的生活非常瞧不起。他不能想象一个人能为写作而写作。他不能徒托空言而要言之有物。

“我说的是事实,你说的是空话……。”

克利斯朵夫有个时期只管把新天地中的一切尽量吸收,然后精神突然活跃起来,觉得需要创作了。他和巴黎的格格不入,对他的个性有种刺激的作用,使他的力量增加了好几倍。在胸中泛滥的热情非表现出来不可,各式各种的热情都同样迫切地要求发泄。他得锻炼一些作品,把充塞心头的爱与恨一齐灌注在内;还有意志,还有舍弃,一切在他内心相击相撞而具有同等生存权利的妖魔,都得给它们一条出路。他写好一件作品把某一股热情苏解,——(有时他竟没有耐性完成作品),——又立刻被另外一股相反的热情卷了去。但这矛盾不过是表面的:虽然他时时刻刻在变化,精神是始终如一。他所有的作品都是走向同一个目标的不同的路。他的灵魂好比一座山:他取着所有的山道爬上去;有的是浓荫掩蔽,迂回曲折的;有的是烈日当空,陡峭险峻的;结果都走向那高踞山巅的神明。爱,憎,意志,舍弃,人类一切的力兴奋到了极点之后,就和“永恒”接近了,交融了。所谓“永恒”是每个人心中都有的:不论是教徒,是无神论者,是无处不见生命的人,是处处否定生命的人,是怀疑一切,怀疑生亦怀疑死的人,——或者同时具有这些矛盾像克利斯朵夫一般的人。所有的矛盾都在永恒的“力”中间融和了。克利斯朵夫所认为重要的,是在自己心中和别人心中唤醒这个力,是抱薪投火,燃起“永恒”的烈焰。在这妖艳的巴黎的黑夜中,一朵巨大的火花已经在他心头吐放。他自以为超出了一切的信仰,不知他整个儿就是一个信仰的火把。

然而这是最容易受法国人嘲笑的资料。一个风雅的社会最难宽恕的莫过于信仰,因为它自己已经丧失信仰。大半的人对青年的梦想暗中抱着敌视或讪笑的心思,其实大部分是懊丧的表现,因为他们也有过这种雄心而没有能实现。凡是否认自己的灵魂,凡是心中孕育过一件作品而没有能完成的人,总是想:

“既然我不能实现我的理想,为什么他们就能够呢?不行,我不愿意他们成功。”

像埃达·迦勃勒[①]一流的,世界上不知有多少!他们暗中抱着何等的恶意,想消灭新兴的自由的力量;用的是何等巧妙的手段,或是不理不睬,或是冷嘲热讽,或是使人疲劳,或是使人灰心,——或是在适当的时间来一套勾引诱惑的玩艺……

这种角色是不分国界的。克利斯朵夫因为在德国碰到过,所以早已认识了。对付这一类的人,他是准备有素的。防御的方法很简单,就是先下手为强;只要他们来亲近他,他就宣战,把这些危险的朋友逼成仇敌。这种坦白的手段,为保卫他的人格固然很见效,但对于他艺术家的前程决不能有什么帮助。克利斯朵夫又拿出他在德国时候的那套老办法。他简直不由自主地要这么做。只有一点跟从前不同:他的心情已经变得满不在乎,非常轻松。

只要有人肯听他说话,他就肆无忌惮地发表他对法国艺术界的激烈的批评,因之得罪了许多人。他根本不想留个退步,像一般有心人那样去笼络一批徒党做自己的依傍。他可以毫不费力地得到别的艺术家的钦佩,只消他也钦佩他们。有些竟可以先来钦佩他,唯一的条件是大家有来有往。他们把恭维这回事看作放债一样,到了必要的时候可以向他们的债务人,受过他们恭维的人,要求偿还。那是很安全的投资。——但放给克利斯朵夫的款子可变了倒账。他非但分文不

① 易卜生戏剧《埃达·迦勃勒》中的主角,怀有高远的理想而终流于庸俗浅薄。

还,还没皮没脸地把恭维过他作品的人的作品认为平庸谫陋。这样,他们嘴里不说,心里却怀着怨恨,决意一有机会便如法炮制,回敬他一下。

在克利斯朵夫做的许多冒失事中间,有一桩是跟吕西安·雷维-葛作战。他到处遇到他,而对于这个性情柔和的,有礼的,表面上完全与人无损,反显得比他更善良,至少比他更有分寸的家伙,克利斯朵夫没法藏起他过于夸张的反感。他逗吕西安讨论,不管题目如何平淡,克利斯朵夫老是会把谈锋突然之间变得尖锐起来,使旁听的人大吃一惊。似乎克利斯朵夫想出种种借口要跟吕西安拼个你死我活;但他始终伤不到他的敌人。吕西安机灵之极,即使在必败无疑的时候,也会扮一个占上风的角色;他对付得那么客气,格外显出克利斯朵夫的有失体统。克利斯朵夫的法语说得很坏,夹着俗话,甚至还有相当粗野的字眼,像所有的外国人一样早就学会而用得不恰当的,自然攻不破吕西安的战术了。他只是愤怒非凡地跟这个冷嘲热讽的软绵绵的性格对抗。大家都派他理屈,因为他们并看不出克利斯朵夫所隐隐约约感觉到的情形:就是说吕西安那种和善的面目是虚伪的,因为遇到了一股压不倒的力量而想无声无息地使它窒息。吕西安并不急,跟克利斯朵夫一样等着机会:不过他是等机会破坏,克利斯朵夫是等机会建议。

法国艺术有种曲意奉承、弄虚作假、令人窒息的死亡气息,这里没有他所追求的"真正的艺术"。他感到孤独,可是不再像从前那样耿耿于怀。他慢慢地有点儿觉得这是他的命运,终身如此的了。

他不知道一颗伟大的心灵是永远不会孤独的,即使命运把他的朋友统统给剥夺了,他还会创造朋友;他不知道自己满腔的热爱在四周已经放出光芒。就是在这个时候,他自以为孤独的时候,他所得到的爱比世界上最幸福的人还要丰富。在他教的学生中,一个不满14岁的女学生葛拉齐亚以她那种孩子气的关切,体会着他的痛苦和苦闷。这个纯洁善良的意大利小姑娘悄悄地爱着他。这个小姑娘在他的生活中将产生巨大影响,而他在当时一无所知。谋生的艰苦,使他过着严格的禁欲生活。他教课的差事全丢了,每天仅吃一顿饭也维持不了。他病倒了,发着高热。在生命垂危之际,默默无闻的女仆西杜妮请来了医生,并终日照料他,使他慢慢恢复了健康。

多少年来第一次,他不得不休息。发病以前过度紧张的精神使他筋疲力尽,至今还没恢复,所以便是疗养时期的疲乏倦怠对他也是一种休息。克利斯朵夫几个月的提心吊胆,日夜警惕,如今才觉得自己老盯着一处的目光渐渐地松了下来。但他并不因之而减少他的坚强,只是变得更近人情。天性中那股强大而有点畸形的生命力往后退了一步;他使自己和别人一样,精神上的偏执和行为方面的残酷与无情都给去尽了。他再也不恨什么,再不想到可恼的事,即使想到,也不过耸耸肩膀;他对自己的痛苦想得比较少,而对别人的想得比较多了。自从西杜妮使他想到地球上到处都有谦卑的灵魂默默无声地熬着苦难,毫无怨叹地奋斗,他就为了他们而把自己忘了。素来并不感伤的他,这时也不禁有些神秘的温情:那是在一个病人心中开出来的花。晚上,靠着院子那边的窗,听着黑夜里神秘的声音……附近的屋子里有人唱着歌,远听更显得动人,一个女孩子天真地弹着莫扎特……他心里想:

"你们,我并不认识而都爱着的人,还没受过人生的烙印、做着些明知是不可能的美梦、跟敌对的世界挣扎着的人,——我愿意你们幸福!噢,朋友们,我知道你们在那儿,我张着臂抱等你们……是的,我们之中隔着一道墙。可是我会一块一块地把墙拆毁的;同时我自己也消磨完了。

咱们能有一天碰在一起吗？在另外一道墙——死——没有筑起以前，我还来得及赶到你们前面吗？……管它！孤独就孤独罢，孤独一世罢，只要我为你们工作，为你们造福，只要你们以后能稍稍爱我，在我死了以后！……”

大病初愈的克利斯朵夫就这样喝着“爱与苦难”这两位保姆的乳汁。

他去参加一个音乐晚会，把所有那些可憎的面目与身体扫了一眼，在客厅的那一头，他看到一对望着他而立刻闪开去的眼睛。跟全场那些迟钝的目光相比，这双眼睛有一种说不出的天真、朴实的气息使他大为惊奇。克利斯朵夫是认识这双眼睛的，却不认识这双眼睛所照耀的脸。他是青年诗人奥里维·耶南，喜欢克利斯朵夫的音乐，那晚专程为克利斯朵夫而来。当两双手终于握在一起时，他们听不见客厅里的声音了，只有他们两个人了，他们觉得心心相印，碰到了真正的朋友。

归途中，克利斯朵夫在拥挤的巴黎街上走着，一无所见，一无所闻，对周围的一切都失去了知觉。他好似一口湖，四周的山把它跟其余的世界隔离了。没有一丝风，没有一点声音，没有一点骚动；只是一片和平宁静。他再三说着：我有了一个朋友了。

卷六·安多纳德

奥里维出身法国旧家，他11岁时，父亲因银行破产而自杀，母亲操劳而死，他和比他大五岁的姐姐安多纳德相依为命。安多纳德守着母亲的灵床，发誓要把弟弟养大，让他幸福。

修道院居然答应安多纳德接替她母亲教琴。她还想找些别的教课的事。她唯一的念头是教养弟弟，直到他进高等师范为止。这计划是她独自决定的，她研究高师的课程，到处打听，也征求奥里维的意见，——可是他毫无意见，她已经为他选择好了。一朝进了高师，他一生不用再愁生活，前途有望了。所以非要他达到这一步不可，无论如何都得活到那个时候。那不过是五六个辛苦的年头：一定能撑到的。这个意念给了安多纳德很大的勇气，使她整个身心都振作起来。她明白看到摆在她前面的是孤独艰苦的生活，唯有靠着“超拔兄弟”的热情才能捱受的。她打定主意倘若自己得不到幸福，至少要使兄弟幸福！……这个还没足18岁的轻佻而温柔的姑娘，被她那英勇的决心改变了：她心中藏着一股献身的热诚和奋斗的傲气，不但谁都没想到，连她自己也没料到。女子在这个烦闷的年龄，有如万物骚动的初春，爱的力量充塞着整个身心，像一条潜藏的溪水在泥土下面流着，把它包裹，浸润，永远和它在一起纠缠；同时爱情也能化为种种形式，它只想献身给别人，给人家做养料：只要有一点儿借口就行了，它的无邪与深刻的肉感准备随时蜕化为牺牲。爱情使安多纳德作了友爱的俘虏。

安多纳德给人当家庭教师，同时照顾弟弟的生活，鼓励他努力读书，给他安排娱乐，不让他走上邪路。为了弟弟，她谢绝了一个体面人的求婚，这是她多少悲苦之外的又一次悲苦。她完全退出了社会，操劳使她养成了静默与孤独的习惯。她到德国去当家庭教师，在异国难得上戏院的安多纳德，忽然渴望听一听法语。戏院已经客满，她遇到了不认识的青年音乐家约翰·克利斯朵夫，他邀她看戏，她糊里糊涂接受了。这件事遭到小城人的猜疑，她被辞退了。这颗贞洁而容易害羞的心灵，整个儿给手足之爱占据了，没有被任何卑污的思想沾染过，一朝懂得了人家怎样指控她的罪名，简直羞愤欲死。但她并不恨克利斯朵夫，知道他的用意是好的，跟她一样无辜。她走了,在火车开出一小时后,她碰巧在一个中间站和迎面开来的火车车厢里的克利斯朵夫相遇了。隔着双重的车窗,四只眼睛碰在一起,彼此看到了对方内心的隐秘。克利斯朵夫感到自己心里给那道陌生的目光挖了一个窟窿,安多纳德则感到凄凉的心里有了一道朦胧的光明,像地狱里的微光,永远保留在内心深处。

安多纳德经过10年的艰苦奋斗,终于把弟弟抚养上了大学,而她却整个累垮了。在大病前期的迷蒙兴奋之中,她和弟弟去听音乐,她认出了出场演奏的克利斯朵夫,那个她在德国受难时代的朋友。她的心又苏醒过来,爱的力量与对幸福的希望又不可抗拒地振奋了一下。她看到克利斯朵夫的歌集,有首曲子上面写着——献给那个受我连累的女子,日期正是她离开德国的那一天。她感激到极点,又快乐又悲哀,高热中,她挣扎着病体给他写信,跟他说她爱他。可是她没有勇气把信寄出去,一切都太晚了,一切都是白费。她长眠不醒了。

谁要在世界上遇到过一次友爱的心,体会过肝胆相照的境界,就是尝到了天上人间的欢乐。奥里维追念着姐姐,觉得她就活在他的心上。他在清理姐姐的遗物时,发现了她给克利斯朵夫的信,他第一次窥见了姐姐的感情生活。他在茫茫人海中寻找克利斯朵夫,热烈地希望跟他亲近,他觉得自己爱克利斯朵夫其实还是爱姐姐。那天音乐晚会上,安多纳德一定是和奥里维在一起:因为克利斯朵夫在奥里维的眼中看见了她;而且也的确是这个突然浮现的形象使克利斯朵夫穿过客厅,向陌生的年轻使者走过去,去接受那幸福的死者的又凄凉又温柔的敬意。

卷七·户内

卷七初版序

多年以来,我在精神上跟不在眼前的识与不识的朋友们交谈,已经成了习惯,所以我今天觉得需要对他们高声倾吐一下。我决不能忘恩负义,不感谢他们对我的厚意。从我开始写《约翰·克利斯朵夫》这个冗长的故事起,我就是为他们写的,和他们一同写的。他们鼓励我,耐着性子陪着我,向我表示同情,使我感到温暖。即使我能给他们多少好处,他们给我的可是更多。我的作品是我们的思想结合起来的果实。

我开始执笔的时候,根本不敢希望同情我们的人会超过一小群朋友:我的野心只限于苏格拉底之家。① 然而年复一年,我觉得好恶相同,痛苦相同的弟兄们不知有多多少少,在巴黎犹如在内地,在法国以内犹如在法国以外。这一点,在克利斯朵夫吐露了他的和我的衷曲,表示他瞧不起《节场》的那一卷出版以后,我就明白了。我的著作所引起的回响,从来没有像这一卷那样迅速的。因为那不但是我的心声,同时是我朋友们的心声。他们很知道,《克利斯朵夫》不单是属于我的,而且也是属于他们的。我们把共同的灵魂大部分都灌输给它了。

既然《克利斯朵夫》是属于读者的,我就应当向他们对这一卷有所解释。如在《节场》中一样,读者在此找不到小说式的情节,而本书主人翁的生涯似乎也中途停顿了。

因此我得说明这部作品是在什么情形之下着手的。

我那时是孤独的。像多少的法国人一样,我在一个精神上跟我敌对的世界里感到窒息;我要

① 苏格拉底建造屋舍,人谓太小,苏格拉底回答:"只要它能容纳真正的朋友就行了。"

呼吸，我要反抗一种不健全的文明，反抗被一般僭称的优秀阶级毒害的思想，我想对那个优秀阶级说："你撒谎，你并不代表法兰西。"

要达到这个目的，我必须有一个眼目清明，心灵纯洁的主人翁，——他又必须有相当高尚的灵魂才能有说话的权利，有相当雄壮的声音才能教人听到他的话。我很耐性地造成了这样的一个主角。在我还没决定开始动笔以前，这件作品在我心头酝酿了十年；直到我把克利斯朵夫全部的行程认清楚了，克利斯朵夫才开始上路；《节场》中的某些篇章，《约翰·克利斯朵夫》全书最后的几卷[①]，都是在《黎明》以前或同时写的。在克利斯朵夫与奥里维身上反映出来的法国景象，自始就在本书中占着重要地位。所以，主人翁在人生的中途遇到一个高岗，一方面回顾一下才走过的山谷，一方面瞻望一番将要趱奔的前途的时候，希望读者不要认为作品越出了范围，而认为是一种预定的休止。

显而易见，这最后几卷（《节场》与《户内》）跟全书其他的部分同样不是小说，我从来没有意思写一部小说。那末这作品究竟是什么呢？是一首诗吗？——你们何必要有一个名字呢？你们看到一个人，会问他是一部小说或一首诗吗？我就是创造了一个人。一个人的生命决不能受一种文学形式的限制。它有它本身的规则。每个生命的方式是自然界一种力的方式。有些人的生命像沉静的湖，有些像白云飘荡的一望无极的天空，有些像丰腴富饶的平原，有些像断断续续的山峰。我觉得约翰·克利斯朵夫的生命像一条河；我在本书的最初几页就说过的。——而那条河在某些地段上似乎睡着了，只映出周围的田野跟天色。但它照旧在那里流动、变化；有时这种表面上的静止藏着一道湍激的急流，猛烈的气势要以后遇到阻碍的时候才会显出来。这便是《约翰·克利斯朵夫》全书中这一卷的形象。等到这条河积聚了长时期的力量，把两岸的思想吸收了以后，它将继续它的行程，——向汪洋大海进发，向我们大家归宿的地方进发。

罗曼·罗兰　一九〇九年一月

我有了一个朋友了！……找到了一颗灵魂，使你在苦恼中有所倚傍，有个温柔而安全的托身之地，使你在惊魂未定之时能够喘息一会：那是多么甜美啊！不再孤独了，也不必再昼夜警惕，目不交睫，而终于筋疲力尽，为敌所乘了！得一知己，把你整个的生命交托给他，——他也把整个的生命交托给你。终于能够休息了：你睡着的时候，他替你守卫；他睡着的时候，你替他守卫。能保护你所疼爱的人，像小孩子一般信赖你的人，岂不快乐！而更快乐的是倾心相许，剖腹相示，整个儿交给朋友支配。等你老了，累了，多年的人生重负使你感到厌倦的时候，你能够在朋友身上再生，恢复你的青春与朝气，用他的眼睛去体验万象更新的世界，用他的感官去抓住瞬息即逝的美景，用他的心灵去领略人生的壮美……便是受苦也和他一块儿受苦！……啊！只要能生死相共，便是痛苦也成为欢乐了！

我有了一个朋友了！他跟我隔得那么远，又那么近，永久在我心头。我把他占有了，他把我占有了。我的朋友是爱我的。"爱"把我们两人的灵魂交融为一了。

---

① 特别是第九卷《燃烧的荆棘》中关于阿娜的部分。——原注

克利斯朵夫和奥里维结为知交,两人搬到一起居住。他知道了安多纳德的一生,对那年轻死者的生命比奥里维理解得更深。他不知不觉代替了她的职位,周到地照顾奥里维。有时他竟弄不清是为了爱奥里维而爱安多纳德呢,还是为了爱安多纳德而爱奥里维。他想帮助虚弱、敏感、温文尔雅的奥里维成为强者,同时他又吸收了奥里维的思想来滋养自己,感染到他超然物外,洒脱自如的精神。两颗心灵相互贡献,奥里维贡献的是法国人广博的修养和渗透心灵的本领;克利斯朵夫贡献的是德国人那种内在的音乐与体会自然的感觉。

奥里维是一个理想主义者,守在他灵魂中心的理想主义,像一道倾泻在湖内的急流,虽然还不被大众所接受,但它却唱出群众的狂热,唱着人与人之间喘息不已的劳动者的战斗,以它热情的巨潮震撼法国,震撼人类。像维吉尔带着但丁游地狱一样,奥里维带着克利斯朵夫游历了法国为理智而战斗的精神之流。

在奥里维的影响下,克利斯朵夫开始了解到同他毗邻而居、互不来往的普通法国人身上潜藏着的法兰西生机,可人们仿佛害上了不能有志愿不能有行动的软瘫病。

克利斯朵夫竭力想扫荡这种麻痹状态,那是他在大多数的法国朋友身上见到的;而奇怪的是他们尽管无精打采,却照旧不辞劳苦地,甚至于很兴奋地,忙着自己的工作。他在各个不同的中产社会里遇到的几乎全是牢骚满腹的人,厌恶秉政的当局跟他们腐败的思想,对于他们民族精神的受到污辱都觉得愤懑。而这并非个人的怨望,并非某些人或某个阶级被剥夺了政权与活动而发的牢骚,例如精力无处发泄的免职的公务员,或是躲在田庄上,像受伤的狮子般坐以待毙的贵族阶级的苦闷。这是一种精神上的反抗,潜在的、深刻的、普遍的:在军队里、司法界里、大学里、办公室里,在政府的一切重要机构中间,到处都有这种情绪。可是他们毫无动作。他们先就灰心了,老说着:"无法可想,无法可想。"

于是他们战战兢兢地把自己的思想、谈话,回避着一切不愉快的事,努力在日常生活中找避难所。

要是他们仅仅脱离政治活动倒也罢了。但就在日常行动的范围里,那些老实人也都不愿意有所行动。他们含羞忍辱,跟他们瞧不起的坏蛋来往,避免和这批人斗争,认为是没用的。譬如说,克利斯朵夫所认识的那些艺术家,音乐家,为什么一声不出地让舆论界的小丑教训他们呢?其中有的是愚蠢无比的家伙,闹过多少大众皆知的,不学无术的笑话,而仍被认为大众皆知的权威。他们的文章跟书连写都不是自己写的;他们雇着书记;而那些可怜的饿鬼,为了衣食妻孥连出卖灵魂都愿意,倘使他们有灵魂的话。这种情形在巴黎是公开的秘密。可是坏蛋继续高高在上地统治着,傲慢不逊地对待艺术家。克利斯朵夫读到他们某些评论,简直气得直嚷:

"噢!这股脓包!"

"你骂谁呀?"奥里维问。"老是骂节场上的那些鬼东西吗?"

"不,我是骂老实人。坏蛋们扯谎,抢劫,盗窃,凶杀:那是他们的本行。可是其余的人,一方面鄙薄坏蛋,一方面让坏蛋作恶的人,我更瞧不起。如果舆论界的同事,如果正直而有学问的批评家,如果被那些小丑戏弄的人,不是因为胆怯,因为怕连累自己,或是因为存着可耻的心和敌人默契,免得受到攻击,——如果不是为了这些理由而不声不响地纵容那些丑类,如果不让他们假借自己的名义与友谊做护身符,那末这种无耻的势力自然站不住的。无论什么事都是同样的毛病。我碰到过几十个正派的人，提到某个人的时候都说：‘他是个混账东西。’可是没有一个不称呼他‘亲爱的同行’，不跟他握手。他们都说：‘这种人太多了！’——是的，奴颜婢膝的人太多了。懦弱的好人太多了。”

“唉！你要我们怎么办呢？”

“你们自己去当警察呀！等什么？等老天来替你们处理吗？你瞧，这一回雪已经下了三天，把你们的街道壅塞了，把你们的巴黎弄成了一个泥洼。你们又干些什么？你们骂市政当局把你们丢在泥湫里。可是你们有没有试过想爬出来呢？真叫做天晓得！你们抱着胳膊发愣，连自扫门前雪的勇气都没有。没有一个人是尽责的，政府不尽政府的责任，私人不尽私人的责任：只互相推诿一阵了事。几百年君主制度的教育养成了你们什么都不亲自动手的习惯，你们在等待奇迹出现之前，只会扯着脖子望着天。可是只有你们肯下决心行动，才是唯一可能的奇迹。你瞧，奥里维，你们的聪明跟品德尽够拿来转让给别人；可是你们缺少热血。第一应当由你来发动。你们的病既不在头脑，也不在心，而是在于你们的生机。它溜走了。”

“那有什么办法？得等它回来啊。”

“先要有志愿希望它回来！听见没有：要有志愿！为这一点，第一得吸收新鲜的空气。一个人既然不愿意走出家门，至少应当把他的屋子收拾干净。你们却是让节场上的乌烟瘴气把瘟疫带到家里来。你们的艺术跟思想三分之二被玷污了：你们却垂头丧气，连愤怒的情绪都鼓动不起来，差不多已经不以为奇了。这些荒唐的老实人中间，有几个吓坏了，甚至相信是自己错了，那般走江湖的倒是对的。你们《伊索》杂志的同人自命为不受任何事物的蒙蔽；我可在那儿碰到些可怜的青年，对于心里明明不喜欢的艺术，嘴上承认是喜欢的。他们因为像绵羊一般的懦弱，所以即使没有乐趣，也让自己麻醉了：结果他们在自骗自的情形之下烦闷得要死！”

克利斯朵夫像一阵风摇着酣睡的森林似的，又闯进那般游移不决的人堆里去。他并不想把自己的思想灌输给他们，只给他们一些毅力，要他们敢于有自己的思想。他说：

“你们太谦卑了。一个人最大的敌人是神经衰弱性的怀疑。宽容是可以的，而且是应当的。但决不能怀疑你所信为善与真的东西。凡是你相信的，你都应当保护。不问我们的力量怎么样，切不可退让。在这个世界上，最渺小的人和最强大的人同样有一种责任。而且——（那是他不知道的）——他也有他的威势。别以为单枪匹马的反抗是白费的！敢肯定自己的信念就是一种力量。你们近年来已经看到好几个例子，政府和舆论都不得不顾虑到一个正人君子的意见来处理一件事情，而这正人君子的唯一的武器只有他那种精神的力量，百折不回的，公开向世人昭示的……

“如果你们问我，辛辛苦苦费这许多力量有什么用，奋斗有什么用……那末我告诉你们：——因为法兰西已经奄奄一息了——因为欧罗巴也奄奄一息了——因为我们的文明，人类以几千年的痛苦缔造起来的文明要崩溃了，要是我们不奋斗的话。国家遭了危险，欧罗巴这个大国遭了危险，——尤其是你们的，你们的法兰西小国，被你们的麻木不仁给扼杀了。它就死在你们每一股死去的精力中，死在你们每一缕隐忍的思想中，死在你们每一个人贫弱的意志中，死在你们每一滴枯涸的血中……起来罢！应当生活！是的，要是你们非死不可，也得站起来死。”

克利斯朵夫靠自己心灵的力量,在周围散布活泼的生命,它像春天的一股暖气似的,使那些被多少年的痛苦、病弱、孤独折磨得枯萎的心再生。整座公寓的房客都喜欢他的坦白与健康,在孤独中生活的邻居相互往来,心灵照会。这时他得到母亲病危的消息,他不顾危险赶回德国与母亲见了最后一面。由于警察的追捕,他来不及参加母亲的葬礼,再次逃亡。奥里维代他办理丧事。

那天下午,奥里维在约定的边界车站上和克利斯朵夫相会了。那是林木幽密、山峦起伏的一个小村。他们并不搭下一班开往巴黎的火车,决意走到前面的一个城市。他们需要孤独,便往静悄悄的森林中走去,只听见远处传来几下沉重的伐木声。他们走到山冈上一片空旷的地方。脚下那个狭窄的山谷还是德国的土地,有所看守树林的人的屋子,顶上盖着红瓦,一小方草地好比森林中一口碧绿的湖。四下里全是深蓝色的一望无际的林木,给水汽包裹着。雾气在柏树枝间缭绕。一层透明的幕把线条遮盖了,把颜色减淡了。一切都静止不动。没有脚声,没有人声。秋天的榉树都变了金黄色,几点雨水淅淅沥沥地打在树上。一条小溪在乱石中流着。克利斯朵夫和奥里维停下脚步,呆住了。各人都想着自己的丧事。奥里维默默地对自己说着:

"啊,安多纳德,你在哪儿?"

克利斯朵夫却想着:"现在她不在世界上了,成功对我还有什么意思?"

但各人听见各人的死者安慰他们:

"亲爱的,别哭我们了。别想我们了。你想着他罢……"

他们彼此瞧了一眼,马上忘了自己的痛苦,而只感觉得朋友的痛苦。他们握着手,心中只有一片凄凉恬静的境界。没有一点风,雾气慢慢地散了,显出了青天。雨后的泥土那么柔和……它把我们抱在怀里,堆着一副亲热的笑容,和我们说:

"休息罢。一切都很好……"

克利斯朵夫的心松下来了。两天以后,他整个儿在回忆中,在亲爱的妈妈的灵魂中过活;他体验着那卑微的生活,单调而孤独的岁月,在孩子们都走了的静寂的家里,想念那些把她丢下的儿子……可怜的老妇,残废,勇敢,抱着乐天安命的信心,生就温和的脾气,恬然自得地忍受着一切,没有一点儿自私……克利斯朵夫也想起他认识的,一切谦卑的心灵。这时他觉得自己跟他们多么接近!在骚动的巴黎,眼看多少的思想人物发疯似的搅在一起,最近又看到那阵血腥的风,煽动神志错乱的民族互相仇视;克利斯朵夫经过了几年累人的争斗和激昂的日子,对于这个骚动而贫瘠的社会,对于自私的争战,对于自命为代表理智而实际只是掀风作浪的野心家,深深地感到厌倦。他所爱的却是成千累万的淳朴的心灵——他们在各个民族中间静静地燃烧着,本身便是些纯洁的火焰,代表慈悲,信仰,牺牲。

"是的,我认得你们,我终于跟你们团聚了,你们是和我同一血统的。我早先像浪子一般离开了你们,跟着大路上的那些影子走了。现在我回到你们中间来了,请你们把我留下罢。我们不问生死,都是一体;我到哪儿,你们也到哪儿。噢!母亲,我曾经生活在你的身上,如今是你生活在我身上了。还有你们,高脱弗烈特、苏兹、萨皮纳、安多纳德,你们全生活在我身上。你们是我的财富。咱们一同上路罢。我的话就是你们的声音。凭着我们联合的力量,我们一定能达到目的……"

树上缓缓地滴着雨水，一道阳光从树枝间溜进来。树林下面一小方草地上传来一群儿童的声音：三个女孩子在那里绕着屋子跳舞，唱着一支天真的德国山歌。而远远的，一阵西风像吹送蔷薇的异香似的，吹来法国方面的钟声……

“噢！和平，你是神圣的音乐，你是解脱的心灵的音乐；苦，乐，生，死，敌对的民族与友爱的民族，一齐交融在你身上……噢！我爱你，我要抓住你，我一定能抓住你……”

黑夜降临了。克利斯朵夫从幻梦中醒来，又看到了朋友那张忠实的脸。他对他笑笑，把他拥抱了。随后，他们俩穿过树林，悄悄地重新上道；克利斯朵夫在前面替奥里维开路。

孤零零地，不声不响，
一个在前，一个在后，
大路上来了两个年轻的弟兄……

卷八 · 女朋友们

克利斯朵夫周围有了一群志同道合的人，形成了一个以他为中心的集体，把友爱的歌声跟一切星球之间的和声交融为一。他的艺术思想也发生了重大变化，他要把为自己的音乐变成跟别人息息相通的为大众的音乐，使它成为人类相互沟通的桥梁。这时候，奥里维与富家女子雅葛丽纳结婚了。克利斯朵夫再次受到批评界的攻击，曲子也被出版商篡改。可是突然之间，所有攻击都停止下来，一切都在好转，连他回国给母亲扫墓也得到特许的护照，不再被追捕。似乎有一个人在暗中保护他，替他排除障碍，替他开路。雅葛丽纳生孩子后，与人私奔了。克利斯朵夫照料着生病的奥里维，孩子由他们共同的女朋友赛西尔抚养。

克利斯朵夫被邀出席奥国大使馆晚会，在那里，他见到了暗中保护他的伯爵夫人葛拉齐亚，她就是跟他学过音乐的意大利小姑娘。从前葛拉齐亚爱着克利斯朵夫，克利斯朵夫完全没注意。如今葛拉齐亚保持着恬静的气息，对他只有一种恬静的友谊了，她爱着她的丈夫。

他去探望奥里维的孩子，朋友们都坐在睡熟的孩子周围，默不作声。假如这时有人问他们在想些什么，——那末，他们脸上带着谦卑的神气，只回答你一个字：爱。

卷九 · 燃烧的荆棘

精神安定。一丝风都没有。空气静止……

两个朋友并不住在一起，但却天天见面。要散布阳光到别人心里，先得自己心里有阳光。克利斯朵夫忙于创作，他不相信革命，想用健全的音乐去改造社会。奥里维忙于研究社会的灾难，他反对暴力，想为平民献身。他们共同去接触他们并不了解的工人运动，寻求同平民结合的道路。“五一”节那天，他们一同去街上散步，想去看看工人的游行示威。没想到他们被卷入了这股潮水，在群众与警察的混战中，奥里维身亡，克利斯朵夫因杀死警察而亡命瑞士。朋友的死，使他哀痛欲狂。人生的痛苦是不能得一知己，一朝得而复失，简直活不下去。他病倒在同乡医生朋友家里。几个星期后，他才恢复了正常的生活。但细心的人会发现，虽然他会笑了，眼里燃着生命之火，但精神上有些东西已经给摧毁了。

他每天弹琴，他的音乐唤起了年轻的医生太太阿娜的热情。阿娜是一个神情严肃、呆滞、举止古怪、被小城的习俗紧紧包裹的女人，在音乐中，这个天性被压抑的女人心灵觉醒了，达到了从来未有的境界,第一次感到她是独立的“自我”。克利斯朵夫和她经历了一场波折起伏的恋爱后,痛不欲生地隐遁到偏远的山林。他筋疲力尽,老了十岁,但却得救了,托生到了上帝身上。他心平气和,明白了没有一个人能完全自主,没有上帝的意志,单是人的意志一无所用,真正伟大的艺术家只能说神灵启示他的话。云雀在歌唱,他的心就像云雀一样,向那些留在地下的同伴描写天国的光明。

卷十·复旦

卷十初版序

我写下了快要消灭的一代的悲剧。我毫无隐蔽地暴露了它的缺陷与德性,它的沉重的悲哀,它的混混沌沌的骄傲,它的英勇的努力,和为了重新缔造一个世界、一种道德、一种美学、一种信仰、一个新的人类而感到的沮丧。——这便是我们过去的历史。

你们这些生在今日的人,你们这些青年,现在要轮到你们了!踏在我们的身体上面向前罢。但愿你们比我们更伟大、更幸福。

我自己也和我过去的灵魂告别了,我把它当作空壳似的扔掉了。生命是连续不断的死亡与复活。克利斯朵夫,咱们一齐死了预备再生罢!

罗曼·罗兰 一九一二年十月

生命飞逝。肉体与灵魂像流水似的过去。岁月镌刻在老去的树身上。整个有形的世界都在消耗,更新。不朽的音乐,唯有你常在。你是内在的海洋。你是深邃的灵魂。在你明澈的眼瞳中,人生决不会照出阴沉的面目。成堆的云雾,灼热的、冰冷的、狂乱的日子,纷纷扰扰、无法安定的日子,见了你都逃避了。唯有你常在。你是在世界之外的。你自个儿就是一个完整的天地。你有你的太阳,领导你的行星,你的吸力,你的数,你的律。你跟群星一样的和平恬静,它们在黑夜的天空画出光明的轨迹,仿佛由一头无形的金牛拖曳着的银锄。

音乐,你是一个心地清明的朋友,你的月白色的光,对于被尘世的强烈的阳光照得眩晕的眼睛是多么柔和。大家在公共的水槽里喝水,把水都搅浑了;那不愿与世争饮的灵魂却急急扑向你的乳房,寻他的梦境。音乐,你是一个童贞的母亲,你纯洁的身体中积蓄着所有的热情,你的眼睛像冰山上流下来的青白色的水,含有一切的善,一切的恶,——不,你是超乎恶,超乎善的。凡是栖息在你身上的人都脱离了时间的洪流,所有的岁月对他不过是一日,吞噬一切的死亡也没有用武之地了。

音乐,你抚慰了我痛苦的灵魂;音乐,你恢复了我的安静,坚定,欢乐,——恢复了我的爱,恢复了我的财富;——音乐,我吻着你纯洁的嘴,我把我的脸埋在你蜜也似的头发里,我把我滚热的眼皮放在你柔和的手掌中。咱们都不作声,闭着眼睛,可是我从你眼里看到了不可思议的光明,从你缄默的嘴里看到了笑容;我蹲在你的心头听着永恒的生命跳动。

克利斯朵夫不再计算那些飞逝的年月。生命一点一滴地过去了。但他的生命是在别处。它没有历史,只有它创造的作品。音乐的灵泉滔滔不尽地歌唱着,充塞了灵魂,使它再也感觉不到外界的喧扰。克利斯朵夫得胜了。他的声名稳固了，头发也白了。他既不恼怒，也不再想战斗，只顾创作他的曲子。他长期居住在中立国瑞士，在这里，他遇见了孀居的葛拉齐亚。他渴望温情，到罗马去与葛拉齐亚见面。葛拉齐亚为他打开了一个新的艺术世界之门，使他从意大利的艺术中看到了智慧、爱和力，体会到一种悲壮的美。但当日的意大利，只是一个休养生息的地方，不适合一个音乐家发挥他的天才。葛拉齐亚感到克利斯朵夫的意志，觉得行动是做人的义务和美事，她劝他重返巴黎。人生各有各的角色，克利斯朵夫的角色是行动。

十年退隐之后再回到巴黎来，他不免在社会上轰动一时。具有欧罗巴灵魂的克利斯朵夫宽容地看待一切，他自己的一代像潮水一样过去了，他没跟它一同过去，下一代的潮水又不要他加入，他是孤独的。他心平气和地把自己的失意写信告诉葛拉齐亚，竭力想在艺术中使生命的各种力量得到平衡。他发现当年被奥里维在"五一"示威中救出的童工爱麦虞限已成为一个青年诗人，在继续宣传奥里维的理想主义，他们成了好朋友。葛拉齐亚带着孩子来到巴黎，克利斯朵夫心中充满了爱。他们准备结合的事被葛拉齐亚儿子的反对破坏了，可是谁也不能阻止两颗心的结合。两颗相爱的心灵自有一种神秘的交流：彼此都吸收了对方最优秀的部分，为的是要用自己的爱把这个部分加以培养，再还给对方。葛拉齐亚的健康受了损害，克利斯朵夫每天去跟她谈天、念书、弹奏他带去的乐曲。从葛拉齐亚的心中再去领会自己的音乐，等于和这颗心结合了，把它占有了。这种神秘的交流又产生出新的音乐，有如他们生命交融以后的果实。有一天，他送给她一册选集，他对她说：这是咱们的孩子。这种爱情使克利斯朵夫能永久保持和平的心情。而葛拉齐亚却早已没有和平，身体完全因儿子而损坏了。儿子病死后，她也因流感离开了世界。死亡来得那么快，来不及告别，她把手上的戒指交给女儿，要她转交克利斯朵夫。

克利斯朵夫得到心爱的人的死讯，表现得异常平静。没有痛苦，没有思想，没有一个确切的形象。他好比一个困顿不堪的人，听着一阕模糊的音乐，并不想了解。痛苦世界的大门已经给关上了，斗争已告结束，他走出了战场。过了几星期，他才重新出门和大家见面。他到了一个境界，便是痛苦也成为一种力量，由他统治的力量。他同多年的敌人雷维-葛讲和了。他把奥里维的儿子和葛拉齐亚的女儿当作自己的儿女，让这两个年轻人结合在一起。送走新婚的一对，他躺在病榻上，看着自己的肉体渐渐地在死去。爱人出现了，握着他的手，他们一同走出了时间的洪流，到了极乐的高峰，——在那儿，过去，现在，将来，手挽着手，围成一个圆周；平静的心同时看到了悲哀与欢乐的生长，繁荣，与枯萎，——在那儿，一切都是和谐……

三座钟恬静地奏鸣着。麻雀在窗前鼓噪，提醒他是给它们吃东西的时候了……克利斯朵夫在梦中又见到了童年的卧房……钟声复起，天已黎明！美妙的音浪在轻快的空中回旋。它们是从远方来的，从那边的村子里……江声浩荡，自屋后上升……克利斯朵夫看到自己肘子靠在楼梯旁边的窗槛上。他整个的生涯像莱茵河一般在眼前流着。整个的生涯，所有的生灵，鲁意莎，高脱弗烈特，奥里维，萨皮纳……

"母亲，爱人，朋友……他们叫什么名字呢？……爱人，你们在哪儿？我的许多灵魂，你们都在哪儿？我知道你们在这里，可是抓不到你们。"

“我们和你在一起。你安息罢,最亲爱的人!”

“我再也不愿意跟你们相失了。我找你们找得好苦呀!”

“别烦恼了。我们不会再离开你了。”

“唉!我身不由己地给河流卷走……”

“卷走你的河流,把我们跟你一起卷走了。”

“咱们到哪儿去呢?”

“到咱们相聚的地方。”

“快到了吗?”

“你瞧罢!”

克利斯朵夫拼命撑着,抬起头来——(天哪,头多重!)——看见盈溢的河水淹没了田野,庄严地流着,缓缓地,差不多静止了。而在遥远的天边,像一道钢铁的闪光,有一股银色的巨流在阳光底下粼粼波动,向他直冲过来。他又听到海洋的声音……他的快要停止的心问道:

“是他吗?”

他那些心爱的人回答说:

“是他。”

逐渐死去的头脑想着:

“门开了……我要找的和弦找到了!……难道这还不完吗?怎么又是一个海阔天空的新世界了?……好,咱们明天再往前走罢。”

噢,欢乐,眼看自己在上帝的至高的和平中化掉,眼看自己为上帝效劳,竭忠尽力地干了一辈子:这才是真正的欢乐!……

“主啊,你对于你的仆人不至于太不满意吧?我只做了一点儿事,没有能做得更多。我曾经奋斗,曾经痛苦,曾经流浪,曾经创造。让我在你为父的臂抱中歇一歇罢。有一天,我将为了新的战斗而再生。”

于是,潺潺的河水,汹涌的海洋,和他一齐唱着:

“你将来会再生的。现在暂且休息罢!所有的心只是一颗心。日与夜交融为一,堆着微笑。和谐是爱与恨结合起来的庄严的配偶。我将讴歌那个掌管爱与恨的神明。颂赞生命!颂赞死亡!”

> 当你见到克利斯朵夫的面容之日,
> 是你将死而不死于恶死之日。
>
> (古教堂门前圣者克利斯朵夫像下之拉丁文铭文)

圣者克利斯朵夫渡过了河。他在逆流中走了整整的一夜。现在他结实的身体像一块岩石一般矗立在水面上,左肩上扛着一个娇弱而沉重的孩子。圣者克利斯朵夫倚在一株拔起的松树上;松树屈曲了,他的脊骨也屈曲了。那些看着他出发的人都说他渡不过的。他们长时间地嘲弄他,笑他。随后,黑夜来了。他们厌倦了。此刻克利斯朵夫已经走得那么远,再也听不见留在岸上的人的叫喊。在激流澎湃中,他只听见孩子的平静的声音,——他用小手抓着巨人额上的一绺头发,嘴里老喊着:“走罢!”——他便走着,伛着背,眼睛向着前面,老望着黑洞洞的对岸,峭壁慢慢地显出白色来了。

早祷的钟声突然响了,无数的钟声一下子都惊醒了。天又黎明！黑沉沉的危崖后面,看不见的太阳在金色的天空升起。快要倒下来的克利斯朵夫终于到了彼岸。于是他对孩子说：

“咱们到了！唉,你多重啊！孩子,你究竟是谁呀?”

孩子回答说：

“我是即将来到的日子。”

美国的悲剧

作者西奥多·德莱塞(1871—1945)是20世纪上半期美国现实主义文学的重要代表。他生于印第安纳州的特雷浩特镇,父亲是德国移民、破产的小业主。德莱塞的童年和少年时代是在极端贫困中度过的,中学没读完,16岁就独自到芝加哥谋生,干过许多杂活,偶然读了一年大学。这段经历,奠定了他日后同情贫苦人民,积极支持工人运动的思想基础,也为他的创作提供了素材。

1892年,他开始当记者,开始广泛地了解社会。他揭露贫富之间的鸿沟,说明在"金元帝国"里幸福不过是幻想,确立了他思想探索和创作的主要方向。德莱塞早期的思想和创作受到斯宾塞社会进化论和弗洛伊德心理学的影响,有自然主义的倾向,但主要倾向还是现实主义的。之后,在十月革命影响下,他的世界观和创作发生重大变化,克服了自然主义。1927年,他访问苏联,肯定苏联的成就。回国后,积极参加工人运动和反法西斯斗争。1941年,他被选为美国作家协会主席。1945年,加入美国共产党。同年12月逝世。

德莱塞一生写了八部长篇小说、四部短篇小说集、两部戏剧集、三部政论集,还有传记、散文,等等。他的第一部作品是长篇小说《嘉莉妹妹》(1900),描写农村姑娘嘉莉为追求美国生活方式而堕落的故事。以后的重要作品有:《珍妮姑娘》(1911),《欲望三部曲》(包括1912年的《金融家》、1914年的《巨人》、1947年的《斯多噶》),《天才》(1915),《美国的悲剧》(1925);短篇小说集《妇女群像》(1929),《堡垒》(1946);政论集《悲剧的美国》。

德莱塞的创作描写了广阔的社会场景,忠实而大胆地揭露出美国社会制度罪恶的本质,粉碎了美国生活方式的神话,有"人间悲剧"之称。他塑造出金元帝国这一典型环境中的众多典型人物,善于在不同情景的对比中,对人物进行细致的心理分析,情节发展合理,细节真实。表现出真实、大胆、细腻的现实主义风格。

长篇小说《美国的悲剧》(1925)是德莱塞的代表作,共包括三部。作品描写一个穷牧师的儿子克莱德·格里菲思受社会腐蚀而堕落、犯罪、毁灭的过程。主要人物有:阿萨·格里菲思和爱尔薇拉·格里菲思(克莱德的父母),赫丝特·格里菲思(克莱德的姐姐),霍旦丝·布里格斯(克莱德的女友,店员),塞缪尔·格里菲思(克莱德的伯父,莱科格斯"格里菲思衣领公司"的工厂主),吉尔伯特·格里菲思(塞缪尔的儿子),桑德拉·芬琪雷(资本家的女儿),罗伯塔·奥尔登(农民的女儿,塞缪尔工厂的女工),奥维尔·梅森(纽约州卡达拉基郡的检察官,共和党人),阿尔文·贝尔纳普(克莱德的辩护律师,民主党人),鲁本·杰甫逊(克莱德的辩护律师),邓肯·麦克米伦(未经授予神职的牧师)。现根据中文译本(许汝祉译,外国文学出版社1986年版)介绍或节选如下。

第一部

美国中部密苏里州得克萨斯城。一个夏天的黄昏,街上人车杂沓。其中有六个人:一个矮胖的男人,50岁上下,穿着破旧衣服,样子猥琐;他的妻子约比他小五岁,高大结实,面貌衣着平常,一手拿着《圣经》,一手领着一个7岁的小男孩;跟着他们的还有一个15岁的女孩,一个12岁的男孩和9岁的女孩。他们是格里菲思夫妇一家。他们唱着赞美诗第27首《耶稣之爱,无比芬芳》:耶稣的爱拯救我的全部身心,上帝的爱指引我的脚步前进。周围的人对他们的传道投以轻蔑嘲笑的眼光。格里菲思夫妇认真地唱着,可是孩子们却不一样,尤其是那12岁的男孩克莱德,满脸不乐意的神气。他瘦高个子,白皮肤,黑头发,看上去十分机警。他对美和享乐很敏感,渴望舒适快乐的生活,但家庭生活总是困难,因此他对父母的职业和说教很反感,根本不相信上帝能指引什么道路。他再也不愿干这行当了。

格里菲思一家住在偏僻狭窄的街道旁一所黄色木板房里。这是住宅兼布道所,和周围高楼大厦相比,显得很寒酸。格里菲思夫妇一心传播福音,没顾及子女的教育,对子女的前途也没有切实的打算。克莱德讨厌这个家,总想有机会就离开它。到了16岁,性的诱惑开始冒头了,他开始关心衣着打扮,需要朋友,这就更引起对家庭贫穷的反抗心理。他急于寻找职业,设法改善自己的生活。这时,他的姐姐赫丝特和一个外地演员私奔了,这使他再一次看到传教工作没有价值,上帝拯救不了赫丝特。

不久,他在药店里找到了工作,以后又到格林·戴维尔饭店当服务员。格林·戴维尔饭店是当地最豪华的旅馆,有12层楼,旅馆里装饰得富丽堂皇,一切奢华的设施应有尽有。克莱德在这灯红酒绿、轻歌曼舞、调情说爱的花花世界里,穿着崭新的制服,伙食不花钱,除工资外,每周还有二十多元的小费。他羡慕这种奢华生活。有钱就能享受,为什么自己就应该一无所有呢?社会竟如此不平等。

他在饭店里结交了一伙沾染上放荡习气的朋友。他们追求的是吃喝玩乐,谈论的是桃色新闻和寻花问柳的生活。克莱德急于享受这种放荡的生活,便欺骗母亲。

克莱德最关心的首先是怎么把他挣的钱大部分留给自己花。因为自从他做事挣钱以来,家里人一向认为他会把他挣的钱拿出一大部分来贴补家用,至少是他过去那份小小的工资的四分之三。可是现在他要是说明每星期至少能挣25美元,甚至更多一些,而且每月的薪水15美元和伙食还不在内,那么父母一定会要他拿出10到12美元来。

不过很久以来,他一直怀着一种愿望,要把自己打扮得漂漂亮亮,像随便哪个衣着讲究的年轻人一样。现在机会来了,他便经不住那种诱惑,一心想把自己打扮起来,而且愈快愈好。他就决定告诉母亲说,他每天的小账,合起来不过1美元。为了能够自由支配空下来的时间,他又说,除了隔天轮到一次上班以外,还得经常给有病的服务员做替工,或是被安排去干一些别的事情。他还说,经理部关照过,所有的服务员在饭店外面也要像在饭店里一样,穿得整整齐齐。他不能老是穿身上这套衣服到饭店去上班。他说史魁尔斯先生就向他这么暗示过。幸亏饭店里有个服务员,仿佛有心减轻他的焦急似的,告诉他说,他所需要的一切东西,有个地方全都能马上买到手。

他母亲对这类事完全外行,也就相信了他的话。

问题还不止这么简单。每天跟他混在一起的这类年轻人,对人情世故比他经验多一些,对奢侈和邪恶的生活比他熟悉一些,早已沾染了某种放荡和邪恶的习气;而到这时为止,克莱德对这一切还完全外行,听人谈起以后,不免目瞪口呆,起初甚至还有些怯生生的厌恶心理哩。赫格伦就曾经说过,他们这一伙人,克莱德现在也是其中的一分子了,有一部分在月底发薪那天晚上,照例要一起去寻欢作乐一番。凭着他们当时的兴致和身边那些现钱,他们通常总是到那两家相当有名而又不大高雅的通宵营业的饭馆去,不是这一家,便是另一家。克莱德从人家的言谈中逐渐了解到,他们喜欢结伴在深夜摆阔,大吃大喝,然后按照老规矩,到市中心那家外表好看的跳舞厅去弄个女人。如果这引不起大家的兴趣,他们就上那家很有些臭名声的妓院去,在他们看来,那是一些有名的地方。这种妓院每每是伪装成寄宿宿舍的。这些服务员常常吹牛说,在那里,只要把他们身边带的钱花一小部分,就能“随意把姑娘弄到手”。由于他们年轻,不懂事,花钱大方,而且全都对人和气,长得漂亮,自然照例很受奉承。这类地方的女人为生意着眼,总想引他们下次再去,所以对他们就特别殷勤周到。

到目前为止,克莱德的生活一直是非常枯燥的,他几乎对任何一种寻欢作乐的事情都非常热切,因此凡是听到人家说起探奇和寻欢作乐的事,一开头便听得非常起劲。这并不是说他赞成这类荒唐事。事实上,这种事情起初还使他感到恼怒和苦闷,因为他觉得这与他多年来所接受的教导是完全背道而驰的。然而他一向是在阴暗而拘束的生活中长大的,现在相形之下,他的生活起了多大的变化,获得了多么痛快的解脱啊。这就使他禁不住老是想到这类事情,一心渴望着能变变花样。他对他所听到的话虽然有时候还是不以为然,可又听得很起劲,很表同情。那些年轻人看见他这样随和,这样亲切,就一个接着一个劝他到某些地方去玩,上戏院、下馆子,或是到他们之中某人的家里去,凑两三个人打打牌,甚至劝他到那些下流的地方去,这种地方,克莱德起初是坚决不肯去的。不过他很喜欢赫格伦和拉特勒这两个人,后来逐渐跟他们混熟了,他们邀他去吃一顿凑热闹的晚餐,用他们的话来说,就是到佛里塞尔酒店“痛痛快快地大吃大喝一顿”,他就决定去了。

“明天晚上我们又要上佛里塞尔去吃每月一次的热闹饭了,克莱德,”拉特勒对他说。“你愿意参加吗?你还没去过呢。”

这时候,克莱德已经习惯于这种热闹的气氛,就不像开头那样犹疑不决了。因为他已经对道尔下了一番仔细研究的工夫,而且大有收获。于是学了他的样,置了一整套新服装,包括棕色的衣服、帽子、大衣、短袜、别针和皮鞋,尽量装扮得像指点他的人,而且这套服装对他很合适,非常合适,简直是太合适了,他一生从来还没有这样漂亮过。不只是他的父母,就连他的弟妹也因这种变化大为惊讶,甚至目瞪口呆了。

克莱德怎么会这么快就这样阔气起来呢?他现在穿的这套衣服花了多少钱呢?难道他居然会这么傻,为了目前的气派,把将来的收入作抵押,借了钱乱花吗?他将来也许还需要花钱啊。别的孩子也需要置些衣服啊。这个饭店叫他干那么长时间的工作,连晚上也得那么迟才能回来,工钱又那么少,以这种地方道德上和精神上的气氛来说,到底是否适宜于让他在那里做事呢?

对于这些问题,他很巧妙地回答说,一切都会好起来的,他的工作并不太辛苦。他的衣服也不算太漂亮,丝毫也不过分,他母亲只要看看别的一些服务员就会明白,他花钱并没有花得太多。反正他买这些东西花的钱,可以在长时期中分期归还。

不过关于这顿晚餐的问题,却不能不考虑考虑。连他自己也认为这是另一回事。他心想,估计时间会拖得很晚,他怎样好跟父母解释那么晚才回家的原因呢?拉特勒说过,大概要到半夜三四点才散,不过他当然可以随便什么时候先走。可是把大伙儿丢开先走,那像什么话?可是,他妈的,人家多半不像他这样住在家里,即令像拉特勒那样在家里住,人家的父母也并不管他们干些什么事啊。不过这样迟的晚饭,那到底该不该去呢?这些小伙子们个个都喝酒,根本不把它当一回事,赫格伦、拉特勒、金塞拉、希尔,全都一样。人家在这些场合都喝酒,只有他一个人偏要认为稍微喝一点就有危险,这种想法未免太傻了。再说他如果不想喝,自然就不必喝嘛。他不妨去,家里要是说什么话,尽可以推说他必须工作到很晚。偶尔迟回去一次,这算什么呢?他现在不是个大人了吗？他挣的钱不是比家里随便哪个人都多吗？难道他不该从此爱怎么办就怎么办吗？

他开始感觉到行动自由的快乐，他可以亲自尝尝甜蜜的风流滋味了，不管他母亲说些什么，决计阻止不住他了。

他们每月领工资后便去聚餐、喝酒、上妓院。克莱德随波逐流，开始还不安，甚至有厌恶的心理，但禁不住妓女的引诱。在一次放荡纵欲后，他又迷恋上风骚肉感的女店员霍旦丝·布里格斯。这是一个玩弄男性的姑娘，只想利用克莱德的钱，让他填填空档。克莱德被她挑逗得神魂颠倒。正在这时，他母亲接到一封信，然后让他去筹借100元钱，又不说明钱的用途。一次，他跟踪母亲，结果看到了被情人抛弃的姐姐赫丝特，她消瘦苍白，快生孩子了，但没有钱。他明白了母亲要钱是为了姐姐，心里很难过。这件事使克莱德想了许多，他对姐姐的情夫很愤怒，但又认为她也有过失。

霍旦丝看中了一件标价100多元的海獭皮短外套，便使出全部魅力来叫克莱德付款。克莱德怕失去霍旦丝，便答应了。可母亲为姐姐临产向他要50元钱，他口袋里正好有这个数目，但那是准备付外套款的。一面是霍旦丝，一面是急需他帮助的母亲和姐姐，他很为难。经过一番考虑，他认定不能失去霍旦丝，于是便向母亲说没钱，只掏出5元给她。事后，他为自己这样欺骗母亲感到痛苦。

一天，他和朋友乘车出游，在郊区威格华姆旅馆喝酒、跳舞，还在小河上溜冰、嬉戏，直玩到筋疲力尽。上班时间快到了，他们拼命开快车往回赶，结果压死一个小女孩。为逃脱警车追捕，又冲进木料堆，翻了车。车上的人都受伤了。克莱德怕吃人命官司，赶紧逃跑了。

第 二 部

车祸事件后，克莱德到处漂泊，干过各种苦活脏活。一年半后，在芝加哥当送货车司机。后来重操旧业，进了芝加哥联合俱乐部当服务员。一晃三年，他已经20岁了。芝加哥联合俱乐部出入的是大亨和社会名流，他在这个环境里学到了绅士风度，但旅馆的生活方式又引发了他羡慕名誉地位的致命病。正在他考虑自己的前途时，碰到前来出差的伯父塞缪尔·格里菲思。塞缪尔是纽约州莱科格斯的富豪，“格里菲思衣领公司”的厂主。他觉得克莱德机灵漂亮，年龄、面貌和自己的儿子吉尔伯特相仿，便同意雇用他。

莱科格斯是一个贫富界限极其鲜明的城市。上等人家的住宅区里马路宽阔，两旁有树，房屋美观讲究，有草坪，有豪华的汽车。那种气派比克莱德见过的任何城市都高出一筹。而贫民窟的贫穷景象，也是他过去没有看见过的。堂兄吉尔伯特不愿有这种穷亲戚关系，不喜欢有一个姓格里菲思而且相貌也像他的人。堂兄在工厂里以上司的身份接待克莱德，借口他没受过训练，把他安排在全厂最下等的、活计最重的落水间工作，周薪15元，只够维持生活。格里菲思一家冷淡他，而工厂和周围的人却因他与厂主的亲戚关系巴结奉承他。他为了自己的前途，依照这里的社交尺度，不敢跟那些地位赶不上格里菲思家的人来往，他感到孤单寂寞。

塞缪尔从外地回来后，想到不接待这位侄子是说不过去的，便请他在星期天到家里吃饭。克莱德羡慕伯父家的豪华气派，自惭形秽，便极力隐瞒他父亲的贫穷和自己的过去。这天，堂妹蓓拉带回来她的两个女同学：桑德拉·芬琪雷和贝蒂娜·克伦斯顿，并把她们介绍给他。桑德拉是

"芬琪雷电气公司"老板的女儿,漂亮、自负,克莱德对她一见倾心。

可是,格里菲思太太没有预料到这次会来客人。她对蓓拉在这个时候介绍她的朋友也有点不乐意。因为这么一来,马上就引起克莱德在这里的社会身份问题。她说:"你们两位最好还是把衣服放下,坐下来,好吧?我马上招呼纳蒂娜在这一头再摆两只盘子。蓓拉,你坐在你爹旁边。"

"啊,不,不必了。"又说:"不,真的,我们是回家去的。我耽不了一会儿工夫,"桑德拉和贝蒂娜这么说。不过,她们现在既然来了,克莱德也挺漂亮,她们就存心想知道一下他在社交场合中有没有身份,要是有的话,是何等样的身份。她们俩都明白,对有些人来说,吉尔伯特·格里菲思是很不受欢迎的,特别是对她们这个圈子里来说是这样,尽管她们很喜欢蓓拉。据这两个一心只想到自己的美人儿看来,吉尔伯特为人太好强,太自以为是,有时候太看不起人。至于克莱德,如果从外表看,至少要好驾驭得多。要是事实上证明他是处于同等的地位,或是格里菲思家这样看,那他当然就可以参加本地的社交活动,不是么?不管怎么说吧,了解一下他到底富不富,也很有意思嘛。可是这个想法马上由格里菲思太太解释清楚了。她可以说是故意跟贝蒂娜交代似的说:"格里菲思先生是我们在西部的一位侄儿。他来看看能不能在我丈夫的厂里找个位置。他是个必须靠自己打天下的年轻人。我丈夫好心给了他一个机会。"

克莱德脸红了,因为这段话显然提醒了他:他在这里的社会地位是大大赶不上格里菲思一家或是这些姑娘的。他也注意到,原本只注意有钱有地位的年轻人的贝蒂娜·克伦斯顿,已经从好奇的神色一变而为显得漠然的样子。另一方面,桑德拉·芬琪雷绝不像她的朋友那么讲实际,尽管她生得那么迷人,父母也更有钱,因此她的地位也更优越。她重新打量了一个克莱德,脸上明明白白地流露出一个想法:太可惜啦。他实在是很漂亮啊。

塞缪尔·格里菲思特别宠爱桑德拉;对贝蒂娜怎样,可就说不上了。就是格里菲思太太也不喜欢她,认为她心眼太多,太狡黠。塞缪尔·格里菲思跟桑德拉招呼说:"来,桑德拉,把你的狗拴在餐厅的椅子上。过来,坐在我旁边。把你的外套放在那张椅子上。这里有空。"他招呼她过去。

"可是我不能坐了,塞缪尔叔叔!"桑德拉大声说,显得很熟,又有些做作,但很亲密。她存心凭着这样做作来讨人欢喜。"现在已经很晚了。再说,比塞尔也不会规规矩矩的。说真的,贝蒂娜跟我是回家去的。"

"啊,真的,爸爸,"蓓拉立刻插嘴说,"贝蒂娜的马蹄昨天扎了一颗钉,今天要跛了。格兰特跟他爸爸都不在家。她想问问您看怎么办才好。"

"哪一只脚跛了?"格里菲思关切地问。克莱德这时乘机好好将桑德拉又打量了一番,心想,她多么甜,鼻子小小的,翘翘的,上唇那么调皮地朝上挑。

"左前蹄。昨天下午,我在东金斯顿路上跑马。杰利丢了一只蹄铁,一定扎进碎片了,可是约翰怎么也找不着。"

"你想想看,扎了钉子以后骑了很久吗?"

"大概八哩路吧,一路骑回来。"

"啊,你最好还是让约翰上些药,包扎好,再请一位兽医看看。保你没事。"

她们俩并没有动身的表示。暂时被丢在一边的克莱德心想,这里的社交界一定是个惬意称心的天地。你看,这里的人显然谁也没有什么心事。他们所谈的,尽是些正在盖的房子呀、骑的马呀、碰到的朋友呀、准备去玩儿的地方呀、想干的事呀等等的。还有那个刚才走开的吉尔伯特,跟一伙年轻人坐汽车到什么地方玩儿去了。还有蓓拉,他的堂妹,就在这条街上漂亮的房子里跟这些女孩子闲聊;可他却关在柯比太太家三层楼上的一个房间里,什么地方都去不了。每星期只有15美元,要靠它来维持生活。早上,正当这些女孩子起身去寻欢作乐的时候,他就得在工厂底层干活。再说,他的父母在丹佛照料着小小的寄宿宿舍和教堂。关于这一层,他在这里甚至讲都不敢老老实实地讲。

突然,这两位女郎宣告说非走不可,她们就径自走了。又只剩他跟格里菲思一家人在一起,他觉得在这里很不相称,又受人家怠慢。因为塞缪尔·格里菲思跟他太太和蓓拉——如果不把麦拉算在内的话——好像都只准他看看那不属于他的天地。而且,因为他穷,他就无法配得上,尽管他多么梦想要跟这样三个了不起的姑娘来往。他立刻感到悲哀,很悲哀,他的眼睛、他的情绪,那么阴沉,不只塞缪尔·格里菲思注意到了,就连他太太跟麦拉也注意到了。但愿他能够进入这个天地,能够找到一个什么路子,那该多好。可是,在这一群人中,除了麦拉,没有一个人觉察到他可能很寂寞,很沮丧。因此,在大家起身回到那间大起坐间的时候(塞缪尔一路责备蓓拉要全家人等着她的老脾气),麦拉走到克莱德身边说:"我看,不管怎么说吧,你在这里待上一阵子以后,也许会比现在更喜欢莱科格斯的。这一带有不少好玩的地方,可以走走,可以看看,有湖泊,阿特隆达克斯山就在北面约摸七十哩的地方。到夏天,我们住到绿林湖去,我相信,爹和妈一定欢迎你有时候去玩玩。"

是否真是这样,她也没有把握,不过,在当前这种情况下,不论是真是假,她觉得她喜欢跟克莱德这么说。这么一来,他觉得跟她在一起比较自在,就在不怠慢蓓拉和她家里其他一些人的情况下,设法跟她多谈一会儿。到九点半钟,他突然觉得自己很不相称,很孤单,就站起身来说,他得走了,他明天早晨还得早起。他告辞的时候,塞缪尔·格里菲思送他到门口,送他出门。到这时,跟比他先一着的麦拉一样,他也觉得克莱德相当漂亮,不过因为穷,今后不仅他家里的人,连他自己大概也不会多注意他了。因此,他非常和气,而且存心想弥补缺憾似的说:"出来走走很好,不是么?威克基大街的美,还没有完全显出来呢,春意还不浓。可是,几个星期以后嘛,"他抬起头来,寻找什么似的望着天空,吸了一口四月末的空气,"我们一定要约你出来。到那时候,所有的树啊、花啊,就茂盛了,你就可以看看,这里真是多么美。晚安。"

他微微一笑,语气非常诚恳。克莱德再一次感觉到,不管吉尔伯特·格里菲思的态度怎样,他的父亲对他显然并不是漠不关心的。

几星期后,塞缪尔考虑到格里菲思家族的社会地位,把克莱德调到打印间当工头,监督25名打印女工的劳动,周薪提到25美元。上任前,吉尔伯特严厉警告他:行为要检点。克莱德认为前途有望,现在必须尽力克制自己。

夏天,订货增加,打印间招收了一批女工。新来的女工中,有一位叫罗伯塔·奥尔登的,是农家姑娘,身材苗条,长着一张端正美丽的脸,一头发亮的淡褐色的头发,半透明的、灰蓝色的眼睛,显得很聪明,充满青春的活力,和周围那些粗俗的姑娘大不相同。克莱德生来容易被性的化学作用和美的程式所激动,他爱上了她。罗伯塔对这英俊的工头也有爱慕之情。两人碍于厂规,只在暗中交往。不久,在克莱德的强烈要求下,罗伯塔终于失身了。但克莱德并不想跟她结婚。

11月的一个黄昏,克莱德在威克基街散步,偶然与桑德拉相遇。桑德拉是一位虚荣自负、骄横任性的小姐,因吉尔伯特伤了她的自尊心,便想让克莱德在社交界大出风头,气气吉尔伯特。

另外,她也喜欢克莱德的漂亮。这样,她就通过女友,请克莱德参加一系列舞会。克莱德受宠若惊,他一心羡慕金钱、美貌、社会地位,在他心目中,桑德拉是奢华生活和至高无上的社会地位的典型。他想获得桑德拉的欢心,从而爬上上流社会。

就在桑德拉向他明确表示爱情,他想和罗伯塔一刀两断时,罗伯塔怀孕了。克莱德意识到问题的严重性,非常慌乱。他想办法来掩盖,但服药堕胎无效,请医生作手术又遭拒绝。罗伯塔走投无路,要求结婚。克莱德认为这样就会丧失眼看到手的桑德拉、财富和社会地位,坚决不干,因此一味拖延。转眼到了6月,罗伯塔眼看不能掩饰怀孕的身体了,又向他苦苦哀求。这时,桑德拉来信邀他去12号湖别墅度假,并说准备在秋天和他私奔结婚。克莱德的心被这消息热昏了,仿佛天堂在等着他,决心甩掉妨碍他的罗伯塔。他哄她回乡去等待。这时,他看到一则帕斯湖上一双情侣覆舟,少女惨遭横祸的新闻,突然产生谋杀罗伯塔的念头。经过一番良心和野心的斗争,最后他考虑好在荒凉的大卑顿湖进行这一阴谋的计划。他以秘密结婚旅行为借口,把罗伯塔骗到大卑顿湖。

他心里很慌乱,某个念头、某个动作、某个行动,究竟有什么重要意义,他一时间也搞不清楚了,只是提着皮箱在前面带路,朝船棚码头走去。跟着,他把提箱丢到船上,问看船棚的人哪里风景最好,他想用照相机照下来。这一点问过了,毫无意义的说明也听过了,他就扶着罗伯塔上船(这时,她仿佛只是个朦胧的影子,走上了一处纯粹属于概念中的湖上一只虚拟的划子船),他自己也跟着她下到船上,坐在船中央,操起船桨来。

那平静的、玻璃似的、彩虹色的湖面,据他们俩这时看起来,都觉得与其说是像水,不如说是像油,像熔化了的玻璃,又大又重,浮在很深很深的、结结实实的地球之上。一阵阵微风吹过,多么轻飘,多么清新,多么令人陶醉,可是湖上却并没有吹起涟漪。两岸挺拔的松树多么柔和,多么浓密。到处只见一片片松林,松树又高,像尖尖的剑戟一样。松树顶上,只见远处黑黑的阿特隆达克斯山的驼峰。连一个划船的人都看不见。一所房子、一所小木屋也看不见。他想找向导提到过的那个篷帐。可是看不见。他想找说话声,或是任何什么声音。可是,除了他划船时双桨发出的噼啪声和后面两百步外、三百步外、一千步外看船棚的人跟向导谈话的声音,什么声音都没有。

"不是很寂静,很安谧么?"罗伯塔说。"这里真安静啊。我看真美,比哪个湖都要美。这些树好高,不是么?还有这些山。我一路在想,那条路多阴凉,多清静,虽说有点颠簸。"

"刚才在旅馆里,你跟什么人说过话么?"

"怎么了,没有;你为什么问这个呀?"

"啊,我想你可能碰到什么人。不过,今天这里好像人并不多,不是么?"

"没有,湖上我简直没有看见什么人。后边弹子房里,我看见有两个男的。还有女宾休息室有个姑娘。就这几个人。这水不是很冷么?"她从船边把手伸进湖水里,追逐着他的船桨所激起的湛蓝的波纹。

"是么?我还没有试过。"

他停顿了片刻,把手伸到水里试了试,接着又划起来。

他不准备直接划到南面那个小岛去。这……太远,太早了。说不定她会觉得古怪的。最好再稍微耽搁一会儿。再留点时间盘算盘算,再留点时间逛逛。罗伯塔会想到要吃午饭(她的午饭!),西面一哩外,有一片很美的洲渚。他们不妨到那里去,先吃了东西再说,也可以说是她先吃了再说，因为他今天不想吃。然后……然后……

她也正在望着他刚才张望的那一片洲渚，一块尖角形的陆地向南弯去，不过深深地插入湖心，两岸尽是挺拔的松树。她这时接着说：

“你看中了什么地方，亲爱的，我们可以停下来吃东西吗？我有点饿了，你不饿么？”（此时此地，她还是别叫他什么亲爱的吧！）

北面那座小旅馆和船棚愈变愈小，这时看起来，就像他第一次在克伦湖上划船时那边的船棚和凉亭。那时，他一心想，但愿他能到阿特隆达克斯山中这样一个湖上来玩，梦想着这一类的湖，还但愿能碰到像罗伯塔这样的姑娘，那就……头上也正是这种羊毛似的云片，跟那决定命运的日子，在克伦湖上飘在他头顶上的云片一模一样。

努力的结果，多么可怕啊！

今天，他们不妨在这里找找荷花，为了在……以前消磨点时间，消磨时间……杀死①，（天啊）……他要是真准备干，就必须不再转这类念头才行。总之，这时他不必想到这些。

到了罗伯塔中意的那片陆地了，划进了四周非常隐蔽的小湾。那里还有一小块蜜色的岸滩。东北两面，谁也望不见这里的情形。跟着，他和她相当正常地上了岸。克莱德非常谨慎小心地把点心从提箱里取出来，罗伯塔就在河边把东西摊在一张报纸上。这时，他走来走去，非常勉强地满口称赞这里风景美丽，松树啊，弯弯曲曲的河湾啊，可是事实上却在想着……想着，想着再往前去的那个小岛和岛下面的一条河湾，尽管他的勇气愈来愈小，他还必须实行这狰狞可怕的一着，决不让仔细筹划好了的机会轻轻错过，要是……要是……他真不想跑掉，把他所热切希望的一切轻轻抛弃。

可是现在事到临头，这一着又是多么可怕啊。还有危险……要是弄出什么差错，那就太危险了，别的不说，万一船翻得不合适，万一没有本领去……去……啊，天啊！再说，事后说不定查出真相来……那就是……一个杀人犯，被抓起来！受审判。（他没有能耐干到底，也不想干。不，不，不！）

可是罗伯塔这时在沙滩上，坐在他身边。据他看，她对这世界上的一切都很满意。还在哼歌呢。还对他们这次的游历提出一些劝告和切合实际的意见；还谈到今后他们在物质方面、经济方面的情况，以及他们从这里怎么走，到什么地方去，最可能是叙拉古斯；既然克莱德对这一层好像并不反对。到了那里以后，他们又该怎么办。罗伯塔听她妹夫弗雷德·盖勃说过，叙拉古斯刚开设了一家新的衣领衬衫工厂。克莱德不妨马上到这家工厂找个工作，不是么？至少暂时先安顿一下。然后，稍迟些，等到她最麻烦的事过去以后，她不妨也在这家工厂，或是别的什么地方找个工作，不是么？既然他们钱这么少，他们不妨在一家住户暂且找一间小房。再不然，要是他不喜欢这么办，因为他们现在不像过去那样脾气合得来了，那就说不定可以找两间前后间。在目前他表面上殷勤体贴的背后，她还是感觉到了他那倔强的脾气。

他也正在想，啊，好吧，不论他同意也好，不同意也好，这类话现在说说又有什么关系呢？既然他并不走，她也并不走，那又有什么区别呢。天啊！可是在这里，他谈起来，仿佛她明天还会在这里似的。可是她不会了。

只要他的膝盖不像现在这么发抖才好；他的手、他的脸、他身上，还是这么潮乎乎！

在这以后，他们就坐这只小船继续沿小湖的西岸，朝那个小岛划去。克莱德老是心慌意乱、

① 消磨时间（to kill time），这里“消磨”（kill）与“杀死”同音同字。

提心吊胆地四处张望,看那边到底是不是一个人都没有,一个人都没有,岸上也好,湖上也好,凡是望得见的地方,到处一个人都没有,一个人都没有。周围还是这么清静,这么荒凉,谢天谢地。这里,实在说,或是这附近的任何地方都行,只要他现在有这份勇气就干,可是他现在还没有。罗伯塔一路把手伸到水里玩,一面问他,在岸边会不会找到荷花或是别的什么野花。荷花!野花!他则一路划,一路对自己说,在一行行又高又密的松树林中,确实没有什么大路,或是木屋、篷帐、小路和足以说明有人烟的什么东西,在这美好的日子,这美丽的湖区的广阔的湖面上,没有丝毫其他小船的痕迹。可是,在这些树林里,或是沿着湖岸,会不会有什么独自打猎、捕兽的人,有向导或渔夫呢?会不会有呢?万一这时在这里什么地方有这样一个人呢?而且,还正在望着呢!

完了!

毁了!

死了!可是没有声息,也没有烟。只有……只有……这些又高、又黑的、碧绿的松树,像剑戟似的。一片寂静。偶尔有一株枯树,在午后灼热的阳光下,只见灰白色的、干枯的细枝桠,非常狰狞地伸开来。

死!

那急速飞向树林深处的樫鸟发出刺耳的尖叫。再不然,就是哪里孤零零一只啄木鸟发出寂寞的、幽灵似的笃笃的声音。偶尔一只红莺飞掠而过,又偶尔一只黄肩黑身的鸟儿的红黑相间的影子飞掠而过。

"啊,在我肯塔基的老家,阳光灿烂。"

罗伯塔在兴致勃勃地唱歌,一只手浸在湛蓝的湖水里。

隔了一会儿又唱"要是你乐意,星期日我会在那里"。这是眼下流行的一支舞曲。

然后,划啊,想心事啊,唱啊,停下来望望美丽的洲渚啊,朝可能有荷花的、隐蔽的湖湾划去啊,终于过了整整一小时,罗伯塔已经在说,他们得注意时间,别耽搁得太久。终于划到小岛以南的湖湾。小小的湖面很美,可又非常凄凉。四周松树环抱,陆地就到此为止了。这里非常像一个小湖,穿过湖湾,可以通到大湖。湖面差不多是圆形的,有二十来英亩。从东面、北面、南面,甚至西面的种种景象看,除了把这里跟陆地隔开的北面的那条水道以外,这个池塘,或是说山潭吧,四周全被树木围了起来!到处有香蒲跟荷花,湖边也间或有一些。不知什么原因,这里反正叫人觉得是一个天造地设的池塘或是山潭,凡是厌倦于生活、厌倦于烦恼的人,一心想从人世的斗争、冲突中解脱出来的人,意气消沉地退隐到这里来倒非常明智。

他们划到这里以后,那寂静的、黑黑的湖水,好像紧紧抓住了克莱德。在这以前,不论什么地方的任何一件事,全都做不到这样——他的情绪起了变化。因为,一到这里,他好像就被紧紧抓住了,也可以说是给迷住了,要沿着这里往里划;沿着静静的湖边划过一圈以后,又想随着荡过去,荡过去,在这一片苍茫的湖面上,什么事都没有什么一定的目的,没有什么阴谋,没有什么计划,没有什么实际的问题需待解决,什么都没有。这个地方的潜在之美啊!确实,这里好像是在嘲笑他。这里多么古怪啊,黑黑的池塘,四周都被奇异、柔顺的枞树团团围住。湖水仿佛一颗硕大的黑珠子,被哪只孔武有力的手,也许是在震怒的时候,也许是在嬉戏的时候,也许是在幻想发作的时候,给抛进这黑中带绿的天鹅绒似的山坳里。他朝水里凝视,只见湖水深不见底。

可是,这一切又那么强烈地暗示着什么呢?死!死!比任何东西都更确切地暗示着死!也暗示着那寂静、安详、心甘情愿的死。人们或是为了自己选择了这条路,或是由于催眠,或是由于说不出的疲倦，也许会高高兴兴、满怀感激地沉下去。这么静……这么隐蔽……这么安详。罗伯塔也在叫好。这时，他第一次感觉到有两只好像是很结实，又是很善意的、同情的手正紧紧地搭在他的肩膀上。这双手给他多么大的安慰啊！多么温暖！多么有力！这双手好像足以使他定下心来。他喜欢这双手，喜欢它们的鼓励、它们的支持。但愿这双手不要移开！但愿这双手永远放在这里，这位朋友的这双手！在他整整一生中间，他哪里领略过这种使人欣慰、甚至可以说是使人产生温柔的感觉呢？从来没有过。可是不知怎的，这种感觉使他安详起来，他仿佛从一切现实中解脱出来。

当然，还有罗伯塔在那边，可是，到现在这个时刻，她已经化成一个影子，也实在可以说是化成了一种思想、一种幻觉的形体，与其说属于真实，不如说属于空幻。她身上固然有些有色彩、有形体的东西，足以显示出存在，可她还是非常缥缈……非常缥缈……这时，他再一次感到出奇地孤独。因为，那个朋友抓得紧紧的双手已经消失了。在这阴沉而美丽的境界里，克莱德真孤独、非常孤独，孤立无援。显然，这是他被引进这个境界，可又被丢在一边。他觉得冷得出奇，这种奇特之美的魔力使他不禁全身发凉。

他到这里来是为了什么？

他该怎么办？

弄死罗伯塔？啊，不。

他又低下头来，盯住这蓝中带紫的池塘里迷人而险恶的湖底。他盯着看，这池塘好像又千变万化，变成一只大水晶球。水晶球里面有什么东西在颤动啊？一个形体！它愈来愈近……愈清楚……他认出是罗伯塔在挣扎，她白嫩的胳膊在水面上挥动，在朝他游拢来！天啊！多么可怕！她脸上那表情啊！天啊！他到底在想些什么啊？死！杀人！

他突然意识到，这么久以来，他一直以为能在这里支持着他的那份勇气，现在正在消失。他随即有意识地重新衡量一下自己性格的深度，希望借此把勇气恢复过来，可是怎么也没有用。

吉特，吉特，吉特，卡……阿……阿……阿！
吉特，吉特，吉特，卡……阿……阿……阿！
吉特，吉特，吉特，卡……阿……阿……阿！

（又是这只不祥的鸟离奇的鸣叫总在耳边萦绕。多么冷酷，多么粗暴！他又一次从神情恍惚中惊醒过来，意识到横在他面前的真实的，也可以说是不真实的、迫切的问题和一切折磨着他的地方。）

他必须面对这件事！他非得这样不行！

吉特，吉特，吉特，卡……阿……阿……阿！
吉特，吉特，吉特，卡……阿……阿……阿！

这是在说明什么，警告、抗议、责备？最初想到这个不幸的计谋时就有这只鸟。它现在正停在那棵枯树上，这只混账的鸟。它又飞到另外一棵树上去了。还是一棵枯树，稍微往里的那一棵。一路飞一路叫。天啊！

然后，他身不由己地又来到岸上。为了表示一下他为什么把提箱带在身边，他现在必须提议把这里的景致拍下来,还要替罗伯塔拍照,还可能要拍他自己,在岸上拍,在湖上拍。这样,她就得重新到船上去,而他的提箱却并不带上船,而是牢牢地、一点也不受潮地放在岸上。他一上岸就装出一副当真在选择各处特别景致似的,心里却盘算把提箱放在哪一棵树脚下,他回来的时候好取,事到如今,他必须马上回来,必须马上。他们不会再一起上岸了。决不会!决不会!虽然罗伯塔不以为然地说她累了;说据她看,他们是不是应该马上就回去?一定是五点多了,一定是。克莱德安慰说,他们马上就走,等他再拍一两张她在船上的照片,把这些多么漂亮的树、那个小岛,还有她四周和她身子下面这黑黑的湖水做背景。

他这双又湿、又潮、又慌乱的手啊!

还有他这双又黑、又清亮、又慌乱的眼睛,尽是看着别处,却怎么也没有看她一眼。

然后又到了水上,离岸约摸有五百英尺光景,船荡向湖心。他只是无目的地摸弄手里结实而有分量的小照相机。接着,在此时此地,很害怕似的往四周张望。因为,这一刻……这一刻……不管他自己怎么打算,这正是他总想躲避,却又紧逼着他的时刻。而且岸上没有说话声,没有人影,没有声息。没有路,没有小木屋,没有烟!而且,这是他,或者可以说是别的什么一直跟他计划好的那个时刻。这一时刻,现在马上要决定他的命运了!是行动的时刻——生死存亡的时刻!现在,啊,他只要突然猛烈地侧向这一边或是另一边,跳起来,跳向左舷或是右舷,把船打翻。再不然,要是这样还不中用,就使劲摇晃船身,要是罗伯塔太噜苏,就拿起手里的照相机或是他右手中那支空着的船桨打她一下。这是做得到的,这是做得到的。既迅速,又简单,只要他这时能有此心肠,也可以说,只要他没有心肠,事后,他可以很快地游开,游向自由,游向成功,当然喽,游向桑德拉和幸福,游向他从没有领略过的更伟大更甜蜜的人生。

只是他为什么还在等待啊?

到底他是怎么一回事呢?

为什么他还在等待啊?

在这个毁灭一切的时刻,正迫切需要行动的时刻,意志——勇气——仇恨、狂怒,突然瘫痪了。罗伯塔在船尾她那个座位上盯着他那张惶惑而扭歪了、变了色,可又显得软弱、甚至神志错乱的脸。这张脸,并不是突然变得发怒、凶暴、狰狞,而只是突然变得慌乱,总之是充分表明了内心的斗争正在相持不下,一方面是害怕(这是生理化学上对死的一种反抗,对足以造成横死的暴行的一种反抗),另一方面是被逼得走投无路,蠢蠢欲动,要干,要干,要干,而自己却又在强行压制这种愿望。不过此时此地,这斗争暂时还胜负未定,一股逼着他干的强大力量,跟逼着他别干的力量,两股力量,势均力敌。

就在这时,他那对眼睛,眼珠愈睁愈大,愈加惨白;他的脸、他的身子、他的手在发僵,在蜷缩,他坐在那里僵僵地一动不动,他心里交战不下时那发呆的神气,越来越预兆着不祥。不过说老实话,倒并不是预兆着要悍然诉诸暴行,而是预兆着马上要昏过去,或是马上要痉挛。

罗伯塔突然察觉到这一切多么异怪,感觉到一种丧失理性的狂乱,再不然就是生理上,心理上恍恍惚惚的状态。跟这里的风景比起来,形成了这么异怪,这么令人痛心的对照。她于是叫起来:"怎么了,克莱德!克莱德!怎么回事?你到底怎么了?你样子好……好怪……好……怎么了,过去从没有见过你这样啊。怎么回事?"接着突然站起来,确切些说,是俯向前面,然后沿着平整的船龙骨爬过来,想要走拢到他身边,因为他那样子好像就要往船舱里倒,再不然就倒向一侧,然后跌下水去。克莱德一面马上感觉到:他自己失败得多惨,在这么一种场合,他多么怯懦,多么没有能耐;一面心底的愤恨即刻涌起来,不只是恨他自己,而且恨罗伯塔,恨她那一股力量,也可以说是恨这样阻挠他动手的那股生命的力量。可是又怎么也害怕。不愿意干,只愿意说,说他永远永远,永远永远,决不跟她结婚。说即使她告发他,他也决不跟她一起离开这里,跟她结婚。说他爱的是桑德拉,只愿意黏住她;可就是连这些也没有能耐说出口来。就只是冒火,慌乱,横眉瞪眼。接着,当她爬近他身边,想用一只手拉住他的手,并且从他手里接过照相机放到船上时,他使劲把她一推。不过即便是在这么一个时刻,他也决没有存别的什么心,只是想摆脱她,别让她碰到他的身子,不要听她的恳求,不要她那抚慰的同情,不要跟她这个人照面,永远永远……天啊!

可是(照相机他还是下意识地抓得紧紧的),推她时用力太猛,不只是照相机打到她的嘴唇、鼻子、下巴,而且推得她往后倒向左舷,船身就歪向水边。接着,他被她的尖叫声吓慌了(一方面因为船歪了,一方面因为她的鼻子和嘴唇都破了),就站起身来,一半是想帮她或是搀她坐好,一半是想为这无心的一击向她表示歉意。可就这么一来,船就整个翻了,他自己跟罗伯塔立刻掉进水里。而正当她掉下水,第一次冒出头来的时候,船一翻,左舷撞在她的头上,她那狂乱、歪扭的脸正朝着克莱德,而他这时候却已经把身子稳住了。她既疼痛,又害怕,实在又被弄昏了,满怀恐惧,又莫名其妙。她生平最怕水,现在又掉进水里,又给他这么意外而全然无心地一击。

"救命啊,救命啊!"

"啊,天啊,我要淹死了,我要淹死了。救命啊! 啊,天啊!"

"克莱德! 克莱德!"

跟着,他耳朵边又响起那个声音!

第　三　部

第二天,卡拉达基郡布里奇堡法院接到大卑顿湖淹死一对青年男女的电话,女尸找到了,男尸未发现,怀疑是犯罪案件。这时,正赶上共和党和民主党的竞选即将来临,现任的区检察官梅森是共和党人,准备竞选下任的法官。这案件正是他竞选的政治资本。他立即赶到现场,根据种种证据和线索,顺藤摸瓜,很快就肯定凶手是克莱德。

克莱德在罗伯塔淹死后,泅水到岸边,赶到12号湖赴约。他一面和桑德拉谈情说爱,一面紧张害怕。梅森跟踪追来,就在熊湖的宿营地把他逮捕归案,向州法院控告克莱德犯了杀人罪。这案件轰动全国。芬琪雷家的法律顾问是州参议员、共和党中央委员会主席,他通知梅森不得在报上、法庭上披露桑德拉的名字和她给克莱德的情书。塞缪尔·格里菲思采取超然的态度,派卡区曼去布里奇堡请辩护律师。

布洛克哈特[①]曾叮嘱他,不管他个人对克莱德得出什么结论,辩护律师之类还是少不了的。这涉及格里菲思家慈悲为怀的问题,且不说这事牵涉到他家的荣誉。此外,布洛克哈特还对他说过,西部那一家格里菲思,一贫如洗,在本案里,反正不需要他们。因此,他打定主意,在动身回去

① 格里菲思衣领公司的法律顾问。

以前,无论如何要物色到人。结果,因为他对本地政治情况一无所知,就找到花旗银行卡达拉基分行行长艾拉·凯洛格的办公处。此人在民主党机构的委员会里地位很高,虽说这一层卡区曼并不了解。出于宗教和道德的见解,这位凯洛格对克莱德被控的罪行早已非常愤怒,非常反感。可是另一方面,他很清楚,这件案子很可能造成一种形势,使共和党在即将举行的预选中再次大获全胜。因此,他并非没有注意到,削弱一点梅森的声望也许并不是什么失策的事。拿克莱德这个人以及他所犯的罪来说,似乎足以说明:运气很显然是对共和党有利。

因为,自从这一杀人案件传出以来,梅森一直受到广泛的宣传,甚至在全国范围内出了名。这种情形,可以说是多少年来这一带任何区检察官从来没有遇到过的。大家都知道,或是亲眼看到,像布法罗、罗切斯特、芝加哥、纽约、波士顿,这些辽远的城市派来的报馆特派员、记者、配画记者,都已经纷纷来到这里,或是进行采访,或是画速写,或是为克莱德、梅森,以及奥尔登家其余的人等等拍照。同时,拿本地来说,梅森正是至今不断受到称赞的人。甚至就是本郡投民主党票的人也跟共和党人一起,纷纷说梅森挺不错,说他对付这个年轻杀人犯的办法是他罪有应得的,说格里菲思家的钱也好,克莱德似乎企图俘虏的那个巨富的姑娘家的钱也好,丝毫没影响这个年轻的护民官。他是一个真正的检察官啊。"您放心",他正在"马不停蹄的拼命干啊"。

事实也正是这样。在卡区曼来访以前,验尸陪审团已经聚会过了。梅森参加了这次会议,甚至在扮演导演的角色。结果,判决书里说:这个姑娘所以惨死,是由于一个叫做克莱德·格里菲思的人策划而且实行了一项阴谋的结果;此人现关押在布里奇堡的看守所里,应继续将其扣押,等待本郡大陪审团的判决;他的犯罪事实立即移送本郡大陪审团。而且,大家都知道,梅森向州长提出申请,设法让州最高法院特别开一次庭。这样,本郡大陪审团就自然而然要在七月里即刻举行一次会议,听取证词,决定对克莱德起诉,或将他释放。而正在这时,卡区曼来到这里问能否找到一位真正有能力的本地律师,确实能为克莱德作些辩护。为挽救一切,凯洛格即刻想到本市贝尔纳普与杰甫逊律师事务所的阿尔文·贝尔纳普这个人的名字以及他的声望。此人做过两任本州参议院议员,三次代表本区担任民主党州众议院的议员。最近,一些民主党的政客认为他可以享有更高的荣誉,只要两党的争论问题得到妥善安排,民主党能担任本地的公职。事实上,三年前,这位贝尔纳普与梅森竞争区检察官的职位时,就比民主党候选人名单上的任何候选人都更接近于胜利。确实如此,他在政治上十分圆通,因此今年已预定提名为本郡法官候选人。这也正是梅森已经看中的位置。若不是克莱德的事突然发生了令人惊异的情况,大家原以为,贝尔纳普只要提上名,就会当选。本地这种极端有趣的政局,其中错综复杂的细节,凯洛格先生虽然没有特地讲给卡区曼听,不过有一点他倒是讲过。那就是说,如果要找个人来做梅森的对手,那么,贝尔纳普则是个特别能干,甚至可以说是个理想不过的人了。

这样粗略地介绍过一番以后,凯洛格并且表示愿意亲自带卡区曼到街对面鲍惠斯广场上的贝尔纳普与杰甫逊律师事务所去。

他们敲了敲贝尔纳普的门,招呼他们进去的是一个48岁左右、生气勃勃、中等身材、长得很讨人欢喜的男子。他那对灰蓝色的眼睛,卡区曼一见就深深铭刻在心,认为如果他不完全是个老练而胸怀宽广的人,这两扇心灵的窗口说明,显然也是一个很精明的人。因为贝尔纳普平时神情举止很有气派,足以令所有的人肃然起敬。他是个大学毕业生。年轻时,由于相貌、家境,以及他在本地的社会地位(他父亲做过法官,做过代表本州的参议员),一般所谓寻欢作乐的生活见得很多。因此,行为粗鲁、禁欲、色情等等的事,即便如今,还使梅森这样的人大为烦恼、激动,甚至成了他性格中的特点,可是对贝尔纳普来说,这些却早已被他的从容大度和人情练达等等特点所掩盖了。由于这些特点,凡是人生中任何道德或社会方面错综复杂的问题,只要情理上说得通,他都能理解得相当透彻。

说实在的,对待克莱德这样一件案子,他当然不像梅森那样激烈、狂热。因为,在他20岁那年,他自己就曾一度为两个姑娘而陷入困境:对其中的一个,他只不过是跟她玩玩;可对另一个,却是认真地在闹恋爱。他已经诱奸了第一个姑娘,当时摆在他面前的只有两条路:一条是订婚,另一条是逃跑。他终于选择了逃跑这条路。不过,他先把真实情况向父亲和盘托出,父亲劝他出去旅游一番。在他旅游期间,他们请家庭医生效了一番力,结果花去1 000美元,并且负担了那个怀孕姑娘住在乌的加时的一些必需的费用。父亲替儿子放下包袱,让他可以安然回来,终于跟另一个姑娘结了婚。

因此,克莱德企图摆脱时所采取的那些更加残酷、更加极端的手段,像人家控告他所说的,贝尔纳普对之决不表示同情(自从他开业当律师,多年来一直无法理解杀人犯的心理)。但因为传说其中还涉及一个有钱人家的姑娘,以及她的爱情所造成的影响(这个姑娘的名字,至今还没有披露),因此,他有点怀疑,认为克莱德可能在情感方面上了当或是着了魔。他不是一个虽然穷,但却爱慕虚荣,怀有野心的人么?他听说是这样。他甚至还想过,本地的政局既然如此,说不定这样对自己有利,这对梅森的美梦或许是晴天霹雳:那就是,也许就由他设法进行辩护,至少通过一系列法庭辩论和拖延,使梅森先生不能那么轻而易举、称心如意地夺取本郡法官这一位置。目前不是可以通过迅雷不及掩耳的法律手段,要求转移到别处法院审理么,尽管目前舆论很强烈。也可以说正是有鉴于此,才可以这样请求。再不然,就要求更长一些的时间,觅取新的证据。这样一来,在梅森离职前,也许就来不及审判了。他,还有他那年轻的、才来不久的新同事,最近才从凡尔蒙州来的鲁本·杰甫逊先生,最近还想到过这一着哩。

正在这时,卡区曼先生由凯洛格先生陪同前来。他即刻与卡区曼先生和凯洛格先生商议了一下。凯洛格先生从政治角度看,认为由贝尔纳普承办这件案子是明智的。加之贝尔纳普自己对这件案子又很感兴趣,他与那位年轻同事商量以后,很快就决定准定干。尽管目前舆论可能有反应,不过,在政治上毕竟不可能危害到他自己。

这样,卡区曼将一笔预约辩护费交给贝尔纳普,还交给他一封信,把他介绍给克莱德。贝尔纳普则请杰甫逊去找梅森,通知他说:贝尔纳普与杰甫逊事务所接受了塞缪尔·格里菲思的委托,担任他侄子的辩护律师,要求他把所有的罪状以及到目前为止搜集到的全部证据,还有尸体解剖记录,以及验尸官验尸结果的报告,给他们一份详细的书面报告。还要求了解一下:请求最高法院开一次特别庭的事批下来没有。要是已经批了,法官指定谁办,大陪审团什么时候聚会,在哪里召开。他还说,附带提一下,据贝尔纳普和杰甫逊两位先生听说,奥尔登小姐的遗体已运回家去安葬,他们准备即刻申请一份两边律师同意的证明,将灵柩重新起出,由被告的辩护律师重新延医进行检查。对这个提议梅森即刻加以反对,不过最后终于同意了,并没有提请最高法院法官裁决。

这样,克莱德的案件就卷入两党竞选的政治局势中。同时,罗伯塔是贫苦可怜的少女,克莱德是富翁的侄儿,这也增加了民众对他的愤怒。梅森以大量的人证、物证痛揭克莱德的罪行,贝尔纳普和杰甫逊则以伪造的动机和情节为克莱德辩护。法庭经过冗长的审讯、作证,最后判克莱德犯杀人罪,把他关进死牢。

克莱德在死亡的恐怖中,急需精神的支持,在牧师麦克米伦的劝导下,他说出真情,承认了自己有杀人的念头。在上电椅前,写了一篇和他一贯的反抗情绪不同的声明,表示皈依上帝,劝年轻人要勉力依照基督对他们所希望的那样生活。

又是一个夏天的黄昏,阿萨·格里菲思一家,领着赫丝特的孩子又在街头上传教。

老人与海

作者欧内斯特·海明威(1899—1961)是20世纪美国著名小说家,1954年诺贝尔文学奖获得者,他的创作思想和艺术风格对现当代西方文学有重大影响。

海明威出生在一个中产阶级的家庭里,从小养成了对文学艺术的喜爱,同时又喜欢踢球、拳击、钓鱼、打猎等户外运动。中学毕业后,开始作新闻记者,后来以战地记者的身份参加了两次世界大战,他曾筹款援助陷入战火中的西班牙人民,并亲自参加西班牙人民争取民主、自由的战斗;他还把自己的渔船改装成战船,在加勒比海搜索法西斯德国的潜艇,并率领一支非正规的小部队参加了解放巴黎的战役,在战斗中曾多次受伤。他的绝大多数作品都是以参加战争前后的经历和见闻写成。1961年,由于无法忍受疾病的折磨,自杀身亡。

海明威一生共出版了五部长篇小说:《太阳照常升起》(1926)、《永别了,武器》(1929)、《有的和没有的》(1937)、《丧钟为谁而鸣》(1940)和《过河入林》(1950)。此外,还有一部中篇小说《老人与海》(1952),三个短篇小说集——《在我们的时代里》(1925)、《没有女人的男人》(1927)、《胜者无所得》(1933),一个剧本《第五纵队》(1938)和两本散文——《午后之死》(1932)、《非洲的青山》(1935)。

海明威创作的主题是战争、暴力和死亡。他以参加两次世界大战的亲身经历和所见所闻为素材,以客观、冷静的笔触描述战争的残酷和罪恶,深刻揭示战争给一代人带来的身心创伤。特别是在40年代的创作中,他克服了早期抽象、笼统地反战的偏颇,坚定地站在反法西斯的民主力量一边,表现了进步的倾向。海明威在作品中塑造了一批百折不挠、不畏强敌、敢于面对暴力和死亡的"硬汉子"。

《老人与海》是海明威后期的代表作。这部作品塑造了一个在失败和挫折面前不低头、不气馁、坚持奋斗的老渔夫形象,表达了人可以被毁灭,但却不能被打败的崇高主题。作品故事很简单:桑提亚哥接连出海八十四天,但一无所获。后来再次出海,经过三天两夜的生死搏斗,终于捕获了一条特大的马林鱼,但是在归航途中马林鱼被一大群鲨鱼吃光了,尽管老人奋力拼搏,但还是无济于事,等他回到陆上时,马林鱼只剩一副巨大的骨架了。

下面根据中文译本(海观译,新文艺出版社1957年版)介绍或节选如下。

桑提亚哥是在海湾捕鱼的一个孤零零的老头儿,年轻的时候曾在开往非洲的一条帆船上作过水手,也曾在摩斯基多海湾捉过好多年海龟,现在老了,但仍是这一带最好的渔夫,虽然身上的每一部分都显得老迈,但浑身仍有使不完的力气,特别是那双眼睛,像海水一样蓝,显得毫不沮丧,充满了生机。

和他经常在一起作伴的是一个名叫曼诺林的小孩子,从这孩子五岁起,老人就带他出海,教他捕鱼。老人坦直、真诚、善良;孩子天真、纯朴。他们之间很快就建立起一种相互信赖、相互友爱的关系。

这次,老人接连八十四天出海,却没有打到一条鱼,小孩儿对老人深表同情,他给老人弄来了饭菜,和他一起聊天,帮他准备再次出海的用具。这天一大早,他又送老人出了海。

老人在黑暗里把船划出港口,这时月亮已经落了。别处海滩上也有一些船驶向海去,听得见桨叶落水和划动的声音。天大亮的时候，他已经离陆地很远了。

中午时分，他钓住了一条特大的马林鱼。这条鱼比他的小船还长两英尺，鱼拼命挣扎，拖着小船和老人向更远的海面游去。老人用手紧攥着钓丝，用肩膀扛着钓丝，手割破了，肩上勒肿了，但他仍以无畏的气概拼搏了一整夜又一个半白天，现在已是第二天的夜晚。

乌云往东边天上扩散了开去，他所认识的星星一个接着一个地消失了。现在他仿佛走进了云的深谷，风已经停下来。

"三四天以后就会有坏天气"，他说。"可不是今晚，也不是明天。马上把事情安排妥当，老家伙，趁着鱼正安安静静的时候睡一睡吧。"

他把钓丝紧紧地攥在右手里，用大腿抵住右手，全身的重量都靠在船头的木板上。然后他把肩上的钓丝稍微放低一些，再用左手去撑住它。

他想：只要把它撑紧，我的右手就能够攥住它。要是我睡着的时候钓丝松出去的话，我的左手就会喊醒我。右手是很吃力的。但是它吃苦吃惯啦。哪怕睡上二十分钟，或者半个钟头，这也是好的。他弓着腰，用他整个身子去撑住钓丝，把全身重量都压在右手上，他睡着了。

他没有梦见狮子，他只梦见了伸展到八哩十哩路远的一大群海豚，这正是它们交配的日子，它们一跳跳到半空去，然后又掉回到它们跳上去的时候搅成的那个水涡里。

接着，他又梦见了他躺在村子里的他的床上，北风刮得正紧，他觉得冷透了骨髓，他的右胳膊正在睡着，因为他的头把它当作枕头枕到上面去。

此后他开始梦见了迤长的黄色的海滩，看到在黄昏中走上海滩来的第一头狮子，接着别的狮子也出现了。他把下巴靠在船头的木板上，他的船在吹向海面的晚风里停泊在那儿。他等着瞧一瞧有没有更多的狮子，这会儿他非常快乐。

月亮上来很久，他还是睡不醒。那条大鱼平稳地往前拖着，把船拖进云涡里面去了。

右拳朝他脸上猛地一推，他醒转了来，那根钓丝飞快地从右手里滑出去，勒痛了他的手。他的左手已经麻木，于是他用右手拼命去扳，可是钓丝还是跑了出去。最后他用左手抓住了钓丝，仰着身子去撑住它，现在钓丝又勒着他的脊背和左手，左手承担了全部的重量，给钓丝勒得很痛。他回头望一望钓丝卷儿，它们都顺顺当当地把钓丝伸在水里。正在这当儿，那条鱼猛地一跳，把海水溅起了巨大的浪花，然后又猛地落下去。它一次又一次地在跳，虽然钓丝不断松下去，但是船走得非常快。老头儿把钓丝绷紧到快要折断的程度，一而再再而三地把它绷紧到快要折断的程度。他给拖得紧靠到船头那边去，脸贴在海豚的肉片上，身子一动也不能动。

我们等待的事儿发生啦，他想。让我们承担下来吧。

要叫它从钓丝上吃苦头，他想。要叫它吃苦头。

他看不见鱼在跳，只听到海水的震荡和鱼落下去时水花飞溅的声音。滑走的钓丝把他的手勒得痛极了，但他早就知道这样的事儿一定要发生，他只是想法让钓丝勒到手上起茧的部分，不让它滑到手掌心里或者勒在手指头上。

他想：要是孩子在这儿，他会用水把钓丝卷儿润一润的。真的。要是孩子在这儿多好。要是他在这儿多好啊。

钓丝往水里滑下去，滑下去，滑下去，但是已经慢些了，他使鱼在每一英寸钓丝上都付出了代价。现在他能够从木板上抬起头来，并且离开了他的脸所压着的那一块鱼肉。然后他跪着，然后他慢慢地站起来。他还是在松钓丝,可是越来越慢了。于是他挣扎着回到他可以用脚去碰他所看不见的钓丝卷儿的地方。钓丝还多得很,鱼不得不遭受水里新钓丝的阻力。

他想:得!现在它已经跳了十几次,把它的沿着脊背的液囊灌满了空气,它不会钻到很深的水里,死在我无法把它拖上来的地方了。马上它就要开始打转儿,那时我一定要好好对付它。我不知道什么事惊得它这样突然跳起来。是它饿得发慌,还是有什么东西在夜里惊扰了它呢?也许它突然害怕起来。然而它是这样的沉着,这样的强壮,看来它又是这样的毫不惧怕,这样的充满信心。这真奇怪。

"老家伙,你最好别害怕,最好也有信心,"他说。"你又把它牵住了,可是你还不能把钓丝收回来。不过马上它就要打转儿了。"

老头儿现在用左手和两边肩膀撑住它,弯下腰去,用右手舀了一把水,把粘在他脸上的海豚肉洗掉。他生怕海豚肉会使他作呕,弄得他吐起来亏损了气力。把脸洗干净以后,他又把右手放到船外面水里去洗,然后放在海水里浸着,一面凝望着日出以前初现的曙光。他想:它差不多朝东去了。那就是说它已经疲倦,随着水流飘去。马上它就得打转儿。那时我们真正的活儿才算开始呢。

他料想他的右手放在水里很久了,于是他把手取出来,朝它望了一望。

"不坏,"他说。"痛苦在一个男子汉不算一回事。"

他小心翼翼地拿着钓丝,不让它经过新给钓丝勒过的任何一条痕迹上。他又把压在身上的重量换了一个地方,以便能够把左手伸进船另一边的海水里。

"你干活干得还不错,"他对他的左手说。"可是有一会儿我简直找不到你。"

他想:为什么我没生出两只好手呢?也许只怪我没把那只手好好儿训练一下。可是,天知道它有的是学习的机会呀。话又说回来,它夜里干活干得还不错,不过只抽了一次筋。它要是再抽筋的话,就让钓丝把它割掉吧。

当他正在想着的时候,他知道他的头脑这会儿不怎么清醒,他觉得他应该再吃一点海豚肉。他自言自语地说:可是我不能吃。与其吃了作呕亏损了气力,倒还不如头昏眼花的好些。我知道我吃了胃里也搁不住,因为我的脸曾经粘在上面。我要留下它应急,直到它腐烂的时候。不过要想靠吃东西来增加气力,现在已经太迟了。他对自己说:你真蠢。把另一条飞鱼吃下去得啦。

飞鱼又干净又现成地放在那儿,他用左手捡起来吃下去,细细地嚼着骨头,从头到尾巴一古脑儿吃下肚去。

他想:它几乎比什么鱼都有营养些。至少有我需要的力气。他想:现在凡是我能够做的我都做到了。让它打起转儿来,我俩斗一斗吧。

鱼开始打着转儿的时候,太阳正在出来,这是他下海以来的第三次出太阳。

他从钓丝的斜度上看不出鱼在打转儿。时候还太早。他只感觉到钓丝的压力微微松下去,于是他开始轻轻地用右手去拉。钓丝又像往常那样绷得紧紧的,可是,快要折断的时候,钓丝开始缩上来。他把肩膀和头从钓丝下面抽出,轻轻地,一把接一把地去拉钓丝。他一把接一把地使用着他的双手,拿出全身带腿的力气去拉。他的两条老腿和肩膀随着拉钓丝时候的摆动前后左右地晃荡着。

"这是一个大大的圈儿,"他说。"可是它到底在打着转儿啦。"

过不多久,钓丝再也拉不上来了,但他还一直在撑着它,在太阳光里看见钓丝上的水珠儿给挣得四溅。接着钓丝飞快地脱了手,老头儿只好跪下,好不甘心地让它又滑到黑魆魆的水里去。

“它正在绕着一个大大的圈儿哩,”他说。他想:我一定要拼命撑住。钓丝一拉紧,它打的转儿就会一次比一次小。也许过一个钟头我就会看到它。现在我一定要叫它服帖,过后我一定要把它弄死。

可是鱼还是照常慢慢地打着转儿,两个钟头以后,老头儿浑身给汗湿透,累得连骨头也酸了。不过现在圈儿已经小得多,他从钓丝的斜度上可以看出鱼一面在游泳一面不住地往上冒。

有一个钟头光景,老头儿都看见眼前有黑点儿在晃动,汗水渍痛了眼睛,渍痛了他眼皮上和脑门上的伤口。他不怕那些黑点儿。他在拉钓丝的时候用力过度,看见黑点儿原是很平常的。可是他已经有两次觉得头昏眼花,那倒是他担心的事。

“我不能让身体垮下去,像这样死在一条鱼的手里,”他说。“我已经叫它漂漂亮亮地冒上来了,求上帝帮助我忍受下去吧,我要说一百遍‘我们在天上的父’和一百遍‘福哉玛利亚’。可是我现在不能说。”

他想:就当作我已经说过,我迟一会儿再说吧。

这时他觉得他用双手攥住的那根钓丝砰的一声猛地扯动了一下。这一扯来势很猛,使人感觉到硬邦邦的、沉甸甸的。

他想:它正在用它的长吻撞粗铁丝哩。那是免不了的。它势必要那样做。可是这就会使它跳起来,我倒希望它照常打着转儿吧。跳两跳对于它吸空气是必要的。但是每跳一次就会把钩在嘴上的口子加宽一些,最后它就可以把钩子甩掉。

“别跳啦,鱼,”他说,“别跳啦。”

鱼又撞了粗铁丝好几次,每撞一次老头儿就摇一下头,松出短短的一段钓丝。

他想:我一定要让它的疼痛不扩大到别的地方去。我的疼痛没关系。我忍得住。可是它的疼痛会逼得它发起疯来的。

过了一会儿,鱼不再去顶粗铁丝,又开始慢慢地打起转儿来。老头儿现在不住地收进钓丝,但是他又感到了昏晕。他用左手舀了些海水,把它洒到头上去。然后他又洒了些上去,擦一擦他的后颈脖子。

“我没抽筋,”他说。“它马上就会冒上来,我可以撑得住。可是啊,你不撑也得撑。连提也别提了吧。”

他靠着船头跪下,有一会儿,又把钓丝拉上他的脊背。他下了决心:我要趁它还在打转的时候歇一歇,等它冒上来才站起来对付它。

歇在船头上,就让鱼自己打一个转儿,不去把钓丝收回来,这倒是很开心的事。但是,一旦钓丝绷紧到鱼转身朝着船这边来的时候,老头儿就站起身,开始左一把右一把地把他能收进的钓丝统统拉上来。

他想:我比什么时候都累。现在贸易风又起来了。不过趁着贸易风把它拉上来倒也不错。我巴望得很急呢。

“下一趟它打转儿的时候,我还得歇一会儿,”他说。“我现在感觉好得多。再转两三趟以后,我就要把它捉住啦。”

他的草帽盖在脑勺儿的老后边,一觉得鱼在转身他就随着钓丝的一扯倒向船头里边去。

他想:你现在就扯吧,鱼。你一转身我就要捉你。

海水涨得很高。但现在刮着的风是好天气的微风,他把船开回去的时候就得需要这样的风。

“我只消往西南划去就得啦,”他说。“一个人决不会迷在海里的,更何况这是一个长长的岛屿。”

鱼在第三趟转身冒上来的时候,他才看见了它。

他首先看见的是一个黑乎乎的影子,那个影子过了好久才从船底下过去,长得教他不能相信。

“不会的,”他说。“它不会那么大。”

但是它果真那么大,绕了这一转儿以后,它出现在只有三十码开外的水面上,老头儿看见它的尾巴从水里露出来。那条尾巴比一把大镰刀的刀片还要高些,在深蓝色的水上现出了极淡的淡紫色。尾巴往后倾斜着,鱼在水面下游泳的时候,老头儿看得见它那庞大的身段和围在身上的紫色的条纹。它的脊鳍向下搭拉着,巨大的胸鳍扩张开来。

这一次鱼打转儿的时候,老头儿看得见它的眼睛和在它身旁游泳的两条灰色的小鱼。有时候它们恋恋不舍地跟着它。有时候它们突然跑开。有时候它们在它的阴影下面自在地游来游去。两条鱼每一条都有三英尺多长,游得很快的时候,它们像黄鳝一样翻腾着整个身子。

老头儿现在流出汗来,使他出汗的并不是太阳。鱼每次从从容容地、平静地转弯的时候,他就收进一把钓丝,他深信鱼再转两个圈儿他就可以乘机会把渔叉攮在它身上了。

他想:可是我应该使它来得近些,近些,更近些。切不要戳它的头。应该扎它的心。

“要沉着,要有力,老家伙,”他说。

又绕了一个转儿,鱼的脊背露出来,不过离船未免太远了些。再一转,依旧太远,但是它已经高高地凸出在水面上,老头儿相信,只要再收进一些钓丝,他就可以把它曳到船旁边来了。

他久已安排好了他的渔叉,渔叉把子上的一卷软绳子放在一个圆篮子里,绳子一头系在船头的短椿上。

现在鱼一转就转到前面来,它举止从容不迫,非常优美,只有那条大尾巴在摆动。老头儿用力去曳,想把它曳近前些。只有一会儿光景,鱼朝他这边稍微转过来一点。然后它又伸直了身子,开始打起转儿来。

“是我把它带动的,”老头儿说。“我把它带动啦。”

他又觉得昏晕起来,可是他依旧使出全身的力气去曳住那条大鱼。他想:我把它带动啦。也许这一次我就可以把它曳到跟前来。曳吧,手啊,他想。站稳啦,腿。替我撑下去,头啊。替我撑下去。决不要昏过去。这一次我会把它曳过来的。

他尽心尽力,在鱼来到船旁边以前把一切都安排妥当,然后使出全身的劲儿去拉,这时候,那鱼稍稍侧过身来,又摆正了身子游开去。

“鱼啊”,老头儿说。“鱼,迟早你是免不了一死的。难道你也非得把我弄死不成吗?”

他想:照那样什么也不会成功。他的嘴已经干得说不出话,可是他不能再去拿水了。他想:这一遭我一定要把它曳到跟前来,我受不住听它再来好多转儿了。他又自言自语地说:不过,你呀,你是永远不会垮的。

又一转的时候,他几乎把它曳到身边了。但是鱼又摆正了身子慢慢地游开去。

老头儿想:鱼啊,你要把我给弄死啦。话又说回来,你是有这个权利的。兄弟,我从来没见过一件东西比你更大,更好看,更沉着,更崇高了。来,把我给弄死吧。管它谁弄死谁。

他想：现在你脑子糊涂啦。你应该让你的脑子清醒。让你的脑子清醒，才知道怎样去忍受，像一个男子汉。或者，像一条鱼似的。

“清醒过来吧，脑子，”他说话的声音几乎连自己也听不出来。“清醒过来吧。”

鱼又转了两个圈儿，还是那个老样子。

老头儿想：我摸不透。他已经到了每次都感觉得自己要垮下去的时候了。他想：我摸不透，但我还要试验一下。

他又试验了一下，把鱼拉转过来的时候，他觉得自己真的垮了。那条鱼又摆正了身子，然后慢慢地游开了，它的大尾巴还在空中摆来摆去。

这时老头儿虽然双手已经软弱无力，而他所能看见的只是一眨眼就过去的闪光，但他又下了决心：我还要试它一试。

他又试了一遍，还是跟以前一样。“那么，”他想，这时他还没动手就觉得垮了，“我再来试一遍吧。”

他忍住一切的疼痛，抖擞抖擞当年的威风，把剩下的力气统统拼出来，用来对付鱼在死亡以前的挣扎。那条鱼朝他身边游来了，轻轻地来到他的身边，嘴几乎碰到了船身的外板。它开始从船旁边过去，它，那么长，那么高，那么宽，银光闪闪的，还围着紫色的条纹，在海水里没有尽头地伸展了开去。

老头儿放下了钓丝，把它踩在脚底下，然后把渔叉高高地举起来，举到不能再高的高度，同时使出全身的力气，比他刚才所集聚的更多的力气，把渔叉扎进正好在那大胸鳍后面的鱼腰里，那个胸鳍高高地挺在空中，高得齐着一个人的胸膛。他觉得铁叉已经扎进鱼身上了，于是他靠在叉把上面，把渔叉扎得更深一点，再用全身的重量推到里面去。

接着，鱼又生气勃勃地作了一次死前的挣扎，它从水里一跳跳到天上去，把它的长、宽、威力和美，都显示了出来，它仿佛悬在空中，悬在船里老头儿的头上。然后它轰隆一声落到水里，把浪花溅满了老头儿一身，溅满了整个一条船。

老头儿觉得头昏眼花，看不清楚东西了。但他松开了渔叉上的绳子，让它从他的皮破肉烂的手里慢慢地滑下去。当他看得清楚的时候，他看见那条鱼仰身朝天，银花花的肚皮翻到上面来。渔叉的把子露在外面，和鱼的前背构成了一个角度，这时海水被它心里流出的血染成了殷红的颜色，先是在一哩多深的蓝色的海水里黑黝黝地像一座浅滩，然后又像云彩似的扩散了开去。那条鱼是银白色的，一动也不动地随着海浪飘来飘去。

老头儿用他闪烁的眼光定睛地望了一眼。他把渔叉的绳子在船头的短桩上绕了两圈，然后用双手捧着头。

“要教我的脑子清醒，”他靠着船头的木板说。“我是一个累乏了的老头儿。但我已经杀死了这个鱼兄弟，现在我得干辛苦的活儿了。”

他想：现在我得准备套索和绳子，把它绑在船旁边。虽然只有我们两个，即使为了装它使船沉重得漫了水又戽出去，这只小船还是盛不了它。我应该安排一切，然后把它拖到跟前来，绑好，竖上桅杆，挂起帆把船开回去。

他动手去拖鱼，想把它拖到船跟前，好用一根绳子从它鳃里穿进去，再从嘴里拉出来，把它的头绑在船头上。他想：我想看看它，碰碰它，摸摸它。他想，它是我的财产啊。然而我想摸摸它并不是为了这个。他想，当我第二次拿着渔叉的把子往里推的时候，我已经碰到它的心了。现在把它拉到跟前来吧,绑紧它,用一个套索拴住它的尾巴,另一个套索拴住它的腰,把它捆在船旁边。

"动手干活吧,老家伙,"他说。他喝了一点儿水。"仗虽然打完,还有好多辛苦的活儿得干呢。"

他抬头望一望天,然后又去看一看他的鱼。他把太阳留意地观察了一番。他想:还刚不过晌午,贸易风也正刮起。现在这些钓丝都没用处了。回家以后,我要跟孩子把它们接起来。

"来吧,鱼,"他说。可是鱼偏不到他跟前来。它反而躺在海里翻滚,老头儿只好把小船划到它面前去。

等他划到鱼的旁边,教鱼头靠着船头的时候,他真想不到鱼有这么大。他把渔叉上的绳子从船头的短桩上解开,打鱼鳃里穿进去,再打鱼嘴里拉出来,在它的长吻上绕了一道,又打另一边的鱼鳃里穿进去,再在长吻上绕了一道,把双股的绳子打了个结子,拴在船头的短桩上。然后,他把绳子割断,又走到船艄去,用绳子套住鱼的尾巴。鱼已经从原来的紫色和银白色变成了纯粹的银白色,身上的条纹跟尾巴一样现出了淡紫色。条纹比伸开五指的人的一只手还要宽些。鱼的眼睛孤零零地凸出来,像是潜望镜里的镜头,又像礼拜行列中的圣徒。

"要杀死它只有这个办法,"老头儿说。喝了水以后,他现在觉得好些了,他知道他不会垮下去,他的头脑也是清醒的。他想:看它那副模样,足有一千五百多磅。也许还要重些。假如可以净得那重量的三分之二,卖它三角钱一磅,该赚多少钱啊?

"我需要一支铅笔来算一算,"他说。"我的头脑不怎么清醒。不过我想老狄马吉奥今天会拿我的事儿当他的体面。我没鸡眼。可是我的手跟脊梁可真够受啦。"他想:我不懂什么叫鸡眼。也许我们有鸡眼还不知道吧。

他把绑鱼的绳子系在船头、船艄和中间的坐板上。那条鱼可真大,活像小船旁边绑着一只比它大得多的船。他割下一段绳,又把鱼的下巴颏跟长吻绑在一起,使它的嘴不会张开,好让船尽可能走得平平稳稳的。然后,他竖起桅杆,用绳索拴住那根给他当作鱼钩的棍子和下桁,他挂上了带补丁的帆。船开始移动了,他半躺在船梢向西南方驶去。

他不需要有指南针告诉他西南方在哪儿。他只需要感觉到贸易风和帆的牵引。他想:我倒不如放一根带匙钩的小钩丝到海里去,弄点东西上来吃吃喝喝,好润润嘴。但他找不到匙钩,他的沙丁鱼也都腐烂了。所以他在船经过的时候用渔叉钩上一块黄黄的马尾藻,把上面一些小虾抖到船的外板上去。小虾有十来多个,它们跳来撞去,像沙蚤一样。老头儿用拇指和食指把它们的头掐掉,然后送进嘴里,连壳带尾巴嚼下去。这些小虾虽然小得可怜,但他知道它们都很滋养,味道也挺不坏的。

老头儿的瓶子里还有两口水,他把小虾吃下去以后喝了半口。虽然船旁边的那条鱼给了不少的累赘,这只船走得还算很好,他把舵柄夹在胳肢窝里掌着舵。他看得见那条鱼。他只消看一看他的手,把脊背放在船艄上碰一碰,就会晓得这是千真万确的事儿,不是一场梦。有一个时候,在事情快临了时,他的心情坏极了,他也以为或许这是一场梦。后来他看见鱼从水里跳出,没有落下来以前一动也不动地悬在半空里,他觉得这里面一定有很大的奥妙,所以他不相信。虽然他现在看得跟往常一样的清楚,那时他是看不清楚的。

现在他知道鱼果真在他身旁,他的双手和脊背的疼痛都证明他不是在作梦。他想:手很快就会痊愈的。我已经让手上的血流干净了,盐水会把它们治好的。真正的海湾里面的黑黝黝的海水,实际上就是最好的药品。我现在应该做的就是要让脑子清醒。我的手已经干完了它们的活儿,我们的船走得很好。看它闭住嘴,尾巴一上一下地伸得挺直,我俩真像亲兄弟一样在大海里漂着。这时他的脑子又有点儿糊涂了,他想:是它在带我走呢,还是我在带它走?如果我把它放在后面,牵着它,那倒是没有问题的,要是鱼给放在船上,它的什么体面都丢掉了,那也没有问题。可是老头儿跟它是并排地拴在一道,漂在海上的,所以老头儿想:让它带我走吧,只要它高兴。我不过手段比它高明些,何况它对我又没有恶意。

他们在海里走得很顺当,老头儿把手泡在咸咸的海水里,想让脑子清醒。头上有高高的积云,还有很多的卷云,所以老头儿知道还要刮一整夜的小风。老头儿不断地望着鱼,想弄明白是不是真有这回事。这时候是第一条鲨鱼朝它扑来的前一个钟头。

鲨鱼的出现不是偶然的。当一大股暗黑色的血沉在一哩深的海里然后又散开的时候,它就从下面水深的地方蹿上来。它游得那么快,什么也不放在眼里,一冲出蓝色的水面就涌现在太阳光下。然后它又钻进水里去,嗅出了踪迹,开始顺着船和鱼所走的航线游来。

有时候它也迷失了臭迹。但它很快就嗅出来,或者嗅出一点儿影子,于是它就紧紧地顺着这条航线游。这是一条巨大的鲭鲨,生来就游得跟海里速度最快的鱼一般快。它周身的一切都美,只除了上下颚。它的脊背蓝蓝的像是旗鱼的脊背,肚子是银白色的,皮是光滑的,漂亮的。它生得跟旗鱼一样,不同的是它那巨大的两颚,游得快的时候它的两颚是紧闭起来的。它在水面下游,高耸的脊鳍像刀子似的一动也不动地插在水里。在它紧闭的双嘴唇里,它的八排牙齿全部向内倾斜着。跟寻常大多数鲨鱼不同,它的牙齿不是角锥形的,像爪子一样缩在一起的时候,形状就如同人的手指头。那些牙齿几乎跟老头儿的手指头一般长,两边都有剃刀似的锋利的口子。这种鱼天生地要吃海里一切的鱼,尽管那些鱼游得那么快,身子那么强,战斗的武器那么好,以至于没有别的任何的敌手。现在,当它嗅出了新的臭迹的时候,它就加快游起来,它的蓝色的脊鳍划开了水面。

老头儿看见它来到,知道这是一条毫无畏惧而且为所欲为的鲨鱼。他把渔叉准备好,用绳子系住,眼也不眨地望着鲨鱼向前游来。绳子短了,少去它割掉用来绑鱼的那一段。

老头儿现在的头脑是清醒的,正常的,他有坚强的决心,但是希望不大。他想:能够撑下去就太好啦。看见鲨鱼越来越近的时候,他向那条死了的大鱼望上一眼。他想:这也许是一场梦。我不能够阻止它来害我,但是也许我可以捉住它。"Dentuso[①]",他想。去你妈的吧。

鲨鱼飞快地逼近船后边。它去咬那条死鱼的时候,老头儿看见它的嘴大张着,看见它在猛力朝鱼尾巴上面的肉里咬进去的当儿它那双使人惊奇的眼睛和咬得格崩格崩的牙齿。鲨鱼的头伸在水面上,它的脊背也正在露出来,老头儿用渔叉攮到鲨鱼头上的时候,他听得出那条大鱼身上皮开肉绽的声音。他攮进的地方,是两只眼睛之间的那条线和从鼻子一直往上伸的那条线交叉的一点。事实上并没有这两条线。有的只是那又粗大又尖长的蓝色的头,两只大眼,和那咬得格崩崩的、伸得长长的、吞噬一切的两颚。但那儿正是脑子的所在,老头儿就朝那一个地方扎进去了。他鼓起全身的气力,用他染了血的手把一杆锋利无比的渔叉扎了进去。他向它扎去的时候并没有抱着什么希望,但他抱有坚决的意志和狠毒无比的心肠。

鲨鱼在海里翻滚过来。老头儿看见它的眼珠已经没有生气了,但是它又翻滚了一下,滚得自

① 一种最凶猛的鲨鱼的名字。

己给绳子缠了两道。老头儿知道它是死定了,鲨鱼却不肯承认。接着,它肚皮朝上,尾巴猛烈地扑打着水面,两颚格崩格崩地响着,像一只快艇一样在水面上破浪而去。海水给它的尾巴扑打得白浪滔天,绳一拉紧,它的身子四分之三都脱出了水面,那绳不住地抖动,然后突然折断了。老头儿望着鲨鱼在水面上静静地躺了一会儿,后来它就慢慢地沉了下去。

"它咬去了大约四十磅,"老头儿高声说。他想:它把我的渔叉连绳子都带去啦,现在我的鱼又淌了血,恐怕还有别的鲨鱼会窜来呢。

他不忍朝死鱼多看一眼,因为它已经给咬得残缺不全了。鱼给咬住的时候,他真觉得跟他自个儿身受的一样。

他想:但是我已经把那条咬我的鱼的鲨鱼给扎死啦。我从来没看过这么大的"Dentuso"。谁晓得,大鱼我可也看过不少呢。

他想:能够撑下去就太好啦。这要是一场梦多好,但愿我没有钓到这条鱼,独自躺在床上的报纸上面。

"可是一个人并不是生来要给打败的,"他说。"你尽可把他消灭掉,可就是打不败他。"他想:不过这条鱼给我弄死了,我倒是过意不去。现在倒霉的时刻就要来到,我连渔叉也给丢啦。"Dentuso"这个东西,既残忍,又能干,既强壮,又聪明。可我比它更聪明。也许不吧,他想。也许我只是比它多了个武器吧。

"别想啦,老家伙,"他又放开嗓子说。"还是把船朝这条航线上开去,有了事儿就担当下来。"

他想,可是我一定要想。因为我剩下的只有想想了。除了那个,我还要想垒球。我不晓得老狄马吉奥乐意不乐意我把渔叉扎在它脑子上的那个办法呢?这不是一桩了不起的事儿。什么人都能办得到。但是,你是不是认为我的手给我招来的麻烦就跟鸡眼一样呢?我可没法知道。我的脚后跟从来没有出过毛病,只有一次,我在游泳的时候一脚踩在一条海鳐鱼上面,脚后跟给它刺了一下,当时我的小腿就麻木了,痛得简直忍不住。

"想点开心的事吧,老家伙,"他说。"一分钟一分钟过去,离家越来越近了。丢掉了四十磅鱼肉,船走起来更轻快些。"

他很清楚,把船开到海流中间的时候会出现什么花样。但是现在一点办法也没有。

"得,有主意啦,"他大声说。"我可以把我的刀子绑在一只桨把上。"

他把舵柄夹在胳肢窝里,用脚踩住帆脚绳,把刀子绑在桨把上了。

"啊,"他说。"我照旧是个老头儿。不过我不是赤手空拳罢了。"

这时风大了些,他的船顺利地往前驶去。他只看了看鱼的前面一部分,他又有点希望了。

他想:不抱着希望真蠢。此外我还觉得这样做是一桩罪过。他想:别想罪过了吧。不想罪过,事情已经够多啦,何况我也不懂得这种事。

我不懂得这种事,我也不怎么相信。把一条鱼弄死也许是一桩罪过。我猜想一定是罪过,虽然我把鱼弄死是为了养活我自己也为了养活许多人。不过,那样一来什么都是罪过了。别想罪过了吧。现在想它也太迟啦,有些人是专门来考虑犯罪的事儿的。让那些人去想吧。你生来是个打鱼的,正如鱼生来是条鱼。桑·彼得罗是个打鱼的,跟老狄马吉奥的爸爸一样。

他总喜欢去想一切跟他有关联的事情,同时因为没有书报看,也没有收音机,他就想得很多,尤其是不住地在想到罪过。他想:你把鱼弄死不仅仅是为了养活自己,卖去换东西吃。你弄死它是为了光荣,因为你是个打鱼的。它活着的时候你爱它,它死了你还是爱它。你既然爱它,把它弄死了就不是罪过。不然别的还有什么呢?

"你想得太多啦,老头儿,"他高声说。

他想:你倒很乐意把那条鲨鱼给弄死的。可是它跟你一样靠着吃活鱼过日子。它不是一个吃腐烂东西的动物,也不像有些鲨鱼似的,只是一个活的胃口。它是美丽的、崇高的,什么也不害怕。

"我弄死它为了自卫,"老头儿又高声说。"我把它顺顺当当地给弄死啦。"

他想:况且,说到究竟,这一个总要去杀死那一个。鱼一方面养活我,一方面要弄死我。孩子是要养活我的。我不能过分欺骗自己了。

他靠在船边上,从那条死鱼身上给鲨鱼咬过的地方撕下了一块肉。他嚼了一嚼,觉得肉很好,味道也香,像牲口的肉,又紧凑又有水分,可就是颜色不红。肉里面筋不多,他知道可以在市场上卖大价钱。可是他没法叫肉的气味不散到水里去,他知道倒霉透顶的事儿快要发生了。

风在不住地吹,稍微转到东北方去,他知道,这就是说风不会减退了。老头儿朝前面望了一望,但是他看不见帆,看不见船,也看不见船上冒出来的烟。只有飞鱼从船头那边飞出来,向两边仓皇地飞走,还有的就是一簇簇黄色的马尾藻。他连一只鸟儿也看不见。

他已经在海里走了两个钟头,在船艄歇着,有时候嚼嚼从马林鱼身上撕下来的肉,尽量使自己好好休息一下,攒些儿力气,这时他又看见了两条鲨鱼中间的第一条。

"呀,"他嚷了一声。这个声音是没法可以表达出来的,或许这就像是一个人在觉得一根钉子穿过他的手钉进木头里的时候不自主地发出的喊声吧。

"星鲨,"他高声说。他看见第二条鱼的鳍随着第一条鱼的鳍冒上来,根据那褐色的三角形的鳍和那摆来摆去的尾巴,他认出这是两条犁头鲨。它们嗅出了臭迹以后就兴奋起来,因为饿得发呆了,它们在兴奋中一会儿迷失了臭迹,一会儿又把臭迹找出来。但是它们却始终不停地向前逼近。

老头儿系上帆脚绳,把舵柄夹紧。然后他拿起了上面绑着刀子的桨。他轻轻地把桨举起来,尽量轻轻地,因为他的手痛得不听使唤了。然后,他又把手张开,再轻轻地把桨攥住,让手轻松一些。这一次他攥得很紧,让手忍住了疼痛不缩回来,一面注意着鲨鱼的来到。他看得见它们的阔大的、扁平的铲尖儿似的头,以及那带白尖儿的宽宽的胸鳍。这是两条气味难闻的讨厌的鲨鱼,是吃腐烂东西的,又是凶残嗜杀的。饥饿的时候,它们会去咬一把桨或者船的舵。这些鲨鱼会趁海龟在水面上睡觉的时候就把它们的腿和四肢咬掉。它们饥饿的时候会咬在水里游泳的人,即使人身上没有鱼血的气味或者鱼的黏液。

"呀,"老头儿说。"星鲨,来吧,星鲨。"

它们来了。但是它们没有像鲭鲨那样地游来。一条鲨鱼转了一个身,就钻到船底下看不见的地方,它把那条死鱼一拉又一扯,老头儿感觉到船在晃动。另一条鲨鱼用它裂缝似的黄眼睛望着老头儿,然后飞快地游到船跟前,张着半圆形的大嘴朝死鱼身上被咬过的部分咬去。在它那褐色的头顶和后颈上,在脑子和脊髓相连的地方,清清楚楚地现出了一条纹路,老头儿就用绑在桨上的刀子朝那交切点攮进去,又抽出来,再攮进它的猫似的黄眼睛里。鲨鱼放开了它咬的死鱼,从鱼身上滑下去,死去的时候还吞着它咬下的鱼肉。

由于另一条鲨鱼正在蹂躏死鱼的缘故，船身还在晃荡，老头儿松开了帆脚绳，让船向一边摆动，使鲨鱼从船底下出来。一看见鲨鱼，他就从船边弯着身子把刀子朝它身上扎去。他要扎的只是肉，可是鲨鱼的皮很结实，好不容易才把刀子戳进去。这一下不仅震痛了他的手，也震痛了他的肩膀。鲨鱼又很快地露出头来，当它的鼻子伸出水面来靠在死鱼身上的时候，老头儿对准它的扁平的脑顶中央扎去，然后把刀子拔出，又朝同一个地方扎了一下。它依旧闭紧了嘴咬住鱼，于是老头儿再从它的左眼上戳进去，但它还是缠住死鱼不放。

"怎么啦？"老头儿说着又把刀子扎进它的脊骨和脑子中间去。这一次戳进去很容易，他觉得鲨鱼的软骨断了。老头儿又把桨翻了一个身，把刀放在鲨鱼的两颚中间，想把它的嘴撬开。他把刀子绞了又绞，当鲨鱼嘴一松滑下去的时候，他说："去，去，星鲨。滑到一哩深的水里去。去见你的朋友吧，也许那是你的妈妈呢。"

老头儿擦了一擦他的刀片，把桨放下。然后他系上了帆脚绳，给帆张开了风，把船顺着原来的航线开去。

"它们准是把它吃掉四分之一了，而且吃的净是好肉，"他大声说。"我真盼望这是一场梦，但愿我根本没有把它钓上来。鱼啊，这件事可真教我不好受。从头错到底啦。"他不再说下去，也不愿朝鱼看一眼。它的血已经淌尽了，还在受着波浪的冲击，他望了望它那镜子底似的银白色，它身上的条纹依然看得出来。

"鱼啊，我不应该把船划到这么远的地方去，"他说。"既不是为了你，也不是为了我。我很不好受，鱼啊。"

好吧，他又自言自语地说。望一望绑刀的绳子，看看断了没有。然后把你的手弄好，因为还有麻烦的事儿没有来到呢。

"有一块石头磨磨刀子该多好，"老头儿检查了一下绑在桨把上的绳子以后说。"我应该带一块石头来。"他想：好多东西都是应该带来的，但是你没有带来，老家伙。现在不是想你没有的东西的时候。想一想用你现有的东西可以做的事儿吧。

"你给我想出了很巧妙的主意，"他敞开了喉咙说。"可是我懒得听下去啦。"

他把舵柄夹在胳肢窝里，双手泡在水里，随着船往前漂去。

"天晓得，最后那一条鲨鱼撕去了我好多鱼肉，"他说。"可是船现在轻松些了。"他不愿去想给撕得残缺不全的鱼肚子。他知道，鲨鱼每次冲上去猛扯一下，就给扯去了好多的死鱼肉，现在死鱼已经成为一切鲨鱼追踪的途径，宽阔得像海面上的一条大路一样了。

他想：这是把一个人养活一整个冬天的鱼啊。别那样想吧。歇一歇，把你的手弄好，守住剩下来的鱼肉。水里有了那么多的气味，我手上的血腥味也算不得什么，何况手上的血淌得也不多了。给割破的地方并算不了什么。淌血会叫我的左手不抽筋。

他想：我现在还有什么事儿可想啊？没有。什么也别去想它，只等着以后的鲨鱼来到吧。我希望这真是一场梦，他想。但是谁晓得呢？也许结果会很好的。

下一个来到的鲨鱼是一条犁头鲨。它来到的时候就活像一只奔向猪槽的猪，如果一只猪的嘴有它的那么大，大得连你的头也可以伸到它嘴里去的话。老头儿先让它去咬那条死鱼，然后才把绑在桨上的刀扎进它的脑子里去。但是鲨鱼一打滚就往后猛地一挣，那把刀子喀嚓一声折断了。

老头儿只管去掌他的舵，连看也不看那条大鲨鱼，它慢慢地沉到水里去，最初还是原来那么大,然后渐渐小下去,末了只有一丁点儿了。这种情景老头儿一向是要看得入迷的,可是现在他望也不望一眼。

"我还有鱼钩呢,"他说。"但是那没用处。我有两把桨,一个舵把,还有一根短棍。"

他想:这一回它们可把我打败了。我已经上了年岁,不能拿棍子把鲨鱼给打死。但是,只要我有桨,有短棍,有舵把,我一定要想法去揍死它们。

他又把手泡在水里。这时天色渐渐地向晚。除了海和天以外什么也看不出来。天上的风刮得比先前大了些,马上他就希望能够看到陆地。

"你累乏啦,老头儿,"他说。"里里外外都累乏啦。"

直到太阳快落下去的时候,鲨鱼才又向他扑来。

老头儿看见两个褐色的鳍顺着死鱼在水里所不得不造成的那条宽阔的路线游着。它们甚至不去紧跟着鱼的气味,就肩并肩地直朝着小船扑来。

他扭紧了舵,把帆脚绳系好,从船艄下面去拿那根短棍。这是把一个断了的桨锯成二英尺半长左右的一个桨把子。因为那个桨把子有个把手,他用一只手攥起来才觉得方便,他就稳稳地把它攥在右手里,用手掌弯弯地握着,一面望着鲨鱼的来到。两条都是"星鲨"。

他想:我要先让第一条鲨鱼把死鱼咬紧了,然后再朝它的鼻尖儿揍,或者照直朝它的头顶上劈去。

两条鲨鱼一道儿来到跟前,他看见离得最近的一条张开大嘴插进死鱼的银白色的肚皮时,他把短棍高高地举起,使劲捶下,朝鲨鱼的宽大的头顶狠狠地劈去。短棍落下的当儿,他觉得好像碰到了一块坚韧的橡皮,同时他也感觉到打在铁硬的骨头上。鲨鱼从死鱼身上滑下去的时候,他又朝它的鼻尖上狠狠地揍了一棍。

另一条鲨鱼原是忽隐忽现的,这时又张开了大嘴扑上来。当它咬住了死鱼、闭紧了嘴的时候,老头儿看得见从它嘴角上漏出的一块块白花花的鱼肉。他用棍子对准了它打去,只是打中了它的头,鲨鱼朝他望了一望,然后把它咬住的那块肉撕去。当它衔着鱼肉逃走的时候,老头儿又揍了它一棍,但是打中的只是橡皮似的又粗又结实的地方。

"来吧,星鲨,"老头儿说。"再来吧。"

鲨鱼一冲又冲上来,一闭住嘴就给老头儿揍了一棍。他把那根棍子举到不能再高的地方,结结实实地揍了它一下。这一回他觉得他已经打中了脑盖骨,于是又朝同一个部位打去,鲨鱼慢慢吞吞地把一块鱼肉撕掉,然后从死鱼身上滑下去了。

老头儿留意望着那条鲨鱼会不会再回来,可是看不见一条鲨鱼。一会儿他看见一条在水面上打着转儿游来游去。他却没有看到另一条的鳍。

他想:我没指望再把它们弄死了。当年年轻力壮的时候,我会把它们弄死的。可是我已经叫它们受到重伤,两条鲨鱼没有一条会觉得好过。要是我能用一根垒球棒,两只手抱住去打它们,保险会把第一条鲨鱼打死。甚至现在也还是可以的。

他不愿再朝那条死鱼看一眼。他知道它的半个身子都给咬烂了。在他跟鲨鱼格斗的时候,太阳已经落下去。

"马上就要天黑,"他说。"一会儿我要看见哈瓦那的灯火了。如果我往东走得更远,我会看见从新的海滩上射出的灯光来的。"

他想:现在离港口不会太远了。我希望没有人替我担心。只有那孩子,当然,他一定会替我担心的。可是我相信他有信心。好多打鱼的老头儿也会替我担心的。还有好多别的人。我真是住在一个好地方呀。

他不能再跟那条大鱼讲话,因为它给毁坏得太惨啦。这时他的脑子里突然想起了一件事。

"你这半条鱼啊,"他说。"你原来是条整鱼的。我过意不去的是我走得太远,这把你带我都给毁啦。可是我们已经弄死了许多鲨鱼,你和我,还打伤好多条。老鱼,你究竟弄死过多少鱼啊?你嘴上不是白白地生了那个长吻的。"

他总喜欢想到这条死去的鱼,想到要是它能够随意地游来游去,它会怎么样去对付一条鲨鱼。他想:我应该把它的长吻儿砍掉,用它去跟鲨鱼斗。可是船上没有斧头,后来又丢掉了刀子。

话又说回来,当时要是我能够把它的长吻儿砍掉,绑在桨把上的话,那该是多好的武器呀。那样一来,我俩就会一同跟它们斗啦。要是它们在夜里窜来,你该怎么办呢?你有什么办法呢?

"跟它们斗,"他说。"我要跟它们斗到死。"

现在已经天黑,可是天边还没有红光,也看不见灯火,有的只是风,只是扯得紧紧的帆,他觉得大概他已经死了。他合上两只手,摸一摸手掌心。它们没有死,只要把它们一张一合,他还觉得活活地痛哩。他把脊背靠在船艄上,才知道他没有死。这是他的肩膀告诉他的。

他想:我许过愿,要是我捉到了这条鱼,我一定把所有的那些祷告都说一遍。但是我现在累得说不出了。倒不如把麻袋拿过来盖在我的肩膀上。

他躺在船梢,一面掌舵一面留意着天边红光的出现。他想:我还有半条鱼。也许我有运气把前面半条鱼带回去。我应该有点儿运气的。可是没有呀,他说。你走得太远,把运气给败坏啦。

"别胡说八道啦,"他又嚷起来。"醒着,掌好舵。也许你的运气还不小呢。"

"我倒想买点儿运气,要是有地方买的话,"他说。

我拿什么去买运气呢?他自己问自己。我买运气,能够用一把丢掉的渔叉,一把折断的刀子,一双受了伤的手吗?

"可以的,"他说。"你曾经想用海上的八十四天去买它。它们也几乎把它卖给了你。"

他想:别再胡思乱想吧。运气是各式各样的,谁认得出呢?可是不管什么样的运气我都要点儿,要什么报酬我给什么。他想:我希望我能见到灯光。我想要的事儿太多,但灯光正是我现在想要的。他想靠得舒服些,好好地去掌舵;因为觉得疼痛,他知道他并没有死。

大约在夜里十点钟的时候,他看见了城里的灯火映在天上的红光。最初只是辨认得出,如同月亮初升以前天上的光亮。然后,当渐渐猛烈的海风掀得波涛汹涌的时候,才能从海上把灯光看得清楚。他已经驶进红光里面,他想,现在他马上就要撞到海流的边上了。

他想:现在一切都过去了。不过,也许它们还要向我扑来吧。可是,在黑夜里,没有一件武器,一个人怎么去对付它们呢?

他现在身体又痛又发僵,他的伤口和身上一切用力过度的部分都由于夜里的寒冷而痛得厉害。他想:我希望我不必再去跟它们斗啦。我多么希望我不必再跟它们斗呀。

可是到了半夜的时候,他又跟它们斗起来,这一回他知道斗也不会赢了。它们是成群窜来的，他只看到它们的鳍在水里划出的纹路，和它们扑到死鱼身上去的时候所放出的鳞光。他用棍棒朝它们的头上打去，听到上下颚裂开和它们钻到船下面去咬鱼的时候把船晃动的声音。凡是他能够感觉到的，听见的，他就不顾一切地用棍棒劈去。他觉得有什么东西抓住了他的那根棍，随着棍就丢掉了。

他把舵把从舵上曳掉，用它去打，去砍，两只手抱住它，一次又一次地劈下去，但是它们已经窜到船头跟前去咬那条死鱼，一忽儿一个接着一个地扑上来，一忽儿一拥而上，当它们再一次折转身扑来的时候，它们把水面下发亮的鱼肉一块一块地撕去了。

最后一条鲨鱼朝死鱼的头上扑来，他知道一切都完了。于是他用舵把对准鲨鱼的头打去，鲨鱼的两颚正卡在又粗又重的死鱼头上，不能把它咬碎，他又迎面劈去，一次，两次，又一次。他听到舵把折断的声音，再用那裂开了的桨把往鲨鱼身上戳去。他觉得桨把已经戳进去，他也知道把子很尖，因此他再把它往里面戳。鲨鱼放开鱼头就翻滚着沉下去。那是来到的一大群里最后的一条鲨鱼。它们再也没有什么东西可吃了。

老头儿现在简直喘不过气来，同时他觉得嘴里有一股奇怪的味道。这种味道带铜味，又甜。他担心了一会儿。不过那种味道并不多。

他往海里啐了一口唾沫，说："吃吧，星鲨。作你们的梦去，梦见你们弄死了一个人吧。"

他知道他终于给打败了，而且一点补救的办法也没有，于是他走回船梢，发现舵把的断成有缺口的一头还可以安在舵的榫头上，让他凑合着掌舵。他又把麻袋围在肩膀上，然后按照原来的路线把船开回去。现在他在轻松地开着船了，他的脑子里不再去想什么，也没有感觉到什么。什么事都已过去，现在只要把船尽可能好好地、灵巧地开往他自己的港口去。夜里，鲨鱼又来咬死鱼的残骸，像一个人从饭桌子上去捡面包皮似的。老头儿睬也不睬它们，除了掌舵，什么事儿都不睬。他只注意到他的船走得多么轻快，多么顺当，没有其重无比的东西在旁边拖累它了。

船还是好好的，他想。完完整整，没有半点儿伤损，只除了那个舵把。那是容易配上的。

他感觉到他已经驶进海流里面，看得出海滨居住区的灯光。他知道他现在走到什么地方，到家不算一回事儿了。

风总算是我们的朋友，他想。然后他又加上一句：不过也只是有时候。还有大海，那儿有我们的朋友，也有我们的敌人。床呢，他又想。床是我的朋友。正是床啊，他想。床真要变成一件了不起的东西。一旦给打败，事情也就容易办了，他想。我决不知道原来有这么容易。可是，是什么把你打败的呢？他又想。

"什么也不是，"他提高嗓子说。"是我走得太远啦。"

当他驶进小港的时候，渔滨酒店的灯火已经熄灭，他知道人们都已上床睡去。海风越刮越大，现在更是猖狂了。然而港口是静悄悄的。于是他把船向岩石下面的一小块沙滩跟前划去。没有人来帮助他，他只好一个人尽力把船划到岸边。然后他从船里走出，把船系在岩石旁边。

他放下桅杆，卷起帆，把它捆上，然后把桅杆扛在肩膀上，顺着堤坡往岸上走去。这时他才知道他已经疲乏到什么程度。他在半坡上歇了一会儿，回头望了一望，借着水面映出的街灯的反光，看见那条死鱼的大尾巴挺立在船艄后面。他看见鱼脊骨的赤条条的白线，黑压压一团的头，伸得很长的吻和身上一切光溜溜的部分。

老人艰难地爬回了自己的小茅棚,沉沉地睡去了。第二天小孩儿来看他时,他还没有醒。孩子望着他那疲惫不堪的面影和血迹斑斑的双手,禁不住大哭起来。他赶忙去给老人弄来了一罐热咖啡。老人醒来后,喝掉咖啡,显得有些沮丧,但孩子却希望他赶快养好受伤的手,这样他就伴他再出海打鱼。

许多渔人在围观,丈量那条被鲨鱼啃光的大鱼骨架,在谈论这件事。

老人又睡去了,小孩儿守候在他身边。他曾多次梦见狮子,现在又一次梦见了狮子。

变 形 记

作者弗朗兹·卡夫卡(1883—1924),奥地利作家。生于奥匈帝国统治下一个犹太商人家庭,小学中学均在德语学校学习。1901年他进入布拉格大学学习德国文学,后屈服父亲意志转学法律。大学毕业后,他在一家半官方的工伤保险所作职员。1922年因肺病辞职疗养,1924年逝世于维也纳,年仅41岁。

卡夫卡生活在一个极其沉闷与黑暗的时代。排犹主义的压力、父亲的专横以及事业与工作的矛盾都给他精神上造成无法摆脱的苦闷,形成他思想、性格上极端的孤独感和与世界无法沟通的压抑。这些情绪在他的作品中留下了很深的痕迹。

卡夫卡自幼酷爱文学,大学时代开始创作活动。写作在他一生中占据极重要的地位。1908年他发表题为《观察》的七篇速写,之后又写了《变形记》(1912)、《在流放地》(1914)、《乡村医生》(1919)和《饥饿表演者》(1924)等四部中篇、三部长篇和许多短篇小说、日记、书信等。长篇小说《审判》(又译《诉讼》,1914)表现了法律邪恶的、令人恐怖的本质;《城堡》(1922)表现人陷入不可知的荒诞世界,一切努力都徒劳无益,永远达不到预期的目的。卡夫卡的作品甚丰,但生前仅发表了几个中、短篇。他死后,好友布洛德才陆续整理出版了他的大部分著作。

卡夫卡的作品表现了被社会障碍所摧毁的个人孤立无援的心理,表现人在充满敌意的社会中的灾难感、恐惧感与孤寂感。他常大量使用象征性的隐喻来寄托他对社会的愤懑,惯于将现实荒诞化,看似荒诞、反常,实则捕捉到事物本质,达到"神似"的效果。

《变形记》是作家生前发表的少数几篇作品之一,是卡夫卡的代表作,在西方文学史上占据着重要地位。它通过推销员格里高尔"异化"为甲虫后种种荒诞不经的故事,表现了资本主义社会中小人物的悲剧。

现根据中文译本(李文俊译,选自《外国现代派作品选》第一册下,上海文艺出版社1980年版)介绍或节选如下。

一

一天早晨,格里高尔·萨姆沙从不安的睡梦中醒来,发现自己躺在床上变成了一只巨大的甲虫。他仰卧着,那坚硬得像铁甲一般的背贴着床,他稍稍抬了抬头,便看见自己那穹顶似的棕色肚子分成了好多块弧形的硬片,被子几乎盖不住肚子尖,都快滑下来了。比起偌大的身躯来,他那许多只腿真是细得可怜,都在他眼前无可奈何地舞动着。

"我出了什么事啦?"他想。这可不是梦。他的房间,虽是嫌小了些,的确是普普通通人住的房间,仍然安静地躺在四堵熟悉的墙壁当中。在摊放着打开的衣料样品——萨姆沙是个旅行推销员——的桌子上面,还是挂着那幅画,这是他最近从一本画报上剪下来装在漂亮的金色镜框里的。画的是一位戴皮帽子围皮围巾的贵妇人,她挺直身子坐着,把一只套没了整个前臂的厚重的皮手筒递给看画的人。

格里高尔的眼睛接着又朝窗口望去,天空很阴暗——可以听到雨点敲打在窗槛上的声音——他的心情也变得忧郁了。"要是再睡一会儿,把这一切晦气事统统忘掉那该多好。"他想。但是完全办不到,平时他习惯于侧向右边睡,可是在目前的情况下,再也不能采取那样的姿态了。

无论怎样用力向右转,他仍旧滚了回来,肚子朝天。他试了至少 100 次,还闭上眼睛免得看到那些拼命挣扎的腿,到后来他的腰部感到一种从未体味过的隐痛,才不得不罢休。

“啊,天哪,”他想。“我怎么单单挑上这么一个累人的差使呢!长年累月到处奔波,比坐办公室辛苦多了。再加上还有经常出门的烦恼,担心各次火车的倒换,不定时而且低劣的饮食,而萍水相逢的人也总是些泛泛之交,不可能有深厚的交情,永远不会变成知己朋友。让这一切都见鬼去吧!”他觉得肚子上有点痒,就慢慢地挪动身子,靠近床头,好让自己头抬起来更容易些;他看清了发痒的地方,那儿布满着白色的小斑点,他不明白这是怎么回事,想用一条腿去搔一搔,可是马上又缩了回来,因为这一碰使他浑身起了一阵寒颤。

他又滑下来恢复到原来的姿势。“起床这么早,”他想,“会使人变傻的。人是需要睡觉的。别的推销员生活得像贵妇人。比如,我有一天上午赶回旅馆登记取回订货单时,别的人才坐下来吃早餐。我若是跟我的老板也来这一手,准定当场就给开除。也许开除了倒更好一些,谁说得准呢。如果不是为了父母亲而总是谨小慎微,我早就辞职不干了,我早就会跑到老板面前,把肚子里的气出个痛快。那个家伙准会从写字桌后面直蹦起来!他的工作方式也真奇怪,总是那样居高临下坐在桌子上面对职员发号施令,再加上他的耳朵又偏偏重听,大家不得不走到他跟前去。但是事情也未必毫无转机;只要等我攒够了钱还清父母欠他的债——也许还得五六年——可是我一定能做到。到那时我就会时来运转了。不过眼下我还是起床为妙,因为火车五点钟就要开了。”

六点半了,六点半过了,七点差一刻了。下一趟车七点钟开,要搭这一班车他要发疯似的赶才行,可是他觉得自己精神不佳。说自己病了行不行呢?这会显得很可疑。他服务五年以来没害过一次病。老板会亲自带了医药顾问一起来,粗暴地把所有的理由都驳掉。

这一切飞快地在他脑子里闪过。这时,传来轻轻的叩门声,母亲温和的声音响起:已经七点差一刻了。你不是还要赶火车吗?他简单地回答了,隔着门外边一定听不到他声音的变化。知道他在屋里,于是父亲和妹都在呼喊他快开门。

格里高尔设法下床,可是重复了几遍同样的努力后不行。他只得恢复原来的姿势躺着。七点一刻再不去公司,公司马上会派人出来找他。他来回晃动着身子,想把自己甩出床去。他不能翻跌下床,怕弄出巨大的声响引起家人的焦虑。

门铃响了,传来女仆开门声。公司的秘书主任亲自出马了。真不知自己生就什么命,竟落到给这样一家公司当差,只要有一点小小的差池,马上就会招来最大的怀疑。格里高尔非常激动,用尽全力把自己甩出了床外,砰的一声落在地上。

妹妹葛蕾特用耳语向他通报秘书主任来临的消息。父亲也说话了:秘书主任来了,他要知道为什么你没能赶上早上的火车。他要亲自和你说话。请开门吧。父亲和母亲都向客人解释格里高尔可能病了,同时催促他赶紧开门。格里高尔拒绝了,随即听见葛蕾特在啜泣。她为什么哭呢?是因为他不起床让秘书主任进来吗?是因为他有丢掉差使的危险吗?是因为老板又要开口向他父母讨还旧债吗?格里高尔觉得,就目前的处境,他们还是别打扰他的好。

秘书主任提高嗓门责备他极严重地疏忽了公事,要求他立刻明确地解释原因,并说经理已经暗示他不露面的原因可能是最近交了一笔现款给他保管。还警告他在公司的地位并不稳固。

格里高尔控制不住了,激动得忘记了一切地喊起来,说自己今早有一点小小的不舒服,没向办公室报告,以为可以顶过去。现在自己已经好多了,还能赶上八点钟的火车,马上就会开始工作,请主任在经理面前美言几句。这时,他想靠着柜子使自己直立起来去打开门。他好几次从光滑的柜面上滑下来,最后终于站直了。他不顾下身疼得火烧一般,靠向附近一张椅背,用那些细细的腿抓住椅背的边,控制住身体。

秘书主任问他的父母:你们听得懂哪个字吗?他不见得在开我们的玩笑吧?他母亲声泪俱下地喊道:也许他病得不轻,倒是我们在折磨他呢!她大声嚷着叫葛蕾特赶紧去请医生。父亲则喊着马上去找锁匠来。

格里高尔反倒镇静了。他的声音人家听不懂了,至少大家相信他什么地方不太妙,准备来帮助他了。他觉得自己重新又进入人类的圈子,对大夫和锁匠都寄予莫大希望。

格里高尔慢慢地把椅子推向门边,接着便放开椅子,抓住了门来支撑自己——他那些细腿的脚底上倒是颇有黏性的——他在门上靠了一会儿,喘过一口气来。接着他开始用嘴巴来转动插在锁孔里的钥匙。不幸的是,他并没有什么牙齿——他得用什么来咬住钥匙呢?——不过他的下颚倒好像非常结实;靠着这下颚他总算转动了钥匙,他准是不小心弄伤了什么地方,因为有一股棕色的液体从他嘴里流出来,淌过钥匙,滴到地上。"你们听,"门后的秘书主任说,"他在转动钥匙了。"这对格里高尔是个很大的鼓励;不过他们应该都来给他打气,他的父亲母亲都应该喊:"加油,格里高尔。"他们应该大声喊道:"坚持下去,咬紧钥匙!"他相信他们都在全神贯注地关心自己的努力,就集中全力死命咬住钥匙。钥匙需要转动时,他便用嘴巴衔着它,自己也绕着锁孔转了一圈,好把钥匙扭过去,或者不如说,用全身的重量使它转动。终于屈服的锁发出响亮的卡嗒一声,使格里高尔大为高兴。他深深地舒了一口气,对自己说:"这样一来我就不用锁匠了。"接着就把头搁在门柄上,想把门整个打开。

门是向他自己这边拉的,所以虽然已经打开,人家还是瞧不见他。他得慢慢地从对开的那半扇门后面把身子挪出来,而且得非常小心,以免背脊直挺挺地跌倒在房间里。他正在困难地挪动自己,顾不上作任何观察,却听到秘书主任"哦!"的一声大叫——发出来的声音像一股猛风——现在他可以看见那个人了,他站得最靠近门口,一只手遮在张大的嘴上,慢慢地往后退去,仿佛有什么无形的强大压力在驱逐他似的。格里高尔的母亲——虽然秘书主任在场,她的头发仍然没有梳好,还是乱七八糟地竖着——她先是双手合掌瞧瞧他父亲,接着向格里高尔走了两步,随即倒在地上,裙子摊了开来,脸垂到胸前,完全看不见了。他父亲握紧拳头,一副恶狠狠的样子,仿佛要把格里高尔打回到房间里去,接着他又犹豫不定地向起坐室扫了一眼,然后把双手遮住眼睛,哭泣起来,连他那宽阔的胸膛都在起伏不定。

格里高尔没有接着往起坐室走去,却靠在那半扇关紧的门的后面,所以他只有半个身子露在外面,还侧着探在外面的头去看别人。这时候天更亮了,可以清清楚楚地看到街对面一幢长得没有尽头的深灰色的建筑——这是一所医院——上面惹眼地开着一排排呆板的窗子;雨还在下,不过已成为一滴滴看得清的大颗粒了。大大小小的早餐盆碟摆了一桌子,对于格里高尔的父亲,早餐是一天里最重要的一顿饭,他一边看各式各样的报纸,一边吃,要吃上好几个钟点。在格里高尔正对面的墙上挂着一幅他服兵役时的照片,当时他是中尉,他的手按在剑上,脸上挂着无忧无虑的笑容,分明要人家尊敬他的军人风度和制服。前厅的门开着,大门也开着,可以一直看到住宅前的院子和最下面的几级楼梯。

"好吧,"格里高尔说,他完全明白自己是唯一多少保持着镇静的人,"我立刻穿上衣服,等包好样品就动身。您是否还容许我去呢？您瞧，先生，我并不是冥顽不化的人，我很愿意工作；出差是很辛苦的，但我不出差就活不下去，您上哪儿去，先生？去办公室？是吗？我这些情形您能如实地反映上去吗？人总有暂时不能胜任工作的时候，不过这时正需要想起他过去的成绩，而且还要想到以后他又恢复了工作能力的时候，他一定会干得更勤恳更用心。我一心想忠诚地为老板做事，这您也很清楚。何况，我还要供养我的父母和妹妹。我现在景况十分困难，不过我会重新挣脱出来的。请您千万不要火上加油。在公司里请一定帮我说几句好话。旅行推销员在公司里不讨人喜欢，这我知道。大家以为他们赚的是大钱，过的是逍遥自在的日子。这种成见也犯不着特地去纠正。可是您呢，先生，比公司里所有的人看得都全面，是的，让我私下里告诉你，您比老板本人还全面，他是东家，当然可以凭自己的好恶随便不喜欢哪个职员。您知道得最清楚，旅行推销员几乎长年不在办公室，他们自然很容易成为闲话、怪罪和飞短流长的目标，可他自己却几乎完全不知道，所以防不胜防。直待他精疲力竭地转完一个圈子回到家里，这才亲身体验到连原因都无法找寻的恶果落到了自己的身上。先生，先生，您不能不说我一句好话就走啊，请表明您觉得我至少还有几分是对的呀！”

可是格里高尔才说头几个字，秘书主任就已经在踉跄倒退，只是张着嘴唇，侧过颤抖的肩膀直勾勾地瞪着他。格里高尔说话时，他片刻也没有站定，却偷偷地向门口踅去，眼睛始终盯紧了格里高尔，只是每次只移动一寸，仿佛存在某项不准离开房间的禁令一般。好不容易退入了前厅，他最后一步跨出起坐室时动作好猛，真像是他的脚跟刚给火烧着了。他一到前厅就伸出右手向楼梯跑去，好似那边有什么神秘的救星在等待他。

格里高尔明白，如果要保住他在公司里的职位，不想砸掉饭碗，那就决不能让秘书主任抱着这样的心情回去。他的父母对这一点还不太了然；多年以来，他们已经深信格里高尔在这家公司里要呆上一辈子的，再说，他们的心思已经完全放在当前的不幸事件上，根本无法考虑将来的事。可是格里高尔却考虑到了。一定得留住秘书主任，安慰他，劝告他，最后还要说服他；格里高尔和他一家人的前途全系在这上面呢！只要妹妹在场就好了！她很聪明，当格里高尔还安静地仰在床上的时候她就已经哭了。总是那么偏袒女性的秘书主任一定会乖乖地听她的话；她会关上大门，在前厅里把他说得不再惧怕。可是她偏偏不在，格里高尔只得自己来应付当前的局面。他没有想到自己的身体究竟有什么活动能力，也没有想一想他的话人家仍旧很可能听不懂，而且简直根本听不懂，就放开了那扇门，挤过门口，迈步向秘书主任走去，而后者正可笑地用两只手抱住楼梯的栏杆；格里高尔刚要摸索可以支撑的东西，忽然轻轻喊了一声，身子趴了下来，他那许多只腿着了地。还没等全部落地，他的身子已经获得了安稳的感觉，从早晨以来，这还是第一次；他脚底下现在是结结实实的地板了；他高兴地注意到，他的腿完全听从指挥；它们甚至努力地把他朝他心里所想的任何方向带去；他简直要相信，他所有的痛苦总解脱的时候终于快来了。可是就在这一刹那间，当他摇摇摆摆一心想动弹的时候，离他不远，事实上就躺在他前面地板上的母亲，本来似乎已经完全瘫痪，这时却霍地跳了起来，伸直两臂，张开了所有的手指，喊道：“救命啊，老天爷，救命啊！”一面又低下头来，仿佛想把格里高尔看得更清楚些，同时又偏偏身不由己地一直往后退，根本没顾到她后面有张摆满了食物的桌子；她撞上桌子，又糊里糊涂倏地坐了上去，似乎全然没有注意她旁边那把大咖啡壶已经打翻，咖啡也汩汩地流到了地毯上。

“妈妈，妈妈。”格里高尔低声地说道，抬起头来看着她。这时他已经完全把秘书主任撇在脑后；他的嘴却忍不住咂巴起来，因为他看到了淌出来的咖啡。这使他母亲再一次尖叫起来。她从桌子旁边逃开,倒在急忙来扶她的父亲的怀抱里。可是格里高尔现在顾不得他的父母;秘书主任已经在走下楼梯了,他的下巴探在栏杆上扭过头来最后回顾了一眼。格里高尔急走几步,想尽可能追上他;可是秘书主任一定是看出了他的意图,因为他往下蹦了几级,随即消失了;可是还在不断地叫喊:“噢!”回声传遍了整个楼梯。

不幸得很,秘书主任的逃走仿佛使一直比较镇定的父亲也慌乱万分,因为他非但自己不去追赶那人,反而阻拦格里高尔去追逐,他右手操起秘书主任连同帽子和大衣一起留在一张椅子上的手杖,左手从桌子上抓起一张大报纸,一面顿脚,一面挥动手杖和报纸,要把格里高尔赶回到房间里去。格里高尔的恳求全然无效,事实上别人根本不理解;不管他怎样谦恭地低下头去,他父亲反而把脚顿得更响。另一边,他母亲不顾天气寒冷,打开了一扇窗子,双手掩住脸,尽量把身子往外探。一阵劲风从街上刮到楼梯,窗帘掀了起来,桌上的报纸吹得啪嗒啪嗒乱响,有几张吹落在地板上。格里高尔的父亲无情地把他往后赶,一面嘘嘘叫着,简直像个野人。可是格里高尔还不熟悉怎么往后退,所以走得很慢。如果有机会掉过头,他能很快回进房间的,但是他怕转身的迟缓会使他父亲更加生气,他父亲手中的手杖随时会照准他的背上或头上给以狠狠的一击的。到后来,他竟不知怎么办才好,因为他绝望地注意到,倒退着走连方向都掌握不了;因此,他一面始终不安地侧过头瞅着父亲,一面开始掉转身子,他想尽量快些,事实上却非常迂缓。也许父亲发觉了他的良好意图,因此并不干涉他,只是在他挪动时远远地用手杖尖拨拨他。只要父亲不再发出那种无法忍受的嘘嘘声就好了。这简直要使格里高尔发狂。他已经完全转过去了,只是因为给嘘声弄得心烦意乱,甚至转得过了头。最后他总算对准了门口,可是他的身体又偏巧宽得过不去。但是在目前精神状态下的父亲,当然不会想到去打开另外半扇门好让格里高尔得以通过。他父亲脑子里只有一件事,尽快把格里高尔赶回房间。让格里高尔直立起来,侧身进入房间,就要作许多麻烦的准备,父亲是绝不会答应的。他现在发出的声音更加响亮,他拼命催促格里高尔往前走,好像他前面没有什么障碍似的;格里高尔听到他后面响着的声音不再像是父亲一个人的了;现在更不是闹着玩的了,所以格里高尔不顾一切狠命向门口挤去。他身子的一边拱了起来,倾斜地卡在门口,腰部挤伤了,在洁白的门上留下了可憎的斑点,不一会儿他就给夹住了,不管怎么挣扎,还是丝毫动弹不得,他一边的腿在空中颤抖地舞动,另一边的腿却在地上给压得十分疼痛——这时,他父亲从后面使劲地推了他一把,实际上这倒是支援,使他一直跌进了房间中央,汩汩地流着血。在他后面,门砰的一声用手杖关上了,屋子里终于回复了寂静。

二

直到薄暮时分格里高尔才从沉睡中苏醒过来。他缓慢而笨拙地试了试他的触角,向门口爬去,是食物的香味吸引了他。门口放了一只盆子,盛满了甜牛奶和碎面包。他饿极了,但吃东西很困难,而且,他也不喜欢牛奶了。他怀着厌恶的心情,爬到房子中央。从门缝里他看到起坐室的灯亮了。他等待着有谁到他屋里来,却谁也不进来了。直到深夜,起坐室的灯才熄灭。格里高尔很容易就推想到,他的父母和妹妹久久地坐在那儿。他匍匐在地板上,这间高大空旷的房间使他充满了不可言喻的恐惧。因而他急忙钻到沙发底下去,马上感到非常舒服。他在那儿呆了一整夜,沉浸在担忧与渺茫的希望中。他想来想去,只有一个结论:他目前必须静静地躺着,用忍耐和极度的体谅协助家庭克服自己给他们造成的不便。

拂晓，葛蕾特打开了通往客厅的门，紧张地向里张望。看到他，她大吃一惊，不由自主地把门砰地关上。马上，她又打开门，踮着脚尖走了进来，很惊讶地端走了还装满牛奶的盆子。为了弄清他的嗜好，给他拿来了许多食物。那些腐烂、变质的食物强烈地吸引了他，他却忍受不了新鲜食物的气味。葛蕾特又来了，在门外转动钥匙仿佛暗示他退走。他重新钻到沙发底下去。她把他吃剩的和根本未碰过的食物一股脑儿扫进一只桶里提走了，他才从沙发下爬出来舒展一下身子。

格里高尔就这样由妹妹喂养着。家里人不会想到他能听懂大家的话。他常跑到门后，把整个身子贴在门上偷听家人的谈话。没有谈话不牵涉到他。整整两天，全家人都在商量该怎么办。第一天，女仆跪下哀求辞退工作。一刻钟后她感激不尽地离开了，立誓对这件事永远也不对外人说一个字。

女仆一走，妹妹就得帮母亲做饭。这天，格里高尔的父亲向母亲和妹妹解释了家庭的经济状况与远景。从前，格里高尔唯一的愿望就是竭尽全力，帮助家人尽快忘记父亲破产使家庭陷于绝望的那场大灾难。他以不寻常的热情投入工作，后来他挣的钱已够维持一家的生活，大家也对此习惯了。妹妹和他最亲近。他的秘密计划就是供给她明年上音乐学院。这当然已是毫无意义的空想了。只要话题转到挣钱养家的问题，格里高尔便羞愧与焦虑得心中如焚。

他往往躺在沙发上，通夜不眠。有时他竭尽全力将扶手椅推到窗前，回忆过去临窗眺望的自由，可现在稍远一点他就看不清了。细心的妹妹发现了，以后每次打扫清洁总把椅子推向窗前，还把窗子打开。可是格里高尔也越来越明白，她尽量想避免见到他。一天，她比平时来得早些，看到了他，立即大吃一惊似的跳回去，砰地关上门。他知道，妹妹看见他依旧那么恶心。

父母都鼓不起勇气走进他的房间。母亲想看他，被阻止了。格里高尔养成了在墙壁和天花板上爬来爬去的习惯。他喜欢倒挂着晃来晃去，那滋味使他乐而忘形。妹妹注意到他新的娱乐，为使他有更多的空间，想把碍路的家具搬走。她不敢求父亲，便趁父亲不在时求母亲帮忙。格里高尔赶紧躲好。母亲终于来了，这使他喜出望外了。他听到她们拖那沉重柜子的声音，很久后，又听到母亲耳语似的说：这只柜子还是放在原处好，我们搬走家具岂不向他表示，放弃了他好转的希望，硬着心肠由他去了吗？但妹妹却决心搬走一切，只留下沙发。母亲不作声了，竭力帮着女儿把柜子推出去。

虽然格里高尔不断地安慰自己，说根本没有出什么大不了的事，只是挪动了几件家具，但他很快就不得不承认，这两个女人跑过来跑过去，她们的轻声叫喊以及家具在地板上的拖动，这一切给了他很大影响，仿佛动乱从四面八方同时袭来，尽管他拼命把头和腿都蜷成一团贴紧在地板上，他也不得不承认他忍受不了多久了。她们在搬清他房间里的东西，把他所喜欢的一切都拿走；安放他的钢丝锯和各种工具的柜子已经给拖走了；她们这会儿正在把几乎陷进地板去的写字台抬起来，他在商学院念书时所有的作业就是在这张桌子上做的，更早的还有中学的作业，还有，对了，小学的作业——他再也顾不上体会这两个女人的良好动机了，他几乎已经忘了她们的存在，因为她们太累了，干活时连声音也发不出来，除了她们沉重的脚步声以外，旁的什么也听不见。

因此他冲出去了——两个女人在隔壁房间正靠着写字台略事休息——他换了四次方向，因为他真的不知道应该先拯救什么;接着,他看见了对面的那面墙,靠墙的东西已给搬得七零八落了,墙上那幅穿皮大衣的女士的像吸引了他,格里高尔急忙爬上去,紧紧地贴在镜面玻璃上,这地方倒挺不错,他那火热的肚子顿时觉得惬意多了。至少,这张完全藏在他身子底下的画是谁也不许搬走的。他把头转向起坐室,以便两个女人重新进来的时候可以看到她们。

她们休息了没多久就已经往里走来了;葛蕾特用胳膊围住她母亲,简直是在抱着她。"那么,我们现在再搬什么呢?"葛蕾特说,向周围扫了一眼,她的眼睛遇上了格里高尔从墙上射来的眼光。大概因为母亲也在场的缘故,她保持住了镇静,她向母亲低下头去,免得母亲的眼睛抬起来,说道:"走吧,我们要不要再回起坐室去呆一会儿?"她的意图格里高尔非常清楚;她是想把母亲安置到安全的地方,然后再来把他从墙上赶下来。好吧,让她来试试看吧!他抓紧了他的图片绝不退让。他还想对准葛蕾特的脸飞扑过去呢。

可是葛蕾特的话却已经使母亲感到不安了,她向旁边跨了一步,看到了印花墙纸上那一大团棕色的东西,她还没有真的理会到她看见的正是格里高尔,就用嘶哑的声音大叫起来:"啊,上帝,啊,上帝!"接着就双手一摊倒在沙发上,仿佛听天由命似的,一动也不动了。"唉,格里高尔!"他妹妹喊道,对他又是挥拳又是瞪眼。自从变形以来这还是她第一次直接对他说话。她跑到隔壁房间去拿什么香精来使母亲从昏厥中苏醒过来。格里高尔也想帮忙——要救那张图片以后还有时间——可是他已经紧紧地粘在玻璃上,不得不使点劲儿才让身子能够移动;接着他就跟在妹妹后面奔进房间,好像他像过去一样,真能给她什么帮助似的;可是他马上就发现,自己只能无可奈何地站在她后面;妹妹正在许许多多小瓶子堆里找来找去,等她回过身来一看到他,真的又吃了一惊;一只瓶子掉到地板上,打碎了;一块玻璃片划破了格里高尔的脸,不知什么腐蚀性的药水溅到了他身上;葛蕾特才愣住一小会儿,就马上抱起所有拿得了的瓶子跑到母亲那儿去了;她用脚砰地把门关上。格里高尔如今和母亲隔开了,她就是因为他,也许快要死了;他不敢开门,生怕吓跑了不得不留下来照顾母亲的妹妹;目前,除了等待,他没有别的事可做;他被自我谴责和忧虑折磨着,就在墙壁、家具和天花板上到处乱爬起来,最后,在绝望中,他觉得整个房间竟在他四周旋转,就掉了下来,跌落在大桌子的正中央。

过了一小会儿。格里高尔依旧软弱无力地躺着,周围寂静无声;这也许是个吉兆吧。接着门铃响了。使女当然是锁在她的厨房里的,只能由葛蕾特去开门。进来的是他的父亲。"出了什么事?"他一开口就问;准是葛蕾特的神色把一切都告诉他了。葛蕾特显然把头埋在父亲胸口上,因为她的回答听上去闷声闷气的:"妈妈刚才晕过去了,不过这会儿已经好点了。格里高尔逃了出来。"——"果然不出我的所料,"他父亲说,"我不是告诉过你们吗,可是你们这些女人根本不听。"格里高尔清楚地感觉到他父亲把葛蕾特过于简单的解释想到最坏的方面去了,他大概以为格里高尔作了什么凶狠的事呢。格里高尔现在必须设法使父亲息怒,因为他既来不及也无法替自己解释。因此他赶忙爬到自己房间的门口,蹲在门前,好让父亲从客厅里一进来便可以看见自己的儿子乖得很,一心想立即回自己房间,根本不需要赶,要是门开着,他马上就会进去的。

可是父亲目前的情绪完全无法体会他那细腻的感情。"啊!"他一露面就喊道,声音里既有狂怒,同时又包含了喜悦。格里高尔把头从门上缩回来,抬起来瞧他的父亲。啊,这简直不是他想象中的父亲了;显然,最近他太热衷于爬天花板这一新的消遣,对家里别的房间里的情形就不像以前那样感兴趣了,他真应该预料到某些新的变化才行。不过,不过,这难道真是他父亲吗?

从前，每逢格里高尔动身出差，他父亲总是疲累不堪地躺在床上；格里高尔回来过夜总看见他穿着睡衣靠在一张长椅子里，他连站都站不起来，把手举一举就算是欢迎。一年里有那么一两个星期天，还得是盛大的节日，他也偶尔和家里人一起出去，总是走在格里高尔和母亲的当中，他们走得已经够慢的了，可是他还要慢，他裹在那件旧大衣里，靠了那把弯柄的手杖的帮助艰难地向前移动，每走一步都先要把手杖小心翼翼地支好，逢到他想说句话，往往要停下脚步，让卫护的人靠拢来。难道那个人就是他吗？现在他身子笔直地站着，穿一件有金色纽扣的漂亮的蓝制服，这通常是银行的杂役穿的；他那厚实的双下巴鼓出在上衣坚硬的高领子外面；从他浓密的睫毛下面，那双黑眼睛射出了神气十足咄咄逼人的光芒；他那头本来乱蓬蓬的头发如今从当中整整齐齐一丝不苟地分了开来，两边都梳得又光又平。他把那顶绣有金字——肯定是哪家银行的标记——的帽子远远地往房间那头的沙发上一扔，把大衣的下摆往后一甩，双手插在裤袋里，板着严峻的脸朝格里高尔冲来。他大概自己也不清楚要干什么；但是他却把脚举得老高，格里高尔一看到他那大得惊人的鞋后跟简直吓呆了。不过格里高尔不敢冒险听任父亲摆弄，他知道从自己新生活的第一天起，父亲就是主张对他采取严厉措施的。因此他就在父亲的前头跑了起来，父亲停住他也停住，父亲稍稍一动他又急急地奔跑。就这样，他们绕着房间转了好几圈，并没有真出什么事；事实上这简直都不太像是追逐，因为他们都走得很慢。所以格里高尔也没有离开地板，生怕父亲把他的爬墙和上天花板看成是一种特别恶劣的行为。可是，即使就这样跑他也支持不了多久，因为他父亲迈一步，他就得动好多下。他已经感到气喘不过来了，他从前做人的时候肺也不太强。他跌跌撞撞地向前冲，因为要把精力全部集中在奔走上，连眼睛都几乎不睁开来；在昏乱的状态中，除了向前冲以外，他根本没有想到还有别的出路；他几乎忘记自己是可以随便上墙的，而且在这个房间里，靠墙放着精雕细镂的家具，凸出来和凹进去的地方多的是——正在这时，突然有一样扔得不太有力的东西飞了过来，落在他紧后面，又滚到他前面去。这是一只苹果；紧接着第二只苹果又扔了过来；格里高尔惊慌地站住了；再跑也没有用了，因为他父亲决心要轰炸他了。他把碗橱上盘子里的水果装满了衣袋，也没有好好地瞄准，只是把苹果一只接一只地扔出来。这些小小的红苹果在地板上滚来滚去，仿佛有吸引力似的，都在互相碰撞。一只扔得不太用力的苹果轻轻擦过格里高尔的背，没有带给他什么损害就飞走了。可是紧跟着马上飞来了另一只，正好打中了他的背并且还陷了进去；格里高尔挣扎着往前爬，仿佛能把这种可惊的莫名其妙的痛苦留在身后似的；可是他觉得自己好像被钉住在原处，就六神无主地瘫倒在地上。在清醒的最后一刹那，他瞥见他的房门猛然打开，母亲抢在尖叫着的妹妹前头跑了过来，身上只穿着内衣，她女儿为了让她呼吸舒畅好缓过气来，已经把她衣服都解开了，格里高尔看见母亲向父亲扑过去，解松了的裙子一条接着一条都掉在地板上，她绊着裙子径直向父亲奔去，抱住他，紧紧地搂住他，双手围在父亲的脖子上，求他别伤害儿子的生命——可是这时，格里高尔的眼光已经逐渐暗淡了。

三

格里高尔受到的重创使他一个月不能行动——那只苹果一直留在他身上，没有人敢去取下来，目前，他从房间的一端爬到另一端也得花好多分钟，活像个老弱病人。他受伤的补偿是每到晚上起坐室的门就大大打开，他躺在暗处，可以看到三个人坐在点上灯的桌旁，听到他们的谈话，比起早先的偷听强多了。

现在家庭活跃的气氛已经没有了。父亲白天给银行的小职员买早点,晚上就打瞌睡。母亲为时装店赶做针线活;葛蕾特当了售货员,为了找更好的工作,晚上学习速记与法文。在这个操劳过度、疲劳不堪的家庭,谁还有时间为格里高尔操心呢?家计窘迫,使女也辞退了。一个老妈子一早一晚来作点粗活,其他事务全部落到母亲身上。母亲和妹妹的首饰不得不一件件变卖。晚上十点,每当母亲和妹妹把父亲送上床,她俩重新回到起坐室,靠得紧紧地坐着,脸挨着脸。妹妹关上房门,他重新堕入黑暗中。此时隔壁两个女人涕泪交流,格里高尔背上的创伤又一次感到疼痛难忍。

妹妹再也不考虑他可能最爱吃什么了。早上和中午上班前,她匆匆忙忙用脚把食物推进来;晚上用扫帚一下子扫出去,不管他尝了几口还是动也不动。晚上她打扫房间也再草率不过了。到处是成团的尘土和脏东西。她近来脾气也特别暴躁。这种暴躁正传染给全家。一次母亲用几桶水彻底清扫了他的房间,妹妹竟怒不可遏地冲进起坐室,号啕大哭起来。父亲为此也大叫大嚷,竟激动得不能控制自己。

格里高尔现在简直不吃东西了。偶尔碰碰食物,咀嚼一阵又吐掉。他的房间凌乱不堪,家里人习惯把多余的东西塞到这儿来。家里租了一间房给三个房客,凡是不用的东西,如煤灰箱、垃圾箱之类都让做粗活的老妈子随手扔了进来。他无处可爬,有时也把碍路的东西推开一点。房客们在起坐室吃晚饭,家里人则退到厨房用餐。他的房门经常得关上。他也习惯了躺在最黑暗的地方,谁也不再注意他,只有老妈子有时早晚来看看,招呼着:嘿!你这只老屎蜣螂!

这天晚上,厨房传来小提琴声。房客们便邀请葛蕾特到起坐室来拉。格里高尔受到吸引,大胆地向前爬进了起坐室。他的房里灰尘老厚,因此,他身上也蒙满灰尘,背部和两侧都沾满了绒毛、发丝和食物的残渣。他老着脸皮,爬到一尘不染的地板上。妹妹的琴拉得真美。音乐对他具有如此的魔力,他觉得找到了自己渴求的东西,便一直爬到妹妹跟前,想向她吐露他早就下定了送她进音乐学院的决心。他想,妹妹一定会感动得热泪盈眶。

起初,谁也没有注意他。不久,房客们开始窃窃私语。一个房客叫着父亲的名字,指着屋中央的格里高尔。小提琴声戛然而止。父亲急忙挡住他。房客们要求解释,并立刻宣布退租,还威胁要去控告。

父亲踉踉跄跄地跌进他的椅子,浑身颤抖。妹妹激动得尖声叫了起来:不能再拖下去了。对这个怪物,我们一定要把它弄走。我们再也受不了这样的折磨了!它是我们一切不幸的根源,把我们害得好苦。父亲说,如果他能懂得我们的意思,我们也许可以和他谈妥。

格里高尔很困难地转过身来,往自己的屋子爬去。不时停下来喘气。他不明白自己身体怎么这么衰弱。还不等他完全进入房间,门就被妹妹急急地砰地关上,还上了锁,吓得他腿直发软。"现在该怎么办呢?"格里高尔向四周的黑暗扫了一眼。他发现自己已完全不能动弹了。背上的烂苹果和周围发炎的地方都蒙上了一层尘土。他怀着温柔的爱意想着亲人,消灭自己的决心比妹妹还要强烈。他陷入空虚而安谧的沉思中,直到钟楼敲响了半夜三点。窗外透进的第一道光线又一次唤醒了他的知觉。他的头无力地颓然垂下,鼻孔也呼出最后一丝摇曳不定的气息。

清晨,老妈子发现他一动不动地躺着装模作样,就用长柄扫帚使劲地捅他,没有遇到任何抵抗。她明白了,立即用尽力气嚷道:它死了。

先生和太太从床上坐起来,呆若木鸡。他们慢慢镇定下来,来到格里高尔的房间。葛蕾特也来了,脸色苍白。当老妈子用扫帚柄把他因为饿而完全干瘪了的尸体远远拨开,以证明他的确死了时,父亲说:让我们感谢上帝吧。三个女人也跟着他在身上画了十字。

房客们走出房间来要早饭,但被先生赶走了。父女三人仿佛卸掉了一个重担。他们向自己的老板各写了一封请假信,决定这一天完全用来休息和闲逛。于是他们一起离开了公寓,乘电车到郊外去。他们计划着搬一个家,给充满青春活力的女儿找一个好女婿。

尤利西斯

作者詹姆斯·乔伊斯(1882—1941)是爱尔兰著名作家,西方意识流小说的主要代表之一。

乔伊斯出生在都柏林的一个税务官家庭,家庭经济困难。曾就读于都柏林大学,毕业后去欧洲大陆,长期侨居国外,以教书为业,生活艰辛。

乔伊斯的文学成就主要在小说方面。他的作品均以故乡都柏林为背景,写的都是爱尔兰。乔伊斯的创作突破了西方文学的陈规,是意识流小说的最重要作家之一。意识流小说以描写人物主观意识活动与潜意识活动为主,着重展示人物的心灵生活,不注重塑造人物和编织情节。它以心理时间结构作品,运用多种意识流技巧描写人物内心世界,并以复杂的象征来表现作者的寓意。乔伊斯的主要作品有短篇小说集《都柏林人》(1914)、长篇小说《青年艺术家的肖像》(1916)、《尤利西斯》(1922)和《芬尼根们的苏醒》(1939)。

《尤利西斯》是乔伊斯的代表作,也是意识流小说的经典作品,它模仿荷马史诗《奥德修纪》的结构,描写广告经纪人布卢姆和他的妻子莫莉、青年艺术家斯蒂汾三人在1904年6月16日这天从清晨到深夜18个小时内在都柏林的经历和内心活动。小说反映了西方社会的危机,人们精神空虚,无所行动,充满孤独感和恐惧感。同时肯定了人积极寻找生活意义的精神,赞美普通人无私的互助友爱。小说在艺术上有很大的独创性,表现了意识流小说的种种特征。

现根据中文译本(金隄译,百花文艺出版社1987年版)介绍或节选如下。

第一章

斯蒂汾和两个年轻人同住在都柏林城外海边的马特罗塔楼,1904年6月16日早上8点左右,他们起床后,梳洗完毕,同室的医科学生莫里根准备好早餐。这时一个老妇人送来牛奶。斯蒂汾神情忧郁,他想起母亲在弥留之际要他下跪为她的灵魂祈祷,他出于对宗教的反叛,没有从命。现在母亲去世将近一年了,他仍然引为罪责,抱恨终日。亡母的形象折磨着他受伤的灵魂,他渴望精神上的安宁与自由。在梦中,她向他默默无声地走来,消瘦的身躯裹在宽大的尸衣里,散发出石蜡和花梨木的气味。她的呼吸扑面而来,像是在无声地倾诉秘密的话语,混合着一阵淡淡的湿灰气息。斯蒂汾感到压迫。“别这样,母亲,让我生存,让我活。”斯蒂汾的脑子里出现了哈姆莱特,他的父亲暴死,他不相信,四处寻找父亲。

第二章

早餐后,斯蒂汾来到都柏林郊外一座名叫达尔基的小镇中学教历史课。在课堂上,他就公元前3世纪希腊名将皮洛士和罗马军队的战争,向学生提问,给他们讲故事,出谜语。下课后,孩子们都跑出教室打曲棍球,只有一个学生没走,他不会做代数题。斯蒂汾坐在孩子旁边解题。他用代数证明莎士比亚的阴魂是哈姆莱特的祖父。

帮学生解好数学题,斯蒂汾去校长戴汐先生书房领工资。戴汐谈起金钱的意义,钱就是权。我们是一个慷慨的民族,但我们也必须公正。斯蒂汾怕这些堂皇的字眼,这些话给人们造成了很多的不幸。戴汐大谈历史,他身上也有反叛的血液,母系的。斯蒂汾厌恶爱尔兰的历史和现实,他说:历史是一场噩梦,我必须从中苏醒过来。戴汐托斯蒂汾带封信给报社,他拿了信,从学校出来。

第 三 章

上午十一点,斯蒂汾由学校进城途中在森迪蒙特海滩上散步,凝神遐想。他所思考的问题涉及哲学、历史、神话、宗教、艺术、美学。他任凭意识流淌。

感知可见事物的必由之途:至少通过眼睛可以获得思想。这儿我要读的将是万事万物上面的署名[①],海鱼卵和海藻,渐渐袭来的海潮,那只长了锈的靴子。鼻涕似的脓绿色,蓝银色,锈色:五颜六色的标志,透明物的屏障[②]。可他又补充说:在机体里。那就是说他首先意识到它们是机体,然后才意识到它们是上了颜色的东西。怎么意识到的?用他的脑袋去撞的,没错。那很容易。虽然他秃了顶,又是个百万富翁[③],可还是知识渊博的大师[④]。机体内透明的屏障。为什么要在机体内呢?透明,不透明。假如你能把五指伸过去,那就是一个大门,假如伸不过去,那就是一个小门。闭上眼睛看吧。

斯蒂汾闭上眼睛,以便听他的靴子踩在海藻和蚌壳上发出的吱吱声。不管怎么说你正走过它。是的,我正在走过它,有时还迈着大步。五、六:一步接一步。一点不错:这正是感知有声事物的必由之途。睁开眼睛吧。不。主啊!万一我从那俯瞰海面的悬崖上掉下去,那就必然是从一个又一个的位置中穿过。

斯蒂汾的耳边响起《哈姆莱特》的台词。他又想到自然界沧海桑田的变化、人类世世代代的生死繁衍,以及艺术怎样才能保持永恒。他苦思冥想,不得其解,最后口占一诗,寄托他的孤独感。

第 四 章

早晨八点钟,埃克尔斯街七号布卢姆家中。犹太裔的广告经纪人布卢姆出门到一家肉店去买他极喜欢吃的腰子,他看见邻居家帮厨的女佣工也在柜台旁。腰子在柳叶纹盘子里冒出一滴滴血来——最后一个。他站在邻家那个姑娘身边,靠着柜台。她也要买吗?看着手里的纸条念着要买的东西。他的眼光停留在她丰满有力的臀部上。

布卢姆回到家,煎好腰子,把早餐送到妻子莫莉床前。发现邮差送来两封信,一封是女儿给他的,一封是莫莉的经理给莫莉的,信中附着她将演唱的节目单。十一年前,布卢姆夫妇的幼子刚出生就夭折了,这给夫妻感情造成创伤,从此他们只是挂名夫妻。情欲旺盛的莫莉另有新欢,现在正与她的经理打得火热。精力衰竭的布卢姆只能从与一个女人暗通情书和想入非非之中寻

---

① 这是德国神秘主义者雅可布·伯默(1575—1624)的说法。他认为人间的万物万事都是上帝创造的,因此上帝在每样东西上都署了名,人们只有用心灵的眼睛去阅读,才能理解其含义。下面提到的长了锈的靴子,是与他同住在海边塔中的巴克·莫里根丢弃的一双靴,这双长了锈的靴子现正穿在他的脚上。

② 从外界丰富的色彩的变幻他想到了亚里士多德《灵魂论》中的一个观点,即颜色是防止物体透明的一层屏障。接着他就想到了亚里士多德本人。

③ 传说亚里士多德身体单薄,小眼睛,秃顶,并且从他的学生亚历山大大帝那儿接受了一份相当可观的财产。

④ 原文为意大利语,取自但丁《神曲》中地狱篇对亚里士多德的描绘。

找性的满足。布卢姆读完女儿来信,吃罢早饭,洗过澡,便出门去了。

第五章

上午十点钟,布卢姆在街上转悠,他去邮局,收到一封情书,那是从未见面的通信女友来的信。他去药店买了一块肥皂,然后去一家土耳其浴室洗澡。布卢姆在池中自窥自娱。他又碰到一些熟人,大家边洗边聊,十分惬意。

第六章

上午11点,布卢姆去参加一个老朋友的葬礼,坐着送葬的马车去墓地。一路上布卢姆眺望着窗外,他看见斯蒂汾身穿黑色孝服,头戴宽檐帽子,走在大街上。他对坐在旁边的代达勒斯说,令郎刚过去。代达勒斯探身出车窗看,气愤地说:他结交的那伙人都不是玩意儿,那个马利根,是个倒霉透顶的双料坏蛋,一肚子的坏水;总有一天我要写信给他姑妈,我要叫他屁股痒,你等着瞧吧!他提高嗓门,盖过车轮的嘈杂声叫嚷着:我决不能让她那个杂种侄儿毁了我的儿子!

他住嘴了。布卢姆环顾车内,眼光从他怒气冲冲的八字胡转到帕尔先生的温和的脸,又落到马丁·坎宁安的眼睛和胡子上,看到他正在神情庄重地摇着头。布卢姆的脑中闪过一系列的想法:任性的人,喜欢大吵大闹。一心为儿子斯蒂汾。他也有理。传代得有保证才行。小茹迪要是没有死的话,看着他长大。家里有他说话的声音。穿一套伊顿服,在莫莉身边走着。我的儿子,他眼睛里的我。会有一种异样的感觉。从我身上分出去的。也是一种机缘。准是雷蒙德高台街那天上午的事,她在窗口,看到勿作孽墙边有两条狗在那个。还有一个军曹抬着头傻笑。她那天穿的是那件奶油色长袍,撕了个口子她始终没有缝上的那一件。摸咱们一摸,波尔迪。天主哪,我受不了了,我要。生命就是这样开始的。我的儿子在她肚子里。他要是活着,我可以帮他求上进。那是一定的。帮他立业,还可以学德语。

布卢姆看着车窗外的街景,想到死去的邻居、夭折的幼子、亡故的母亲,到处是死亡,公墓就是死亡之国。他这一辈子见到入土的人可不在少数,一大片又一大片的,都躺在他周围。神圣的场地。要是竖着埋,那就省地方了。坐着或跪着都是不行的。站着?万一有个塌方,说不定他的脑袋就露了出来,一只手还指着天呢。这地方准是像蜂窝似的了,密密麻麻的全是长方形的穴。倒是弄得非常干净,草地修得一崭平,边角都整整齐齐的。邻居说,中国的公墓里种的罂粟花大极了,那里出的鸦片最好。植物园就在近旁。血渗入土壤,滋生了新的生命。人们说的犹太人杀基督教儿童,也是这个意思。

布卢姆觉得,这儿的土壤一定是肥透了,里头尽是尸肥,骨头呀,肉呀,指甲呀。成了尸骨存放场。可怕。腐烂变质,都发绿、发红了。土壤潮湿,腐败速度快。又老又瘦的费事一些。然后成了板油似的,乳酪似的东西。然后开始变黑,流出糖浆般发黑的东西。最后,发干了。骷髅蛾。当然,那些细胞还是什么的是仍旧活着的。挪挪位置。基本上是永生。没有食料,把自己当食料。

老朋友安葬了。布卢姆心里想:人可以一辈子孤身一人生活。真的,这是可能的。甚至可以给自己挖墓。可是死后不能不靠别人盖土。人人如此。每个星期五都要埋葬星期四。可怜的鲁滨孙!可怜的爸爸,也默默地去了。连帕内尔也是如此。常春藤纪念日已经逐渐被人淡忘。然后,都跟着去了:一个接一个地下了坑。我买的那块墓地就在那边。妈妈,可怜的妈妈,还有小茹迪。

第 七 章

中午时分,街道上车水马龙,报社里人语喧哗,楼下印刷所机声隆隆。布卢姆来到报社做广告。他停在走道上看排字工利索地排字。

在一群无所用心,争论不休的记者和撰稿人中,布卢姆与主编排妥广告文字。他显得沉着而勤劳,但仍然是受人奚落的对象。斯蒂汾来到报社要求刊登戴汐校长的一封信,几乎与布卢姆不期而遇。他们参加几个人的谈话,但仍未相识。

第 八 章

下午一点钟,布卢姆从报社出来,径直向一家熟识的餐馆走去,在那儿用过午餐。然后去国立图书馆查广告。一路上他给海鸥喂食,搀扶盲人过马路,对两个有困难的女人表示同情并提供帮助。

第 九 章

下午两点,斯蒂汾在图书馆里与几位朋友讨论莎士比亚戏剧。他的主要论点是文学作品都带有很大的自传成分,父与子的关系在《哈姆莱特》《圣经》和荷马史诗中都是十分重要的。他的问题是,莎士比亚究竟是哈姆莱特本人还是他的父亲,莎士比亚是否也像哈姆莱特父亲一样遭到妻子的背叛。这些讨论暗示了斯蒂汾和布卢姆的关系与处境。布卢姆来到图书馆查阅报纸,他从斯蒂汾身边走过,但两人没有相识。

第 十 章

下午三点,都柏林街头熙熙攘攘,布卢姆、斯蒂汾,以及其他一些人物,如神父、水手、莫莉的经理、酒店老板、斯蒂汾的友人等在不同地区的街头游荡。他们互相交叉、碰撞。

耶稣会的会长,十分可敬的①约翰·康眉一面走下牧师住宅的台阶,一面把光滑的怀表放回里面的口袋。差五分三点。步行到亚坦时间正合适。那个男孩子姓什么来着?狄格南。对。Vere dignum et iustum est。② 应该找斯旺修士③。坎宁安先生的来信。是的,得尽可能给他办成才好。这是一个讲究实际的好天主教徒:教会传教活动用得着的人。

一个独腿水手,懒洋洋地拄着双拐,一步一步地往前悠,嘴里还嘟嘟哝哝地哼着点什么。他悠到仁爱会修女院的门前突然站住,冲着耶稣会的十分可敬的约翰·康眉伸出一个带舌的帽子,求他布施。康眉神父以阳光祝福了他,因为他知道自己的钱包里是一个五先令的银币。

康眉神父横过马路,向蒙乔伊广场走去。有那么一会儿工夫——不长的一会儿——他在想那些被炮弹打断了腿、在贫民救济所里苟延残喘的士兵和水手。他想起了沃尔西红衣主教的话:

① 原文 reverend,是冠于教会中任圣职者姓名前的尊称,一般可译“牧师”,但是这个中文词前难加表示各种不同高级圣职的修饰词,并且失去原文弦外之音,因而此处征询天主教天津主教意见后采用原文基本词义,译为“可敬的”。

② 这几个拉丁字是天主教弥撒用语,意思是“真是恰当又正确”,其中第二个词与“狄格南”读音相近。

③ 斯旺修士是亚坦附近的儿童救济院主任。

“我如果对我的上帝也像对国王那样忠心耿耿，他决不会在我年老的时候把我抛弃。”[①]他正沿着树荫，在闪烁着阳光的树叶下走着，迎面来了国会议员戴维·希伊先生的夫人。

“我很好，好得很，神父。您怎么样，神父？”

康眉神父的身体实在是非常的好。他大概要到巴克斯顿[②]去泡泡矿泉水。她的少爷们呢，他们在贝耳弗迪尔[③]上得还不错吧？是吗？康眉神父听到这种情况实在高兴。希伊先生本人怎么样？还在伦敦。国会还在开会呢，可不是吗。这天气多好呵，真是舒服。是的，很可能伯纳德·沃恩神父[④]会再来讲一次道。一点儿也不错，非常成功。确实是个了不起的人物。

康眉神父看到国会议员戴维·希伊先生的夫人这么健康，确实是非常高兴，他请她务必向国会议员希伊先生转达他的问候。好的，他一定会去登门拜访。

“祝您下午好，希伊太太。”

康眉神父脱下大礼帽告别，冲着她面纱上那些墨黑锃亮、迎着太阳闪乌光的珠子粲然一笑。走的时候又是莞尔一笑。他的一口牙很干净，他自己知道，是用槟榔果膏刷过的。

康眉神父走着走着，又笑了起来，他想起伯纳德·沃恩神父的滑稽逗笑的眼神和带伦敦土腔的口音。

“彼拉多，你是干吗吃的，人们瞎起哄，你不管？”[⑤]

不过，究竟是一个热诚的人。确实是热诚。而且也确实很有贡献，他那种方式的贡献。毫无疑问。他说他热爱爱尔兰，热爱爱尔兰人民。家世也不错吧，看样子？威尔士的老家吧，是不是？

啊唷，可别忘了。给省会长的信。

在蒙乔伊广场的拐角上，康眉神父挡住了三个小小的学生子。是的，贝尔弗迪尔的学生。低年级的。原来如此。都是好学生吗？哦，那样就很好。那么他叫什么名字呢？杰克·索恩。他叫什么呢？杰·盖莱赫。还有一个小人儿呢？他的名字叫布伦尼·莱纳姆。嘿，这个名字取得真不赖。

康眉神父从胸前拿出一封信，交给了布伦尼·莱纳姆小朋友，然后用手指着菲茨吉本大街角上的红色邮筒。

“可是，小人儿啊，你得小心一点，别把你自己也投进邮筒去了呵，”他说。

三个孩子六只眼睛都瞅着康眉神父，嘻嘻哈哈地笑起来：

“嘿，您哪。”

“好吧，我等着瞧，看你会不会寄信，”康眉神父说。

布伦尼·莱纳姆小朋友奔到马路对面，把康眉神父给省会长的信塞进了鲜红色邮箱的口里。康眉神父笑笑，点点头，又笑笑，沿着蒙乔伊广场东街走去了。

舞蹈等科教师丹尼斯·J.马金尼先生头戴丝质大礼帽，身穿蓝灰色丝面长礼服，打着白领巾

---

① 沃尔西是16世纪初的英国红衣主教，曾为英王亨利八世心腹，显赫一时，后来企图利用教皇权威干预英王婚事，被英王问罪，临终时有上述感叹。

② 巴克斯顿是英格兰的一个著名的矿泉疗养地。

③ 贝尔弗迪尔是耶稣会在都柏林办的一所学校，康眉神父曾任该校教务主任。

④ 沃恩神父是英国耶稣会的教士，是当时有名的布道师。

⑤ 这是康眉神父回忆沃恩神父讲道中说的话。彼拉多是审判耶稣的罗马帝国总督，据《圣经·新约》，他是按照受到煽动的群众意见判处耶稣死刑的。

的大蝴蝶结，戴着嫩黄色的手套，下身是一条紧箍双腿的淡紫色裤子，一双尖头的漆皮靴，举止庄重地在人行道上走着，在狄格南大院的街角遇见马克斯韦尔夫人，恭恭敬敬地让到了人行道的边缘上。

那不是麦规尼斯太太吗？

白发苍苍、雍容华贵的麦规尼斯太太在对面的人行道上姗姗而行，隔着马路向康眉神父鞠躬致意。康眉神父微笑还礼。她近来好吗？

她真是仪态万方。像苏格兰女王玛丽[①]，有那么一点儿。可是这个女人却是个当铺老板娘！可真是！这么一个……怎么说好呢？……这样的一派女王风度。

康眉神父沿着大查尔斯街往前走，冲左边的关着门的自由教堂[②]瞥了一眼。可敬的格林文学士将按上帝意愿讲道。他们称之为责任牧师。他感到有责任讲几句。然而，对人应该宽大为怀。不可克服的愚昧[③]。他们也是按照他们的认识办事罢了。

康眉神父拐过弯，走到北环路上。怪事，这样一条重要的通衢，却没有一条电车路线。毫无疑问应该有。

一群背着书包的小学生，从里奇蒙德街那边穿越马路走过来了，纷纷地举起他们脑袋上那些七歪八斜的帽子。康眉神父慈祥地一再还礼。是基督兄弟会小学的学生们。

康眉神父走着走着，闻到了右边有香烟缭绕的气味。波特兰横街的圣约瑟夫教堂。贞节妇女养老[④]。康眉神父冲着圣体[⑤]举了举帽子。贞节的：但有时候也是脾气暴躁的。

康眉神父走到奥尔伯勒府[⑥]附近，想起了那个挥霍无度的贵族。现在改成了办公楼还是什么的。

康眉神父拐进了北滩路，威廉·盖拉格尔先生站在自己的商号[⑦]门口向他致敬。康眉神父也向威廉·盖拉格尔先生致敬，同时闻到了整条整条的腌猪肉和大桶装的新鲜黄油的气味。他路过格罗根烟草店，看到门前立着一些新闻板报，报导纽约发生的一件惨案[⑧]。美国总是不断地有这类事件发生。那样毫无准备地死去，太不幸了。然而，彻底悔悟的行动也行[⑨]。

康眉神父走过丹尼尔·伯金的酒馆，看到有两个不劳动者懒洋洋地倚在窗前。他们向他致敬，他也还礼。

康眉神父走过 H. J. 奥尼尔殡仪馆，看到考尼·凯莱赫正在对着流水账簿算账，嘴里还嚼着一片干草。一个值勤的警察向康眉神父致敬，康眉神父也向警察致敬。在尤克斯泰特猪肉铺里，

---

① 苏格兰女王玛丽·斯图亚特（1542—1587）信奉天主教，是英国历史上有名的美女，同时也是有名的女野心家，最后被伊丽莎白女王处死。

② 这是一个新教教堂，因此引起康眉神父以下的思想活动。

③ 这是天主教对新教的一种固定看法。

④ 在圣约瑟夫教堂旁边，有一个“圣约瑟夫贞节妇女养老院”。

⑤ 圣体是天主教用语，指弥撒中分给信徒的面饼，用以象征耶稣为众人而牺牲。此处指神父知道教堂内圣龛中必存的圣体。

⑥ 奥尔伯勒是一个爱尔兰贵族，在 18 世纪末耗费巨资为妻子在当时的都柏林郊外盖了这所豪华的房子，但是始终没有使用。

⑦ 这是一家食品供应商号。

⑧ 指 1904 年 6 月 15 日纽约客轮火灾事件。

⑨ 按照天主教的规矩，人死前必须由神父敷擦“圣油”和诵念祈祷文作为准备，方能赦免罪过。但是一种比较温和的看法认为，在特殊情况下，本人的“彻底悔悟”也可以取得赦免的效果。

康眉神父看见整整齐齐地摆着卷成一盘一盘的白黑红三色猪肉腊肠。在查尔维尔林荫道的树下,康眉神父看见停泊着一条泥炭船,一匹拉纤的马耷拉着脑袋站在船边,船夫戴着一顶肮脏的草帽坐在船中央,抽着烟,凝视着头顶上的一根杨树枝。很有诗情画意。康眉神父思忖着造物主的巧妙安排,让沼泽地里生出泥炭,人们可以挖起泥炭,运到城镇村庄,于是穷人家里也能生上火了。

在纽科门桥上,上加德纳街的圣弗朗西斯·泽维尔教堂的十分可敬的耶稣会会长约翰·康眉神父跨上了一辆向外行驶的电车。

一辆向市内行驶的电车也停在纽科门桥上,下来了北威廉街圣阿加莎教堂的可敬的主任牧师尼古拉斯·达德利。

康眉神父在纽科门桥搭乘向外行驶的电车,是因为他不愿徒步走过泥岛那一段脏路。

康眉神父坐在电车的一个角落里,小心地把蓝色的车票塞进肥胖的羊皮手套的扣眼里,又侧过另一只肥胖手套的掌心,把掌心里的四个先令、一个六便士、五个便士滑进钱包。这时电车正开过常春藤教堂,他想起事情往往这样:你刚好随随便便扔掉了车票,查票的就来了。车上的乘客似乎太严肃了一点,使康眉神父感到和这么短的路程、这么点儿车钱不大相称。康眉神父喜欢既彬彬有礼而又高高兴兴。

这是一个平静的日子。坐在康眉神父对面那位戴眼镜的绅士这时刚讲完什么,垂下了眼光。是他的妻子吧,康眉神父估量着。

戴眼镜的绅士的妻子张开嘴巴,打了一个小小的呵欠。她只是非常非常轻柔地打了一个呵欠,举起戴着手套的小手,捏成一个小小的手套拳头,轻轻地在张开的小嘴上敲击,同时露出了纤细的、甜丝丝的笑容。

康眉神父觉察到车厢里有她身上发出来的香水味。他也觉察到,坐在她另一边的男人很局促不安,屁股只坐住座位的一点儿边缘。

在祭坛栏杆边,康眉神父好不容易才把圣体放到那个局促不安的老人嘴里,因为老人有摇头病。

电车在安斯利桥停了一下,正要开车的时候,一个老妇人突然从座位上站起来要下车。售票员拉了拉铃绳,叫电车停住让她下。她挽着篮子提着网兜,走出了车厢:康眉神父看见售票员扶着又是篮子又是网兜的老太太下车。她的一便士车资几乎已经坐过了头。康眉神父想到这位老太太就是那种老实巴交的主儿,连"祝福你,孩子"这句说明她们已经获得宽恕的话,都必须对她们说两遍才行,"为我祈祷吧"。[1] 可是这些人也够可怜的,生活中有那么多忧虑,有那么多需要操心的事。

海报上的尤金·斯特拉顿先生咧着厚厚的黑人嘴唇,向康眉神父做鬼脸。

康眉神父想到黑色、棕色、黄色人种的灵魂,想起了自己要作关于耶稣会的圣彼得·克拉弗[2]和非洲传道问题的讲道。他想到信仰如何传播的问题,想到那千百万没有接受洗礼的黑色、棕色、黄色的人,在大限突然像半夜的小偷一样来到时该怎么办。比利时耶稣会教士写的那本书

---

① "祝福你,孩子……为我祈祷吧。"这是天主教神父在接受信徒忏悔时表示忏悔结束所用的公式。

② 彼得·克拉弗是17世纪西班牙耶稣会教士,因对黑人传教有功而被教皇封为圣人。

《选民的人数》[1]中的主张,康眉神父感到还是合理的。那千百万由天主按照他自己的形象所创造的人还没有获得信仰(这也是神意),但是他们究竟也是天主的人,是由天主创造的。康眉神父感到,这些人的灵魂全都推出不要,似乎很可惜,是不是可以说是一种浪费呢。

车到豪斯路站,康眉神父下了车。售票员向他致敬,他也还了礼。

马拉海德路很宁静。康眉神父喜欢这条路,也喜欢这个名字。欢乐的马拉海德,响起了喜庆的钟声。[2] 马拉海德及其邻近海域世袭领主的直系继承人,马拉海德的塔尔博特勋爵。这时传来了战斗的号召,她一天之内三个身份:是姑娘,是夫人,又是遗孀[3]。那是世风古朴的时代,乡区[4]欢乐、人心淳厚的时代,古老的封建时代。

康眉神父一面走,一面想着自己写的那本小书《古老的封建时代》,又考虑还有另一本书可写,谈耶稣会办的事业,谈莫尔斯沃思勋爵的女儿玛丽·罗奇福特,第一代贝尔弗迪尔伯爵的夫人[5]。

一位青春已逝、无精打采的夫人,独自在艾乃尔湖畔徘徊[6]。第一代的贝尔弗迪尔伯爵夫人玛丽,无精打采地在苍茫暮色中徘徊,遇上水獭跳水也不感到惊吓。有谁知道事实的真相呢?妒忌的丈夫贝尔弗迪尔爵爷不会知道,接受她的忏悔的神父也不会知道,如果她确实没有和丈夫的兄弟构成完全的通奸行为,eiaculatio seminis inter vas naturale mulieris[7]。假如她没有完全构成妇女的罪行,那么她的忏悔也只能是一半。只有天主知道,她知道,还有他,她丈夫的兄弟知道。

康眉神父思考着,人类在地球上竟需要那样的专横无度,而天主却不是这样的,他的办法和我们的所作所为是大不相同的。

唐·约翰·康眉[8]走动和生活在往昔的时代中。他很仁慈,很怀念古代。人们在忏悔中吐露的秘密,他都藏在心中;一间涂着蜜蜡的客厅,天花板是丰满的累累果实,他以笑容对待满面笑容的高贵人物。新郎的手和新娘的手,贵族对贵族,通过唐·约翰·康眉而掌心相联了。

这是一个风和日丽的日子。

一个菜园子的栅栏门,迎着康眉神父展现出一畦一畦的圆白菜,抖开了丰满的菜叶向他屈膝行礼。天空为他铺出一群小小的白云,缓缓地顺风飘过。羊毛云,照法国人的说法。一种确切而又朴实的说法。

康眉神父一面诵读日课[9],一面眺望着拉思科非[10]上空的一群羊毛云。他的袜子很薄,脚脖

---

① 《选民的人数》(法文)出版于19世纪末叶,主张大多数人死后灵魂都可获救,出版后立即受到正统天主教的批判,批判者认为凡是没有接受天主教洗礼的都将永入地狱。

② 这是19世纪爱尔兰叙事诗《马拉海德的婚礼》的起首一行。

③ 上注所叙述的婚礼正在进行时,突然有敌军攻来,新郎作战而死,因而新娘当天就成了寡妇。但康眉所想到的塔尔博特勋爵并不是这一个新郎,而是她后来嫁的人。

④ "乡区"是爱尔兰教区中的小区。

⑤ 第一代贝尔弗迪尔伯爵夫人玛丽(1772—?)与都柏林耶稣会贝尔弗迪尔修道院有关,因此康眉有此联想。玛丽曾被控与伯爵之弟私通,被伯爵囚禁在家中数十年,直至伯爵去世。

⑥ 艾乃尔湖在爱尔兰韦斯特米斯郡,囚禁玛丽的伯爵府第即在湖畔。

⑦ 这句拉丁文意为"在天然的女性器官内排精",是天主教法规中对性交的定义,主要用于裁定通奸案件。

⑧ "唐"是西班牙语中的"先生,阁下",而"约翰"相当于西班牙语中的"璜",因此"唐约翰"也就是"唐璜"。唐璜是西班牙文学中有名的风流贵族,他的故事曾在欧洲各国被写成各种文艺形式的作品,包括英国著名诗人拜伦的讽刺史诗《唐璜》。

⑨ 这是天主教神职人员每天必须诵读的祈祷文,共有八种,分在一天从早到晚的八个时间内诵读。

⑩ 拉思科非是都柏林以西16英里的一个村庄。

子蹭着克朗高士[①]草地上的草茬有一点发痒。傍晚他在这里散步诵读，听到学生们在踢盖尔人足球的喊叫声，尖嫩的嗓音刺破了宁静的夜空。他是他们的校长：他的管理是宽厚的。

康眉神父脱掉手套，掏出红边的日课经。一片象牙书签标示了应读的页码。

九时课[②]。他本来应该在午餐以前诵读的，可是马克斯韦尔夫人来了。

康眉神父默诵了天主经和圣母经，在胸前画了十字。**“天主呵，请您快来吧。”**[③]

他安详地走着，默默无声地念着九时课，走着，念着，直到“纯洁的人有福了”第二十节[④]：

“您的话从来都是真理：您的每一个英明判决都永远立于不败之地。”[⑤]

从路旁树篱下的一个缺口里，钻出了一个满面通红的青年，跟着又钻出来一个年轻女子，手里拿着一束野菊花。男的急匆匆地举了举帽子，女的急匆匆地弯下腰，仔细地从她那轻飘飘的裙子上摘掉一根细小树枝。

康眉神父庄严地祝福了青年男女，翻过薄薄的一页祈祷文。Sin[⑥]：

“王侯对我无故加以迫害，但是我心中敬畏的是您说的话。”[⑦]

* * *

“但是！”*[⑧]阿尔米丹诺·阿蒂凡尼说。

他隔着斯蒂汾的肩头，仰望哥尔德史密斯的疙疙瘩瘩的脑袋[⑨]。

两辆满载游客的马车缓缓驶过，女人们抓住扶手坐在前面。白脸人[⑩]。男人的胳膊坦然地搂着女人的矮小身躯。这些人东张西望的，看看三一学院，又看看堵死了大门的爱尔兰银行，圆柱耸立的门洞上有许多鸽子，在咕咕咕地叫着。

“我像你这么年轻的时候，”阿尔米丹诺·阿蒂凡尼说，“也有你那种想法。我那时候就认为这个世界像是一头野兽。太可惜。因为你的嗓子……可以成为你的财源，明白吗？可是你要自我牺牲。”*

“不流血的牺牲，”*斯蒂汾微笑着说。他手里拿着白蜡手杖的中段，轻轻地、缓缓地左右摆动着。

“希望如此，”圆脸的小胡子和气地说。“但是你听我的。想一想吧。”*

一辆从印契科[⑪]开来的电车听从了格拉顿用严厉的右手[⑫]发出的停车信号，从车上零零落落

---

① 克朗高士森林公学在拉思科非村附近，是耶稣会办的著名天主教学校，康眉神父曾任该校校长。

② 即日出后第九小时的功课，应在下午三时诵读。

③ 拉丁祈祷文：这是《圣经·赞美诗》第七十首的开端，是“九时课”的一部分。

④ 原文为拉丁文赞美诗和希伯来文字母。

⑤ 拉丁文赞美诗。

⑥ Sin是希伯来文，表示下文是上述赞美诗的第二十一节，但与此同形的英文字Sin意思是罪过，指逾越教规或道德规范的行为

⑦ 拉丁文赞美诗。

⑧ 带*号的引语原文均为意大利语。

⑨ 指爱尔兰出生的作家哥尔德史密斯（1730—1774）的雕像，在都柏林三一学院院内。哥尔德史密斯曾在该院上学。

⑩ 指英国人，因为爱尔兰人大多脸色发红。

⑪ 印契科在都柏林西郊，该地有兵营。

⑫ 格拉顿（1746—1820），爱尔兰政治家，爱尔兰独立议会的倡导者，因此议会大厦（后改为爱尔兰银行大厦）前有他的雕像，该石像一手指向远方。

地下来了一些苏格兰高原士兵，都是军乐队员。

“我想一想，”*斯蒂汾说着，低头看了一眼瓷实的裤腿。

“但是，当真的，啊？”*阿尔米丹诺·阿蒂凡尼说。

他的沉重的手紧紧地抓住了斯蒂汾的手。一对富有人情的眼睛。这对眼睛以一种奇特的神情凝视了一忽儿之后，迅速转向一辆开往道尔盖的电车。

“就这样吧，”阿尔米丹诺·阿蒂凡尼匆忙而热情地说。“到我那儿去找我去。想一想。再见，好朋友。”*

“再见，大师，”斯蒂汾说。他的手一空，立即伸上去举帽。“谢谢您！”*

“谢什么？”阿尔米丹诺·阿蒂凡尼说。“原谅我，啊？万事如意！”*

阿尔米丹诺·阿蒂凡尼举起指挥棒似的一卷乐谱打着招呼，迈开结实有力的裤腿向道尔盖电车追去。他的奔跑是白费事，招呼也白打了，因为他正遇上那一群穿短裤露膝盖的高原兵，他们正挟着乐器，乱哄哄地拥进三一学院的大门。

*　*　*

邓恩小姐把那本从卡佩尔大街图书馆借来的《白衣女人》①藏入抽屉深处，拿起一张花哨的信纸，卷进打字机。

故弄玄虚，太过分了。他究竟是不是爱上了另外那个人，那个玛莉恩呢？换一本吧，借一本玛丽·塞西尔·海依②的。

圆片顺槽而下，摇晃了一忽儿之后才停住，冲他们瞪着大眼：六。

邓恩小姐嘀嘀嗒嗒地敲动了打字机键盘：

“1904 年 6 月 16 日。”

在莫尼彭尼商号的街角和没有沃尔夫·托恩雕像的石板③之间，五个戴着白色高帽的活动广告人，像鳝鱼一样转回了“威、士、敦、希、利”的行列，又拖着沉重的脚步，按原样回去了。

然后，她瞪着专演俏皮女角色的漂亮女演员玛丽·肯德尔的大幅招贴画愣了一忽儿神，无精打采地倚在桌子上，在记事板上随手画一些十六和大写的字母 S。芥末色的头发，花里胡哨的脸颊。她其实并不好看，是不是？瞧她提着屁股上那条小短裙的德性！不知道那人今天晚上到不到乐队去。要是能设法让裁缝仿照苏西·内格尔那种百褶裙，给我也做一条才好呢。飘动起来妙极了。香农和划船俱乐部那些时髦人物，个个都把眼睛盯住了她。但愿老天爷今天别让他把我拴到七点吧。

电话铃粗鲁地在她耳边大响起来。

“喂。对，先生。没有，先生。是的，先生。我五点之后就给他们打电话。只有那两封，先生，一封给贝尔法斯特，一封给利物浦的。好的，先生。那么要是您不回来，我六点以后就可以走了。六点一刻。好吧，先生。二十七先令六。我告诉他。对，一镑七先令六。”

她在一个信封上记下了三个数字。

---

① 《白衣女人》是英国作家威尔基·柯林斯写的惊险小说，于 1860 年出版。

② 海依（1840—1886）是主要写恋爱故事的女小说家。

③ 托恩（1763—1798）是一位爱尔兰革命家，在 1798 年革命失败时牺牲。一百年后都柏林曾准备树立雕像以为纪念，并已在格拉夫顿街对面广场奠基，但雕像始终未建。莫尼彭尼商号和第五节中提到的水果鲜花店均在此街。

“鲍伊岚先生！喂！《体育报》那位先生来找过您。是的，是莱纳汉先生。他说他四点钟到奥蒙德饭店。没有，先生。好的，先生。我五点以后给他们打电话。”

* * *

布卢姆先生随意翻翻《玛丽亚·蒙克揭露的骇人真相》，又翻翻亚里士多德的《杰作》[①]。歪歪扭扭、乱七八糟的印刷。图片：一个个血红的子宫，像从新宰的母牛身上取下的肝脏似的，里面是蜷成一团的婴儿。此时此刻，全世界正有许许多多婴儿处于这种状态。都在努力用脑袋往外顶。每分钟都有孩子在某个地方出生。普里福伊太太[②]。

他把两本都放下，目光又落在第三本上：利奥波尔德·封·扎赫尔-马索赫[③]的《犹太人区的故事》。

“这本我看过了，”他把书摊开说。

书摊老板又在柜台上撂下两本。

“这是两本好书，”他说。

他的口腔已经毁坏，隔着柜台都可以闻到他呼吸中的洋葱味。他弯腰把另外那些书捆成一捆，顶在敞开纽扣的坎肩前面，抱到灰不溜秋的帷幕后面去了。

在奥康内尔桥上，许多人都对舞蹈等科教师丹尼斯·J.马金尼仪态庄重而衣着花哨的模样侧目而视。

布卢姆先生独自在书摊上看书名。詹姆斯·洛夫伯奇[④]的《美貌的暴君》。知道是什么性质的书。看过吧？看过。

他打开书。果然。

灰暗的帷幕后面，有女人说话的声音。听：那个男的。

不行：她[⑤]不会喜欢那么厉害的。有一次给她弄去过。

他看另一本书的名字《偷情的乐趣》。这还比较对她的胃口。咱们看一看。

他信手翻到一个地方看起来。

她丈夫给她的钞票，她全都上街花了，买了奇妙的衣裙，还有最昂贵的装饰品。为了他！为了拉乌尔！

行。这本吧。这儿。试试。

她的嘴巴紧紧地贴在他的嘴上，给了他一个甜蜜的、性感的吻，同时他的双手伸到她的睡衣里面，去摸那丰满的曲线。

---

① 这是一本谈性的伪科学书，假托亚里士多德之名。十七八世纪期间曾在英国流行。

② 这天上午布卢姆曾听说普里福伊太太难产，已住产院三天尚未分娩。

③ 扎赫尔-马索赫(1836—1895)，德国小说家，以描写受虐狂的变态心理知名。

④ “洛夫伯奇”可以理解为“爱(鞭打用的)桦树枝”，因此曾有不止一个描写受虐狂的作者以此为笔名。

⑤ 指布卢姆的妻子莫莉，早上他出来前她曾要他另找一本书供她消遣。

行。就要这本。结尾呢。

“你晚了。”他声音嘶哑地说，眼睛盯着她，闪出怀疑的光芒。

美貌的妇人脱掉貂皮镶边的外衣，露出王后般的肩膀和隆起的丰盈体态。她镇定自若地转过身来对着他，鲜花般的嘴唇边游动着一丝难于觉察的微笑。

布卢姆先生再看一遍：美貌的妇人……

他逐渐感到全身灼热，使他身上的肉受到一种压力。在压皱了的衣服中间，肉体毫无保留地交了出来；眼珠昏厥似的翻了上去。他的鼻孔像捕捉什么似的拱了起来。胸脯上是酥软的润肤油膏（为了他！为了拉乌尔！）。腋窝下是洋葱味的汗水。鱼胶似的黏液（她的隆起的丰盈体态！）。摸吧！紧挤着吧！压碎了！琉璜狮粪！

青春！青春！

一位青春已经消逝的年长妇女，从大法院、高级法院、税务法庭和高级民事法院合用的大楼里出来。在大法官的法庭里，她旁听了波特顿精神错乱案；在海事法庭，听了凯恩斯夫人号船主对莫纳号三桅帆船船主一案的传唤和一方当事人的陈诉；在上诉庭，听了法庭关于暂缓审判哈维对海洋事故保险公司一案的决定。

书摊后面一阵带痰的咳嗽，声震屋宇，把灰暗的帷幕都震得鼓起来了。老板的未经梳洗的灰白脑袋跟着钻了出来，胡子拉碴的脸颊咳得通红。他不管不顾地大声吼着痰，往地上吐了一口，伸出脚来，用靴底把痰蹭了一蹭，然后弯下腰去，露出一个皮肤粗糙的头顶，上面只有几根头发。

正好让布卢姆先生看。

他控制住自己的呼吸困难，说：

“我就要这本。”

老板抬起一双见风流泪的眼睛。

“《偷情的乐趣》，”他轻轻地敲着书说，“这是本好书。”

第十一章

下午四点，布卢姆来到奥蒙德旅馆酒吧间闲坐。莫莉的情人波伊兰也在那儿，他饮毕去与莫莉幽会。斯蒂汾的父亲等人在弹琴唱歌，两名金发酒吧女忙着招待顾客。布卢姆给他想象中的情妇回了一封信，又想起了早夭的儿子。他想：一切已经过去，一切已经倒塌。我也是啊，我是种族的末代。是啊，也许是我的过失。没有儿子。茹迪。现在已经太晚了。要是还不晚呢？还不晚？要是还可以？他没有怨恨。恨啊，爱啊。那都是些名称。茹迪。我不久就要老了。布卢姆陷入痛苦和渴望，因而金发女招待的媚眼也对他失去了魅力。

第十二章

下午五点，布卢姆来到柯尔兰酒店，为刚死去的朋友的人寿保险金来找马丁。一群酒客正在谈论政治暴力，而一个称为“市民”的人却在大放反犹太的厥词，并借着几分醉意气势汹汹地向布卢姆挑衅。在布卢姆看来，爱尔兰人和犹太人都是受人欺侮的弱小民族，而这群酒徒都无视这一点。布卢姆决心站起来捍卫自己的民族和宗教。他态度沉着，语言清楚地说：门德尔松是犹太人，还有卡尔·马克思、默凯但特·斯宾诺莎，都是犹太人。救世主是犹太人，他的父亲是犹太人，还有你的上帝也是犹太人。谁的上帝？“市民”问。他说：你的上帝是犹太人，耶稣基督就像我一样，是犹太人。“市民”突然转身冲进酒店，他喊道：那个犹太鬼胆敢污辱圣名，看我砸了他的脑袋。天啦，我要把他钉上十字架，我一定要把他钉上十字架！这位“市民”拣起一只饼干桶，向布卢姆扔去，没有击中。布卢姆赶快逃离了酒店。

第十三章

晚上八点，布卢姆来到森迪蒙特海岸上小憩。他看见一群姑娘在抛球玩耍。一个名叫格蒂的姑娘独坐在岩石上，向他挑逗似的晃动着双腿。布卢姆忍不住偷窥她的内衣，不觉情欲激动，不能自已。

第十四章

晚上十点钟，布卢姆到国立妇产科医院去看望一个难产的熟人，遇到一群医科学生正在吵吵嚷嚷地讨论生育、绝育和节育问题，斯蒂汾也在里面。这群醉醺醺的学生亵渎了生育，离散时天空响起了雷鸣。斯蒂汾和一个名叫林奇的人搭车去都柏林的妓院区。布卢姆望着他们摇摇晃晃的背影，很不放心，尾随他们而去。

第十五章

半夜十二点，布卢姆尾随斯蒂汾来到红灯区的一家妓院。布卢姆的思绪像野马一样奔腾不已，他在幻觉中亲眼看到莫莉与波依兰发生性关系。在一阵幻觉之中，他先后想象自己是个傻瓜，是头猪，是个女人。每变换一个角色，他就用一种完全不同的语体来说话。他最神气的幻想是自己当了都柏林的市议员、市长，在似梦非梦中，他慷慨陈词，发表起他的施政演说来：

我亲爱的市民们，一个新的世纪已经破晓。我，布卢姆，可以明确地告诉诸位，这个新世纪甚至已经近在眼前了。是的，请相信我布卢姆的话，不要为时很久，你们就可以进入一座金色的城市……我主张改革城市风气，主张严惩十恶，主张用新词代替旧词，主张所有的人——犹太人、穆斯林以及异教徒，统统联合起来，每个大地之子都应分到三公顷地、一头牛。……电动洗碗机、肺结核、精神病、战争和行乞必须立即停止……

斯蒂汾来到妓院，他在妓女的怂恿下开始跳华尔兹舞，许多对舞伴也都跳起来，最后斯蒂汾放开妓女，拿着手杖在一对对旋转的舞伴中间独自狂舞，大声宣布这是一场“死亡之舞”。成对的舞伴散开了。斯蒂汾急速地旋转。整个房间在他周围反着打转。他闭上眼睛踉跄了几步。一根根红色的杠杠直往上空飞蹿。一团团的太阳，周围都是群星旋转。四面墙上有许多发亮光的小虫在飞舞。他站住了。

斯蒂汾的母亲僵直地从地底下升起。她瘦骨嶙峋，身穿麻风病人的灰色衣裙，头戴枯萎的橙花花环，蒙着一块已经撕破的新娘面纱。她形容枯槁，脸上没有鼻子，发出坟墓里的霉绿色，头发稀少而发直。她睁着边缘发蓝色的空眼窝，直勾勾地盯住斯蒂汾，张开没有牙齿的嘴喊了一下，但是没有声音。她的脸上露出不可捉摸的笑容，使人想到死的疯狂。斯蒂汾大惊失色，连说：鬼魂！你是谁？不对，这是什么唬人的把戏？母亲走近一些，轻轻地把带有湿灰气味的呼吸吹到他脸上，对他说：人人难逃这一关呀，斯蒂汾。世界上的女人比男人多。你也一样，这一天总要到来的。斯蒂汾恐惧、悔恨、厌恶交集。他说:他们说我害死了你。害死你的是癌症,不是我,是命运。母亲嘴边流出一股绿色的胆汁。嘴里念念有词:忏悔吧,斯蒂汾。我在我们阴间为你祈祷呢。我的儿子呀,你是我的头一胎,自从我肚子里怀着你的时候起,多少年来我心里一直都疼着你。忏悔吧,想想地狱里的火吧!斯蒂汾气喘吁吁,连叫:食尸鬼!鬣狗!唬人的妖怪!母亲的脸越凑越近,发出带灰烬味的呼吸,她举起枯萎发黑的右臂,伸出指头,逼近斯蒂汾的胸膛,嘴里说,小心天主的手!斯蒂汾气得说不出话来,面容扭曲,脸色灰白苍老,从嘴里吐出一个"屁"字。布卢姆在窗边,闻声问:什么?斯蒂汾回过神来,连说:什么也没有,出自头脑的想象,我不干侍候上帝的事。母亲慢慢搓着手,发出苦恼绝望的声音:耶稣的圣心呀,请你对他大发慈悲吧!请你救救他,别让他下地狱吧,神明的圣心呀!斯蒂汾连连大叫:不要!不要!你们全都上来吧,看你们能不能把我的精神压下去!我要把你们全都赶跑!看宝剑!他双手高举白蜡手杖,打碎了枝形吊灯。时间的最后一道火焰,惨淡无光地扑闪了一下。随之而来的是黑暗,一切空间归于毁灭,玻璃粉碎,砖瓦倒塌。布卢姆高叫住手。林奇奔向前,抓住斯蒂汾的手,说:行了!稳住了!别胡闹了!老板娘高喊,叫警察!斯蒂汾扔掉手杖,冲过房门边的妓女们,跑到外面去了。人们乱哄哄地一拥而出。

老板娘一把抓住布卢姆,说他和斯蒂汾是一起的,要他赔灯钱。布卢姆听说老板娘的儿子由她的一个主顾供给,在牛津上大学。他急切地对老板娘说,要是是你自己的那个在牛津上学的儿子呢?你也要喊警察抓他?老板娘一下说不出话来。这时门边的妓女连喊:打起来了!布卢姆朝桌上扔下赔灯罩的钱,拔脚就走。他在混乱的人群里找到斯蒂汾,使劲拉他的袖子,要他快走。斯蒂汾摆脱布卢姆的手,对众人宣讲他的政治观点。他说:为生存而斗争,这本是存在的法则,但是人类中的和平主义者,其中著名的是沙皇和英国国王,他们发明了仲裁。但我必须在这里把牧师和国王一起杀死。让我的国家为我死。打倒死亡。生命万岁!

斯蒂汾的话激怒了两个英国士兵,他们要上前揍他。布卢姆忙上前拦住,说他多喝了几口,是个绅士、诗人。他又对斯蒂汾说,咱们回家吧。你会惹出麻烦来的。斯蒂汾摇摇晃晃地说:我不躲避麻烦。他能使我的思维活跃起来。为了他的某种野蛮的帝国,他要我的钱,钱我是没有的。列兵卡尔唾了一口:谁要你的臭钱?斯蒂汾企图走开,他看见一个没牙的老太婆坐在一株大蘑菇上出场,头戴一顶宝塔糖帽子,胸口佩戴马铃薯枯萎症的死亡之花,她是爱尔兰神话中传说的精灵形象。斯蒂汾与她打招呼:啊哈!我认识你,老婆子,你是可怜的爱尔兰,哈姆莱特,报仇呀!这是一头吃掉自己下的猪崽子的老母猪。没牙老太前后摇晃着说:是爱尔兰的心上人,西班牙国王的女儿,我的孩子。那些闯进家里来的外人,蛮横无理!她边说边发出报丧女妖的哀号声,呜呼!呜呼!牛中魁首!你不是遇见了可怜的老爱尔兰吗,她怎么样啦?斯蒂汾接过话头:我把你怎么样?哄人的把戏罢了!神圣的三位一体中的第三位何在?敬爱的牧师何在?可敬的腐肉鸦。列兵对斯蒂汾的话不满,要揍斯蒂汾。布卢姆再次拦住。斯蒂汾不管不顾,对两个英国士兵问道:我们在南非难道不是给你们打仗了吗?爱尔兰飞弹部队。这难道不是历史?皇家都柏林火枪团。还受了国王的嘉奖呢。突然众人喊起来:都柏林失火了!都柏林失火了!起火了!起火了!

硫磺烈火腾空而起。浓烟滚滚而过。机关炮频频轰鸣。天翻地覆。军队摆开阵势。马蹄疾驰声。大炮声。嘶哑的号令声。当当的钟声。助威者高声呐喊。醉汉们乱吵乱闹。娼妓们发出刺耳的尖叫声。有号角的鸣叫。有勇敢杀敌的吼声。有被杀者的狂喊。长矛刺在胸甲上,发出铿锵的声音。一些盗贼忙着抢被杀者的财物。大批的猛禽,有的从海面上翱翔而至,有的从沼泽地区展翅飞来,有的从高山巢穴猛扑而下,都啸叫着在上空盘旋:塘鹅、鹈鹕、秃鹫、苍鹰、山鹬、游隼、灰背隼、黑琴鸡、白尾鹰、海鸥、信天翁、北极黑雁。午夜的太阳成了一片昏暗。大地颤抖了。都柏林的死人都从前景公墓和杰罗姆山的坟墓里钻出来,有的穿白绵羊皮大衣,有的披黑山羊皮斗篷,向许多人显了灵。地面无声无息地张开大口,露出一个深渊。全国跳栏冠军汤姆·罗奇福特穿着运动员的背心裤衩,领先跑到深渊边上,一纵而下。跟在他后面纵身下去的有一大串田径运动员。他们做出各种各样稀奇古怪的姿势在深渊边上凌空而起,然后一直坠落下去。工厂女工们穿着红红绿绿的花哨衣服,投掷着火红的约克郡巴拉嘭炸弹。上流社会女士们撩起裙子保护脑袋。穿着红色短袄的女巫们,嘻嘻哈哈地骑着扫帚柄在空中飞过。贵格利斯特图书馆馆长管涂药膏。天上下起了恶龙牙齿。垄沟里迸出来许多手持武器的勇士。勇士们客客气气地交换了红十字骑士信号,然后捉对儿用马刀厮杀起来。在大地中央一块高地上,升起了圣巴巴拉的野地祭坛。祭坛两侧的兽角上,都插着黑色的蜡烛。两道光线从塔高处的两个碉楼射下,落在烟雾弥漫的祭坛石板上。石板上卧着裸体的非理女神迈娜·普里福伊太太,手脚拴住,大肚皮上放着一只圣餐杯。麦勒凯·奥弗林神父主持野营弥撒,他穿一条空花衬裙,外面反罩法衣,两只左脚都是脚后跟向前。可敬的海恩斯·洛夫硕士先生身穿黑色教士袍,头戴学位帽,脑袋和衣领都是后面向前,撑着一把伞罩住祭司的头。奥弗林神父出来做黑色弥撒,嘴里念着"我愿走上魔鬼的祭坛",从圣餐杯里取出一块滴血的圣饼,举在空中。可敬的洛夫硕士把祭司的衬裙从后面高高撩起,露出毛烘烘的灰色光屁股,屁股里插着一根胡萝卜。天上传来上主的呼唤声。

上主 天天天天天主!

〔橙派[①]和绿派的农民和市民各唱各的歌,一方唱《踢死教皇》,另一方唱《每天每天歌颂玛利》,各不相让,嘈杂刺耳。

列兵卡尔 〔语气凶狠〕我来收拾他,混账基督助我!看我把这混账杂种的倒霉混账臭脑袋拧下来!

〔衔物猎犬在人群外缘钻来钻去,大声吠叫。

布卢姆 〔跑到林奇面前〕你不能想法把他弄走吗?

林奇 他喜欢辩证法,那是世界通用的语言。基蒂!〔对布卢姆〕你把他弄走吧。他不会听我的。

〔他把基蒂拽走了。

斯蒂汾 〔指着说〕犹大出去了。他上吊自尽了。[②]

布卢姆 〔跑到斯蒂汾面前〕快跟我一直走吧,免得事情闹大了。这是你的手杖。

斯蒂汾 手杖不要。要理性。这是纯理性的筵席。

没牙老太 〔拿一把匕首往斯蒂汾的手上塞去〕除掉他,宝贝疙瘩。到早晨八点三十五分你就上天了[③],爱尔兰就自由了。〔她祈祷〕仁慈的天主呀,你收了他吧!

---

① "橙派"即"奥伦治协会",因地名"奥伦治"Orange 即橙。

② 原文系拉丁文,典出《圣经·马太福音》,其中叙述犹大出卖耶稣后悔恨无已,终于自杀。

③ 英国当时处决犯人通常都在早晨八点。

凯弗里妹子 〔拉列兵卡尔〕走吧，你灌多了，他对我是不客气，可是我原谅他。〔凑近他的耳朵叫喊〕我原谅他对我不客气。

布卢姆 〔隔着斯蒂汾的肩膀说〕对，走吧。你们看，他是不行了。

列兵卡尔 〔挣脱身〕我要对他不客气。

〔他伸出拳头冲向斯蒂汾，一拳打在他的脸上。斯蒂汾被打得晕头转向，蹒跚几步，站立不住倒在地上。他脸朝天趴着，帽子滚到墙边。布卢姆跟过去，拾起帽子。

忒迪少校 〔大声喊〕马枪入套！停火！敬礼！

猎犬 〔狂叫〕沃沃沃沃沃沃沃沃。

群众 让他起来！人家倒在地上就别打了！要空气！谁？当兵的打的。是个教授。受伤了吗？别欺负人！他昏过去了。

老妪 红制服有什么理由打这位先生，大家又是喝了几杯的！有本事去打布尔人去！

鸨母 听这话说的！当兵的难道没有权利玩姑娘吗？他是个胆小鬼，不敢出头。

〔两人互相揪头发，抓脸，啐唾沫。

猎犬 〔吠叫〕汪汪汪。

布卢姆 〔把她们推开，大声说〕走开，站远一些！

列兵康普顿 〔拉一拉他的伙伴〕注意。开路吧，哈里。马路橛子来了。

〔人群中站着两个披着雨披的巡逻，个子高高的。

巡逻甲 这儿出了什么事儿？

列兵康普顿 我们跟这位小姐在一起。他对我们不客气，还对我的伙伴动手动脚的。〔猎犬吠叫〕这是谁的倒霉狗？

凯弗里妹子 〔若有所料〕他出血了吗？

男人 〔从跪着的姿势站起来〕没有。晕过去了。会醒过来的，没有问题。

布卢姆 〔注意地瞅了那人一眼〕我来照应他。不难……

巡逻乙 你是谁？你认识他吗？

列兵卡尔 〔摇摇晃晃地走向巡逻〕他对我的女朋友不客气。

布卢姆 〔愤怒地〕你无缘无故地动手打了他。我是见证人。巡官，把他的团队号码记下来。

巡逻乙 我怎么执行任务用不着你来发指示。

列兵康普顿 〔拉他的伙伴〕听着，开路吧，哈里。要不贝内特要关你的禁闭了。

列兵卡尔 〔踉踉跄跄地被拉走〕上帝操他个老贝内特。他是个白屁股孬种。我才不在乎他呢。

巡逻甲 〔取出记事册〕他叫什么名字？

布卢姆 〔向人群后面张望着〕我刚才看到有一辆车子来着。您能不能帮我一把，巡长……

巡逻甲 姓名，住址。

〔康尼·凯莱赫头戴围黑纱的帽子，手拿丧事花圈，在围观的人群中出现。

布卢姆 〔敏捷地〕嗨，来得正好！〔耳语〕赛门·代达勒斯的儿子。喝多了一点儿。请你让这两位警察把这些闲人赶开一些。

巡逻乙 您好，凯莱赫先生。

康尼·凯莱赫 〔眼睛慢吞吞地转动着，对巡逻〕没有事儿。我认识他。赛马赢了一票。金杯赛。“扔扔。”①

〔笑〕一赔二十。明白我的意思吗？

巡逻甲 〔转向人群〕喂，你们都张着嘴看什么？走开，走开！

〔人群慢慢散开，嘟哝着进了小巷。

康尼·凯莱赫 你们交给我吧，巡长。没有问题。〔他笑着摇头〕咱们自己不也是常出丑吗，有时还更糟呢。怎么样？嗯？怎么样？

巡逻甲 〔笑〕敢情是。

康尼·凯莱赫 〔用胳膊肘碰碰巡逻乙〕算了，抹掉名字算了。〔他晃着脑袋哼起曲调来〕哼着我的土啦仑、土啦仑、土啦仑、土啦仑。怎么样？嗯？明白我的意思吗？

巡逻乙 〔和善地〕是呀，我们也是这样的。

康尼·凯莱赫 〔眨着眼睛〕年轻人终归是年轻人。我有一辆车子在那边。

巡逻乙 好吧，凯莱赫先生。晚安。

康尼·凯莱赫 我负责了。

布卢姆 〔和两个巡逻一一握手〕非常感谢两位。谢谢你们。〔机密地低声说〕咱们不希望闹成什么丑闻，两位明白。父亲是一个挺受人尊敬的知名人物。不过是年轻人的小小荒唐事儿罢了，两位明白。

巡逻甲 哎，我明白，先生。

巡逻乙 没有问题，先生。

巡逻甲 只有出了人身受伤事故，我才必须向所里报告呢。

布卢姆 〔迅速点头〕那是自然。完全正确。你们的职责所在嘛，没有别的。

巡逻乙 是我们的职责。

康尼·凯莱赫 晚安，两位。

两个巡逻 〔一齐敬礼〕晚安，两位先生。

〔他们踏着缓慢、沉重的步伐走开了。

布卢姆 〔吹气〕有您来，真是老天保佑。您有一辆车子？

康尼·凯莱赫 〔笑，翘起拇指，顺着右肩指向背后脚手架旁边，车子停在那儿〕两个买卖人，在贾米特饭店大请香槟。像王爷似的，真的。其中有一个赌赛马输了两镑。借酒浇愁。想找快活姑娘开开心。所以我把他们领到贝汉车上，送到夜市来了。

布卢姆 我是正从加德纳街回家，碰巧遇见……

康尼·凯莱赫 〔笑〕他们自然想要我跟他们一起玩那些浪女人的。我可不干，天主在上，我说。像我这样、你这样的识途老马，谁还干那个？〔又笑，同时斜着失去了光泽的眼睛作态〕谢谢天主，咱们自己家里就有，怎么样，嗯？你明白我的意思吗？哈，哈，哈！

布卢姆 〔也勉强笑〕嘻，嘻，嘻！可不是吗。实际上我正在看望那儿的一个老朋友费拉格，您不认识他（可怜，他都病倒了一个星期了），我们在一起喝了一杯酒，我正要回家……

---

① “扔扔”是参加当天金杯赛的一匹马，本来没有名气；上午有人借布卢姆手中报纸看赛马消息，布给他报纸并说“本来就要扔了”，那人认为这是‘扔扔”要获胜的秘密信号，下午“扔扔”果然获胜，于是人们纷纷传说布卢姆中了奖。实际上布卢姆根本没有这回事，也不知道别人把他的话当成暗号。

〔马嘶鸣〕

马 咴儿咴儿咴儿咴儿！咴儿咴儿咴儿咴儿家！

康尼·凯莱赫 自然，把那两个买卖人送到科恩太太家之后，是我们的车夫贝汉告诉我的，我就让他站住一下，下车来瞅一瞅。〔笑〕灵车的车夫头脑清醒，这是一门特长。要我送他回家吗？他住哪儿？卡勃雷区的什么地方吧，怎么样？

布卢姆 不对。从他的话里，我听着像是在桑迪寇夫。

〔斯蒂汾趴着，对着天上的星星呼吸。康尼·凯莱赫慢吞吞地斜着眼睛瞅那匹马。布卢姆满脸布着愁云，不声不响地俯视着。

康尼·凯莱赫 〔搔着后颈部〕桑迪寇夫！〔他弯下腰去叫斯蒂汾〕喂！〔又叫〕喂！他不知怎么的全身都是刨花。小心他们偷他的东西。

布卢姆 没有，没有，没有。我拿着他的钱，他的这个帽子，还有手杖。

康尼·凯莱赫 嗯，行，他过一忽儿就能行。没有伤着骨头。好吧，我得挪挪地儿了。〔笑〕早上我还有约会呢。埋死人。一路平安！

马 〔嘶鸣〕咴儿咴儿咴儿家。

布卢姆 晚安。我等一忽儿陪他去……

〔康尼·凯莱赫回到游览车边，上了车。马具发出一阵铿锵声。〕

康尼·凯莱赫 〔站在车上〕晚安。

布卢姆 晚安。

〔车夫抖一下缰绳，扬起了鞭子给马鼓劲。车和马缓缓地、笨拙地倒退出去，转过了弯。康尼·凯莱赫坐在侧座上，左右摇晃着脑袋表示对布卢姆的处境感到有趣。车夫坐在另一侧的座位上，也一个劲儿地直颠脑袋，算是参加这一场哑剧式的无声取乐。布卢姆摇摇头，作为无言喜剧式的答复。康尼·凯莱赫用大拇指和手掌做手势，表示不管别的还有什么事，睡是可以继续睡下去的，两个警察不会来干涉。布卢姆缓缓地点点头表示感激，表示斯蒂汾正是需要睡一睡。马车铿铿锵锵土啦土仑地转进了土啦土仑巷子。康尼·凯莱赫又一次举手妥啦妥仑致意。布卢姆做手势妥啦妥仑，要康尼·凯莱赫妥啦妥仑妥啦放心。马蹄得得，马具铿锵，土啦土路，土啦土路越来越远。布卢姆手里拿着斯蒂汾那顶缠着刨花的帽子和手杖站在那里，一时之间有些犹豫不定。过了一忽儿，他弯下腰去摇晃他的肩膀。

布卢姆 喂！嗨！

〔没有回答。他又一次弯腰〕代达勒斯先生！

〔没有回答〕要喊名字。梦游人[①]。〔他又弯下腰去，迟疑片刻之后把嘴凑近卧地人的脸〕斯蒂汾！

〔没有回答。他又叫一声〕斯蒂汾！

斯蒂汾 〔蹙眉〕谁？黑豹。吸血蝠。〔他叹一口气，伸了伸手脚，然后拖长了声音，口齿不清地低声吟诵起来。

谁愿……弗格斯……驾车

---

① 西方有一种说法，对梦游者要亲切地喊他的名字或小名而不是姓，才能使他安全苏醒。

深深……树林……浓荫……？①

〔他叹一口气，翻向左侧，把身子蜷缩起来。

布卢姆　诗，受过高深教育的。可惜。〔他又弯腰给斯蒂汾解开坎肩纽扣〕呼吸。〔轻轻地用手拂掉斯蒂汾衣服上的刨花〕一镑七。总算没有受伤。〔细听〕什么？

斯蒂汾　〔低声吟诵〕

……树林……深处

……朦胧海洋……白色胸膛。②

〔他伸直双臂，又叹一口气，把身体蜷成一团。布卢姆拿着帽子和手杖直立在一边。远处有一只狗叫了几声。布卢姆握手杖的手收紧了一下，又放松了。他低头看着斯蒂汾的脸和身体。

布卢姆　〔与黑夜交谈〕他的脸叫我想起他那可怜的母亲。在树林的浓荫里。深处的白色胸膛。弗格森，我听着他说的好像是。一位姑娘吧。不知哪儿的姑娘。这对他是最大的好事。〔低声吟诵〕……宣誓，我时时注意，永远保密，决不泄漏，任何内容，任何活动③……〔低声吟诵〕……在海洋的狂暴沙漠上……离岸一锚链……潮汐落……又涨……④

〔他陷入了沉思。他以秘密大师⑤的姿势把手指放在嘴唇边，默默地警惕地守卫着。在黑黢黢的墙前，徐徐出现了一个人影。这是一个十一岁的男孩子，被神仙偷换过的孩子⑥，身穿一套伊顿服，脚蹬一双玻璃鞋，头上戴一顶小小的铜盔，手里拿着一本书。他从右到左地看着书⑦，还念着，但是听不清念些什么，只见他一面念一面微笑，还吻着书页。

布卢姆　〔惊诧万分，喊叫起来，但喊声也听不清〕茹迪！

茹迪　〔直视布卢姆的眼睛而无所见，继续念着书，吻着书页，微笑着。他的脸呈现一种柔和的紫红色，衣服上的纽扣是钻石和红宝石做的。他的左手拿着一根象牙棍子，上面系着一个紫色的蝴蝶结，一只白色的小羊羔从他的坎肩口袋里探出头来。

第十六章

凌晨一点钟，筋疲力尽的布卢姆扶着醉得不省人事的斯蒂汾来到一家通宵营业的小食店。布卢姆悉心照料斯蒂汾，充满了父亲的慈爱。他给斯蒂汾叫来了咖啡、糕点，给他看莫莉年轻时

---

① 这两行的原句：

谁愿和弗格斯一同驾车，

深深地刺透树林的浓荫？

是叶芝《谁与弗格斯同去》的开篇诗句。按“弗格斯”是爱尔兰古代传说中的英雄。

② 这两句出于叶芝同一首诗的后半部，原句是：

他统治着树林的深处

统治着朦胧海洋的白色胸膛。

③ 这是共济会入会保密誓言的一种。

④ 这些片断句子可能出自水手歌曲。

⑤ 这是苏格兰共济会仪式中规定的一种职务。

⑥ 按照爱尔兰神话，健康可爱的婴儿有时被神仙偷换。

⑦ 希伯来文写法从右到左。

的照片，然后，这对面貌不同，各有所思的“父子”便手挽手向布卢姆家走去。

第十七章

凌晨两点，布卢姆带斯蒂汾回到家中。他看到莫莉与情人相会留下的种种迹象，他没有吭声，为斯蒂汾煮了一杯可可。斯蒂汾已清醒过来，两人在客厅里坐下促膝谈心，在精神上取得父子的情感交流。布卢姆留斯蒂汾过夜，斯蒂汾婉言谢绝了。他所要寻求的是人与人之间的融洽与家庭的和谐温暖，他在布卢姆身上找到了整个人类，答应今后还上他家来，还要跟莫莉互教音乐和意大利语。布卢姆送走斯蒂汾后，上楼与莫莉交谈了几句。上床后他产生了很多复杂的思想感情，感到自己没有处理好夫妻关系，造成莫莉的感情转移。他要设法把别的男人从莫莉的脑子里赶开，他愿意再作一次努力。想着这些，他酣然入睡。

第十八章

凌晨两点多钟，莫莉躺在床上似醒非醒，似睡非睡。她的意识自由流动，几乎想到了她过去认识的所有的人，包括这天下午和她发生关系的经理，也包括刚才布卢姆上床时提到的斯蒂汾。最后所有的意识都集中到丈夫身上。想到他的许多可笑的事，十年来夫妻生活的冷漠，同时也想到他比她的情人强得多：有教养、有礼貌、诚实、体贴人、不乱花钱、不酗酒、靠得住。她决心再给布卢姆一次机会，重新和好。她回忆起布卢姆求婚的情景，情绪热烈，感到欢欣鼓舞。

……几点一刻什么缺德钟点大概中国那边人们现在正起床梳辫子准备开始一天的生活吧我们这里修女们快敲晨祷钟了她们睡觉倒没有人进去打扰除非偶然有一两个教士去做夜课要不鸡叫时候隔壁的闹钟当啷啷啷的简直要把它自己的脑袋都震破了我来试一试看是不是还能睡一会儿一二三四五他们发明的这些像星星的东西算是什么花哟隆巴德街的壁纸好看多了他给我的围裙也是那种花样只是我不过我只用了两次最好把灯弄低一些再试一试好早点起床我去芬勒特[①]时也要到旁边的兰姆[②]弯一下叫他们送些花来好把屋子布置一下要是他明天带他来呢[③]不是明天是今天不好不好星期五不吉利[④]首先我要把屋子收拾好灰尘不知道怎么回事自己就长出来了大约是在我睡觉的时候吧然后我们可以来点音乐抽抽香烟我可以给他伴奏先得用牛奶擦洗钢琴的键盘我穿什么衣服好呢要不要佩戴一朵白玫瑰不然的话来点儿利普顿[⑤]那种神仙蛋糕吧我喜欢货色齐全的大商店里那种香味七个半便士一磅的要不然另外那种带樱桃和粉色糖层的十一便士来两磅桌子中央得来一盆好花哪儿的盆花便宜些呢别着急我不久前在哪儿看见来着我爱花恨不得这屋子整个儿都漂在玫瑰花海里才痛快呢天上的天主呀大自然真是没有比的崇山峻岭还有海洋白浪翻滚还有田野真美一片片的燕麦小麦各种各样的东西一群群肥牛悠然自得你看着只觉得心里舒畅河流湖泊鲜花各种各样的

---

① 芬勒特是都柏林的一家大食品店。

② 兰姆是一家水果鲜花商品，与芬勒特在同一条街上。

③ 第一个“他”指布卢姆，第二个“他”指斯蒂汾。

④ 基督教徒认为星期五不吉利，因为据说亚当和夏娃就是在那一天被逐出乐园的，耶稣被钉死在十字架上的日子也是星期五。

⑤ 利普顿是都柏林另一家大食品商店。

形状香味颜色连小沟里也迸出了报春花和紫罗兰这就是大自然要说那些人说什么天主不存在别看他们学问大我说还不值我两个手指打的一个响榧子呢他们为什么不自己试试创造出点什么东西来呢我常和他说那些无神论者还是什么论者的还是先把自己身上的石子儿洗净了再说吧再说他们临死他们鬼哭神嚎地找牧师又是为什么呢为什么呢因为他们怕地狱他们做了亏心事可不是吗我可知道这号人谁是宇宙中间比别人都早的第一个人呢谁是开天辟地的人呢究竟是谁呢他们可说不上来我也说不上来这不就结了吗他们还不如去试试挡住太阳让它明天别升起来呢他说太阳是为你放光的那是我们在豪思[①]山头上躺在杜鹃花丛中的那一天他穿的是灰色花呢套服戴着那顶草帽我就是那天弄到他求婚的真的我先还嘴对嘴给了他一点儿芝麻饼那是一个闰年和今年一样是的十六年过去了天主呀那一吻可真是长差点儿把我憋死真的他说我是一朵山花真的我们女人就是花朵全是花朵女人的身体真的他这辈子总算说出了一个真理还有太阳今天是为你放光真的我就是因为这个才喜欢他的因为我看得出他懂女人体贴女人而且我知道我能让他听我的那天我尽给他甜头引他开口求我答应可是我不愿马上回答一个劲儿地望着海望着天空心里想到许许多多他不知道的事情想到马尔维想到斯坦厄普先生想到赫丝特想到父亲想到格罗夫斯老舰长想到那些水手[②]在码头上玩鸟儿飞我说弯腰还有他们叫做洗碟子的游戏总督府门前站岗的头上戴个白色头盔有一道箍可怜的家伙晒得半死不活的还有西班牙姑娘们披着披肩头上插一把高高的梳子嘻嘻哈哈的还有清早赶集拍卖什么人都来了有希腊人有犹太人有阿拉伯人整个欧洲还加一条公爵大街什么犄角旮旯儿里的稀奇古怪的人都来了还有家禽市场在拉比沙伦外面一片嘈杂鸡鸭乱叫驴子可怜瞌睡懵懂的尽滑交阴暗处影影绰绰常有人裹着斗篷躺在台阶上睡觉还有大车轮子真大还有斗牛还有几千年的古堡真的还有英俊的摩尔人穿一身白衣服脑袋上缠着头巾神气得很好像是国王似的小不点儿的铺子还请你坐下还有朗达[③]西班牙式的房子古老的窗户两颗明亮的眸子藏在窗格子后面[④]情人只好吻铁条夜间酒店都是半开门的还有响板那天晚上我们在阿尔赫西拉斯[⑤]没有赶上渡轮打更的提着灯笼转悠平安无事啊唷深处的潜流可怕啊唷还有海洋深红的海洋有时候真像火一样的红嘿夕阳西下太壮观了还有阿拉梅达[⑥]那些花园里的无花果树真的那些别致的小街还有一幢幢桃红的蓝的黄的房子还有一座座玫瑰花园还有茉莉花天竺葵仙人掌少女时代的直布罗陀我在那儿确是一朵山花真的我常像安达卢西亚[⑦]姑娘们那样在头上插一朵玫瑰花要不我佩戴一朵红的吧好的还想到他在摩尔城墙[⑧]下吻我的情形我想好吧他比别人也不差呀于是我用目光叫他再求真的于是他又一次问我愿意不愿意真的你就说愿意吧我的山花我呢先伸出两手搂住了他真的我把他搂得紧紧的让他的胸膛感到我的乳房芳香扑鼻真的他的心在狂跳然后真的我才开口答应愿意我愿意真的。

---

① 豪思是都柏林海湾北端的一个半岛，山头伸入海内。

② 莫莉的父亲忒迪少校原在英国派驻直布罗陀海峡的爱尔兰军中服役，因此她生在直布罗陀，16 岁方随父回都柏林。这里提到的都是在直布罗陀交往的人，其中马尔维是她的第一个男朋友。

③ 朗达是直布罗陀以北的一个西班牙城市。

④ “两颗明亮的眸子，藏在窗格子后面”是歌词，出自一首名为《在古老的马德里》的情歌。

⑤ 阿尔赫西拉斯是直布罗陀海湾上的西班牙城市，与直布罗陀隔湾相望。

⑥ 阿拉海达是山岩奉峻的直布罗陀半岛上的一片草木葱茏的地区。

⑦ 安达卢西亚为西班牙南部沿海数省地区总称。

⑧ 摩尔城墙在直布罗陀山顶，莫莉 15 岁时曾在此墙下尝到初恋的滋味，吻她的人是马尔维。

荒 原

T.S. 艾略特(1888—1965)出生于美国密苏里州圣路易斯,在哈佛大学和牛津大学接受教育。1914 年,艾略特与诗人庞德相识,在他的鼓励下,定居英国伦敦。1915 年,艾略特的长诗《阿尔弗瑞德·普鲁弗洛克情歌》在《诗刊》杂志发表。1917 年,艾略特进入劳埃德银行工作,并担任《利己主义者》杂志的助理编辑,第一部诗集《普鲁弗洛克及其他观察》出版。1922 年,艾略特创办了《标准》杂志。该杂志在首期推出他的长诗《荒原》,震动欧美诗坛。1925 年,艾略特出任新创建的费伯出版社董事和编辑。杂志和图书的编辑出版,使他团结了一大批英国甚至欧洲大陆的诗人作家,成为英国现代主义诗歌运动的领袖人物。1927 年受洗成为英国国教徒,并加入英国国籍。艾略特在诗歌方面的代表作还有《空心人》(1925)、《圣王的旅程》(1927)、《圣灰星期三》(1930)、《四首四重奏》(1943)等。

艾略特还是一位文学批评家。他提出以"客观对应物"进行抒情和叙事,追求情感和个性的表现更加智性化、反讽化,他还努力在传统的连续性中阐述当代文学的意义。

艾略特也是一位剧作家,创作了《大教堂凶杀案》(1935)、《阖家团圆》(1939)等诗剧,以及《鸡尾酒会》(1949)等喜剧作品。其中最有代表性的作品是《大教堂凶杀案》,全剧主题崇高,风格庄严,仪式感强烈,反映了艾略特试图复兴传统诗剧的努力。由于艾略特在文学方面取得的杰出成就,他在 1948 年获得诺贝尔文学奖。

1965 年,艾略特病逝于伦敦家中,骨灰按他的遗嘱被送到先祖诞生的东库克。

现据中文译本(汤永宽译,收入《荒原:艾略特文集·诗歌》,上海译文出版社 2012 年版)节选或介绍如下。

一　死者的葬礼

四月是最残忍的月份,从死去的土地里
培育出丁香,把记忆和欲望
混合在一起,用春雨
搅动迟钝的根蒂。
冬天总使我们感到温暖,把大地
覆盖在健忘的雪里,用干燥的块茎
喂养一个短暂的生命。
夏天卷带着一场阵雨
掠过施塔恩贝格湖[①],突然向我们袭来;
我们滞留在拱廊下,接着我们在阳光下继续前行,

---

① Starnbergersee,位于慕尼黑附近。从这句起以下八行描述的情景令人忆起第一次世界大战前欧洲的堕落。论者以为诗人受玛丽·拉丽施伯爵夫人(Countess Marie Larisch,1858—1940)的自传《我的过去》(*My Past*)的感兴,但据艾略特夫人称,诗人前此并未见到该书,而是从伯爵夫人言谈中了解到上述情景。

走进霍夫加登[1],喝咖啡闲聊了一个钟头。
我根本不是俄国人,我从立陶宛来,一个地道的德国人。[2]
那时我们还是孩子,待在大公的府邸,
我表哥的家里,他带我出去滑雪橇,
我吓坏啦。他说,玛丽,
玛丽,用劲抓住了。于是我们就往下滑去。
在山里,在那儿你感到自由自在。
夜晚我多半是看书,到冬天就上南方去。

这些盘曲虬结的是什么根,从这堆坚硬如石的垃圾里
长出的是什么枝条?人之子,[3]
你说不出,也猜不透,因为只知道
一堆破碎的形象,这里烈日曝晒,
死去的树不能给你庇护,蟋蟀不能使你宽慰,[4]
而干燥的石头也不能给你一滴水的声音。只有
这块红岩下的阴影,[5]
(走进红岩下的阴影下面来吧,)
我就会给你展示一样东西既不同于
早晨在你背后大步流星的影子
也不同于黄昏时分升起的迎接你的影子;
我会给你展示在一把尘土中的恐惧。

　　微风乍起
　　吹向我的祖国
　　我的爱尔兰孩子,
　　你在哪儿等我?[6]

"一年前你最先给我风信子;
他们叫我风信子姑娘。"
——可是等咱们从风信子花园回家,时间已晚,
你双臂满抱,你的头发都湿了,我一句话
都说不出来,眼睛也看不清了,我既不是
活的也不是死的,我什么都不知道
茫然谛视着那光芒的心,一片寂静。

① Hofgarten,慕尼黑城内一座小公园。
② 原文为德文,Bin gar Keine Russin,stamm' aus Litauen,echt deutsch。
③ 见《原注》第20行。
④ 见《原注》第23行。
⑤ 参阅《旧约·以塞亚书》32:1-2。
⑥ 原文为德文,Frisch weht der Wind/Der Heimat zu/Mein Irisch Kind,/Wo weilest du?参阅《原注》第31行。

大海荒芜而空寂。[①]

索梭斯特里斯太太[②],著名的千里眼,
患了重感冒,可她仍然是
人所熟知的欧洲最聪明的女人,
她有一副邪恶的纸牌[③]。你瞧,她说,
这张是你的牌,淹死的腓尼基水手[④],
(那两颗珍珠就是他的眼睛。你瞧!)[⑤]
这是美丽的夫人[⑥],岩石圣母,
善于应变的夫人。

这张是拥有三根权杖的男人[⑦],这是轮子[⑧],
而这是独眼商人[⑨],这张牌,
尽管是空白的,是他背上扛着的东西,
却不准我看那到底是什么。我没有去找
那个被吊死的人[⑩],害怕被水淹死。
我看见簇拥的人群围成一个圆圈走。
谢谢你。假若你见到亲爱的埃奎顿太太,
请告诉她我要亲自把占星图给她送去:
现如今你得非常小心。

虚幻的城市,[⑪]

---

① 原文为德文,Oed' und leer das Meer。参阅《原注》第 42 行。

② Madame Sosostris,一个冒牌的算命女人,她袭用了埃及法老索梭斯特里斯的名字。艾略特无疑取自阿道斯·赫胥黎(Aldous Huxley,1894—1963)的小说《铬黄》(*Crome Yellow*)中的一个喜剧场景。

③ pack of cards,指塔罗牌。牌有四组,由寻找金杯传说的诸象征构成:长矛、杯、剑和碟,共七十八张。参阅《原注》第 46 行。

④ 参阅本诗第四部分《死于水》。

⑤ 此行引自莎士比亚《暴风雨》第 1 幕第 2 场第 401 行,系精灵爱丽尔所唱的歌。

⑥ 原文为意大利文,Belladonna,该词亦是有毒植物颠茄和能使眼睛发亮如玻璃一般的眼睛化妆品的名称。这里可能指圣母马利亚,据上下文应系达·芬奇所绘的"岩石圣母"油画像,象征教会的庇护,圣母则象征现代爱情的精神干涸。

⑦ man with tlree staves,塔罗牌中的一张牌,三根权杖喻一个成功的商人在检查他的船队时在附近地上插下的三根木杖。另有解释为:三根权杖象征男性生殖器和埃及神俄赛里斯的转生。艾略特在注释中说,他"武断地"将持三根权杖的人与渔王相联系;而在杰西·韦斯顿(Jessie L.Weston,1850—1928)的书中,则系生命与新生的象征。参阅《原注》第 46 行。

⑧ wheel,即命运之轮,也可能指佛教的轮回。

⑨ one-eyed merchant,即后面第三部分中的尤吉尼德斯先生。与第四部分《死于水》中的"淹死的腓尼基水手"相映照,据杰西·韦斯顿称,腓尼基商人大都是为举行丰产祭祀典礼供应粮食的商人。这个商人被称为"独眼",因纸牌上仅是半面侧身像。他背上负载的殆为世间的邪恶或获得丰产的秘诀。

⑩ Hanged Man,在这张牌上,他的一只脚被吊在十字架上,象征丰饶多产之神的自我牺牲,他为了能复活而给大地和人民再次带来丰饶多产而死。

⑪ 参阅《原注》第 60 行。

在冬天早晨的棕色浓雾下，
人群流过伦敦桥，那么多人，[①]
我没有想到死神竟报销了那么多人。
偶尔发出短促的叹息，[②]
每个人眼睛都盯着自己的脚尖。
他们拥上山冈，冲下威廉王大街，
那儿圣玛丽·沃尔诺斯教堂的大钟
沉重的钟声正敲着九点的最后一响。[③]
我看见一个熟人，我叫住他："斯特森！[④]
你不就是在梅利[⑤]和我一起在舰队里的吗！
去年你栽在你花园里的那具尸体，
开始发芽了没有？今年会开花吗？
要不就是突然来临的霜冻惊扰了它的苗床？
啊，要让狗离那儿远远的，狗爱跟人亲近，
不然它会用爪子把尸体又刨出来！[⑥]
你！伪善的读者！——我的同类——我的兄弟！"[⑦]

原　注

不仅是本诗的题名，而且起意写本诗的计划以及由此出现的许多象征手段也都是由于杰西·L.韦斯顿女士的那本关于圣杯传说的著作：《从祭仪式到传奇》（剑桥版）的启发。我确实深深得益于该书，韦斯顿女士的著作远比我的注释更能解释清楚诗中的疑难之处，因此我向任何认为值得一读关于本诗的这些解释的读者推荐这部著作（且不提它本身所具有引人入胜之处）。我在总的方面还得益于另一部人类学著作，这部专著深深地影响了我们这代人，我指的是《金枝》；我尤其引用了其中关于阿童尼斯、阿蒂斯、奥西斯那两卷。凡是熟悉这些著作的读者都会立即从本诗中所引用一些关于祈求五谷丰登的仪式中辨认出来。

第 20 行：参阅《旧约·以西结书》2:1。

[上帝对以西结说："人子啊，你站起来，我要和你说话。"又，见 37:3，上帝指着平原中许多骸骨问以西结："人子啊，这些骸骨能复活吗？"——译注]

第 23 行：参阅《旧约·传道书》12:5。

[其意在于描述人变老时的痛苦。——译注]

---

① 参阅《原注》第 63 行。

② 参阅《原注》第 64 行。

③ 参阅《原注》第 68 行。圣玛丽·沃尔诺斯教堂在伦敦市金融区。人群流过伦敦桥进入市区工作。这里第一次提到教堂系暗示圣杯传说中的那座濒于倾圮的小教堂。

④ Stetson，伦敦人熟知的一个帽子制造商，这里用以代表一个普通的商人。

⑤ Mylae，指公元前 260 年，古罗马与迦太基之间的第一次布匿战争中的海战"梅利战役"，战争爆发的原因与第一次世界大战同，都是为了攫取经济利益，战争以罗马取胜结束。梅利战役与诗中说话人和斯特森参加的第一次世界大战融合为一。

⑥ 参阅《原注》第 74 行。

⑦ 参阅《原注》第 76 行。

第 31 行：见《特里斯坦与伊索尔德》(*Tristan und Isolde*)第 1 幕，第 5—8 行。

[德国著名音乐家瓦格纳(Richard Wagner，1813—1883)的歌剧。—译注]

第 42 行：同上，第 3 幕，第 24 行。

[牧羊人向濒死的特里斯丹这样报告。特里斯丹正等待绮瑟的到达。——译注]

第 46 行：我并不熟知塔罗牌的确切构成，显然我只是用来适应我的需要而已。那个被绞死的人是牌里历来就有的一张，他在两个方面适用于我的目的：一是因为他与我心目中那位被绞死的神弗雷泽相关联，二是因为我在第五部分中把他与使徒们赴以马忤斯途中遇见的那个戴着兜帽的人联系在一起了。其他如后面出现的腓尼基水手和商人；还有第四部分中那些"簇拥的人群"以及"死于水"的处决。又如手执三根权杖的人(塔罗牌里的一个真实的成员)，我颇为武断地把他与渔王本人联系在一起了。

第 60 行：参阅波德莱尔(Charles Baudelaire，1821—1867)：

"人群密集的城市，充满着迷梦的城市，

"那里鬼怪幽灵在光天化日之下向行人招呼。"

[引自波德莱尔《七个小老头》(*Les Sept Vieillards*)一诗。——译注]

第 63 行：参阅《神曲·地狱篇》第 3 歌，第 55—57 行：

"这样一长列人群，
我决不会相信死神
居然使这么多的人失去了生命。"

第 64 行：参阅《神曲·地狱篇》第 4 歌，第 25—27 行：

"从我谛听到的，我能肯定
这里没有哀悼，只有一声声叹息，
震动了那永恒的空气。"

第 68 行：这是一种我经常注意到的现象。

第 74 行：参阅韦伯斯特的《白魔》中的挽歌。

[即"可是别让狼挨近那儿，那是人的仇敌，
因为它的爪子会把他们重新刨出来。"——译注]

第 76 行：见波德莱尔的《恶之花》(*Le Fleurs du mal*)序诗。

[即"伪善的读者！——我的同类——我的兄弟！"该诗力言人类最大的罪愆在于厌倦。——译注]

二　弈　　棋

本节诗可分为三部分。第一部分描绘的是一个奢华的客厅。出场人物"她"坐的椅子像金碧辉煌的宝座，高擎明镜的灯台石柱上雕刻着果实累累的葡萄藤蔓，小爱神丘比特从藤蔓中探出头来偷偷张望。枝形吊灯的烛光反射在镜子里显得更加明亮。珠宝从锦盒里射出炫目的光彩，象牙的、彩色玻璃的瓶子收藏着各种奇异的香水。细工雕刻的凹形天花板上，图案是铜制的海洋树林，镶嵌着彩色宝石，一只镂刻的海豚在翻腾戏水。古老的壁炉上方，挂着一幅菲罗墨拉变形的画图。四周墙壁挂着不少绘画，其中形态各异的形体，展示着往昔的旧闻轶事。作者对客厅的陈设极尽铺排时，嵌入了大量的典故，有莎士比亚的悲剧《安东尼与克莉奥佩特拉》中克莉奥佩

特拉乘坐画舫，在西特纳斯河上巡游时的华美、盛大场面；有引自古罗马诗人维吉尔《埃涅阿斯纪》中对腓尼基女王狄多的宫殿的描写；还引了古罗马诗人奥维德《变形记》中菲罗墨拉变形为夜莺的悲剧故事。

第二部分由一对上流社会夫妇的对话构成。其中的女主人公可以看成是第一部分在客厅中出现的“她”。她说自己今晚的心情很乱，让丈夫陪自己，与自己说话。见丈夫不说话，又问他在想什么，问是什么声音，问现在该干些什么事。丈夫对妻子有所不满和猜疑，妻子焦虑地追问丈夫现实问题时，他总是沉默以对，但内心的声音却每问必答，意有所指，悲观抑郁。

第三部分由丽尔的女友回忆她在小酒馆里与丽尔的谈话构成。丽尔的丈夫将从军队退伍。女友劝告丽尔：要把自己打扮得漂亮些，以取悦即将归来的丈夫。丈夫服了四年兵役，退伍后想快快活活过日子，如果你不让他快活，就会有其他人代替你。如果有一天你丈夫跑了，可别怪我没有警告过你。但丽尔今年31岁，已经有了5个孩子，她不想再生孩子了。丽尔疲惫邋遢，对丈夫即将归来全无热情。

三　火　诫

在泰晤士河上，树枝树叶沉落到潮湿的岸边去了，空酒瓶、包三明治的薄纸、绸手绢、硬纸盒、香烟头……种种表明夏夜欢愉的痕迹，都不见了，美女娇娃们也不见了，她们的情人朋友们没有留下地址，就离开了。啊，这就是可爱的泰晤士河。在我背后，我听见尸骨的格格声和吃吃的笑声，一只耗子拖着黏湿的肚子在河堤上行走。一个冬夜，我在死水里垂钓，想着我父亲的死亡。博尔特太太和她的女儿在濯足，准备迎接薛维尼的到来，他们是顾客和妓女的淫乱关系，令人想到古代国王铁卢欧斯对菲罗墨拉的强奸。

在伦敦这座虚幻的城市，从士麦那来的商人尤吉尼德斯先生在完成他的商业交易后，操着一口粗俗的法语，邀请我与他一起去伦敦炮台街旅馆共进午餐，随后到梅特罗波尔共度周末。雌雄同体的帖瑞西士发现一个公司职员去一位女打字员家约会。女打字员满足欲望后播放的音乐从我耳边飘过，引起我对伦敦城街景的关注。泰晤士河的女儿在歌唱，哀悼着当代伦敦的沉沦和堕落。我前往迦太基，为世间淫欲泛滥而忏悔。燃烧吧。主啊，请拯救我。

四　死　于　水

腓尼基水手弗莱巴斯死后，忘记了水鸥的鸣叫、深海的浪涛、利润和亏损。他的尸骨在海底涌起的潮流载沉载浮之际，他经历了他的老年和青年阶段，进入漩涡。异邦人或犹太人，你们回想一下弗莱巴斯，他曾经和你们一样高大英俊。他死于情欲之海。

五　雷霆的话

耶稣在客西马尼园被捕，遭受了极度的痛苦之后，在耶路撒冷被钉上十字架。尖利的喊声和哭号以及春天的雷霆，在群山之上回响。他过去活着现在死了，我们过去活着，现在也濒于死亡。

荒原上没有水只有岩石，路在乱石嶙峋的山岭间盘旋。干涸的山岩吐不出一滴水，你的脚陷入沙里，没有水喝，无法停下脚步思索，不能躺也不能坐。山岭里甚至连寂寞也没有，只听得无雨的干雷在轰鸣。似乎有雨的声音传来，但那是画眉在松林中歌唱，没有水。

谁是走在你身旁的第三个人？我数数的时候，只有你和我在一起。这披着褐色斗篷、带着兜帽、悄悄行走的第三个人到底是谁？是男人还是女人？高空中传来母亲的低泣声，那些龟裂的大地上蹒跚前行的人群是谁？那些重建了又倾塌的是什么城市？耶路撒冷、雅典、亚历山大、维也纳、伦敦，一切化为虚幻。

一个女人用自己乌黑的长发做弦，弹奏出如泣如诉的乐曲。蝙蝠在紫色的夕阳下，拍打着翅膀，向城墙俯冲，报时的钟敲着缅怀往昔的声响，还有声音在干枯的水池和井底歌唱。在小教堂旁坍塌的坟墓上，野草在歌唱。小教堂空无一人，它只是风的家。一只公鸡在屋脊上啼鸣，然后是一道闪电，然后是一阵潮湿的风，带来了雨。

（以上部分，还有一条隐伏的线索，即写骑士穿过荒原，最终到达安放圣杯的教堂。这条线索或明或暗穿插于其间，将各诗节的内容连贯起来。）

水位下降的恒河、打蔫的草叶，等待着天降甘霖。乌云汇聚在远方的喜马拉雅山之巅。这时雷霆发声，表达舍予、慈悲、克制之意。我（渔王）坐在岸上垂钓，我身后是干涸的荒原。伦敦桥倒塌了。全诗在重复梵文“舍予、慈悲、克制”和“平安”的奥义中结束。

喧哗与骚动

威廉·福克纳(1897—1962)是美国最重要的乡土作家,意识流小说代表作家,最杰出的西方现代作家之一。他出生于美国南方的密西西比州新奥尔巴尼,此地位于密西西比河三角洲地带。福克纳的曾祖父是一个传奇人物,他是种植园主,南北战争时期统领过一支南方部队,战后担任过州议员,创办过大学,还出版过小说作品,后在与人斗殴中被杀。福克纳青年时代即热爱文学。一战后期,福克纳到加拿大皇家空军学校接受过飞行员训练。战后在州立大学学习过一年,从事过多种职业。20年代中期开始发表作品。代表作是以虚构的"约克纳帕塔法县"为背景,以表现种植园主家族没落为主轴的南方乡土系列小说,如《喧哗与骚动》(1929)、《我弥留之际》(1930)、《八月之光》(1932)、《押沙龙,押沙龙!》(1936)等。福克纳1949年获诺贝尔文学奖。

《喧哗与骚动》是福克纳最负盛名的作品。其书名的灵感得自莎士比亚悲剧《麦克白》第五幕第五场中的台词:"人生如痴人说梦,充满了喧哗与骚动,却没有任何意义。"该作品采用意识流和多视角叙事的手法,聚焦昆丁、杰生、凯蒂、班吉等人物的命运,展现了杰弗逊镇康普生家族的解体与衰败。全书由四个主体部分和一个附录构成。这四个主体部分都以时间命名,分别是:1928年4月7日、1910年6月2日、1928年4月6日、1928年4月8日。附录是:康普生家:1699年—1945年。

现据中文译本(李文俊译,《喧哗与骚动》,上海译文出版社1984年版)介绍或节选如下。

1928年4月7日

(这一部分是班吉的意识流,以第一人称叙述)

今天是我33岁的生日。勒斯特带着我在高尔夫球场栅栏外看打高尔夫球,里面打球的人朝前走,我也顺着栅栏朝前走。勒斯特在树旁草地上寻找自己掉落的两毛五硬币,要晚上拿它买票看演出。他嫌我总是哼哼,说再哼哼就不给我生日蛋糕了,他要把蛋糕全吃了。勒斯特叫我与他一起去小水沟那边去找那枚硬币,钻栅栏豁口时,我的衣服被钉子挂住了。我于是想起另一次(1900年12月23日)凯蒂带着我穿过栅栏,去替毛莱舅舅给帕特生太太送信,我的衣服也被栅栏上的钉子挂住了,凯蒂把我的衣服解下来。当时天很冷,地绷绷硬,凯蒂让我把手插进裤兜里,以免冻坏了。

(1900年12月23日稍早)天气太冷,威尔许不想让我到外边去,但毛莱舅舅想让我出去,并劝说妈妈同意。威尔许为我穿上套鞋和大衣,拿了帽子出门。威尔许不让我抓铁院门,说会冻坏的。我能闻到冷的气味。我看见凯蒂放学了,背着书包一跳一跳地走来。她打开铁门,向我弯下身子,搓着我的双手。她身上有树的香味。凯蒂拉着我回到屋里。毛莱舅舅把凯蒂叫过去,一会儿她回来了,说要带我再出去一趟。妈妈不想让我出去,但毛莱舅舅催凯蒂快走,以免我哭闹。母亲因此伤心起来,说自己不是那种精力旺盛、能吃苦耐劳的女人,怕过圣诞节。母亲拥抱了我,说我是可怜的宝贝儿。到了门厅,凯蒂停下来,用双臂搂着我,说:你不是可怜的宝贝儿,是不是啊,你有你的凯蒂呢。她身上有一股树的香味。

(1928年4月7日)勒斯特又在怪我哼哼唧唧了。他带着我经过车房。我看到停在那里的马车,回忆起(1912年)坐马车的情形。那时母亲带着面纱拿着花,要乘马车去给去世的父亲上坟。罗斯库司的风湿病犯了,只能让他的儿子T.P.赶车。母亲担心马老车破,让T.P.赶车不放心,迪尔西让她放宽心。母亲带我坐上马车,但走到半道,她又不放心把小昆丁留在家里,叫T.P.折回。返回的路上遇到了杰生,杰生告诉母亲,毛莱舅舅以她的名义开了50元支票,问她如何兑付。母亲想哭,又被杰生训斥了一顿。

勒斯特带我经过马厩,我又想起那个冬天凯蒂带我去为毛莱舅舅给帕特生太太送信的情形。凯蒂说她不明白为什么毛莱不派威尔许帮他送信。凯蒂翻过栅栏,穿过一片枯黄的花,把信交给帕特生太太。但后来(1908年春天或夏天),我独自替毛莱舅舅给帕特生太太送信时,帕特生先生看见了,他翻过栅栏,把信夺了过去。帕特生太太赶来抢信,裙子却让栅栏挂住了。

勒斯特带着我在高尔夫球场边继续找他的硬币,与在河沟边洗衣服的人谈起晚上看戏的事情。这时有一只球飞过来,勒斯特急忙把它抢到手,藏到口袋里。我不断哼哼,勒斯特让我下水去玩。一下到水里,我想起小时候(1898年,班吉3岁,凯蒂7岁)在河沟里玩水的情景。凯蒂蹲在水里,把衣裙弄湿了。威尔许说妈妈会抽她,昆丁也说会,凯蒂就叫威尔许帮她把外衣脱了,身上只剩下了背心和衬裤。昆丁打了凯蒂一巴掌。凯蒂不示弱,向昆丁身上泼水;威尔许说要告诉大人,于是凯蒂和昆丁又一齐向他泼水,直到他答应不告发为止。昆丁还有些担心,凯蒂说她不怕,说她要逃走。我哭了起来,凯蒂连忙说她不会逃走,我才止住了哭声。凯蒂身上有一股下雨时树的香味。这时罗斯库司来喊我们回家吃晚饭,大家于是又担心因为衣服弄湿了,杰生可能告发他们。昆丁出主意说慢些走,等回家时天就黑了,大人就不会看不见了。凯蒂说她不怕。

我们经过牲口棚时,一群母牛从里面跑出来。我又想起凯蒂结婚那天(1910年4月25日),我和T.P.偷酒喝了。昆丁用力踢打着T.P.。我喝醉了,摔倒在坡地上,天旋地转,觉得牛群一会儿是朝坡上跑,一会儿又像是在向坡下跑。昆丁给我喝了热乎乎的东西,我大喊大叫,他们把我抬到谷仓,放到铺着空麻袋的地上,强按着我,直到我慢慢平静下来,睡了过去。

那一天(1898年祖母去世的那一天)的情形又出现在记忆中。我们经过牲口棚,走进院子,看到每扇窗户都亮着灯,大家都认为是来了客人。迪尔西让大家安静,让威尔许服侍我吃饭。大家突然听到什么声音,都安静下来。我哭了起来。昆丁说是妈妈在哭,凯蒂说是有人唱歌,大人们在开舞会。昆丁说,大姆娣病了,不可能开舞会。杰生也哭了,因为大姆娣病着,没有人陪他睡觉了。刚吃完饭,迪尔西就催促我们上床睡觉,她叮嘱威尔许从后楼梯把我们带到楼上的卧室去。凯蒂说现在睡觉太早了,叫大家都听她指挥,可她一直不明白为什么大人让他们要安静。威尔许把我们带到后廊,但他并没有带我们上楼去睡觉,而是决定带我们到外边玩一会儿。凯蒂建议大家到威尔许的小屋去,这样大人们就听不见我们的声音了。我们来到威尔许的小屋前。我喜欢闻威尔许屋里的气味。

上次(1910年6月昆丁自杀的消息传来的那天)也是在这间小屋里,屋里生着火。迪尔西安顿我上床睡觉。罗斯库司说这个宅子不吉利,大姆娣死了,昆丁自杀了,恐怕还得再饶上一个。迪尔西似乎也同意这个看法,但她又说人都是要死的。罗斯库司说他已经看到兆头了。说到"兆头",我的思绪就来到父亲去世那天(1912年)。我们吃完饭,T.P.抱着小昆丁,我们都上他住的小屋去玩,结果小昆丁和勒斯特为争玩具打了起来。我也去争抢玩具,小昆丁打我,我哭了。弗洛尼责怪我抢孩子们的玩具。迪尔西也在哭。罗斯库司说:这就是仨了,这地方不吉利。罗斯库司还说:养育一个孩子,连自己的妈妈叫什么都不让知道,这算是哪档子事呢。迪尔西让他别瞎操心。弗洛尼对罗斯库司说：你指名道姓好了，因为不管说谁，反正他（班吉）都不懂。罗斯库司说：他懂的事可比你们以为的要多得多，他知道大家的时辰什么时候来到，就跟一只猎犬能指示猎物一样。弗洛尼推我上床睡觉，勒斯特已经睡着了。迪尔西放了一块木板在我和勒斯特之间，怕我压到他。第二天，T.P.带着我跑到房子的拐角处，望着一辆辆马车驶过。T.P.告诉我，我父亲就躺在那辆有玻璃窗的马车里面。

勒斯特手里拿着那只捡到的高尔夫球，我想要，他不给，说如果让那些打球的人看见，会说是我偷的，而且我也不会玩球。说到玩，我的思绪重新回到大姆娣去世的那个晚上。我们兄妹几个在迪尔西家住的小屋里玩，凯蒂要大家都听她的指挥。弗洛尼说到丧礼的事情，威尔许不让她在孩子们面前提起这件事。我又想起父亲去世的那个夜晚，我一觉醒来，听到了母亲的声音，听到匆匆走路的脚步声，我又闻到了死亡的气味。T.P.把我从床上拉起来，为我穿上衣服，要带我去他家的小屋去睡。我不停地哭嚎，T.P.说我把全镇的人都吵醒了。我们走到户外，在水沟边停下来。

我的思绪回到大姆娣去世的那个晚上。杰生在哭。大家不知道家里发生了什么，凯蒂坚持说是在举行舞会，弗洛尼说她知道是怎么回事，但威尔许不让她说。凯蒂想绕到客厅前的窗子下面看看，我们就一起去。客厅窗子外面有一棵大树，凯蒂让威尔许推自己爬上去。凯蒂爬上了第一个丫杈，我们都望见了她衬裤上的那摊泥迹，接着我们就看不见她了，接着我们就听到了树的抖动声。

我们在客厅窗子外面那棵树底下停住脚步。[1] 威尔许把我放下，让我站在湿湿的草地上。这个地方很冷。所有的窗户里都亮着灯光。

“大姆娣就在那一间里面。”凯蒂说。“她现在每天每天都生病。等她病好了，我们就可以出去野餐了。”

“反正我知道是怎么一回事。”弗洛尼说。

树在沙沙地响，草也在沙沙地响。

“再过去那间就是咱们出麻疹时候睡的地方。”凯蒂说。“你和T.P.是在什么地方出麻疹的呢，弗洛尼。”

“也就在我们天天睡觉的地方吧，我想。”弗洛尼说。

“他们还没有开始呢。”凯蒂说。

他们马上就要开始了，T.P.说。[2] 你先站在这儿，让我去把那只板条箱搬过来，这样我们就能看见窗子里的事了。来，咱们把这瓶沙示水喝了吧。喝了下去，我肚子里就像有只夜猫子在咕咕直叫似的。

我们喝完沙示水，T.P.把空瓶子朝花铁格子里推，推到屋子底下去，接着就走开了。我听得到他们在客厅里发出的声音，我用双手攀住了墙。T.P.在把一只木箱朝我这儿拖来。他跌倒了，就大笑起来。他躺在地上，对着草丛哈哈大笑。他爬起来，把木箱拖到窗子底下，他使劲憋住不笑。

---

① 大姆娣去世那晚。

② 凯蒂结婚那天。

“我怕自己会大嚷大叫起来。”T.P.说。“你站到木箱上去，看看他们开始没有。”

“他们还没有开始，因为乐队还没来呢。”凯蒂说。[①]

“他们根本不会要乐队的。”弗洛尼说。

“你怎么知道的。”凯蒂说。

“我自然知道啦。”弗洛尼说。

“其实你什么都不知道。”凯蒂说。她走到树前。“推我上去，威尔许。”

“你爹关照过叫你别爬树的。”威尔许说。

“那是好久以前了。”凯蒂说。“我想连他自己都忘掉了。而且，他关照过今天晚上由我指挥的。他不是说过由我指挥的吗。”

“我不听你指挥。”杰生说。“弗洛尼和T.P.也不听。”

“把我推上去，威尔许。”凯蒂说。

“好吧。”威尔许说。“以后挨鞭子的可得是你啊。跟我可没关系。”他走过去把凯蒂推到第一个丫杈上去。我们都望着她衬裤上的那摊泥迹。接着我们看不见她了。我们都听见树的抖动声。

“杰生先生说过，你要是折断了这棵树的枝条，他可是要抽你的。”威尔许说。

“我也要告发她。”杰生说。

那棵树不再抖动了。我们抬头朝一动不动的枝条上望去。

“你瞧见什么啦。”弗洛尼悄声说。

我瞧见他们了。[②] 接着我瞧见凯蒂，头发上插着花儿，披着条长长的白纱，像闪闪发亮的风儿。凯蒂凯蒂

“别出声。”T.P.说。“他们会听见你的。快点下来。”他把我往下拉。凯蒂。我双手攀住了墙。凯蒂。T.P.把我往下拉。

“别出声。”他说。“别出声。快上这儿来。”他使劲拉着我朝前走。凯蒂。“快别出声，班吉。你想让他们听见你吗。来吧，咱们再去喝一点沙示水，然后再回来瞧，只要你不吵吵。咱们最好再喝它一瓶，不然的话咱们俩都会大叫大嚷的。咱们可以说是丹儿喝的。昆丁先生老说这条狗多么聪明，咱们也可以说它是一条爱喝沙示水的狗的。”

月光爬到了地窖的台阶上。我们又喝了一些沙示水。

“你知道我希望什么吗。”T.P.说。“我希望有一只熊从这地窖的门口走进来。你知道我要怎么干吗。我要笔直地走过去朝它眼睛里啐上一口唾沫。快把瓶子给我，让我把嘴堵上，不然的话我真的要嚷出来了。”

T.P.倒了下去。他笑了，地窖的门和月光都跳了开去，不知什么东西打了我一下。

“快别嚷嚷。”T.P.说，他想忍住不笑。“天哪，他们都要听见我们的声音了。起来。”T.P.说。“起来呀，班吉，快点儿。”他浑身乱打哆嗦，笑个不停，我挣扎着想爬起来。在月光下，地窖的台阶直升到小山岗上，T.P 在山坡上倒下来，倒在月光里，我跑出去一头撞在栅栏上，T.P.在我后面追，一面喊着“别出声，别出声”。接着他哈哈大笑地跌进了花丛，我跑着一头撞在木箱上。可是

① 从“开始”回想到另一个“开始”。又是大姆娣去世那晚的情景。

② 凯蒂结婚那天。

我正使劲往木箱上爬的时候,木箱跳了开去,打着了我的后脑勺,我嗓子里发出了一声喊叫。接着又发出了一声,我就干脆不爬起来了,它又发出了一声喊叫,于是我哭起来了。T.P.来拉我,我嗓子里不断地发出声音。它不断地发出声音,我都搞不清自己是不是在哭了,这时T.P.倒下来,压在我的身上,他哈哈大笑,我的嗓子不断发出声音,这时昆丁用脚踢T.P.,凯蒂伸出胳膊来搂住我,她那闪闪发亮的披纱也缠在我的身上,我一点也闻不到树的香味,于是我就哭起来了。

班吉,凯蒂说,班吉。[①] 她又伸出胳膊来搂住我,可是我躲了开去。"你怎么啦,班吉。"她说。"是不喜欢这顶帽子吗。"她脱掉帽子,又凑了过来,可是我躲开了。

"班吉。"她说。"怎么回事啊,班吉。凯蒂干了什么啦。"

"他不喜欢你那身臭美的打扮。"杰生说。"你自以为已经长大了,是吗。你自以为比谁都了不起,是吗。臭美。"

"你给我闭嘴。"凯蒂说,"你这坏透了的小浑蛋。班吉。"

"就因为你十四岁了,你就自以为已经是个大人了,是吗。"杰生说。"你自以为很了不起。是吗。"

"别哭了,班吉。"凯蒂说。"你会吵醒妈妈的。别哭了。"

可是我还是又哭又闹,她走开去,我跟着她,她在楼梯上停住了脚步等我,我也停住了脚步。

"你到底要什么呀,班吉。"凯蒂说。"告诉凯蒂吧。她会给你办到的。你说呀。"

"凯丹斯。"母亲说。

"哎,妈。"凯蒂说。

"你干吗惹他。"母亲说。"把他带进来。"

我们走进母亲的房间,她病了,躺在床上,脑门上盖着一块布。

"又是怎么回事啊。"母亲说。"班吉明。"

"班吉。"凯蒂说。她又凑过来,可是我又躲开了。

"你准是欺侮他了。"母亲说。"你就不能不惹他,让我清静一会儿吗。你把盒子给他,完了就请你走开,让他一个人玩会儿。"

凯蒂把盒子拿来,放在地板上,她打开盒子。里面都是星星。我不动的时候,它们也不动。我一动,它们乱打哆嗦,闪闪发光。我不哭了。

这时我听见凯蒂走开去的声音,我又哭了。

"班吉明。"母亲说。"过来呀。"我走到房门口。"叫你呢,班吉明。"母亲说。

"这又怎么啦。"父亲说。"你要上哪儿去呀。"

"把他带到楼下去,找个人管着他点儿,杰生。"母亲说。"你明知我病了,偏偏这样。"

我们走出房间,父亲随手把门关上。

"T.P.。"他说。

"老爷。"T.P.在楼下答应道。

"班吉下楼来了。"父亲说。"你跟T.P.去吧。"

我走到洗澡间门口。我听得见流水的哗哗声。

"班吉。"T.P.在楼下说。

---

① 班吉因闻不到树香,联想到凯蒂十四岁那年第一次穿大人的装束,搽香水的情景。

我听得见流水的哗哗声。我用心地听着。

“班吉。”T.P.在楼下说。

我听着流水声。

我听不见那哗哗声了，接着，凯蒂打开了门。

“你在这儿啊，班吉。”她说。她瞧着我，我迎上去，她用胳膊搂住我。“你又找到凯蒂了，是吗。”她说。“你难道以为凯蒂逃掉了吗。”凯蒂又像树一样香了。

我们走进凯蒂的房间。她在镜子前坐了下来。她停住了手里的动作，盯着我看。

“怎么啦，班吉。是怎么回事啊。”她说。“你千万别哭。凯蒂不走。你瞧这个。”她说。她拿起一只瓶子，拔掉塞子，把瓶子伸过来放在我鼻子底下。“香的。闻呀。好闻吧。”

我躲开了，我的哭声没有停下来，她手里拿着那只瓶子，瞅着我。

“噢。”她说。她把瓶子放下，走过来搂住我。“原来是为了这个呀。你想跟凯蒂说，可你说不出来。你想说，可又说不出，是吗。当然，凯蒂不再用了。当然，凯蒂不再用了。你等着，让我穿好衣服。”

凯蒂穿好衣服，重新拿起瓶子，我们就下楼走进厨房。

“迪尔西。”凯蒂说。“班吉有一样礼物要送给你。”她弯下身子，把瓶子放在我的手里。“好，你现在给迪尔西吧。”凯蒂把我的手伸出去，迪尔西接过瓶子。

“噢，真了不起。”迪尔西说。“我的好宝贝儿居然送给迪尔西一瓶香水。你倒是瞧呀，罗斯库司。”

凯蒂身上像树那样香。“我们自己不爱用香水。”凯蒂说。

她像树那样香。

我的思绪回到我独自替毛莱舅舅给帕特生太太送信，被帕特生先生发现后，把毛莱舅舅打得鼻青脸肿的那一天(1908年)。晚上，父亲一边喝酒，一边在母亲面前嘲讽毛莱舅舅没有胆子，不敢真的拿枪打死帕特生先生，惹得母亲哭起来。父亲语带嘲讽地说毛莱对他的种族优越感来说是个极有价值的例证，母亲回答：我娘家的人出身跟你们家完全是同样高贵的。母亲这时让迪尔西带我去睡觉。迪尔西说他已经是大孩子了，应该一个人睡，我不断哭闹着，迪尔西只好去把凯蒂招来。凯蒂和衣上床，躺在我身边。凯蒂身上有树的香味。我睡着了。

大姆娣去世那晚，迪尔西把凯蒂从树上抱下来，责备我们都不去睡觉。凯蒂说，屋里的人也没干什么，就是坐在椅子上你瞧着我，我瞧着你。我们绕到了厨房后面。这时我的思绪回到1906年的那个晚上。我独自出屋来到客厅窗前那棵大树前，看见秋千架上有两个人。

客厅窗子下面那棵开花的树并不黑，但那些浓密的树是黑的。我的影子在草上滑过，月光底下的草发出了沙沙声。

“喂，班吉。”T.P.在屋子里说。“你藏在哪儿。你溜出去了。我知道的。”

勒斯特回来了。[①] 等一等，他说。上这边来。别到那边去。昆丁小姐和她的男朋友在那儿的秋千架上呢。你从这边走。回来呀，班吉。

---

① “当前”。

树底下很黑。① 丹儿不愿过来。它留在月光底下。这时我看见了那架秋千,我哭起来了。

快打那边回来,班吉,勒斯特说。② 你知道昆丁小姐要发火的。

这时秋千架上有两个人,接着只有一个了。③ 凯蒂急急地走过来,在黑暗中是白蒙蒙的一片。

"班吉。"她说,"你怎么溜出来的。威尔许在哪儿。"

她用胳膊搂住我,我不吱声了,我拽住她的衣服,想把她拉走。

"怎么啦,班吉。"她说。"这是怎么回事。T.P.。"她喊道。

坐在秋千架上的那人站起来走了过来,我哭着,使劲拽凯蒂的衣服。

"班吉。"凯蒂说。"那不过是查利呀。你不认得查利吗。"

"看管他的那个黑小子呢。"查利说。"他们干吗让他到处乱跑。"

"别哭,班吉。"凯蒂说。"你走开,查利。他不喜欢你。"查利走开去了,我收住了哭声。我拉着凯蒂的衣裙。

"怎么啦,班吉。"凯蒂说。"你就不让我呆在这儿跟查利说几句话吗。"

"把那黑小子叫来。"查利说。他又走过来了。我哭得更响了,使劲拉住凯蒂的衣裙。

"你走开,查利。"凯蒂说。查利过来把两只手放在凯蒂身上,于是我哭得更厉害了。我的哭声更响了。

"别,别。"凯蒂说。"别。别这样。"

"他又不会说话。"查利说。"凯蒂。"

"你疯了吗。"凯蒂说。她呼吸急促起来了。"他看得见的。别这样。别这样嘛。"凯蒂挣扎着。他们两人呼吸都急促起来了。"求求你。求求你。"凯蒂悄声说。

"把他支开去。"查利说。

"我会的。"凯蒂说。"你放开我。"

"你把不把他支开。"查利说。

"我会的。"凯蒂说。"你放开我。"查利走开去了。"别哭。"凯蒂说。"他走了。"我停住了哭声。我听得见她的呼吸,感到她的胸脯在一起一伏。

"我得先把他送回家去。"她说。她拉住我的手。"我就回来。"她悄声说。

"等一等。"查利说。"叫黑小子来。"

"不。"凯蒂说。"我就回来。走吧,班吉。"

"凯蒂。"查利悄声说,气儿出的很粗。我们继续往前走。"你还是回来吧。你回来不回来。"凯蒂和我在小跑了。"凯蒂。"查利说。我们跑到月光里,朝厨房跑去。

"凯蒂。"查利说。

凯蒂和我跑着。我们跑上厨房台阶,来到后廊上,凯蒂在黑暗中跪了下来,搂住了我。我能听见她的出气声,能感到她胸脯的起伏。"我不会了。"她说。"我永远也不会再那样了。班吉。班吉。"接着她哭起来了,我也哭了,我们两人抱在一起。"别哭了。"她说。"别哭了。我不会再那样了。"于是我收住哭声,凯蒂站起身来,我们走进厨房,开亮了灯,凯蒂拿了厨房里的肥皂到

---

① 1906 年的那个晚上。

② "当前"。

③ 1906 年的那个晚上。

水池边使劲搓洗她的嘴。凯蒂像树一样的香。

我生日这天，勒斯特一直没有找到他丢的那枚硬币，这时他说有办法了。他回去拿了那个捡来的高尔夫球，看我要到秋千架那里去，叫我不要去，说小昆丁和她的男朋友在那儿呢。但我还是去了，果然看见小昆丁正和她的男朋友在约会。小昆丁骂勒斯特没有管住我，让他把我带走。她的系红领带的男朋友想戏弄我，被小昆丁阻止了。小昆丁去找迪尔西告状。勒斯特认出那个带红领带的男子是马戏团的，想问他要二毛五的钢镚儿买门票，被拒绝后，又想拿那个高尔夫球换钱，也被拒绝了。勒斯特从地上捡起一只装避孕套的铁盒子，交给我玩，小昆丁的情人看见了，知道小昆丁还有其他的情人。勒斯特随后带我到栅栏边，又在找他的钢镚儿。我顺着栅栏一直走到大铁门那儿，背书包上学的姑娘们都要从这里经过。

你从大门里往外瞧有什么用啊，T.P.说。[①] 凯蒂小姐早就不知上哪儿去了。嫁了人了，离开你了。你拽着门哭哭喊喊是一点儿用处也没有的。她可听不见你。

他想要什么呀，T.P.，母亲说。你就不能陪他玩让他安静些吗。

他想到门口去看大门外面，T.P.说。

哦，那可不行，母亲说。在下雨呢。你只有好好陪他玩，让他不要吵。你乖点儿，班吉明。

根本没法儿让他安静。T.P.说。他以为只要他到大门口去，凯蒂小姐就会回来的。

胡说八道，母亲说。

我听见她们在说话。我走出屋门，就听不见了，我一直走到大铁门，姑娘们背着书包打这儿走过去。她们看了看我，把头扭开去，走得更快了。我想说话，可是她们只管往前走，我就沿着栅栏跟着她们，想说话，可是她们走得更快了。接着她们跑起来了，我走到栅栏拐弯处，没法往前走了。我拽住栅栏，眼看她们走远。我想说话。

"你呀，班吉。"T.P.说。"你溜了出来想干什么。你不知道迪尔西会抽你一顿的吗。"

"你这样做有什么用，隔着栅栏朝她们哼哼唧唧，嘟嘟哝哝。"T.P.说。"你把这些小女孩都吓坏了。你瞧瞧，她们都打马路对面走了。"

他怎么出去的，父亲说。[②] 你进院子时没插上门吧，杰生。

怎么会呢，杰生说。我怎么会这么马虎呢。您以为我愿意出这样的事吗。咱们家的名声已经够糟糕的了，老天爷呀。这话我早就该跟您说了。我看这一来您该把他送到杰克逊去了吧。要不柏吉斯太太真要开枪打死他了。

别说了，父亲说。

这话我早就该跟您说了，杰生说。

我手碰上大铁门，它是开着的，我就在暮色里拽住了门。[③] 我没有喊，我使劲不让自己哭，看着小姑娘们在暮色里走过来。我没有喊。

---

① 班吉从勒斯特说的打球的会来联想到大铁门外路过的女学生，所以一直走到那里，想起了 1910 年 5 月(凯蒂结婚后不久)在大铁门口的情景。

② 后来，1910 年 6 月 2 日以后的某一天，班吉溜出大门去追逐女学生。下面写这件事发生后康普生先生与杰生的对话。杰克逊是密西西比州的首府，该处设有州立精神病院。柏吉斯太太是该女学生的母亲。

③ 他回想到当初追逐女学生的情景，时序上先于上一段文字所叙述的内容。

“他在那儿呢。”

她们停住了脚步。

“他走不出来。反正他是不会伤害人的。走过去吧。”

“我不敢走过去。我不敢。我想到马路对面去。”

“他出不来的。”

我没有喊。

“别像一只胆小的猫儿似的。走过去呀。”

她们在暮色里朝前走。我没有喊,我拽紧了门。她们走得很慢。

“我害怕。”

“他不会伤害你的。我每天都打这儿走。他光是顺着栅栏跟着走。”

她们走过来了。我拉开铁门,她们停了步,把身子转过来。我想说话,我一把抓住了她,想说话,可是她尖声大叫起来,我一个劲儿地想说话想说话,[1]这时明亮的形影开始看不清了,我想爬出来。我想把它从面前拂走,可是那些明亮的形影又看不清了。他们朝山上走去,朝山坡往下落的地方走去,我想喊他们。可是我吸进了气,却吐不出气,发不出声音,我一心想不让自己掉到山下去,却偏偏从山上摔下来,落进明亮的、打着旋的形影中去。

有几个打高尔夫球的人走过来了。勒斯特想用高尔夫球向一个打球的白人换钱,白人拿走了球,却不给他钱,反诬陷他是偷的。勒斯特十分恼火,把气撒到我的头上,说如果母亲一死,我就会被送到杰弗逊精神病院去。我哭了,迪尔西把勒斯特训了一顿。迪尔西把我拉到炉火旁,让我坐在一把椅子上,我才止住了哭声。迪尔西为我买了一个生日蛋糕,她把蛋糕拿出来,把蜡烛插上。勒斯特帮我把蜡烛吹灭,然后切蛋糕让我吃,他也吃。勒斯特用铁丝把炉火门关上,我大哭起来。迪尔西发现勒斯特在捉弄我,打了他。我把手伸到炉火门上,立刻疼得大叫起来。迪尔西赶紧把我抱住,撒了一些碱面在手上,用布包起来,又把炉门打开,让我能看到火。我的手还疼,不停地喊叫。母亲过来了,她责备迪尔西没有把我看好,不让她安生;看见迪尔西为我买的蛋糕,说迪尔西要用这种廉价蛋糕要我毒死。迪尔西让母亲回房间休息,母亲说:你们让他不停地吼叫,我怎么能躺得住呢。迪尔西说现在不比从前了,没有那么多房间,班吉没有地方去。母亲哭起来,说:都是我不好。我反正快要不在人世了,我一走你们和杰生的日子都会好过了。迪尔西把母亲劝出去,又把凯蒂的那只旧拖鞋给我,我就不哭了。我坐在熊熊的炉火前,脑海中浮现出我改名那天(1900 年 11 月的一天)的情景。母亲躺在床上,她病了。父亲叫我们安静些,不要吵着母亲。凯蒂把我抱到炉火边,妈妈又叫凯蒂把我带到她的身边。她叫凯蒂不要抱我,不要事事娇惯我,还叫凯蒂把那只椅垫拿走,结果我又哭了起来。母亲只好又把椅垫拿回来。母亲靠在椅垫上哭了起来。凯蒂劝妈妈不要哭,她把我重新带到炉火边。后来,父亲把我抱了起来,他身上有一股雨的味道。我看到父亲的身后,凯蒂和杰生打了起来。杰生在哭,凯蒂还打,父亲把凯蒂拉住,凯蒂说杰生把我的纸娃娃都铰坏了,他是成心的。父亲止住了他们两个人。凯蒂对我说,明天给我做很多纸娃娃。

杰生下班回来了,他要勒斯特管住我不哭,然后坐下来看报。迪尔西叫小昆丁下楼吃饭。我

① 接着班吉被女学生的父亲柏吉斯先生用栅栏桩子打昏。后来又被送进医院进行去势手术。下面一段便是写班吉在手术台上的印象。

向杰生张口要两毛五分钱,说要晚上去看演出,杰生拒绝了。然后杰生警告小昆丁不要与那个戏子往来,他们就吵了起来。我的思绪又回到那一天(1909 年夏末)。

我们能听见凯蒂急急地走路的声音。[①] 父亲和母亲看着门口。凯蒂急急地走着,掠过门口。她没有朝门里望一眼。她走得很快。

"凯丹斯。"母亲说。凯蒂停住了脚步。

"嗳,妈妈。"她说。

"别说了,卡罗琳。"父亲说。

"你进来。"母亲说。

"别说了,卡罗琳。"父亲说。"让她去吧。"

凯蒂来到门口,站在那儿,看着父亲和母亲。她的眼睛扫到我身上,又移了开去。我哭起来了。哭声越来越大,我站了起来。凯蒂走进房间,背靠着墙站着,眼睛看着我。我边哭边向她走去,她往墙上退缩,我看见她的眼睛,于是我哭得更厉害了,我还拽住了她的衣裙。她伸出双手,可是我拽住了她的衣裙。她的泪水流了下来。

威尔许说,现在你的名字是班吉明了。[②] 你可知道干吗要把你改名叫班吉明吗。他们是要让你变成一个蓝牙龈的黑小子。妈咪说你爷爷早先老给黑小子改名儿,后来他当了牧师,人们对他一看,他的牙龈也变成蓝颜色的了。他以前牙龈可不是蓝颜色的。要是大肚子的娘们在月圆的夜晚面对面见到他,她们生出来的小孩也是蓝牙龈的。有一天晚上,有十来个蓝牙龈的小孩在他家门口跑来跑去,他一出去就再也没有回来。捕负鼠的人后来在树林里找到了他,已经给吃得光剩一副骨头架子了。你可知道是谁把他吃掉的吗。就是那帮蓝牙龈的孩子。[③]

我们来到门厅里。凯蒂还盯看着我。[④] 她一只手按在嘴上,我看见她的眼睛,我哭了。我们走上楼去。她又停住脚步,靠在墙上,盯看着我,我哭了,她继续上楼,我跟着上去,边走边哭,她退缩在墙边,盯看着我。她打开她卧室的门,可是我拽住她的衣裙,于是我们走到洗澡间,她靠着门站着,盯着看我。接着她举起一只胳膊,掩住了脸,我一边哭一边推她。[⑤]

吃饭的时候,杰生和小昆丁都嫌弃我,又互相憎恶。小昆丁说我吃饭像猪一样,还要拿一只脏兮兮的拖鞋到餐桌上。杰生讥讽她。小昆丁要与杰生厮打,被迪尔西拉开。小昆丁把一只水杯摔碎在地上,跑开了。吃完饭,我来到书房,蹲在墙旮旯里,手里拿着那只拖鞋。勒斯特兴冲冲地找到我,说昆丁小姐给了他钱,他可以晚上去看戏了。他催促我去睡觉,他好去看戏。我脱衣服的时候,看着自己被阉割过的下身哭了起来。勒斯特吓唬我不给我做生日了,我才止住哭声。我们走到窗前,看见一个黑影从小昆丁的房间窗户里爬出来,顺着树溜下去,然后穿过草地,消失在黑暗中。勒斯特说,她出去了。这时传来喇叭声,勒斯特催我快上床,他要撒丫子了。

我的思绪又回到大姆娣去世那晚,迪尔西安顿孩子们上床睡觉。她发现凯蒂的裤衩弄脏了。

---

① 回想到 1909 年夏末,凯蒂与男友幽会,第一次委身给人后回到家中的情形。

② 改名那天。

③ 在南方黑人民间传说中,蓝牙龈的人有魔法,能蛊惑人,能使人无缘无故死去。黑人往往拿他们来吓唬孩子。

④ 1909 年夏末。

⑤ 班吉感觉到心爱的姐姐起了变化,要把她推进洗澡间,像早先洗掉香水味那样,洗掉她的不贞。

她为凯蒂换上睡衣睡裤,嘱咐几个孩子赶紧睡觉,然后就离开了。这时父亲进房间来看我们。父亲走后,房间黑了,凯蒂搂着我,我能听见黑夜的声音。然后我就睡着了。

1910 年 6 月 2 日

(这部分是昆丁的意识流,以第一人称叙述)

在哈佛大学的学生宿舍,早上七八点之间。我看到窗框的影子显现在窗帘上,听见表在滴答响。表是爷爷留下来的。父亲给我时,说把表给我,不是让我记住时间,而是让我偶尔忘记时间,不把心力全部用在征服时间上,因为时间反正是征服不了的。我起床把表面朝下,可是窗框的影子仍然映在窗帘上,我能根据影子移动的情况,说出几点几分,我只好背对影子。但等我看不到影子了,我又开始猜测是什么时候了。今天天气很好,是女人做新娘的好月份。我脑海中浮现出妹妹凯蒂结婚那天(1910 年 4 月 25 日)的情景,我向父亲承认对凯蒂犯了乱伦罪。

室友施里夫准备上课去了。他对我说:你最好快些,不然就迟到了,然后就关上房门走了。我拉开窗帘,看到人们急匆匆向哈佛大学的小教堂奔去。同学斯波特不紧不慢地走在人群中。过了片刻,四方院子里就一个人影也没有了。

一只麻雀斜掠过阳光,停在窗台上,歪着脑袋看我。它的眼睛圆圆的,很亮。它起先用一只眼睛瞧我,接着头一扭,又用另一只眼睛来看。它的脖子一抽一抽,比人的脉搏跳动得还快。大钟开始打点了。麻雀不再转动脑袋换眼睛来看,而是一直用同一只眼睛盯着我,直到钟声不再鸣响,仿佛它也在听似的。接着它倏地离开窗台,飞走了。

过了一会儿,那最后一声的颤音才停息下来。袅袅余音在空中回荡了很久,与其说是你听到的还不如说是感觉出来的。就像在落日斜斜的光线中耶稣和圣法兰西斯谈论他的妹妹时曾经响过而现在还在响的所有钟声一样。因为如果仅仅是下地狱;如果事情仅仅如此。事情就到此为止。如果事情到这里就自行结束。地狱里,除了她和我,再也没有别人。如果我们真的干出件非常可怕的事就能让人们逃之夭夭,光剩下我们俩在地狱里。我犯了乱伦罪我说父亲啊是我干的不是达尔顿·艾密司当他把枪放达尔顿·艾密司。达尔顿·艾密司。达尔顿·艾密司。当他把枪放在我手里时我并没有。我之所以没有是因为。他会下地狱的她也会去我也会去的。达尔顿·艾密司。达尔顿·艾密司。达尔顿·艾密司。如果我们能干出件非常可怕的事于是父亲说那也是很可悲的,人们是做不出这样可怕的事来的他们根本做不出什么极端可怕的事来的今天认为是可怕的事到明天他们甚至都记不起来了于是我说,你可以逃避一切于是他说,啊你能吗。于是我就会低下头去看到我那副淙淙作响的骨骼,深深的河水像风儿一样吹拂着,像是一层用风构成的屋顶,很久以后人们甚至都无法在荒凉、无瑕的沙地上把骨头分辨出来了。一直到那一天他说起来吧[①]但是只有铁熨斗才会浮起来。问题还不在你明白了没有什么能够帮助你——宗教啦、自尊心啦,别的等等——问题是你明白你并不需要任何帮助。达尔顿·艾密司。达尔顿·艾密司。达尔顿·艾密司。但愿我是他的母亲摊手摊脚地躺着一面笑着一面抬起身子,用我的手

---

① 据《圣经·约翰福音》第十一章第四十三节,耶稣曾使死人复活。昆丁在这里先想到妹妹凯蒂与达尔顿·艾密司发生不正常的关系,又想到他去与艾密司打架,艾密司把枪交给他让他开枪,他不敢开。接着又想起自己去向父亲"承认"犯了乱伦罪。最后又想到自杀,并想到自杀后自己的骨头沉在河底的情形。

拉住他的父亲，我观察着，看着他还未变成生命便死去。她一时站在门口①

我受不了表的滴答声，把表面的玻璃蒙子在桌角上磕碎，把表针拧下来扔进烟灰缸，但表里面的小齿轮仍然在滴答地响。我把衣物收拾好装进箱子里，写上地址。然后我洗了个澡，刮了胡子，穿上那套新西装，把表放进口袋里，把其他日用品收进手提袋，把箱子的钥匙放进一只信封，写上父亲的地址。又分别写了两张纸条，分别装进信封。阴影一点一点爬进了门口，我眼前浮现出凯蒂结婚那天的情景。凯蒂披着婚纱在奔跑，像一朵云似的飞出镜子，一直向吼叫着的班吉跑去。施里夫结束小礼拜堂的仪式回来，看到我的样子十分惊讶。我没做解释，只说要去吃点东西，就出门了。

我乘电车进城，在派克饭店吃了早餐。然后我进到一家钟表店，本想修一修被我摔坏的表，但随即改变了主意。又到一家五金店买了两只六磅重的熨斗，用纸包起来可以冒充一双皮鞋。我跳上一辆有轨电车，一个黑鬼旁边有个空座，我坐了过去。作为南方人，我一方面认为，黑鬼与其说是人，不如说是一种生活方式，是白人的对立面。另一方面，我倒是蛮想他们的，想罗斯库司，迪尔西和别的人。第一个圣诞节假期，我坐火车回家，行到弗吉尼亚州，车停到一处岔路口。我看到一个黑人骑在一头骡子上，我推开窗子，和他唠嗑，还给了他贰角五分的硬币。我又想起小时候在课堂上学数数的情形。想到班吉，什么事情他不用听也不用讲，他能用鼻子闻出来。

电车行驶到查尔斯河边的吊桥处，我下了车，扶栏眺望河上的哈佛大学学生划艇训练。我看见了同学吉拉德·布兰特，他是南方阔少，因为同是南方人，我与他成了朋友，如今他的划船技术已经不错了。这时，我想起1909年夏末遇到凯蒂的情人达尔顿·艾密司时的情形。他长得还算漂亮，但十分粗俗，他议论女人和凯蒂的话真让人受不了。我又想起1910年4月23日见到凯蒂的未婚夫赫伯特·海德时的情形。母亲把他介绍给我，还说他答应给杰生在银行里谋一份差事。我知道他，一个因为考试作弊被哈佛开除了的家伙，虚情假意像个旅行推销员。他为讨好凯蒂，送了她一辆汽车，这是全镇的第一辆汽车。还有结婚请柬，我收到后三天没有拆开，它躺在桌子上，就像一口棺材。妈妈坐在赫伯特送的汽车里兜风，赞扬杰生像她娘家的人，头脑实际，将来准会成为一个出色的银行家。

过了吊桥，我登上一辆去哈佛方向的电车，脑海里闪现出与赫伯特·海德见面的情景，赫伯特竭力奉承着他未来的岳母。我又想起凯蒂失身后的那个晚上，母亲哭着，父亲说些无用的话，全家人都失魂落魄。

电车开到哈佛，我下了车，找到黑人执事，这是一个喜欢参加任何游行的人。我让执事转交一封给施里夫的信，叮嘱他一定得等到明天才能交给他。报点的钟声又响了，我想到很多往事，关于凯蒂，关于班吉，关于杰生。这时，施里夫走了过来，他觉得我今天穿得这样整整齐齐，很奇怪，问东问西。我则告诉他，有一份给执事的物品，但你得明天再给他。

然后我又乘上一辆电车，到郊外的阿尔斯顿去，脑海里满是母亲在与父亲为凯蒂失身而吵嘴时的哭诉。

① 昆丁脑子里浮现出凯蒂失身那天站在厨房门口的形象。

我到底造了什么孽呀[1]老天爷竟然让我生下这样的孩子一个班吉明已经够我受的了现在又出了她的事她对自己的亲娘哪里有一点点感情我为她吃了多少苦头为她操心替她打算作出了一切牺牲可以说是掉到了深渊的最底层可是打从她一生下来扒开眼皮起就没有不存私心地给我着想过一次有时候我瞧着她心里不由得要纳闷她是不是真是我肚子怀的杰生才是我的亲骨肉呢打我头一回把他抱在怀里起他就从来没让我伤过心我当时就知道他是我的喜悦是我的希望我本来以为班吉明已经是对我所犯的罪孽的够沉重的惩罚了他来讨债是因为我自卑自贱嫁给一个自以为高我一等的男人这我不怪谁我爱班吉明超过别的孩子原因就在于此因为这是我的罪责虽然杰生始终揪着我的心可是现在我知道我的罪还没有受够现在我知道我不但得为自己赎罪而且还得为你犯下的过错赎罪为了你的所作所为为了你们这些高贵伟大的人物给我留下的罪孽可是你是要为这些事承担责任的你总会给你的亲骨血的过错找到借口的错的总是只有杰生因为与其说他是康普生家的还不如说是巴斯康家的其实你自己的女儿我的小女儿我的宝贝小妞唉她也她也不见得高明当我是个姑娘家的时候我当然没有你那么有福气我只不过是个姓巴斯康的我受到的家教是这样的对于一个女人来说没有什么中间道路要就是当一个规规矩矩的女人要就是不当可是凯蒂一点点小我把她抱在怀里的时候我做梦也没有想到她会让自己贱到这样的地步你不知道吗我只消看着她的眼睛便可以知道真相你也许以为她会跟你说可是她是不会说的她诡秘得很你们不了解她的脾气我知道她干了什么好事这些事情与其告诉你我还不如死了呢真实的情况就是这样好吧你怪杰生吧指责我派他去监视她吧好像这样做真有什么不对似的可是你却放任你自己的女儿我知道你不爱杰生你一听人家说他的坏话总是相信是的你没有像以前老是嘲笑毛莱那样地嘲笑他你再也不能伤害我了你的儿女已经对我伤害得够厉害的了反正我也快离开人世了就是杰生没有人爱他没有人保护他我每天看他单怕康普生家的特征终于会在他身上显露出来这期间他姐姐溜出去会她那个你们叫什么来着你看见过那人没有你甚至都不让我去查明那人是谁这倒不是为了我我看都不想看他这是为了你是为了保护你可是你都不让我试着办那么谁来保护你那高贵纯洁的血统呢咱们光是交叉着手老老实实地坐着可她呢不仅败坏你的名声而且也污染了你的孩子们所呼吸的空气杰生[2]你必须让我走我受不了啦让我带杰生走其他几个留在你身边他们不是我的亲骨肉可杰生是的他们是陌生人与我没一点儿关系我真怕他们我可以带杰生到没人认得我们的地方去我要跪下来祈祷请求赦免我的罪愆好让杰生逃避这种灾害并且忘掉别的孩子曾经犯过

现在时间过了十一点三刻。我换乘了一辆电车,电车每停一次,我就能听到我的表发出的声响。我想起去年夏天与凯蒂的情人达尔顿·艾密司在桥上打架的情景,想到凯蒂结婚前与我谈话的情景,凯蒂不断要我答应在她出嫁后照顾好父亲和班吉。我又想起那次与赫伯特·海德的谈话。他在我面前吞吞吐吐,请我不要向父母和凯蒂提起他以前被哈佛开除的丑事,他说那时候自己年轻不懂事,还把一笔钱塞到我手里。我不要他的臭钱。凯蒂这时候进来了,她支开赫伯特,叫我不要插手她的事情。我不断对凯蒂说,不要嫁给那个坏蛋。凯蒂则叫我不要碰她。她说自己身子里有一样可怕的东西,现在非嫁人不可,而且说"我总得嫁人呀"。

① 以下一大段话是康普生太太与其丈夫吵嘴时的自我辩白。

② 此处的杰生指的是康普生先生,下面指的是其次子。

电车停了,我下了车,沿着一条路走到一座桥边。

我还没来到桥边就已经感觉到河水的存在了。这座桥是灰色石块砌的,爬满了地衣,在逐渐洇上来的一块块斑驳处,菌类植物长了出来。桥底下,河水清澈平静,躺在阴影之中,打着越来越缓和的漩涡,映照出旋转的天空,在桥墩周围发出了喃喃声与汩汩声。凯蒂那个

我总得嫁人呀威尔许告诉过我有个男人是怎么自己弄残废的。他走进树林,坐在一条沟里用一把剃刀干的。随着那把破剃刀一挥,只见那两团东西往肩膀后面飞去,同一个动作使一股血向后喷溅但是并不打旋。可是问题还不在这里。把它们割去还不解决问题。还得从一开头起就没有它们才行,那样我就可以说噢那个呀那是中国人的方式可我并不认识中国人。于是父亲说这是因为你是一个童男子,你难道不明白吗?女人从来就不是童贞的。纯洁是一种否定状态因而是违反自然的。伤害你的是自然而不是凯蒂,于是我说这都是空话罢了于是他说那么贞操也是空话了于是我说你不了解。你不可能了解于是他说是的。等到我们明白这一点时悲剧已经没有新鲜感了。

桥影落在河面上的地方,我可以看得很深,但是见不到河底。如果你让一片叶子在水里浸得很久叶肉会慢慢烂掉,那细细的纤维就会缓缓摆动仿佛在睡梦中一样。纤维彼此并不接触,尽管它们过去是纠结在一起的,是与叶脉紧紧相连的。也许当他[①]说起来吧时,那两只眼睛也会从深邃的静谧与沉睡中睁开,浮到水面上来,仰看荣耀之主。再过片刻,那两只熨斗也会浮起来的。我把熨斗藏在一边的桥底下[②],然后回到桥上,靠着栏杆。

我看不到河底,但是我能看到河里很深的地方,那儿水流在缓缓移动,我往下看,一直到眼睛再也辨认不出什么,接着我看见一个影子像根粗短的箭横梗在水流当中。蜉蝣紧贴着水面飞行,一会儿掠进桥影,一会又掠出桥影。这个世界之外真的有一个地狱就好了:纯洁的火焰会使我们两人[③]超越死亡。到那时你只有我一个人只有我一个人到那时我们两人将处在纯洁的火焰之外的火舌与恐怖当中那支箭没有移动位置却在逐渐变粗,接着一条鳟鱼猛地一扑舐走了一只蜉蝣,动作幅度虽大却轻巧得有如一只大象从地面上卷走一颗花生。逐渐趋于缓和的小旋涡向下游移去,我又看到那支箭了,顺着水流轻轻摆动,头部伸在水流里,蜉蝣在水面上时停时动地翻飞着。到那时只有你和我置身在火舌与恐怖之中四周都是纯洁的火焰

这时,三个男孩扛着钓竿来到桥上。他们想钓到水里的那条大鳟鱼,说可以到波士顿的一家铺子换到值25元钱的钓竿。三个孩子虽然对奖品想入非非,却没有钓到那条鳟鱼。忙了一会儿,三个孩子想换个地方,因为意见不一,最后一个到大漩涡那里去钓鱼,另外两个去了磨坊那里游泳。我问那个去大漩涡钓鱼的男孩为什么不与他们一起去游泳。

"你干吗不跟他们一块去游泳?"我说。那是个流氓凯蒂[④]

你昨天是想找碴儿跟他打架是不是

---

① 指耶稣。

② 昆丁已选定那处地方作为他自杀的地点。

③ 指他自己与凯蒂。

④ 又想到凯蒂结婚前夕他与凯蒂的那次对话。

他既是吹牛大王又是个骗子凯蒂他打牌耍花招给开除出俱乐部大家都跟他不来往了他期中考试作弊被开除了学籍

是吗那又有什么关系我反正又不跟他打牌

"比起游泳来,你更喜欢钓鱼,是吗?"我说。蜜蜂的营营声现在变轻了,但一直持续着,仿佛不是我们陷入了周围的沉寂,而是沉寂像涨水那样,在我们周围涨高了。那条路又拐了个弯,变成了一条街,两旁都是带着绿荫匝地的草坪的白色洋房。凯蒂那是个流氓你替班吉和父亲着想跟他吹了吧倒不是为了我

除了他们我还有什么可挂念的呢我一向不就为他们着想吗那男孩离开了街道。他爬过一道有尖桩的木栅,头也不回,穿过草坪走到一棵树的跟前,把钓竿平放在地上,自己爬上树的桠杈,坐在那儿,背对着街,斑斑驳驳的阳光终于一动不动地停留在他的白衬衫上了。一向不就为他们着想吗我连哭都哭不出来去年我就像死了的一样我告诉过你我已经死了可是那会儿我还不明白那是什么意思我还不懂我自己说的是什么话在老家八月底有几天也是这样的,空气稀薄而热烈,仿佛空气中有一种悲哀、惹人怀念家乡而怪熟悉的东西。人无非是其气候经验之总和而已,这是父亲说的。人是自己所拥有的一切的总和。不义之财总要令人嫌恶地引导到人财两空上去:一边是欲火如炽,一边是万念俱灭,双方僵持不下。可是我现在明白我真的是死了我告诉你

那么你何必非要嫁人听着我们可以出走你班吉和我到谁也不认识我们的地方去在那里那辆马车是由一匹白马拉着的,[①]马的蹄子在薄薄的尘埃中发出得得声,轮辐细细的轮子发出尖厉、枯涩的吱嘎声,马车在一层层波动着的绿纱般的枝叶下缓缓地爬上坡来。是榆树。不,是 ellum。Ellum。[②]

钱呢用你的学费吗那笔钱可是家里卖掉了牧场得来的为了好让你上哈佛你不明白吗你现在一定得念毕业否则的话他什么也没有了

卖掉了牧场他的白衬衣在闪闪烁烁的光影下在桠杈上一动不动。车轮的轮辐细得像蜘蛛网。马车虽然重,马蹄却迅疾地叩击着地面,轻快得有如一位女士在绣花,像是没有动,却一点点地在缩小,跟一个踩着踏车被迅速地拖下舞台的角色似的。那条街又拐了个弯。现在我可以看到那白色的钟楼,以及那笨头笨脑而武断地表示着时辰的圆钟面了。卖掉了牧场

他们说父亲如果不戒酒一年之内就会死的但是他不肯戒也戒不掉自从我自从去年夏天[③]如果父亲一死人家就会把班吉送到杰克逊去我哭不出来我连哭也哭不出来[④]她一时站在门口不一会儿班吉就拉着她的衣服大声吼叫起来他的声音像波浪似的在几面墙壁之间来回撞击她蜷缩在墙跟前变得越来越小只见到一张发白的脸她的眼珠鼓了出来好像有人在用大拇指抠似的后来他把她推出房间他的声音还在来回撞击好像声音本身的动力不让它停顿下来似的仿佛寂静容纳不下这声音似的还在吼叫着

我沿着河边的路来到一座小镇,进到一家面包铺。买了两个面包。面包铺里还有一个像是

---

① 又想到凯蒂结婚前夕家中派马车到火车站去接亲友。

② 昆丁先是用南方口音在思想,在南方,"榆树"(elm)的发音是和标准英语发音一样的。接着他想到在新英格兰乡下,人们是把它念成 ellum 的,便"纠正"了自己。

③ 这句话是凯蒂在结婚前夕的谈话时说的,她不好意思说自从她失去贞操,便改说自从去年夏天。

④ 从这儿起场景又转到凯蒂失去贞操那天,班吉大哭大闹的事上去了。

来自意大利的小女孩子，她不出声地拿出一枚五分钱的硬币，老板娘问不出她要什么，就给她包了一个面包，我加钱给女孩子多要了一个面包。我带着小姑娘进到一家药房，给她要了一些冰淇淋，然后准备把她送回家。但这个小女孩始终不说一句话，一直跟在我的后面走，我问镇上的商家她的家在哪里，也没有问出所以然。有人建议去找警察局长安斯，去了才听说他到城外去了。又有人告诉我她的家可能在火车站那边，到了之后才发现一栋栋房子，却空荡荡不见什么人。好不容易见到一个妇人，她不懂英语，叽里呱啦对小女孩说些什么我也不懂，但二人肯定是认识的。我塞给小女孩一枚硬币，拔腿就跑，只想尽快摆脱她。我跑进一条小巷，在小巷的尽头，翻进一家院子；穿过院子，又爬过一堵墙，居然又遇到了那个小女孩。

我站在草丛里，我们两人面对面地互相看了一会儿。

“你刚才干吗不告诉我你就住在这边，小妹妹？”那张包面包的报纸越来越破，已经需要另换一张了。“好吧，那就过来把你的家指给我看吧。”没有吻像娜塔丽这样下流的女孩子。天在下雨[1]我们能听见屋顶上的声音，声音像叹息一样传遍了谷仓高大香甜的空间。

这儿吗？摸触着她

不是这儿

这儿吗？雨下得不大可是我们除了屋顶上的雨声之外什么也听不见仿佛那是我的血液和她的血液的搏动声

她把我推下梯子一溜烟地跑开了凯蒂跑开了

是这儿疼吗凯蒂跑开时是这儿吗

噢她紧挨着我的胳膊肘往前走着，那头漆皮似的黑发，那只包的报纸越来越破的长面包。

“如果你不快些回家，包面包的纸全都要破了。你妈妈该说你了！我敢说我能把你抱起来

你抱不动我太重了

凯蒂真的走了吗她进我们家了吗从我们家是看不见谷仓的你试过从我们家看谷仓

那是她不好她把我推开她跑了

我能把你抱起来你瞧我能

哦她的血还是我的血哦我们走在薄薄的尘土上，在一束束光柱从树丛里斜照下来的薄薄的尘土上，我们的脚步像橡皮一样，几乎不发出什么声音。我又能感觉到河水在隐秘的阴影里迅疾而静静地流淌。

“你的家真远，是吗。你真聪明，这么远还能一个人到镇上去买面包。”这就跟坐着跳舞似的，你坐着跳过舞吗？我们能听到下雨声，小谷仓里有一只耗子在走动，空空的马栏里没有马儿。你是怎么搂住跳舞的是这么搂的吗

哦

我一直是这么搂的你以为我力气不够大是吗

哦哦哦哦

我搂的是这么一直我是说你听见我方才说的没有我说的是

哦哦哦哦

---

① 又从凯蒂与他顶嘴的事想到另一次他与娜塔丽玩“坐下来跳舞”的情景。

那条路继续向前延伸,静寂而空荡荡的,阳光越来越斜了。她那两条直僵僵的小辫子在辫梢处是用深红色的小布头扎起来的。她走路时包面包的纸的一角轻轻地拍打着,面包的尖儿露了出来。我停了下来。

“喂,我说。你真的是住在这边吗?我们走了快一英里了,一幢房子也没有啊。”

她瞧瞧我,阴郁的眼睛诡秘而又友好。

“你住在哪儿啊,小妹妹?难道不是住在镇上?”

树林里不知哪儿有一只鸟在叫唤,在断断续续、不经常出现的斜射的阳光之外。

“你爸爸要为你担心了。你买了面包不马上回家,你爸爸该拿鞭子抽你了吧?”

那只鸟又在啼鸣,仍然看不见它在哪儿,只听见一个毫无意义的深沉的声音,高低也没有变化,它突然停止了,仿佛是被刀子一下子切断似的,接着又啼鸣起来,而河水在隐秘的地方迅疾而静静地流淌的那种感觉又出现了,这既不是看见的也不是听到的,而是感觉出来的。

“哦,真该死,小妹妹。”大约半张包面包的报纸已经软疲疲地挂了下来。“这张纸现在已经不起作用了。”我把它扯了下来,扔在路旁。“走吧。咱们还得回镇上去呢。我们这回打河边走回去吧。”

我们离开了那条路。在青苔之间生长着一些苍白色的小花,还有对那听不见看不到的水的感觉。我搂的是这么一直我是说我一直是这么搂的。她站在门口瞧着我们两只手插在后腰上

你推我了那是你不好把我弄得好疼

我们方才是在坐着跳舞我敢说凯蒂不会坐着跳舞

别这样别这样

我不过是想把你衣服后背上的草皮粒屑掸掉

你快把你那双下流的脏手拿开别碰我都是你不好你把我推倒在地上我恨死你了

我不在乎她在瞧着我们仍然气鼓鼓的她走开去了我们开始听见叫嚷声和泼水声;我看见一个棕褐色的人体在阳光中闪了一下。

仍然气鼓鼓的。我的衬衫开始湿了,头发也开始湿了。雨点掠过屋顶只听得现在屋顶上响起一片雨声我看见娜塔丽在雨中穿过花园走去。全身都湿了我盼你害上肺炎你回家去吧牛脸臭丫头。我用尽力气往猪打滚的水坑里跳去黄泥汤没到我的腰间臭烘烘的我不断地乱蹦直到我倒了下去在里面乱滚“听见他们在河里游泳了吗,小妹妹?我也挺想去游一下呢。”要是我有时间。等我有了时间。我又能听见我的表的嘀嗒声了。泥汤比雨水暖和可是臭不可闻。她转了过去背对着我我绕到她的前面去。你知道我方才在干什么吗?她转过身去我绕到她的前面去雨水渗进了泥沼渗透了她的衣裙使她的小背心紧紧地粘在身上弄得臭气冲天。我只不过是抱了抱她[①]我方才不过就干了这个。她扭过身去我又绕到她的前面去。我只不过是抱了抱她我告诉你。

我才不在乎你方才干了什么呢

你不在乎你不在乎我要让你我要让你在乎。她把我两只手打了开去我用一只手把稀泥抹在她身上她用湿巴掌掴了我一个耳光我都没有感觉到我从裤腿上刮下稀泥涂在她那淋湿而僵直的转动着的身体上听到她的手指抓我脸的声音可是我毫无感觉尽管我的嘴唇舔到雨水开始觉得甜丝丝的

① 这里的“她”指娜塔丽,前面后面的“她”都指凯蒂。

我领着小女孩来到小河边，一群男孩正在那里游泳，他们叫我把小女孩带走，还向我们泼水。我们赶紧躲开了。但路越走越远，却不知道小女孩的家在哪里。我正在纠结怎么办，女孩子的哥哥领着警察等一群人追过来，他们认为我在诱拐这个孩子。我被逮捕了。所幸我的室友施里夫、布兰特和布兰特的母亲等人，开车在这个小镇野餐，遇到了我，说明情况并给警察缴了罚款后被释放。我的室友真的怀疑我在诱拐那个女孩子，我也不做什么解释。在返程的车上，我的思绪一直停留在凯蒂失贞和她的婚礼这些事情上。我向父亲承认犯了乱伦罪，我追问凯蒂是不是失了贞，我想拥抱凯蒂，我逼问凯蒂是不是真的爱她的未婚夫，我找到赫伯特·海德，逼他放弃凯蒂，我要拿枪杀了他。我掐住凯蒂的喉咙，要杀死她，要把她带离这个世界，与我到另一个世界去生活。我的头脑发昏了。

我越想越激动，忍不住与吉拉德打了一架，却被他打得鼻青脸肿，昏迷过去。醒来后，施里夫和斯波特要送我回城，我说不用，就独自下山。天色渐渐暗了下来，我乘有轨电车回到了学校。我进到屋里，把表面朝下放在桌子上，把外套、衬衫、领带一一脱下来，把带血的地方用汽油擦过，然后从旅行袋里拿出一件新的衬衣穿上。我的脑海中浮现的全是家里的事情，凯蒂，班吉，父亲，母亲，时间，肉体，死亡……想起来全让人狂乱、痛苦。报时的钟声响过了最后一下，黑暗中一片寂静。我穿上外衣，把表放到施里夫房间的抽屉里，刷过牙，关上灯，准备重新出门。

1928年4月6日

（这部分是杰生的意识流，以第一人称叙述）

小昆丁不断逃学，学校把电话打到家里。我知道她逃学去干什么，是和她的情人约会，但我只是向母亲暗示了这一点。母亲听了，除了哭哭啼啼，说她自己只不过是我们的累赘和负担，其他一点办法都没有。最后她只好答应让我来管管小昆丁。家里把仅存的牧场卖掉，供昆丁上哈佛读书；我本来可以靠凯蒂的丈夫赫伯特·海德为我在银行某一个差事，但因为凯蒂怀了别人的孩子，结果被海德休了，我的工作也黄了。这个小昆丁就是凯蒂生的那个孽种，现在又逃学、说谎、涂脂抹粉，与情人鬼混，母亲管不了她，我可要严加管教她，让她学会守规矩，服服帖帖。早饭时，我制止她要第二杯咖啡，训斥她的种种不端，她叛逆性很强，为此差一点和我打起来。饭后，我开车押她上学。出发前，又因为我说她上学和买衣服的钱都是我出的，她又和我起了冲突。我发誓，如果她不听话，我要抽死这个骚货。小昆丁也发誓，她宁愿下地狱，也不愿和我待在同一个地方。

送完小昆丁上学，我到邮局取了信件，然后到杂货店里上班。老板艾尔让我帮黑鬼约伯把中耕机安装好，然后我请一个旅行推销商到街上喝杯可乐聊聊天，又打发了一个来买马轭绳的乡下佬。在忙这些事情的间隙，我看了凯蒂的来信，信中询问给小昆丁寄的衣服和生活费是否收到。然后我去电报局给凯蒂发了一封报小昆丁平安无事的电报，了解了棉花期货买卖的行情。回到店里，读了我的情妇洛仑的来信，然后点火烧掉，我绝对不保留女人给我的片言只语。

我又接待了几个顾客。我不喜欢这么跑跑颠颠地伺候人。这时我想起父亲把凯蒂私生女小昆丁接回家抚养的那天。母亲立下规矩：在家里不许提凯蒂的名字，不许凯蒂回家看望孩子。父亲不愿意，母亲与他吵了起来，指责他酗酒。我又想起父亲出殡那天，妈妈哭着对我说：我现在剩下的只有你和毛莱舅舅两个人了。毛莱舅舅这时拿着酒瓶子，躲在一块墓碑后面偷偷喝了一口酒,然后过来安慰母亲:你根本不用发愁。你不管什么时候都可以依靠我呢。父亲下葬后,毛莱舅舅陪母亲坐马车动身先回家,我要在墓地四处走走,等全部事情结束后再回家。

我不得不顺着小路走,否则草会打湿我的脚,因此我一直走到离她很近了才看到她,她站在那儿,穿着一件黑斗篷,在看一束花儿,我第一眼就认出那是谁了,没等她转过身子看我,没等她撩起面纱。

“嗨,杰生,”她说,一面伸出手来。我们握了握手。

“你来这儿干什么?”我说。“你不是答应过母亲再不回来的吗。我还以为你是个有头脑的女人呢。”

“是吗?”她说,又去瞧那些花儿了。那些花怕是五十块钱也买不到的。有人把这束花放在昆丁的坟上。“你是这么想的吗?”她说。

“不过我倒也不感到意外,”我说。“我早就知道,你是什么都做得出来的。你根本不考虑别人。别人的处境怎么样你根本不管。”

“噢,”她说,“那个职位①。”她眼睛盯住坟墓。“这件事我是感到很抱歉的,杰生。”

“你也感到抱歉?”我说。“你现在说话口气也硬不起来了吧。可是你何必回来呢。什么遗产也没留下啊。你不信我的话可以去问毛莱舅舅。”

“我什么都不要,”她说。她眼睛还是望着坟墓。“为什么他们不通知我?”她说。“我是偶然在报上看到的。在最后一页,我是偶然看到的。”

我一句话也没说。我们站在那儿,呆呆地看着坟墓,这时我不由得想起了我们小时候的事,一桩桩一件件,我感到自己有点不舒服,好像有点疯疯癫癫;又想起如今毛莱舅舅又得住在我们家了,家里的事也得由他说了算了,就像他让我淋着雨一个人回家那样。我说:

“你真有心眼,父亲一死马上就溜回来。不过你不会捞到什么好处的。千万不要以为你能利用这个局面悄悄地回到家里来。既然你驾御不了自己的马儿,那你只好下来步行,”我说。“我们连你住在哪栋房子里叫什么名字都不知道,”我说。“你明白吗?我们根本不知道你和他跟昆丁的事,”我说。“你明白吗?”

“我明白,”她说。“杰生,”她说,眼睛仍然看着坟墓,“如果你想办法让我看她一分钟,我给你五十块钱。”

“你根本拿不出五十块钱来,”我说。

“你干不干呢?”她说,眼睛并不看我。

“拿出来看看,”我说。“我不相信你身上有五十块钱。”

我可以看到她的双手在斗篷里蠕动,接着她伸出一只手来。手里果真捏满了钱。我看见有两三张黄色的钞票。

“他现在还给你钱?”我说。“他寄多少钱给你?”

“我可以给你一百块,”她说,“怎么样?”

“只看一分钟,”我说,“而且得按我的吩咐办。你即便给一千块钱我也不愿让她知道。”

“行,”她说,“就按你的办,去吧。只要让我看一分钟就行。我不会求你别的,也不会做出什

---

① 指她丈夫原来答应给杰生在银行里找个差使的事。

么事来的。我看了马上就走。”

“把钱给我!”我说。

“事情办完了再给你,”她说。

“你难道还信不过我?”我说。

“信不过,”她说。“我了解你。我是跟你一块长大的。”

“你这种人居然还要说什么别人是否可靠,”我说。“好吧,”我说,“我可不能没完没了地挨浇。再见了。”我作出要走的样子。

“杰生!”她喊我。我停住了脚步。

“怎么啦?”我问。“有话快说,我都要湿透了。”

“好吧,”她说,“给你。”四周围没有一个人。我走回到她身边去拿钱。她的手还捏住不放。“你会办的吧?”她说,透过面纱盯看着我,“你答应了?”

“松手吧,”我说,“你想让谁走过来看到我们不是?”

她松开了手。我把钱放进我的兜里。“你会办的吧,杰生?”她问。“只要有别的办法,我是不会来求你的。”

“你算是说对了,你也真找不到别的办法了,”我说。“我当然会给你办的。我说过我要办的,是不是?只不过你现在就得按我说的办法去做。”

“好的,”她说,“我听你的。”于是我告诉她到什么地方去等我,说完我就朝马车行走去。我加快了步子,就在他们正要把马匹从车子上卸下来的时候走到那儿。我问车钱算过没有,老板说还没有,于是我就说康普生太太忘了拿一样东西,还要用车,于是他们就让我坐上了车。赶车的是明克①。我买了一支雪茄敬他。我们赶着马车兜圈子,直到后街天色暗淡下来,人们在那儿看不出他了。这时明克说,他得把马儿赶回到车行去了,我就说,我待会儿再给他买一支雪茄,于是我们把车子赶进小巷,我穿过院子走进屋子。我在门厅里停住脚步,听到母亲与毛莱舅舅在楼上说话的声音,于是我朝后面走进了厨房。小昆丁与班在那里,迪尔西看着他们。我说母亲要让昆丁去一下,于是我抱着她走进屋子。我找到了毛莱舅舅的雨衣,把它裹在她身上,我抱起她回到小巷里坐上了马车。我让明克把车子赶到火车站去。他很怕在马车行门前经过,于是我们只好绕后街走。这时候我看见凯蒂站在路口街灯下,我就吩咐明克让车子挨近人行道走,等到我说“快走”时,给牲口抽上一鞭子。这时我把小昆丁身上的雨衣脱下来,把她举在马车窗前,凯蒂一看见她简直要往前扑过来。

“抽鞭子呀,明克!”我说,于是明克狠狠地往马身上抽了一下,我们像一辆救火车似的从她身边冲了过去。“现在,快上火车吧,这是你答应了的,”我说。我透过马车后窗可以看到她跟在我们后面奔跑。“再抽一鞭,”我说,“咱们回家吧。”我们在路口拐弯时她仍然在奔跑。

那天晚上,我再一次数钱并且把钱放好时,我心里美滋滋的。我心里说,我看这下子你可知道我的厉害了。我想现在你总知道不能弄丢了我的差事就此完事了吧。我万万没有想到她会不遵守诺言没搭乘那班火车离开。这得怪我当时对女人了解得太少;我那时还太傻,女人怎么说我就怎么相信,因为第二天早上你道如何,原来她居然径直朝店里走进来了,只不过她总算还有点分寸,戴着面纱,也没有跟任何人讲话。那是个星期六的早上,因为我在店里,她急急匆匆地一直

---

① 马车行里一个赶车的伙计。

走到店堂后部我的写字台前。

“骗子，”她说，“骗子。”

“你疯了吗？”我说。“你这是在干什么？怎么就这样走到这里来？”她刚要张嘴，我把她给堵了回去。我说：“你已经撬掉了我一份差事，还想断送掉我这一份不成？若是你有话跟我说，咱们可以说好天黑后到哪儿去见面。你到底有什么话要说呢？”我说。“我答应了要做的事哪一件没有做？我说了让你见她一分钟，我让你见了没有？嗯，你见到了没有？”她只顾站在那儿盯着我，像打摆子似的浑身乱颤，双手紧握，像是在抽风。“我答应的事我全办了，”我说，“你自己才是骗子呢。你答应我乘那班火车离开。你乘了没有呢？你不是答应过的吗？如果你以为你能把那笔钱要回去，你趁早断了这个念头，”我说。“就算你给我的是一千块钱，你还欠着我的情分。要知道我冒了多大的风险！要是十七次车开走以后我还看见或是听说你在镇上，”我说，“我就要告诉母亲和毛莱舅舅了。这以后，你到老死也别想再见到小昆丁。”她只顾站在那里，眼睛盯着我，两只手扭来扭去。

“你真可恨，”她说，“你真可恨。”

“行，”我说，“你怎么说都行。注意我的话，听着。不乘十七次车走，我就告诉他们。”

她离开之后，我觉得痛快多了。我心里说，我琢磨往后你想砸掉眼看到我嘴边的饭碗可得先好好考虑考虑了。当时我还是个孩子。人家怎么说，我就怎么相信。打那以后，我可学乖了。而且，如我所说的，我看我也并不需要仰仗别人的提携，我满可以自己靠自己，我一直都是这样，不也挺过来了。这时候我突然想到了迪尔西和毛莱舅舅。我想到凯蒂会说服迪尔西的，而毛莱舅舅这个人，你只要给他十块钱，叫他干什么都行。可是我却在这里，甚至都不能离开这家破店去保护自己的母亲。就跟她所说的那样，要是上帝要把你们当中的一个带走，我感谢上帝留下来的是你，可以让我有个依靠，于是我说，哼，我命中注定跑不远，顶多就到那家杂货店，免得您需要的时候找不到我。家产虽然已经所剩无几，总得有个人守着它，是不是？

因此，我一回到家里就盯住迪尔西。我告诉迪尔西“她”[①]得了麻风病，我把《圣经》找出来给她念一个人身上的腐肉一块块掉下来的那一段，我告诉她只要她或是班或是小昆丁给“她”看上一眼，他们都会传染上麻风病的。这样，我自以为把一切都安排妥了，可是有一天我回到家中，发现班在大吼大叫。他闹翻了天，谁也不能让他静下来。母亲说，好吧，把那只拖鞋给他[②]。迪尔西假装没听见这句话。母亲又说了一遍，这时我说，我去取吧，这么吵我可实在受不了啦。我常说，我这个人是很能忍耐的，我要求不高，从不指望从他们那里得到什么好处，可是我在一家破杂货铺子里干了一整天的活儿，是不是可以让我安静一会儿，太太平平地吃一顿饭呢？因此我说，好吧，我去取拖鞋，可是迪尔西急急地叫了一声：“杰生！”

于是像心里打了个闪一样，我顿时明白发生什么事了，不过为了弄确实我还是去取拖鞋，把它拿了来。果然不出我的所料，他看到拖鞋之后闹得更加凶了，真好像我们要把他宰了似的。因此我逼着迪尔西承认真相，然后我把事情报告母亲。接着，我们又得把她送上床去了。等事情稍稍安定下来，我就启发迪尔西，让她明白应该敬畏上帝。这就是说，多少要有点敬畏之心，对黑人要求本来也不能太高嘛。使唤黑人用人就有这份麻烦，日子长了，就免不了会尾大不掉，简直没

---

① 指凯蒂。

② 班吉这天见到过凯蒂，所以大吵大闹。

法差他们做事。他们还以为这个家是他们在当呢。

“我倒要问，让可怜的小姐看看她自己的孩子，这又有什么不对，”迪尔西说。“要是杰生先生[1]还活着，事情就不会这样。”

“可是杰生先生不在人世了，”我说。“我知道你压根儿没把我放在眼里，不过太太吩咐下来的话我想你总得听听吧。你老这么折磨她，要不了多久她也得进坟墓，到那时这幢房子都让给你们这伙黑人穷鬼住得了。你说，你又干吗让那傻子见到她呢？”

“杰生，如果你总算是个人，那你也是个冷酷的人，”她说。“我要感谢上帝，因为我比你有心肝，虽说那是黑人的心肝。”

“至少我是个男子汉，让家里的面粉桶总是满满登登的，”我说。“告诉你，那样的事你再干一次，你就别想再吃这儿的面包。”

因此我第二次见到她时，我就告诉她，假如她再走迪尔西的门路，母亲就要让迪尔西滚蛋，把班送去杰克逊，自己带了小昆丁上别处去。她瞪大眼瞧了我好一会儿。附近没有路灯，我看不清她的脸。可是我觉得出来她是在看我。我们小时候，每逢她为了什么事情生气却又无可奈何时，她的上嘴唇总是这样一抽一抽的。上嘴唇一抽搐，她的牙齿就会多露出一些，在这整个过程中她总是一动不动，像根石柱一样，连一丝肌肉也不动，除了上唇翘得越来越高，牙齿露得越来越多，却什么话也不说。临了她光是迸出了这几个字：

“好吧。要多少钱？”

“嗯，如果透过马车窗子看一眼价钱是一百块，那么……”我说。反正那一回之后，她表现得相当不错，只有一次，她要求看银行账目的结单。

“我知道支票背面都有母亲的签名，”她说，“可是我想看一看银行的结单。我想亲自了解一下那些支票都上哪儿去了。”

“那可是母亲的私人事务，”我说。“如果你以为你有权利刺探她的私事，那我可以告诉她，说你认为那些支票都被人挪用了，你想查账目，因为你不信任她。”

她什么话也没说，也没有动弹，但我能听见她心里在说你真可恨你真可恨你真可恨。

“你尽管大声说出来好了！”我说，“你我之间有什么看法，早就不是什么秘密了。也许你是想把钱要回去吧！”我说。

“听着，杰生，”她说。“别再跟我说瞎话了。我现在说的是她的事。我不要求看什么。如果钱不够，我每个月还可以多寄一些。只要答应我她能够——她可以——这是你能够办到的。给她买一些东西。待她好一些。这些小事我都办不到，人家不让我办。……不过你是不会帮我干的。你的血从来都是冷冰冰的。听着，”她说，“如果你想法子让母亲把昆丁还给我，我就给你一千块钱。”

“你根本拿不出一千块，”我说，“我知道你就是在说瞎话。”

“有，我有。我会有的。我可以弄到的。”

“我可知道你是怎么去弄的，”我说，“就是用弄出小昆丁来的那种办法。等到她变成了一个大姑娘——”这时候我以为她真的要打我了，但接着我又搞不清楚她到底要干什么了。有一瞬间，她好像一只发条拧得太紧眼看就要崩成碎片的玩具。

---

① 指康普生先生。

“噢,我真是疯了,”她说,“我是癫狂了。我带不走她。你们抚养她吧。我想到哪儿去了。杰生,”她说,一边紧紧攥住我的胳膊。她的手烫极了,像是在发高烧。“你得答应我要好好照顾她,要——她是你的亲人;是跟你有血缘关系的。答应我,杰生。你的名字是和父亲的一样的,如果是在他面前,我难道还用求第二遍吗?哼,连一遍也不用呢!”

“一点不错,”我说,“我身上的确有点像父亲的地方。你要我怎么办?”我说,“买一条围裙和一辆婴儿学步车吗?你的苦恼都不是我造成的,”我说。“我冒的风险可要比你大,因为你反正再没什么可以丢失的了。因此,如果你指望——”

“对了,”她说.这时她大笑起来,同时又使劲抑制自己想要不笑。“对了,我反正再没什么可以丢失的了,”她说,一面发出那种噗嗤噗嗤的怪声,一面用双手捂住自己的嘴。“什么——什么——什么也没有了,”她说。

“好了,”我说.“别笑了!”

“我是想不笑的呀,”她说,用双手捂住了自己的嘴。“哦,上帝啊,哦,上帝啊。”

“我可得走了,”我说,“我不能让人家看见我在这里。你现在就离开咱们这个镇,你听见没有?”

“等一等,”她说,攥紧了我的胳膊。“我已经止住了。我不会再笑了。那你答应我了,杰生?”她说,我觉得她的眼睛瞪着我,仿佛都能触到我的脸了,“你答应了?母亲——那笔钱——如果什么时候昆丁需要什么——如果我把给她的钱用支票汇给你,算是固定生活费之外的钱,你会给她的吧?你不会跟别人说吧?你会让她像别的女孩子那样得到种种必要的生活用品的吧?”

“当然会的,”我说,“只要你听我的话,按我吩咐的去做。”

中午时分,老板艾尔说今天戏班子要在镇上加演日场,大家都想快点忙完买卖后去看演出,所以中午就在街上随便吃点东西,不要回家吃午饭了,我把他的话顶了回去。我重新打开凯蒂的来信,拿出里面的一张50元的邮局汇款单。凯蒂认为这样可以确保这笔钱到小昆丁手里,对我而言,则增加了控制这笔钱的麻烦。这时,小昆丁到店里找我要她母亲的信和汇款单。我把汇款单扣在手里,谎称她母亲只寄了10块钱给她,并逼她在汇款单上签了字,然后拿了10元钱给她。小昆丁走后,我设法找到一张空白支票,填好后用信封封上,粘好。然后我来到电报局,得知棉花期货指数下跌了十二个点,我责怪电报员没有把这个消息早些通报给我。中午,我借回家吃饭之际,把那张我填写的支票拿出来,怂恿母亲烧掉,让她以为她骄傲地拒绝了凯蒂寄回来的抚养费。随后,我把母亲的存折要过来,又到银行把汇单兑付的钱存进去。这15年来,我都是通过这种方式,把凯蒂寄给小昆丁的生活费据为己有的。

这事办完后,我又拐到电报局。就在中午这一个小时里,官方出台了禁止在棉花市场买空卖空的法律,指数大涨。我是空头,所以蚀了十三个点。这让我满肚子是火,都是小昆丁中午时不时来捣乱,不然我是有机会保本甚至赚钱的。

回到店里。店主艾尔因为我中午回家吃饭,而且用了比较长的时间,警告我做人做事不要太过分,暗示他知道那些钱的秘密。我才不怕他呢,把他的话都顶了回去。让谁摊上这么一个家,这么一个母亲,这么一个整天随便与男人混的,还有那个傻子,一厨房黑鬼,不疯了才怪!要养活这么一大家子人,我容易吗!

到了下午，店里客人走空了，全镇的人都朝戏班子演出的地方涌去。约伯大叔还在那里装中耕机。我认为戏班子在我们镇上演出，只给镇上10块钱的演出费，却能从镇上赚走至少一千元，简直是骗子。但和约伯说不通这个道理，他是个笨蛋。

到两点半的时候，我在店里突然发现，小巷那头，小昆丁正和戏班子里那个打红领带的人在一起。我急忙来到大街上，却不见了他们的踪影。这小娼妇，一定要让她知道我的厉害。但找了半天，也没有再见到他们。我又到电报局呆了一会儿，回到店里已经是三点半了。我说我得回家一会儿，艾尔说现在店里不忙了，你走好了。我开车回到家，从我存钱的箱子里拿了些钱，又回到镇上。我刚拐上大街，就发现戴红领带的男人开着一辆福特车，小昆丁坐在车里。我气得把什么都忘了，虽然头疼欲裂，仍一路跟踪。等到没有大路的地方，又弃车步行，穿过一片灌木丛和一条小沟，还是把他们跟丢了。更倒霉的是，等我回到自己的汽车里，发现车胎被放了气。准是这两个家伙干的！没有办法，我只好步行到附近的罗素农场借来打气筒，打好气，驶回镇上。我先到电报局拍了一封棉花期货“吃进”的电报，然后回到店里。艾尔还在那里，我和他说清楚，如果他看我那里不顺眼，可以辞退我。与艾尔争了几句，我来到后院，发现约伯总算把中耕机装完了，他人也不知道到哪里去了。戏班子的演出已经开始了，音乐的声音很响。这时艾尔拿了几包货来找约伯发出去。我说约伯肯定去看戏了，艾尔说不会。过了一会儿，约伯回来了，我问他：戏好看吗？约伯说他没有看戏，我不相信。约伯说我太聪明了，结果会害了自己。我对没有用的政府、对那些操纵市场的犹太人、对又懒又笨的黑人，一提起来就有气。

天已经黑了，我开车回家。勒斯特说他如果有两毛五就可以去看戏了。我想起来手里有艾尔送的两张戏票，拿了出来。勒斯特想问我要一张，我说可以卖给你一张，五分钱。勒斯特拿不出钱，反正我也不想去看，就把票投到炉子里烧了。迪尔西说我“不害臊”。小昆丁已经回家，但吃饭的时候，她不想下来与大家一起吃，母亲也说不下来了。我坚持要她们都下来吃饭，说我现在养着全家，这是我家里的规矩。在饭桌上，我暗示小昆丁在与情人约会，还把我的汽车轮胎的气给放了。小昆丁怒斥我监视她，说是我逼她学坏。小昆丁跑回自己的房间后，母亲说：有时候，我觉得她是凯蒂和昆丁对我的惩罚。和母亲谈完话，我抽了一根雪茄，然后上楼。小昆丁的房间亮着灯，没有一点声音。我回到自己房间后，把放钱的箱子打开，把钱数了一遍。班吉睡觉时的鼾声如雷。我愤恨地想着班吉和其他人，想着如何把钱赚回来。

1928年4月8日

（这部分采用第三人称叙述，以迪尔西的活动为中心）

迪尔西一大早起来，给康普生太太烧热水，为全家的早餐忙碌。她叫勒斯特帮自己搬柴，照顾好班吉。杰生一早起来，发现自己屋子的窗玻璃被打碎了，使气让人叫小昆丁下楼吃早餐，没有回音。杰生猛然意识到不妙，他从母亲身上拿过钥匙，打开小昆丁的房门，她不在里面。康普生太太当即意识到小昆丁可能遭遇不幸，让迪尔西找找是否有什么纸条留下了，因为昆丁自杀前是留了纸条的。当然一无所获。杰生急忙回到自己的房间，拿出藏钱的小铁箱，发现存在里面的钱全部不翼而飞。他气急败坏地打电话报警，要求警察立即协助他抓偷盗犯，然后开车去了警察局。

迪尔西让勒斯特带着班吉出去转转，以免惊扰了康普生太太。这是一个星期日。迪尔西安顿好家务之后，带班吉、勒斯特还有她的女儿一起去教堂听牧师讲道。在教堂里，班吉十分安静。

迪尔西被牧师的讲道大大地感动。回到宅子后，她看护康普生太太，照看班吉吃早餐。

此时的杰生正在20英里之外的警局向警长陈述案情，催促警长赶紧行动。警长听完杰生的陈述，认为是杰生逼迫小昆丁离家出走，并且被盗的钱不一定是杰生的，因此决定不出警。杰生无奈之下，开车自己找到马戏团的营地，结果与人发生冲突，险些被打。此时的杰生神情恍惚，无法定神开车。他花钱雇了一个黑人开车把自己送回镇上。

班吉在家里哭闹不休，迪尔西叫勒斯特带他乘马车去墓地。勒斯特没有经验，他赶着马车在经过有南方联盟士兵雕像的广场时，没有像T.P.赶车时那样从雕像的右边拐弯，而是从左边拐弯，班吉于是有大声吼叫起来，一声紧接一声，声音越来越响，而且简直不留喘气的间隙。声音里所包含的不仅仅是惊愕，而且也有恐怖、震惊，是一种没有外形、不可言状的痛苦。这时杰生正巧回来看到，他跳上马车，驾着马车从广场雕像右边绕了个弯，才让班吉渐渐安静下来。然后勒斯特载着班吉回家。

附录

康普生家：1699年—1945年

康普生家族的祖先是来自苏格兰的移民昆丁·麦克拉昌，1779年定居肯塔基，随身带着一把苏格兰宽刀和一件花格呢裙子，这两件物品成为家族的传家宝。他的儿子查尔斯·斯图尔特曾参加一个将整个密西西比河流域归并到西班牙的阴谋分裂组织，失败后逃亡。家族的第三代杰生·利库格斯用一匹母马作为代价，从印第安人手中赢得了一平方英里的土地，为康普生家族奠定了基业。康普生家族出过的最显赫的人物是一位州长和一位将军，这是1861年之前的事情。此后，杰生·利库格斯二世这一代在南北战争时期，参加南方军队，连吃败仗，这一平方英里的祖业一点点被抵押和出卖。到了杰生三世（也就是小说中出现的康普生先生，昆丁的父亲），家道已经彻底败落。康普生先生为了供昆丁上哈佛大学和给女儿凯蒂举行体面的婚礼，卖掉了最后一块田产，只剩下宅子、马厩和用人住的木屋。他的儿子昆丁在1910年自杀，他自己也在1912年去世。他的妻子在1933年去世后，他们的儿子杰生，也就是杰生四世，把白痴弟弟班吉送到州立精神病院，把祖宅卖给了乡人。以下是康普生家族的几个人物的结局：

昆丁三世（昆丁）：他对妹妹凯蒂怀着一种乱伦的情感，又有着深深的家族荣誉观念，非常看重妹妹的贞操。他在1910年6月，也就是妹妹凯蒂举行婚礼两个月之后，在哈佛大学所在地投水自杀。

凯丹斯（凯蒂）：她深爱自己的哥哥昆丁和白痴弟弟班吉，他们也同样爱她。这种兄妹之爱中掺杂着肉欲的成分，在凯蒂追求异性之恋时，成了她的阻碍因素。1909年夏末，她委身于男友，怀了他的孩子，1910年4月不得不与另一个男人赫伯特·海德结婚。1911年，她的丈夫得知她未婚先孕后，离开了她。凯蒂1920年与一个电影界人物结婚，1925年离异。1940年时，已经48岁的凯蒂风韵犹存，在被德军占领的巴黎不知所终。

杰生四世（杰生）：杰生一直没有结婚，没有后裔，因而是康普生家族中的最后一位，他甚至连上帝都不放在眼里。他唯一敬畏的人是黑人女仆迪尔西。父亲死后，他承担起供养家庭的重担。他母亲在1933年去世后，他立即把班吉送进精神病院，并从老宅中搬了出来，把它卖掉，也从此摆脱了迪尔西。他省吃俭用，用存下来的钱送自己进学校学习棉花鉴定，随后开了一家杂货店，建立了自己的买卖。他有一个身材胖大的女友，周末从孟菲斯来到杰弗逊，与他一起生活。

班杰明(班吉):生下来时跟着舅舅叫毛莱,当发现他是一个白痴时,母亲给他改名叫班杰明。1913 年,他因为骚扰女学生而被杰生做主送去做了去势手术。1933 年被送进精神病院。

昆丁(小昆丁):凯蒂的私生女。17 岁那年,也就是 1928 年 4 月 7 日,她打碎玻璃,爬进舅舅杰生的房间,卷走了杰生存在铁箱子里的七千元钱,其中包括凯蒂寄给小昆丁的生活费四千元和杰生自己节省的三千元。因为贪占小昆丁的赡养费触犯了法律,杰生担心蹲监狱,所以连自己合法的存款也不敢追讨了。事发后的几年时间里,杰生经常在梦中抓住小昆丁,把她杀死。而小昆丁在与马戏团的演员逃走后,再也没有了消息。

而那些为康普生家族做过仆人的黑人们,像 T.P.、弗洛尼、勒斯特、迪尔西,仍然艰辛地活着。

间　隔

作者让·保尔·萨特(1905—1980)是20世纪法国存在主义哲学家、思想家、社会活动家和文学家的杰出代表,一生写了五十多部哲学和文学著作。

萨特的思想体系是存在主义哲学,主要哲学著作有《想象》(1936)、《存在与虚无》(1943)、《存在主义是一种人道主义》(1946)、《辩证理性批判》(1960)和《方法论若干问题》(1957)。

萨特首先把存在主义哲学引入文学,使存在主义文学成为西方第二次世界大战后影响最大的现代主义文学流派。萨特的文学创作包括小说和戏剧两部分。他的主要小说有中篇小说《恶心》(1938)、短篇小说集《墙》(1939)、未完成的多卷本长篇小说《自由之路》。他的主要剧作有《苍蝇》(1943)、《间隔》(1945)、《死无葬身之地》(1946)、《可尊敬的妓女》(1946)、《肮脏的手》(1948)。他的戏剧成就高于小说。

《间隔》(又译《禁闭》)是萨特存在主义名剧,被称为西方现代戏剧的经典之作。故事写一男两女三个鬼魂在地狱勾心斗角,互相折磨。地狱象征了人生舞台。伊奈司生前是个女同性恋者,埃司泰乐是个荡妇,加尔森是个临阵脱逃的胆小鬼。小说通过三个鬼魂的互相倾轧,反映了存在主义关于人际关系的基本观点,揭示了资本主义社会人与人之间的敌对关系。全剧的主旨是宣扬"他人是地狱"。

此剧为独幕剧,共五场。

现根据中文译本(李恒基译,收于《萨特研究》,中国社会科学出版社1981年版)介绍或节选如下。

第　一　场

加尔森被一个招待员带进一间陈设为第二帝国时期风格的客厅。他环视室内,不禁喃喃自语:这样的,这样的,我想,住久了,对这些家具总会习惯的。忽然他尖叫起来:怎么没有尖头桩?在他的想象中,地狱里充满了刑讯的残酷刑具,诸如穿刺人体的尖头桩、烧烤犯人的铁条架、灌鼻腔的皮漏斗。然而,他没有看见一样刑具,只看见一尊铜像,不灭的灯,没有床,这里无所谓睡眠。

加尔森:我早料到。为什么要睡觉呢?睡意从耳朵后面冷不防地掐住您,您感到眼睛阖上了,可是,为什么要睡呢?您往长沙发上一靠,呼……睡意过去了。您就得揉揉眼睛爬起来,一切又从头开始。

招待员:您真是想象丰富!

加尔森:别插嘴。我决不大喊大叫,也决不哼哼,我要正视自己的处境。我不愿意连它是什么模样都没有看到就让它从我的后面扑过来。我是胡思乱想吗?那是因为根本不需要睡觉。既然不困,为什么要睡呢?对极了。别忙,别忙!为什么这就难熬呢?为什么这就一定教人吃不消呢?我懂了:因为这种生活,没有间隙。

招待员:什么间隙?

加尔森(学他的语气):什么间隙?(怀疑地)望着我。我早料到会是这样的!您的眼光里之所以会有这种叫人受不了的、像是要把人看透的放肆的表情,原因就在这里。我实话实说,它们是萎缩的。

招待员:您说的是什么?

加尔森:您的眼皮。我们,我们眨一下眼皮,叫做一瞬。黑乎一小刹那,就像一道幕:一起一落,造成间隙。眼睛得到湿润,世界顿时遁隐。您可体会不到,这多使人耳目一新啊。一小时之内休息四千次。四千次短暂的逍遥。我说四千次……可现在呢?我就要过这种没有眼皮的日子了吗?别装糊涂。没有眼皮跟没有睡意,是一回事。我再也没法子睡觉了……我怎么受得了呢?请您费点劲儿了解了解我这个人:我生就的脾气爱故意找别扭,您看出来了吧,我……我习惯于跟自己过不去。可是我……我总不能一刻不停地跟自己找别扭呀:在尘世,有白天黑夜。夜里我得睡觉。舒舒服服睡一觉。以此补偿。我让自己做些简单的梦。比如梦见一片草地……就只有一片草地,别的什么都没有。我梦见我在上面散步。现在是白天吗?

招待员:您明明看到:灯全亮着。

加尔森:敢情!这就是你们的白天。我说的是外边。

招待员(惊愕):外边?

加尔森:外边!这些墙的另外一面。

招待员:有一条走廊。

加尔森:走廊的尽头呢?

招待员:有别的房间,别的走廊,还有楼梯。

加尔森:还有呢?

招待员:没有了。

加尔森:您总有外出的日子吧?您去哪儿?

招待员:我舅舅那儿,他是招待员的领班,在四楼。

加尔森:我该早料到呀。电路开关在哪儿?

招待员:没有。

加尔森:那怎么办?没法关灯?

招待员:管理处到时候会卡断电路的。不过,我不记得这一层楼什么时候断过电。咱们这儿随时都有电的。

加尔森:好啊。那就瞪着眼过活了。

招待员见加尔森用不着她,就转身走了。加尔森去按电铃,但电铃时好时坏。

第 二 场

加尔森一人在厅内坐卧不安。他走到铜像前,抚摸铜像。没意思,又坐下。坐一会儿,又站起来。他去按电铃,铃不响。他使劲地又按了两下,还是不响。他手一挥,走到门口,想开门出去。可是门却不动。加尔森愤怒了,高声叫招待员。没人理他。他气得一边叫招待员,一边双拳捶门。还是无人回答。他没劲了,平静下来,又回去坐下。这时,门开了,招待员把伊奈司带进来。

第　三　场

招待员问加尔森:刚才是他在叫她吗？加尔森正要上前回答,看见伊奈司,他不愿再和招待员说话,矢口否认自己刚才打门叫她。招待员见加尔森不理她,就对伊奈司说:有什么问题要问吗？伊奈司一直不说话。招待员感到扫兴和奇怪。过去关在这儿的犯人,都爱问这问那,这回遇到了“哑巴”。她扫兴而去。

加尔森和伊奈司谁也不理谁,过了一会儿,伊奈司环顾四周,然后,突然向加尔森走去。她把加尔森当作刽子手,只向他问:佛洛伦丝在哪儿？加尔森不予回答,后来被问急了,就说不知道。伊奈司对这个回答不满意,佛洛伦丝是她的同性恋对象,她心里还对这个缺心眼的傻姑娘牵肠挂肚。加尔森发现自己被当作刽子手,吓了一跳,继而大笑起来。他自我介绍说生前是个专栏作家,文人。加尔森继续问伊奈司为什么把他当刽子手,伊奈司不愿理他。她想出去,但门是关死的。

加尔森觉出伊奈司对自己的反感,他建议彼此礼数周道些,伊奈司要他闭嘴。加尔森半张着口愣住了。他不再说话,坐在沙发上,伊奈司来回走着。加尔森忍不住又想说话,他嘴巴刚响了一下,伊奈司不耐烦地说:又来了。她要加尔森别说话。加尔森只好没趣地又回到沙发上去,伊奈司又来回走起来。加尔森的嘴嗒地一响,忙看了伊奈司一眼,赶紧用手捂住脸。他怕伊奈司又不高兴。这时招待员带埃司泰乐来到。

第　四　场

埃司泰乐色迷迷地看加尔森,加尔森没有抬头。埃司泰乐说,我知道你的两只手捂住的是什么,你已经没有面孔了。加尔森听见是另外一个女人的声音,松开了手。埃司泰乐盯着他看,感到意外,怎么自己不认识这人。加尔森忙说我不是刽子手。埃司泰乐在厅里转悠起来,指着几张沙发说太难看了。伊奈司忙向埃司泰乐献殷勤,要她坐自己的沙发,但埃司泰乐认为只有加尔森的沙发对她还勉强凑合。

第　五　场

伊奈司恭维埃司泰乐真漂亮,恨不能弄来鲜花欢迎她。三个鬼魂闲聊起来。埃司泰乐说她嫁给了父亲的朋友,没有与情人私奔,于是得肺炎死了。加尔森说,他曾从火里把妻子救出,自己在战争中办了一份和平主义报纸,结果给枪毙了。三个鬼魂不是生活在同一地区,埃司泰乐认为大家凑在一起是出于偶然。伊奈司不同意,认为他们来到地狱是经过精心布置,这里早就预备好等他们来住。她一针见血地指出,他们都是杀人犯,并不是像表面说的理由那样冠冕堂皇,他们进地狱是罪有应得。把他们安排在一起,可以节省一名人员,因为三个人之中,每一个人对其他两个人就是刽子手。三人都品味着这句话的滋味。加尔森说,只要不说话,就能得救。他们各自回到自己的座位上,伊奈司给自己唱道:

在白外套大街
他们搭了个露台
把砻糠灌进木桶
那是一座断头台

在白外套大街

在白外套大街
刽子手早早起了床
他们有事儿要忙
得斩决几名大将
几名主教和海军司令
在白外套大街。

在白外套大街
来了些正经的娘儿们
穿戴花花绿绿
就是没有了脑袋
她们的脑袋早已
跟帽子一起滚进了
白外套大街的臭水沟里。

埃司泰乐终于耐不住寂寞,急欲找镜子,问加尔森有没有。她不照镜子,就不能肯定自己的存在。加尔森捧住头,不答话。伊奈司要埃司泰乐把她当镜子,要她坐自己的沙发,用自己的眼睛给她受用,还说没有哪一面镜子会比这双眼睛更牢靠。埃司泰乐不喜欢伊奈司对自己的亲热,她向加尔森望去,对伊奈司说:我愿意他也看我。伊奈司嫉妒加尔森把埃司泰乐从她手里抢去,只因他是个男的。她恨恨地表示:我甘愿选择我的地狱,我要睁大了眼睛看你们,抹开情面斗下去。

加尔森认为说实话可以消灾,希望大家都坦白自己下地狱的真实原因。他说出了自己虐待妻子的事。他百般折磨妻子,带女人回家留宿,并让妻子把早饭端到他们床上。

伊奈司承认自己喜欢表弟的妻子佛洛伦丝,她让那女人逐渐厌恶她的丈夫,而和伊奈司打得火热。她搬出自己住宅,在市区的另一头租了一间屋子,和伊奈司住在一起。两个女人像夫妻一样过起了日子。但伊奈司并不甘于就这样生活,她说:我活着就得让别人受痛苦。她是一把烧毁人家心灵的火。整整半年,她以变态的感情使佛洛伦丝对她又恨又爱,什么道德、情感都被摧毁掉。佛洛伦丝痛苦得发狂,终于在一天夜里,她爬起来拧开了煤气开关,和伊奈司同归于尽。伊奈司谈到这事十分轻松,并不觉得有什么大不了。

埃司泰乐供认她和情夫罗杰生了女儿,罗杰非常高兴当爸爸,可埃司泰乐不高兴。他们住的公寓下面是一个湖,埃司泰乐搬来大石头,把孩子绑在上面,从阳台把孩子抛进湖里。罗杰伤心透了,他用长枪朝自己脸上开了一枪,把脑袋都打飞了。埃司泰乐认为情人死得不值得,是一种自作自受。她恨情人,恨所有的人。

三个人都原形毕露,加尔森胆怯地提议,试试看能不能互相帮助。伊奈司马上回答说自己不需要帮助。加尔森说,咱们进到地狱,谁也没法单独脱身,要么一起完蛋,要么一同得救。他希望伊奈司拿出一点良心来。伊奈司听了一声冷笑,良心?她到哪儿去弄这点良心呢?她已经烂了。即使到地狱,她仍要燃烧,烧呀,烧呀,明明知道不会有结果,但仍不放弃。她发誓要把埃司泰乐弄到手,把她改变成佛洛伦丝第二,只对她一人钟情。她知道这是个明摆着的圈套,她可能又陷入被佛洛伦丝报复的陷阱。她不在乎,处处都有陷阱,可是能把她怎么样?她也是陷阱,是对付埃司泰乐的陷阱,说不定最终要由她来收拾埃司泰乐。加尔森对伊奈司的凶狠感到害怕,警告她什么也抓不着。

他们三人就像回旋木马,看起来你追我赶,却永远跑不到一块儿。加尔森向伊奈司表示亲近,伊奈司却一甩身子,讨厌加尔森碰她。她要加尔森收起他的恻隐之心,因为就在这间屋子里,也有许多陷阱,是专门对付他的。她把话挑明白,只要加尔森不影响她和埃司泰乐的事,她就尽量不伤他。加尔森凝视她良久,耸耸肩说好吧。忽然,埃司泰乐对加尔森大叫救命,加尔森想起刚才伊奈司的话,对埃司泰乐说,你去求她救你吧。伊奈司走到埃司泰乐身后,凑在她耳边问是怎么回事。埃司泰乐却一眼也不瞧伊奈司,只把脸对着加尔森,加尔森也看着她,不说一句话。埃司泰乐说,她好像看到自己的另一个心上人与别的女人在跳舞,她受不了,要求加尔森搂着她,保护她。加尔森直往后躲,向埃司泰乐指指伊奈司,说:你跟她说吧。伊奈司主动上前,对埃司泰乐呼唤:我的活水,我的水晶,到这儿来吧。埃司泰乐朝她啐了一口,说:我不过是一张人皮——我这张人皮却不是供你消受的。伊奈司放开埃司泰乐,气咻咻地朝加尔森喊道:加尔森!我找您算账!

〔静场片刻。加尔森耸肩,向埃司泰乐走去。

加尔森:怎么?你要一个男人?

埃司泰乐:不是随便哪一个男人。要你。

加尔森:别瞎说了。随便哪一个男人都成。碰巧我在场,就要我。好吧。(扶住她双肩)我可没有多少本钱好让你开心,你知道:我不是傻小子,也不会跳探戈舞。

埃司泰乐:就你这样,我也要。说不定我能改变你。

加尔森:我不信。况且,我会……会一时走神的。我心上牵挂着另外的事情呢!

埃司泰乐:什么事情?

加尔森:与你无关。

埃司泰乐:我要坐到你的沙发上去。等着你过来巴结我。

伊奈司(哈哈大笑):哈!母狗!趴下!趴下!他还算不上怎么棒呢。

埃司泰乐(对加尔森):别理他。她根本不长眼睛,也没有耳朵。她不算数。

加尔森:我能给你多少就给多少。可是能给的不多。我不会爱上你:我对你太了解了。

埃司泰乐:那你要我吗?

加尔森:要。

埃司泰乐:这就行了。

加尔森:那……

〔他向她俯下身去。

伊奈司:埃司泰乐!加尔森!你们都昏头了!我还在呢,我!

加尔森:我知道。那又怎么样?

伊奈司:居然当着我的面?你们……你们不能够!

埃司泰乐:为什么不能够?我一向当着女佣人的面脱衣裳的。

伊奈司(扑到加尔森身上):撒手！撒手！不要用您那双男人的脏手去碰她！

加尔森(用力把她推开):行了,我不是文质彬彬的君子,要我揍一个女人,我决不手软。

伊奈司:您可是答应过我的呀,加尔森,您答应过我的！求求您！您答应过我的呀！

加尔森:是您先撕毁了协议。

〔伊奈司后退,一直退到舞台后部。

伊奈司:你们爱怎么干就怎么干吧,你们是强者。可是,你们记着:我在这里瞅着你们。我的眼睛要死死盯住您——加尔森;您不得不在我的眼皮儿底下亲她搂她。我恨死你们了！你们相亲相爱吧！相亲相爱吧！咱们都在地狱里,早晚要轮到我的。

〔下面,她一直不吭声地看着他们。

加尔森(回到埃司泰乐跟前,搂住她的肩膀):把你的嘴给我。

〔停顿片刻。他向她俯下身去,冷不防又挺起身来。

埃司泰乐(做了一个带点怨望的动作):哈！……(顿)我跟你说过,别把她当回事儿。

加尔森:可是偏偏她在作怪。(顿)戈麦斯在报馆。他们关严了窗户,该是冬天了吧。足有半年了。他们把我……已经半年了。我不是早跟你打过招呼吗？我说我会一时走神的。他们冷得直哆嗦。全都穿着上衣……真有意思,在世上,他们竟冷成那样;我在这里,偏偏又这么热。这一次,戈麦斯议论的,正好是我。

埃司泰乐:你这一走神,得好久吧？(顿)你起码得告诉我:他在说什么？

加尔森:没有。他什么也没有说。他是个混蛋。就是个混蛋(侧耳)一个地地道道的混蛋。呸！(他又凑近埃司泰乐)咱们干咱们的！你会爱上我吗？

埃司泰乐(微笑):谁知道呢？

加尔森:你能相信我吗？

埃司泰乐:问得怪。以后你就老在我跟前,你总不至于会跟伊奈司合伙来坑我吧？

加尔森:那倒不会。(停顿片刻。他从埃司泰乐肩上把手松开)我说的是另外一种信任。(倾听)说下去,说下去,你爱怎么说就怎么说好了;反正我不在场。我没法为自己辩护。(对埃司泰乐)埃司泰乐,你得给我信任。

埃司泰乐:麻烦事儿真不少！你已经有了我的嘴,我的胳膊,我的整个身子,一切本来可以很简单……还要我的信任？我,我又偏偏没有信任可以给你;你太难为我了。啊！你一定干过什么坏事,才这样需要我的信任。

加尔森:他们枪毙了我。

埃司泰乐:我知道。你拒绝上阵。后来呢？

加尔森:我……我也没有完全拒绝。(对看不到的人们)他说得对,他骂得恰如其分,可是他并没有说该怎么做才对。难道我当初应该闯进将军府,对他说:"将军,我不去"吗？多废话呀！他们会当场把我抓进监狱。而那时候我要说明自己的观点,我要说话！我不愿意听凭他们来封住我的嘴。(对埃司泰乐)我……我跳上了火车。他们在国境线上逮捕了我。

埃司泰乐:你当时想去哪儿？

加尔森:去墨西哥。我打算去那儿办一份和平主义的报纸。(沉默片刻。)哎,你倒是说话呀。

埃司泰乐:你要我怎么说呢？你做得对,因为那时候你不希望打仗。(加尔森做了一个表示气恼的动作)啊！我的亲亲,我实在猜不到该怎么说才称你的心。

伊奈司:我的心肝儿,你得说他像一头雄狮那样跑了。因为他是逃跑的,你的这位肥头大耳的亲亲。正是这件事儿,弄得他心里很不踏实。

加尔森:逃走,出走;你们怎么说都成。

埃司泰乐:当时你不逃走不行呀。如果你不走,他们早就把你抓起来了。

加尔森:那还用说。(顿)埃司泰乐,难道我是贪生怕死吗?

埃司泰乐:我可不知道,我的小乖乖,我可没有钻进你的肚子里呀。究竟是不是,得由你自己来断定。

加尔森(颓然):我定不了。

埃司泰乐:说来说去,你应该记得:你当初那样做,总有理由吧?

加尔森:对。

埃司泰乐:这就是了。

加尔森:那些理由靠得住吗?

埃司泰乐(怫然):你有多复杂!

加尔森:当时我想说明自己的观点……我……在这以前反复考虑过……那些理由靠得住吗?

伊奈司:啊!问题来了:那些理由是不是靠得住?你反复推敲斟酌,就是不肯贸然行动。可是,恐惧呀,仇恨呀,以及种种见不得人的肮脏东西,统统也都成了理由。想下去,找找原因,刨根究底地问问自己。

加尔森:住口!你以为我在等你发表高见吗?我在单人牢房关着的时候,日日夜夜只是走来走去吗?从窗户底下走到门口,又从门口走到窗户底下。我对自己的一举一动都详加审察,让自己顺着一条路线走。我觉得我这一生都是在扪心自问。可是又怎么样?实际行动在那儿摆着:我……我跳上了火车。这是抹不掉的。究竟为什么?为什么?临了,我也想过:让死来断定我是什么人吧;如果我死得清白,那就证明我不是贪生怕死……

伊奈司:那你是怎么死的呢,加尔森?

加尔森:死得很窝囊。(伊奈司大笑)哦!因为我的肉体垮掉了。我并不惭愧。只是,一切问题都因此挂了起来。(对埃司泰乐)过来,你。望着我。他们在世上议论我的时候,我需要有人望着我。我喜欢绿颜色的眼睛。

伊奈司:绿颜色的眼睛?看看,看看!那你呢,埃司泰乐?你爱不爱贪生怕死的小人?

埃司泰乐:你可不知道:我才无所谓呢。贪生怕死也罢,不贪生怕死也罢,只要能亲我疼我就行。

加尔森:他们一面抽烟,一面晃悠着脑袋;他们腻烦了,他们想:加尔森是个贪生怕死的小人。他们有气无力地、无精打采地这样想着,不过是为了总得想点什么而已。加尔森是个贪生怕死的小人!这就是他们——我的同事们——下的结论。半年之后,他们就会说:跟加尔森一样贪生怕死。你们俩算走运,在世上已经没有人还想得起你们。我,我的日子,要难过得多呀。

伊奈司:您的妻子呢,加尔森?

加尔森:哦,我的妻子呀。她死了。

伊奈司:死了?

加尔森:我大概忘了跟你说了。她刚死不久。两个来月吧。

伊奈司:由于悲痛?

加尔森:当然是由于悲痛。您想她还能由于别的原因而死吗?好了,万事大吉:战争结束了,我的妻子死了,我也进入了历史。

〔他干泣,捂住了脸。埃司泰乐勾住他。

埃司泰乐:我的心肝,宝贝!看我呀,乖乖!摸我,摸我。(她抓住他的手,把它放到自己的心口)把你的手放到我心口。(加尔森想抽开手)手搁那儿,搁那儿。别挪开。他们早晚会一个接一个死掉的:他们现在怎么想有什么要紧。忘掉他们。只有我才是你的。

加尔森(抽开手):他们可忘不了我,他们。他们是早晚会死的,可是他们后继有人,后来的人会接替他们;我这一生已经成了他们手里的把柄。

埃司泰乐:你也想得太多了!

加尔森:有什么别的法子呀?从前,我也实实在在干过……啊!真恨不能回到他们中间,哪怕一天也行啊……得费多大的劲来澄清这一笔糊涂账啊!可是我现在已经成了局外人,他们根本不考虑我就做出了总结。他们是正确的,因为我已经死掉了。已经像只耗子那样关进鼠笼。(笑)已经报废了。

〔静场。

埃司泰乐(轻轻地):加尔森!

加尔森:你在?那好,听我说,帮个忙吧。不,别后退。我知道:你觉得奇怪,居然有人求你帮忙,你没有这个习惯。可是,只要你肯,只要你努一把力,咱们就说不定能够真正地相爱。你看,他们有一千张嘴,一遍又一遍说我是怕死鬼。可是一千张嘴算得了什么?只要有一个灵魂,仅仅一个灵魂,竭力来证明我没有逃跑,我不可能逃跑,来肯定我的勇气,我的清白,那我……我确信能够得救!只要你相信我,我就会觉得你比我自己还要亲呢。

埃司泰乐(笑):白痴!亲爱的白痴!你想我会爱上一个怕死鬼吗?

加尔森:可是你刚才还说……

埃司泰乐:我跟你说着玩的。我爱男人,加尔森,我爱货真价实的男子汉,皮肤粗糙、手里有劲的男子汉。你的下巴不是怕死鬼的下巴,你的嘴不是怕死鬼的嘴,你的声音不是怕死鬼的声音,你的头发不是怕死鬼的头发。为了你的嘴,你的声音,你的头发,我才爱你的。

加尔森:当真?全是真话?

埃司泰乐:你要我赌神发咒吗?

加尔森:那我就敢跟他们斗,跟世上的人斗,跟这里的人斗。埃司泰乐,咱们就一定能够走出这座地狱。(伊奈司大笑。他中断了讲话,转过脸看她)怎么回事?

伊奈司(笑):她说的那番话连她自己都不信;你怎么这样天真?"埃司泰乐,我是胆小鬼吗?"你知道她才不在乎呢!

埃司泰乐:伊奈司!(对加尔森)别听她胡说!如果你真的要我信任你,你得先信任我。

伊奈司:对啦,对啦!快信任她吧。她急需一个男人,这一点你可以相信,她需要有一个男人的胳膊来搂住她的身子,她需要闻到男人的气味,需要在男人的眼睛里看到男人的欲望。至于别的嘛……哈!她会说:你是上帝,是天王老子,只要你听了受用。

加尔森:埃司泰乐!真是这样的吗?你倒是说话呀;真是这样的吗?

埃司泰乐:我说什么好呢?这方面,我一窍不通。(跺脚)这一切真叫人受不了!就算你是贪生怕死的小人,我也爱你!这还不行吗?

〔静场片刻。

加尔森(对两个女人):你们俩都教我恶心!

〔他朝门口走去。

埃司泰乐:你干什么?

加尔森:走。

伊奈司(快):你走不远:门是关死的。

加尔森:他们会开门的。

〔他按电铃。铃无声。

埃司泰乐:加尔森!

伊奈司(对埃司泰乐):甭着急,电铃坏了。

加尔森:告诉你们,他们会来开门的。(捶门)对你们我再也无法容忍了,我吃不消!(埃司泰乐朝他扑去,他推开她)滚!你比她更让人恶心!我不愿意陷到你的眼窝里去。你这个浑身湿漉漉、软绵绵的东西!你是一条章鱼,一片烂泥塘!(砸门)你们开不开门呀?

埃司泰乐:加尔森,求求你,别走。我不跟你纠缠了,我让你安安静静地呆着,只求你别走。伊奈司已经张牙舞爪了,我不愿意单独跟她呆在一起。

加尔森:你自己想办法对付吧。我又没有请你来。

埃司泰乐:胆小鬼!胆小鬼!你是个地地道道的胆小鬼!

伊奈司(靠近埃司泰乐):哎,我的小云雀,不满意了?刚才为了讨他好,你啐了我一脸,为了他,咱们闹翻了。可是那个败兴的家伙现在要走了,他一走,咱们女人之间什么都好说。

埃司泰乐:你休想得什么好!只要门一开,我就出去。

伊奈司:上哪儿?

埃司泰乐:哪儿都成。离你越远越好。

〔加尔森一个劲儿地捶门。

加尔森:开门,开门呀!我宁可受遍毒刑,挨夹棍、拶子、烧化的铅水、夹肉的钳子、勒脖子的绞带以及种种烧、烤、炮、烙、割、剐、磔裂等大刑。哪怕被鞭子抽,挨镪水浇,弄得遍体鳞伤、皮肉寸断,也比忍受这思想上的痛苦,比受这痛苦的阴魂百般戏弄、弄得你不疼不痒、难以名状,强得多呀。(他抓住门把,使劲晃着门)你们开不开门?(突然间,门自开了,他差一点摔趴下)啊!

〔静场良久。

伊奈司:怎么着,加尔森?您要走就走吧。

加尔森(慢条斯理地):我弄不明白:这门儿为什么竟然开了。

伊奈司:你还等什么?走吧!快走呀!

加尔森:我不走了。

伊奈司:你呢,埃司泰乐?(埃司泰乐不动,伊奈司大笑。)怎么样?谁走?咱们三个人中间谁走?路已经通了,谁不让咱们走呀?哈!真笑死人!咱们谁也离不了谁。

〔埃司泰乐从后面朝她扑过去。

埃司泰乐:谁也离不了谁?加尔森,快来帮帮忙。快来。咱们把她拖出去,把她关到门外去;临了,她就明白了。

伊奈司(挣扎):埃司泰乐!埃司泰乐!求求你!别抛弃我。别把我扔到门外走廊里去,别扔掉我。

加尔森:放开她!

埃司泰乐:你疯了?她恨你。

加尔森:我是为了她才不走的。

〔埃司泰乐放开伊奈司,惊诧地望着加尔森。

伊奈司:你为了我?(顿)好,那就快把门关上。开着门,这里更热上十倍。(加尔森过去关上门)你为了我?

加尔森:是。你知道什么人才叫贪生怕死。

伊奈司:我知道。

加尔森:你知道什么叫痛苦、羞耻和恐惧。曾经有过这么一段日子:你把自己看透了,弄得灰心丧气、寸步难行;过了一夜,你又变得没有了主意,变得不明白头天得到的启示究竟有什么意义。是啊,你熟悉痛苦的代价。既然你说我是贪生怕死,你一定是有根据的了,嗯?

伊奈司:对。

加尔森:我应该说服的不是别人,而是你:你是我的同类。刚才,你以为我真的会走吗?我不能由你抱着那些想法,那些对我的全部想法,留在这里洋洋自得。

伊奈司:你当真想说服我?

加尔森:我没有别的办法。我已经听不到他们的议论了,这你是知道的。不用说,他们已经同我断绝了关系。全都完了:事情已经成为定局。我在世上已经什么都算不上了,连个胆小鬼也算不上了。伊奈司,现在只有咱们几个在一起:只有你们俩在想到我。而她又起不了作用。可是,信不信由你,只有你,只有恨我的你,才能救我出苦海。

伊奈司:怕不那么容易吧。仔细看看我:我这脑袋顽固得很哪!

加尔森:需要下多大工夫,我就下多大工夫。

伊奈司:哦!你倒是有工夫。有的是工夫。

加尔森(扶住她的双肩):听我说:人人都有目的,是不是?我一向对金钱、美女不放在心上。我只想做一个男子汉,一个硬汉子。我的赌注全都压在这上面了。一个选择了走艰险道路的人,难道会是贪生怕死的吗?一个人的一生,怎么能单凭一件事来断定呢?

伊奈司:为什么不能?你做了三十年的大梦,老以为自己有智有勇;你对自己的千百种缺点短处从来都不放在心上,总以为英雄人物怎么干都是允许的。那时候你多不拘小节呀!可是后来,弄到大难临头,人家把你逼得无路可走,你……你就跳上了去墨西哥的火车。

加尔森:我不是做英雄梦。我是自愿选择了走这条道路的。一个人自己愿意做什么人,就是什么人。

伊奈司:拿出证据来。证明你过去并非梦想。只有行动才能断定人的愿望。

加尔森:我死得太早,人家没有给我时间,让我作出我的行动。

伊奈司:人总是死得太早——或者死得太晚。然而,结束了的一生在那儿摆着,像账单一样,已经记到头,得结账了。你的一生就是你的为人,除此之外,你什么也不是。

加尔森:毒蛇!你对什么都有说头。

伊奈司:说下去!说下去!不要丧失勇气。要说服我其实也不难。找一点论据,费一点口舌就是了。(加尔森耸肩)哎,怎么样?我早说过,你不堪一击。啊!你现在要付出多大的代价呀!

你是个贪生怕死的小人，加尔森，你是个贪生怕死的小人，因为我说你是，听到了没有，我说你是！然而，你看，我其实多软弱无力呀，不过是一口气儿；不过是一道看着你的眼光，一种想着你的惨淡的思想。（加尔森张开双臂，朝她走去）哈！那双男子汉的大手张开了。可是你希望抓到什么呢？思想是用手抓不到的。得了吧，你没有别的办法：只有把我说服。我抓住你了。

埃司泰乐：加尔森！

加尔森：什么？

埃司泰乐：你还不报复？

加尔森：怎么报复？

埃司泰乐：搂住我，她就会大喊大叫起来。

加尔森：这倒是真的，伊奈司。你抓住了我，我也抓住了你呀。

〔他向埃司泰乐俯下身去。伊奈司大叫。

伊奈司：哈！胆小鬼！胆小鬼！干吧，从女人身上找安慰去吧。

埃司泰乐：吱哇乱叫吧，伊奈司，吱哇乱叫吧。

伊奈司：你们可真是匹配的一对！你看他那只大手，掌心贴在你的背上，抚摩你的皮肉，你的衣裳，可惜你看不到。那只手湿乎乎的，他在出汗。他会在你的衣裳上留下一摊蓝茵茵的印渍。

埃司泰乐：由你吱哇乱叫吧！加尔森，把我搂得更紧些，教她气死。

伊奈司：对，对，紧紧地搂住她，搂住她！把你们的热气掺合在一起吧。爱是挺美滋滋的吧，嗯，加尔森？像睡觉一样，暖和，深沉，可是我决不会让你睡着。

〔加尔森作了一个动作。

埃司泰乐：别理她。亲我的嘴，我把整个儿身子都交给你了。

伊奈司：那你还等什么？照人家说的办吧。贪生怕死的加尔森，怀里搂住了杀害婴儿的凶手埃司泰乐。谁下赌注？——胆小鬼加尔森会不会亲她疼她？我看见你们了，看见你们了；我一个人就代表一群人，代表众人，加尔森，你听见没有？我代表众人（念念有词）胆小鬼！胆小鬼！胆小鬼！你想躲开我？休想！我决不会放过你。你打算从她的嘴唇上寻求什么？遗忘？可是我决不忘记你，我决不。你得说服我才行。得说服我。来吧，来呀！我等着你呢。你看，埃司泰乐，他松手了，他像一条狗那样听话……你休想把他弄到手。

加尔森：这里老也不黑？

伊奈司：永远不黑。

加尔森：你老是能看到我？

伊奈司：永远看得到。

〔加尔森放开了埃司泰乐，在房里走了几步，走近铜像。

加尔森：铜像……（伸手摸）已经到这样的时候了！铜像在这儿摆着，我瞪眼看它，我明白我是在地狱里。我跟你们说过，这一切都是早就安排好的。他们料到我会在众目睽睽之下站到这壁炉跟前来伸手捏住这尊铜像。那一双双眼睛像是要把我吃了……（突然转身）啊！你们不过才两个人啊？我刚才还以为有好多人呢。（笑）原来这就是地狱。我万万没有想到……你们的印象中，地狱里该有硫黄，有熊熊的火堆，有用来烙人的铁条……啊！真是天大的笑话！用不着铁条，地狱，就是别人。

埃司泰乐：我的爱！

加尔森（推开她）：别缠着我。咱们之间，有她挡着呢。只要她看得见我，我就没法爱你。

埃司泰乐：哈！我要叫她看不见咱们。

〔她从桌上拿起裁纸刀，扑向伊奈司，连击数刀。

伊奈司（边招架边笑）：你干什么？干什么？疯了？你明明知道我早已经死了。

埃司泰乐：死了？

〔她丢下了刀。静场片刻。伊奈司拾起刀，朝自己身上猛击多下。

伊奈司：已经死了！死了！死了！刀子没用了，毒药没用了，绳索也没用了。早已经完了，你懂不懂？咱们永远在一起了。

〔伊奈司笑。

埃司泰乐（大笑）：永远，我的上帝呀，这有多滑稽！永远！

加尔森（望着她俩，亦笑）：永远！

〔他们三人都一屁股坐倒在各自的座位上。静场良久。他们已不笑，只面面相觑。加尔森站起来。

加尔森：那就这样继续下去吧。

〔幕　落〕

等待戈多

作者塞缪尔·贝克特(1906—1989),荒诞派戏剧的奠基人。原籍爱尔兰的法国作家,出生于都柏林。他学生时代漫游巴黎时,与旅居巴黎的爱尔兰现代派作家詹姆斯·乔伊斯相识,曾做过他的秘书,创作思想受他影响很深。1936年后,他定居巴黎,入法国籍。

20年代末贝克特开始了创作活动,写过诗歌、剧本、小说等。他的长篇三部曲小说之一《马洛依》曾被评论家称为20世纪最佳小说之一。

尽管他写过许多作品,但真正使他名震西方世界的,是他1952年发表的第一个荒诞派剧本《等待戈多》。此后,他写过不少此类剧本。这些剧本奠定了他在西方现代文学史上的地位。除《等待戈多》之外,他的最重要的作品是剧本《最后的一局》(1957)和《啊,美好的日子》(1961)。

贝克特始终以人生的虚无与绝望为主题。他的一系列作品向人们展示了生活的丑陋、猥琐、无聊与可悲。他剧本的背景色调灰暗而阴沉,他的主人公是一些浑浑噩噩的混世者、智力低下或精神不健全者、瘫痪者或残废人。他们精神空虚、看不到任何出路,等待他们的是黑暗与死亡。作家以其巨大的艺术才华和丰富的想象力,以荒诞化的手法,生动形象地阐释了他对社会生活本质的思考,表现了资本主义社会令人毛骨悚然的生活画面。

《等待戈多》是公认的荒诞派戏剧的经典作品,在西方上演引起极大轰动。剧本有五个登场人物:爱斯特拉冈、弗拉季米尔、奴隶主波卓、幸运儿和一个孩子。通过他们不可理喻、颠三倒四的荒诞言行表现了"生活就是痛苦的徒劳的等待"的思想,表现了生活没有意义、没有价值、没有目标,而且这种可怕生活还具有无休无止、循环不已的悲剧性,从而反映出西方现代人强烈的幻灭感。全剧分两幕。现根据中文译本(施咸荣译,见《荒诞派戏剧集》,上海译文出版社1980年版)分幕介绍或节选如下:

第　一　幕

乡间的路上。背景仅一棵枯树。黄昏时分。流浪汉爱斯特拉冈(戈戈)坐在一个土墩上使劲脱靴子,显得精疲力竭,怎么也脱不下。另一个流浪汉弗拉季米尔(狄狄)走来。他俩开始了毫无意义的对话。他们由脱靴谈到脚疼谈到所受的痛苦,谈到期望到最后一分钟,而希望迟迟不来,苦死了等的人。狄狄反复脱下帽子,向帽内窥视,在帽内摸索,抖了抖又重新把帽子戴上。戈戈使尽平生之力,终于把一只靴子脱下,往靴内瞧瞧,又伸手摸摸,把靴口往下倒,看有什么东西从靴口掸出来,又往靴内摸了摸。他们谈起忏悔。忏悔什么?忏悔我们的出世?狄狄纵声大笑,突然止住。戈戈说真是极大的痛苦。狄狄说,只能微笑。他便不断嬉笑起来。他们谈起《圣经》与《福音书》,谈起跟救世主同时被钉在十字架上的两个贼,争论其中一个是否得救。

〔他痛苦地站起来,一瘸一拐地走向台的极左边,停住脚步,把一只手遮在眼睛上朝远处眺望,随后转身走向台的极右边,朝远处眺望。弗拉季米尔瞅着他的一举一动,随后过去捡起靴子,朝靴内窥视,急急地把靴子扔在地上。

弗拉季米尔　　呸!(他吐了口唾沫)

〔爱斯特拉冈走到台中,停住脚步,背朝观众。

爱斯特拉冈　美丽的地方。(他转身走到台前方,停住脚步,脸朝观众)妙极了的景色。(他转向弗拉季米尔)咱们走吧。

弗拉季米尔　咱们不能。

爱斯特拉冈　干吗不能?

弗拉季米尔　咱们在等待戈多。

爱斯特拉冈　啊!(略停)你肯定是这儿吗?

弗拉季米尔　什么?

爱斯特拉冈　我们等的地方。

弗拉季米尔　他说在树旁边。(他们望着树)你还看见别的树吗?

爱斯特拉冈　这是什么树?

弗拉季米尔　我不知道。一棵柳树。

爱斯特拉冈　树叶呢?

弗拉季米尔　准是棵枯树。

爱斯特拉冈　看不见垂枝。

弗拉季米尔　或许还不到季节。

爱斯特拉冈　看上去简直像灌木。

弗拉季米尔　像丛林。

爱斯特拉冈　像灌木。

弗拉季米尔　像——。你这话是什么意思?暗示咱们走错地方了?

爱斯特拉冈　他应该到这儿啦。

弗拉季米尔　他并没说定他准来。

爱斯特拉冈　万一他不来呢?

弗拉季米尔　咱们明天再来。

爱斯特拉冈　然后,后天再来。

弗拉季米尔　可能。

爱斯特拉冈　老这样下去。

弗拉季米尔　问题是——

爱斯特拉冈　直等到他来了为止。

弗拉季米尔　你说话真是不留情。

爱斯特拉冈　咱们昨天也来过了。

弗拉季米尔　不,你弄错了。

爱斯特拉冈　咱们昨天干什么啦?

弗拉季米尔　咱们昨天干什么啦?

爱斯特拉冈　对了。

弗拉季米尔　怎么……(愤怒地)只要有你在场,就什么也肯定不了。

爱斯特拉冈　照我看来,咱们昨天来过这儿。

弗拉季米尔　(举目四望)你认得出这地方?

爱斯特拉冈　我并没这么说。

弗拉季米尔　嗯？
爱斯特拉冈　认不认得出没什么关系。
弗拉季米尔　完全一样……那树……（转向观众）……那沼地。
爱斯特拉冈　你肯定是在今天晚上？
弗拉季米尔　什么？
爱斯特拉冈　是在今天晚上等他？
弗拉季米尔　他说是星期六。（略停）我想。
爱斯特拉冈　你想。
弗拉季米尔　我准记下了笔记

〔他在自己的衣袋里摸索着，拿出各式各样的废物。

爱斯特拉冈　（十分恶毒地）可是哪一个星期六？还有，今天是不是星期六？今天难道不可能是星期天！（略停）或者星期一？（略停）或者星期五？
弗拉季米尔　（拼命往四周围张望，仿佛景色上写有日期似的）那绝不可能。
爱斯特拉冈　或者星期四？
弗拉季米尔　咱们怎么办呢？
爱斯特拉冈　要是他昨天来了，没在这儿找到我们，那么你可以肯定他今天决不会再来了。
弗拉季米尔　可是你说我们昨天来过这儿。
爱斯特拉冈　我也许弄错了。（略停）咱们暂时别说话，成不成？
弗拉季米尔　（无力地）好吧。（爱斯特拉冈坐到土墩上。弗拉季米尔激动地来去踱着，不时煞住脚步往远处眺望。爱斯特拉冈睡着了。弗拉季米尔在爱斯特拉冈面前停住脚步）戈戈！……戈戈！……戈戈！

〔爱斯特拉冈一下子惊醒过来。

爱斯特拉冈　（惊恐地意识到自己的处境）我睡着啦！（责备地）你为什么老是不肯让我睡一会儿？
弗拉季米尔　我觉得孤独。

等着的时候干什么呢？他们想试试上吊，但不知树叶会不会吊断，也不知戈多会说些什么。狄狄从口袋里找出红萝卜给戈戈。两人谈起胡萝卜的滋味。戈戈津津有味地吮吸着胡萝卜的根，嘴里塞满了，咀嚼着，向狄狄提出：难道我们没有拴在等待的那人身上？戈戈反问：拴在戈多身上？狄狄说：他的名字叫戈多吗？戈戈说：我想是的。胡萝卜越吃越没有滋味，争论之后，戈戈将吃剩的胡萝卜送给狄狄。

一阵恐怖的喊声从很近的地方传来，胡萝卜从戈戈手中落下。愣了一下之后，他俩突然向舞台边厢狂奔。戈戈中途煞住脚，奔回原位捡起胡萝卜；狄狄煞住脚，奔回原位捡起靴子。二人拱肩缩背挤作一堆等着，若有所畏。

波卓用绳子拴住幸运儿的脖子，挥舞鞭子，赶着他上。幸运儿手提一只沉重的口袋、一个折凳、一只野餐篮和一件大衣。戈戈问狄狄，来者是否就是戈多，但又想不起戈多的名字。狄狄说出名字后，戈戈怯生生地问波卓，是否就是戈多先生。波卓用可怕的声音回答说，他是波卓，并专横地问戈多是什么人。戈戈和狄狄含混不清地回答说，他们也不认识戈多，跟他并不熟，并为把他认错为戈多向他道歉。波卓宽宏大量,不谈这个,而抖动绳子让幸运儿转来转去,上前退后,过来过去,为他拿大衣、鞭子、放好折凳、递上篮子等,折磨着幸运儿。幸运儿每做完一件事,回到原处,重新拿起口袋、篮子等。不久他打起盹来,口袋与篮子碰到地面,立即惊醒,伸直身体,一会儿又打起盹来。波卓吃起东西,随手扔掉骨头。戈戈和狄狄谈论起幸运儿为什么不放下口袋、他颈上的伤痕、流出的口涎以及他是否是白痴。波卓吃完了东西,抖动绳子骂着让幸运儿收好酒瓶。戈戈怯生生地讨地上的骨头。波卓让他跟幸运儿讨。幸运儿不作声,戈戈蹿上去捡起骨头就啃。狄狄觉得可耻。戈戈有点窘,停止啃骨头。波卓问起他俩的年龄,戈戈说十一。戈戈和狄狄打算走了。波卓说:你们跟掌握你们命运的人的约会怎么办?戈戈又向波卓问幸运儿为什么不放下手里的行李。他们前言不搭后语地谈着这个问题。波卓说:这是幸运儿的诡计,好让我改变主意,将他留在身边。波卓说打算将他卖掉。幸运儿哭泣。波卓让戈戈去安慰他。幸运儿狠狠地踢了戈戈一脚。波卓说,要不是幸运儿,他自己的一切思想、感情都将平淡无奇,所有美丽的东西都是幸运儿教给他的。戈戈和狄狄因为波卓要赶走幸运儿而责怪他。波卓激动万分。平静下来后,他请戈戈和狄狄忘掉他说的一切。戈戈和狄狄前后矛盾地说今晚过得真不错、可怕、很糟。他们在等待黑夜降临。波卓打算走了。幸运儿又不断地打盹。波卓不断地抖动绳子使他惊醒,并议论起夜和天空。三人继续着莫名其妙的谈话。他们让幸运儿跳舞。波卓惊恐于找不到他的喷雾器。三人用心思索。狄狄又问起幸运儿干吗要放下手里的东西。戈戈说,没有什么事发生、没人来、没人去,太可怕了。狄狄要波卓让幸运儿思想。波卓要狄狄给幸运儿戴上帽子,幸运儿说了一长篇毫无意义、艰深难懂的话。狄狄抢走了帽子,幸运儿沉默下来并摔倒在地。三人好容易让他站起并重新提起口袋。波卓挥舞鞭子赶着幸运儿走了。

〔长时间沉默。

弗拉季米尔　这样就把时间消磨掉了。

爱斯特拉冈　时间反正会过去的。

弗拉季米尔　不错,可是不会过得这么快。

〔沉默。

爱斯特拉冈　咱们现在干什么呢?

弗拉季米尔　我不知道。

爱斯特拉冈　咱们走吧。

弗拉季米尔　咱们不能。

爱斯特拉冈　为什么?

弗拉季米尔　咱们在等待戈多。

爱斯特拉冈　啊!

〔沉默。

弗拉季米尔　他们变得真厉害!

爱斯特拉冈　谁?

弗拉季米尔　他们俩。

爱斯特拉冈　这是个主意,咱们聊聊天吧。

弗拉季米尔　是不是?

爱斯特拉冈 什么?

弗拉季米尔 变了没有?

爱斯特拉冈 很可能。他们谁都在变。就是咱们变不了。

弗拉季米尔 可能!这是千真万确的事。难道你没见过他们?

爱斯特拉冈 我想我大概见过他们。可是我不认识他们。

弗拉季米尔 不,你准认识他们。

爱斯特拉冈 不,我不认识他们。

弗拉季米尔 咱们认识他们,我跟你说吧。你把什么都忘啦。(略停。自言自语)除非不是他俩……

爱斯特拉冈 要是那样,他们怎么不认得咱们?

弗拉季米尔 这算什么。我也假装不认得他们哩。再说,又有哪一个认得咱们的?

爱斯特拉冈 别想这个啦。咱们所需要的是——唷!(弗拉季米尔毫无反应)唷!

弗拉季米尔 (自言自语)除非不是他俩……

爱斯特拉冈 狄狄!是另外一只脚!(他一蹦一跳地走向土墩)

弗拉季米尔 除非不是他俩……

孩子 (台后)先生!

〔爱斯特拉冈止步。两人同时向发出声音的地方望去。

爱斯特拉冈 又来啦。

弗拉季米尔 过来,我的孩子。

〔孩子上,胆怯地。他停住脚步。

孩子 亚尔伯特先生……?

弗拉季米尔 不错。

爱斯特拉冈 你来干吗?

弗拉季米尔 过来。

〔孩子站着不动。

爱斯特拉冈 (气势汹汹地)叫你过来就过来,听见没有?

〔孩子怯生生地上前,停住脚步。

弗拉季米尔 什么事?

孩子 戈多先生……

弗拉季米尔 显而易见。(略停)过来。

〔孩子站着不动。

爱斯特拉冈 (恶狠狠地)你过来不过来!(孩子怯生生地上前,停住脚步)你干吗来得这么晚?

弗拉季米尔 戈多先生叫你送信来的?

孩子 不错,先生。

弗拉季米尔 嗯,什么信儿?

爱斯特拉冈 你干吗来得这么晚?

〔孩子看看这个又看看那个,不知回答谁的话好。

弗拉季米尔　（向爱斯特拉冈）别管他。

爱斯特拉冈　你别管我！（上前，向孩子）你知道现在是什么时候啦？

孩子　（退缩）这不能怪我，先生。

爱斯特拉冈　那么怪谁？怪我？

孩子　我心里害怕，先生。

爱斯特拉冈　害怕什么？害怕我们？（略停）回答我！

弗拉季米尔　我知道是怎么回事儿，他害怕另外那些人。

爱斯特拉冈　你到这儿有多久啦？

孩子　有好一会儿啦，先生。

弗拉季米尔　你是害怕鞭子。

孩子　是的，先生。

弗拉季米尔　还有吵闹声。

孩子　是的，先生。

弗拉季米尔　还有那两个大个儿。

孩子　是的，先生。

弗拉季米尔　你认得他们吗？

孩子　不认识，先生。

弗拉季米尔　你是不是这地方的人？（沉默）你是不是在这地方长大的？

孩子　是的，先生。

爱斯特拉冈　说的没一句真话。（攥住孩子的一只胳膊摇着）把老实话告诉我们。

孩子　（发抖）可我说的都是老实话，先生！

弗拉季米尔　你别管他成不成！你这是怎么啦？（爱斯特拉冈放掉孩子，走开，两手捂住脸。弗拉季米尔和孩子都瞅着他。爱斯特拉冈放下两手。他的脸歪扭着）你这是怎么啦？

爱斯特拉冈　我不快活。

弗拉季米尔　瞎扯！从什么时候开始的？

爱斯特拉冈　我忘了。

弗拉季米尔　记忆真能耍稀奇古怪的花招！（爱斯特拉冈想要开口说话，又改变主意，一瘸一拐地走回原处，坐下，开始脱靴子。向孩子）嗯？

孩子　戈多先生——

弗拉季米尔　我过去见过你，是不是？

孩子　我不知道，先生。

弗拉季米尔　你不认识我？

孩子　不认识，先生。

弗拉季米尔　昨天来的不是你？

孩子　不是，先生。

弗拉季米尔　这是你第一次来？

孩子　是的，先生。

〔沉默。

弗拉季米尔 说话,说话。(略停)快说。

孩子 (冲口而出)戈多先生要我告诉你们,他今天晚上不来啦,可是明天晚上准来。

〔沉默。

弗拉季米尔 就这么些话?

孩子 是的,先生。

弗拉季米尔 你给戈多先生干活儿?

孩子 是的,先生。

弗拉季米尔 你干什么活儿?

孩子 我放山羊,先生。

弗拉季米尔 他待你好吗?

孩子 好的,先生。

弗拉季米尔 他揍不揍你?

孩子 不,先生。他不揍我。

弗拉季米尔 他揍谁?

孩子 他揍我的弟弟,先生。

弗拉季米尔 啊,你有个弟弟?

孩子 是的,先生。

弗拉季米尔 他干什么活儿?

孩子 他放绵羊,先生。

弗拉季米尔 他干吗不揍你?

孩子 我不知道,先生。

弗拉季米尔 他准是喜欢你。

孩子 我不知道,先生。

弗拉季米尔 他是不是让你吃饱?(孩子犹豫)他给你吃得好吗?

孩子 还算好,先生。

弗拉季米尔 你不快活?(孩子犹豫)你听见我的话没有?

孩子 听见了,先生。

弗拉季米尔 嗯?

孩子 我不知道,先生。

弗拉季米尔 你连自己快活不快活都不知道?

孩子 不知道,先生。

弗拉季米尔 你很像我。(略停)你睡在哪儿?

孩子 在马房的楼上,先生。

弗拉季米尔 跟你的弟弟一起睡?

孩子 是的,先生。

弗拉季米尔 睡在草里?

孩子 是的,先生。

〔沉默。

弗拉季米尔　好吧,你可以走了。

孩子　我怎样向戈多先生回话呢?先生?

弗拉季米尔　跟他说……(他犹豫)……跟他说你看见了我们。(略停)你确实看见了我们,是不是?

孩子　是的,先生。

〔他退了一步,犹豫一下,转身奔跑着下。光线突然暗淡。夜已降临。月亮在后面上升,挂在天空,一动不动,将灰白色的光辉泻在舞台上。

戈多明晚才来,他俩无事可做。唯一的事便是在这儿等待。戈戈说可惜没有带条绳子,明天带一条来。他俩又说起分手,各干各的是否会好些。他们说走了,可是却坐着不动。

第　二　幕

次日。同一时间。同一地点。树上长出四五片树叶。戈戈和狄狄又在这里相遇,说两人在一起很快活,即使心里并不这么想也就这么说。他们又来等待戈多。他要是不来,怎么办?他们谈起昨天的事,谈起幸运儿和波卓,戈戈把这些都忘了。狄狄问他:你难道认不出这地方?戈戈暴怒:认不出!有什么可认的?我他妈这辈子到处在泥地里爬!你却跟我谈起景色来了!瞧这个垃圾堆!我这辈子从来没离开过它!狄狄犹豫地说,这儿跟麦康地区没什么不同。戈戈说,这是凯康地区。为此,两人争议起来,说起难以相处,分手更好些。他们又争论起所有死掉的声音是像翅膀,像树叶,像沙,像羽毛,还是像灰烬。长时间的沉默后,他俩又为能不能思想而争论不休。狄狄说,最可怕的是有了思想。他俩脱下帽子凝神思索,然后各自戴上帽子舒一口气。他俩很快活,继续着等待。狄狄让戈戈瞧那棵树,昨天还是黑沉沉、光秃秃的,什么也没有,可是只一夜工夫,这会儿上面就有树叶了。戈戈说:咱们昨天不在这儿,你又做了场恶梦。狄狄很有把握地肯定:好,咱们昨晚不在这儿。他们想不起昨晚干了些什么,聊天了?聊了些空话?一点事实也记不得了。有波卓?幸运儿?狄狄提醒戈戈,波卓给他吃过骨头,幸运儿踢过他一脚,让戈戈把腿给他看。戈戈问,哪一条?狄狄两条都看。戈戈伸出一条腿,狄狄攥住,两人踉跄,差点摔倒。一条腿已经化脓。靴子呢?已经扔掉。什么时候?不知道。为什么?因为脚疼。靴子还在那儿,但不是戈戈的那双。戈戈的靴子什么颜色?黑色的?灰色的?这一双是棕色的?绿色的?看来有人拿走了那双,留下了这双。他们不能走,在这儿等待戈多。现在干什么?没事可干。狄狄问戈戈吃不吃红萝卜。戈戈要吃胡萝卜。只有红萝卜。狄狄在衣袋里摸索了半天,掏出一只递给戈戈。戈戈说,是黑的,我只爱吃红的。他还给狄狄,说要去找只胡萝卜,却站着不动。他俩感到无聊,试着穿靴子消磨时间。然后戈戈在土墩上坐下,试着睡觉。狄狄走去坐在旁边,开始高声唱起来。戈戈睡着又惊醒,疯狂地四处张望。狄狄奔过去搂住他,叫他别害怕,然后拖着他走来走去。戈戈说咱们走吧,狄狄不肯,说:咱们在等待戈多。他们发现昨天幸运儿丢的帽子。狄狄高兴地说:我早知道咱们没找错地方,现在烦恼都勾销了。于是两人长时间反复地戴上帽子,整了整,脱下,递给对方,又戴上,脱下,递给对方;交谈戴上帽子模样好还是丑。然后,狄狄提议演戏,扮演波卓和幸运儿。他们学着波卓骂:思想,猪!跳舞,猪!狄狄得意地大声喊:是戈多!终于来了!咱们得救啦!戈多没有来。戈戈却告诉狄狄他们被人包围了。狄狄说:你唯一的希望就是躲到树背后去。他俩奔到舞台两边,背对着背,守望着。没有人来,二人长时间地沉默。他们互相对骂,又再和好,互相拥抱。等着的时候干什么呢?狄狄更换着两脚跳动,戈戈学着他。

〔波卓(这时已经成了瞎子)和幸运儿上。幸运儿像过去一样两手提着东西,并像过去一样拴着绳子,只是绳子短多了,这样波卓跟着他走就更方便。幸运儿戴着另一顶帽子。他看见弗拉季米尔和爱斯特拉冈,就停住脚步。波卓继续往前走,一下子撞在他身上。

弗拉季米尔 戈戈!

波卓 (紧紧攥住幸运儿,幸运儿晃了几下)这是什么?这是谁?

〔幸运儿摔倒,手里的东西全都掉在地上,连波卓也跟着他摔倒。他们一动不动,直挺挺地躺在散了一地的行李中间。

爱斯特拉冈 是戈多吗?

弗拉季米尔 终于来啦(他向那一堆人和东西走去)救兵终于来啦!

波卓 救命!

爱斯特拉冈 是戈多吗?

弗拉季米尔 咱们已经有点支持不住啦。现在咱们肯定能度过这一晚了。

波卓 救命!

爱斯特拉冈 你听见了没有?

弗拉季米尔 咱们不再孤独啦,等待着夜,等待着戈多,等待着……等待。咱们已经奋斗了一个晚上,没有人帮助。现在这一切都已经过去啦。咱们已经到明天啦。

波卓 救命!

弗拉季米尔 时间已经逝去。太阳将要落下,月亮将要升起,我们也将要离开……这儿。

波卓 可怜我!

弗拉季米尔 可怜的波卓!

爱斯特拉冈 我早就知道是他。

弗拉季米尔 谁?

爱斯特拉冈 戈多。

弗拉季米尔 可他不是戈多。

爱斯特拉冈 他不是戈多?

弗拉季米尔 他不是戈多。

爱斯特拉冈 那么他是谁?

弗拉季米尔 他是波卓。

波卓 快来!快来!搀我起来!

弗拉季米尔 他起不来了。

爱斯特拉冈 咱们走吧。

弗拉季米尔 咱们不能。

爱斯特拉冈 为什么不能?

弗拉季米尔 咱们在等待戈多。

爱斯特拉冈 啊!

弗拉季米尔　他也许还能给你一根骨头哩。

爱斯特拉冈　骨头？

弗拉季米尔　鸡骨头。你记不得了？

爱斯特拉冈　是他吗？

弗拉季米尔　是的。

爱斯特拉冈　问他一声。

弗拉季米尔　也许咱们应该先帮助他一下。

爱斯特拉冈　帮助他什么？

弗拉季米尔　扶他起来。

爱斯特拉冈　他起不来？

弗拉季米尔　他想要起来。

爱斯特拉冈　那么就让他起来好了。

弗拉季米尔　他不能。

爱斯特拉冈　干吗不能？

弗拉季米尔　我不知道。

〔波卓扭动着，呻吟着，用拳头拍打地面。

爱斯特拉冈　咱们应该先跟他要骨头。他要是不肯给，咱们就让他躺在那儿不管他。

弗拉季米尔　你是说他已经听我们摆布了？

爱斯特拉冈　是的。

弗拉季米尔　所以我们要是给他做什么好事，就可以跟他讲条件，要代价？

爱斯特拉冈　是的。

弗拉季米尔　这倒是很聪明的做法。可是有一件事我害怕。

波卓　救命！

爱斯特拉冈　什么事？

弗拉季米尔　就是幸运儿也许会突然行动起来。那时候咱们就会着了他的道儿。

爱斯特拉冈　幸运儿？

弗拉季米尔　昨天让你吃苦头的就是他。

爱斯特拉冈　我跟你说，他们一共有十个人哩。

弗拉季米尔　不，在那以前；那个踢你的。

爱斯特拉冈　他在这儿吗？

弗拉季米尔　那不是吗！（朝幸运儿做了个手势）这会儿他一动不动。不过他随时都可能跳起来。

波卓　救命！

爱斯特拉冈　咱们过去狠狠揍他一顿好不好，咱们两个人？

弗拉季米尔　你是说咱们趁他睡着的时候扑上去揍他？

爱斯特拉冈　是的。

弗拉季米尔　不错，这听上去是个挺好的主意。可是咱们能不能这样做呢？他是不是真正睡着了？（略停）不，最好的办法还是利用波卓求救的机会。

波卓 救命！

弗拉季米尔 过去帮助他——

爱斯特拉冈 我们帮助他？

弗拉季米尔 换取一些马上可以兑现的报酬。

爱斯特拉冈 可是万一他——

弗拉季米尔 咱们别再说空话浪费时间啦！（略停。激烈地）咱们趁这个机会做点儿什么吧！并不是天天都有人需要我们的。的确，并不是天天都有人需要我们个人的帮助的。别的人也能同样适应需要，要不是比我们更强的话。这些尚在我们耳边震响的求救的呼声，它们原是向全人类发出的！可是在这地方，在现在这一刻，全人类就是咱们，不管咱们喜欢不喜欢。趁现在时间还不太晚，让咱们尽量利用这个机会吧！残酷的命运既然注定了咱们成为这罪恶的一窝，咱们就至少在这一次好好当一下他们的代表吧！你说呢？（爱斯特拉冈什么也没说）确实，当咱们交叉着两臂衡量着得失的时候，咱们真不愧是咱们同类的光荣。老虎会一下子跳过去援助它们的同类，决不会动一下脑子；要不然它就会溜进丛林深处。可是问题不在这里。咱们在这儿做些什么，问题是在这里。而我们也十分荣幸，居然知道这问题的答案。是的，在这场大混乱里，只有一样东西是清楚的。咱们在等待戈多的到来——

爱斯特拉冈 啊！

波卓 救命！

弗拉季米尔 或者说等待夜的到来。（略停）咱们已经守了约，咱们尽了自己的职责。咱们不是圣人，可是咱们已经守了约。有多少人能吹这个牛？

爱斯特拉冈 千千万万。

弗拉季米尔 你这样想吗？

爱斯特拉冈 我不知道。

弗拉季米尔 你也许对。

波卓 救命！

弗拉季米尔 可以肯定的是，在这情况下，时间过得很慢，咱们不得不想出些花招儿来消磨时间，这些花招儿——我该怎么说呢——最初看来好像有些道理，可是到头来终于成了习惯。你也可以说这样可以使咱们的理智免于泯灭。毫无疑问。可是在深似地狱的没结没完的夜里，是不是会迷失方向呢？这是我有时纳闷儿的问题。你听得懂我说的道理吗？

爱斯特拉冈 （像说警句似的）我们生来都是疯子。有的人始终是疯子。

波卓 救命！我会给你们钱的！

爱斯特拉冈 多少？

波卓 两个先令！

爱斯特拉冈 这点儿钱不够。

弗拉季米尔 我觉得你有点儿太过火了。

爱斯特拉冈 你以为这点儿钱够了？

弗拉季米尔 不，我是说我不以为我自己出世的时候头脑就有毛病。可是问题不在这里。

波卓 五个先令！

弗拉季米尔 我们等待。我们腻烦。（他举起两手）不，不，别抗议，我们腻烦得要死，这是没法否认的事实。好，一个消遣来了，我们怎么办？我们让它随便浪费掉了。来，咱们干起来吧！（他向那堆人和东西走去，刚迈步就煞住了脚步）在一刹那间一切都会消失，我们又会变得孤独，生活在空虚之中！

〔他沉思起来。

狄狄想去救起波卓，没有成功，自己反倒摔倒在地，也呼唤起救命。戈戈打算走了，伸手去拉狄狄，自己也踉跄着倒下了。长时间的沉默。他俩恶狠狠地互骂。狄狄动手揍哼哼唧唧的波卓。波卓呼痛爬开。戈戈用各种名字呼唤波卓，觉得很好玩。他俩站起来，商量去救波卓。波卓总是站不直。原来他眼瞎了。他问现在是什么时候。戈戈和狄狄察看落日，说看上去太阳在往上升，也许是黎明。这一天已经到了尾声。波卓问：这地方是否叫"董事会"？仆人在哪儿？狄狄说，他在睡觉，也许已经死了。波卓告诉他们，可以使劲拉绳子，只要不把他勒死就成。戈戈使劲踢幸运儿，自己脚踢疼了。这时他们俩才发现这两个人是波卓和幸运儿，跟昨天一样。只是幸运儿变成了哑巴。狄狄问：他是什么时候哑的？波卓大怒说：干吗老用你那混账时间来折磨我？什么时候！有一天，任何一天。有一天他成了哑巴，有一天我成了瞎子，有一天我们会变成聋子，有一天我们诞生，有一天我们死去，同样的一秒钟。他们让新的生命诞生在坟墓上，光明只闪现了一刹那，跟着又是黑夜。他抖动着绳子牵幸运儿下。

狄狄摇醒睡着的戈戈，说自己很孤独；戈戈说：我梦见我很快乐。他们怀疑波卓是否真的瞎了。戈戈诉说脚疼，请求帮助。

弗拉季米尔　别人受痛苦的时候，我是不是在睡觉？我现在是不是在睡觉？明天，当我醒来的时候，或者当我自以为已经醒来的时候，我对今天怎么说好呢？说我跟我的朋友爱斯特拉冈一起在这地方等待戈多，一直等到天黑？或者说波卓跟他的仆人经过这儿，而且跟我们谈话来着？很可能这样说。可是在这些话里有什么是真情实况呢？（爱斯特拉冈脱了半天靴子没脱掉，这会儿又朦胧睡去了。弗拉季米尔瞪着他瞧）他什么也不会知道。他只会告诉我说他挨了揍，我呢，会给他一个萝卜。（略停）双脚跨在坟墓上难产。掘墓人慢腾腾地把钳子放进洞穴。我们有时间变老。空气里充满了我们的喊声。（他倾听）可是习惯最容易叫人的感觉麻木。（他重新瞧着爱斯特拉冈）这会儿照样也有人在瞧着我，也有人在这样谈到我："他在睡觉，他什么也不知道，让他继续睡吧。"（略停）我没法往下说啦！（略停）我刚才说什么来着？

〔他疯狂地走来走去，最后在极左边停住，沉思。

〔孩子从右边上。他煞住脚步。

〔沉默。

孩子　劳驾啦，先生……（弗拉季米尔转身）亚尔伯特先生……？

弗拉季米尔　又来啦。（略停）你不认识我？

孩子　不认识，先生。

弗拉季米尔　昨天来的不是你？

孩子　不是，先生。

弗拉季米尔　这是你头一次来？

孩子　是的,先生。

〔沉默。

弗拉季米尔　你给戈多先生捎了个信来。

孩子　是的,先生。

弗拉季米尔　他今天晚上不来啦。

孩子　不错,先生。

弗拉季米尔　可是他明天会来。

孩子　是的,先生。

弗拉季米尔　决不失约。

孩子　是的,先生。

〔沉默。

弗拉季米尔　你遇见什么人没有?

孩子　没有,先生。

弗拉季米尔　另外两个……(他犹豫一下)……人?

孩子　我没看见什么人,先生。

〔沉默。

弗拉季米尔　他干些什么,戈多先生?(沉默)你听见我的话没有?

孩子　听见了,先生。

弗拉季米尔　嗯?

孩子　他什么也不干,先生。

〔沉默。

弗拉季米尔　你弟弟好吗?

孩子　他病了,先生。

弗拉季米尔　昨天来的也许是他。

孩子　我不知道,先生。

〔沉默。

弗拉季米尔　(轻声)他有胡子吗,戈多先生?

孩子　有的,先生。

弗拉季米尔　金色的还是……(他犹豫一下)……还是黑色的?

孩子　我想是白色的,先生。

〔沉默。

弗拉季米尔　耶稣保佑我们!

〔沉默。

孩子　我怎么跟戈多先生说呢?

弗拉季米尔　跟他说……(他犹豫一下)……跟他说你看见了我,跟他说……(他犹豫一下)……说你看见了我。(略停。弗拉季米尔迈了一步,孩子退后一步。弗拉季米尔停住脚步,孩子也停住脚步)你肯定你看见我了吗?嗳,你不会明天见了我,又说你从来不曾见过我吗?

〔沉默。弗拉季米尔突然往前一纵身，孩子闪身躲过他，奔跑着下。弗拉季米尔一动不动地站着，低下头。爱斯特拉冈醒来，脱掉靴子，两手提着靴子站起来，走到舞台前方中央放下，向弗拉季米尔走去，瞧着他。

爱斯特拉冈　你怎么啦？

弗拉季米尔　没什么。

爱斯特拉冈　我走啦。

弗拉季米尔　我也走啦。

爱斯特拉冈　我睡的时间长吗？

弗拉季米尔　我不知道。

〔沉默。

爱斯特拉冈　咱们到哪儿去？

弗拉季米尔　离这儿不远。

爱斯特拉冈　哦不，让咱们离这儿远一点吧。

弗拉季米尔　咱们不能。

爱斯特拉冈　干吗不能？

弗拉季米尔　咱们明天还得回来。

爱斯特拉冈　回来干吗？

弗拉季米尔　等待戈多。

爱斯特拉冈　啊！（略停）他没来？

弗拉季米尔　没来。

爱斯特拉冈　现在已经太晚啦。

弗拉季米尔　不错，现在已经是夜里啦。

爱斯特拉冈　咱们要是不理会他呢？（略停）咱们要是不理会他呢？

弗拉季米尔　他会惩罚咱们的。（沉默。他望着那棵树）一切的一切全都死啦，除了这棵树。

爱斯特拉冈　（望着那棵树）这是什么？

弗拉季米尔　是树。

爱斯特拉冈　不错，可是什么树？

弗拉季米尔　我不知道。一棵柳树。

〔爱斯特拉冈拖着弗拉季米尔向那棵树走去。他们一动不动地站在树前。沉默。

爱斯特拉冈　咱们干吗不上吊呢？

弗拉季米尔　用什么？

爱斯特拉冈　你身上没带绳子？

弗拉季米尔　没有。

爱斯特拉冈　那么咱们没法上吊了。

弗拉季米尔　咱们走吧。

爱斯特拉冈　等一等，我这儿有裤带。

弗拉季米尔　太短啦。

爱斯特拉冈　你可以拉住我的腿。

弗拉季米尔　可是谁来拉住我的腿呢？

爱斯特拉冈　不错。

弗拉季米尔　拿出来我看看。（爱斯特拉冈解下那根系住他裤子的绳索，可是那条裤子过于肥大，一下子掉到了齐膝盖的地方。他们望着那根绳索）拿它应急倒也可以。可是它够不够结实？

爱斯特拉冈　咱们马上就会知道了。攥住。

〔他们每人攥住绳子的一头使劲拉。绳子断了。他们差点儿摔了一跤。

弗拉季米尔　连个屁都不值。

〔沉默。

爱斯特拉冈　你说咱们明天还得回到这儿来？

弗拉季米尔　不错。

爱斯特拉冈　那么咱们可以带一条好一点的绳子来。

弗拉季米尔　不错。

〔沉默。

爱斯特拉冈　狄狄。

弗拉季米尔　嗯。

爱斯特拉冈　我不能再这样下去啦。

弗拉季米尔　这是你的想法。

爱斯特拉冈　咱俩要是分手呢。也许对咱俩都更好一些。

弗拉季米尔　咱们明天上吊吧。（略停）除非戈多来了。

爱斯特拉冈　他要是来了呢？

弗拉季米尔　咱们就得救啦。

〔弗拉季米尔脱下帽子（幸运儿的），往帽内窥视，往里面摸了摸，抖抖帽子，拍拍帽顶，重新把帽子戴上。

爱斯特拉冈　嗯？咱们走不走？

弗拉季米尔　把你的裤子拉上来。

爱斯特拉冈　什么？

弗拉季米尔　把你的裤子拉上来。

爱斯特拉冈　你要我把裤子脱下来？

弗拉季米尔　把你的裤子拉上来。

爱斯特拉冈　（觉察到他的裤子已经掉下）不错。

〔他拉上裤子。沉默。

弗拉季米尔　嗯？咱们走不走？

爱斯特拉冈　好的，咱们走吧。

〔他们站着不动。

——幕落

秃头歌女

作者尤金·尤内斯库(1912—1994)是法国剧作家。生于罗马尼亚,在法国度过童年。1938年去法国攻读博士学位时加入法国籍。此后定居巴黎。1970年被选为法兰西学院院士。被誉为“荒诞派的经典作家”。法国知识界“四十个不朽者”之一。

1949年,尤内斯库“为了让朋友们开开心”,写出了剧本《秃头歌女》。此后30年内他写了40多部戏。重要剧作有《秃头歌女》(1950)、《椅子》(1952)、《犀牛》(1959)、《饥与渴》(1964)等。

尤内斯库剧作特点鲜明。第一,剧作都表现了人生的荒诞:或是人的自我疏远和沟通不易,或为痛苦无望和死亡所威胁。第二,突破传统的戏剧形式,采用直喻手法。以荒诞不经的形式、梦幻的景象、膨胀或人化的物体、变形或异化的人物、难以理喻的戏谑语言等,构成一种新的戏剧组合,以直接显示其悲剧性的思想内容。第三,充分调动一切舞台手段,重视强烈的舞台效果。

《秃头歌女》是尤内斯库的成名作。他自称为“反戏剧剧本”,是一部“语言悲剧”。正是此剧引起了一场戏剧技巧的变革,为荒诞戏剧的开创,迈出了第一步。

剧中人物有:史密斯先生,史密斯太太,马丁先生,马丁太太,玛丽(女仆),消防队长。

现据《当代外国文学》1981年第二期史亦译《秃头歌女》分场介绍或节选如下。

第一场

在英国伦敦郊区,住着一对典型的英国中产阶级夫妇——史密斯先生和夫人。一个英国式的夜晚。一间英国式的中产阶级起居室。史密斯先生靠在英国式的壁炉边,坐在英国式的扶手椅上,抽着英国式的烟斗,看着一份英国报纸。他身边坐着他妻子,正缝补着英国袜子。墙上的大钟按英国方式打了十七下。

史密斯太太打破了英国式的长时间的沉默说:啊,九点了。接着以英国式的冷静、索然无味的口气,没完没了地谈着晚饭时的菜肴。土豆肥肉片真好吃,英国色拉油也不哈喇,鱼挺新鲜,汤里的盐比史密斯先生身上的还多,四季豆馅饼好吃极了,酸乳酪对胃、肾、阑尾的发育成长极有好处……在她絮絮叨叨地谈着这些生活中的陈词滥调时,史密斯则一直埋头于读英国报纸,嘴里不时地啧啧作响。

当史密斯太太谈到麦肯齐·金大夫是个好大夫,值得大家信任,说他在给派克动手术前,还先让别人给他做了个肝部手术而他根本不是病人时,史密斯先生才开口。他指出,怎么会大夫没事,而派克反倒死了呢?病人死了,大夫就不该活。并得出结论:所有的大夫都是些江湖骗子,而所有的病人也是一路货。史密斯先生一直手执报纸,停顿一会,他对报上的启事栏内总是报道死去的人的年龄一事,表示不明白,认为毫无意义。

这时他们又一次沉默。挂钟敲七下。沉默,挂钟敲三下。沉默。挂钟一下也没敲。

史密斯先生仍然在看报,惊奇地发现了报上登着熟人博比·沃森的死讯。史密斯太太作出惊奇的样子问,这个可怜的人是什么时候去世的?史密斯先生说:他去世已经两年了。我们参加他的葬礼已经一年半了。人们谈起他的死已有三年了。可怜的博比,他去世已经四年了,尸体还有热气。真是具活僵尸。他是多快活啊!夫妇俩由博比先生又谈到博比太太。这对夫妻竟然姓名一样，相貌相同。当别人看到他们在一起时，也分不清哪个是先生，哪个是太太。今天还有人把她和死者搞错。说起她的长相，史密斯先生认为：她相貌端正，可是也谈不上美。她个子太高、身材太壮。她的相貌并不端正，但她是很美的。她个子太小，身材太瘦。

这时挂钟敲五下。长时间停顿。

史密斯夫妇接着谈到，博比·沃森两人打算最迟明年春天结婚，他们应该去参加婚礼，并商量把别人送给他们的结婚礼品——七个从未用过的银盘子，送一个给博比们做结婚礼物。

这时出现短暂的沉默。挂钟敲两下。

史密斯太太慨叹博比太太这么年轻就守寡。没有孩子。接着又说，清楚地知道她有一个男孩和一个女孩，而且都叫博比·沃森。史密斯夫妇说来说去，原来博比夫妇的叔父、姑妈、堂兄、表弟全都叫博比·沃森。博比·沃森太太看上并准备嫁给一个博比·沃森。这个博比·沃森不是另一个叔父博比·沃森老头的儿子博比·沃森，而是死者博比·沃森的姑妈博比·沃森老太的当推销员的儿子。所有的博比·沃森都是商店推销员。

接着，史密斯夫妇的话题转入了竞争、休息、睡觉。后来，夫妇俩为了男人们喝酒、抽烟，女人们整天抽烟、抹粉、涂口红、喝威士忌的话题，而争吵起来。

第二—三场

玛丽进来报告马丁夫妇来了。于是他们一边吩咐玛丽请马丁夫妇进来，一边赶紧去换衣服。

玛丽责备马丁夫妇来得晚，没礼貌。应该准时到。

第 四 场

〔人物同前场，缺玛丽。

〔马丁太太和先生面对面坐着，没交谈。他们腼腆地互相微笑着。

马丁先生 （下面的对话必须以一种缓慢、单调略带唱歌调儿的、毫无变化的声音说）请原谅，太太，不过要是我没搞错，我好像在什么地方和您见过面的。

马丁太太 我也是，先生，我好像在什么地方和您见过面的。

马丁先生 太太，我难道不是在曼彻斯特偶然见到过您的吗？

马丁太太 这非常可能。我呢，我就是曼彻斯特城出生的！不过，先生，我记不清了，我不能说我是否在曼彻斯特见过还是没见过您！

马丁先生 我的上帝！这多么怪啊！我也是曼彻斯特城出生的，太太！

马丁太太 这多么怪啊！

马丁先生 这多么怪啊！……不过，太太，我离开曼彻斯特城差不多五个星期了。

马丁太太 这多么怪啊！多么奇怪的巧合啊！我离开曼彻斯特城差不多也有五个星期了。

马丁先生 我乘的是早上八点半开，四点三刻到伦敦的火车，太太。

马丁太太 这多么怪啊！多么奇怪啊！多么巧啊！我乘的也是这班火车，先生！

马丁先生 我的上帝！这多么怪啊！太太，我很可能是在火车上见到您的吧？

马丁太太 这很可能，这点不能排除，这也许是真的，总之，为什么不呢！……但是，我一点也记不起来了，先生！

马丁先生 我旅行坐的是二等车厢，太太。在英国，没有二等车厢，可是我旅行仍然坐的是二等车厢。

马丁太太 这多么奇怪啊！多么怪又多么巧啊！我也是，先生，我旅行也坐的二等车厢！

马丁先生 这多么怪啊！我们很可能在二等车厢内相遇的，亲爱的太太！

马丁太太 这事很可能，而且一点也不能排除。但是，这件事我已记不很清楚了，亲爱的先生！

马丁先生 我的座位在八号车厢第六室，太太。

马丁太太 这多么怪啊！我的座位也在八号车厢第六室，亲爱的先生！

马丁先生 这多么怪，而且是多么奇怪的巧合啊！我们可能就在第六室相遇的吧，亲爱的太太？

马丁太太 总之，这很可能！但是，我记不起来了，亲爱的先生！

马丁先生 说实话，亲爱的太太，我也记不起来了，但是我们可能就在那儿相见的，要是我想得对，我觉得这事很有可能！

马丁太太 哦！真的，当然啰，真的，先生！

马丁先生 这多么怪啊！……我的座位是三号，靠窗口，亲爱的太太！

马丁太太 哦，我的上帝，这多么怪，多么奇怪，我的座位是六号，靠窗口，在您的对面，亲爱的先生！

马丁先生 哦，我的上帝，这多么怪，也多么巧啊！……那么，我们是面对面啰，亲爱的太太！我们大概是在那儿见过面的。

马丁太太 这多么怪啊！这是可能的，但是，我记不起来了，先生！

马丁先生 说真的，亲爱的太太，我也记不起来了。可是，我们很可能是在这种情况下相见的。

马丁太太 确实如此，但是我一点也不能肯定，先生。

马丁先生 亲爱的太太，请我把她的手提箱放在网架上，接着向我道谢并允许我抽烟的那位夫人，不就是您吗？

马丁太太 是啊，这可能是我，先生！这多么怪，多么怪，也多么巧啊！

马丁先生 这多么怪，多么奇怪，多么巧啊！那么，我们可能就在那个时候认识的啰，太太？

马丁太太 这多么怪，也多么巧啊！这很可能，亲爱的先生！可是，我不相信我还记得这件事。

马丁先生 我也不相信。

〔沉默片刻，挂钟敲二下，又敲一下。

马丁先生 我到了伦敦以后，我住在布朗菲尔德路，亲爱的太太。

马丁太太 这多么怪，多么奇怪啊！我到了伦敦后，我也住在布朗菲尔德路，亲爱的先生。

马丁先生 这多么怪，那么，那么，我们可能就在布朗菲尔德路相遇的，亲爱的太太。

马丁太太 这多么怪，多么奇怪啊！总之，这很可能！可是，我记不起来了，亲爱的先生。

马丁先生 我住在十九号，亲爱的太太。

马丁太太 这多么怪，我也住在十九号，亲爱的先生。

马丁先生 那么，那么，那么，那么，我们可能在这座房子里相见的啰，亲爱的太太？

马丁太太 这很可能，但是我记不起来了，亲爱的先生。

马丁先生 我的套间在六楼，是八号，亲爱的太太。

马丁太太 这多么怪，我的上帝，多么奇怪啊！多么巧啊！我也住在六楼八号套间，亲爱的先生！

马丁先生　（沉思地）这多么怪，多么怪，多么怪又多么巧啊！您知道，在我的卧室里有一张床，我床上铺着一条绿色的鸭绒被。这间有床和绿色鸭绒被铺床的卧室在过道的尽头，厕所和图书室之间，亲爱的太太！

马丁太太　多么巧啊，我的上帝，多么巧啊！我的卧室也有一张铺了绿色鸭绒被的床，它在过道的尽头，厕所和图书室之间，亲爱的先生！

马丁先生　这多么奇怪，多么怪，多么离奇啊！那么，太太，我们住的是同一间房而且睡的是同一张床啰，亲爱的太太。我们可能就是在那儿相遇的！

马丁太太　这多么怪，多么巧啊！我们可能就在那儿相遇的，也可能就在昨天夜里，但是，我记不起来了，亲爱的先生！

马丁先生　我有一个小女儿，她和我住在一起，亲爱的太太。她两岁。她头发是金黄色的，她的一只眼珠子白，一只眼珠子红。她很漂亮，名叫艾丽斯，亲爱的太太。

马丁太太　多么奇怪的巧合啊！我也有个小女儿，她两岁，一只眼珠子白，而一只眼珠子红，她很漂亮，名字也叫艾丽斯，亲爱的先生！

马丁先生　（同样缓慢的、单调的声音）这多么怪，多么巧啊！奇怪！这可能是同一个女孩，亲爱的太太！

马丁太太　这多么怪啊！这很可能，亲爱的先生。

〔较长时间的沉默……挂钟敲二十九下。

马丁先生　（长时间沉思后，慢慢地站了起来，不慌不忙地朝马丁太太走去，马丁太太因为马丁先生庄严的神情而感到惊讶，也慢慢地站了起来；马丁先生还保持着那种少有的、单调的、略带唱歌调门的声音）那么，亲爱的太太，我认为毫无疑问，我们曾经见过面了，您就是我的妻子……伊丽莎白，我又找到您了！

（马丁太太不慌不忙地靠近了马丁先生。他们毫无表情地互相拥抱接吻。挂钟重重地敲一下。挂钟声音敲得很响，使观众大吃一惊。马丁夫妇却没听见钟声）

马丁太太　唐纳德，是你，darling！

（他们同坐在一张扶手椅上，互相拥抱着并睡着了。挂钟又敲了好几下。玛丽踮着脚慢慢地出场，一个手指放在嘴上，并且对观众说）

第五—六场

玛丽趁马丁夫妇熟睡，向观众揭露出：马丁太太并不是马丁太太，马丁先生也不是马丁先生。他们谈到的孩子不是他俩的孩子。马丁先生的小女儿和马丁太太的小女儿倒都是一个眼珠子白、一个眼珠子红。但马丁先生的孩子是右眼白左眼红，而马丁太太的孩子是左眼白右眼红。他们既不是同一个孩子的父母，所以他们可悲地搞错了。然后她自称自己是大侦探歇洛克·福尔摩斯后便悄然离去。

挂钟想敲就敲。过了好久，马丁夫妇醒来，坐回原位。两人议定：要忘掉他们之间没发生过的一切，像以前那样生活。

第　七　场

史密斯夫妇衣着未变就上场，太太却说他们换上节日盛装，是为对没有预先通知就光临的马丁夫妇表示敬意。先生说,整整一天什么都没吃,等了四个小时。他责备客人来迟。主客落座后,马丁夫妇显得尴尬、拘谨,长时间的沉默后,以嗯、哦、唉、哈开始没话找话地进行着语无伦次的对话。挂钟按照情况或强或弱地敲打,参与着主客的聊天。他们从感冒、穿堂风,讲到年龄、真理。之后马丁夫妇分别讲了特别和更特别的事情:一是在咖啡馆的旁边,看见一位衣冠楚楚的先生,50岁上下的年龄,他单膝跪地,身子前倾。我走近他身边,看看他在干什么。原来他鞋带松了,正在系。二是在地铁里看见一位先生坐在长椅上静静地看报。众人都感到这难以置信,多么古怪。这时门铃响了,史密斯太太去开门,却没人。之后,又反复响了三次。当第四次门铃响时,史密斯太太勃然大怒。她得出经验:听到门铃响,就肯定没人。而不再去开门了。史密斯先生则肯定有人。他前去开门,门外站着消防队长。

第 八 场

消防队长进来后,史密斯夫妇仍为"每当门铃响就是没人"还是"听到门铃响,就总是有人"的问题争论不休。马丁夫妇分别随声附和着男女主人。为证明各自观点的正确,均举事实相争。史密斯先生举消防队长为例。史密斯太太则举三次铃响,开门三次,三次没人为据。消防队长做为重要人证,在回答质询时说,他在门外等了三刻钟。他只听见第二次铃响,但不是他按的。也没看见任何人。他承认第三次铃是他按的。只是为了开玩笑,铃响后便躲了起来。史密斯夫妇仍各执己见,争执不休。消防队长和稀泥地做了最后结论。说他俩都有些道理。当门铃响时,有时候有人,有时候就没人。于是都认为这合乎逻辑,一场火辣辣的争辩,到此方休。至此,消防队长才受到主人礼遇,请他宽衣、脱帽、坐一会儿。消防队长则表示不能久留。没时间,有公事在身。说他来史密斯先生家完全是为另一件事。

史密斯太太 那么,我们能帮您什么忙,队长先生?

消防队长 我请你们原谅我的轻率(十分为难地);嗯(他用手指着马丁夫妇)……我能……当着他们的面……

马丁太太 请别拘束。

马丁先生 我们是老朋友了。他们什么都对我们讲的。

史密斯先生 您说吧。

消防队长 好吧。你们家里有火吗?

史密斯太太 您为什么问我们这点?

消防队长 这是因为……请原谅,我奉命扑灭城里的全部火灾。

马丁太太 全部?

消防队长 是的,全部。

史密斯太太 (局促不安地)我不知道……我想是没有。您要我去看看吗?

史密斯先生 (用鼻子嗅着)不会有什么火的。没闻到焦味儿。

消防队长 (懊丧地)什么火都没有?你们难道连壁炉的小火,阁楼或地窖里正在燃烧的某种东西都没有?至少,总会有刚发生的小火情?

史密斯太太 听好,我不想让您不快,但是我想在我们家里目前没什么火情。一有火情,我保证向您报告。

消防队长 别忘了,你们这就帮了我的忙。

史密斯太太　一言为定。

消防队长　（对马丁夫妇）那么在你们家，也没什么东西在燃烧吗？

马丁太太　没有，可惜。

马丁先生　（对队长）现在，公务相当不妙！

消防队长　很不妙。几乎什么都没有，有几件小事故，一次烟囱事故，一次仓库事故。没什么严重的。这些赚不了钱。因为没出产，生产奖金很少。

史密斯先生　什么都不行，到处都一样。今年商业、农业就像火灾一样，也不妙。

马丁先生　没有麦子、没有火灾。

消防队长　也没有水灾。

史密斯太太　但是有糖。

史密斯先生　因为糖是从外国进口的。

马丁太太　至于火灾，就更难了。税太多！

消防队长　还是有过，但也是相当少见的，一二回煤气中毒事件。一个年轻的妇女上周就这样中毒而死了，她让煤气开着。

马丁太太　她忘了吗？

消防队长　不，她以为是她的梳子。

史密斯先生　这些错事总是很危险！

史密斯太太　您到火柴商家里去看过没有？

消防队长　没办法，他保了火险的。

马丁先生　那就以我的名义去看望一下副本堂神甫吧。

消防队长　我无权熄灭神甫家中的火灾。主教会生气的，神甫们都是自己或叫贞女熄灭的。

史密斯先生　您试着上迪朗家去看看。

消防队长　我也不能去。他不是英国人。他只是入了英国籍。入英国籍的人有权拥有房子，但如果房子燃烧起来，他们无权灭火。

史密斯太太　可是，去年起火时，还是把火扑灭了！

消防队长　是他自己灭的火。偷偷地灭的火，啊，要揭发他的不是我。

史密斯太太　既然您不是很忙，队长先生，就再呆一会儿吧。您会使我们高兴的。

于是消防队长问：要我给大家讲个小故事吗？得到大家齐声赞同后，队长说他谈的就是他自己经过的事。只讲事实，不讲书上的东西。两位先生插话说，消防队员亲身经历过的故事全是真的。真理不在书本上，而在生活中。于是经大家的鼓励和抱吻，消防队长克服了怕羞的缺点。

消防队长　好吧。（他又轻咳了一下，接着，以一种激动得发颤的声音开始说）《狗和公牛》，经过实验的寓言：有一次，另一头公牛问另一条狗：你为什么没把你的鼻子吞下去？请原谅，狗回答，因为我认为我是象。

马丁太太　寓意是什么？

消防队长　要由你们把它找出来。

史密斯先生　你说得对。

史密斯太太　（生气地）讲一个别的吧。

消防队长　一头小牛吃了过多的碎玻璃。因此，他不得不生产了。他生下了一头母牛。可是小牛是个男孩，母牛不能叫他“妈妈”。母牛也不能叫小牛“爸爸”，因为小牛太小了。所以，小牛只得和一个人结了婚，市政府当时采取的所有措施都是按时行的情况所规定的。

史密斯先生　是冈城式的。

马丁先生　就像把肚子、肠子当菜那样。

消防队长　你们知道这件事吗？

史密斯太太　这件事所有的报纸都登过。

马丁太太　这件事发生在离我们家不远的地方。

消防队长　我就给你们讲另一个寓言：《公鸡》。有一次，一只公鸡想装成一条狗。但是它没走运，立即被人认出来了。

史密斯太太　相反，想装作公鸡的狗永远不会被认出来。

史密斯先生乘兴也讲了一则要钱、打斗、索命的题为《蛇和狐狸》的寓言。受到两位太太和马丁先生的称赞与消防队长的嫉妒。史密斯太太接着也讲起她只知道的一个名为《花束》的寓言，得到马丁夫妇的好评。史密斯太太求消防队长再讲一个故事，遭到拒绝。她又跪下哭求，于是消防队长又讲了《感冒》的故事。

故事由队长姐夫的一个嫡亲堂兄弟、堂兄弟的舅父，舅父的岳父、岳父的祖父和一个土著少女结婚讲起，沿着这条裙带关系一直讲到了药剂师、海军中士、工程师、葡萄园主、爱国者、离婚少妇、猎人、磨坊主、乡村医生、助产士、站长、寡妇、奶兄弟、私生子、第三个老婆等人，最后又扯到女贩、女贩父亲的兄弟是市长，市长的老婆是金黄头发的小学教师玛丽，玛丽的父亲是在加拿大由一个老太婆抚养大的，老太婆是神甫的侄女，神甫的祖母在冬天有时候得感冒。

这则绕口令式的荒诞不经的故事引起两对夫妇的关注。两位先生分别谈了感冒的治疗和预防措施。史密斯太太认为故事奇怪，几乎是不可信的。马丁太太则说讲到神甫的祖母时，关系就纠缠不清了。史密斯先生断言：涉及神甫的事情，总是纠缠不清的。史密斯太太又求队长讲故事，队长言明有公事在身。当问及现在几点时，史密斯先生说，挂钟不准。它喜欢闹别扭，老是指示出和现有钟点相反的时间。

第　九　场

女仆玛丽进来，要求也给大家讲个故事，遭到大家的白眼。马丁先生认为这女佣人疯了，居然也想讲个小故事。史密斯夫妇责备她真不合时宜，有什么好插嘴的。消防队长也附和道：她把自己看作什么人？但当他看着玛丽时，却认出玛丽正是他的相好。玛丽一面投入队长的怀抱，一面自语，多幸福啊！史密斯夫妇吃惊之余，斥责他们太过分了，不成体统！马丁夫妇表示，既然玛丽说她是向消防队长喷射的小水柱，曾熄灭了队长最初的火花，则这种感情可以理解，合乎人情，可敬！而史密斯夫妇仍指责玛丽：没有受过必要的教育。在我们中间，在这儿，在我们家里做出这太显眼的行为。马丁先生进而赞赏他们有一种大不列颠的廉耻心。

史密斯先生命令玛丽，乖乖地到厨房里去，对着镜子去读她的诗。玛丽乘兴要求，马上给大家背诵一首题目叫《火》的诗，为了向队长表示敬意，没有得到主人同意，她就背起了诗：各种灰烬在树丛中闪耀发光/一块石头起了火/城堡起了火/森林起了火/男人们起了火/女人们起了火/

鸟儿起了火/鱼儿起了火/水起了火/天起了火/灰起了火/烟起了火/火起了火/一切都起了火/起了火、起了火。她边背诗边被史密斯夫妇推出了房间。

第十场

两对夫妇和消防队长对玛丽的诗发表了不同的见解。马丁太太说,这首诗使她毛骨悚然。马丁先生指出,诗中有某种热情。队长热烈评价说,这诗十分出色。史密斯太太持怀疑态度,史密斯先生认为,队长夸张了……队长坦然承认:这一切是很主观的,但却是我的世界观,我的梦想,我的理想。接着队长认为已无再呆在这里的必要,就说再过三刻钟加十六分钟后,他得准时去城那头去救火。又说那火灾只不过是一时的激情和胃部有点火辣辣的。虽然这不是什么大事,但他必须赶紧去。当他走到门口时,忽然停住脚步说:顺便问一下,秃头歌女怎么样了?史密斯太太答道,她总是照老样子打扮,戴着帽子。之后男主人祝他幸运,常有火灾。队长祝大家也一样,然后离去。

第十一场

两对夫妇相对而坐,继续进行着谈话。就像四部留声机,你说你的,我谈我的。大家只为了说话而说话。说的尽是些颠三倒四、荒唐悖理的疯人痴话。他们的语言已失去交流思想的功能,而成了单纯的声音和喊叫。当史密斯先生喊了"打倒鞋油"后,其他人沉默了片刻,愣着。人们感到有点神经紧张。挂钟敲打声也更激动了。接下来先是一种冷冰冰的敌对的声调,讲一些谐音的、多次重复的词句。随后,四人站着,互相靠近,喊出法语的五个元音和十六个辅音,以及火车行进的声音。全体举起拳头愤怒到极点,互相在耳边吼叫。黑暗中,他们一齐一遍遍地以越来越快的节奏喊着:不从那儿走,从这儿走……

当喊声突然停止,灯光复明时,马丁先生和马丁太太就像史密斯夫妇在剧的开场时那样坐着。准确地重复着史密斯夫妇在第一场中的对白。

幕徐徐下降。

百年孤独

作者加·加西亚·马尔克斯(1928—2014)是拉丁美洲最负盛名的魔幻现实主义文学家。他出生于哥伦比亚马格达莱省的一个小镇,父亲是电报报务员。童年时代住在外祖父家里,喜欢听外祖父谈论内战时期的往事,喜欢听外祖母讲述妖魔鬼怪的故事,酷爱文学。1947 年入波哥大大学学法律,次年及以后长期从事新闻记者工作,游历了欧美诸国,积累了不少素材。

马尔克斯对拉丁美洲的历史和现状,进行了长时间细致的观察与思考。从 1950 年开始创作,迄今已写出许多作品。最著名的、最有代表性的是他的两部长篇小说《百年孤独》和《家长的没落》。

《百年孤独》(1967)的出版,在拉丁美洲引起了"一场文学地震",并波及世界。马尔克斯也主要以此获 1982 年诺贝尔文学奖。这部小说采取魔幻现实主义的写作方法,把现实和幻想、写实与夸张、神话和传说奇妙地结合在一起,被认为是汇聚了不可思议的奇迹和最纯粹的现实生活,描绘了从小镇马孔多的建立、发展直到毁灭的百年兴衰史,很像是百年间整个拉丁美洲的缩影。国外评论界认为它是继《堂吉诃德》之后最伟大的西班牙语作品。

作品主要写了布恩蒂亚家族六代人的生活。其家族成员为:

霍·阿·布恩蒂亚	第一代
乌苏娜　霍·阿·布恩蒂亚之妻	第一代
霍·阿卡蒂奥　霍·阿·布恩蒂亚之长子	第二代
雷贝卡　霍·阿卡蒂奥之妻	第二代
奥雷连诺上校　霍·阿·布恩蒂亚之次子	第二代
雷麦黛丝·摩斯柯特　奥雷连诺上校之妻	第二代
阿玛兰塔　霍·阿·布恩蒂亚之小女儿	第二代
皮拉·苔列娜　霍·阿卡蒂奥之情妇	第二代
阿卡蒂奥　霍·阿卡蒂奥之子	第三代
圣索菲娅·德拉佩德　阿卡蒂奥之妻	第三代
奥雷连诺·霍塞　奥雷连诺上校之子	第三代
十七个奥雷连诺　奥雷连诺上校之子	第三代
俏姑娘雷麦黛丝　阿卡蒂奥之长女	第四代
霍·阿卡蒂奥第二　阿卡蒂奥之次子	第四代
奥雷连诺第二　阿卡蒂奥之小儿子	第四代
菲兰达·德卡皮奥　奥雷连诺第二之妻	第四代
佩特娜·柯特　奥雷连诺第二之情妇	第四代
霍·阿卡蒂奥(神学院学生)　奥雷连诺第二之长子	第五代

梅梅(雷纳塔) 奥雷连诺第二之次女 第五代
巴比洛尼亚 梅梅之夫 第五代
阿玛兰塔·乌苏娜 奥雷连诺第二之小女儿 第五代
加斯东 阿玛兰塔·乌苏娜之夫 第五代

奥雷连诺·布恩蒂亚(破译手稿者)梅梅之子 第六代

有尾巴的婴儿 奥雷连诺·布恩蒂亚之后代 第七代

全书共20章,重要人物有:霍·阿·布恩蒂亚,乌苏娜,霍·阿卡蒂奥,奥雷连诺上校,阿玛兰塔,皮拉·苔列娜,雷贝卡,俏姑娘雷麦黛丝,霍·阿卡蒂奥第二,菲兰达,阿玛兰塔·乌苏娜,奥雷连诺·布恩蒂亚;梅尔加德斯,赫伯特,布劳恩等。

现根据中文译本(高长荣译,北京十月文艺出版社1992年版)介绍或节选如下。

第一章

多年以后,奥雷连诺上校站在行刑队面前,准会想起父亲带他去参观冰块的那个下午。当时马孔多是个20户人家的村庄。这块天地是新开辟的。每年三月,衣衫褴褛的吉卜赛人都要在村边搭起帐篷,在笛鼓喧嚣声中,向马孔多居民介绍科学家的最新发明。一个身躯高大的吉卜赛人,自称梅尔加德斯,手里拿着两大块磁铁,从一个农舍走到另一个农舍,于是铁锅、铁盆、铁钳、铁炉,等等,都跟在梅尔加德斯的魔铁后面。霍·阿·布恩蒂亚便想用它来开采地下的金子,以一匹骡子和两只山羊换下两块磁铁。他带着两块磁铁,念着梅尔加德斯教他的咒语,忙了好几个月,只掘出了一件15世纪的锈坏了的铠甲。

三月间,吉卜赛人又来了。带来的是一架望远镜和一只放大镜。从望远镜里看远处的吉卜赛女人,花五个里亚尔(小银币)。在一个炎热的晌午,吉卜赛人用放大镜借太阳光的焦点,点燃了一堆干草。霍·阿·布恩蒂亚又马上产生了利用这个发明做作战武器的念头。他想证明用放大镜对付敌军的效力,让阳光的焦点射到自己身上,受到灼伤;有一次甚至准备点燃自己的房子。他想把太阳战的复杂技术向军事长官表演并亲自训练他们。但等了几年,没有得到政府答复。梅尔加德斯收回放大镜,给了他几幅葡萄牙航海图和各种航海仪器,并让他知道如何使用观象仪、罗盘和六分仪。他整夜整夜呆在院子里观察星星的运行,寻找确定子午线的方法,设想出空间的概念。最后他洋洋得意地宣布自己的发现:地球是圆的,像橙子。他向人们证明,如果一直往东航行,就能回到出发的地点。马孔多人以为他疯了,可是梅尔加德斯却大声赞扬霍·阿·布恩蒂亚的智慧:光靠观象仪的探测就证实了一种理论;这种理论虽是马孔多居民至今还不知道的,但实际上早就证实了。为了表示钦佩,他赠给他一套炼金试验室设备。此外,还留下了七种与七个星球有关的金属样品、倍金方案、炼金术笔记和图解。霍·阿·布恩蒂亚把乌苏娜带到马孔多的30枚金币丢到铁锅里,拿它们跟雌黄、铜屑、水银、铅一起熔化,想让金子成倍增长,得到的却是一锅恶臭的浓浆,不像加倍的金子。

吉卜赛人去了又回来了。他们要马孔多人去看返老还童的梅尔加德斯,他落了牙齿的牙床又长出满口新牙。这不过是新安上的假牙而已,而马孔多人便惊奇得发抖。霍·阿·布恩蒂亚了解其中奥秘后,觉得河对岸,已有许多各式各样神奇的机器,可自己和周围的人仍在这儿像蠢驴一样过日子。

从前,霍·阿·布恩蒂亚好像一个年轻的族长,经常告诉大家如何播种,如何教养孩子,如何饲养家畜,跟大伙儿一起劳动,为全村造福,他是个最有事业心的人。后来,他迷上了磁铁、天文、采金和发现世界奇迹,逐渐变成了一个外表疏懒、衣冠不整的人。村里许多人都认为他中了邪。不过,当他要求别人去帮助他开辟一条道路,以便把马孔多和那些伟大发明连接起来的时候,很多人又跟随他去冒险,只是没有成功。

另一批吉卜赛人又带来了各种东西。霍·阿·布恩蒂亚到处寻找梅尔加德斯。他碰到一个亚美尼亚吉卜赛人正在叫卖一种隐身糖浆。他问那个吉卜赛人,那吉卜赛人立刻变成一摊恶臭的、冒烟的沥青,答话在沥青上发出回声:梅尔加德斯死啦。另一个吉卜赛人证实,梅尔加德斯在新加坡海滩上患疟疾死了。孩子们对这个消息不感兴趣,就拉着父亲去看孟菲斯学者惊人的最新发明。走进帐篷,一个巨人揭开箱子的盖子,里面便冒出一股刺骨的寒气,装着一大块透明的东西。霍·阿·布恩蒂亚对孩子解释说:这是世界上最大的钻石。

吉卜赛人纠正他,说:这是冰块。

霍·阿·布恩蒂亚将手放在冰块上,说道:这是我们这个时代最伟大的发明。

第　二　章

乌苏娜和她的丈夫是表兄妹。当两个年轻人表示结婚的愿望时,双方家长都反对,生怕这两个健全的后代生出一只蜥蜴。乌苏娜的婶婶嫁给霍·阿·布恩蒂亚的叔叔就曾生下了一个长着猪尾巴的儿子。19岁的霍·阿·布恩蒂亚用一句话结束了争论:我可不在乎生出猪崽子,只要它们会说话就行。于是举行了婚礼。乌苏娜在上床之前,都穿上她母亲用厚帆布做成并用交叉皮带系住的“贞节裤”,担心力大、刚强的丈夫强迫她。村中传说,乌苏娜出嫁一年以后依然是个处女,因为丈夫有点毛病。这样又过了半年。有个星期,霍·阿·布恩蒂亚的公鸡战胜了阿吉廖尔的公鸡。输了的阿吉廖尔气得发疯,叫道:恭喜你呀!也许你的公鸡能够帮你老婆的忙。霍·阿·布恩蒂亚在同他决斗中用标枪击中了对方的咽喉。夜晚在斗鸡棚里,死者的亲友们守在棺材旁边时,霍·阿·布恩蒂亚走进自己的卧室,拿标枪对准妻子,命令她把“贞节裤”脱掉。

人们把这场决斗称为光荣的决斗,可是两夫妇却感到了良心上的谴责。乌苏娜曾四次、霍·阿·布恩蒂亚曾两次在夜里看到死者用麻盾堵流血的伤口,洗脖子上的凝血,在雨下徘徊,四处张望。

就因为这样,他们打算翻山越岭,朝着原住地列奥阿察的相反方向前进,从而无影无踪地消失。另外一些人也跟着他们去寻找渺茫的土地。过了一年零两个月,乌苏娜生了一个儿子,完全没有牲畜的症状。在几乎两年多的流浪后,在沼泽地带建立起了一个村庄——马孔多。他们在这里又生了个儿子奥雷连诺,乌苏娜还怀上第三个孩子,后来取名阿玛兰塔。

头生子霍·阿卡蒂奥对炼金术不感兴趣,过早成熟,先与皮拉·苔列娜发生两性关系,有了孩子;后又与吉卜赛美丽的小姑娘私奔。乌苏娜打听了吉卜赛人所去的方向,便去寻找儿子,离马孔多越来越远,就认为用不着回头了。霍·阿·布恩蒂亚发现妻子失踪,就踏上荒无人迹的小道去寻找,过了三天,毫无结果,返回了村子。几乎过了五个月,乌苏娜回来了。她没有追上吉卜赛人,却发现了她丈夫枉然寻找伟大发明时未能发现的那条道路。跟着她来的还有一群沼泽地另一边的人。他们那儿建立了城镇,每月都能收到邮件,而且使用能够改善生活的机器,说的语言是西班牙语,与马孔多居民一样,抱怨的也是相同的痛苦。

第三一四章

乌苏娜带到这儿来的那些人,到处宣扬马孔多地理位置很好、周围土地肥沃,以致这个小小的村庄很快变成了一个热闹的市镇,开设了商店和手工业作坊,修筑了商道。第一批阿拉伯人沿着这条商道来到了这儿,他们用玻璃珠项链交换鹦鹉。霍·阿·布恩蒂亚对周围的现实生活入了迷,对炼金术试验失去了兴趣,重新成了有事业心的、精力充沛的人。他在短时期内就整顿好了全镇的劳动生活,给每座房子安了一个音乐钟。乌苏娜则在振兴家业,制作美妙的糖公鸡和糖鱼,每天两次拿到街上去卖。进入少年期的奥雷连诺却聚精会神地从事首饰工作,有一天他预言:有人就要来咱们这儿啦,这个人已在路上啦。

的确,星期天来了个雷贝卡。她顶多只有11岁,是些皮货商受托将这个姑娘连同一封信送到霍·阿·布恩蒂亚家里的。她的帆布袋里装着她父母的骸骨。他们收留了她,但好多天都无法叫她吃饭;她喜欢吃的只是院子里的泥土和她用指甲从墙上刨下的一块块石灰。乌苏娜想尽办法,终于使她摆脱了恶劣的吃泥土的嗜好,吃饭有味了,会用刀叉了。不久,马孔多镇居民都患了失眠症,而且发展成健忘症,连事物的名称都要记在小纸片上,用途也得写清。

马孔多庆祝记忆复原的时候,死去了的梅尔加德斯,因忍受不了孤独,回到镇上来了,把自己献给银版照相术。霍·阿·布恩蒂亚根本没有听说过这样的发明,当他看见自己和全家人永远印在彩虹色的金属版上时,竟惊得说不出话来,生怕人像移上金属版,人就会逐渐消瘦。后来他决定利用银版照相术得到上帝存在的证明,否则就永远结束有关上帝存在的一切臆想。而梅尔加德斯却觉得他偶然得到了有关马孔多未来的启示:马孔多将会变成一座辉煌的城市。

乌苏娜考虑到家里满是成年人,她的孩子们很快就要结婚、养孩子,开始扩充住宅。但她接到一道命令:房屋正面必须刷成蓝色。公文上面有镇长的签字。

霍·阿·布恩蒂亚去找镇长阿·摩斯柯特,告诉他:在这个市镇上,我们不靠纸儿发号施令,请你永远记住,我们不需要别人指手画脚,我们这儿的事用不着别人来管。阿·摩斯柯特警告说:我有武器。霍·阿·布恩蒂亚一把揪住镇长的衣领,举了起来,沿着街道中间拎了过去。

镇长有一个妻子和七个女儿。小女儿雷麦黛丝的形象留在了比她大很多岁的奥雷连诺的心里。而雷贝卡和阿玛兰塔都暗自爱上了摆弄自动钢琴的意大利人克列斯比。

梅尔加德斯又一次死了。上次患热病死在新加坡沙滩上,这次死在不该去的深水里。他说过:我是永生的。由于乌苏娜不在,无影无踪的梅尔加德斯仍在各个房间里神秘地游荡。有一天早晨,死去的阿吉廖尔也来了,霍·阿·布恩蒂亚跟他一直谈到天亮。过了些日子,霍·阿·布恩蒂亚精神恍惚了,他认定每天都是星期一,抓住一根门闩,砸烂了炼金器具、照相洗印室和金银首饰作坊,还想毁掉整座房子。奥雷连诺马上叫左邻右舍的人来帮忙。按倒他需要10个人,捆起来需要14个人,把他拖到院内大栗树下需要20个人,他们拿绳子把他捆在树干上。

第 五 章

奥雷连诺和雷麦黛丝在圣坛前举行了婚礼。结婚前夕,她还没抛弃儿童的习惯。教她洗脸、穿衣、做些最简单的家务,费了不少时间。让她保守合欢床上的秘密,也花了不少工夫。到了举行婚礼的那一天,这姑娘对日常生活的了解就不亚于她的姐姐们了。婚礼上唯一不幸的人是雷贝卡。照乌苏娜的安排,她应当是在这同一天结婚的。可是克列斯比收到一封别人假称他母亲病危的信,回省城去了。曾经力图破坏他们结婚的阿玛兰塔受到母亲的盘问。

为了举行婚礼,阿·摩斯柯特从邻近城市请来了尼康诺神父。那时神父决定建筑一座世界上最大的教堂,以使罗马来的人也能在无神论者的中心地区向上帝祈祷。他募捐到的钱很少。为了筹集更多的钱,他向参加旷地弥撒的半村人证明上帝威力无穷。他伸出双手,闭上眼睛,就在地上升高了6英寸。几天中他都一再重复升空的把戏,收到了很多钱,已足以动工。谁都不怀疑神父表演的奇迹是上帝在发挥威力。只有捆在树干上的霍·阿·布恩蒂亚不以为然。他说:这很简单。这个人发现了物质的第四种状态。神父反驳:这个事实无可辩驳地证明上帝的存在。霍·阿·布恩蒂亚拒不接受他的传道,也不相信他的升空表演,只要求拿上帝的照片当作唯一证明,而且想用理性主义动摇神父的宗教信仰。

教堂竣工还需好几年时间,雷贝卡的婚事也就随之拖延了。由于阿玛兰塔也爱克列斯比,她就琢磨种种诡计进行阻挠,到一切幻想都已破灭的最后时刻,她要毒死雷贝卡。婚期临近,阿玛兰塔错把鸦片酊放到了雷麦黛丝的咖啡里了,以致将她毒死,——有一对双胞胎横梗在她肚子里。现在她对雷麦黛丝之死感到自己有罪了,而且想到了雷麦黛丝生前许许多多的好处。

乌苏娜宣布了严格的丧事办理规矩。雷贝卡和克列斯比现在要想确定新的婚期,简直就是亵渎神灵了;他俩虽已订婚,却无法使关系往前推进。雷贝卡失去希望,精神委顿;又开始吃土。后来,她与失踪回家的、壮大无比的霍·阿卡蒂奥私通,结束了这桩婚事。而克列斯比与阿玛兰塔便相互爱恋,快要结婚。奥雷连诺表示了神秘、断然的意见。

"现在不是考虑结婚的时候。"

这句话的含义是乌苏娜几个月以后才理解的,不仅就结婚来说,而且就其他任何事情来说(只有战争除外),它都是奥雷连诺那时能够表达的唯一真实的见解。站在行刑队面前的时候,他自己也不太明白,一连串不可捉摸的、难以避免的偶然事件如何使他到了这个地步。雷麦黛丝之死使他受到的震动,比他担心的事情还小一些。她的死在他心中引起的狂乱感觉,逐渐融化成了孤独的、消极的失望感,就像他决定不再跟女人来往时的那种感觉。他一头扎进工作,但是保持了跟岳父玩多米诺骨牌的习惯。在这座充满哀悼气氛的房子里,夜间的交谈增强了两个男人的感情。"再结婚吧,奥雷连诺!"岳父向他说。"我还有6个女儿,任你挑选一个。"有一次,在选举之前不久,马孔多镇长公务旅行回来,对国内的政治局势非常忧虑。自由党人准备发动战争。由于当时奥雷连诺对保守党人和自由党人的观念十分模糊,岳父就向他简单地说明了两党之间的区别。他说,自由党人是共济会会员,是坏人,他们主张绞死教士,实行自由的结婚和离婚,承认婚生子和非婚生子的平等权利,并且打算推翻最高政权,把国家分割开来,实行联邦制。相反地,保守党人直接从上帝那儿接受权力,维护稳定的社会秩序和家庭道德,保护基督——政权的基础,不容许国家分崩离析。奥雷连诺出于人道主义精神,同情自由党人有关非婚生子权利的主张，但他不明白的是，由于双手都摸不到的东西，为什么需要走上极端、发动战争。他觉得岳父过于热心了，因为选举期间，在这毫无政治热情的市镇上，他的岳父竟调来了一个军士率领的6名带枪的士兵。士兵们到了这儿，就挨家挨户没收猎枪、砍刀，甚至菜刀，然后向21岁以上的男人分发选票：写有保守党候选人姓名的蓝票和写有自由党候选人姓名的红票。选举前一天——星期六，阿·摩斯柯特先生亲自宣读了一项命令：从午夜起，在48小时内，禁止出售酒类，如果不是一家人，还禁止三人以上聚在一起。选举之前没有发生事故。星期天上午8时，广场上安了个木制的投票箱，由6名士兵守卫。投票是绝对自由的，奥雷连诺自己就相信这一点，因为他几乎整天站在岳父身边，没有看见任何人多投一次票。午后4时，咚咚的鼓声宣布投票结束，阿·摩斯柯特先生给投票箱贴上了他署名的封条。晚上，跟奥雷连诺玩多米诺骨牌时，他命令军士撕去封条，统计选票。红票跟蓝票几乎相等，可是军士只留下10张红票，加多了蓝票。然后，他们给选票箱贴上新的封条，第二天拂晓，就把它送到省城去了。

"自由党人就要发动战争啦，"奥雷连诺说。阿·摩斯柯特先生甚至没从自己的筹码上抬起眼来。"如果你以为原因是偷换选票，那就不会发生战争，"他说，"因为选票箱里留下了一些红票，他们就无从抱怨了。"奥雷连诺明白反对党的处境是不利的。"如果我是自由党人，"他说，"我就会由于这种选票的把戏发动战争。"岳父从眼镜上方瞥了他一眼。

"哎，奥雷连诺，"他说，"如果你是自由党人，你就看不到掉换选票的事了，即使你是我的女婿。"

引起全镇愤怒的不是选举结果，而是士兵们拒绝归还收走的刀子和猎枪。妇女们请求奥雷连诺向岳父说说情，哪怕把菜刀还给她们也成。阿·摩斯柯特先生十分机密地向他说，士兵们已经运走了没收的武器，拿去当作自由党人准备打仗的物证。这种说法的可耻使奥雷连诺吃了一惊。他没吭声，可是有一天晚上，格林列尔多·马克斯和马格尼菲柯·维斯巴尔跟其他几个朋友谈论菜刀的事情时，问他是自由党人还是保守党人，他一分钟也没犹豫。

"如果非要是个什么人不可，那我宁愿做一个自由党人，因为保守党人是骗子。"

……

12月上旬，乌苏娜终于惊惶不安地冲进作坊。

"战争爆发啦！"

其实，战争已经进行了三个月。全国都处于战时状态。马孔多只有阿·摩斯柯特先生一个人及时知道了这个消息，但他甚至避免把它告诉自己的妻子，直到奉命进入这个市镇的军队突然来临。士兵们是在拂晓之前悄悄地进来的，带着骡子拉的两门轻炮，把指挥所设在学校里，宣布下午6时以后为戒严时间。他们在每座房子里都进行了比前次更严厉的搜查——这一次连农具都给拿走了。他们从房子里拖出诺格拉医生，把他绑在市镇广场的一棵树上，未经审讯就将他枪决了。尼康诺神父试图用"升空"的奇迹影响这帮军人，可是一个士兵却拿枪托敲他的脑袋。自由党人的激烈情绪消失了，变成了无声的恐怖。奥雷连诺脸色苍白，神秘莫测，继续跟岳父玩多米诺骨牌。他明白，阿·摩斯柯特先生虽然拥有市镇军政长官的头衔，但又成了有名无实的镇长。一切都是指挥警备队的一个上尉决定的，他每天早上都想出一种新鲜的特别税，以满足公共秩序保卫者的需要。他的4个士兵从一户人家拖出疯狗咬伤的一个女人，就在街道中间用枪托把她打死了。市镇被占之后过了两周的一个星期天，奥雷连诺走进格林列尔多·马克斯的住所，像往常一样温和地要了一杯无糖的咖啡。他俩单独呆在厨房里的时候，奥雷连诺用他从来没有过的威严口吻说："叫朋友们准备吧，咱们要去打仗啦。"格林列尔多·马克斯不相信他的话。

"用什么武器？"他问。

"用他们的武器，"奥雷连诺回答。

星期二夜晚，在不顾一切的大胆行动中，21 个 30 岁以下的人，在奥雷连诺的指挥下，拿着菜刀和利器，出其不意地袭击了警备队，夺取了枪支，在广场上枪决了上尉和打死女人的那 4 个士兵。

就在那天夜里，广场上还传来行刑队枪声的时候，阿卡蒂奥被任命为马孔多的军政长官。那些已有家室的暴动者几乎没有时间跟妻子告别，就让她们听天由命了。黎明时分，在摆脱了恐怖的居民们欢呼之下，奥雷连诺的队伍离开马孔多，去同革命将军维克多里奥·麦丁纳的部队会合；据最近的消息，他的部队正向马诺尔移动。在离开之前，奥雷连诺从一个衣橱里把阿·摩斯柯特先生拉了出来。"别怕，岳父，"他说，"新政府说话算数，保证您和全家的人身安全。"阿·摩斯柯特先生好不容易才闹明白，这个脚穿高统皮靴、肩挎步枪的暴动分子，就是经常跟他玩多米诺骨牌玩到晚上 9 点的女婿。

"奥雷连诺，这是发疯，"他说。

"这不是发疯，"奥雷连诺说。"这是战争。别再叫我奥雷连诺；从现在起，我是奥雷连诺上校了。"

第 六 章

奥雷连诺上校发动了 32 次武装起义，32 次都遭到了失败。他跟 16 个女人生了 17 个儿子，这些儿子都在一个晚上接二连三被杀死了，其中最大的还不满 35 岁。他自己遭到过 14 次暗杀、73 次埋伏和一次枪决，但都幸免于难。他喝了一杯掺有士的宁[①]的咖啡，剂量足以毒死一匹马，可他也活过来了。他拒绝了共和国总统授予他的荣誉勋章。他曾升为革命军总司令，在全国广大地区拥有生杀予夺之权，成了政府最畏惧的人物，但他从来没有让人给他拍过照。战争结束以后，他拒绝了政府给他的终身养老金，直到年老都在马孔多作坊里制作小金鱼为生。尽管他作战时经常身先士卒，但他唯一的伤却是他亲手造成的，那是结束 20 年内战的尼兰德投降书签订之后的事。他用手枪朝自己的胸膛开了一枪，子弹穿过脊背，可是没有击中要害。这一切的结果不过是马孔多的一条街道拿他命了名。

然而，据他自己寿终之前不久承认，那天早晨，他率领 21 人的队伍离开马孔多，去投奔维克多里奥·麦丁纳将军的部队时，他是没有想到这些的。

"我们把这个镇子交给你了，"他离开时向阿卡蒂奥说。"你瞧，我们是把它好好儿交给你的，到我们回来的时候，它该更好了。"

阿卡蒂奥对这个指示作了十分独特的解释。他看了梅尔加德斯书里的彩色插图，受到启发，就给自己设计了一套制服，制服上面配了元帅的饰带和肩章，并且在腰边挂了一把带有金色穗子的军刀；这把军刀本来是属于那个已经被枪决的上尉的。然后，他在市镇入口处安了两门大炮，

---

① 士的宁，也叫马钱子碱，一种毒药。

鼓动他以往的学生,叫他们穿上军服,把他们武装起来,让他们耀武扬威地走过街头,使人从旁看出这个镇子是坚不可摧的。其实,这个鬼把戏未必有用:的确,几乎整整一年,政府不敢发出进攻马孔多的命令,可是最终决定大举猛攻这个镇子时,半小时之内就把抵抗镇压下去了。阿卡蒂奥在执掌政权之初,对发号施令表现了很大的爱好。有时,他一天发布四项命令,想干什么就干什么。他规定年满18岁的人都须服兵役,宣布晚上6时以后出现在街上的牲畜为公共财产,强迫中年男人戴上红臂章。他把尼康诺神父关在家里,禁止外出,否则枪毙;只有在庆祝自由党胜利时,才准做弥撒、敲钟。为了让大家知道他并不想说着玩玩,他命令一队士兵在广场上向稻草人练习射击。起初,谁也没有认真看待这些。归根到底,这些士兵不过是假装大人的小学生。有一天晚上,阿卡蒂奥走进卡塔林诺游艺场的时候,乐队小号手故意用军号声欢迎他,引起了哄堂大笑。阿卡蒂奥认为这个号手不尊重新的当局,下令把他枪毙了。那些敢于反对的人,他下令给他们戴上脚镣,把他们关在学校教室里,只让他们喝水、吃面包。“你是杀人犯!”乌苏娜每次听到他的横行霸道,都向他叫嚷。“奥雷连诺知道的时候,他会枪毙你,我第一个高兴。”然而一切都是枉然。阿卡蒂奥继续加强这种毫无必要的酷烈手段,终于成了马孔多不曾有过的暴君。“现在,镇上的人感到不同啦,”阿·摩斯柯特有一次说。“这就是自由党的天堂。”这些话传到了阿卡蒂奥耳里。他领着一队巡逻兵,闯进阿·摩斯柯特的住所,砸毁家具,抽打他的几个女儿,而把过去的镇长沿着街道朝兵营拖去。乌苏娜知道了这件事情,非常惭愧,狂喊乱叫,愤怒地挥着树脂浸透的鞭子,撒腿奔过市镇;当她冲进兵营院子的时候,士兵们已经站好了枪毙阿·摩斯柯特先生的队列,阿卡蒂奥准备亲自发出“开枪”的命令。

“你敢,杂种!”乌苏娜叫道。

阿卡蒂奥还没清醒过来。她已拿粗大的牛筋鞭给了他一下子。“你敢,杀人犯,”她喝道。“你也杀死我吧,你这婊子养的。那样,我起码用不着因为喂大了你这个怪物而惭愧得流泪了。”她无情地追着阿卡蒂奥抽打,直到他躲在院中最远的一个角落里,像蜗牛似的蜷缩在那儿。绑在柱子上的阿·摩斯柯特先生已经失去知觉;在这之前,柱子上挂着一个被子弹打穿了许多窟窿的稻草人。行刑的小伙子们四散奔逃,生怕乌苏娜也拿他们出气。可她看都不看他们一眼。阿卡蒂奥的制服已经扯破,他又痛又恼,大声狂叫;乌苏娜把他撇在一边,就去松开阿·摩斯柯特先生,领他回家。但在离开兵营之前,她把戴着脚镣的犯人都给放了。

从这时起,乌苏娜开始掌管这个市镇。她恢复了星期日的弥撒,取消了红色臂章,宣布阿卡蒂奥轻率的命令无效。乌苏娜虽然表现勇敢,心中却悲叹自己的命运。她感到自己那么孤独,就去找被忘在栗树下的丈夫,向他无用地诉苦。

霍·阿·布恩蒂亚最初丧失理智的时候,还有短暂的神志清醒,乌苏娜来诉苦时,他已失去了跟现实生活的一切联系,等于跟死人说话了。

阿玛兰塔与克列斯比的关系发展确实很快,克列斯比向她提出下月结婚,她却回答:我死也不会嫁给你。终于,这个意大利人用刀子割断手腕上的静脉,死了。

阿卡蒂奥是霍·阿卡蒂奥和皮拉·苔列娜的儿子,但他并不知道自己的父母是谁。对皮拉·苔列娜,他甚三感到一种不可遏止的欲望;对霍·阿卡蒂奥,由于接到别人的控告,他让霍·阿卡蒂奥侵占的土地合法化,条件是后者同意让他代表地方政府收税。过了几年,奥雷连诺审查土地所有权时发现,从他哥哥所在的山丘直到目力所及之处,包括墓地在内的全部土地都是记在他哥哥名下的，而且阿卡蒂奥在掌权的11个月中，在自己的衣兜里不仅塞满了税款，还有他允许人家在霍·阿卡蒂奥土地上埋葬死人所收的费用。乌苏娜向他叫嚷：你是咱们家的耻辱。

对马孔多居民来说，“战争”不过是表示一种模糊的、遥远的事情，现在成了具体的、明显的现实了。二月底，史蒂文森上校带来了不好的消息：自由党人进行抵抗的最后几个据点已被消灭了。三月底，马孔多发生了枪战和白刃战，阿卡蒂奥投降，被枪决了。他几乎来不及挺起胸膛和抬起头颅，就不知从哪儿涌出一股热乎乎的液体，顺着大腿往下直流。

“杂种！”他叫喊起来，“自由党万岁！”

第七—九章

五月里，战争结束了。政府在公告中宣布，要严惩叛乱的祸首。在这之前两个星期，奥雷连诺上校遭到了逮捕，被判死刑。乌苏娜去探监，觉得他比以前更苍白，显得更孤僻了。他知道家里发生的一切事情，因为他是个有预见的人。现在当法庭庭长向他宣判死刑，问他的最后希望时，他马上觉得有一种预感在暗示他作出如下回答：我要求在马孔多执行判决。

行刑那天，他想起父亲在一个晴朗的下午，带他去吉卜赛人的篷帐，于是他瞧见了冰块。当他听到一声喊叫时，他以为是卡尼瑟洛上尉给行刑队的最后命令。他惊奇地睁开眼来，却发现上尉举起双手呆立不动，霍·阿卡蒂奥拿着准备射击的猎枪跑过街道。

上尉说：别打枪，你是上帝派来的嘛。

从这时起，卡尼瑟洛上尉和他的行刑队跟随奥雷连诺上校去营救在列奥阿察被判处死刑的革命将军麦丁纳。可是麦丁纳已被枪决了。奥雷连诺上校的追随者拥戴他为加勒比海沿岸革命军总司令，头衔是将军。他同意接受这个职位，但拒绝了将军的头衔，并且说定在推翻保守党政府之前不接受这个头衔。三个月中，他武装了1 000多人，可是几乎都牺牲了。幸存者越过东部边境，又离开西印度群岛，在维拉角登陆，回到国内。政府发出几份电报，一会儿说奥雷连诺死了，一会儿又报告南部平原上新的起义，因此产生了奥雷连诺上校无处不在的传说。这时，自由党领袖正在跟政府举行关于自由党人进入国会的谈判，宣布奥雷连诺上校为冒险分子，不能代表他们的党。政府把他算做强盗，悬赏5 000比索取他的首级。在16次失败后，奥雷连诺上校率领2 000装备很好的印第安人，攻陷了列奥阿察，宣布了反对保守党人的全民战争。

阿卡蒂奥被枪毙之后五个月，乌苏娜给他的大女儿取名雷麦黛丝，孪生子叫霍·阿卡蒂奥第二和奥雷连诺第二。阿玛兰塔自愿照顾这几个孩子。

哥哥霍·阿卡蒂奥救了奥雷连诺上校的命。过了一年，霍·阿卡蒂奥死了。他的血从新居穿过客厅，流到街上，曲曲弯弯，或上或下，径直趟向布恩蒂亚的房子。乌苏娜顺着血的来路，瞧见了趴在地上的儿子。他一死，雷贝卡就闩上房门，与世隔绝了。

奥雷连诺上校统率了5 000多名士兵，控制了沿海两州，但他明白自己被截断了与其他地区的联系，处于十分含糊的政治地位。他向军官们抱怨说：党内的那些蠢货为自己祈求国会里的席位，咱们却正在失去时间。他请皮拉·苔列娜占卜。皮拉提醒他：当心你的嘴巴。过了两天，有人在咖啡里放了足以毒死一匹牲口的士的宁，他喝了。乌苏娜用催吐剂救活了他。他躺在床上养病时，重读了自己的诗稿，想起了自己一生中那些决定性时刻。他又开始写诗。

有天晚上，他问马克斯上校：你是为什么战斗呀？马克斯上校说：为了伟大的自由党呗。

"你很幸福,因为你知道为什么战斗,"奥雷连诺上校说,"而我现在才明白,我是由于骄傲才参加战斗的。""这不好。""当然不好,但无论如何,最好是不知道为什么战斗,或者像你一样为了某些事情进行战斗,而那些事情对任何人都没有任何意义。"以前,他的骄傲是不让他跟内部地区的起义部队取得联系的,除非自由党领袖公开纠正把他称为强盗的声明。卧床疗养使他有了时间反复思量。他向母亲要了金子,任命马克斯上校为马孔多军政长官,就离开市镇去跟内部地区的起义部队建立联系了。

马克斯上校与阿玛兰塔相互有了感情。奥雷连诺上校在外地预感到他爸爸快要死了。果然死了。整整一夜,黄色的花朵像无声的暴雨,在马孔多镇上空纷纷飘落,整个市镇仿佛铺了一层密实的地毯。

阿玛兰塔拒绝了马克斯上校后,这个容颜已衰的女人,把侄儿奥雷连诺·霍塞作了治疗孤独病的临时药剂,赤身裸体同他一块儿睡觉,弄得疲惫不堪。

过了不久,自由党领袖们就要和保守党政府签署停战协定了,条件是:自由党人取得三个部长职位,在议会里成为少数派;赦免放下武器的起义者。奥雷连诺上校不同意,秘密来到马孔多,遣散了警备队,埋藏了武器,销毁了档案,同马克斯上校等离开了市镇。

正当自由党人和保守党人尽量让全国相信他们的和解时,奥雷连诺上校又组织了七次武装起义,占领了边境海关哨所,向全国发出开始全民战争的号召,计划到首都郊区去展开军事行动,并想把中美洲所有联邦主义者的力量联合起来,推翻整个大陆(从阿拉斯加到巴塔戈尼亚)的保守派政府。

这时,继承了母亲姿色的雷麦黛丝,已经开始成为闻名的"俏姑娘雷麦黛丝"。她不是第二代的雷麦黛丝,是第四代的同名人,阿卡蒂奥之长女。与阿玛兰塔姑姑有过奸情的奥雷连诺·霍塞从军队中开小差回到家里,阿玛兰塔怀着不可动摇的决心,拒绝了他。不久,他死于政府军枪下。

就像拿母鸡跟良种公鸡交配一样,让姑娘去同著名军人睡觉,成了一种风习。奥雷连诺有了17个儿子。他已在回国路上,准备领导一次更大的起义。他的1 000名装备精良的部队占领了马孔多,开始进行激烈的改革,以便彻底摧毁保守制度摇摇欲坠的大厦。同他私交甚好的政府的将军,也被他枪决了。

奥雷连诺上校虽有无限权力,可是陷入孤独,开始迷失方向。由于经常多疑,由于连年战争的恶性循环,他已困乏不堪,越来越衰老了。他打算在马孔多找到最后的栖身之所,在往事的回忆中得到温暖。他的消极情绪是那么严重,有人向他报告自由党代表团来跟他讨论最重要的政治问题时,他只是在吊床上翻了个身,甚至没让自己睁开眼睛。代表团提出的三条建议,实际上是承认保守制度是好的。他的政治顾问反驳这些建议,奥雷连诺却阻止了他,说:别浪费时间了,最主要的是,从现在起,我们战斗就只是为了权力啦。在声明上签字后,他又说:先生们,这是你们的纸儿。我希望你们能够从中捞到一些好处。

奥雷连诺上校发动过32次起义,得到过许多光荣,然而几乎迟了40年才发现普通人的生活是可贵的。他是为自身的解放而战斗的,不像政客们是根据情况不断变化所提出的口号而战斗的。签署停战协定的那天,奥雷连诺上校开枪自杀未遂,几小时内就恢复了他失去的威望。那些曾经胡说他为了金砖房子而出卖胜利的人,把他的自杀看成是崇高行为,宣布他为殉道者。后来,他拒绝共和国总统颁发给他的荣誉勋章时,甚至自由党内激烈反对他的人,也来要求他否决停战协定。他本想借口共和国总统拒绝把养老金发给参战人员而誓死宣战,但政府已在他的住所门前加强了军事警戒,禁止任何人去找他。这样,再要发动起义就是枉费心机了。

第 十 章

霍·阿卡蒂奥第二与奥雷连诺第二的主要区别,是在战争最激烈时表现出来的。前者要求马克斯上校允许他去看看行刑,这个愿望得到了满足;后者想到去看行刑就浑身哆嗦。12岁时,奥雷连诺第二要去看梅尔加德斯的书和他最后几年的古怪笔记。乌苏娜把钥匙给了他。自从梅尔加德斯的尸体抬出房间,门挂了锁,谁也没有再进去过。可哪儿也看不到一小点尘土或蛛网。

奥雷连诺第二决心破译梅尔加德斯的手稿。但上面的字儿更像乐谱,而不像普通的文字。一个炎热的晌午,奥雷连诺第二正在努力研究手稿时,梅尔加德斯出现了。从那时起,他们每天下午见面。梅尔加德斯对他说:在手稿满100年以前,谁也不该知道这儿写些什么。

在尼兰德协定签订前不久,奥雷连诺第二离开了僻静的斗室,面对现实生活了。他和霍·阿卡蒂奥第二共同占有了一个女人——佩特娜·柯特。这对孪生子似乎在自己身上集中了家族的一切缺点,而没有继承家族的一点美德。

尽管乌苏娜已满一百岁,但仍有充沛的精力、严谨的性格和清醒的头脑。她要求抚养奥雷连诺第二的头生子——霍·阿卡蒂奥(后为神学院学生)使其成为有美德的人。这个人将恢复家族的威望,根本就不知道战争、斗鸡、坏女人和胡思乱想。照她看来,这是使家族衰败的四大祸害。她说:这会是个神父,我会看见他当上教皇。

自从奥雷连诺第二当家以来,几年中,凭着家畜家禽神奇的繁殖力,富裕起来了。这全靠他的情妇佩特娜·柯特的爱情具有激发生物繁殖的功能。

当奥雷连诺上校终于迷上了晚年的宁静生活,重新打开作坊制作小金鱼的时候,马孔多像神话一样繁荣起来了。在战争结束之前,有三个男人把一尊真人一般大的石膏像抬到了乌苏娜家里。一个工人不慎撞碎了它,里面是将近两百公斤黄金。她把它们放在三条口袋,埋在秘密地方,等那三个陌生人来取走。

在马孔多的一次狂欢节上,俏姑娘雷麦黛丝被选为狂欢节女王。曾孙女的动人之美使乌苏娜不寒而栗。她那神话般的姿色,大家谈起都异常兴奋。有个非常漂亮的外国绅士,由于得不到她的爱,产生悲剧;一个年轻军官遭到她的拒绝,死在她的窗下。

其实,俏姑娘雷麦黛丝并不是这个世界的人。到20岁时,她还没学会读书写字,还不会使用餐具,而且赤身露体在屋子里走来走去——她的天性是反对一切规矩的。

俏姑娘雷麦黛丝将要成为节日女王的消息,几小时就传遍了沼泽地带和遥远地区,使得那些认为布恩蒂亚家族仍然是叛乱象征的人惴惴不安。实际上,奥雷连诺上校已不谈政治,只是做金鱼,卖金鱼。替他卖金鱼的人回来说,保守党政府在自由党支持下,准备修订历书,以便每届总统都能掌权一百年。还说,政府终于跟教廷签订了条约,罗马派来了一位红衣主教,他的教冠嵌满了钻石,他的宝座是纯金做成的;自由党部长们跪在主教面前,吻着他的宝石戒指拍照;一个西班牙剧团的女主角,被一伙蒙面强盗抢走了,第二天早晨竟在共和国总统的夏宫里跳裸体舞。

狂欢节达到高潮时,出现了一大群化装的人:他们用金光闪闪的轿子抬着一个无比美丽的女人。她戴着绿宝石王冠,披着貂皮斗篷,俨然一个女王。忽然,枪弹的闪光遮没了焰火的光彩,恐怖的叫声压倒了音乐,狂欢变成了混乱。马孔多人遭到了枪杀。在一片混乱中,霍·阿卡蒂奥第二设法救出了俏姑娘雷麦黛丝,把冒牌女王菲兰达抱回了家中。菲兰达是从全国五千名美女中选出的头号美女;他们答应宣布她为马达加斯加女王,就送她到马孔多来了。镇上的人都同情她的天真。后来她与奥雷连诺第二举行了整整20天的热闹婚礼。

第十一—十二章

奥雷连诺第二婚后,仍与他的情妇佩特娜·柯特来往。菲兰达未能使她的丈夫得到满足。在家里,她不顾家庭对她的显然敌视,想让布恩蒂亚一家人接受她贵族祖先的那些高尚的风习,把吃饭变成了隆重仪式。当乌苏娜丧失了视觉,就只有她能决定家庭的命运了。她给奥雷连诺第二生了个儿子,又生了个女儿——雷纳塔·雷麦黛丝。

雷纳塔出生之后不久,因为尼兰德停战协定的又一个周年纪念,政府突然命令为奥雷连诺上校举行庆祝会。这样的决定跟政府的政策是不一致的,上校毫不犹豫地反对它,拒绝参加庆祝仪式。"我第一次听到'庆祝'这个词儿,"他说,"但不管它的含义如何,这显然是个骗局。"狭窄的首饰作坊里挤满了各式各样的使者。以前像乌鸦一样在上校周围打转的那些律师又来了,他们穿着黑色礼服,比以前老得多、庄严得多。上校见到他们,就想起他们为了结束战争而来找他的那个时候,简直无法忍受他们那种无耻的吹捧。他要他们别打扰他,说他不是他们所谓的民族英雄,而是一个失去记忆的普通手艺人,他唯一希望的是被人忘却,穷困度日,在自己的金鱼中间劳累至死。最使他气愤的是这么一个消息:共和国总统准备亲临马孔多的庆祝会,想要授予他荣誉勋章。奥雷连诺上校叫人一字不差地转告总统:他正在急切地等待这种姗姗来迟的机会,好把一粒子弹射进总统的脑门——这不是为了惩罚政府的专横暴戾,而是为了惩罚他不尊重一个无害于人的老头儿。他的恐吓是那么厉害,以致共和国总统在最后一分钟取消了旅行,派私人代表给他送来了勋章。格杯列尔多·马克斯上校在各种压力的包围下,离开了他的病榻,希望说服老战友。奥雷连诺上校看见四人抬着的摇椅和坐在摇椅大垫子上的老朋友时,他一分钟也没怀疑,青年时代就跟他共尝胜败苦乐的格林列尔多·马克斯上校克服了自己的疾病,唯一的目的就是支持他作出的决定。但他知道了来访的真实原因之后,就叫来人把摇椅和格林列尔多·马克斯上校一起抬出作坊。

"现在我认识得太迟了,"他向格林列尔多·马克斯说,"当初如果我让他们枪毙了你,就是为你做了一件天大的好事。"

就这样,庆祝会举行的时候,布恩蒂亚家没有任何人参加。庆祝会和狂欢节相遇是十分偶然的,可是谁也无法排除奥雷连诺上校脑海里的执拗想法,他认为这种巧合也是政府的预谋,目的是加重对他的奚落。在僻静的作坊里,他听到了军乐声、礼炮声和钟声,也听到了房子前面片断的演说声,因为人家正以他的名字给街道命名,并发表一通演说。奥雷连诺上校气得没有办法,眼里噙满了泪水;自从失败以来,他第一次感到遗憾的是,他已没有青年时代的勇气,去发动流血的战争,消灭保守制度最后的遗迹。庆祝的喧闹还没停息,乌苏娜就来敲作坊的门。

“别打扰我,”他说。“我正忙着咧。”

“开门,”乌苏娜的声音听起来挺平静,“这跟庆祝会没啥关系。”

于是,奥雷连诺上校挪开门闩,便看见了17个男人,面貌、体型和肤色各不相同,但是都有一副孤僻模样儿;根据这模样儿,在地球上任何地方都能马上认出他们的身份。这些人都是他的儿子。他们是被庆祝会的传闻吸引来的,来自沿海地带最遥远的角落,事先并没有彼此商量,甚至互相还不认识。他们全都自豪地取了“奥雷连诺”这个名字,加上自己母亲的姓。(神父在他们额上用圣灰画了个擦不掉的十字。)

自马孔多来了火车之后,居民们被许多奇异的发明弄得眼花缭乱。电灯、电机、电影、留声机,简直使他们来不及表示惊讶。在一个星期三,有一位赫伯特先生来到了马孔多,吃了虎纹香蕉,又用精密仪器研究了一个香蕉。随后几天有人看见他在市镇郊区捕捉蝴蝶。

下星期三,来了一批工程师、农艺师、水文学家、地质测绘员和土地丈量员,他们勘探了赫伯特先生捕捉蝴蝶的地方。然后,一个叫布劳恩先生的也乘火车来了。那些穿黑衣服的重要官员,全围着布劳恩先生转来转去。没过多久,外国佬们接来了老婆,在铁道的另一边建立了一个豪华的市镇。

赫伯特先生来访之后过了一年多,大家只明白了一点:外国佬打算在一片土地上种植香蕉树。

俏姑娘雷麦黛丝是唯一没有染上“香蕉热”的人。她仿佛停留在美妙的青春期,越来越讨厌各种陈规,只在自己简单的现实世界里寻求乐趣。外国佬很快就发觉她身上发出一种引起不安的气味,在她离开之后,这些气味还会在空气中停留几个小时。在几个人为她死了之后,大家才相信,她身上发出的不是爱情的气息,而是死亡的气息。三月里的一天下午,俏姑娘雷麦黛丝抓住被风卷走的床单凌空升起,永远消灭在上层空间。大概,如果不是所有的奥雷连诺惨遭野蛮屠杀代替了大家的惊讶,大家都不会去谈其他的事情。在某种程度上,奥雷连诺上校预感到了儿子们的悲惨结局。这与布劳恩先生有关。布劳恩先生是坐着第一辆小汽车来到马孔多的——这是一辆橘黄色的小汽车,装有可以折起的顶篷,嘟嘟的喇叭声吓得镇上的狗狺狺直叫;奥雷连诺上校看见这个外国佬的时候,就对镇上的人在这个外国佬面前的卑躬样儿感到愤怒,知道他们自从扔下妻子儿女、扛起武器走向战争以来,精神面貌已经发生了变化。在尼兰德停战协定以后,掌管马孔多的是一个失去了独立性的镇长,是从爱好和平的、困倦的保守党人中间选出的一些无权的法官。奥雷连诺上校看见手持木棒的赤足警察,就说:这是残废管理处。然而,香蕉公司出现以后,专横傲慢的外国人代替了地方官吏,布劳恩先生让他们住在“电气化养鸡场”里,享受高等人士的特权,不会像镇上其他的人那样苦于酷热和蚊子,也不会像别人那样感到许多不便和困难。手执大砍刀的雇佣刽子手取代了以前的警察。奥雷连诺上校关在自己的作坊里思考这些变化,在长年的孤独中第一次痛切地坚信,没把战争进行到底是他的错误。正巧有一天,大家早已忘却的马格尼菲柯·维斯巴尔的弟弟,带着一个七岁的孙子到广场上一个小摊跟前去喝柠檬水,小孩儿偶然把饮料洒到旁边一个警士班长的制服上,这个野蛮人就用锋利的大砍刀把小孩儿剁成了碎块,并且一下子砍掉了试图搭救孙子的祖父的脑袋。当几个男人把老头儿的尸体搬走的时候,全镇的人都看见了无头的尸体,看见了一个妇人手里拎着的脑袋,看见了一个装着孩子骸骨的、血淋淋的袋子。

这个景象结束了奥雷连诺上校的悔罪心情。年轻时,看见一个疯狗咬伤的妇人被枪托打死,他曾恼怒已极;现在他也像那时一样,望着街上一群麇集的观众,就用往常那种雷鸣般的声音(因他无比地憎恨自己,他的声音又洪亮了),向他们发泄再也不能遏制的满腔怒火。他大声叫嚷:等着吧,最近几天我就把武器发给我的一群孩子,让他们除掉这些坏透了的外国佬。

随后整整一个星期,在海边不同的地方,奥雷连诺的 17 个儿子都像兔子一样遭到隐蔽的歹徒袭击,歹徒专门瞄准灰十字的中心……最后只剩了最大的一个。

在很长时间里,奥雷连诺上校未能恢复失去的平静。他满腔怒火,筹措金钱,希望人们帮助他重新发动全面战争,推翻外国侵略者支持的腐败透顶的可耻的政府。可过去的党内同僚,都避而不见。下面这句话正是他这时说的:"现在,自由党人和保守党人的区别是:自由党人举行早祷,保守党人举行晚祷。"

第十三—十五章

乌苏娜失明了。但她几乎像从前肩负全家重担时那样勤劳,而且细致地考察了马孔多建立以来布恩蒂亚家的生活,完全改变了自己关于子孙后代的看法。她觉得,奥雷连诺取得胜利和遭到失败都是同一个原因:名副其实的、罪恶的虚荣心。阿玛兰塔的铁石心肠曾使她害怕,现在倒觉得她是个最温柔的女人,克列斯比之死、马克斯上校遭到挫折,都是无限的爱情和不可克制的胆怯之间生死搏斗的结果,恐惧终于占了上风。雷贝卡是靠泥土和墙上的石灰长大的,可是只有雷贝卡是唯一具有豪迈勇气的。俏姑娘雷麦黛丝刚刚升到空中,没有心肝的菲兰达马上唠唠叨叨,因为她的床单飞走了。16 个奥雷连诺在坟墓里尸骨未寒,奥雷连诺第二又把一帮酒鬼带到家中,弹琴饮酒作乐,好像死去的是一群狗。她甚至希望最终来一次片刻的暴动,这种片刻的暴动是她向往了多次,推迟了多次的。

阿玛兰塔这时开始给自己缝制殓衣。她白天缝,晚上拆,不是为了摆脱孤独,而是为了保持孤独。而奥雷连诺上校则是制作金鱼。

梅梅的最后一次暑假正碰上奥雷连诺上校的丧期。接着,阿玛兰塔也猝然死亡了,死神几年前就预先告诉了她结局的临近。这死神没有什么可怕,不过是穿着蓝衣服的女人,模样古板,有一次甚至请阿玛兰塔替她穿针引线。

梅梅开始恋爱了,通宵都在床上辗转反侧,房间里总有一只飞舞的蝴蝶妨碍她睡觉。她发现黄蝴蝶预示巴比洛尼亚的出现。她爱他爱得发狂。天刚黑,房子里就满是黄蝴蝶。菲兰达哼叫起来:我一直听说,夜出的蝴蝶会带来灾祸。有一次,梅梅在浴室里裸着身子等候他,周围满是蝎子和蝴蝶,他在房顶上揭开一块瓦正想跳下浴室,就被菲兰达请来的一名警卫开枪打伤了,他躺在床上于孤独中老死。

自从听到枪声和他疼痛的叫声,梅梅没有说过一句话。她被菲兰达送进修道院后,在一个秋天的早晨死去。

菲兰达送女儿去修道院后返回马孔多的时候,发现铁路沿线城镇的军事戒备状态。后来她才听说,霍·阿卡蒂奥第二正在鼓动香蕉园工人罢工。他已决定放弃香蕉园监工的职务,站在工人方面。于是,政府就宣称他是国际阴谋集团的走狗,说他破坏秩序。

霍·阿卡蒂奥第二和其他的工会头头是一直处于地下状态的,周末忽然到了镇上,并且在香蕉地区的城镇里组织示威游行。警察只是维持社会秩序。然而，星期一夜间，一伙士兵把工会头头们从床上拖了起来，给他们戴上五公斤重的脚镣，投进了省城的监狱。被捕的还有霍·阿卡蒂奥第二和洛伦索·加维兰上校；这个上校参加过墨西哥的革命，流亡到了马孔多，说他目睹过他的朋友阿特米奥·克鲁斯的英雄壮举。可是不过三个月，他们就获释了。因为谁该支付犯人的伙食费，政府和香蕉公司未能达成协议。食品质量恶劣和劳动条件不好又引起了不满的浪潮。此外，工人们抱怨说，他们领到的不是真正的钱，而是临时购货券，只能在香蕉公司的商店里购买弗吉尼亚[1]火腿。霍·阿卡蒂奥第二被关进监狱，正是因为他揭露了临时购货券制度，说它是香蕉公司为水果船筹措资金的办法，如果没有商店的买卖，水果船就会空空如也地从新奥尔良回到香蕉港。工人们其余的要求是有关生活条件和医务工作的。……身穿黑衣服的老朽的律师们，从前曾经围着奥雷连诺上校打转，现在却代表香蕉公司的利益，好像要魔术一样巧妙地驳斥了工人们的控诉。工人们拟了一份一致同意的请愿书，过了很久官方才通知香蕉公司。布劳恩先生刚刚听到请愿书的事，立即把玻璃顶棚的华丽车厢挂在列车上，带着公司中最重要的代表人物悄悄地离开了马孔多。但在下个星期六，工人们在妓院里找到了其中一个人物，强迫他在请愿书副本上签了字；这个人物是一个妓女同意把他诱入陷阱的，他还赤身露体地跟这个女人躺在一起就给抓住了。然而气急败坏的律师们在法庭上证明，这个人跟香蕉公司毫无关系，为了不让任何人怀疑他们的论证，他们要政府把这个人当作骗子关进监狱。随后，工人们抓到了在三等车厢里化名旅行的布劳恩先生本人，强迫他在请愿书的另一副本上签了字。第二天，他就把头发染黑，出现在法官们面前，说一口无可指摘的西班牙语。律师们证明，这并不是亚拉巴马州普拉特维尔城出生的杰克·布劳恩先生——香蕉公司总经理，而是马孔多出生的、无辜的药材商人，名叫达戈贝托·冯塞卡。嗣后，工人们又想去抓布劳恩先生的时候，律师们在各个公共场所张贴了他的死亡证明书，证明书是由驻外使馆领事和参赞签字的，证明六月九号杰克·布劳恩先生在芝加哥被救火车轧死了。工人们厌恶这种诡辩的胡言，就不理会地方政权，向上级法院提出控诉。可是那里的法学魔术师证明，工人的要求是完全非法的，香蕉公司没有、从来没有、也绝不会有任何正式工人，——公司只是偶尔雇佣他们来做些临时性的工作。所以，弗吉尼亚火腿，神奇药丸以及圣诞节厕所都是无稽之谈，法院裁定并庄严宣布：根本没有什么工人。

大罢工爆发了。种植园的工作停顿下来，香蕉在树上烂掉，120 节车厢的列车凝然不动地停在铁道侧线上。……在街上经过的有三个团的士兵，他们在鼓声下整齐地行进，把大地都震动了。这是明亮的晌午，空气中充满了这条多头巨龙吐出的臭气。士兵们都很矮壮、粗犷。他们身上发出马汗气味和阳光晒软的鞣皮的味儿，在他们身上可以感到山地人默不作声的、不可战胜的大无畏精神。尽管他们在霍·阿卡蒂奥第二面前走过了整整一个小时，然而可以认为这不过是几个班，他们都在兜着圈儿走，他们彼此相似，仿佛是一个母亲养的儿子。他们同样显得呆头呆脑，带着沉重的背包和水壶，扛着插上刺刀的可耻的步枪，患着盲目服从的淋巴腺鼠疫症，怀着荣誉感。乌苏娜从晦暗的床上听到他们的脚步声，就举起双手合成十字。圣索菲娅·德拉佩德俯身在刚刚熨完的绣花桌布上愣了片刻，想到了自己的儿子霍·阿卡蒂奥第二，而他却站在雅各旅馆门口，不动声色地望着最后一些士兵走过。

---

① 美国地名。

根据戒严令,军队应当在争执中起到仲裁者的作用,决不能在争执者之间当和事佬。士兵们耀武扬威地经过马孔多之后,就架起了枪支,开始收割香蕉,装上列车运走了。至今还在静待的工人们,进入了树林,仅用大砍刀武装起来,展开了反对工贼的斗争。他们焚烧公司的庄园和商店,拆毁铁路路基,阻挠用机枪开辟道路的列车通行,割断电话线和电报线。

灌溉渠里的水被血染红了。安然无恙地呆在"电气化养鸡场"里的布劳恩先生,在士兵们保护下,带着自己的和同国人的家眷逃出了马孔多,给送到了安全地点。正当事态将要发展成为力量悬殊的、血腥的内战时,政府号召工人们在马孔多集中起来。号召书声称,省城的军政首脑将在下星期五莅临镇上,调解冲突。

星期五清早聚集在车站上的人群中,也有霍·阿卡蒂奥第二。前一天,他参加了工会头头们的会议,会上指示他和加维兰上校混在群众中间,根据情况引导他们的行动。霍·阿卡蒂奥第二觉得不大自在:因为军队在车站广场周围架起了机枪,香蕉公司的、铁栅栏围着的小镇也用大炮保护起来;他一发现这个情况,总是觉得嘴里有一种苦咸味儿。约莫中午 12 点钟,3 000 多人——工人、妇女和儿童——为了等候还没到达的列车,拥满了车站前面的广场,聚集在邻近的街道上,街道是由士兵们用机枪封锁住的。起初,这更像是节日的游艺会。从土耳其人街上,搬来了出售食品饮料的摊子,人们精神抖擞地忍受着令人困倦的等待和灼热的太阳。三点钟之前有人传说,载着政府官员的列车最早明天才能到达。疲乏的群众失望地叹了叹气。车站房屋顶上有四挺机枪的枪口对准人群,一名中尉爬上屋顶,让大家肃静。霍·阿卡蒂奥第二身边站着一个赤脚的胖女人,还有两个大约四岁和七岁的孩子。她牵着小的一个,要求她不认识的霍·阿卡蒂奥第二抱起另一个,让这孩子能够听得清楚一些。

霍·阿卡蒂奥第二把孩子放在自己肩上。多年以后,这个孩子还向大家说(虽然谁也不相信他的话),中尉用扩音喇叭宣读了省城军政首脑的第四号命令。命令是由卡洛斯·柯特斯·伐加斯将军和他的秘书恩里克·加西亚·伊萨扎少校签署的,在八十个字的三条命令里,把罢工者说成是"一伙强盗",授命军队不惜子弹,打死他们。

机枪从两个方向扫射人群。霍·阿卡蒂奥第二倒在地上,满脸是血。他苏醒时才发现自己躺在塞满火车车厢的尸体上。他打算摆脱这种可怕的处境,从一个车厢爬到另一个车厢,透过些微弱的亮光,便看见死了的男人、女人和孩子:他们将像报废的香蕉给扔进大海。到了第一节车厢,霍·阿卡蒂奥第二跳下火车,躺在轨道旁边的沟里,等着列车驶过。这是他见过的最长的列车——几乎有两百节运货车厢。

他告诉人们,广场上大概有 3 000 人被枪杀了。但人家都不相信广场上大屠杀的事件。政府特别通告,说工人们服从命令离开了车站,成群地安然回家去了。布劳恩先生甚至建议由香蕉公司出钱举行三天的群众游艺会,借以庆祝和解。居民们终于相信:没有死人。

夜间,宵禁开始之后,士兵们就用枪托砸开人家的房门,把可疑的人拖出床铺,送到一去不复返的地方去。可是军事当局即使在牺牲者的亲人面前也否认这种情形。警备队长说:我相信你们不过是做了个梦,马孔多过去没有发生、现在没有发生、将来也不会发生任何事情。这是一个幸福的市镇嘛。工会头头们就这样被消灭了。

"他们有 3 000 多人,"霍·阿卡蒂奥第二仍然说,"我相信全都是聚在车站上的。"

第十六—十八章

雨，下了四年十一个月零两天。空气充满了水分，鱼儿可以经过敞开的房门钻进屋子，穿过房间，游出窗子。

乌苏娜极力想弄清一个人，那个人在战争时期曾把圣约瑟夫的等身石膏像带到这儿，要求存放到雨停以后就把它取走。于是奥雷连诺第二想起了藏在什么地方的财宝，那个地方只有乌苏娜一个人知道，但他的一切探问和诡计都没有奏效。先是雇了些工人挖掘，自己用金属探测器到处勘察，经过3个月也没有发现任何金子似的东西。他去找皮拉·苔列娜帮忙。她肯定了财宝的存在，甚至准确说出它包括7 240个金币，装在3只帆布口袋里，埋藏在半径为120公尺的范围之内，乌苏娜的床铺就是半径的中心。但是要雨停了，连续3个6月的太阳把成堆的泥土变成了灰尘，才能弄到财宝。奥雷连诺第二等不及了，立即决定继续探索，不停地挖掘，直到下一年6月的第二个星期，雨终于开始停息。星期五下午两点，红太阳普照大地。从这一天起，整整10年没有下雨。

马孔多成了一片废墟。香蕉公司那一座座木房子，也像被狂风刮走了，这种狂风是未来12级飓风的前奏；多年以后，那种飓风注定要把马孔多从地面上一扫而光。从前在这儿繁荣起来的香蕉园，现在却是一片沼泽。

八月里开始刮起了热风，所有的沼泽都干涸了。

乌苏娜年过百岁，眼睛瞎了，却怀着力图恢复一切的狂热愿望，清除房间垃圾和蜘蛛网，整理首饰作坊。霍·阿卡蒂奥第二仍在继续考证羊皮纸手稿。他那凌乱不堪、又长又密的头发垂到了额上，透过头发只望得见微绿的牙齿和呆滞的眼睛。乌苏娜——他的曾祖母把他教训了一顿，逼着他洗脸、刮胡子、帮助她完成房子的恢复工作。可是乌苏娜太老了——当时香蕉公司还存在，她就算过自己不小于115岁，但也不大于122岁——不久就离开了人世。年底，雷贝卡也相继去世。

乌苏娜死后，即使像阿玛兰塔·乌苏娜这么一个刚强的人，再过许多年也不可能把房子从废墟中搭救出来。在一定程度上继承了俏姑娘雷麦黛丝美貌的阿玛兰塔·乌苏娜开始显露与众不同的聪明才智，而且特别用功学习。而那个已成青年的小奥雷连诺（即奥雷连诺·布恩蒂亚），显然爱上了远离尘嚣的孤独生活。然而，有一天，不知是谁对撇下马孔多的香蕉公司表示惋惜，他却认为，要不是香蕉公司使马孔多偏离了正确轨道，让它受到了毒化，把它劫掠一空，而且香蕉公司的工程师们不愿向工人们让步，又制造了一场大雨，那么马孔多准是一个有着伟大前途的城镇。他还谈到了一些确凿可靠的详细情节：军队怎样用机枪打死一群聚集在车站上的工人——总共有3 000多人，怎样把尸体装上一列有两百节车厢的火车，把他们扔到海里。菲兰达只信官方的报导，奥雷连诺第二却证实了孪生兄弟的话是可靠的。

霍·阿卡蒂奥第二临死时对小奥雷连诺还说：

你要永远记住：他们有3 000多人，全都被扔进了海里。

奥雷连诺第二接着也病死了。一对孪生兄弟的尸体放在两个同样的棺材里。

小奥雷连诺在梅尔加德斯的房间里，读过不少书，掌握了中世纪人类最重要的科学知识，对自己的时代却没有任何概念。梅梅的这个儿子在那对孪生兄弟死后不久，见到了梅尔加德斯。

那时,小奥雷连诺已经完成羊皮纸手稿全部字母的分类工作。梅尔加德斯问他是用哪一种文字写成的,他毫不犹豫地回答:梵文。

有一天早晨,菲兰达盖着那件银鼠皮袍,显得从未有过的美丽,挺直身子躺在床上,也死了。

有一天半夜,在乌苏娜的卧室里,一个男孩和霍·阿卡蒂奥(神学院学生)忽然发现水泥地面的缝隙里冒出一道奇异的金光。他们揭开石板,石板下出现一个地窖——奥雷连诺第二寻找的地窖。地窖里放着三只帆布袋,里面总共7 240个金币。结果是,霍·阿卡蒂奥被几个男孩按在浴池水里丧了命,三袋金币也被扛跑了。

小奥雷连诺把羊皮纸手稿逐渐地全部译了出来,但上面的意思依然不得其解。

第十九—二十章

12月初,到外地上学去的阿玛兰塔·乌苏娜领着丈夫加斯东回来了。房子破得比想象的更厉害。尽管经过长途跋涉,她还是把这座房子里里外外打扫了一遍,让玫瑰花丛恢复生机,沿着篱笆墙摆上了一盆盆秋海棠。她那么天真、洒脱,那么大方、时新。

她像乌苏娜一样活泼、纤小、难以驾驭,并且几乎同俏姑娘雷麦黛丝一样漂亮和诱人。她的丈夫,钱多得足以在世界上任何地方生活,而且他对她很有感情,可是她居然回到马孔多这个满是灰尘、热得要命的死镇上来。她的长远打算是在马孔多寻求舒适的生活以安度晚年。加斯东觉得妻子的决心是怀乡病引起的。

阿玛兰塔·乌苏娜的归来给小奥雷连诺,即奥雷连诺·布恩蒂亚的生活带来了根本的变化。每当他见到她,特别是她表演最新式舞蹈时,他都有一种骨头酥软的感觉。他埋头羊皮纸手稿中,想排遣苦恼。但是,他越是躲开她,就越是焦灼地期待着她。有一天早晨,他在梅尔加德斯书房,决心解开羊皮纸手稿的密码诗句之谜。她跑进来了。他以他的博学向她讲了许多事情。他把手放在她手上,她一直握住他的手指。临走时送给他一个飞吻。过了些日子,他便打开心扉,向她倾诉无限的衷情。

奥雷连诺·布恩蒂亚和阿玛兰塔·乌苏娜置身于狂热的爱情中。这是一种失去理智的、戕害身体的情欲。这种情欲甚至使得坟墓里的菲兰达惊得发抖。

一个星期日,傍晚六点,阿玛兰塔·乌苏娜生下了一个健壮的男孩。这个男儿长着一个别人没有的东西——一条猪尾巴。而阿玛兰塔·乌苏娜却因失血过多去世了。奥雷连诺·布恩蒂亚的心枯萎了,因为后来才知道,他竟爱上了自己的姑姑。他外出回家之后发现婴儿已不在摇篮里。最后才看到自己的儿子——一块皱巴巴的被咬烂了的皮肤,而从四面八方聚集拢来的一群蚂蚁正把它往自己的洞里尽力拖去。在这奇异的一瞬间,他终于破译了梅尔加德斯的奥秘。他看到过羊皮纸手稿的卷首上有那么一句题词,跟这个家族的兴衰完全相符:

家族中的第一个将被绑在树上,家族中的最后一个人将被蚂蚁吃掉。

奥雷连诺·布恩蒂亚已经知道,梅尔加德斯的羊皮纸手稿也指明了他的命运。仿佛这些手稿是用西班牙文写的,很快就破译出来了。这是布恩蒂亚的一部家族史。梅尔加德斯对这个家族里的事提前100年作了预言,并且陈述了一切最平常的细节。

按照羊皮纸手稿的预言，就在奥雷连诺·布恩蒂亚译完羊皮纸手稿的最后一刻间，马孔多这个镜子似的（或者蜃景似的）城镇，将被飓风从地面上一扫而光，将从人们的记忆中彻底抹掉，羊皮纸手稿所记载的一切将永远不会重现，遭受百年孤独的家族，注定不会在大地上第二次出现了。

亚非文学

上古文学

旧约

《旧约》(即《旧约全书》)是用希伯来文写成的。它原来是犹太教的经典,后来成为基督教的经典《新旧约全书》的一个部分。从文学的角度来说,它是古代希伯来文学的总汇。

《旧约》中的作品是经过长期发展而逐渐形成的。最早的作品约产生于公元前13世纪至公元前11世纪,最晚的作品约产生于公元前6世纪至公元前2世纪。《旧约》编辑成书约在公元前2世纪。

《旧约》共有39卷,可以分为经律书、历史书、先知书和诗文集四部分。经律书共5卷,包括《创世记》和《出埃及记》等。这部分产生最早,内容是关于远古时代的神话传说。历史书共10卷,包括《士师记》《撒母耳记》和《列王纪》等,内容是记述以色列犹大王国的历史。先知书共14卷,包括《以赛亚书》《耶利米书》和《阿摩司书》等,内容是先知先觉者的号召和演说。诗文集共10卷,包括《路得记》《以斯帖记》《约伯记》《诗篇》《箴言》《雅歌》和《耶利米哀歌》等,内容是诗歌、小说、戏剧、箴言和启示文学等。

现根据现代中文译本《圣经》(联合圣经公会1981年版)选取几个段落。

创世记

《创世记》是神话传说的汇集,表现了希伯来人对世界和人类起源的想象。这里摘抄上帝创造世界的神话和挪亚方舟的神话如下:

上帝的创造

太初,上帝创造宇宙。大地混沌,没有秩序。怒涛澎湃的海洋被黑暗笼罩着。上帝的灵运行在水面上。上帝命令:"要有光。"光就出现。上帝看光很好,就把光和暗隔开,称光为"昼",称暗为"夜"。晚间过去,清晨来临;这是第一天。

上帝又命令:"在汪洋大水中要有穹苍,把水上下分开。"一切就照着他的命令完成。于是上帝创造了穹苍,把水分为上下。他称穹苍为"天空"。晚间过去,清晨来临;这是第二天。

上帝又命令:"天空下面的水要汇集在一处,好使大地出现。"一切就照着他的命令完成。上帝称大地为"陆",汇集在一起的水为"海"。上帝看陆地和海洋很好。接着,上帝发出命令:"陆地要生长各种各类的植物,有产五谷的,也有结果子的。"一切就照着他的命令完成。于是陆地生长了各种各类的植物,有产五谷的,有结果子的。上帝看这些植物很好。晚间过去,清晨来临;这是第三天。

上帝又命令:"天空要有光体来分别昼夜,作为划分年日和节期的记号,并且在天空发光照亮大地。"一切就照着他的命令完成。于是上帝创造了两个大光体:太阳支配白天,月亮管理黑夜。他又造了星星。他把光体安置在天空,好照亮大地,支配昼夜,隔开光和暗。上帝看光体很好。晚间过去,清晨来临;这是第四天。

上帝命令:"水里要繁殖各种动物;天空要有各种飞鸟。"于是上帝创造了巨大的海兽,水里的各种动物,和天空的各种飞鸟。上帝看这些动物很好。他赐福给这些动物,叫鱼类在海洋繁殖,叫飞鸟在地上增多。晚间过去,清晨来临;这是第五天。

上帝又命令:"大地要繁殖各类动物:牲畜、野兽、爬虫。"一切就照着他的命令完成。于是上帝创造了地上所有的动物。上帝看这些动物很好。

接着,上帝说:"我们来创造人类;他们要跟我们相似,跟我们相像。让他们管理鱼类、鸟类和一切牲畜、野兽、爬虫等各种动物。"于是上帝创造了人类,使他们跟自己一样。他创造了他们,有男的,有女的,赐福给他们,说:"你们要生养许多儿女,使你们的后代遍满全世界,控制大地。我要你们管理鱼类、鸟类和所有的动物。我供给五谷和各种果子作你们的食物。但是所有的动物和鸟类,我给它们青草和蔬菜吃。"一切就照着他的命令完成。上帝看他所创造的一切非常好。晚间过去,清晨来临;这是第六天。

这样,整个宇宙都创造好了。第七天,上帝完成了他创造的工作就歇了工。他赐福给第七天,圣化那一天为特别的日子;因为他在那一天完成了创造,歇工休息。这就是上帝创造宇宙的过程。

伊甸园

主上帝创造宇宙的时候,地上没有草木,没有蔬菜,因为他还没降雨,也没有人耕种;但是常有地下的水涌出来,润泽大地。

后来,主上帝用地上的尘土造人,把生命的气吹进他的鼻孔,他就有了生命。

主上帝在东方开辟伊甸园,把他造的人安置在里面。他使土地生长各种美丽的树木,出产好吃的果子。在那园子中间有一棵赐生命的树,也有一棵能使人辨别善恶的树。伊甸有一条河,灌溉园子。它流到伊甸外面,分成四条支流。第一支流叫比逊河,环绕着哈腓拉。(那地方出产纯金、稀罕的香料和宝石。)第二支流叫基训河,环绕着古实。第三支流叫底格里斯河,穿过亚述东部。第四支流叫幼发拉底河。

主上帝把那人安置在伊甸园,叫他耕种,看守园子。他告诉那人:"园子里任何果树的果子你都可以吃,只有那棵能使人辨别善恶的树所结的果子你绝对不可吃;你吃了,当天一定死亡。"

后来,主上帝说:"人单独生活不好,我要为他造一个合适的伴侣,作他的内助。"于是主上帝用地上的尘土造了各种动物和飞鸟,把它们带到那人面前,让他命名;他就给所有的动物取名。他给牲畜、飞鸟和野兽取了名;但是它们当中没有一个适合作他的伴侣,好帮助他。

于是,主上帝使那人沉睡。他睡着的时候,主上帝拿下他的一根肋骨,然后再把肉合起来。主上帝用那根肋骨造了一个女人,把她带到那人面前。那人说:"我终于找到我骨里的骨,我肉中的肉。我要叫她做'女人',因为她从男人出来。"因此,男人要离开自己的父母,跟他的妻子结合,两个人成为一体。

那人跟他的妻子都光着身体,然而他们并不觉得羞耻。

人违背命令

蛇是主上帝所创造的动物当中最狡猾的。蛇问那女人:"上帝真的禁止你们吃园子里任何果树的果子吗?"

那女人回答:"园子里任何树的果子我们都可以吃;只有园子中间那棵树的果子不可吃。上帝禁止我们吃那棵树的果子,甚至禁止我们摸它;如果不听从,我们一定死亡。"

蛇回答:"不见得吧!你们不会死。上帝这样说,因为他知道你们一吃了那果子,就会像神明一样能够辨别善恶。"

那女人看见那棵树的果子好看、好吃,又能得智慧,就很羡慕。她摘下果子,自己吃了,又给她丈夫吃,她丈夫也吃了。他们一吃那果子,眼睛开了,发现自己赤身露体;因此,他们用无花果树的叶子编了裙子来遮盖身体。

那天黄昏,他们听见主上帝在园子里走,就跑到树林中躲起来。但是主上帝呼唤那人:"你在哪里?"

他回答:"我听见你在园子里走,就很害怕,躲了起来;因为我赤身露体。"

上帝问:"谁告诉你,你光着身体呢?你吃了我禁止你吃的果子吗?"

那人回答:"你赐给我、作我伴侣的那女人给我果子,我就吃了。"

主上帝问那女人:"你为什么这样做呢?"

她回答:"那蛇诱骗我,所以我吃了。"

上帝判罪

于是,主上帝对那蛇说:"你要为这件事受惩罚。在所有动物中,只有你受这诅咒:从现在起,你要用肚子爬行,终生吃尘土。你跟那女人要彼此仇视;她的后代跟你的后代要互相敌对。他们要打碎你的头;你要咬伤他们的脚跟。"

主上帝对那女人说:"我要增加你怀孕的痛苦,生产的阵痛。虽然这样,你对丈夫仍然有强烈的欲望;他要管辖你。"

主上帝对那男人说:"你既然听从妻子的话,吃了我禁止你吃的果子,土地要因你违背命令而受诅咒。你要终生辛劳才能生产足够的粮食。土地要长出荆棘杂草,而你要吃田间的野菜。你得汗流满面才吃得饱。你要工作,直到你死了,归于尘土;因为你是用尘土造的,你要还原归于尘土。"

亚当给他妻子取名夏娃,因为她是人类的母亲。主上帝用兽皮做衣服给亚当和他的妻子穿。

亚当和夏娃被赶出伊甸园

后来,主上帝说:"那人已经跟我们一样,有了辨别善恶的知识;他不可又吃生命树的果子而永远活下去。"于是主上帝把他赶出伊甸园,让他去耕种土地——就是那用来造他的原料。主上帝赶走那人以后,在伊甸园东边安排了基路伯,又安置了发出火焰、四面转动的剑,为要防止人接近那棵生命树。

该隐和亚伯

亚当跟他妻子夏娃同房，她就怀孕，生了一个儿子。她说："由于上主的帮助，我得了一个儿子。"她就给他取名该隐。后来，她又生了一个儿子，取名亚伯。亚伯是牧羊人，该隐是农夫。过了一些日子，该隐带了一些土产，作祭物献给上主；亚伯也从他的羊群中选出头胎最好的小羊，作祭物献给上主。上主喜欢亚伯，接受了他的祭物，但是不喜欢该隐，拒绝了他的祭物；因此该隐非常生气。于是上主警告该隐："你为什么生气？为什么愁眉苦脸？你要是做了正当的事，你自然会显出笑容，但因为你做了不该做的事，罪已经埋伏在你门口。罪要控制你，可是你必须克服罪。"

后来，该隐对他弟弟亚伯说："我们到田地去走走吧！"他们在田地的时候，该隐向弟弟下手，把他杀死了。

上主问该隐："你弟弟亚伯在哪里？"

他回答："不晓得。难道我要负责看顾弟弟吗？"

上主接着责问他："你为什么做了这可怕的事？你弟弟的血从地下发出声音，向我哭诉。你杀他的时候，大地张开口吞了他的血。现在你受诅咒，再也不能耕犁田地；即使你耕种，土地也不生产。你要成为流浪者，在地上到处流荡。"

该隐对上主说："我受不了这么重的惩罚。你赶我出这块土地，叫我离开你面前，我将成为无家可归的流浪者，在地上到处流荡；人家遇见我，都想杀我。"

但是上主回答："不，杀你的，要赔上七条命。"因此，上主在该隐额上做了记号，警告遇见他的人不可杀他。于是该隐离开上主面前，来到伊甸园东边名叫"流荡"的地方居住。

该隐的后代

该隐跟他妻子同房，妻子怀孕，生了一个儿子，取名以诺。该隐建造一座城，以儿子的名叫那城以诺。以诺生以拿，以拿生米户雅利，米户雅利生玛土撒利，玛土撒利生拉麦。拉麦娶了两个妻子——亚大和洗拉。亚大生雅八，雅八是游牧人的祖师。他弟弟叫犹八，犹八是弹琴、吹笛的人的祖师。洗拉生土八该隐，土八该隐是铸造铁器铜器的人的祖师。土八该隐的妹妹是拿玛。

拉麦对他两个妻子说：

"亚大、洗拉，要听我说；
拉麦的妻子啊，要细心听：
我杀害那伤害我的人；
我杀死那击伤我的少年。
杀害该隐的人要赔上 7 条命；
杀死我的人必须赔上 77 条命。"

塞特和以挪士

亚当又跟他妻子同房，生了一个儿子，取名塞特；夏娃说："上帝给了我一个儿子，替代被该隐杀害的亚伯。"塞特生了一个儿子，取名以挪士。从那时开始，人才用"上主"这神圣的称呼敬拜上帝。

亚当的后代

以下是亚当的后代。(上帝造人类的时候,使他们跟自己相像。他造他们,有男有女,赐福给他们,并且称他们为“人类”。)亚当130岁时生了一个儿子,跟他一模一样,给他取名塞特。亚当生塞特以后,又活了800年,并且生男育女。亚当死的时候是930岁。

塞特105岁时生了一个儿子,名叫以挪士,以后他又活了807年,并且生男育女。他死的时候是912岁。

以挪士90岁时生了一个儿子,名叫该南,以后他又活了815年,并且生男育女。他死的时候是905岁。

该南70岁时生了一个儿子,名叫玛勒列,以后他又活了840年,并且生男育女。他死的时候是910岁。

玛勒列65岁时生了一个儿子,名叫雅列,以后他又活了830年,并且生男育女。他死的时候是895岁。

雅列162岁时生了一个儿子,名叫以诺,以后他又活了800年,并且生男育女。他死的时候是692岁。

以诺65岁时生了一个儿子,名叫玛土撒拉。这以后,以诺跟上帝有密切的交往,他又活了300年,并且生男育女,他在世享寿365岁,一生跟上帝有密切的交往,上帝把他接去,他就不见了。

玛土撒拉187岁时生了一个儿子,名叫拉麦,以后他又活了782年,并且生男育女。他死的时候是969岁。

拉麦182岁时生了一个儿子,名叫挪亚;因为他说:“上主诅咒了土地,使他们辛劳工作;这个孩子会使他们在辛劳中得到安慰。”拉麦又活了595年,并且生男育女。他死的时候是777岁。

挪亚500岁以后生了三个儿子,名叫闪、含、雅弗。

邪恶的人类

人类开始繁殖,分布在全世界,并且生了女儿。那时有些“神子”看见人类的女子美丽,就随自己所喜欢的娶她们作妻子。因此,上主说:“人类既然是属肉体的,我的灵魂不永远住在他们里面;所以他们的寿命不得超过120岁。”从那时以后,地上有巨人出现。他们是“神子”跟人类的女子所传下的后代,他们是古代的英雄和名人。

上主看见人类个个邪恶,始终心怀恶念,就后悔自己在地上造了人。他很痛心,说:“我要从地面上消灭我造的人类,也要歼灭兽类、爬虫和飞鸟,因为我后悔造了这些动物。”可是上主喜欢挪亚。

挪亚的故事

以下是挪亚的故事:挪亚有三个儿子——闪、含、雅弗。挪亚没有缺点,是当代唯一的好人;他跟上帝有密切的交往。其余的人在上帝眼中都是邪恶的,地上处处凶暴。上帝俯视世界,看见世界非常腐败,人的行为非常邪恶。

上帝对挪亚说："我决定要灭绝人类。世界充满着他们的暴行，我要把他们跟世界一起消灭。你要选用好木材，为自己造一条船；船里要有房间，里面外面都涂上柏油。船身长 133 公尺，宽 22 公尺，高 13 公尺。船要有窗户；窗户接船顶，高 44 公寸，船舱分上、中、下三层，船边要留门。我要使洪水泛滥大地，消灭所有的动物。地上的一切都要灭绝。但是我要跟你立约；你要领你的妻子、儿子、媳妇进到船里。你也要把地上各种牲畜、爬虫、飞鸟，各一对一公一母地带到船里，好保存它们的生命。你要为你们和动物贮存各种食物。"挪亚就照上帝所吩咐一一做了。

洪　水

上主对挪亚说："你跟你全家的人都要进到船里，因为我发现在这个世代只有你行为正直。你要带牲畜进船：凡宗教礼仪定为洁净的，每一种雌雄 7 对；不洁净的，每一种雌雄 1 对；鸟类每一种雌雄 7 对。这样，各种牲畜、飞鸟得以保存，在地上传种。7 天后，我要降大雨 40 昼夜，把我所创造的一切生物都消灭。"挪亚就遵照上主的命令一一做了。

挪亚 600 岁的时候，洪水泛滥大地。他跟他妻子、儿子和媳妇都进到船里，逃避水灾。按礼仪规定为洁净和不洁净的各种牲畜、飞鸟、爬虫，也都照上帝的命令跟挪亚进到船里。7 天后，洪水泛滥大地。

挪亚 600 岁那一年，2 月 17 日，地下深渊的泉源都裂开，天空所有的水闸也都打开，倾盆大雨下了 40 昼夜。就在那一天，挪亚跟他妻子、3 个儿子——闪、含、雅弗和媳妇都进了船。各种野兽、牲畜、爬虫和飞鸟也成双成对地跟挪亚一起上船。所有的动物都照着上帝的命令，雌雄一对对地上船。然后，上主给挪亚关上船门。

洪水连续泛滥 40 天。水往上涨，船从地上漂起来。水越涨越高，船开始在水面上漂荡。洪水淹没大地，使天下所有最高的山峰都没顶。但是水继续高涨，高过山峰 7 公尺。地上所有的动物、牲畜、飞鸟、爬虫和人类都死光了。地上一切有气息的生物也都死了。上主消灭地上一切的生物：人类、牲畜、爬虫、飞鸟，只有挪亚以及跟他在船里的，仍然存活。洪水淹没大地 150 天。

洪水消退

上帝并没有忘记挪亚和所有跟他在船里的动物。他叫风吹大地，水就开始消退。地下深渊的裂口和天空的水闸都关闭起来，大雨也停了。在 150 天内，水逐渐消退。7 月 17 日，船搁在亚拉腊山脉的一座山上。水继续消退，到了 10 月 1 日，山峰开始出现。

40 天后，挪亚打开窗户，放出一只乌鸦。这只乌鸦飞来飞去，一直飞到水都消退了，没有回来。挪亚又放出一只鸽子，要看看水退了没有。但是，因为水还淹盖着大地，鸽子找不到停脚的地方，就飞回来。挪亚伸手把它接回船上。再等 7 天，他又放出鸽子。黄昏的时候，那只鸽子嘴里叼着新的橄榄叶子，飞回挪亚那里。这样，挪亚知道水全部退了。再等 7 天，他又放出鸽子；这次鸽子不再飞回来。挪亚 601 岁那一年，正月初一，洪水全部消退。挪亚打开船盖，伸头张望，发现地面开始干了。到了 2 月 27 日，地面全部干了。

上帝对挪亚说："你跟妻子、儿子和媳妇都要从船里出来。跟你在一起的飞鸟、牲畜和爬虫，你也要带出来。让它们在地上繁殖，分布大地。"于是挪亚跟妻子、儿子和媳妇都离开船。所有的牲畜、爬虫和飞鸟也各按其类，成群地出了船。

士师记

《士师记》记述希伯来人进入迦南到建立王国的历史。兹选有关参孙的故事如下：

参孙出生

以色列人又得罪上主，上主就让非利士人统治他们40年。

那时，有一个但支族的人，名叫玛挪亚，住在琐拉城。他的妻子不能生育，没有孩子。上主的天使向他妻子显现，说："你不孕，没有孩子，但是不久你要怀孕，生一个儿子。你要小心，淡酒和烈酒都不可喝，也不可吃礼仪上定为不洁净的东西。孩子出生以后，不可以剃他的头发，因为他一出生就要献给上帝作离俗人。他要发起解救以色列脱离非利士人的工作。"

这女人去告诉丈夫："有一个上帝的仆人向我显现；他的外表像上帝的天使，令人畏惧。我没问他从哪里来；他也没告诉我他叫什么名字。他对我说，我要怀孕，生一个儿子。他叫我不可喝淡酒和烈酒，也不可吃礼仪上定为不洁净的东西；因为孩子一出生就要献给上帝，终生作离俗人。"

于是，玛挪亚向上主祈求："上主啊，求你让你所差那上帝的仆人回到我们这里，告诉我们该怎样待将要出生的孩子。"

上帝听了玛挪亚的祈祷。那女人在田间坐着的时候，上帝的天使回到她面前。那时，她丈夫玛挪亚不在，她赶快跑去，告诉她丈夫："你看！那天来找我的那人又向我显现了。"

玛挪亚起来跟他妻子去，到那人面前，问他："你是向我妻子说过话的那人吗？"

那人回答："是的。"

玛挪亚说："你说的话实现以后，我们该怎样教养这孩子？他要过怎样的生活？"

上主的天使回答："你的妻子必须遵守我告诉过她的话。她不可吃葡萄做的东西，不可喝淡酒、烈酒，也不可吃礼仪上定为不洁净的东西。我告诉她的一切，她都要遵守。"

玛挪亚不晓得他是上主的天使，就对他说："请别走。我们烧一只小山羊给你吃。"

天使说："即使留下来，我也不吃你的食物。如果你要烧，就把它当烧化祭献给上主吧！"

玛挪亚说："请问大名？你的话实现以后，我们好回敬你。"

天使回答："你何必问我的名字呢？那是神奇的名。"

于是，玛挪亚带了一只小山羊和一些谷物作素祭，放在石头和祭坛上，献给行奇事的上主。火焰从祭坛上升的时候，玛挪亚和他妻子看见上主的天使在火焰中升天。玛挪亚这才知道那人原来是上主的天使，他和他妻子就俯伏在地上。他们以后再没看见那天使了。

玛挪亚对他妻子说："我们一定会死，因为我们看见了上帝。"

但他妻子回答："如果上主要杀我们，他不会接受我们的烧化祭和素祭，不会向我们显示这些事，也不会在这时候告诉我们这一切话。"

玛挪亚的妻子生了一个儿子，给他起名参孙。这孩子渐渐长大；上主赐福给他。当他在琐拉和以实陶之间的但营的时候，上主的能力开始充实他。

参孙和亭拿的女人

有一天，参孙到亭拿。他在那里看见一个非利士人女子。他回家告诉父母："我在亭拿看见一个非利士女子，请把她娶来作我妻子。”

他父母问他：“你为什么偏偏要在异族非利士人那里娶妻呢？难道在我们自己的宗族或同胞当中没有女子吗？”

可是参孙对父亲说：“我很喜欢她，请把她娶来。”

他父母并不知道上主要参孙这样做，因为上主在造机会敌对非利士人。这时，非利士人统治着以色列。

于是，参孙跟父母到亭拿去。他们经过那里的葡萄园时，他听见一只幼狮在吼叫。上主的能力突然临到参孙，他赤手空拳地撕裂了那只狮子，好像在撕一只小山羊。他并没有把他所做的事告诉父母。

参孙去见那女子，跟她谈话；参孙很喜欢她。过了几天，参孙回来娶她。途中，他转去看他杀死的狮子，想不到竟在狮子的尸首上发现一群蜜蜂和蜂蜜。他挖了一点蜂蜜放在手上，一面走一面吃。然后他到父母那里，给他们蜂蜜，他们也吃了；但是参孙没有告诉他们蜂蜜是从狮子的尸首上挖出来的。

他父亲到那女子家；参孙按照当时年轻人的习惯，在那里办婚筵。非利士人看见参孙，就派30个人陪他。参孙对他们说：“我给你们出一个谜语，如果你们能在这7天婚筵期间猜出来，我给你们每人一件上等麻纱衣和一套礼服；如果你们猜不出，你们每人给我一件上等麻纱衣和一套礼服。”

他们说：“把谜语说出来给我们听听吧！”

参孙说：“食物出自食者，甜蜜出自强者。”

他们想了三天都猜不出谜来。

第四天，他们对参孙的妻子说：“你要用计向你丈夫探出谜底来，不然，我们要放火烧你父亲全家，连你也烧掉。你们两人请我们来是要抢我们吗？”

于是，参孙的妻子哭哭啼啼在他面前说：“你不爱我，只有恨我！你出谜语给我的同胞，却不告诉我谜底！”

参孙说：“我连自己的父母都没告诉他们，我怎么会告诉你呢？”他妻子在七天婚筵期间，一直为这件事哭闹。第七天，参孙经不起妻子纠缠唠叨就把谜底告诉了她，她就去告诉非利士人。第七天，参孙进卧房以前，城里的人去见参孙，说：

“还有什么比蜂蜜更甜？

还有什么比狮子更强？”

参孙回答：“如果不用我的母牛犁地，

你们绝对猜不出谜底！”

上主的能力突然临到参孙，使他强壮，他就到亚实基伦，杀了30个人，把他们剥光，拿他们的衣服给猜出谜语的那些人。事后，他非常生气，就回父亲家里去。他的妻子后来嫁给了他的伴郎。

过了些日子，在收割麦子的季节，参孙带一只小山羊去看他妻子。参孙对他岳父说：“我要进卧房去找我妻子。”

他岳父不准他进去，对他说：“我确定你恨她，所以把她嫁给你的伴郎了。她妹妹比她漂亮，你可以娶她。”

参孙说:“这一次我要好好地对付非利士人!”他捉了300只狐狸,把狐狸尾巴一对对结在一起,插上一支火把,然后点火,把狐狸放进非利士人的麦田里。这样,他把割好的和还没割的麦子都烧了,连橄榄园也烧了。非利士人调查谁放火,发现是参孙干的,因为他岳父(亭拿人)把他妻子嫁给了他的伴郎。于是非利士人到他岳父家,放火烧那女人,也烧他岳父的家。

参孙对他们说:“你们既然这么蛮横,我发誓,不报此仇绝不罢休!”参孙大肆屠杀,杀死了许多人。后来他到以坦,住在那里的岩石洞里。

参孙打败非利士人

非利士人到了犹大,在那里扎营,攻打利希城。犹大人问他们:“你们为什么上来攻打我们呢?”

他们说:“我们来捉参孙,他怎样待我们,我们要照样待他。”因此,有3 000犹大人到以坦的岩石洞找参孙,对他说:“难道你不晓得非利士人是我们的统治者吗?你害惨我们了!”

参孙回答:“我只照他们待我的待他们呀!”

他们告诉他:“我们到这里来,要捆绑你,把你交给非利士人。”

参孙说:“你们要跟我发誓,你们不下手杀我。”

他们说:“好的,我们只把你绑起来,交给他们;我们不杀你。”于是他们用两根新的绳子把参孙绑起来,带他出岩石洞。

参孙到了利希,非利士人迎着他跑去,对他大声喊叫。上主的大能突然临到他,使他强壮;他一挣扎,捆绑着他手臂的绳子就像被火烧过的麻线一样断了。他找到一根还没干的驴腮骨,捡起来,用它杀了1 000人。参孙作诗说:

“我用一根驴腮骨杀了1 000人,

我用一根驴腮骨使尸首堆叠。”

他说完了就把驴腮骨扔掉。那地方就叫拉末利希。

后来,参孙非常口渴;他呼求上主说:“你使你的仆人大胜敌人,现在你要我渴死、落在那些野非利士人的手里吗?”上帝使利希的地裂开,涌出泉水。他喝了以后,精神复原。那水泉叫隐哈歌利,到今天还在利希。非利士人统治期间,参孙作以色列的士师20年。

参孙在迦萨

有一天,参孙到非利士人的城迦萨,在那里遇见一个妓女,就跟她睡觉。迦萨人发现参孙在城里就包围那地方,整夜埋伏在城门,没有采取行动;他们自言自语:“我们等天亮才杀他。”可是参孙睡到半夜就起来,把城门拆了,连门扇带门柱、门闩都拆掉,把它们扛在肩膀上,带到离希伯仑不远的山顶。

参孙和黛利拉

后来,参孙在梭烈谷爱上了一个女人,名叫黛利拉。有5个非利士首领去见黛利拉,对她说:“你要用计探参孙,使他告诉你,他为什么有那么大的力气,我们怎样才能胜过他,捆绑他,使他就范。如果你探出来,我们每一个人给你1 100块银子。”

于是,黛利拉问参孙:“请告诉我,你为什么有那么大的力气。如果人要捆绑你,使你就范,有什么办法没有"？

参孙说："要是他们用7根还没干的新绞索捆绑我，我就跟平常人一样没有力量。"

于是，非利士首领把7根还没干的新绞索交给黛利拉，她就把参孙捆起来。她早已叫人在她的内房等着。她喊："参孙哪，非利士人来了！"参孙一挣扎，绞索像麻线碰到火，一下子断了。因此，他们还是不知道参孙的力气从哪里来。

黛利拉对参孙说："你愚弄我，欺骗了我！请告诉我，人怎样才能把你绑起来？"

参孙说："如果他们用从来没有用过的新绳子捆绑我，我就跟平常人一样没有力量。"

于是，黛利拉拿新绳子捆绑他，然后喊："参孙哪，非利士人来了！"有人埋伏在内房等候着。参孙挣断手臂间的绳子，像挣断细线一样。

黛利拉对参孙说："你还是在愚弄我，欺骗我！请告诉我，人怎样才能捆绑你？"

参孙说："如果你把我头上的7根辫子编进织布机里，用钉子钉牢，我就跟平常人一样没有力量。"

于是，黛利拉哄他睡着了，把他头上的7根辫子编进织布机里，又用钉子钉牢，然后喊："参孙哪，非利士人来了！"参孙醒来，一下子把头发从织布机里拔出来了。

黛利拉对参孙说："你根本不爱我，还说爱我！你愚弄我三次，不告诉我你为什么那么有力气。"黛利拉天天问他，他被纠缠得厌烦极了，终于把秘密告诉了黛利拉。他说："我的头发从来没有剃过，因为我一出生就献给上帝作离俗人。如果我的头发剪了，我会失去力量，跟平常人一样。"

黛利拉知道参孙已经把秘密告诉她，就派人去对非利士首领说："请再上来一次，他已经把秘密告诉我了！"于是他们再来，并且带了银子来。黛利拉哄参孙睡在她腿上，然后叫人来，把参孙的7根辫子剪掉。事后，黛利拉折磨参孙，因为他真的失去了力量。黛利拉喊："参孙哪，非利士人来了！"参孙醒来，心里想："我要像从前一样挣扎一下子就能脱身。"他不晓得上主已经离弃他了。于是非利士人抓住他，把他两只眼睛挖出来，带他到迦萨，用铜链子链住他，叫他在监牢里推磨。但是参孙的头发慢慢地又长起来。

参孙的死

非利士首领聚在一起庆祝，向他们的神明大衮献大祭；他们唱："我们的神明把仇敌参孙交给了我们！"他们正自得其乐，就说："把参孙叫出来，我们要戏弄他！"参孙被提出监牢；他们戏弄他，叫他站在两根柱子中间。民众看见参孙就颂赞他们的神明说："仇敌参孙蹂躏我们的领土，杀了很多人；我们的神明把他交在我们手里！"参孙对拉他手的童仆说："让我摸摸那支撑住这庙宇的柱子，我要靠一靠。"当时庙里挤满了男男女女，5个非利士首领都在那里。庙宇顶上大约有3 000个男女，在观看参孙被戏弄。

参孙祷告说："至高的上主啊，求你记念我！上帝啊，恳求你再一次赐给我力量，给我一次机会报非利士人挖我眼睛的仇。"参孙撑住支撑着庙宇的那中间两根柱子，一手撑住一根，向外推，喊着："让我跟非利士人同归于尽吧！"他用尽所有的力量推去，庙宇倒塌了，压在5个首领和所有的人身上。参孙死时所杀的人比活着的时候所杀的还要多。

参孙的兄弟和家人来取他的尸体，把他运回去，葬在以拉和以实陶之间他父亲玛挪亚的坟墓里。参孙作以色列的士师共20年。

路得记

《路得记》以《士师记》所记载的动乱时期为背景，记述摩押女子路得的故事。《路得记》可以看作是一篇短篇小说，全文如下：

以利米勒全家迁往摩押

很久以前，在士师治理以色列的那段时期，地方上曾发生了饥荒。有一个以法他族人，名叫以利米勒，住在犹大的伯利恒。他带着妻子拿娥美和两个儿子——玛伦和基连，一起到摩押，暂时住在那里。他们在那里的时候，以利米勒死了，剩下拿娥美和她两个儿子，这两个儿子娶了摩押地方的女孩子——娥珥巴和路得。大约10年后，玛伦和基连也死了，剩下拿娥美，没有丈夫，也没有儿子。

拿娥美和路得回伯利恒

拿娥美还住在摩押的时候，听说上主已经赐福给他的子民，有了好收成，就带两个媳妇离开摩押回本土去。她们一起动身回犹大，但是在路上，拿娥美对两个媳妇说："你们还是回娘家去吧！愿上主好好地看顾你们，像你们曾经好好地照顾我和那些已故的人一样。愿上主使你们两人有机会再结婚，都有归宿。"

于是，拿娥美吻别她们。两个媳妇就哭了起来，对拿娥美说："不！我们愿意跟着你，回到你自己人那里去。"

拿娥美回答说："女儿啊，你们回去吧！为什么要跟我走呢？你们想想，我还能再生儿子来作你们的丈夫吗？回去吧！我的女儿，走吧！我已经太老了，不能再结婚了。就算我还有一点希望，能在今晚结婚，而且有儿子，你们愿意等他们长大吗？你们能等着不去嫁别人吗？不！我的女儿，这是不可能的。上主在惩罚我，我很为你们难过。"

她们又哭了起来。娥珥巴去亲她的婆婆，向她辞别，回娘家去了。但是路得还是依依不舍。拿娥美对她说："路得，你嫂嫂已经回她自己人和她的神那里去了。你也跟她回去吧！"

可是路得说："不要勉强我离开你。让我跟你一起去吧！你到哪里，我也到哪里；你住哪里，我也住哪里；你的同胞就是我的同胞；你的上帝就是我的上帝。你死在哪里，我也死在哪里，葬在哪里。除了死，任何事情不能使我们分离！要是我不守这誓言，愿上主重重地惩罚我。"

拿娥美见路得这样坚决要跟自己走，也就不再劝阻她了。

她们一起走，到了伯利恒。她们到的时候，全城的人都很兴奋。妇女们惊叫地说："她真的是拿娥美吗？"

拿娥美回答："不要叫我拿娥美，叫我玛拉吧！因为全能的上帝使我命苦。我出去的时候丰足有余，上主却使我空无一物地回来。上主既然谴责我，全能者使我受苦，你们为什么还要叫我拿娥美呢？"

这就是拿娥美和她的摩押媳妇路得从摩押回来的经过。她们到达伯利恒，正是开始收割大麦的时候。

路得在波阿斯田里捡麦穗

拿娥美有一个亲戚,名叫波阿斯,既有钱又有地位,是她丈夫以利米勒的亲族。有一天,路得对拿娥美说:"让我到田里去捡人家掉落的麦穗,我一定会遇到一个待我好的人。"

拿娥美说:"你去吧! 女儿。"

于是路得出去,到了田里,跟在收割工人背后,捡他们掉下来的麦穗。正巧路得捡麦穗的这块田是波阿斯的。

不久,波阿斯从伯利恒回来,他向田里的工人问安说:"上主跟你们同在!"

他们回答:"上主赐福给你!"

波阿斯问领班:"那是谁家的女孩子?"

他回答:"她就是跟拿娥美从摩押回来的那个外国女子,她要求我让她跟在工人后头捡麦穗。她一大早就工作了,现在刚停下来,在凉棚下休息。"

波阿斯就去对路得说:"听我说,小姑娘! 你不用到别人田里去捡麦穗,就留在这里跟女工一起工作,看她们在哪里收割,你就跟着。我已经吩咐我的男工不可欺负你。如果你渴了,就到放水罐的地方,喝他们打来的水。"

路得向波阿斯下拜,伏在地上,说:"我是一个外国人,你为什么待我这么好? 这样关心我?"

波阿斯说:"你丈夫死了以后,你对婆婆的种种孝行,我都听见了。我知道你是怎样离开了父母和自己的国家,怎样来住在这一个陌生的民族中。愿上主照你所做的报答你。愿以色列的上帝——你所投靠的上主,丰丰厚厚地赏赐你。"

路得回答:"先生,你对我真好! 虽然我连作你的婢女也不配,你还这样温和地对待我,用好话安慰我。"

到了吃饭的时候,波阿斯对路得说:"来! 吃一点麦饼,蘸着酱吃。"路得就跟工人们坐在一起。波阿斯递给她一些烤好的麦穗,她吃饱了,还有剩下的。在她离开又去捡麦穗的时候,波阿斯吩咐他的工人:"让她随便捡。就是从堆着的禾捆中去捡,也不可为难她,甚至要从扎好的禾捆中抽些出来,让她去捡,不可责备她。"

路得就这样在田里工作,直到傍晚。当她把捡来的麦穗打了出来,竟发现差不多有一篓。她把打好的麦子带回城里给婆婆看,又把留下来的食物给婆婆吃。拿娥美问她:"你今天哪里捡来这么多麦穗? 你在谁家的田里工作? 愿上主赐福给关怀你的那个人!"

路得就告诉婆婆,她是在波阿斯的田里工作。

拿娥美兴奋地说:"愿上主赐福给波阿斯! 上主对活着和死了的人永远信实仁慈。"拿娥美又解释说:"那个人是我们的近亲,有义务照顾我们。"

路得说:"他还告诉我,要我一直跟他的工人一起捡麦穗,到收割完毕的时候。"

拿娥美对路得说:"是啊! 女儿,你最好在波阿斯的田里跟女工一起工作;如果你到别人的田里去,恐怕会被欺负。"于是路得跟女工们一起捡麦穗,一直到大麦小麦都收割完毕。路得继续跟婆婆住在一起。

路得有了归宿

过了些日子,拿娥美对路得说:"我必须替你找个丈夫,这样你才有归宿。记得波阿斯是我们的亲戚吗？你曾经跟他的女工一起工作。听我说，今晚他会在禾场上打麦子。你去洗澡，擦点香水，穿你最好的衣服，然后到他打麦子的地方去。但是不要让他知道你在那里，等他吃完了，喝够了。要注意他睡的地方；他睡着了，你就去，掀开被子，躺在他脚边。他会告诉你该做什么。”

路得回答：“你说什么，我就做什么。”

于是，路得到禾场去，照着她婆婆告诉她的做了。波阿斯吃完了，喝够了.心情愉快，就到麦堆旁躺下睡了。路得悄悄地走了过去，掀开被子，躺在他脚边。到了半夜，波阿斯忽然醒了，转过身来，惊奇地发现有个女人睡在脚边，就问：“你是谁？”

她说：“我是路得。你是我的一个近亲，你有义务照顾我！请你娶我！”

波阿斯说：“愿上主赐福给你！你从前对婆婆忠诚，现在你对已故丈夫的家族更忠诚。因为你大可以去找个年轻人，不管他有钱没钱，你却没有这样做。路得，不要担心！无论你要求什么，我都会替你办到；城里的人都知道你是一个贤慧的女子。我确是你的近亲，对你有义务，但是另有一个人比我更亲。今晚你就留在这里，明天一早我去找他，看他愿不愿意对你尽至亲的义务。如果他愿意，那很好；如果不愿意，我对着永生的上主发誓：我一定尽这个义务。现在你躺下，留在这里，等到天亮！”

路得就躺在他脚边。但天还没亮，人还辨认不出她的时候，她就起来，因为波阿斯不愿意人家知道她到这里来过。波阿斯对她说：“脱下你的披肩，铺在这里。“她照着做了。波阿斯倒了差不多 20 公斤的大麦在上面，帮她扛在肩膀上，她就回城去了。她到家的时候，婆婆问她：“怎么样啦？女儿！”

路得就把波阿斯为她所做的一切都告诉婆婆。路得说：“他告诉我，不可以空手回到你这里来，所以给了我这么多麦子。”

拿娥美对她说：“路得，你不要急，等着看这件事的发展，波阿斯今天不办妥这事是不会休息的。”

波阿斯娶路得

波阿斯到了城门集合的地方，坐在那里。不久，波阿斯所说的那位以利米勒的近亲从那里经过，波阿斯就喊他的名说：“请过来这里坐！”他就过来坐下。波阿斯又请来城里的 10 位地方长老，也叫他们在那里坐下。大家都坐定了，他对那个近亲说：“拿娥美从摩押回来了，她要卖我们亲戚以利米勒的那块地；我想你应该知道这件事。如果你要买，就在在座的长老们面前买；如果不要，请说清楚，因为你有优先权，接着才轮到我。”

那个人说：“我要买。”

波阿斯说：“好吧！如果你向拿娥美买那块地，你也应该娶那位寡妇摩押人路得；这样，那块地才会保留在已故的人名下。”

那个人回答：“这样的话，我放弃买这块地的权利，就是我买了，我自己的孩子也不能继承。你买吧！我不买了。”

那个时候，以色列人买卖财产有一种惯例：就是卖方要脱下他的鞋子给买方。他们用这种方法表示买卖已经成交了。

所以，当那个人对波阿斯说：“你买吧！”他就脱下自己的鞋子给波阿斯。波阿斯对那些长老和所有在场的人说：“今天你们都是证人，我已经向拿娥美买了以利米勒和他儿子基连、玛伦所有的家产。除此以外,玛伦的寡妇——摩押人路得,成了我的妻子;这样,所有的产业就可以保留在已故的人名下,并且,他家族的名也将继续存留在本乡和族人中。今天,你们都是这事的证人。"

长老们和其他的人都说:"是的,我们是证人。愿上主使你的妻子生养众多,像拉结和利亚给雅各生很多子女。愿你在以法他族中富有,在伯利恒有声望。愿上主借这年轻的女子给你后代,使你的家像犹大跟他玛生的儿子——法勒斯的家一样昌盛。"

波阿斯和他的后代

于是,波阿斯娶了路得。上主赐福给她,她就怀孕,生了一个儿子。城里的妇女们对拿娥美说:"赞美上主!他今天给了你一个至亲来照顾你。愿这孩子在以色列中有声望。你的媳妇爱你,她为你所做的,比7个儿子所做的还多。现在她给你生了一个孙儿;这孙儿将带给你新的活力,使你安享晚年。"拿娥美接过这孩子,紧抱着他,抚养他。

邻居的妇女给这孩子取名俄备得。她们争相传报说:"拿娥美得了一个儿子啦!"

俄备得生了耶西,耶西就是大卫王的父亲。

从法勒斯到大卫的家谱是这样的:法勒斯、希斯仑、兰、亚米拿达、拿顺、撒门、波阿斯、俄备得、耶西、大卫。

撒母耳记

《撒母耳记》分作上下两卷,上卷记述希伯来人从士师时代到君主专政时代的历史。这里选摘的是有关大卫的故事。

大卫在扫罗的宫廷

上主的灵离开扫罗,上主差邪灵来折磨他。他的仆人对他说:"我们知道上帝差邪灵来折磨你。所以请下令让我们去找一个会弹竖琴的能手来。当邪灵来到你身上的时候,那人一弹竖琴,你就好了。"

扫罗就命令他们:"替我去找一个会弹琴的人来吧!"

扫罗的一个侍从说:"伯利恒城的耶西有一个儿子,他是弹琴的能手。他英勇善战、丰姿英俊,又有口才,上主跟他同在。"

于是扫罗派使者到耶西那里,说:"请你叫那放羊的儿子大卫到我这里来。"耶西就打发大卫,带着一满皮袋酒、一只小山羊和一匹满载着饼的驴子,去见扫罗。

大卫到扫罗那里,服侍他。扫罗很喜欢大卫,选他替自己拿兵器。扫罗派人传话给耶西:"我很喜欢大卫,让他留在我这里服侍我吧!"从那时起,每当上帝差来邪灵、附在扫罗身上的时候,大卫就拿他的竖琴来弹,邪灵立刻离开扫罗,扫罗就觉得爽快舒适。

歌利亚向以色列人挑战

非利士人聚集在犹大的梭哥城,准备打仗。他们扎营在梭哥和亚西加之间的以弗大悯。扫罗和以色列人扎营在以拉谷,准备跟非利士人打仗。非利士人列阵在一个山上;以色列人列阵在另一个山上,中间隔着一个山谷。

有一个迦特城的人,名叫歌利亚,从非利士营帐出来,向以色列人挑战。这个人身高差不多3公尺,穿着重约57公斤的铜铠甲,头戴铜盔,两腿也用铜片保护着。他肩膀上背着一杆铜标枪。他的矛像织布机的轴那么粗,那铁矛头就有7公斤重。有一个兵,拿着他的盾牌,在他前面开路。歌利亚站着,向以色列人喊叫:"你们在那里做什么?列阵打仗吗?我是非利士人,你们是扫罗的奴隶!选一个人出来跟我打吧!如果他打赢,杀了我,我们就作你们的奴隶;如果我赢了,杀了他,你们就作我们的奴隶。现在我向以色列军队挑战!你们敢不敢派人出来跟我打!"扫罗和他的军队听到这话都惊惶害怕。

大卫在扫罗的军营

大卫是犹大伯利恒城以法他人耶西的儿子。耶西有8个儿子。扫罗作王的时候,耶西的年纪已经很大了。他的3个大儿子已跟扫罗去打仗,最大的叫以利押,第二叫亚比拿达,第三叫沙玛。大卫是最小的儿子。当这3个哥哥跟扫罗在一起的时候,大卫常常回伯利恒替他父亲放羊。

歌利亚每天早晚都向以色列人挑战,这样有40天之久。

有一天,耶西对大卫说:"带10公斤烤好的麦穗和10个饼,赶到军营看你哥哥们去!你把这10块乳酪送给指挥官。看看你哥哥们到底好不好,并且带一点东西回来,证明你看到了他们,他们一切都好。扫罗王、你哥哥们和所有以色列的军队,都在以拉谷跟非利士人打仗。"

第二天,大卫很早起来,把羊群交给别人看管,就照耶西吩咐他的话带着食物去了。他到达军营的时候,以色列人正出阵呐喊挑战;非利士人和以色列人的军队面对面摆好阵势。大卫把食物留在供应长官那里,跑到阵前找他的哥哥,问他们的情形怎样。当他跟哥哥们讲话的时候,歌利亚上前来,跟以前一样,向以色列人骂阵;大卫都听到了。以色列人一见到歌利亚,就惧怕逃跑。他们彼此说:"看那个人!听他骂阵!扫罗王答应:要赐给杀死那人的人很大一笔奖金,又要把女儿嫁给他,豁免他父家应纳的税。"

大卫问他旁边的人说:"若有人杀死那非利士人,除掉以色列的羞辱,他会得到什么奖赏?到底那未受割礼的非利士人是谁?竟敢藐视永生上帝的军队!"他们就告诉大卫,杀死歌利亚的人可得到的奖赏。

大卫的大哥以利押听见大卫在跟那些人讲话,就很不高兴,对大卫说:"你在这里干什么?谁替你在野地看羊?你这鬼精灵!你是赶来看打仗啊!"

大卫说:"我做错了什么呢?难道我问一个问题也不行?"大卫转向另一个人,也问同样的问题。每一次大卫问人,都得到同样的回答。

有人听见大卫的问话,去告诉扫罗,扫罗就叫大卫来。大卫对扫罗说:"陛下,我们用不着怕那非利士人!我去跟他打。"

扫罗说:"不行,你怎么能跟他打呢?你只是一个孩子,而他是一个职业军人!"

大卫说:"陛下,我照顾父亲的羊。有时候狮子或熊来了,抓去小羊,我就追赶它、击打它,救回那只小羊。如果那狮子或熊袭击我,我会掐住它的喉咙,打死它。我会杀死狮子和熊,同样的可以杀死那个藐视永生上帝军队的非利士人。上主曾救我脱离狮子和熊,他也会救我脱离那个非利士人。"

扫罗说:"好,你去吧!上主跟你同在。"他把自己的盔甲给大卫穿——有一个铜头盔和一件铠甲。他把铜头盔戴在大卫头上。大卫把扫罗的刀系在铠甲边,想走却走不动,因为他不习惯穿戴这些。他对扫罗说："我不会穿戴这些东西去打仗，我穿不惯。"他把盔甲都脱掉。大卫拿了他的牧杖，又从溪涧拣了5块光滑的石子放在口袋里，带着他的投石的弦出去迎战歌利亚。

大卫打败歌利亚

那非利士人开始向大卫走来，替他拿盾牌的人走在他前面。他越来越近，当他可以看清楚大卫的时候，很藐视他，因为大卫只是一个斯斯文文的小伙子。他问大卫："那根杖是做什么用的？你以为我是一条狗吗？"于是他指着自己的神明诅咒大卫，向大卫挑战，说："来吧！我要把你的尸首丢给飞鸟和野兽吃。"

大卫回答："你来打我，是用刀、矛、标枪，但我打你，是奉上主——万军统帅的名；上主的名，他就是你所藐视的以色列军队的上帝。今天，上主要把你交在我手里。我要打败你，砍下你的头。我要把非利士兵士的尸体丢给飞鸟和野兽吃。这样，普天下就知道以色列有一位上帝，这里的每一个人也都知道上主不需要用刀或矛来拯救他的子民。他战无不胜，他要把你们交在我们的手中。"

歌利亚开始走近大卫。大卫迅速地朝向非利士人阵前跑去；他伸手从袋里拿出一块石子，用投石的弦向歌利亚扔去。石子打中歌利亚的前额，打破了他的头盖。歌利亚就脸朝地倒了下去。就这样，大卫没动用刀，只用一个投石弦、一块石子就把歌利亚打败了。大卫跑上前，踩在歌利亚身上，从歌利亚的鞘里拔出刀来，杀死他，砍下他的头。

非利士人看见他们的英雄死了，都逃跑了。以色列和犹大的军队在后面追击，呐喊赶杀他们，一直追到迦特和以革伦城门。沿着沙拉音路上，一直到迦特和以革伦，非利士人死伤遍野。以色列人追击非利士人回来以后，掠夺了非利士人的营地。大卫带着歌利亚的头到耶路撒冷，把歌利亚的武器留在自己的帐棚里。

列　王　纪

《列王纪》分作上下两卷，上卷记述《撒母耳记》以后希伯来人的历史。兹选有关所罗门的故事如下：

所罗门祈求智慧

所罗门跟埃及王结盟，娶埃及王的女儿作妻子。在他建造自己住的王宫、上主的圣殿和耶路撒冷的城墙以前，他一直让埃及公主住在大卫城里。上主的圣殿还没建造的时候，人民在丘坛上献祭。所罗门敬爱上主，遵照他父亲大卫的训示，但他还是在各处的丘坛上杀祭牲和烧香。

有一次，所罗门到基遍献祭，因为那里有最著名的丘坛。他以前曾经在那里献过成千的烧化祭。当天晚上，上主在梦中向他显现，问他："告诉我，你要我赐给你什么？"

所罗门回答："你对你的仆人——我父亲大卫一向很慈爱，因为他对你忠心、诚实、有纯真的心。你不断地给他浩大不变的爱，赐给他一个儿子今天坐在他的王位上。上主——我的上帝啊，虽然我年轻，不知道怎样治理国家，你还让我继承我父亲作王。我在你所拣选作为自己子民的人群中作王，他们多得难以计算。所以，求你赐给我智慧，使我能以正义和公平治理他们；不然，我怎么能统治属于你的人民呢？"

上主喜悦所罗门的祈求,就对他说:“因为你求智慧好公正地治理人民,没有为自己求长寿,求财富,或求消灭敌人,我愿意照你所求的给你。我要赐给你超过任何人的聪明智慧;这种智慧是前人所没有的,后人也不会再有。你没有求的,我也要赐给你:你一生享有的荣华富贵要比任何君王更多。你若顺从我,遵行我的法律和命令,像你父亲大卫一样,我会赐给你长寿。”

所罗门醒来,知道上帝在梦中向他说话。于是他到耶路撒冷去,站在上主的约柜前,献上烧化祭和平安祭,然后设盛筵款待所有的臣仆。

所罗门审断疑难案件

有一天,有两个妓女来见所罗门王,站在他面前。其中一个说:“陛下啊,这女人跟我住在同一个屋子;我在家生产的时候,她在那里。我生了一个男婴,两天后她也生了一个男婴。这屋子里只有我们两个人,没有别人。一天晚上,她不小心压死了自己的孩子。她就半夜起来,趁我睡着的时候从我身边抱走我的儿子,放在她的床上,然后把她那死了的孩子放在我的床上。第二天早晨,我醒来要给孩子喂奶,发现他已经死了;我再仔细一看,原来那并不是我的孩子。”

另外一个女人说:“不!活着的孩子是我的,死的才是你的!”

第一个女人回答:“不!死的孩子是你的,活着的才是我的!”

她们在王面前就这样争辩起来。

所罗门王心里想:“她们两人都说活着的孩子是自己的,死的是对方的。”于是他说:“给我拿一把刀来!”左右的人把刀带进来,王就下令:“把这活着的孩子劈成两半,一半给这个女人,一半给那个女人。”

那活孩子的母亲因心疼自己的儿子,就对王说;“陛下,千万不要杀这孩子!求你把他交给那女人好了!”

但另一个女人说:“不必给我,也不要给她,先把这孩子分成两半吧!”

所罗门王说:“不要杀这孩子!把他交给第一个女人,因为她才是孩子的真母亲。”

以色列人民听到所罗门王这样的裁决都深深地敬佩他,因为他们知道上帝赐给他智慧,能公平地审断案件。

诗　篇

《诗篇》是诗歌和祷文的汇集。兹选其中两首如下:

哀叹以色列被掳

我们坐在巴比伦河畔,
想起锡安就禁不住哭了!
在河边的柳树上,
我们把竖琴挂了起来。
俘虏我们的人要我们唱歌;
折磨我们的人要我们欢娱他们。
他们说;“来!为我们唱一曲锡安的歌吧!”

处身外邦异国，
我们怎能唱颂赞上主的歌呢？
耶路撒冷啊，要是我忘了你，
愿我的手枯萎，再也不能弹琴！

我要是不记得你，
要是不以耶路撒冷
为我最大的喜乐，
愿我的舌头僵硬，再也不能唱歌！

上主啊，求你记住以东人的暴行。
在耶路撒冷沦陷之日，
他们直嚷着："拆毁！拆毁！
把它夷为平地！"

……

感谢的祷告

上主啊，我要一心感谢你；
我要在诸神面前歌颂你。
我要在你圣所前下拜，
我要颂赞你的名；
因为你信实，有不变的爱，
你显示了你自己和你的命令超越一切。
我求告的时候，你回答我；
你用你的力量鼓励我。

上主啊，地上的君王都要颂赞你，
因为他们听见了你的应许。
他们要歌颂你的作为，
颂赞你的大荣耀。
上主至尊无上，但他看顾卑微的人；
狂傲的人无法在他面前藏匿。

我被患难围困，你却保守我安全。
你击打狂怒的仇敌，
用你的力量救了我。
你必定成全你对我的应许；

上主啊，你的慈爱永远长存！
求你完成你亲手开始的工作。

雅　歌

《雅歌》是爱情诗集。兹选其中一首如下：

第　六　首

〔耶路撒冷的女子们〕
那跟她的爱人手牵着手
从旷野上来的人是谁呢？
〔新娘〕
在苹果树下，我叫醒了你。
在那里，你母亲为你忍受产痛；
在那里，你母亲生了你。
愿你的心只向我敞开；
愿你的手臂只拥抱我。
爱情跟死一样坚强；
恋情跟阴间一样牢固；
它爆出火焰，
像烈火一样燃烧；
水不能熄灭爱情，
洪水也无法淹没。
若有人想用财富换取爱情，
他必定招来鄙视。
〔新娘的兄弟〕
吾家有一小妹，
她的双乳尚未丰满。
年轻人前来求爱，
我们怎么办呢？
如果她是一面墙，
我们要在上面建造银塔；
如果她是一扇门，
我们要用香柏木板围护她。
〔新娘〕
我是一面墙，
我的双乳是上面的塔。
我的爱人知道，
我从他得到了安宁满足。

〔新郎〕

所罗门在巴力哈们有一个葡萄园，
他们把这园租给耕种的人；
每人要缴纳 1 000 银子。
1 000 银子归所罗门，
200 银子归耕种的人；
但我拥有我自己的葡萄园！
亲爱的，让我从园中听见你的声音；
我的同伴都等着听你说话。

〔新娘〕

亲爱的，快来吧，
像一只羚羊，像一只小鹿，
优游在香草山上。

耶利米哀歌

《耶利米哀歌》是先知耶利米哀悼耶路撒冷城陷落，耶路撒冷人被俘的诗歌。兹选其中一首如下：

耶路撒冷之愁

从前人烟稠密的城市，
现在孤零零地躺在那里；
从前为世界所尊崇，
现在像寡妇一样寂寞。
从前是诸省之后，
现在沦落成为奴婢。

她整夜痛哭，泪流满面。
从前知己的朋友们，
现在没有一个来安慰她。
她的盟友都出卖她，
都成为她的仇敌！

犹太人民是可怜的奴隶，
被逼离开了家乡。
他们流浪异域，
没有安居的土地。
他们四面受敌，
没有逃避的出路。

通往锡安的街道凄凉；
没有人上去过节。
圣殿歌唱的女子悲伤；
祭司们只有哀叹。
城门冷落；
锡安悲愁！

她的敌人成为主人；
他们的权力支配她。
因为她罪恶多端，
上主使她受苦；
她的儿女被敌人掳到远方去。

耶路撒冷的光荣已成陈迹。
她的领袖像鹿一般，
因饥饿而衰弱；
他们逃避猎人的追赶，
耗尽了精力。

耶路撒冷凄凉荒废，
追忆着往昔的荣华！
她落在敌人手里的时候，
没有人可援助她。
征服她的人看着她，
讥笑她的沦陷。
她的荣华丧尽；
她赤身露体，受人轻藐。
她只有叹息，
在羞辱中不敢露面。
耶路撒冷罪大恶极，
一身肮脏。

她的污秽沾满了衣裙，
却不顾虑自己的结局。
她一败涂地；
没有人可安慰她。
她的仇敌获胜，
她才呼求上主的怜恤。

仇敌掠夺了她所有的财宝；
她看见他们闯入圣殿——
就是上主禁止外邦人进入的地方。

人民呻吟叹息，到处觅食；
他们拿珍宝换取食物，以求苟延残喘。
全城呼号求告说：
上主啊，求你俯视；
看我的处境多么悲惨！

她向每一个过路的人哀求：
看看我的景况吧！
从来没有人像我这样痛苦；
这是上主震怒时加给我的痛苦。
他从上面降火，
焚烧我的骨骼。
他设置了罗网，
使我绊跌在地上。
他丢弃了我，
使我整天痛苦不堪。

他留意我一切的过犯，
把它们串在一起，
挂在我的脖子上，
使我被压得筋疲力竭。
主把我交给仇敌；
我没有力量抗拒。

主讥笑我所有的勇士；
他遣派大军来击溃我的精锐；
他践踏我的人民，
像踩踏葡萄一样。

为这些事我眼泪汪汪。
没有人可安慰我；
没有人能给我勇气。
仇敌战胜了我；
我的人民已空无所有。

我伸手求援，
但没有人肯帮助我。
上帝召唤仇敌，
从四面八方围攻我；
他们把我当作污秽的东西。

然而上主公义，
因为我违背他的命令。
各地的人民哪，听吧！
看看我所受的痛苦！
我的青年男女被掳走了！

我向盟友们求援，
他们却不加援手。
为要寻觅食物，苟延残喘，
祭司和领袖们死在街上。

上主啊，看看我的愁苦吧！
看看我心灵所受的痛苦！
我的心为罪悲伤而破碎。
街上有凶杀，屋里有死亡。

请听我的叹息吧；
没有人可安慰我。
仇敌因你向我降灾而欢乐。
愿你所应许的日子来到；
愿仇敌跟我受同样的苦难。

愿你谴责他们的邪恶；
求你惩罚他们，
正如你因我的罪惩罚我一样。
我在悲愁中呻吟，
我的心无限伤痛！

阿摩司书

《阿摩司书》是先知阿摩司的预言汇集。兹选其中一节如下：

上帝对以色列的审判

上主这样说："以色列人再三犯罪，我一定要处罚他们。他们贪图钱财，出卖老实人，以一双凉鞋的代价把无法还债的穷人卖作奴隶。他们践踏贫民，推开路上的穷人。父子去跟同一个寺庙娼妓睡觉，污辱了我的圣名。他们竟敢在祭坛旁边，用别人抵押给他们的衣服当床单；他们竟敢在上帝的殿宇里，拿剥削穷人的钱买酒喝。

“我的子民哪！都是为了你们，我才彻底消灭了亚摩利人；他们像香柏树一样高大，像橡树一样强壮。我从埃及把你们领出来，在旷野中带领了你们 40 年，把亚摩利人的领土赐给你们。我拣选你们的子弟作先知，你们的青年作离俗人。以色列人哪！这些话难道说错了吗？我是上主，我这样宣布了。但是你们勉强离俗人喝酒，不准先知传我的话。所以我要把你们压倒在地上，压得像满载五谷的车子咯吱咯吱作响。就算是赛跑健将也逃不掉，大力士也要失去力量，军人连自己的命也难保。弓箭手站不住脚，赛跑健将也无法逃命，骑士也不能逃生。在那一天，最勇敢的战士也要丢掉武器，仓惶逃命。”上主已经这样宣布了。

以色列人哪，你们要听上主告诉你们的话；这些话是向你们全国人民讲的。上主曾经从埃及把你们领出来；他说：“在全世界那么多国家中，我选上了你们，你们还犯了那么多的罪；正因为这个缘故，我一定要惩罚你们。”

罗摩衍那

《罗摩衍那》是印度古代两大著名史诗之一，相传作者为蚁垤仙人（传说中的人物）。全书约两万颂，由《童年篇》《阿逾陀篇》《森林篇》《猴国篇》《美妙篇》《战斗篇》及《后篇》组成。

据我国当代学者考证，《罗摩衍那》源于民间伶工文学，最初只是在口头流传，后经民间艺人反复增删、修改，仍无定本。其成书时间跨度很大，始于公元前三四世纪，到公元2世纪方有定本。7篇之中第2至第5篇为全书原始内容，前后两篇属后增补的部分。至于作者蚁垤，不可能是现代意义上的作者。他大概是在前人口头传说的基础上对作品进行了加工、整理与统一，使之初具今人所见的史诗规模。

《罗摩衍那》意为"罗摩的漫游"或"罗摩的生平"。史诗以罗摩与悉多悲欢离合的爱情故事为主要描写对象，中间穿插许多小故事，涉及古代印度社会政治与世俗人情的各个方面。全书用梵文写成，采用输洛迦体，在艺术表现上达到了相当高的水准，堪称后世叙事诗歌的典范，被古印度人称作"最初的诗"，体现出古代印度人的生活信仰与审美追求。

两千年来，《罗摩衍那》在印度流传很广，对社会政治、宗教道德、文学艺术等产生了深远的影响，并且流传到南亚、东南亚及中国等地。现在根据中文译本（季羡林译，人民文学出版社1980—1984年版），分篇介绍或节选如下：

第一篇　童　年　篇

苦行者蚁垤向仙人魁首那罗陀请教谁是当今世上德行最完美之人，那罗陀便向他讲述了罗摩的故事。

蚁垤带着徒弟返回净修林的途中，正好碰到世界的创造者大梵天。他向大神虔心致敬，奉献洗脚水、礼物和座位。大梵天坐定后，又邀蚁垤就座。蚁垤心神恍惚，陷入沉思之中：

"野人满腔仇恨心，
竟把恶事来干下，
麻鹬相爱低声叫，
无缘无故把它杀。"

蚁垤被母麻鹬的命运搅得愁绪满怀，难过万分，吟出了一首输洛迦。大梵天请蚁垤编纂罗摩故事全传。

"在世界上，罗摩虔诚为怀，
他智慧无穷，道德高尚，
你就把这勇士的故事叙述
像从那罗陀嘴里听到的那样。

聪明的罗摩的奇遇，

不管公开的还是秘密，
有关罗摩衍那和罗刹的，
你都要一一加以论叙。

有关毗提诃公主的事，
不管公开的还是秘密，
有的你已经有所了解，
有的你可能还不知悉。

在你的诗篇里面，
不要有任何不真实。
你就用那输洛迦体，
叙述罗摩美且善的故事。

只要在这大地上，
青山常在水长流，
《罗摩衍那》这传奇，
流传人间永不休。

只要那罗摩的故事，
你所叙述的能流传，
你也就能够永生，
在天上，在人间。”

这样说完了话以后，
世尊梵天无影无踪。
牟尼蚁垤和徒弟们，
站在那里十分吃惊。

所有的他这些徒弟，
都朗诵这首输洛迦歌，
他们一会儿欢喜无量，
一会儿异常惊讶地说：

“用等量的音节和四个音步，
大仙人把自己的悲痛抒发，
由于翻来覆去地诉说吟咏，
输迦于是就变成了输洛迦。”

蚁垤的思想完全净化，
这样就产生了神智。
他心里想："我一定要写
《罗摩衍那》全部的诗。"

这位睿智大牟尼，
聪慧无比声名扬。
成百成百输洛迦，
在他笔下发光芒。
写成一部罗摩传，
光辉灿烂照远方。
字文优美音匀称，
沁人心脾世无双。

蚁垤把创作成的《罗摩衍那》教给罗摩的两个儿子罗婆与俱舍朗诵。二位王子合起声来，纵声歌唱，音调柔和均匀，声韵和谐优美。

从第5章起，罗摩的故事才真正开始，它由罗婆与俱舍朗诵出来：

阿逾陀城内居住着一位十车王，是甘蔗王族的英雄。他通晓吠陀，虔敬守法，勇武异常，威力无边，宛如一位大仙人，扬名三界，深受百姓爱戴。辅佐他的大臣，也个个德行纯懿，睿智精明。但是，十车王却因膝下无子深受着熬煎，于是想举行祭祀求子的仪式，在御者兼大臣的劝说下，他请鹿角仙人来主持大祭。

天神、干闼婆、悉陀及最高的仙人，为得到祭品，便遵照仪规前来。他们聚在一起，向大梵天诉说罗波那凌虐众神、威胁天地三界的罪行，请求大梵天想办法杀死这个凶恶的罗刹。大梵天沉思片刻后告诉众神仙：当初罗波那曾向大梵天提出请求，干闼婆、夜叉、檀那婆、罗刹都不能杀他，大梵天予以应允。但由于罗波那看不起凡人，他未曾提凡人的名字，所以只有凡人才能把他杀死。恰逢此时，光辉的毗湿奴来到此地。天神们遂向毗湿奴行礼，请求他下凡托生为十车王之子，除魔祐神，为百姓造福。毗湿奴答应众神，化身为四，托生为十车王的四个儿子：罗摩、婆罗多、罗什曼那、设睹卢祇那。

大梵天为助毗湿奴一臂之力，命众神创造能随意变形、精通幻术、勇敢威武的猴子，帮毗湿奴平妖除怪。四位王子渐渐长大，到了婚配的年龄。罗刹们破坏众友仙人的祭祀，众友仙人来到王宫向十车王求救，请他派罗摩前去除妖。罗摩偕罗什曼那随众友仙人一同前往。一路之上，看到许多净修林，众友仙人为他俩一一叙述根由，还教他们使用神仙兵器。到了众友仙人的净修林，罗摩除掉罗刹，使祭祀得以完成。

之后，众友仙人又领罗摩兄弟到弥提罗城参加阇那竭祭典。当年，阇那竭王在犁地时，捡到一个从犁里跳出的女孩，起名犁沟，即悉多。国王将悉多养育成人，许多国王前来求婚。面对众多求婚者，阇那竭王规定只有靠力量，才可得到悉多。他拿出祖传神弓，但那些想显示力气的国王，无一人可把神弓抓住或举起。阇那竭王许下诺言：如果罗摩能够把弓弦装上，他就把无母的悉多许配罗摩。

五千个高贵、尊严、强壮的男子，费好大劲才拉动盛着神弓的8轮大铁箱。罗摩打开铁箱，轻轻地把弓背抓起。

成千上万的人们，
看到虔敬的罗摩，
把弓弦装到弓上，
仿佛在游耍戏乐。

这有力的人装上弓弦，
把弓一直拉到耳边；
这光辉的人中英豪，
把这张弓从中间拉断。

迸出了巨大的响声，
像是扫过来的飓风；
又像是那大山崩裂，
大地为之激烈震动。

高贵尊严的阇那竭王，看到罗摩威力无双，就决定把悉多许配罗摩。罗摩赢娶悉多为妻，携妻返回阿逾陀城。

第二篇　阿逾陀篇

十车王感到老之将至，遂征求大臣及阿逾陀百姓的意见，想给罗摩施灌顶礼，立罗摩为太子，继承王位。全城百姓听到这个消息，都欢欣鼓舞，把整座阿逾陀城装饰一新。妃子吉迦伊受到驼背侍女的煽动，向十车王提出要求：立她生的儿子婆罗多为太子，将罗摩流放14年。早年，十车王在患难中曾答应过可以满足吉迦伊的两个要求。诺言一出，就受到宗教束缚。他听到妃子的要求，又气又急，昏了过去。罗摩是一个孝子，为不使父亲食言，便不顾生母憍萨厘雅与弟弟罗什曼那的反对，自动请求前往森林。

第二十三章

罗摩向憍萨厘雅致敬后，
他母亲为他祝愿吉祥，
他准备出发到森林里去。
完全站在达磨路上。

这位王子照亮了王路，
路上挤满了成群的人。
他用自已的道德品质，

激动了人民的内心。

贞洁的毗提诃公主，
什么事情都不知悉；
她在自己心里还盘算
为太子举行灌顶典礼。

她在那里祭拜神仙，
她衷心欢悦感恩图报；
这位精通君王达磨的女子，
盼望着那个王子来到。

罗摩走进了自己的房子，
这房子装饰得非常华丽；
里面挤满了快乐的人们，
他却感到惭愧把头低。

悉多从座位上站起来，
她吃惊得浑身发抖。
她看到丈夫痛苦不堪，
浑身上下罩满了忧愁。

她看到他面色苍白，
汗出淋漓，焦躁不悦；
她愁绪满怀地对他说：
“良人哪？这可是为什么？

今天鬼宿同月亮联璧，
罗摩！木星同它们在一起；
聪明的婆罗门认为吉祥，
为什么你却这样忧愁不喜？

你那俊俏的面庞，
没有在遮阳伞下发光；
这把伞有一百条肋骨，
活像一条乌贼鱼一样。

为什么没有两把宝扇，

白得像月亮和天鹅一般，
把你那脸庞来扇拂，
脸上长着两只莲花眼？

那一群王室的伶工，
心情愉快，能言善辩，
他们经常对你唱吉祥诗，
人中英豪，今天为何不见？

那些婆罗门精通吠陀，
你本是要灌顶的国王，
为什么他们不按照仪式，
把蜜和奶油洒在你头上？

为什么所有的大臣和百姓，
还有那一些行会的首领，
城市的人民和乡村的人民，
不穿上盛装跟在你身后随行？

为什么那辆游乐宝车，
没有套上四匹骏马，
黄金鞍辔行走如飞，
在你前面奔驰飞跨？

为什么那只吉祥大象，
身上装饰着吉祥标志，
像黑云和黑色山岭一般，
英雄呀！没有在面前显示？
悦目的人！我为什么不见
你那宝座在前面抬过？
英雄呀！那宝座镶着黄金，
五彩缤纷，光辉闪烁。

既然你那灌顶的典礼，
现在已经完全准备就绪，
为什么你的面色从没有过，
一点也显露不出欢喜？”

她就这样问个不停，
罗摩对她开口说话：
“我已经被流放森林，
悉多呀！被父亲陛下。

我们这个家族非常大，
它知法，遵守法的指示。
悉多呀！现在我告诉你，
我怎么会遇到这样的事。

我那父亲十车国王，
许下诺言一定遵守。
从前他曾一时高兴，
允许吉迦伊两个请求。

今天，国王已经准备好，
给我举行那灌顶典礼。
她却提出了这两个要求，
依法为自己谋求利益。

我要到弹宅迦林中，
一住就是一十四年。
太子这一个爵位，
父亲让婆罗多承担。
我现在走来瞧瞧你，
就启程到无人的林间。

在那婆罗多的面前，
你完全不要把我来谈，
因为那些欢乐的人们
不能忍受对别人称赞。
因此，对着那婆罗多，
我的德行要闭口不言。

无论是在什么时候，
他对你特别不会容忍，
你在他跟前想活下去，
只能靠他对你开恩。

我一定要去维护
父亲做出的许诺。
今天就到林中去，
聪明人！你要沉着。

亲爱的！我到森林中去，
在那里只同牟尼们往还。
纯洁的人！你一定要
乐于斋戒，履行誓言。

黎明即起，遵守仪式，
礼拜供养诸位神仙；
也要对我父亲十车王
顶礼膜拜，歌唱颂赞。

我的母亲憍萨厘雅，
年纪已老，焦忧体弱；
你也应该对她尊敬，
一切都遵照那达磨。

对其余那几位母亲，
你都应该经常行礼。
我的这一些母亲们，
都同样对我抚爱欢喜。

罗什曼那和设睹卢祇那，
我爱他们胜过自己的生命；
你特别应该把他们两个
看成像儿子一样的弟兄。

任何时候不能对婆罗多
做一点不愉快的事情，
因为他是国家的国王，
又是我们家族的头领。

要按照习惯服侍国王，
使得他们满意又快乐；
这样他们才会施加恩惠，

不然的话他们就发火。

亲生儿子干坏事，
他们也会被丢掉；
外人只要投己意，
国王也会把他要。

亲爱的！我就要
走向那片大森林。
美人呀！你自己
在这里住下安身。
正如你决不会
欺骗任何一个人，
你也要把我的话
牢牢地记在心。”

第二十四章

罗摩这样对她说了话，
可爱的说话好听的悉多，
衷心爱怜，又有点生气，
对她的丈夫把话来说：

“良人哪！父亲和母亲，
兄弟、儿子和儿媳妇，
都是各人吃各人的功德，
各人享受各人的福。

人中英豪呀！只有妻子
把丈夫的欢乐和忧愁分享。
因此，我也就算注定要
到森林里去奔波流放。

不是父亲，也不是儿子，
不是自己、母亲和亲故，
在这个世界和另一个世界里，
只有丈夫才是唯一的庇护。

罗摩呀！如果你今天

要到那难进的森林里，
那么我就要在你前面，
踏倒杂草还有荆棘。

要把嫉妒和忿怒都丢掉，
像带着喝剩下的水那样，
英雄呀！安心地带我走吧！
我没有干下什么罪恶勾当。

我不愿居宫阙中、云车上，
我不愿成神仙升入天庭，
任何时候都要服侍丈夫，
这样才最使我快乐高兴。

我的父亲和我的母亲，
用各种方式把我教诲。
现在不要再把我责备，
我为什么有这样行为。

住在森林里一定不会
像住在父亲宫里那样舒服。
三个世界我都不想要，
我只想忠诚于自己丈夫。

我总是把你的话来听从，
我经常克制自己履行梵行。
在弥漫着蜜香的林子里，
我同你共同欢乐啊，英雄！

罗摩呀！在树林子里，
你确实有那种能力，
把其他的人来保护，
郎呀！何况是我自己？

我经常吃果子和根茎，
这丝毫也用不着怀疑。
我决不会让你担心，
我们两个住在一起。

我要到处都看上一看，
河、山、池塘和树林。
有你这聪明的带路人，
我将无所畏惧又安心。

我将同你这英雄在一起，
满怀喜悦地去瞧一瞧
那些开满繁花的荷花池，
里面游着天鹅和迦兰陀鸟。
大眼睛的郎呀！我同你
共同享受最高的幸福。
这样享上一百个一千年，
我将永远同你在一处。

罗摩呀！即使你想
让我到天堂里去住，
虎般的人呀！没有你
我也不会感到舒服。

我将要走进那一片
难以行走的野林。
那里挤满了小鹿、
猴子和大象成群。
我将住在树林里，
好像住在父亲家中。
我敬礼你的双足，
我觉得这是光荣。

在我的思想里，
不爱另一种活法；
如果同你分离，
我就决心自杀。
请把我带去吧！
请满足我的要求！
对于你自己来说，
我不会成为赘疣。”

她虽然这样恳求，

可是这优秀的人，
他完全忠于达磨，
不愿带她进山林。
他对她说了好多话，
想扭转她的决心，
在野林里面居住
将会有万苦千辛。

一心忠于丈夫的悉多，想方设法恳请罗摩带她同走，罗摩无奈，只得答应了她的请求。

罗摩携妻子悉多、弟弟罗什曼那前往森林苦行。城中百姓纷纷与之洒泪相别，不忍离去。全城的老老少少，都非常忧愁伤悲，他们追着罗摩跑，好像受热的人追逐水。有的从旁边，有的从背后，人们仰着眼看，难舍难分，所有的人都是泪流满面，十分痛苦地扬起了声音。罗摩的生母憍萨厘雅哭哭啼啼，跑在车后向前挣扎着，呼唤着罗摩、悉多、罗什曼那的名字。国王高喊着要看爱子，从房子里向外猛冲。罗摩只好命车夫悄悄套车出发，摆脱了那些追随的百姓。三人来到恒河边上，受到尼沙陀酋长俱诃的欢迎。罗摩遣返车夫，渡过恒河，又渡过阎牟那河，最后来到质多罗俱吒山，在那里搭设草棚，住了下来。

车夫回到阿逾陀城，向国王报告罗摩情况。憍萨厘雅愤怒斥责国王。十车王遂对她讲述了自己少年时经历的一件事：十车王到山林中打猎，误射死一个盲修行人的儿子，曾遭到诅咒。如今失掉爱子，是报应临头。他痛悔万分，终于死去。正住在舅父家的婆罗多被迎回国，为父亲举行葬礼。闻知母亲已为他篡夺了王位，婆罗多大怒，坚决不肯继位，决定亲自去森林中迎罗摩归来。

婆罗多率军急速行进，赶至森林。罗什曼那看到婆罗多大军，心中大怒，准备厮杀，被罗摩阻止。婆罗多走上前来，同罗摩会面。他跪倒在地，痛哭不止。闻听父亲薨逝，罗摩悲痛万分，遵礼举行祭奠。婆罗多及随同众臣纷纷恳请罗摩回国即位，但罗摩执意不肯，坚决要求履行父亲的诺言，并将一双鞋交给婆罗多，作为自己的象征。婆罗多携鞋回国，迁到难提羯罗摩城，权居王位，将鞋子供在宝座上，以待罗摩归来。

第三篇　森　林　篇

罗摩一行三人走进森林深处的弹宅迦林。那些吃根茎、野果、身穿树皮衣、精通吠陀的仙人们，以优渥的待客之礼欢迎他们。献给他们洗脚水、野花和野果，口口声声称罗摩是他们的国王，期望得到他的保护。

一位名叫毗罗陀的罗刹，身躯巨大，嘴似血盆，身穿血涔涔的虎皮衣，让人既恐怖，又厌恶。他发出可怖的吼声，当着罗摩的面把悉多抓去搂在怀里。罗摩大怒，向罗刹展开猛烈的攻势，连射七支利箭，罗什曼那协同作战，杀死罗刹。而后二人扶起悉多，兴高采烈地在大森林里游荡。

三人走向舍罗婆诫的净修林。天帝因陀罗见到罗摩走来，就对舍罗婆诫说：罗摩向着这里走来，在他同我说话以前，请把我带到别的地方，不要让他把我看见。在他到达目的地之后，我不久就会同他会见；有一件大事要他去作，其他人都很难去干。言毕，因陀罗乘马车驶回天庭。舍罗婆诫仙人以礼款待罗摩等人，罗摩向仙人询问因陀罗到达此地的原因，并请仙人指教安身之处。仙人让他们前去寻找苦行者须底刹那，而后纵身跳入火中，升入梵天。舍罗婆诫升天后，成群的牟尼聚在一起，走向罗摩，请求他的庇护，罗摩一一允诺。三人又来到须底剎那的净修林，亦受到优渥的款待。

罗摩等人在大森林度过了整整十年，最后来到阿竭多仙人的净修林。仙人对他们盛情款待，并送给罗摩毗湿奴兵器。最后劝罗摩等人去往般遮婆帝，因为那是个美妙的地方，他们可在那里愉快地履行父亲诺言，悉多也可在那里称心如意。罗摩他们辞别仙人，走向般遮婆帝。途遇身躯巨大的神鹫——金翅鸟王阇吒优私。金翅鸟王讲述了自己的身世，罗摩大喜，把保护悉多的任务交给了鸟王。他们在般遮婆帝搭了一座茅棚，住在里面。秋去冬来，日子过得极其惬意。

楞伽城十首魔王罗波那之妹首哩薄那迦来向罗摩求爱。罗摩看着这个奇丑无比却情迷心窍的罗刹女，笑着说，自己已有妻子，让罗刹女做小老婆恐怕委屈了她，让她去找罗什曼那。女妖信以为真，急忙转身向罗什曼那挑逗、纠缠。罗什曼那大怒，割掉了她的鼻子和耳朵。女妖拖着受伤的形体，到哥哥伽罗那里求援，伽罗于是派出十四个罗刹去杀罗摩兄弟，结果全部被罗摩所杀。女妖又恳求哥哥亲自出马，为自己报仇雪耻。伽罗遂率大军一万四千人，前去找罗摩挑衅。路上，不祥之兆接连不断：天降血雨，马失前蹄，大鹫当头，鸟兽怪鸣，豺狼逃向南方，黑云遮蔽天空，白昼彗星降落，池内荷花枯萎，大地震动，山林蒙尘，怪异现象，不一而足。面对魔军压境，罗摩忙命罗什曼那把悉多护送到一个安全的山洞躲避，自己单枪匹马，与群魔搏斗。直杀得天昏地暗，血流成河，魔军大将连连折损，魔帅伽罗亲自出战，也被罗摩杀死。魔军大溃，林中仙人皆大欢喜。

首哩薄那迦并不服输，前去楞伽城向魔王罗波那报告伽罗阵亡的消息，并指责罗波那只知沉溺酒色，未尽到国王的责任。魔王闻听此言，遂询问罗摩等人情况，首哩薄那迦便绘声绘色地讲了起来，特别着重谈到悉多的姿色。魔王大喜，强令罗刹摩哩遮化作金鹿，施展调虎离山之计，劫夺悉多。悉多一看见美丽非凡、仪态万方的金鹿，就唤罗摩兄弟前去捕捉。罗摩命罗什曼那和阇吒优私保护悉多，自己去追赶金鹿，直至将化作金鹿的罗刹摩哩遮射死。这时，悉多听到了罗刹们装出的罗摩的呼救声，信以为真，命罗什曼那前去援助。罗什曼那怕悉多遭难，不肯离去。悉多十分生气，她泪流满面，粗暴地谩骂罗什曼那居心不良。罗什曼那无可奈何，只好前去找罗摩。他刚走，罗波那乘虚而入，强行劫持悉多，飞上天空。金翅鸟王奋力相救，也被打昏。罗波那把悉多掠到楞伽城，企图让悉多嫁给他。但悉多坚贞不屈，不为所动。罗波那无计可施，只好把悉多囚于后宫无忧园中。

杀死金鹿的罗摩，快步流星返上回程。他深恐罗什曼那中了罗刹们的奸计，撇下悉多，前来营救自己。此念头令罗摩忐忑不安，这时，他又看到慌里慌张跑来的罗什曼那，遂有一种不祥的预感，满怀愁苦地责备罗什曼那。兄弟二人急忙赶回草棚，但却不见悉多的踪影。树木好像是在哭泣，但见花朵枯萎，鸟兽逃散，树皮衣和俱舍草散乱不堪，此情此景，不免使罗摩泪下潸潸。他愁绪满怀，含泪遍询林中花草、鸟兽，寻觅悉多的踪迹。从一些迹象上可判断，悉多被罗刹劫走了。怒火中烧的罗摩，想要消灭全世界。罗什曼那劝罗摩这位人中翘楚切莫像俗人那样悲观失望。兄弟二人在寻找悉多时，遇到口吐鲜血、奄奄一息的金翅鸟王，鸟王告诉他们，悉多已被罗波那掠走，自己虽竭力相助，无奈力不从心，言毕死去，罗摩为它举行了水祭。

兄弟二人继续前进，路上与罗刹迦槃陀交手，断其双臂。迦槃陀告诉罗摩，他原本是陀奴之子，风姿美妙如同陀罗，皆因常伪装成罗刹吓唬仙人，才遭此厄运。仙人曾预言：有朝一日罗摩断其手臂，他才可恢复原来的形貌。说完死去。罗摩积薪焚尸，迦槃陀从烈焰中跃出，恢复神通，把悉多的踪迹告诉给两兄弟，劝他们同猴王须羯哩婆（妙项）结盟，并指给他们去往猴国的途径。

罗摩兄弟遂前去般波池寻找须羯哩婆。

第四篇 猴 国 篇

第 一 章

罗摩来到了这个荷花池塘，
日莲、蓝莲和鱼在里面生长；
他的神志错乱，不停地悲痛，
有罗什曼那在他的身旁。

看到了荷花池塘以后，
他高兴得五官四肢发抖；
他对罗什曼那开口说话，
爱情折磨得他真是够受：

“罗什曼那呀！你看哪！
般波池的园林多么漂亮！
那里那些高耸的树木，
看上去跟山岳一模一样。

我受着哀痛的煎熬，
愁思又把我来折磨；
为了婆罗多的受难，
为了悉多被劫夺。

大树开着各样的花，
花朵像展开的被单，
蓝色、黄色和草绿色，
都发出了亮光闪闪。

罗什曼那！这幸福的和风，
这充满了爱情的日子，
这个甜蜜芬芳的月份，
树木都开花结了果实。

你看呀！罗什曼那！
那繁花满树的景象；
大树洒出了阵阵花雨，

好像那云彩下雨一样。

在美丽的林中平坦处，
林中的树木多种多样；
微风乍起，树木摇动，
把繁花吹落到大地上。

和风吹拂，愉快舒畅，
清凉中掺杂着旃檀香；
林子里弥漫蜜的香气，
蜜蜂嗡嗡地在那里飞翔。

在那些美丽的山上，
峰顶的石头闪闪发光；
山上生长着极大的树，
繁花满枝动人心肠。

你看四周那些
光秃的顶上开满繁花；
好像穿着黄衣服的人，
黄金遮满了浑身上下。

罗什曼那！这是春天呀！
各种各样的鸟纵声歌唱。
我却是已经丢掉了悉多，
愁思煎熬，焦忧难忘。

我被忧愁所侵袭，
爱情折磨得我难受；
杜鹃对我尽情地挑逗，
它愉快地歌唱不休。

在美丽的林中瀑布那里，
一只鹡在愉快地唱歌。
罗什曼那！我春心荡漾，
这只鸟更把我来折磨。

各种雌鸟在自己群里，

同着公鸟一起嬉戏。
罗什曼那！狂欢的蜂王
唱出的声音非常甜蜜。

我焦思苦虑忧伤难忘，
那眼睛像幼鹿的女郎，
尽情地折磨我，罗什曼那！
像制吒逻月林中的风一样。

在群山的峰顶上，
母孔雀围着公孔雀；
它们触动了我的爱情，
我正受着爱情的折磨。

你看呀！罗什曼那！
公孔雀正在山顶跳舞；
求爱的母孔雀也舞蹈着，
围绕着它自己的丈夫。

林子里孔雀的老婆，
大概没有被罗刹抢走。
在这开花的季节里，
没有悉多日子真难受。

你看呀！罗什曼那！
那些花对我没有用。
在这寒冬已过的春天里，
林子被花朵压得沉重。

成群结队的鸟尽情地欢乐，
它们唱出了模糊不清的歌；
它们好像是在互相挑逗，
也让我忍受爱火的折磨。

悉多现在落入别人手中，
她也像我这样苦痛；
我的情人说话甜蜜，
黑皮肤，长着荷花眼睛。

惠风带着花香、旃檀香，
吹拂到人身上温暖舒畅。
我老是想着我的情人，
风吹着我像是烈火一样。

从前鸟声非常凄厉，
告诉我要同她分离；
如今鸟又落到树上，
叫声欢乐惬人心意。

这一只鸟儿在这里，
好像要传达悉多的信息；
这一只鸟儿会带我
把那大眼女郎去寻觅。

你看呀！罗什曼那！
林中树顶上开满了花；
那一些鸟的鸣叫声
使我的春情春意增加。

罗什曼那！你看呀！
成行的树在般波池上，
莲花在水里闪着光辉，
像那初升的娇嫩的太阳。

池子里的水清澈见底，
这个般波池清香芬芳；
里面开着荷花和蓝莲，
鸿和迦兰陀鸟在里面游荡。

里面经常挤满了鸳鸯，
它处在山顶的丛林间；
成群的大象和小鹿，
为了喝水来到池边。

罗什曼那！我的眼睛
看到了那些荷花瓣；
我就认为是看到了

悉多那同它相似的双眼。

和风惬人的心意，
乍起在荷花丝里；
又从树丛中吹出，
好像悉多在叹息。

罗什曼那！你看哪！
般波池右岸山头上，
迦哩尼伽罗树上的枝干
开着繁花，美妙无双。

这一座众山之王，
点缀着多种矿藏；
它散发出缤纷的尘土，
在风中飘荡飞扬。

罗什曼那！那山的高原
好像被金输迦花所炽燃；
到处都开满了繁花啊，
却连一个叶子也看不见。

在般波池的岸边上，
长着茉莉花和夹竹桃，
密密麻麻，香气芬芳，
繁花一直开到了树梢。

……

罗什曼那！你看哪！
在寒冬结束开花的季度，
树木都开满了繁花，
好像是互相竞赛又忌妒。

罗什曼那！你看哪！
池水清凉，长满荷花；
鸳鸯在水里面游戏，
迦兰陀鸟也来参加；

还挤来了钵罗婆和羯兰竭；
野猪和小鹿也安了家。

那嘤嘤鸣叫的群鸟，
把般波池点缀得美好。

各种各样的鸟欢乐发狂，
好像把我的爱火点旺，
让我想起黑皮肤的情人，
那面如满月的荷眼女郎。

看哪！在错杂的山峰上，
公鹿和母鹿呆在一起；
我却是被迫同悉多呀，
那位鹿眼女郎分离。”

罗摩愁得简直掉了魂，
就这样喃喃地说个不息，
他注视着吉祥美妙的般波池，
池子里的水可爱美丽。

这高贵尊严的人
突然间注视着
那整个一片森林，
还有瀑布和洞穴。
同罗什曼那在一起，
他心里很激动，
愁绪满怀站起身，
左思右想心不定。

他们这两个人，
走向哩舍牟迦；
这里是那个猴子、
须羯哩婆的家。
看到了他们俩，
猴子心里害了怕；
这两个勇猛的人：
罗摩和罗什曼那。

罗摩兄弟在般波池，巧遇神猴哈奴曼。从他口中得知须羯哩婆的情况，随后跟着哈奴曼来到哩舍牟迦山。在那里，罗摩同须羯哩婆对火发誓，正式结盟。罗摩答应杀死须羯哩婆的仇敌波林，须羯哩婆也答应帮罗摩寻找悉多。

须羯哩婆与波林原是亲兄弟。大牛车杜毗之子摩耶波为一个女人与波林结怨，于夜间到猴国向波林叫战，被波林打败，逃到山洞里。波林叫须羯哩婆守住洞口，自己进去，追击敌人。须羯哩婆等了整整一年，还不见哥哥出来，便以为哥哥已死。又过些时候，见洞里流出鲜血，便猜想哥哥已经被杀。他万分悲痛，用石头堵住洞口，独自回家。大臣们为他施灌顶礼，他便做了猴国王，娶嫂子陀罗为妻。恰逢此时，波林归来。原来，他已在洞里把敌人杀死，大胜回朝，见家中景况，勃然大怒。他不由分说，驱逐须羯哩婆，又霸占了他的老婆鲁摩。须羯哩婆走投无路，来到哩舍牟迦山。

能够得到罗摩的帮助，须羯哩婆勇气倍增，回家找哥哥寻衅。陀罗劝波林与弟弟和解，波林不听，出来与弟弟搏斗，结果被罗摩隐身用箭射中，伤重而死。须羯哩婆为哥哥行了葬礼，而后为王。

本来，猴王许愿说雨季过后，就派兵寻找悉多，但雨季已过，他却沉湎欲海，把诺言忘得一干二净，还不听哈奴曼的讽谏之言。直至罗什曼那上门痛斥他忘恩负义，要对他严厉惩罚时，他才悔悟，于是传令东西南北四方，各派出一个头领率兵到天涯海角，去找悉多。鸯伽陀被派往南方，哈奴曼与之同行。罗摩亲手把一枚戒指作为信物交给哈奴曼。

一个多月后，三路猴兵空手而归。只有被派到南方去的鸯伽陀和哈奴曼仍然继续搜寻。后被一个女人带到峰边上，山脚下是大海。在那里，他们碰到阇吒优私的哥哥商婆底。商婆底告诉哈奴曼一行，自己的儿子曾看到罗波那劫走一个妇女，罗波那就住在海对岸特哩俱吒山的楞伽城中。

猴子们决定过海，进入楞伽城。它们个个争先恐后，表明自己极其英勇，本领高强。争执的结果是让它们中最杰出的勇士、风神之子哈奴曼承担这个任务。哈奴曼站在摩亨陀罗山顶上，准备越过大海。

第五篇　美　妙　篇

哈奴曼越过大海，来到楞伽城。都城防卫森严，根本无法进入。哈奴曼沉思默想，忽心生一计。他施展随意变形的本领，摇身一变，化作一只猫，潜入城中。月光如水，皓洁明朗。哈奴曼来到了罗波那的后宫，只见它配有摩尼宝的楼梯，金光闪闪的黄金网幔，地上铺满玻璃，象牙雕像随处可见，给人一种美丽宽敞、富丽堂皇的感觉。后宫内佳丽上千，众多仪态万方的年轻女子在那里尽情恣乐，只是未有悉多的面孔。哈奴曼焦虑万分，他又走到无忧园，终于在那里看到一个身着黑衣的纯洁女郎，她正是悉多。此时，悉多身边聚集着众多罗刹女，对她严加看管。只见她脸色发黄，芳容憔悴，瘦削不堪。悉多眼睛里充满了泪水，嘴边露出凄惶的神色。对于眼前的罗刹女，悉多似乎视而不见，她全神贯注地思念着丈夫，相信丈夫一定会来救她脱离虎口。凌晨时分，罗波那来到无忧园，只见他戴上了所有的饰品，把自己打扮得十分漂亮。他对悉多威胁利诱，企图让悉多屈从自己的意志，遭到严辞拒绝。悉多义正词严地说：我不能当你的妻子，我是别人忠贞的老婆；你要好好地想想达磨，你要规规矩矩地生活。用权势，用财富，都不能引诱我上当；我只属于罗摩一人，好像光线属于太阳。罗波那暴跳如雷，遂命女妖对悉多严加看守，自己悻悻离去。躲在树上的哈奴曼目睹这一切,深有感慨,竭力赞美罗摩及其家族的光荣。他现出猴身,站到悉多面前,悉多内心迟疑不定,怀疑这是场梦。哈奴曼连忙说出自己的身份,并拿出罗摩的信物——戒指,上面镌刻着罗摩的名字。悉多大为感动,向哈奴曼描述了自己被劫的经过。她把自己头顶上装饰的宝石交给哈奴曼,作为回赠的信物,又告诉哈奴曼一件只有自己和罗摩两个人才知道的隐秘之事。此事发生在曼陀基尼河边。一天,罗摩躺在悉多怀里,一只乌鸦飞来,想咬悉多的乳房,悉多用土块吓唬乌鸦,但无济于事。罗摩望着悉多只是笑,悉多又气又羞,眼中含满了泪水。罗摩的怒火也被激起,他从达梨薄草垫子上,掐下一片叶当作梵箭,对准乌鸦,射了出来。乌鸦被箭追赶着,在林中四处飞蹿,想寻找庇护。它父亲因陀罗和大仙们都弃之不顾。最后,它还是来向罗摩求救。罗摩大发慈悲,只把乌鸦的右眼射伤,此事除罗摩、悉多之外谁也不知。

哈奴曼完成了与悉多联络的任务,早已归心似箭。临行之际,他想尝试一下罗波那到底有多大威力,于是大闹无忧园,杀死守卫,撞断花园里的大树,搅翻池塘,打碎山的顶峰,砸烂石室房屋。树鸟惊飞,蛇迅猛奔逃。罗波那闻讯,派大批罗刹前来擒拿哈奴曼,哈奴曼奋力抵抗,接连杀死了几员罗刹将领及众多罗刹,连罗波那的一个儿子阿刹也在哈奴曼手下丧生。罗波那派出的另一个儿子因陀罗耆,有着万夫不当之勇。因陀罗耆驾车来迎战哈奴曼,他放梵箭,把哈奴曼擒住,押送到魔王驾前。而对罗波那的盘问,哈奴曼毫无畏惧,竭力赞美罗摩,说谁要与罗摩作对,绝无好下场。罗波那勃然大怒,命小妖即刻将哈奴曼杀死。罗波那的弟弟维毗沙那站出来劝阻他勿杀使者,罗波那决定惩罚哈奴曼,遂命小妖点燃哈奴曼的尾巴,把他放走。哈奴曼拖着燃烧着的尾巴,在全城蹿跳。所到之处,烈焰亦随之腾升,整个楞伽城陷入一片火海。最后他告别悉多,来到海边,在海水里灭掉尾巴上的火种。而后跳过大海,回到焦急等待他的群猴身边。

鸯伽陀和哈奴曼等率猴兵返回。哈奴曼向罗摩详细报告了他在楞伽岛的经历及悉多情况,把悉多的宝石交给罗摩。目睹爱妻信物,罗摩万分伤心。

第六篇 战斗篇

罗摩虽闻知悉多下落,但又产生了新的忧虑。大海浩渺,猴子大军如何得以通过?须羯哩婆劝他振作起来,不要悲观失望。于是罗摩调兵遣将,准备进攻楞伽城。

罗波那闻讯,忙召集群魔开会,准备迎战。其弟维毗沙那劝他与罗摩言归于好,交出悉多,遭到魔王辱骂。维毗沙那遂投奔罗摩,罗什曼那接受罗摩指示,把维毗沙那灌顶为罗刹王。维毗沙那动员罗摩进军,罗摩从之。

猴子头领那罗在海上架桥,群猴从上面通过,来到楞伽城外,把城团团围住。鸯伽陀奉罗摩之命,以使者身份飞至楞伽城内,向罗波那传话,督促他出战。

在楞伽城外,猴军与魔军开始鏖战。鸯伽陀勇冠三军,打得魔将落花流水。罗什曼那、哈奴曼、须羯哩婆等,也异常英勇。罗波那亲自出马,罗摩与之交手。几个回合之后,魔王便招架不住。罗波那深为自己当初瞧不起凡人,未向大梵天祈求许诺他不被凡人所伤而追悔莫及。魔王之子因陀罗耆英勇无敌,在战场上施展隐身术,猴军被杀得狼狈不堪,束手无策。罗摩与罗什曼那也中箭倒在战场上。因陀罗耆狂喜,班师回朝。

为疗救罗摩兄弟,哈奴曼奉命到北方神山去采仙草。到了山上,只见仙草缩入土中,他无可奈何,用手将山峰托至两军阵前,找到仙草,挽救了罗摩兄弟的生命。而后,又将山送归原处,军心重振,猴子们火烧楞伽城,几名魔将先后被杀。罗什曼那历尽艰险,把因陀罗耆射倒在地。

魔王失去爱子，昏倒在地。醒来之后，仍挥泪不止。他跑到无忧园，想杀死悉多，被谋臣劝止。战端又起，罗摩愈杀愈勇。两军阵前，魔尸纵横，象马倒毙。城中罗刹女闻听此讯，哭声震天。魔王亲自率兵出战，途中凶兆迭出，险象环生。几员大将接连殒命。罗波那与罗摩交手，天上群神前来观战，因陀罗赐罗摩战车，罗摩打伤罗波那，大骂他耍弄诡计，夺人之妻，而后又发出利箭，直射魔王。群猴纷纷扔出石块，罗波那被击昏。

罗波那苏醒后，命车夫把他重新送上战场。路上凶兆又层出不穷。罗摩与罗波那又展开一次交锋。

第九十六章

罗摩还有罗波那，
双方搏斗在战场；
所有众生来观战，
惊诧不置内心慌。

两辆战车最精良，
互相激怒在战场；
形象可惊又可怖，
一方总想伤对方。

两个御者坐车上，
多方显示驾驶术；
驱车旋转或直驶，
前后左右殊自如。

罗摩有心伤魔王，
魔王也把罗摩伤；
双方行动迅且捷，
前进后退都有方。

两辆战车最精良，
射出飞箭密如网；
奔驰旋转在战场，
有如云层把雨降。

两辆战车战场上，
逞能显才真多样；
对准敌车急奔驰，

陡然站立面相向。

两车车辕碰车辕，
骏马头对骏马头；
车上幡幢撞幡幢，
战车两辆周旋久。

罗摩劲弓发利箭，
射出利箭共四支；
魔三四骏灿似火，
都被利箭所射死。

魔王一见怒气涌，
射出飞箭快如风；
罗摩骏马正回转，
利箭把罗摩射中。

十头魔王有力量，
罗摩被他箭所伤；
罗摩镇定犹如初，
不感痛楚更坚强。

魔王连连射利箭，
利箭飞驶声如雷；
对准因陀罗御者，
十支利箭驶如飞。

飞箭飞驶迅且猛，
摩多里身被射中，
天帝御者不昏厥，
也没感到何苦痛。

魔王进攻摩多里，
并非进攻他自己，
罗摩心中怒火起，
飞箭如网射顽敌。

射出飞箭中敌车，

英勇无敌神罗摩，
二十、三十和六十，
利箭一百一千多。

魔王投出锤和杵，
还有飞箭铁门闩；
兵器箭羽闻声响，
七大海洋都震翻。

七大海洋都震翻，
海中生物情惊愕；
地狱众生和大蛇，
成千成千檀那婆。

整个大地大震动，
山岳森林和莽丛；
风神静止不再吹，
天上太阳无光明。

空中神仙乾闼婆，
天上大仙和悉陀，
大龙王和紧那罗，
陷入沉思自思索：

“愿神佑牛、婆罗门，
但愿世人永站起；
但愿这次搏斗中，
罗摩把罗波那击毙。”

罗怙后裔发怒火，
胳臂粗壮勇罗摩；
猛将利刃置弦上，
力同毒蛇差不多；
砍中罗波那头颅，
连同耳环都砍落。

魔王头颅被抛出，
三界神人共目睹；

头颅滚落大地上，
颈上又长一头颅。

罗摩双手灵且巧，
作事迅速又利落；
又在阵前射飞箭，
射中魔头第二个。

头颅刚刚被射断，
另一头颅又出现；
即使罗摩射飞箭，
疾飞迅驶如闪电。

如此射掉一百个，
头颅个个差不多；
罗波那仍然不死，
依旧健壮又快活。

㤭萨厘雅子罗摩，
一切兵器皆精通；
各种弓箭都具备，
自己思忖在心中：

“射死恶魔摩哩遮，
射死突舍那伽罗，
羯兰竭林杀毗罗陀，
弹宅迦林杀迦槃陀。

所有这一些弓箭，
战斗中无不如愿；
现在原因究何在？
碰到魔王劲松散。”

罗摩往复在考虑，
在战斗中多警惕；
对准罗波那胸膛，
罗摩射出箭如雨。

罗刹国王罗波那，
站在车上发怒火；
投出锤杵如降雨，
想在阵前杀罗摩。

天神、檀那婆、夜叉，
毕舍遮、龙和罗刹，
全都伫立来观战，
恶战终夜都厮杀。

夜也不停昼不停，
片刻刹那也不停，
罗摩还有罗波那，
持续搏斗总不停。

在天帝御者摩多里的提醒下，罗摩抓起大梵天赐予他的神箭，一举射死罗波那，众神及众人皆大欢喜。罗摩大功告成，拥立维毗沙那为楞伽国王。

罗摩与悉多终于重逢，但罗摩对悉多的苦难只字不提，却怀疑她的贞节。悉多痛哭失声，向火神高呼：如果我是忠于罗摩的话，请火神保护我！说罢纵身跳入熊熊烈焰之中。此时，大梵天、因陀罗、阎摩、婆楼那群神毕至。大梵天赞扬罗摩，火神把悉多托出，说：悉多白玉无瑕，身、口、意都没犯任何错误。罗摩遂收留了悉多。维毗沙那赠罗摩云车，飞返阿逾陀，与婆罗多相见。罗摩做了一国之君，立婆罗多为王位继承人。

第七篇　后　篇

《后篇》是《罗摩衍那》后加的部分。全书的基本精神同第二至第六篇有很大的不同，故事情节也不连贯，不系统。该篇可分为三大部分：第一部分：1—34 章，讲的是罗波那的故事。第二部分：35—36 章，讲的是哈奴曼的故事。第三部分：37—100 章，讲的是罗摩的故事。

罗波那的故事

罗摩顺利恢复家园的那一天，许多仙人来拜见罗摩，罗摩执礼甚恭，极尽地主之谊。大仙人说，因陀罗耆胜过他父亲罗波那，罗摩颇为惊异。仙人阿竭多因此对罗摩讲述了罗波那的故事。

古时有一仙人，名叫补罗私底耶，是大梵天之子。他虔诚苦修，勤读吠陀，住在特楞宾杜道院。天女们经常来净修林游乐享受，生事干扰。他愤怒之下诅咒说：谁要是让我看到，谁要怀孕定不误。从此，仙女们再不敢来此地捣乱。但王仙特楞宾杜之女竟不知道这个消息，照样无忧无虑地来净修林游戏，结果怀了孕，生子名毗尸罗婆，他像补罗私底耶一样，专心致志信守达磨，后娶仙人婆罗杜婆迦之女，生子吠尸罗婆那。吠尸罗婆那在净修林苦行千年，谨遵仪规，大仙人对他施予恩惠，他成了财神。大梵天又钦赐他一辆精致的云车，他又接到父亲建议，住到楞伽城。

楞伽城原是罗刹住处。罗刹和夜叉都是大梵天所造的众生。一对罗刹兄弟赫提和钵罗赫提,均能克敌制胜。赫提娶阎罗王的妹妹婆雅(恐怖)为妻,生子毗鸠吉舍。毗鸠吉舍娶黄昏女为妻,生子须吉舍。毗舍婆苏娶一光辉的干闼婆之女为妻,生下魔里、须摩里和摩里耶梵三子。三子渐渐成长起来后,闻知父亲受恩宠,于是决定向须弥行苦行。他们真实、正直、克己,世人不及,震动了三界,得到大梵天的恩惠。但蒙得恩惠后,他们就欺负群魔与天神。他们在特哩俱吒山上建城,这就是楞伽城。从此罗刹们住在这里,为非作歹,欺负天神和仙人。天神和仙人们请求湿婆和毗湿奴除妖。毗湿奴允许除妖。罗刹三兄弟向神仙宣战,毗湿奴先斩摩里。罗刹大军退回楞伽城。毗湿奴又打败摩里耶梵。罗刹们于是撤回楞伽城,退至阴曹地府。

须摩里之女吉吉悉嫁给毗湿罗婆,毗湿罗婆对吉吉悉说,她将生下罗刹子,他们样子可怕、专干恐怖事,只有最小的儿子才信守达磨,行动合乎毗湿罗婆的家世。吉吉悉先后生下陀娑羯哩婆(罗波那)、鸠槃羯叻拿二子,女首哩薄那迦,最后生子维毗沙那。罗波那和弟弟修苦行,得到大梵天恩惠。大梵天答应罗波那不为神魔所杀的请求,但由于罗波那看不起凡人,未要求大梵天允诺他不为凡人所杀。罗波那强迫哥哥财神让出楞伽城,自己做了一城之主。财神退到吉罗娑山定居。

罗波那娶妻曼度陀哩,生子因陀罗耆。罗波那大行肆虐,凌虐众天神、仙人、干闼婆和干叉。财神劝阻,他非但不听,反进军吉罗娑山,抢走财神的云车补沙钵戈。后他在吉罗娑山上,被湿婆打败,大声吼叫,因此得绰号吼子(罗波那)。他污辱仙女吠陀婆底,仙女自焚,后托生为阇那竭国王之女悉多。罗波那到处肆虐,伤害生灵,还向死神挑战。阎罗王举起神杖要把他打死,多亏大梵天劝阻,才饶他一死。罗波那恶习不改,抢劫美女及已婚妇女,杀其亲友;与侄子那罗鸠般罗之妻兰跋通奸。罗波那又向因陀罗进攻,其子因陀罗耆活捉了因陀罗。蒙大梵天亲自出面讲情,天帝才被释放。罗波那进攻国王阿周那的领地,被阿周那俘虏。大仙补罗私底耶求情,他才获释。他又侵犯猴王波林,被波林捉住夹在胳肢窝里,带回洞穴,后双方在祭火旁言归于好。

哈奴曼的故事

罗摩在仙人面前称赞神猴哈奴曼,于是阿竭多向罗摩讲述哈奴曼以前的故事。

哈奴曼本是风神之子。他刚生下不久,母亲去林中采果,他又饥又渴,便把太阳当成大红果,纵身跳上天空,想去捉太阳。因陀罗大怒,用金刚杵把哈奴曼打死。风神怒气冲冲,于是伤害天帝和众生。神仙、凡人、阿修罗向大梵天求救,大梵天使哈奴曼重新恢复生命。风神大喜,遂像从前一样吹拂游荡于众生之中。因陀罗赐他莲花花环,并给他起名哈奴曼。因罗陀、火神、婆楼那、财神、天王纷纷赐他恩宠,为他祝福;大梵天也赐他恩惠。哈奴曼浑身洋溢着力量,却有恃无恐,侵犯诸大仙道场,遂遭大仙人诅咒,使他在一段时间内忘记自己的神威。后他扶波林登上王位宝座,又让妙项接替了波林。

罗摩的故事

在罗摩的治理下,人民安居乐业,国家出现了太平盛世。但是罗摩听到传言,说悉多久居罗波那宫中,恐有不贞行为。他十分苦恼,命罗什曼那把怀孕的悉多遗弃到恒河岸上。蚁垤仙人收留了悉多。在蚁垤仙人的净修林中,悉多生下双生子俱舍与罗婆。蚁垤作完《罗摩衍那》,教给两个孩子朗诵,两个孩子遂成为仙人的徒弟。后听说罗摩即将举行马祭,蚁垤就带着两兄弟来到罗摩宫中,令他们歌唱《罗摩衍那》。罗摩逐渐得知:他们正是自己的亲生骨肉。蚁垤领来悉多,证明她的贞节。但是罗摩却说无法说服城中百姓。悉多万不得已，向地母呼救。大地顿时裂开，悉多投入地母的怀抱。罗摩十分悲痛，铸悉多金像，朝夕相对。

死神化作苦行者求见罗摩，提醒他恢复毗湿奴的形象，返回天宫。罗什曼那先于萨罗逾河畔抛弃了凡体。罗摩也决定归天。猴子、罗刹和城中百姓随罗摩来到萨罗逾河畔，罗摩投入萨罗逾河，复化毗湿奴，返回天宫。婆罗多和设睹卢祇那随之。须羯哩婆也追随他们，抛弃凡体。

沙恭达罗

作者迦梨陀娑(约350—472之间)是印度古代的诗人和剧作家。关于他的生活年代,在印度有种种不同的说法,但都没有足以令人信服的证据。其中一个比较合理的说法是,他大约生于笈多王朝时代,生活在公元350年至472年间的某一时期。他的真实姓名和生平活动也难以确定。

迦梨陀娑究竟写过多少作品,也是众说纷纭。一般认为可靠的作品有5部,即《鸠摩罗出世》《罗怙世系》《沙恭达罗》《优哩婆湿》和《云使》;另外还有两部作品也很可能是他的,即《摩罗维迦和火友王》和《时令之环》。以上7部作品分别属于3种体裁。

《鸠摩罗出世》和《罗怙世系》是叙事诗。《鸠摩罗出世》写战神鸠摩罗的出生和他战胜魔王的经过。《罗怙世系》的内容是罗摩及其祖先的故事。这两部长诗全面发展了《罗摩衍那》所开创的古典叙事诗的技巧,被认为是古典梵语叙事诗的范本。

《时令之环》和《云使》是抒情诗。《时令之环》(又名《六季杂咏》)是短诗集,歌咏六季景物和男女爱情。《云使》是长诗,写一个小神药叉对于妻子的思念,被视为古典梵语抒情诗的范本。

《摩罗维迦和火友王》《优哩婆湿》和《沙恭达罗》是剧本。《摩罗维迦和火友王》是5幕剧,写火友王与宫女摩罗维迦的恋爱故事。《优哩婆湿》(全名为《通过勇力获得优哩婆湿记》)也是5幕剧,写天宫歌伎优哩婆湿和人间国王补卢罗婆娑的悲欢离合。而《沙恭达罗》则被公认为古典梵语戏剧的范本,迦梨陀娑的代表作品。

《沙恭达罗》(全名为《由于一种信物而重新找到沙恭达罗记》)的基本题材来源于史诗《摩诃婆罗多》和《莲花往世书》,写国王豆扇陀和净修女沙恭达罗的爱情故事。

剧中主要人物有:国王豆扇陀、沙恭达罗、沙恭达罗的女友毕哩阎婆陀和阿奴苏耶、丑角摩陀弊耶、沙恭达罗的义父干婆、天女弥室罗计尸等。

全剧共分7幕,前面还有一个序幕。现根据中文译本(季羡林译,人民文学出版社1980年版),分幕介绍或节选如下。

序　幕

首先朗诵献诗,然后舞台监督和女演员登场。舞台监督说道:看官多半都是知书识理的。我们要在他们面前演出迦梨陀娑新著成的叫做《沙恭达罗》的剧本。所以演每一个角色的都要当心。女演员唱了一支歌咏夏天的歌。舞台监督赞道:你那迷人的歌声牢牢地吸住了我,正像飞奔的鹿吸住了国王豆扇陀。

第一幕——狩猎

国王和御者同上,国王乘着车子,手执弓箭,追赶着一只鹿。眼看就要追上的时候,突然出现两个苦行者,不让他们杀害净修林的动物。国王立即命令御者勒紧缰绳,自己也赶快放下弓箭。苦行者赞美他真不愧是补卢的后裔,真不愧是国王中的明灯,并且邀请他访问净修林。

国王单身走进净修林,发现沙恭达罗和她的两个女友正在树丛右面浇花。国王觉得她们美丽极了,连自己的后宫佳丽也不能与她们相比;尤其是沙恭达罗,虽然身穿树皮衣裳,可是仍然显得美丽异常，不禁赞道：这女子真正是秀色天成，下唇像蓓蕾一样鲜艳，两臂像嫩枝一般柔软，魅人的青春洋溢在四肢上，像花朵一般。沙恭达罗非常喜爱这些花木，她爱它们像爱自己的姊妹一样，她把一株小茉莉花称做“林中之光”，她为这些花木浇水，她从这些花木身上看出一派生机。

正在这时，一只蜜蜂扑到沙恭达罗的脸上，使她惊惶失措。于是，国王乘机从树丛左面走了出来。他隐瞒了自己的真正身份，伪装成研究吠陀的学生，向沙恭达罗致意，并向她的两个女友甜言蜜语地询问她的身世。得知沙恭达罗是干婆的义女，她的亲生父亲是位王族的仙人，她的母亲是位天女，她本人虽想净修，她的义父却有意让她出嫁，国王欣喜异常。在国王和两个净修女郎谈话的过程中，沙恭达罗虽然一言不发，可是她的心里却很不平静。她独白道：为什么我看到这个人（指国王）以后，就对他怀着一种好感？这是净修林里的清规所不允许的。她的表情也是颇微妙的，正如国王所形容的那样：我说话的时候，她虽然不搀言接语，我一说话，她却就倾耳细听。即使她不跟我面对面站着，她的眼光可也没有向别的东西上转动。

这时幕后传来喊声，原来是国王的兵士闯进净修林，弄惊了一头大象。听到这个可怕的消息，两个净修女郎匆忙向国王告别；沙恭达罗不愿就此离去，嘴里说着：嫩拘舍草刺伤了我的脚。拘卢婆迦树的枝子挂住了我的树皮衣服。帮我一下，把我救出来吧！她眼睛看着国王，随女友下场。国王更加恋恋不舍。他叹了口气说道：沙恭达罗的秋波这一转，我简直无意再回城去。我下令让我的随从们在离开净修林不远的地方驻扎下。我简直忘不了沙恭达罗。我的身体走了，我那颗不安的心却跑回来，正如逆风竖起来的旗杆上的丝旗在风中摇摆。

第二幕——故事的隐藏

丑角、国王先后上场。国王因为思念沙恭达罗，无心再去打猎，又不愿意离开净修林。他向丑角诉说自己对沙恭达罗的爱，但丑角却嘲弄他道：啊！正如一个厌恶了枣子的人想得到罗望子一般，万岁爷享受过了后宫的美女，现在又来打她的主意。

事也凑巧，正当国王想再回净修林而又找不到借口的时候，两个年轻的仙人前来邀请他去保护净修林不受罗刹扰乱。国王大喜，立即接受邀请。这时太后派人传达命令，让他马上回城去；他不肯改变主意，于是他自己留下，把丑角和随从人员打发回去。他怕丑角把他追求女人的事情告诉后宫，所以故意大声说道：朋友摩陀弊耶！为了尊敬仙人我才到净修林里去。我实在并不想追求什么净修林的女孩子。你看——我们是什么样？那个跟小鹿一块长大的情窦未开的女孩子又是什么情形？朋友！不要把一句随便开玩笑说出来的话就当作真心实情。

第三幕——爱情的享受

国王在净修林里害上了相思病，一会儿沉思，一会儿叹息；沙恭达罗也从那天看到国王起神情就郁郁寡欢，肤色惨淡，形容憔悴。沙恭达罗对她的两个女友吐露真情，承认这一切都是由于思念国王引起，并且明白表示：假如你们不责备我的话，就请你们给我策划，让我取得国王仙人的同情。否则就请你们回忆我吧！

两个女友劝沙恭达罗给国王写一首诗表白心意。沙恭达罗念道：你的心我猜不透，但是狠心的人呀！日里夜里爱情在剧烈地燃烧着我的四肢，我心里只有你。不料她刚朗诵完毕，国王便从隐藏的地方走出来，也朗诵了一首诗：爱情只使你发热，细腰的美人呀！但却在不停地燃烧着我，白日使夜莲凋萎，但更厉害的却是使月亮的光彩褪落。沙恭达罗羞愧难当。她的两个女友表示愿意帮助成全这件好事。她们对国王提出了明确的要求:大王!国王们听说都是有许多爱人的。你应该做到,不要使我们爱友的亲人为她伤心。听到国王作了保证,她们才放心地离开了。

剩下国王和沙恭达罗两人以后,国王拼命追求,沙恭达罗则百般推却。她一再声称:我自己做不了主,或者说,这两个朋友是管我的,我只怨自己的命,我自己不自由。她想离开国王,又舍不得真走开,于是藏在拘卢婆迦花里,打算看个究竟。听到国王热情洋溢的独白之后,她再也忍耐不住,便又假借寻找荷花须镯子走了回来。国王喜出望外。然而好事多磨。当他刚要吻沙恭达罗时,乔答弥来到这里,并且不由分说把沙恭达罗带走了。国王只有望洋兴叹。

后来国王与沙恭达罗在净修林中用乾闼婆方式结了婚。

第四幕——沙恭达罗的别离

〔两个女朋友上,作摘花状。

阿奴苏耶 毕哩阎婆陀!虽然我们亲爱的朋友沙恭达罗已经用乾闼婆方式得到一个配得上她的男人,她心满意足了,但是我的心总放不下。

毕哩阎婆陀 为什么呢?

阿奴苏耶 那位王仙已经满足了自己的愿望,今天仙人们送走了他,他已经回自己的京城去了。他一走到那成百的后宫佳丽丛中,是否还能想起我们这个人呢?

毕哩阎婆陀 你先放心吧!这样超群出众的品质不会作出违反道德的事情的。目前要想一想:我们的师傅从圣地游行回来,听到这件事,我不知道,将会发生什么事情。

阿奴苏耶 你问我的这件事,师傅一定会同意。

毕哩阎婆陀 为什么呢?

阿奴苏耶 为什么不呢?女孩子一定要嫁给一个配得上的丈夫,他心里首先这样想。命运既然这样安排了,我们师傅一定会满意的。

毕哩阎婆陀 就这样吧!(看着花瓶)朋友!祭祀用的花已经摘够了。

阿奴苏耶 沙恭达罗不向那些保护神致敬吗?我们再多采一些吧!

毕哩阎婆陀 对的。(两个人就摘起花来)

幕后 就是我,哼!

阿奴苏耶 (倾听)朋友!似乎是一个客人在介绍他自己。

毕哩阎婆陀 沙恭达罗不是在茅屋里吗?(沉思)噢!她今天大概又是心不在焉。我们的花已经采够了。(要走)

又是幕后 啊!你怎么竟敢看不起我这个客人呀!

你心里只有你那个人,别的什么都不想念,
我这样一个有道的高人来到,你竟然看不见。
你那个人决不会再想起你来,即使有人提醒他,
正如一个喝醉了的人想不起自己作过的诺言。[①]

〔二人听到,发起愁来。

---

① 根据印度古代的迷信,谁要是得罪了有道行的仙人,仙人就诅咒他,而诅咒的话一定会实现。沙恭达罗正害着相思病,大仙人达罗婆娑来到,她对他有些轻慢,大仙人就说出了诅咒的话。

毕哩阎婆陀 哎呀,糟糕,糟糕,终究出了事了。我们的亲爱的朋友失神落魄地得罪了一个应该尊敬的人。

阿奴苏耶 (向前看)朋友!她得罪的不是一个普通的什么人。这是最容易生气的大仙人达罗婆娑。他气得连迈步都有点蹒跚,回头走了。

毕哩阎婆陀 除了火以外什么东西还有这样大的燃烧的力量呢?快走过去,跪在他脚下,恳求他回转来!同时我给他准备下献礼和水。

阿奴苏耶 好吧!(下)

毕哩阎婆陀 (在走着的时候,作蹒跚状)哎呀!我太慌张,把花瓶都从手里丢掉了。(作采花状)

阿奴苏耶 (上)朋友!那个人似乎就是愤怒的化身,什么人能够劝服他呢?但他终究发了点慈心。

毕哩阎婆陀 这一点对他说起来已经很多了。请你把经过谈一谈吧!

阿奴苏耶 因为他不想回转来,我就跪在他脚下对他说:尊者!请你考虑到她过去的虔诚,今天她对你那超人的力量没有意识到,因而对你失敬,请你饶恕你这个女儿吧!

毕哩阎婆陀 以后呢?

阿奴苏耶 以后吗,他说:"我的话既然说出去,就不能不算数。但是只要她的情人看到他给她的作为纪念的饰品,我对她的诅咒就会失掉力量。"说完扭头走了。

毕哩阎婆陀 现在可以放心了。王仙临走的时候,曾把一只刻着自己名字的戒指套在沙恭达罗的手指头上,说是作为纪念。希望就寄托在这只戒指上面了。

阿奴苏耶 来!让我们俩去为她祭神吧!(二人在台上绕行)

毕哩阎婆陀 (瞭望)阿奴苏耶呀!你看哪,我们亲爱的朋友坐在那里左手托着脸,像一幅画一样,她想到的只是他,连自己都不管了,她怎么能注意到那个高贵的客人呢?

阿奴苏耶 毕哩阎婆陀呀!刚才发生的那件事情只放在我们两个人心里好了。我们的亲爱的朋友天性柔弱,不要告诉她了。

毕哩阎婆陀 谁会向幼嫩的茉莉花上浇热水呢?

〔二人下。

——插曲——

〔干婆的徒弟上,刚睡起来

徒弟 我的师父干婆巡礼圣地婆罗婆娑回来了,他命令我留心白天的降临,我走出来看一看,黑夜还有多久就可以过去了。好哇,天亮了!因为

在那一边,月亮正落在西山的顶上,
在另一边,太阳以朝霞作前驱正在露面。
日月二光在同一个时候一升一降,
似乎就象征着人世间的升沉变幻。

而且——

月落之后,白色的夜莲不再悦目,
只在回想里残留着它的光艳。

爱人远在天涯，闺中的愁思，
一个柔弱的女子万难承担。

而且——

早晨的霞光照红了迦哩干图树枝上的露珠。
赶走了睡眠的孔雀离开达梨薄草盖成的茅屋。
小鹿蓦地从印满了它的足迹的祭坛那里跑开。
向高处跳了几跳，又伸直了自己的身躯。

而且——

月亮把它的光辉洒上众山之王的须弥山。
驱除了黑夜一直升到毗湿奴[1]的中殿。
它带着黯淡的光辉从天空里落下来。
大人物不论爬多高，最后还是落下尘寰。

阿奴苏耶　（匆匆忙忙入，独白）像我这样一个与世隔绝的人也遇到这种事，国王对沙恭达罗的举动太不体面了。

徒弟　我要告诉师傅，焚烧祭品的时间到了。（下）

阿奴苏耶　夜已经过去，天快亮了。我醒得很快。虽然醒了，但是究竟作什么呢？我的两只手不大想作早晨要作的事情。现在让爱情满足它的欲望吧，它把我那位心地纯洁的爱友跟一个背信弃义的男人拖在一起。也可能不是那个王仙的错处。一定是达罗婆娑的诅咒发生了效力。不然的话，那位国王海誓山盟，到现在已经隔了这样长的时间，为什么连一句话也不派人来说呢？（沉思）"我们要把那只作为信物的戒指送给他吗？"净修的人都是冷酷不了解痛苦的，要请谁去吗？我们虽然确信我们的朋友应该负这个责任，但是却不能告诉师傅干婆，沙恭达罗已经跟豆扇陀结了婚而且怀了孕。那么我现在究竟要怎么办呢？

毕哩阎婆陀　（入）阿奴苏耶呀！快点来，快点来，给沙恭达罗饯行吧！

阿奴苏耶　（吃惊）朋友呀！怎么回事？

毕哩阎婆陀　你听着！我刚才到沙恭达罗那里去，我只想问一问，她睡得好不好——

阿奴苏耶　以后怎么样？

毕哩阎婆陀　以后吗，她正羞得低下了头，我们的父亲干婆拥抱着她，向她祝福："孩子，我祝福你！祭祀婆罗门的眼睛虽然给烟熏得模糊了，他的祭品却正掉在火里。正如知识已经给一个好学生所掌握，我也不再为你担忧。我今天就要找一些仙人陪着你，把你送到你丈夫那里去。"

阿奴苏耶　朋友！是谁把这件事情告诉父亲干婆的？

毕哩阎婆陀　当他走近燃烧着圣火的地方时，一个无影无形的声音朗诵了一首诗——

阿奴苏耶　（吃惊）怎么样？

毕哩阎婆陀　你听着！（念梵文）

婆罗门呀！你要知道，为了人世间的快乐幸福，

---

① 毗湿奴，印度神名。

豆扇陀给你女儿种上了光明种子,正如怀火的舍弥树。①

阿奴苏耶 (拥抱毕哩阎婆陀)我高兴,我真高兴。但是一想到沙恭达罗今天就被送走,我的高兴又跟忧愁有些相似了。

毕哩阎婆陀 我们总要想法驱掉忧愁。现在要使我们可怜的姊妹高兴!

阿奴苏耶 所以我曾专为这件事把能够经久的计舍罗香末储藏在一个椰子壳里,现在就挂在芒果树枝上。你把这些香末放在荷叶上,同时我去准备一些牛胆黄、圣土和杜罗跋草的幼苗来为她制造吉祥膏。(毕哩阎婆陀照作,阿奴苏耶下)

幕后 乔答弥呀!请告诉舍楞伽罗婆和舍罗堕陀,还有别人,他们要准备好去送我的孩子沙恭达罗!

毕哩阎婆陀 (倾听)阿奴苏耶!快一点,快一点!到诃悉帝那补罗去的仙人们被召唤了。

阿奴苏耶 (手里拿着香膏入)朋友!来,让我们俩走吧!(绕行)

毕哩阎婆陀 (瞭望)沙恭达罗就站在那里,她在太阳上升时刚沐浴过,一群净修的女人正拿着祭献过的野稻向她祝福。我们俩到那里去吧!(向前走。)

〔沙恭达罗偕乔答弥入,正如上面说过的,许多人围绕着她。

沙恭达罗 我向圣女们致敬。

乔答弥 孩子!你要知道,"皇后"这个头衔,是你丈夫给你的荣誉。

净修女 孩子!愿你生一个英雄的儿子!(除乔答弥外,全下)

二女友 (走上去)朋友!你洗得舒服吗?

沙恭达罗 欢迎我亲爱的朋友。到这边来坐下吧!

二女友 (坐下)朋友!你先坐直一点,我们俩把吉祥膏给你涂上。

沙恭达罗 这虽然是习见的事,我今天却非常重视它,因为今后难得再有让我的亲爱的朋友服侍的机会了。(洒泪)

二女友 朋友!在喜庆的时候哭是不应该的。(擦眼泪,作装饰状)

毕哩阎婆陀 啊哈!你天生丽质应该好好地装扮一下,在净修林里容易得到的那些装饰品伤损了它。

一个小徒弟 (手里拿着装饰品,入)这里是全部的装饰品,请小姐上妆吧!

〔大家都吃惊地看着。

乔答弥 孩子诃哩陀!这些东西是哪里来的?

诃哩陀 父亲干婆搞来的。

乔答弥 是他用心力咒出来的吗?

诃哩陀 不是。你听着!可尊敬的干婆命令我们说:"从树上把花采给沙恭达罗!"于是——

一棵树上飘出一件洁白如月光的幸福象征的麻衣。
另一棵树吐出了可以用来染脚的黑颜色的漆。
从别的树上林中的女神伸出手来托着珠宝,
一直伸到露出手腕,跟幼嫩的枝条比赛着美丽。

---

① 这故事出于印度神话。内容是:女神波罗婆抵有一天欲心大盛,倚在舍弥干上休息。树身内因而产生了高热,后来就爆发成为火焰。

毕哩阎婆陀 （看着沙恭达罗）蜜蜂虽然住在树洞里，却希望吃到荷花的蜜。

乔答弥 这个恩惠就表示你会在你丈夫的宫中享受皇家的幸福。（沙恭达罗作羞答答状）

诃哩陀 尊者干婆到摩哩尼河边上去沐浴去了，我要把树神的这一番盛意告诉他。（下）

阿奴苏耶 朋友呀！我这个人从来没见过这样的装饰品，怎样来打扮你呢？（沉思而且端详）让我们俩利用关于绘画的知识来把这些装饰品安排到你身上去吧！

沙恭达罗 我知道你们的本领。（二女友作打扮状）

〔干婆上，刚沐浴回来。

干婆 沙恭达罗今天就要走了，一想到这个我就忧心忡忡。
我含泪咽声，说不出话来，愁思迷糊了我的眼睛。
我虽然是出家人，但舍不得她，心情竟这样不安。
在家人跟自己的女儿分离时不知是如何地苦痛？（来回徘徊）

二女友 朋友沙恭达罗呀！你现在打扮好了。请披上那两件漂亮的麻衣吧！（沙恭达罗站起来，作披状）

乔答弥 孩子呀！你师傅站在这里，眼睛里充满了快乐的泪，仿佛想拥抱你哩。快来向他致敬吧！（沙恭达罗羞答答地鞠躬）

干婆 孩子呀！
愿你的丈夫敬重你，像耶夜底敬重舍罗弥释塔。
愿你像她生补卢一样生一个儿子作大王，统治天下。①

乔答弥 孩子！这愿望一定会实现的，并不只是一个祝福。

干婆 孩子呀！立刻到这边来围着祭祀的火绕行！（大家都绕着走起来）

干婆 孩子呀！
祭坛周围的土已经堆起，
草铺在四周，木头放在火里，
祭品的香味洗涤了罪恶，
愿这些祭火保佑你！

〔沙恭达罗右转绕火而行。

干婆 孩子呀！现在你就启程吧！（瞭望）舍楞伽罗婆、舍罗堕陀和其他的人在什么地方？

二徒弟 （入）尊者！我们俩在这里。

干婆 孩子舍楞伽罗婆呀！给你妹妹带路！

徒弟 这里，这里，小姐！（大家绕行）

干婆 喂，喂！净修林里的住着树林女神的树啊！
在没有给你们浇水以前，她自己决不先喝。
虽然喜爱打扮，她因为怜惜你们决不折取花朵。
你们初次著花的时候，就是她的快乐的节日。
沙恭达罗要到丈夫家去了，愿你们好好跟她告别！

舍楞伽罗婆 （似乎听到杜鹃的叫声）尊者！

---

① 舍罗弥释塔是魔王的女儿，耶夜底的妻子。耶夜底是豆扇陀的祖先。

树木也是沙恭达罗的亲属,它们现在送别她,

杜鹃的甜蜜的叫声就给它们用作自己的回答。

幕后

愿她走过的路上点缀些清绿的荷塘!

愿大树的浓荫掩遮着火热的炎阳!

愿路上的尘土为荷花的花粉所调剂!

愿微风轻轻地吹着,愿她一路吉祥!

(大家都吃惊地听)

乔答弥 孩子呀!净修林里的女神们爱自己的亲属,她们祝你一路平安。那么向女神们磕头致敬吧!

沙恭达罗 (磕头,绕行,向毕哩阎婆陀)毕哩阎婆陀!虽然我很希望看到我的夫君,但是要离开这个净修林,我的双脚想往前走,抬起来,却很难放下。

毕哩阎婆陀 你同净修林分别,伤心的并不只是你一个人。你也注意一下在你离别时净修林的情况吧!

小鹿吐出了满嘴的达梨薄草,孔雀不再舞蹈,

蔓藤甩掉褪了色的叶子,仿佛把自己的肢体甩掉。

沙恭达罗 (回忆)父亲!我想去向我的妹妹蔓藤告别。

干婆 孩子!我知道你是爱它的。它就在右边。看呀!

沙恭达罗 (走上去,拥抱蔓藤)蔓藤妹妹呀!用你的枝子,也就是用你的胳臂,拥抱我吧!从今天起我就要远远地离开你了。父亲!你就把这蔓藤当我一般看待吧!

干婆 孩子!

正遂了我早先为你打算的心愿,

你用自己的功德找到一个郎君匹配凤鸾。

为了你,我现在用不着再去担心,

我想把附近的那棵芒果跟蔓藤结成姻缘。

现在你就上路吧!

沙恭达罗 (走向二女友)朋友呀!蔓藤就交托在你们俩手里了。

二女友 我们这两个人交托给谁呢?(洒泪)

干婆 阿奴苏耶!毕哩阎婆陀!不要再哭了!小姐们要安定沙恭达罗的心情。(大家绕行)

沙恭达罗 父亲呀!什么时候那一只在茅棚周围徘徊的由于怀了孕而走路迟缓的母鹿生了小鹿,请你一定向我报喜。不要忘了啊!

干婆 孩子!我不会忘记的。

沙恭达罗 (作欲行又住状)啊哈!这是什么东西总是跟在我脚后面牵住我的衣边?(转身向周围看)

干婆

每当小鹿的嘴给拘舍草的尖刺扎破,

你就用因拘地治伤的香油来给它涂。

用成把的稷子来喂它,使它成长,

它离不开你的足踪，你的义子，那只小鹿。

沙恭达罗 孩子呀！你为什么还依恋我这个离开我们同居的地方的人呢？你初生不久，你母亲死后，我把你抚养大了，现在我们分别后，我的父亲会关心你的。你就回去吧，孩子，你回去吧！（哭）

干婆 孩子呀！不要哭了！要坚定一点！看你眼前的路吧！

你的睫毛往上翻，眼前看不仔细。
要坚定起来，不要让眼泪流个不息。
这条路凹凸不平，不容易看清。
你的脚踏上去一定会忽高忽低。

舍楞伽罗婆 尊者！“送亲人送到水滨”，这是经上的规定。这里就是湖边了。请你给我们指示后就回去吧！

干婆 让我们到那棵无花果树荫里去休息一会吧！（大家都作走去状）

干婆 我们应当告诉豆扇陀些什么事情呢？（沉思）

阿奴苏耶 朋友呀！在我们净修林里，没有一个有情的动物今天不
为了你的别离而伤心。你看呀！
那野鸭不理藏在荷花丛里叫唤的母鸭，
它只注视着你，藕从它嘴里掉在地下。

干婆 孩子舍楞伽罗婆！你把沙恭达罗带给国王的时候，把我的话告诉他——

要仔细考虑到：我们是克己的隐士，你又出自名家。
她爱你完全是自然流露，绝不是有什么亲眷来作伐。
在你的后宫粉黛群中，要给她一个应得的地位，
此外她的亲眷不再要求什么，一切都由命运去安排吧。

徒弟 尊者！我要牢牢地记住这指示。

干婆 （注视着沙恭达罗）孩子呀！我现在还要嘱咐你几句话。我们虽然是林中的隐士，但是我们也是洞达世情的。

徒弟 尊者！圣智的人们没有什么见不到的事情。

干婆 孩子呀！你到了你丈夫家里以后——

要服从长辈，对其他的女人要和蔼可亲！
即使丈夫虐待你，也不要发怒怀恨在心！
对底下人永远要和气，享受也要有节制，
这才算得是一个主妇，不然就是家庭祸根。

乔答弥以为怎样？

乔答弥 这是给新婚女子的指示。（对沙恭达罗）孩子呀，不要忘掉了啊！

干婆 过来，孩子！拥抱我和你的朋友吧！

沙恭达罗 父亲呀！我的亲爱的朋友也要回去吗？

干婆 孩子呀！她们也要结婚的。她们不应该到那里去。乔答弥会陪你一块儿去的。

沙恭达罗 （抱住父亲的腰）现在离开父亲的身边，正像一棵梅檀树的细条从马拉雅山拔掉，

我怎能够在陌生的土地上生存下去呢？（哭）

干婆 孩子呀！为什么这样怕呢？

你现在是一个出自名族的丈夫的当家的妻子，

他位高权重，随时都有重要的事情来烦搅你。

你不久就要生一个圣洁的儿子，像太阳升自东方，

孩子呀！由于离开我而产生的烦恼你将不会在意。

沙恭达罗 （跪在他双脚下）父亲呀！我向你致敬。

干婆 孩子呀！愿我对你的希望都能够实现。

沙恭达罗 （走向二女友）两位朋友呀！你俩一块儿来拥抱我吧！

二女友 （照办）朋友呀！假如那位王仙迟迟疑疑一时想不起你来的话，那么你就把镌着他自己的名字的戒指拿给他看。

沙恭达罗 听到你们这样怀疑，我的心就一跳。

二女友 朋友呀！不要害怕！爱情总是疑神疑鬼的。

舍楞伽罗婆 （瞭望）尊者！太阳已经升到山顶上，小姐应该赶快走了。

沙恭达罗 （再一次抱住父亲的腰）父亲呀！我什么时候再能看到净修林啊？

干婆 孩子呀！

长时间身为大地的皇后，

给豆扇陀生一个儿子，勇武无敌。

把国家的沉重的担子交付给他，

再跟你的丈夫回到这清静的净修林里。

乔答弥 孩子呀！你们启程的时间已经过了。劝你父亲回去吧！不然的话，你会很久不让他回去的。您请回吧！

干婆 孩子呀！我在净修林里的工作给打断了。

沙恭达罗 父亲可以无忧无虑地去做净修林里的事情。我却注定要忧虑满怀。

干婆 啊咦！你怎么这样使我心慌意乱呢？（叹息）

看到你以前采集的生在门前的祭米，

孩子呀，我的忧愁如何能够减低？

走吧！愿你一路平安！

〔乔答弥，舍楞伽罗婆，舍罗堕陀，随沙恭达罗下。

二女友 （含情脉脉地瞭望了许久）哎，哎！沙恭达罗给树木遮住了。

干婆 阿奴苏耶！毕哩阎婆陀！你们的朋友走了。抑制住悲痛，随我来吧！（一齐走）

二女友 父亲呀！没有沙恭达罗，我们走进净修林感到非常空虚。

干婆 因为你们爱她，所以才这样想。（若有所思地走来走去）好哇！送走了沙恭达罗，我现在又可以舒服一下了。因为什么呢？

因为女孩子究竟是别人的。

我现在把她送给她的夫婿。

我的心情立刻就轻松愉快，

像归还了一件寄存的东西。

〔全体下。——叫做“沙恭达罗的别离”的第四幕终

第五幕——沙恭达罗的被拒

国王、丑角、侍从等上场。国王正要发号施令时，忽听幕内唱道：蜜蜂呀！你贪吃新蜜曾吻过芒果的花苞，你愉快地呆在荷花心里，为什么把它忘掉？国王听了说道：啊哈！这歌声情意缠绵。丑角问他：喂，朋友呀！你从她的歌声里听出了什么意义呢？国王微笑着回答：这个人以前被我爱过。我受到皇后恒娑婆抵的谴责。朋友摩陀弊耶！请你把我的话告诉皇后恒娑婆抵，说我应该被她谴责。丑角走后，国王作由于遗忘而产生的焦虑不安状。

接着，侍从上前报告：雪山下树林里住的净修人，还有女人，带着干婆的使命来了。国王感到吃惊，只好传令接见。净修人向国王传达干婆的口信：由于双方同意，国王娶了沙恭达罗；现在沙恭达罗已经怀孕，国王应当领她去，好共同举行宗教仪式。国王表示自己怎么也想不起这件往事。沙恭达罗由担心而发怒，不得不当众高声叫道：补卢的子孙呀！以前在净修林里，你引诱我这个天真无邪的人，一切都讲好了，现在却用这些话来拒绝，这难道合理吗？她想拿出表记——指环作为证据，不幸的是指环在路上祭水时滑落了。她又提起在净修林里的一件往事，想要引起国王的记忆。可是，国王不仅不予理睬，而且竟然说道：在动物里雌的也是天生地机灵。何况是一个女子，伶俐又聪明。沙恭达罗忍无可忍，无比愤慨地骂道：卑鄙无耻的人！你以小人之心度君子之腹。她指责国王披上一件道德的外衣，其实却是一口盖着草的井。

由于仙人咒语作怪，国王记忆模糊，不知如何是好，既怕丢掉自己的妻子，又怕抚摩别人的妻子而陷于不义，只得命人把沙恭达罗暂时收留下来。沙恭达罗觉得自己落入了进退维谷的境地，一方面国王不肯承认她，另一方面净修人也不再照顾她。她高举双臂，痛哭失声。这时，一件怪事出现了：仙女庙旁闪起了一道金光，样子像一个女人，把她高高地举起来，就消逝得无影无踪。国王听见这个报告，感到心烦意乱。他自言自语地说道：虽然我回忆不起来这被遗弃了的仙人的女儿曾是我的妻，但是我的心是这样激动，它仿佛强迫我相信这是真的。

第六幕——沙恭达罗的遗弃

开头是个插曲：巡检和两个看守抓住一个渔夫，因为他们从渔夫那里发现了国王的指环，以为是渔夫偷来的。渔夫声明，这个指环是从一条红色鲤鱼肚子里取出来的。巡检半信半疑，进宫报告国王，国王命令释放了渔夫，还赏给渔夫一个金首饰。

插曲结束以后，天女弥室罗计尸上场。她是受沙恭达罗的委托，来到王宫的花园里，隐身观察周围情况的。她看到两个新来的宫女因采折芒果花被侍从申斥一番，原来国王由于心情不好，已经下令禁止过春节了。侍从说：当万岁爷看到那个戒指的时候，他的记忆恢复了，他说，他确实同那位沙恭达罗小姐秘密地结过婚，他失掉了理智才拒绝了她。从此万岁爷就悔恨不止。他厌恶享受，也不每天接见大臣，像往常一样。夜里他睡不着觉，在床上辗转反侧一直到天亮。有时他为了表示客气同妃子们说上几句话，又把她们的姓名叫错了，因而羞愧难当。

正在他们谈话的时候，国王上场，两个宫女赶紧回避了。

〔国王从后面上，面现愁容，丑角及守门女跟在后面。

侍从 （看着国王）哎呀！在任何情况下俊伟的容仪都是漂亮的！因为万岁爷虽然心情忧郁，

看上去仍然很美丽。他——

摒除了高贵的装饰，只在左腕上松松地套上了
一只金镯，因叹息过多而唇若涂丹。
相思失眠，眼睛发了红，但美质天生，
虽瘦削而不显露，像一颗磨光的宝钻。

弥室罗计尸 （看着国王）沙恭达罗虽然遭受遗弃，但仍然为她而憔悴，真是有道理的。

国王 （陷于沉思，慢慢地走着）

从前虽然有鹿眼的爱人[①]来叫唤，这可恨的心却沉睡不动。
现在呢，它却清醒着来忍受追悔的苦痛。

弥室罗计尸 这就是那个女净修者的幸福。

丑 （独白）他又犯了沙恭达罗病了。我不知道怎样治这个病。

侍从 （近前）大王万岁万万岁！花园已经仔细检查过了，请万岁爷随意游赏一下吧！

国王 毕呾罗伐提！把我的话传达给大臣比输那，说今天因为长久失眠，我不能去上朝了。他处理完了政务以后，写一个书面报告给我。

守门女 谨遵万岁爷的旨意。（下）

国王 钵罗婆多耶那！你也去忙你的事吧！

侍从 是。（下）

丑 你已经把苍蝇赶跑了。现在就在这花园里快乐一下吧。因为露季已过，这里很舒服。

国王 （叹息）朋友呀！"灾难乘隙而入"，这句话真是正确的。你看——

黑暗的云雾刚从我心头洗清，
我回想到对仙人女儿的深情。
爱神却已经装上一只芒果花的箭，
朋友呀！他正准备着向我进攻。

而且——

那一只戒指带回来了我的记忆：
我竟毫无理由把最亲爱的人儿遗弃。
我现在真后悔不迭，我痛哭流涕，
虽然现在正是春光明媚的好天气。

丑 喂，朋友呀！你站住，等我用手杖把爱神的箭打碎。（举起手杖把芒果花的骨朵打下来）

国王 （微笑）好啦！一个婆罗门的本领我看到了。朋友呀！我到什么地方能看到有点像我爱人的那种蔓藤呢？

丑 万岁爷不是告诉过那个聪明的能绘画的宫女摩达毗尼吗？你说："我要在那一座摩达毗蔓藤的小房子里消磨这一天。把我亲手画在画板上的那一张沙恭达罗的像搬到那里去！"

国王 我正想这样来散一下心呢。那么你就把那座有摩达毗蔓藤的房子指给我吧！

丑 这边走，这边走，万岁爷！（在台上绕圈子。弥室罗计尸跟在后面）

---

① 形容女人眼睛的美。古希腊荷马的史诗里常用牛眼来形容一个人眼睛的美，是同一性质的比喻。

丑　那座有大理石凳子的摩达毗蔓藤的凉亭似乎是用寂静、用无声的语言来欢迎你。让我俩进去坐一会吧！（二人同进）

弥室罗计尸　我要隐藏在蔓藤后面看一下我亲爱朋友的像。然后我就把她丈夫的很真挚的爱情告诉她。（站在那里）

国王　（叹息）朋友呀！我现在把一切全回忆起来了。我要告诉你我第一次看到沙恭达罗的情形。我拒绝她的时候，你阁下不在场。但是当初我已经对你提到了她的名字。难道你也跟我一样把这件事情忘光了吗？

弥室罗计尸　帝王们真正一瞬间也不应离开他那些心上的人。

丑　喂！我并没有忘记呀。你把一切都告诉我以后，不是最后又说，这只是乱想出来的一个笑话，并没有这回事吗？我这个笨脑袋瓜竟信以为真。还不如说，命运真是伟大。

弥室罗计尸　正是这样。

国王　（想了一会）朋友呀！请你救我一救吧！

丑　喂，朋友呀！你又出了什么岔头了？好人永远不会给忧愁纠缠住。山在狂风里也不会动摇。

国王　朋友呀！我一想到你的女朋友会因被拒绝而苦恼时，我就感到不安。因为她——
遭了我的拒绝，决心跟自己人一块儿走。
“站住！”师傅的徒弟像师傅一般向她怒吼。
眼里满是泪，目光模糊地看我这冷酷的人，
这真真像是毒箭射上我的心头。

弥室罗计尸　哎呀，他作了那一件对不起人的事现在是这样难过呀！

丑　喂！我疑心她是给天上的神仙领去了。

国王　朋友呀！此外谁还能碰一下这样贞洁的女人呢？我从她的女友那里听说：她是弥诺迦生的。我心里怀疑，弥诺迦的女友或者她自己把她领走了。

弥室罗计尸　他的糊涂令人吃惊，他神志清明反而并不令人吃惊。

丑　喂！假如万岁爷能这样耐着性儿等，你总有一天会同那位小姐会面的。

国王　为什么呢？

丑　啊！因为她的母亲或父亲决不忍让自己的女儿长久和丈夫别离。

国王　朋友呀！
是做梦呢？是幻象？是心思混乱？
也或者是积善的功果已经耗完？
这件事情已经是一去不复返，
我的希望从悬崖上抛入了深渊。

丑　喂！不要这样说！戒指就象征着，你们一定会有一个意想不到的会面。

国王　（看着戒指）这个戒指从那个不容易到的地方滑落下来，真值得惋惜呀！
戒指呀！你的善行和我的一样，同功果比较起来是多么渺小。
你在那指甲鲜红的指头上占了一个地位，终于又滑落掉。

弥室罗计尸　假如它落在别人手里的话，那就真值得惋惜了。朋友呀！你住在远处。我因听了这谈话而得到的幸福只有我一个人享受了。

丑　喂！这个刻着名字的戒指怎样会到那位小姐手指上去了呢？

弥室罗计尸　我也正由于好奇而想问一下呢。

国王　朋友呀！你听着。当我从净修林里起身回城来的时候，我的爱人含着眼泪说："多久以后夫君才会再想起我来？"

丑　于是——

国王　我给她戴上这个戒指，回答说——

丑　说什么呢？

国王

你每天就看着这个戒指来数，
一天数一个组成我的名字的字母。
在你数到最后一个字母之前，爱人呀！
我后宫的内侍就会来迎接你上路。

后来由于我一时糊涂，就发生了这件残忍的事情。

弥室罗计尸　等待是愉快的，但由于命运的播弄他没能践约。

丑　但是这个戒指怎么像钓鱼钩一样跑到鱼肚子里去了呢？

国王　你的女朋友在舍质圣池向水祈祷的时候掉下去的。

丑　对了。

弥室罗计尸　因此这位惟恐作错了事的王仙才怀疑是否曾跟净修女沙恭达罗结过婚。不然的话，像这样的爱情还需要什么证物呢？

国王　我要责备这个戒指。

丑　（笑）我也要责备这条手杖："我身体直直的，你怎么竟这样弯呢？"

国王　（作没有听见状）

你怎敢离开美人的纤纤玉手，
私自就向水里逃走？

但是——

无知的东西不知道好坏。
我为什么把我爱人拒在门外？

弥室罗计尸　我想说的话他先说出来了。

丑　喂！我简直要饿死了。

国王　（没理他）爱人呀！这个人毫无理由地遗弃了你，他心里悔恨得像火烧一般，你什么时候再可怜他一下让他看你一眼呢？

侍女　（手里拿着画板上）主子呀！这是夫人的画像。（把画板拿给他看）

国王　（看）哎呀，这张画真漂亮呀！因为——

一对长长的美目，一双弯弯的秀眉。
微笑绽开樱唇，皓齿发出月光的清辉。
她的樱口像迦哩干图花一样红艳娇美。
她在画上仿佛就要说话，焕发着柔情脉脉。

丑　（看）喂！好漂亮的画呀！我的目光仿佛是随了画的凹处和凸处而移动。此外，我在怀疑她是否真正在眼前,我真渴望同她说话呀。

弥室罗计尸 哎呀!王仙绘画的本领真高明呀!我认为,我的爱友就站在我眼前。

国王 伙计呀!

画上有毛病是画得不好。

她的美丽毕竟保留了不少。

弥室罗计尸 这和他的悔恨和热爱是相称的。

国王 (叹息)

以前她亲自来,我同她绝断。

现在却向她的画像礼拜赞叹。

正如走过了一泓解渴的河水,

却向沙漠的蜃楼中寻求清泉。

丑 我看到画里有三个美人。她们都漂亮。哪一个是沙恭达罗小姐呢?

弥室罗计尸 这个可怜的家伙竟然不知道我的女朋友的美丽。他老眼昏花没有看到。

国王 那么你认为哪一个是呢?

丑 (仔细看)我猜,那个倚着阿输迦树的枝条的是她;这树刚才浇过水,显得柔润可爱;她的发结松了,上面的花滑了下来;她脸上有些汗珠;她那两条胳臂奇怪地弯曲起来;她的衣服松开了,沙恭达罗小姐似乎有点疲倦了。其余的是她的女友。

国王 阁下是很聪明的。这里就是我的爱情的标志——

我的汗手印上的污点在这边上还可以看见,

从我腮上滴下来的泪珠把画的颜色冲淡。

折杜哩迦!这风景我们只画了一半。你去把画笔拿来!

侍女 摩陀弊耶先生!在我离开的时候,请你拿一下这画!

国王 我自己拿吧。(拿画)

〔侍女下。

丑 还要画什么呢?

弥室罗计尸 我猜想,女友喜欢的那些地方,他都要画上。

国王 朋友呀!你请听——

摩哩尼河应该画上,沙滩上落下了一双芦雁。

在它的岸上有伏着犛牛的喜马拉雅山的圣山。

在枝上挂着树皮制成的衣服的树底下,

有一只母鹿,在黑公鹿的角上擦它的左眼。

丑 (独白)正如他说的,我猜想,他会在画的空白处添上一些长胡子的苦行人。

国王 沙恭达罗还应该有别的衣饰,我忘记画上了。

丑 什么呢?

弥室罗计尸 大概是一个林中女孩子应该穿的那一些。

国王 花茎系在她的耳朵上,花蕊垂过香腮。

朋友呀!这样的尸利沙花也还没画上。

像秋月的清光一般柔软的荷花须环子

也还没有能够挂上她的胸膛。

丑　为什么小姐用美丽得像红色的迦哩干图花一般的手指头尖遮住面孔,身上仿佛在发抖呢?噢,原来是这个龟孙子的偷花蜜的贼,可恶的蜜蜂,想从她的像莲花一般的嘴里吮吸蜜汁。

国王　把这个可恶的东西赶走!

丑　你有权惩罚混账东西。

国王　好啦。喂,雄蜂呀!你为什么不辞劳苦地飞来飞去呢?

那一只含情脉脉的雌蜂虽然渴了仍然落在花朵上,
她在等着你,否则她就会孤零零地去吮吸蜜浆。

弥室罗计尸　国王在客客气气地把雄蜂赶走。

丑　这种动物,哪怕你赶它,它也会顽抗。

国王　(怒)喂,你竟不听我的命令!你现在且听着——

我爱人的樱唇像未伤的花朵一般鲜艳。
我曾温柔地吮吸过,享受了爱的狂欢。
如果你,蜜蜂呀,竟敢把它来触动,
我就要在荷花的空隙里把你来禁关。

丑　啊!这样严厉的惩罚,它怎会不害怕呢?(笑,独白)他兴奋起来了,我陪着他也兴奋起来了。

国王　你为什么站到一边去了?

弥室罗计尸　这个人虽然坚强,爱情也把他改变了。

丑　(高声)喂,这是一幅画呀!

国王　为什么是画?

弥室罗计尸　连我也是现在才想起这是一幅画来。他怎么能够知道呢?

国王　你怎么能够作这样的恶作剧呢?

你却又把我的爱人转变成了一幅画,
她仿佛就在我眼前,我全神贯注地回想到她。
(洒眼泪)

弥室罗计尸　哎呀!命运真是和他开了一个大玩笑。

国王　朋友呀!

我清醒了,连同她梦里相会的希望也落了空,
我眼里充满了泪,连在画上也看她不清。

弥室罗计尸　朋友呀!你遗弃了爱友沙恭达罗,你现在在她朋友面前用你的痛苦把罪完全赎清了。

大臣送给国王一份报告:航海商人檀那弗栗提沉船遇难了。他没有孩子,他有好多亿财产。现在这些都成了皇家的财产了,请陛下处理。国王立即裁决:他老婆还在胎中的孩子可以继承他的遗产。国王为什么会这样照顾商人呢?因为国王由商人的命运想到自己的命运,悔恨自己遗弃已经怀孕的沙恭达罗,因而也就遗弃了自己的儿子。他悲痛地说道:一向清白相传的补卢家族因我无子不能继续,正如萨罗萨伐底河流入不光荣的地区。国王随即陷入昏迷状态。

这时,幕后响起救命的呼声。原来是御者摩多梨带来了天帝因陀罗的命令:派国王前去消灭天神的敌人。国王立即登上神车出发。

第七幕

国王和摩多梨上。他们坐在神车上,走在天空里。国王已经遵照因陀罗的命令战胜了天神的敌人,并且受到了因陀罗的嘉奖。现在摩多梨正送国王从天上返回人间。途中,他们经过金顶山——苦行者至高无上的幸福乐园。在这座山上,国王出乎意料地见到了被他遗弃的沙恭达罗和她的儿子。

当沙恭达罗重新出现时,国王又喜又忧。他说:哎呀!那是沙恭达罗——她穿着深灰色的衣服,头上一条辫子,由于忏悔,脸上神采黯淡。她的举动纯贞,我却是无情无义,使得她守着长期离别的誓愿。他请求沙恭达罗原谅。他对沙恭达罗说道:亲爱的!我待你太粗暴了。但是粗暴已经转变成柔情。我希望你能够体谅我。然后跪在沙恭达罗的脚下。沙恭达罗则答道:请你站起来!一定是我前生作了什么恶事应该受苦,所以在那些日子里我才遭到苦难,我的丈夫虽然性格温柔,当时竟也变得毫无情义。

随后,国王和沙恭达罗带着他们的儿子一起去见仙人摩哩遮。国王向摩哩遮检讨自己遗弃沙恭达罗的错误,摩哩遮却对他说道:孩子呀!不要再责备自己犯了什么错误!因为你失去了意识才这样的。沙恭达罗也认识到:我的丈夫不是有意遗弃我。他没有真忘记我。摩哩遮又对沙恭达罗说道:孩子呀!你现在已经知道真相了。作为妻子不能再生气了。你看——你由于诅咒而被遗弃,你丈夫因记忆失灵而态度傲慢。现在呢,你的地位又被恢复,他的心头已经扫除了黑暗。正如镜面弄脏了的镜子上照不出影子来,镜面干净的镜子,影子很容易照在上面。摩哩遮并且预言,他们的儿子将会成为转轮圣王,获得婆罗多的徽号。

最后,遵照摩哩遮的吩咐,国王带上沙恭达罗和他们的儿子一起返回都城。

中古文学

源氏物语

作者紫式部(约978—1015)是日本平安时期的女作家,本姓藤原,出身于中层贵族家庭。998年与藤原宣孝结婚,次年生下一女。1001年,藤原宣孝死去,她过起孀居生活。1006年,她进入天皇后宫,担任一条天皇中宫(即皇后)女官,至1011年一条天皇去世为止。在这期间,曾为中宫讲解《日本书纪》《白氏长庆集》等书。这段后宫生活对于她的创作具有决定性的影响。关于她的卒年,日本学者说法不一,有1014年、1015年、1016年诸说,还有人认为她活得更长,但都没有确凿证据。

紫式部的作品有三部,即《紫式部集》《紫式部日记》和《源氏物语》。《紫式部集》是和歌集,共收和歌128首。《紫式部日记》记述1008年7月至1010年1月间一条天皇的第二皇子和第三皇子诞生前后的盛况,其中有对后宫生活的详细描写,也有对人物性格和心理活动的敏锐观察。长篇小说《源氏物语》是她的主要创作成果。这部小说的写作时间,一般认为在她入宫之前已经着手准备,入宫之后进而积累资料,并且写成几回,出宫之后最后完成。

《源氏物语》共有54回,可以分为三个部分:第一部分从第1回到第33回,共计33回,写源氏的前半生——由诞生和童年起,中经须磨流放的失意,后来达到荣华绝顶的阶段。第二部分从第34回到第41回,共计8回,写源氏的晚年生活——因青壮年时代的过失而苦恼和忧虑,直至下定决心出家遁世。第三部分从第42回到第54回,共计13回,写薰君的故事——对大女公子的追求和失败,对浮舟的追求和失败。

书中主要人物共30余人,其中包括:源氏、葵姬、藤壶、空蝉、夕颜、紫姬、末摘花、冷泉、薰君、浮舟、三公主、柏木等。

现根据中文译本(丰子恺译,人民文学出版社1980年至1983年出版)分回介绍或节选如下。

第一回　桐　壶

这一回写源氏出生至12岁的事。

从前某一朝天皇时代,后宫嫔妃甚多,其中有个桐壶更衣(妃嫔之一,次于皇后、女御),出身并不十分高贵,却蒙皇上特别宠爱。她生下一个容华如玉、盖世无双的小皇子,当小皇子3岁那年,她便因病死去。

小皇子7岁开始读书,聪明颖悟,绝世无双,而且精通琴笛。作品中写道:这小皇子的多才多艺,如果一一列举起来,简直如同说谎,教人不能相信。

皇上心想,这孩子没有有力外戚作为后援,不如让他做个臣下,教他辅佐朝廷,反倒于他有利。于是将他降为臣籍,赐姓源氏,世人称为"光华公子"(光君)。

源氏听说藤壶女御相貌酷似自己的母亲，便对她产生恋慕之心，并且时常向她表示这种感情。

源氏12岁时举行成人仪式，并与左大臣的女儿葵姬结婚。不过，他与葵姬不睦，心里想着藤壶。

第二回 帚 木

这一回写源氏17岁夏天的事。

小说写道：光华公子源氏（光源氏），只此名称是堂皇的；其实此人一生遭受世间讥评的瑕疵甚多。尤其是那些好色行为，他自己深恐流传后世，赢得轻佻浮薄之名，因而竭力隐秘，却偏偏众口流传。这真是人之多言，亦可畏也。话虽如此说，其实源氏公子这个人处世非常谨慎，凡事小心翼翼，并无逗人听闻的香艳逸事。

一个雨夜，源氏与几个贵公子一起品评各种女子，大家各抒己见。这雨夜品评的结局，最终没有定论。末了只是些散漫无章的杂谈，一直谈到天明。

随后，源氏来到纪伊守家。

源氏公子不能安然就寝。他觉得独眠很是无聊。张目四顾，想道："这靠北的纸隔扇那边有女人住着。刚才说起的那个女子大概就躲在这里面吧。可怜的人儿啊！"他心驰神往，便从容地站起身来，走到纸隔扇旁边，倾耳偷听，但闻刚才看到的那个小君的声音说："喂，你在哪里？"带些沙音，却很悦耳。接着一个女声回答道："我睡在这里呢。客人睡了吧？我怕相隔太近，不好意思，其实隔得还算远。"是躺在床里说的。语调随意不拘。但很像那孩子的声音，听得出这两人是姐弟。又听得那孩子悄悄地说道："客人睡在厢房里呢。我听说源氏公子很漂亮，今天初次看到，果然是个美男子。"他姐姐说："倘是白天，我也来偷看一下。"声音带着睡意，是躺在被窝里说的。源氏公子嫌她态度冷淡，没有向她弟弟详细探问他的情状，心中略感不快。接着弟弟又说："我睡在这边吧。唉，暗得很。"听见他挑灯的声音。那女子睡的地方，似乎是这纸隔扇的斜对面。她说："中将[①]哪里去了？我这里离开人远，有些害怕呢。"睡在门外的侍女们回答道："她到后面去洗澡了，立刻就回来的。"

不久大家睡静了。源氏公子试把纸隔扇上的钩子打开，觉得那面没有上钩。他悄悄地把纸隔扇拉开，但见入口处立着帷屏，灯光暗淡，室中零乱地放着些柜子之类的器具。他就从这些器具之间走进室内，走到这女子所在的地方，但见她独自睡着，身材很小巧。他觉得有些不好意思，终于伸手把她盖着的衣服拉开。这空蝉只当是她刚才叫的那个侍女中将回来了，却听见源氏公子说："刚才你叫中将，我正是近卫中将[②]，想来你了解我私下爱慕你的一片心吧。……"空蝉吓了一跳，不知如何是好，疑心自己着了梦魔，惊慌地"呀"地叫了一声。她用衣袖遮着自己的脸，说不出话来。源氏公子对她说道："太唐突了，你道我是浮薄浪子一时冲动，确也难怪。其实我私心倾慕，已历多年；常想和你罄吐衷曲，苦无机会。今宵幸得邂逅，因缘非浅。万望曲谅愚诚，幸赐青睐！"说得婉转温顺，魔鬼听了也会软化，何况他是个容姿秀丽、光彩焕发的美男子。那空

① 中将是一个侍女的称呼。

② 此时源氏的官位是近卫中将，正好和那侍女的称呼相同。

蝉神魂恍惚。想喊"这里来了陌生人",也喊不出口。只觉得心慌意乱,想起了这非礼之事,更是惊恐万状;喘着气低声说道:"你认错了人吧?"她那恹恹欲绝的神色,教人又是可怜,又是可爱。源氏公子答道:"并不认错人,情之所钟,自然认识。请勿佯装不知。我绝不是轻薄少年,只是想向你谈谈我的心事。"这人身材小巧,公子便抱了她,走向纸隔扇去。恰巧这时候,刚才她叫的那个侍女中将进来了。源氏公子叫道:"喂,喂!"这中将弄得莫名其妙,暗中摸索过来,但觉一阵阵的香气,直扑到她脸上,便心知是源氏公子了。中将大吃一惊,不知道这是怎么一回事,说不出话来。她想:"若是别人,我便叫喊起来,把人夺回。然而势必弄得尽人皆知,也不是道理。何况这是源氏公子。怎么办呢?"她心中犹豫不决,只管跟着走来。源氏公子却若无其事,一直走进自己房间里去了。拉上纸隔扇时,他对中将说:"天亮的时候你来迎接她吧!"

空蝉听到这话,心中想道:不知中将作何感想?只此一念,已使她觉得比死更苦,淌了一身冷汗,心中懊恼万状。源氏公子看她很可怜,照例用他那一套不知哪里学得的情话来百般安慰,力求感动她的心。空蝉却越发痛苦了,她说:"我觉得这不是事实,竟是做梦。你当我是个卑贱的人,所以这样作践我,教我怎不恨你?我是有夫之妇,身份已定,无可奈何的了。"她痛恨源氏公子的无理强求,说得他自觉惭愧。公子回答道:"我年幼无知,不懂得什么叫做身份。你把我看作世间一般的轻薄少年,我很伤心。我从来不曾有过无理强求的暧昧行为,你一定也知道的。今天与你邂逅,大概是前世的宿缘了。你如此疏远我,我也怪你不得。今天的事,我自己也觉得不可思议。"他一本正经地说了许多话。然而空蝉对于这位盖世无双的美男子,愈加不愿亲近了。她想:"我不从他,也许他会把我看作不解风情的粗蠢女子。我就装作一个不值得恋爱的愚妇吧。"于是一直采取冷淡的态度。原来空蝉这个人的性情,温柔中含有刚强,好似一枝细竹,看似欲折,却终于不断。此刻她心情愤激,痛恨源氏公子的非礼行为,只管吞声饮泣,样子煞是可怜。源氏公子虽然觉得对这女子不起,但是空空放过机会,又很可惜。他看见空蝉始终没有回心转意,便恨恨地说:"你为什么把我看作如此讨厌的人呢?请你想想:无意之中相逢,必有前生宿缘。你佯装作不解风情之人,真教我痛苦难堪。"空蝉答道:"我这不幸之身,倘在未嫁时和你相逢,结得露水姻缘,也许还可凭仗分外的自豪之心,希望或有永久承宠之机会,借此聊以自慰。如今我乃有夫之妇,和你结了这无凭春梦似的刹那因缘,真教我寸心迷乱,不知所云。现在事已如此,但望切勿将此事泄露于人!"她那忧心忡忡的神色,使人觉得这真是合理之言。源氏公子郑重地向她保证,讲了许多安慰的话。

晨鸡报晓了。随从们都起身,互相告道:"昨夜睡得真好。赶快把车子装起来吧。"纪伊守也出来了,他说:"又不是女眷出门避凶。公子回宫,用不着这么急急地在天色未明时动身!"源氏公子想:"此种机会,不易再得。今后特地相访,怎么可行?传书通信,也是困难之事!"想到这里,不胜痛心。侍女中将也从内室出来了,看见源氏公子还不放还女主人,心中万分焦灼。公子已经许她回去,但又留住了,对她说:"今后我怎么和你互通音信呢?昨夜之事,你那世间无例的痛苦之情,以及我对你的恋慕之心,今后便成了回忆的源泉。世间哪有如此珍奇的事例呢?"说罢,泪下如雨,这光景真是艳丽动人。晨鸡接连地叫出,源氏公子心中慌乱,匆匆吟道:

"恨君冷酷心犹痛,
何事晨鸡太早鸣?"

空蝉回想自身境遇,觉得和源氏公子太不相称,心中不免惭愧。源氏公子对她如此热爱,她并不

觉得欢喜。她心中只是想着平日所讨厌的丈夫伊豫介:“他可曾梦见我昨夜之事?”想起了不胜惶恐。吟道:

“忧身未已鸡先唱,
和着啼声哭到明。”

天色渐渐明亮,源氏公子送空蝉到纸隔扇边。此时内外人声嘈杂,他告别了空蝉,拉上纸隔扇,回到室内的时候,心情异常寂寥,觉得这一层纸隔扇不啻蓬山万重啊!

源氏公子身穿便服,走到南面栏杆旁边,暂且眺望庭中景色。西边房间里的妇女们连忙把格子窗打开,窥看源氏公子。廊下设有屏风,她们只能从屏风上端约略窥见公子的容姿。其中有几个轻狂女子,看了这个美男子,简直铭感五中呢。下弦的残月发出淡淡的光,轮廓还是很清楚,倒觉得这晨景别有风趣。天色本无成见,只因观者心情不同,有的觉得优艳,有的觉得凄凉。心中秘藏恋情的源氏公子,看了这景色只觉得痛心。他想:“今后连通信的相会也没有了!”终于难分难舍地离开了这地方。

源氏公子回到邸内,不能立刻就寝。他想:“再度相逢是不可能的了。但不知此人现在作何感想?”便觉心中懊丧。又想起那天的雨夜品评,觉得这个人并不特别优越,却也风韵娴雅,无疵可指,该是属于中品的。那个见多识广的左马头的话,确有道理。

此后有一时期,源氏公子一直住在左大臣邸内。他想起今后和空蝉音信断绝,薄倖名成,心中痛苦不堪,便召唤纪伊守前来,对他说:“能不能把前回看到的卫门督的小君给我呢?我觉得这孩子可爱,想教他到我身边来,由我推荐给皇上当殿上侍童。”纪伊守答道:“多蒙照拂,实深感激。我当把此意转告他姐姐去。”源氏公子听到姐姐两字,心中别的一跳。便问:“这姐姐有没有生下你的弟弟来?”“没有。她嫁给我父亲还只两年。她父亲卫门督指望她入宫,她违背了遗言,不免后悔。听说对现在这境遇很不满意呢。”“那是很可怜的了。外间传说她是个才貌双全的美人,实际上如何?”纪伊守答道:“相貌并不坏。不过我同她疏远,知道的不详。照世间的常规,对后母是不便亲近的。”

过了五六天,纪伊守把这孩子带来了。源氏公子仔细一看,相貌虽然算不得十全,却也秀丽可爱,是个上品的孩子。便召他进入帘内,十分宠爱他。这孩子的小心坎里自然不胜荣幸。源氏公子详细探问他姐姐的情况。凡无关紧要的事,小君都回答了,只是有时羞涩不语,源氏公子也不便穷究。然而说了许多话,使这孩子知道他是熟悉这女子的。小君心中隐约地想:“原来两人之间是有这等关系的!”觉得出乎意外。然而童心幼稚,并不深加考虑。有一天,源氏公子叫他送一封信给他姐姐。空蝉吃惊之余,流下泪来。又恐引起这孩子怀疑,不当稳便;心中却又颇想看这封信,便端起信来,遮住了脸,从头阅读。这信很长,末了附诗一首:

重温旧梦知何日,
睡眼常开直到今。

“我夜夜失眠呢。”这信写得秀美夺目。空蝉热泪满眼,看不清楚。只是想起自己本来生不逢辰,今又添了这件痛心之事,自叹命穷,悲伤不已,便躺下了。

次日,源氏公子邸内召唤小君前去,小君即将动身,便向姐姐要封回信。空蝉说:“你回答他说:此间没有可拜读此信之人。”小君笑道:“他说并没弄错,怎么好对他如此说呢?”空蝉心中忧虑,想道:“可知他已经全部告诉这孩子了!”便觉无限痛苦,骂道:“小孩子家不应该说这种老头老脑的话!既然如此,你不要去了。”小君说:“他召唤我,怎么好不去呢?”管自去了。

纪伊守也是个轻薄之徒，艳羡这后母的姿色，常思接近，好献殷勤，因此巴结这个小君，常常陪他一同来去。源氏公子召唤小君进去，恨恨地对他说："昨天我等了你一天！可见你是不把我放在心上的。"小君脸红了。公子又问："回信呢？"小君只得一五一十地把实情告诉他。公子说："你这个人靠不住。哪有这等事情！"便叫他再送一封信去，对他说："你这孩子不知道：你姐姐认识伊豫介这个老头子以前，先和我相识了。不过，她嫌我文弱不可靠，因此嫁了那个硬朗的老头子，真是欺侮我！如今你就做我的儿子吧。你姐姐所依靠的那个老头子，寿命不长了。"小君听了，心中想道："原来如此！姐姐不理睬他，也太忍心了。"源氏公子便疼爱这孩子，时刻不离地要他在身边，也常常带他进宫去。又命宫中裁缝所替他新制服装，待他真同父母对儿子一样。此后源氏公子还是常常要他送信。但空蝉想：这毕竟是个小孩，万一把消息泄漏出去，此身又将添得一个轻薄的恶名。公子的多情她也觉得很感谢；然而无论何等恩宠，一想起自己身份不配，便决心不受，因此始终不曾写过恳切的回信。她也常常想起：那天晚上邂逅相逢的那个人的神情风采，的确英爽俊秀，非同凡俗。然而一想起便立刻自己打消念头。她想：我的身份已定，现在向他表示殷勤，有何用处呢？源氏公子则无时不思量她。一想起她，总觉又是可怜，又是可爱。回思那天晚上她那忧伤悲痛的样子，不胜怜悯，始终无法自慰。然而轻率地偷偷去访，则彼处人目众多，深恐暴露了自己的胡行妄为，对那人也是不利的。因此踌躇不决。

源氏公子照例常在宫中住宿数日。有一次，他选定一个应向中川方面避凶的禁忌日，装作从宫中返邸时突然想起的样子，中途转向纪伊守家去了。纪伊守吃了一惊，以为他家池塘美景逗引公子再度光临，不胜荣幸。早间源氏公子已将计划告知小君，和他约定了办法。小君本来早晚随从，今夜当然同去。空蝉也收到了通知。她想："源氏公子作此计划，足见对我的情爱决非浅薄。但倘不顾身份，竭诚招待他，则又使不得，势必重尝梦也似的过去了的那夜的痛苦。"她心乱如麻，觉得在此等候光临，不胜羞耻。便乘小君被源氏公子叫去之时对侍女们说："这里和源氏公子的房间太接近了，很不方便。况且我今天身上不好，想教人捶捶肩背，迁居到远些的地方去吧。"就移居到廊下侍女中将所居的房间里，作为躲避之所。

源氏公子怀着心事，吩咐随从者早早就寝。空蝉处派小君去通消息，但小君找她不着。他到处都找遍，走进廊下的房间，好容易才找到。他觉得姐姐太过无情，哭丧着脸说："人家会说我太无能了！"姐姐骂道："你怎么干这无聊的事？孩子们当这种差使，最是可恶！"又断然地说："你去对他说：我今晚身上不好，要众侍女都在身边，好服侍我。你这样赶来赶去，教人见了怀疑！"但她心中这样想："如果我身没有出嫁，住在父母之家的深闺里，偶尔等待公子来访，那才是风流韵事。但是现在……我勉强装作无情，坚决拒绝，不知公子当我是何等不识风趣的人？"想到这里，真心地感伤起来，方寸缭乱了。但她终于下个决心："无论怎样，现在我已经是毫不足道的薄命人了，我就做个不识风趣的愚妇吧！"

源氏公子正在想："小君这件事办得怎么样了？"他毕竟是个小孩，公子有些担心，便横着身子，静候回音。岂知小君带来这么一个不好的消息。公子觉得这女子的冷酷无情，世间少有，便极度懊丧，叹道："我好羞耻啊！"一时默默无言。后来长叹数声，耽入沉思，吟道：

"不知帚木奇离相，

空作园原失路人。[1]

不知所云了。"小君将诗传告空蝉。空蝉毕竟也不能成眠,便报以诗道:

"寄身伏屋荒原上,
虚幻原同帚木形。"

小君因见公子伤心,也不思睡眠,只管往来奔走。空蝉深恐别人怀疑,甚是担心。

随从人等照例都酣睡了。源氏公子百无聊赖,只管左思右想:"此女异常无情,但我对她恋念未消,不免情火中烧。而且越是无情,越是牵惹我心。"一方面作如是想,一方面又念此人冷淡令人吃惊,我也可就此罢休了吧。然而终于不能断念,便对小君说:"你就带我到她躲藏的地方去吧。"小君答道:"她那里房门紧闭,侍女众多,怕去不得呢。"他觉得公子十分可怜。源氏公子便道:"那么算了吧。只要你不抛撇我。"他命小君睡在身旁。小君傍着这青年美貌的公子睡觉,心中十分欢喜。源氏公子也觉得那姐姐倒不及这孩子可爱。

第三回　空　　蝉

却说源氏公子当晚在纪伊守家里,辗转不能成眠,说道:"我从未受人如此嫌恶,今夜方知人世之痛苦,仔细想来,好不羞耻!我不想再活下去了!"小君默默无言,只是泪流满面,蜷伏在公子身旁。源氏公子觉得他的样子非常可爱。他想:"那天晚上我暗中摸索到的空蝉的小巧身材,和不很长的头发,样子正和这小君相似。这也许是心理作用,总之,十分可爱。我对她无理强求,追踪搜索,实在太过分了;但她的冷酷也真可怕!"想来想去,直到天明。也不像往日那样仔细吩咐,就在天色未亮之时匆匆离去,使小君觉得又是伤心,又是无聊。

空蝉也觉得非常过意不去。然而公子音信全无。她想:"敢是吃了苦头,存戒心了?"又想:"倘就此决绝,实甚可哀。然而任其缠绕不清,却也令人难堪。归根结底,还是适可而止吧。"虽然如此想,心中总是不安,常常耽入沉思。源氏公子呢,痛恨空蝉无情,但又不能就此断念,心中焦躁不已。他常常对小君说:"我觉得此人太无情了,太可恨了。我想要把她忘记,然而不能随心所欲,真是痛苦!你替我设法找个机会,让我和她再叙一次。"小君觉得此事甚难,但蒙公子信赖,委以重任,又觉得十分荣幸。

小君虽然是个孩子,却颇能用心窥探,等待良机。恰巧纪伊守上任去了,家中只留女眷,清闲度日。有一天傍晚,天色朦胧,路上行人模糊难辨之时,小君赶了他自己的车子来,请源氏公子上车前往。源氏公子心念此人毕竟是个孩子,不知是否可靠。然而也不暇仔细考虑,便换上一套微服,趁纪伊守家尚未关门之时急急忙忙前去。小君只拣人目较少的一个门里驱车进去,请源氏公子下车。值宿人等看见驾车的是个小孩,谁也不介意,也就没有来迎候,倒反而安乐。小君请源氏公子站在东面的边门口等候,自己却把南面角上的一个房间的格子门砰的一声打开,走进室内去。侍女们说:"这样,外面望进来看得见了!"小君说:"这么热的天,为什么把格子门关上?"侍女回答道:"西厢小妇[2]从白天就来这里,正在下棋呢。"源氏公子想道:"我倒想看看她们面对面下棋呢。"便悄悄地从边门口走到这边来,钻进帘子和格子门之间的狭缝里。小君打开的那扇格

---

① 传说信州伊那郡园原伏屋地方,有一怪树,名曰帚木。此树远看形似倒置的扫帚,走近去就看不见了。此诗中以帚木比空蝉。

② 住在西厢的小姐,人称轩端荻,是伊豫介前妻所生的女儿。

子门还没有关上，有缝隙可以窥探。朝西一望，设在格子门旁边的屏风的一端正好折叠着。因为天热，遮阳的帷屏的垂布也都挂起，源氏公子可以分明望见室内的光景。

座位近旁点着灯火。源氏公子想："靠着正屋的中柱朝西打横坐着的，正是我的意中人吧。"便仔细窥看。但见这个人穿着一件深紫色的花绸衫，上面罩的衣服不大看得清楚；头面纤细，身材小巧，姿态十分淡雅。颜面常常掩映躲闪，连对面的人也不能分明看到。两手瘦削，时时藏进衣袖里。另一人朝东坐，正面向着这边。所以全部看得清楚。这人穿着一件白色薄绢衫，上面随随便便地披着一件紫红色礼服，腰里束着红色裙带，裙带以上的胸脯完全露出，样子落拓不拘。肤色洁白可爱，体态圆肥，身材修长，鬓髻齐整，额发分明，口角眼梢流露出无限爱娇之相，姿态十分艳丽。她的头发虽不甚长，却很浓密；垂肩的部分光润可爱。全体没有大疵可指，竟是一个很可爱的美人儿。源氏公子颇感兴趣地欣赏她，想道："怨不得她父亲把她当作盖世无双的宝贝！"继而又想："能再稍稍稳重些更好。"

这女子看来并非没有才气。围棋下毕，填空眼①时，看她非常敏捷；一面口齿伶俐地说话，一面结束棋局。空蝉则态度十分沉静，对她说道："请等一会儿！这里是双活呢。那里的劫……"轩端荻说："呀，这一局我输了！让我把这个角上数一数看！"就屈指计算："10，20，30，40……"机敏迅速，仿佛恒河沙数也不怕数不完似的。只是品格略微差些。空蝉就不同：常常用袖掩口，不肯让人分明看到她的颜貌。然而仔细注视，自然也可看到她的侧影。眼睛略有些肿，鼻梁线也不很挺，外观并不触目，没有娇艳之色。倘就五官一一品评，这容貌简直是不美的。然而全体姿态异常端严，比较起艳丽的轩端荻来，情趣深远，确有牵惹心目之处。轩端荻明媚鲜妍，是个可爱的人儿。她常常任情嬉笑，打趣撒娇，因此艳丽之相更加引人注目，是个讨人喜欢的女孩。源氏公子想："这是一个轻狂女子。"然而在他的多情重色的心中，又觉得不能就此抹杀了她。源氏公子过去看到的女子，大都冷静严肃，装模作样，连颜貌都不肯给人正面看一看。他从来不曾看见过女子不拘形迹地显露真相的样子。今天这个轩端荻不曾留意，被他看到了真相，他觉得对她不起。他想看一个饱，不肯离开，但觉得小君好像在走过来了，只得悄悄地退出。

源氏公子走到边门口的过廊里，在那里站着。小君觉得要公子在这里久候，太委屈了，走来对他说："今夜来了一个很难得来的人，我不便走近姐姐那里去。"源氏公子道："如此说来，今夜又只得空手回去了。这不是教人太难堪么？"小君答道："哪里的话！客人回去之后，我立刻想办法。"源氏公子想："这样看来，他会教这个人顺从我的。小君虽然年纪小，然而见乖识巧，懂得人情世故，是个稳健可靠的孩子呢。"

棋下毕了，听见衣服窸窣之声，看来是散场了。一个侍女叫道，"小少爷哪里去了？我把这格子门关上了吧。"接着听见关门的声音。过了一会，源氏公子对小君说："都已睡静了。你就到她那里去，给我好好地办成功吧！"小君心中想："姐姐这个人的脾气是坚贞不拔的，我无法说服她。还不如不要告诉她，等人少的时候把公子带进她房间里去吧。"源氏公子说："纪伊守的妹妹也在这里么？让我去窥探一下吧。"小君答道："这怎么行？格子门里面遮着帷屏呢。"源氏公子想："果然不错。但我早已窥见了。"心中觉得好笑，又想："我不告诉他吧。告诉了他，对不起那个女子。"只是反复地说："等到夜深，心焦得很！"

这回小君敲边门，一个小侍女来开了，他就进去。但见众侍女都睡静了。他说："我睡在这

① 填空眼和下文中的双活、劫，都是围棋里的名称。

纸隔扇口吧。这里通风,凉快些。"他就把席子摊开,躺下了。众侍女都睡在东面的厢房里。刚才替他开门的那小侍女也进去睡了。小君假装睡着,过了一会儿,他拿屏风遮住了灯光,悄悄地引导公子到了这暗影的地方。源氏公子想:"不知究竟如何?不要再碰钉子啊!"心中很胆怯。终于由小君引导,撩起了帷屏上的垂布,钻进正房里去了。这时候更深人静,可以分明地听到他的衣服的窸窣声。

空蝉近来看见源氏公子已经将她忘记,心中固然高兴,然而那一晚怪梦似的回忆,始终没有离开心头,使她不能安寝。她白天神思恍惚,夜间悲伤愁叹,不能合眼,今夜也是如此。那个下棋的对手说:"今晚我睡在这里吧。"兴高采烈地讲了许多话,便就寝了。这年轻人无心无思,一躺下便酣睡。这时候空蝉觉得有人走近来,并且闻到一股浓烈的香气,知道有些蹊跷,便抬起头来察看。虽然灯光幽暗,但从那挂着衣服的帷屏的隙缝里,分明看到有个人在走近来。事出意外,甚为吃惊,一时不知如何是好。终于迅速起身,披上一件生绢衣衫,悄悄地溜出房间去了。

源氏公子走进室内,看见只有一个人睡着,觉得称心。隔壁厢房地形较低,有两个侍女睡着。源氏公子将盖在这人身上的衣服揭开,挨近身去,觉得这人身材较大,但也并不介意。只是这个人睡得很熟,和那人显然不同,却是奇怪。这时候他才知道认错了人,吃惊之余,不免懊恼。他想:"教这女子知道我是认错了人,毕竟太傻;而且她也会觉得奇怪。倘丢开了她,出去找寻我的意中人,则此人既然如此坚决地逃避,势必毫无效果,反而受她奚落。"既而又想:"睡在这里的人,倘是黄昏时分灯光之下窥见的那个美人,那么势不得已,将就了吧。"这真是浮薄少年的不良之心啊!

轩端荻好容易醒了。她觉得事出意外,吃了一惊,茫然不知所措。既不深加考虑,也不表示亲昵之状。这情窦初开而不知世故的处女,生性爱好风流,并无羞耻或狼狈之色。源氏公子想不把自己姓名告诉她。既而一想,如果这女子事后寻思,察出实情,则在他自己无甚大碍,但那无情的意中人一定恐惧流言,忧伤悲痛,倒是对她不起的。因此捏造缘由,花言巧语地告诉她说:"以前我两次以避凶为借口,来此宿夜,都只为要向你求欢。"若是深通事理的人,定能看破实情。但轩端荻虽然聪明伶俐,毕竟年纪还小,不能判断真伪。源氏公子觉得这女子并无可憎之处,但也不怎么牵惹人情。他心中还是恋慕那个冷酷无情的空蝉。他想:"她现在一定躲藏在什么地方,正在笑我愚蠢呢。这样固执的人真是世间少有的。"他越是这么想,偏生越是想念空蝉。但是现在这个轩端荻,态度毫无顾虑,年纪正值青春,倒也有可爱之处。他终于装作多情,对她私立盟誓。他说:"有道是'洞房花烛虽然好,不及私通趣味浓'。请你相信这句话。我不得不顾虑外间谣传,不便随意行动。你家父兄等人恐怕也不容许你此种行为,那么今后定多痛苦。请你不要忘记我,静待重逢的机会吧。"说得头头是道,若有其事。轩端荻绝不怀疑对方,直率地说道:"教人知道了,怪难为情的,我不能写信给你。"源氏公子道:"不可教普通一般人知道。但教这里的殿上侍童小君送信,是不妨的。你只装作若无其事的样子。"他说罢起身,看见一件单衫,料是空蝉之物,便拿着溜出房间去了。

小君睡在附近,源氏公子便催他起身。他因有心事,不曾睡熟,立刻醒了。起来把门打开,忽听见一个老侍女高声问道:"是谁?"小君讨厌她,答道:"是我。"老侍女说:"您半夜三更到哪里去?"她表示关心,跟着走出来。小君越发讨厌她了。回答说:"不到哪里去,就在这里走走。"连忙推源氏公子出去。时候将近天亮,晓月犹自明朗,照遍各处。那老侍女忽然看见另一个人影,又问:"还有一位是谁?"立刻自己回答道:"是民部姑娘吧,身材好高大呀!"民部是一个侍女。这人个子很高，常常被人取笑。这老侍女以为是民部陪着小君出去。“不消多时，小少爷也长得这么高了。”她说着，自己也走出门去。源氏公子狼狈得很，却又不能叫这老侍女进去，就在过廊门口阴暗地方站定了。老侍女走近他身边来，向他诉苦：“你是今天来值班的么？我前天肚子痛得厉害，下去休息了；可是上头说人太少，要我来伺候，昨天又来了。身体还是吃不消呢。”不等对方回答，又叫道：“啊唷，肚子好痛啊！回头见吧。”便回屋子里去。源氏公子好容易脱身而去。他心中想：“这种行径，毕竟是轻率而危险的。”便更加警惕了。

源氏公子上车，小君坐在后面陪乘，回到了本邸二条院。两人谈论昨夜之事，公子说：“你毕竟是个孩子，哪有这种办法！”又斥责空蝉的狠心，恨恨不已。小君觉得对公子不起，默默无言。公子又说：“她对我这么深恶痛绝，我自己也讨厌我这个身体了。即使疏远我，不肯和我见面，写一封亲切些的回信来总该是可以的吧。我连伊豫介那个老头子也不如了！”对她的态度大为不满。然而还是把拿来的那件单衫放在自己的衣服底下，然后就寝。他叫小君睡在身旁。对他说了种种怨恨的话，最后板着脸说：“你这个人虽然可爱，但你是那个负心人的兄弟，我怕不能永久照顾你呢！”小君听了自然十分伤心。公子躺了一会，终于不能入睡，便又起身，教小君取笔砚来，在一张怀纸[①]上奋笔疾书，不像是有意赠人的样子：

“蝉衣一袭余香在，
睹物怀人亦可怜。”

写好之后，塞入小君怀中，教他明天送去。他又想起那个轩端荻，不知她作何感想，觉得很可怜。然而左思右想了一会，终于决定不写信给她。那件单衫，因为染着那可爱的人儿身上的香气，他始终藏在身边，时时取出来观赏。

次日，小君来到中川的家里。他姐姐等候已久，一见了他，便痛骂一顿：“昨夜你真荒唐！我好容易逃脱了，然而外人怀疑是难免的，真是可恶之极！像你这种无知小儿，公子怎么会差遣的？”小君无以为颜。在他看来，公子和姐姐两人都很痛苦，但此时也只得取出那张写上潦草字迹的怀纸来送上。空蝉虽有余怒，还是接受，读了一遍，想道：“我脱下的那件单衫怎么办呢？早已穿旧了的，难看死了。”觉得很难为情。她心绪不安，胡思乱想。

轩端荻昨夜遭此意外之事，羞答答地回到自己房中。这件事没人知道，因此无可告诉，只得独自沉思。她看见小君走来走去，心中激动，却又不是替她送信来的。但她并不怨恨源氏公子的非礼行为，[②]只是生性爱好风流，思前想后，未免寂寞无聊。至于那个无情人呢，虽然心如古井之水，亦深知源氏公子对她的爱决非一时色情冲动可比。因念倘是当年未嫁之身，又当如何？但今已一去不返，追悔莫及了。心中痛苦不堪，就在那张怀纸上题了一首诗：

“蝉衣凝露重，树密少人知。
似我衫常湿，愁思可告谁？”

第四回　夕　颜

这一回写源氏17岁夏天至10月的事。

① 把横二折、竖四折的纸叠成一叠，藏在怀内，用以起草诗歌或拭鼻。此种纸称为怀纸。

② 当时风习：男女共寝后，次日早晨男的必写信作诗去慰问，女的必写回信或答诗，第二天晚上男的必须再到女的那里宿夜，才合礼貌。

源氏与夕颜私通,双方互相隐瞒身份。源氏对夕颜恋恋不舍,非常常见面不可。夕颜住处极为简陋,与普通百姓为邻。源氏决定将夕颜迁往河原院。这所宅子十分荒凉。当夜,源氏梦见一个绝色女子强拉夕颜起来;夕颜随即身亡。源氏因此大病一场。原来夕颜早年父母双亡,历来体格纤弱,生性胆怯。源氏认为,柔弱,就女子而言是可爱的。

10月初,空蝉的丈夫伊豫介离京城到外地赴任,空蝉同行。源氏为她隆重饯行。

第五回 紫 儿

这一回写源氏18岁暮春至初冬的事。

源氏因患疟疾不愈,便赴北山某寺求医。他在寺里见到一个女孩儿,年约10岁,容貌异常俊美,并且酷似藤壶,于是决心把她接到自己府里,按照自己的心意将她抚养成人。可是,孩子(名叫紫儿)的亲人总是不肯答应,而且打算把她领走。源氏无奈,只得闯进她的房中,将她抱上车子,不容分说拉到府里来了。

藤壶因身染小恙,回娘家休养。源氏借此机会,再度强与藤壶幽会。藤壶回想以前那桩"伤心之事"(指第一次幽会,书中没有直接记述),觉得抱恨终身,早已决心不再犯;不料又遭此厄,心中十分愁闷。藤壶怀孕。

第六回 末 摘 花

这一回写源氏18岁春天至19岁春天的事。

末摘花是常陆亲王的女儿。父亲死后,生活十分孤寂。源氏几次对她进行试探,都没有得到反应。一天晚上,源氏来访,乘其不备钻入内室,可是总觉得有一种莫名其妙的异样之感,并无牵惹人情之处。原来,末摘花上身很长,最难看的是鼻子,这鼻子又高又长,尖端略略下垂,并带红色,特别教人扫兴。源氏在给末摘花的信中讽刺道:明知此色无人爱,何必栽培末摘花(即红花,摘下来可作红色染料)?

第七回 红 叶 贺

这一回写源氏18岁秋天至19岁秋天的事。

皇上行幸朱雀院,源氏表演舞蹈《青海波》,步态与表情异常优美,世无其匹。

二月初十之后,藤壶生下一子(源氏之子),相貌酷肖源氏公子,简直如同缩图。皇上爱如珍宝,源氏则心事重重。

源氏与宫女源内侍私通。源内侍已经50多岁,生性风流。

第八回 花 宴

这一回写源氏20岁春天的事。

一天晚上,源氏潜入弘徽殿,与弘徽殿女御的妹妹胧月夜私通。事后,源氏在胧月夜的扇子上题诗曰:朦胧残月归何处?刻骨相思恼杀人。

第九回 葵 姬

这一回写源氏22岁至23岁正月的事。

皇上让位闲居,世称桐壶帝。太子继位,世称朱雀帝。源氏升任大将之职。

源氏的妻子葵姬怀孕,同时被鬼魂附体。后来生下一个男孩儿(即夕雾),她自己却断气了。源氏居丧,一面痛感人生无常,一面又与情人书信往来。

第十—十一回　杨桐、花散里

这两回写源氏 23 岁 9 月至 25 岁夏天的事。

源氏与六条妃子有过关系。如今源氏忘情,六条妃子不满,决心带着女儿斋宫前往伊势神宫修行。启程之时,源氏依依惜别。

桐壶帝染病,不胜其苦,临终叮嘱朱雀帝照拂太子(源氏和藤壶之子),重用源氏。不久,桐壶帝驾崩,朝野震惊。

桐壶帝死后,藤壶遁入空门。此后,朱雀帝虽然多方维护源氏,但是掌握朝廷实权的弘徽殿太后却嫉妒源氏。一天晚上,源氏与胧月夜幽会被人发现,弘徽殿太后忽念趁此把那源氏惩办一下,倒是个好机会,便用心考虑种种手段。

源氏访问旧相识花散里。花散里性情柔和,虽然长久不见源氏不免怨恨,但在此次相见之后,便把过去的不满尽行忘却。

第十二—十三回　须磨、明石

这两回写源氏 26 岁 3 月至 28 岁 8 月的事。

源氏渐觉世路艰辛,不如意之事越来越多,便想自动离开京城,避居须磨。须磨位于海滨,是个荒凉去处。源氏一到,即命建造土木工程。

源氏在须磨居住一年之久。冬去春来,此地一连多日风雨不止,雷电不息,人人惊恐,源氏也悲叹不已。正在这时,明石道人来访,将源氏接到明石,请源氏住在他的本宅。

原来,这明石道人有心将自己的女儿明石姬嫁给源氏,以便重新光耀门庭。于是,他不顾明石姬本人反对,千方百计促成了源氏与明石姬的婚事。

源氏流放第三年的春天,朱雀帝患病,决心将皇位让给太子,并且认定只有源氏才能辅佐太子。于是,下令赦免源氏之罪,命他从速返京。这时,明石姬已经怀孕。

第十四—十六回　航标、蓬生、关屋

这三回写源氏 28 岁至 29 岁岁暮的事。

源氏 29 岁那年 2 月 20 日过后,朱雀帝突然宣布让位给太子,即源氏、藤壶之子——冷泉帝,源氏升任内大臣。

3 月 16 日,明石姬生下一女。源氏料定这个女儿将来必为皇后,于是百般加以照顾。

末摘花近几年的遭遇越来越惨,庭中杂草滋蔓,蓬蒿丛生。有一次,源氏路过她家,偶然来访,发现她在一片荒草丛中度日,十分可怜。自此以后,源氏虽然不去访问,但却照顾得无微不至。

源氏回京以后,空蝉也随丈夫从外地回京城。源氏与空蝉相遇于关口之上。不久,空蝉丈夫死去,丈夫之子存心不良。空蝉知道人情冷暖,并不怨天尤人,只管悲叹自身命苦,终于削发做了尼姑。

第十七—二十回　赛画、松风、薄云、槿姬

这四回写源氏31岁春天至32岁冬天的事。

冷泉帝喜欢绘画,自己也画得一手好画。他的两个女御为了争宠,也就以不同的方式赛画。时值3月,宫中没有重大节会,源氏便筹划组织了一场盛大的赛画。

秋天,源氏二条院东院宅第修建完毕。源氏力劝明石姬迁入,明石姬却怕自己身份微贱,受人冷遇,迟迟不肯动作。

秋尽冬来,源氏再劝明石姬迁入,明石姬仍然迟疑不决;源氏又提出让女儿先行迁入,明石姬只得勉强同意。

次年3月,藤壶染病,不久身亡。源氏百感交集,暗地吟道:岭上薄云含夕照,也同丧服色深黝。有一老僧,将源氏与藤壶的秘密关系以及冷泉帝出生的经过告知冷泉帝。冷泉帝闻言大惊,决定从此以后破格优待源氏。

槿姬因为丧父,回到京城守孝。源氏对她一向怀有恋慕之心,如今又动感情,便找借口前去访问。不料槿姬颇为谨慎,不肯直接交往。源氏无计可施,只得怏怏而返。

第二十一回　少　女

这一回写源氏33岁夏天至35岁秋天的事。

源氏和葵姬之子夕雾已经12岁,源氏为他举行成年仪礼,让他正式参加学习、考试。夕雾与内大臣之女云居雁一起长大,如今年龄增长,遂生爱慕之心。

源氏营造六条院新邸宅,将散居各处的夫人集中起来。新邸宅富丽堂皇,布置精巧,分为四区:西南区,秋好皇后居住;东南区,源氏与紫姬居住;东北区,花散里居住;西北区,明石姬居住。明石姬最后迁入,待遇不次于紫姬。

第二十二回　玉　鬘

这一回写源氏34岁9月至35岁岁暮的事。

虽然事隔17年,源氏仍然不忘夕颜。得知夕颜的女儿玉鬘寄养在乳母家,便急忙派人把她接进六条院内,住在东北区的西厅,命花散里照料。

第二十三回　早　莺

这一回写源氏36岁的事。

元旦早晨,六条院里一派喜庆景象。当晚,源氏走访各位夫人,但见她们都打扮得花枝招展,倩影娉婷,令人百看不厌。

新年过后,源氏又访二条院东院的人,见空蝉精勤修行,末摘花已生白发。

第二十四—二十七回　蝴蝶、萤、常夏、篝火

这四回写源氏36岁3月至7月的事。

玉鬘长到22岁,几个贵族青年都在追求她。但是,源氏觉得她生得花容玉貌,艳丽无比,送与他人,实甚可惜,于是时时在谈话中向她暗示自己心中的隐情。然而玉鬘却装作听不懂的样

子，弄得源氏无可如何。不过，源氏对于玉鬘，虽然怀着那可恨的野心，然而并无任情而动的非礼行为，只是对她的怜爱越来越深。因此玉鬘也渐渐地亲近他，无所顾虑了。

第二十八回　朔　风

这一回写源氏36岁8月的事。

秋季来临，不料一日天色大变，朔风忽起，六条院内花草树木尽遭涂炭。次日，源氏带领夕雾慰问各位女眷。夕雾觉得，紫姬可比樱花，玉鬘可比棣棠，明石姬之女可比藤花，三人都是绝色女子。

第二十九—三十一回　行幸、兰草、真木柱

这三回写源氏36岁12月至38岁冬天的事。

源氏虽然恋慕玉鬘，但是害怕蒙受轻薄的恶名，不得不让她入宫当女官，也不得不让她的父亲认领。

玉鬘觉得无论入不入宫都有麻烦。入宫怕被皇上看上，发生纠葛；不入宫又怕源氏存心不正，甚是可恶。当决定入宫后，恋慕她的青年都很惋惜，纷纷寄来情书，希望在入宫前玉成其事，可是玉鬘没有轻易允诺。

玉鬘当了宫廷女官而尚未晋谒皇上之前，曾与髭黑大将同居多时，然而并不开诚爱他。

次年正月，玉鬘入宫，仪式极其隆重。玉鬘愿在宫中盘桓几日，皇上也不忍让她离去，但髭黑大将却催她早日出宫。玉鬘一出宫，黑髭大将就将她接走了。

11月间，玉鬘生下一子，入宫之事已作罢。髭黑大将觉得如意称心，欢喜无量，便尽心竭力地爱护这母子二人。

第三十二—三十三回　梅枝、藤花末叶

这两回写源氏39岁3月至10月的事。

明石姬的女儿将要举行着裳仪式（成人仪式），然后入宫。源氏特别命人用心准备，其周到非寻常可比。

4月，明石姬之女入宫，明石姬陪伴。

夕雾和云居雁的婚事，曾经由于云居雁的父亲从中作梗，拖延至今，未能解决。夕雾思念甚苦，云居雁也不胜悲伤。其后，云居雁之父害怕夕雾另行择配，只得自动让步，向夕雾道歉。于是，夕雾与云居雁重逢，共诉离别之苦。

源氏明年40岁。为了表示庆祝，源氏官位晋升，照准太上天皇待遇增加封户。

第三十四回　新　菜

这一回写源氏39岁12月至47岁12月的事。

朱雀帝身体不好，准备出家奉佛，只有一个女儿——三公主无所寄托。经过再三考虑，决定将她许配源氏。源氏起初表示推辞，后来也就答应下来。

次年正月，玉鬘等人前来为源氏祝寿。二月初十，三公主来到六条院，仪式异常隆重。对于源氏新婚，紫姬表面上装作若无其事，内心却十分痛苦。

冷泉帝在位已达 18 年,最近生了一场重病,随后突然决定让位给太子。

三公主年轻貌美,加上威势显赫,源氏以为不可怠慢,逐渐形成三公主与紫姬平分秋色之势。紫姬深为痛苦。她对源氏说道:在旁人看来,固然如你所说,我这微不足道之身,享受了过分的幸福。谁知我心中一向怀着难于堪忍的痛苦呢。当夜,紫姬患病,吃药、祈祷、念咒全无效验。紫姬要求出家,源氏无可奈何,只好同意她受了在家居士五戒(即杀、盗、淫、妄、酒),紫姬才渐渐好起来。

柏木怜爱三公主。一天,他趁三公主身边人手少,偷偷闯入内室,发生了越轨行为。事后,三公主苦痛之极,哭得如同孩子一般;柏木又是恐怖,又是羞耻,病倒在家;源氏只好心照不宣,表面装作若无其事。

第三十五—三十七回　柏木、横笛、铃虫

这三回写源氏 48 岁正月至 50 岁 8 月的事。

柏木缠绵病榻,三公主腹痛临产,生下一个男孩儿,取名薰。源氏心里矛盾重重。他想:我一生犯了许多可怕的罪孽,这大约是报应吧。三公主产后染病,苦不堪言,立志出家为尼。柏木闻知孩子降生,病势更加沉重起来,终于抱恨身亡。柏木之死,引起时人叹息。

岁月更新,柏木周年忌辰来临。源氏为他大做功德,并替薰君另舍黄金百两,布施僧道。源氏觉得,薰君相貌肖似柏木,但比柏木艳丽。他想:想是前生注定要诞生这个人,所以发生那件意外之事吧。命运真是无可逃避的啊!他又想起自己的命运,觉得也有许多不能称心的事情:许多妻妾之中,只有这位三公主身份毫无缺陷,品貌也可满意,却想不到会做了尼姑。

转眼又是一年。夏天,六条院为三公主举行家庭供养佛像开光典礼(佛像塑成,择日致礼供奉)。源氏主办,一切都极周到。到了秋天,源氏又在三公主住所一带造成一片原野的模样,捉来许多秋虫,以供玩赏。

第三十八回　夕　　雾

这一回写源氏 50 岁 8 月至冬天的事。

柏木死后,以诚实著名的贤人夕雾,终于对柏木的妻子落叶公主起了恋情,心中念念不忘。与此同时,夕雾与云居雁的关系发生裂痕,云居雁一气之下回娘家去了。这场纠纷不知何时了结。

第三十九回　法　　事

这一回写源氏 51 岁春天至秋天的事。

紫姬自从前年生了一场大病之后,身体一直萎靡困顿,没有恢复健康之望。源氏为此不胜忧愁。紫姬恳切要求出家,源氏坚决不允。夏去秋来,气候渐渐凉爽,但是紫姬病体更加衰弱,不久气绝身亡。源氏的伤心竟是过去所无,未来所不会有的。自此之后,源氏一心希望早日遁世,只管"今天,明天"地计算。胡乱度送岁月,但觉身在梦中。

第四十回　魔　法　使

这一回写源氏 52 岁春天至冬天的事。

紫姬死后,源氏心情始终郁结,悲伤依旧不改。

梅雨时节,源氏除了沉思冥想之外,别无他事。有一晚,正在寂寞无聊之时,初十过后的月亮艳艳地从云间照出,真乃难得之事。夕雾大将就在此时前来参谒。橘花被月光分明地映出,香气随风飘来,芬芳扑鼻,令人盼待那"千年不变杜鹃声"①。正在此时,岂料天不作美,忽然乌云密布,大雨倾盆,灯笼立刻被风吹熄,四周顿成一片漆黑。源氏低吟"萧萧暗雨打窗声"②之诗。此句并不十分出色,但因适合目前情景,吟声异常动人,令人想起"愿君飞傍姐儿宅,我欲和她共赏音"③之歌。源氏对夕雾说:"独居一室,看来并不稀奇,岂知异常寂寞。但习惯了此种生涯,也是好的:将来闭居深山,可以专心修道。"又叫道:"侍女们啊!拿些果物到这里来!这时候召唤男仆,太费事了,就叫你们拿来吧!"但他心中思慕亡人,只想向"天际凝眸"④。夕雾察看他的神色,觉得非常可怜,想道:"如此思慕心切,即使闭居深山,只怕也不能专心学道吧!"接着又想:"我略窥面影,尚且难于忘却,何况父亲。这原是难怪的。"便向父亲请示:"回想往事,似在昨日,岂知周年忌辰已渐渐迫近。法事应该如何举办?即请父亲吩咐。"源氏答道:"就照世间常例,不必过分铺张。只是把她生前用心制作的极乐世界曼陀罗图,供奉在此次的法会中。手写的和请人写的佛经很多。某僧都详悉夫人遗志,可问问他,应该添加何物?一切依照那僧都的意见办理可也。"夕雾说道:"此等法事,本人生前早就计虑周妥,后世安乐可保无虑。只是现世寿命不永,并且连身后遗念的人也没有,真乃遗憾之事。"源氏答道:"此外福寿双全的几位夫人,子女也都很少。这正是我自身命运的缺憾。但到了你这一代,家门可以繁荣起来了。"他近来感情脆弱,说起无论何事,都觉悲伤难忍,因此夕雾不再对他多谈往事。正在此时,刚才盼待的那只杜鹃在远处啼鸣。想起了"缘何啼作旧时声"⑤之诗,听者为之动容。源氏吟诗云:

"骤雨敲窗夜,悼亡哭泣哀。
山中有杜宇,濡羽远飞来。"

吟罢之后,越发出神地凝望天际。夕雾亦吟诗曰:

"杜宇通冥国,凭君传语言:
故乡多橘树,花发满家园。"

众侍女吟成诗篇甚多,恕不尽载。夕雾今晚就在这里奉陪父亲宿夜。他看见父亲独宿甚是寂寞,深感同情,此后便常常前来奉陪。回想紫夫人在世之时,这一带地方是他所不得走近的,现在却由他任意出入。抚今思昔,感慨实多。

天气很热的时候,源氏在凉爽之处设一座位,独坐凝思。看见池塘中莲花盛开,首先想起"人身之泪何其多"⑥的古歌,便茫然若失,如醉如痴,一直坐到日暮。鸣蜩四起,声音非常热闹。瞿麦花映着夕阳,鲜美可爱。这般风光,一人独赏毕竟乏味,遂吟诗云:

"夏日无聊赖,哀号尽日悲。

---

① 古歌:"万载常新花橘色,千年不变杜鹃声。"见《后撰集》。

② 白居易《上阳白发人》诗中云:"耿耿残灯背壁影,萧萧暗雨打窗声。"

③ 古歌:"独自闻鹃不忍听,听时惹起我悲情。愿君飞傍姐儿宅,我欲和她共赏音。"见《河海抄》。

④ 古歌:"恐是长空里,恋人遗念留?每逢思慕切,天际屡凝眸。"见《古今和歌集》。

⑤ 古歌:"杜宇不知人话旧,缘何啼作旧时声?"见《古今和歌六帖》。

⑥ 古歌:"悲无尽兮泪如河,人身之泪何其多!"见《古今和歌六帖》。此处是由莲叶上的露珠联想到眼泪。

鸣蜩如有意,伴我放声啼。"

看见无数流萤到处乱飞,便想起古诗中"夕殿萤飞思悄然"[①]之句,低声吟诵。此时他所吟的,无非是悼亡之诗。又赋诗曰:

"流萤知昼夜,只在晚间明。

我有愁如火,燃烧永不停。"

七月初七乞巧,今年也和往年大不相同。六条院内并无管弦之会。源氏镇日枯坐沉思,众侍女中也没有一人出去看双星相会。天色未明,源氏独自起身,打开边门,从走廊的门中眺望庭院,但见朝露甚繁,便走到廊上,赋诗述怀,诗曰:

"云中牛女会,何用我关心?

但见空庭露,频添别泪痕。"

夏去秋来,风声也越来越觉凄凉。此时即须准备举办法事。从8月初开始,大家忙碌起来。源氏回想过去,好容易挨过这些岁月,直到今日。今后也只有茫茫然地度送晨昏。周年忌辰的正日,上下人等都吃素斋。那曼陀罗图就在今日供养。源氏照例做夜课。中将君送上水盆,请他洗手。他看见她的扇子上题着一首诗,便取来看:

"恋慕情无限,终年泪似潮。

谁言周忌满,哀思已全消?"

看罢,便在后面添写一首:

"悼亡身渐老,残命已无多。

唯有相思泪,尚余万顷波。"

到了9月里,源氏看见菊花上盖着棉絮[②],吟诗云:

"哀此东篱菊,当年共护持。

今秋花上露,只湿一人衣。"

到了10月,阴雨昏濛,源氏心情更恶,怅望暮色,凄凉难堪,独自低吟"十月年年时雨降"[③]之诗。望见群雁振翅,飞渡长空,不胜羡慕,守视良久。遂吟诗云:

"梦也何曾见,游魂忒渺茫。

翔空魔法使,请为觅行方。"[④]

无论何事,都使他触景思人,无法慰解。一直在愁闷中度送日月。

到了11月的丰明节,宫中举行五节舞会[⑤]。满朝人士欢腾雀跃。夕雾大将的两个公子当了殿上童子,入宫时先来六条院参谒。两人年龄相仿,相貌都很秀美。他们的两个母舅[⑥]头中将和藏人少将陪着同来,都穿白地青色花鸟纹样的小忌衣[⑦],风姿十分清丽。源氏看到他们无忧无虑的模样,不禁回想起少年时代邂逅相逢的筑紫五节舞姬。遂赋诗云:

---

① 白居易《长恨歌》中云:"夕殿萤飞思悄然,孤灯挑尽未成眠。"

② 为避霜露。

③ 古歌:"十月年年时雨降,何尝如此湿青衫?"见《河海抄》。

④ 魔法使比拟雁。根据白居易长恨歌中的"临邛道士"。本回题名出此。

⑤ 丰明节是11月中旬第一个辰日,若11月内有三个辰日,则是第二个辰日,此日天皇赐群臣饮新谷酿成的酒。宴后举行五节舞会。

⑥ 是云居雁之弟。

⑦ 小忌衣是供奉神膳的人所穿的制服。

“今日丰明宴，群臣上殿忙。

我身孤独甚，日月已浑忘。”

今年隐忍过去，终于不曾出家。但遁世之期，渐渐迫近，心绪忙乱，感慨无穷。他考虑出家前应有种种措施，取出各种物品，按照等级分赠各侍女，作为纪念。并不公然表明今将离世，但近身的几个侍女，都看得出他即将成遂夙愿了。故岁暮之时，院内异常岑寂，悲伤之情无限。源氏在整理物件之时，偶尔发现昔年恋人寄来的许多情书。如果留传于后世，教人看见，有所不便，而毁弃又觉可惜，所以当时保存了少许。此时便取出来，命侍女们毁弃。忽见须磨流放时各处寄来的情书中，有紫夫人的信件，另行结成一束。这是他自己亲手整理的，然而已经是遥远的往事了。但现在看来笔墨犹新。这真可作为“千年遗念”①，不过想到自己出家之后，无缘再看，则保存也是枉然，便命两三个亲信的侍女，就在自己面前当场毁弃。即使不是情深意密的信，凡是死者的手迹，看了总多感慨。何况紫夫人的遗墨，源氏一看便觉两眼昏花，字迹也难以辨别，眼泪滴满了信纸。深恐众侍女看了笑他心肠太软，自觉不好意思，并且难于为情，便把信推向一旁，吟诗云：

“故人登彼岸，恋慕不胜情。

发箧观遗迹，中心感慨深。”

众侍女虽然不曾公然把信打开来看，但隐约察知这是紫夫人的遗迹，大家觉得无限悲伤。当时紫夫人和他同生在这世间，两人相离不远，而写来的信如此哀伤。源氏今日再看这些信，自比当时更加悲痛，那眼泪竟无法收住了。但念悲痛过甚，深恐旁人笑他儿女之态，因此并不细看，但在一封长信的一端题诗一首：

“人去留遗迹，珍藏亦枉然。

不如随物主，化作大空烟。”

命侍女们拿去全部烧化了。

12月19日起，照例举办三天佛名会②。想是源氏已经确信这是此生最后一次了，听见僧人锡杖③的声音，比往常更加感慨。僧众向佛祈愿主人长寿，源氏听了但觉伤心，不知佛对他作何指示。此时大雪纷飞，已经积得很厚。导师退出之时，源氏召他进来，敬酒一杯，礼仪比往常更为隆重，赏赐亦特别丰厚。这位导师多年来经常出入六条院，又早就为朝廷服务，是源氏从小见惯的。现已变成白头老僧，还在服务，源氏很可怜他。诸亲王及公卿，照例来六条院参与佛名会。此时梅花含苞待放，映着雪色，分外鲜妍可爱。照例应有管弦之会。但今年源氏听到琴笛之声，觉得都有呜咽之感，故不用管弦，只是朗诵了一些适合时宜的诗歌。呀，刚才忘记说了：源氏向导师敬酒时，奉赠一诗：

“命已无多日，春光欲见难。

梅花开带雪，且插鬓毛边。”

导师答诗云：

“祝君千载寿，岁岁看春花。

---

① 古歌：“谁言无用物，废弃不须收？手笔堪珍惜，千年遗念留。”见《古今和歌六帖》。

② 佛名会中念《佛名经》，唱三千佛名，祝来世福慧。

③ 锡杖是僧人的手杖，上端有金属环，动杖时发出锵锵声。

怜我头如雪，空嗟日月赊。”

其他诸人皆有吟咏，一概从略。这一天源氏住在外殿，他的容貌比昔年更添光彩，昳丽无比。这老年的僧人看了，不觉感动得流下泪来。

源氏想起岁律将暮，不胜寂寥。忽见三皇子东奔西走，喊着：“我要赶鬼，什么东西声音最响？”[①]那样子非常可爱。源氏想道：“我出家之后，不能再见这种景象了！”无论何事，触景生悲，难于禁受。遂赋诗云：

“抱恨心常乱，安知日月经？

年华今日尽，我命亦将倾。”

他吩咐家臣：元旦招待贺客，应比往年更加隆重。赠送诸亲王及大臣的礼品，以及赏赐各种人等的福物，均须尽量从丰。

第四十一回 云 隐

日文“云隐”是“隐遁”的意思，这里暗示源氏之死。这一回只有题名而没有正文，因此源氏何时死去不得而知，但据下文推测，当在53岁至60岁之间。

第四十二—四十四回 匂皇子、红梅、竹河

这三回的故事发生在第四十回八年之后，即写薰君14岁春天至23岁的事。

源氏死后，六条院诸夫人都啼啼哭哭地退出，各自迁到预定的住处。小说写道：普天之下，没有一人不恋慕源氏。世间无论何事，都像火光熄灭一般。

薰君对于自己出生的秘密感到苦恼，曾赋诗云：此身来去无踪迹，独抱疑虑可问谁？因此，他对现世荣华毫不关心，一向只是沉思默想。

薰君神情异常优雅，令见者自觉羞惭；而其心境之深远，又远非常人可比；尤其是他身上有一股奇特的香气，身体略微一动，香气便会飘到很远的地方。

玉鬘有两个女儿以美人著名，薰君以及其他一些贵族青年纷纷追求不舍，但玉鬘却让这两个女儿先后入宫，使薰君等人大失所望。

薰君与当今皇上的三皇子（匂皇子）互相亲爱，志同道合，结为伴侣。世人照例纷纷议论，竞称他们为“匂兵部卿、薰中将”。

柏木之弟红梅想将自己的二女儿许给匂皇子，但匂皇子所想望的却是萤兵部卿亲王的女儿，而萤兵部卿亲王的女儿又认为匂皇子是个非常贪色的人，所以不肯答应他的要求。

第四十五—四十六回 桥姬、柯根

从第四十五回起称为“宇治十帖”。这两回写薰君20岁至24岁夏天的事。

桐壶帝的八皇子——宇治八亲王，住在荒凉的宇治山庄，夫人早死，留下两个女儿，生得花容月貌。薰君得到消息，一年秋天前去访问，对两个女公子印象颇深。10月，薰君再访宇治，受到八亲王的欢迎。

次年，薰君三访宇治。八亲王预料自己活不久长，恳请薰君照顾他的两个女儿。

---

① 当时风俗：除夕家家赶鬼。命一个人扮作疫病鬼，其他许多人用各种器物发出响声，将鬼赶走，可保来年人口平安云。

8月20日，八亲王亡故。薰君遣使吊唁，随又亲自来访。年底，薰君冒雪来访。

与此同时，匂皇子也在追求八亲王的女儿。由于身份高贵，不便亲自来访，时常送书信来。

第四十七—四十八回　总角、早蕨

这两回写薰君24岁8月至25岁春天的事。

次年8月，举行八亲王周年忌辰。薰君前来吊慰，并追求大女公子；但大女公子颇为冷淡，因为她已抱定以独身度送此生之念。

8月26日，薰君悄悄带着匂皇子访问宇治。薰君与大女公子谈话，匂皇子则乘机与二女公子幽会。此后，匂皇子一连两夜来会二女公子，但是后来却又另有婚配了。

11月间，薰君匆匆来访，只见大女公子已经不能作声，饮食不进，不久一命呜呼。薰君无限悲伤。

大女公子死后，匂皇子让二女公子迁居二条院。

第四十九回　寄　　生

这一回写薰君24岁夏天至26岁夏天的事。

当今皇上有意将他的二公主许配薰君。薰君脾气古怪，并不立即从命。他一面觉得不应对二公主过分冷淡，一面仍在怀念短命而亡的宇治大女公子。

2月20日对后，二公主举行着裳仪式。次日，薰君入赘。自此以后，薰君每夜前往二公主房中住宿，但是心里还是想着大女公子。

4月20日过后，薰君照例访问宇治，恰巧遇见八亲王另一个被遗弃的女儿浮舟。薰君发现浮舟的相貌酷似大女公子，于是便把对大女公子的感情悄悄移到她身上去了。

第五十回　东　　亭

这一回写薰君26岁秋天的事。

薰君虽然有心追求浮舟，但是立即求爱有所不便，所以只是向她母亲隐约表示求爱之意。浮舟的母亲却认为薰君不会真心爱她的女儿，便把女儿送到京城一个住所。

一天，薰君找到浮舟。次日天明，薰君命人备车，将浮舟送往宇治山庄。虽然这样做了，薰君内心仍然迟疑不决，不知如何安置浮舟：收作妻室，深恐世人讥议；列入侍女队列，又非本意；隐蔽山庄，则又路途遥远，来往有所不便。

第五十一—五十二回　浮舟、蜉蝣

这两回写薰君27岁春天至秋天的事。

匂皇子也在惦记浮舟。正月初一过后，他听说浮舟住在宇治山庄，决定前往访问，并且贸然钻进浮舟居室，弄得浮舟苦不堪言。

自此以后，浮舟必须应酬薰君和匂皇子两个人，心乱如麻。她想：总而言之，我无论追随哪一方面，另一方面必然发生可怕的事情。唯有我一身赴死，是最安全的办法。

一天早晨，浮舟不见了。众人惊恐万状，东寻西找，终于不明下落。薰君和匂皇子听到这个消息都很悲伤。不过，匂皇子浮薄成性，感情很快转移；薰君则较为专注，始终难以忘怀。

第五十三—五十四回 习字、梦浮桥

这两回写薰君27岁3月至28岁夏天的事。

比睿山横川地方有个法师带着一些僧尼出行,在茂密的丛林里发现了浮舟奄奄一息的身体,便把她带回比睿山小野地方的家中。在这里,浮舟昏昏沉沉,过了很长时间,才逐渐恢复意识。谁知她意外得救,并不快慰,反增忧伤,曾在习字时写诗一首曰:我欲投身随激浪,谁将木栅阻川流?随后削发为尼。

薰君得知浮舟尚在人世的消息,大为吃惊,决定带浮舟的弟弟前去探访。

浮舟听说薰君来访,心情万分痛苦,坚决拒绝与薰君会面,连自己的弟弟也不肯见一面。薰君不能理解浮舟之苦,左思右想,不禁猜测:自己从前曾经把她藏匿在宇治山庄中,现在或许另有男子模仿自己,把她藏匿在这小野草庵中吧?

一千零一夜

《一千零一夜》(又译《天方夜谭》)是阿拉伯的民间故事集。它的故事来源颇为复杂,据学者考证,主要有三:一是印度和波斯的故事,二是以巴格达为中心的阿拔斯王朝的故事,三是以开罗为中心的埃及的故事。

《一千零一夜》经过许多人的努力和相当长的岁月才编辑成书。根据记载,哲海什雅里曾经选编过一个集子,共有1 000个故事,可惜没有完成。他可能是《一千零一夜》的编者之一。一般认为,早期手抄本开始流传约在八九世纪之交,基本定型则在15世纪末或16世纪初。

《一千零一夜》共计收入300多个故事。这些故事几乎全部采用故事套故事的方法组织起来。它们都套在第一个故事——《国王山鲁亚尔及其兄弟的故事》里。

《一千零一夜》的内容多种多样,有神话、传说、寓言、童话、爱情故事、冒险故事、奇谈怪说、轶事趣闻等;人物也是形形色色的,上自神灵、帝王,下至工匠、渔夫、妓女、乞丐。通过这些故事,广泛地反映了中古时期阿拉伯国家的社会风貌和风土人情。

现根据中文译本(纳训译,人民文学出版社1983年至1985年出版)选取如下四个故事。

渔翁的故事

从前有个上了年纪的渔翁,每天靠打鱼谋生,家里除老婆外,还有三个儿女,一家五口,全靠他打鱼供养,因此景况萧条,生活困难。他虽然以打鱼为业,可是每天照例只打四网,便心满意足,不肯多打。一天正午,他来到海滨,放下鱼笼,卷起袖子,下到水中布置一番,便把网撒在海里,等了一会,然后收网。当时他感到渔网很沉重,再使劲也收不起来;没奈何,只好回到岸上,打下一根木桩,把网绳系在桩上,然后脱了衣服,潜入海底,努力挣扎一番,最后终于把渔网弄起来了。这时候,他欢天喜地地回到岸上,穿好衣服,然后仔细打量,只见网里躺着一匹死驴,渔网也给撕破了。他看见这种情景,感到苦闷,叹道:"毫无办法,只盼伟大的安拉援助了。获得这样的衣食,真是奇怪的现象呢!"于是吟道:

黑夜里在死亡线上奔波的人呀,
你别过分辛勤,
因为衣食不是专靠劳力换来的。
难道你不曾看见,
在星辰交辉的海空下面,
渔夫直立在汹涌的海滨,
并涉到水里,
定睛凝视网头,
任波涛冲刷他的脸面?
夜里他守着挂在铁钩上的大鱼,
愉快地酣睡一夜,
次日清晨,

大鱼却被通宵不受寒风侵袭的人买去。
主宰呀,
我赞美你!
你给这个人享受,
教那个人向隅;
你教这个人辛勤打鱼,
让那个人坐享其成。

渔翁吟罢,自怨自艾地说道:“再打一次吧,若是安拉意愿,我必然会得到报酬的。”随即吟道:

你若因窘迫而感到痛苦,
便该披上一件慈祥的忍耐衣服,
这才是宽畅的襟度。
千万别向人们诉苦,
因为这是向残忍者控诉仁德之主。

渔翁把东西整理一番,拧掉网上的水,带到水中,边说:“凭着安拉的大名”,边把网撒在海中,紧紧地拉着绳索,待网落在海底好一会,这才动手收网。这次仿佛比头次更重,他以为已经捕到大鱼,便系起网绳,脱掉衣服,潜入海底,费尽辛苦把网弄上来,摆在岸上一看,里面却是一个灌满泥沙的瓦缸。这使他感到无限的苦恼、绝望,凄然吟道:

暴怒的命运哟!
适可而止吧。
若是不肯止住,
那么请你温和些。
我出来奔走营生,
发觉衣食的来源已经断绝。
许多粗鲁、愚昧之徒,
飞黄腾达、直上青云,
生活在金牛星座之间。
几许知书识礼的人物,
却埋名隐姓、一文不名,
辗转在沟渠里呻吟。

渔翁扔了瓦缸,清洗渔网,拧掉水,祈祷一番,第三次涉到水中,撒下网,紧紧地拉着网绳,待网儿落入水中多时,这才动手收网;可是这次打起来的,却全是破骨片、碎玻璃和各式各样的贝壳,这使他愤恨到极点,忍不住伤心哭泣,吟道:

这便是衣食，
它不受你的约束，
也不让你有生存的地步。
学问不会给你衣服蔽体，
书法不能供你饮食果腹。
衣食是规划过的，
中间没有机会可图。
像大地那样：
其中有肥沃的良田，
此外便是不毛的瘠地。
命运抬举下流无耻之徒，
它的殃害却专向学者身上降落。
死神呀，
你来吧！
鹰隼沉沦，鸭子飞腾的时候，
人生应该受到诅咒。
我注定做贫困的学者，
迈步走向穷途末路，
这没有可以惊奇之处。
一只鸟儿翾翔、盘旋，
从东边飞到西头；
另一只没有移动脚步，
却享受丰衣足食的生活。

他抬头望着天空，说道："我主，每天我照例只打四网鱼，这您是知道的。今天我打过三网了，可是没有打到一尾鱼儿。我主，最后这次求您把衣食赏给我吧。"于是他喊着安拉的大名，把网撒在海中，等它落到水底好一会，这才动手收网，可是再也拉不动，网儿好像和海底结在一起似的。他叹道："毫无办法，只盼安拉救援了。"于是吟道：

呸，你这个世道！
如果长此下去，
让我们老在灾难中叫苦、呻吟，
这就该受到诅咒。
在这样的时代里，
一个人纵然平安度过清晨，
夜里便得饮痛苦之杯。
过去当人们问：

“世间谁最享福”的时候，
我自己总是被人指着回答：
“就是这位”的。

渔翁脱了衣服，潜到水里，努力奋斗一番，把渔网从海底弄出来，打开一看，发现里面有个胆形的黄铜瓶，瓶口用锡封着，锡上打着苏里曼·本·达伍德①的印章。渔翁望着胆瓶，喜笑颜开地说道：“这个瓶儿拿到市上，可以卖10个金币呢。”他抱着胆瓶摇了一摇，感到很沉重，里面似乎装满东西。他自言自语地说道：“你瞧！这个瓶里到底装的什么东西？我要打开看个清楚，然后再拿去卖。”于是抽出插在身边的小刀，慢慢撬去瓶口上的锡块，然后把瓶放倒，按着摇了几摇，以便把里面的东西倒出来。可是当时却没有什么东西，因此渔翁感到十分惊奇。

过了一会，瓶中冒出一股青烟，飘飘荡荡地升到空中，继而弥漫在大地上，逐渐凝成一团，最后变为一个魔鬼，披头散发，巍峨高耸地站在渔翁面前；堡垒似的头颅，铁叉似的手臂，桅杆似的脚杆，山洞似的大嘴，石头似的牙齿，喇叭似的鼻孔，灯笼似的眼睛，奇形怪状，非常凶恶丑陋。渔翁看见这个魔鬼的形状，全身发抖，磕着牙齿，吓得口干舌燥，呆呆地不知如何应付。一会儿，他听见魔鬼说道：“安拉是唯一的主宰，苏里曼是他的使徒。安拉的使者呀！以后我不敢违背你的命令了，你别杀我吧。”

“你这个叛徒！你说苏里曼是安拉的使徒吗？”渔翁问，“苏里曼已经过世1800年了，我们这是在苏里曼之后的末尾时代呢。你的历史和情况如何？你钻在瓶里的原因是什么？告诉我吧。”

“安拉是唯一的主宰！渔翁，让我给你报个喜信吧。”

“你打算给我报什么喜信？”

“给你报个我马上要狠狠地杀死你的喜信。”

“我把你从海里打捞出来，弄到陆地上，又把你从胆瓶中释放出来，救了你的生命。你为什么要杀我？我犯了什么应杀的罪过？”

“告诉我吧，你希望怎样死法？希望我用什么方法处你死刑？”

“我犯了什么罪过，你要给我这样的报酬？”

“渔翁，你听一听我的故事，这就明白了。”

“说吧，简单明了地告诉我吧，我的灵魂沉到脚底下去了。”

“渔翁，你要知道，我是个邪恶异端的天神，无恶不作，曾与大圣苏里曼·本·达伍德作对，违悖他的教化，因而触怒了他，所以他派宰相阿随福·本·白鲁海亚来讨伐，把我捉去交他发落。当时大圣苏里曼劝我皈依正道，服从他的教化。可是我不肯，于是他吩咐拿这个胆瓶来，把我禁锢在里面，用锡封了口，盖上印，然后命令神们把我抬到海滨，投进海里。

“我在海中过第一个世纪的时候，私下想道：‘谁要是在这个世纪解救我，我必须报答他，使他终身荣华富贵。’100年过去了，可是没有人来救我。到第二个世纪开始的时候，我说道：‘谁要是在这个世纪解救我，我必须报答他，替他开发地下的宝藏。’可是没有人来救我。到第三个世纪开始的时候，我说道：‘谁要是在这个世纪解救我，我必须报答他，满足他的三种愿望。’可是整整过了400年，始终没有人来救我。这时候我非常生气，说道：‘谁要是在这个时候来解救我，我要杀死他，不过让

① 大卫的儿子所罗门。

他有选择死法的余地。’渔翁,你现在解救了我,因此我才让你自己选择死的方法呢。”

“好奇怪啊！我却在这个日子来解救你,请你饶恕我吧。你不杀我,安拉会宽恕你。你不危害我,安拉会帮助你战胜你的仇人呢。”

“我非杀你不可;告诉我吧:你希望怎么死法?”

“我救了你的生命,请你就看这点情面,饶了我吧。”

“正因为你救了我,我才要杀你哩。”

“魔爷,我好心对待你,你却以怨报德吗?这样说来,古人的话一定是正确的了:

我们对他们做了好事情,
他们却用相反的行为给予报酬。
指我自己的生命起誓,
这是娼妓们的行为。
对非其人而行善者,
他的结局就是土狼给保护者的报酬。”

“别多说了！反正你是非死不可的。”

渔翁心里想:“他是个魔鬼,而我是堂堂的人类。安拉既然赋予我完备的理智,我就非用计谋对付他不可。我的计谋和理智,必然会压倒他的诡计和妖气。”于是他对魔鬼说:“你决心要杀我吗?”

“不错。”

“指着刻在大圣苏里曼戒指上的安拉的大名起誓,我来问你一件事情,你必须对我说实话。”

魔鬼一听安拉的大名,惊惶失措,战栗不已,说道:“好的,你问吧,说简单些。”

“当初你是住在这个胆瓶里的;然而这个胆瓶,照道理说它既容纳不了你的一只手,更容纳不了你的一条腿,怎么能容纳你这样庞大的整个身体呢?”

“你不相信当初我是住在这个瓶里吗?”

“我没有亲眼看见,这是绝对不能相信的。”

这时候魔鬼就摇身变为青烟,逐渐缩成一缕,慢慢地钻进胆瓶。渔翁等到青烟全都进入瓶中,就迅速拾起盖印的锡封,把瓶口塞起来,然后大声说:“告诉我吧,魔鬼,你希望怎么死法?现在我决心把你投到海里,并且要在这里盖间房子住下,不让人们在这里打鱼。我要告诉人们,这里有个魔鬼,谁把他从海里打捞出来,就必须自己选择死亡的方法,被他杀害。”

魔鬼听了渔翁的话,见自己的身体禁锢在瓶中,要脱身而出,却被苏里曼的印章挡住,无从恢复自由,这才知道自己受了渔翁的骗,因此说道:“渔翁,先前我是跟你开玩笑的。”

“肮脏下流无耻的魔鬼！你这是说谎呀。”渔翁把胆瓶挪近岸边,预备扔到海里去。

“不,我不敢说谎。”魔鬼表示谦和,尽说好话;继而问道:“渔翁,你打算怎么处置我?”

“我要把你投到海中。如果说你在海里曾经住过1800年,那么这回我非叫你住到世界末日不可。我不是对你说过,你不杀我,安拉会宽恕你;你不危害我,安拉会帮助你战胜你的仇人吗?你却不听我的劝告,非背信弃义不可。如今安拉叫你落在我手里,我就用不着跟你讲信义了。”

“饶了我吧,让我好好地报答你。”

“该驱逐的魔鬼哟！你是说谎欺骗我呀。我碰到你这个家伙,跟都班医师碰到郁南国王是同样倒霉的事呢。”

“那是怎么一回事呀?”

“你听着，我讲给你听吧。”于是渔翁开始讲《国王和医师的故事》。……

乌木马的故事

相传古代有个非常有权势的国王，膝下有一男三女。太子生得标致漂亮，如同月儿一般；公主们花枝招展，如花似玉，非常美丽可爱。有一天，国王照例坐在宝座上治理国事，突然有三个哲人进宫来求见。他们中的一个手中拿着金乌鸦，一个手中拿着铜喇叭，一个手中抬着乌木马。国王见了，问道：“这是些什么东西？它们有什么用途？”

金乌鸦的主人向前回道：“这是一只金乌鸦，无论白天黑夜，每过一个钟头，它便振翅长啼，报告时辰。”继而铜喇叭的主人向前回道：“把这支铜喇叭放在城门下面，可以当卫兵使用；遇有敌人临城，它能发出警报，敌人可以唾手被擒。”最后乌木马的主人向前说道：“主上，这匹乌木马，它能带着骑它的人飞向他要去的地方。”

国王听了哲人们的叙述，说道：“如此说来，让我试验之后，再赏赐你们吧。”于是先试验金乌鸦，亲眼看见金乌鸦的作用，和它主人所说的完全符合；继而试验铜喇叭，它的作用和主人所说的也没有两样。试验的结果，非常满意，国王便对金乌鸦和铜喇叭的主人说：“你们希望我赏你们什么呢？告诉我吧！”

“希望主上把公主匹配给我们做妻室。”

国王应许他们的要求，果然把两个公主分别匹配给两个哲人为妻。当时乌木马的主人向前，跪下去吻了地面，说道：“恳求陛下像赏赐我的朋友那样赏赐我吧。”

“待我试过你的马儿再说。”

当时太子在侧，自告奋勇，对国王说：“父王，让我来骑这匹马儿，亲身试验一回，再来把它的用途报告父王吧。”

“儿啊，你愿意试验它，就去试验好了。”

得了国王的许可，太子一跃骑上乌木马，摇动着两脚，马儿却站着一动也不动。他嚷道：“哲人！你夸口说马儿能带着骑它的人飞跑，可是它怎么一动也不动呀？”

哲人听了太子质问，迅速走过去，指着马身上一颗突出的钉子给他看，说道：“捏着它吧。”太子伸手一捏钉子，马儿便震动起来，带着他向上飞腾，继续不停地升到高空，一直高到看不见地面，他这才惊惶、迷离，懊悔不该轻举妄动，随便试验。他自言自语地说道：“这是哲人阴谋危害我啊！毫无办法，只望伟大的安拉拯救了。”

他转着眼睛仔细观察马身，看来看去，终于发现马肩下左右各突出公鸡头似的一颗枢纽。他暗自想道：“除了这两个突出的枢纽外，没有其他别的东西。”于是伸手捏住右面的枢纽，只见马儿飞得更高更快，便立刻撒手。接着试验左面的枢纽，出乎意料之外，才捏住枢纽，马儿飞行的速度便逐渐减低，慢慢向下降落，致使他的生命有了保障。

经过危险的试验，太子懂得马儿的用途，高兴快乐，欢喜若狂，衷心感谢安拉保佑他安全脱险，免于危亡。可是原先马儿飞得太快太高，飞越的路程很远，必须经过很长时间才能落到地面。因此他趁马儿下降的时候，拨着马头，作了一番试验，自由如意地驾驶着，时而向上升，时而向下落。经过一番试验，最后驶近地面，注目一看，已经到达一处从来不曾到过的所在：绿草如茵，树林茂密，河水缓流，一片宽阔的平原中，出现一座巍峨美丽的城市。他眼望着这种情景，失声叹道：“哟！这座城市叫什么名字？但愿我能知道这是什么地方那该有多好啊！”

这时太阳已经西偏，已近傍晚，他驾驶着马儿在暮色中沿城兜着圈子，左右前后打量着，暗自想道："去城中寄宿一夜，这是再好没有的。暂且过一夜，待明日一早驾马飞回家去，把我的经历和亲眼看见的事物禀告父王。"于是他注意寻找一处对自身和马儿的安全有保障而不被人看见的所在，作为暂时栖息的地方。这时候，他忽然发现城中央有一座高耸入云的宫殿，周围矗立着高大、宽阔的围墙，形式非常牢固、庄严。"这地方好极了！"他赞叹着，伸手扭动枢纽，马儿便慢慢落在那座宫殿的平顶上。

太子跳下马来，赞美安拉一番，绕着马儿，仔细打量，自言自语地说道："指安拉起誓，制造这匹马儿的人真算得是个聪明能干的哲人学士；要是安拉延长我的寿岁，让我平安转回家园，和父王母后见面言欢，那时节我一定要优待那位哲人学士，加倍赏赐他。"

太子待在屋顶上，饥肠辘辘，渴得要命，因为自从骑马离家之后就一直没有吃喝。他耐心地等着，直到人们睡了，这才自言自语地说道："这么富丽堂皇的宫殿中，想必不至于没有饮食吧。"于是他撇下马儿，摸索着预备去寻找食物充饥。他找到楼梯，走了下去，见庭院中镶着云石。他眼望着坚固别致的建筑和富丽堂皇的陈设，感到惊羡。可是屋中既无人迹，也没有声响，因而他感到彷徨、迷离，转着恐怖的目光东张西望，不知该向哪儿去找饮食。他自言自语地说道："算了吧，最好我还是上屋顶去和马儿在一起过夜，明天一早再驾马飞回家去。"正当他站着这样斟酌、打算回屋顶去的一刹那，蓦然发现一线隐约可见的火光，向他站立的地方移动。他仔细打量，看见一个月儿般美丽的绝世佳人，被一群婢女簇拥而来。

这个窈窕美丽的女郎，原来是公主，国王爱她如掌上明珠。国王十分宠爱她，特意给她建筑这座行宫，供她消遣解闷。因此公主每当感觉疲倦或不高兴的时候，便率领婢仆到宫中小住一二日，多则住上几天，借以消愁解闷。那天晚上，她照例带着宫娥彩女们来宫中消遣寻乐，并有一个男仆持剑保护。

到了宫中，她们一齐动手布置，点上香炉，接着一起游戏玩耍。大家正在热热闹闹，玩得高兴快乐的时候，太子趁机袭击，一拳打倒仆人，夺过宝剑，进而追击那些陪随公主的宫娥彩女，把她们赶得东逃西窜，一时混乱起来。其中只有公主从容不迫，挺身说道："也许你是昨天向我求婚而被父王拒绝的那位太子吧。父王说你相貌奇丑；指安拉起誓，父王说这种话，显然是撒谎呀！"

原来印度国的太子曾向公主求婚，因为他相貌奇丑，遭到国王拒绝，所以当事件突然发生的时候，公主疑心太子就是向她求婚遭到拒绝的印度太子。这时候一个宫女在侧说道："公主，这不是向你求婚的人。因为那个人的相貌非常丑陋，而这个人是标致漂亮的。老实说，向你求婚而遭拒绝的那个人，只够资格做他的仆人。公主，你仔细瞧，这位青年英气勃勃，他不是平常人呀！"

宫女说罢，走到被打的仆人面前，把他唤醒。仆人朦胧苏醒，惊惶失措，纵身跳将起来，赶快寻找宝剑。宫女对他说："那个打倒你，抢走你的宝剑的人，正和公主坐在一起谈话呢。"他原是奉国王的命令，负责保卫公主，不让发生意外的。因此一听宫女的话，便赶快跑进大厅，果然看见公主和太子坐在一起谈话。他走到太子面前，问道："我的主人，你到底是人还是神？"

"你这个该死的坏奴才！胆敢把波斯国的太子当为鬼神看待吗？我揍死你！"他说着拿起宝剑，"我是驸马，国王已经把公主匹配给我了。"

"我的主人呀！照你说，你既然是人类，贵为太子，那么跟我们公主匹配成夫妻，这是再适宜不过的了。"

仆人急急忙忙离开行宫，撕破身上的衣服，抓灰土撒在头上，哭哭啼啼大喊大叫地跑回王宫去见国王。国王听了哭喊声,惊惶失措,问道:“什么事情?你吓我一跳,赶快告诉我吧,说简单些。”

“主上,快救公主去!她被一个扮成人形,冒充太子的魔鬼缠住了!陛下赶快去驱逐他去。”

听了仆人的报告,国王骇然震惊,决心杀死他,喝道:“奴才!你为什么疏忽大意到这步田地,致使魔鬼敢来缠扰公主?”于是他蹒跚奔到行宫,见宫娥彩女们齐齐整整地排班站着,便向她们打听情况,问道:“公主怎么样了?”

“启禀主上,我们陪公主一起到宫里来,不知不觉间,那个月儿般的青年突然跳出来袭击我们;他手里握着明晃晃的宝剑,人倒生得很漂亮,是我们从来没有看见过的。我们问他是干什么的,他造谣说主上已经把公主匹配给他。关于他的事情我们就是知道这一点点,分不清他到底是人还是神。不过他文质彬彬,很有礼貌,不见有什么卑鄙龌龊的行为。”

听了宫女的叙述,国王心中的怒火才算熄灭。继而他见太子和公主坐在一起谈得很亲密,仔细一看,人果然生得漂亮,面如满月,十分可爱。可是他抑止不住为保护公主而产生的愤恨情绪,便不顾一切,抽出宝剑,恶魔般冲进大厅,袭击太子。太子见了,忙问公主:“这是你父亲吗?”

“不错,他就是父王。”

太子跃身起来,紧握着宝剑,霹雳似的咆哮一声,威胁着说要用宝剑挑起国王。国王慑于对方的凶暴,知道年青人比自己强壮、有力,迫不得已,只好忍气吞声,把宝剑轻轻地插在鞘中,和颜悦色地走近太子,说道:“年轻人,你是人还是神?”

“要不是为了保全你和公主的尊严,我非让你流血不可。我是波斯国的王子,你怎么敢说我是鬼是神?我父亲波斯王有无上的威权,要是他高兴,可以开大兵来,踏平你的河山,消灭你的王国。”

听了太子的谈话,国王心中不免惊惶、恐怖,说道:“照你说,你既是王子,可是为什么不经我的同意便闯进我的宫里来?又为什么造谣说我把公主匹配给你呢?你要知道:许多王孙公子前来向公主求婚,都被我杀掉。谁能保证你不死在我手里呢?我只要开声口,仆从们立刻可以冲进来杀死你,试问有谁能够援救你呢?”

“你的见识如比浅薄,眼光这样短小,这真是令我惊奇而不可理解的地方。莫非你企图把女儿嫁一个比我更好的女婿吗?我问你,比我更健壮、更勇敢、更慷慨、更有权、更有势的人,你生平见过没有?”

“不,指安拉起誓,像你这样的人物,我从来没有见过。不过你既然要娶亲,就该请三媒六证前来正式求婚,我是可以把女儿许配给你为妻的;要是无名无义,偷偷摸摸就想娶走我的女儿,你就是侮辱我,败坏我的门风了。”

“你说得对,很有道理。不过按你刚才夸口的那样,要是命令你的仆从和军队前来杀我,这就是你的耻辱了,同时也是教人对你发生疑惑的原因。现在我有一个建议,希望得到你的同意。”

“什么建议?你说吧!”

“我建议现在你来和我比武,作一次单独的决斗;谁杀掉对方,谁就称霸为王。否则今夜你就离开我,暂且归去;明天再召集兵马、仆从,前来和我比武,决个雌雄。你可以出动多少兵马?告诉我吧!”

“不算仆从,单是正式军队,可以出动4万人马。”

“好吧,明天清晨开出所有的人马,告诉他们:我是来向公主求婚的,以对抗全体官兵为条件;说我夸口能击败他们,而他们却不能制服我。然后让他们和我比武,我要是被他们杀死,则万事皆休,你的秘密也能保全而不会泄漏;要是我击败他们,那么像我这样的人,当然最应该被选为驸马了。”

太子夸夸其谈,话里带着夸张、威胁、恫吓的口气。国王听了,认为他的话还是不错,慨然赞同他的意见,于是陪他坐谈,继而吩咐侍从通知宰相,教他立刻命令官员,集合全体官兵,武装起来,枕戈待旦,准备和太子比武。

国王和太子对坐谈心,听了太子的谈话,十分钦佩他的谈吐和为人。两人越谈越起劲,不知不觉,已是黎明时候,国王这才起身回宫,吩咐兵马整队出发,准备和太子比武。同时他选择一匹骏马,配上最好的鞍辔,借给太子作为比武时的坐骑。太子却不接受,说道:"主上,我暂且不要骑马,让我先到军中,看看他们的阵容再说吧。"

"你要看,请随便去看好了。"

国王引太子去到阵前,让他看过军队的阵容,和人马的数量,随即当面宣布:"众三军,现在有个青年王子来向公主求婚,我看他人生得挺漂亮,英勇过人,本领很好。他夸口说,他匹马单刀,一个人可以战败你们全体,即使你们有10万之众,在他看来也微不足道。他如此大言不惭,在比武的时候,你们必须好生对付他,把他挑在你们的刀尖上吧。"接着国王回头对太子说:"我的孩子,现在是比武的时候了,如何比法,你自己出去向他们显显你的身手吧。"

"主上,你这么办未免太不公允了;他们都骑在战马上,我却步行,这怎么能和他们对比呢?"

"我曾经给你预备一匹战马,你却不愿意骑它。好吧,你喜欢骑哪匹,你自己选择好了。"

"你的马没有一匹我看得上眼的,我只愿意骑我自己带来的那匹。"

"你的马在哪儿?"

"在你行宫里。"

"在我行宫里的什么地方?"

"在行宫的屋顶上。"

"在屋顶上!这是你失败的第一步了。该死的家伙哟!马怎么能在屋顶上呢?现在,你的虚伪和荒谬全都暴露出来了。"

国王惊奇地回头看了侍从一眼,吩咐道:"你们进宫去,瞧瞧屋顶上有什么东西,赶快给我带了下来。"当时人们感到十分惊奇,面面相觑,纷纷议论,说道:"马儿怎么能从那么高的楼梯上走下来?这真是我们闻所未闻的奇谈哩!"

侍从遵循国王的命令,迅速去到行宫的屋顶上,果然发现一匹无比美好的骏马站在上面,非常雄壮可爱。他们走过去仔细观看,发现是用象牙和乌木制造的,忍不住哈哈大笑,说道:"那个小子所说的,原来是这样的一匹马儿呀。他或许疯了!等着看吧,事情总有水落石出的时候呢,也许他有什么作为也说不定。"于是他们抬起马儿,小心翼翼地把它从屋顶上一直搬到城外,规规矩矩地放在国王面前。人们好奇地涌过来围着观看。马儿的雄壮姿态和新奇美观的鞍辔不仅引起一般人的钦佩赞扬,而且国王本人望着也称羡不已。他问道:"孩子,这就是你的马儿吗?"

"不错,陛下,它的作用一会儿你就可以看到。"

"既然是你的马儿,你拿去骑吧。"

"除非你的士兵远远地离开它,我是不肯骑的。"

国王命令周围的士兵离开太子,退到相距一箭之远的地方,太子这才欣然说道:"主上,现在我要骑我的马儿了。我预备袭击你的兵马,准教他们胆颤心惊,吓得东奔西逃,抱头鼠窜。"

"好吧,你想怎么办就怎么办好了。你可别让步,须知我的人马是不会宽容你的。"

太子从从容容一跃跨上乌木马,勒转马头,预备冲锋陷阵。国王的兵马也趁机摆好阵势,准备临阵对敌。大家议论纷纷,有人说:"待这小子进入阵地,咱们拿枪挑起他来。"有人说:"遭殃哪!这么标致漂亮的青年,咱们怎么忍心杀他?"有人说:"指安拉起誓,不经过极大的困难,咱们是不能打败他的。如果他不是精明强干、英勇过人的杰出人物,他不至于这么逞能了。"

太子骑在马上,正襟坐着,在万眼盯着他注视他的时候,伸手开动了升腾的枢纽,马儿便震动蹦跳起来,一会儿,腹中充满空气,便向上升腾,一直飞入云霄。国王看见太子骑着马儿飞到高空,惊惶失措,吓得面无人色,大声叫道:"捉住他,该死的家伙!别让他动手,先抓住他。"

宰相和朝臣们眼看这种情景,莫名其妙,赶快安慰国王,说道:"主上,世间难道有人能够赶得上飞鸟吗?此人显然是个大魔术家。幸蒙安拉保佑,陛下平安无恙;赞美安拉护佑陛下,不曾受那个小子危害。"

看了太子的行动,国王闷闷不乐地转回宫去,走到公主面前,对她讲了比武场上的见闻。他见公主因离开太子而心情十分悲伤苦恼,已经身染重病,卧床不起,医药无效。国王忧心如焚,把女儿搂在怀中,吻她的眉心,说道:"儿啊!安拉保佑我们不受那个魔术家的危害,让我们赞美感谢他吧。"他屡次对女儿叙述太子骑马飞向空中的情景,她却听而不闻,终日长吁短叹,痛哭流涕,暗自说道:"指安拉起誓,我从此绝食吧!不到和他聚首见面的时候,我绝不吃喝。"国王感到十分忧愁苦闷,但他始终抑制苦恼情绪,温存地好言安慰她;然而他的安慰,却反而增加她对太子的相思和恋念。

太子驾马飞到空中,摆脱了危险;可是他对公主仍然念念不忘,心坎里还存在着一线希望和慰藉。因为他在和国王谈话时,问过公主和国王的姓名,已经知道他是萨乃奥五国王,因此怡然自得,安心地加速马力,一直飞回波斯。他到了京城,在空中绕了几个圈子,就降落在王宫的平顶上,随即下马,匆匆跑进内宫,谒见国王;见国王正因和他分离而感到忧愁苦闷。

国王一见太子,立刻起身,亲切地搂着他,眉飞色舞,欣喜若狂。父子见面之后,太子向国王打听制造乌木马的那个哲人的下落。国王说道:"儿啊,那个坏家伙,愿他一辈子没有好道路可走;他是使咱父子分别离散的原因,我已经把他监禁起来了。"

太子在国王面前替哲人说情,要求恢复他的自由。最后国王释放了他,重加赏赐,当上宾款待;可是国王始终不肯践约把公主许配给他,因此引起他的怨恨,对泄漏驾马的秘密这件事尤其懊恼不置,但处在淫威之下,只是敢怒而不敢言。后来国王对太子说:"儿啊,经过这回冒险,从此你别再骑那匹马儿了;你不明白马的真情实况,难免是要受害的。"太子把在萨乃奥五和公主邂逅,以及和国王交谈、斗智的经过对国王叙述一遍;国王说道:"如果国王要杀你,他早就杀掉你了,这不过是你还不到死期罢了。"

太子想念萨乃奥五国王的女儿,老是忘记不了,无法抑制追求的欲望。于是他偷偷摸摸去到屋顶,跨上乌木马,开动升腾的枢纽,驾着飞腾起来,前去寻找公主。

次日清晨,国王不见太子,十分惊惶,立刻上屋顶去寻找。他一看不见了乌木马,知道他骑马飞走了,顿时感到离愁之苦,百般懊悔当初不把马儿收藏起来,自言自语地说道:"指安拉起誓,待我儿这次归来,我可要把马儿收藏起来,不让他骑,免得我为他的安全而担心。"他说罢,垂头丧气,长吁短叹,伤心饮泣。

太子驾着马在空中继续不停地飞行,一直飞到萨乃奥五,降落在第一次降落的地方,跳下马儿,蹑手蹑脚地去到公主游息的大厅里,四面一看,却寂然不见一个人影;公主不在那里,宫娥彩女和保护她的仆人也不在那里。他这一惊非同小可,大失所望。于是他摸索着寻找,在宫中转来转去，最后终于找到公主的卧室，见她卧病不起，床前有宫娥彩女侍候。他不顾一切，蓦然闯了进去，问候她们。公主听见他的声音，挣扎着坐起来，对他表示尊敬。他一声喊道："哟！我的人儿呀！这些日子你可把我寂寞够了。"

"不，你才真是使我寂寞的人呢。"

"公主，我和国王之间的纠葛以及他对待我的情况，你觉得怎么样？说真的，要不为看重你，我一定要杀死他，把他作为后人的警戒呢。不过因为你的缘故，我很敬爱他。"

"你为什么扔下我扬长而去？没有你，难道我还有好日子过吗？"

"你顺从我，愿意听我说吗？"

"要说什么，尽管说吧。你无论吩咐我什么，我都依从你，一点也不违背你。"

"那么来吧，随我到我的家乡去。"

"好的，我愿意极了。"

太子听了公主的答复，喜笑颜开，欢喜若狂，握着她的手，对天盟誓，随即带她去到屋顶上，让她骑在自己前面，伸手开动升腾的枢纽，两人双双飞上天空。当时宫娥彩女惊惶失措，一哄跑进王宫报告消息。国王和王后听了公主出走的消息，赶忙跑出宫门，抬头观看。只见太子和公主骑着乌木马在高空飞行，感到十分惶恐，不自主地哀求道："王子呀！看安拉的情面，求你可怜我和我的老伴，别叫我们的女儿离开我们吧。"

太子不顾一切，带着公主逃跑。在旅途中，他怀疑公主是否惜别、懊悔，不愿分别父母，便问道："你不愿离开父母，要我送你回家吗？"

"我的主人，指安拉起誓，我不要回去；我愿意跟随你，永远和你生活在一起。"

太子听了公主果断的回答，感到十分欢喜快慰，为了体贴她，免得她感受恐怖疲劳，便减低飞行速度，缓慢地继续向前。在归途中，他们路经一处绿草如茵，清泉潺流的地区，便落在那里休息、吃喝。继而他拿带子绑住公主，加意保卫，避免发生意外，然后轻松愉快地继续起飞，一直回到京城。当时他满心欢喜，认为目的已经达到，并且存心在公主面前显示国王的威风地位，教她知道他父亲比她父亲更权威，更伟大，因此他不直接回城，而降落在城外国王经常在那儿消遣游息的御花园中，把公主让进屋去，说道："你暂且在这儿休息，我先进城去谒见父王，给你预备宫室，然后差人前来接你，让你亲眼看看我们的威风。"

听了太子的吩咐，公主衷心欢喜，说道："好的，你要怎么办就怎么办吧。"她以为这样一来，她总会在威严、热闹而且非常适合自己身份的仪式下被迎接进城去。

太子撇下公主，匆匆进城入宫，谒见父王。国王见太子平安归来，喜笑颜开，喜出望外，立刻起身迎接。太子说道："父王，我已经把对你说过的那位国王的女儿带来了。我让她暂时住在城外御花园中；现在我前来报告，以便父王准备仪仗，前去迎接她，让她看看陛下的军威和仪仗。"

"好极了，准备迎接她就是。"国王应诺着立刻命令老百姓打扫装饰城郭，吩咐文武大臣和大小官员士兵全都穿戴配备齐全，预备前去迎接公主。太子也郑重其事地忙着搬出宫中历年收集珍藏的首饰、珍珠、宝贝、金玉等装饰品，以及各种彩色的绫罗绸缎和各种富丽堂皇的摆设，布置了一座宫殿，预备给公主居住；他还选择了印度、希腊、埃塞俄比亚等国籍的姑娘充作宫娥彩女。一切预备齐全，才匆匆出城，先赶到御花园中迎接公主。

他到了御花园中，走进公主先前休息的屋子一看，却不见她的踪影；再去看乌木马，也不翼而飞。他这一惊非同小可，失望到极顶，气得批自己的面颊，撕身上的衣服，昏头昏脑地在园中打转。

过了好一阵，他的神志才逐渐恢复过来，自言自语地说道："我没有告诉她，她怎么知道马儿的秘密呢？也许是那个造马的哲人无意间在此看见了她，为了报复才把她和马儿一起带走的吧。"于是他找到园丁，向他们打听消息，问道："你们看见有人进花园来没有？""别的人我们没有看见，"园丁回答，"只是那个哲人来园中采集标本。"他听了园丁的话，证实带走公主的就是那个哲人。

说来事属巧遇。当太子把公主安置在园中回城之后，那个制造乌木马的哲人来到御花园中采集标本，蓦然闻到一股麝香的芬芳香味，那是从公主身上发散出来的。他随着香味找去，在屋前发现他亲手制造的那匹乌木马。他十分高兴快乐，欣喜若狂；因为马儿被驾走之后，他感受过很大的痛苦、绝望。他赶快走过去，仔细检查，发现机件全都完整，没有损坏。他打算立刻骑马逃走，可忽然犹疑起来，暗自想道："我非看看太子带来的东西不可。"于是他撇下马儿，闯到屋里，看见一个像晴空中的太阳一般美丽的女郎坐在里面。他一见便知道她不是普通人，准是太子领到这儿小住，预备迎接她进城的。于是他灵机一动，忙趋前跪下去吻了地面。公主举目见他生得奇丑，形状令人讨厌，便问道："你是谁？"

"公主，我是太子的差人，奉命前来迎接你，带你上城郭附近的那座花园中去。"

"太子在哪儿？"

"他在国王御前，马上就要来隆重地迎接你了。"

"哟！难道除你之外，太子就没有别的差人可使吗？"

哲人哈哈大笑，说道："公主，别教我的丑陋欺骗你吧。你若以貌取人，那你就错了。你若像太子了解我那样地认识我，你一定会称赞我的。他利用我的丑陋派我前来接你，这是具有特殊用意的；否则，他宫里有的是婢仆、侍从，成千上万，人数多得数不清。"他的话打动了公主；她信以为真，毫不怀疑，立刻起身，伸手给他，说道："老伯，我们怎么去？你带牲口来给我骑吗？"

"公主，先前带你到这儿来的那匹乌木马，现在你同样可以骑它嘛。"

"我自己不能驾驶它呀！"

哲人抿着嘴笑了一笑，知道计策已售，已经战胜了她，说道："来吧！我代你驾驶好了。"于是跨上乌木马，让公主骑在后面，用带子紧紧地绑起来，伸手一开升腾的枢纽，马腹中迅速充满空气，随即震动起来，升上天空，继续不停地飞行。公主茫然不知他的诡计，直至飞到高空，已经看不见大地时，她才开口问道："喂！你说太子派你来接我，太子到底在哪儿呢？"

"太子是个卑鄙下流的家伙，愿安拉丑化他。"

"你这个该死的奴才！为什么你敢违背主子的命令？"

"他不是我的主子。你知道我是谁吗？"

"除了你对我所说的那些话外，关于你的事情，我一点也不知道。"

"先前我是撒谎欺骗你的。为了我们骑的这匹马儿，我终身感到遗恨，因为这匹马是我亲手制造的，可是被太子抢走了。现在我算是把它夺回来了，并且把你也弄到手里；我可以借此报复，像他烧我的心那样烧一烧他的心了；从今以后，他休想再得到这匹马了。你安心自如，欢喜快乐吧！我会加倍奉承你，比太子待你更好呢。"

"倒霉哪！我上不能侍奉父母，中途又和爱人分离失散！"公主批着自己的面颊，痛哭流涕。

哲人驾着乌木马，一直飞到希腊境内，在一处树林丛生、河渠湍流的平原地带降落。这地方距城市不远，恰巧那天希腊国王率领人马出外打猎消遣，从这儿经过。他一眼看见哲人、公主和他的乌木马，立刻吩咐随从前去逮捕。哲人没有防备被擒，和公主一起被押到国王面前。国王见他相貌奇丑难看,又见公主非常标致漂亮,因而问道:“小姐,你和这个老头子是什么关系?”“她是我的妻子!”哲人不待公主开口,抢着回答。公主当面否认,说道:“不,主上,指安拉起誓,他不是我的丈夫,我并不认识他,是他强迫着把我骗到这儿来的。”

听了公主的控诉,国王下令拷打。随从一齐动手,把哲人摔倒,一顿好打,几乎结果了他的性命。之后国王吩咐把他押进牢狱,监禁起来,并把乌木马和公主一起带回宫去,可是他不知道这匹马的用途,也不会驾驶它。

公主失踪后,太子悲哀苦恼,决心出去寻找。于是他换上旅行服装,带着途中需要的银钱什物,抑制着苦恼颓丧心情,踏上征程,作长途旅行。他不辞跋涉之苦,经历许多村庄、城镇,打听公主的下落。一路之上,每到一个地方,便探听乌木马的消息。人们听了乌木马,都感觉新鲜奇怪,谁也不相信他。他却不气馁,不灰心,一直坚持着决心寻找到底。他经过漫长的时日,耗费许多精力,吃了不少苦头,问来问去,始终打听不到半点消息。后来他旅行到萨乃奥五,继续寻找探听,可是不但不见她的踪影,反而看见国王因公主失踪而忧愁苦闷,徒增一重痛苦。没奈何,他毅然离开萨乃奥五,到了希腊,打听公主和乌木马的下落,抱着不达到目的,誓不回头的决心。

他住宿在旅店中,看见一伙客商在一起促膝谈心,便靠近他们坐下,听见他们中有人说:“伙伴们,我看见一桩稀奇古怪的事情了。”

“什么事?告诉我们吧。”其余的人问。

“我路过京城时,听到当地的人传出一件奇闻,是这样的:有一天,国王率领人马出去打猎消遣,在郊外树林丛生的地方,发现一个相貌奇丑的老头子,身边带着一个非常标致漂亮的妙龄女郎和一匹形状灵活、结构精巧的乌木马。”

“国王怎么办呢?”

“国王吩咐随从擒住老头子,向女郎打听情况。老头欺骗国王,冒充是女郎的丈夫,可是女郎断然否认,说她不是他的妻室。国王命随从把老头子痛打一顿,然后监禁起来。至于那位女郎和那匹乌木马的下落,这我就不清楚了。”

听了商人的谈话,太子走到他面前,谦逊地和他交谈,向他打听国王的姓名和去京城的方向。他知道后,心情顿时开朗,感到欢欣快慰,胸中的忧郁,霎时烟消云散;当夜他安安逸逸地睡了一夜。

次日清晨,太子动身,踏上旅程,继续不停地跋涉,直赶到京城。可是他准备进城的时候,却被守城的士兵拦住,要带他进宫去,让国王询问他的籍贯、职业和到京城来的原因。这是希腊的习惯,对旅客必须经过审问、登记,才准在城中居留。那天太子赶到京城,为时太晚,国王已经退朝,无从办理居留手续。不得已,守城的士兵只好带他到监狱中,暂时看管一夜。由于他生得标致漂亮,容貌不凡,狱卒不忍心让他在监中受苦,照顾他跟他们一块儿坐在狱门外面,请他和他们一块儿吃喝。饭后大家坐在一起谈心,都围着他说长道短,问道:“你是从哪儿来的?”

“我是从波斯国来的。”

大家听了波斯国这个名称,都哈哈大笑,其中有人说:“小波斯人,关于波斯的传说,我听过许多,懂得不少波斯人的风俗习惯,可是我从来没见过,也没听过比我们狱中那个老波斯人更荒唐无稽的了。”接着又有人说:“像他那样奇丑下流的人,我从来也没见过。”

“何以见得他荒唐无稽呢?”太子问。

“他是国王出猎时在郊外森林中发现而被擒回来的;他冒充哲人方士,当时他身边带着一个美丽的妙龄女郎和一匹无比精致的乌木马。那位美丽的姑娘被接进宫去,受到国王的宠爱,可惜她疯了，国王非常关心她，请医生替她医治，一心要医好她的疾病。那个老波斯人照他的说法如果真是哲人方士，那一定可以医治姑娘的疾病了。那匹乌木马现在还原样保存在国王的库藏中。这个监禁在狱中的波斯老头终日长吁短叹，伤心哭泣，尤其是夜深人静时，吵得我们不能安安静静地睡觉。”

听了狱卒的谈论，太子知道哲人失败悲哀的情况，突然心中产生了一个可以设法达到目的的念头。后来狱卒们预备睡觉，吩咐他进狱去暂宿一夜，接着便锁上狱门。太子去到狱中，听见那个哲人操着波斯语言叹道：“哟！该死的我，欺骗太子，抢夺姑娘，真是自作孽啊！我不肯放弃她，没有达到希望目的，这一切都怪我失算；因为我不自量力，一心追求不适于自身享受的事物，这才一败涂地。谁不自量力，妄自追求非分的事物，他一定会蹈我的覆辙呢。”

听见哲人呻吟哭泣，太子在旁问道：“你要到什么时候才止住悲哀哭泣呢？你以为你的遭遇别人没有遭遇过吗？”听了太子的质问，哲人恍然有所领悟，认为他是患难知心，同病相怜，于是把自己的身世和所碰到的苦难对他尽情吐露，企图博得暂时的慰藉。

次日，守城的士兵到狱中去见太子，带他进宫谒见国王，报告昨天他到时已经散朝，无从求见的理由。国王听了问道：“你从哪儿来？叫什么名字？做什么事情？为什么到这儿来？”

“我叫哈勒者图，是波斯人，从事学术工作，精通医学，专门替人医治各种疾病。因此我周游列国，观察各地风土人情，借以增进自己的知识学问。在我游历期间，赶上哪儿有害病的，便替病人治疗。我干的就是这个。”

听了太子的回答，国王感到十分高兴快乐，说道：“尊贵的医生啊！你来得真是时候，我们正需要你呢。”于是对他叙述女郎害病的情况，最后说道：“如果你能医好她的疯病，你要什么我都可以给你。”

“愿安拉增加陛下的威望，我愿意尽力医治她的疾病。我恳求陛下告诉我：她几时害的疯病？她和哲人、马儿是怎样被发现的？”

国王从头到尾叙述当日发现他们的经过，最后说道：“那个哲人现在还关在监狱里呢。”

“他们带来的那匹马儿，陛下是怎么处置它的？”

“我把它原封不动地保存在一座宫殿里。”

太子暗自想道：“既然如此，我打算先看看马儿，在行动之前，必须检查清楚；要是马儿安然没有发生意外，我要做的事，便可以一帆风顺地达到目的。万一它的构造受到损坏，我就得另想办法援救公主。”主意打定之后，他回头对国王说：“主上，刚才提到的那匹马儿，我打算先去看一看，也许能从它身上发现医疗疾病的征兆呢。”

“好的，欢迎你去察看。”国王满口应允，立刻起身，牵着太子的手去到藏马的宫中。太子四面观看一番，仔细检查，发现各部分的机件全都完整，毫无损坏，因而十分高兴快乐。他对国王说：“愿安拉增加陛下的威望！现在我该去看女郎，开始替她治病了。若是安拉意愿，希望我能借此一手医好她的疾病。”继而他建议国王注意保全马儿，然后随国王前往公主养病的地方。到了室内，抬头一看，见她蓬头垢面，摇摇摆摆，癫癫狂狂地吵闹着，胡言乱语地叫嚣着。其实她不是真害病而是装疯，她这样做全是维护自身的一种策略。太子看了这种情形，对她说：“没有关系，这是不碍事的。”于是温存耐心地和她谈话，安慰她，慢慢地让她认识他自己。公主认清了太子，过分喜欢，狂叫一声，晕了过去，昏迷不省人事。国王以为她所以狂叫，是因为害怕他的缘故，因此立刻退了出去。太子趁机把嘴凑到她的耳边，悄悄地说道：“在目前这个紧急关头，你多多忍耐，好生保全我们的生命。这时候，我们应该抑制感情，耐心地想出办法来对付这个暴君，逃脱他的羁绊。我将要出去告诉他，说你是着了魔，向他保证医好你的疾病，并提出解掉你的镣铐作为医治条件。待他进来，你花言巧语地敷衍他，让他看到你的疾病在我治疗下已经有了起色；这样一来，我们就可以顺利地达到希望和目的了。”

“听明白了，遵命就是。”公主欣然应诺。

太子从容走出病室，喜笑颜开地对国王说：“主上，凭着陛下的福气，我已经替她诊断医治过，刚着手就有成效，算是替陛下救活了一条生命。现在劳驾进去瞧瞧，好言安慰她，让她高兴快乐吧。从此陛下的目的已经达到，我祝贺陛下了。”

国王走进病室，公主一见便起身迎接，跪下去吻了地面。国王欢喜若狂，吩咐婢仆好生服侍她，陪她进澡堂沐浴、熏香，给她预备衣服、首饰。婢仆们遵循命令，大家前去祝福她侍候她，拿宫服和首饰给她穿戴起来，然后侍候她进澡堂沐浴、熏香，把她打扮得花枝招展，如同满圆的月儿一般美丽可爱。之后，她被宫娥彩女簇拥着去到国王面前，跪下去祝福他。国王十分高兴快乐，对太子说：“这全是你的功劳，上帝为你的医药而恩赏我们了！”

“主上，你如果要她完全恢复健康，旧病不再复发，还有一个一劳永逸的办法呢。那就是请陛下统率文武百官和部队，带着那匹乌木马，一起去到那天陛下出猎碰到他们的地方，让我在那儿把妖魔收来斩掉，不准他再在人世间作祟，就可以保护女郎永久安全无恙了。”

“好极了，就这么办吧。”国王满口应允，随即下令军中，准备全体出发，并吩咐抬出乌木马，然后率领人马，开往郊外，去到捕获哲人的地方。太子指挥人马排队站在一旁，并指定乌木马和公主在一起，立于距国王和队伍隐约可见的地方。一切布置妥帖，便对国王说：“恳求陛下准我焚香，恭念咒语，把妖魔收禁起来，不让他再来缠扰女郎。我收了妖魔，跨上马儿，让女郎骑在后面，它便活跃起来，向前行进；待它行到御前，一切手续便算完结。”

国王十分信任太子，满心欢喜快乐，率领人马听他摆布，大家眼睁睁地等着看他收妖。太子趁机跨上乌木马，让公主骑在前面，用带紧束起来，然后伸手开动升腾的枢纽，马儿便升腾起来，越飞越高，扬长遁云。国王和部下等了半天，始终不见他飞回，这才大失所望，懊悔不迭，垂头丧气地带领人马回城，悄然躲在宫中，痛定思痛，越想越懊恼。宰相和朝臣们知道国王因为姑娘被劫而忧愁苦恼，大家约着进宫，竭力安慰劝解，说道：“那个抢夺姑娘的家伙，原来是个大魔法师。赞美上帝，他保佑主上摆脱了魔法师的阴谋和危害。”

太子救了公主，驾着乌木马，洋洋得意，开足马力，继续不停地赶路，一直飞回波斯，降落在自己预备的那座宫殿里。他安全地让公主住定，这才进宫，谒见父王母后，祝福一番，然后报告救回公主的消息和经过。国王和王后十分欢喜快乐，吩咐办理筵席，替太子和公主举行婚礼，欢宴宾客和庶民，整整热闹欢庆了一个月。

国王爱子心切，为了避免发生其他意外，毁了乌木马，断绝后患。新婚之后，太子的目的既已达到，十分欢喜快乐，即时预备厚礼并致书萨乃奥五国王，报告他和公主结婚和彼此健康的消息。使臣星夜赶到萨乃奥五，呈上书信和礼物。国王读了书信，知道公主安然无恙，感到高兴快乐，优待使臣，并预备珍贵礼物，托使臣回送太子。

使臣带着礼物回到波斯，报告经过，呈上礼物；太子听了大喜。从此波斯与萨乃奥五两国之间书信礼物往来频繁，每年必有报聘，邦交日益亲善。后来波斯国王驾崩，太子登基为王，继承老王遗教，秉公正直，锐意兴革，国泰民安，与民同乐，过着升平日子，直至白发千古。

死神的故事

一

古代有个赫赫有名的国王，为人骄傲自满，好大喜功。有一天，他异想天开，要率领朝中文武官员，巡视全国各地，好向老百姓夸耀他的威武富豪。主意打定之后，他立刻命令朝中官员，准备旅途中需要的一切.并吩咐保管服装的仆人选出最华丽的盛装，叫管理车马的选出各种的骡马，作为巡狩之用。官吏和仆从们诚惶诚恐，遵循命令，准备一切之后，国王这才亲自从选择出来的服装、骡马中，剔选自己认为最豪华最骏壮的一部分，然后穿戴打扮起来，跨在配着镶满珠宝、玉石的金鞍银辔的骏马上，率领文武官员和士兵，浩浩荡荡，前呼后拥地出发。在旅途中，他洋洋得意，显示出矜骄、高傲、自满的情绪，飘飘然以为自己的豪华富贵，天下第一，忻然夸道："世间有谁能和我比高下呢？"

正当国王目空一切，兴高采烈，得意忘形的时候，马前突然出现一个衣服褴褛的陌生人，从容问候他。可是国王冷眼相向，默然不理不睬；陌生人却毫不客气，伸手抓住他的马缰不放。国王喝道："撒手吧！你不知道你牵着的到底是谁的马缰啊。"

"我有事请求你。"

"有什么请求的，待我下马来，你再说吧。"

"这是一桩秘密事，我只能对你耳语。"

国王把耳朵凑了过去，陌生人这才悄悄地对他说："我是死神，我要拿走你的灵魂呢。"

"请你慢一步，让我转回宫去，向妻室儿女和亲戚朋友作最后一次话别吧。"

"不，你不能回宫去了；你的寿限已经告终，从此再不能和他们见面了。"

死神回答着，从容拿走了他的灵魂，让他的尸体僵然倒在地上。

二

死神拿走国王的灵魂，从容离开他的尸体，继续前去执行别的任务。他找到一个廉洁、守本分、为人正直公道的好人，笑容可掬地问候他，说道："告诉你这位廉洁守本的好人吧：我这儿有一件秘密事请求你。"

"有什么事，请你对我耳语好了。"

"我是死神呀。"

"欢迎你！赞美安拉，我早就等着你了。你迟迟不肯光临，这叫我等得太寂寞了。"

"如果你还有什么事要做，请快去做吧。"

"除了急于要见伟大的主宰之外，我没有别的事了。"

"你愿我怎样拿走你的灵魂呢？我是奉命必须按照你的意愿拿走它的。"

"那么请你慢一步，让我沐浴熏香，作最后一次祷告吧。在我叩拜之时，请你拿走我的灵魂好了。"

"好的；我是奉安拉的命令，前来按你的意愿拿走你的灵魂的。既然如此，我照你的吩咐执行任务好了。"

廉洁、守本的好人喜笑颜开，沐浴、熏香之后，诚心诚意地祷告；于是死神趁他叩拜的时候，遵照他的意愿，从容拿走了他的灵魂。

三

古代有个非常有权势的国王，横征暴敛，刮削民脂民膏，并在宫中囤积世间应有尽有的各种物品，专供自己挥霍、享乐之用。他希望尽情享受那些数不完用不尽的财富，便动工建筑一座高耸入云、极其富丽堂皇的宫殿，装上两扇无比坚固结实的大门，到处设置了侍卫、门警和成群的婢仆。他深居简出，养尊处优地躲在宫中，过着舒服、快乐、如意的享乐生活。

有一天，国王很高兴，吩咐厨师做出丰富的山珍海味，大宴家人、幕僚，并款待侍从婢仆们，热热闹闹地共聚一堂，准备吃喝享受。国王本人坐在宝座上，依着靠枕，面对当前的盛况，高兴快乐，洋洋自得，暗中对自己说："我的自身呀！世间应有的享受，我全都给你收集起来了，你安心自如地享受吧，万寿无疆地吃喝这些可口的珍馐美味吧。"

国王正在自鸣得意之时，门前来了一个衣服褴褛的不速之客，拉着门环不住地敲门。他肩上挂着一个褡裢，仿佛是个讨饭的乞丐。那紧急、响亮的敲门声，响彻整个宫室，甚至震动了国王的宝座。侍卫、婢仆们骇然震惊，急急忙忙奔到门前，怒形于色地骂道："该死的家伙！这是干什么呀？你为什么这样不懂礼仪？你等一等，待国王宴罢，我们把残汤剩饭赏给你。"

"请告诉你们主人，叫他出来见我，我有要紧事和他商量。"

"你这个贱种，滚你的吧！你是什么人，胆敢要我们主人出来见你？"

"别多嘴多舌，你们只管进去通知主人好了。"

婢仆、侍从们转进宫去，如实报告一番；国王听了，大发雷霆，问道："为什么你们不驱逐他？为什么不剥掉他的衣服，打他一个皮破血流？"

国王刚说完，接着又是一阵敲门声，比头次更紧急、更厉害。这回侍卫和婢仆群起而攻之，拿起器械、棍棒，涌到门前。不速之客见他们来势凶猛，大吼一声，喝道："你们全都给我站住，不准动；我是死神啊！"

婢仆和侍从们听了，如闻晴天霹雳；大家一怔，吓得面面相觑，一个个呆若木人，没有了理智，哆嗦着动弹不得。国王吩咐侍从："告诉他吧，叫他随便拿一个人做我的替身好了。"

"我不拿别人做你的替身，"死神说，"我是专门为你而来的；现在我非叫你离开这些你平生搜刮、剥削来的财物不可。"

国王听了无法可想，长吁短叹，伤心哭泣，埋怨道："是这些财物欺骗了我，贻害了我，阻止我膜拜主宰啊，愿安拉诅咒它们。当初我以为金钱万能，可以得到它的帮助，可是今天我才明白是它给我带来了罪孽。现在我只好赤手空拳地打回老家去，财富全都留给仇人去享受。"

国王在悲伤、懊悔之余，仿佛听见一股嗡嗡的声音在他耳中盘旋："你凭什么埋怨我呢？你应该埋怨你自己才对。安拉从土里创造了我和你，把我寄托给你，让你好生准备来世的旅费；教你充分利用我，救济孤苦贫困，修桥补路，建设城防寺院；可是你却自私自利，一直把我储备起来，供你私人享乐，不知感激，反而抹煞我的好处。现在你不得不把我扔给你的仇人，你自己忧愁懊悔不迭，我有什么过失叫你这样埋怨、诅咒呢？"

国王坐在宝座上，望着席上的珍馐美味，还来不及吃喝；那嗡嗡的声音还袅袅不绝于耳的时候，死神就毫不犹豫，拿走了他的灵魂，让他的尸体僵然倒在地上。

四

古代以色列有个非常权威非常暴虐的国王,宫中警卫森严。有一天国王坐在宝座上,发号施令,正在威风凛凛,得意忘形的时候,突然有个魁梧奇伟,形貌蛮悍的大汉闯进宫来。国王害怕他的蛮劲,不愿接见他,一骨碌跳将起来,面对着他问道:“喂!你是谁?是谁让你进来的?谁使你到我宫里来?”

“是屋子的主人要我来的;我要上哪儿去,没有人能阻拦我。我去见帝王将相也不需要通报、请示;我不怕帝王的威权和势力;再横暴的人也无法欺负我;碰在我手里的人,谁也休想逃脱性命。我是破坏人间幸福的,是专门使人失群离散的。”

国王听了大汉之言,惊惶失措,吓得倒在地上,昏迷不省人事。过了一会,他慢慢苏醒过来,说道:“你是死神呀。”

“不错,我是死神。”

“指上帝起誓,求你宽限一日的期限,让我有个忏悔的余地,好向上帝求饶,并把存在库中的钱财全都归还物主,免得总清算之日,我挑着债务的重担,会受严厉的惩罚呢。”

“差得太远了!差得太远了!这是没有办法的。你的寿岁是有限的,甚至你的呼吸也是规定过的,这我怎么能够推迟它呢?”

“那么求你宽限一个钟头吧。”

“一个钟头也在规定的范围之内,早就消逝了,只怪你自己昏庸、胡涂啊。你充分享受过生存的全部时间,现在只剩最后的一次呼吸了。”

“我死了,被埋在坟里,那时候谁和我在一起呢?”

“那只有你的功德陪随你了。”

“可是我没有功德呀。”

“那么毫无疑义,你得归宿到地狱里。”

死神剀切地回答着,拿走了他的灵魂。国王倒了下去,尸体横陈地上;霎时间宫中响起一片悲哀哭泣的声音。死神回头望一望,冷静地说道:“如果他们知道他的归宿,他们会哭得更凄惨呢。”

辛伯达航海旅行的故事(节选)

第四次航海旅行

告诉你们吧,朋友们:我第三次航海旅行归来,和家人亲友见面言欢,过着比从前更舒服、更快乐的享福生活,终日逍遥寻乐,开怀聚饮,过去旅途中惊险颠危的遭遇,一股脑儿忘得干干净净,因此经不起肮脏的欲望的怂恿、诱惑,总是念念不忘旅行生涯,渴望着和各式各样的人群结交,从事经营生意买卖,赚它一笔大钱。于是我打定主意,收购许多适于外销的名贵货物,包扎、捆绑妥当,数量比往日还多,带到巴士拉,和当地的富商巨贾一起乘船出发。

船在海中破浪航行,继续不停地从一海到另一海,从一岛到另一岛,直至有一天暴风突起,波涛汹涌,船长吩咐立刻抛锚停船,避免发生意外。当时我们虔心祈祷,向安拉呼吁、求救。可是飓风越刮越凶,吹破了船帆,折断了桅杆,最后全舟覆没,人、货和钱财全都沉在海中。我挣扎着游了半天，正在精疲力竭，危急非常，快要淹死的时候，忽然抓着一块浮在水面的破船板，同一部分未被淹死的旅客一起伏在木板上，任风浪吹打，随波逐流，在海中漂流了一天一夜。

次日，我们被飓风和汹涌的波涛吹打到一处沙滩上，大伙饥寒交迫，被过度的恐怖和疲劳弄得死气沉沉，不像人样。幸而岛上长着茂盛的植物，我们采些野草充饥，维持残生。大家躺在海滨睡觉，至次日太阳出来时才从梦中醒来。于是我们相率沿海滨试探着向前走，左右观望着，无意间发现远方隐约有建筑物的影子，便急急忙忙奔到那幢屋子门前。突然屋中出来一群裸体大汉，一言不发，逮住我们，带到他们国王面前。国王叫我们坐下，吩咐摆出一桌我们从来没见过、也不知道叫什么的饮食招待我们。同伴们饥不择食，大嚼特嚼起来，只是我自己胃口不开，没有参加吃喝——我向来吃得不多，这是安拉的巧妙安排，所以我能活到现在。

同伴们吃了那些饮食，一个个神志不清，痴痴呆呆，跟疯人一样，越吃越想吃，情况全都变了。继而他们又被人家拿椰子油灌了一通，并涂抹他们的身体。他们喝了椰子油后，呆若木人，甚至眼珠也不能活动，而食欲却异乎寻常地更加旺盛。眼看这种情景，我非常痛心，同时又怕那些裸体大汉如法炮制我，心中感到万分忧愁苦闷。

我仔细打量、观察，知道他们是拜火的，他们的国王叫乌鲁。凡到那个地区被他们看见的人，都被他们逮到国王面前，给那种饮食吃，拿椰子油灌他，并涂他的身体，扩大他的肠胃，让他能多吃多饮，丧失理智，不能思索，痴痴呆呆地变得像骆驼一样；于是继续增加那种饮食和椰子油的数量，把他喂得既粗大，又肥胖，然后杀了供国王享受。他们是习惯于吃生人肉的。

我看了这种情形，感到十分忧愁、苦闷。同伴们已经变成丧失理智的愚人，任人摆布，被当作牲畜那样地赶出去牧放。我自己过度忧愁、饥饿，疲弱不堪，骨瘦如柴，皮肉都干贴在骨头上，变得不成人形，因此引不起他们的重视和注意，扔在一旁不管，逐渐就把我忘记了。于是我悄悄地溜走，离开那个地方，急急忙忙向前奔跑。我走了一阵，忽然发现一个裸体大汉坐在一个高丘上，仔细打量，原来就是看管、牧放我们的同伴和其他许多俘虏的那个牧人。他一看见我，知道我还有理智，不像同伴们那样中毒，于是远远地指示我，说道："你向后转，朝右边走，可以找到出路。"

我按照牧人的指示，向后一转，发现右面一条大路，于是立刻冲向前去，继续跋涉；有时快跑，怕人来追赶，有时慢行，养养力气，一直到离开那个牧人的视线，彼此都看不见了，我才放心。可是这时候太阳已经落山，天黑下来，我停下来休息，躺在地上打算睡他一觉；但是因为过度恐惧、饥饿和疲劳，再也睡不熟。半夜里，我鼓起勇气，动身出发，继续不停地一直走到天明。这时我饥肠辘辘，疲惫不堪，只好采野果充饥，维持残生，并继续向前走，整天整夜奔波、跋涉，每当饥渴，便采野果充饥，如此整整行了七昼夜。到了第八天，见远方隐约出现人影，便迎着走过去；我不息地奔波，临近日落西山，才到达目的地。但因头两次吃过亏，我只好提心吊胆，远远地站着仔细打量，原来这些人是在那里采胡椒的。

我慢步走了过去。他们一见我，立刻跑过来，围着我问道："你是谁？你是从哪儿来的？"

"告诉你们吧，我是个可怜人……"我随即把自己的身世和各种残酷的遭遇全都告诉了他们。

"指安拉起誓，这是奇怪的事情。你是怎么逃脱他们的？为什么敢从那个地方经过？他们人数很多，漫山遍野，好吃人肉，落在他们手里的，谁也不能幸免，人们从来不敢从他们那个地方经过的。"

我把自己的遭遇，同伴们被俘，以及吃他们饮食的经过，从头到尾详细叙述了一遍。他们听了感觉惊奇、诧异,安慰我,祝福我,让我跟他们在一起,拿咸的食物给我充饥,休息了一点多钟,然后带我上船,去到他们居住的岛上,并领我去见他们的国王。

我祝福国王,向他致敬,博得他的欢迎、尊敬,关怀地询问我的情况。我把自己的身世、经历和从离开巴格达之后旅途中各种惊险、颠危的遭遇,详细叙述一遍。国王和在座的朝臣听了,感到十分惊诧。国王让我坐下,吩咐侍从拿饮食招待我。我吃饱喝足,洗过手,感谢、赞美安拉一番,然后出去参观、游览。

这是一座经济繁荣、人烟稠密的城市,粮食货物应有尽有,做生意买卖的,来来往往,络绎不绝。我能去到那座城市,感到高兴快乐,怡然自得,和当地人在一起,感到无限的快慰;兼之我备受国王尊敬、器重,地位比一般大人物都高。我见他们的大官小员,普遍都骑着没有马鞍的骡马,觉得很奇怪。有一天,我对国王说:"主上,你们骑马为什么不用马鞍?马鞍不但舒适、安逸,而且能使人精神焕发呢。"

"马鞍是什么?这种东西我们从来没见过,也没骑过。"

"主上允许我替陛下制造一具,让陛下亲自骑用,试验它的作用吗?"

"好的,你替我做一具吧。"

"请给我预备一些木料吧。"

国王吩咐侍从给我预备各种需要的材料,并找来一个聪明的木匠。由我指导着教他制成鞍架,覆以皮革,配上皮的绊胸、肚带,并用棉布制成鞍褥,再找个铁匠来,教他打成一副铁镫,用丝带系在鞍上;于是牵来一匹御用的骏马,架上鞍辔,牵去谒见国王。国王一见,十分欢喜、满意,非常感激我,亲自骑着试了一回,感觉意外的舒服、愉快,因此重重地赏赐我。

宰相看见我替国王制造的马鞍,非常羡慕,叫我也替他制造一具;我果然同样替他制造了一具。从此风气一开,朝臣和大小官员纷纷要我替他们制造马鞍。我答应他们的要求,教木匠制鞍架,教铁匠打铁镫,制造了大批马鞍,卖给大小官员和其他各行人等,赚了许多钱财,备受人们的欢迎、爱戴;在国王、朝臣和绅商士庶中有了很高的地位。我洋洋得意,过着欢欣快乐的生活。有一天,国王对我说:"你要知道:你已经成为我们所敬仰、爱戴的人物,已经是我们中间的一员,因此我们不能离开你,也不让你离开这个地方了。现在我有话对你说,希望你听从我,不要违背我吧。"

"主上要我做什么,我是不敢违背命令的,因为陛下对我的关怀、照顾无微不至,我实在感激不尽;赞美安拉,我已经成为陛下的奴婢了。"

"我预备把一个廉洁、美丽、活泼而很有钱的女郎匹配给你为妻子,让你在此落户,住在宫中,和我生活在一起。希望你听从我,别违背我。"

听了国王的谈话,我觉得害羞,默然低头不语。他问道:"孩子,你怎么不说话?"

"事情在陛下手中,主上认为怎么办好,就怎么办吧。"

国王吩咐侍从,立刻请来法官、证人,写下婚书,当面把一个高尚、廉洁、美丽、田产地业很多、非常富有的女郎匹配给我为妻,并给我一幢富丽堂皇的宫殿居住,派婢仆侍候我,按月发给薪俸。我过着最舒适、最安逸的享福生活;过去的各种惊险、颠危的遭遇,忘得一干二净。我暗自想道:"等我回家的时候,把她带走吧。生前注定了的事,一定要实现的;而且未来的变化,也是无法理解的。"我和妻子生活在一起,我爱她,她也爱我,彼此感情融洽,相敬如宾,过着极其甜蜜、快乐的生活,经过了漫长的时日。有一天,跟我最要好的一个邻居家里遭丧,他的妻子死了,我去慰问他,见他愁眉苦脸,心事重重,情景异常凄惨、狼狈。我劝慰他说:“你好生保重自己,不必为夫人之死而过于悲哀;愿安拉补偿你的损失,并增加你的禄位、寿岁。”

“朋友啊!”他十分悲恸地说,“我仅剩一天的生命了,怎么还能再娶?安拉怎么还能补偿我的损失呢?”

“弟兄,你冷静些;你的身体非常健康,别给你的灵魂报死讯吧。”

“朋友,指你的生命起誓,明天你就失去我了,从此一辈子再也看不见我了。”

“这是怎么一回事呀?”

“今天人们殡葬我妻子的时候,就要把我埋在她坟里一道埋葬;这是我们地方上的风俗习惯:妻子死了,她的丈夫就得陪葬;同样的,丈夫死了,他的妻子也得陪葬;因此,一对夫妻,死了一个,其余的一个也就无从享受生活的滋味了啊。”

“指安拉起誓,这种习惯丑恶得很,谁也忍受不了的。”

正当我和邻居这样说话的时候,许多本地人陆续赶到,慰问丧主,并预备丧葬。他们拿来一个木匣,把死人装在里面,带着那个男人,大家送他们到城外近海的一座高山上,揭起一块大石,把死者扔进一个深井般的坑洞里,然后拿粗索系着死者的丈夫,把他也放进洞去,同时放下一罐水、7个面饼供他吃喝。他在坑洞中解掉索子,上面的人就把索子抽出,照原样推大石盖上洞口,这才相率回家。

参加了那次葬礼后,我自言自语地叹道:“指安拉起誓,这种死法痛苦极了!”于是我进宫谒见国王,说道:“主上,你们这个地方为什么要拿活人陪葬呢?”

“你要知道,这是我们的风俗习惯,丈夫死了,我们拿他的妻子陪葬;同样,妻子死了,我们拿她的丈夫陪葬;叫他们活在一起,死在一堆,夫妇之间,永不分离,这是老祖先遗留下来的风俗习惯嘛。”

“像我这样的异乡人,如果妻子在此地死了,你们同样也拿他去陪葬吗?”

“是要拿他去陪葬的,一切照我们的风俗习惯处理,如你所见的那样。”

跟国王谈话之后,我被恐怖笼罩着,忧愁苦恼,吓得肝胆俱裂,神志迷离,唯恐妻子先死,把我拿去陪葬。继而我自解自叹,说道:“生前注定了的事情,谁能知道呢?也许我会死在妻子之前吧。”于是我勉强工作,不想这些事情。可是没有多久,妻子害病,几天工夫,便瞑目长逝。许多本地人都来慰问我,慰问她的家属,国王也照他们的风俗习惯来慰问我。接着他们找来装殓的人,洗她的尸体,给她穿起最华丽的衣服,戴上最名贵的珍珠宝贝首饰,然后装在木匣中,一直抬到城外近海的山上,揭起坑洞上的大石,把她的尸体扔进洞去,大家就围拢来和我话别。当时我大声疾呼,说道:“我是异乡人,我不愿遵循你们的风俗习惯……”可是他们不听不闻,不顾我的呼吁、哀求,大家抓着我,强迫着把我绑起来,同样放上一罐水、7个面饼,一起放进洞去,说道:“解掉索子吧。”我不愿解,他们就把索子一扔,盖上大石,各自归去。

这是在山麓下面的一个大坑洞,里面堆积着无数的尸骸,弥漫着恶臭的气味。当时我只会埋怨自己,自言自语地说道:“指安拉起誓,这一切的灾难都是我应该遭受的,为什么我要在这儿结婚安家呢?毫无办法,只盼伟大的安拉拯救了。可不是吗?我刚摆脱一种灾难,接着又落在更厉害的灾难中,永久没有安全的时候。指安拉起誓,这是最冤枉的死法,还不如淹在海里,或者前几次死在山中,倒比给人拿来活埋好得多。”我不息地自怨自叹,睡在死人骨头上,向安拉求救、呼吁,同时我渴望着死亡,可是一下子又死不了。

过了一些时候，我饥渴极了，挣扎着坐起来，摸索着拿起面饼啃了几口，喝了几口凉水，试探着起身走动。我发现这是一个非常空旷的大山洞，里面堆积着无数尸体和腐朽的枯骨。我在远离那些臭尸地方，安排了一处栖息的处所。那个期间，我每天或几天才吃喝一点饮食，唯恐死前就绝粮。可是无论怎样节省，饮食终是有限的。

我在绝望的、伸手不见五指的坟墓里过了几天，正当我忧愁苦闷，想着有限的一点点饮食吃完之后该怎么办的时候，头上的洞口突然发出剧烈的震动、轰响，接着一线曙光透进洞里。我一怔，说道："瞧！发生了什么事情了？"我定睛一看，见一群人站在洞口。接着他们放下一具男尸和一个哭哭啼啼的女人，同时也放下了饮食。当时那个女人看不见我，我却把她看得清清楚楚。

送葬的人盖上洞口，各自归去之后，我拾起一根死人的腿骨，站起来，悄悄地走到那个女人面前，按着她的头一骨头打倒她，接连又打了两下，结果了她的性命。她满身细软，戴着名贵的珠宝首饰。我夺了她的饮食，藏在我栖身的地方，俭省节用地每天吃喝只够维持残生的一点点，免得消耗完了，自己饥渴而死。

我在坑洞中住了很久，每当外面有人死亡、举行丧葬，便杀死陪葬的，夺取他的饮食，维持自己的残生。直至有一天，我从梦中醒来，发现附近有响动之声，觉得恐怖、惊奇，想道："这到底是什么？"于是我站起来，拿着一根死人腿骨，走到那个地方去查看。原来那是一个野兽，听了我的脚步声，便溜走了。我跟踪追赶一阵，忽然眼前出现一点似星的光线，忽隐忽现。我迎着那道微小的光线走过去，走得越近，那光线的范围也逐渐扩大，事实证明这是通往外面的一个裂口。我想道："这个坑洞里难免还有其他的出口，这也许是另外一个裂口。"我仔细考虑一会，鼓起勇气去到光线前面，看清楚这是野兽刨开、钻进坑洞来吃死人的一个山洞。

我发现了那个山洞，我的灵魂、情绪顿时安定、平静下来，相信自己已经死里得生，恍然如在梦寐中。我奋斗、挣扎着爬出洞口，出现在海滨的一座高山上。这座山被汪洋隔在城市与海岛之间，是一个人迹不可逾越的地带。我无限快慰，勇气十足，衷心感谢、赞美安拉。末了我钻进洞去，回到坑洞里，收拾剩余的饮食，换一身死人衣服穿在身上，并收集许多陪葬者穿戴的珍珠、宝石、金银等名贵首饰，包裹在死人的寿衣里，拿出来摆在山上。我每天都由洞口钻进坑洞去，收集那些陪葬的宝贵物品，来来往往，过了很长一段时期。末了我坐在海滨，等待过往船只，以便呼吁、求救。

有一天，我照例坐在海滨，考虑出路问题，忽然发现波涛汹涌的海上，有一只船破浪从那里经过。我把一件死人的白衣服系在一根树枝上，高举起来，沿着海岸一面走一面摇摆，并出声呼唤。船中人闻声把船驶向海滨，放下一只小艇，水手们一直划到我面前，问道："你是谁？为什么待在这儿？这个地方向来没有人迹，你怎么上这儿来的？"

"我是个生意人，不幸中途遇险，全舟覆没，我身边带着一些物件，伏在一块木板上，漂在波涛中，幸而安拉护佑，最后就流到这儿来了。"

他们把我从坑洞中收集来的那些财物一起搬进小艇，并带我上大船去见船长。船长问我："你怎么到这儿来的？这座高山后面还有一座大城市，我生平在这个海中航行，屡次从这山下经过，除了飞禽野兽，向来不见一个人影；你是怎么到这儿来的？"

"我是个生意人，乘一只大船到海外经营生意；可是中途遇险，全舟覆没，我自己抢救得这点财物，攀伏在一块破船板上，被风浪推到海滨得救。于是我眼巴巴地等候着，希望有船只从这儿经过，可以救援我啊。"

当时我怕旅客中有那个城市里的居民，因而关于我在那个城市里的经历和被人活埋的遭遇，一字不提，不让他们知道。我拿出一些财物送给船长，说道："你是我的救命恩人，这点礼物送给你，表示我的谢意。"

他不肯接受，说道："我们不接受任何人的礼物；凡是落在海里或者被困在荒岛上的人，我们见了，总要援救，带他同行，供给饮食；没有衣穿的，我们给他衣服穿。到了邦德尔，我们还要送给他一些礼物，让他有生活的余地。我们做这些好事，全是看安拉的情面，不要报酬的。"

我感谢船长，替他祷告、祈福。之后，我随他们在海中航行，从一海到另一海，从一岛到另一岛，继续不停地航行。在旅途中，每当想起被埋在坑洞中的情况，我便胆颤心惊，不寒而栗；想到遇船得救，安全脱险，便喜不自胜，感到无限的快乐。

最后我安全到达巴士拉，在那儿逗留几天，然后动身转回巴格达，和家人亲友见面言欢。大家见我平安归来，都欢欣快乐地庆祝我。我把财物收藏起来，从此广施博济，救济鳏寡孤独，送他们衣穿，给他们饭吃。我开始过从前的那种豪华享乐生活，经常和亲友聚饮，尽情地吃喝玩耍，过着无拘无束的享乐生活。这是我第四次航海旅行最奇怪的经历。

航海家辛伯达讲了第四次航海旅行的经历，接着对脚夫辛伯达说："弟兄，照例在我这儿吃晚饭吧。明天你来，我讲第五次航海旅行的情况给你听，那是再惊奇不过的。"于是他吩咐侍从取100金币送给他，并摆出筵席，欢宴亲友。

脚夫辛伯达和宾客们听了航海旅行的经历，都觉得惊奇、诧异，认为比过去的几次更惊险。饭后大家告辞。脚夫辛伯达怀着愉快心情，回到家中，舒舒服服地过了一夜。

次日清晨，脚夫辛伯达从梦中醒来，盥洗、晨祷完毕，践约去到航海家辛伯达家中，向他致敬。主人迎接着让他坐在身边，待其余的亲友到齐，便摆席欢宴他们，让大家吃饱喝足，人人感到欢喜快乐的时候，就开始讲第五次航海旅行的经历。

蔷薇园

作者萨迪(约1208—1292)是13世纪波斯诗人。1208年左右生于设剌子城。幼年时代是在贫困和孤苦的环境中度过的。早年在设剌子求学,后来转到巴格达城的尼扎米亚学院深造,精通波斯语和阿拉伯语。30岁左右,结束学业,开始过起长期的流浪生活,成为宣教布道的传道士和乞求布施的行脚僧,足迹遍及亚非两洲的广大地区,往西到过埃及和埃塞俄比亚,往东到过阿富汗和印度,甚至到过我国的喀什噶尔。这段生活是艰苦的,他经常徒步旅行,曾经被十字军俘虏。1257年回到波斯,定居于故乡设剌子,直到去世。

萨迪的作品据说很多,不过有些已经散失。保存下来的作品可以分为三个部分:早期诗歌、《果园》《蔷薇园》。早期诗歌在数量上超过《果园》和《蔷薇园》,在形式上是多种多样的,有颂诗、哀歌、叠句、四行诗、道德格言和抒情诗等,其中以抒情诗的成就最高。《果园》写于1257年,是一部由10章组成的道德训诫式的作品,全部采用诗体。

《蔷薇园》是一部教诲集,采用故事和短诗结合的形式,反映了13世纪波斯以及中亚、西亚和北非伊斯兰教各国社会生活的许多方面,表现了诗人对帝王、僧侣、官吏、富人的态度,也表现了诗人对待生活的态度。全书共有8卷:一,记帝王言行;二,记僧侣言行;三,论知足常乐;四,论寡言;五,论青春与爱情;六,论老年昏愚;七,论教育的功效;八,论交往之道。前七卷包括171个故事,后一卷包括106条格言。此外,书前交代了写作《蔷薇园》的缘由,书后有跋。现根据中文译本(水建馥译,人民文学出版社1980年版)选取其中一些段落。

写作《蔷薇园》的缘由(节选)

过了一些时候,有一天深夜,我和一位朋友在花园中散步。那地方树木繁密,清幽可爱。地上像是铺了碎玉,葡萄藤上像是挂满了七簇星的项链。

在那花园里溪水的流声潺潺,
枝头鸟儿的歌声悠扬婉转;
各样的水果和各色的香花,
使人眼目应接不暇。
微风在那绿树的阴影下面,
把落花铺成了一张艳丽的地毯。

我们流连忘返,到了早晨,将要回去的时候,我的朋友用衣襟满满地兜了许多蔷薇、香草、风信子和萝芳,想要带回城里去。我说道:"这园中的花都是要凋谢的,即使是蔷薇园中的花也不能久存;圣人说:'凡属不能久长的东西,你不要珍爱它。'"他说道:"那么我将如何呢?"我回答说:"为了阅者的浏览和这园中游客的观赏,我要写一本《蔷薇园》,它的绿叶不会被秋风的手夺去,它的新春的欢乐不会被时序的循环变为岁暮的残景。

你这花瓶有什么用场?

不如采撷我那园中的蔷薇。
这些蔷薇只得五六天开放，
我的花园冬季也不会枯萎。”

他听我说完这番话，便把衣襟里兜着的香花散在地上，牵着我的衣襟说道：“君子言出必行。”几天的时间，我已在一个本子上写成了一两章，谈论教育的功效和为人的道理，我的文笔可以供文人借鉴，演说家参考。我这园子里的蔷薇逐日开放，终于完成了这本《蔷薇园》。

第一卷　记帝王言行

6

有一位波斯国王，横征暴敛，残民以逞。人民在他的暴政压迫之下，贫穷困苦，纷纷逃亡。人口日渐减少，税收没有着落，国库也日渐空虚，四境的敌人都在伺机入侵。

谁若想在困厄时得到援助，
就应在平日待人以宽。
否则你将失去你的奴隶，
尽管他平日戴着耳环。
你若想使外人倾心归附，
就应以恩礼使他心服。

有一天，臣下为他诵读《列王纪》，读到扎哈克王朝衰微，法里东继位。宰相问国王说：“法里东，一无财宝，二无国土，三无军队，何以竟能据有天下呢？”国王回答说：“你不会不知道：人民拥戴他，肯为他出力，他才得了天下。”宰相说道：“陛下，既然天下的得失在于民心的向背，为什么你要使人民逃散呢？莫非你不想当国王了吗？”

既然君主倚靠军队统治国家，
君主啊！你应尽心体恤部下。

国王问他说：“怎样才能使军民倾心归附呢？”宰相回答说：“国王若能大公无私，人心自然归附；国王若能仁慈宽厚，人民就能在他的庇护下安居乐业；这两件事，陛下都未做到。”

暴君决不可以为王，
豺狼决不可以牧羊。
国王对人民任意榨取，
正是削弱国家的根基。

宰相的诤谏，不合国王心意。他命人将他捆绑起来，下在狱里。不久，国王的几个堂兄弟起兵作乱,向他要还他们父亲的领土。过去从他的暴政下逃亡出去的人民,纷纷投奔他们,为他们出力,从他手上夺取了天下。

假如帝王欺压人民,
在危难中就会众叛亲离。
你若时时体念人民,
在战争时才能无所畏惧。
因为君主如果英明有为,
全国人民便是军队。

11

有一位圣徒,他的祈祷最有灵验。一次他来到巴格达。人们告知哈志·宾·优素福,他派人将圣徒请去,说道:"请为我作一次最好的祝愿。"圣徒说:"主啊!取走他的生命吧。"他问道:"天啊!这算最好的祝愿吗?"圣徒说:"对于你和对于全体穆斯林,这个祝愿就是最好不过了。"

暴君,暴君,你是人民的灾难,
你应立即关闭你的市廛!
王权对你有害无益,
你的死胜于你的暴力。

12

有一位暴君问一位圣徒:"怎样的修行才最有价值?"他回答说:"你最好每天睡午觉。因为这样你就不会危害人类了。"

有个无道昏君正在午睡,
我说:"愿他永远如此;
因为他是天下最大的恶人,
醒不如睡,生不如死。"

19

有一次努什旺王出外狩猎,仆人为他烹调一只野味,找不到盐。他们正要派一个仆人到村子里去取的时候,努什旺王说道:"你拿百姓家的盐,不要忘了付钱,假如坏了规矩,这座村子就要破产了。"他们说道:"讨一点盐有什么要紧呢?"他说道:"一切的罪恶最初都是微不足道,由于相习成风,最后便不可收拾了。"

国王如果在一个百姓的园子里
　取一只苹果,臣属就会砍走一棵果树;
苏丹如果放纵了自己,

拿走五个鸡蛋;他的臣属
就会杀死百姓家里的一千只母鸡。

暴君的寿命虽然有限,
他的恶名却将永远流传。

20

我听说,有一个税吏为了充实苏丹的府库,不惜使百姓家破人亡。他不曾想到圣人所说的话:“谁若欺压真主的百姓以讨好一人,真主将发动百姓,将他诛灭。”

烈火焚烧柴木,一时不会烧光,
人民痛恨暴君,转眼叫他灭亡。

人说兽类之中,狮子最高贵,驴子最低贱,但圣人认为:负重的驴子远比吃人的狮子可取。

驴子虽然蠢笨愚昧,
驮物使人觉得可贵,
吃苦耐劳的牛和驴子
胜于为害人群的败类。

你若不得人心,
　难得苏丹赏识:
你对人类无情,
　真主岂能仁慈?

31

一天,努什旺王和群臣讨论国家大计。群臣都各抒所见。国王将自己的意见说出以后,巴苏卡连声附和。群臣私下问他说:“在这么多谋臣之中,你何以独以国王的意见为高明呢?”他说道:“后事如何,尚不得而知,结果好坏还得上天做主。莫如先且附和王上的意见。万一事情不成,我们也好躲过他的指责。”

你若违拗君王的心意,
　便是亲手杀害自己。
假如他把白昼认作黑夜,
　你说:“那不是七星和明月?”

36

有兄弟二人,一个在苏丹那里做官,一个靠双手劳动,自食其力。有一次,那有钱的兄弟对那贫穷的说:"你何不也来伺候苏丹,摆脱这苦重的劳动?"他回答说:"你若摆脱你这伺候人的可耻地位,岂不更好?圣人说,'与其腰束金带,服侍别人,不如坐在地上自食其力。'"

与其抱手而立伺候权贵,
不如动手操劳搅拌泥灰。

可贵的生命,为何如此;
夏日为衣,冬日为食。
糊涂昏聩的肚子!
你应满足一片面包——
胜过让我在贵人面前折腰。

第二卷 记僧侣言行

5

有一伙旅客约好结伴上路,同甘共苦。我打算参加。他们不同意。我说道:"不肯帮助苦人为他们出力,未免有失君子为人之道;我扪心自问,在帮助别人上还肯尽力,不致牵累你们,成为负担。"

我虽没有骆驼可骑,
愿给你们驮着行李。

其中一个旅人说道:"我们方才的话,你不必介意。因为不久以前有个窃贼冒充圣徒,要求和我们结伴。"

衣服看不出人的心地,
作家才知道文章的用意。

他们以为圣徒总是可靠的,全没想到他有什么恶意,便答应了他的要求。

破衣原是圣徒表记,
人们看人常看外衣。
如果真是行为善良,
穿上锦缎又何妨?
心地不在戴帽穿衣。
品德不在衣衫褴褛。
圣洁不在服装如何,
只在于远离邪恶。

铠甲只配穿在勇士身上。
懦夫不配带枪。

“有一天傍晚,我们在一座城堡下面过夜。那无耻的小偷提了同伴的一个水罐,说是出去小净,其实是去行窃。

这人穿了一件圣徒的衣裳,
等于把天房的幔子披在驴子身上。

他离开我们之后,偷了人家一个箱子。早上,同伴还在梦中,那小偷早已不知去向。天亮以后,人家便把我们一齐捉去关起来。从此以后,我们常是单独上路,不敢再和别人打交道了。正是:独处最为安全。”

如果有一个人行为不检,
　全族都会蒙受耻辱;
如果有一头牛走出草原,
　全群都会走上歧途。

我说道:“感谢主(荣耀归于主!)我虽然未能参加他们的集体,却得到了他们这班圣徒的好处,我从这件事得到的教益,终身受用不尽。”

假如有一个鲁莽的人在,
　所有的聪明人都会受害。
假如你有一缸蔷薇水,
　一只狗就能使它污秽。

6

有一个圣徒到国王那里赴宴。在大家用膳的时候,他比平日吃得格外少,在大家祈祷的时候,他祈祷得比平时格外长,以求别人对他尊敬。

阿拉伯人啊!天房的大殿你进不去,
你的道路只通向鞑靼人的土地。

回到家里,他立即吩咐给他开饭。他的儿子,心直口快,便问他说:“父亲!你在苏丹那里没有吃饭吗?”他回答说:“我因为另有所求,在他们面前没有多吃。”那儿子说道:“既是这样,你的祈祷也不能算数,还得重新来过。”

你把你的优点放在手心，
把缺点藏在腋窝里。
虚伪的人！假如困苦来临，
你的赝币岂能买到东西？

12

有一天夜晚，在麦加的郊外，我因为太缺乏睡眠，再也走不动了。我倒在地上，让那赶骆驼的人只管把我丢下。

连那强壮的骆驼也已跌倒，
　我的两只脚怎能再上前？
连胖子也已变得羸弱瘦削，
　瘦子又怎能不死在路边？

那赶骆驼的人说道："兄弟！圣地在前，盗贼在后；你若继续前进，就快到了；你若在这里贪眠，就会丧命。"

在沙漠的橡胶树下虽然正好酣眠，
但在夜里旅伴去后会有死亡危险。

18

有国王召请一位僧人。那僧人心想："我若服些消瘦的药品，显得清癯憔悴，当会抬高我的身份。"传说他吞下毒药，因而丧命。

那人像是多肉的阿月浑子，
　实是皮中有皮的葱头。
圣徒如果贪图世人的重视，
　便是背向麦加祈求。

你若真是真主仆人，
真主之外没有主人。

21

有人问卢格曼："你向什么人学来礼貌？"他回答说："向那没有礼貌的人。凡是他那要不得的举动，我决不去作。"

虽然只是一句笑话，
　智者从中得到教益。

虽然那是百卷经典，
　愚人始终认作儿戏。

22

我听人说，有一个圣徒，一夜之间要吃三斤粮食，到早晨才把古兰经念完一遍。另有一个圣徒听见这件事，说道："他只吃半个馒头，多睡些觉，要比这好得多。"

假如你把肚子填得太饱，
　真主的光辉怎能见到？
假如你的食物满到鼻孔，
　你的头脑怎能运用？

40

有一个青年醉倒在路边，完全失去了自制。有个圣徒打那儿经过，看着他那丑态。那青年抬起头来说道："当他们从卑鄙的事物旁边路过时，是带着怜悯心过去的。"

当你看见一个人有过失，
　要仁慈，不要揭露他的事情。
你不要用鄙夷的眼光看待他的过失！
　你经过时应当对他怜悯。

圣人啊，我虽有罪你也不要把脸避开；
　请对我宽恕，待我以慈爱。
假如我的行为不好，也请对我这样，
　走过时待我以仁慈宽厚的心肠。

41

有一群流氓侮辱一个圣徒，对他恶骂，他很伤心。他就去向教长诉苦说："我受了如此这般的委曲。"教长回答说："孩子！托钵僧的这件破衫就是一件坚韧的外衣。谁穿上这件衣裳如果受不得挫折，他就算不得真正的圣徒，他就不配穿这件神圣的衣衫。"

一块石头怎能使河水浑浊？
圣徒如果发怒，便是自己浅俗。
如果你为别人所伤害，
宽恕他你也将得到宽恕。
兄弟啊！当末日到来，
万物都将化为谦卑的灰尘，
不如今日，且像尘土一般谦逊。

第三卷 论知足常乐

2

埃及某贵人有两个儿子。一个研究学问,一个追求富贵。后来,一个成为当代的博士,一个作了埃及王。这富贵腾达的儿子很轻视他那有学问的兄弟。他说:“我作了国王,你却依然贫无所有。”那博士回答说:“兄弟!我当感谢至尊至贵的真主,给了我这样大的恩惠。因为,我得到的是先知的遗产——智慧;你得到的是法老欧和哈玛留传下来的埃及。”

与其作一只螫人的黄蜂,
　我宁愿作人们脚下的蚂蚁。
我感激苍天给我的恩宠,
　使我没有伤害别人的能力。

7

有两个霍拉桑地方的托钵僧结伴上路。一个身体虚弱,两天才吃一次东西。一个身强力壮,一天要吃三顿。后来他们在一处城关被人认作探子,捉住关起来,用泥把门封住。过了两星期,人们发现他们是好人,把门打开,发现那强壮的已经死了,那瘦弱的还活着。有一个智者说道:“若不是这样,那才奇怪呢。这一个一向好吃成性,一旦缺少食物,自然支持不住,所以死掉了。那一个却是一向有节制。他像平时一样支持下来,所以保全。”

谁在平日节衣缩食,
　在穷困时就容易渡过难关;
谁在富足时豪华奢侈,
　在穷困时就会死于饥寒。

15

有人问哈丁台:“你在世上见过或听说过有人比你更高尚吗?”他说道:“见过!有一天我杀了40只骆驼招待宾客,然后和那班阿拉伯官员到郊外去。我看见一个樵夫,正在拾柴。我说道:‘你何不到哈丁台家里去吃饭呢?他家里总是宾客满座。’他说道:

‘我们靠自己的劳动糊口,
不需要哈丁台的酒肉。’
我看这人远比我豪迈而崇高。”

22

我认识一位商人,随身带了150头骆驼,还有50个奴仆。有一晚,他在波斯湾怯失岛的寓所招待我，终夜夸夸其谈。他说："我在土耳其斯坦存着一批货；我在印度斯坦有一批货色俱全的商品；这张是房契，这张是商号开给我的抵押单。"又说："我打算到亚历山大里亚去住一阵，那边空气好，对身体有益，可惜地中海风浪太大，现在去不成。萨迪！我只想再作一次旅行，实现以后就深居简出，了此余生，不再出外经商了。"我问他："你的旅行计划如何呢？"他说："我听说硫磺在中国很值钱，我想把波斯的硫磺带到中国，把中国的瓷器带到希腊，把希腊或威尼斯的绸缎带到印度，把印度的铁带到阿勒颇，把阿勒颇的玻璃品带到也门，再从也门把花布带回波斯。然后我就守着我的铺子，不再出外旅行了。"他滔滔不绝地说下去，一直说到声嘶力竭。最后说道："萨迪！你也谈谈你的见闻吧。"我说道：

"沙漠里有个商人从骆驼上跌下，
　你没听见他临死时所说的话吗？"
他说："贪婪的眼睛如果永不满足，
　终究会被黄土将它封住。"

第五卷　论青春与爱情

2

我记得有一天晚上我的一位心爱的友人走进房里来，我急于欢迎他，从座位上站起来的时候，我的袖子竟把灯盏扑灭了。

黄夜来了一个精灵，光明了黑暗，
他引导着我，从夜晚度到白天。
我呼道："你来得正好！这里给你留着地位。
我爱你！因为你的光辉使黑夜逃退。"

我的幸运使我目瞪口呆：
"这样的洪福，从何而来？"

他坐下来以后，便责问我说："你看见我进来，为什么要把灯盏扑灭呢？"我回答说："我以为太阳进来了；圣人曾说：

'假如那人进来，暗淡了你的灯烛，
速即起来，将他从你的房中逐出；
假如那人的笑口如糖似蜜，
拉住他的衣袖，且将灯盏吹熄。'"

5

有人将鹦鹉和乌鸦关在同一个笼子里。鹦鹉觉得乌鸦面目可憎，深以为苦，说道："这模样怎么长得这样丑陋，难看，狞恶，粗蠢？这野地里的老鸹子！但愿我们能隔开像东方和西方那样远就好了！”

谁在早上看见你的嘴脸，
　清晨的欢乐都会变为暮夜的忧郁。
和你一样的人，才好和你作伴，
　但这样的人在世界上难遇！

说也奇怪，那乌鸦和鹦鹉相处，也觉得是在受罪，厌烦得要死。他呼天抢地地嚷着“老天开恩”，一力抱怨自己命苦，捶着手说：“我的命怎么这样苦，这样坏，这样不济！像我这样有身份的，正应该和别的乌鸦一起趾高气扬地在花园的墙头上散步呀。

好人若和坏人在一起，
如同住在一座监狱。

我不知造了什么孽，要受这样的惩罚？和这么一个愚蠢无聊而又盲目自大的家伙关在一起！”

假如你的形象画在墙上，
　人们也会赶紧逃避；
假如有你住在天堂，
　人们宁愿住进地狱。

我讲这个故事是想表明，聪明人虽然讨厌愚人，愚人更是百倍地讨厌聪明人。

有个圣徒坐在歌舞的人群中间，
有个波尔克美人看见他郁郁寡欢，
对他说道：“你虽讨厌我们，也别皱着眉头，
因为有你在场我们也很难受。”
他们相处像是白莲和玉簪，
你像一根朽木，夹在中间；
你是冬季的严寒，你是逆风，
你坐在那里像是雪花，像是冰冻。

8

我记得在我年轻时，有一次在一条街巷里看见一位面如皎月的美人。当时正是7月，天气酷暑而干燥，热风把人骨髓也吹干。我这软弱的身子，实在受不住那般炙晒，便走到一处墙角下去歇凉。这时太阳已把我晒得浑身发烫，我一心盼望能有谁给我一杯凉水，解除我的痛苦。正在这时，我看见从一家凉台上走下来一位光艳照人的少女，美丽得无法形容。她像是从黑夜里透出的

曙光，又像是从地穴里流出的生命之水。她手里端着一杯冰露，里面调着葡萄汁，又加了砂糖，甘芳香甜，也不知是滴进了香精，还是掺上了她面颊上的蔷薇。我将杯子从美人的手上接过来，一饮而尽，便觉得重新有了生命。我这心头的干渴不是一滴清水可以解救，也不是一条江河可以减除。

每天早晨若能对着这样的脸儿凝视，
那将是何等的快乐幸运！
谁在夜晚被醇酒醉死，
未到天明便会清醒；
可是若为爱情所醉，末日才是黎明。

11

我听说有一个英俊的少年，
带着美丽的情人一起坐船，
他们在途中遇见惊涛骇浪，
把两人一起卷到茫茫海上。
船夫伸手搭救那可爱少年，
想把他救出水乡里的墓园；
那少年虽然已经奄奄一息，
仍喊着说："我的爱人在哪里！
你快去救她，救她，救她！"
临死之前他喊出最后一句话：
"谁在患难中把他的情人抛弃，
千万不要相信他的甜言蜜语。"
一对可怜情人终于同时灭顶；
萨迪所说的话你要牢记在心，
因为他深深懂得爱情的深意，
像是巴格达人精通阿拉伯语。
假如你对他深爱，对他钟情，
对世间的一切就应闭上眼睛。
假如蕾拉和玛侬农重回大地，
也将从我这卷书里得到教益。

第六卷　论老年昏愚

7

有个富翁，极为悭吝。他的独子患病，朋友都劝他："或是念一卷古兰经，或是祭献一头家畜，求主保佑儿子的病早好。"他想了一想，说道："我念古兰经吧。我的古兰经在手边。我的羊群都放到远地去了。”有个圣徒听见这事，说道：“他选择古兰经，只是因为经句可以从他舌尖上毫不费力地溜出来，钱财却要挖取他的心。”

要他祈祷倒还好办，
要他布施就很为难。
要他拿出一个金币，他像一只驴，
固执得怎样也不肯走出泥地。
可是要他把古兰经念一卷；
念一百遍他也心甘情愿。

第七卷　论教育的功效

13

有一个人眼睛害病。他去找一位兽医，向他说：“请给我些药。”兽医把治疗牲口眼病的药品给了他。他的眼睛瞎掉了。他去告官。法官认为他不能得到赔偿。“因为，”法官说，“这人如果不是驴子，决不会去找兽医。”这故事的教训是：谁如果把一件重任委托给毫无经验的人，定会吃亏，而且还会被聪明人把他看作比畜生不如。

那人若是聪明谨慎，
决不把重任交给庸人；
他若知道某人编制草席，
决不托他纺织绸衣。

15

有一位圣徒从富人门前经过，看见他把一个仆人的手脚捆起来，正在百般苦打。他说道：“孩子！主（荣耀归于主！）交给你一个和你同样的人服侍你，你应当感谢主的恩赐，不应这样虐待他。你不要忘了审判日那一天，仆人将比你高贵，你将无脸见人。”

你对仆人不要这样飞扬跋扈，
不要虐待他，使他这样受苦。
你为他付过十块钱的身价，
但是他的生命不是你所给他！
你的震怒，权力，傲慢都将消亡，
真主的权力远比你的权力高强！
现在你是阿兰和阿富的主人，
但是你不要忘记你自己的主人！

先知（愿他安息！）曾说：天下最大的恨事莫过于好的仆人进了天堂，坏的主人反而下了地狱。

对于服侍你的奴仆，
不要任意加以打骂；
在那最后的审判日里，
你将懊悔戴上锁枷，
他却不受任何惩罚。

第八卷　论交往之道

3

有两种人徒劳无功。一种人得到财富不肯享用,一种人得到学问不肯实践。

无论你腹中有多少知识，
假如不用便是一无所知。
牲口虽然驮着无数经卷，
也算不得聪明饱学的圣贤；
驴子虽然驮着重重的口袋，
哪知道里面是书还是木柴？

31

十个人可以同桌进食,两只狗不能共吃一具死尸。贪婪的人虽然富有天下,也难饱足;知足的人只消一块面饼,便可充饥。

一个面包可把饥饿的肚子填满，
天下的财富满足不了贪婪的双眼。
当我的父亲已经十分衰老，
在临死之前给我一番忠告：
"烈火一样的欲望,你应避免，
别在地狱中为自己安排火焰。
那里的火焰你一定经受不起，
你应清心寡欲,及早用水把它浇熄。"

35

事业常成于坚忍,毁于急躁。

我在沙漠中曾亲眼看见
匆忙的旅人落在从容的后边；

疾驰的骏马落在后头，
缓步的骆驼继续向前。

40

有了知识而不运用，如同一个农民耕耘而不播种。

54

能够消灭敌人时，如果不把敌人消灭，便是和自己为敌。

假如你手中有石头，应立即向毒蛇抛去，
聪明人总是这样做，丝毫不会有所犹豫。

但也有人不以这种忠告为然，他说："在处置一个犯人时，最好从缓，以待最后定案：究竟将他处死，还是将他释放。假如贸然将他杀害，便成定局，无可挽回了。

杀死一个人并不难办，
若想使他复活却很为难：
羽箭不应轻易脱手——
因为一旦离弦，永不回头。"

77

有人问教长默哈玛德·宾·默哈玛德·吉萨里(愿真主保佑他！)："你怎样获得这样大的学问？"他回答说："凡是我所不知道的，我都不耻下问。"

假如你认为自己的病能治好，
总应请教一位高明的医生；
凡是你不知道的事，都应向人请教。
虽然这会有失身份，
学问却会日渐加深。

103

所有的人的牙齿都怕酸的，法官的牙齿却是最受不得甜的。

你把五条胡瓜送给法官，
他会判给你十处瓜田。

104

妓女衰老以后，巡官退休以后，还能怎样呢？前者只能发誓不再卖淫，后者只能发誓不再横暴。

年轻时作修士才可称赞，
若到老年，本来已不能作乐寻欢。

跋

这本《蔷薇园》是在真主帮助下完成的。我自始至终都没有像一般诗人那样袭取前人的章句。

与其借用别人的服装，
不如缝补自己的旧裳。

萨迪的话多半是隽语风生，诙谐有趣。一班目光短浅的人会认为不值得为它绞尽脑汁，耗费灯油，但我这本书是献给性行高尚的明眼人的。他们看了自会一目了然。我用美丽词彩的长线串着箴言的明珠，我用欢笑的蜜糖调着忠言的苦药，免得枯燥无味，使人错过了从中获益的机会。

我已经完成了我的使命，
将忠言尽力奉告。
虽然有人充耳不闻，
使徒应把信息传到。

读者！请为本书的作者祝福。
请不要对这本书要求过苛。
可取的部分可以作为收获。
在你祈祷时不要忘了作者。

近代文学

我是猫

作者夏目漱石(1867—1916)是日本近代作家。1867年1月5日生于东京。1893年,他从东京大学英文科毕业后,当过几年中学教师。1900年,受政府派遣到英国留学,研究英国文学。1903年回国后,在东京大学等校执教,同时利用工余时间进行创作。从1907年起,辞掉教师职务,加入朝日新闻社,踏上专业作家的道路。1910年,日本政府镇压革命力量的"大逆事件"发生,他本人又生了一场大病,这使他的思想发生了重大变化,他的创作以此划分为前后两个时期。1916年12月9日因病去世,终年49岁。

夏目漱石一生写下了15部长篇和中篇小说(其中有一部未完稿),7篇短篇小说,两部文学理论著作,此外还有许多诗歌、评论、小品文、讲演稿、日记和书信等。他的主要作品有长篇小说《我是猫》(1905)、中篇小说《哥儿》(1906)、中篇小说《旅宿》(1906),以及如下的长篇小说:《三四郎》(1908)、《从此以后》(又译《其后》1909)、《门》(1910)、《过了春分时节》(1912)、《行人》(1913)、《心》(1914)和《明暗》(未完,1916)等。

夏目漱石十分关心青年作家的成长,为培养文学新人付出了很大的精力。

《我是猫》是夏目漱石的第一部长篇小说,最初在杂志上发表,后来出版单行本。小说通过一只猫的眼睛,描写苦沙弥等知识分子的生活,表现他们对现实的不满。作品中的主要艺术形象有:猫、苦沙弥、寒月、迷亭、金田等。全书共分11章。

现在根据中文译本(胡雪、由其译,人民文学出版社1958年版)分章介绍或节选如下。

第一章

"我是猫,名字还没有。"——小说开头这样写道。这只猫的主人是个教师。他平日假装用功,其实爱睡懒觉;害着胃病,饭量却不小。他没有什么本事,但却什么都爱搞一手,或写俳句,或作新诗,或写英文,或拉弓,或唱歌,或拉起小提琴,甚至还学起水彩画来。

为了学画画儿,他听从一个美学家的劝告,画起写生来。因为那个美学家告诉他,意大利大画家安得莱·德尔·沙尔特说过,画画儿需要写生。于是,他便以猫为模特儿,进行写生。可惜猫没等他画完,就离开原地小便去了。他的写生虽然毫无起色,但过后在那个美学家面前仍然大谈什么写生的心得。然而那个美学家却笑着说,什么安得莱·德尔·沙尔特,那是胡编出来的;弄得主人颇为狼狈。

这只猫有个朋友,名叫老黑,是邻居车夫家的猫。它长得又肥又大,而且喜欢吹牛。可是过了不久,它就变成跛子,精神颓丧,身体也垮了。据它自己说,是被黄鼠狼的屁和鱼贩子的扁担整垮了。

第二章

新年过后,主人家里间或有客人来访问。

第一个是水岛寒月。据说他是主人过去的学生,现在已经毕业,在社会上混得比主人还出色。近来他常到主人家里来玩。每次一来,就谈起好像有女人在爱他,又好像并没有人爱他。这一次也是如此。和主人一起议论了一阵子女人,就邀主人出门散步去了。

次日早晨,主人吃了一碗煮年糕,却坚持不吃胃药,还在日记里拼命地攻击胃药。

主人走后,猫想偷吃他剩下的一块年糕。不料年糕很黏,把它的牙给黏住了。于是,猫跳了一场可笑的年糕舞。遭到这种挫折之后,猫不好意思呆在家里,便到隔壁二弦琴教师家去拜访三毛姐——一只美丽的雌猫。三毛打扮得很漂亮。归途,猫又遇到车夫家的老黑,被它抢白了一顿。

越智东风来访主人。他是寒月的朋友。他首先和主人谈起上一章提到的那个美学家迷亭请他吃饭的故事。事情是这样的:迷亭把他带到西餐馆,故意点一道莫名其妙的菜,闹得堂倌哭笑不得,只好以各种借口勉强应付他。越智东风接着邀请主人参加他们的朗读会。主人听说只要签个名字,没有什么义务,马上欣然同意。

四五天后,猫再访三毛,听说三毛患了感冒。

猫回到主人家后,发现迷亭、寒月先后来访。迷亭首先讲了上吊的故事。去年年底一天晚上,当他漫步走到堤上三番街吊颈松下时,突然涌起一股上吊之念。但是转念一想,有个朋友在家等他,这样上吊对不起人,不如见过面后再来上吊。然而当他从家折回准备上吊时,却发现已经有人吊在那里了,所以终于没有吊成。寒月接着讲了跳河的故事。去年年底一天晚上,他听到一位小姐突患重病的消息,心情非常沮丧。走到吾妻桥上,忽然听到那位小姐在河里唤他的名字。他激动起来,跳上栏杆用足力气往下跳去。可是过后才弄清楚,原来打算跳到河里,谁知竟然跳到桥中央来了。主人也不甘示弱,最后讲了看戏的故事。去年年底,妻子几次求他陪着看戏,他总算勉强答应下来。可是好事多磨,临到时候他又发起寒热病来,急得妻子团团转,他也觉得对不起妻子。等到请来大夫诊断,吃过药后,时间已经过了,看戏也吹了。猫规规矩矩地挨次听完了他们三人的谈话,既不觉得可笑,也不可悲。只感到人类为了消磨时间,勉强运用唇舌,不可笑的事情也会发笑,无谓的事情也觉得有趣,除此之外,再没别的什么能耐。

既然对于主人们的谈话不感兴趣,猫又起身去探望三毛,谁知三毛已经死了。

第三章

猫的主人——苦沙弥正在写一篇题为《天然居士》的妙文,迷亭来访,随后寒月也来了。寒月是来做讲演练习的,讲题是《吊颈的力学》,用力学的原理来分析吊颈问题。讲演的原文据说很长,可是由于迷亭胡乱打趣,苦沙弥又毫不客气地呵欠连天,所以只好中途停止。

两三天后,迷亭又来访问主人。两人正在谈论东风在高轮泉岳寺出洋相的事时,资本家金田的夫人突然光临。这位夫人的鼻子大得出奇,好像是硬把别人的鼻子抢来安置在自己的面孔正中似的,又像是把靖国神社前面的大石灯笼,移放到不足2丈见方的小庭园中间那样,虽然是巍然独尊,但却总显得不安定。“鼻子夫人”前来打探寒月的情况,因为寒月在吾妻桥上跳河时所思慕的对象据说就是她的女儿。

“鼻子夫人”走后，迷亭又讲起他伯父的事来。他伯父是个汉学家，年轻时在文庙里研究朱子什么的，弄得一身的迂腐顽固气；所以虽然在洋式的电灯底下，还毕恭毕敬地顶着一个发髻，出门必然拿上一把铁扇(铁扇和发髻都是日本古代的装束)。

为了探听金田家的情况，猫决定走一趟。在金田家的厨房门口，它听见车夫的老婆正站在那儿和金田家的厨子、车夫几个人议论苦沙弥，合计着要吓唬苦沙弥一下。

猫儿的脚是似有若无的。不论走在什么上面，从来不会发出笨重的声音来，就像御空而行，又像驾云而走，像在水底打磬，像在洞中弹琴，也像尝尽醍醐妙味，言语难描，冷暖自知。这四条妙腿，不管是陈调的洋楼也好，模范厨房也好，车夫的老婆也好，包车夫和厨子也好，小姐和丫环也好，甚至是鼻子夫人和夫人的老爷也好，都能想到什么地方，就到什么地方，想听什么就听什么，然后舐舐舌头，甩甩尾巴，翘翘胡须，从容不迫地悠然而归。特别是我，在这方面简直是日本唯一的能手。有时甚至怀疑自己是不是继承了旧小说中的猫怪的血统。相传大虾蟆的头上藏有夜明珠，可是我的尾巴尖里，不仅藏有三教九流七情六欲，也藏有嘲尽普天下人的独家秘传的妙方。神不知鬼不觉地横行于金田家的走廊，对我比金刚菩萨踩烂凉粉还要容易。这时，我自己对我的这种力量也觉得感佩起来了。当我觉察我所以有这种力量，是托庇于我平时所爱护的这条尾巴的时候，我就觉得对它不能不有所表示。为了拜谢我所尊敬的尾巴大神，祝它灵运长久，我便稍稍低头向后看，但却搞不对方向。我存心要向尾巴行一个三跪九叩之礼，但当我回过身子去看尾巴的时候，尾巴也跟着转了过去。我又扭过头来，迎头赶去，它却又取着同样的间隔，转到前面去了。果然，这3寸长的尾巴确是藏尽天地玄黄的灵物，我到底不是对手。我绕着圈子追逐尾巴，追了七次有半，终因精疲力竭停了下来，两眼也有些发黑，不知身在何处了。心想：哪管得这么多？便又到处瞎撞起来。

这时，忽然听到纸槅子里面鼻子夫人的声音。“是这里！”我停下脚步，斜竖起两只耳朵，屏声静气地听她谈话。她的声音照例是那么尖里尖气的：

“什么穷不死的教员，那么狂妄！”

“嗯，的确狂妄。咱们给他一点苦头吃吃，教训教训他。他的学生里也有我们的同乡嘛。”金田老爷回答说。

“是谁呀？”

“津木针助和福地细螺都在那里，叫他们去奚落他一下。”

我不知道金田出生在什么地方，但一听这些名字，倒叫我吃了一惊，为什么那地方尽出这些怪名字的人。金田老爷又继续说下去：

“那家伙是个英语教员吧？”

“是呀，听车夫老婆说，他是专门教什么英语读本的。”

“反正不是什么玩艺儿！”

不是玩艺儿——这句话倒叫人很佩服的。

“前些时我碰见针助，他告诉我说，我们学校里有一个怪教员。学生问他‘番茶’[1]英文怎么

---

① “番茶”，粗茶之意。照字面解又可看成是番人之茶，番人日本语意为野蛮人，故直译为“Savage tea”。

说，他一本正经地答道：番茶英文叫做‘Savage tea’，在教员中间成为一个笑柄。他又说，学校里有了那样的教员，弄得别的教员也都跟着受累。针助所说的那个怪物，大约就是这个家伙了。”

“一定是他！从他的那副面相，就看得出是说那种话的人，还留着胡子什么的。”鼻子夫人说。

“简直不是东西！”

如果说长了胡子就不是东西，那么我们猫族就没有一个是东西了。

“还有那个叫做什么迷亭迷糊的家伙，简直是一个混蛋。他的伯父是牧山男爵！看他那副面孔就不像一个有男爵的伯父的人呀。”

“不管是什么杂种的话你都相信，这也是你的不好。”

“不好也罢，他简直太欺人了！”鼻子夫人似乎还有余恨。

奇怪的是，他们没有一言半语提到寒月先生。是不是在我来之前已经批评完了呢，还是寒月先生已经落了选，不在话下了呢？我很为这件事担心，但也没办法了。

过了一会，听见走廊对面的客厅里响起了一阵铃声，呀，那边也发生什么事情了，我赶紧跟着发出声音的方向走去。

走到那里一看，一个女子独自大声说着什么。从她的声音很像鼻子夫人的一点推测起来，她大约就是金田家的小姐，也就是使寒月先生投河未遂的角色罢。可惜的是隔着一扇纸门，无从瞻仰她的芳容，因此也就不敢保证她的脸的正中是否也巍然耸立着一个伟大的鼻子。不过，从她谈话的声调，以及来势凶猛各点综合起来加以判断，恐怕也不会不是一个惹人注意的狮子鼻罢。我只听见小姐一个人絮絮叨叨地在说话，却听不见对方的声音，大约她是在打人们常说的所谓电话。

“你是大和吗？明天哪，明天我来，给我定一个池座的第三排。——懂吗？——明白了吗？——怎么？不明白？讨厌死啦！喂喂，定池座的第三排。——什么？——定不来？不会定不来的，定一个！——嘿嘿嘿……开玩笑？——什么开玩笑！——真拿人开心！到底你是谁呀？长吉？长吉你是搞不明白的，你叫老板娘来接电话。——什么，你办得了？——你太没规矩啦，你知道我是谁，是金田唷！——嘿嘿——早知道我是金田？你这人真浑蛋！——说是金田呀，——喂喂！——什么，每次多蒙照顾，多谢多谢？——什么多谢呀，谁要你谢！——哎唷，又笑起来啦，你简直是浑透了顶。——什么，您说的一点不错？——你简直太欺人嘛，我就要把电话挂上啦。放明白些！你不怕么？——说呀，你不说谁能明白你呀！——快说呀！”

电话像是已经被长吉那边挂断，一句回答也没有了。小姐动了火气，叮叮当当地使劲摇着电话铃，她脚旁的哈巴狗儿吃了一惊，突然狂叫起来。我想，这可大意不得，就赶紧跳下走廊，钻到走廊的地板下面去了。

这时，听到有人走近走廊的脚步声音，和打开纸门的声音。我伸长耳朵听。

“小姐，老爷和太太叫您去呢。”好像是丫环的声音。

小姐劈头就发了一次脾气：“不知道！”，

“说是有点事情，要您过去一趟哩。”

“真讨厌！我给你说过我不知道呀！”小姐又发了第二次威。

“……听说是为了水岛寒月先生的事，要和您商量呢。”丫环乖巧地想讨好小姐说。

“寒月也好，水月也好，我不知道……我恨死了那种死不死活不活的样儿，活像一条找不着家的狗似的。”小姐第三次威发在并不在场的可怜的寒月先生身上了。

“嗳呀,你什么时候梳起洋髻来的?”小姐转了话头。

“今天。”丫环松了一口气,竭力简单地回答。

“真狂妄啦,大不了一个丫头!”小姐的第四次威从另一个方面打开了。接着又问:“你不是戴上新的衬领了吗?”

“嗯,这是前些日子小姐赏给我的。我觉得太漂亮了,不敢用,一直收在箱子里面,可是先头用的那一块太脏了。所以才拿出来换上的。”

“我几时给了你这样东西的?”

“今年正月里。您上白木屋百货公司买来的,因为是浅绿色底染着角力选手的名字,您说:我用嫌太素了,给你罢。这就是那一块。”

“哦,该死的,这么合式呢,讨厌鬼!”

“谢谢您!”

“我不是在夸你,我是在讨厌你唷!”

“嗯!”

“为什么把这样合式的东西一声不响地收下了呢?”

“嗯!”

“你用起来都这么合式,我用不是也不会难看吗?”

“一定很合式的。”

“既知道合式.为什么不给我说一声,就这么不声不响地自己用上了呢?讨厌鬼!”小姐的威一次又一次连连不绝地发了出来。

我正在仔细听着事态不知会怎样发展下去,就听到金田老爷在对面屋里大声喊着小姐:“富子呀,富子呀!”小姐没有办法,只好答应一声“嗳!”走出电话室,后面跟着一只比我稍大一点的、眼睛和嘴巴挤在脸中央的哈巴狗。我仍旧放轻脚步,穿过厨房,离开了金田家,急忙回到主人家里来。这一次的探险,可算是得到了辉煌的成绩。

回家一看,因为是从富丽堂皇的公馆突然回到污秽的住所,心里仿佛从阳光充足的山头钻进了暗黑的洞窟一样。在探险的时候,精神集注在窥探的方面去了,对于金田家的房屋的装饰,门窗的花色等,都不曾留心观察;但回到家里以后,立刻就感到我们的这个家实在过于简陋,有些怀念金田家那种“陈调”来,同时也觉得资本家到底比教员伟大得多了。回头一想,自己也感到这个想法有点反常,就把尾巴竖起来向它请教,尾巴尖儿默示我说:“对,对,你的想法很对。”

走进客厅一看,出乎意外地迷亭先生还没有回去。火盆里面的烟蒂就像蜂窝一般直立着,他盘膝而坐,正在高谈阔论。寒月先生也不知在什么时候跑来了。主人把头枕在胳臂上,一心一意地欣赏着天花板上的雨漏的水迹。依旧是一幅盛世逸民的高会图。

“寒月君,那位在谵语里喊出你的名字来的女人,当时你秘密着不讲,现在不妨说出来罢。”迷亭先生打趣着说。

“如果仅仅我个人的事,那自然说也不妨,可是这是和别人有关的。”寒月先生说。

“到现在还说不得么?”迷亭先生问。

“而且和〇〇博士夫人也有过口约了。”寒月先生说。

“约好了不告诉旁人吗?”迷亭先生又问。

"是的。"寒月先生答着,照例捻弄着褂子上面的带子。那根带子是紫色的,好像不是在商店里出卖的东西。

"你这根带子的颜色倒真是古色古香的呀!"主人躺着说。他对于金田的问题是漠不关心的。

"可不是么,到底不是日俄战争时代的东西哪。这根带子非得配上貂尾木盔,穿上葵纹[1]的开气战袍不可。想当年织田信长[2]入赘的时候,据说梳的是医生的茶刷头,但他用的带子,一定是像这样的!"迷亭先生照例长篇大论地说。

"这根带子确是我祖父征讨长州[3]时用过的。"寒月先生老实地说。

"差不多也是捐给博物馆的时候了,你看怎样?像寒月这样又是'吊颈力学'的讲演者,又是理学士的人,竟打扮得跟过时的德川武士一样,到底不大体面嘛。"迷亭先生说。

"本来可以照你的意见做,只是也有人说我系着这根带子很合适,所以……"

"是谁呀,竟说出这种缺乏审美感的话来?"主人翻了一个身,大声说。

"是您不认识的。"

"不认识也行,到底是谁呢?"

"是一位女性。"

"哈哈哈哈,那位女性可真好古!我来猜猜看,大约还是在隅田河底下喊你名字的那位女士罢?你大可穿着这件褂子再去跳一次水呀,怎么样?"迷亭先生从旁边插进了一句幽默话。

"她已经不在水底下叫你啦。她在这里西北方的一个清净的世界里……"

"也不见得怎么清净。那个鼻子可真怕人哩。"主人说。

"咦!"寒月先生现出诧异的样子。

"前面巷子里的那位大鼻子,刚才闯进这儿来了,老实说,把我们两个人吓坏了啊,是不是,苦沙弥兄?"

"嗯!"主人躺着喝了一口茶。

"大鼻子是谁?"寒月先生问。

"就是你那位亲爱的永久的女性的母亲大人呀。"迷亭先生说。

"嘿!"寒月先生吃惊地说。

"一个说是金田老婆的女人跑到这儿来打听你的事情来了。"

主人一本正经地给他解释说。

我偷看了一下寒月先生的面色,看他是惊,是喜,还是羞愧,可是他并没有什么表情,照旧用从容的语调说:"是不是来要求我娶她的女儿呢?"说罢,又捻弄着他那紫色的带子。

迷亭先生说:"你可想错了。那位母亲大人有一个伟大的鼻子……"刚说到这里,主人移花接木地插进一嘴:"喂,听我说,打刚才起我就在想借那个鼻子做一首俳句诗。"女主人在隔壁房里咕咕地笑了起来。

"你真有闲情逸致。做好了么?"迷亭先生问。

---

① 葵纹,德川幕府的纹章。

② 织田信长(1534—1582),日本室町时代末期的武将。

③ 德川幕府末期,长州藩是勤王倒幕运动的中坚力量,幕府曾两次出兵征讨,但都连战连败。

“做好了一点儿。第一句是:脸上开鼻会。”

“下面呢?”

“下面是:结彩又张灯。”

“还有么?”

“只做到这里,还没有想好第二首呢。”

“有趣,有趣!”寒月先生笑嘻嘻地说。

迷亭先生马上想出了一句,说:“窟窿添幽趣。怎么样?”

寒月先生也抢着接上一句,说:“毛隐洞藏深。使得吗?”

正当3个人胡乱扯的时候,突然从街上近墙脚的地方传来了一声:“今户窑烧的狐狸!”好像有四五个人在呐喊。主人和迷亭先生都吃了一惊,从墙缝向外一看,只听见一群人“啊哈哈,哈哈哈哈!”地笑着,他们的脚步声在远处散失了。

“今户窑烧的狐狸是什么意思?”迷亭先生觉得有点奇怪,这样问着主人。

“谁知道是什么意思!”主人回答。

“声势很浩大的。”寒月先生加了一句评语。

迷亭先生像想起什么事。突然站起来说:“年来我从美学的见地曾经研究过鼻子,现在我想略抒所见,烦两位静听。”他的话语很像演说。主人因为来得突然,一言不发地呆呆瞧着他看。寒月先生低声地说:“很愿领教!”

迷亭先生开始了他的讲述:“关于鼻子的起源问题,我曾从各方面进行过研究,但是还得不出结论来。第一个疑问是,假使它是实用上的一种器官,那么有两个孔就足够了,并没有像这样傲然在正中间突出的必要。为什么像诸君所见的这样逐渐突凸起来呢?”说时,捏着自己的鼻子给两个人看。

“也并不怎样突凸呀?”主人不客气地说。

“总之,也没凹下去。这种形状究竟不能和两个窟窿并列的状态混同起来,那很可能发生误解的。这一点必须先请注意。——依我的愚见,鼻子的发达,是由于我们擤鼻涕的细微动作所产生的结果。这些行动积蓄起来,自然而然地就呈出这种鲜明的现象。”

“这倒是一个很坦白的愚见!”主人插进一句评语。

迷亭先生继续说:“诸位都很清楚,在我们擤鼻涕的时候,是必须捏住鼻子的,一捏鼻子,对这局部的肌肉就予以刺激。根据进化论的基本原理,这个局部的肌肉经过不断的刺激,就自然和其他部分不成比例地特别发达,皮肤逐渐变硬,肉也渐渐硬化,终于凝结起来而成为骨骼。”

“这可有点……肉哪能那么随便一下就飞跃成骨骼呢。”寒月先生毕竟是理学士,提出了反对的意见。

迷亭先生毫不理会地继续说下去:“嗳,你的怀疑当然也是有道理的,不过,事实胜于雄辩,鼻子里面确有骨骼,所以也就无话可说了。鼻子里面有了骨头,但虽有了骨头,鼻涕却还是要流的,既要流,就不能不擤。由于擤的作用,骨骼的左右就被削减,变成细长而隆起的形状——这种作用真是了不起的。正如点滴穿石一样,正如秃头自然发光一样,正如铁杵磨成绣花针一样,鼻子就是这么因长久的捏弄而变硬的。”

“可是,你的鼻子不是肥软肥软的么?”主人说。

“为了避免回护自己鼻子的嫌疑,我特意不对自己的鼻子多所论列;我现在想把那位金田小姐的母亲大人的鼻子，作为最发达最伟大的天下珍品介绍给你们两位先生。”迷亭先生说。寒月先生听到这里不觉叫道：“赞成！赞成！”

“不过事物发达到了极点，壮观虽然壮观，但总有点可怕，叫人不敢接近。例如，金田太太的鼻梁虽然是十分出色的，但总令人感到过于险峻了。古人里面，如苏格拉底，哥尔斯密，或萨克雷等人的鼻子，从构造上说都很有一些毛病，然而，正是那有毛病之处，使人感到可爱。所谓‘鼻不在高，奇则为贵’，大概说的就是这个道理罢。俗话说得好：与其看鼻子，不如吃圆子。从美学观点来说，倒是我迷亭这样的鼻子更适中些。”迷亭先生说。

寒月先生和主人都嗬嗬笑了起来，迷亭先生自己也高兴地笑了。接着又说道：

“刚才所表的……”

“先生，‘表’字有点说书人的臭味，太下流啦，还是换一个词儿的好。”寒月先生说，向迷亭先生报了前日的仇。

“既然这样，我就从头再说罢。——吭，现在我想略述鼻子和面孔的均衡问题。如果不涉及和其他器官的配合问题，孤立地来谈鼻子的话，那么那位母亲大人的鼻子确实是走到任何地方也毫无愧色的——假令拿到鞍马山开起展览会来，怕也可获得一等奖的。可悲的是，那个鼻子在形成的时候，没有和眼睛，嘴巴，以及其他诸先生作过商量就长出来了。裘利斯·恺撒[①]的鼻子无疑是很雄伟的；但是如果把恺撒的鼻子用剪刀整个儿剪下来，安装到这家的猫儿的脸上，那将变成一个什么样儿呢？再打个比喻来说，在猫额那样大的地位上突兀地插上一个英雄式的鼻柱，那就好比把奈良的大佛[②]安置在围棋盘上面一样，简直不成比例，因而也就丧失了美的价值。金田小姐的母亲大人的鼻子正如恺撒的一样，那是英姿潇洒，高耸入云的，然而围绕在它四周的面孔的条件怎样呢？当然并不像这家的猫儿那样丑陋，但却很像患癫痫病的胖女一般，眉成八字，细眼上斜，这是不可否认的事实嘛。诸位，你们能不发生斯颜也而有斯鼻也的感慨么？”

迷亭先生的议论刚刚停止下来，便听见有人在屋后面说道：“还在那里谈鼻子呢，真不要脸！”

“这是车夫家老婆呀。”主人告诉迷亭先生说。

迷亭先生又开始说道：“不料屋后竟新加了一位异性旁听者，演说人不胜荣幸。尤其是那婉转的娇声，给枯燥的讲演会场平添一点艳味，确实可以说是意外的幸运。我本应竭力改用通俗化的讲法，以期不负佳人淑女的雅爱，但下文要略略涉及力学上的问题，因而在女士们听来，势必较为难懂，因此还要请忍耐忍耐。”

寒月先生一听到力学两字，又嘻嘻地笑起来了。

“我想证明的是：这个鼻子和这个面孔无论如何也不能调和。两者的关系是违反蔡辛的黄金律的。现在我想严密地用力学上的公式来说明这个道理。首先假定 H 为鼻高，α 为鼻子和面孔的平面的交叉所形成的角度，W 不待说就是鼻子的重量，这是各位也清楚的。怎么样，大概懂得么？……”

“懂个屁！”主人说。

“那么，寒月兄怎么样？”

---

① 裘利斯·恺撒（Julius Caesar，公元前 100—前 44），古罗马执政。

② 日本奈良东大寺的大佛，高 5 丈 3 尺 5 寸。

“我也不大明白。”寒月先生说。

“这可就难了。苦沙弥兄不懂倒也罢了,你是一位理学士,我原以为总能懂得的。这个公式是这个讲演的主要部分,要是略去的话,前面所讲的就完全白费了。——可是现在也没办法,只好略掉公式,单谈结论吧。”

“还有结论么?”主人很奇怪地问。

迷亭先生说:“当然有呀。没有结论的演讲,就和没有水果的西餐一样了。——好吧,两位请好好地听,下面就是结论了。——根据以上的公式,再参考密尔修、威士曼诸家的学说加以研究,我们必须承认鼻子是先天的形体的遗传。至于随同这个形体而产生的精神状态,虽然有种比较有力的学说认为后天性的东西是不遗传的;但我们却也不能不承认在某种程度上是必然的结果。因此,像这样有着和身体不相调和的鼻子的人,他所生育的子女也必然在鼻子方面有什么奇特的地方,这一点是很容易理解的。像寒月君等,到底还太年轻,也许还没有观察出金田小姐在鼻子构造上有什么特异之点;不过,这种遗传的潜伏时期是很长的,说不定在什么时候,随着气候的突变,也会突然膨胀起来,发展到像她母亲大人的鼻子那样巨大。所以,按照我迷亭的科学论证,这段姻缘还是趁早放弃,要安全一些。我的这个建议,想来不仅是本宅的主人,就是睡在那儿的猫怪先生也不会反对的罢。”

“那还用说吗。像那种女人养出来的姑娘,谁愿讨她做老婆。寒月君,你可讨不得哪!”主人这时才翻身坐起来,提出了非常热烈的主张。我这时也喵喵地叫了两声,略表赞成之意。

寒月先生倒也没有怎样慌张,只是说:“诸位先生既然都是同样的主张,我也可以放弃的;不过,对方如果放不下这件事情,以致生起病来,那就罪孽深重了,所以……”

“哈哈,哈哈哈,那就成了所谓‘艳罪’了吧!”迷亭先生说。

只有主人一个人动了真气,忿忿不平地说道:“哪有这样糊涂的人!那婆娘养出来的女儿绝不会是好货!初次来到人家,就给我下不去,真是傲慢无礼的东西。”

正在这时,外西墙根底下又发出了三四个人“啊哈哈哈……”的喧闹的声音。其中有一个说道:“骄傲的笨蛋!”另一个喊道:“快搬到大一点的房子里去住吧!”又一个叫道:“可怜虫,再怎么威风也是个假李逵罢啦!”声音很大。

主人也跑出走廊,用同样大的声音吼道:“乱吵乱嚷什么!干什么特地跑到人家墙脚下面来!”

“啊哈哈……Savage tea 呀!Savage tea 呀!”交口乱嚷着。

主人动了大怒,急忙站起来抓了根手杖,飞跑到大街上去。

迷亭先生拍着手儿说:“有趣,有趣!干呵,干呵!”

寒月先生捻弄着褂子上面的带子,嘻嘻地笑。

我跟着主人从墙的缺口地方跑到大街上,主人在街道正中,拿起手杖无用武之地,只好撑着它站着。街上没有一个人。我也觉得好像给狐狸迷住了似的。

第四章

猫照例潜入金田的邸宅。有一天,它发现金田夫妇正在指使铃木藤十郎(金田手下的小资本家,苦沙弥的老同学)如何前去试探苦沙弥的态度,如何进一步了解寒月的底细。

猫回家后,发现主人满不在乎地在女主人的屁股后面支着腮帮卧着,女主人泰然地把庄严的屁股放在主人的脸跟前,两人正在议论女主人脑顶上的秃块和主人鼻孔里的白毛。

不久,铃木藤十郎来了。主人和他讨论起当教员好还是当资本家好的问题。铃木认为,当教员既清高,又舒服,既有闲工夫,又可爱研究什么就研究什么。主人则说道:我从当学生起就讨厌资本家。只要能赚钱,什么也干得出来。用古人的话说,那就是商人嘛!铃木虽然不大赞成,但也不好公开反对,只得顺水推舟地答道:刚才我还在一个资本家那里听来了这样的话,说是要想赚钱,就得精通三角(日语"角"字与"缺"字读音相同),就是要缺义理,缺人情,缺廉耻的意思。主人随即骂起金田和金田夫人的鼻子来。铃木一面设法把话题引到寒月的身上去,一面极力声明金田和金田夫人并不怪主人,只是对迷亭不满。

这时,迷亭恰巧出现了。他仍然拼命攻击金田夫人的鼻子,并且坚决反对寒月和金田女儿的婚事,认为寒月和金田的女儿的结合,恰如百兽中最聪明的大象,跟最贪婪的小猪结婚一样荒唐。铃木虽然善于随机应变,这时也显得无可奈何了。

第五章

一天夜里,主人家里被盗,丢的是别人送给主人的一箱山药和若干衣物。

第二天早上,主人夫妇向警察报了案。警察提出一些无理的质问,如窃案在几点钟发生的之类。

正在这时,给主人送山药的多多良三平来了。他是主人以前的学生,现在在某公司矿山部工作,是铃木的后辈。他对主人夫妇大谈当资本家的好处,当教员的坏处。主人的回答却是:教员不待说是不高兴当的,作资本家更是不愿意。

多多良还指责猫没用处,既不捉老鼠,又不看小偷,应当杀掉煮肉吃。这使猫感到愤愤不平。猫想:前些日子以来,就听说日本正在和俄罗斯打仗。我是一只日本猫,不待说是袒护日本的。假如可能的话,我倒很想组织一个混成猫旅,上前线用爪子抓俄国兵。拿我这样坚强旺盛的战斗意志,只要想捉老鼠的话,是闭着眼睛也可捉得到手的。于是,当天夜里,猫便行动起来。经过一番策划,终于和老鼠交手了。不过由于势孤力单,加上缺乏经验,一只老鼠也没捉住,反倒把主人吓了一跳。

第六章

一个大热天的下午,在主人的家里又有几个朋友聚在一起聊天。

最早来的是迷亭。他首先对女主人谈了昨天在屋顶的瓦上试着煎鸡蛋的奇闻,接着向主人和女主人显示他那顶不怕揉不怕压的巴拿马草帽和有14种用法的剪刀。

随后来的是寒月。他准备写的博士论文题目是《紫外线对于青蛙眼珠电动作用的影响》。为了写这篇论文,必须先研究青蛙眼珠;为了研究青蛙眼珠,必须先磨玻璃球;为了磨玻璃球,据说得花10年、20年的时间。

迷亭又讲了失恋的故事。有一次,他在山里一户人家投宿。头天晚上看见主人的女儿很美,第二天早上发现她原来是个秃头。

最后来的是东风。他忙着组织朗诵会,邀请主人去朗诵。这时,寒月却自告奋勇地介绍起他所写的剧本来。道具是一棵柳树,树上停着一只乌鸦,树下一个美人儿在洗澡。诗人高滨虚子登场,见此情景,诗兴大发,高声吟道:被入浴美女陶醉得停在枝头的一只鸦呀!

东风也拿出自己的近作——一本诗稿。该稿第一页上写着这样两行字:不要和俗人一样。纤纤地读罢。献呈在富子小姐(金田的女儿)的妆台下。

主人也拿出自己的近作——一篇短文。大致内容如下:日本人像肺病患者似的咳着嗽,大喊道:大和魂!报贩喊道:大和魂!小偷喊道:大和魂!大和魂一跃渡过了海洋,在英国作着大和魂的演说。在德国上演着大和魂的戏剧。东乡大将有大和魂。鱼店的阿银也有大和魂。骗子、拐子、杀人犯,也都有大和魂!到底大和魂是什么东西呢?回答道,就是大和魂呗。回答完就走过去了,走过了几丈路之后,可以听到哼了一声。大和魂是三角的呢?大和魂是四角的呢?大和魂像字面所示,就是一种魂。唯其是魂,所以永远是飘飘缈缈的。

第七章

猫最近开始运动了。它的运动大体分为两类:第一类是旧式运动,项目有从厨房的房檐跳到屋顶上面去,四只脚同时站在屋顶上梅花形的瓦上面,在晒衣服的竹竿上面走,从孩子们身后突然扑上去,把纸口袋套在头上,用爪子撕书皮等。第二类是新式运动,项目有捉螳螂、捕蝉、溜松树、巡墙等。

运动过后,猫觉得身上又脏又湿,颇为难受。这使它想起主人每星期到澡堂子去洗澡的事。于是,猫决定去看看澡堂子的情形。出乎意料,它在澡堂子看到一种奇异的景象——人们平时总是穿着衣服的,然而现在,一群人物竟都把脱不得的短裤衩呀、褂子呀,乃至礼服呀,等等,完全脱光了放进了衣箱,毫无顾忌地把与生俱来的丑态在众目环视之中露呈出来,而且还坦然自若地纵声谈笑。

尤其令猫不解的是,主人洗过澡后变得更加古怪起来。他先问女主人猫叫的"喵"是感叹词还是副词,又问女主人世界上最长的字是什么,闹得女主人莫名其妙。

第八章

主人家旁边有个落云馆中学,二者仅有一道篱笆之隔。近来,这个学校的学生常常过来捣乱,弄得主人不得安宁。他们以棒球为武器,朝主人的院子方向进攻,然后一齐呐喊着过来捡球,声势很大。主人十分恼火,便与他们冲突起来。事情的经过可以分为以下三个阶段:小事件——大事件——余波。

一天下午,学生又把球打进主人院内,随后叫喊着来捡球。主人忍无可忍,立即追了出去。可是学生退却迅速,当主人追到篱笆边时,已经一个不剩了。于是,一场龙搏虎斗的精彩场面立即太太平平地结束了。这是小事件。

过了不久,学生再次摆开阵势大举进攻,打过一个球来。主人马上站起身来,猛然跑了出去,当场抓获一个十四五岁的孩子。主人先对孩子加以审问,再和该校伦理教员进行谈判,约定以后一定要走前门,并且得到许可才能进来捡球。这是大事件。

次日,猫从金田和铃木的谈话里得知,这一切都是金田事先安排好的。不仅如此,金田还吩咐铃木,前去探听一下苦沙弥的动静,以便决定下一步如何行动。这是余波。

事情说来不大,但是却把苦沙弥搞得焦头烂额,不知如何应付才好。他对铃木诉苦,铃木告诉他,反正去和有钱的人对抗是要吃亏的。他请甘木大夫医疗,甘木大夫给他催眠,可是丝毫不起作用。

其后又来了一位客人。——主人家里从来没有来过这样多的客。对于缺乏交际的主人，说来了这么多的客人，仿佛是撒谎了。不过来倒的确是来了，而且还是一位稀客。哪怕只是一两句话，我也必须来记述一下这一位稀客。原因不单单因为他是一位稀客，而且因为在我描述事件余波的时候，他是一个缺少不得的人物。我虽然不知道他的名字，但是我想不妨这样介绍他，他是面孔既长，而且长着山羊似的胡子的40岁上下的人。正像迷亭先生是一个美学家，我想把这位先生叫做哲学家。要问为什么，那倒并不是像迷亭先生那样自己乱吹；而是因为当我旁观着他和主人对话时候的情状，不禁使我想到他没有一处不像一个哲学家。看上去他也是主人的一位老同学，两个人谈得十分投机。

哲学家说："什么，迷亭吗？那简直和喂金鱼的麸子一样轻得没有一点儿分量的。听说前些日子，他和他的一个朋友走过一家他们从不相识的贵族的门前，他竟说：我们进去喝一杯茶什么的，就把那个朋友拉进去了。简直什么都不在乎。"

主人问："后来怎么样呢？"

哲学家说："后来怎么样，我倒没有问。——咳，反正是个天生的怪物，一点儿脑筋也没有，简直就是金鱼麸子。铃木吗？——那家伙上这儿来了吗？嘿！——那家伙人情是一点也不懂，世故却很精通哩，是有挂金表的天分的。然而，没有根柢，欠沉着，不中用。虽然说很圆滑，其实他并不懂得什么是圆滑的真正意义。如果迷亭是金鱼麸子，他只好算作草包的凉粉了。滑是滑透了，但只是在那里乱颤动罢了。"

主人听到这样奇警的譬喻，仿佛非常佩服，放声大笑起来。我好久没有听到他这样放声大笑了。笑罢又问道："那么，你又是什么呢？"

"我吗？怎么说呢？要说到我呀——就好比那野生的山药吧。长大了，老埋在泥土里面。"

"可是你却始终是洒脱安逸的样子，我非常羡慕。"

"哪里的话。我不过跟普通人一样罢了，并没有什么值得羡慕的地方。可喜的是，倒也没有起过羡慕别人的心，这一点就算它是好的罢。"

"你近来收入很多吧？"

"还不是照旧。说够又不够的。反正有碗饭吃就行了。听着别奇怪。"

"我可是不痛快，常犯肝火，简直受不了。看着什么都生气！"

"生气也没关系。生气的时候，把气生完后总有一个时期心情是舒服的。本来是各式各样的人都有的，要那样强迫着人家也和自己一样如何能行！就我自己来说，如果想和别人一样夹筷子，吃口饭也就很不容易了；自己的面包还是按照自己的意思爱怎么切就怎么切，这才方便，是不是呀？托手艺高的裁缝店做衣裳，可以得到一穿上去就很合身的衣服；可是要去托手艺不高的裁缝店做衣裳，得到的成品，就非对付着穿一个时期才能够合身哩。社会本来是一套手工很巧的洋服样的东西，当我们穿着它的时候，它是能够适合我们的身材的。不过，假使我们的父母把我们生得适应于目前的社会，当然是我们的幸福；假使生得不好，不适应于这个社会，那么只有自认倒霉，或者耐心等到自己能适应社会，除此以外再没有别的办法了。"

"然而像我，等到海枯石烂也不会适应了，真伤心！"

"太不合身的洋服，硬穿是要绷破的。因此就有斗争呀、自杀呀之类的乱子出来了。然而像你这样，不过是抑郁一些，自杀当然不会，争执也不至于有吧。要说就得算是不错的啦。”

“可是我每天都在斗争着。虽然对手不出来，我一个人动了火也要算是斗争吧。”

“那倒有趣得很，是‘独角儿’斗争了。你爱怎么斗都可以由你斗的。”

“我可斗腻啦！”

“腻啦就歇手好了。”

“对你说实话，我的心可并不由我做主哩。”

“到底为什么有那么多的愤懑呢？”

于是主人就从落云馆的事件说起，把“今户烧的狐狸”、津木针助、福地细螺以及其他一切事件都向哲学家滔滔地列举了出来。哲学家默默地听着，最后才对主人发了底下一大段议论。

“津木和福地这么说那么讲，你就当作没有听见，不就完了吗，反正是一些无聊的话。中学的学生什么的，值得去和他们争短论长么？怎么？对你有妨害？——那么，你谈判一番，争吵一番，把妨害消灭了没有？我认为古代的日本人在这种地方要比西洋人聪明得多了。西洋人的办法是所谓积极的，近来十分流行。可是那里面有着很大的缺点。第一，不论怎么积极，不可能有止境的。不管怎样积极迈进，绝不会有达到满足或是完善的一天。前面不是有一棵柏树吗？觉得它碍眼，把它砍了去；于是再前头的那个旅馆又成了障碍物了。把旅馆搬开以后，邻接的那所房屋又不顺心了。所以说弄到什么时候也不会有止境的。西洋人的办法都是这样的。拿破仑也好，亚历山大也好，他们打多少胜仗也不会有满足的一天的。看着人不顺眼就斗争，见对方还不服气，就诉到法庭；你认为在法庭里胜了诉就可以平静了吗？那才想错了呢。到死的一天为止，心的平静是得不到的。怎么着急也没有用。寡头政治不好，采取了议会政治；议会政治不好，说不定又要采取什么别的政治了。河太霸道了，就修上桥；山太可恶了，就挖隧道；交通太不方便了，就铺设铁路。就这样也永远得不到满足的。人类哪能无限制地积极贯彻自己的意图呢。西洋的文明也许是积极的进取的吧，然而这种文明，实质上是一生都在不满足里生活的人们，制造出来的文明罢了。日本的文明，却不是去改变我以外的事物状态以求得满足的那种文明。这种文明是从‘周围环境根本是不可以变动的’这样一个大假定下面发达起来的，和西洋文明的区别也就在这一点上。亲子之间的关系不融洽，日本人就不像欧洲人那样去改良这种关系以求安定；因为日本人先假定了亲子间的关系，只能是依照从来的样子，不能改变，所以只是在不改变从来的样子的条件下，去讲求安心的手段。夫妇君臣之间，也是这样；武士平民之间，也是这样；应付自然本身的时候也是这样。高山挡在前面到不了邻国，这时并不去考虑开山辟路，而只是讲求不到邻国去也不妨事的方法。就是养成不越过高山也可以满足的心情。所以你看禅家、儒家等等都是从根本上把握住这个问题的。不论自己怎样了不起，这个世界到底是不可能由自己摆布的。不能使落日重升，不能使鸭川倒流的。可以做主的只有自己的心。所以只要修养到能够完全掌握住自己的心，那么落云馆的学生不论怎样叫嚣，心里面不是可以一样地平静吗？什么‘今户烧的狐狸’之类的闲账，不也可以只当作不见不闻了吗？津木针助的胡说乱道，只当作放屁，不就完了吗？相传从前有一个和尚被人家砍头的时候，嘴里面还吟着‘电光影里斩春风’这样洒脱的诗句哩。修业的功夫深得到达了消极的极峰，大概就能发生那样的灵活的作用来的，我的德行浅薄，不够理解那么深的理论，反正我知道，只有西洋人的积极主义才对的这种认识是错误的。就拿目前的例子来说，你不论怎样实行积极主义，对着学生们戏弄你，不就明明毫无办法吗？假如你有权力把学校封了，或者他们竟刁恶到可以让你向警察局去控告的程度，那时自当另说；否则，你不论怎样积极也不会得胜的。你硬要积极地搞下去,就会碰到了金钱的问题,就会碰到了寡不敌众的问题。换句话说,就是你不能不屈服在金钱的下面,你不能不屈服在以多为胜的孩子们的下面了。像你这样穷酸,而且只有一个,要想积极斗争,才是招致不幸的根苗哩。怎么样,明白了吗?”

主人只是听着,也不说明白了,也不说不明白。稀客辞去了以后,钻进了书房。然而也没有读书,在思索着什么。

铃木藤十郎先生教导主人服从金钱和大众。甘木大夫进言用催眠术来镇定神经。最后的稀客的说法是:努力消极地修养以求心安理得。主人究竟选择哪一种,当然是主人的自由。不过,哪一种也不选择,是绝对办不通的了。

第九章

主人决定遵照哲学家杉杨独仙的意见,打消了和学生斗争的念头,闲居在书房里。

落云馆事件后的第7天,猫看见主人坐在书房里照镜子,端详自己的麻子脸、长头发和八字胡。这时,女仆送进3封信来。其中两封是募捐,主人粗粗看过,马上揉成一团,扔进废纸篓里。第三封信不知所云,主人却翻来覆去看了几遍,然后恭恭敬敬地收好。因为把不了解的东西当作了解,并且加以尊重,从古以来就是一件愉快的事情。

正在这时,迷亭和他的伯父来访。这位伯父头上梳着一个白头发的髻子,手里拿着一把沉重的铁扇,是个典型的时代落伍者。

迷亭的伯父走后,法警带着小偷来访,通知主人明天上午到警察局领取失窃物品。可笑的是,主人竟然误把小偷当作警察,对着小偷鞠了一躬。原来,主人非常敬畏在上者的威风。他也知道在理论上说起来,所谓警察,不过是自己一伙人出了钱雇用的更夫罢了,但是一接触实际,就唯唯地惶恐得要命。

迷亭走后,主人走进书房思索起来:自己想向杉杨独仙学习,可是他的学说是不合常识的,有点疯狂味道;再看自己身边的人,像迷亭的伯父、寒月、迷亭、金田老婆、金田本人、落云馆学生等也都有些疯狂的样子。如此看来,说不定社会本来就是一个疯子的集团。疯子相聚、相争、相吵、相斗、相骂、相夺、相闹;所谓社会,就是这些疯子的集合体,疯子们在这个集合体上就像许多细胞在一个生物的身体上一样,浮沉起伏,起伏浮沉,生生灭灭,灭灭生生。

第十章

第二天早晨,女主人叫了几次才把主人叫起来。主人吃过早饭,便到警察局去了。

主人走后,他的侄女雪江来了。雪江是个十七八岁的学生,名字很漂亮,相貌却平常。她和女主人议论起主人的古怪脾气来。

中午时分,主人从警察局里回来,除领到一些失窃物品外,还买来一个形状奇特的花瓶。

随后,一个名叫古井武右卫门的学生来见主人,因为主人是他的班主任。据古井说,他和另外两个学生一起给金田的女儿写了一封情书,用的是他的名字,另外一个人负责执笔,一个人负责送信;情书送去以后,他怕事情败露,学校把他开除,所以前来央求主人。古井急得要命,然而主人却漠不关心,不置可否,只是严肃地反复地说着“这个嘛”。猫觉得这个场面实在有趣。猫认为,为了不识不知的人而蹙眉、而流涕、而长叹息,这些绝不是自然的趋势。我们很难相信人类是会那么深情,那么富于恻隐之心的。往往只不过在社交中间,作为生而为人的一种责任,有时流流眼泪,有时表表惋惜罢了。这些都是虚伪的表情。说一句公平话,也是煞费苦心的艺术。虚伪做作得最巧妙的人,被看作是最富于艺术的良心的人,是最受社会尊敬的人。因此,最受社会尊敬的人,事实上也就是最靠不住的人。

古井还没走,寒月又来了。他约主人到上野公园去听虎啸。主人的回答仍然只是“这个嘛”,表情也很淡漠。

第十一章

迷亭、独仙、寒月、东风都坐在主人的客厅里。起初,迷亭和独仙下棋,寒月、东风和主人聊天;后来,迷亭和独仙也加入了聊天的行列。

寒月从老家给主人带来3条干鱼。原来,这次他回到老家就结了婚,这是他的结婚礼物。寒月从干鱼谈到小提琴,谈到他在乡下买小提琴、藏小提琴、拉小提琴的故事。这个故事拉得很长,最后由于听到一声惨叫,小提琴终于没有拉成,故事才算告终。

继之,众人你一言我一语地高谈阔论起来。他们骂侦探,骂雇用侦探的金田之流,可以说是和熊坂长范(日本平安时代末期的巨盗)同类,迷亭则认为:熊坂长范还得算不错哩。一刀两断,就叫长范一命归阴了。要像前面横胡同里住着的那个长范,凭着驴打滚的高利贷起家,又贪又狠,穷凶极恶,千刀万剐,他也不肯咽气。他们议论生死,说死是苦痛的,然而死不得就更加痛苦。对神经衰弱的国民来说,活着比死去还要痛苦。所苦恼的倒并不是不愿意死,他们犹疑不定的是究竟怎样死才算死得最好。猫的主人认为,再过一千年以后,人们都必然会实行自杀的。一万年以后,一谈到死,除了自杀以外再也没有别的死法了,迷亭则认为:到了那个时候,警察要提了棍棒在街道上巡逻,和打野狗一样扑杀天下的公民了。对这些言论,独仙评论道:要说是诙谐,就是诙谐;要说是预言,也许就是预言哩。

最后,多多良走了进来。他衣着讲究,抽着高级香烟,露出一种得意洋洋的样子。原来,他已取代寒月,不久就要和金田的女儿结婚了。

秋日短,已经渐近黄昏了。抛到火钵里面的纸烟的死骸不计其数,而火钵里的火却早已熄灭了。光景是这一帮人虽然颟顸,也已经索然兴尽了。独仙先生首先站了起来说:“时候太晚,该回去了。”其余的人也都纷纷说着:“我也回去了!”都走出了二门。恰像杂耍场子散了场以后一样,客厅顿时寂静起来了。

主人吃罢晚饭,钻进了书房。天寒肌冷,女主人扣紧了衬衫的领子,缝缀着洗晒好的便服。孩子们并枕睡着觉。女仆洗澡去了。

人们的样子虽然很颟顸,但是一叩他们的内心,就都不知不觉发出悲哀的声音来了。就像独仙先生,虽然仿佛大彻大悟的样子,其实两脚并没有离开地面一步。迷亭先生也许无忧无虑吧,然而他的世界也依然不是画上画着的世界。至于寒月先生,最后到底也停止了磨球,到家乡去娶了一个老婆来了。这倒是合情合理的。不过过于时间久了的合情合理的生活,也还会使人感到厌倦吧。东风先生要是再过10年,恐怕也会自己觉悟到他乱献新诗的错误的。对于三平先生,那就没有办法鉴定他究竟是生活在山里,还是生活在水里。只要他一生能够请人喝香槟酒,认为满得意也就上上大吉了。铃木藤先生永远是滚过来滚过去。滚来滚去就要沾泥。尽管会沾上泥，但是比起不能滚来滚去的还交运得多。我投生为猫，在人世间生活了两个年头，我本来自以为别的猫再不会有像我这样见多识广的了，不料前些日子有一只叫做“卡德尔·谟耳”的同族，大发议论起来，我吃了一惊。仔细一打听，才知道那只猫已经在100年前死去，偶尔由于好奇，从遥远的冥土，变成了幽灵，跑出来吓唬我的。那只猫生前曾衔了一条鱼，原打算去作为和他的母亲见面时候的礼物的，但是走到半路上就忍耐不住自己吃了个光。他那样不孝，而他的才气焕发，也决不输给人类，据说他有一次就曾写了诗，把他的主人惊倒了。在100年以前已经出过了那样的猫中豪杰，所以按照道理来说，像我这样的庸猫早就应该告退，归卧到虚无乡去了。

主人早晚要害胃病死的。金田家的老爷贪婪无厌，已经性命不保了。秋天的树叶大抵已经落尽了。万物都不免一死。活着既然无补于事，或许反倒是死了的得计。按照各位先生的说法，人类最后的命运不外乎自杀。要是不加小心，我们猫儿也一定非陷入那样窘迫的世界中去不可。多可怕呀！心里面感觉到非常郁闷。喝点三平先生的啤酒，提一提神罢。

我绕到厨房。秋风振动着纸门，从微隙处吹了进来，吹得洋灯不知在什么时候熄灭了。光景是月亮很好，窗子里投进了月光。盘子上面放着3只玻璃杯子，其中两只还都残留着半杯茶一样的颜色的水。就是把开水倒到玻璃杯子里面，看去也都会带着一股凉味的。何况这几杯和灭火罐并放着的液体，照在寒夜的月影里面，在没有沾唇以前，就感觉到冰凉得不想去喝。然而不经一事，不长一智。像三平先生什么的喝下那个以后，都会热剌剌气吁吁地满面通红，我们猫儿喝了以后也应该精神一些的吧。反正这条性命不知道什么时候要死掉的。无论什么都好，还是趁一口气还在的时候，经验一下好。等到死后，便在坟墓里后悔也来不及了。我下了决心去喝喝看。鼓足了劲头，放进舌头去劈嗒劈嗒舐了两下，好生吃了一惊。不知怎样，仿佛舌尖上面叫针刺了一样的又麻又痛。不晓得人们怎么疯得要喝这种苦水。猫无论如何也不要喝它。怎么说，猫和啤酒也合不到一块儿。吃惊以后，我一度把伸出去的舌头缩了回来。

从头再一想，“良药苦口”这一句话，仿佛已经成了人们的口头禅。他们一感冒了什么的，就皱了眉头去喝一些奇奇怪怪的东西。也不知道是喝了之后偶然好的呢，还是想叫它好，所以去喝，这个问题一直存在于我的心里面。现在来得恰好，正可以利用啤酒来解决我的疑问。假使我喝下去之后，连肚皮里都觉得苦，那也没有什么说的；万一竟能像三平先生那样快活得忘了一切的话，那可就是空前的大收获了。我不妨把这收获传授给附近一带的猫儿。思来想去，不管三七二十一，一切付诸天运，决心再伸出舌头去。睁着眼睛不好喝，我索性阖上眼睛，开始劈嗒劈嗒起来。

我忍耐了又忍耐，到快把一杯啤酒喝干了的时候，出现了奇妙的现象。本来最初舌头有些发麻，嘴里面像是受到外部的压迫似的；但是喝着喝着，就舒服起来了，到了喝干第一杯的时候，已经一点也不感觉什么痛苦。心想再也不妨了，把第二杯也毫不费事地喝光。顺便把撒泼在盘子上的啤酒也像用什么擦干净一样，完全收进了我的肚子。

然后我端坐不动了一会儿，自己注意着自己身体的变化。渐渐感到一种暖意。眼睛发晕，耳朵也发烧。直想唱歌。直想跳舞。想臭骂主人、迷亭和独仙，想用爪子抓金田老头儿，想咬坏他老婆的鼻子。想这样，想那样。最后摇摇摆摆地想站起来，站了起来又想蹒蹒跚跚地走，走起来觉得有趣，想到外面去，走到外面，又想跟月亮姐姐攀谈几句。好不愉快呀！

所谓“陶然”，大约就是指我现在这种心情说的了。我无目的地信步走着，只是任着一点没有劲头儿的腿儿动着,像是在散步,又像不是,昏昏沉沉地直要瞌睡。其实已经搞不清楚自己是在睡着呢,还是在走着。想睁开眼睛,可是眼皮重得要命。到了这个地步,就一点办法也没有了。哪怕它前面是海是山,我也再不顾虑,只是懒洋洋地伸了前腿往前迈着,忽然听到扑通一声,哎呀!——可糟了!也再没有时间去想怎么个糟糕法,反正在感到或者没有感到"糟糕了!"以后,仿佛天旋地转一栏,我就失去了知觉。

知觉恢复过来的时候,我已经漂在水上。非常难受,便用爪子乱爬,但是能爬到的只是水,爬过之后,马上又往下沉。不得已,只好先把后腿用力一蹬,再用前腿爬,这时候听到了格拉格拉地,前腿触到了什么东西的声音。好久,我的头才露出了水面。四周一望,原来我掉在一只大水缸里了。这只水缸里,在入秋以前还极茂盛地长着一种叫做水葵的水草,后来叫丧门神的乌鸦把水葵吃光,吃光以后它们常在水里面洗澡。洗来洗去,水浅了一些。水浅以后,它们就再也不来了。前些天我还在想,水浅了,看不到乌鸦了,我可再也没有想到现在我自己竟代替了乌鸦,跑到这个里面洗起澡来了!

水面距离缸边有四寸多。腿伸直了也够不上。跳又跳不出去。听他去罢,身体又直往下沉。猛一扭动,爪子就格拉格拉地触着了缸壁。触到以后就仿佛有些往上浮的样子,然而腿儿一滑就又沉下去了。沉在水里难受,我只好马上又格拉格拉地爬。这样反复不已,身体一点气力也没有了。尽管发急,腿儿已经不大听使唤了。最后连我自己都搞不清楚到底是为了沉下来而爬的呢,还是因为爬才沉下来的了。

我一面痛苦,一面思索:我这样难堪,无非是因为希望着跑出水缸去。出去自然是一万个想出去,然而同时也认识清楚万万出不去了。我的腿长不过 3 寸,纵使能够身体完全浮在水面上,充分把前腿伸出去,我的爪子也够不到 5 寸以外的水缸边。如果够不着缸边,那么不论我怎样乱抓,怎样焦躁,粉身碎骨,奋斗 100 年,也不会有出得去的道理。明明出不去,还要挣扎着出去,就成了无理取闹。无理取闹,无非是自找苦吃。想到这里,好不灰心。自寻烦恼,自搬砖头自砸脚,简直是糊涂透顶。

我想:歇手吧,听天由命罢,再不要格拉格拉了。于是叫前腿、后腿、头和尾巴都听从自然的摆布,一齐停止了抵抗。

渐渐觉得飘飘然起来。说不出是痛苦呢还是欢喜。也弄不清楚是在水里面呢还是在屋子里。不管是在哪儿,是怎么样了,都没有关系。只剩下了飘飘然,——不,其实连飘飘然的感觉都没有。我进入了日月晦冥天地粉齑的不可思议的太平世界。我死了。只有死去,才能获得这样的太平。不死就不能获得太平的。南无阿弥陀佛!南无阿弥陀佛!三生有幸!三生有幸!

两亩地

作者罗宾德拉纳特·泰戈尔(1861—1941)是印度近代诗人、小说家和剧作家。1861年5月7日出生在加尔各答的一个大家庭里。从14岁起开始发表诗作。1861年后,到农村居住,负责管理家里的地产,对于农民有所了解。1905年,积极投身于民族解放运动,发表激昂慷慨的演说,谱写热情洋溢的歌曲;但是后来因对日趋激化的群众斗争感到忧虑,便退出了运动。1912年,开始走向世界,出访英国和美国。1913年,因诗集《吉檀迦利》等作品获得诺贝尔文学奖,随后加尔各答大学授予其博士学位,英国授予其爵士封号。1921年,创办国际大学。1924年,访问中国。1941年,发表著名的公开讲演,题目是《文明的危机》。同年8月7日,因病医治无效,在加尔各答逝世,享年80岁。

泰戈尔在文学艺术上的贡献是巨大的、多方面的。他一生写了60多部诗集,13部长篇小说和中篇小说,100多篇短篇小说,60多部剧本;此外还有许多回忆录、游记、随笔、书信以及有关文学、语言、教育、政治、宗教、哲学、社会和科学等方面的论文和专著;同时他还绘画和作曲,创作了2 700多幅画,谱写了2 500多首歌曲。

泰戈尔在诗歌方面的重要作品有《暮歌集》(1882)、《刚与柔集》(1886)、《金色船集》(1894)、《收获集》(1896)、《故事诗集》(1900)、《吉檀迦利》(1912)、《园丁集》(1913)、《新月集》(1913)、《飞鸟集》(1916)、《再次集》(1932)、《边沿集》(1937)和《生辰集》(1941)等。在短篇小说方面的重要作品有《邮政局长》(1891)、《弃绝》(1892)、《喀布尔人》(1892)、《摩诃摩耶》(1893)、《太阳和乌云》(1894)和《饥饿的石头》(1895)等。在中篇小说和长篇小说方面的重要作品有《小沙子》(1901)、《沉船》(1906)、《戈拉》(1910)、《四个人》(1915)、《家庭与世界》(1916)和《纠缠》(1929)等。在剧本方面的重要作品有《修道士》(1884)、《邮局》(1912)、《坚定寺院》(1912)、《摩克多塔拉》(1922)和《红夹竹桃》(1926)等。下面对他的12部作品分别加以介绍。

《两亩地》(1894)揭露了王爷欺压农民的罪行。全文如下(石真译,人民文学出版社1950年版)。

我只有两亩地,其他的一切都在债务中失去。
王爷吩咐我:知道么?巫宾,我要买你这块地!
我说:王爷,您是大地的主人,您的土地无边无际,
我呢,我只剩下了这小小的一块站脚地。
王爷听了说:孩子,你知道我正在修造花园,
加上这两亩地,就会长宽相等,四四方方的,
别噜苏,你只有把这块地给了我才合道理。
我含泪哀求:请保留下穷人家这一小块土地,
那是我家的一块金子,7代相传,在这里成了家,立了业,
我不能因为贫困,便辱没祖先,把大地母亲卖去。
王爷一听红了眼,半晌儿没言语,

最后才狞笑一声：好！我等着你。

一个半月过后，法庭判决了，我从自己的家里被赶了出去，
我卖光了一切，偿还那假造的借据。
王爷的双手偷去了穷人的所有，
唉，在这世界里，谁越贪得无厌谁就越富裕。
我知道，在欺诈贪婪的面前，上帝是无法保护我的，
我只好画了押，把我的整个世界——两亩地捧了出去。
换上了苦行者的衣履，变成了出家人的徒弟，
我走遍了高山、海洋、城镇和乡村，
看见过无数惊人的豪华，多少美丽的景致，
但是日日夜夜忘不了的还是那两亩地。
在市场、在旷野、在路上度过了 15 年、16 年，
有一天终于在渴望中回到了故乡的园地。

顶礼，顶礼，顶礼！美丽的母亲孟加拉大地。
恒河岸边柔和的凉风，是你轻轻的呼吸，
你脚下的尘土，那苍天低吻着的原野一望无际，
浓荫下静谧的小村庄，像鸟巢般躺在你的怀里。
枝叶茂密的芒果林，牧牛童子在那儿游戏，
静止无底的潭水，凉夜一般的深黑、碧绿。
胸脯丰满的孟加拉妇女汲了水正走回家去，
心里多么渴望叫她一声"孩子啊"，我眼睛里滚落了泪滴。
两天过后，正午时分，
我走进了自己的村庄，
经过了烧陶工人的家，车棚，谷仓，走近庙宇——
来到了自家的门旁，终止了多年来的牵记。

可耻，可耻，一千个可耻啊，你不贞的土地，
一会儿是这个人的，一会儿又听凭别人做主。
曾经有过那一天，你是穷人家的主妇，
衣襟里兜满了鲜花、水果和菜蔬。
如今，你在蛊惑谁呢？穿上了华丽的衣服，
裙裾上绣满绚烂的枝叶，头发上花朵堆簇。
我为你到处流浪，丢掉了家，失去了欢乐，
你却在那里笑容满面，悠闲地把时光虚度。
为了赢得富人的宠爱，你失去了自尊心，
多么大的改变啊，一点过去的影子也找不出。

唉，你曾经是幸福、繁荣的化身，赶走了饥饿，把甘露赐给我们，
如今你只会笑，只会打扮；昔日的女神，现在变成了奴仆。

撕碎了的心不安地四处眺望，
啊，那棵芒果树依旧贴近短墙。
坐在树底下，痛苦在泪水中逐渐宁息，
童年的往事，一件一件地爬上记忆——
最忘不掉六月风暴中的不眠之夜，
忘不掉清早起来兴高采烈地去拾芒果，
还有那多么宁静的正午，逃学的闲逸。
唉，从什么地方才能找回那样的岁月？
忽然微风叹息着摇动了芒果树的枝杈，
两只熟透的芒果落在我的脚下。
噢，母亲，你毕竟认出了自己的儿子，
捧起这深情的赐予，我一再虔诚地叩下头去。

这时，园丁像阎罗的使者一般突然跑来，
他头顶上飘散着一撮短发，扯开了喉咙高声辱骂。
我说：这样大吵大闹干什么？
我不声不响地交出了一切，接受这两只芒果的权利总该还有吧？
园丁的肩头上扛着木棍，把我拖到主人那儿去，
王爷正去钓鱼，侍从簇拥着，如同一片乌云。
听了园丁的报告，王爷怒骂一声：我宰了你！
王爷这样一说，侍从的叫骂更是百般无理。
我说：王爷，就这么两只芒果，我求你施舍。
王爷笑着说：这家伙披着袈裟，原来却是个惯窃。
我听了只有苦笑，眼睛里滚出泪水，
你，王爷，如今是位圣贤，我倒成了盗贼。

被俘的英雄[①]

《被俘的英雄》(1900)选自《故事诗集》,讴歌锡克教徒反抗异族侵略的斗争。全文如下(石真译,选自《泰戈尔作品集》,人民文学出版社 1961 年版)。

五河环绕着的英雄之邦[②]
辫子盘在头上的锡克[③]
响应古鲁[④]的号召站起来了——
不屈不挠,勇敢、坚强。
"古鲁琪[⑤]万岁"的欢呼
在旁遮普四方回荡;
新觉醒的锡克
不转瞬地凝望着
清晨里新升起的太阳。

"阿拉克·尼朗姜[⑥]!"——
一声欢呼拉断了
奴隶脚下的铁锁、绳缰。
腰间的宝剑也仿佛
在欢乐里锵锵跳荡。
旁遮普到处震响着——
"阿拉克·尼朗姜!"

终于来到了这样的一天——
千万人的心中不再被恐怖盘据,
也不再牵挂什么未偿的债务[⑦];
生与死只是脚下的奴仆,

---

① 1526 年波斯的统治者巴布尔侵入印度,建立了莫卧儿帝国,统治印度约 200 年之久,其间印度人民曾不断举行起义,1710 年至 1716 年锡克教徒的起义具有特别巨大的规模,这次起义的领导者是农民般达。般达是锡克教第 14 位祖师戈宾德·辛格的弟子,戈宾德死后,般达成为锡克教的领袖。他把农民团结在反对剥削、推翻异族统治的旗帜下。这次起义失败了,1715 年般达被俘,但也给了莫卧儿帝国以重大的打击,此后旁遮普实际上脱离了莫卧儿帝国的统治。

② 五河之邦指印度旁遮普省。

③ 即锡克教徒。锡克教是那那克祖师(1469—1538)所创立。他原是印度教徒,但反对印度教的种姓制度、繁缛的宗教仪式和偶像崇拜,因而倡一神之说。

④ 古鲁是先生、导师的意思,这里是锡克教祖师的专称。

⑤ 琪也是先生、大人的意思。

⑥ 阿拉克·尼朗姜是锡克教胜利的呼号,意思是无形无影,无往不在,毫无瑕疵的神——真理。

⑦ 印度人一般相信,人一出世便对圣者(大仙)、天神及祖先欠下债,要以修梵行、供养、祭礼、传宗接代等义务来偿还。

精神上再没有烦恼痛苦。
在旁遮普五条河的十个岸边
终于来到了这样的一天。

德里的皇宫里
巴德沙贾达①的睡眠
一再从眼中飞去——
是谁的欢呼惊天动地
撕毁了深夜的沉寂?
是谁的熊熊火炬
染红了远处的天际?

英雄们的鲜血
洒在五河岸上——
战士们的生命像鸟儿
成群地飞回鸟窝一样
飞离了千千万万
被利刃刺穿的胸膛。
母亲——祖国的眉心里
有鲜红的圣痣辉煌,
英雄们的鲜血
洒遍在五河岸上。

在死亡的拥抱中
莫卧儿和锡克交锋。
战场上进行着生与死的搏斗
双双掐紧对方的喉咙——
正像巨蟒恶斗着
负伤的苍鹰。
在那天的激战里
哄响着一片喊杀声——
低吼着"古鲁琪万岁"的
是锡克族的英雄,
在血泊中高呼着"胜利"的
是疯狂的莫卧儿士兵。

① 巴德沙贾达是波斯语伊斯兰教王,此处指莫卧儿王朝的君主。

在这次战争里
锡克的首领般达
成了莫卧儿的俘虏，
像雄狮带上锁枷
被捆绑着带上
通向德里的大路。
唉！般达在这次战争里
成了莫卧儿的俘虏。

前面走着莫卧儿军卒
扬起了路上的尘土，
枪尖上挑着被割下的
锡克英雄的头颅，
后面跟着 700 个
铁索啷当的锡克俘虏。
大街上断绝了行人，
只家家大开着窗户。
不怕死的锡克俘虏
高呼着:“万岁,古鲁琪。”
锡克的英雄和
莫卧儿的军卒，
今天,扬起了
德里大街上的尘土。

俘虏们一个个
高呼着:“万岁古鲁琪”
在刽子手的刀下
从容就义。
一天一夜里，
100 个英雄的
100 个头颅落了地。

7 天 7 夜里 700 个
生命在刀下完结。
最后,审判官把
捆绑着双手的般达的
儿子拉在般达身边，
说:“杀了他！用你

自己的手把他消灭。”

没有说一句话，
般达慢慢地把
孩子拉在胸前。
伸出右手放在孩子
头上给他祝福，
又吻了一下孩子
红色头巾的边沿。

匕首紧握在手中，
般达凝望着孩子的面孔。
他悄悄地在孩子的耳边说：
“高呼一声‘古鲁琪万岁！’
我的好儿子，害怕的
不是锡克教的英雄！”
孩子的嫩脸上闪耀着
勇敢无畏的光辉，
口里高呼着：“古鲁琪万岁！”
法庭里回荡着孩子的呼声，
孩子凝望着般达的面孔。

般达用左臂
揽着孩子的头颈，
右手用力地把匕首
刺进孩子的胸口。
地面上倒下了
孩子的身体，
孩子口里高呼着：
“胜利，古鲁琪！”

法庭里一片死寂。
刽子手用烧红了的
火箸扯碎了般达的身体。
英雄屹立着死去——
不曾发出一声痛苦的叹息。
旁观的人闭上了眼睛，
法庭里是一片死寂。

吉檀迦利

《吉檀迦利》(1912)共有103首诗,是献给诗人心目中的神灵的,表现诗人对神的境界的追求以及达到这种境界的欢悦。兹选其中12首(谢冰心译,选自《泰戈尔作品集》,人民文学出版社1961年版)。

10

这是你的脚凳,你在最贫最贱最失所的人群中歇足。

我想向你鞠躬,我的敬礼不能达到你歇足地方的深处——那最贫最贱最失所的人群中。

你穿着破敝的衣服,在最贫最贱最失所的人群中行走,骄傲永远不能走近这个地方。

你和那最贫最贱最失所的人们当中没有朋友的人作伴,我的心永远找不到那个地方。

11

把礼赞和数珠撇在一边吧!你在门窗紧闭幽暗孤寂的殿角里,向谁礼拜呢?睁开眼你看,上帝不在你的面前!

他是在锄着枯地的农夫那里,在敲石的造路工人那里。太阳下,阴雨里,他和他们同在,衣袍上蒙着尘土。脱掉你的圣袍,甚至像他一样的下到泥土里去吧!

超脱吗?从哪里找超脱呢?我们的主已经高高兴兴地把创造的锁链带起,他和我们大家永远联系在一起。

从静坐里走出来吧,丢开供养的香花!你的衣服污损了又何妨呢?去迎接他,在劳动里,流汗里,和他站在一起吧。

35

在那里,心是无畏的,头也抬得高昂;
在那里,知识是自由的;
在那里,世界还没有被狭小的家园的墙隔成片段;
在那里,话是从真理的深处说出;
在那里,不懈的努力向着"完美"伸臂;
在那里,理智的清泉没有沉没在积习的荒漠之中;
在那里,心灵是受你的指引,走向那不断放宽的思想与行为——
进入那自由的天国,我的父啊,让我的国家觉醒起来吧。

41

我的情人,你站在大家背后,藏在何处的阴影中呢?在尘土飞扬的道上,他们把你推开走过,没有理睬你。在乏倦的时间,我摆开礼品来等候你,过路的人把我的香花一朵一朵地拿去,我的花篮几乎空了。

清晨、中午都过去了。暮色中,我倦眼矇眬。回家的人们瞟着我微笑,使我满心羞惭。我像女丐一般地坐着，拉起裙儿盖上脸，当他们问我要什么的时候，我垂目没有答应。

呵，真的，我怎能告诉他们说我是在等候你，而且你也应许说你一定会来。我又怎能抱愧地说我的妆奁就是贫穷。呵，我在我心的微隐处紧抱着这一段骄荣。

我坐在草地上凝望天空，梦想着你来临时候那忽然炫耀的豪华——万彩交辉，车辇上金旗飞扬，在道旁众目睽睽之下，你从车座下降，把我从尘埃中扶起坐在你的旁边，这褴褛的女丐，含羞带喜，像蔓藤在暑风中颤摇。

但是时间流过了，还听不见你的车辇的轮声。许多仪仗队伍都在光彩喧阗中走过了。你只要静默地站在他们背后吗？我只能哭泣着等待，把我的心折磨在空虚的伫望之中吗？

45

你没有听见他静悄的脚步声吗？他正在走来，走来，一直不停地走来。

每一个时间，每一个年代，每日每夜，他总在走来，走来，一直不停地走来。

在许多不同的心情里，我唱过许多歌曲，但在这些歌调里，我总在宣告说："他正在走来，走来，一直不停地走来。"

4月芬芳的晴天里，他从林径中走来，走来，一直不停地走来。

7月阴暗的雨夜中，他坐着隆隆的云辇，前来，前来，一直不停地前来。

愁闷相继之中，是他的脚步踏在我的心上，是他的双脚的黄金般的接触，使我的快乐发出光辉。

48

清晨的静海，漾起鸟语的微波，路旁的繁花，争奇斗艳；在我们匆忙赶路无心理睬的时候，云隙中散射出灿烂的金光。

我们不唱欢歌，也不嬉游；我们也不到村集上去交易；我们一语不发，也不微笑；我们不在路上留连。时间流逝，我们也加速了脚步。

太阳升到中天，鸽子在凉荫中叫唤。枯叶在正午的炎风中飞舞。牧童在榕树下做他的倦梦，我在水边卧下，在草地上展布我困乏的四肢。

我的同伴们嘲笑我，他们抬头疾走，他们不回顾也不休息，他们消失在远远的碧霭之中。他们穿过许多山林，经过生疏遥远的地方。长途上的英雄队伍呵，光荣是属于你们的！讥笑和责备要促我起立，但我却没有反应。我甘心没落在乐受的耻辱的深处——在模糊的快乐阴影之中。

阳光织成的绿荫的幽静，慢慢地笼罩着我的心。我忘记了旅行的目的，我无抵抗地把我的心灵交给阴影与歌曲的迷宫。

最后，我从沉睡中睁开眼，我看见你站在我身旁，我的睡眠沐浴在你的微笑之中。我从前是如何地惧怕，怕这道路的遥远困难，到你面前的努力是多么艰苦呵！

50

我在村路上沿门求乞的时候，你的金辇像一个华丽的梦从远处出现，我在猜想这位万王之王是谁！

我的希望高升，我觉得我苦难的日子将要告终，我站着等候你自动的施与，等待那散掷在尘埃里的财宝。

车辇在我站立的地方停住了。你看到我,微笑着下车。我觉得我的运气到底来了。忽然你伸出右手来说,“你有什么给我呢?”

呵,这开的是什么样的帝王的玩笑,向一个乞丐伸手求乞!我糊涂了,犹疑地站着,然后从我的口袋里慢慢地拿出一粒最小的玉米献上给你。

但是我一惊不小,当我在晚上把口袋倒在地上的时候,在我乞讨来的粗劣东西之中,我发现了一粒金子。我痛哭了,恨我没有慷慨地将我所有都献给你。

51

夜深了。我们一天的工作都已做完。我们以为投宿的客人都已来到,村里家家都已闭户了。只有几个人说,国王是要来的。我们笑了说,“不会的,这是不可能的事!”

仿佛门上有敲叩的声音,我们说那不过是风。我们熄灯就寝。只有几个人说,“这是使者!”我们笑了说,“不是,这一定是风!”

在死沉沉的夜里传来一个声音。朦胧中我们以为是远远的雷响。墙摇地动,我们在睡眠里受了惊扰。只有几个人说,“这是车轮的声音”。我们昏困地嘟哝着说,“不是,这一定是雷响!”

鼓声响起的时候天还没亮。有声音喊着说:“醒来吧!别耽误了!”我们拿手按住心口,吓得发抖。只有几个人说,“看哪,这是国王的旗子!”我们爬起来站着叫,“没有时间再耽误了!”

国王已经来了——但是灯火在哪里呢,花环在哪里呢?给他预备的宝座在哪里呢?呵,丢脸,呵,太丢脸了!客厅在哪里,陈设又在哪里呢?有几个人说了,“叫也无用了!用空手来迎接他吧,带他到你的空房里去吧!”

开起门来,吹起法螺吧!在深夜中国王降临到我黑暗凄凉的房子里了。空中雷声怒吼。黑暗和闪电一同颤抖。拿出你的破席铺在院子里吧。我们的国王在可怖之夜与暴风雨一同突然来到了。

69

就是这股生命的泉水,日夜流穿我的血管,也流穿过世界,又应节地跳舞。

就是这同一的生命,从大地的尘土里快乐地伸放出无数片的芳草,迸发出繁花密叶的波纹。

就是这同一的生命,在潮汐里摇动着生和死的大海的摇篮。

我觉得我的四肢因受着生命世界的爱抚而光荣。我的骄傲,是因为时代的脉搏,此刻在我血液中跳动。

101

我这一生永远以诗歌来寻求你。它们领我从这门走到那门,我和它们一同摸索,寻求着,接触着我的世界。

我所学过的功课,都是诗歌教给我的;它们把捷径指示给我,它们把我心里地平线上的许多星辰,带到我的眼前。

它们整天地带领我走向苦痛和快乐的神秘之国,最后,在我旅程终点的黄昏,它们要把我带到了哪一座宫殿的门首呢?

102

我在人前夸说我认得你。在我的作品中,他们看到了你的画像。他们走来问我:“他是谁?”我不知道怎么回答。我说:“真的,我说不出来。”他们斥责我,轻蔑地走开了。你却坐在那里微笑。

我把你的事迹编成不朽的诗歌。秘密从我心中涌出。他们走来问我,“把所有的意思都告诉我们吧。”我不知道怎样回答。我说,“呵,谁知道那是什么意思!”他们哂笑了,鄙夷之极地走开。你却坐在那里微笑。

103

在我向你合十膜拜之中,我的上帝,让我一切的感知都舒展在你的脚下,接触这个世界。

像七月的湿云,带着未落的雨点沉沉下垂,在我向你合十膜拜之中,让我的全副心灵在你的门前俯伏。

让我所有的诗歌,聚集起不同的调子,在我向你合十膜拜之中,成为一股洪流,倾注入静寂的大海。

像一群思乡的鹤鸟,日夜飞向它们的山巢,在我向你合十膜拜之中,让我全部的生命,启程回到它永久的家乡。

新 月 集

《新月集》(1913)共有37首诗，是歌咏儿童的。兹选其中2首(郑振铎译，选自《泰戈尔作品集》，人民文学出版社1961年版)。

职 业

早晨，钟敲10下的时候，我沿着我们的小巷到学校去。

每天我都遇见那个小贩，他叫道，“镯子呀，亮晶晶的镯子！”

他没有什么事情急着要做，他没有哪条街一定要走，他没有什么地方一定要去，他没有什么时间一定要回家。

我愿意我是一个小贩，在街上过日子，叫着，“镯子呀，亮晶晶的镯子！”

下午4点，我从学校里回家。

从一家门口，我看得见一个园丁在那里掘地。

他用他的锄子，要怎么掘，便怎么掘，他被尘土污了衣裳，如果他被太阳晒黑了或是身上被打湿了，都没有人骂他。

我愿意我是一个园丁，在花园里掘地，谁也不来阻止我。

天色刚黑，妈妈就送我上床，

从开着的窗口，我看得见更夫走来走去。

小巷又黑又冷清，路灯立在那里，像一个头上生着一只红眼睛的巨人。

更夫摇着他的提灯，跟他身边的影子一起走着，他一生一次都没有上床去过。

我愿意我是一个更夫，整夜在街上走，提了灯去追逐影子。

最后的买卖

早晨，我在石铺的路上走时，我叫道，“谁来雇用我呀。”

皇帝坐着马车，手里拿着剑走来。

他拉着我的手，说道，“我要用权力来雇用你。”

但是他的权力算不了什么，他坐着马车走了。

正午炎热的时候，家家户户的门都闭着。

我沿着屈曲的小巷走去。

一个老人带着一袋金钱走出来。

他斟酌了一下，说道，“我要用金钱来雇用你。”

他一个一个地数着他的钱，但我却转身离去了。

黄昏了。花园的篱上满开着花。

美人走出来，说道，“我要用微笑来雇用你。”
她的微笑黯淡了，化成泪容了，她孤寂地回身走进黑暗里去。

太阳照耀在沙地上，海波任性地浪花四溅。
一个小孩坐在那里玩贝壳。
他抬起头来，好像认识我似的，说道，“我雇你不用什么东西。”
从此以后，在这个小孩的游戏中做成的买卖，使我成了一个自由的人。

园 丁 集

《园丁集》(1913)共有 85 首诗,是关于爱情和人生的诗。兹选其中 4 首(谢冰心译,选自《泰戈尔作品集》,人民文学出版社 1961 年版)。

17

黄鸟在自己的树上歌唱,使我的心喜舞。
我们两人住在一个村子里,这是我们的一份快乐。
她心爱的一对小羊,到我园树的荫下吃草。
它们若走进我的麦地,我就把它们抱在臂里。
我们村子名叫康遮那,人们管我们的小河叫安遮那。
我的名字村人都知道,她的名字是软遮那。

我们中间只隔着一块田地。
在我们树里做窝的蜜蜂,飞到他们林中去采蜜。
从他们渡头阶上流来的落花,飘到我们洗澡的池塘里。
一筐一筐的红花干从他们地里送到我们的市集上。
我们村子名叫康遮那,人们管我们的小河叫安遮那。
我的名字村人都知道,她的名字是软遮那。

到她家去的那条曲巷,春天充满了芒果的花香。
他们亚麻子收成的时候,我们地里的苎麻正在开放。
在他们房上微笑的星辰,送给我们以同样的闪亮。
在他们水槽里满溢的雨水,也使我们的迦昙树林喜乐。
我们村子名叫康遮那,人们管我们的小河叫安遮那。
我的名字村人都知道,她的名字是软遮那。

36

他低声说,“我爱,抬起眼睛吧。”
我严厉地责骂他,说,“走!”但是他不动。
他站在我面前拉住我的双手。我说:“躲开我!”但是他没有走。
他把脸靠近我的耳边。我瞪他一眼说,“不要脸!”但是他没有动。
他的嘴唇触到我的腮颊。我震颤了说,“你太大胆了!”但是他不怕丑。
他把一朵花插在我发上。我说,“这也没有用处!”但是他站着不动。
他取下我颈上的花环就走开了。我哭了,问我的心说,“他为什么不回来呢?”

73

无量的财富不是你的,我的耐心的微黑的尘土母亲。

你操劳着来填满你孩子们的嘴,但是粮食是很少的。

你给我们的欢乐礼物,永远不是完全的。

你给你孩子们做的玩具,是不牢的。

你不能满足我们的一切渴望,但是我能为此就背弃你么?

你的含着痛苦阴影的微笑,对我的眼睛是甜柔的。

你的永不满足的爱,对我的心是亲切的。

从你的胸乳里,你是以生命而不是以不朽来哺育我们,因此你的眼睛永远是警醒的。

累年积代地你用颜色和诗歌来工作,但是你的天堂还没有盖起,仅有天堂的愁苦的意味。

你的美的创造上蒙着泪雾。

我将把我的诗歌倾注入你无言的心里,把我的爱倾注入你的爱中。

我将用劳动来礼拜你。

我看见过你的温慈的面庞,我爱你的悲哀的尘土,大地母亲。

75

夜半,那个自称的苦行人宣告说:

"弃家求神的时候到了。呵,谁把我牵住在妄想里这么久呢?"

神低声说,"是我",但是这个人的耳朵是塞住的。

他的妻子和吃奶的孩子一同躺着,安静地睡在床的那边。

这个人说,"什么人把我骗了这么久呢?"

声音又说,"是神",但是他听不见。

婴儿在梦中哭了,挨向他的母亲。

神命令说,"别走,傻子,不要离开你的家,"但是他还是听不见。

神叹息又委屈地说,"为什么我的仆人要把我丢下,而到处去找我呢?"

飞　鸟　集

《飞鸟集》(1916)共有325首短诗。兹选其中9首(郑振铎译,选自《泰戈尔作品集》,人民文学出版社1961年版)。

10

忧思在我的心里平静下去,正如傍晚的暮色降临在寂静的山林之中。

49

谢谢神,我不是一个权力的轮子,而是被压在这轮下的活人之一。

53

玻璃灯因为瓦灯叫它做表兄而责备瓦灯,但当明月出来时,玻璃灯却温和地微笑着,叫明月为——"我亲爱的,亲爱的姐姐。"

57

当我们是大为谦卑的时候,便是我们最近于伟大的时候。

112

太阳穿一件朴素的光衣。白云却披了灿烂的裙裾。

113

山峰如群儿之喧嚷,举起他们的双臂,想去捉天上的星星。

136

子夜的风雨,如一个巨大的孩子,在不合时宜的黑夜里醒来,开始游戏和喊叫起来了。

217

果实的事业是尊贵的,花的事业是甜美的,但是让我做叶的事业吧,叶是谦逊地专心地垂着绿荫的。

219

独夫们是凶暴的,但人民是善良的。

问

《问》(1932)选自《千姿百态》(1933),否定改良主义观点。全文如下(石真译,选自《泰戈尔作品集》,人民文学出版社1961年版)。

我的神,一次又一次,你曾派遣使者来到
这无情的世界;
他们教导我们:“饶恕一切人”,
他们教导我们:“爱所有的人——
从心底拔掉仇恨的毒根”。
他们值得崇拜,值得怀念,
但是在这不幸的日子里,
我却把他们赶出门外,
丢一个虚伪的敬礼给他们。

难道我不曾亲眼看见
在欺诈的夜幕掩盖下
他们怎样秘密地在杀害无辜的弱者?
难道我不曾看见
在强者横冲直撞的侵略面前
正义的声音被扼杀
独自在暗中哭泣?
难道我不曾看见
热心的青年们在奋勇前进中
头颅撞着石墙遭到痛苦的死亡?

今天,我的声音窒息,
我的笛子吹不出歌曲。
我的整个世界消失在
漆黑的夜的噩梦里。
因此,我问你,含着泪,一个问题——
那些毒污了你的空气的,
那些扑灭了你的光明的,
你能饶恕他们?
你能爱他们?

《边沿集》第十八首

《边沿集》第十八首(1937),号召反对法西斯主义。全文如下(石真译,选自《泰戈尔作品集》,人民文学出版社 1961 年版)。

群蛇蠕动着喷吐毒焰
染污了四周的空气。
“平和”的柔婉词句
听来仿佛是无用的讽嘲。
因此,在我离去之前
我向每一个家庭呼吁——
准备战斗吧,反抗那披着人皮的野兽!

《生辰集》第十首

《生辰集》第十首(1941),总结自己和劳动人民的关系。全文如下(石真译,选自《泰戈尔作品集》,人民文学出版社1961年版)。

对于这包罗万象的世界我实在缺乏了解。
我不知道各个国家有多少城镇、都市,
多少山川、河流、海洋、沙漠,
我不知道人类创造出多少奇迹,
我叫不出许多动物、植物的名字。
世界是广阔的,而我的心只能
蜷缩在它十分贫乏的一个角落。
是那遗憾的心情驱使我读书、旅行,
永不疲倦地去搜集图画般绚烂的诗歌,
用这寻求到的财富填补我知识的贫乏。

我是世界的诗人,每当它发出声音
立刻在我竹笛上唤起回响;
但是仍然有许多次它的号召
并未得到我的响应。
有多少回在沉默中我的心灵里充满了
这伟大的世界交响乐的谐和的曲调。
我的灵魂曾经一次次得到
那在难以攀登的雪山高峰上
无边静寂的苍穹下无声歌曲的邀请。
南方天际不知名的星辰
在静夜里调弄弦索,
它清澈、奇异的光亮
曾从我深夜不寐凝注的眼睛里劫走睡眠。

遥远洪水似的瀑布飞流的乐声
曾注入我心灵洞窟的深处。
在世界大合唱的洪流里
有多少诗人从各方面倾注他们的诗歌,
我有幸和他们一起荣获
音乐女神的祝福,
分享宇宙音乐盛会的欢乐。

最难到达的是人们的心灵深处，
它不能以时间和空间来衡量。
这最深奥的秘密
只能通过心灵与心灵的接近才能了解。
我还不曾找到走进人们心灵的门路，
我的生活的藩篱限制了我。

农民在田间挥锄，
纺织工人在纺织机上织布，
渔民在撒网——
他们形形色色的劳动散布在四方，
是他们推进整个世界在前进。
从我上等社会地位的祭坛上，
从我荣誉的永久流放所的窄小窗口
我并不能全部看到他们。
有时我也曾走近他们住所的围墙，
却没有那种勇气跨进他们的院子。
如果一位诗人不能走进他们的生活，
他的诗歌的篮子里装的全是无用的假货。
因此，我必须羞愧地接受这种责难——
我的诗歌的旋律有着缺陷。
我知道，我的诗歌，
虽然传布四方，却没有深入到每个角落。

因此，我在等待着一位诗人——
他是农民生活中的同伴，
他是他们工作、谈话中的亲人，
他和土地更加亲近。
在文学的盛宴中
让他来供献我不能奉献的一切。
让他不要只用空虚的形式来欺骗人们的眼睛。
只盗窃文学的荣誉而不偿还以真正的价值是要不得的。

来吧，诗人！你普通人的，
沉默的心的诗人！
来解放他们内心的痛苦吧，
用你音乐的甘露

洒遍这没有活力，没有歌声的死乡，
这被污辱的烈焰烧干了的无欢乐的沙漠之国。
打开他们隐藏在心灵深处的泉源吧，
让那些无论在欢乐或悲哀中哑默无声的，
让那些在世界面前垂头站立的，
让那些被社会摈弃的——重新发出声音！
在文学大合唱的盛会上
让他们的单弦同样受到尊重。
呵，你有才华的诗人，
成为他们的亲人吧！
让他们在你的荣誉里找到他们的荣誉，
我将是第一个
一再向你敬礼，对你衷心欢迎。

喀布尔人

《喀布尔人》(1892)表达了对受苦受难的小人物的同情。全文如下(谢冰心译,选自《泰戈尔作品集》,人民文学出版社 1961 年版)。

我的 5 岁的女儿敏妮,没有一天不咭咭呱呱地说个不停。我真相信她这一生没有一分钟是在沉默中度过的。她母亲时常为此生气,总是拦住她的话头,可是我就不这样做。看到敏妮沉默是很不自然的,她倘若半天不说话,我就不能忍受。因此我和她的谈话一直是很热闹的。

比方说,一天上午,我正在写我的新小说第 17 章的时候,我的小敏妮溜进房间里来,把小手放在我的手心里,说:"爸爸!看门的拉蒙达雅,管乌鸦叫'五鸦'。他什么都不懂,对不对?"

我还没有来得及向她解释世界上的语言是不同的,她已经转到另一个话题的高潮。"您猜怎么着,爸爸?普拉说云里有一只象,从鼻子里喷出水来,天就下雨了!"

当我静坐在那儿思索着怎样来回答她最后的问题的时候,她忽然又提出了一个新问题:"爸爸!妈妈跟您是什么关系呢?"

我不知不觉地低声自语着:"她在法律上是我的亲爱的妹妹!"但是我绷起脸来敷衍她道:"去跟普拉玩去吧,敏妮!我正忙着呢!"

我屋子的窗户是临街的。这孩子就在我书桌旁,靠近我脚边坐下来,用手轻轻地敲着自己的膝盖玩。我正在专心地写我小说的第 17 章。小说中的主人公普拉达·辛格,刚刚把女主人公康昌拉达抱住,正要带着她从城堡的三层楼窗子里逃出去,忽然间敏妮不玩了,跑到窗前,喊道:"一个喀布尔人!一个喀布尔人!"下面街上果然有一个喀布尔人,正在慢慢地走过。他穿着宽大的污秽的喀布尔族服装,裹着高高的头巾;背着一个口袋,手里拿着几盒葡萄干。

我不知道我女儿看到这个人有什么感想,但是她开始大声地叫他。"哎!"我想,"他要进来了,我这第 17 章永远写不完了!"就在这时候,那个喀布尔人回过身来,抬头看这孩子。她看到这光景,却吓住了,赶紧跑到妈妈那里去躲起来了。她糊里糊涂地认为这大个子背着的口袋里也许有两三个和她一样的孩子。这时那小贩已经走进门里,微笑着和我招呼。

我书里的男女主人公的情况是那样地紧急,当时我想既然已经把他叫进来了,我就停下来买一点东西。我买了点东西,开始和他谈到阿卜都·拉曼[①]、俄国人、英国人和边疆政策。

他要走的时候,问道:"先生,那个小姑娘在哪儿呢?"

我想到敏妮不应当有这种无谓的恐惧,就叫人把她带出来。

她站在我的椅子旁边,望着这个喀布尔人和他的口袋。他递给她一些干果和葡萄干,但是她没有动心,只是更紧紧地靠近我,她的疑惧反而增加了。

这是他们第一次会面。

可是,没过几天,有一个早晨,我正要出门,出乎意外地发现敏妮坐在门口长凳上,和那个坐在她脚边的大个儿喀布尔人,又说又笑。我这小女儿,一生中除了她父亲以外,似乎从来没遇见过这么一个耐心地听她说话的人。她的小纱丽的角上已经塞满了杏仁和葡萄干——她的客人送

---

① 19 世纪末叶阿富汗的国王。

给她的礼物。“你为什么给她这些东西呢?”我说,一面拿出一个 8 安那的银角子来,递给了他。这人不在意地接了过去,丢进他的口袋里。

糟糕得很,一个钟头以后我回来时,发现那个不祥的银角子引起了比它的价值多一倍的麻烦!因为这喀布尔人把银角子给了敏妮,她母亲看到这亮晶晶的小圆东西,就不住地追问:“这个 8 安那的小角子,你从哪里弄来的?”

“喀布尔人给我的,”敏妮高兴地说。

“喀布尔人给你的!”她母亲吓得叫起来。“呵,敏妮!你怎么能拿他的钱呢!”

我正在这时候走进了门,把她从危急的灾难中救了出来,我自己就对她进行盘问。

我发现这两个人会面不止一两次了。喀布尔人用干果和葡萄干这种有力的贿赂,把这孩子当初的恐怖克服了,现在这两人已成了很好的朋友。

他们常说些好玩的笑话,给他们增加许多乐趣。敏妮满脸含笑地坐在喀布尔人的面前,小大人似的低头看着这大高个儿:“呵,喀布尔人!喀布尔人!你口袋里装的是什么?”

他就用山民的鼻音回答说:“一只象!”也许这并不可笑;但是这两个人多么欣赏这句俏皮话!依我看来,这种小孩和大人的对话里面,带有一些非常引人入胜的东西。

这喀布尔人也不放过开玩笑的机会,便反问道:“那么,小人儿,你什么时候到你公公家去呢?”

孟加拉的小姑娘,多半早就听说过公公家这一回事了;但是我们有点新派作风,没有让孩子知道这些事情,敏妮对于这个问题一定有点莫名其妙,但是她不肯显露出来,却机灵地回答道:“你到那里去么?”

可是在喀布尔人这一阶层中间,谁都知道,“公公家”这几个字有一个双关的意思。那就是“监狱”的雅称,一个不用自己花钱而照应得很周到的地方。这粗鲁的小贩以为我女儿是指这个说的。“呵,”他就向幻想中的警察挥舞着拳头说,“我要揍我的公公!”听到他这样说,想象到那个狼狈不堪的“公公”,敏妮就哈哈大笑起来,她那了不起的大个子朋友也跟她一起笑着。

那些日子是秋天的早晨,正是古代的帝王出去东征西讨的季节;我却在加尔各答我的小角落里,从来也不走动,却让我的心灵在世界上漫游。一听到别的国家的名字,我的心就飞往那边去,在街上一看到一个外国人,我的脑子里就要织起梦想的网,——他那遥远的家乡的山岭啦、溪谷啦、森林啦,布景里还有他的茅舍和那些远方山野的人们自由独立的生活。也许因为我过的是植物一般固定的生活,叫我去旅行,就等于当头一个霹雳,所以在我眼前幻现的漫游景象,加倍生动地在我的想象中重复地掠过。看到这个喀布尔人,我立刻神游于光秃秃的山峰之下,在高耸的山岭间,有许多窄小的山径蜿蜒出入。我似乎看见那连绵不断的、驮着货物的骆驼,一队队裹着头巾的商人,有的带着古怪的武器,有的带着长矛,从山上向着平原走来。我似乎看见——但是正在这时,敏妮的母亲就要来打扰,她央求我“留心那个人。”

敏妮的母亲偏偏是个极胆小的女人。只要她一听见街上有什么声音,或是看见有人向我们的房子走来,她就立刻断定他们不外乎是盗贼、醉汉、毒蛇、老虎、疟疾菌、蟑螂、毛虫,或是英国的水手。甚至有了多年的经验,她还不能消除她的恐怖。因此她对于这个喀布尔人充满了疑虑,常常叫我注意他的行动。

我总是笑一笑,想把她的恐惧慢慢地去掉,但是她就会很严肃地向我提一些严重的问题。

小孩从来没有被拐走过么?

那么,在喀布尔不是真的有奴隶制度么?

那么,说这个大汉把一个小娃娃抱走,会是荒唐无稽的事情么?

我辩解说,这虽然不是不可能,但多半是不会发生的。可是这解释还不够,她的恐怖始终存在着。因为这样的事没有根据,那么不让这个人到我们家里来似乎是不对的,所以他们的亲密友谊就不受约束地继续着。

每年1月中旬,拉曼,这个喀布尔人,总要回国去一趟,快动身的时候,他总是忙着挨家挨户去收欠款。今年,他却匀出工夫来看敏妮。旁人也许以为他们两人有什么密约,因为他若是早晨不能来,晚上总要来一趟。

有时在黑暗的屋角,忽然发现这个高大的、穿着宽大的衣服背着大口袋的人,连我也不免吓一跳,但是当敏妮笑着跑进来,叫着"呵,喀布尔人!喀布尔人!"的时候,年纪相差得这么远的这两个朋友,就沉没在他们的往日的笑声和玩笑里,我也就觉得放心了。

在他决定动身的前几天,有一天早晨,我正在书房里看校样。天气很凉。阳光从窗外射到我的脚上,微微的温暖使人非常舒服。差不多8点钟了,早出的小贩都蒙着头回家了。忽然我听见街上有吵嚷的声音,往外一看,我看见拉曼被两个警察架住带走了,后面跟着一群看热闹的孩子。喀布尔人的衣服上有些血迹,一个警察手里拿着一把刀。我赶紧跑出去,拦住他们,问这是怎么回事。众口纷纭之中,我打听到有一个街坊欠了这小贩一条软浦[①]围巾的钱,但是他不承认他买过这件东西,在争吵之中,拉曼把他刺伤了。这时在盛怒之下,这犯人正在乱骂他的仇人。忽然间,在我房子的凉台上,我的小敏妮出现了,照样地喊着:"呵,喀布尔人!喀布尔人!"拉曼回头看她的时候,脸上露出了笑容。今天他胳臂底下没有夹着口袋,所以她不能和他谈到关于那只象的问题。她立刻就问到第二个问题:"你到公公家里去么?"拉曼笑了说:"我正是要到那儿去,小人儿!"看到他的回答没有使孩子发笑,他举起被铐住了的一双手。"呵,"他说,"要不然我就揍那个老公公了,可惜我的手被铐住了!"

因为蓄意谋杀,拉曼被判了几年的徒刑。

时间一天一天地过去,他被人忘却了。我们仍在原来的地方做原来的事情,我们很少或是从来没有想到那个曾经是自由的山民正在监狱里消磨时光。说起来真不好意思,连我的快活的敏妮,也把她的老朋友忘了。她的生活里又有了新的伴侣。她长大了,她和女孩子们在一起的时间更多了。她总是和她们在一起,甚至不像往常那样到她爸爸的房间里来了。我几乎很少和她攀谈。

一年一年过去。又是一个秋天,我们把敏妮的婚礼筹备好了。婚礼定在杜尔伽大祭节举行。在杜尔伽回到凯拉斯去的时候,我们家里的光明也要到她丈夫家里去,把她父亲的家丢到阴影里。

早晨是晴朗的。雨后的空气给人一种清新的感觉,阳光就像纯金一般灿烂,连加尔各答小巷里肮脏的砖墙,都被照映得发出美丽的光辉。打一清早,喜事的喇叭就吹奏起来,每一个节拍都使我心跳。拍拉卑[②]的悲调仿佛在加深着我别离在即的痛苦。我的敏妮今晚就要出嫁了。

从清早起,房子里就充满了嘈杂和忙乱。院子里,要用竹竿把布篷撑起来;每一间屋子和走

---

① 离德里不远的一个印度城市。

② 一种印度音乐曲调名。

廊里要挂上叮叮当当的吊灯。真是没完没了的忙乱和热闹。我正坐在书房里查看账目，有一个人进来了，恭敬地行过礼，站在我面前。原来是拉曼，那个喀布尔人。起先我不认识他。他没有带着口袋，没有了长头发，也失去了他从前的那种生气。但是他微笑着，我又认出他来。

“你什么时候来的，拉曼？”我问他。

“昨天晚上，”他说，“我从监狱里放出来了。”

这些话听起来很刺耳。我从来没有跟伤害过自己的同伴的人说过话，我一想到这里，我的心瑟缩不安了，我觉得碰巧他今天来，这不是个好的预兆。

“这儿正在办喜事，”我说，“我正忙着。你能不能过几天再来呢？”

他立刻转身往外走，但是走到门口，他迟疑了一会说：“我可不可以看看那小人儿呢，先生，只一会儿工夫？”他相信敏妮还是像从前那个样子。他以为她会像往常那样向他跑来，叫着：“呵，喀布尔人！喀布尔人！”他又想象他们会和往日一样地在一起说笑。事实上，为着纪念过去的日子，他带来了一点杏仁、葡萄干和葡萄，好好地用纸包着，这些东西是他从一个老乡那里弄来的，因为他自己的一点点本钱已经用光了。

我又说：“家里正在办喜事，今天你什么人也见不到。”

这个人的脸上露出失望的神色。他不满意地看了我一会，说声“再见”，就走出去了。

我觉得有点抱歉，正想叫住他，发现他已自动转身回来了。他走近我跟前，递过他的礼物，说：“先生，我带了这点东西来，送给那小人儿。您可以替我交给她吗？”

我把它接过来，正要给他钱，但是他抓住我的手说：“您是很仁慈的，先生！永远记着我。但不要给我钱！——您有一个小姑娘；在我家里我也有一个像她那么大的小姑娘。我想到她，就带点果子给您的孩子——不是想赚钱的。”

说到这里，他伸手到他宽大的长袍里，掏出一张又小又脏的纸来。他很小心地打开这张纸，在我桌上用双手把它抹平了。上面有一个小小的手印。不是一张相片。也不是一幅画像。这个墨迹模糊的手印平平地捺在纸上。当他每年到加尔各答街上卖货的时候，他自己的小女儿的这个印迹总在他的心上。

眼泪涌到我的眼眶里。我忘了他是一个穷苦的喀布尔小贩，而我是——，但是，不对，我又哪儿比他强呢？他也是一个父亲呵。

在那遥远的山舍里的他的小帕拔蒂的手印，使我想起了我自己的小敏妮。

我立刻把敏妮从内室里叫出来。别人多方阻挠，我都不肯听。敏妮出来了，她穿着结婚的红绸衣服，额上点着檀香膏，打扮成一个小新娘的样子，含羞地站在我面前。

看着这景象，喀布尔人显出有点惊讶的样子。他不能重温他们过去的友谊了。最后他微笑着说：“小人儿，你要到你公公家里去么？”

但是敏妮现在懂得“公公”这个词的意思了，她不能像从前那样地回答他。听到他这样一问，她脸红了，站在他面前，把她新娘般的脸低了下去。

我想起这喀布尔人和我的敏妮第一次会面的那一天，我感到难过。她走了以后，拉曼长长地吁了一口气，就在地上坐下来。他突然想到在这悠长的岁月里他的女儿一定也长大了，他必须重新和她做朋友。他再看见她的时候，她一定也和从前不一样了。而且，在这 8 年之中，她怎么可能不发生什么变故呢？

婚礼的喇叭吹起来了，温煦的秋天的阳光倾泻在我们周围。拉曼坐在这加尔各答的小巷里，却冥想着阿富汗的光秃秃的群山。

我拿出一张钞票来，给了他，说："回到你的家乡，你自己的女儿那里去吧，拉曼，愿你们重逢的快乐给我的孩子带来幸运！"

因为送了这份礼，在婚礼的排场上我必须节省一些。我不能用我原来想用的电灯，也不能请军乐队，家里的女眷们感到很失望。但是我觉得这婚筵格外有光彩，因为我想到，在那遥远的地方，有一个久出不归的父亲和他的独生女儿重逢了。

摩诃摩耶

《摩诃摩耶》(1893)表现印度妇女的不幸命运。全文如下(唐季雍译,选自《泰戈尔作品集》,人民文学出版社 1961 年版)。

1

摩诃摩耶和罗耆波在河边的一所破庙里相见了。

她默默地用她那天生就的庄重的目光望着罗耆波,目光中含有责备之意,意思是:“今天你怎么敢在这样一个异乎寻常的时刻叫我上这儿来?你敢于这样做,不过是因为我一直对你百依百顺罢了!”

罗耆波一向就有点儿怕摩诃摩耶,现在,她的目光使他完全心慌意乱了。他原来想好的要对她说一大篇话的计划只好放弃了。然而他总得马上说出为什么要约她来这儿啊。于是他匆匆忙忙地说道:“我说,我们离开这儿,去结婚吧。”不错,罗耆波这样一口道出了自己的心事;可是他私下里编出来的开场白没有了。他的言语显得非常乏味、唐突——甚至荒谬可笑。他说过以后,自己也感到着慌,可是没有力量再说几句加以补救了。这傻瓜!他约了摩诃摩耶中午到河边这座破庙里来,却只能对她说:“我们结婚吧。”

摩诃摩耶是名门之女,今年 24 岁,正当青春美貌的年华,像一座带有早秋阳光色彩的纯金塑像,像阳光那样宁静而光芒四射,还有着一副像白昼光辉一样的自由无畏的眼神。

她是一个孤儿。由她的哥哥帕凡尼查兰·查托巴迪雅照管。兄妹俩同一个类型——沉默寡言,可是有一种内在的精神的力量像正午的太阳那样在静静地燃烧。人们不知为什么都害怕帕凡尼查兰。

罗耆波是跟着这儿丝厂的菩罗先生从远处来的。他的父亲曾为这位先生工作;他死后,菩罗就担负起抚养这个孤儿的责任,带他到巴曼哈第厂来。当年,这些大人先生们倒是常做些这类善事的。这孩子和喜爱他的姑母住在帕凡尼查兰家的附近。摩诃摩耶是罗耆波幼年的伴侣,很得他的姑母的欢心。

罗耆波长到 16 岁、17 岁、18 岁,甚至 19 岁了;然而,尽管他姑母不断催促,他依然拒绝结婚。菩罗先生听到这个孟加拉青年竟有这种不寻常的见识,大为高兴,认为罗耆波是拿他作为生活的典范的。(我不妨在这儿附带说明,这位先生是一个独身汉。)罗耆波的姑母不久就死了。

摩诃摩耶呢,除非她有一份丰厚的嫁妆,否则就得不到一个门当户对的人作她的新郎。她长大成人了,可是还待字闺中。

不必明说,读者也能知道,虽然系红线的神长久忽略了这一对青年,但爱神在这一段时间内并未闲着。当主管宇宙的老神打瞌睡的时候,年轻的爱神却是异常清醒的。

爱神的影响在不同的人身上有着不同的表现。罗耆波在他的鼓舞之下一直在寻找机会吐露自己的心曲。摩诃摩耶却从不给他这样一个机会。她的沉默的庄重的目光使怀着狂热的心的罗耆波感到胆寒。

今天,他郑重地千恳万求,她才应允到这座破庙里来。他曾经计划过要在今天毫无拘束地将所有要说的话都讲给她听;这以后,对他来说不是终身幸福,就是虽生犹死。可是,在这决定命运的紧要关头,罗耆波却只能说“我们离开这儿,去结婚吧”,说完便站在那里惶惑不安,像一个背不出书的孩子一样一声不响了。

她很久未作答复,好像她从来没有想到过罗耆波会向她求婚。

正午有它独特的许多不可名状的哀音;此刻,一片静寂,这些声音清晰可辨了。破了的庙门,一半已经脱离门枢,在风中时开时闭,低低地发出吱吱的悲鸣。栖息在窗棂上的鸽子开始了咕咕的呻吟。在户外木棉树上的啄木鸟不停地送来单调的啄木声。一只蜥蜴从一堆一堆的枯叶上急爬过去,发出沙沙的响声。忽然间,一阵热风从田野吹来,穿过树林,使得叶子都簌簌地响了起来。河水猛然苏醒了,泛起涟漪,掠向岸边,淹没了河边上的破石台阶。在这些零零乱乱懒懒散散的声音里还传来远处树荫中牧童吹奏乡下小调的笛声。罗耆波靠着神庙的破柱子站着,像一个疲倦的做着梦的人。他凝视着河流,不敢正眼看摩诃摩耶。

过了一会,他回过头来向摩诃摩耶又投出恳求的眼光。她摇了摇头,回答说:“不,不可能。”

立刻,他的希望的殿堂倒塌了。他知道,摩诃摩耶一摇头,便是主意已定,人间谁也无法扭过她来了。摩诃摩耶家多少代以来就以名门望族的血统自豪——她怎么能同意下嫁给罗耆波这样一个家世低微的婆罗门呢?恋爱是一回事,婚姻又是另外一回事啊。她现在终于明白了,是自己过去轻率的行动使得罗耆波怀有这样大胆的希望;她立刻准备离开这所破庙。

罗耆波了解她的心意,赶紧说:“我明天就离开这里。”

最初她想对这个消息表示毫不在乎,可是她做不到。她想离开,她的脚不肯动。她平静地问道:“为什么?”罗耆波说:“我的东家从这儿调到梭那普尔的工厂去了。他要带我一起去。”她又默默地站了好半天,沉思着:“我们不是一条路上的人。我也不能希望一个男子在我眼前终身做囚犯。”她于是略略张开紧闭的嘴唇说:“好吧。”这两个字听来简直是一声深沉的叹息。

说了这两个字,她转身刚要走,罗耆波猛然一惊,低声说:“你哥哥来了!”

她往外一看,看见她哥哥朝着神庙走来,知道他已经发觉他们的密约了。罗耆波怕摩诃摩耶被人误解,想从墙上破洞钻出去逃走;可是摩诃摩耶拉住他的手臂,用力拉他回来。帕凡尼查兰进了庙,只默默地平静地看了他们一眼。

摩诃摩耶看着罗耆波泰然自若地说:“好吧,罗耆波,我会到你家去的。你等着我吧。”

帕凡尼查兰一声不响地离开了神庙,摩诃摩耶也一声不响地跟着他走了。罗耆波呢?他茫然站着,好像被判处了死刑。

2

当天夜里,帕凡尼查兰给了摩诃摩耶一件深红色的绸纱丽,要她马上披上。接着他说:“跟我走。”谁也不曾违抗过帕凡尼查兰的命令,哪怕只是一个暗示;摩诃摩耶也不例外。

这一天夜里,兄妹二人走到离家不远的河边的火葬场。那儿有一间小屋,收容将要送去圣河边火葬的垂死的人,小屋里正躺着一个老婆罗门,在那里等待着死神降临。两人走近床边,屋子的一角有一个婆罗门祭司。帕凡尼查兰对他打了个招呼。祭司急忙收拾好举行婚礼要用的东西。摩诃摩耶明白自己要嫁给这个垂死的人了,可是她没有一丝儿反抗的表示。在这间被附近的两个火葬堆的微弱的闪光照亮着的半明半暗的屋子里,在喃喃地念诵经文的声音和垂死的人的呻吟声中,他们为摩诃摩耶举行了婚礼。

婚后第二天她就成了寡妇。她并不为此过于悲伤。罗耆波也是这样,她的成为孀妇的消息并不像出人意料的结婚消息那样沉重地打击他。他反而有点儿高兴。然而高兴的心情并没有维持多久。第二个可怕的打击完全把他打垮了;他听说那天火葬场要举行一场隆重的典礼,摩诃摩耶要和她丈夫的尸体一起火葬。

最初他想报告他的东家,求他阻止这残酷的殉葬。可是他随即记起了,就在这一天,东家已经离职到梭那普尔去了。东家本想带他同去,可是他请了一个月的假,要暂时留在这里。

摩诃摩耶曾叮嘱他"等着我"。他决不能忽略这个要求。他请了一个月的假,可是如果需要的话,他可以请假两个月、三个月,甚至抛弃职业去讨饭,也要终身等待着她。

黄昏时分,正当罗耆波要疯狂地冲出去自杀或者干些别的可怕的事情的时候,忽然间雷电交加,大雨倾盆。暴风雨几乎把他的屋子震塌了。他见到外在世界正和他内心一致,同样在激变在翻腾,多少获得了一点平静。他觉得大自然已经在支持他,要给他一些补偿。他自己所没有的力量现在布满天地之间了。

就在这样一个时候,外面有人猛力推门。罗耆波忙把门打开。一个女人进来了,她裹着湿透了的衣裳,一幅长长的面幕遮住了整个脸庞。罗耆波一眼就认出她是摩诃摩耶。

他十分激动地问道:"摩诃摩耶,你是从火葬堆中逃出来的么?"

她回答道:"是的,我答应要来你家。我守信,我来了。可是,罗耆波,我不是从前的我了;我完全变了。只有我的心还是旧日的心。只要你提出,我还能回到火葬堆去。但是,你如果发誓永不拉开我的面幕,永不看我的脸,我就会在你家住下来。"

从死神手掌中夺回了她,这已经够了;此外一切考虑都不在话下了。罗耆波立刻回答:"在这儿住下吧,你爱怎么样都行。如果你离开我,我就会死了。"

摩诃摩耶说:"那末立刻走。我们到你的东家那儿去。"

罗耆波放弃了家中所有的财物,和摩诃摩耶一起在暴风雨中出发了。风吹得他们直不起腰,被风卷起的沙砾像流弹一样打疼他们的身体。两人避开大路,在旷野里走着,因为恐怕路旁的大树会倒下来压着他们。狂风在后面赶打着他们,好像要把这一对青年赶离人间,推向毁灭。

3

读者千万不要不相信我的故事,不要认为这是虚构的,脱离现实的。在流行寡妇殉葬的年代里,据说的确发生过这一类的事。

摩诃摩耶被绑住手脚搁在火葬堆上,在指定的时刻点上了火。火焰蹿上来的时候,正好起了狂风暴雨。那些来主持大典的人连忙逃进停放垂死的人的小屋,关上了门。大雨顷刻之间便把火葬堆扑灭了。这时摩诃摩耶腕上的绳索已经烧成灰烬,她双手能活动了。她忍受烧伤的剧痛,一声不哼地坐起来解开脚上的绳索。然后她裹着那已烧去了一部分的衣裳,半裸着身子从火葬堆上站了起来,先走回家去。家中谁也不在,都去火葬场了。她点亮了灯,换上一件新衣,对着镜子看一下自己的脸。她把镜子掷在地上,沉思了片刻。然后她取出一幅长长的面幕遮住了脸,走到邻近的罗耆波家。这以后发生的事,读者已经知道了。

不错,摩诃摩耶现在的确住在罗耆波家里了,可是罗耆波并不快乐。其实不过是一层薄薄的面幕隔开了他们。但这面幕却是永恒的,像死亡一样,甚至比死亡更令人痛苦;因为死亡造成的隔离的苦痛,在年深日久之后,由于绝望,还可以逐渐消失;而面幕造成的隔离,却时时刻刻在粉碎活生生的希望。

摩诃摩耶原来就有一个沉静的性格；而现在面幕里的那份沉静显得加倍令人难以忍受。她好像是生活在一帽死亡的幕后面。这沉寂的死亡，缠住罗耆波的生命，似乎每天都在使他的生命萎缩下去。他失去了从前认识的那个摩诃摩耶，同时这个披着面幕的人永远默默地坐在他身旁，不让他把少女时代的她给予他的甜蜜回忆珍藏供养。他默默思量："自然在人与人之间安置的栅栏已经够多了。摩诃摩耶更像古代的英雄迦尔纳[①]，一出生就带着辟邪的护身符。她身子周围本来就有一道无形的围墙。现在她仿佛是再生了一次，来到我的身边，周围又加上了一重围墙。她虽然总是在我身旁，可是又遥远得使我永远不能接近。我坐在她那不可侵犯的魔力圈外，以一种不满足的如饥如渴的心情，企图穿透这薄薄的而又深不可测的奥秘；恰如天上的星星一夜又一夜地消磨时光，想以永不闪动的低垂的目光看透黑夜的奥秘而终不可得。"

这两个没有伴侣的孤独的人便这样在一起过了很久。

一夜，正是新月出现后的第十天，是雨季以来第一次云开月朗。静寂的月夜像是坐守在入睡的世界旁边。那一夜，罗耆波也离开了床，坐着瞭望窗外。闷热的森林把一种特殊的香气和蟋蟀的懒洋洋的低鸣一同送进了他的房屋。他瞭望着，见到一行行黝黑的树木旁边，已经入睡的小池塘在闪闪发光，好像一个擦亮了的银盘。很难说一个人在这样的时候会不会有清晰的思想。只有他的心朝着某一个方向奔驰——像森林一样送出一阵阵香气，像黑夜一样发出一声声蟋蟀的低鸣。罗耆波在想什么，我不知道。不过在他看来：这一夜，一切古老律法都被抛在一边了；这一夜，雨季之夜已经拉开了自己的云幕；这一夜显得静寂、美丽、庄严，正像昔日的摩诃摩耶一样。他全身的热血奔腾汇合，涌向那一个摩诃摩耶了。

罗耆波像一个梦游人似的走进了摩诃摩耶的卧室。她已经睡了。

他站在她旁边俯身看着她。月光恰好照在她脸上。可是，多可怕啊！昔日熟悉的脸庞哪里去了？火葬堆的烈焰用它无情的贪馋的舌头舐净了摩诃摩耶左颊的美丽，留下的只有贪馋的残迹。

罗耆波吃惊得动了一下么？一声含糊的叫声从他唇边溜了出来么？也许是这样。摩诃摩耶惊醒了——她看见罗耆波站在自己面前。她立刻把面幕遮上，昂然起立，离开了床。罗耆波知道霹雷要响了。他伏在她脚前，抱住她的脚，喊道："饶恕我！"

她没有回答一个字，她走出房间时头也不回一下。她再也没有回来。哪儿也找不到她的踪迹。她的沉默的怒火，在那毫不留情的永别的时刻，给罗耆波的余生烙上了一道长长的瘢痕。

---

① 迦尔纳是史诗《摩诃婆罗多》里的人物，他是他的母亲与日神所生的，相传他一生下来就是身穿铠甲，手持兵器的。

戈　拉

长篇小说《戈拉》(1910)以19世纪70至80年代的民族解放运动为背景,以主人公戈拉为中心,反映了爱国知识分子探索民族解放道路的历程。全书共分79章,最后还有一个尾声。现根据中文译本(刘寿康译,人民文学出版社1984年版)分章介绍或节选如下。

第　一　章

一天早晨,大学毕业生毕诺业,由于一个偶然的机会结识了帕瑞什先生和他的养女苏查丽妲。苏查丽妲的眼睛显得真挚、沉着、坚强,给他留下了深刻的印象。

第二—六章

一天黄昏时分,印度爱国者协会主席戈拉和秘书毕诺业,在戈拉家里争论起来。戈拉反对毕诺业和梵社姑娘苏查丽妲谈恋爱,毕诺业则否认自己想谈恋爱。

争论过后,戈拉的母亲安楠达摩依请毕诺业到她屋里去吃东西,遭到戈拉的坚决反对,理由是母亲用了一个信基督教的女仆。戈拉认为,为了使印度教社会不受各种攻击,就有必要对饮食和种姓问题经常保持警惕。

当毕诺业问戈拉印度在他的心目中是否真实、清楚时,戈拉说道:轮船在大洋上航行,船长不论是在工作或休息的时候,心里总是想着对岸的港口,我也是这样无时无刻地不在想着印度。他相信存在一个"十全十美"的印度。

戈拉本来打算驳斥宗教教条和传统习惯的,但是由于一个英国传教士攻击印度,他的爱国热情被激起来了,于是拼命维护一切教条和习惯。他说:我们绝不允许我们的祖国站在外国法庭的被告席上受外国法律的审判。

可是,安楠达摩依却为戈拉狂热地信奉印度教而担心。因为戈拉不是印度人,是爱尔兰人留下的孤儿。

第七—十一章

毕诺业没有戈拉那样坚定的信仰,他觉得戈拉所坚信的教派性的印度是虚无的,于是便趁戈拉不在家的时候,跑进安楠达摩依的房间里,狼吞虎咽地大吃一顿,随后又到梵社成员帕瑞什先生的家里去拜访。

戈拉和哈兰也先后来到帕瑞什先生家,他们两人之间展开了一场激烈的争论。哈兰是梵社的活动分子。他攻击孟加拉人这也不行那也不行,戈拉则严厉地驳斥了他。

戈拉等人走后,苏查丽妲心情激动,久久不能入睡。在社会和宗教方面,她不能同意戈拉的见解;但看到戈拉一听见有人辱骂自己同胞便怒不可遏的表现,却使她整个心灵起了共鸣。

第十二—十五章

次日早晨,毕诺业和戈拉又围绕帕瑞什先生家的问题发生争论,结果不欢而散。

几天以后,毕诺业再次访问帕瑞什先生家,并和他们一起到梵社去做礼拜。戈拉发现了这件事,非常气愤。事后,他终于想方设法把毕诺业说服了。

第十六章

苏查丽妲和哈兰之间存在着不成文的婚约。苏查丽妲对哈兰本来也很尊敬,可是自从见到戈拉以后,她的内心却发生了微妙的变化,对哈兰也不那么尊敬了。

第十七章

戈拉在街道上碰到一连串愚蠢的事,不平的事。但是,他仍然坚信:不管祖国受到什么创伤,不管它有多么严重,都有医治的办法;而且办法就操在我们自己的手里。

第十八—二十一章

由于答应和戈拉的侄女结婚,毕诺业可以经常毫无顾虑地到帕瑞什先生家里去了。同时,为了不使毕诺业出问题,戈拉也和帕瑞什先生一家接近起来。一天晚上,戈拉来到帕瑞什先生家,先和哈兰争吵一番,又和苏查丽妲谈了许多问题。他劝苏查丽妲:到印度里边来,把她的一切东西,不论是好是坏,都全盘接受。看到缺点,你就尽力从内部给她医治,不过你要用自己的眼睛去观察她,了解她,分析她,面对着她,和她连成一体。

与苏查丽妲分手后,戈拉突然一反常态沉思起来。为了摆脱这种状态,他决定出门旅行。

第二十二—二十五章

围绕演戏问题,毕诺业和帕瑞什先生的二女儿——罗丽妲之间产生了一场风波。毕诺业近来越来越倾心于罗丽妲了。

与此同时,苏查丽妲则处于矛盾状态之中。她一面对戈拉的印象越来越深,另一面却又答应和哈兰订婚,以便为梵社服务。不过帕瑞什先生却认为,应当了解清楚苏查丽妲的心意,再对婚事做出决定。

第二十六—三十二章

戈拉来到农村旅行。他发现这里因循守旧,不认识自己的力量,愚昧无知,对自己的幸福漠不关心。尤其令他痛心的是,为了维持种姓的纯洁,他必须到一个欺压同胞的婆罗门家里去吃饭、住宿。

对于警察欺侮老百姓的事件,戈拉亲自向县长提出了抗议,但是没有任何效果;由于帮助受侮辱的学生,戈拉竟被关进了监狱。

为了抗议县长监禁戈拉,毕诺业和罗丽妲双双退出了预定当晚在县长家里进行的戏剧演出。由于这个突然事件,毕诺业感到,有一条特殊的带子已经把他和罗丽妲连在一起了。

安楠达摩依得到戈拉坐牢的消息,心里十分难过,决心亲自去看望他。

第三十三—三十四章

对于罗丽妲擅自决定退出演出的越轨行为,帕瑞什先生丝毫没有加以责备;但家里其他的人都十分生气,梵社的哈兰则大发雷霆。不过,罗丽妲是敢作敢当的,她并不把哈兰的态度放在眼里。

第三十五—三十七章

在戈拉入狱期间,为了解开戈拉的生活之谜,安楠达摩依认为,自己必须去结识帕瑞什先生家的几位姑娘。正在这时,帕瑞什先生却带着苏查丽妲和罗丽妲前来拜访了。通过这次接触,苏查丽妲在安楠达摩依心里留下了良好的印象。安楠达摩依明确表示,希望能够看见戈拉和苏查丽妲结合。

第三十八—四十六章

苏查丽妲的姨妈哈里摩希妮是个孤苦伶仃的人。她来到帕瑞什先生家后,使这个家庭发生了一系列纠葛:帕瑞什先生尽力照顾她,帕瑞什先生的妻子芭萝达太太却百般干扰她;苏查丽妲侍候她,又引起芭萝达和哈兰对苏查丽妲的联合攻击;苏查丽妲忍无可忍,坚决地拒绝了哈兰的求婚。

为了摆脱这种困境,在帕端什先生的安排下,苏查丽妲决定和姨妈一起生活,她们搬到另外一所房子居住。

第四十七—五十一章

哈兰披挂上阵,以维护梵社为名,到处散播消息,恶毒攻击苏查丽妲和罗丽妲,说什么苏查丽妲已经改信正统印度教,还就罗丽妲与毕诺业的关系大作文章。

但是,罗丽妲不肯屈服,她决定创办一所女子学校,邀请毕诺业一道参加工作;并且公开声明,她看不出和毕诺业结婚有什么不好。

第五十二—五十五章

另一方面,哈兰又去威胁毕诺业,迫使他放弃和罗丽妲结婚的打算。毕诺业正在犹豫不定之际,安楠达摩依明确地告诉他,他应当和罗丽妲结婚。

可是,当毕诺业向罗丽妲的父母去求婚时,又碰到一个难题——必须放弃新印度教,加入梵社。这使他感到为难。

第五十六—五十九章

戈拉坐了一个月的牢房,终于出来了。但他一出狱,就与毕诺业进行了一场激烈的争论。他坚决反对毕诺业为娶罗丽妲而与印度教分手。他还明确表示,毕诺业要与印度教分手,就得与他分手。

毕诺业决定反抗戈拉。他没有经过仔细考虑,便提出了加入梵社的申请;但是他的申请信被罗丽妲撕毁了。

第 六 十 章

戈拉走访苏查丽妲,对苏查丽妲说了许多话。他表示坚决反对毕诺业按梵社仪式与罗丽妲举行婚礼。他还指出,苏查丽妲应当属于印度这个民族,不应当属于梵社这个教派。

第六十一—六十二章

毕诺业和罗丽妲又见面了。两人一致承认,他们的心是非常和谐的,他们生命的河流正在汇合起来;为了结婚,谁都没有必要勉强改变现在的地位,而应当忘记自己是印度教徒或梵教徒,只记住自己是人。

不过,帕瑞什先生认为,他们这样做固然很好,但必然会碰到许多困难,所以必须慎重考虑。

第六十三章

戈拉再访苏查丽妲。他们又谈了很多话。苏查丽妲既感到快乐,又有点害怕。因为从小就在她心里扎下根的风俗习惯和戈拉正在引导她走向的新生活处处发生矛盾,这些矛盾使她坐立不安。

第六十四章

帕瑞什先生经过一番考虑,终于表示同意毕诺业和罗丽妲的结婚办法。但是,戈拉仍然坚决反对,并且表示,为了这件事他要与毕诺业一刀两断。

第六十五—六十八章

戈拉三访苏查丽妲。苏查丽妲的姨妈哈里摩希妮对戈拉一来再来很不高兴,设法把他撵走了。可是苏查丽妲的心却越来越倾向戈拉,对哈兰越来越反感。有一次,她向哈兰公然宣称,她是一个印度教徒,戈拉是她的师傅。

哈里摩希妮一心打算把苏查丽妲嫁给自己的小叔子凯拉什——一个十分庸俗的青年,但苏查丽妲对他毫无兴趣。

第六十九章

毕诺业和罗丽妲即将举行婚礼。只有安楠达摩依、帕瑞什先生和苏查丽妲前来帮助筹备。罗丽妲的母亲和姐妹都不再理她,戈拉也拒绝参加婚礼。

第 七 十 章

戈拉仍然经常到加尔各答附近的农村去,观察农民的生活,了解农民的情况。他发现,通过服务、爱情、同情、自尊和对全人类的尊重,给予所有的人以力量、生命和幸福的宗教,连影子也看不到。传统只是把人分为各个等级,又把不同的等级互相隔离,甚至把爱情也赶得老远;它不愿人类探索的结果得以实现,只是在人类来往的路上到处设下障碍。在这些村子里,这种盲目的束缚所造成的残酷、罪恶的后果,已经被戈拉从各个方面看得很清楚,他再也不能用自己织成的幻想来欺骗自己了。

第七十一—七十三章

在戈拉的心里,爱情的种子萌发起来了。戈拉原先一直千方百计地加以削弱、加以阻挠、掩盖起来的那些他不愿意看见的东西，现在已经冲破堤岸，非常清楚地显现出来了。戈拉再也没有力量说它不合礼仪，或者说它卑鄙无耻了。在这种心情的支配下，戈拉去找苏查丽妲，因为他坚信苏查丽妲一直在等待着他的召唤。然而，苏查丽妲恰巧没有在家。于是，他又觉得这是神的旨意，苏查丽妲并不属于他，他不该被自己的情欲所欺骗。

与此同时，苏查丽妲的姨妈则把她的小叔子凯拉什请到家来，想要强制苏查丽妲和他结婚；苏查丽妲坚决反对这种做法。

第七十四—七十七章

当戈拉想见苏查丽妲时，苏查丽妲恰巧不在家，这件事又使戈拉的思想朝着相反的方向发生变化。他感到自己在得意之中越出了常规，因而忽略了禁令，违反了祖国的习惯。他说：对我来说，友谊并不是必不可少的。一般人觉得和女人来往是一件甜蜜有趣的事，我可不属于那一伙。对我来说，应该完全避免和庸俗的群众过于亲密。

同时，戈拉为了洗涤狱中不洁的涤罪礼正在加紧筹备。这件事轰动了社会，戈拉自己也很重视，认为这是自己新生活的开始。可是，戈拉的父亲克里什纳达雅尔却出来阻止，不准戈拉举行这种仪式。他对戈拉说：你不能突然变成一个印度教徒；不管你多么希望，你都无能为力。要当印度教徒得从一个人的出身开始。这些话使戈拉感到迷惑不解，感到惶恐不安。他想找父亲再谈一次，但是没有得到机会。

在戈拉心情十分激动的情况下，苏查丽妲的姨妈强制他给苏查丽妲写了这样一张条子：就女人来说，人生真正的成就在于为大众谋福利。世上也许充满了快乐，也许充满了悲伤——善良贞节的女人都会一律接受，并且在家里虔诚礼拜，作为她对宗教的主要义务。读了这张条子，苏查丽妲痛苦不堪。她想：为什么今天戈拉特意下达这道命令呢？当然，自己总有一天要出嫁的，但戈拉为什么要这样着急呢？难道戈拉对自己的工作已经完成了吗？难道自己成为他终生事业的一个障碍了吗？他对自己再也没有什么期望了吗？

第七十八章

戈拉把那张纸交到哈里摩希妮的手里之后，心里觉得就像是给苏查丽妲写了一封绝交信。但是单单写一张契约或文件，事情并不能就此结束。他的心并没有同意。虽然戈拉用意志的力量强迫自己在纸上签了字，他的心却拒绝签字作证——它始终不肯服从指挥。真的，它叛逆到如此地步，当天晚上戈拉差一点就决定跑去见苏查丽妲了！不过他刚要动身，便听见附近教堂的钟敲响了10点。他猛然醒悟，现在去拜访人实在是太晚了。在这之后，他睁大眼睛躺在床上听着每一点钟的报时钟声，因为他那天晚上始终没去那所花园住宅。他派人送去一封信说他早晨再去。

第二天早晨，他到河边花园那边去了，可是促使他决心要行涤罪礼的那股子劲儿和纯洁的心境都到哪儿去了呢？

许多梵学家都已经来了，还有一些预计也要来。戈拉热烈地欢迎他们，他们一个个也用最夸张的言词再三赞美戈拉对这不朽的宗教的坚定信心。

花园里边逐渐忙乱起来了。戈拉东奔西走，指挥一切。可是在这一切忙忙乱乱、吵吵闹闹的工作当中,只有一个念头从他心的深处涌现出来,在他的脑海里不断地出现。仿佛有人不停地跟他说:“你错了!你错了!”这时他没有时间去仔细思索,找出错在哪里——但又无法压下心中这种强烈的感情。

在举行涤罪礼的这一切规模宏大的安排中,好像有一个敌人,藏在他的心田里,反对他说:“你错了!”这错误不是触犯了教规和法律,不是违反了圣书,也不是不合宗教惯例——这是在他自己身上犯下的一个错误。因此戈拉以整个心灵反对这一切举行仪式的准备工作。

开始的时间快到了。举行仪式的地方已经搭好天篷,围上竹栏杆。戈拉在恒河洗完澡,正在换衣服的时候,观众中显然发生了一阵骚动。一种不安的情绪仿佛正在向四面传播。最后,阿比纳什惊慌失措地来到戈拉面前说:“你家里刚刚送信来说克里什纳达雅尔先生病得很重。他派了车子来,叫你马上回家。”

戈拉立刻就动身了。阿比纳什要陪他去,他说:“不,你要留下来招待客人,你也离开是不行的。”

他走进克里什纳达雅尔的屋子时,看见他躺在床上,安楠达摩依在轻轻替他按摩脚。戈拉着急地看着他们两个人,直到克里什纳达雅尔示意叫他坐在一张为他摆好了的椅子上。

“爹的情况怎么样?”戈拉坐下之后问他母亲说。

“他稍微好了一些,”安楠达摩依回答,“已经派人去请外国大夫了。”

屋子里还有萨茜穆克希和一个仆人。克里什纳达雅尔做了一个手势叫他们出去。他看见屋子里没有别人了,便默默地看着安楠达摩依的脸,然后转过头,用微弱的声音对戈拉说:“我的日子到了,有一件我瞒了你这样久的事,在我死之前,一定要告诉你,否则我心里得不到安宁。”

戈拉脸色变得十分苍白,他默默地一动不动地坐在那里。好长时间谁都没有说话。后来克里什纳达雅尔接着说下去:“那时,我不尊重自己的社会——这是我铸成大错的原因。错误一旦犯下,就只好错下去了。”说到这儿,他又停下了。戈拉也一声不响地坐着,没有提出什么问题。

“我原以为永远没有必要让你知道,”克里什纳达雅尔接着说,“以为事情可以永远这样下去。可是现在我看出这是不可能的,因为我死之后,你怎么能参加我的丧礼呢?”

显然,克里什纳达雅尔是因为想到这种情况才担心起来的。

戈拉急于要知道真相,便用询问的眼光转向安楠达摩依问道:“妈妈,请您告诉我,这话是什么意思?我没有权利参加爹的丧礼吗?”

安楠达摩依一直低着头,一动不动地坐在那里,可是听到戈拉的问题,她抬起头,坚定地凝视着戈拉的眼睛说:“没有,我的孩子,你没有这个权利。”

“那么,我不是他的儿子吗?”戈拉吃了一惊,问道。“不是。”安楠达摩依回答。

戈拉用火山爆发般的爆炸力提出第二个问题:“妈妈,难道您也不是我的亲妈?”

安楠达摩依的心几乎都要碎了,她用欲哭无泪的干巴巴的声音说:“戈拉,我的孩子,你是我唯一的儿子。我不能生育,不过你是我的儿子,比我亲生的还要亲。”

“那么,您是从哪儿把我抱来的呢?”戈拉又转过头去问克里什纳达雅尔。

“事情发生在印度士兵大起义的时候,”克里什纳达雅尔说,“那时,我们住在埃达瓦。你的母亲因为害怕英印军里边的印度兵,在一天晚上,躲到我们家避难。你的父亲前一天就战死了,他的名字……”

“没有必要提他的名字!”戈拉吼道,“我不想知道。”

克里什纳达雅尔看见戈拉这样激动,不由得吃了一惊。他把话刹住了,只是补充说:“他是一个爱尔兰人。当天晚上你母亲生下你之后也去世了。从那天起,你就一直住在我们家里。”

霎时间,戈拉觉得他的一生就像是一个离奇的梦。从童年起,他就赖以建立生活的那个基础,现在碎成粉末了。现在他简直搞不清他是谁,也搞不清他在哪儿。他所谓的过去好像全是空的,他迫切期待了那么久的、光明的未来也消失得无踪无影了。他觉得自己像是荷叶上的一滴露水,只存在了一会儿。他没有母亲,没有父亲,没有家乡,没有国籍,没有门第,甚至连神都没有。给他留下来的只有一样东西,那就是一片无边的空虚。他能抓住什么呢?他能做什么?能从什么地方重新开始生活?能朝哪一个方向看?又能从哪儿每天收集他的新工作所需要的材料呢?戈拉置身在这一片虚无缥缈之中,分不清东南西北,一句话也说不出来。别人见了他脸上的这副表情,也不忍心再说什么了。

这时,一位孟加拉医生陪同那位英国大夫来了。大夫对戈拉和病人发生同样的兴趣,他看着戈拉,心里感到很纳闷儿,不知道这个古怪的年轻人到底是谁。因为戈拉的额头上还有那颗用恒河泥土点的圣痣,身上还穿着在恒河沐浴之后换上的绸衣。他没有穿衬衫,魁梧的身体从披在肩上的短小的晨衣里露了出来。

在这以前,戈拉无论什么时候看见英国人,都会感到一种出于本能的厌恶。可是今天,大夫在检查病人的时候,戈拉却特别亲切地看着他,并且反复地问自己:“在这里和我关系最密切的难道竟是这个人吗?”

大夫询问并检查过病人之后说:“唔,我看不出有什么严重的症状。脉搏没有什么可担心的,各个器官也没有什么问题。只需要注意一点,症状就没有理由会重新出现。”

大夫走了之后,戈拉默默地站了起来,准备走出屋子。安楠达摩依在大夫来的时候,原是待在隔壁房间里的,这时跑过来,抓住戈拉的一只手,激动地说:“戈拉,我的好孩子,你千万不要生我的气,因为那样会让我心碎的。”

“你们为什么这么久都不告诉我呢?”戈拉问道,“告诉我也不会有什么害处呀。”

“我的孩子,”安楠达摩依说,把一切责任都担在自己肩上,“因为怕失掉你,我犯了这个罪过。如果最后这事还是要发生,如果今天你离开了我,我谁也不怪,只能怪我自己,戈拉,不过那样,我就活不成了,我的宝贝!”

“妈妈!”戈拉回答的只有这一声妈妈,可是安楠达摩依听到他喊出这两个字,一直强忍住的泪水就一下子涌出来了。

“妈妈,现在我要到帕瑞什先生家去一趟。”戈拉说。

“很好,亲爱的,你去吧!”安楠达摩依觉得心头上的一块石头落了地。

这时,克里什纳达雅尔虽然不必怕他会早死,却因为把秘密告诉了戈拉,觉得十分惊慌。在戈拉走出屋子之前,他说:“听着,戈拉,我看你没有必要把这事告诉任何人。只要行动谨慎一些,大致照过去那样行事,就不会有人知道的。”

戈拉对这个建议没有作任何回答就走出去了。一想起自己跟克里什纳达雅尔没有真正的关系,他就觉得大大地松了一口气。

摩希姆不事先通知机关是不能缺勤的,因此在他替父亲请好医生,作好一切必要的安排之后,就到机关请假去了。他回家的时候,正好遇到了戈拉从家里出来。

“你上哪儿去?”摩希姆问道。

“情况很好,”戈拉说,“大夫已经来过,他说没有危险。”

“多么走运呀!”摩希姆高兴地大声说,心里宽慰多了,“后天就是萨茜穆克希结婚的日子。因此,戈拉,你得多少做点准备!你听我说,你一定要事先提醒毕诺业,免得他那天到这儿来。阿比纳什是一个很严格的印度教徒——他特别关照过,不要请这样的人来参加婚礼。兄弟,我另外还有一点事想跟你说说。我已经请了我的洋上司,你可别把他轰走!你用不着费多少事儿,只要点点头,说声‘先生,晚上好’就行了。你的那些古圣梵典并没有说不能这样。要是你高兴,你可以向梵学家求一个特别的训谕,把这事弄弄清楚。你应当明白,我的兄弟,他们是统治阶级,在他们面前,稍微谦恭一些并不会贬低你的身份!”

戈拉对摩希姆的话没有作任何回答便走掉了。

第七十九章

苏查丽妲为了不让别人看见她流泪,正在忙着收拾衣箱。仆人进来通报戈拉默罕先生来了。她连忙擦干眼泪,放下手边工作,这时,戈拉正好走进屋子。

他额头上还点着那颗恒河标志,身上还穿着那件绸衣。他根本没有考虑外貌,所以穿着一件在作客时通常谁都不会穿的衣裳就跑来了。苏查丽妲想起了他第一次到他们家时穿的那身衣服。她知道那天他是顶盔带甲来的,不知道今天这一身是否也是他的战袍!

戈拉进来之后,跪在帕瑞什先生面前,俯伏在地,向他行触脚礼。帕瑞什先生连忙朝旁边闪开,心里感到十分不安。他把戈拉扶起来,大声说:“来,来,我的孩子,到这边坐!”

“帕瑞什先生,现在我再也没有束缚了!”戈拉喊道。

“什么束缚?”帕瑞什先生吃惊地问。

“我不是印度人!”戈拉解释说。

“不是印度人!”帕瑞什先生喊道。

“不,我并不是印度人,”戈拉接着说,“今天我听说我是印度士兵大起义时的一个弃儿——我的父亲是一个爱尔兰人!今天,从东到西,从南到北,印度每一座庙宇的大门都对我关上了——今天,全国印度教徒的筵席上都没有我的座位了。”

帕瑞什先生和苏查丽妲听了都惊得发呆,说不出话来。

“帕瑞什先生,今天我自由了!”戈拉激动地高声说,“我用不着害怕被玷污或失掉种姓了——现在我用不着每走一步都盯着地面来保持洁净了。”

苏查丽妲把戈拉那张容光焕发的脸看了很久。戈拉接着说:“帕瑞什先生,我一直用整个生命来了解印度——可是我到处碰壁——我不分昼夜地想把这些障碍变成我的信仰对象。为了使这些信仰有一个牢固的基础,我一直没法做其他的事——它成为我唯一的工作了。因为这个缘故,每一次我和真正的印度正面相对的时候,我总是畏缩地退了回来——我用那一成不变和不加批判的想法塑造了一个印度,为了尽力把我全部信仰完整地保存在那坚不可摧的堡垒里,我一直和周围的一切作斗争!今天,我创造的这座堡垒,刹那间便梦幻般消失了,而我,在获得了完全的自由之后,却突然发现自己站在一片无边的真实之中,印度的一切善与恶,悲与欢,智与愚全都使我感到十分亲切。现在我真的有权为她服务了,因为真正的劳动场所已经在我面前展开——这不是我自己想象出来的——这是为三亿印度儿女谋福利的真实的场所!”

戈拉这个新获得的体会使他谈起话来这样热情洋溢，帕瑞什先生听了也变得十分激动，他再也坐不住了，站起身来，听戈拉讲下去。

“您能听明白我想说的是什么吗？我日日夜夜深切盼望、但没有做到的，今天终于做到了。今天，我真正是一个印度人了！在我身上，不再有印度教徒、穆斯林和基督教徒之间的对立了。今天，印度的每一个种姓都是我的种姓，所有人的食物都是我的食物！您看，我曾经漫游过孟加拉许多地方，受过最低下的乡下人家的接待——不要以为我过去只给城市听众演讲——可是我始终不能和大家平等地坐在一起——这些日子，我和别人之间总隔着一条看不见的鸿沟，我没有办法迈过去！因此，我心里总感到空虚，我用各种办法不去正视它，又用各种艺术品给它加以装饰，使它显得好看一些。因为我爱印度胜过我的生命，所以有人对我所知道的那部分印度稍加批评，我都受不了。如今，我不用再去徒劳无益地创造这种无用的装饰品了，帕瑞什先生，我觉得我又活过来了！”

“我们得到真实的东西的时候，”帕瑞什先生说，“虽然它还不完善，还有缺点，我们的心灵也会得到满足——我们甚至不想用虚假的东西去装饰它。”

“您看，帕瑞什先生，”戈拉说，“昨天晚上我向神祈求，希望今天早晨我能进入一种新的生活！我祈求从童年起就包围着我的任何虚假或不洁的东西全部毁灭，我可以获得新生！神并没有完全照我希望的那样听从我的祷告——他突然把自己的真理交到我手里，使我大吃一惊！我做梦也没有想到，他竟会用这样彻底的方式把我身上一切不洁净的东西扫除干净。今天，我变得这样纯洁，即使在最低种姓的人家作客，也不用担心会被玷污了。帕瑞什先生，今天早晨，我怀着一颗赤诚的心，匍匐在我的印度母亲的怀里——经过这样长的时间，我终于完全体会到母亲的怀抱是什么意思了！”

“戈拉，”帕瑞什先生说，“请你也召唤我们，好让我们分享你生来的权利，在你母亲的怀抱里安息吧！”

“您知道，”戈拉问道，“为什么今天我一获得自由，第一件事就是来找您吗？”

“为什么？”帕瑞什先生问道。

“因为只有您懂得这种自由的教义，”戈拉解释说，“所以今天您在任何教社都没有立足之地。请收我做门徒吧！今天，请您将那位属于一切人——印度教徒、穆斯林、基督徒和梵教徒——的神的教义传授给我吧！他的庙宇的大门是永远不会对任何种姓的任何人关闭的。他不仅是印度教徒的神，也是印度自己的神！”

帕瑞什先生的脸上闪耀着深沉柔和的虔诚光辉，他垂下眼睛，默默地站了很久。

戈拉转过身对着苏查丽妲，她一动不动地坐在椅子上。

“苏查丽妲，”戈拉微笑着说，“我不再是你的师傅了。我向你恳切地提出这个要求——请拉着我的手，把我领到你这位师傅面前好吗？”说完，他向她伸出了右手。苏查丽妲从椅子上站了起来，把一只手放在他手里。戈拉转过身朝着帕瑞什先生，两个人一起向他行礼。

尾 声

那天晚上，戈拉回到家里的时候，看见安楠达摩依静静地坐在他屋子前面的阳台上。

他走到她跟前，在她前面坐下，把头匍匐在她脚上。安楠达摩依用手托起他的头，吻了吻他。

“妈妈，您是我的妈妈！”戈拉激动地高声说，“我到处寻找的妈妈原来一直坐在我的屋子里。

您没有种姓，不分贵贱，没有仇恨——您只是我们幸福的象征！您就是印度！”

“妈妈！”戈拉停了一会儿，又接着说，“请您叫拉契米给我倒杯水好吗？”

安楠达摩依用温柔的、微微带着哽咽的声音，轻轻地对戈拉说：“戈拉，让我派人去把毕诺业请来吧！”

现当代文学

雪　国

作者川端康成(1899—1972)是日本现代小说家。1899年6月14日出生在大阪,1924年从东京大学毕业后,走上了专业作家的道路,参加创办同人杂志《文艺时代》;由于他和其他创办人都重视感觉和技巧,所以被称为新感觉派。其后又参加了同人杂志《文学》。他这时所写的作品,除了表现自己的孤儿感情以外,主要描写处于社会底层的妇女(如舞女、艺妓、女侍者、女演员)的悲惨命运,表现她们的痛苦和追求。《招魂节一景》(1921)、《精通葬礼的人》(1923)、《十六岁的日记》(1925)、《伊豆的舞女》(1926)、《温泉旅馆》(1929)等,是这时比较重要的作品。

在第二次世界大战期间,他过着半隐居的生活,所写的作品与战争没有什么联系,主要仍以下层妇女的命运为主题,《花的圆舞曲》(1936)、《雪国》(1935—1947)等,是这时比较重要的作品。

战后,川端康成的创作倾向较为复杂。一方面他写出了不少思想内容基本健康的作品,如《舞姬》(1951)、《名人》(1954)、《古都》(1962)等;另一方面又写出不少具有颓废情调的作品,如《千只鹤》(1951)、《山音》(1954)、《睡美人》(1961)、《一只胳膊》(1963)等。

川端康成一生写了430余篇小说,包括长篇、中篇、短篇和手掌小说(即小小说)。1968年,他获得诺贝尔文学奖。1972年4月16日,他在工作室里口含煤气炉管自杀。

中篇小说《雪国》从1935年1月开始在杂志上断断续续发表,1948年12月出版单行本,前后经过了14个年头。小说写的是岛村和驹子的爱情故事。全文共分11段,现根据中文译本(侍桁译,上海译文出版社1981年版)分段介绍或节选如下。

第　一　段

穿出长长的国境隧道就是雪国了。天边的夜色明亮起来。火车停在信号房前面。

一个姑娘从对面的座位上起身走过来,打开了岛村面前的玻璃窗。雪的冷气向车里注入。这姑娘探出整个身子到窗外,向远方呼喊着:"站长!站长!"

一个男人提着灯踏雪慢慢走来,他的围巾一直包到鼻子上,皮帽子罩住耳朵。

岛村向外眺望,心里想:已经这么冷了吗?只有一些像是铁路员工宿舍的木板房子冷落地散布在山脚下,雪光还没有伸延到那边,它们被包围在阴暗中。

"站长,是我,您好啊!"

"啊,是叶子吗,你回来啦。天又冷了。"

"听说我弟弟这次派到这儿来工作,要您多照顾啦。"

“这种地方，要冷清得难受哪，他年纪轻轻的，倒也可怜。”

“他还是个孩子，要站长好好地教导他，郑重地拜托您啦。”

“好的。他做得挺有劲，以后就要忙起来了。去年好大的雪，常常雪崩，火车都不通了，村子里给灾民烧饭，很够忙的。”

“站长，您身上像是穿得好厚实，弟弟来信说，他连背心还没穿上身咧。”

“我穿上4件啦。年轻的人们，天一冷光是喝酒，囫囵个儿躺下去，就感冒了。”站长朝公家宿舍方向挥动着提灯。

“我弟弟也喝酒吗？”

“不。”

“站长，您回家吗？”

“我受了伤，正在看医生。”

“啊，那可不好。”

站长虽然在日本服上加了大衣，却想急忙中断寒冷中站着聊天，说了声：“再见吧，你好好保重啊。”就转过身去。

“站长，我弟弟现在没出工吗？”叶子在雪地上用眼搜寻着，“站长，您好好地看管我弟弟，拜托啦。”

她那美丽的声音甚至带上悲哀的气氛。话声很响亮，好像会从雪夜中传来回声。

即使火车开动了，她也没把上半身缩回到窗口里来，站长沿着轨道旁走着，她一追上他就喊：“站长，请您告诉我弟弟，下一次休假的日子让他回家来。”

“好的。”站长放大声音喊着。

叶子关了窗子，用双手捂着冻红了的脸蛋儿。

国境的山边已经配备好3辆除雪车等待着除雪。从隧道的南北两方沟通了报告雪崩的电线。除雪工人增加到5 000名，消防队青年团达到了2 000名，都做好出动的准备。

岛村一了解到叶子姑娘的弟弟今年冬天将在这就要被大雪掩埋的铁路信号房里服务，就越发加深了对她的兴趣。

不过岛村在这里以“姑娘”相称，只是从表面上来看的，跟她结伴的那个男人究竟是她什么人，岛村当然不明了。讲到两个人的动作表情，倒像是夫妇的味道，不过那男人显然是个病人。由于对待病人，也就放宽了男女的分别，越是诚诚恳恳地照料病人，越显得带有夫妇的味道。实际上从旁看来，这个女人照料一个比自己更年长的男人那种小母亲的样子，也可以想他们是夫妇。

岛村把她一个人分开来，只凭对于她的姿态的感觉，就随便地断定她大概是个姑娘。可是由于他曾用一种奇怪的眼光，过分地注视了这个姑娘，也许就把他自己的伤感心情混合在里面了。

还是在3小时以前，岛村出于无聊，眼望着左手食指的转动，结果只有这个手指还在生动地记忆着他要去会面的女人，然而越是心急地想回忆出来，越是抓不住那已经模糊了的记忆，这时他奇怪地感觉到只有这个手指至今还沾染着那个女人的触觉，正在把他拖向远方的女人那边。他把鼻子凑近手指闻了闻，偶然用手指在玻璃窗上划了一条线，只见内中有个女人的一只眼睛清楚地浮现着。他吓了一跳，似乎要叫起来。然而这是因为他心里想着远方的缘故，留神一看，没有什么可奇怪的，映现出来的是对面座位上的女人。外面薄暮正在下降，火车里点上了灯，因此玻璃窗变成了镜面。可是暖气炉的暖气使玻璃整个地浸润了水蒸气，手指不去擦它，就现不出镜面。

正是因为只现出姑娘的一只眼睛，反而显得异常美丽，岛村把脸凑近窗口，忽然做出一副观望晚景的带有旅愁的面孔，他用手掌擦了擦玻璃。

那个姑娘稍稍斜着身子一心一意地俯视着她面前躺着的男人。从她那两肩用力的情形来看，可以看出她是那么的认真，她那略带严峻神情的眼睛一眨也不眨。那男人头朝着窗口的方向，蜷着的腿搭在姑娘的身旁。这是三等客车，因为他们的座位不是和岛村在一排上而是在前一排的斜对面，所以那倒卧着的男人面孔，在镜中只映现到耳边。

姑娘因为正好坐在岛村的斜对面，是直接可以看到的，可是在他们上火车时候，那姑娘的清冷刺人的美质，使岛村吃了一惊，他就把眼睛垂下来，那时他看到男人的青黄色的手紧紧地握着姑娘的手，他就觉得不好再朝那个方向观望了。

映现在镜中的男人，面对着姑娘的胸部，露出无忧无虑的沉静的脸色。他的体力虽然是衰弱的，却浮现出甜蜜的谐和。他铺上围巾当枕头，拿它紧紧地盖着嘴，挂在鼻子底下，然后又朝上包住他的脸蛋儿，可是时而松下来，时而又盖住了鼻子，他的眼睛要转动还没有转动的时候，姑娘就以温柔的手势给他整理好。有好几次两个人天真地反复着同样的动作，岛村在一旁观望，甚至觉得刺激了神经。还有，那男人用外套包着腿，下摆常常垂下来，姑娘会马上发觉而给他整理好。这样的动作完全是很自然的，以致使人觉得两个人会忘掉了行程的距离，无尽无休地以同样情态去向远方。因此，岛村并不感到眼看悲哀事情时的苦味，而像是在望着离奇的梦境，因为他看过了奇怪的镜中情景。

在镜子的底面，傍晚的景色变动着，也就是镜面和它映现的景物像双重电影画面似的流动着。上场的人物和背景是什么关系也没有的，而且人物在变幻无常的透明中，风景在朦胧流动的薄暮中，两者融合在一起，描绘出并非这个世界的象征世界。尤其是当那姑娘的面容当中燃起山野的灯火时，岛村的胸间甚至颤动着难以形容的美景。

远方山上的空中，还微微地残留着夕阳反照的色彩，越过玻璃窗望见的风景，一直向遥远的方向伸延，形迹未消。然而彩色已经全失，随你看到哪里，平凡的山野形影愈加显得平凡了，任何景物也并不特别引人注目，所以反而使人产生了一种模模糊糊开阔的感觉。不用说，这是因为内中浮现着姑娘面容的缘故。在映现出她那一部分的身段，窗外是看不见的，而由于在姑娘轮廓的四周不断地动荡着傍晚景色，使人感到姑娘的面容是透明的。但是否是真的透明呢，那是错认为在她面孔里不停流动着的晚景透到面孔上来了，仔细一看，就难以捉摸了。

火车里光线又不是那么亮，没有普通镜面那样的强烈光彩，它不能反射。在岛村注目观望的时候，他渐渐地忘记了有这么一面镜子。以为那姑娘像是浮现在晚景流动的当中了。

每逢这样的时候，她的脸上是有灯火点燃着，镜子里的映像没有足以消除窗外的灯火那么强，而灯火也不足以消灭映像，所以灯光是穿过她的面孔流动着，可并不使她的面孔光辉灿烂。那是冷冷的远方的亮光，朦胧地照亮着她小小瞳孔的四周，也就是在姑娘的眼睛和灯火重叠的那一瞬间，她的眼睛浮现在薄暮的波动中，成了妖艳美丽的夜光虫。

叶子不会注意到她是这样被人偷看的。她的心神只一心一意地灌注在病人身上，即使有时把脸转向岛村这方面，大概她也看不见透过玻璃窗映现出她自己的姿容，所以也就不会把眼神停留在这个望着窗外的男人身上。

岛村长时间这样偷看着叶子，竟然忘记了这事对她是失礼的，恐怕是因为映现着晚景的镜面具有一种非现实的力量把他吸引了去。

所以当她向站长打招呼使人看出即便在这里她都表露了过分严肃认真的情态时，首先使他产生的恐怕也是这种富有小说意味的兴趣。

通过那个信号房的时候，窗口已经一片黑暗。面前风景的流动一消失，镜中的魅力就不见了。叶子的美丽容貌虽然还在映现，举动还是那么亲密，岛村却在她身上新发现到一种清澈的冷峻，他就不想再拂去镜面上模糊不清的地方。

可是没有想到仅仅过了半小时，叶子俩和岛村在同一个车站下了车，他觉得这事还会有下文，似乎与自己将有些瓜葛，就回头看了一下，可是一接触到站台上的寒冷，立刻感到在火车上的那种无礼举动是可耻的，就头也不回，从机车的前方走过去。

那个男人搭着叶子的肩膀想下落到轨道的时候，这边的站务人员扬起手来阻止他。

不久在黑暗中现出一列长长的货车遮掩了两个人的身影。

第　二　段

岛村一下火车就跟旅馆掌柜打听“三弦师傅家的姑娘”（即驹子）在不在。随后，当他从旅馆浴室里走出来的时候，看见在长长的走廊尽头，在账房的拐角上，冷飕飕的衣裳下摆铺展在发着黑光的木板上，一个女人高高地站在那里。这个女人就是驹子。这是岛村第二次来到雪国，第二次见到驹子。

第　三　段

岛村第一次来雪国，第一次见驹子的情况如何呢？

那是满山一片新绿的登山季节。岛村从山上下来回到旅馆，想找一个艺妓。当时驹子还不能算是艺妓，很少一个人到旅馆的房间里去陪客人，不过也不能说完全是个外行人。可是那一天正是公路落成典礼的喜庆日子，艺妓没有空闲。所以女佣人便把驹子给岛村领来了。当驹子走进岛村的房间时，岛村不觉一惊，肃然坐起身来。她给岛村的印象是难以想象的洁净。她坦率地谈起自己的身世：生在雪国，到东京当过陪酒侍女，被人赎出身来，打算将来做个舞蹈师傅生活下去，但是才过一年半，她的男人又死了。

第二天下午，驹子到岛村的房间来玩。岛村突然让她帮忙找个艺妓。岛村还说：我想跟你清清白白地交朋友，因此我不难为你！驹子似乎受到感动，主动坐到岛村身边来了。她的声音里充满了真实的感情，使岛村甚至觉得他没费什么力就把这个女人骗到了手，这反而引起一种负疚的心情。但也不能说他讲的是谎话。不管怎么说她是一个外行人。他对于女人的欲望，不想在这个女人身上去追求，只望不留下什么罪孽淡然地相处下去。她是过于洁净了。从一开头他看见她的时候，就对她另眼看待了。在这之后，岛村又谈了自己对于歌舞的见解。这番话也成了使这个女人亲近他的助力。

过了一会儿，女佣人带来一个艺妓，皮肤黝黑，骨瘦如柴。岛村感到失望。这时他才明白，他从一开头想要的就是驹子这样的人。

当天晚上，驹子陪客人饮酒，喝得醉醺醺的，一面高声喊着“岛村先生”，一面闯进岛村的房间，猛然倒在岛村的身上。其后，她依旧像说梦话似的诉着苦，不知道反复说了多少次这类的话：不行，不行，你不是说过我们要做朋友吗？

第二天天刚亮，驹子慌慌张张地溜出了岛村的房间。就在那一天，岛村也回东京去了。

第四段

这一段上接第二段，继续叙述岛村第二次来雪国，第二次见驹子的情景。

驹子告诉岛村，她经常记日记。她说：看看旧时的日记是快乐的。因为不管什么事毫不隐瞒地照原样写下来，一个人翻着看也觉得害羞呢。她的日记是从到东京去做侍女之前写起的。据她说，那个时候，手头钱很不方便，自己买不起，就写在两三分钱的杂记本上。用尺量着，画出细格子，把铅笔削得尖尖的，画出整整齐齐的线。在那本子上从顶到底密密麻麻地写满了小字。……平素陪酒回家，换上睡衣就写起来。大概因为每次回来得都很晚，所以现在翻看起来还能发现有些地方写到半途中就睡着了。

驹子还告诉岛村，她经常看小说，写笔记。她从十五六岁时起，就把读过的小说都记下来，这样的杂记本已经积累到10本了。所记的是什么呢？据她自己说，写不出什么感想来，不过是题目和作者，然后书中出现的人物名字，以及那些人物之间的关系，等等。而她所说的小说，听起来似乎与日常使用的文学这个词汇是没什么关系的。不过是和人交换一些妇女杂志读读罢了，她同这个村子里的人们谈不上有什么深厚的交往，所以后来似乎完全自个儿读了，既无选择，又不大理解，只在旅馆客厅等类的地方，一发现小说或杂志，她就借来阅读。

然后，岛村到浴室去洗澡，驹子坦率地跟着来了。但是，回到房间以后，她把躺着的头轻轻地抬起来，用小指头拢着鬓发，只是说了一声：我太可怜了！

第二天早晨，驹子面对枕边的镜台，面颊鲜红。岛村朝她那方面望着，忽然把头缩回来。镜子里面，雪闪耀出雪白的光。在雪中浮现着她那鲜红的脸蛋儿。那是无可比拟的洁净美丽。太阳已经升上来，镜中的雪增添了冷冽的像燃烧似的光辉。浮现在雪中的她的头发逐渐成为闪耀出鲜艳紫光的黑色。

第五段

当天下午，岛村走出旅馆散步，路上碰见驹子。驹子当着几个艺妓的面跑过来，邀请岛村到她家里去坐坐。岛村问起她师傅的儿子（名叫行男）的病情和陪同病人的姑娘（名叫叶子）的情况，驹子立即现出怒容满面的样子，说话也突然变得厉声厉气了。驹子告诉岛村，行男不久前到东京进夜校，大概由于过分紧张弄坏了身体，害上了结核病，现在是回到故乡来等死的。至于叶子，她一句话也不谈。

岛村离开驹子家后，碰上一个女按摩师，便请她给按摩。据按摩师说，驹子的三弦弹得很熟练；驹子已和行男订婚，并且为了给他挣钱治病，才在今年夏天当了艺妓。

当晚，在岛村空虚得无可奈何之际，驹子像点燃的灯火一样走进来了。她在宴会上陪过酒，又喝醉了，但很快就清醒过来了。

第六段

次日早晨，天气晴朗，驹子继续留在岛村的房间里。在谈话中，驹子否认按摩师所谓订婚之类的话。据她说,师傅只是心里想过让儿子和驹子结合,但是没有说出口来;她也不是特别为了什么人去当艺妓的,自己要做的事总是非做不可的。

驹子让叶子把三弦和琴谱送到岛村的房间里来,好在这里练习。岛村意外地发现,驹子除了普通的练琴书以外,还有杵家弥七的《文化三弦谱》20册。她弹的第一支曲子是《功进帐》。岛村忽然感到清凉,脸上好像要起鸡皮疙瘩,连肚子里都是透心凉。在茫茫然的头脑里三弦的琴声不知所以地轰响起来。与其说这使他完全受了惊吓,不如说他被征服了。他为一种虔敬的念头所感动,洗净了悔恨的思虑。他感到自己没有力量,只好任凭驹子的力量随意推动,愉快地让身体飘飘然浮起来。

虽然驹子自己并不知道,而她平素是以山峡的大自然为对手,孤独地练着琴,由于她已习惯于此,自然挑动的琴音就强劲有力。她的孤独暗藏着野性的威力,踏碎了哀愁。虽说她多少有些基础,而用曲谱独自学习复杂的曲子,直到能离开曲谱弹得自如,这一定和她那坚强意志的努力是分不开的。驹子的生活方式,在岛村看来是空虚的徒劳,是值得可怜的对遥远的憧憬;而这种生活对于她本人的价值,从她凛然挑动的琴音里似乎都流露出来了。

第七段

从这之后,驹子即使留宿,也不再勉强要在天亮以前回家了。

岛村准备离开雪国的前一天晚上,又把驹子叫来了。当时已经11点钟,可是驹子非要出去散步不可。从外边回到屋里后,她又突然垂头丧气地把两只胳膊深深地插入被炉里,低头沉思起来。

第二天下午3点,岛村动身到车站去,驹子给他送行。这时,叶子忽然跑来,说是行男情况危险,要拉驹子赶快回去。驹子脸上突然失掉血色,出乎意料地坚决摇摇头说:“我在给客人送行,我不能回去。”岛村让她不要送行,她仍然坚持说:“这不好。你第二次再来不来,我都不知道。”叶子走后,岛村对驹子说:“在你们3人之间或许有过什么样的情况,然而那个男儿也许现在快要死了。他不是想见你一面才叫人叫你来的吗?老老实实地回去吧,不然你一生都要后悔的。在我们这样谈话的时候,他如果断了气,那可怎么好。你不要固执,过去的事情全都不要计较了。”驹子说:“你弄错了。你发生了误会。”岛村又说:“你被卖到东京去的时候,不是只有他一个人给你送行吗?在你最早的日记里,一开头就记入的人,他临终时你都不去见一面,哪里有这个道理呢!你应该去把他生命的最后一页记下来。”驹子说:“我不愿意去看人临终的情况。”——驹子这句话听起来像是冷冰冰的,可又像是含有过分热烈的爱情,因此岛村感到迷惑不解了。

火车一开动,候车室的玻璃立刻闪起光来,驹子的面容朦胧地浮现在那闪光之中,可是转眼之间就消失了,那面容和那天早晨映现在白雪镜中的一样鲜红。在岛村看来,那就是与现实告别的一种颜色。

第八段

又一年的秋天,即蛾子产卵、萱草茂盛的季节,岛村第三次来到雪国,第三次见到驹子。在不足3年的期间,岛村来了3次,每次他都觉得驹子的境况起了变化。

岛村向驹子打听行男的情况,驹子说:当然是死啦。岛村又问是否是在驹子给自己送行时死的,驹子却不以为意。驹子告诉岛村,由于他没有遵守2月来雪国的诺言,害得她扑了个空。她是抛下病重的师傅,专程从外地跑到这里来等候的,结果师傅也死了。岛村表示歉意,驹子仍不以为意。

驹子表示,她要在这里再干4年,希望岛村一年来一次。岛村发觉驹子有个男人,已经断断续续地维持了5年。不过,驹子由于种种原因,始终讨厌这个人,至今也和他好不起来;她甚至想做出一些不规矩的行为,以便断绝这种关系。但是,她又说道:我做不出不规矩的行为。这也是生性的缘故。想干的活,4年的期限,两年也干得完,可是为了保重身体,就不勉强去做。如果硬着干,线香钱就要多多啦。因为是定了年限的,只要不叫主人受损失就算了。每月平均押金要多少,利息多少,税钱多少,再加上伙食开销,都是算得出来的。超过这个数目,我就不肯勉强去做了。遇到叫人厌烦的宴会,我要不高兴,就干脆回家去,不是旧相识指名叫的话,旅馆里也不会在深夜里来叫我的。自己要奢侈的话,是没有止境的,可我却随随便便赚些钱就那么过去了。

次日早晨,驹子起得很早。第三天早晨,岛村一睁开眼,发现驹子端端正正坐在桌前看书。原来她一夜未能入睡,清早就跑到岛村房里来了。过了一会儿,两人出门散步。岛村说:到那边去看看好吗?可以望见你未婚夫的坟墓。驹子突然飞快地挺直了身子,严肃地瞪着岛村,把她手中握着的一把栗子刷的一声投向他的脸上,说道:你瞧不起我是吗!在墓地,他俩碰见了正在扫墓的叶子。驹子特地向叶子声明:我不是来给行男扫墓的。

当夜3点半钟,驹子猛然从外面闯进来,挺直身子倒在岛村胸上。岛村感到驹子的身体像火一样烫人。

驹子走后,岛村心想:早上7点和夜里3点半,驹子一天两趟都在异乎寻常的时间前来,这可是非同小可的事了。

第 九 段

旅馆开始准备接待参观枫叶的客人。岛村外出散步归来,发现叶子也来帮忙了。不知道为什么,岛村一想到叶子在这个旅馆里,招呼驹子就有了顾虑。尽管驹子一心爱他,他却觉得这种爱情是美好的徒劳。他一面怜悯驹子,一面也怜悯自己。他觉得叶子近似明察秋毫的眼睛,一下子就可以望穿他的情绪。

不过,即使岛村不去招呼,驹子也是一再地来。每次有事到旅馆里,她总要到岛村的房间呆一下。有宴会时,她总是提前一小时来,到岛村房里坐坐。有时她自己也觉得不好意思,害怕人家笑话;但有时她又满不在乎地说道:随它去吧。真正能爱慕人的,也只有女人一方面呢。

有一次,驹子托叶子给岛村送张纸条。在这之前,岛村见过叶子几次,每次都留下了动人的印象。如今叶子坦然地屈膝坐在他的面前,反而使他不安起来。叶子说:驹姐,人很好,可是怪可怜的,您可要好好地对待她呀。岛村答:可是我什么也无能为力。或者快点回东京去倒也好。叶子说:我也要去东京。岛村问:什么时候?叶子答:什么时候都行。岛村问:那么,我回去的时候带你同去好吧?叶子答:好的,带我同去吧。岛村问:你到东京去有什么目的?叶子答:没有。岛村问:你这样跟着一个男人去,不害怕吗?叶子答:怕什么呢?这时,岛村感到叶子身上有一种奇特的魅力,但又使他对驹子的爱情燃烧起来。他想,跟叶子私奔似的回去,仿佛是向驹子谢罪的方法。

第　十　段

晚上,驹子脚步踉跄地走来,让岛村送她回家。路上,驹子问岛村道:你想要那个姑娘(指叶子)吗?岛村避免正面回答。驹子接着说道:我可不是说笑话。我一看见那个姑娘,就觉得她将来终归要成为我的一个大累赘。……那个姑娘要是落在像你这样人的手里,她或许就不会发疯了。你肯把我的担子挑上身吗?岛村未置可否。

岛村把驹子送到家,驹子又把岛村送回旅馆,并且随着走进岛村的房间。两人喝过两杯冷酒之后,岛村突兀地说道:你是一个好孩子。驹子含笑答道:这样不好。我心里不好受,请你回去吧。更换的衣服都没有了。每次到你这儿来,总想换一件出堂会的衣服,可是都换光了,这是跟朋友借来的衣服呢。你看,是个坏孩子吧?岛村过了一会儿又说:你是个好女人。驹子不解其意地问道:你说说看,你真是这样看我的吗?你在耻笑我呢。终归你还是耻笑我啦。于是,她满面通红瞪眼看着岛村,在这么追问之间,一阵激烈的愤怒使驹子的肩膀都在发抖,脸色唰的一下变得苍白,眼泪簌簌地落下来。驹子为什么会把岛村偶然说出的一句话误解到这种地步呢?这使人觉得她心中有难以压制的悲哀。

第　十　一　段

在雪中纺线,在雪中织布,在雪中漂洗,又在雪上晒干。从纺织开始直到织成布都在雪中。古时的人们在书本上写着:有雪才有绉绸,雪是绉绸的父母。

这个雪国的麻织品绉绸是村里女人们在长期落雪天里的手工艺,岛村在旧衣店搜寻到料子做了一件夏衣。由舞蹈者的介绍,他也认识了一家收购能乐①衣裳的古物之类的商店,他甚至托付那家店无论什么时候如有纹路细密的绉绸都希望拿给他看看,他爱好这种绉绸,还用它做了一件衬衣。

据说从前到了化雪的春天,揭开防雪围帘子的时候,就是绉绸最初上市的时间了。遥远地从3个大城市来买绉绸的服装批发商,在这里甚至有指定住宿的旅馆,姑娘们费了半年心血织成的东西,本来是为了供应这场最初的集市的,于是男男女女都从远近的村庄汇聚了来,街上陈列出马戏班子和卖东西的店家,简直如节日那么热闹。绉绸上附有一张纸片,上边写着纺织姑娘的名字和住所,把她们的成绩加以品评,定为头等或是二等。选择新娘也靠这个。如果不是从小孩子的时候就学习纺织,不是由十五六岁到二十四五岁那么年轻姑娘织出来的,就织不出好的绉绸。年岁一大,织出来的东西便失去了光泽。姑娘们都想列身在首屈一指的几个纺织姑娘名额之内,特意地加以钻研,从旧历十月开始纺线起,到明年二月半晒干了为止,在别无事做的落雪天的岁月里,精心地做着这种手工艺,在制成品上也织进了她们的热爱吧。

在岛村身穿的绉绸中,说不定有明治初年间江户末期姑娘们织成的。岛村直到现在还是把自己穿的绉绸拿出去"雪晒"。把不知道谁贴身穿过的旧衣服每年送到产地去晒,倒也是一件麻烦事,但一想到从前的姑娘在落雪天守在房里所费的心血,就希望还是送到纺织姑娘的地方去承受正正经经的晒法。在深厚的雪上曝晒的白麻,照着朝日,雪也好,布也好,都像是

① 能乐是日本的一种古典乐剧。

染上了红色，仅仅想到了这种情景，就洗净了夏天的肮脏，仿佛连自己的身子也晒出去，心中起了一种舒适的感觉。不过，从前都是交给东京的旧衣店去办理，岛村并不知道古老的晒法是否还流传到如今。

晒衣店从古老的时候就有的。很少有纺织姑娘在各自的家里晒，大体上都是送到晒衣店去。白色的绉绸在织成后才晒，着色的绉绸纺成线卷在线轴上晒。白色的绉绸直接地展开在雪上晒。据说晒的时间是从旧历一月到二月，就拿掩埋着田地的雪上当做了晒场。

无论是布或线，都通宵地泡在灰水里，第二天早晨要洗过好几次，拧干了晒。这样要连续好多天。当白色的绉绸即将晒完了的时候，早晨的太阳升上来，染成一片红红的景色，那实在是无法比喻的，从前的人们在书上写着，这种情景很希望能给温暖地带的人们看一看。当绉绸晒完了的时候，也就是雪国临近春天的时候了。

绉绸的产地，靠近这个温泉场。山峡一点一点地展开，那河流下方的原野就是产地了，从岛村的房间里似乎都可以望得见。从前举办绉绸集市的镇上，全都建了火车站，如今仍以纺织业产地而知名。

但是无论在穿绉绸的仲夏或是在织绉绸的隆冬，岛村都没有到这温泉场来过，所以就没有机会同驹子谈起绉绸的话，而自己也没有资格查访古时人民工艺的来龙去脉。

可是听到叶子在浴池里唱过的歌，忽然想起这个姑娘如果生在古老的时候，她坐在纺线车或织机的面前也会这样歌唱吧。叶子唱的歌完全是那样的声调。

比毛发还细的麻丝，不受到天然的雪的潮气就难于处理，所以说是适于阴冷的季节，古时候有人说过，在三九天里织成的麻在暑热中穿在身上，肌肤生凉，这很合乎自然的阴阳道理。岛村总觉得常来和他纠缠的驹子，身上有一种清凉的根性。因此，对于驹子身上那种火热的性质，岛村是觉得可怜的。

然而这样的爱情，恐怕连一幅绉绸那么确实的形体都留不下来。身上穿的布虽说在工艺品中是寿命较短的，如果爱护得好，即使是50年前的绉绸，也还会不褪色地穿在身上，而人类的相亲相爱，连绉绸那么长的寿命大概都不会有的。他正在漠然这么想的时候，忽然浮现出驹子跟别个男人生了孩子做了母亲的形象，岛村不觉一惊向四周看了看。他想他大概是疲倦了。

他忘记了回到妻儿家里去，在这里逗留了那么久。这说不上是难分难舍或是不忍别离，他养成了一种习惯，在等待着驹子常常来和他会面。驹子越是迫不及待地来得勤快，也就越使岛村引起内心的苛责，感到自己不像是个活人。打个比方说，他虽然是毫不留情地对待自己，却不过是木然站在那儿观望而已。驹子怎么会如此深陷在他的心中，在岛村是不可理解的。驹子的一切都传到岛村的身上来，可是岛村似乎什么也没有传给驹子。驹子那种像碰到空虚墙壁似的回声，像是降落的雪积存在岛村的心底里。岛村这样的恣情任性是不能永远地持续下去了。

岛村觉得这一次回去的话，短期间恐怕不会再到这个温泉来了。到了临近雪季他要靠着火盆取暖的时候，旅馆主人特意替他找出一个京都特产的古老的水壶，壶里发出柔和的水的沸腾声。壶上巧妙地雕刻着银色的花鸟。水沸声发出二重音响，听起来有远近不同的两种响声，在遥远的响声之外，似乎还有一个小铃铛微弱地鸣响着。岛村把耳朵靠近水壶听着铃声。在铃声的远处，岛村忽然看见驹子迈着小小的脚步几乎和铃声一样静悄悄地走来。岛村吃了一惊，他拿定主意非离开这里不可了。

于是岛村决心到绉绸的产地去看一看。他打算乘势就离开这个温泉场。

但是在河流下方有好几个镇，岛村不知道该到哪里去。岛村并不想看现在发展起来的纺织业基地的大街市，所以他情愿在冷清的小站下了车。他暂时步行走向古老旅店的大街上去。

家家户户的庇檐长长地向外突出，支撑着每一头的柱子排列在道路上。很像江户街道上称为店前摊头的地方，不过在北国从古时就称为“雁木”，它成为雪深时候的人行道。这种庇檐跟屋檐齐顶一直接迄不断。

因为从这一家到那一家都是接连着的，屋顶上的雪只好投积在路当中。实际上从大屋顶投积下来的雪，在道路中已经形成一道雪堤。为了走向街道对面去，把雪堤在各处穿通，做成隧道。这个地方好像管这个叫做“胎内小门”。

虽然同样是在雪国，驹子居住的温泉村等等地方，屋檐是不接连的，所以岛村在这条街上第一次才算看见了所谓“雁木”。因为觉得很稀奇，他就在里边走了一趟。陈旧的庇檐遮阴下是阴暗的，倾斜的柱子，根上已经腐朽了。他仿佛觉得自己在窥探那从祖先时期一代又一代地都埋没在雪里的阴郁房屋内部。

在雪底下耗费精力从事手工艺的纺织姑娘们的生活，可不像她们制作出来的绉绸那样爽朗明亮。这个十分古老街市给人的印象不由得使人想到这个。古时记载绉绸的书里也还引用中国唐朝秦韬玉的诗，据说没有一家纺织店铺愿意雇佣纺织姑娘来织绉绸，因为织成一匹绉绸要费很多的时间，在成本上不合算。

这样辛苦无名的工人老早都已死去，只留下了美丽的绉绸。夏天贴着皮肤凉凉爽爽，给岛村之类的人制成华奢的衣服。这本来也没有什么可奇怪的事，却使岛村忽然觉得奇怪起来了。凡是专心一致充满爱情的行为，迟早总是这样鞭笞着人们吗？岛村从“雁木”下走出到街道上去。

这是一条过往行人留宿的笔直的长街。这大概是连接温泉村的古老公路。木板铺盖的屋顶上，横带木条和压石子也和温泉街上的没有两样。

庇檐的柱子投出淡淡的影子。不知不觉之间已经将近黄昏时候了。

因为没有什么要看的东西，岛村就又乘着火车，到另一条街去看。这街跟刚才看过的街是很相似的。他依旧闲散地走着路，为了避寒他只吃了一碗面条。

那家面店是在河岸上，这条河大概也是从温泉场那边流过来的。他看见尼姑有两人一伙或三人一伙陆续渡过桥去。她们都穿着草鞋，内中也有背上垂挂着圆顶草帽的，像是托钵化缘回来。他觉得她们像一群乌鸦赶忙回窝去。

“走过去好多尼姑啊！”岛村朝面店女掌柜问了问。

“是的，这山旦边有尼姑庵。不久一落雪，她们从山里走来就有些困难了。”

在桥对面日已夕下，山岳发白了。

在这个地方一到树叶飘零刮起冷风的时候，寒冷的阴天就继续不断了。天在催雪。远近的高山白茫茫一片，这被称为山岳环抱。在靠海的地方海在呼啸，在深山的地方山在轰鸣，宛如远方的雷声。这被称为胸腔轰鸣。看到山岳环抱，听到胸腔轰鸣，就知道雪已经不远了。岛村想起旧书上是这么记载的。

岛村在睡早觉的床铺上听见红叶客人唱谣曲的那一天，落了初雪。今年山和海都已经轰鸣过了吗？岛村一个人在旅途的温泉不断和驹子会面，所以听觉大概很奇妙地尖锐起来了，只要一想到山和海的鸣声，远方的鸣声就像从耳底轰响过去似的。

“尼姑从此要在冬天守在屋里了吧。一共有多少人？”

“啊，好多啦。”

“尼姑单独住在一起，在几个月的落雪天里，她们干些什么呀？从前这一带纺织的绉绸，在尼姑庵里不可以纺织吗？”

面店女掌柜对多事的岛村的谈话仅只报以微微的一笑。

岛村在车站上等待回头的火车将近两小时，太阳发出微弱的光向下降，寒气袭人，繁星闪闪像是被烘托出来了。他的脚是冰冷的。

岛村不了解自己为什么要走这么一趟，就回到了温泉场。他乘汽车照例越过岔路口到了土地庙的杉树林边上，眼前现出了发出灯光的人家，岛村这才平静下来，这人家就是名叫菊村的小饭馆，在门口有三四个艺妓站着说话。

他正想驹子不在这儿吗，可是他马上就看见驹子出现了。

汽车的速度忽然慢下来，司机仿佛已经知道岛村和驹子的关系了，不由得开了慢车。

岛村忽然回头朝驹子相反的方向往后面望去。在行驶过来的后方雪地上，清清爽爽地遗留下汽车的车辙，在星光下意外地可以望见好远的地方。

车子来到了驹子面前。驹子一合上眼睛就猛然跳上车来了。车子没有停，依旧静静地向上坡路爬行。驹子在车门外面踏板上缩着身子，紧紧把住门柄。

她挂在车上像是被吸住了，岛村却觉得有什么暖热的东西靠近了他，对于驹子的行动丝毫也没感到不自然或是危险。驹子扬起了一只手臂，像是抱住了窗口。她的袖口滑落下来，长长的衬衣的颜色，透过厚玻璃窗，渗入岛村冻得僵硬的眼睑。

驹子把额头抵住玻璃窗，发出尖锐的声音喊着：

“你到哪儿去啦？说，你到哪儿去啦？”

“好危险哪！别胡闹啦。”岛村也大声回答，他把这看成天真的游戏。

驹子打开了车门向车里倒卧下来。可是这时车子已经停住了。汽车来到了山脚下。

“说，你到哪儿去啦！”

“怎么说呢？”

“哪儿？”

“哪儿也说不上。”

驹子整理衣裳下摆的手势带有艺妓的风味，岛村忽然觉得这姿势是难得见到的。

司机一声不响。路被挡住，车子停下来，岛村感到再呆在车里就不自然了。

“下车吧。”岛村说，驹子把双手搭在他的膝头上。

“啊，好冷。我的手这么冷，你为什么不带我去？”

“可不是吗。”

“你说的是什么呀？你这人真可笑。”

驹子快乐地笑着，登上陡峭的石阶小路。

“你出门去的时候，我看见了。大概是两点或 3 点钟以前吧。”

“嗯。”

“我听见车子声音就出来看，走到街上来看。你没有回头看，对吗？”

“是吗？”

“你没有看。你为什么不回头看看呢？”

岛村听了一惊。

“你不知道我在给你送行吗？”

“不知道。”

“你瞧你这人。”驹子仍然快乐地含笑说。她把她的肩膀靠过来。

“你为什么不带我去？冷起来了，可不好过。”

突然紧急火警的钟声响起来。

两个人回头看了看。

“着火啦，是着火了。”

“果然是火烧。”

火源是从下面村子的正中扬起来的。

驹子喊出了一两声，抓住岛村的手。

在黑烟滚滚上升之中，火舌时隐时现。一片火向四面蔓延，随处烧到了屋檐。

“是哪里？就在你从前住的师傅的房子附近吧。”

“不对。”

“是哪一带呢？”

“还要往上去，靠近火车站了。”

火焰穿出屋顶升腾起来。

“噢呀，蚕茧仓库，是蚕茧仓库啦。噢呀，噢呀，蚕茧仓库失火了。”驹子连连说着把脸蛋儿贴在岛村的肩头上，“蚕茧仓库啊，蚕茧仓库啊！”

火焰越烧越旺，站在高处俯视着辽阔的星空下方，像是玩具失火那么静悄悄的。可是尽管如此，却好像听到可怕的火焰声响，传来了一阵恐怖。岛村抱住了驹子。

“没有什么可怕的。”

“不好，不好，不好。”驹子摇着头哭出声来。她的面孔在岛村的手掌上要比素常觉得小了。她那僵硬的鬓角在颤动着。

看见火就哭出来，究竟是为了什么而哭呢？岛村一点都没有疑心到这个就抱着她。

驹子忽然停住哭声把脸离开了。

“噢呀，对啦！蚕茧仓库在放电影，就在今天晚上。里边进去满满的人啦。你……”

“那可是不得了的事。”

“会有人受伤。会烧死的。”

两个人慌忙登上石阶向上奔。因为在上方可以听见嘈杂的声音。朝上边一看，高大的旅馆，无论二层楼或三层楼，大多数的房间都打开了槅扇，人们走到明亮的走廊上在观望着火烧。院子外面一排排的菊花，借着旅馆的灯火或是星光，浮现出枯凋尖梢的轮廓，使人料想这是突然烧起的火光映现出来的，在那些菊花的后面也有人站立着。旅馆掌柜之类的三四个人朝他们两个面对的上方，跌跌滚滚地下山来。驹子抬高嗓门问：“您看，可是蚕茧仓库？”

“是蚕茧仓库。”

“有人受伤吗？没有受伤的人吗？”

“都在拼命往外救呢。因为是电影胶片砰的一声烧起来了，火向四处蔓延得好快，我从电话里听来的。你瞧瞧那边。”旅馆掌柜迎头走来，挥动着一只手臂又走去了，“听说小孩子什么的，都砰砰地从二楼上投下来呢!”

“啊,这怎么好。”驹子说着就追随旅馆掌柜下了石阶。从她身后下来的人们赶过她跑去,也怂恿驹子往前跑。岛村也追上来。

在石阶下方,火烧掩罩了人家,只能见火焰苗,急打的警钟到处鸣响,使人觉得更加不安了。

“雪冻结了,你要当心哪!地下滑。”驹子回头望着岛村说,这时她站住了。“不过,你可以不去啦,你用不着来了。我是因为替村里的人们担心哪。”

听她这么一说,倒也觉得有道理。岛村松口气,便望见了在他的脚底下现出了火车线路。已经来到了岔道口的前面。

“好美丽的银河。”驹子自言自语地仰头望着天空,然后又奔跑下去。

岛村抬头看,啊,银河!这时好像身体向上飘,飘浮到银河里面去。银河的明朗似乎要把岛村捧上天去。旅行中的芭蕉[①]在荒海上所见到的,就是这样大的鲜明的银河吗?赤裸裸的银河,要用它的肌肤把暗夜的大地包裹起来,正在下降。它的艳丽是惊人的。岛村感觉到他投射下来小小的身影,仿佛要从地面映现到银河上去了。布满银河的繁星那么清澈,不仅一颗一颗的星可以看得见,而这里那里在发光的云彩上的银色沙子,也一粒一粒地浮现出来,而且银河的无底深渊把人的视线都吸引进去了。

“喂,喂!”岛村向驹子呼喊。

“喂,你来呀。”

驹子向银河下垂的阴暗的山岳方面跑去。

她似乎在提着前襟,每次手膀子一摆动,红色的下摆时而露出了很多,时而又缩进去。他明白了这是星光下雪地上的红色。

岛村一溜烟地往前追。

驹子放慢脚步,从衣襟上把手放开,握起岛村的手。

“你也去吗?”

“嗯。”

“你真喜欢多事。”她说着又抓起了落在雪上的下摆。

“人家要笑我的,你还是回去吧。”

“好的,就到那儿为止。”

“这不是糟糕吗?把你带到失火的地方去,对村里的人可不好。”

岛村点点头停住脚步,可是驹子轻轻地抓住岛村的袖子。依旧慢慢地向前走去。

“你在哪里等我。我马上就回来。在哪里等我好呢?”

“哪里都行。”

“是呀,再少许过去一些。”驹子说着盯住岛村的脸瞧,忽然摇摇头。“不啦,就到这儿吧。”

驹子把整个身子都扑过来,岛村向后踉跄了一步。在路边的薄雪中排列着一排排的葱。

“真是无情义呀。”驹子又以迅速的口气跟他找碴儿吵嘴了。“瞧,你说过我是一个好女人。你要离开了,为什么还要跟我讲这样的话呢?”

岛村想起了驹子用簪子吓哧吓哧戳铺席时的情景。

---

① 指松尾芭蕉(1644—1694),著名的日本短歌作者,俳句诗人。

“我哭了。回到家里去我又哭了。想到你要离开,我觉得可怕。不过,你还是赶快走吧。你把我说得哭起来,我是不会忘记的呀。”

岛村一想到驹子错听了话,而这话却咬进了她的内心,倒使他为一种恋恋不舍之情纠缠住。忽然间,传来了火灾场上的人声。新起的火苗喷出了火花。

“噢呀,又那么烧起来,火烧得好旺啊。”

两个人仿佛幸而得救似的跑下去了。

驹子跑得好快。她踏着木屐擦过凝结的雪像是在飞。她的形象与其说前后挥动着两只胳膊,不如说向两面张开了。岛村想,她的形状在胸部鼓足力气的时候,却分外觉得小巧呢。岛村是个矮胖子,一面看着驹子的这副姿势一面奔跑,很快就愈加呼吸困难了。但是驹子忽然喘不过气来,脚步踉跄地扑在岛村身上。

“眼珠子好冷,流出泪来了。”

她脸蛋儿像火烧,只感到眼睛冷。岛村的眼睑也湿润了。眨眨眼睛看,满眼都是银河。岛村忍住往下落的泪说:“每天晚上,银河都是这样的吗?”

“银河吗?真漂亮,不是每天晚上都这样吧。真晴朗呢。”

银河从他们两个人跑过来的背后向前下落,驹子的面容像是照耀在银河中。

然而她那细高鼻梁的形状并不分明,小小的嘴唇颜色也消失不见了。岛村不能相信那弥漫在空中穿行过去的一层层亮光竟会这么暗?这也许是在比淡淡的月夜还更淡的星光下,银河是比任何满弦月的天空还更明亮,在地上没有任何投影的微明中,驹子的脸浮现出一幅古老的面具形象,却发出一个女人的香味,这是不可思议的。

仰面一看,使人觉得银河还是要拥抱大地似的降下来。

如大片极光一样的银河,渗入岛村的身体里流动着,他感到宛如站在大地的尽头了。虽有寒冷彻骨的寂寞,却也含有令人艳羡的惊奇。

“你要是去了的话,我要规规矩矩地生活了。”驹子说着向前走,她用手整了整松下来的发髻。走了五六步之后又回过头来。“你怎么啦?多叫人心烦。”

岛村依旧站着不动。

“不去了吗?你可等着我。过一会儿我们一起到你的房间里去。”

驹子略微抬起了左手,然后就跑了。看她的后影,像是被吸进到黑暗的山底下去的样子。在为山岳的波折线切断的地方,银河的下端展开了,从那儿反而像是大面积的辉煌景色冲向天空,山岳越发阴暗地下沉了。

岛村一迈开脚步,没一会儿工夫,驹子的身影就为街道上的人家隐没了。

“哟嗬,哟嗬,哟嗬!”这时可以听见吆喝的声音,街道上看见水唧筒被拖过去。似乎有继续不断的人在街道上奔跑着。岛村也急忙走到街道上去。他们两个走过来的那条路径是跟街道形成丁字形相接连的。

后面又拖来了水唧筒,岛村让开路,随着他们后头跑。

那是旧式手压的木制水唧筒。有一队人在前头牵着长长的绳子,另外在水唧筒的四周还围着消防员。水唧筒那么小,令人觉得滑稽。

驹子也在路边上避开了,让那水唧筒过去。她看到岛村就一同奔跑。避开水唧筒站在路边上的人们像是被水唧筒吸拢来都随在后面追赶着。这时他们两个也被拥进奔向火场去的人群中了。

“你也来了,真喜欢多事呀。”

“哼。这个水唧筒可不像话,还是明治时期以前的。”

“是呀。你可别滑倒。”

“地下好滑。”

“是的,这以后在整夜刮暴风雪的时候,你来一次看看吧。你大概走不过来。连野鸡和兔子都会逃进屋里去。”驹子说着这些话,消防员的吆喝声和人群的脚步声却闹得很起劲,声音是明朗尖锐的。岛村身上也觉得轻快了。

这时可以听到火焰迸发出来的声音。火舌在眼前升起。驹子抓住了岛村的胳膊肘。街道上低矮阴暗的屋顶被火光照耀着像喘过一口气似的浮现出来,接着又暗淡下去。脚底下流来了水唧筒的水。岛村和驹子自然而然地在人墙边上停住脚步。在火烧的糊焦气味之中,混合着煮蚕茧的臭气。

人们这里那里大声谈着类似的话,什么电影胶片起的火啦,看戏的孩子们扑通扑通地往下投啦,没有人受伤啦,幸亏没有放进村里的蚕茧和米啦等等,虽然如此,却有一种寂静统御着火场,这寂静贯穿着远近的中心,使大家相对无言,只像是在静听火烧的声音和水唧筒的响声。

时时有村民随后跑来,他们到处喊叫着亲属的名字。一有应声的人,便快乐地互相呼唤着。只有这些声音发出气息活跃的响声。紧急火警的钟声已经停止了。

岛村认为叫人看见不好,就悄悄地离开驹子,站到一堆小孩子的背后去。小孩子们被火熏烤得向后退缩。脚底下的雪似乎也稍稍地融化了。人墙前面的雪受到火与水的融化,形成一片泥泞,上边印着杂乱的脚印。

那里是蚕茧仓库旁边的田地,跟岛村他们一起奔跑来的人们,大都钻进田里去。

火像是从安置放映机的门口发出来的,蚕茧仓库约有一半的屋顶和墙壁都燃烧得塌落下来,柱子和房梁的骨干冒着烟,还存立着。除了铺板、墙板和地板外都是空空旷旷的,房子里似乎并不烟雾腾腾,屋顶洒上大量的水也不像是在燃烧的样子,而火的燃烧却没有停止,从想不到的地方冒出火苗来。3 台水唧筒慌忙对着火喷去,刷的一声就喷出火花腾起了黑烟。

火花向银河里边散开,岛村又觉得像是被银河捞上去。烟和银河的流动方向相反,银河降下来了。水唧筒的水头没有碰上屋顶,在摇晃着,形成稀薄的白色水烟,好像映射出银河的光。

不知什么时候驹子凑近来,握住了岛村的手。岛村回头看了看,却沉默着。驹子依旧朝火的方向望去,在她显得发红的严肃面孔上,飘荡着火焰的气息。岛村胸中涌上一阵激烈的情愫。驹子的发髻松散了,喉头向外突出。岛村忽然想给她整整发,他的手指尖却在发抖。岛村的手已经暖热,驹子的手就更烫了。不知为什么,岛村感到别离的时刻就要来到了。

门口的柱子不知道从什么地方又冒出火来,水唧筒的水射向它去,栋梁吡吡有声冒出热气,向下倾斜。

人墙惊讶地屏住了气息,看见一个女人的身体掉下来了。

蚕茧仓库也常用来演剧,就附设了形同二楼的席位。说是二楼可很低矮。从那二楼上掉下来,落到地上真不过是一转眼的工夫,而摔下来的姿势却有足够的时间明晰地映入人的眼目,但也许是她摔下来的方式很奇怪,带有一个木偶人的味道。只要用眼一看,就可以明了那人已昏迷过去了。掉下来的时候没有响声。落在浸水的地方,也没有扬起灰尘。她是落在新燃烧起来的火和旧火重燃的当中。

一台水唧筒朝旧火重燃的方向斜射出一注弓形的水流。在水流前面,忽然浮现出女人的形体。她落下来的样式是这样的:女人的身体在空中形成水平线。岛村心头突突地跳,可是他没有立即感到危险和恐怖。那正如一种非现实世界的幻影。她的姿势仿佛是无生无死的休止状态,僵硬挺直的身体在空中伸长往下落,变得柔软,却带有木偶人风味的无抵抗和不含有生命力的自由自在。要说在岛村的心中还有不安闪过去的话,那就是担心这个伸得平平的女人身体的头部不会栽下来吗,她的腰部和膝盖不会曲折吗?看她那样子会发生这种情况的,可是她却平平直直地落下来。

"啊,啊!"

驹子声音尖锐地喊叫着,用手遮住了双眼。岛村眼睛一眨也不眨地注视着。

岛村到什么时候才弄清楚的呢?那掉下来的女人就是叶子。人墙惊愕地屏住气息,驹子啊啊地喊叫,实际上就在同一瞬间。叶子的腿肚子在地上抽搐也像是同一瞬间的事。

驹子的喊叫声穿透了岛村的身子。在叶子腿肚子抽搐的同时,岛村连脚趾尖都一阵冰冷地抽搐起来。一阵喘不过气来的痛苦和悲哀侵袭了他,心头悸动得好厉害。

叶子的抽搐是眼睛不能看见的那么轻微,立刻就停止了。

在岛村未注意到叶子的抽搐之前,首先看到她的面孔和她身穿的箭状花纹布的衣服。叶子是面朝天摔下来的。她的下摆向上卷起来,少许过了一只膝盖。她碰到地面也只腿肚子在抽搐,依旧昏迷不醒的状况。岛村不知道什么缘故仍然没有感到死亡,却感到了叶子内在生命的变形以及那变迁的过程。

从叶子落下来的二楼看台上,有两三根搭架子的木头倾倒下来,在叶子的脸上燃起了火。叶子紧闭着她那炯炯有神的美丽的眼睛。下巴向外突出,脖子的线条伸长。火光摇曳,在她苍白的脸上射过去。

岛村忽然想起,几年前他来温泉场和驹子会面,火车上在叶子容颜的正当中燃起了山野灯火时的情景,他的胸中又在颤抖了。仿佛在一瞬间照亮了他和驹子度过的岁月。这之间有叫人郁闷的痛苦和悲哀。

驹子从岛村的身旁跳出去了。这和驹子遮住眼睛发出喊声几乎在同一瞬间。也就是人们惊愕地还在屏着气息的时候。

燃烧的乌黑碎屑浇上水向四处飞散,这之间驹子牵着艺妓的长长的下摆,脚步踉跄。她把叶子抱在胸中想把她拖出来。在驹子拼命挣扎的面容下,叶子如已升天一般空虚的脸孔耷拉下来。驹子抱着她带有自我牺牲又带有受惩罚的意味。

人墙里大家都发出喊声,分散开来,一下子围住了她们两个人。

"躲开,请躲开呀!"岛村听到了驹子的喊声,"这孩子发疯了,发疯了!"

驹子这样疯狂般的喊叫声使岛村向驹子靠拢去,有些男人正要从驹子手里把叶子抢抱过来,他被推挤得站不稳脚步。他挺住身子站稳,抬眼向上看,银河像是唰的一声流进岛村的内心去。

(1935年1月—1947年10月)

为党生活的人

作者小林多喜二(1903—1933)是日本现代无产阶级作家。1903年8月26日生于日本秋田县北秋田郡下川沿村一个贫苦农民家庭,4岁时迁居北海道小樽市。从1924年起,在北海道开发银行工作。1929年底,由于参加革命活动和发表揭发银行黑幕的作品,被银行解雇。1930年初,从小樽到东京,从事革命工作和文学创作。1933年2月20日,在进行地下工作接头联络时,被警方逮捕,因遭毒打身亡,年仅30岁。

小林多喜二的早期创作以短篇小说为主(如《回家过节》《小点心铺》《泷子及其他》《杀人的狗》等),着重表现处于社会底层的人民的悲惨生活。他的后期创作以中短篇小说居多,着重描写农民的抗租斗争、工人的罢工运动和无产阶级先锋战士的革命活动,重要作品有《防雪林》(1928)、《一九二八年三月十五日》(1928)、《蟹工船》(1929)、《在外地主》(1929)、《工厂党支部》(1930)、《组织者》(1931)、《安子》(1931)、《转折时期的人》(1932)、《为党生活的人》(1933)等。

小林多喜二是日本无产阶级文学运动的组织者和领导者之一。他曾经担任无产阶级作家同盟书记长等重要职务,并且写过许多对于无产阶级文学发展具有指导意义的文章。

中篇小说《为党生活的人》(又译《党生活者》)是小林多喜二的代表作品,写于1932年七八月间,最初发表在1933年4、5月号的《中央公论》上,当时使用《转换时代》的假名。小说写的是一个共产党支部在仓田工厂所开展的革命活动。主要人物有:佐佐木安治(即小说中的“我”)、须山、伊藤。全文共分九节,现根据中文译本(卞立强译,收入《小林多喜二小说选》下,人民文学出版社1983年版)分节介绍或节选如下。

第一节

工厂下工时,须山意外地冒着危险约我(即主人公佐佐木安治)一起走。在路上,须山告诉我:事情有点儿奇怪……上田跟胡子的线断了。……我问须山准备怎么办,他说今天晚上7点上田再去联络一次。于是我决定,9点再和须山见一次面。这位被叫作胡子的同志是我们最高领导机关的一个重要负责人,在同志之间非常受信任,所以,听到这个消息,我们都很担心。和须山分手后,我一边走着,心里一边在想:他要是没有被捕就好了。

走到家门口,我塞给房东的孩子两个铜板和一盒牛奶糖。这是为了和房东搞好关系。因为干我们这样工作的人,在任何无关紧要的小事上,都要注意使自己跟普通人一样;最忌讳的是让房东觉得你这个人有点和常人不同,或者怀疑你是干什么的。回到家里,我马上写起稿子来。我们所在的仓田工厂原来是一个200来人的电线厂,战争开始以后招收了600名临时工,开始制造防毒面具、降落伞和飞艇外壳。最近这些活儿告一段落,工厂准备裁人,于是放出风说,裁人时给每人发10块钱。这是一种阴谋诡计,我的稿子就是要揭露厂方的欺骗手段。

晚上8点钟,我和S在街上会了面。我向S汇报说,前天在厂里撒了有关缩短发放工资时间的传单,获得工人好评。S却说:从厂子里大家经常关心的问题出发提问题固然好,不过缺乏的是进一步从政治上提出问题。听了这些话我吃了一惊,看了看S的脸,感到确实是这样。我只是陶醉于传单博得了好评,而忘记了从更高的高度来看待这些问题。

9点钟见到须山,知道上田仍然没有与胡子联系上。和须山分手以后,我独自一个人往回走,不知道为什么,边走边感到一种莫名其妙的担心,感到胡子的事意外沉重地压在自己的心头上。只觉得膝头发软,连呼吸也感到紧迫。在正常环境中生活的人们,也许会认为我把这时候我的这种现象说得有几分夸张和虚假。可是我现在和外界的一切都被隔绝了,连自己多年的老朋友也完全断绝了往来,就是上一次澡堂也丝毫不能疏忽大意,而且一旦被捕,起码要蹲上六七年监狱。——对我这样的人来说,唯一的依靠只有同志。哪怕是失去一个同志,都会感到联系我们之间的感情是多么深厚。要是平常领导我们的同志,那就更是这样。

太田在我的住处等着。谈完工作之后,两人又闲扯了一会儿。由于平时工作特别紧张,我很希望借闲扯的方式轻松一下。

第二节

第二天早晨,关于发10块钱的传单在厂子里引起了骚动。工人议论纷纷,工头到处搜查传单,显得颇为狼狈。

但是,开工不久,把传单带进厂的太田被人抓走了。最要紧的是太田知道我的秘密住处,而且我突然感到太田有点儿靠不住。因此,党支部决定,我今晚马上搬家。

不出所料,当我走进胡同口准备回家时,竟然发现自己房间里的电灯亮着。原来太田已经把我出卖了。我无可奈何,只好立即转移。由于情况变化太快,我一时想不出个安身之处,只好去找笠原。笠原是个单身女人,在一家小商业公司里做事,对左翼运动抱有好感,但并不积极参加活动。我经过一番周折,好不容易见到笠原,但她也想不出个可去的地方。这时已经快10点了,为了不被敌人逮捕,我只好下决心要求住在她的房间里;笠原虽然吃了一惊,但是也不得不同意。这一夜两人过得都很不安稳。我感到好像一点没有睡过一样,不知道翻了多少身;而笠原一整夜好像没有翻过一次身,连动一动身子的声音也没有听到。我心里十分清楚,她是早就准备一夜不睡了。

第三节

我找到了一个新住处。为了安全起见,我首先调查楼下住的房客是什么人,其次调查左邻右舍的情况,觉得环境还算不错。即使如此,我仍然必须准备另外一个住处,以便一旦遭到袭击时有个退路。我把这件事拜托给了笠原。

我的工作很快重新开展起来。由于伊藤芳最近表现特别积极,善于争取群众,所以决定让她填补太田的空缺。我虽然不能再到工厂去,可是由于和须山、伊藤保持密切联系,不仅没有浮在表面,反而站得更高,看得更远了。我首先注意到一种倾向:在一个工厂里,不能只靠四五个党员唱独脚戏,必须和群众组织结合起来,既要争取正式工,以便在这个厂子里扎下根来,又要争取临时工,以便把种子撒到其他地方去。

两三天后,太田从拘留所捎出来一封信,目的是为自己的叛变行为辩解。我对太田这种无耻举动感到十分气愤。我想:我们是没有所谓的退路的。我们的整个生命都献给了党的工作。这跟做公开工作的人是不一样的。在这种状况下碰上了这样的背叛行为,我们的整个身心都感到愤怒和憎恨。现在,我们没有可以称之为"私人生活"的东西,所以我们是用整个生命的感情(如果可以使用这样的语言的话)来愤怒,来憎恨。

在这以后，我和笠原突然亲近起来。为了长期把工作坚持下去，我认为和笠原同居是有好处的。于是，我对笠原提出这个要求，她同意了。不久，我们两人就一起搬到新的住处去了。

第　四　节

须山有事到我这儿来，经常顺便上我母亲那里去一趟。他跟我母亲说我身体很好，又把母亲的情况告诉我。

我离开自己的家的时候，是非常突然的，连对自己唯一的母亲都来不及把情况说清楚，就被迫转入了地下。那天晚上6点钟左右，我跟往常一样出去联络。当时我虽然也是从事"非法"的活动，但是以一个黄色工会会员的身份，利用一切合法的场合，作为工会内部的反对派来积极进行活动。那天6点钟跟我碰头的那位同志对我说，和我一块儿工作的F突然被捕了，被捕的原因虽然还不清楚，但我是直接和他发生联系的，必须马上转入地下。我一下子愣住了。如果因F的关系而知道了我的情况，那就不仅仅是黄色工会的革命反对派的问题，还会牵涉到"老头子"①的关系。我说我想回家去一趟，收拾收拾，准备一下再转入地下。我以为这么一点余裕的时间总还会有的。而那位同志（他就是胡子）却说：

"开玩笑也得看时候呀！"

他说话的语气好像是开玩笑，但是他要我一定不能回家，整理东西可以托别人去做，即使只穿着身上那套衣服也要走。他还笑着说："这可不是学生旅行啊！"胡子是个很难得的同志，他能够把最坚决果断的意见用亲切的语气说出来。他还举了一些例子，说有个转入地下的同志，因为实在无处可去，就以为"今天晚上大概不要紧吧"，于是又回到自己的家里去住，结果第二天一早就被抓住了；还有个同志虽然充分地考虑到搜捕的危险，但因为要处理一些重要的事情，结果一出门就给抓走了。他不怎么说为什么不能这么做，碰到这样的情况，只是举一些适当的事例。看来他是经历过各种各样生活，这方面的经验是相当丰富的。

我向胡子借了他身上仅有的5块钱，匆匆忙忙跑到一个朋友的夫妇家里。后来听说警视厅和S警察局的4个特务果然在第二天早晨就跑到我家里来抓我了。我母亲什么也不知道，大吃了一惊，告诉他们说我昨天晚上出去之后就一直没回来；其中一个好像是"头头"的家伙，说我大概是闻风逃跑了。

从此以后我就一直没有回过家。须山带着我的消息去看望我母亲的时候，母亲就好像自己的儿子回来了似的，把须山让进屋里坐下，端上茶，然后就目不转睛地瞅着他的脸。须山给瞅得不好意思，一个劲地搔着脑袋。须山谈起我离家以后的情况，中间稍一停顿，母亲就催着说："以后呢？以后呢？"母亲长期夜里睡不好觉，弄得眼泡浮肿，眼囊下垂，两个腮帮子瘦削了下去，脖子又细又干，脑袋在脖子上战战兢兢地来回晃荡，乍看起来，简直叫人感到就要掉下来似的。

据说最后母亲问须山说："还要多少日子安治②才能回来呀？"这一下子可把须山问住了。多少日子？！眼瞅着母亲那摇摇晃晃的小脑袋，须山怎么也无法把真话说出来，他说："嗯，不会太长吧……"

---

① 对党的上级领导称呼的隐语。

② 作品中主人公我的名字。

以前我多次被抓进警察局,在拘留所里度过好多个"29天"。母亲对这些当然是习惯了。尤其是前年蹲了8个月的监狱,母亲在这期间还给我往监狱里送过东西。由于这些情况,母亲反而对我所从事的活动慢慢地理解了。她只是不明白我这次为什么不跟往常一样,老老实实地让警察抓去;担心我到处逃跑,将来的后果会更加不好。

在以往的日子里,我也许太使母亲伤心了。而我最后还是用自己的破釜沉舟的行动来对待了母亲。我意识到60岁的老母亲正在向我的心情靠近,可以看出她内心经历的痛苦的斗争,比我们投身于革命运动还要困难百倍。我的母亲原来是一个贫苦的农民,连小学也没有上过。可是,在我还没离开家的时候,她却学习起字母来了。曾经有过这样的事,她戴着花镜,弓着背,把脚伸进熏笼里,膝上放着一块小薄板,把我用过的废稿纸收集在一起,在稿纸的背面,用铅笔练习着写字。我笑着说:"妈,你打算干啥呀?"她说前年我关在监狱里的时候,就因为自己一个大字不会写,没有给我去过一封信,"唯有这件事感到过意不去"。加上我出狱以后,母亲也看出我越发深入地投身于运动了。她觉得这么一来,今后肯定还要被抓走;再说,即使不抓我的话,那次我是被保释出狱的,刑期一判决下来,总归我还是要进监狱的;为了准备我蹲监狱时给我写信,母亲就开始学习认字了。在我转入地下之前不久,母亲写的字虽然又大又不整齐,但是还能够辨认得出来,这使我大为惊异。——而这次据说母亲问须山说:"能不能见一面呢?"须山回答说还是不见为好,母亲就说:"那末,连信也不能写啰。"我从须山那儿听到这些话的时候,想到母亲说这些话的心情,心里感到很难受。

须山从我家临走的时候,母亲把我的夹袄、衬衣、裤衩和袜子交给了他,然后还要他等一会儿,自己跑到厨房里去了。在厨房里忙活了好一阵,须山正奇怪老太太在忙什么,母亲拿着5个煮鸡蛋走出来了,嘱咐须山跟我说,鸡蛋一毛钱可买三四个,一定要挑新鲜的多吃点。我和须山、伊藤他们把这些煮鸡蛋分吃了。须山笑着说:"喂,伊藤,咱们吃一个就得啦,要不老太太以后该恨咱们啰。"伊藤装着不懂他的意思,偷偷地擦着眼睛。

以后须山顺便又上我家去的时候,我决心要他明确地告诉我母亲,说我是四年五年也回不了家的;还要他跟我母亲说,我回不了家并不是因为我从事革命运动,而是有钱人的走狗——警察不让我回家;所以不应该恨我,而要痛恨这个是非颠倒的社会。我觉得与其含含糊糊,还不如让母亲明确地知道,反倒会产生一种抵抗的力量。另外,还有这样的事,我认识的一些同志,他们被警察抓去之后,人家说他们跟共产党有关系,家里的妻子和母亲就说,我的丈夫、我的儿子不会干这种"见不得人的事";或者说这是捏造的,是因为"要加个罪名",才说他是共产党。如果真是这样,那就等于是这些同志的家属亲口说出了共产党专干"见不得人的事",对共产党就可以随意加个罪名。我母亲虽然60岁了,但我认为她是不会这样想的,也不会这么说的。我的母亲过去50多年的生活是在贫困的深渊里度过来的,如果把道理给她讲清楚,我想她是能够理解的。

据须山说,我母亲默默地听着这些话。但她提出了另外一个问题,说她今年60了,一旦有病,说不定今天明天就会死,在临死的时候,我能不能回来一次。须山没想到她会提出这样的问题,不知道该怎么回答才好。我听了之后,要须山给她说,就是那时候也不能回去。

"这样的话,我说不出口!"须山露出为难的神色说。

我并不是没有想到这对母亲是残酷的,但是我想这又有什么办法呢,应当让母亲通过这一切的事实,对统治阶级终生感到仇恨(事实上母亲的一生确实是这样)。因此我一再嘱咐须山,要他反复地给母亲讲清楚，我不能给她养老送终，那也完全是统治阶级造成的。——可是，后来我再次和须山见面的时候，心情仍然无法平静。

“怎么样？”我问须山说。

“按你说的那么说了呀——”

须山说我母亲最近似乎瘦了一点，脸色也有点发青；她问须山只见一面行不行。

我突然想起了渡政。据说渡政转入地下以后，他的母亲（这位老母亲现在已经不只是渡政个人的母亲，而且也是整个无产阶级的母亲）问同志们说：“跟阿政再也见不上了吗？”同志们说：“见不上了。”我把这些事告诉了须山。

“这个我明白。不把你的地址告诉她，找个什么地方跟她会一面吧！”

实际上须山见到我母亲的那种样子，内心里早已被感化了。

“可是，那帮特务正在到处找我，不这么做已经够危险的了，万一要是出了事，……”

不过，我到底还是被须山说服了。决定多加小心，约定在一个我们平常不去的地方，由须山用汽车把我母亲接去。我按时来到了这家小饭馆子。母亲在桌子的对面，远离着桌边，拘拘束束地坐在那儿，脸色显得相当忧郁。我一见母亲穿着出门的最好衣服，心里产生了一种说不出的感情。

我们并没有谈多少话。母亲从桌子下面取出一个包袱，从包袱里拿出香蕉、枇杷，另外还有“煮鸡蛋”。须山很快就回去了。临走时，母亲把鸡蛋、香蕉硬塞到他的手里。

过了一会儿，母亲慢慢地谈开了。她说：“你比在家的时候好像胖了一点。我这就放心了。”母亲还说她最近几乎每天都要做梦，梦见我非常瘦弱，被警察抓住了，在警察局里受“折磨”（母亲总是把拷打说成折磨）；每天都是从这样的恶梦里惊醒过来。

母亲还谈到茨城县的我的姐夫，说他今后要来照顾她，要我放心去工作。母亲既然提起这些事，我就把以前托须山向母亲说的话，又亲口说了一遍。母亲笑了笑说：“我明白！”

在谈话的中间，我注意到母亲有点心神不定，好像沉不下心似的，说话也吞吞吐吐，不能尽情地把话说完。——后来，母亲终于说出了原因。她说没有见到我之前，想得她坐卧不安；一旦见到了我，又担心在见面的时候，我被人家抓走，心里七上八下的，心想还是赶快回去吧。怪不得母亲不时地注意着别的桌子上来的客人，一有客人进来，她就直朝那边瞅着说：“那个客人好像不要紧吧！”进来另外一个客人，她又说：“那个人相貌很凶。”而我往往反而不知不觉地用在家时那样的大声说话。这时，母亲就提醒我把声音放低些。她说，与其见到我这么提心吊胆，还不如不见我，知道我平安地在工作就行了。

母亲临回去的时候说，她今年已经 60 岁了，虽然还想活上 20 年，活到 80 岁；但是，现在毕竟是 60 岁的人了，说不定明天就会死；我要是得到她死的消息，说不定还会跑回家一趟；那样做是很危险的，因此决心不让我知道她死的消息。对于一个普通的常人来说，恐怕再没有比临死的时候见不到自己的亲人更大的事了。更何况是一个 60 岁的老母亲呢！母亲向我表示了这么大的决心，使我万分地感动。我默默地说不出一句话。我除了沉默又能说什么呢！

走出饭馆的时候，母亲在我的身后说：“我可以一个人回去了，你小心点，回去吧。”接着，突然担心地说：“你那个肩膀就是有毛病。……认识你的人，从背后也能一下子认出你。你得把摇着肩膀走路的毛病改掉才好……”

“噢，大家都这么说哩。”

“就是嘛,一下子就能认出来!”

一直到分别的时候,母亲还自言自语似的说了好几遍“一下子就能认出来”。

从此以后,我把过去留下来的个人生活的最后的退路——和亲生母亲的关系彻底切断了。在今后多少年内,只要新的世界不到来(我们正在为着这个新世界的到来而战斗),我跟母亲将不能生活在一起了!

正在这时候,胡子来信了。

胡子最初在T警察局只呆了5天,以后转到K警察局,在那里给关了29天。有一个朝鲜工人,曾经和胡子同住过一个牢房,由他把这封信捎到须山和伊藤他们常去的T那里,这样才了解到胡子的消息。信上写着他是在秘密住所里被捕的,但原因至今不明;还说,要重建自己的队伍,决不能“急躁、冒进,不能简单从事”。在“急躁、冒进”和“简单从事”这几个字的下面,还特别打了个圆圈。

看了这封信,我和须山、伊藤都觉得自己没做什么工作,还谈不上“急躁”、“冒进”,感到很惭愧。

胡子的家里有父母和兄弟。他还通过他的家给我来了信(用的是仅在我们中间称呼的名字)。胡子在这封信里说,他准备给敌人创造一个“交白卷的审讯记录”,对一切的讯问,只用“不知道”三个字顶过去。看了这封信,我们都说:“太田这小子给咱们带来的一肚子气,这一下子都出了。”

我们坚定地相信,不管出现什么样的叛徒和机会主义者,一条又红又粗的正确路线始终还是鲜明地贯穿在我们当中。

胡子平时经常给我们说,什么也不说,这是咱们的铁的纪律;让咱们说点什么,这是敌人的规律。面对敌人的审讯,哪怕说了一句,这就违背了咱们的纪律,屈服于敌人的规律。对于一个共产主义者、一个共产党员来说,当然不能屈服于敌人的规律,而必须遵守咱们的铁的纪律。现在,他用自己的实际行动做到了这一点。

“阿芳,有一个叫肖瓦洛夫的人,你知道吗?”须山问伊藤说。

“马克思主义者呗!”

“又要翻开你的剪报簿了吧!”我笑着说。

“据说肖瓦洛夫被捕的时候,坚持了7个月,一句话没有回答。他还这么说呢——对一个平凡的人来说,最好的办法是学咱那个坚持7个月的战术,不做任何供述。”

伊藤一听这话就说:“咱们有个女同志,敌人明明知道她的姓名和籍贯,可是她就连这一点也不说,一直坚持到底,最后还是放出来了。这件事前些时候还编成无产阶级戏剧来演呢。——她可是比肖瓦洛夫还肖瓦洛夫!”

她就好像在说自己的事情,弄得须山有点尴尬,一个劲地搔脑袋。

于是,我们决定把“作为一个平凡的人”,对敌人的审讯一言不答,作为我们这次支部会议的决议付诸实行;另外还决定这个决议不仅要在我们的支部执行,还要呈报给上级机关,使它能够成为全党的决议。

从以后送到T那儿的信里知道,胡子又由K警察局转押到O警察局;在那里,一连三天从早到晚,七八条汉子不停地对他进行拷打追问;他的两手被绑在背后,吊在审讯室的天花板上,下面由拷问的人用竹剑殴打他；晕过去就灌凉水，翻来覆去折腾了他好几十次，但是，他仍然一句话也没有说。

看了这封信，伊藤说："真叫人可恨呀！"她自己就有两三次在警察局连短裤衩都被剥去了，弄得赤身裸体，警察就用竹剑的尖子朝她的身上到处乱戳。

这些同志们的英勇斗争，使我们振奋起来。每当有些工作非当天完成不可，但自己又困得不行，直想睡，这时候想到狱中的同志，就忍耐着坚持下去。一想起狱中的同志，困一点又算得了什么！——现在狱中的同志怎么样了呢？正在遭到拷打吧？一想到这些，就决心把工作坚持干完。我们的日常生活，就是这样地和狱中同志们的生活直接联系在一起了。狱中和狱外虽然不同，但是在向统治阶级进行斗争这一点上，是没有任何差别的。

第　五　节

厂方又施展出新的阴谋，我们的工作也进入了新的阶段。

首先，厂方放出风声说，准备挑选200来名工作成绩优秀的临时工转为正式工，希望大家努力干活。这是为了破坏临时工有组织的反抗，也是为了诱骗他们卖命干活。其次，青年团、在乡军人会和僚友会等反动组织在工人中间进行欺骗宣传。青年团和在乡军人会的人说，这次战争的目的不是为了三井、三菱等大资本家，而是为了无产阶级找出路；打下满洲，把资本家排除出去，由工人自己建立一个王国，使日本没有一个失业的人。僚友会的人则说，这次战争归根结底是为大资本家在殖民地进行新的剥削，不过它也给无产阶级带来了好处，工人也可以沾战争的光。尽管他们两方面开始时争论不休，可是说着说着就一致起来了。工人们听了他们的辩论，觉得"满洲王国"之类的话过于虚无飘渺，僚友会的话倒是不可不信。

针对这些情况，我和须山、伊藤3人在伊藤的住处进行了认真的讨论。大家认为，党支部应当把新的斗争重点放在揭穿僚友会的阴谋上，只要提出"反对加强劳动强度"、"提高工资"和"改善待遇"等问题，僚友会的家伙就会不予支持，从而露出马脚。

第　六　节

讨论完毕，3个人又闲聊了一会儿。谈到伊藤的恋爱结婚问题时，我心里想：如果真是她看得上的对象，那一定是一个很优秀的同志；这么两个人生活在一起，互相帮助，为党工作，那该是多么理想啊！——我跟伊藤一直是这样在一起工作过来的，但我从来没有把伊藤当作这个问题的对象考虑过。

在回家的路上，我想起自己所过的地下生活是极端不自由的。但自己有了自觉，所以还算好些；而跟自己一块儿生活的笠原，看来很难适应这样的生活。为了缩短我们之间的距离，我曾试着让笠原参加我们的工作，可是自从跟她一块儿生活以后，我发觉她是一个感情脆弱、缺乏毅力的女人，不适合做这样的工作。我想帮助她，她就是不跟着来。

回到家里，我又受到一个突然的打击——笠原被公司裁了，原因是怀疑她是赤色分子。这样一来，我立即面临着新的困难，首先是经济成了问题。在不得已的情况下，我只好采取最后的手段——让笠原上咖啡馆当女招待。笠原听了一声不吭，过了一会儿才说道："你又说是为了革命工作吧?! ……"

笠原的话，使我颇有一些感慨。正因为笠原平时总是不愿跟我走，所以她把自己所做的一切都看作是为我牺牲。如果要说牺牲，那我几乎是把自己的全部生活都牺牲了……不过，这些牺牲，跟千百万工人、贫农在每天的生活中所作的牺牲比较起来，那简直是微不足道。我从自己的父母当了20多年的贫苦农民尝尽痛苦的生活中，可以切身地体会到这一点。所以我认为自己的牺牲，是为了解放千百万工农，避免他们付出必不可少的巨大牺牲。——我把这些道理仔细地对笠原说了，她只是默默地听着，一句话也没说。

第七节

形势一天一天紧张起来。一天上午，警察以查户口为名到处“搜捕赤色分子”，我的住处也受到严重威胁。在工厂里，青年团、在乡军人会和僚友会的人打入工人队伍，从内部“搜捕赤色分子”。在这种情况下，为了在工人群众面前揭穿僚友会的真正面目，须山和伊藤就所谓募捐“慰问金”问题发了言，事后须山遭到一顿毒打。

伊藤除了配合须山的斗争之外，还继续做女工的工作。她带领自己小组的成员到筑地小剧场看了一场进步话剧。看过戏后，女工们很兴奋，于是嘁嘁喳喳地商谈起怎样治工头的办法，最后说出的办法，不知不觉地竟和筑地小剧场的戏里的一样。

第八节

笠原进了一家小咖啡馆。咖啡馆的老板是个女的，好像是什么人的姘头。像笠原这样的人在这种地方工作，难免垮掉，实在是件可怕的事。起初，笠原从家里去上班，我还可以经常跟她谈谈，让她振作精神；后来，她住进了咖啡馆，我的工作任务又繁重起来，和她的联系也就越来越少了。

我渐渐地连去要交通费、吃饭的时间也没有了。先是3天去一次，后来是一星期一次，再后来是10天一次，去咖啡馆的次数越来越少了。地方委员会、地区委员会以及工厂支部的工作都堆积在一起，有时一天要进行十二三次联络，早晨9点钟左右出去，一直要跑到晚上10点钟左右。回到住处，脖颈子硬得像一根棒子，脑袋像针刺似的发痛；好容易爬上了楼，就地趴在铺席上躺下了。最近这些日子来，我简直就不能仰面躺下舒舒服服地睡觉了；由于过度的疲劳，大概是身体的哪个部位出了毛病，就像身体孱弱的孩子一样，只能趴在那儿睡觉。我想起我父亲在秋田种地时的情景，他从地里回来，常常连沾满泥巴的草鞋也来不及脱，跨进门槛就趴在铺席上睡起午觉。父亲不顾身子，拼命地干活；由于地租太重，那些满是石头碴子的“赖地”，村里人谁也不愿插手耕种，而父亲租种的比谁都多，想从这里多少捞一点收获，来填补一下生活。父亲就是这样把心脏搞坏了。——现在当我不能不趴着身子睡觉的时候，不由得不想到自己慢慢地跟父亲有点差不多了。但父亲不是去向地主抗议，要他们减轻地租，而是搞垮自己的身子，想靠拼命地干活来摆脱地主的剥削。这是20多年前的事了。我的情况和父亲不一样了。虽然我跟自己唯一的母亲断绝了往来，弟弟妹妹也不知道我的去向，如今连跟笠原同居的生活也牺牲掉了，而且连自己的身子也快被工作拖垮了。但是，这一切并不是像我父亲那样由于被迫着要更好地为地主资本家服务，而恰恰是为了反对地主资本家。

在我的身上，一丝一毫的个人生活都没有了。现在就连各个季节也成了我为党而生活的一部分。四季的花草、风景、蓝天和阴雨，在我看来都不是孤立的。天一下雨，我就高兴。因为出去联络可以打伞,人家就不容易看到我的脸。我希望夏天快快地过去,倒并不是我讨厌夏天,而是因为夏天一来,衣服穿得少了,我那有特征的身段(让这种特征喂狗去吧!)会一下子让人家识别出来。冬天一到,我就想:“好啊! 又多活了一年了! 又可以干工作啦!”只是东京的冬天过于明朗,对工作不方便。——自从转入这样的生活以来,我对季节不是不关心,反而非常敏感起来,敏感到几乎过去根本没有想象过。但这和前年在监狱里的时候,对季节的变化感到的那种特别的敏感,又有明显的不同。

这一切都是在无意识中形成的,是自己被迫所过的生活不知不觉地造成的。本来在我还没有遭到警察追捕的时候,尽管那时已献身于无产阶级的解放事业,但还是有许多“自己的”生活。有时还和厂子里属于同一个工会的伙伴们(这个工会是社民党系统的反动工会,我是作为那里面的反对派在进行工作)在新宿、浅草之类的地方一边散步,一边聊闲天;虽然受到工厂支部严格的政治生活的限制,但是像合法生活中应有的“交际”,看看电影(最近我连是否有电影的存在都完全忘记了)以及饮食吃喝之类的事情,仍然占据了我相当的一部分生活。有时还由于这些个人生活而把支部的工作拖后了一两天;而且个人的荣誉心还不知不觉地在作怪,当可以提高自己荣誉的工作和支部的工作发生矛盾时,往往先着手干自己的工作。当然,这些毛病在以后的工作中还是得到了改正。但是作为一个党员,还不能说我是过着“24 小时的政治生活”。不过,这不只是我个人的过错。一个人如果没有一定的生活环境,主观上的努力总是有限的。当我的一切私人的来往都遭到隔绝,置身于党的工作以外的一切个人欲望都受到抑制的生活之中,我才体会到过去怎么努力清算也很难做到的事情,却出乎意料地非常自然、非常容易地做到了。过去需要花一两年的努力才能做到的事,现在缩短到两三个月就可以实现了。最初开始过这种新的生活的时候,就好像小时候跟人比赛谁能钻到水里呆的时间最长那样,也曾经感到过一种难以忍受的、说不出滋味的憋气。——当然啰,就是现在也不能说我已经经受了真正的困难的考验。喜欢引经据典的 S(但他使用的典故和须山不一样),听我说要过“24 小时的政治生活”,他就说:必须把自己锻炼成“一天工作 28 小时也不知道疲倦的人”。

最初我不太理解一天工作 28 小时这句话,可是当我一天不得不进行十二三次的联络时,我才懂得了这句话的含意。——个人的生活,同时也是阶级的生活。起码从我的本心来说,我是愿意接近于这样的生活。

在仓田工厂,从放出可能把一些临时工改为正式工的风声来看,他们准备要加快和我们摊牌了。为了准备对付这一招,我们决定改组支部。从须山小组里挑出一人(是个年轻的正式工),从伊藤小组里挑出两人(其中一个是正式工,一个是临时工),决定把这 3 个人推荐为新的支部成员,写了他们 3 人的“履历”,由我带到地方委员会,取得了上级的批准。接着又决定了计划部署,把支部的各个成员作了明确分工,让他们分别承担车间里的任务,在须山或伊藤万一出事时,后继的人立即按预定的新的部署投入战斗,不使工作有一天中断。须山或伊藤要是出了什么事,在工厂里马上就会知道,因此规定支部新的成员要立即到须山和我联络的地方去向我报告。我们之间的会晤就是斗争的司令部,所以不管有什么原因,如果联络断了,不争分夺秒地为恢复联络而拿出方针和措施,那就是对阶级的背叛。过去一有人被捕,联络就断了,使得工作不能顺利进行。——对此不采取任何措施,恰恰是出于一种机会主义的观点,好像根本不存在或完全没有预想到对我们的镇压。总有人可能被捕,这是很明显的事,所以我们进行斗争,从一开始就必须要做好第二步、第三步的准备。

事实上自“僚友会”的殴斗之后，须山的处境已经非常危险。须山每天去上工，已做好了随时都会被捕的思想准备。因为是工厂，正当你在干活的时候，特务说一声“你来一下”，就算被捕了。事情就是这么简单。不过，现在发展组织的可能性是增大了，所以他还是坚持去上工。尽管很危险，但是另一方面，他获得了在车间里公开说话的一定的自由，群众也对他产生了信任。

快到月底了，看来工厂在30号或31号就要实行解雇。他们口头上说是要把临时工改为正式工，但是至今仍然未见任何具体的行动，大家终于产生了怀疑。我们在《防毒面具》上揭露这是一种欺骗，其目的是利用这种欺骗手段，一方面提高劳动效率，另一方面是遏制大家的反抗。大家很快就明白了这个意思。可是，大多是临时工，一旦宣布了解雇，团结就会涣散。所以最近两三天内必须下决心采取行动。

我们一向在传单和小报上号召必须要反对战争。如果工人们一旦因解雇而起来斗争，那就会如列宁所教导的那样，工人们会以“童话般的速度”，懂得为什么必须要反对战争。尤其是在制造军需品的工厂，可以引起目的性很明确的斗争。——现在首先必须要发起斗争。

我下了最后的决心。

办法是让伊藤和须山影响下的同志和新的支部成员分别负责各个车间，同时举行“反对解雇”的车间集会。而为了使这次集会成功，得要须山在工厂里公开散发传单。——伊藤的那个“小点心铺子小组”里有个女工，她的哥哥是仓田工厂的职员。从这个女工的嘴里了解到工厂不是在31号（他们故意让人以为是31号），而是在29号就要“先发制人”，全部解雇临时工。据说那时不仅有警察，可能还有军队出动。所以我们无论如何必须在28号发起罢工，反过来给他们一个先下手为强。

须山最近可能有被捕的危险。据伊藤报告，她有两次看到便衣警察从工厂办公室里走出来，并且常在须山的第二车间门口跟工头站着说话。这都是最近一两天的事。自从太田被捕以后，厂子里又撒了两次党的传单和两次《防毒面具》。敌人正在盯着须山，这已经是毫无疑问的了。再说，一提起“共产党”，人们就认为（统治阶级也是这么向他们灌输）好像是藏在“天上”、钻进“地下”、出没无常的神仙或鬼怪。其实共产党就是像须山这样受群众信任、在他们的身边并肩劳动的人。我们应当向大家明白地说明这个问题，使大家感到亲切和信任。——我之所以决心要让须山公开散发党的传单，也正是出于这种考虑。为了进行最后的战斗，即使没有须山，这个任务也必须由其他哪个同志来承担。光是采取隐蔽的办法，是动员不起来群众的。我们应当像蜘蛛结网那样发展秘密组织，然后发起公开的宣传鼓动。

为了商定最后的对策，我们决定在一起“坐坐”。在那里要提出我的这个方案，并作出决定。——可是一想到须山，我心里就难受得要命。撒一次党的传单被抓住，虽然根据各人的斗争经历判刑不一样，但起码要准备坐两三年到四五年的牢房。平时我迈出门一步就跟在屋子里完全两样，把一切空想和思考的问题统统都抛在一边，只是留心着四周走路（我对这已经相当习惯了）。而今天我动辄就想到须山。可是，我这么老是想着须山是很不好的。从须山来说，他如果能清楚地看到我们所面临的形势，他也会理解到这样做是一项必不可少的措施。如果说为了无产阶级的解放无论如何必须要走这条路，除了这条路没有第二条路可走，那末，我们就不应该抛开工作而从这里产生任何其他的想法——比如说，认为这样做是不是“太残酷”了啦、“太可怜”了啦，等等。

话虽这么说，我在到达会面地点的路上，脑子里还不时地闪现须山那经常用一些突乎其来的典故逗我们发笑的面孔，心里感到很不好受。

地点是在须山过去的一个酒友的家里。这里以前我们已经用过 3 次。我在黑洞洞的外屋脱下木屐，把它夹在怀里，向楼上走去，只见一道斜射进来的光线，映出了须山的面孔。

伊藤靠在墙壁上，伸出两条腿横坐着，正在揉自己的脚。我一进来，她用手拢了拢垂下的头发，抬眼瞅了我一下。我跟她说："上次谢谢您啦!"她并没有答话。伊藤在做工厂的群众工作时，总是要涂脂抹粉地打扮一番的，而参加支部的会议，因为没有必要，从来没有涂脂抹粉过。可是，今天一看，伊藤的脸蛋儿却打扮得从未有过的美丽。

"伊藤同志今天'组织'了一个男的正式工，刚刚回来……"须山指着伊藤的脸，又开起玩笑来了。

平时这种时候，伊藤总是默不作声。今天不知为什么，她抬头望了一下我的脸。

会议开始以后，我特别注意须山照例所作的汇报。他根据上次支部会议的决定，已经在各个车间作了布置，准备举行集会。他说：从工厂的情况来看，最近两三天可能是关键的时刻，因此必须立即采取紧急措施。

伊藤接着补充说：上次向我汇报的裁人的事，表面好像要在这个月的 31 号进行，实际上可能在 29 号就要动手。从接受的降落伞和防毒面具的定货量来估计，也正好和这个日期吻合。因此最迟必须要在迫在眼前的 28 号发起决定性的斗争。

大家的意见早已一致了，问题是用什么样的方式来发起这一场决定性的斗争。须山考虑了一会儿说："已经准备到这种地步了，群众的情绪也很高，剩下的问题是鼓动群众，一气把它干下去。"他停了一停，又接着说："能不能一气干下去，是决定胜败的关键……"

"对！现在需要的是一个点火的人。——为了 800 名工人!"伊藤的脸上流露出从未有过的兴奋。

"我，最近——尤其是最近这两三天，心里真有点焦急。以前，我们虽然采取各种措施清算了福本主义时代的关门主义，但是它的流毒还是存在的。现在，在这个需要一鼓作气的关键时刻，不能和这个工厂进行坚决的斗争，恐怕就是这种流毒在作怪吧?！……"须山看了看我的脸，又说："我认为，要是没有人在群众的面前公开地干它一下，这一场斗争是发动不起来的。这是从量变到质变嘛！——我想，这不能算是极左吧！您看呢?"须山好像有谁说他是"极左"似的，说这句话时，特别使上力气。

我认为要进行斗争，应当依靠"说服"，而不应该采取"主观武断"的办法。所以我没有说话，只是注意着问题是否向正确的方向发展。而讨论确实是朝着正确的方向发展了。尤其是伊藤和须山，他们提出解决问题的办法，不是从大道理、而是从如何解决工厂里每时每刻的动向出发，所以一致地得出了正确的看法。这正是由于不脱离工人生活的缘故，我们在这里取得了理论与实践的巧妙的统一。

我跟须山说：把这说成是极左，那是卑鄙懦弱的右倾机会主义者对我们的污蔑，是为了掩盖他们在实践上的失败主义。须山说："对!"

这时，我提出了我的方案。一刹那间，屋子里充满了一种被压抑般的紧张气氛。但这只是极短的一刹那间。

"我认为也是这样……"须山第一个打破了沉默，声音确实有点儿不自然。我看了须山一眼,他接着说:“这当然应该由我来干了。”

我点了点头。

伊藤的身子好像突然僵硬起来,只是用眼睛来回地望着我和须山。当我把眼光转向她的时候,她嘴里低声地说:“没有——意见……”

再一看须山,他盘腿坐在那儿,无意识地把面前一个蝙蝠牌香烟的空盒子撕成一片一片的。

事情作出了决定,突然出现了一阵短暂的寂静。于是刚才一直没有注意到的大街上来往行人杂乱的脚步声和不断喧叫着的夜市上摊贩的叫卖声,一下子传进了耳朵。

接着又讨论了具体的问题。——最近,他们发现由于疏忽了搜查女工身体,让传单和工厂小报《防毒面具》经女工的手带进了工厂,所以对女工的身体搜查突然严格起来。我们决定采取这样的办法:那天由伊藤全面负责,她穿上两腿用橡皮筋勒紧的短裤衩,传单就装进裤衩里带进厂;她早晨从S那儿拿到传单,立即到街上的公共厕所里,把传单塞进裤衩;进厂以后,按规定的时间,仍然利用厕所,把传单拿出来交给须山。我们还决定传单在午间休息时从屋顶上撒。

会议一结束,刚才一直压抑着的感情,突然一下子涌上了心头。

“咱们恐怕要有一段长时间的分别了!”我跟须山这么说。

“我的朋友中有这么两个人,”须山说,“他们俩是很要好的朋友。一个因‘三·一五’给关了3年,另一个因第二年的‘四·一六’被判了4年。‘三·一五’的那个出来之后,去年12月又被捕了,又判了3年。他本来是高高兴兴地等着‘四·一六’的那个出狱的,所以他在临入狱的时候说:咱跟他恐怕就是这么轮流着坐牢,再也见不着了。不过,他说这样也不错!……”

接着,他自己说:“这大概是我最后的一个典故了吧!”

我和伊藤不觉笑起来,但是我的脸紧绷着,简直像哭一样。

“不管出了什么事,只要咱们的组织牢靠地保存下来,斗争就能扎扎实实地继续下去,所以您可不能被他们抓住!——您要是被抓住了,那连我做的事情也白干了,变成无谓的牺牲了!”须山这么说。

我们决定按今天的决议进行准备,在26号的晚上再碰一次头。于是我说了一声“行啦!……”大家都站起身来。这时,我和须山都不由自主地站到屋子的中央,两人使劲地握起手来。须山忽然像孩子似的腼腆地跟我说:“啊呀,佐佐木①的手这么瘦小呀!”

开完会后,须山告诉我说:你的老妈妈不知怎么的,好像越来越瘦弱了。这句话深深地打动了我的心。伊藤特地买来一件衬衫送给我。回到家里,打开那个小包,我忽然意识到自己把伊藤和笠原对比起来。她们同样都是女人,可是我从来没有想过要把她们比较一下。现在跟伊藤一比,我才感到笠原离我多么远啊!

第九节

须山利用中午休息时间公开散发了传单。刚开始时,工人们一下子愣住了,但立刻就喊叫着朝传单落下来的地方拥去,有的还把拾到的传单又高高地抛起来;这样一来,起初在一个地方撒

① 佐佐木是作品主人公我的姓。

的传单，一眨眼的工夫就分散到几百名职工的头上。守卫虽然站在旁边，可是早已看不清传单是谁撒的了；乍一看，好像所有的人都在撒传单。因此，须山撒完传单又平安无事地回来了。他激动地说：真没想到！群众的支持真了不起啊！我和伊藤也非常兴奋。

决定性的斗争还在于第二天的奋战。我们对第二天的工作做了周密的研究。然而，第二天早晨上工时，工厂给600名临时工中的400人，每人发两天的工资，把他们拦在门口解雇了。那些领了工资遭到解雇的女工们茫然不知所措，在门前来回徘徊。厂方派来的十五六个警察追着她们大声嚷着："回家去！回家去！"把她们撵走了。被解雇的人当中，也有须山和伊藤。在斗争的紧急关头，厂方来了个先下手为强，把我们打倒在地。这使我们有些丧气。

不过，我们不能听之任之，应该立即振作起来，吸取这次失败的教训，以利于今后的斗争。虽说临时工被他们解雇了，但正式工中还留下两个党支部成员，被裁的工人中还有将近十个伊藤和须山小组的人。他们来了个先发制人，就满以为已经搞垮了我们的工作，其实这些先生们却没有料到，正是用他们自己的手传播了我们组织的种子！现在，我和须山、伊藤更加抖擞精神，正在从事新的工作。

戈　丹

作者普列姆昌德(1880—1936)是印度现代作家,本名是滕伯德·拉伊。1880 年 7 月 31 日出生在印度贝拿勒斯附近的拉莫希村。因家庭生活困难,经过艰苦奋斗,才得到学位。从学校毕业后,担任过教师、督学等职务。1921 年,为响应甘地的不与英国殖民当局合作的号召而放弃公职,专门从事文学创作活动。1936 年 4 月,主持印度进步作家协会第一次大会。同年 10 月 8 日,由于积劳成疾,不幸去世,终年 56 岁。

普列姆昌德很早就开始进行创作,起初用乌尔都语,后来为了扩大读者范围改用印地语。他一生写下了 15 部中篇小说和长篇小说(其中有两部是未完稿),300 篇左右的短篇小说,此外还有电影剧本、儿童文学作品、论文和译文等。比较重要的作品有短篇小说《祖国的痛楚》(1908)、《进军》(1930),长篇小说《服务院》(又译《救济院》,1918)、《仁爱道院》(又译《博爱新村》,1922)、《舞台》(又译《战场》,1925)、《妮摩拉》(1926)、《贪污》(1931)、《圣洁的土地》(1932)和《戈丹》(1936)等。

普列姆昌德还曾花费很大精力主编文学刊物,创办出版社,为培养文学新人,为推动进步文学发展做出了自己的贡献。

《戈丹》是普列姆昌德的长篇小说代表作。作品描写贫苦农民何利一家的悲惨遭遇。书中主要人物有:何利·拉姆、丹妮娅、戈巴尔、莱易。全书共分 36 章,现根据中文译本(严绍端译,人民文学出版社 1958 年版)分章介绍或节选如下。

第　一　章

柏拉里村农民何利·拉姆忙着准备行装,好到地主莱易老爷家里去走动。他说:别人的脚踩在自己身上,只得放聪明点,在那脚底板上抓抓痒。他的妻子丹妮娅可没有这么世故。她认为:咱们种地主的地,地主收他的租,为什么要去巴结他呢? 为什么要在他的脚底板上抓痒呢?

正如每一个庄稼人一样,多少年来,何利都在渴望着买一条母牛。这是他一生中最美丽的梦想,最崇高的愿望。正好他在路上碰见牧牛人薄拉赶着一群母牛走来。他那农民的机智活动起来,便顺口答应替薄拉找个对象,从薄拉手里赊来一条母牛;可是当他听薄拉说因为家里没草料才卖牛时,又立即把母牛还给薄拉,还答应送给薄拉草料。何利是一个庄稼人,别人家的房子着火了,要他去站在旁边伸着两手烤火,这样的事儿他是学也没有学过的。

第　二　章

莱易老爷在上次甘地所领导的不合作运动中抛弃了议员的职位,蹲过监狱,因而出了大名。他家正在准备庆祝折弓节。看见何利来了,他一面吩咐何利在戏里扮演个小角色,一面要求何利让佃户们凑节礼。

莱易老爷对何利讲起话来冠冕堂皇,头头是道;可是一听见农民不愿给他白干活时,就露出满脸怒容,连眼珠都鼓出来了。何利暗自想着:这人刚才还在满口仁义道德,一下子却又变得这样凶神恶煞了。

第 三 章

何利一回到家,儿子戈巴尔就跟他争论起来。戈巴尔反对何利去巴结地主,认为完全没有必要那样做;何利认为,贵贱是老天爷预先安排好的,财产是前世修来的戈巴尔也不同意,认为老天爷造了人,全都是平等的。两人争论的结果,何利理屈了。

下午,薄拉来取牛草。丹妮娅起初不赞成给薄拉草,但是听了他的几句奉承话后,马上改变态度,主张给他3大筐草,还让何利和戈巴尔给他送去。

在薄拉家里,何利得到了随时可以牵走母牛的应许,戈巴尔则见到了薄拉守寡在家的女儿裘妮娅。所以,从薄拉家里出来时,两人都兴致勃勃,仿佛举行了婚礼回来似的。

第 四 章

第二天一清早,戈巴尔就到薄拉家里去牵母牛;黄昏时分,母牛来到了何利的家。何利全家异常兴奋,村里的人也都跑来看热闹,只有与何利分家另过的两个嫡亲兄弟——希拉和索巴没有来。这使何利深感不安。他想主动去找他们,但在半路上却听见希拉说他是用霸占兄弟的钱买的母牛。这话刺伤了他的心,他真想当面批驳希拉几句,可是终于忍下来。然而,丹妮娅可不像何利这样处处忍让,她一听见这件事,立即不顾一切跑到门外和希拉吵起架来。何利和希拉两家的仇越结越深了。

第 五 章

戈巴尔从薄拉家里牵牛回来时,裘妮娅送他走到半路。戈巴尔本来是个天真未凿的小伙子,如今一碰上裘妮娅,他的青春便像一只睡着的猛兽一样,听到一点儿风吹草动就突然惊醒了。裘妮娅的美貌使他倾倒,裘妮娅那一番见多识广的话语以及她对自己美德的吹嘘,更使他沉醉。临别时,他们约定晚上再见。因此,当戈巴尔独自赶着牛回家时,他仿佛觉得自己从天上掉下来了。

第六—七章

莱易老爷的家里举行折弓节庆祝活动。他的同学和朋友应邀前来参加。其中有《闪电日报》编辑翁卡尔·纳斯,他自称为社会主义者,表面上为国忧思,实际上他的报纸上外国货广告登得最多;律师西雅姆·比哈里·唐卡,他同时靠做保险公司的经纪人和替地主借款赚钱;大学哲学教授毕·梅达,他表示赞成现行社会制度,主张人要有贵贱之分;银行经理和糖厂董事长康纳,他悭吝、好色;女医生玛尔蒂,她没有心,没有灵魂,只善于卖弄风情,善于应用她的魅力;鞋铺老板米尔扎·库尔谢德,他是一个投机家。他们这些人凑到一起,互相揭发,互相取笑,丑态百出,原形毕露。

次日吃过早饭以后,他们出去打猎。康纳从来没有打过猎,听见枪声就要簌簌发抖,可是玛尔蒂要去,他又怎能不去呢?唐卡一直没有机会谈到选举问题,他希望在打猎的地方找个机会。莱易老爷想到田庄看看,这样既可以跟农民保持联系,也可以显示自己的威风。米尔扎是喜欢获取新的生活经验的,特别是在他有机会可以表现勇气的场合。玛尔蒂是不甘寂寞的,她需要有一大群献殷勤的人。只有梅达一个人是抱着真正的热情去打猎的。这6个人分成3组;梅达和玛尔蒂,莱易老爷和康纳,唐卡和米尔扎。打猎的结果,梅达哭丧着脸,玛尔蒂无精打采地独自坐在一边,莱易老爷和康纳两人都饿慌了,谁也不说一句话,唐卡闷闷不乐,只有米尔扎一个人欢欢喜喜。

第八—九章

何利赊来母牛以后,高利贷者金古里·辛虎视眈眈,想要逼迫何利把牛转卖给他。何利正在举棋不定的时候,他的兄弟希拉却下手毒死了牛。母牛之死轰动了全村。何利虽然怀疑凶手是希拉,却不想声张;丹妮娅可不能忍受,发誓非要揭发希拉不可。

第二天早晨,何利家里闹得天翻地覆。何利在打丹妮娅,丹妮娅在骂何利。丹妮娅坚持要到警察局去告状,何利则一口咬定没有看见希拉站在牛槽旁边。

正在闹得不可开交之时,警察局的巡官来了。他正想找个机会敲诈一番。何利给传来了。这是他生平第一次谒见一位巡官。他战战兢兢,仿佛他会给绞死似的。当他殴打丹妮娅的时候,他身上的每一部分都在使劲;但一见到巡官,他却好像乌龟似的往里收缩了。巡官一下子看透了何利的心。他威胁说要搜查希拉的家。这一手果然厉害。听到这个决定,何利的脸色变得非常苍白,仿佛他身上的血液全都干枯了。搜查他自己的家也好,搜查他兄弟的家也好,都是一个样。他向村里的高利贷者借来30卢比,打算贿赂巡官,以便免去这场灾难。然而,丹妮娅却不甘示弱。她双手叉着腰对巡官说道:你的公道,你的是非,我都看透了。掐穷人的脖子是一回事,分个水是水,奶是奶,又是一回事。又对着村里的头人们骂道:村里的头人们都是杀人的,是穷人的吸血鬼。利息啦,粮账啦,送礼啦,送黑钱啦,不管什么东西,都要打劫穷人。由于丹妮娅的大胆揭发,巡官和头人们的阴谋破产了。

第十—十一章

一天晚上,已经怀孕5个月的裘妮娅悄悄来到何利家里,再也不肯离开;戈巴尔害怕父母生气,一个人出走了。

何利怎样对待这件事情呢?他焦虑的并不是因此会受到惩罚,要请村里人吃一顿酒席,他也不怕长老会,裘妮娅在家里怎么住下去的问题他也不在意,他焦虑的倒是戈巴尔。这孩子怕羞,不懂事,又有点傲气,但愿他不要做出什么傻事来才好。

丹妮娅又是什么态度呢?起初,她在盛怒之下,曾把裘妮娅骂作淫妇、荡妇、贱妇,甚至用扫帚打她,要把她撵出去;后来,她却向何利求起情来,她说:看在老天爷面上,你不要碰她。她自个儿已经哭得够伤心了。

这件不平常的事情轰动了整个村庄。村里的长老会认为,必须处罚何利。他们判决:罚何利100卢比的现款和30满粮食。何利马上表示服从判决,因为他认为长老会是有神灵做主的。长老会的公断,就得心甘情愿地接受;而丹妮娅则坚决表示反对,她对长老会说:只要我丹妮娅还有一口气,这可办不到,你们的贪心绝对不会实现。何利不听丹妮娅的,他把刚打下的粮食全都扛到长老会,连自己的房子也抵押出去了。正如小说里所写的那样:教族的威风多大啊,他得把粮食扛在自己的头上一袋一袋地搬去,仿佛是在用自己的手掘自己的坟墓一样。地主、高利贷者和政府都没有这样大的威风。

第十二—十四章

那天晚上，戈巴尔让裘妮娅走进家门，自己却没进去。他在暗中进行观察，看见父母把裘妮娅收留下来以后，他放心了。不过，他自己不想马上去见父母，他要出外做工挣一笔钱再回来。于是，他动身上勒克瑙去了。

戈巴尔来到勒克瑙的市场上，被米尔扎雇去玩了一场摔跤游戏。从这以后，他就留在米尔扎手下干活了。

11 月过去了，薄拉还没有收到何利赊母牛的钱，加上何利收留他的女儿裘妮娅，让他丢了脸，他生气了。有一天，他怒气冲冲地来到何利家里，非要强迫何利把裘妮娅赶出门去不可。何利不答应，薄拉便不顾一切地硬把何利一家赖以谋生的两条耕牛牵走了。

第 十 五 章

梅达就妇女问题到处发表讲演。他认为，在世界上，女人的活动范围是跟男人绝对不同的。我们这时代的污点就是女人跑到男人的活动范围里来了。

梅达劝玛尔蒂不要插身到康纳和他的太太戈文迪之间去。玛尔蒂则说道：我把康纳看得连我的鞋尖也不如。

第 十 六 章

莱易老爷听说村里的长老会对何利罚了款，心里十分恼火。他命令长老会立即把全部罚款送到他这儿来，不然就让他们倒霉。有人就这件事写信给《闪电日报》揭露莱易老爷的隐私。《闪电日报》编辑翁卡尔·纳斯在同莱易老爷讨价还价时，起初摆出一个殉道者的神气，声称对一个编辑来说，最壮烈的死就是为了维护正义和真理而牺牲自己的性命；但是最后终于在莱易老爷 1 500 卢比的捐款面前感激地垂下头来了。

第 十 七 章

何利家没有耕牛和种子，到了播种季节也不能播种。婆罗门达塔丁看准这个机会，拿出一些种子就把何利的收成抢走了一半。

何利把全部希望寄托在甘蔗上，他想用卖甘蔗的钱买一对耕牛。可是，等到糖厂一收甘蔗，高利贷者便从四面八方围拢而来，把何利卖的 120 卢比当场抢光了。今后的日子怎么过呢？何利没有别的出路，想靠扛活吃饭。

第 十 八 章

康纳和他的太太戈文迪吵架，戈文迪愤然离家出走。她在公园里碰见了梅达。梅达称赞她是一个完美的、理想的女人，而女人仅仅是母亲而已，母道是人间最高的成就，最刻苦的修行，最大的牺牲，最辉煌的胜利。在他的劝说下，戈文迪重新回到了家。这时，梅达的眼睛也润湿了——即使在这荣华富贵的安乐窝里，这个女人的心是多么凄苦啊！

第十九章

戈巴尔在勒克瑙住了一年。现在他已经不是一个朴实的乡下青年,他沾染上了一些城里的习气。他不再替米尔扎做工,而开始经营生意。他变得很狡猾,也知道各种赚钱的办法。为了把妻子儿女接到城里来住,他动身回家去。

第二十—二十一章

何利已经不是一个农民,而是一个雇工了。达塔丁成了他的东家。达塔丁对待雇工十分刻薄,逼着他一刻不停地干活。由于长期吃不饱饭,由于达塔丁的催逼,何利在地里晕倒了。

正在这时,戈巴尔回到了家。他给家里每个人都带来了礼物。他尽情地嘲笑了村里的头人。他跑到薄拉家里,三言两语就把那对耕牛牵回来了。他批评了何利的胆小怕事,使何利像一个罪人似的耷拉着脑袋。戈巴尔的机智与聪明把何利的生活规范和处世准则都给击败了。

过泼水节时,戈巴尔组织村里的小伙子们举行晚会,演出讽刺头人的戏剧。其中有一场戏的内容是这样的:高利贷者金古里·辛让人写了10个卢比的借契,却只给了5个卢比,因为剩下那5个卢比被算作礼物、润笔、佣金和利息预先扣除了。

在和头人打交道时,戈巴尔要按照自己的主张行事,何利却坚持走自己的道路,父子的意见发生了分歧。此外,戈巴尔又和丹妮娅吵起架来,而丹妮娅认为戈巴尔是受裘妮娅挑拨的,于是丹妮娅也和裘妮娅吵起架来。在这种情况下,戈巴尔不愿再在这个家里待下去,便带上裘妮娅和孩子走了。

第二十二章

三桩事情几乎同时落在莱易老爷头上:一是女儿的婚事,他决定把女儿嫁给昆瓦老爷,一个有着不良习气的贵人;二是和亲戚打官司,争夺他妻舅的一份遗产;三是参加议员竞选,这好比一把金镰刀卡在喉咙里,吞又吞不下去,吐又吐不出来。为了这些事情,他不得不去找唐卡帮忙,但是唐卡把他出卖了;他又不得不去找康纳借钱,但是康纳非要借此机会捞取一笔佣金不可。

第二十三章

在打谷场上发生了一场纠纷:婆罗门达塔丁的儿子玛塔丁和一个低种姓(恰玛尔)的姑娘西里雅发生了关系。为了报复,西里雅的父母兄弟突然来到,冷不防把一大块骨头塞进了玛塔丁的嘴里,破坏了他的宗教信仰(正统的印度教徒是素食者,不吃肉)。西里雅不肯随父母回去,又不能跟玛塔丁走,她成了无家可归的人。在这种情况下,热心肠的丹妮娅决定把她收留下来。

第二十四章

何利的大女儿索娜已经17岁,今年必须出嫁了。她的对象是一个富裕农民的儿子。为了索娜的婚事,何利只好从高利贷者杜拉梨手里借了200卢比。杜拉梨的利息定得十分刻薄,借了她的钱就难得还清。即使如此,何利也只有走这一条路了。

第二十五章

薄拉娶了第二个妻子,她叫诺哈莉,是个年轻寡妇。由于再婚,薄拉在家里名声扫地,竟被儿子从家里赶出来了,薄拉无奈,只好寄居在莱易老爷的管事诺凯·拉姆家里,成了他的奴仆。更可气的是,诺凯·拉姆不久就和诺哈莉勾搭上了。薄拉忍无可忍,想把诺哈莉一个人甩在这里,自己搬回家去。可是,他年纪老了,身体弱了,他没有勇气对诺哈莉说:你不配做我的老婆。

第二十六章

今年何利的甘蔗是全村最好的,估计可以卖到200至250卢比。然而,高利贷者蒙格鲁受人挑唆,告何利欠债不还,把他的甘蔗全部拍卖了。甘蔗损失以后,杜拉梨也不肯借钱给他了。何利只好厚着脸皮向诺哈莉借钱嫁女儿。

第二十七章

戈巴尔一家在城里的生活也不顺利,戈巴尔原来摆摊子的地方被人占了;孩子腹泻死了;裘妮娅因为生下第二个孩子,没有得到充分营养,身体虚弱得很;戈巴尔进康纳的糖厂当工人,在参加罢工时遭到毒打,几乎丧命;戈巴尔和裘妮娅由于生活艰难,感情恶化,夫妻关系濒于破裂。

第二十八章

康纳的糖厂被一场大火烧毁了。他伤心到了极点。但是,他的妻子戈文迪却认为,与其做一个压迫者,倒不如做一个被压迫者来得崇高。我们若是失掉了金钱而能够得到自己的灵魂,这代价并不算高啊。当戈文迪说这番话的时候,梅达一直在用崇敬的眼光看着她;康纳低着头,竭力把它当作神明的启示;玛尔蒂则在心里感到羞愧,她觉得戈文迪的思想多么超脱,她的心灵多么博大,而她的生活又是多么光彩夺目啊。

第二十九章

玛塔丁害了一场痞疾。他认为这是由于自己虐待西里雅才得到的惩罚。于是,他托何利转交给西里雅两个卢比。西里雅喜出望外,觉得自己蒙受的苦难已经得到报偿。她按捺不住心头的喜悦,特地跑到索娜和她丈夫的家里去报告这个快乐的消息。

第 三 十 章

梅达和玛尔蒂都发生了变化。梅达读了许多书,对唯心论和无神论作了详尽的研究,最后得出了这样的结论:在追逐名利和与世无争这两种倾向之间,还有一种为他人服务的精神,或者叫做不计成败利钝,只是孜孜不息地尽自己天职的精神,只有这种精神才能使生命富有意义,才能使生命变得崇高和纯洁。因此,他决心撇开私利,尽力帮助别人。梅达这种高尚的情操也对玛尔蒂产生了潜移默化的影响。跟梅达接近以后,她的牺牲精神也觉醒了。于是,她常常到穷人家去,免费为他们看病。有一天,梅达和玛尔蒂两人一起来到何利的村里,跟农民促膝谈心。

第三十一—三十二章

莱易老爷真是福星高照，他的三桩心愿都实现了。女儿的婚事办得很热闹，继承遗产的官司打赢了，竞选议员得到胜利，而且还当上了内政部长。然而，之后发生的两件事却把他的希望毁灭了。一是他的儿子违背他的意愿私自结婚出走，跟他断绝了父子关系。二是他的女儿结婚不久，就与丈夫分居另过了。莱易老爷觉得，自己一手建成的欢乐天堂，眼看着毁灭了。

米尔扎是个闲不住的人。他又开始从事一件新的工作——把城里的妓女编成一个戏班子。他认为通过这个形式可以解救许多正在堕落下去的妇女。

第三十三章

梅达不会料理生活，玛尔蒂只好让他搬到自己家里来住。与此同时，戈巴尔也到玛尔蒂家里来当园丁。有一次，戈巴尔的孩子出天花，玛尔蒂通宵达旦地护理他，终于使他脱离险境。这使梅达更加尊敬玛尔蒂了。他决心向玛尔蒂求婚。玛尔蒂却对他严肃地说道：不，梅达，好几个月以来，我都在想着这个问题，最后我打定了主意，我们做朋友比做夫妻要幸福得多。你爱我，相信我，……我也爱你，相信你，……为了我们达到完善的境地，为了我们的灵魂的升华，莫非这还不够吗？若是我们建立了自己的小家庭，把我们的灵魂幽禁在狭小的笼里，自己的悲哀和快乐也只有自己尝受，那我们还能接近永恒的幸福吗？这种生活只会阻碍我们前进的。听了玛尔蒂的话，梅达用颤巍巍的声音说道：我听从你的吩咐，玛尔蒂！

第三十四章

玛塔丁举行了隆重的宗教仪式赎罪。可是，从此以后，他对宗教不是更看重了，而是厌烦起来了。当他与西里雅所生的孩子生病死掉之后，他终于忍耐不住，又和西里雅住在一起了。他说：我不想做婆罗门，只想做个“恰玛尔”。婆罗门只晓得皈依自己的宗教，“恰玛尔”却不管宗教这一套劳什子。”

第三十五章

何利的景况一天不如一天了。在人生的战斗中，他常常遭遇到失败，可是他从来没有失掉勇气。每一次失败仿佛都给予他一种新的力量去跟命运搏斗。但他现在已经到了连自信都完全丧失的山穷水尽的境地了。如果在这种情景下他能够保住自己的生活信条，那也算是聊以自慰；实际上却不是这么一回事。他捐弃了自己做人的准则，也招来了不顾信义的名声，甚至不得不做了一些邪恶的事情，可是他一生的愿望丝毫也没有实现，那美好的日子就像海市蜃楼一样远远地离开他，现在他连这种幻觉也没有了，甚至那骗人的希望所发出的闪烁的微光也消逝了。他好像一个战败的君王，把自己那 3 亩地当作一个城堡，在里面躲藏起来，而且把它看成了命根子，想尽一切方法来保住它。他宁可挨饿，挨骂，宁可帮人干活，却不肯把这座城堡交出去。可是现在连这座城堡也不能不交出去了。他欠了 3 年的租子没有交，诺凯·拉姆已经向法院提出控告，要把他的田地抽回。而他又告贷无门。田地交出去以后，他的后半生就只有做苦力过日子了。这是老天爷的意旨啊，为什么要责怪莱易老爷呢？他毕竟要靠佃农来维持自己的生活呀。村里半数以上人家种的地都要给抽回去了。大伙会落到什么样的光景,他也会落到什么样的光景。如果命中注定他要过幸福的日子,他的儿子为什么会从家里跑出去呢?

黄昏时,他一个人坐着,沉入这种种思虑之中,忽然婆罗门达塔丁走到他的面前说:“何利,要抽回你的地的事情怎么啦?这些日子我跟诺凯·拉姆不讲话,一点消息也不知道。听说,限期只差 15 天了。”

何利搬了一张床给达塔丁坐。“他是老板嘛,爱怎么着就怎么着。”他说。“要是我手边有钱,哪会落得这样惨?我没有大吃大喝,没有胡乱花钱,就是收成不好,有点收成也卖不了几个钱,那我又有什么办法呢?”

“可是,你得把产业保住呀。往后靠什么过日子?祖上传下来的只有这么一点东西,连它也出脱了,你上哪儿去安生呢?”

“老天爷的意旨,我有什么办法啊?”

“有一个办法,你无妨试试。”

何利好像一个罪人得到了大赦似的,连忙摸着达塔丁的脚说:“你功德无量啊,马哈拉其,除了你,我还能靠谁呢?我已经弄得走投无路了!”

“不会走投无路的。你只要明白,人在走运的时候有一套处世的方法,倒霉的时候又另外有一套处世的方法。走运的时候,一个人乐善好施,倒霉的时候呢,讨饭也得干。真到了那时候就得这样。好比我们身体健康的时候,不沐浴祷告就滴水不进口;生病的时候呢,不沐浴不漱口,就那样子躺在床上吃东西。真到了那时候就得这样。在这个地方,我跟你之间有很大的差别;可是,到了加格纳特浦里[①],什么差别也没有了,在那儿,人不分贵贱,全都坐在一排吃饭。再说,罗摩王在患难之中也得吃舍瓦利[②]尝过的浆果,而且暗中藏起来把巴里[③]刺死。大人物在危急的时候尚且破除常规,那么,你我这等人又有什么顾忌呢?有一个拉姆·舍瓦克大爷,你知道不知道?”

“嗯,知是知道。”何利无精打采地说。

“他是我的主顾,日子过得挺好,又有田地又放债。这样威风凛凛的人我可没有见过。他的老婆死了好几个月了,儿女一个也没有。如果你愿意把卢巴嫁给他,我可以跟他说说。我的话他决不推辞。姑娘已经长大了,世道又坏,万一出了点乱子,脸上也不光彩。这是一个大好的机缘啊。姑娘也嫁出去了,你的田地也保住了,而且一切费用也可以省下来。”

拉姆·舍瓦克只比何利小两三岁。要把卢巴嫁给这样一个人,连想一想都是可耻的事情。一个是如花少女,一个却是龙钟老头儿!何利这一生曾经遭受过许许多多重大的打击,然而最沉重的打击却是这一次。他今天已经到了这种地步,居然有人跟他谈起出卖女儿的事情来了,而他连拒绝的勇气都没有,只是满怀抑郁地低着头。

“你有什么话说呀?”过了一忽儿,达塔丁问道。

“想想再说吧。”何利不置可否。

---

① 加格纳特是印度三大神之一遍入天神,浦里是印度奥利萨省的一个地名。加格纳特浦里即指浦里的遍入天神庙。在庙中祈祷时,所有的人都一律平等。

②③ 这两个典故都出自印度大史诗《罗摩衍那》。舍瓦利是比尔土著部落的一个女人,巴里是一个力大无穷的国王。

“这有什么好想的呢?”

“也得问问丹妮娅呀。”

“你自己乐意不?”

“让我想想吧,马哈拉其!家族里从来没有出过这种事情。也得顾到家族的名誉啊。”

“五六天之内给我一个回话。要不然,你只管去想好了,你的田地会给抽回去的。”

达塔丁走了。他对何利没有什么顾虑,他顾虑的倒是丹妮娅。她把自己看成一个了不起的人物,死也不肯放弃体面。不过,如果何利肯答应,她哭一阵闹一阵也会答应的。田地没有了,也是丧失体面的事情啊。

“达塔丁来有什么事?”丹妮娅走过来问何利。

“没有什么,只是谈谈我们的地要给抽回的事。”

“来卖个假人情罢了,他总不会借百把卢比给我们吧。”

“我们也没有脸向他借哟。”

“那他为什么到这儿来?”

“来给卢巴说媒。”

“说给谁?”

“你知道拉姆·舍瓦克不?就是说给他。”

“我没有见过他,他的名字倒是早就听说过。是一个老头子吧?”

“老头倒不是.不过,也上了年纪了。”

“那你没有骂达塔丁一顿?他要是对我说起,我会那样回答他,叫他一辈子也忘不了。”

“我没有骂他.可是我也没有答应。他说,婚事用不着花一个钱,田地也可以保住。”

“你为什么不给他戳穿,说他是在叫你卖女儿呢?这老家伙居然这样大胆!”

不过,何利越是思量这个问题,他的意志也跟着越来越软弱了。家族的名誉他还是像从前一样爱惜的,但是,一个人如果害了不治之症,他对于什么该吃什么不该吃也就完全不在意了。他在达塔丁面前的表现,不能说他已经同意了这桩婚事;但他内心里却已经同意了。他觉得年龄的问题并不太重要。生死是由命运支配的,有些年青人比老头儿死得还早哩。如果卢巴命中注定要过幸福的日子,随便在哪儿她也不会受苦。再说,这也并不是卖女儿呀。他从拉姆·舍瓦克那儿拿到多少钱,都算是借的,手边有钱的时候他会全部还清。这样做没有什么羞辱。当然啰,要是他有能耐,他会把卢巴嫁给一个名门望族的年轻小伙子,会给她丰厚的妆奁,会十分慷慨地招待迎亲队;怎奈老天爷让他处在无能为力的境地,那他除了把一个光身姑娘送出去,另外又有什么办法呢?他知道人们会讪笑他;可是,那些只会讪笑而不肯帮忙的人,他干吗要把他们的讪笑放在心上呢?棘手的倒是丹妮娅不肯答应。这个傻婆子,总是死死抱住那古板的体面不放手。这不是维护家族的声望的时候,这是拯救自己的生命的机会啊。她既然这样爱面子,那就拿出500卢比来吧。钱在哪儿呀?

接连两天,他们没有再直接谈起这件事情,谈起来也总是转弯抹角的。

“男女双方要各样都能相配,结了婚才会幸福。”丹妮娅说。

“结婚不是讲幸福的,疯婆子,”何利回答说,“结婚是一种修行。”

“去你的吧,修行!”

“我偏要这样说。要是一个人听从老天爷的安排,无论在什么样的境遇里都能快快活活地过日子，这不是修行又是什么呢？”

第二天，丹妮娅又想起了幸福的结婚生活的另一面。她认为，家里要没有公婆妯娌，结了婚的生活还有什么乐趣呢！一个姑娘，至少也得尝尝做新娘子的幸福呀！

“这可不是结婚生活的幸福，是拖累！”何利说。

“你说话也真怪，”丹妮娅动起肝火来了，“孤零零的一个媳妇，在家里怎么过日子呀？前后左右，一个照应的人也没有。”

“你嫁到我家来的时候，小叔子有两个，有公公也有婆婆，你到底享了什么福呢？你说说看。”

“难道家家都有这样的坏人吗？”

“你以为别家会有天上的仙女？家里人多了，人人都要支使新媳妇，她得讨好每一个人。要是她不听谁的使唤，谁就会跟她作对。最好还是一个人。”

他们没有再谈论这个问题，可是丹妮娅开始动摇起来了。

到了第四天，拉姆·舍瓦克亲自到他们家里来。他骑着一匹骏马，带了一个理发匠和一个佣人，就好像是什么大地主似的。他的年纪在40岁以上，头发已经斑白，可是脸上光彩焕发，身体也很茁壮。跟他比起来，何利真是显得苍老。他是到城里去打官司，中午想在这儿歇一会，因为太阳挺毒，还吹着阵阵热风。

何利到杜拉梨的店里去买了油和面粉来做薄饼，三个人吃了一顿。恰好达塔丁也赶来祝贺，于是他们闲谈起来了。

“打什么官司呀，大爷？”达塔丁问道。

“官司一桩接一桩，总是打不完，马哈拉其！”拉姆·舍瓦克神气活现地说，“这个世道，老实人是吃不开的。你越是忍让，别人越是欺负你。说起来，警察啦，法庭啦，全都是为了保护我们的，可是谁也没有保护我们。到处都是抢劫掠夺。一个软弱的人，大家都想掐住他的脖子。不诚实是老天爷不容许的，这是大大的罪过；可是，不为自己争取权利和正义，却是更大的罪过。你想想，一个人到底要忍到什么地步啊？拿一个农民来说吧，他简直是众人的下饭菜，要是他不给管账员送点礼物，送点小钱，他就很难在村里待下去。要是他不请地主的佣人和管事吃吃饭，他也没法过日子。对巡官和警士更得把他们当作女婿一样侍候，他们一到村里，农民就得孝敬他们，送他们礼物，要不然，他们一个报告上去，全村的人都得坐牢。有时候来了区里的管账员，有时候来了收税员，有时候又来了地方上的什么官儿，农民都得在他们的面前两手合十，毕恭毕敬地侍候他们，要想法给他们弄马料，弄鸡蛋、鸡、牛奶和油。这种事情也落到过你的头上啊，马哈拉其！每天都有一个新的官员来。一个医生来在井里下什么药，又一个医生来给牛看病，另外还有学校的视察员，还有各种部门的官员，水利部的也有，森林部的也有，管禁酒的也有，管农村改革的也有，管庄稼收成的也有，真是数也数不清。差人来了，也得给他一点甜头，要不他就在官儿们的面前说坏话。照理说，这么多部门的官儿到乡下来，对农民总该有些好处吧，其实压根儿没这回事。我们那儿的地主在村里派了款子，每副犁摊两个卢比，因为他请一个大官儿吃了一顿饭，花了很多钱。农民们不肯出钱，于是他把全村的地租都提高了。官儿们也是偏袒地主的。他们不想想农民也是人，也有妻子儿女，也得顾个体面。这就是我们凡事忍让的下场。因此我对全村的人公开说：‘谁也不能多交地租，也不要放弃田地，如果有人给我们讲道理，把我们说服了，我们是愿意多交的；要想敲诈不会说话的农民，那可不行。’村里的人听了我的话，大伙儿都不肯多交。地主看见全村的人一条心,也就没法可想了。要把田地抽回吧,谁去种呢?这种世道,人要不强硬一点,你说的话谁也不理睬。孩子不哭两声,连妈妈的奶也吃不到哩!"

下午,拉姆·舍瓦克走了,他使丹妮娅跟何利都留下了难以磨灭的印象。达塔丁的努力成功了。

"现在怎么说呀?"他问何利。

"问她吧。"何利指指丹妮娅。

"你们两个我都问。"

"年纪是大了一点,"丹妮娅说,"不过,你们的意思我也赞成。命中注定的事,是没法避免的;人倒挺好。"

何利对拉姆·舍瓦克是抱着一个弱者对强者的那种信任的。他心里生出了种种美丽的幻想。跟这样一个人结了亲戚,他的磨难有希望得到解救了!

婚期已经选定了。他准备写封信去叫戈巴尔回来。来不来由他自己决定,不过,先给他去一封信,免得他以后说"你为什么不叫我?"还有索娜,也得叫她回来。

"戈巴尔不是这样的人",丹妮娅说,"不过,裘妮娅也许不会让他来。一到外边,就把家里忘得干干净净,信也不写一封回来。还不知道他过得怎样呢。"说着,泪水涌上了她的眼睛。

戈巴尔接到家信,马上准备动身。裘妮娅本不愿意回来,但是这种场合又不好说话。妹妹结婚,哥哥不赶回家去,这怎么可能呢?索娜结婚的时候没有去,难道还不够丢人吗?

"跟爹娘老是闹别扭是不好的",戈巴尔哽咽着说,"现在我们毛干翅膀硬了,可以跟他们闹别扭了,甚至可以跟他们吵架了;可是,我是他们生的,是他们抚养长大的,他们说几句不中听的话,也应该耐心忍受。那一回我不知怎么跟他们发了脾气,如今我心里老是在思念他们。为了你,我连爹娘也撇开了。"

"别把这罪过推到我头上",裘妮娅生气了,"那次是你自个儿吵起来的。我跟妈住了那么些日子,连重话也没说过一句。"

"是为你吵起来的呀。"

"就算是为我吵起来的吧。我为了你,也扔下了我自己的家呀。"

"你家里有谁爱你?哥哥不喜欢你,嫂嫂恨你,薄拉要是把你抓到手,也会活活吃了你"。

"还不是为了你!"

"这次我们回去,要让他们享点福,凡事要顺着他们的心意。爹真是个好人,他从来没有骂过我。妈打过我好些回,可是过后总得给我吃点东西;我要是不对她笑笑,她心里就一直不得安生。"

他们两人把这件事情告诉玛尔蒂。玛尔蒂不惟给他们假期,而且送了新娘子一把纺车和一双手镯。她本想亲自去的,但她正在医治许多重病病人,一天也不能离开。不过,她答应结婚那天去一趟,而且送给他们的孩子蒙加尔一大堆玩具。她吻了孩子许多次,还不断地抚弄他,仿佛因为要跟他离开一些日子,她想事先抚弄个够似的。孩子却因为要回到他从来没有见过的家,非常高兴,对她的抚爱一点儿也不稀罕。在他那稚气的想象中,家是比天堂还要美好的地方。

戈巴尔到了家,看见家里一副凄凉景象,心情很黯淡,真想立即回去。一部分房屋已经歪歪斜斜,眼看着就要坍塌了。大门口只拴着一头公牛,而且现出半死不活的样子。

看见他回来,丹妮娅跟何利都欢天喜地,他却是那么抑郁不乐。现在这个家还有希望撑持下去吗?他在城里纵然卖命干活,吃饭总是没有问题的,而且他只侍候一个主人。在这儿,举眼一看,所有的人全是那么神气。同样拼命干活,结果什么也没有。辛辛苦苦地种出粮食,挣到一点钱,都得交给别人,自己只好饿着肚皮,求老天爷保佑。这一切只有爹那样的心性才能忍受,他是一天也受不了的。而这还不仅仅是何利一个人的光景,全村的人都在遭受这样的灾难。村里没有一个人不是愁眉苦脸的,仿佛他们的躯体内没有灵魂,只有痛苦,他们好像木偶似的跳来跳去,只知道干活、受苦,因为干活、受苦是他们命中注定的。他们的一生没有任何希冀,没有任何志向,仿佛他们的生命的源泉已经枯竭,靠着这源泉滋养的一片青青的草木也同时萎谢了。那时候正是三月天,打谷场上堆满了粮食,可是没有一个农民的脸上现出喜色。多半的粮食在打谷场上就给高利贷者和地主的管事人收去了,剩下的一点点也不属于自己。他们的未来一片漆黑,看不出什么路径。他们的感觉都麻木了,大门口尽管堆满了臭气四溢的垃圾,他们的鼻子却闻不到什么气味。他们的眼睛也失掉了光彩。天还没有黑,豹子就在他们的家宅附近哀鸣,可是谁也不去注意。不管什么粗茶淡饭,只要送到面前他们就吃,好像火车头吞下煤块一样。他们的牛没有一点玉米和糠秕尚且不肯把嘴巴伸到秣槽里去,而他们自己却只希望随便有点东西填饱肚皮就行了。他们是不讲究味道的。他们的舌头已经麻木,他们的味觉已经失灵了。为了一个铜板他们可以欺骗别人,为了一把粮食他们可以互相厮打。他们已经堕落到连羞耻也不顾的境地了。

戈巴尔从童年时代起就看到这种种景象,而且已经觉得习惯了,但是,在外边过了4年回来,今天他看见的却好像是一个新的世界。由于他跟那些有教养的人生活在一起,他的灵性已经有些觉醒了。他曾经参加过政治集会,站在人群后面听会上的演说,演说的内容深深印入了他的心里。他明白了自己的命运要由自己去改造,要用自己的智慧和毅力去克服一切困难,不会有什么神灵或者隐秘的力量来帮助他的。同时,他现在对人也有了深厚的同情,他变得谦和、真诚,不再像从前那样傲慢和爱慕虚荣了。他看到农民们的境况,禁不住寻思起来:“你们的处境已经是这样,为什么还要那么自私、贪婪,使处境越来越坏呢?不幸的遭遇把你们联结在一起,你们为什么要用卑鄙的自私自利来破坏这种神圣的联系呢?把这种联系变成亲密的团结吧!”这种思想使他的人性高扬起来了。一个正直的人在对人世有些阅历之后,心里便会产生一种崇高的感情,现在戈巴尔的这种感情仿佛一只鸟儿在鼓动翅膀,准备要飞到天上去。只要他看见何利在干活,他就把何利拉开,自己来做,好像他是想为以往的错误行为赎罪似的。

“爹,”他说,“眼下你啥事也甭操心,全副担子都交给我吧。往后我按月汇钱给家里用。你操劳了这么些年月,该清清闲闲地享福了。有我在,还让你这样受累,我真是没有脸啊!”

何利听了这一番话,禁不住从心底里为儿子祝福。他觉得他那衰老的身体也有一股活力了。这时候他不应该说出负债的事情,使他这个青春年少的儿子在心上留下忧思的暗影。让儿子舒舒服服地过日子,领略一下人生的幸福吧。他自己是甘愿受苦的。受苦就是他的生活。他需要拿起锄头和铲子去工作,要他坐在家里敬天拜神,他的心是无法安静下来的。

“你说,爹,一共欠了多少钱,我会按月分批还清的。”戈巴尔说。

“不,孩子,”何利摇摇头说,“你会受到拖累的。你挣的钱也不多。一切我会想办法。这种受苦的日子也不长了。卢巴就要出阁。剩下的就是还债了。你用不着焦急。你自己吃喝要当心。现在把身体养好了,日后才会过得幸福。我倒没有什么,我是吃惯了苦的。我现在不想硬要你种庄稼了!你投靠了一个好东家,只要侍候她一些日子,你自己也会成人的。她到咱们家来过。真是一个活菩萨哩。”

“她说卢巴结婚那天还要来。”

“我们巴望她来。跟这样的好人在一块,也许会少拿几个工钱,可是自己懂得的东西多了,眼界也开阔了。”

这时候,婆罗门达塔丁招手叫何利过去,把他带到远处,从腰间取出两张100卢比的钞票说:“你听了我的劝告,做得很好。真是一举两得:女儿债还清了,祖上传下来的田地也保住了。我能做的事情,我都替你做了,现在你自个儿安排吧。”

何利接过钱来,手在簌簌发抖。他抬不起头,嘴里一句话也说不出,仿佛他已跌入耻辱的深渊,而且在不断地往下沉落。他跟生活搏斗了30年,今天终于失败了,而且失败得这样惨,仿佛他给罚站在城门边,过往的人都朝他脸上吐一口唾沫。他在声嘶力竭地说:“乡亲们,可怜可怜我吧!我冒着3月的热风,冒着11月的大雨干了一辈子!你们剖开我的身体,瞧瞧我的心上有多少伤疤啊!你们问问我的身体,它是不是清闲过,是不是在树荫下歇过凉?我受了这么些苦,今天却落得这样丢人!”可是他照样活着:怯懦,贪婪而又卑鄙!他全部的信念都粉碎了。

“那我走了,”达塔丁说,“你最好马上到诺凯·拉姆那儿去一趟。”

“我会去的,马哈拉其!”何利顺从地说,“可是,我的体面全在你手里啊。”

第三十六章

村里接连热闹了两天。卢巴在鼓乐声中哭哭啼啼地离开了家。可是这当中谁也没有看见何利走出门来。他一直藏在家里,仿佛觉得自己没有脸见人似的。而玛尔蒂的出现,却增加了快活的气氛,邻村的妇女们也都赶来参加婚礼。

戈巴尔的和蔼可亲的态度博得了全村的赞赏,他在每一个家庭里都留下了让人思念的印象。薄拉对他更是崇敬得五体投地,薄拉的妻子诺哈莉招待他吃槟榔叶,临别还送给他一个卢比,打听他的勒克瑙的地址,说她上勒克瑙去时,一定去看他。索娜出嫁时她借给何利的那笔钱,她没有对戈巴尔提起。

第三天,戈巴尔要动身的时候,何利当着丹妮娅的面,眼泪汪汪地说出了好多天来一直在折磨他的心灵的事情:“孩子,我为了贪恋土地,犯下这样的罪孽,不知道老天爷会怎样惩罚我啊!”

戈巴尔一点也不生气,他和颜悦色、恭恭敬敬地说:“这事没什么罪过,爹!当然喽,拉姆·舍瓦克的钱务必要还清。其实,你又有什么办法呢?我没出息,不能帮你忙,地里没有收成,借债又借不到,家里的粮食吃一个月也不够。碰到这种光景,你不这样做又怎么办呢?不保住田地,往后怎么过日子呢?一个人到了走投无路的时候,也只好听天由命了。这种昏天暗地的日子,不知还要过到几时哟!一个人饭都没得吃,什么礼义廉耻对他都是骗人的把戏。要是你像别人一样懂得敲诈勒索,那你也是一个贵人了。可是你从来不肯丢开做人的道德,因此才受到这样的折磨。我要是处在你的地位,我宁可去坐牢,宁可给绞死。要把我辛辛苦苦挣来的钱送给别人,自己跟妻子儿女挨饿,这我可受不了。”

丹妮娅不愿意让裘妮娅跟他一块儿去,裘妮娅自己也想在家里多住几天,因此决定戈巴尔一个人动身。

第二天清早,戈巴尔向大家告辞,动身到勒克瑙去。何利一直把他送到村外。他对戈巴尔从来还没有这样爱过。戈巴尔临别时伏下去摸他的脚,他忍不住哭起来了,仿佛他再也不会见到儿子的面了。但他的心里充满了幸福和骄傲。他也变得坚定了。儿子对他的敬爱使他有了力量,也使他胸襟开阔了。几天以前,他对一切都感到厌倦,觉得眼前一片漆黑,在黑暗中迷失了自己的道路,现在他却满心欢喜,看到了明朗的阳光。

卢巴结婚以后,生活过得很愉快。她的童年是在一个一钱如命的环境里度过的,那时候她有过多少愿望,都只好压抑在心头。现在这些愿望通通实现了。拉姆·舍瓦克虽然已经到了中年,婚后也变得年轻了。他是卢巴的丈夫,无论他是青年,是中年或者是老年,她对他的感情都不会有什么两样。她的这种感情跟丈夫的容貌或年龄没有关系,这种感情根源深远,深到古老传统的底层,只有地震才能摇撼它。她的青春的花朵在为自己开放,她浓妆艳抹也是为了自得其乐。拉姆·舍瓦克看见的是她的另一面:一个忙于操持家务的主妇。她不想在拉姆·舍瓦克面前现出自己的青春美貌,使他感到困惑迷惘。现在她的心里什么也不觉得欠缺了。仓里装满了粮食,田地伸展到村子的边界,大门口是成群的牛羊,真是要什么有什么。

她最大的愿望是要看到她娘家的人过点幸福的日子。可是,要怎样才能解除他们的贫困呢?那头母牛的记忆,现在依然活鲜鲜地留在卢巴的心里,它像客人一样来到他们家中,随后又匆匆离去,让每个人都为它伤心落泪。这虽然已经是过去很久的事,现在想起那情景却更令人难过。

她现在在这个新的家庭里还没有住惯,还是把娘家当作自己的家。那儿的人都是她的亲骨肉,他们的悲哀也就是她的悲哀,他们的幸福也就是她的幸福。在这儿的大门口看见成群的牛,还不如在娘家门口看见一头牛那样使她快活。可是她父亲的这个愿望从来就没有实现过。那头母牛来到的那一天,他是多么高兴啊,仿佛是一位仙女从天上来到了人间。那以后他就无法再买一头母牛了。但她知道,在父亲的心里,那个愿望今天也还是跟从前一样强烈。等她回娘家去时,她一定要带着那头白色的母牛去送给他们。不,为什么不派一个人送去呢?她犹豫了好一阵,才跟拉姆·舍瓦克提起这事情。拉姆·舍瓦克答应了。第二天,卢巴便叫一个牧童把牛送去。她对牧童说:“你告诉我爹,送这条牛来是好让蒙加尔有牛奶喝。”

何利也一直在惦记着买一头母牛的事情。本来他现在是用不着急于买牛的,可是蒙加尔跟他们住在一起,这孩子没有牛奶喝怎么行呢?只要手边有钱,他先得买一头母牛。蒙加尔现在不仅是他的孙子,不仅是戈巴尔的儿子,他也是玛尔蒂小姐的宠儿,对他的照拂也得像个样子。

可是,往哪儿去弄钱呢?恰好那天有一个承包商开始在村子附近的荒坝里采掘铺路的石头,何利一听到这消息,马上跑到那儿去作了挖掘工人,每天的工钱是 8 个安那。如果这工作能继续干两个月,他挣得的就够买一头母牛了。

他在热风和太阳下干了一天,回家时已是精疲力竭,但他心里丝毫也不觉得疲倦。第二天他又怀着同样的热情去上工。夜里,吃过晚饭,还要在一盏油灯下搓绳子,一直到半夜以后才睡觉。丹妮娅也像疯狂了似的,在何利这样操劳之后她不惟不劝他不要干夜活,她自己反而陪着他搓绳子。母牛是一定要买的,拉姆·舍瓦克的钱也得还清。戈巴尔临走时这样说过。他对这事情很不放心。

夜里 12 点多钟。他们俩还在坐着搓绳子。

“你困了就去睡吧,天一亮还得起来干活哩。”丹妮娅说。

何利抬头望望天空:“还早哩,现在恐怕只有 10 点钟。你去睡吧。”

“晌午我睡过一忽儿。”

“我吃过午饭也在树下睡了一觉。”

“可别中暑啊!”

“哪会中暑？树下可荫凉哩。”

“我担心你会病倒。”

“得啦！要那些有工夫害病的人才会病倒，现在我一心一意只想到，等戈巴尔下次回家的时候，要积攒下一笔钱，把拉姆·舍瓦克的债还掉一半。戈巴尔也会带一点钱回来的。今年还清了这笔债，那咱们的日子就不同了。”

“我心里直在惦记着戈巴尔。这孩子现在多懂事啊！”

“那天跟我分手，他还摸我的脚来着。”

“蒙加尔刚由城里来的时候，长得胖嘟嘟的，到了乡下就变瘦了。”

“在城里，牛奶啦，黄油啦，要啥有啥。在乡下，只要有烙饼吃就算不错了。等我向包工头领到工钱，咱们就买一条母牛。”

“咱们早就可以买一条母牛的，只是你不肯听我的话。自己的地都张罗不过来，你却把普妮娅那副担子也挑起来了。”

“有什么办法呢，自己得讲点为人的道德呀。希拉做了那样的傻事，他的妻子儿女总得有个人照顾。我不照顾还有谁照顾呢？你倒说说看！我要是不帮助她，你想想她今天会落得个什么光景。我虽然费尽了心机，蒙格鲁还是告了她一状。”

“她把钱窖起来了，哪会不吃官司！”

“别扯淡！地里的收成最多只够吃，她有什么东西窖起来呀？”

“希拉好像钻到地下去了似的，一点儿音讯也没有。”

“我心里总觉得，他早晚一定要回来的。”

两人都睡下了。第二天天蒙蒙亮，何利起来，忽然看见希拉站在他的面前。希拉的头发很长，衣服破破烂烂，脸上干巴巴的，身上没有一点肉，仿佛身材也萎缩了。他跑上前来，匍匐在何利的脚边。

何利把他扶起来，拥抱着他说：“你简直瘦得不像样了，希拉。几时回来的？我老在想念着你。你病了吗？”

今天他眼中的希拉不是那个使他的生活陷于悲惨的希拉，而是他们父母的小儿子希拉。这当中的二三十年仿佛消逝得无踪无影了。

希拉什么话也没有说，只是站在那儿哭泣。

“为什么要哭呢，弟弟？”何利抓住他的手，哽咽着说，“人总有个差错啊。这些日子你是待在哪儿？”

“我该怎么对你说啊，大哥！”希拉的声音里充满了痛苦，“我留下了一条命，只是因为我命中注定，要见你一面才能死去。我谋害了那条母牛，心里总是忘记不了，我老觉得那母牛时时刻刻都站在我面前，睡的时候也好，醒的时候也好，它总是在我眼前出现。后来我发疯了，在疯人院里住了5年，半年前才从疯人院里出来，靠着讨饭过日子。我不敢回家来。我没有脸见人啊！后来我实在受不了，才壮起胆子回来。你对我的老婆孩子……”

“其实你是用不着跑的，”何利打断了他的话，“随后巡官来了，塞给他几块钱事情也就解决了。”

“我一辈子感激你的恩情，大哥！”

“我不是外人啊，弟弟！”

何利心里很高兴。他觉得人生的一切厄难,一切失意的事情都跟他无缘了。谁说他在人生的战斗中失败了?这种喜悦,这种骄傲,这种幸福的感觉,难道是失败的征象吗?如果说这是失败,那他的胜利就在这些失败之中。他的那些残缺的武器就是他的胜利的旗帜。他胸中感情激动,脸上光彩焕发。希拉的感恩使他看见了自己生平的一切都没有做错。即使他的谷仓里装满粮食,他的土罐里窖着金子,他也不会享受到这种天堂一般的幸福!

希拉从头到脚打量了他一遍,然后说:"你也挺瘦啊,大哥!"

"这种年月我会发胖吗?"何利笑着说,"要那些不借钱过日子,不担心自己体面的人才会发胖。这种年月,发胖是不光彩的事情。要让一百个人变瘦了,才会有一个人发胖,试问这种胖又有什么幸福?要人人都发胖的时候才会有幸福。你看过索巴了没有?"

"昨天晚上就看见他了。你这些日子自己人也照顾,跟你作对的人也照顾,所以保全了自己的体面。可是他呢,庄稼活儿全都丢开不管,天知道他怎么活下去啊!"

如果何利也知道卢巴就在这一天派人送一头母牛来给他,那么这一天将会是他一生中真正最幸福的日子。可是,他命中注定不会知道这个喜讯了。①

这一天,他去挖石头的时候,觉得浑身软弱无力。夜里干活的疲劳还没有恢复过来。但他还是走得很快,而且在步态中显出悠然自得的神气。

这一天,上午 10 点钟就刮起热风,快到中午时,太阳简直像火烧一样。何利把一筐一筐的石头顶在头上,从石坑走到大路,又把石头装在车上。到了中午休息,他已经上气不接下气了。他从来没有觉得这样疲倦过。他的腿拖也拖不动,身体内部好像在燃烧。他澡也不洗,饭也不吃,把自己的头巾铺开,就在那难熬的疲倦中躺在一株树下睡觉;可是他觉得口渴,嗓子都干了。空肚皮喝水又不行。他尽力忍着。心里那种毛焦火辣的感觉越来越厉害,他实在忍耐不住了!他看见在他旁边吃饭的工人有一满桶水,便起来舀了一杯,喝过水又回去躺下。不到半个钟头,他呕吐了,脸色像死人一样苍白。

"你怎么啦,何利大哥?"那个工人问他。

何利的脑里天旋地转。"没什么,我是好好的。"他说。

说着,他又吐起来了,而且手脚都在发冷。他奇怪他的头为什么会晕眩,为什么眼前会是一片漆黑?他闭上眼睛,往事的记忆都在心幕上清晰地映出来,但就像梦境似的支离破碎,颠倒错乱,而且改变了原来的形状。他看见了自己玩洋娃娃和在母亲怀里睡觉的欢乐的童年;又看见戈巴尔回家来了,匍匐在他的脚边;接着换了另一幅景象,丹妮娅在做新娘子,搭着一条红披巾,在侍候他吃饭;然后是一头母牛,一头地道的如意牛,他挤了牛奶,正在给蒙加尔喝,母牛忽然变成了一位仙女,而且……

"嘿,何利,晌午过了,起来搬石头去!"那个工人在对他叫嚷。

何利什么话也没有说。他的灵魂不知道正在什么地方游荡哩。他的身体烧得烫人,他的手脚却是冰冷的。他中暑了。

有人跑去通知他家里的人。不到一个钟头,丹妮娅急匆匆地赶来了。索巴和希拉要做好一

① 这一小段是根据俄译本译出的。在译者手边的印地文原本第十版、第十一版、第十二版及印地文节本第九版等各种版本中都没有这一小段。俄译本是从乌尔都文译本转译的。原作的最初版本中是否有这一小段,还需要再作查对。现在根据俄译本译出,以便故事情节有个交代。

副担架再随后赶来。

丹妮娅摸摸何利的身体，不觉吃了一惊，脸色都白了。

“你怎么啦？”她用颤抖的声音问道。

“你来了，戈巴尔，”何利睁着茫然的眼睛说，“我为蒙加尔买了一头母牛，瞧，它站在那儿哩。”

丹妮娅曾经看见过死神的面影。她是认得死神的。她曾经看见死神蹑手蹑脚地悄悄走来，也曾经看见死神像暴风骤雨似的袭来。她的公公、婆婆，她自己的两个儿子，村里许许多多的人，都是在她眼前死去的。她的心痛苦地抽搐了一下。她觉得她的生活的根基仿佛也在动摇了。可是，不，她现在应该耐心等待，她的怀疑是没有根据的，何利不过是中了暑，因此失去了知觉。

“瞧我呀，是我，你不认得我？”她说，勉强忍住满眶的泪水，不让它流出来。

何利渐渐恢复了知觉。他意识到死神已经走到他的身边，火葬堆就要点燃了。他的头脑清醒了。他凄凉地望着丹妮娅，眼角滚出了两颗泪珠，接着他用微弱的声音说：“丹妮娅，我亏待你的地方，你原谅我吧！我要死了！买牛的心愿还没有了结。我挣来买牛的钱，正好用来葬我。别哭啊，丹妮娅，哭一阵又能让我活多少年呢？什么样的苦我都受过了，让我死去吧！”

他的眼睛又闭上了。这时，希拉和索巴已经抬着担架来到，他们把何利抬到担架上躺下，往村里走去。

这消息像风一样吹遍了村庄，全村的人都汇集在何利家门口。何利躺在担架上，也许一切他都看得清楚，一切他都明白，可是他已经说不出话来了。只有他那滚滚流下的眼泪好像在说，一个人要摆脱一切恋栈是多么艰难啊。恋栈也就是一个人对他生前没有做到的事情所感到的那种痛苦。对那已经履行了的义务和那已经完成了的工作，还有什么恋栈呢？引起恋栈的是我们抛下的那些孤儿寡妇，因为我们不能对他们尽到抚养的义务；引起恋栈的是那些只实现了一半的愿望，因为我们不能继续实现它们了。

丹妮娅虽然明明知道已经没有希望，她还是想要捉住那渺茫的希望的影子。她一边流着眼泪，一边像个机器人似的跑来跑去，一会儿把芒果烤熟，挤出汁水来给何利喝，一会儿又用麸子按摩何利的身体。[①] 没有钱，有什么办法呢？若是有钱，她会打发人去请个医生来看的。

“嫂嫂，”希拉哭着说，“想开一点，行‘戈丹’礼[②]吧。大哥要归天了。”

丹妮娅谴责地看了他一眼。现在还要她怎么想开呀？她对自己的丈夫应尽的职责，难道还要别人告诉她？她对自己的终身伴侣，难道只需要哭一场就够了吗？

“是呀，行‘戈丹’礼吧，是时候了。”别的许多人也这样说。

丹妮娅机械地站起来，拿出今天卖绳子赚得的20个安那，先在何利的冰凉的手里搁了一会，然后对站在面前的婆罗门达塔丁说：“马哈拉其，家里没有母牛，没有小牛，也没有钱，就只这几个安那，这就是他的‘戈丹’！”

说完，她便昏倒在地。

---

① 这两种办法都是印度民间用来治中暑的。

② “戈丹”也就是本书的书名。“戈”是“牛”的意思，“丹”是“奉献”的意思。按照印度教的习俗，一个人在临死时要请婆罗门来举行一种宗教仪式，净化死者的灵魂，最后将一头母牛献给婆罗门——据说这头牛可以把死者的灵魂送过一条冥河，进入冥土。这整个的仪式就叫“戈丹”。

一日长于百年

作者钦吉斯·艾特玛托夫(1928—2008)是当代吉尔吉斯著名作家。他出生在当时苏联吉尔吉斯地区的一个牧民家庭,山峦和草原、民歌和传说陶冶了他的民族精神。父亲是共产党员,曾任州委书记,于1937年惨遭镇压。父亲的牺牲和山乡父老的关怀,培育了他嫉恶如仇、爱憎分明的感情。在他14岁时,爆发了卫国战争,他中断了学业。他曾任村秘书、区税务员等。从50年代初到90年代,他发表作品数十部,并多次获奖。他的作品被译成70多种文字。

艾特玛托夫是从探究人类心灵中爱情的道德问题而登上文坛的。20世纪50年代,是他创作的早期,其特点是以浪漫主义手法揭示吉尔吉斯人的人性美。《查密利雅》(1958)是他的成名之作。小说通过一位美丽、勤劳的少妇冲破封建意识的束缚和一位跛腿转业军人私奔的故事,歌颂了争取妇女尊严和人格独立的精神。

60年代,他的创作题材不断有新的开拓,创作了一系列歌颂人性美和理想美的作品,《我的包着红头巾的小白杨》(1961)、《第一位教师》(1962)、《骆驼眼》(1962),与《查密利雅》一起荣获了1963年列宁文学艺术奖。小说《别了,古里萨雷!》(1966)标志作家创作进入成熟阶段,荣获1968年国家文学艺术奖。它通过老人塔纳巴依赶着老马古里萨雷,穿过山坡回家去的路上对往昔的回忆,描述主人公的一生,剖析了苏联农村所走过的路程,反映了一个时代的是非功过,揭示了"左"倾路线给人们带来的危害。

70年代,是他的创作走向哲理探索的时期。神话传说、民歌和寓言,成为他创作题材的新的开拓,抒情悲剧的倾向成为他创作的突出特点。这一时期的创作主要有《白轮船》(1970)、《早仙鹤》(1975)和《花狗崖》(1977)等。在《白轮船》中,作者通过善与恶的斗争、生与死的思考,表现了道德的深层问题。《花狗崖》通过出海捕鱼的故事,表现了为民族永存甘愿牺牲个人的崇高的道德精神。

80年代,他的创作进入炉火纯青阶段。他开始选用不同流派的艺术手法,探讨全人类的命运问题。《断头台》(1986)通过拯救失足者的悲剧,探讨战胜庸人世界的强大力量。《一日长于百年》(1980)是他的代表作,通过远古传说、现实生活、科学幻想三组悲剧,把历史与现实及未来相联系,探讨了人类的前途和命运。现根据《一日长于百年》中译本(张会森等译,新华出版社1982年版)分章介绍如下。

一

一只饥饿的狐狸,在田野里等待着冲沟里的小野鼠,不时通过的列车发出的震耳欲聋的响声使它惊吓得直打颤。狐狸本能地感觉到某种普遍性灾难即将来临。半夜,叶吉盖正在布兰内会让站扳道房里值班,他的妻子乌库芭拉跑来告诉他,他的好友卡赞加普死在空荡荡的泥板房里。叶吉盖说先通知站长奥斯潘,把村里的8家人叫醒,再找值班调度,让他派人来接替自己。乌库芭拉认为最要紧的是通知死者的子女,叶吉盖则认为不能指靠他们,他们来了会像外姓客人一样袖手旁观。

叶吉盖想到明天送葬的事,不断回忆起与卡赞加普一起工作的情景。他焦急地看接替的人来了没有。突然看见一只狐狸,想起死者的儿子萨比特让讲过人死后灵魂会转移,可能是卡赞加普的灵魂附在狐狸身上找他最要好的朋友来了。这时一辆列车通过,叶吉盖托付司机捎个信给艾扎达,告诉她父亲逝世的消息。热心的司机甚至答应返回时把她一家人带来。

叶吉盖向埃吉里拜交了班。在回家的路上想起忘记告诉老伴把消息通知自己的两个女儿,她们在寄宿学校念书时,卡赞加普经常接送她们。忽然附近的宇航发射场火箭飞上天,喷着猛烈的火焰。他并不知道就在那载人的飞船上天的同时,在美国的内华达州也有一艘飞船起飞,也飞向"均等号"空间站,负有相同的对接任务。这两艘飞船都是根据航空母舰"公约号"的指令起飞的,"公约号"是苏美创造空间计划联合指挥中心基地。"均等号"对于"公约号"联合指挥中心发出的信号没有做出反应,"均等号"出了什么事,尚待弄清。

二

到乃曼族的祖坟阿纳贝特去安葬,多少年来这还是头一回。卡赞加普的妻子布凯几年前病死在库别尔的医院,埋在了当地,因为她女儿艾扎达住在那里。叶吉盖坚持照死者的遗愿,把老友安葬在祖先安息的地方。萨比特让来参加父亲的葬礼,使他惊讶和感动。他回忆起萨比特让小时候是他父亲的骄子,叶吉盖和他父亲曾多次送他去库别尔铁路员工子弟寄宿学校上学,关心他的身体和学习。

唉,他现在是个成年人了,戴着一副眼镜、一顶鸭舌帽,系着领带,很想让人以为他是个重要人物,大干部。其实当官得有好靠山或有权势的亲友,他不过是鲍兰雷—布兰内会让站一个叫卡赞加普的老头子的儿子!而现在这样的父亲也没有了。这个宝贝儿子只想早些脱身,不愿把尸体运到老远的阿纳贝特去,说什么他工作忙,时间紧。

叶吉盖大骂自己,后悔得抱头痛哭。妇女们叽叽喳喳,对萨比特让很生气。她们说:当儿子的仿佛不是来给父亲送葬,而是来做客。两手空空的,连包茶叶都没拿来。他的妻子连吊孝都不来,真没良心。老头子活着时,她不断地来,两口子把他接到城里,靠他的钱购置家具,还买辆汽车。老头子穷了没用了,那娘们连影子都不见了。

邻居们都帮助忙着明天安葬的事,只有萨比特让碍事。他总是说谁当了官,说东道西,高谈阔论。他妻子未来丝毫没使他感到过意不去,说什么真不巧,她有个什么代表大会要参加,会上有许多外宾呢,孩子们没来是怕误了学习。

叶吉盖心里忿忿地说,现在的人怎么变成这样了!对于这些人说来,世上什么都重要,唯独死亡除外!这使他心里很不平静。他想:如果死对于他们来说是无所谓的,那么对他们来说,生也没有什么价值。他们为了什么,又怎样活着呢?他们活着有什么意义呢?

叶吉盖给他的骆驼卡拉纳尔披上华丽的驼衣,准备率领送葬的队伍去阿纳贝特。这时大个子埃吉里拜对萨比特让说:应该感谢真主,世上有叶吉盖这个好人,他和你父亲真是莫逆之交。你不要妨碍我们安葬你父亲的活动。你若是忙,我们不拦你。我可以替你多扔一把土!

艾扎达和丈夫赶来了,她一到就大哭起来。她在父亲遗体面前,哭诉自己命运不济,嫁了个酒鬼,不管孩子,酗酒的大儿子几次被民警找上门来。弟弟萨比特让生气地说:难道哈萨克女儿们可以这样哭她受人尊敬的父亲吗?不是颂扬他的美德,而是哭自己生活的不幸。这一下子被激怒的艾扎达反击道:还是先教训你老婆去吧。她为什么不来吊孝!你们倒是应该说说父亲的好处,因为她这个婊子和你这个怕老婆的下流坯把老人的财物搜刮得一干二净。我丈夫虽是酒鬼,但来送葬了。萨比特让大喊大叫,要迫使艾扎达住口。艾扎达的丈夫发了火,站起来要掐死萨比特让。大家好不容易劝开，乡亲们都为此感到羞耻。多亏大个子埃吉里拜扭转了当时的局面，他把男人们都请到自己家里去做客。

埃吉里拜一边给大家送茶，一边讲起他昨天看见上天的火箭。于是萨比特让借机卖弄起他的一知半解。他以为自己知道得多，想借此来抬高身价，消除同姐姐吵架留下的坏印象。他讲无人驾驶的飞船，靠无线电指挥，将来会用无线电控制人的行动。由生物电波指挥，叫你干啥你就得干啥。人口多了，就控制出生率。给你信号时，你才能跟妻子干那个事。打仗时给你信号你就会赴汤蹈火。无畏生物电波一到你身上，你就什么也不怕了。他不断地喝着酒说：为我们的健康干杯……咱们的健康具有国家规模的价值。叶吉盖不安起来，他想若将来真的有人像神仙一样统治我们，那可怎么办？他走出屋子哀叹道：这哪像办丧事呵！瞧那股兴奋劲儿，真是见他妈的鬼，还想出了什么具有国家意义的健康，拿这个当喝酒的借口。

叶吉盖联想起卡赞加普和自己今春一起去咸海的情景，他俩都是在咸海岸边长大的哈萨克，原来他是跟咸海诀别去啦，当时他嘱叶吉盖说：我若是死了，你把我埋在阿纳贝特……。"

三

"均等号"是苏美双方平等合作通向埃克斯星的停留站，停泊在太平洋阿留申群岛以南的"公约号"航空母舰联合指挥部突然发现，在"均等号"空间站工作的两名宇航员竟然失踪了。他们突然停止回答任何信号。内华达州发射场与萨雷—奥捷卡发射场分别派出的与空间站对接的宇宙飞行船进入空间站后，走遍所有的隔舱和实验室，竟没发现一个原"均等号"上的人，但留下一封信，标题是《给地球上同胞的信》，这封信说明了林海星上的林海人怎样和他们发生了信号联系，主动向他们发出了邀请，怎样使用他们的飞行器往返接送，去外太空文明社会的目的和任务，"均等号"空间站与他们联系的收发报频道和无线电波周率。

美国和苏联的特别全权委员会成员在"公约号"上秘密开会，商讨"均等号"空间站发生的非常事件。

四

叶吉盖夜间忙着给死者举行涂油仪式，后来又把自己的军功奖章、勋章和突击手纪念章擦了一番，别在上衣上。他是1944年末由于受炮弹爆炸波震伤而复员的。当时一到家就听说小儿子不在人世了，叶吉盖非常痛心。这村子男子汉一个也没有了，全叫战争夺去了性命。老人和孩子也屈指可数，没有人能出海捕鱼了。他与妻子到处找活干，妻子心里默默地感谢真主，保佑了丈夫没有缺臂断腿，甘愿做重活以谢天恩。他们漂泊到库别尔站煤场干活，遇见一个骑骆驼的哈萨克，他是鲍兰雷-布兰内会让站铁路工人卡赞加普，原来是同乡。叶吉盖由卡赞加普介绍来到鲍兰雷-布兰内会让站。

漫长的路在谈话中，在东张西望陌生地方的过程中不知不觉地走过来了。卡赞加普一路上给他们讲了不少当地的生活情况，他讲了他是怎么来到这里，到铁路上来工作的。原来那一年，战争结束前一年，他是36岁。他原是阿拉尔斯克附近的哈萨克人。他家原来所在的别沙加奇村离让格利吉有30公里。虽然他很早就离开了故乡，阔别多年，可是他却一次也没有回去过。他一次也没有回去看看不是没缘由的。原来他的父亲在消灭富农阶级那年头被驱逐出别沙加奇，后来弄清楚，他根本不是富农，不过是横遭过火行为之害，被错划为富农，当时像他这样遭到冤枉的中农很多。后来给他纠正过来了，在他从流放地返回故土别沙加奇时，病死在途中，由于被划成富农，一家人全都散了，兄弟姊妹，各自东西，杳无音信。卡赞加普那时候还很年轻，那些特别狂热的积极分子总是强迫他在会上发言，当众谴责他的父亲，表示热烈支持当时推行的路线，说把他父亲定为阶级异己分子是正确的，他要跟他父亲划清界限，说像他父亲这样的阶级敌人，地球上是不能有他们的位置的，他们无论走到哪里都必定遭到灭亡。

卡赞加普不得不申请到边远的地方去，以便摆脱这种耻辱……

战争爆发后卡赞加普应征入伍，启程时斯大林下了命令——不得征召铁路员工入伍，他被叫回到原工作岗位。

来到鲍兰雷，看见眼前一片荒凉的草原，叶吉盖心情沮丧起来。妻子说：没关系，要紧的是你把身体养好。先在这儿住一段时间再说。卡赞加普送给他一头骆驼崽，这就是长大后远近驰名的卡拉纳尔，它力大无穷，记者还来照过相。记者来的那天，为了欢迎客人，叶吉盖宰了一只羊，举行丰盛的宴会，他还给客人讲了乃曼-阿纳的传说。

五

护送遗体那天，叶吉盖穿得整整齐齐，胸前金光闪闪。全鲍兰雷人都来和遗体告别，叶吉盖对人们讲了卡赞加普的为人和他的勤奋工作，村人不停地哭泣。

会让站站长奥斯潘想得真周全，他把站上拥有的机动车全派出来了。跟在叶吉盖骆驼后面的拖拉机里坐着卡列别克和萨比特让，拖车里除死者尸体外，坐着艾扎达的丈夫，后边跟着掘土机，坐着埃吉里拜和茹马加利。

此刻"公约号"航空母舰处于戒备状态，原"均等号"宇航员从林海星发到"公约号"上的情报，使指挥中心惊慌失措。现将原文部分内容援引如下：

林海人本身，在我们看来，乃是宇宙间特别罕见的理性动物。她们的妊娠期是11个林海月。他们的寿命很长，但他们仍认为延长寿命是社会的最主要问题。林海人平均寿命是130~150岁，有的人甚至活到200岁。林海星上的居民多达100亿人以上。

我们现在不可能比较系统地叙述蓝发人的生活方式和他们的文明所达到的成就。因此这里只扼要地汇报一下这个世界最使我们惊奇的几点。

他们会开采太阳能，或者换个准确的说法，支柱星的能，把它改变为高效热能和电能，其功效大大超过我们的水力发电法。此外，同样值得特别注意的，是他们利用昼夜的温差来合成能。

他们掌握了控制气候的技术。当我们进行观光飞行时，那飞船用辐射法一下子就驱散了聚集起来的乌云和浓雾。我们获悉，他们能够控制空气的流动，能够控制海洋水流的运动，他们以此来调节行星表面空气的湿度和温度。

…………

不言而喻，他们有而且也应该有社会存在方面的问题，就是理智一直背负着沉重的十字架，为之受苦难、受折磨的道德、精神方面的问题。十分明显，百亿人的大家庭的生活并不很简单，尽管他们的生活相当美满幸福。这里最令人惊奇的是他们没有国家机器，不知道武器，不知道战争是什么。我们不敢断言，很可能在他们过去的历史上曾经有过战争、国家和金钱，以及其他相应的社会关系范畴，但是现在的林海人却没有国家这样暴力机构的概念，也不知道作为斗争形式的战争的概念。若是给他们讲解我们地球上无尽无休的战争的实质，他们一定会认为这是荒唐的，甚至会认为这是野蛮的解决问题的方式吧。

他们的整个生活都是按着跟我们地球上的生活完全两样的原则组织起来的，由于我们的思维是地球模式的，所以我们对那些原则不完全理解。

他们具有高度的集体主义的星球意识，这种意识断然拒绝使用战争作为斗争手段，据此我们认为，林海星的文明很可能是整个宇宙空间中我们已知的最先进的文明。很可能，他们达到了科学发展的这样一个阶段，时间和空间的人道主义化成为有理性生物生存的主要旨趣，因而也是世界进化在新的、更高阶段的继续。

我们不打算对比不可相比的东西。我们地球上的人类将来有一天也会取得如此伟大的进步，而且现在就已有很多成就足以使我们感到自豪，但是有一个想法这些天来一直折磨着我俩：地球上的人类如果陷入悲剧性的谬误，认为人类的历史似乎就是一部战争史，那该如何是好？这条发展道路是否自原始时起就是错误的？就是一条死胡同？如果是这样我们会走向何处去呢？人类是否能够有勇气承认自己的错误，避免全面大动乱？由于命运的安排，我们成了地球外的社会生活的第一批见证人，我们的心情是复杂的——一方面为地球人类的未来担忧，另一方面又怀着希望，因为林海这个大家庭给我们树立了榜样，他们因为没有需用战争手段解决的矛盾而得以大步前进……

林海人知道在离他们极远的地方有地球存在。他们满心希望能和地球人建立联系，他们之有这种愿望不只是出于一般的好奇，而且，正如他们所想的那样，是为了显示非凡的理智的胜利，为了交流不同社会文明的经验，为了开辟宇宙各星球间人类思想和精神发展的新纪元。

两位去林海星访问的宇航员，请求把林海人访问地球的愿望，提交联合国讨论，不要滥用否决权。与当代文明的创造者林海人交往，会使人类前途发生全面变化，外星人不会给我们造成任何威胁。外太空的文明社会的一切使我们惊诧和迷恋，但我们将尽快返回空间站，服从指挥中心的命令。

“公约号”航空母舰上的两国代表，分别开会研究“均等号”空间站发生的事情。

叶吉盖仍然骑着骆驼走在前面，不断回忆往事。他想到老朋友阿布塔利普遭难之事。战前阿布塔利普和妻子都是教师，他1941年被征入伍，被德寇俘虏，从战俘营中逃出后参加了南斯拉夫游击队。受过伤，得过军功勋章，登过报。经过无数次审查后，回到故乡哈萨克斯坦，保留了公民权，但不享受正常的复员待遇。他在上地理课时讲到他们在战俘营中采石，解除警卫武装，逃到南斯拉夫游击队的情况。有的学生指责说：不许可当俘虏，有这样的命令！几天后区教育科让他提出辞职申请。他到边远地方当教师，1948年出现南斯拉夫事件，他被视为可疑分子，又被迫辞职。于是来到鲍兰雷这个艰苦地方，夫妻俩都当了铁路工人，再没有退路了，妻子整天为他提心吊胆。她那同丈夫一道分担战争留下的灾难的精神、坚忍不拔的毅力，同厄运搏击的斗志和对丈夫忠贞的感情，令叶吉盖钦佩，可草原上的小百姓叶吉盖只能为这一家操心伤神罢了。

六

双方委员会发出紧急电报，让空间站立即转告待在林海星上的宇航员不得采取任何行动，原地待命。接着双方委员会各自阐述对解决这场空间危机的立场与建设。

送殡的队伍行进在萨雷-奥捷卡草原上。很久前外来侵略者柔然人曾长期占据草原大部分地区，他们与别的游牧民族为争夺牧场和水井经常大动干戈。后来这里变成了宇宙飞行器发射场,外人不准进来。在这地方旧时的东西只剩下阿纳贝特墓地了,埋在这里的都是德高望重、最受尊敬的人。

这阿纳贝特墓地有一段故事。相传柔然人侵占了萨雷-奥捷卡之后,他们对待战俘极不人道,残酷至极。他们常常把俘虏卖给邻近的部族作奴隶,而这对于一个俘虏来说还算是幸运的出路,因为被卖走的奴隶早晚总还有机会逃回家去。那些被柔然人留下来作奴隶的人,他们的遭遇可太骇人听闻了。他们要被柔然人施以酷刑——头上戴希利,从而丧失记忆。通常遭受这种酷刑的都是打仗时被俘虏的年轻小伙子。柔然人先把年轻俘虏的头发剃个精光,不露一根头发楂。在头剃好之前,经验丰富的柔然族屠宰工匠已在附近宰杀了身强力壮的骆驼。在给骆驼剥皮的时候,他们首先要做的事是把最沉、最结实的项部皮剥下来。他们把那项部皮切成若干小块,趁还冒热气的时候立刻把这些皮块蒙在俘虏的剃得精光的秃头上,那黏糊糊的骆驼皮粘在脑袋上,像膏药似的粘得很结实,那样子有点像现在人们戴的游泳帽。这就叫戴希利。遭受这种酷刑的人,要么是受不了这份罪而死去,要么是一辈子丧失记忆,变成一个曼库特——一个不记得自己过去的痴奴。一头骆驼的项皮可以做五六个希利。在戴上了希利之后,每个奴隶都给圈在一个大木槽里,为的是不让受刑的人把头接触到地面。受刑的奴隶就这样给运到没有人烟的地方,免得人们听到他们那惨绝人寰的号叫声。他们被扔在旷野中,手脚都给捆绑上,让太阳猛晒,不给他们水喝,也不给他们吃的。这种酷刑连着要进行好几昼夜。惨无人道的柔然人还派人在附近巡逻,防备俘虏的乡亲们来搭救他们。但这种抢救行动一般很少发生,因为在空旷的荒原里人的任何走动都很容易被发觉。而且如果知道被俘的人已变成了曼库特,那么哪怕是最亲近的人也不想搭救或者赎回他了,因为这意味着即使成功的话也只是弄回一具活尸。

被扔在荒野里受刑的俘虏们,大多数都死于萨雷-奥捷卡的骄阳之下。在五六个受刑的人中,只能活下来一两个曼库特。他们不是饿死,甚至也不是渴死,而是由于受不了糊在头上的生骆驼皮风干收缩所带来的难以忍受的非人的痛苦而死去。生骆驼皮在灼人的太阳光照耀下,不可遏止地收缩,于是那希利就像一个铁箍一样把奴隶的脑袋箍得难以忍受的疼痛。剃头后的第二天新头发楂就长出来了。又直又硬的亚洲人的头发往往长进生骆驼皮里,但在大多数情况下不能从骆驼皮中冒出去,于是就弯曲回来,长进自己的头皮里,给受刑者增加新的更大的痛楚。这后一种折磨同时引起理智的完全模糊。……

曼库特是被强行剥夺了记忆的奴隶,完全丧失了自我意识,像一条狗一样只听主子的话,只要让他吃饱肚子,干什么都行。

那时有一位叫乃曼-阿纳的母亲冒险来到萨雷-奥捷卡草原,寻找同柔然人作战而下落不明的儿子。她骑着母骆驼阿克玛雅不知走了多少路,找到自己的儿子若拉曼,便大声哭起来,但丧失记忆的儿子不管母亲怎样诱导、启发和提示,他什么都不记得。母亲在草原躲避一夜,第二天又来到儿子身边,再一次唤起儿子的记忆,但仍旧没起任何作用。黄昏时分,母亲又转了回来,决定把儿子带走。随着母亲呼唤声,儿子用柔然人交给他的箭一箭射中母亲的左肋。她的白头巾变成一只杜年拜鸟,飞上天空,而她骑过的白头母骆驼阿克玛雅则留下了许多后代。

七

两国全权委员会在认真研究电文中所援引的林海星上文明社会的每一个事实及其可能产生的后果。

叶吉盖回忆起帮助阿布塔利普一家修火炉,搭门斗和挖菜窖的情景。阿布塔利普还写起回忆录来,同时搜集民歌。他把自己在战争岁月的经历记下来作为留给儿子们的遗产。

八

阿布塔利普为了孩子们的快乐和新年带来好运,又是装点圣诞树,又是堆雪人。有谁知道,在他们高兴的时候,阿布塔利普的名字又在一些公文中出现,厄运在等待着他们。年末来会让站检查工作的区段稽查员,发现他在写南斯拉夫的事。

1953年1月5日上午会让站来了3个人,从阿布塔利普家中搜出他写的东西,并把他关起来进行审问。叶吉盖也被召来受询问,审问人唐塞克巴耶夫说:这就是他写的所谓《游击队笔记》,副题是《南斯拉夫的日日夜夜》,是反动的回忆录,你应该彻底揭露敌人。谁能保证他与英国侦察机构没有联系,日记上写英国代表团慰问南斯拉夫游击队时跟他谈过话。他在回忆录中写道,若没有欧洲人的团结,抗击希特勒的战争将会是更加艰苦的;他没有说没有斯大林的天才,这场战争的胜利是不可能的,他心目中没有斯大林同志。他为什么教孩子们写"我们的家"而不教他们写"我们的胜利"?胜利是和斯大林分不开的。他还记下伤风败俗的民间传说和民歌,原来他不仅是个阶级异己分子,而且还是道德败坏分子。

叶吉盖辩解说:难道回忆有反动的和不反动的区分?人的回忆是回忆过去存在的事。若是做个好梦就回忆,做了一个恶梦怎么办,那就不回忆?提到斯大林,那最先应写的该是"我们的列宁",列宁应占第一位。我不知道你是哪一级首长,请你不要污辱他的人格。

夜晚,阿布塔利普被审问人和押解人押进了火车。送行的两个小男孩和查莉芭难舍难离,痛哭失声。叶吉盖想冲进车厢,在半路上把审问人掐死。夜里他来到站长阿比洛夫家找他算账,质问他为什么告密陷害无辜,并警告他最好到别的地方去工作。

九

联合指挥中心作出最后决定,责成"均等号"空间站立即通知林海星上的原"均等号"宇航员:

1. 前"均等号"宇航员1-2号和2-1号不得返回"均等号"轨道空间站,也不得返回地球,因为他们是地球文明所不欢迎的人;

2. 向名为"林海"的星球上的人宣布:我们拒绝同他们建立任何形式的联系,因为这不符合地球上当前人类社会发展的历史经验、根本利益和特点;

3. 警告原"均等号"宇航员1-2号和2-1号以及和他们建立了联系的外星球人,不得和地球人建立联系,更不得像外星球人曾经到过"跳板"轨道上运行的"均等号"上那样,进入地球外围空间;

4. 为了不使地球外围空间遭到其他星体飞行器的可能进犯,联合指挥中心宣布立即实施代号为"环"的特别宇宙航行行动,已经编制出沿预定轨道进行巡航的机器人式战斗火箭系列,这种火箭装有核激光武器,可以击毁任何敢于靠近地球周围空间的物体;

5. 通知擅自与外星球人建立联系的前"均等号"宇航员:从现在起立即排除同他们联系的任何可能性,这是为了安全,也是为了确保业已形成的地球人的地理政治结构的稳定。联合指挥中心要对已经发生的事件采取严格的保密措施,同时还要采取防止恢复联系的措施。为此,"均等号”的轨道将立即改变，该空间站无线电联系的波道密码将重新编制；

6. 再次警告外星球人：靠近地球的“环”区域是危险的。

叶吉盖和卡赞加普反复思量阿布塔利普被捕的原因，结局会怎样？祸不单行，他的大男孩达乌尔又病了，发高烧说胡话。查莉芭是扳道工，有时值白班有时值夜班，不能守在孩子跟前。叶吉盖夫妇尽力帮助他们，但最难办的是不能回答孩子提出的爸爸何时能回来的问题。大家都鼓励查莉芭不要灰心丧气。火车一停在会让站，两个孩子从一个车厢跑到另一个车厢，哭喊着找爸爸。查莉芭沉默寡言，整天发愁。她已向有关部门发了几封信，但毫无回音。一天卡赞加普从库别尔站带回来坏消息：阿布塔利普因心肌梗塞死了。知道这消息的人都哭了。家里没有了主心骨，孩子失去了爸爸，查莉芭成了寡妇。谁也没有勇气告诉查莉芭。大家最后商量叫叶吉盖陪查莉芭前去取公函。3月5日那天是叶吉盖难忘的日子，查莉芭手拿公函，举止可怕，痛哭不止。

这时车站广播室里放着哀乐，斯大林身穿军装的肖像周围披上了黑纱，伟人的逝世任何人都不能想象，不敢相信离开他地球还能旋转。

叶吉盖劝查莉芭要挺得住，考虑好下一步怎么办，是否告诉孩子，还是等等再说。她决定先不告诉孩子，他们经不住失望的打击。

查莉芭在谈话中又深沉地叹着气说：生活原来竟是这样安排的。这样可怕，这样巧妙，又有千丝万缕的联系。有头、有尾，还有继续……要没有孩子，叶吉盖，说实在的，我现在不想活下去。会走这条路的。我干什么还活着呢？可是孩子，他们要求我，逼着我活下去，是他们拦着我。我得救了，还要继续活下去。痛苦难熬地继续下去……现在我想的、害怕的并不是他们什么时候知道真实情况，这是回避不了的，而是将来怎么办。他们的父亲是怎么死的，这个伤口是永远不会愈合的。在这种情况下，能不能上学，能不能找到工作，能不能在社会上有表现自己能力的机会，这样的出身，他们是会走投无路的……一想到这些，我就感到面前障碍重重。我和阿布塔利普也回避谈这些事情。我体谅他，他也体谅我。和他在一起我相信我们的孩子会成为真正的人。就是这一点使我们没有垮下去，熬过了种种苦难……可是现在我不知道……对孩子们来说，我代替不了他……因为他就是他呀……他什么都能做到。他想把孩子也培养成像他那样的人。他死了，是因为把他和孩子们硬给分开了……

叶吉盖仔细听着她的话。查莉芭把他作为一个最亲近的人，向他倾诉内心的一切，这就激起了他强烈的愿望，要响应她，保护她，帮助她，但是一种爱莫能助的感觉压得他透不过气来，使他心烦意乱。

阿布塔利普的两个孩子整天守在铁路旁等着爸爸。叶吉盖常给他们讲故事，孩子经常把故事情节和爸爸联系起来，并从叶吉盖那里学会算命，算爸爸何时归来。

查莉芭给亲底发信和电报，希望能得到帮助，她以为现在他们不会再怕株连了，但始终没得到回音。她感到绝望了，不知往哪里去，不知怎么办。鲍兰雷人都为他们难过，叶吉盖感到悲剧也落到他本人头上，日益感到与孩子，与查莉芭共命运了。叶吉盖和他们很难分开，他甚至公开向查莉芭表白过钟情。他抱起理光头的艾尔梅克说：我的小宝贝，别哭了，我不许任何人欺负你，我就做爸爸，我像你爸爸一样爱你，你可别再哭了！弄得查莉芭惘然若失，充满无声的哀怨，一连几天互相回避。打扰了一个无辜的女人，他无法原谅自己。他想起战前与乌库芭拉结婚生第一个孩子的情景，回想起受人称赞的卡拉纳尔为查莉芭运土豆的情景。

有一次卡拉纳尔发情逃跑了，惹了许多祸，叶吉盖去追。行前达乌尔拿来一条手织毛围巾，说：妈妈说，你别把脖子冻坏了。他想这是不是一种偶然的暗示。夜晚，他住在科斯班家，站长埃尔列佩斯被请来陪客饮酒。站长弹起东不拉，弹唱起《赖马雷唱给阿布吉力汗兄弟的歌》，勾起了他的愁思，因为故事内容和他惆怅的心情一拍即合。赖马雷年过六旬和一个19岁流浪女歌手白姬梅相爱，造成不同的议论。叶吉盖想到阿布塔利普根据卡赞加普的口述，记录了这首歌，并给予很高的评价，用前人不幸的遭遇作为后人的财富，却遭到审问人的大骂。

叶吉盖终于制服了卡拉纳尔，把它弄回来了。他一路上想着查莉芭，如果她的孩子姓自己父亲的姓没有出路，那就姓叶吉盖的姓好了。叶吉盖到家后听说查莉芭和两个孩子坐火车走了，他异常难过，在查莉芭空房中倚墙痛哭，掏出她给的围巾擦着眼泪。他无情地抽打卡拉纳尔，把自己一切不幸发泄在它身上。疼痛使卡拉纳尔疯狂了，它撞倒主人，在雪地上拖着他跑，差点把他拖死。他跪在雪地上痛哭起来，离开他热恋的女人和孩子，觉得活着没有意义，想死在雪地里。

卡赞加普问他为何变得孤僻和有火气，并说人家有头脑，没失去自己的尊严，也没使你的老婆丢面子。叶吉盖想离开他厌烦的布兰内站，向站长递了一份辞职书，打算带着全家去哪儿都行。卡赞加普劝他说：走——这不算勇敢，谁都能走，但不是谁都能战胜自己。这一席话铭记在叶吉盖的脑海里。

发情的卡拉纳尔，耗尽了精力，皮包骨似的跑回来了。

十

赖马雷有三种天赋：他既是诗人、作曲家，又是卓越的歌唱家。他编出的歌，人们竞相传唱。他的全部财产是东不拉的声音和骏马萨累拉的步态。歌唱时，他的脸就像风吹的海洋，变化万千。他在参加婚礼和宴会的歌唱中度过了一生。到了暮年由弟弟阿布吉力汗收容了他，本来他可以安度晚年，谁知却发生了一件震动他生命的事。

在一次宴会上，突然有一位年轻漂亮的姑娘来到门口，拨动琴弦，向赖马雷倾诉她的爱慕之情。她认为赖马雷鬓发花白并不能成为她爱的障碍，她愿以少女的温柔、歌声和纯洁的爱为他带来欢乐。赖马雷说：这是与我们生活其中的制度不相容的爱情，我只能痛苦地爱你。于是他唱起了《白姬梅之歌》。他的声音又像从前那样洪亮，身躯又像从前那样灵活，他体验到了爱的力量。他回到帐篷，巴拉克拜人部落的头人对他进行审问，指责他放荡，令其弟阿布吉力汗采取必要措施。赖马雷认为他们无权审理这件事，真主赐给的爱慕之情没有什么不体面。他说：我可以离开你们，世界之大，何处不可容身。阿布吉力汗不让他走，踩碎了他的东不拉，砸碎了他的马鞍，并凶狠地用尖刀刺死老马萨累拉，将赖马雷双手扣在背后绑在大树上。赖马雷在死前依然歌唱他与白姬梅的爱情。

十一

叶吉盖依然骑着骆驼走在送殡队伍的前头。快到阿纳贝特时，路被铁丝网拦住了。萨比特让满脸不高兴，嘟嘟哝哝。他们绕道继续前进，又碰到了哨卡，不让通过。萨比特让摆出一副大人物的面孔，说自己是省工会的，也碰了钉子。于是更加埋怨起来：为什么到这么远地方？死人埋在什么地方都一样，非要葬在阿纳贝特干啥？哨兵打电话请中尉来解决，叶吉盖掏出手帕擦拭胸前的奖章和勋章,为的让中尉一眼便可以看到。

十二

1956年春,在库别尔车辆段开了一次群众大会,声讨贝利亚的罪行,群情激愤。休息时叶吉盖找到车间党支部书记、会议主席团成员切尔诺夫,他要为阿布塔利普申冤。支书告诉他先写一个详细材料寄给共和国党中央,这件事会弄清的。叶吉盖怀着激动的心情回家,乌库芭拉听他讲完后,说写信耽误时间,传来传去,干脆到阿拉木图去一趟,当面谈,你那科学家老朋友叶利查罗夫会帮助你的,哪怕是替孩子们的爸爸说句公道话也好。叶吉盖在妻子的目光中发现了一种智慧的光芒。

叶吉盖先给叶利查罗夫拍了电报,通知自己到达的时间。他戴着礼帽,穿着干净的衬衣,胸前挂着各种奖章,下身穿着马裤,脚穿军官马靴,过往旅客都客气地绕着他走。他在车上遐想,与负责人会见,请他改正错案,死者的孩子应该有一条光明的路,老大达乌尔今年秋天就可以理直气壮地去上学,可他们如今在哪儿?过着什么样的日子呢?查莉芭是死是活呢?他记得阿布塔利普记下《赖马雷唱给阿布吉力汗兄弟的歌》后,流露过一种想法:像赖马雷和白姬梅这样的人,在生活道路上相遇,会给双方带来不少幸福,也会给双方带来同样多的苦难,他们互相把对方推入了无法结束的悲剧中去,使双方都势必要招致敌人们的非难。这真是至理名言。

叶吉盖想到阿布塔利普告诉他:老头歌德70多岁了,竟然和一个年轻姑娘相爱,可并没有人捆住他的手脚,也没有人把他当成疯子。可是对赖马雷采取了什么态度呀!叶吉盖思念和爱着查莉芭。他担心叶利查罗夫出差不在家怎么办,他最了解阿布塔利普这一段历史,一说就明白,如果跟别人说就复杂了。列车进站了,叶利查罗夫从月台上向他挥舞着礼帽,真走运。"真主保佑,开头大吉,这次旅行一定成功!"叶吉盖高兴极了。为了让叶吉盖看看城市,小轿车开得很慢。叶利查罗夫说:现在人们头脑清醒了,能辨别善恶了……我心里舒畅,充满了希望……他称赞叶吉盖为阿布塔利普的事而来,没有拖延,了不起,不会白来。

叶吉盖回家后3周,从阿拉木图发来了文件:死于审讯中的原鲍兰雷-布兰内会让站工人阿布塔利普·库泰巴耶夫查无罪行,予以完全平反……文件要在受害者原工作单位内公开宣布。与此同时,叶利查罗夫也来信说,他为阿布塔利普的平反而高兴,他走访后得到的重要消息是:第一,侦察员唐塞克巴耶夫已被撤职,降级,剥夺了其一切荣誉奖章和称号,并追究责任。第二,阿布塔利普家住在巴夫洛达,查莉芭在学校当教师,已经嫁人了。信中提到正是那个稽查员打了陷害人的报告,值得深思的是什么促使他干缺德的事叶利查罗夫说,要克服人本身存在的这种仇视他人的个性恶习……世界上正义是消灭不掉的……我高兴,叶吉盖,你是这样大公无私,你赢得了正义。

想起查莉芭嫁人,叶吉盖很理解,但也很难过,脸上挂满了泪水。

他看见空中飞翔的老鹰,心想:我要是一只老鹰,谁也挡不住我,我会飞走的,落到阿纳贝特墓地上。这时中尉队长坐汽车来到了,结果还是不准进入禁区,一切都落空了。送葬的人的美好感情受到了侮辱,自尊心受到了伤害。只有萨比特让说大家像落水狗,吩咐掉转机头,并说:够了!别当傻瓜了!这都是听别人话的下场!叶吉盖挡住车路,说运回亡人是耻辱,前面是乃曼-阿纳对天长哭的地方,坟墓就立在这儿吧,将来我死了,也把我埋在这里。大家不理萨比特让,都去挖坑了。

在宇宙飞行器发射场地上,每隔一分半钟便向太空发射一枚萨雷-奥捷卡反卫星火箭,在美国内华达发射场也根据行动计划同时发射,形成常年运转的警戒线,以防御其他星球发射的飞行器的侵犯。"均等号"空间站也改变了自己在太空中位置的数据,重新编制了空间站通讯波道的电码,以便排除同原"均等号"宇航员接触的任何可能性。原"均等号"宇航员不断呼喊,他们的呼喊声只在太空中回响。

墓穴挖好了,叶吉盖做了祷告,愿真主永在,为众人造福。安葬完毕,叶吉盖叫萨比特让和他一起去见这里的领导,告诉他们阿纳贝特不能平掉,因为这里有我们的历史,但遭到拒绝。叶吉盖心里想:你是个曼库特！地地道道的曼库特！人们都返回了,他走向禁区去找最高官员去了。这时发出截击火箭震耳欲聋的声响,人和骆驼撒腿逃命。紧接着天空飞出了一只白色的鸟,叫着:你是谁的子孙？你叫什么名字？记起你的名字吧！你的父亲是杜年拜,杜年拜……

先知

纪伯伦·哈利勒·纪伯伦(1883—1931)是黎巴嫩现代诗人、作家和画家。他1883年1月生于贝什里。1895年随母亲迁居美国波士顿。1898年返回黎巴嫩,进入贝鲁特睿智学校学习阿拉伯文、法文和写作。1901年重返美国。1908年前往法国巴黎艺术学院学习绘画。1911年由巴黎返回波士顿。翌年迁往纽约,并定居于此地。1920年与友人一起创建文学团体“笔会”,成为“旅美派文学”(又称“叙美派文学”)的代表作家之一。1931年4月10日,因病逝世。

纪伯伦的前期(1911年以前)创作以小说为主,几乎都用阿拉伯文写成;后期创作以散文和散文诗为主,有的用阿拉伯文写成,有的用英文写成。前期创作有短篇小说集《草原新娘》(1905)、《叛逆的灵魂》(1908)和中篇小说《折断的翅膀》(1911)等。后期创作有阿拉伯文散文诗集《泪与笑》(1913)、《暴风集》(1920)和《珍趣篇》(1923)等,英文散文诗集和诗文集《疯人》(1918)、《先驱者》(1920)、《先知》(1923)、《沙与沫》(1926)、《人子耶稣》(1928)和《先知园》(1933)等。

《先知》是纪伯伦散文诗创作的顶峰,通过智者亚墨斯达法回答预言者爱尔美差以及当地民众问题的形式,论述了关于爱、婚姻、孩子、施与、饮食、工作、欢乐与悲哀、居室、衣服、买卖、罪与罚、法律、自由、理性与热情、苦痛、自知、教授、友谊、谈话、时光、善恶、祈祷、逸乐、美、宗教、死等26个问题,即“关于生和死中间的一切”。其特点一是思想深邃,见解新颖,富于哲理性和启迪性;二是比喻恰当,形象生动,使人读来饶有趣味。现根据中文译本(冰心译,湖南人民出版社1982年版)节选如下。

船的到来

当代的曙光,被选而被爱戴的亚墨斯达法(Almustafa),在阿法利斯(Orphalese)城中等候了十二年,等他的船到来,好载他归回他生长的岛上去。

在第十二年绮露(Ielool)收获之月的第七天,他出城登上山顶,向海凝望;他看见了他的船在烟雾中驶来。

他的心门砉然开了,他的喜乐在海面飞翔。他合上眼,在灵魂的严静中祷告。

但当他上山的时候,忽然一阵悲哀袭来。他心里想:

我怎能这般宁静地走去而没有些悲哀?不,我要精神上不受创伤地离此城郭。

在这城围里,我度过了悠久的痛苦的日月和孤寂的深夜;谁能撇下这痛苦与孤寂没有一些悼惜?

在这街市上我曾撒下过多的零碎的精神,在这山中也有过多的赤裸着行走的我所爱怜的孩子,离开他们,我不能不觉得负担与痛心。

这不是今日我脱弃了一件衣裳,乃是我用自己的手撕下了自己的一块皮肤。

也不是我遗弃了一种思想,乃是遗弃了一个用饥和渴作成的甜蜜的心。

然而我不能再迟留了。

那召唤万物来归的大海,也在召唤我,我必须登舟了。

因为，若是停留下来，我的归思，在夜间虽仍灼热奋发，渐渐地却要冰冷变石了。

我若能把这里的一切都带了去，何等的快乐呵，但是我又怎能呢？

声音不能把付给他翅翼的舌头和嘴唇带走。他自己必须寻求“以太”。

鹰鸟也必须撇下窝巢，独自地飞过太阳。

现在他走到山脚，又转面向海，他看见他的船徐徐地驶入湾口，那些在船头的舟子，正是他的故乡的人。

于是他的精魂向着他们呼唤，说：

弄潮者，我的老母的孩儿，

有多少次你们在我的梦中浮泛。现在你们在我的更深的梦中，也就是我苏醒的时候驶来了。

我已准备好要去了，我的热望和帆篷一同扯满，等着风来。

我只要在这静止的空气中再呼吸一口气，我只要再向后抛掷热爱的一瞥，

那时我要站在你们中间，一个航海者群中的航海者。

还有你，这无边的大海，无眠的慈母，

只有你是江河和溪水的宁静与自由。

这溪流还有一次转折，一次林中的潺湲，

然后我要到你这里来，无量的涓滴归向这无量的海洋。

当他行走的时候，他看见从远处有许多男女离开田园，急速地赶到城边来。

他听见他们叫着他的名字，在阡陌中彼此呼唤，报告他的船来临。

他对自己说：

别离的日子能成为聚会的日子么？

我的薄暮实在可算是我的黎明么？

那些放下了耕田的犁耙，停止了榨酒的轮子的人们，我将给他们什么呢？

我的心能成为一棵累累结实的树，可以采撷了分给他们么？

我的愿望能奔流如泉水，可以倾满他们的杯么？

我是一个全能者的手可以弹奏的琴，或是一管全能者可以吹弄的笛么？

我是一个寂静的寻求者。在寂静中，我发现了什么宝藏，可以放心地布施呢？

倘若这是我收获的日子，那么，在何时何地我曾撒下了种子呢？

倘若这确是我举起明灯的时候，那么，灯内的火焰，不是我点上的。

我将空虚黑暗地举起我的灯，

守夜的人将要添上油，也点上火。

这些是他口中说出的，还有许多没有说出的存在心头。因为他说不出自己心中更深的秘密。

他进城的时候，众人都来迎接，齐声地向他呼唤。

城中的长老走上前来说：

你还不要离开我们。

在我们的朦胧里，你是正午的潮音，你青春的气度，给我们以梦想。

你在我们中间不是一个异乡人,也不是一个客人,乃是我们的儿子和亲挚的爱者。

不要使我们的眼睛因渴望你的脸面而酸痛。

一班道人和女冠对他说:

不要让海波在这时把我们分开,使你在我们中间度过的岁月仅仅成为一种回忆。

你曾是一个在我们中间行走的神灵,你的影儿曾明光似的照亮我们的脸。

我们深深地爱了你。不过我们的爱没有声响,而又被轻纱蒙着。

但现在他要对你呼唤,要在你面前揭露。除非临到了别离的时候,爱永远不会知道自己的深浅。

别的人也来向他恳求。他没有答话。他只低着头,靠近他的人看见他的泪落在袜上。

他和众人慢慢地向殿前的广场走去。

有一个名叫爱尔美差的女子从圣殿里出来,她是一个预言者。

他以无限的温蔼注视着她,因为她是在他第一天进这城里的时候,最初寻找相信他的人中之一。

她庆贺他,说:

上帝的先知,至高的探求者,你曾常向远处寻望你的航帆。

现在你的船儿来了,你必须归去。

你对于那回忆的故乡和你更大愿望的居所的渴念,是这样地深,我们的爱,不能把你系住;我们的需求,也不能把你羁留。

但在你别离以前,我们要请你对我们讲说真理。

我们要把这真理传给我们的孩子,他们也传给他们的孩子,如此绵绵不绝。

在你的孤独里,你曾警守我们的白日;在你的清醒里,你曾倾听我们睡梦中的哭泣与欢笑。

现在请把我们的"真我"披露给我们,告诉我们你所知道的关于生和死中间的一切。

他回答说:

阿法利斯的民众呵,除了那现时在你们灵魂里鼓荡的之外,我还能说什么呢?

爱

于是爱尔美差说:请给我们谈爱。

他举头望着民众,他们一时静默了。他用洪亮的声音说:

当爱向你们召唤的时候,跟随着他,

虽然他的路程艰险而陡峻。

当他的翅翼围卷你们的时候,屈服于他,

虽然那藏在羽翮中间的剑刃许会伤毁你们。

当他对你们说话的时候,信从他,

虽然他的声音也许会把你们的梦魂击碎,如同北风吹荒了林园。

爱虽给你加冠,但也要将你钉在十字架上。他虽栽培你,他也刈剪你。

他虽升到你的最高处，抚惜你在日中颤动的枝叶，
他也要降到你的根下，摇动你的根柢的一切关节，使之归土。

爱如同一捆稻粟，他把你束聚起来。
他舂打你使你赤裸。
他筛分你使你脱去皮壳。
他磨碾你直至洁白。
他揉搓你直至柔韧；
然后他送你到他的圣火上去，使你成为上帝圣筵上的圣饼。

这些都是爱要给你们作的事情，使你知道自己心中的秘密，在这知识中你便成了"生命"心中的一屑。

假如你在你的疑惧中，只寻求爱的和平与逸乐，
那不如掩盖你的裸露，而躲过爱的筛打，而走入那没有季候的世界，在那里你将欢笑，却不是尽量地笑悦；你将哭泣，却没有流干了眼泪。
爱除自身外无施与，除自身外无接受。
爱不占有，也不被占有。
因为爱在爱中满足了。
当你爱的时候，你不要说，"上帝在我的心中"，却要说"我在上帝的心里"。
不要想你能导引爱的路程，因为若是他觉得你配，他就导引你。

爱没有别的愿望，只要成全自己。
但若是你爱，而且需求愿望，就让以下的做你的愿望罢：
溶化了你自己，像溪流般对清夜吟唱着歌曲。
要知道过度温存的痛苦。
让你对爱的了解毁伤了你自己，
而且甘愿地喜乐地流血。
清晨醒起，以喜飏的心来致谢这爱的又一日；
日中静息，默念爱的浓欢；
晚潮退时，感谢地回家；
然后在睡时祈祷，因为有被爱者在你的心中，有赞美之歌在你的唇上。

婚　姻

爱尔美差又说，夫子，婚姻怎样讲呢？
他回答说：
你们一块儿出世，也要永远合一。
在死的白翼隔绝你们的岁月的时候，你们也要合一
噫，连在静默地忆想上帝之时，你们也要合一。

不过在你们合一之中,要有间隙。
让天风在你们中间舞荡。
彼此相爱,但不要做成爱的系链:
只让他在你们灵魂的沙岸中间,做一个流动的海。
彼此斟满了杯,却不要在同一杯中啜饮。
彼此递赠着面包,却不要在同一块上取食。
快乐地在一处舞唱,却仍让彼此静独,
连琴上的那些弦子也是单独的,虽然他们在同一的音调中颤动。

彼此赠献你们的心,却不要互相保留。
因为只有“生命”的手,才能把持你们的心。
要站在一处,却不要太密迩:
因为殿里的柱子,也是分立在两旁,
橡树和松柏,也不在彼此的荫中生长。

孩　子

于是一个怀中抱着孩子的妇人说,请给我们谈孩子。
他说:
你们的孩子,都不是你们的孩子。
乃是“生命”为自己所渴望的儿女。
他们是凭借你们而来,却不是从你们而来,
他们虽和你们同在,却不属于你们。

你们可以给他们以爱,却不可给他们以思想。
因为他们有自己的思想。
你们可以荫庇他们的身体,却不能荫庇他们的灵魂,
因为他们的灵魂,是住在明日的宅中,那是你们在梦中也不能想见的。

你们可以努力去模仿他们,却不能使他们来像你们。
因为生命是不倒行的,也不与昨日一同停留。
你们是弓,你们的孩子是从弦上发出的生命的箭矢。
那射者在无穷之中看定了目标,也用神力将你们引满,使他的箭矢迅速而遥远地射了出去。
让你们在射者手中的弯曲成为喜乐罢;
因为他爱那飞出的箭,也爱了那静止的弓。

理性与热情

于是那女冠又说:请给我们讲理性与热情。
他回答说:

你的心灵常常是战场。在战场上,你的理性与判断和你的热情与嗜欲开战。

我恨不能在你的心灵中做一个调停者,使我可以让你们心中的分子从竞争与衅隙变成合一与和鸣。

但除了你们自己也做个调停者,做个你们心中的各分子的爱者之外,我又能做什么呢?

你们的理性与热情,是你航行的灵魂的舵与帆。

假如你的帆或舵破坏了,你们只能泛荡、漂流,或在海中停住。

因为理性独自治理,是一个禁锢的权力;热情,不小心的时候是一个自焚的火焰。

因此,让你们的心灵把理性升到热情的最高点,让它歌唱;

也让他用理性来引导你们的热情,让它在每日复活中生存,如同大鸾在它自己的灰烬上高翔。

我愿你们把判断和嗜欲当作你们家中的两位佳客。

你们自然不能敬礼一客过于另一客;因为过分关心于任一客,必要失去两客的友爱与忠诚。

在万山中,当你坐在白杨的凉荫下,享受那远田与原野的宁静与和平——你应当让你的心在沉静中说:“上帝安息在理性中。”

当飓暴卷来的时候,狂风震撼林木,雷电宣告穹苍的威严——你应当让你的心在敬畏中说:“上帝运行在热情里。”

只因你们是上帝大气中之一息,是上帝丛林中之一叶,你们也要同他一起安息在理性中,运行在热情里。

苦　痛

于是一个妇人说,请给我们谈苦痛。

他说:

你的苦痛是你那包裹知识的皮壳的破碎。

连果核也必须破碎,使果仁可以暴露在阳光中,所以你们也必须知道苦痛。

倘若你能使你的心时常赞叹日常生活的神妙,你的苦痛的神妙必不减于你的欢乐;

你要承受你心天的季候,如同你常常承受从田野上度过的四时。

你要静守,度过你心里凄凉的冬日。

许多的苦痛是你自择的。

那是你身中的医士,医治你病躯的苦药。

所以你要信托这医生,静默安宁地吃他的药:

因为他的手腕虽重而辣,却是有冥冥的温柔之手指导着。

他带来的药杯,虽会焚灼你的嘴唇,那陶土却是陶工用他自己神圣的眼泪来润湿调抟而成的。

自　知

于是一个男人说,请给我们讲自知。

他回答说：

在宁静中，你的心知道了白日和黑夜的奥秘。

但你的耳朵渴求听到你心的知识的声音。

你常在意念中所了解的，你愿能从语言中知道。

你愿能用手指去抚触你的赤裸的梦魂。

你要这样做是好的。

你的心灵隐秘的涌泉，必须升溢，吟唱着奔向大海；

你的无穷深处的宝藏，必须在你目前呈现。

但不要用秤来衡量你的未知的珍宝；

也不要用杖竿和响带去探测你的知识的浅深。

因为自我乃是一片无边无际的海。

不要说“我找到了真理”。只要说“我找到了一条真理”。

不要说“我找到了灵魂的道路”。只要说“我遇见了灵魂在我的道路上行走”。

因为灵魂在一切的道路上行走。

灵魂不只在一条道路上行走，也不是芦草似的生长。

灵魂如同一朵千瓣的莲花，自己开放着。

教　授

于是一位教师说，请给我们讲教授。

他说：

除了那已经半睡着，躺卧在你知识的晓光里的东西之外，没有人能向你启示什么。

那在殿宇的阴影里，在弟子群中散步的教师，他不是在传授他的智慧，而是在传授他的忠信与仁慈。

假如他真是大智，他就不命令你进入他的智慧之堂，却要引导你到你自己心灵的门口。

天文家能给你讲述他对于太空的了解，他却不能把他的了解给你。

音乐家能给你唱出那充满太空的韵调，他却不能给你那聆受韵调的耳朵和应和韵调的声音。

精通数学的人能说出度量衡的方位，他却不能引导你到那方位上去。

因为一个人不能把他理想的翅翼借给别人。

正如上帝对于你们每个人的了解都是不相同的，所以你们对于上帝和大地的见解也应当是不相同的。

友　谊

于是一个青年说，请给我们谈友谊。

他回答说：

你的朋友是你的有回答的需求。

他是你用爱播种、用感谢收获的田地。

他是你的饮食，也是你的火炉。

因为你饥渴地奔向他，你向他寻求平安。

当你的朋友向你倾吐胸臆的时候，你不要怕说出心中的“否”，也不要瞒住你心中的“可”。

当他静默的时候，你的心仍要倾听他的心；

因为在友谊里，不用言语，一切的思想，一切的愿望，一切的希冀，都在无声的欢乐中发生而共享了。

当你与朋友别离的时候，不要忧伤；

因为你感到他的最可爱之点，当他不在时愈见清晰，正如登山者从平原上望山峰，也加倍地分明。

愿除了寻求心灵的加深之外，友谊没有别的目的。

因为那只寻求着要泄露自身的神秘的爱，不算是爱，只算是一个撒下的网，只网住一些无益的东西。

让你的最美好的事物，都给你的朋友。

假如他必须知道你潮水的退落，也让他知道你潮水的高涨。

你找他只为消磨光阴的人，还能算是你的朋友么？

你要在生长的时间中去找他。

因为他的时间是满足你的需要，不是填满你的空腹。

在友谊的温柔中，要有欢笑和共同的欢乐。

因为在那微末事物的甘露中，你的心能找到他的清晓而焕发精神。

谈　话

于是一个学者说，请你讲讲谈话。

他回答说：

在你不安于你的思想的时候，你就说话；

在你不能再在你心的孤寂中生活的时候，你就要在你的唇上生活，而声音是一种消遣，一种娱乐。

在你许多的谈话里，思想半受残害。

思想是天空中的鸟，在语言的笼里，也许会展翅，却不会飞翔。

你们中间有许多人，因为怕静，就去找多话的人。

在独居的寂静里，会在他们眼中呈现出他们赤裸的自己，他们就想逃避。

也有些说话的人，并没有知识和考虑，却要启示一种他们自己所不明白的真理。

也有些人的心里隐存着真理，他们却不用言语来诉说。

在这些人的胸怀中，心灵居住在有韵调的寂静里。

当你在道旁或市场遇见你朋友的时候，让你的心灵，运用你的嘴唇，指引你的舌头。

让你声音里的声音，对他耳朵的耳朵说话；

因为他的灵魂要噙住你心中的真理。

如同酒光被忘却，酒杯也不存留，而酒味却永远被记念。

时　光

于是一个天文家说，夫子，时光怎样讲呢？

他回答说：

你要测量那不可量、不能量的时间。

你要按照时辰与季候来调节你的举止，引导你的精神。

你要把时光当做一条溪水，你要坐在岸旁，看他流逝。

但那在你里面无时间性的我，却觉悟到生命的无穷。

也知道昨日只是今日的回忆，而明日只是今日的梦想。

那在你里面歌唱着、默想着的，仍住在那第一刻在太空散布群星的圈子里。

你们中间谁不感到他的爱的能力是无穷的呢？

又有谁不感到那爱虽是无穷，却是在他本身的中心绕行，不是从这爱的思念移到那爱的思念，也不是从这爱的行为移到那爱的行为么？

而且时光岂不是也像爱，是不可分析，没有罅隙的么？

但若是在你的意想里，你定要把时光分成季候，那就让每一季候围绕住其他的季候。

也让今日用回忆拥抱着过去，用希望拥抱着将来。

美

于是一个诗人说，请给我们谈美。

他回答说：

你们到处追求美，除了她自己做了你的道路，引导着你之外，你如何能找到她呢？

除了她做了你的言语的编造者之外，你如何能谈论她呢？

冤抑的、受伤的人说："美是仁爱的，和柔的，

如同一位年轻的母亲，在她自己的光荣中半含着羞涩，在我们中间行走。"

热情的人说："不，美是一种全能的可畏的东西。

暴风似的，撼摇了上天下地。"

疲乏的，忧苦的人说："美是温柔的微语。在我们心灵中说话。

她的声音传达到我们的寂静中，如同微晕的光，在阴影的恐惧中颤动。"

烦躁的人却说："我们听见她在万山中叫号，

与她的呼声俱来的，有兽蹄之声，振翼之音，与狮子之吼。"

在夜里守城的人说："美要与晓暾从东方一同升起。"

在日中的时候，工人和旅客说："我们曾看见她凭倚在落日的窗户上俯视大地。"

在冬日，阻雪的人说："她要和春天一同来临，跳跃于山峰之上。"

在夏日的炎热里，刈者说："我们会看见她和秋叶一同跳舞，我们也看见她的发中有一堆白雪。"

这些都是他们关于美的谈说。

实际上,你却不是谈她,只是谈着你那未曾满足的需要。

美不是一种需要,只是一种欢乐。

她不是干渴的口,也不是伸出的空虚的手,

却是发焰的心,陶醉的灵魂。

她不是那你能看到的形象,能听到的歌声,

却是你虽闭目时也能看见的形象,虽掩耳时也能听见的歌声。

她不是犁痕下树皮中的液汁,也不是结系在兽爪间的禽鸟。

却是一座永远开花的花园,一群永远飞翔的天使。

阿法利斯的民众呵,在生命揭露圣洁的面容的时候的美,就是生命。但你就是生命,你也是面纱。

美是永生揽镜自照。

但你就是永生,你也是镜子。

死

于是爱尔美差开口了,说,现在我们愿意问"死"。

他说:

你愿知道死的奥秘。

但是除了在生命的心中寻求以外,你们怎能寻见呢?

那夜中张目的枭鸟,他的眼睛在白昼是盲瞎的,不能揭露光明的神秘。

假如你真要瞻望死的灵魂,你应当对生的肉体大大地开展你的心。

因为生和死是同一的,如同江河与海洋也是同一的。

在你的希望和愿欲的深处,隐藏着你对于来生的默识;

如同种子在雪下梦想,你们的心也在梦想着春天。信赖一切的梦境吧,因为在那里面隐藏着永生之门。

你们的怕死,只是像一个牧人,当他站在国王的座前,被御手恩抚时的战栗。

在战栗之下,牧人岂不因为他身上已有了国王的手迹而喜悦么?

可是,他岂不更注意到他自己的战栗么?

除了在风中裸立、在日下消融之外,死还是什么呢?

除了把呼吸从不停的潮汐中解放,使他上升,扩大,无碍他寻求上帝之外,"气绝"又是什么呢?

只在你们从沉默的河中啜饮时,才真能歌唱。

只在你们达到山巅时,你们才开始攀援。

只在大地索取你的四肢时,你们才真正地跳舞。

言 别

现在已是黄昏了。

于是那女预言者爱尔美差说:愿这一日,这地方,和你讲说的心灵都蒙福祐。

他回答说,说那话的是我么?我不也是一个听者么?

他走下殿阶,一切的人都跟着他,他上了船,站在舱面。

转面向着大众,他提高了声音说:

阿法利斯的民众呵,风命令我离开你们了。

我虽不像风那样地迅急,我也必须去了。

我们这些漂泊者,永远地寻求更寂寞的道路,我们不在安歇的时地起程,朝阳与落日也不在同一地方看见我们。

大地在睡眠中时,我们仍在行路。

我们是那坚牢植物的种子,在我们的心成熟丰满的时候,就交给大风纷纷吹散。

我在你们中间的日子是非常短促的,而我所说的话是更短了。

但等到我的声音在你们的耳中模糊,我的爱在你们的记忆中消灭的时候,我要重来。

我要以更丰满的心,更受灵感的嘴唇说话。

是的,我要随着潮水归来,

虽然死要遮蔽我,更大的沉默要包围我,我却仍要寻求你们的了解。

而且我这寻求不是徒然的。

假如我所说的都是真理,这真理要在更清澈的声音中、更明白的言语里显示出来。

阿法利斯的民众呵,我将与风同去,却不是坠入虚空;

假如这一天不是你们的需要和我的爱的满足,那就让这个算是一个应许,直到践言的一天。

人的需要会变换,但他的爱是不变的,他的“爱必满足需要”的愿望,也是不变的。

所以你要知道,我将在更大的沉默中归来。

那在晓光中消散,只留下露水的田间的烟雾,要上升凝聚在云中,化雨下降。

我也不是不像这烟雾。

在夜的寂静中,我曾在你们的街市上行走,我的心魂曾进入你们的院宅,

你们的心跳曾在我的心中,你们的呼吸曾在我的脸上,我都认识你们。

是的,我知道你们的喜乐与哀痛,在你们的睡眠中,你们的梦就是我的梦。

我在你们中间常像山间的湖水。

我照见了你们的高峰与危崖,以及你们思想和愿望的徘徊的云影。

你们的孩子的欢笑,和你们的青年的想望,都溪泉似的流到我的寂静之中。

当它流入我心中深处的时候,这溪泉仍是不停地歌唱。

但还有比欢笑还甜柔,比想望还伟大的东西流到。

那是你们身中的无穷性;

你们在这巨人里面,都不过是血脉与筋腱,

在他的吟诵中,你们的歌音只不过是无声的颤动。

只因为在这巨人里,你们才伟大。

我因为关心他,才关心你们,怜爱你们。

因为若不是在这阔大的空间里,爱能达到多远呢?

有什么幻想、什么期望、什么臆断能够无碍地高翔呢?

在你们本性中的巨人,如同一株缘满苹花的大橡树。

他的神力把你缠系在地上,他的香气把你超升入高空,在他的永存之中,你永不死。

你们曾听说过,像一条锁链,你们是脆弱的链环中最脆弱的一环。

但这不完全是真的。你也是坚牢的链环中最坚牢的一环。

用你最小的事功来衡量你,如同用柔弱的泡沫来核计大海的威权。

用你的失败来论断你,就是怨责四季之常变。

是呵,你们是像大海。

那重载的船舶,停在你的岸边待潮,你们虽像大海,也不能催促你的潮水。

你们也像四季。

虽然在你们冬天的时候,你们拒绝了春日。

你们的春日,和你们一同静息,他在睡中微笑,并不怨嗔。

不要想我说这话是要使你们彼此说:"他夸奖得好,他只看见我们的好处。"

我不过用言语说出你们意念中所知道的事情。

言语的知识不只是无言的知识的影子么?

你们的意念和我的言语,都是从封缄的记忆里来的波浪,这记忆是保存下来的我们的昨日,也是大地还不认识我们也不认识他自己,正在混沌中受造的太古的白日和黑夜的记录。

哲人们曾来过,将他们的智慧给你们。我来却是领取你们的智慧:

要知道我找到了比智慧更伟大的东西。

那就是你们心里愈聚愈旺的火焰似的心灵。

你却不关心他的发展,只哀悼你岁月的凋残。

那是生命在宇宙的大生命中寻求扩大,而躯壳却在恐惧坟墓。

这里没有坟墓。

这些山岭和平原只是摇篮和垫脚石,

无论何时你从祖宗坟墓上走过,你若留意,你就会看见你们自己和子女们在那里携手跳舞。

真的,你们常在不知不觉中作乐。

别人曾来到这里,为了他们在你们信仰上的黄金般的应许,你们所付与的只是财富、权力与光荣。

我所给予的还不及应许，而你们待我却更慷慨。
你们将生命的更深的渴求给予了我。
真的，对那把一切目的变作枯唇，把一切生命变作泉水的人，没有比这个更大的礼物了。
这便是我的荣誉和报酬——
当我到泉边饮水的时候，我觉得那流水也在渴着；
我饮水的时候，水也饮我。

你们中有人责备我对于领受礼物上太狷傲、太羞怯了。
在领受劳金上我是太骄傲了，在领受礼物上却不如此。
虽然在你们请我赴席的时候，我却在山中采食浆果。
在你们款留我的时候，我却在庙宇的廊下睡眠。
但岂不是你们对我的日夜的关怀，使我的饮食有味，使我的魂梦甜美么？

为此我正要祝福你们：
"你们给予了许多，却不知道你们已经给予。
真的，慈悲自己看镜的时候，变成石像。
善行自锡嘉名的时候，变成了咒诅的根源。"

你们中有人说我高蹈，与我自己的"孤独"对饮。
你们也说过："他和山林谈论却不和人说话。
他独自坐在山巅，俯视我们的城市。"
我确会攀登高山，孤行远地。
但除了在更高更远之处，我怎能看见你们呢？
除了相远之外，人们怎能相近呢？

还有人在无言中对我呼唤，他们说："异乡人，异乡人，'至高'的爱慕者，为什么你住在那鹰鸟作巢的山峰上呢？
为什么你要追求那不能达到的事物呢？
在你的窝巢中，你要网罗甚样的风雨，
要捕取天空中哪一种的虚幻的飞鸟呢？
加入我们罢。
你下来用我们的面包充饥，用我们的醇酒解渴罢。"
在他们灵魂的静默中，他们说了这些话；
但是他们若再静默些，他们就知道我所要网罗的，只是你们的欢乐和哀痛的奥秘。
我所要捕取的，只是你们在天空中飞行的大我。

但是猎者也曾是猎品。
因为从我弓上射出的箭儿，有许多只是瞄向我自己的心胸的。

并且那飞翔者也曾是爬行者；
因为我的翅翼在日下展开的时候，在地上的影儿是一个龟鳖。
我是信仰者也曾是怀疑者；
因为我常常用手指抚触自己的伤痕，使我对你们有更大的信仰和认识。
凭着这信仰和认识，我说，
你们不是幽闭在躯壳之内，也不是禁锢在房舍与田野之中。
你们的真我是住在云间，与风同游。
你们不是在日中匍匐取暖，在黑暗里钻穴求安的一只动物，
却是一件自由的物事，一个包涵大地在以太中运行的魂灵。

如果这是模棱的言语，就不必寻求把这些话弄明白。
模糊和混沌是万物的起始，却不是终结。
我愿意你们把我当作个起始。
生命，和一切有生，都隐藏在烟雾里，不在水晶中。
谁知道水晶就是凝固的云雾呢？

在忆念我的时候，我愿你们记着这个：
你们心中最软弱、最迷乱的，就是那最坚强、最刚决的。
不是你的呼吸使你的骨骼竖立坚强么？
不是一个你觉得从未做过的梦，建造了你的城市，形成了城中的一切么？
你如能看见你呼吸的潮汐，你就看不见别的一切，
你如能听见那梦想的微语，你就听不见别的声音。

你看不见，也听不见，这却是好的。
那蒙在你眼上的轻纱，也要被包扎这纱的手揭去；
那塞在你耳中的泥土，也要被那填塞这泥土的手指戳穿。
你将要看见，
你将要听见。
你也不为曾经聋聩而悲悔。
因为在那时候，你要知道万物的潜隐的目的，
你要祝福黑暗如同祝福光明一样。

他说完这些话，望着四周，他看见他船上的舵工凭舵而立，凝视着那涨满的风帆，又望着无际的天末。

他说：

耐心的，我的船主是太耐心的了。
大风吹着，帆篷也烦躁了；
连船舵也急要起程；

我的船主却静候着我说完话。
我的水手们，听见了那更大的海的啸歌，他们也耐心地听着我。
现在他们不能再等待了。
我预备好了。
山泉已流入大海，那伟大的母亲又把他的儿子抱在胸前。

别了，阿法利斯的民众呵。
这一天完结了。
他在我们心上闭合，如同一朵莲花在她自己的明日上合闭。
在这里所付与我们的，我们要保藏起来。
如果这还不够，我们还必须重聚，齐向那给予者伸手。
不要忘了我还要回到你们这里来。
一会儿的工夫，我的愿望又要聚些泥土，形成另一个躯壳。
一会儿的工夫，在风中休息片刻，另一个妇人又要孕怀着我。
我向你们，和我曾在你们中度过的青春告别了。
不过是昨天，我们曾在梦中相见。
在我的孤寂中，你们曾对我歌唱。因着你们的渴慕，我曾在空中建立了一座高塔。
但现在我们的睡眠已经飞走，我们的梦想已经过去，也不是破晓的时候了。
中天的日影正照着我们，我们的半醒已变成了完满的白日，我们必须分手了。
如果在记忆的朦胧中，我们再要会见，我们再在一起谈论，你们也要对我唱更深沉的歌曲。
如果在另一个梦中，我们要再握手，我们要在空中再建一座高塔。
说着话，他向水手们挥手作势，他们立刻拔起锚儿，放开船儿，向东驶行。
从人民口里发出的同心的悲号，在尘沙中飞扬，在海面上奔越，如同号角的声响。
只有爱尔美差静默着，凝望着，直至那船渐渐消失在烟雾之中。
大众都星散了，她仍独自站在海岸上，在她的心中忆念着他所说的：
“一会儿的工夫，在风中休息片刻，另一个妇人又要孕怀着我。”

宫间街

作者纳吉布·马哈福兹(1911—2006)是埃及当代作家。1911年12月11日生于开罗,1934年毕业于开罗大学文学院哲学系,其后曾在宗教基金部和文化指导部工作,历任埃及文学艺术最高理事会理事、电影局局长和文化指导部顾问等职,1988年获诺贝尔文学奖。

早在学生时代他便着手从事小说创作,在延续50余载的创作生涯中,他写出了50余部短篇小说集和中长篇小说,其中以长篇小说的成就最高,因而被誉为阿拉伯小说的旗手、阿拉伯长篇小说的巨匠。他的主要作品有《命运的嘲弄》(1939)、《阿杜比斯》(1943)、《塔伊拜之战》(1944)、《新开罗》(1945)、《哈利利市场》(1946)、《梅达格胡同》(1947)、《始末记》(1949)、《宫间街》(1956)、《思宫街》(1956)、《甘露街》(1957)、《小偷与狗》(1961)、《道路》(1964)、《乞丐》(1964)、《尼罗河上的絮语》(1964)、《卡尔纳克咖啡馆》(1974)、《平民史诗》(1977)和《续天方夜谭》(1982)等。

长篇小说《宫间街》是马哈福兹长篇小说"三部曲"(包括《宫间街》《思宫街》和《甘露街》)的第一部,属于作者的中期创作。"三部曲"描写开罗一个中产阶级家庭从1917年到1944年的变迁故事,并且通过这个家庭反映埃及社会的巨大变动。《宫间街》的故事发生在1917年至1919年之间,写的是以艾哈迈德·阿卜杜·贾瓦德为家长的第一、二代人的生活。"宫间街"是他们居住街道的名称。全书共分69章。现根据中文译本(朱凯、李唯中、李振中译,湖南人民出版社1986年版),分章介绍或节选如下。

第一—二章

午夜,艾米娜像往常一样准时醒来。等候丈夫夤夜归来,并伺候他上床歇息,这种老习惯伴随她度过了青春岁月,现在又伴随着她步入了中年。她走上阳台,从墙上的小窗孔里向楼下的宫间街路口张望着。她想起一件往事:婚后不久,她曾对丈夫深夜在外寻欢作乐委婉地表示不满,丈夫马上揪住她的耳朵厉声喝道:我是男人,令出必随。我不允许任何人干涉我的行动自由。对你来说只有服从。小心,别惹得我狠狠教训你一顿。她终于明白了:为了避免激怒丈夫,自己应该忍受一切。一会儿,一辆轻便马车在大门口停下来,她的丈夫——艾哈迈德回家了。她赶忙走到楼梯口上,举灯为他照路,然后帮助他脱下衣服鞋袜,伺候他洗脸漱口。其后,则随丈夫的兴致交谈些家务事和社会新闻。当丈夫感到疲倦,打哈欠、伸懒腰时,艾米娜便轻轻说声"祝你身体健康",随即走出门去。

第三—四章

曙色苍茫,从烤房里传来了和面的声音,像阵阵的鼓声冲破了清晨的宁静。艾米娜和女仆乌姆·哈奈菲开始了一天的劳作。这声音在家里起着闹钟的作用,催促艾哈迈德和孩子们起床。艾哈迈德觉得头昏沉沉的,大儿子亚辛也有同样感觉,二儿子法赫米醒得挺早,大女儿海迪洁也早已起床,二女儿阿漪莎还想再做一个美梦,只有小儿子凯马勒非得母亲来叫才能醒来。吃早餐时,艾哈迈德坐在中间,三兄弟依次就座,艾米娜站在旁边随时准备听候召唤。早餐后,艾哈迈德到商店去,亚辛(奈哈辛学校书记员)去上班,法赫米(法律学校学生)和凯马勒(海利勒·阿加学校小学生)去上学,艾米娜和两个女儿则赶紧跑到阳台上,目送父子们离家上路。

第 五 章

等母亲和姐姐离开阳台后,阿漪莎就把目光转向另一边,期待着自己的心上人——一个年轻警官出现。这是她日复一日、月复一月的活动,心里时而充满恐怖和自责,时而又充满甜蜜和温馨。当她跑进餐厅时,发现早餐已经备好,母亲和姐姐正在等她一起用餐。姐姐海迪洁已经20周岁,身体壮实,但面容不美。妹妹阿漪莎年方16岁,容貌秀丽,但体态娇弱。

第 六 章

当艾哈迈德来到自己的店铺时,伙计已经打开店门,准备开张营业了。这个商店属中等规模,经营咖啡、大米、干果和肥皂等。今天造访的重要客人是穆泰沃里,他毫不客气地揭穿了艾哈迈德的好色和贪杯,艾哈迈德则极力加以辩解。诚然,尽管艾哈迈德已45岁了,但仍然充满激情和精力,尽情地享受着生活的乐趣,沉湎于美食、醇酒、女色之中。他的生活集中了从崇拜真主到腐化堕落的矛盾。

第 七 章

下午,凯马勒离开学校走回家去。他今年10岁,头脑聪明,但不太用功。在学校里,他过的是像囚徒一样的生活,不能活动,更谈不上玩乐,教师的鞭子时刻在头上挥舞。但他并不厌恶学校,因为老师总是称赞他。

第 八 章

黄昏前,全家人——除父亲外——都聚在一起饮咖啡。这是大家都能感受到家庭温暖和快乐的幸福时刻,是在母亲的庇荫下赤诚相爱、亲密无间的时刻。大家一边饮咖啡,一边谈天说地,有时开开玩笑,有时也谈谈政治问题,而对政治问题最有兴趣的则是法赫米。

第 九 章

在屋顶平台上,法赫米一面帮助凯马勒温习功课,一面注意观察邻居家屋顶平台的动静,等待一位姑娘出现。原来,18岁的法赫米常常借此机会有意偷看迈哈穆德先生的女儿玛丽娅,对方似乎也不回避。

第 十 章

凯马勒为了靠母亲和姐姐近些,便在大厅里温习功课,而将学习室让给法赫米一个人用。这是因为,凯马勒喜欢母亲和姐姐,看到她们,他便感到一种无与伦比的快乐。

第十一—十二章

亚辛晚上走出家门,拐弯抹角,最后走进阿里先生的咖啡馆,在靠窗的沙发上坐下来,要了一杯茶,两眼盯住街对面的一扇小窗户,察看祖贝黛歌场明星——琵琶女祖努白的行踪。当祖努白乘车上路后，他便紧紧跟上，尽情欣赏。待到目标消失以后，他就钻进一家酒店，借酒浇愁。他恨的是自己的亲生母亲（艾哈迈德的前妻），爱的是祖努白这样的人。他想：一个女人折磨我，另一个女人安慰我。

第十三—十五章

艾哈迈德坐在店铺办公桌后面，正在思考问题，显出一种舒坦满意的神情。他 45 岁了，但精力充沛，身体健壮。他松松快快挣的钱就能保证全家过上舒适富足的生活，还能保证他在外面花天酒地的费用。不久，歌坛皇后祖贝黛来访，两人眉目传情，互相勾引。傍晚，艾哈迈德来到祖贝黛家，与她调情，从而获得了在她家主持晚会的权力。晚会热闹、放荡。最后，乐队奏起《结婚曲》，众宾客也跟着唱起来——“用你的眼睛瞧着我，我的美男子”，直到艾哈迈德和祖贝黛消失在通向内室的门口为止。

第十六—十七章

亚辛突然来到店里对父亲说，他的亲生母亲又要结婚了，她本人已 40 岁，而对方才 30 岁。艾哈迈德建议亚辛亲自去见他的母亲，以便阻止这门婚事。亚辛同意了，他怀着极度紧张的心情来到阔别已久的母亲家里。母亲见到他非常激动，但当他提出自己的要求时，却被母亲拒绝了。她说：事情已经决定了，婚约也已经签订，我没法改变了。亚辛感到烦恼极了，临走时竟然说道：我真想杀死你。母亲则悲痛欲绝地答道：你真杀了我，倒使我舒服了。

第十八—十九章

法赫米爱上了玛丽娅，下定决心请求母亲替他求婚。听了法赫米的话，母亲不禁感到奇怪，便以一个与其说是高兴不如说是惶惑不安的微笑来回答他；因为她最担心的是艾哈迈德的态度。事情果然不出所料，当艾米娜小心翼翼地对艾哈迈德说出法赫米的愿望后，艾哈迈德立即恶狠狠地吼叫道：告诉他规矩点，要知羞耻，最好是集中精力学习。法赫米得到这个结果也感到没有办法，只好带口信给玛丽娅，希望她等一等。

第二十—二十四章

这天早晨，阿漪莎又站在窗户后面张望自己的意中人，结果被海迪洁发现了，两姐妹之间产生了争执。下午，有 3 位陌生的夫人来访，向艾哈迈德的女儿求婚。海迪洁梳妆打扮准备会客，但她们似乎不是为海迪洁而来，而是为阿漪莎而来。几天后，在傍晚举行咖啡聚会时，法赫米当着大家的面宣布了青年军官阿凡提（即阿漪莎的意中人）要向阿漪莎求婚的消息。这消息引起了完全不同的反响，但归根结底还要由艾哈迈德定夺。当艾米娜毕恭毕敬地向他说明情况后，他断然予以拒绝，他说：阿凡提是本区的军官，早晚都在街上走。如果他跟我女儿结婚了，不免会有人以为他见过她了。我不喜欢也不愿意把女儿嫁给任何一个可能败坏我的声誉的人。任何人要娶我女儿，只有他娶亲的首要目的是一心一意要跟我结亲。跟我！跟我！跟我！阿漪莎觉得无可奈何，因为这是父亲的意旨，不可抗拒，只能服从，而且是心满意足地服从，稍有不快便是不可饶恕的罪过，而抗议更是她的教养所不能容许的。

第二十五—二十六章

艾哈迈德外出办事的一两天,成了全家人幸福的节日。在儿女们的撺掇下,长年困在家中的艾米娜,由小儿子凯马勒陪同,前往侯赛因清真寺参拜。她走出家门时,心里怀着一种惶恐和犯罪的感觉。归途,凯马勒又建议选择一条新路,结果艾米娜被一辆汽车撞倒了。回家以后,大夫诊断她的伤是锁骨骨折,虽然没有生命危险,可是必须疗养两三个星期。于是,大家主要不再担心母亲的伤势,而是担心父亲知道了怎么办。

第二十七—二十八章

在艾哈迈德回家前,艾米娜和儿女们商量好了怎么对他说。但一见艾哈迈德的面,艾米娜早就想好的主意便不翼而飞。她把一切都照实说了。奇怪的是,艾哈迈德当时的反应却很平静,仅仅说了一句"痊愈之前你要卧床休息",就离开了艾米娜的屋子。这一事件在艾哈迈德心灵里引起了震动,改变了他的许多生活习惯,可是没能改变传统的夜生活。一到晚上,他就穿上衣服,喷上香水,离家外出。经过妻子房间时,他总要问上一句。妻子也感激万分地为他祈祷,因为在她看来,丈夫没有发火,还表示问候,这已经是做梦也想象不到的大恩大德了。她对孩子们说:也许他看到我受到的报应已经抵罪了,就原谅我了。愿真主宽恕他,也宽恕我们大家!

第二十九章

艾米娜盼望已久的那一天终于来到了。天一亮,她就像孩子一样轻巧地从床上爬起来,像被废黜的国王复位了似的。按照3周前的习惯,先到烤房,叫醒了乌姆·哈奈菲。女仆听到她的声音还不敢相信自己的耳朵,醒来后,起床拥抱了自己的女主人,并为她祝福。然后,两人怀着一种愉快无比的心情开始一起准备早餐。太阳射出第一道光芒时,她就来到底层,孩子们纷纷用祝贺和亲吻来迎接她。然后,她又来到凯马勒的卧室,把他叫醒,凯马勒一睁开眼睛看见妈妈,又是惊奇,又是高兴,便一把搂住妈妈的脖子。她轻轻地从小儿子的两臂中挣脱出来,对他说:

"你不怕再让我骨折吗?"

凯马勒笑着吻个不停,还调皮地问:

"亲爱的妈妈,我们什么时候再一块出去玩啊?"

母亲略带责备的口吻笑着说:

"等你长大成人了再出去,那时,你就不会硬拉着我往危险的地方冲了!"

他知道母亲指的是什么。正是因为他固执、不听话,才造成了这一切。他哈哈大笑起来,这是那种犯了错误,三个星期来一直在提心吊胆地过日子,现在终于得到了解脱的人的笑声。是啊,他真担心哥哥们进行的调查会揭露出幕后的罪犯来。要不是母亲保护他,独自承担了责任,海迪洁和亚辛对他的怀疑差点把他从隐藏的角落里揭发出来。当调查工作转到父亲那里之后,他的恐惧更达到了极点。他每时每刻都准备着被叫去见爸爸。这是一方面,另一方面,整整3个星期里,他看到亲爱的妈妈躺在床上,辗转反侧,痛苦不堪,心里更是难过。现在,事情过去了,调查结束了,头上的灾星也消失了,母亲又在早上来叫他起床,晚上,还会哄他睡觉,一切恢复原状,平安无事。他是可以心情舒畅地开怀大笑了。

母亲走出房间,来到2层。当她走近先生房间时,听见他在作祈祷的声音:"赞美伟大的主!”她的心猛地跳起来。她离门仅一尺之遥,却犹豫起来,思忖着:“是进门给他问好呢,还是先准备好早餐再说?”她并没有真的问自己,只是为了消除心中的恐惧和羞臊罢了。人们常常这样,为了逃避一个难于解决的现实问题而制造一个假想的问题。

她又来到餐厅,特别细心地干起来。但不安的情绪却有增无减,延缓见面的时间对她没有什么好处,并没带来她所希望的安宁,等待比见面更难忍受……她真奇怪,既然先生在她卧床期间每天去看望他,她怎么会从“自己的房间”逃开,好像第一次打算进去一样呢?确实,疾病对她的保护随着病愈而结束了。她感到自己终归要单独面见先生……孩子们一个接一个地来到餐厅,她这种孤寂苦闷的心情才稍稍有所减轻。不一会儿,先生也穿着一件宽松的大袍走了进来,向着他的位置走去。看见她时,脸上没有任何异样的表情,只是平静地说:

“你来了?……”然后,他一边坐下,一边对孩子们说,“都坐下来吧!”

大家开始吃饭,她还站在原来的地方伺候着。先生进门时,她真害怕到了极点,但病愈后的第一次见面既然太平无事,她便又平静下来了。这时,她感到过一会跟他单独会面也不会有什么困难。席散了,先生回到屋里,几分钟后,她也跟着到了屋里,把手上的咖啡盘放在柜子上,然后,站在一旁,等他喝完咖啡再帮他穿衣服。先生沉默不语地喝着咖啡,不是那种自然的沉默,也不是劳累之后休息时的沉默,更不是无话可谈的沉默,这是一种做作的窒息人的沉默。她曾抱有希望——哪怕一点点希望,等着他说一句温存的话表示安慰,或者,至少像往日一样谈点普普通通的事情。这种做作的沉默让她疑惑不解,她心里想:难道他还心存芥蒂?一种不安的感觉又开始刺痛着她的心。但是这种冰冷冷的沉默并没有持续很长时间。先生一直在不停地思考着,专心一意地想着问题,不是思考什么即兴的问题,而是在思考多少天来一直萦绕脑际的老问题。思考既然没有结果,便开始发问,连头也没有抬起来:

“你身体复原了?”

艾米娜轻轻地说:

“赞颂真主,我的先生!”

先生痛苦地说:

“我真奇怪——我始终感到奇怪得很——你怎么敢这么干呢?”

她的心猛地一下跳起来,痛苦地撞击着……她简直忍受不了先生的愤怒,她现在正在掩饰别人在她身上犯的过错,而她却是罪人!……她吓得说不出话来,先生继续带着责备的口吻问道:

“难道这些年来你一直在欺骗我吗?”

听到这句话,她痛心极了,急得摊开两手,声音颤抖地说:

“求真主宽恕,我的先生!我的错误确实很大,但这种话对我是不相宜的……”

先生继续说着,态度冷静得可怕,比大喊大叫更加可怕:

“你怎么犯下这么一个大的过错了呢!……仅仅因为我外出了一天?”

她身体打了个冷战,说话时声音颤抖着:

“我是错了,先生,请你原谅。我心里只想去看看圣裔侯赛因,我以为这种吉祥的探望能够抵消我仅仅一次外出的过错。”

他不以为然地摇摇头,像是在说:再辩解也没用。他面色阴沉下来了,过了一会儿,又愤怒地抬头看着她,用一种没有半点回旋余地的口吻说:

“我只有一句话好说:马上离开我的家……”

他的话像晴天霹雳一样打在她头上，她吓得目瞪口呆。在等先生从塞得港回来的严峻时刻，艾米娜预计过各种各样的后果，也许会对她大发雷霆，大喊大叫，直至动手打人，但逐出家门却从未想过。他们一起生活了25年，她无法想象，有什么能将他们俩分开，有什么能把她从这个已经成为其血肉相连的一部分的家里夺走。对于先生来说，他说完了最后一句话，就把整整3个星期以来萦回脑际的思想包袱卸下来了。从妻子躺在床上哭着承认错误的时候起，思想斗争就开始了。乍一听到这事，他还不相信自己的耳朵，后来，冷静下来，才意识到这件可恨的事情正损害着他的自尊心。但看到她当时那种状况，便压住了满腔的怒火。更确切地说，是他所熟悉和喜爱的女人的痛苦激起了他的恻隐之心，使他不安，也使他担心以致忘记了她的过错，更顾不上自己那被伤害的自尊心了。他乞求真主赐她平安。面对威胁着她的危险，他的尊严让步了，绵绵柔情复苏了。那天，当他回屋休息时，心情是悲痛的，虽然并没有在妻子或任何一个孩子面前暴露出来。后来，看到她迅速好转，他终于放下心来，也开始重新考虑这一事件的前因后果，用新的眼光来考虑，更确切地说，是用旧的眼光，长期以来，在家里看待她的那种眼光来看。不幸的是——自然是妻子的不幸——他是在冷静、内向的情况下重新考虑问题的。他相信，只要听从同情心的召唤，原谅了她的过错，就会失去他的威信和尊严，就会抹煞他的历史和传统，他一向用铁腕统治的家庭就会控制不住而分崩离析，一句话，他就不再是艾哈迈德·阿卜杜·贾瓦德，他就变成了他不喜欢的另一号人。确实，不幸的是他是在冷静、内向的情况下重新考虑问题的。如果在她承认错误时，有机会让他发泄一顿，怒火熄灭了，事情也就过去了，不会留下许多严重的后果。当时，怒火就没有发泄出来，而3个星期平平安安过去之后，也没有机会发泄一通以满足其自尊心的需要。他那种火气与其说是真的生气，不如说是憋着一股劲。真正的火气既然没有自然地发泄，憋着的那股劲在长期抑制和酝酿后，就找到了一种有效的办法，用一种和错误的严重程度相当的方式发泄出来。就这样，那种既威胁她生命又激起先生的同情的危险，保护她躲过先生的怒火的危险经过充分的酝酿和筹划之后变成了大肆惩罚的导火线……先生皱着眉头站起来，背向着她，走到沙发跟前去取衣服，一边干巴巴地说：

"我会自己穿衣服……"

她丧魂落魄地站在那里，听到他的声音才惊醒过来，从他的话里马上领悟到是赶她走的意思。她只好向门口走去，脚底下轻飘飘的，还没出门，又听到他的声音：

"我中午回来时，不希望在这里再看到你！"

她站在大厅里全身像瘫了似的，一下子倒在沙发上。他那冷酷无情、专横武断的话还在脑海里回响着。他不是开玩笑，他又什么时候开过玩笑呢？虽然她很想走，但腿并没有挪动，因为她比先生还走得早这种反常的举动势必引起孩子们的怀疑，而她是不愿意让孩子们带着她被驱逐出家门的消息去迎接新的一天或走向工作岗位的。此外，还有一种感情——也许是害臊——阻止她带着耻辱去见孩子们。所以，她决定在他离家之前留在原地不动，或者，最好是到餐厅去，这样，在他外出时就不会碰见她了。她赶紧溜到餐厅去，痛心地坐在一块垫子上，心都要碎了。他的话究竟是什么意思呢？是暂时驱逐她，还是永远？她不相信他要和她离婚，他是慷慨、高尚的，不至于这样做。他确实是勃然大怒了，但还不至于失去他的豪爽、侠义和仁慈。难道他忘记了，在她卧床休息时，他是如何伤心的吗？……他又是怎样每天不断地来探问她的病情？……这样的男人是不会去毁坏一栋房子，打碎一颗心或把一个母亲从孩子们身边夺走的。她翻来覆去地想了又想，似乎使她颤抖的心稍稍安宁了一些。她心急如焚。如果这说明什么，只能说明心灵的安宁并不能自己实现,就像那些越感虚弱就越喜欢炫耀自己力量的病人一样。她不知道怎样活下去,或者说,在希望破灭,先生的命令执行后,生活对她有何意义。他出门时手杖点在大厅地板上的声音传入耳际,又引起她万千思绪。她注意地听着,直到声音消失为止。这时,她又想起自己的处境,感到心如刀割般的痛苦,对那毫不顾及她的虚弱身体的铁石心肠不禁愤恨起来。她全身无力,勉勉强强站起来,出了门,走到一层。这时,孩子们正相继走下楼去,从楼梯口传来他们的声音。她从楼梯扶手上面探头望去,只见法赫米和凯马勒正跟在亚辛后面走向通往院子的大门。一缕柔情沁入心间,她竟然惊呆了。她对自己感到奇怪,怎么会不说一声就让他们俩走了呢?难道已经不许她再看到他俩了吗?……几天、几星期、直至整个一生都只能如路人般地偶尔见上一面?……绵绵柔情弥漫了整个心房,她站在楼梯口没有动弹,但这颗温情脉脉的心却怎么也不能相信这种厄运就是她必然的下场。难道她无限信仰在寂寞中保护她免受精灵侵扰的真主,毫不动摇地信赖自己的男人,就只能得到这样的结局吗?在以往的岁月中,从来没有任何危险的事情破坏她生活中的宁静安谧,所以,她总是把这场灾难当作一场残酷的试验,一场很快就要结束的试验。

她看见海迪洁和阿漪莎又在争论不休。她俩一看见母亲满脸愁容,眼睛没神的样子,担心母亲是否病体未愈就起床劳作,就赶紧停止了争吵。海迪洁不安地问道:

"妈妈,您怎么啦?"

"我也不知道,真主呵,我说什么好呢……我要走了……"

尽管最后这短短的一句话没有什么明确的意思,但她那悲痛欲绝的神情、那无限哀怨的语气,使这句话带上了不幸的含义。两个女儿吓得一齐喊了起来:

"到哪儿去?"

"到我母亲那里去……"

她说话时肝胆欲裂,泣不成声,两个女儿也痛苦不堪。

她俩惊恐不安地跑过来,说:

"您说什么啊?……别再说这种话了……发生了什么?"

她从两个女儿的表情中得到了安慰,但同时,这种表情也勾起了她的痛苦。她强忍住哭泣,声音颤抖地说:

"他什么也没有忘记,一点儿也不原谅……他一直憋着火,等我好了,才发作。他对我说:'马上离开我的家'。还说:'我中午回来时,不愿再看到你。'"艾米娜用一种哀怨和失望的口气说,"遵命!遵命!"

海迪洁神经质地大叫起来:

"我不相信,我不相信,说点别的话吧……乾坤颠倒了吗?世界上发生什么事了?"

阿漪莎说话时声音也颤抖了:

"决不能这样。难道我们大家的幸福竟这样一钱不值吗?"

海迪洁气愤地问道:

"他想干什么?妈妈,他想干什么?"

"我也不知道,这就是他的原话……"

说到这里她就打住了。也许短话更能得到两个女儿的同情。但她又怜惜起两个女儿来。为了安慰自己,她又接着说:

“我想他的目的不过是让我离开几天,以惩罚我的越轨行为。”

阿漪莎愤慨地说:

“难道他觉得你受的罪还不够吗?”

母亲伤心地叹了一口气,嘟嘟哝哝地说:

“一切取决于真主……现在,我该走了……”

但海迪洁挡住她的去路,哭着说:

“我们决不让您走,您不能丢下这个家不管。我想他回来时,看到您在家里,就不会生气了……”

阿漪莎也哀求说:

“等法赫米和亚辛回来再说吧。父亲不会把你从我们身边赶走的……”

但母亲却谨慎地说:

“扭着他的性子来不是个好办法,他这种人是吃软不吃硬的……”

她俩还要申辩,但她摆了摆手,说:

“再说也没用,我必须走,我收拾收拾衣服就走,你俩别着急,真主保佑,我们不会分别很长时间,很快就会团聚的……”

母亲上楼去了,两个女儿像孩子一样哭着跟在后面。母亲从衣柜里拿出衣服来,海迪洁赶紧抓住她的手,激动地问:

“您这是干什么?”

母亲已是热泪盈眶,但她没有答话,以免控制不住自己,放声大哭起来。在两个女儿面前,她是不愿失态的。所以,只是摆了一下手,仿佛说:“我必须收拾衣服。”

但海迪洁还是坚持说:

“您只拿一套换洗衣服……只拿一套……”

她又叹了一口气,巴不得这一切都是一场恶梦。

“我怕他看到我的衣服还原地没动,又会大发雷霆……”

“保存到我们那里吧……”

阿漪莎照姐姐说的那样把衣服又收起来了,只留下一套给她。她随她俩去办,心里却舒坦多了,好像衣服留在家里就真的肯定她还会回来似的。然后,她又拿来一个包,把要带走的衣服装到里面,坐在沙发上穿着鞋袜。两个女儿忧心如焚地看着她。母亲感到于心不忍,便故作镇静地说:

“一切都会恢复原状。振作起来!别惹他生气。我相信你们的能力,把这个家和一家人托付给你们了。海迪洁,我毫不怀疑阿漪莎会协助你的。把我们原来一起干的事情承担起来,就像我和你们还在一起!你们两个姑娘都是能够组织好一个家庭的……”

她站起身,穿上长袍,披上面纱,她的动作慢吞吞地,故意拖长这使人困惑、令人心碎的最后时刻。一切停当之后,她们面面相觑地站在一起,不知道下一步如何是好。母亲感到难以启齿道别。两个女儿也没有勇气投入母亲的怀抱。时间就这样痛苦不安地过去了。母样始终挺着,但又担心难以支持,便向前迈了一步,轮流吻了两个女儿一下,轻轻地说:

“振作起来,主和我们大家在一起。”

她俩一把抱住母亲,失声痛哭起来。

母亲泪汪汪地走出了家门，涕泗滂沱，连路也变得模糊不清了。

第三十一三十四章

艾米娜敲开旧居的大门，回到年迈的母亲身边。不过，艾米娜还是想自己的家，想自己的丈夫和孩子。正当她盼着孩子们来看望的时候，亚辛、法赫米和凯马勒三人一齐来到她的身边，大家心情激动，思绪纷杂。三兄弟回家以后，又与两姐妹一起讨论如何请求爸爸让妈妈回来的问题。两个哥哥和两个姐姐都不敢承担这项任务，最后只有由小弟弟凯马勒出面惴惴不安地对爸爸喊了一声：让母亲回来，真主赐福于你。其后，又有两个外人出面调解。第一个是邻居玛丽娅的母亲。由于仿佛从她的言谈举止中发现了什么秘密，所以艾哈迈德答应接受她的调解。第二个是提兹太太。她的社会地位较高，又以尖刻而直爽著称，所以对艾哈迈德说话很不客气。她一面要求艾哈迈德让艾米娜回家，一面替自己的儿子海里勒向阿漪莎求婚。经过这一系列周折，艾哈迈德终于决定让孩子们把他们的母亲接回来。听到这个消息，艾米娜好像得到从天而降的大赦令一样，闭上眼睛以掩盖心头难以抑制的喜悦，内心感情激荡，各种感受纷至沓来。重新回到家里之后，高兴得气都喘不过来了。当晚，她躺在床上只迷糊了一会儿，到半夜就爬起来，又像往常一样跑到阳台上去，等待丈夫归来。艾哈迈德对她说话的腔调自然平静，仿佛过去几天并没有发生什么令人痛心的事情，只是简单地问了一句：你母亲怎么样？艾米娜轻松地吐了口气说：很好，先生！她向你问好，为你祝福。随后，艾哈迈德又说了提兹太太替海勒里向阿漪莎求婚的事，并且不等艾米娜表示意见便抢先说明自己的决定：我想了好久，想来想去还是同意为好。

第三十五章

阿漪莎早就梦想结婚，听到父亲的决定自然是欢欣鼓舞的。她对新郎一无所知，只听母亲粗略地谈到过他的家庭情况，但她还是很高兴。她发现自己如饥似渴的感情能够对一切兼容并蓄，她的爱具有某种适应性，并不执着于某一个具体的人。作为姐姐，海迪洁看到妹妹先出嫁，心情颇为复杂。

第三十六章

亚辛和琵琶女祖努白的关系已经迈出了成功的一步。一天晚上，他来到祖贝黛家里与祖努白幽会。然而，他在这里竟然出乎意外地看见父亲与祖贝黛寻欢作乐，父亲那衣冠不整、逍遥自在的样子，春风满面、喜气洋洋的表情，都是他见所未见、闻所未闻的。他心想：祝贺你，爸爸！今天我总算发现你了，今天你在我心里得到了新生。

第三十七一三十八章

阿漪莎和海里勒的婚礼十分热闹。其中最引人注目的场面是歌女贾丽莱（艾哈迈德过去的情妇）当众揶揄艾哈迈德，揭穿艾哈迈德的真实面目。她说：你荒淫无耻到了极点，为什么还要在家人面前装圣贤呢？艾哈迈德非常生气，心里诅咒着使他在众人面前出丑的倒霉运气。但这些话在艾米娜和儿女们心里所产生的影响却是难以消灭的了。

第三十九—四十章

受到父亲所作所为的刺激，亚辛在饥不择食的情况下企图强奸家里的老女仆乌姆·哈奈菲，结果被父亲发现，挨了一顿臭骂。事后不久，艾哈迈德便召见亚辛，用一种命令式的口吻直截了当地说：我决定让你结婚！女方是布商伊法特的女儿。听了父亲的决定，亚辛只好答道：您的意见就是我的意见，爸爸！没出一星期，艾米娜就在喝咖啡时向全家宣布了亚辛订婚的消息。

第四十一章

阿漪莎结婚好多天了，艾哈迈德和亚辛、法赫米都去看过她，只有艾米娜得不到看望女儿的机会。后来艾米娜实在忍不住了，才鼓足勇气委婉地提出这个问题，总算得到了艾哈迈德的许可。第二天，一辆马车载着艾米娜和海迪洁、凯马勒向阿漪莎家驰去。他们发现阿漪莎的新生活非常幸福。

第四十二章

亚辛和泽娜白的婚礼隆重举行。亚辛认为，他的新娘是一种新的乐趣，能够满足他感情上的饥渴。想到未来的生活，今夜、以后的许多夜晚，一个月、一年以至整个一生的生活，他的脸上流露出满意和喜悦的神情。

第四十三章

一天，提兹太太再次来访，替她的另一个儿子易卜拉欣向海迪洁求婚。这个消息使艾米娜欣喜若狂，艾哈迈德心里似乎也早已同意了，但他不肯在向艾米娜发泄一通之前轻易接受这件事情，就像一个政治家，尽管自己的对手为之奋斗的目标是对的，可是为了维护自己的原则，必须对他予以攻击一样。

第四十四章

蜜月里，亚辛完全沉浸在新的夫妻生活中。但不久，他便陷入一种病态的厌烦情绪之中。为了打破这种局面，一天晚上夫妻二人到库什克什·贝克剧院去了，直到深夜才回来。这件事使全家人惊恐不安，引起艾哈迈德大发雷霆。艾哈迈德严厉警告亚辛道：我们这个家有自己的家规，这你是知道的，你想留在这里，就必须遵守家规。

第四十五—四十六章

好争论的海迪洁出嫁后，家里的咖啡聚会不像往常那样热闹了。亚辛和法赫米兄弟俩关于社会政治问题的讨论无形中成了大家关心的重要内容。法赫米显得热情洋溢，对于把英国人赶出去和宣布埃及独立充满希望，在梦的神奇王国里，他看到了一个新的世界，一个新的祖国，一个新的家和一些新的亲人，那里所有的人都充满活力和热情。

第四十七章

关于社会政治问题的种种消息也传到了艾哈迈德的商店里，感染了艾哈迈德本人。他一变而为一个富有爱国心和政治热情的人。但他的爱国,仅仅是感情上的,而不会改变他的生活和工作;必要时可以捐款,却不会参加活动,浪费时间。

第四十八章

亚辛婚后规规矩矩地过了几个星期,之后又开始了夜生活。他已经回到了咖啡馆,随后又进了酒馆,目前正在犹豫,要不要迈出最后一步,滑到祖努白及其他女人身上去。他希望妻子像继母一样安分守己,那么他就会像父亲一样成功地实现生活的突变。

第四十九章

乌姆·玛丽娅前来拜访艾哈迈德。恰巧这时艾哈迈德对祖贝黛的感情已经渐渐淡漠,于是便与乌姆·玛丽娅调情。乌姆·玛丽娅走后,他便认真地考虑起如何从祖贝黛那里抽身才是最安全的办法了。因为他从不愿意留下一颗怨恨的心,而希望圆满地结束与相好女人的关系。

第五十—五十二章

爱国领袖们被流放的消息,成为一家人谈话的主要话题,在大家心里掀起了大小不等的波澜,其中以法赫米的反应最为强烈。在这几天里,他的生活无比充实,这是一种纯洁高尚的生活,一种为了比生命还要宝贵、还要伟大的光辉目标而甘愿牺牲自己的生活。他散发爱国传单,参加罢课和游行,高喊革命口号,勇往直前,不怕牺牲。他明确表示:我已将生死置之度外,信仰比死亡更有力量,而死亡比屈辱更高尚。让我们满怀希望去生活。

第五十三—五十四章

没有任何一个人能够说革命对他的生活没有丝毫影响,就连凯马勒上学和放学也受到了干扰,英国军队镇压游行示威者的血迹使他心惊肉跳。非但如此,从次日清晨起,英国军队又占领了艾哈迈德一家所在的地区,目的是禁止埃及人举行示威游行。艾哈迈德一家门窗紧闭,全家人都待在家里不敢外出。

第五十五—五十六章

亚辛由于夜间不能外出寻欢作乐,又与妻子产生口角,欲火中烧,竟然和妻子的女仆努尔发生了肉体关系。泽娜白发现这件丑事,气得全身发抖,嚎啕大哭,惊动了艾哈迈德。艾哈迈德把亚辛骂了个狗血喷头。第二天早晨,艾米娜才发现泽娜白一气之下回娘家去了。

第五十七章

艾米娜整日心神不安,如坐针毡,担心孩子们在路上遇见英国兵出危险。小儿子凯马勒果然在放学回家时被英国兵截住了。幸而凯马勒是个机灵、胆大的孩子,英国兵没有特别为难他,把他放走了。

第五十八章

亚辛与泽娜白之间的问题复杂化了,几乎到了无法挽回的严重地步。泽娜白回娘家后的第二天，她的父亲便专程来到艾哈迈德的店铺，坚决要求离婚。艾哈迈德极力加以劝说，仍然无济于事，只好同意了。艾哈迈德为此又将亚辛狠狠地训斥了一顿，可是亚辛只是口头顺从父亲，心里对于父亲并不服气。他想：什么生活、家庭、父亲！什么申斥、训教、劝告！你还是申斥自己一顿吧！

第五十九—六十章

艾哈迈德带领亚辛、法赫米和凯马勒前往侯赛因清真寺参加聚礼祈祷。不料，一个爱资哈尔青年突然指着亚辛叫"间谍"。法赫米想替哥哥解围。正在闹得不可开交之际，一个警官手搭在法赫米的肩膀上说：这位青年是我们的一位革命战友，我们俩同在一个委员会里工作，因此，他的话是可信的。事后，艾哈迈德把法赫米叫去，追问他和那个警官的关系。法赫米只好承认自己参加了爱国革命活动。艾哈迈德要求法赫米立即同革命断绝一切联系，法赫米也答应了。但当艾哈迈德进一步要求法赫米手按《古兰经》起誓时，法赫米再也忍耐不住，说：我无法服从您的命令。他随即急忙跑出房间。

第六十一章

亚辛得到亲生母亲病危的消息大吃一惊，赶紧跑去探望。气息奄奄的母亲见到自己唯一的儿子，并且得到儿子的宽恕，显得异常激动。母子俩久久地交换着眼色，从容、甜美的笑容给室内增添了平静、亲善.当然，也不免掺杂着痛苦的气氛。母亲闭上眼睛后，亚辛悄悄地离开了。

第六十二章

凯马勒与英国兵之间的关系逐渐发展，相互交上了朋友。一天，凯马勒发现一个名叫朱伦的英国兵正与玛丽娅眉来眼去。这个偶然的发现深深地刺疼了法赫米的心。玛丽娅的行为使得法赫米茫然不知所措，说不出心中是爱还是恨，是敬重还是嫉妒。

第六十三—六十四章

时过午夜，艾哈迈德离开乌姆·玛丽娅家，往自己家里走去。中途，被一个英国兵拦住，带到凯旋门附近提筐运土填坑，一直干了半夜。回家之后，时过傍晚，艾哈迈德才从梦中醒来，向得到消息前来探望的亲戚朋友叙述事情经过。海迪洁和阿漪莎也回来了，兄弟姐妹重新团聚，人人兴高采烈；唯有法赫关仍然感到孤单，他既为国家的危亡担心，又为玛丽娅的举动不安。

第六十五章

艾哈迈德在店铺里接待一位客人，两人谈起法赫米参加革命活动的情况，艾哈迈德深为忧虑。他说：我不能把他禁闭在家里，也不能到学校去监视他，我担心这些天来的巨大浪潮会淹没像他那样的青年人的反抗力量。为此，他对革命失去了热情，仅仅是对革命，而不是对其目标失去了热情。他梦想着独立，但不要通过革命、流血或恐惧来实现。

第六十六—六十七章

清晨，女仆赶来报告阿漪莎临产阵痛的消息。全家大小都去探望，医生判断女婴难以活命。

1919年4月7日这一天,大街上很不平静,人声嘈杂,人心激动。原来是爱国运动领袖获释了。艾哈迈德一家都显得很兴奋,法赫米高兴得像天真的儿童一样说道:1919年4月7日必将作为革命胜利的象征,永垂史册。尔后,他又掩饰不住激动的心情,两眼闪烁着微笑的光芒,对艾米娜说道:妈妈,现在是该向您透露一个秘密消息的时候了——我参加了游行,并且已和死神见过面!艾米娜听了,两眼圆瞪,茫然失措,又伤心,又难过。

第六十八章

法赫米怀着一种无限兴奋的心情决定要和父亲和解。早饭前,他来到父亲的房间,希望得到父亲的原谅和欢心。父亲起初怒气冲冲,最后终于语调平和地说:希望你不要再坚持自己的愚笨、呆傻!早饭后,法赫米立即出门,与最高学生委员会成员讨论组织和平游行事宜。法赫米分工监管中学生游行队伍。然而,当游行队伍接近艾兹拜基公园时,却出乎意料地遭到英国兵的疯狂镇压,法赫米也在瞬息之间失去了知觉。

第六十九章

艾哈迈德先生听到进店铺的脚步声,目光离开写字台,抬起头,只见三个青年朝他走来,个个表情严肃、庄重,他们站在写字台前,说:

"您好!"

艾哈迈德站起身,彬彬有礼地说:

"你们好!全托真主的福。"

他又指着椅子,说:

"请坐!"

但是,他们并没有表示谢意,只听其中一个青年问道:

"您就是艾哈迈德·阿卜杜·贾瓦德先生阁下吗?"

艾哈迈德先生听这么一问,眉宇间透出询问的神情,但立刻微笑着说:

"正是!有什么事吗?"

他们不会是来买东西的……买东西又何必迈着整齐的军人步伐进店铺呢?听说话的语气,又那么庄重,断然不会是买主,再说,时间已经过晚七点钟了。难道他们没有看见贾米勒·哈姆扎维正在理货,将一包包、一袋袋东西放回货架,准备关门了吗?也许他们是来征集捐赠品的?但是,萨阿德帕夏已获释放,革命已经结束,我们再也不用努力奋斗了。喂,小伙子们,你们要知道,我并没有用科隆香水①洗头搽脸,我梳理头发,剃除胡须,束紧长衫、外袍,完全是为了来会见你们。你们究竟有什么事啊?……艾哈迈德边想,边留神地望着和他说话的那个青年人,觉得他的面孔并不陌生。他以前见过他?在什么地方,又在什么时候?好好地回想一下,可以肯定,这不是第一次见面。啊……艾哈迈德的面纹舒展开来了,微笑着说:

"我想起来了,想起来啦!那天,在侯赛因清真寺里,当有人围攻我们的时候,一位高尚的青年为我们解了围,那位青年就是你,我没有说错吧。"

青年声音低沉地说:

① 科隆香水:一种香水,因产于德国科隆而得名。

“是的,我的先生!”

我猜对了。傻瓜们不是说酒会损伤记忆力吗？他们看到我的情况,又作何感想呢？但是,记忆并不意味着吉祥。真主啊,愿您降平安给我的儿子！我祈祷真主将我的儿子从魔掌中解救出来。不知为什么,我的心跳动得这么猛烈。难道他们来是为……

“法赫米？……你们是来找法赫米的吧!”

青年垂下了目光,然后声音颤抖地说:

“先生,我们的任务是艰巨的,然而它是一种伟大使命与崇高义务。愿真主赋予您以忍耐之力!”

艾哈迈德先生的身躯突然前倾,靠住了写字台,叫道:

“忍耐力！……忍耐什么？法赫米他?”

青年万分悲痛地说:

“我们十分沉痛地告诉您,我们的战友法赫米·艾哈迈德……他……他……”

艾哈迈德先生的眼里闪烁着相信与失望的光芒,声音也变了:

“法赫米?”

“他在今天的游行中牺牲了！……”

站在旁边的另一位青年说:

“法赫米高尚、纯洁,作为一名伟大的爱国主义者和一位光荣的烈士,他将永垂青史,万古流芳。”

噩耗传来,几乎使艾哈迈德先生昏厥过去,一时间,有耳听不到他人的言谈,有口说不出话语,有眼看不见人们的动静。店铺内一片沉寂,个个默默无语,人人噤若寒蝉,就连贾米勒·哈姆扎维也像被钉子钉住那样,呆呆地站在货架下,用饱含惊惧的目光望着艾哈迈德先生。青年终于打破了这种沉默状态:

“失去法赫米,使我们感到无限悲痛。但是,我们无能为力,只有以信士的忍耐精神来接受真主的裁决。先生,您也是一位信士啊!”

他们在安慰你呢！这位青年不知道,在这种情况到来的时候,你是最善于给人以安慰的人。对于一颗受了伤的心来说,这又算得了什么呢？没什么！一句话怎么能够熄灭得了炽燃的烈火呢？在他们开口之前,难道你没有想到他们会说什么？不……死神的影子已在你的眼前晃动许久了。可是,现在呢,死亡的消息真地传入了你的耳中,你却拒绝相信,或者说你没有勇气相信,不想相信它。我怎么能够相信法赫米会真的死了呢？今天早晨,法赫米还是那样健壮、活泼、满怀希望,兴高采烈的。现在,他死了……死了！难道从今天开始,我在家里,在地球上的任何地方都看不到他了吗？没有他,哪里还有家呢？他离去之后,我还怎么当父亲呢？我对他寄托的希望何处去了呢？难道说眼前的惟一希望就只有忍耐了吗？嗳……你感到痛苦吗？过去你佯称自己是个痛苦的人;而今,你所面临的才是真正的痛苦。不！不！不！过去,你没有痛苦过;现在你才真正感到痛苦了。

“尊敬的先生,鼓起勇气吧！把一切全托付给真主!”

艾哈迈德抬起头,望着那位青年,声音微弱,如同病夫一般地说:

“我本想,屠杀的岁月已经结束了!”

青年愤怒地说:

“今天的游行是和平游行，是经过当局允许了的，各界人士都加入了游行行列。起初，游行顺利、安全，一直到队伍抵达艾兹拜基公园。在行进当中，我们没有让一个英国兵为难；为了避免挑衅嫌疑，我们呼口号都不用英语。可是，不知为什么，子弹却从公园墙后朝我们飞射而来，紧接着，他们杀欲大作，纷纷举起枪，向我们开火了。我们一致决定向保安当局提出强烈抗议，此外，据说报讯员将对英国兵的所作所为表示遗憾。”

艾哈迈德先生如重病在身，有气无力地说：

“无论如何，也不能让人死而复生……啊，真叫人难过啊！”

然后，他又语气凄凉地说：

“法赫米从未参加过大游行，这是他有生以来第一次参加这样的活动。”

几个青年交换了一下眼色，谁也没说什么。

几个青年站在写字台前，犹如一道人墙，把艾哈迈德先生隔在里面。艾哈迈德有些厌倦，长出了一口气，说：

“……好样的！现在，他的尸首在哪里？”

青年说：

“尸体停在艾尼宫医院。”

发现艾哈迈德先生急于去看尸体，青年立即告诉他：

“法赫米将与我们的 13 位烈士兄弟一道下葬，葬礼将于明天下午 3 时举行。”

艾哈迈德焦急地问：

“难道不能在家里为他送葬吗？”

青年郑重、严肃地说：

“将举行隆重群众集会，深切哀悼法赫米及他的战友们。现在，警察部队守着艾尼宫医院，不妨稍等一下，出殡之前，我们应组织家属向烈士遗体告别。法赫米及其死难烈士的葬礼在家里举行，那是不适宜的。”

说完，青年伸手同艾哈迈德先生握别，并且说：

“望节哀忍耐，多多保重！”

几个青年分别一一同艾哈迈德先生握手，深表悼慰，之后便离去了。

艾哈迈德把头埋在两个手掌里，同时闭上了双眼，贾米勒·哈姆扎维用哭泣的声调安慰艾哈迈德。但是，仿佛艾哈迈德先生对这一次接一次的安慰感到厌烦了，再也坐不下去，于是离开座位，迈开沉重、缓慢的步子，走出了店铺。他应该从困窘状态中解脱出来，然而他不知道自己的悲伤到了什么地步。他想离群索居，可是到何处去呢？一二分钟之后，家里就要变成一座地狱。无疑，朋友们将随后来看望他，根本不给他以思虑灾难的时间和机会；他何时才能去想一想自己所遭受的巨大损失呢？他什么时候才能忘掉这整个世界呢？看来，那个时候尚且遥远……但是，那个时日一定要到来；到了那个时候，他才能得到最大的安慰……是的，那个时候一定会到来！那时，他将独居一处，将自己的所有天质融汇在自己的痛苦之中；在那里，他将仔细回顾自己的过去，认真地思想自己的现在，很好地展望一下自己的未来；在那里，他将深入研究自己的童年、少年乃至青年时期的各个生活阶段，探察一下希望和记忆留下的印痕，让泪水尽情挥洒，直至淌尽最后一滴。真的，他的时间是有的，完全用不着性急。回顾一下聚礼之后与法赫米发生的那次争论，想一想今天早晨那乞求和责备的情景吧！思考、回忆、忧愁、乞求和责斥花去了多少时间啊？

耗去了多少心思？使他淌了多少眼泪啊？岁月给了他多少幸福，又何必着急呢？

艾哈迈德先生抬起沉重的脑袋，不料家宅的阳台出现在眼前，他方想起了艾米娜，自觉双腿几乎完全不听自己的使唤了……他能对她说什么呢？听到这个噩耗，她会怎样？……她是一个温柔软弱的女人，看见一只死鸟都会泪洒胸襟的！可还记得，听到福里的儿子丧生时，她是怎样泪如雨淋的吗？法赫米死了，她又会怎样？……法赫米死了！……孩子啊，难道这真的是你的结局？……我那可怜的孩子啊！……艾米娜……我们的儿子被杀害了，法赫米死了……我的孩子呀！……难道她会像从前那样不让欢呼似的禁止发出喊声吗？或许只让她自己喊几声？……或者发出妇女们那样的哀号……至于现在，也许她正在喝咖啡，旁边坐着亚辛、凯马勒，她还正在问着法赫米的近况呢！……法赫米将迟迟不来了，她再也看不到法赫米本人，恐怕连尸首、棺木也都看不见了，多么不幸啊！至于我，则还可以到艾尼宫医院看他一眼；你嘛，看不到了！我不能这样！……这究竟是残暴，还是怜悯？何益之有呢？

不知不觉之中，艾哈迈德发现自己已经来到了家门前。他举手叩击门环，片刻过后，方才想起家门钥匙就在自己的口袋里。他立即从口袋里掏出钥匙，打开锁，推开门，走了进去……这时候，传入他耳际的是凯马勒那甜润的歌声：

望你年年来看我，
且莫一去不复返！

森林之舞

作者渥雷·索因卡(1934—)是尼日利亚当代作家。1934年7月13日生于阿贝奥库塔。1954年前往英国利兹大学留学,毕业以后从事戏剧工作。1960年从英国回到尼日利亚,在大学任教,同时进行戏剧研究和文学创作。60年代中期,两度被捕入狱。

他用英语写作。他在戏剧创作方面所取得的成就最大,主要作品有《沼泽地居民》(1958)、《狮子和宝石》(1959)、《裘罗教士的磨难》(1960)、《森林之舞》(1960)、《强种》(1964)、《孔其的收获》(1964)、《路》(1965)、《疯子和专家》(1971)、《死神和国王的马弁》(1975)、《文尧西歌剧》(1977)和《巨头们》(1984)等。此外,他还出版了诗集《伊当里及其他》(1967)、《狱中诗抄》(1969)和《地穴中的梭子》(1972),长篇小说《阐释者》(1965)和《混乱的岁月》(1973),散文《在阿凯的童年生活》(1981),文艺论著《神话、文学和非洲世界》(1976)等。由于他在创作方面硕果累累,所以被授予1986年度诺贝尔文学奖。

两幕剧《森林之舞》是索因卡的早期创作,是为庆祝民族独立日而写作的,表现了作者对于民族命运的深入思索。剧中主要人物有:男幽灵(队长)、女幽灵(队长之妻)、马塔·卡里布(国王)、罗拉(名妓、王后)、阿德奈比(议会演说家、宫廷史学家)、阿格博列科(律师中的长者、宫廷占卜先生)、戴姆凯(雕刻匠、宫廷诗人)、老人(戴姆凯之父、议会中的长者)、森林之王(化装成奥巴奈吉)、阿洛尼(瘸子)、埃舒奥罗(祭祀神、审判官)、小丑(埃舒奥罗的滑稽小丑、翻译)、木列提(树精灵)、奥贡(雕刻匠的保护神)、半人半鬼的孩子。现根据中文译本(钟国岭、张忠民译,收入《狮子和宝石》,漓江出版社1990年版),分幕介绍或节选如下。

正式开幕前,有瘸子阿洛尼的一段道白,全文是:

我知道死者是谁。他们是我们森林居民的邻居——人类社会的客人。他们的宴会是为了欢庆民族大团聚。他们的议员开会决定说:“我们的祖先应该回来参加聚会。”他们恳求我们让他们的祖先,他们杰出的祖辈来参加聚会。我对森林之王说,让我来满足他们的要求吧。我把两个不得安宁的幽灵派给了他们……

那个男幽灵生前是马塔·卡里布军队中的队长。另一个……是女幽灵,生前是他的妻子。我挑选他们并不是偶然的。他们原先的生活与四个活着的后代有暴力和血肉的联系,其中最臭名昭著的就是那个过去和现在都一直是妓女的罗拉;她不可避免地又重新得到了几个世纪以前他们就知道的外号——乌龟夫人。另一个与死者有联系的是议会演说家阿德奈比,他对死者的出现毫不在意;他前世是宫廷历史学家。我不应该漏掉雕刻家戴姆凯,他前世曾是马塔·卡里布宫廷的诗人。还有阿格博列科,这个令人难以捉摸的律师中的长者,他主持礼拜式,向森林之王献祭;他在马塔·卡里布宫廷里也是干这一行的。当客人们拱破地面时,我坐在那里静观活人如何动作。

他们把客人们赶了出去,于是我把他们保护了起来。他们成了我的客人。森林居民们主张为他们举行舞会。森林之王(我们称他为奥巴奈吉)邀请戴姆凯、阿德奈比和罗拉来参加舞会;他们不情愿,但还是无可奈何地跟着来了。

舞会没有取得预想的效果。埃舒奥罗跑来号叫着要报仇。他满肚子的阴谋诡计。他公开申诉的冤屈是故事的一部分。

埃舒奥罗是奥罗难以捉摸的肉体——奥罗的行为对无理性的人很有帮助,他们常拿他来吓唬人。奥贡,人们崇拜他,因为他的运动场就是战场,但他喜欢铁砧,他保护所有的雕刻匠、铁匠和其他干铁活的人。

为了人类社会的大聚会,他们的议会还决定雕塑一个伟大的重新联合的象征物。议会中长者的儿子戴姆凯被挑选来雕刻这个象征物。戴姆凯显然着了魔,被奥贡附了体,因为他轻率地选择奥罗的神圣不可侵犯的大树阿拉巴来雕刻。如果戴姆凯不截断阿拉巴,也许还能混过去,不被奥罗发现。可是,戴姆凯有头晕的毛病,他无法达到阿拉巴的顶端,他要将树截断,然而他的徒弟奥列姆勒是奥罗的崇拜者,他反对亵渎神灵。他以嘲笑只能在地上干活的雕刻匠赢得了支持。徒弟开始在师傅的头顶上干活。戴姆凯伸出一只手把他拉了下来……最后的联系完全中断——舞会可以开始了。

第一幕

在森林中的一片空地上,突然土地裂开一条缝,一个死人的头从地底下冒了出来。这是个女人。离她不远的地方,也有一个死人的脑袋从地底下钻了出来。那是一个男人。两个幽灵一一请求路过此地的阿德奈比、奥巴奈吉、戴姆凯和罗拉受理他们的案子,均遭拒绝。他们知道自己是不受欢迎的,于是只好装作陌生人出现了。

这两个幽灵下场后,刚才从他们面前经过的4个人又重新出现了。当他们正在谈话时,男女幽灵再次上场。戴姆凯想去问问他们,但却被罗拉拦住了。随后,阿德奈比迅速离开,奥巴奈吉把戴姆凯拽走,罗拉也紧跟着下去。两个幽灵本想跟在他们后边走去,可是刚才听到的笑声更响了,于是他们又转身顺原路下场。

舞台的一角有一树干,树精灵木列提正要从树干里钻出来,突然听到了什么响动,就缩了进去。瘸子阿洛尼上,他蹦跳着,刚要走过树干,突然停下来,猛击树干。树精灵疼得尖声喊叫起来。阿洛尼盘问木列提见到了什么人。木列提说见到过阿德奈比等4个人,但没有见到过那两个死人。阿洛尼又盘问木列提跟哪些城里人说过话。木列提说跟阿格博列科说过话,阿格博列科抱怨森林之王欺骗他们,说他们要求森林之王为他们召唤杰出的祖先,可森林之王却给他们派去了告状的人,不知道到底安的什么心。阿洛尼还盘问木列提最后一次看到奥贡是什么时候,并吩咐木列提如果奥贡再来,必须立即告诉他。

阿洛尼走后,木列提叹了一口长气,又钻进树干里去了。阿格博列科随即登台。他手提满满一瓦罐米酒,召唤木列提出来。但木列提不肯见他,让他过一会儿再来。阿格博列科唉声叹气地走了。

木列提见阿格博列科走后,伸手去抓酒罐,使劲喝了一大口。这时奥贡走过来,他用酒把木列提灌醉了,然后问木列提那4个人从哪条路走的,走多久了,其中有没有既是铁匠又是木匠的戴姆凯。木列提不能明白回答,两人打了起来,木列提昏倒在地。

奥巴奈吉、戴姆凯、阿德奈比和罗拉上场。他们谈起人。奥巴奈吉说他最喜欢收集最特殊事物的记载,最喜欢收集卡车的材料,其中一辆叫“埃列科的烟筒”,已经两三次掉进坑里,还经历了8次严重撞车事件;另一辆叫“火葬炉”,本来只能载40人,却装上了70人,结果车翻人亡,只有5人幸免。戴姆凯表示,他不希望被火烧死,而喜欢从很高的地方摔下来死去,因为从高处摔下来丝毫没有什么不体面的。罗拉在奥巴奈吉面前撒娇遭到拒绝,恼羞成怒,不依不饶,终于暴露真相。戴姆凯突然发现她原来是乌龟夫人。但罗拉并不示弱。阿德奈比问她:你是在道歉吗?她答道:不是向你道歉,也不是向别的任何人道歉。发生的一切都是我的本性所致。我没什么可后悔的。他们是些白痴,自以为比我的另一些男人强。

阿德奈比下,两个幽灵上。戴姆凯问男幽灵道:你是从树上掉下来的那个人吗?你见到他了吗?他有没有责备我?但对方没有正面回答问题,随后突然痉挛起来,与女幽灵相继匆匆下场。戴姆凯说道:我推了他一把,是我把他推下去的。当他爬得比我高时,我把他推下去了。他不是从树上跌下去的。随我学艺的徒弟,是我把他送进了地狱。奥巴奈吉问他是否出于妒忌心理,他答道:是妒忌,但不是妒忌他的扁斧的本领,而是由于他灵活得像条蛇,爬上树冠不肯下来,并且三番五次地讥笑师傅,所以才把他拽了下来,让他沉重地摔在地上。正在戴姆凯叙述事情经过时,奥贡匆匆上。他说:犯罪,假若那算犯罪,罪犯就是我。他是我的工具,他拽下奥列姆勒——奥罗的崇拜者,奥罗是杀害我信徒的凶手。是我让他的手去行动的。

在奥贡说话的过程中,打击乐声越来越大。当老人在两名议员的陪同下,由一群打击乐手簇拥着走来时,奥贡溜了。老人认为,这些来要求我们盛情款待的人居心不良。他们给我们派错了人。我们邀请的是政治家,可是派给我们的却是刽子手。所以老人吩咐,把这些客人统统赶走,因为他们不是议会准备邀请的。议会想请的是伟大的人物,用阿德奈比的话说就是:我们应该请我们骄傲的祖先的后代回来。我们要找到他们,找到分散在各处的我们伟大祖先的儿孙们,帝国的创建人,我们伟大民族的后代;找到他们,把他们领到这儿来。即使他们在天涯海角,也要追寻他们。如果他们在地狱里,就把他们赎出来。让他们作为我们民族杰出的象征。让他们作为我们的历史纽带联系这欢乐的时节。武士们、贤人们、胜利者们、建设者们、哲学家们、神秘主义者们,让我们把他们都聚集在民族的图腾四周,为他们复苏了的荣誉干杯。然而,实际上来的人却与此相反,正如老人所指出的那样,派来的客人都是些奴仆和走狗,他们都是些心怀叵测的家伙。

阿格博列科上场,他找树精灵木列提探听消息后刚回来。他告诉老人说:我又听到他们的声音了。他们什么也没注意到。他们完全沉浸在个人的冤情之中了。这是最不好对付的。阿格博列科走后,阿德奈比告诉老人,他曾经在森林里和老人的儿子戴姆凯在一起,还有臭名昭著的乌龟夫人也在场,另外还有一个人。老人猜想,与他们在一起的第四个人是埃舒奥罗,他要把这几个人全部引向毁灭。

在老人的呼唤声中,阿格博列科匆匆上场,接着打击乐队也高喊着走上场,人们腾出一块空地,舞蹈家开始跳舞。阿格博列科和唱挽歌者进行对答。

隆隆声越来越大。他们很快就看清楚了,原来是一辆马力很大的货车,所有前车灯都亮着朝他们驶来。这就是"埃列科的烟筒",是老人让它来驱赶那些不受欢迎的客人的。顿时,大家都惊慌失措,四处逃窜。阿德奈比被撞倒了,逃跑的人从他的身上踏过去。阿格博列科逃跑了,随后老人也逃跑了。阿德奈比慢慢地站起来,跑着,骂着,然后戛然而止。这时,森林里的生灵从货车的方向朝前走去,他们都捧着树叶用鼻子嗅着,一边走,一边在抱怨,他们讨厌汽油味儿。阿德奈比竭力使自己不引起别人的注意。当一切都恢复平静后,他钻了出来,向四周张望,说道:我总是生活在迷路的极大恐惧之中。

奥巴奈吉、罗拉和戴姆凯上,穿过舞台从另一边下。他们没有看到阿德奈比,但奥巴奈吉立即又返回来了。他问阿德奈比是否查出来究竟是谁烧死了那65个人,阿德奈比却答道:我不想认识你。我想一个人呆着。阿德奈比问奥巴奈吉要把他们带到哪里,奥巴奈吉说要把他们带到森林的更深处,让他们去参加死者的欢迎会。奥巴奈吉走后,阿德奈比向相反的方向迈了一步,突然又转过身来追赶奥巴奈吉。

第二幕

木列提正要动身去参加人类的庆祝活动时,埃舒奥罗从后面走上来,一把卡住了他的脖子。埃舒奥罗对人类的民族大聚会很反感,认为这个大聚会是当众侮辱人的集会,对戴姆凯劈下树冠雕刻图腾特别愤慨。他说:图腾!你这个白痴,醉鬼,呆头呆脑的傻瓜!图腾,我最后的耻辱,人类蠢猪的最后的嘲弄。奉献给奥罗的那棵树,就是我的追随者不小心,或者可耻地从上面摔下来摔死了的那棵树。等我们在下次哀悼会上见面时,我得搞清楚到底是怎么回事儿。可是,戴姆凯,那个奥贡宠爱的铁匠铺的奴仆,用那双邪恶的手剥光了我的皮,头也被他的斧子砍了下来。戴姆凯的扁斧糟蹋我,我流着汗,淌着血,我羞辱的身体直耸云霄。我难道能放过这一天,不报仇,不要求以血偿还我的树汁吗?木列提嘲笑他,他折下一根树枝,来回抡着,想把木列提抽得粉碎。木列提逃走了。埃舒奥罗扔下树枝,大怒。他狂乱地舞蹈,发泄对地球的不满,口里喊道:戴姆凯,你这个儿子,雕刻匠的儿子,你使我那样难堪,你使我蒙受了多次凌辱……我要报仇。我,埃舒奥罗,要报仇,要报仇……然后冲下场去。

在森林的另一边,锣声由远而近。森林传令官敲着锣,拿着个纸卷上,机械地来回踱着,嘴里喊道:岩石魔,土地妖,树精灵,草精灵,露水精,神怪们,梦魔们,女妖,风妖,小喽啰们,森林之父的儿子和臣民们,所有住在大王领地上的公民们,请注意,今晚举行欢迎死者大会……现在宣布,让几代的薄雾消散吧。森林之父,揭去面纱,揭去蒙在死人脸上那幻想做主人公的面纱。传令官下去后,森林之王由阿洛尼陪伴上场,在舞台的另一边停下。森林之王问:一切都准备好了吗?阿洛尼答:准备好啦。森林之王又问:告诉我,我们倒回去多远了?阿洛尼答:大约8个世纪,也许更远一点儿,他们伟大帝国中的一个,但我记不清是哪一个了。森林之王说,这没什么关系……

〔阿洛尼挥动着胳膊画了一个大圆圈。马塔·卡里布宫廷慢慢地显现出来了。两把宝座上一边坐着马塔·卡里布,一边坐着王后乌龟夫人。他们的四周光彩照人。一个侍从拨弄着一把非洲吉他。马塔·卡里布正在生气,眼睛可怕地转动着,宫廷里的人们吓得瑟瑟发抖。王后似乎对国王的恼怒毫不在意,她显得挺高兴,还故意卖弄风骚。宫廷诗人(戴姆凯)站在离她几码远的地方。他身后是一位少年——他的书记。他手拿笔和纸卷,随时准备记录。宫廷上的其他人各就各位呆立着。

乌龟夫人 (高兴地)我很伤心。

诗人 这只是外表,夫人,只是为漂亮而编织的罩子。悲伤是高贵的,我的夫人,它像黑夜一样伴随着你。(向一旁)但愿它把你活活闷死。

乌龟夫人 悲伤不肯离开我。我的金丝鸟丢了。

诗人 你的金丝鸟吗,夫人?你想说——我希望,夫人——你丢掉了自己的脑袋?

乌龟夫人 给我解开这个谜。

诗人　我的夫人，不用我说，你自己抬头看看吧。眼睛不喜欢发觉自己的美丽。倒影算不得什么，除非在一个有理智的心灵里才把它当回事儿。镜子是废物。

乌龟夫人　（高兴地）我实在按捺不住了。

诗人　你的头发是羽毛，我的夫人，而金丝鸟的胸脯——你的额头，夫人——是你奴仆的遐想。夫人，你不该说你的金丝鸟丢了——（向一旁）除非它也是你的德行，荡妇！

乌龟夫人　我一定要它陪伴我。你能像念咒召鬼那样轻而易举地抬腿飞起来吗？

诗人　夫人，这次是我需要听听你的解释啦。

乌龟夫人　我知道我的金丝鸟在哪儿，你愿意把它给我找回来吗？我要它跟我在一起。

诗人　下命令吧，我的夫人！

乌龟夫人　在房顶上。把它给我抓来，诗人。

〔诗人将身子探出窗外，嘴里打着口哨。

乌龟夫人　不傻。你想让它飞得筋疲力尽？

诗人　我的夫人，你生来就是裹在锦缎和丝绒里，金丝鸟生来就长着翅膀。

乌龟夫人　去找它吧。它听了你的话会更喜欢你。

〔诗人的书记赶紧放下纸卷。

书记　的确，忠实的鸟是不应该累的。我的手很柔软。我去把它抓回来吧。

乌龟夫人　如果你的导师允许的话，当然可以。你说呢，我的诗人？

诗人　两天前是不是有一个士兵从房顶上摔下来死了，我的夫人？

乌龟夫人　是的。我听到一阵骚动，就叫卫兵去看究竟发生了什么事。我觉得那声音是从房顶上传来的，就让他到那儿去看看。他太性急了，结果从上面摔下来了。

诗人　出于偏爱吗，夫人？

乌龟夫人　（冷冷地看着他）从房顶上。

〔两人相对而视。

乌龟夫人　怎么样？

诗人　我不准他去。

乌龟夫人　我命令他去。

〔书记跑掉了。

乌龟夫人　我命令你随他去。如果他找到了我的金丝鸟，你要像奴仆一样把它给我呈上来。

〔诗人鞠了一躬，离去。乌龟夫人和她的侍从们像塑像似的呆在那里一动不动。一个戴脚镣的武士从另一边被推了上来。马塔·卡里布立即跳了起来。正是那个男幽灵。他仍然是武士打扮，不过衣服是新的，色彩鲜艳。

卡里布　（慢慢地朝武士走去）是你，奴才！竟敢有这样的想法。

武士　我承认有这样非分的想法。我也没料到自己会产生这种想法，直到陛下发出那道不近人情的命令后，我才意识到。

〔马塔·卡里布狠狠地给了他几记耳光。

卡里布　对你自己的疯狂居然毫无收敛之意。

武士　疯狂，陛下？

卡里布　疯狂！背信弃义！你这个口吐白沫、精神错乱的叛徒！你敢怀疑我的话？

武士 不,本人诚惶诚恐。仅仅是你的命令。

〔马塔·卡里布拔出佩剑,高高地举在空中,武士顺从地低下头。

御医 陛下!(急忙走上前,在马塔·卡里布耳边低声嘀咕了几句。马塔·卡里布的手慢慢放了下来,并走回自己的宝座,怒气未消地盯着他们)你了解我,你知道你可以相信我。

武士 我知道你是受雇于马塔·卡里布的。

御医 但你不能骂我残酷无情,是我两次使你免受折磨。刚才又救了你一条命。你只把我当成朋友就行了。

〔武士一声不吭。

我是想帮助你,不仅是你一个人,还有你手下那些士兵。他们把你当作他们的首领,你命令他们不要去打仗,他们就会拒绝作战的。

武士 这是一场不义之战,我不能仅仅为了找回任何一个女人的嫁妆而带领我的士兵去打仗。

御医 啊,你还没看出来吗?事态已远远不止如此。这早已不是争夺王后嫁妆的战争了,而是一场维护我们尊严的战争。

武士 维护我们的尊严?从什么时候起抢夺兄弟酋长的妻子变成了一件体面事啦?

御医 你真的能判断别人的行为正确与否吗?

武士 不能。不过,可以从这些行为的结果来判断。当行为的结果涉及我及信任我的人们,我当然更可以做出判断。如果国王抢了别人的妻子,这是他个人的事。别声张也就算了。可马塔·卡里布却认为,并希望那个受了侮辱的国王会为了被抢走的妻子去打仗。他这样想是错误的。她的合法丈夫似乎并不认为值得为了她——你们的新王后而打仗。但是,马塔·卡里布太热衷于流血事件,他甚至派人给他带去了新的口信,声言要想和平共处,就把我从你手中夺来的那个女人的东西送来,这难道是一个尊重自己臣民安全的统治者应有的行为吗?

御医 一个男子汉是不能娶一个没有嫁妆的女人的。马塔·卡里布只不过要求他应得到的东西而已,一个他娶作妻子的女人的嫁妆。

武士 我明白了。谢谢你的开导,医生。

御医 那么,去打仗吗?

武士 你已尽到了你的职责。你可以禀告国王说我以前患过精神病,但现在已完全恢复正常了。

〔医生疑惑地看着他。

去吧,先生。也许我应该说,去报告那个现在掌握着我们所有的人包括马塔·卡里布的命运在内的女人吧。到那个使他笑逐颜开、神魂颠倒的女人那儿去吧。告诉她,我明白她的狼子野心。我不会去为她打仗的。

御医 傻瓜。军人是不挑选打什么仗的。

武士 马塔·卡里布不也是个军人吗?

御医 哪有愿意自取灭亡的人!

武士 如果你指的是国王的话,那么,这是你今天说的第一句实话。

御医 后人会把你当成叛徒的,连你的子孙们也都会说你……啊,我想起来了。你有老婆,是不是？而且她快做妈妈了，对吧？

武士 我知道你脑子里在想什么，但这帮不了你什么忙。你愿意的话，就去折磨我的妻子和那个未出世的婴儿好啦。不过，没有哪一个将领会把娶为妻子的陌生人看得比与自己血肉相连的士兵更重要的。我的天职就是忠于我的士兵。

御医 （支支吾吾，无言以对）未出世的子孙们将……

武士 未出世的子孙后代们将会是一些吃人的人，最可敬的医生。未出世的子孙们也会像我们这样互相残杀，互相吞并。你懂得怎么医治那么多疾病，也许你会发明一种药方来治愈这种病症。我从军是为了保卫我的国家，可是，那些我把自己的生命都交给了他们的人却责备我对他们不忠诚。

御医 骗子！马塔·卡里布不是你们的将军吗？

武士 马塔·卡里布不仅是军队的首脑，而且还是男人们的领袖。让他来改变一下常常是人吃人的不人道的格局吧。我突然对男人们为了他们的残酷无情而必须寻找新的争吵机会的军人生涯感到厌恶了。我是不是应该告诉那些寡妇，她们的丈夫是为了另一个女人的嫁妆而丧命的呢？

御医 你以为你的生命就可以由你自己来安排吗？

武士 我有权选择自己死亡的方式。

御医 你自己的生命？你敢肯定除你之外就没有别人可以支配你的生命了吗？

武士 你为什么要死揪住这个毫无意义的问题不放呢？我告诉你，我愿随时抛头颅洒热血去谋求……

御医 但是别的人，别的人呢……你有权利让别人也掉脑袋吗？

武士 你这是什么意思？

御医 你的士兵，那些跟随你的士兵们，你把他们引入了歧途。他们也像你一样成了叛逆者，也许你还不知道？

武士 是他们自己选择了自己的道路，他们应该按自己的选择去做。

御医 你把一整套思维方法都灌输给了他们，你支配了他们的感情。他们习惯于服从你的命令。如果你这样坚决要去死的话，你应该首先解除他们对你的信任。

武士 （昂起头笑）明白了。我现在明白你要干什么了。你们害怕了。马塔·卡里布害怕了。

御医 （惊慌失措地）小声点，我的天哪，你小声点，别那么大喊大叫的。

武士 但我是对的。也许我散布了一场新的蔓延很快的瘟疫。

〔历史学家（阿德奈比）手拿一卷古书上。

史学家 别自以为是啦。每一根沾了污泥杂质的草叶都会被烧掉的，这种事是长不了的。不会有人知道的，一千年也不会有人听说的。国家靠实力存在，别的都毫无意义，你只是在做无谓的牺牲。

卡里布 （担心地）你发现什么了吗？

史学家 从未有过这样的先例，陛下。

卡里布 你都认真查过吗？

史学家 这是史无前例的。战争是历史奉献给我们的唯一有延续性的遗产，是新兴国家力求永存的遗产。爱国志士们感激战争。军人从来不问为谁流血。事故总是偶然的，陛下，战争决定我们的命运。这个人是叛徒。他一定被敌人收买了。

卡里布　他带走了我60名精兵。

史学家　陛下,你太宽厚了。难道我们的国家仅仅因为胆小鬼和叛徒的狭隘思想就无视有损尊严的挑衅吗?

武士　我不是叛徒!

史学家　安静点,当兵的!我这儿有有关特洛伊的全部历史。你如果不是猪槽里的残羹剩饭,而且能够读点聪明人写的东西的话,我可以把一座美丽的城市毁于一旦的教训告诉你,向你揭示男人们把人类升华为神仙或半神仙的成就。引起这场大屠杀的是谁呢?特洛伊的海伦,一个她的荣誉如同她的美貌一样旷世难逢的女人。要不是数以千计的勇敢的希腊人在特洛伊城门前惨遭杀害,上万的特洛伊人在城里丧命,倘若特洛伊城至今犹存,它会有资格载入史册吗?你只不过是历史车轮上的一个小小的齿牙。捂住你的脸,像一个舔士兵的靴子都不配的东西去哀鸣吧,你,一个队长……陛下,我只是一个宫廷史学家,我恳求你对任何过分的热心都施以尊敬的恩惠。但是历史告诉我们,不愿去打仗的士兵的血管里流着奴隶的血。为了你恭顺的臣民,这个叛徒必须当作奴隶来对待。

卡里布　不仅是他,包括任何和他有同样想法的人,不管是当兵的还是商人。在我数千里的疆域里,不允许有精神的白蚁。我马塔·卡里布也不会睁着眼看着卑鄙的蛀虫蛀空我的王国。

〔占卜先生(阿格博列科)上。

卡里布　你要是来告诉我有什么不吉祥的星宿的话,占卜先生,那就请你向后转,给我出去,不管是胆小鬼还是预言家怎么反对,这一仗,我们是打定了。

占卜先生　我在犁头的两面看到许多血,马塔·卡里布。

卡里布　我很满意。这不是意味着一场大仗吗?至少在卡里布这一方有不少善战的勇士。把这个人卖到下游去。把他和他的部下统统卖到下游去。

御医　再斟酌一下吧,陛下。这可是整整一个中队的士兵呀。

史学家　陛下的决定是英明的。不能再信任这些人了。

卡里布　把他们立即带走。我不希望在太阳下山之后再见到这些人,或嗅到他们的臭味。要是找不到船运送,那就把他们沉到河里淹死。

奴隶贩子　陛下!

卡里布　我今天不想听乞求的话。

奴隶贩子　(向前跨一步)我可不是要向你乞求什么,马塔·卡里布。我只不过是倾心于你的尊严。

卡里布　啊,你不是奴隶贩子吗?

奴隶贩子　你恭顺的仆人是会受到好报的。蒙陛下厚恩把我作为你的谍报人员。听说又要打仗了,我特地来为你效劳来了。不管怎么说,要是打仗之前就有了奴隶的话。……

卡里布　他们都归你了。要是一小时内他们都离开了我的国土的话,我将忘不了你。

御医　马塔·卡里布,最仁慈的君主,你的士兵的罪过是可怕的,可是,不要把这些一度曾经忠实地为你效命的人交给那个商人哪!

卡里布　为什么?你这是什么意思?

御医　先生,我知道这个老家伙,我知道他把受害者塞进去的那个细长棺材。他懂得怎样把活人塞下去。这是他的生意。还没等他到达奴隶市场,这些冤家们就已经受许多折磨了。

奴隶贩子　我有一艘新船,一个适合这帮变节士兵居住的宫殿。你想诽谤我吗,医生?

史学家　马塔·卡里布,没必要为他们的命运操心,他们的生命不值几个钱。

御医　那就立即处死他们吧,陛下。宁可把他们全都处死,也不要把他们交给这个奴隶贩子呀。

奴隶贩子　到岸边我的船里来吧。不用说,你就会扒光自己的衣服,心满意足地躺在那里,像……

御医　用不着跟我油嘴滑舌的,骗子!

奴隶贩子　但是,我可以向你保证,医生先生……

卡里布　不要吵啦!我成了市场监督员,你们在我面前争吵用哪根棍子把牲口赶去出售吗?如果你们再不小声点,我要让你们明白比起人头落地来,在战场上流血算不了什么。蠢货!困厄我的士兵的蠢事是不是已经传遍了宫廷?我简直无法思考,因为我的宝座前摆开了市场!(怒冲冲地往外走,正要走过占卜先生身边时,忽然停下来,一把将他拉到一边)从你的表情上看得出来,星宿的预示是不祥的,对吗?

占卜先生　那你为什么还要继续干下去呢?

卡里布　现在不干,已经来不及了。我受到了恐吓,不敢不干。我不能不干啦。我手下的那个队长辱骂了我。

占卜先生　辱骂?那么,这也许可以说明……

卡里布　不,不是那样。他们没有像你想象的那样辱骂我。但这种新奇事……你很聪明。你肯定会明白的。这是闻所未闻的。我将愧对子孙后代。这是什么意思呢?除非他疯了,要不,为什么他是我的奴仆,我的臣民,我的人竟说我不该打这场战争呢?他是颓废派吗?

占卜先生　不是。

卡里布　假如他想篡夺我的宝座的话,倒也能理解。但他根本不是这种图谋不轨的人。究竟是什么意思呢?你预卜我的未来如何?是不是还有更多类似他这样天生患有思维癌症的人出现?

占卜先生　马塔·卡里布,你从来没有看见过月亮上的污点吗?

卡里布　你这是什么意思?

占卜先生　看见过吗?

卡里布　没有。

占卜先生　可是,这种事时有发生。每隔100万年,追踪月亮的那只羊就敢在月亮上蹭一次它那煤灰一样黑的脏鼻子。每隔100万年一次。但月亮始终挂在天上。可谁还记得这只妒忌成性的羊呢?

卡里布　这就是说未来不会记住他这种人的。

占卜先生　是的。根本不会的。

卡里布　(向前走)至少在我马塔·卡里布当政时期,我要看看你的话是否正确。

占卜先生　(沉思地望着他的背影)不,这不能由你决定呀,马塔·卡里布。牺牲别人的生命来寻求权力这是人的本性,而且总有一些东西不如一个奴仆。(下)

〔这时奴隶贩子和史学家在窃窃私语。马塔·卡里布刚一离开宫廷,御医就坚决地向奴隶贩子走去。

御医　你这个可怕的、狡猾的商人，你怎么敢说你那个指头大的船能装运60条大汉呢？

奴隶贩子　尊敬的马塔·卡里布宫廷的御医，你怎么这样关心被指控为死有余辜的叛徒的健康呢？

御医　马塔·卡里布还没有这样残忍，以至于……

奴隶贩子　我不想和你在这个问题上纠缠不休。医生先生，我非常真诚地向你保证，你肯定错了。要是真有这么一天的话，我的新船可以把马塔·卡里布的整个宫廷送到地狱。这位尊敬的历史学家可以证实这一点。我曾带他上过我的船……（他一只手伸到背后，把一个钱袋递给历史学家。历史学家接过去，用手摸了摸，装进自己的兜里。）就在今天下午，我把每一块木板和每一根绳索都给他看过了……不信，你问他好了。

史学家　这是真的。马塔·卡里布和他的所有祖先都会因能乘坐这条船而自豪。

御医　要是这样的话……我……

奴隶贩子　我要告辞了。请帮忙给我开个正式离港证。请记住，我只有一个小时时间。（下）

史学家　到我家来吃点果子露吧……（伸出一只胳膊搂住医生）你是一个有学识的人，如能有机会讨论一下这一历史含义……兵变……要是真的有人这样说的话……我们是这样接近特洛伊和希腊的伟大……我是说这场一定要进行的战争……无谓的……你不同意吗？

〔两人下。宫廷诗人手提金色鸟笼上，笼里有一只金丝鸟。

乌龟夫人　你回来晚了，诗人。

诗人　这正是我的夫人的微笑的魅力。诗人也因此而心满意足了，顶不住急风暴雨了。夫人，我一直等到阳光重新照耀大地。（扭向一边）但愿这会使你束手无策。

乌龟夫人　那是我的金丝鸟吗？我再也不想要这玩意儿了。

诗人　变幻莫测正是美人儿的特性。

乌龟夫人　你一个人回来了。你的书记学生呢？

诗人　我的学生吗，夫人？他为殿下争光操之太急了。

乌龟夫人　也许只有你才配为我争光？

诗人　没有别人，殿下，再没有别人了。

乌龟夫人　你还没有告诉我，你的学生呢？

诗人　夫人，作为一个好学生，他刚才上了新的一课。

乌龟夫人　我也想学一学，诗人。这是什么样的一课呢？

诗人　简单说吧，夫人，他太操之过急，摔了下来。

乌龟夫人　怎么摔下来的？你这是什么意思？他死了吗？

诗人　没有，夫人，仅仅受了轻伤。他摔断了一只胳膊。

〔他们相对而视。

乌龟夫人　哦，原来如此。

诗人　那个房顶太危险了，夫人。是不是有一个当兵的也从那里掉下来过？

乌龟夫人　（叹息）他太性急了，摔了下来。

〔两人再一次相对而视。

诗人　哦,是这样,殿下……

乌龟夫人　走吧,诗人。把这只鸟也拿走。当心点,我的诗人。有时你是显得有些使人讨厌。

〔诗人鞠了一躬走了。王后环视四周,打量了跪在那里的武士好一会儿,然后拍着手,宫廷里的人都立刻退下,只剩下武士和看他的卫兵。她生气地示意卫兵走开,卫兵退下。

乌龟夫人　过来,武士。(见武士没有反应,她笑了,调情似的跳了起来。站得离武士很近。突然托起他的头,哈哈大笑)你就是那个拒绝为我打仗的兵?

武士　夫人,我请求你离得远点。对于一个被指责为可耻的人来说,克制是一件很难办到的事。

乌龟夫人　克制?哈!这正是你的士兵缺少的情操……难道你不知道吗?

武士　我不是指那种克制,夫人。我知道你在我的部队中制造了多大的混乱,以致好端端的一个部队现在面临着大崩溃。不知怎么的,我并不怨恨你。但是我懂得精神力量的威力。现在请你站远点,免得我的手碰到你。

乌龟夫人　(突然猛冲到他跟前)一个男子汉,你说起话来,还真像个男子汉的样子。怪不得你的士兵个个都是男子汉。他们受到了他们的领导人的良好训练。真了不起。这些人是一帮蠢蛋,可是他们在一个领导人,一个男子汉的统率下,突然站了起来,提出了他们不应该得到的要求。直到现在我才明白,原来你是通过他们为你说话的。

武士　夫人,停止这种折磨吧。

乌龟夫人　折磨?我有理由折磨你。你认识那个从房顶上摔下来的人吗?他是为了我才跳下去自杀的吗?

武士　夫人!

乌龟夫人　我挑选他就像每天挑选一支新发卡一样。他是无法理解的。他又回来了,不明白大门为什么不朝他敞开。真是个笨蛋。

武士　我不想听这些。

乌龟夫人　你的士兵给我取了一个名字。这是我十分喜欢的名字,你也可以叫我这个名字。

〔武士吓得赶忙用力闭上双眼,想用手堵住耳朵,但双手被拴在了一起。

乌龟夫人　马塔·卡里布是一个傻瓜。你是一个男子汉、领导人、军人。你就不想坐到马塔·卡里布的位置上来吗?

武士　我听不见你说的什么,夫人,听不见你说的什么!

乌龟夫人　叫我的名字好了,就叫我乌龟夫人。我比你们所有的人都长寿。乌龟夫人。你是一个男人,我发誓要尊重你。

武士　卫兵,卫兵!

乌龟夫人　我可以救你。我可以救你一个人,或者包括你手下的人。由你选择吧。你挑吧。一个男子汉干吗要白白地葬送掉自己呢?你干吗要为马塔·卡里布这样的傻瓜断送自己呢?你选择吧,让我和你在一起吧。

武士　卫兵,卫兵!

乌龟夫人　你是什么东西?男人们替我杀戮,男人们为了我而死。你的眼里是不是进了东西?傻瓜,你是不是从来没有享受过人生的乐趣?

武士 （拼命地）卫兵！

〔一个蓬头垢面的女人冲了上来，后面紧跟着一个卫兵，用手抓着她的披肩。当气得扭歪了脸的王后转身看见他们时，他们猛地站住了。这个女人正是那个怀有身孕的女幽灵。

武士 （慢慢地转过身，几乎要哭了）回家去，看在老天的分上，你给我回去吧。

乌龟夫人 （满脸凶相地）我知道，这是不可思议的。不可能。我乌龟夫人，被一个普通的军人轻蔑地拒绝了。就是因为那个！是不是因为那个？

女幽灵 （慢慢地向王后走去，跪在她的面前，非常小声地）可怜可怜吧！

乌龟夫人 卫兵，你仔细地听着。太监们在市场不是能卖到好价钱吗？

卫兵 夫人？

女幽灵 可怜可怜吧！可怜可怜吧！

乌龟夫人 （对武士）你输了。不过，有什么希望就说吧。武士被当作男子汉卖掉，太监们被买去看守后宫，对他们无法染指的东西垂涎三尺。选择吧！

〔队长抬头看着妻子，她却转过脸去望着卫兵。

乌龟夫人 我没有这个好性子。我不能再被嘲弄啦！

〔队长仍然看着他的妻子。

乌龟夫人 卫兵，你知道我要怎么处治他，你就去办好了。

〔孕妇拍拍肚子，喘着粗气倒下了，灯光突然熄灭了，立即又亮了起来。灯光下，出现了阿洛尼和森林之王，他们继续盯着这个场面，持续看了好几分钟。

这时埃舒奥罗大步流星地走了上来，他抱怨森林之王没有邀请他，也没有一句替他报仇的话。森林之王告诉他说：我什么都记得很清楚。我们仍然要举行死者欢迎会。我什么也没有忘记。奥贡上场，他骂埃舒奥罗卑鄙，并且表示要为戴姆凯说话。埃舒奥罗大怒，突然向他猛扑过去，顿时雷声大作，灯光熄灭。只见森林之王站在两人中间，把他们隔开。森林之王说道：我不想从人类的角度来给你们解释他们的习性对你们的影响是多么大。我举行这次欢迎会是为了你们的英勇，还是为了我自身的灭亡？请你们注意，你们多伤我的自尊心啊。埃舒奥罗，你是到这里来浴血报仇的。奥贡，你是来为你的卫队护短来了。在我为死者安排仪式的这个晚上，你们就不要闹啦。否则，我会比你们更生气。埃舒奥罗下。森林之王命令道：把审判官叫来。在今后的审讯中，不许任何人进行干扰。

背景灯光渐亮，森林中阴暗、潮湿、寂静。传出沙沙的脚步声。森林之王像一尊雕像似的坐在一块大石头上，旁边站着审判官。阿洛尼不见了。女幽灵和男幽灵相继上场受审。之后阿洛尼上场，突然伸手一把扯下了审判官的面具，原来是埃舒奥罗。埃舒奥罗立即逃下，森林之王的脸上呈现出悦色。他当即宣布：我们该开欢迎会了。把人间的主人们都请来吧。一定要请翻译来。幕后奏起节奏缓慢的伊博笛声，翻译带着戴姆凯、罗拉和阿德奈比上，他们像初次跟随奥巴奈吉上场一样显得顺从。森林之王令阿洛尼把男幽灵带上去，又令阿洛尼给女幽灵卸下担子，让这个未出世的孩子被封了几百年的舌头松开。阿洛尼把女幽灵领走后，森林之王指示翻译给三个主角戴面罩。没有了身孕的女幽灵领着一个半人半鬼的孩子上。当翻译叫出树精灵后，孩子吓坏了，他从女幽灵手里抽出手来，离开了她身边。一个红色人影出现在舞台上，故意踩着他的脚印走。孩子玩"山"游戏时,红色人影也紧跟着他。孩子似乎向周围的人发出了无声的求援,但他们都默默地站着不动。孩子一边玩,一边说:我生下来就会死的,我生下来就会死的。翻译又按顺序叫黑暗神、棕榈树精、宝石精、大象精、河神上场,孩子一边专心致志地玩游戏,一边反复轻声地说:耻辱的娘胎,耻辱的娘胎。

哑场。除孩子和红色人影依旧在玩游戏外,一切活动都停了下来。红色人影把所有的石头子儿都扔进了洞里,孩子输了。阿洛尼朝红色人影走去,但是翻译突然在他们中间跳起了舞,把两人隔开。于是太阳神、火山神、蚂蚁王和蚂蚁群相继出现,连森林之王也闹不清他们到底是谁,究竟有什么冤情要倾诉。当蚁群消失后,红色人影果断地向森林之王走去,站在他面前。森林之王显得有些踌躇甚至有几分勉强。最后,他粗暴地向翻译挥了一下手吩咐道:揭下他们的假面具。孩子玩够了,输掉了。让他们用他们本来的眼睛,人类的视力看看其余的表演吧。翻译揭去了三个人的面罩,三胞胎中的老大、老二和老三次第上场。老大是一个长着两只胳膊的矮小躯体,行为放荡,无拘无束;老二头发蓬乱,嘴里流着口水;老三龇着尖牙,浑身血淋淋的。

红色人影扯下了头上的盖头,原来是埃舒奥罗。他伸出一只手要去抓那孩子,孩子竭力朝女幽灵走去。埃舒奥罗傲慢地向孩子伸出手,狂怒地看着他一步步朝自己的母亲走去。他猛然抬头,看见奥贡站在那女人的另一边,同样伸着一只胳膊。他啪地给了翻译一巴掌。咚,一声鼓响,翻译开始和老三转圈玩起了"安捕"游戏。孩子被游戏吸引住,本能地朝他们走去。埃舒奥罗突然把孩子抱起来,向老三扔去。老三在两把竖起的尖刀上空将他接住,然后再抛给埃舒奥罗,埃舒奥罗用同样方法接住。戴姆凯冲上去想截住孩子,但没有成功。奥贡出现在翻译身后。正当小孩被扔向翻译(其实是埃舒奥罗的滑稽小丑)时,奥贡将翻译推到一边,自己将孩子接住,并立即传给一直在奔跑追逐的戴姆凯。所有人的动作都停止了,望着戴姆凯。戴姆凯慌乱地站在那里,不知所措。他终于决定把孩子还给女幽灵,迈步向她走去。埃舒奥罗挡住了他的去路,求森林之王帮忙。奥贡求森林之王不要理他。森林之王自言自语地说道:别再打扰我了……阿洛尼,戴姆凯知道他的行为意味着什么吗?阿洛尼接着对戴姆凯说道:戴姆凯,你手里抱着个已经被判决了的东西。想要推翻许多年前开始了的行为,可不是件容易的事儿。森林生灵不会放你过去的。女幽灵默默地向戴姆凯求救,一双双眼睛都在注视着戴姆凯,等待他做出抉择。他终于把孩子交给了女幽灵。阿洛尼立刻领着女幽灵和孩子走了,森林之王、埃舒奥罗和他的小丑、三胞胎也走了。

戴姆凯的图腾轮廓清晰可见。村民们围着图腾默默地跳舞的影子也清晰可见。他们和森林居民之间没有任何联系,甚至不知道森林居民的存在。戴姆凯朝着他的作品走去。他开始往上爬,但爬得很慢。慢慢地,戴姆凯看不见了,人群无声地狂热欢呼起来。奥贡上,当戴姆凯从树上掉下来时,奥贡伸手接住了他。

远处响起了打击乐声。天已破晓,奥贡抱着戴姆凯上,忧郁地仰望天空。太阳悄悄地升起来了。奥贡小心地放下戴姆凯,把武器留在他的身边,逃走了。这时,天已大亮。木列提、阿格博列科和老人上。老人向躺着一动不动的戴姆凯跑过去,扶他坐起来。戴姆凯睁开眼睛。老人问昨夜与他在一起的第四个人是谁,他说是森林精怪之父。森林之王本人。老人说:我们真傻,拿我们自己的弱点去对付阿洛尼的狡诈,驱逐他决定要欢迎的幽灵。阿格博列科说:我们为新获得的智慧付出了昂贵的代价。老人对戴姆凯说:戴姆凯,我们祭祀了,查问赎罪的道路……戴姆凯问:赎罪?我们三个人在这一个夜晚经历过许多次生生死死,难道还不够吗?这对我们的余生来说,还不足以留下深刻的印象吗？老人也问：这是个属于哪种类型的夜晚呢？你能告诉我们吗？在这荒野之中，是不是有一个亮点？这时罗拉走向前。看起来，她老实多了。阿格博列科说：我没想到她还活着，这个人比谁都长寿。乌龟夫人……戴姆凯说：再也没有了。这是那闪过我们的头脑，使我们变得残酷无情的同一种闪光。阿格博列科哼了一声说：它是不是意味着某一种启示，孩子？又偷偷地向戴姆凯看去，问道：关于未来，你学到什么没有？老人走过去，把阿格博列科拉到一边说：庄稼收割以后……阿格博列科不赞成，以沉闷的声调下结论道：真可谓至理名言也。

我儿子的故事

作者纳丁·戈迪默(1923—2014)是南非共和国现代女作家。她1923年11月20日出生在南非共和国约翰内斯堡附近城镇——斯普林斯,父亲是立陶宛人,母亲是英国人,父母双方都是犹太人的后裔。她长大后长期住在约翰内斯堡,所以这个城市是她许多小说故事发生的舞台。

戈迪默自幼喜爱文学,热心阅读和写作小说。早在15岁时,她就在报纸上发表了自己的第一篇短篇小说。这个成功鼓舞了她,使她日后长期不辍笔耕。

1948年她出版第一部短篇小说集《面对面》,七十多年来,她共计出版了十余部短篇小说集、十余部长篇小说,发表了二百余篇文章。她具有旺盛的创造力,85岁高龄时仍然执笔创作。她的重要作品有短篇小说集《蛇的低语》(1952)、《六英尺土地》(1956)、《跳跃》(1991)和《掠夺》(2003),长篇小说《说谎的日子》(1953)、《贵宾》(1970)、《自然资源保护论者》(1974)、《伯格的女儿》(1979)、《七月的人民》(1981)、《自然变异》(1987)、《我儿子的故事》(1990)和《一生》(2005)等。

《我儿子的故事》是戈迪默的长篇小说代表作之一。小说描写一个黑人家庭为了追求黑人和白人的平等地位而分崩离析的悲剧故事。小说中的主要人物有:索尼、艾拉、贝比、威尔、汉娜等。全书共分24章,现根据中文译本(莫雅平译,译林出版社1998年版)分章介绍或节选如下。

第一章

11月的一天,我(一个名叫威尔的黑人小伙子)在电影院的观众休息室里,意外地发现自己的父亲索尼和一个白人女子(名叫汉娜)一起从放映厅里看完电影走出来。这使威尔感到很震惊。

父亲索尼曾经是约翰内斯堡东部一个小镇的小学教师,母亲名叫艾拉。他们有一个女儿(名叫贝比)和一个儿子(即威尔)。他们的家庭生活是幸福的、甜蜜的。

第二章

汉娜是一个金发碧眼的女人,是我(威尔)父亲的情妇。

父亲索尼是一个有自尊心,求上进的人。他不仅给家庭带来温馨,而且为学校和黑人孩子四处奔波。他不是黑人运动的激进派,但有一次带领学生游行时,由于未能阻止学生焚烧汽车而引起警方的注意。

第三章

索尼逐渐成为黑人运动中一个优秀的演说家,每逢周末他都应邀到省内各地发表演说。在一个星期六的下午,校长突然来到他家。原来主管他们这类事情的教育部已经决定开除他的教师职务,并且今后不许任何学校再聘用他当教师。

第四章

在这种情况下,我父亲索尼和母亲艾拉商量决定,一家人从乡下搬到城区,从礁岩镇搬到约翰内斯堡郊区,从黑人居住区搬到白人居住区。

第五章

父亲索尼因支持反抗政府运动和参加非法集会而被监禁两年。他在监狱期间,艾拉来探监时,谈的都是家务事,没有什么有关政治斗争的信息;但汉娜来探监时,却用一些隐语告诉他许多有关政治斗争的重要信息;艾拉寄来的信,写的也都是家务事,结尾总是一句话:我们都无限爱你。但汉娜寄来的信,结尾却是:我知道出狱后你会欣然迎接战斗。欣然迎接战斗——这几个字给他以无穷的力量,帮助他度过了最难熬的时光,并使他深切地感受到自己需要汉娜。因此,出狱后,他与汉娜产生了暧昧关系,而这种暧昧关系则在这个家庭里引起一场轩然大波。

第六章

父亲索尼出狱后,和汉娜的交往越来越密切。他们两人起初是朋友,后来变成情人。在成为情人的第一阶段,他们感到这种新生活的最珍贵的一面是它的隐秘性,即不为外人所知,甚至于时常有人给他们两人互相引见。但其后不久他们便对这种状况感到不满足了,他们想向别人公开这种关系。然而不巧的是,他们第一次在电影院公开露面,就撞上了索尼的儿子威尔。

有那么几个月,他与汉娜的新生活的最珍贵的一面是这种生活的隐秘性。像地下政治生活一样,它与日常琐事毫不相干。他们彼此拥有对方,因为他们的欢聚不和任何人分享。别人甚至想都不曾想过他们会在一起,更不用说找到并打扰他们了,因为他们在一起的时候没有谁知道他们在哪里。索尼这个人历来与骗局无缘,而今那些别人以为他将去参加的会议,那些别人以为她在工作过程中将去比勒陀利亚进行的采访瞒过了别人的耳目。他和汉娜得以远离他一直在其中生活的平常世界,到了谁也看不见的地方。这一切在索尼眼里真有点儿像玩魔术。他过去从未想过可能有这种事。当他和她同时出现在同一公共场合时,一想到在场的人谁都不可能像他俩那样彼此对对方的隐私了如指掌,他们就感到无比快慰。对他们来说,这在一定程度上是他们特殊关系的巨大魔力之所在。他们的关系是那么隐秘,致使时不时有人把他们引见给对方:“我想你们不认识吧,这是……”

索尼和汉娜——被陌生人、被第三者介绍给对方,隐藏起彼此间的隐情,由此他们获得多少隐秘的快乐!索尼已经意识到他在生活中所缺的东西有一部分正是色情乐趣。一起开会的时候他们俩分别单独离开——在会上彼此都对各项决定全神贯注(因为对热衷于同一政治理想与斗争的男人和女人来说,风流韵事的亢奋状态能增强他们对他们所热衷的政治活动的注意力和积极性)——离开15分钟之后,他们却又在宽衣解带了。这样一个下午使他们相互沟通的范围变得多么广大!他从不知道有多少事他能够去做,从不知道。那需要这个女人的秘密参与(在每个地方都保密),只有这个大个子女郎——她看起来比实际年龄大——才能使那一切对他成为可能。几个月以来,在做完爱之后,他们谈论的都是他们想一起隐居的遥远地方,或是远离大陆的海岛,或是高山的森林深处,除了海鸥和猫头鹰别无他物。像所有的情人一样,他们试图变成词语,变成将来时态,在个人自由的幻觉中自我扩张。而一旦他们恢复理性,他们又会再次意识到时间的流逝,再次为一系列的琐事如工作、失业、饥饿和痛苦等烦忧,匆匆走上大街,发现世上还有别的人存在。

但是，即便上述海岛和森林只是性交后狂想的产物，他们还是拥有汉娜的别墅，汉娜的床。它不同于索尼所知道的任何别的床，不仅仅是由于他和她在那里所做的事与众不同，而且还由于那根本就不是一张床——不过是一张直接铺在地上的大垫子而已。第一次见到它的时候，他认为那说明她还没有安顿好；或者那是出于某种日本式的想法。来自他那种背景，对很多嗜好他是所知无几的。"像榻榻米？"她立即说道，并且笑了起来。啊，不，不是出于日本式的奇想，不过是由于她喜欢与木头地板以及下面的泥土贴得更近罢了。她想得多有道理！根本不必摆什么床头柜，也用不着有手编灯罩的床头灯，有了床头灯你就得十分小心了，弄不好睡着之后你就会把它们打翻在地。在柔软的垫子下，唯一起作用的只有重力定律。

如果说他对汉娜需要得要命的话——以一种美妙的方式——那么也可以说他对任何别的东西或人都不需要。她对诗歌了解甚多——与她相比，他的莎士比亚知识少得可怜。她教给他一首情诗，这首诗他从未听说过，更不知道它与死亡有关；但每一个修过英国文学的大学一年级学生，对它都能倒背如流。这首诗完美地描述了他们那几个月的状况，在那几个月里，汉娜的一个房间对他们来说就是"无限世界"。

在索尼和汉娜自己觉得他们正远离世人去做不可能之事的那段时间里，他们的隐居的确相当完美。他们之所以过得那么热火，是因为这种隐居不能久长。外界的每一事物随时都会破坏它。环境，良心——得承认，他们非常担心——随时可能把她从他怀里夺走，把他从她身边赶走。但几个月过去了。他们彼此从世界失踪得非常成功。不料现在他们进入了并发症的第二阶段，由于从前没有过这种经历，索尼意识不到这一点。几个月来与世隔绝，生活在柔情蜜意之中，不理会家庭琐事，也不用在社交场合与别人分享快乐。这一度使他们感到无比美妙，可现在他们感到不满足了。因为他们不能在一起做的正是家务和社交之类平常事。因为它们属于艾拉，属于艾拉和孩子们。他可以和艾拉一起去拜访朋友，让她和别的女人们一起在她们通常坐的角落谈些日常琐事，而他则和男人们在房子的另一头讨论重大问题；假如汉娜在场，她肯定会投身于男人们的讨论，和他们一起发表意见，互相补充对方的观点。他可以和艾拉、他儿子和女儿一起去看戏（自从他们搬到城里住之后，他一直在鼓励全家人去黑人剧院散散心），不过他不能期望妻子和儿女会对所看的戏有什么深刻见解；而要是和汉娜一起看戏，她每每会有许多精辟之论，简直是在对他的思想提出挑战。因此在他心中，也在她心中——他知道这是违反理智的——一种强烈而大胆的欲望在萌动：让人们瞧瞧他们彼此属于对方。他们相互炫耀。他们不承认这一点，但知道它在起作用，就像他们在自己选择的隐居生活中互相了解对方的一切一样。

有一次，想一起去看一部电影的不可抗拒的执拗欲望攫住了他们。这种平常的事，任何别的情侣都能做到。因此那天下午他们没有藏在密室中做爱，而是穿过城市去了富有的白人居住的郊外的一家综合电影院。他们不认识那里的任何人，那里的白人也从不参加示威游行，不认识任何曾经是政治犯的人，即使碰到了政治犯本人也认不出来。本来，他们是该想到或许会有意外的。但他们怎么也想不到会出现那次遭遇，那完全是违背可能性的事。他们走出漆黑的电影院，径直进入下午耀眼的日光下，撞到了他的儿子。他们炫耀自己，想不到是向他儿子。

本能使他们恨不得马上回到汉娜的别墅躲藏起来。索尼一言不发，双眼尽可能地避开汉娜，两道浓眉紧锁在深黑色的眼睛上方。她一副惶恐不安的样子。但是他没有离开她，没有说你毁了我的家。她发现他已大大地改变了，她在不知不觉之中使他发生了如此大的改变。他们谈论那部意大利电影，而不去谈他的儿子。傍晚时分离开她回家的时候，他热烈地拥抱了她；他显得那么镇定,想必已拿定了怎样和儿子交涉的主意。他只说了这样两句话:“这事儿不用担心。也不用担心威尔。”

无论如何他总算平息了此事,后来的情况表明,那孩子没有对他母亲,也没有对任何人说过此事。

“他没有对你提过那事吗?”

“没有。好像那件事从没有发生过似的。”

汉娜则总是说:“那不可能。”

第七章

星期天晚上,索尼回到家时,发现他的女儿贝比已经割腕,企图自杀,但是没有自杀成功。这是因为她对现实生活不满,却又无法倾诉。贝比是索尼最喜欢的孩子,然而,贝比绝望的自杀行为,并不能阻止他的偷情,并不能改变他的生活,并不能改变他和汉娜的关系;因为他别无选择,他需要汉娜。对于贝比的行为,他仅仅说了一句话:会留下疤痕。

为了防止家里再出现什么意外情况,为了再发生意外情况时有人去通知,索尼决定把他和汉娜隐居的地方告诉我(威尔)。我是骑着摩托车到那里去的,并在那里见到了汉娜。

第八章

汉娜是谁?她父亲是警察,母亲是护士。在南非,她为反抗邪恶而工作。她经常出席法庭的听证会,隔着栅栏和被告握手,访问他们的家属。这种工作使她处于爱的氛围之中。正是在这种情况下,有一次她访问了一个黑人被告的家庭。这个家庭有一个美丽的女主人,一个漂亮的女儿和一个长得过快的儿子。后来,她和这个家庭的男主人发生了密切的关系。

同时与情妇和妻子一起露面是偷情者常用的伎俩之一。这不过是通过表明没有任何东西可隐瞒而达到掩饰隐私的目的。但索尼毕竟还不太精于此道,他不知道怎样平息他内心那种促使他与妻子和情妇同时露面的真正的冲动。他知道这类抛头露面不是出于任何不可避免的社交需要,回避必要的社交料想会引起嫌疑;安排这类露面不是为了保护艾拉和使她放心,也不是为了防患于未然;万一人们看见索尼和汉娜一起出入公共场所,他们会觉得不过是两个政治上的同志偶然碰到了一起,没什么可大惊小怪的。在索尼对怎样使罢课学生在不放弃他们政治目标的条件下复课的问题发表自己的意见时,一个律师和两个教育家在专心听着,他们都是国家教育危机委员会的成员;与此同时,他听见身后某个地方传来那两个他在这个世界上最熟悉的声音,它们和别的谈话声混杂在一起。两只鸟儿在他感情的晴空下欢唱:他听不见别的女人们的饶舌,那些吱吱喳喳的麻雀声。他变得雄辩有力了,两个鼻孔带着信念张开,他从来没有像这一次那么有力地表达过自己的观点,这是第一次,他非但没有泾渭分明地在内心把两个女人分开,相反他同时占有她们俩。与这种亢奋相反的是他生怕艾拉了解真相。

后来,远离他人,感到孤单和羞愧,他明白了。他寻找途径(甚至是想方设法)和他妻子一起到他的另一个女人也可能去做客的人家露面。

让那两个女人同时出现给他带来莫大的性兴奋,这种亢奋就像从杯子缭绕而上的水蒸气一样令人陶醉。

第九章

由于斗争的需要,索尼要在黑人镇区墓地举行的大会上发表演说。这个集会是为了纪念上星期在米比亚大厦外面被警察枪杀的九个黑人青年,并为他们扫墓而举行的。集会在星期天举行。索尼离开家时,他把此事告诉了妻子艾拉,女儿贝比当时也在场。贝比从花瓶里摘下一枝玫瑰,让索尼把它放在墓地上。当索尼把这件事告诉汉娜时,汉娜表示要去听他的演说,并且很高兴他被选为这个集会的演说人。

第十章

这是一个星期天。大批黑人前往墓地参加纪念会,汉娜以及其他许多白人也乘坐面包车,穿过军警封锁线,赶来参加大会。在大会上,索尼发表了真诚坦率、激动人心的演说。但当他的演说结束时,当参加集会的群众疏散时,守卫在山上的军警却突然冲了下来,开始发射子弹和催泪弹。于是,群众混乱起来,有不少人倒了下去。索尼和汉娜也被裹在了慌乱的人群之中。

汉娜年纪不大,她那两条长斑点的强健的腿使她跑得很快,但是某种痛苦的制动器在违抗这种逃命的本能。她想停住脚步;她停了又跑,跑了又停,不时和别人相撞,不时向后面看看,向各个方向看看。这时出现一声尖叫,警察已从山上冲下并进入人群,充满恐惧的哭号声被干巴刺耳的枪声打断,那些枪声像钢一样坚硬,子弹四处横飞,穿透皮肉和骨头,直抵正在挣扎着想逃走者的心脏,直抵发出惊叫声的喉咙。她在往回跑了,从旁边侧翼返回,被挤到了边上,有时则被某个执意冲出一条路的人抓住。她受到了催泪瓦斯的侵袭,风又把它吹向了小山,她的双眼在流泪,透过泪水她看见了他,索尼,他乌黑的卷发亮亮的,两道粗粗的眉毛横在绝望的眼睛上方,那双眼睛像他头上的两个黑洞。他那么用力地抓住她的手臂,差点把她的手臂弄脱臼了。她正在为见到索尼而哭泣,催泪瓦斯弄出的眼泪是某种别的东西。"到面包车上去!到面包车上去!去!"——他喊道。但她挣扎着不愿意离开他,他则推开她让她上面包车。接着又传来枪声和尖叫声,他开始和她一起跑了,好像他和她是被链条锁在一起似的。

第十一章

一阵风暴横扫天空。隆隆的雷声像坦克一样滚过,道道闪电划破下午乌云密布的天空。在汉娜的别墅里,索尼和汉娜睡着了,随后又醒过来,但还没有醒到可以用正常速度说话的地步。一到汉娜的别墅,索尼的情绪就改变了:女儿贝比离家出走,出人意料地投身于革命之中,变成了一件值得骄傲和激动的事。她自己做主,自己做出了重大的决定!汉娜也被感动了,也感到骄傲,为他而骄傲。因为汉娜的情感是他和她所共有的那个献身的世界的情感,是经过险恶环境锤炼的情感,它使人能够应付在家庭事务中不会遇到的各种局势。

第十二章

贝比到卢萨卡去了。我(威尔)获得了三项荣誉和一份大学入学通知。父母想举行一个晚会庆祝我的成功。星期六下午,我们家里热闹起来,亲戚们都来了。他们对于我们这座位于白人地区的房子很感兴趣。当他们问起贝比的时候,母亲的回答是:她出远门了,到海外去了。

索尼有时把一些内部问题带回家中,也就是说带给汉娜,并跟她一起讨论。因为汉娜能够理解各个不同人的主张背后的推理,所以他们常常共同讨论,以便弄清它们的来龙去脉。他们坐在她那位于花园中的小别墅外,自在地享用着花园,同时谈论联盟问题,因为原来住在正屋的人已经到国外去了。有一段时间,他们的日子就是这样过的,好像是在举行他经常参加的另一类秘密会议似的。

第十三章

艾拉拿到了出国护照。在护照被批准并颁发之后,她才告诉索尼。索尼本来希望她在采取必要步骤之前向他进行起码的咨询,但是她却自行其是了。

艾拉走了以后,索尼一直在家呆着。他甚至把棋盘拿了出来,和我(威尔)一起下了几个晚上的棋。但我是小心提防着的,因为我不知道他或许正在努力使我陷入什么样的境地。有一次,我好不容易鼓起勇气和他说话:你没有什么会要开吗?他等了片刻,借此向我表明他理解我真正的问题,这是只限于我们俩之间的一种默契,然后回答道:不,没有会议,我要呆在家里。我立刻拿出头盔和摩托车钥匙,向他告别道:"那好!我走了。"我回家时已经很晚了,而屋子里的灯光还亮着。我以为他在等我,就径直朝自己的房间走去。但我听见客厅里有别的男人的声音。他送走客人后,又来敲我的房门,找我说话。他告诉我:"终于开完了一个会,在这里开的。"我说:"我听见有人离开。"他的回答是:"我知道。真不幸。你离开后不久就发生了一件事……"他临走时,又对我说道:"威尔,今天你没听见任何人在这里。你没听见任何人说话,也没听见任何人离开。"

就是那么回事。某个在逃的人,或是一个来自外部的渗透者,或是与他的某些伙伴举行的他不愿其他伙伴知道的一个会议。由于他更多地呆在家里了,我已看出他在他那伙人里已陷入某种麻烦之中:这类情感不必用隐瞒他的风流韵事的方法去掩盖。不断有人来和他进行长时间的讨论——他们公开登门赴会,我不必为我自己和他的安全而假装我没有看见他们。各报纸的报道在推测各组织的改组和重新结盟,其中包括他的,正是这些组织构成了黑人运动的核心。那是他的事,他没有任何必要与我结成同谋关系,只需告诫我闭上眼睛和嘴巴就够了。这就是他出于其他理由教我做的一切。这就是他为我的深造做的唯一的贡献,仅此而已。

也许我母亲曾嘱咐他在她离家期间留心看护我,于是他才觉得他应该为她做那么多。因此,他是在牺牲他本来能够在那张放在地板上的大床垫上度过的一个个夜晚;好像我会知道他会在什么时候(半夜或拂晓)悄悄进来,尽管我年轻而且一到时间就会上床,一上床就会睡去。只有上了年纪的人才很晚都不去睡。

每天都在家里。这是否可能是因为他想和我呆在一起呢?是为了我吗?

第十四章

汉娜到莱索托去了,因为她祖父去世了。因此,每隔三天,索尼都会在约定的时间独自到那个别墅里去,等她从莱索托打来的电话。他当然经常到那里去,但从来没有一个人在那里呆过。他常常利用等待的时间反思他与他的同志们的关系中出现的问题,因为在这里他可以对这类问题进行公开的检查,而不用担心任何人利用他的坦率和自责。但是,没有她在场,这里就变成了一个陌生人的房子。有一天,她在电话里告诉他说,她被宣布为受禁移民。这个消息使他感到绝望,他害怕她再也不能回来了。于是,援助她的活动在国内和伦敦同时进行,为此他忙着策划和主办“抵抗运动”讨论会。这些会议在简陋的小屋和教堂里举行,打的是当地俱乐部集会的幌子。

在空闲的时间,索尼则静静地待在家里,幸好有威尔陪着他,而且威尔也不再那么充满敌意了。索尼觉得威尔是可以信任的。有些人正在设法成立一个阴谋团伙,以罢免某些领导人。他们正在对来自各个组织的人分别进行“火力侦察”,以便弄清谁是“所见略同者”。然而,他们发展新成员的努力没有如愿;但他们觉察出索尼有点魂不守舍,因此侥幸地相信他会把他们来过的事置之脑后,并且不会叫任何人提高警惕。

有一天,一个陌生的年轻人突然来到汉娜的别墅。汉娜带来的信息是,让这个人住在这里,并把钥匙给他。几天以后,那个年轻人走了。索尼确定汉娜不久就要回来了,于是他第一次打扫起这个房子来了。

第十五章

艾拉回家了。我(威尔)发现她剪短了头发。而且见到我时,张开双臂搂住我的脖子并拥抱了我。她那双美丽的眼睛欢快地注视着我,注意力那么集中,两眼之间都皱出一条线了。母亲的感情从来没有这样外露过。我不知道发生了什么事。她大笑着对我说:一切都好。贝比可真是在茁壮成长。你不会知道她怎么样了,她那么成熟了,独当一面……关于她自己剪头发的问题,她告诉我说,这是贝比的主意,贝比认为她一生已经花费了过多的时间料理头发,于是第二天她就把长发剪了。

艾拉带来了女儿的消息:贝比结婚了。贝比没有把这个消息直接告诉父亲索尼,因为无法告诉。父亲和威尔是从艾拉那里得知的。贝比的丈夫是她在离境前认识的,他也是一个黑人,是参加黑人运动的一个重要人物。他在非洲其他国家或海外受过训练。他在国内也有一个家,但出于安全考虑,觉得还是不把婚姻的喜事告诉家人为好。

索尼沉重地感到自己在他们三人(艾拉、威尔和他自己)之中很少有插手的机会,而艾拉则在发指令:“我们不要对任何人说婚姻的事。”索尼不明白:从什么时候起,艾拉学会了权衡政治方面的利弊?从什么时候起,她觉得她自己理解了这类事情?

汉娜也是在同一个星期回来的。索尼非常痛苦地盼望她回来,以至于有时他好像没法把足够的氧气吸入肺中似的,呼吸被强烈的担心阻塞了。因为他害怕她不能获准通过边境,而他自己又永远拿不到护照去看她。黑人运动中出现的分歧和阴谋使他感到紧张,他唯一的解脱方法是转向这种另外的痛苦,即他对汉娜的渴望。随后他又从这种痛苦坠回到他为某些同志蓄谋使他陷入的困境而感到的沮丧之中。

当汉娜在电话中告诉他说她已被开释,已获得签证,并将在周末到达时,他坚决地恳求她允许他去机场接她,尽管那样做有悖于谨慎和安全的原则——那种他和她严厉地强加在他们自己身上的道德准则。他因期待而兴奋欲狂,这是他有生以来(50岁了)从未体验过的感情。他年轻时就老了,如今又颠倒过来了。在她回来的前一天晚上,他服用了一片安眠药以平息自己的亢奋,以抹去躺在他旁边的艾拉的形象。第二天,他在机场的地下停车场等她。她慢慢朝他走来,在经历了长时间痛苦的分离之后庄严地向他走来。她那两条带雀斑的白腿强健有力地迈着步子,她的身体因提箱的重量而稍稍斜向一边,台阶那边射过来的光线从后面照在她的金发上。他什么感觉也没有。她接受了他的沉默。在回别墅的路上,她向他说明了有关签证的所有细节。

我(威尔)理所当然地设想,事到如今,他(索尼)也该收敛了吧?即使在贝比因为他而企图自杀时他没有停止干那种事,那么现在作为一个就要当外公的人,他那一直耿耿于怀的自尊,恐怕足以阻止他了吧?但是,不,一切都照常进行。我母亲经常去卢萨卡看望贝比。在贝比的孩子出生之前她去了一次,出生之后还去了一次。我母亲不仅头发跟从前不同了,在穿着上也不像从前那么在意了,回来的时候也不问我们过得怎么样了。此外,她还结交了更多的朋友(不是父亲的朋友,而是她自己的朋友),而且常常在下班以后迟迟不归。父亲经常发现,母亲不在家里,她出去了,既不是为他,也不是为我。

第十六章

正如索尼相信他在汉娜身上找到了他唯一的朋友那样,他相信他在解放事业的风险、公共讲坛、秘密会议和监狱中找到了他最理想的同志。假如那种友谊对他意味着把那种神圣的感官之乐当作才智的一部分加以接受,那么那种同志情谊则意味着他与他那些具有共同信念的同志们可以一起生一起死。在受到审讯的时候,他们都不说出彼此的名字。既然他们都已经到了那个份上,任何别的背叛都不能在他们之间找到可侵入的裂缝。但新闻界却透露出了黑人运动中出现的裂缝:领导层中出现了异军。索尼长时间以来已注意到这种告诫信号,由于某种原因他部分地误解了它们。索尼不得不承认不忠的行为不会很快以失败告终。政治斗争的学习是没有尽头的。和索尼一起被逮捕的伙伴中的一个,现在成了宫廷政变者。这是不可思议的,是索尼肋下的一个伤口。索尼有独特背景并且善于辞令,因此本来很多人是愿意选他去承担"训导"那些不忠者的任务的。但是根据有关决议,任何被不忠者访问过的人都不能担当这一重任。

从一个中心到另一个中心,跑遍全国各地,不是出席协商会,就是在赶往另一个会议地点的路上奔忙,其间还需利用各种机会去拜见这一位或那一位必须和他单独谈话的人,这些会晤都是秘密中的秘密;还要考虑各种流言,也就是那些处在内讧者一边而实际上却在为黑人运动传递情报的人送来的消息;还要对各种怀疑进行比较,不能轻易断定这个人或那个人在窥探运动的领袖们对撤换不忠者采取什么审慎态度。因此索尼几乎根本没有时间和心绪去履行他的其他责任——没法去关心他自己担负起的东西,也就是他一直维持的两个家庭:他的家庭和那个别墅。好在艾拉在为去看望外孙的准备工作忙得不亦乐乎或者是已经去看望外孙了,而汉娜又明白哪些是需要优先考虑的事情。

但在索尼的脑海里始终存在着一个问题:为什么那天晚上来找他?他怎么可能想象出有人能从那次意想不到的、侮辱性的拜访中分析出某种富于深意的东西呢?但是别人的确是这样评价那件事的:为什么找的是他呢?那些人怎么可能那么放肆地来找他呢?是什么使他们认为他们可以这样做呢?现在不再是把他们赶出门外的简单问题了。一想到他曾对他们敞开大门,他就感到极大的沮丧和厌恶。一想到他那些曾和他同入监狱的同志们会希望他扪心自问这样一个问题,他肋下的伤口就被戳了一下。他找最高层的领导人谈了此事;他们讨论了怎样处理它最好,并且选择了一种表明他们毋庸置疑地信任和器重他的办法。有那么一段时间,他们让他留在他们身边一起参加一些最重要的讨论,借此使别的同志觉得很多非常重要的决策的制定都有他的份儿,即使在制定它们时他不在场也是如此。他带着热烈的忠诚考虑到团结又恢复了,目标又统一了,于是他忘记了内心的创伤。

但是,我(威尔)最近注意到他在他的同伴们之中好像不像从前那样举足轻重了。黑人运动的大人物们如今不像从前那样常来找他进行秘密交谈了。我有一种他已被晾在一边的感觉。我不知道为什么,而他又不愿和我谈论此事。他被淘汰了,这可不是那种适合于和我分享的秘密。我想,从事政治运动和做其他任何事情一样:你有你走运的时期,然后它就结束了,接着就轮到某个人走运了。而这一点,又正是他不能接受的。为什么找的是他呢?这个问题一次又一次地来回纠缠他,他的胸膛里有一股强酸在燃烧。这已不再是同一个问题了。现在,这已是一个新的、不同的问题了。好像并不只是他一个人,其他的几个同志也在那天晚上或别的某天晚上被人找过。他知道这一点,因为在把此事汇报给执行委员会时,他和他们在私下里交换了意见。但是由此引起的怀疑,不得不由高层领导出面排除的那种怀疑却被传布开了,而且只针对他一个人。为什么针对他呢?他不可靠。这个阴影包围着他,在他的心里翻滚。

她(汉娜)也有件事没有告诉他。联合国最高难民委员会想聘她担任高级职务。她没有申请过那一职务——在她足够幸运地拥有一个使她恋恋不舍的情人的时候,她不会有换工作的念头。来自国际律师委员会的观察员之一在讨论索尼和其他人案件的症结时,和她认识了,显然是这个人推荐她担任那一职务的。这种对她的意外器重,使她充满感激,使她感到吃惊,甚至有点惊慌。这件事像刚刚体验到的一种新感觉那样使她心动,某种不同于情人的东西触动了她。聘她担任这一职务所蕴涵的对她的敬意使她感到某种迫不及待的欣慰,好像这种敬意刚开始就要结束了似的;不过她并不把此事看作有待做出的一个决定——她甚至远远还没有想到去考虑它。但她感到现在不是把这件事告诉索尼的时候,现在不能告诉他任何事,任何意外的事。他刚经历过一场他从未想到过会发生的内讧事件。现在不能告诉他任何事。只能把她自己交给他,就像自从去监狱探望他以来她一直委身于他一样。哪怕是一件使他快慰、应该为之自豪的事情,都不能现在告诉他。索尼是她最远的地平线。真需要某种勇气(她觉得自己缺乏这种勇气)她才能克服不安走上那高处眺望前景;果真走到那里,会发现根本不是从世界的边缘掉下去。

第十七章

由于政府对黑人运动的压制,黑人国民代表大会已有两年没有召开了。这次代表大会秘密举行的时候,执行委员会按既定方针被解散了。但全部旧的执行委员再次当选,一致鼓掌通过。那两个属于不忠者团伙的人没有被淘汰,仍然留在原来的位子上,其中一个把热烈的掌声视为自己应得的荣誉,另一个则谦恭地抿着嘴并低垂着眼睛。可是,在新的执行委员会内部选举官员的时候,索尼没有保住他的主要位置。这也是事先安排好的;他从那个领导者的眼神里看出了这一点。让他担任的是听起来不错但责任小得多的职务,而不是他曾经一丝不苟地履行其职责的位置。他想,他们这样做一定是对的。但当他找那些唯一能找的人,也就是他最亲密的同志们,当面刨根问底的时候,他们即使知道答案也不告诉他。

当他和汉娜谈这件事的时候,她也不像往常那样大显身手了,只能安慰他。汉娜经常在镜子里看见自己担任难民委员会驻非洲特派员的形象,她不得不把联合国最高难民委员会想聘任她的事告诉索尼了。因为最高委员会在等她的答复。但她不知道什么时候告诉他合适。

她不知道到底是在做爱之前告诉他好,还是做爱之后好。每次听见他从开裂的水泥地上走来的脚步,她都感到一种犹豫不决的焦虑,同时在他们唯一的那间房子里不安地徘徊,以逃避那不可避免的时刻。到底在做爱前还是在做爱后,这两者的区别在汉娜看来好像极其重要。这是一个诚实与否的问题,诚实在他们之间太宝贵了。他们从来没有诱骗过对方。妇人的诡计和男人的狡诈都是对平等的否定,这是他们所从事的争取人类自由的激烈斗争的道德规范。假如她在做爱之后对他说应聘的事,那可能会使他觉得她是在有预谋的先用柔情之网套住他,使他像被剪掉头发的参孙一样无力表示反对。假如她在做爱之前告诉他,那么做爱又会显得像是她企图使他分心,不去注意他有权要求她全神贯注地对待事情的一种手段。不过最后她还是在完全被解除疑虑的状态下,也就是在爱情驱散恐惧或性的镇静药削弱判断力的时候告诉了他。

一天夜里,艾拉被警察带走了。听见一阵捶门声,我(威尔)跑去开门。进来的是警察。我以为他们是找父亲索尼的,其实是来找母亲艾拉的。我愤怒地大喊起来:那个杂种!那个杂种,瞧他现在做了什么!他做的什么事,把你也搭进去了!我要杀了他,我告诉你,他再踏进那厨房门我就杀了他!他们一把艾拉带走,我就匆匆穿上裤子,没有关灯就离开屋了,驾着我那辆残破的二手小车以最快的速度向那个别墅开去。一到了那里,我就吼叫起来,不是叫爸爸,而是叫索尼。但她的屋子里没有人,我作为私闯民宅的黑人被正屋里的主人追赶出来,险些丢掉了性命。那天晚上我是去杀他(索尼)的。

第十八章

这是一个和解的周末。索尼和他的金发情妇汉娜到橘花掩映的棚屋地区度假。这是他们暂时的解脱,逃避开一直在逼迫他们的东西,逃避开不断在打扰他们的东西。这是汉娜的主意,是汉娜的计划。去卢斯腾堡也是汉娜的提议。在那个地方他们曾一起度过一段最快乐的时光,但也是从那个地方一回到家里他就发现女儿贝比已经割腕,企图自杀。一上路,强烈的快感就攫住了他们,属于他们的这一天真棒,头一天晚上落下的雨珠在草原上闪着亮光。

谈论变革会危及这个将在橘花丛中度过的周末。到这里来度周末,汉娜正是想换换环境。不过对她来说,假如她永远死守那个小别墅——这固然便于相距不远的索尼来和她幽会——那么她的生活怎么会有所变化呢?这样一桩风流韵事——它不可避免地应运而生了,遵循男人和女人之间的生活法则——它怎么服从生活的另一法则,也就是不断前进的法则呢?他永远不会离开艾拉,她也永远不会真正地希望他离开艾拉、威尔和他的女儿,他女儿和他一样,也是一个献身于解放事业的人,正在国外战斗。假如他真的离开艾拉,那他也就不再是索尼了。他总是不得不从床上爬起来并回到家里去,总是有一只眼睛在监视着想打断他们像现在这样躺在一起时的长谈,那就是谎言能够允许他们偶尔在一起度周末的限度。现在谎言的范围扩大了。在她简要而实际地提及她可能担任的职务的时候,她向他隐瞒了她一想到非洲大陆的辽阔便油然而生的那种激动。她将担任的那些重要职责令她心驰神往,她曾坐在其隔板后面(一个只有头和双肩的美丽的女像柱)的探监室为她敞开,把她导向一种安排生活的权力——为数以千计的饥民安排食宿,他们数以千计,数以万计,世界在无限量地生产难民,令她激动的还有她将会晤的那些重要人物,将进入的国际名流圈;那些男人会占据这类为情爱而设的地方,像生活的其他方面一样——他从她那里学到了这一生活法则。

第十九章

父亲索尼回来的时候,我(威尔)没有杀他的念头了。我们俩一起去找律师,以便弄清母亲艾拉被关在什么地方。但是警察不告诉我们。警察又来搜查我们家,在车库和一间小房子里,搜出了一些课本和小布块,还有三个手榴弹、两个水下爆破弹和两个地雷。警察走后,我们俩继续寻找母亲,从一个警察局到另一个警察局,决心弄清她被关在哪里。索尼相信此事因他而起,因为找不到指控他的理由,所以就找上他的妻子了。后来我们终于发现,她被关在某个小村的监狱。我们开车到了那里。他们不让我们见母亲,但接受了我们送去的衣服和食物。

父亲还来不及去警察局声明那些弹药是他藏在那里的,母亲就已经在一份声明书上签字,承认是她同意让那些属于别人的财产在家里存放几个晚上的,但她坚持不透露是谁交给她的,也不知道将来由谁取走。看来她早已受过训练,懂得怎样对付审讯者。我对此并不吃惊,反而兴高采烈。因为我觉得,母亲入狱了,同时也自由了,她摆脱了父亲,同时也摆脱了我。

弄清艾拉关在哪里的人是汉娜,替索尼把一个字条偷送给艾拉的也是汉娜。艾拉也传出来一个字条,上面写着这样几个字:别和贝比联系,等待。我们父子俩要去看艾拉,以便听律师为她的保释出狱申辩。索尼知道这些程序。审判她的地点是索维托地区法院。我们乘车前往。律师去办理正式手续,并打听到她将在哪个法庭出庭。等待的时间很长。律师终于回来了,他让我们俩跟着他往里走。我们挤进人群,最后来到一个小房间。艾拉站在那里微笑着向丈夫、儿子和律师致意。她穿着自己缝制的上衣,她的化妆仍然拥有那些令人放心的特色,但在她那熟悉的美貌后面却透露出一种鲜明的陌生感。她无畏地装点了自己。正如画家在他的主题中找到自己一样,看来好像是某种自我选择的经历在她身上发现了她自己的本来面目,那种一直在那里等着去发现的东西。在卢萨卡,在暗地里,在监狱中——谁知道在哪里——她为发现她那张隐藏的脸经受了考验。她热情地拥抱了索尼、律师和我。

第二十章

下午两点,在法庭上,艾拉被指控违反了《国内安全条例》中的四条。她的罪状包括从事恐怖活动和推动一个被取缔组织的活动,并被指控在邻国的一些恐怖团伙和约翰内斯堡的一个牢房之间充当通信员,参加安排爆炸活动的秘密会议,在房屋里私藏武器等。我们交了一万元保释金把她保释出来。

艾拉欣然迎接战斗。索尼不知道她是从哪里学来的,她竟然知道怎样为人处世,怎样和她的律师交谈,而且外表不泄露任何秘密——甚至连那个碰巧成了她丈夫的老政治犯都看不出任何蛛丝马迹。她精于监狱之道。

不仅我们家的生活围绕艾拉旋转,而且现在领导者们的注意力也集中到了艾拉身上。索尼的同志们又经常登门拜访了——来看艾拉。正是通过他们,我(威尔)得知索尼的情妇汉娜已经走了。她在联合国最高难民委员会找到一个特别好的工作,在北非某个地方。于是索尼又成了好丈夫,好同志。

艾拉全身心地投入准备回答律师给她设计的各种问题中。她先做好笔记,再一页一页地用打字机打出来。索尼坐在她对面的桌边,就像当年所做的那样,那时他是小学教师在桌上批改学生的作业,她则为了提高自己而学习函授课程。但是现在她若是抬起头来问他什么,那不过是向一个更有应付受审经验的人寻求忠告而已。然而,索尼不明白艾拉是怎样走上革命道路的。他试探着问她:是什么使你做出那种事的呢?她的回答是:我心里明白。他又问道:你能解释一下吗?为了复仇?假如你一直在受政治教育的话,那么你应该明白,那在我们的斗争中并不是什么可取的动因。你是不是有什么神秘的经历,或者别的什么?她的回答还是:明白了我所做的一切的必要性。索尼明白,现在艾拉是革命者了。

他们两人每天到警察局去办例行手续。在他看来,这是恢复他们从前一度共享过的家庭亲密生活的过程,这是一种奇怪的回归。现在,他经常呆在家里,就像过去曾经有过的那样。他和汉娜共用过的小别墅被遗弃了,他也从解放运动的高层职位上解放出来了。

在法庭上,艾拉昂着头坐在警官们之间。她神态自若,不时朝坐在观众席上的索尼和威尔抬抬眉毛或者投来微笑。对于这一切,索尼根本无法理性地控制自己的感情。他感到眼花缭乱,心情烦躁。

第二十一章

我(威尔)母亲艾拉站在被告席上,父亲和我并排坐在听众席上。我感到麻木,倚在一个睡着了的老黑人身上。让我们一起睡吧,管它什么正义还是非正义。我知道正义在我的心里,他们说的都是谎言和诡计。

休庭以后,我们在律师事务所里商量对策。会谈以我为中心。我通过自己的经历找到了证据。律师对案件的结局没有把握,但我已经变成他们辩护的中枢环节,成了他们最重要的证人。然而,我母亲反对这样做,她明确表示:我不让威尔出庭作证。

剩下我们一家三人时,艾拉对父亲和我说:够了,够了。我不知道父亲从她这句话里听出了什么,但我明白她在说什么。父亲是著名的“索尼”,贝比是革命流亡者,艾拉是革命组织的同志,他们是我们家为人民做出的牺牲,没有必要把我也贡献出去了。他们是英雄人物,谁还需要我这样一个人呢?她的意思是,不要以任何方式把那个男孩儿卷进去,这已经够她受的了。她有足够的勇气完成任何别的任务,但她害怕这件事情,因为威尔是她的儿子。

回到家后,我和母亲一起出门散步。我问道:为什么你、他、贝比和所有的人都认为那个斗争没有我的份儿?为什么大家都想当然地认定我应该留下来过那种你们都已经拒绝的虚假的正常生活?凭什么这么决定?我有什么过错?为什么要选中我?她答道:我不能那样做。你必须用别的方式了却你的心愿。不是通过我。我离不开你,威尔。当我们两人沉默地走回家时,发现我家门上挂着一只死猫,脖子上系着一块纸板,上面用红字写着:共产主义母狗滚出去!

第二十二章

索尼不明白:艾拉的固执,不,执迷不悟,是从哪里来的?这不是她的性格所固有的,她从前不是这样的。他对她发生的变化毫无所知,他觉得自己对这些变化是负有责任的。他努力保持平静并用理性控制自己,他对自己进行了自我批评。他不得不有意识地摒弃自己对于艾拉过时的观念。他知道原谅自己和被艾拉原谅同样是不可缺少的。他原谅了自己,但这没有用。艾拉从来没有责备过他,所以没有什么可求她原谅的。再说从艾拉的举止中没有任何一点表明,除了她自己以外,还有什么人应当负责任,即使是他对她的伤害都无碍于她。他的情妇(汉娜)问题,现在已经成了毫不相干的话题。律师们也明白,希望索尼影响艾拉是必然会落空的。于是,他们提出延长候押期以准备新证据的要求。这个要求被认可了。

但是,6月14日,艾拉突然不见了。她又一次离开了家,而且永远不回来了。她不会回来了,直到将来某一天这里的一切都发生了改变:有了新鲜空气,她再也不用受白人为我们制定的法律的审判,再也不用住在草原外的黑人区,或是作为非法居民住在这条白人的街上。领导者认为,没有必要让索尼参与艾拉离开这个国家的活动。这就是说,不需要他,哪怕是为了艾拉的出逃。索尼告诉他的儿子说,是领导者决定让艾拉走的,因为她的案子非常严重,在出示证据为她辩护的过程中有可能泄露解放运动的重要情报。她相当出色地完成了自己的各项使命,但现在她的身份暴露了。从今以后,她的名字将在国内和国外的解放运动中被人们称颂,在国外她仍然可以积极地投入解放运动。

索尼满52岁了。在50岁以前,他显然没有受到年龄的影响,一直是那么富有活力和男子气,可是现在开始衰老了,他的牙床开始萎缩,他的前列腺开始肥大……在日常生活中,过去的政治理想似乎终结了。他和儿子一起住在一幢已经失去生气的房子里(两个沉默的男人,无法维持那种生气),他被免除了各种责任和各种劳心费神的事情,他被抛在一边,只能坐等事业的召唤。他自由了,不再为任何雄心壮志困扰。不过,他仍在继续为事业工作。

第二十三章

索尼得到了一次出国开会的机会。当他回来时,威尔到机场去接他。威尔告诉他,在星期六之夜,他们的家被人用汽油弹烧成了一片灰烬。当他们两人去看那座房子时,它已经变成了一堆熏黑了的残砖和断木,仍然有余烟未尽。在一片废墟中,哪怕一件可用的东西都没有留下。过去的厨房、客厅、卧室都已经被掀翻,都遭到了最后的洗劫,火与水的洗劫,他们在那座房子里的生活被推进了灾难之中。索尼因愤怒而急促地喘气,他几乎要流泪了。"残忍,残忍,他们真残忍!"——他不断地对威尔重复着这些话。但威尔只是一个旁观者,没有分担索尼的感情。当他们从废墟中走出来时,有几个有胆量走出屋来的同胞,站在远处睁大眼睛看着他们。索尼说道:我们不会被烧死。我们是凤凰,它总是从灰烬中再生。监狱关不住我们。汽油弹消灭不了我们。这条街——这整个国家是我们的生活领地。火阻止不了我们。它也阻止不了你。

第二十四章

这是我们(威尔和父亲索尼)的一个老故事。爱和恨是其中最常见和最普通的体验。"现在的索尼不是以前的那个他了。"——有一个人这样对我(威尔)说过。他的同志们认为,那是因为艾拉走了。但是我正年轻,现在轮到我了,轮到我去跟女人们周旋了,也快轮到我去玩政治了。过去我被排除在外,这种事情我哪怕只沾上一丁点儿他们都不愿意。不过将来某一天我会成为那个做记录的人,会记录下我父亲、我母亲、贝比以及其他人所做的事情,记录下被争取自由的斗争决定了的生活是怎么回事,争取自由的斗争决定它,就像反抗干渴的斗争决定沙漠居民的生活，反抗严寒的斗争决定冰天雪地居民的生活一样。

索尼又一次被捕了。

他——我父亲的所作所为使我成了一名作家。我是否必须为此感谢他呢？为什么我就不能成为别的什么作家呢？

我是一个作家，而这是我的第一本书——一本我永远不能出版的书。

附　　录

名著改编的电影（片段）

下

后　记

《外国文学名著选介》是本社出版的《外国文学》的配套教材，也可以独立使用。本教材1989年出第一版，1994年出第二版，2009年出第三版，迄今已经印刷数十次。它最初是为通过广播电视大学、教育学院、函授、夜大或自学高考等途径获得大专和本科学历，学习外国文学课程的成人学生量身定做。随着时间的推移，本教材不断修订、更新，努力顺应时代的发展，不断扩大其使用的范围。现在的版本，除满足各类成人学生之外，还可作为大学汉语言文学专业的本科生、辅修生的教材之用，也是广大外国文学爱好者很好的入门读物。

《外国文学名著选介》采取“作品节选”与“作品提要”相结合的编写方式。具体做法是：以精练的文字缩写原作的故事线索，并以楷体字印出，再把精选自原作的章节或片段，以宋体字镶嵌进该作品故事线索中的相应部位，把二者重新组编成一篇比较接近原著、但篇幅大为减少的新读物。同时，在节选作品之前，简要介绍作者的生平、思想和创作成就。如此编写的目的，是为没有时间和精力阅读全本作品的同学，提供一种了解原作全貌的捷径，并能获得相关作品的背景材料。读者可以在较短的时间里读完这篇新的读物，既能从中了解到相关作品的主要故事情节，又能体味到原作的风格和韵味，进而较好地从整体上把握相关作品的思想和艺术特征。

感谢所有参加过本教材编写和修订工作的老师们，是大家在数十年时间里的共同努力，才使得这部教材不断更新，永葆青春活力。在这个过程中，本教材的主编之一陈应祥教授，编者沈来清教授，参加过本书修订的陶德臻教授先后仙逝。我们深深地怀念他们，永远铭记他们为本教材做出的重要贡献。在第四版修订时，我们邀请了刘洪涛教授加入我们的编者队伍。第四版的修订工作也由刘洪涛教授负责。此次修订，新增了 T. S. 艾略特的长诗《荒原》和福克纳的《喧哗与骚动》两部作品的选文和介绍，修改了《罗密欧与朱丽叶》《哈姆莱特》等作品的介绍文字调整了几部作品的排序，更正了几位作家的卒年，重写了“后记”和“内容提要”。

参加本书编写工作的人员及分工如下：

石丽生（太原师范专科学校）：

　　《伊利亚特》《俄狄浦斯王》《阿卡奈人》《秃头歌女》

刘立天（原北京东城区职工大学）：

　　《神曲》

庹修宏（中央民族大学）：

　　《堂吉诃德》、《哈姆莱特》（与刘洪涛合写）、《高老头》

陈应祥（原内江师范专科学校）：

　　《罗密欧与朱丽叶》（与刘洪涛合写）《威尼斯商人》《百年孤独》

袁伟信（河北师范大学）：

　　《伪君子》《浮士德》《巴黎圣母院》

沈来清（原西南师范大学）：

《恰尔德·哈罗尔德游记》《红与黑》

王慧才（四川音乐学院）：

《幻灭》《欧也妮·葛朗台》《变形记》《等待戈多》

关婉福（北京师范大学）：

《双城记》《德伯家的苔丝》《美国的悲剧》

傅希春（北京师范大学）：

《罪与罚》《复活》

李正荣（北京师范大学）

《叶甫盖尼·奥涅金》

王　梅（首都师范大学）：

《死魂灵》《父与子》《安娜·卡列尼娜》《套中人》《母亲》

高建为（北京师范大学）：

《玩偶之家》

康　林（中国社会科学院研究生院）：

《哈克贝利·芬历险记》《毁灭》《一日长于百年》

张世君（暨南大学）：

《羊脂球》《约翰·克里斯朵夫》《尤利西斯》《间隔》

贾　放（北京师范大学）：

《伊则吉尔老婆子》《童年》《静静的顿河》

刘洪涛（北京师范大学）：

《荒原》《喧哗与骚动》

刘象愚（北京师范大学）：

《老人与海》

何乃英（北京师范大学）：

《圣经·旧约》、《沙恭达罗》、《源氏物语》、《一千零一夜》、《蔷薇园》、《我是猫》、《两亩地》、《被俘的英雄》、《吉檀迦利》、《新月集》、《园丁集》、《飞鸟集》、《问》、《边沿集》（第十八首）、《生辰集》（第十首）、《喀布尔人》、《摩诃摩耶》、《戈拉》、《雪国》、《为党生活的人》、《戈丹》、《先知》、《宫间街》、《森林之舞》、《我儿子的故事》

钟志清（中国社会科学院）：

《罗摩衍那》

参加过本教材第二版修订工作的还有部分用书单位的教师，他们是广东江门大学的吴从发老师，辽宁阜新师专的黄桂昌老师，烟台教育学院的刘淑美老师，山东平度市师训中心的傅宝霞老师等，在此也感谢他们的支持。此次教材修订，还得到了高等教育出版社的大力支持，尤其是刘新英编辑，她的耐心和关切，是此次修订顺利进行的重要保障，谨向她和出版社表示衷心的感谢。

编者

2018年5月